U0565255

想象另一种可能

理
想
国

imaginist

白先勇 著

白先勇

细说红楼梦

上海三联书店

我觉得，念过《红楼梦》、而且念通《红楼梦》的人，对于中国人的哲学，中国人处世的道理，以及中国人的文字艺术，和完全没有念过《红楼梦》的人相比，是会有差距的。

——白先勇

出版说明

二〇一四年春，白先勇先生受邀回母校台湾大学，重拾教席，开讲《红楼梦》导读通识课，历时三个学期，本书即由课堂讲稿编纂而成。

兹就有关事项，说明如下：

一、课堂用书。白先勇先生在美国加州大学教授《红楼梦》中英文课程多年，中文课程参考用书为台湾桂冠图书公司出版，以程乙本为底本、由启功及唐敏等注释的《红楼梦》（一九八三年初版，一九八七年四月六版）。此次在台大开讲《红楼梦》，因坊间桂冠版绝版多年，遂采用台北里仁书局出版，以庚辰本为底本、冯其庸等校注的《红楼梦》（一九八四年四月初版）作为教材，并参照多年使用的桂冠版程乙本详细比照、讲解。本书中《红楼梦》原著引文皆出自以上两个版本，目录取用里仁版庚辰本回目。

二、引文校勘。为使引文尽可能准确，今择取以下两书校勘：桂冠版程乙本引文参校本，为人民文学出版社一九七九年九月出版，以程乙本为底本、启功注释的《红楼梦》（四卷本）；里仁版庚辰本引文参校本，为人民文学出版社二〇〇八年七月出版，以庚辰本为底本、中国艺术研究院红楼梦研究所校注的《红楼梦》（上下册）。引文与参校本相异处，凡明显的讹字、漏字，依参校本加以改正；对于词句相异但文辞通顺处，保留原版本引文特色。对于两个版本引文中的异形词，一般以目前通行的规范用字予以统一。如有纰漏，恳请读者高明不吝指正。

三、英文转译。课程讲稿中的英文词语，按大陆有关出版规范，转为译文加英文括注的形式。

四、本书繁体版二〇一六年由台湾时报文化出版公司出版，大陆版二〇一七年由广西师范大学出版社出版，新装袖珍版二〇二四年由上海三联书店出版。

以上种种，敬请读者了解。同时，叶嘉莹先生为本书作序文一篇，在此亦谨表谢意。

本书编辑部

目 录

代序

《白先勇细说红楼梦》读后小言

叶嘉莹

    《红楼梦》是一大奇书，而此书之能得白先勇先生取而说之，则是一大奇遇。天下有奇才者不多，有奇才而能有所成就者更少，有所成就，而能在后世得到真正解人之知赏者，更是千百年难得一见之奇遇，而白氏此书就令我深有此难得之感。

    我自少年时代就耽读《红楼梦》，往往一经入目，便不能释手。如今我已是耄耋之年，没想到白氏此书竟然又唤起了我多年前之耽读的热情和乐趣。

    《红楼梦》一书所蕴含的人情世故、妙想哲思，都是体味和述说不尽的，而白氏此书则能对其中多方面之意蕴都做到了深刻细致的分析与说明。既能有入乎其内之体悟，更能有出乎其外的超妙之评说。所以我在读白氏此书时，乃常常除了享受之外还更有一种好奇之心理，即使对红书之故事早已熟知，也还呕呕然想看一看白氏对之是如何评说的。因此在阅读时，乃得到了一种双重之乐趣。私意以为，红书与白说之结合，实可称为作者与读者之一大奇遇。但现在之读红书者乃但能读其故事，而不能知赏其中意蕴之深厚丰美，此真可谓一大憾事。如今乃有白氏取而说之，尽发其中之妙，此诚为中国文化史上极可欣幸之事，因乃写为"小言"以记此难得之奇遇。

二〇一六年岁尾　于南开寓所

简体版序

天下第一书

白先勇

　　《白先勇细说红楼梦》是我在台湾大学讲授三个学期（二〇一四年至二〇一五年）《红楼梦》导读通识课的讲义编纂而成的一套书，我自少年时代便耽读《红楼梦》，后来在美国加州大学教书，也常常教这本经典小说，可是要等到我接近耄耋之年，从头再细细研读一次，才有十足信心宣称《红楼梦》是——天下第一书。

　　西方经典小说不乏哲学思想深刻沉厚、宗教意识高超宏大、心理分析曲折幽微、艺术形式巧妙多变的作品，但要看懂这些西方经典必须正襟危坐，全神贯注，从头看到尾才能领略其中奥妙，那是一段吃力伤神的阅读经验。《红楼梦》也有极深厚的宗教哲学思想，但却能以最鲜活动人的故事人物具体表现出来，《红楼梦》最"好看"，翻开任何一回，都能引人入胜，叫人无法释手，追看下去。《红楼梦》才真正达到雅俗共赏的小说最高标准。十八世纪乾隆盛世的中国文学冒出了《红楼梦》这座巍巍高峰，这是我们民族文化集大成的旷世杰作，我们应当感到无比骄傲，更应当全力呵护珍惜这部天下第一书。

《细说》即将出版，我很高兴有机会跟大陆广大爱好《红楼梦》的读者分享我的读书心得。在此我要向理想国的编辑们致谢，他们为这套书费尽了心血。

二〇一七年一月四日

大观红楼

白先勇

二〇一四年春季，台湾大学文学院由趋势教育基金会赞助的"白先勇文学讲座"开课，种种因缘巧合，这次轮到我担任讲座教授。自从一九九四年我在加州大学提前退休后，二十年来，虽然曾在多所大学演讲，参加讲座，但从未全程授课。教书对我来说，责任重大，必须全心投入，全力以赴，所以不敢轻易答应。此次面对台大"白先勇文学讲座"，不免有些踌躇。张淑香教授劝我道："你应该在台大教《红楼梦》。"她说现在大学生很少有耐心看大部头的经典作品了，这对学生的人文教育有很大的影响。她这番话恰恰触动了我的心思。"五四"以来，我们的教育政策一向重理工、轻人文，尤其偏废中国传统文化课程，造成学生文化认同混淆，人文素养低落，后遗症甚大。近年来，我致力推广昆曲，替北大、香港中大、台大设立昆曲讲座，就是希望这些龙头大学的青年学子有机会欣赏到昆曲之美，希望他们重新亲近我们的传统文化。我在美国加州大学也曾教过多次《红楼梦》，但回到母校教授自己的学弟学妹，心情到底不同。至少选我课的同学，有机会跟着我，把这本旷世经典从头细读一遍，希望透过这部古典文学杰作，同学们也会对我们的传统文化，有所感悟，受到启发。

《红楼梦》本来就应该是大学人文教育必读的文学经典：首先，《红楼梦》是中国文学最伟大的小说，如果说文学是一个民族心灵最深刻的投射，那么《红楼梦》在我们民族心灵构成中，应该占有举足轻重的地位。十九世纪以前，放眼世界各国的小说，似乎还没有一部能超越《红楼梦》，即使在二十一世纪，在我阅读的范围内，要我选择五本世界最杰出的小说，我一定会包括《红楼梦》，可能还列在很前面。

《红楼梦》是一本天书，有解说不尽的玄机，有探索不完的秘密。自从两百多年前《红楼梦》问世以来，关于这本书的研究、批评、考据、索隐，林林总总，汗牛充栋，兴起所谓"红学""曹学"，各种理论、学派应运而生，一时风起云涌，波澜壮阔，至今方兴未艾，大概没有一本文学作品，会引起这么多人如此热切的关注与投入。但《红楼梦》一书内容何其复杂丰富，其版本、作者又问题多多，任何一家之言，恐怕都难下断论。我在台大开设《红楼梦》导读课程，正本清源，把这部文学经典完全当作小说来导读，侧重解析《红楼梦》的小说艺术：神话架构、人物塑造、文字风格、叙事手法、观点运用、对话技巧、象征隐喻、平行对比、千里伏笔，检视《红楼梦》的作者曹雪芹如何将各种构成小说的元素发挥到极致。曹雪芹是不世出的天才，他成长在十八世纪的乾隆时代，那正是中国文化由盛入衰的关键时期，曹雪芹继承了中国文学诗词歌赋、小说戏剧的大传统，但他在《红楼梦》中却能样样推陈出新，以他艺术家的极度敏感，谱下对大时代的兴衰、大传统的式微，人世无可挽转的枯荣无常，人生命运无法料测的变幻起伏，一阕史诗式、千古绝唱的挽歌。

十九、二十世纪西方小说的新形式，层出不穷，万花竞艳，但仔细观察，这些现代小说技巧，在《红楼梦》中其实大都具体而微。《红楼梦》在小说艺术的成就上，远远超过它的时代，而且是永恒的。例如现代小说非常讲究的叙事观点之运用，曹雪芹在《红楼梦》中用的是全知观点，但作者是隐形的，神龙见首不见尾，完全脱离了中国小说的说书传统，亦没有十八、十九世纪一些西方小说作者现身干预说教，作者对于叙事观点的转换，灵活应用，因时制宜。例如大观园的呈现：大观园是《红楼梦》最主要的场景，如何介绍这些主景？读者第一次游大观园是跟贾政进去的。第十七回大观园落成，贾政率领众清客以及宝玉，到园内巡视题咏，因此大观园的一景一物，一草一木，都是随着贾政的视角而涌现。贾政是《红楼梦》中儒家系统宗法社会的代表人物，在他眼中，大观园是为了元妃省亲而建造的园林场所，是皇妃女儿的省亲别墅、家庭聚会的地方，功能意义完全合乎儒家伦理的社会性。因此透过贾政视角的大观园是写实的、静态的，读者这时看到的大观园就如同一幅中规中矩的工笔画。我们第二次再游大观园的时候，导游换成了刘姥姥，从刘姥姥的观点看出去，大观园立刻完全换了一幅景象。第四十回"史太君两宴大观园，金鸳鸯三宣牙牌令"，由于刘姥姥的出现，大观园似乎突然百花齐放，蜂飞蝶舞，热闹起来。刘姥姥是个乡下老妪，她眼中看到的大观园，无一处不新奇，大观园变成了游乐园，如同哈哈镜中折射出来的夸大了数倍的景物。刘姥姥进大观园，我们跟着这位"乡巴佬"游览，也看尽了园中的奇花异草。但刘姥姥这个人物远不止于一位乡下老妪，在某种意义上，她可以说是一个土地神祇——中国民间传说中的土地婆。她把大地的生机带进了大观园，使得大观园的贵族居民个个喜上眉梢，笑声不绝。刘姥姥把"省亲别墅"的牌坊看成"玉皇宝殿"，事实上大观园的设计本来就是人间的"太虚幻境"，只是太虚幻境中时间是停顿的，所以草木长春，而人间的"太虚幻境"大观园中时间不停运转，春去秋来，大观园最后终于倾颓，百花凋谢。利用不同的叙事观点，巧妙地把大观园多层次的意义，一一展现出来，这是《红楼梦》的"现代性"之一。

《红楼梦》的中心主题是贾府的兴衰，也就是大观园的枯荣，最后指向人世的沧桑、无常，"浮生若梦"的佛道思想。大观园鼎盛的一刻在第四十回，贾母两宴大观的家宴上，刘姥姥这位土地神仙把人间欢乐带进了贾府，她在宴会上把贾府上下逗得欢天喜地，乐得人仰马翻，那一段描写各人的笑态，是《红楼梦》最精彩的片段，整个大观园都充满了太平盛世的笑声。第一百零八回"强欢笑蘅芜庆生辰，死缠绵潇湘闻鬼哭"，此时贾府已被抄家，黛玉泪尽人亡，贾府人丁死的死，散的散。贾母为了补偿宝钗仓促成婚所受的委屈，替宝钗举行一场生日宴，可是宴上大家各怀心思，强颜欢笑，鼓不起劲来；一场尴尬的宴席，充分暴露了贾府的颓势败象。宝玉独自进到大观园中，"只见满目凄凉"，几个月不到，大观园已瞬息荒凉，宝玉经过潇湘馆，闻有哭声，是黛玉的鬼魂在哭泣，于是宝玉大恸。荒凉颓废的大观园里，这时只剩下林黛玉的孤魂，夜夜哭泣。曹雪芹以两场家宴，用强烈的对比手法说尽了贾府及大观园的繁盛与衰落，一笑一哭，大观园由人间仙境沉沦为幽魂鬼域。

大观园走向败落的关键在第七十四回"惑奸谗抄检大观园，矢孤介杜绝宁国府"，贾府自己抄家，因而晴雯被逐冤死，司棋、入画、四儿等人皆被赶出大观园，芳官等几个小伶人也被发放，连宝钗避嫌也搬出大观园，一夕间，大观园顷刻萧条，黯然失色。抄大观园的起因是，在大观园中，贾母丫鬟傻大姐拾到了一只绣春囊，一只绣春囊颠覆了贾府儒家系统宗法社会的整个道德秩序。这只绣春囊不过是司棋及其表弟潘又安两人互赠的纪念物，一对小情侣互通私情的表记。可是在贾府长辈王夫人、邢夫人的眼中，就如同"伊甸园中爬进了那条大毒蛇"（夏志清语），危及了大观园内小姐们的纯真。这就牵涉到儒家宋明理学"存天理灭人欲"的极端主张，对人的自然天性有多大的斫伤了。这也是曹雪芹借宝玉之口，经常提出的抗议。可是曹雪芹毕竟是个天才中的天才，他竟然会将这只绣春囊偏偏交在一个十四岁"心性愚顽，一无知识"的傻大姐手里，傻大姐没有任何道德偏见，也无从做任何道德判断，绣春囊上那对赤条条抱在一起的男女，在这位天真痴傻的女孩眼里，竟是一幅"妖精打架图"。这对王夫人、邢夫人这些冥顽不化的卫道者又是多大的讽刺。

多年来一些红学家四处勘查，寻找《红楼梦》里大观园的原址，有人认定是北京恭王府，也有人断定是南京江宁织造府的花园，还有人点名袁枚的随园，但大观园很可能只存在于曹雪芹的心中，是他的"心园"，他创造的人间"太虚幻境"。大观园是一个隐喻，隐喻我们这个红尘滚滚的人世间，其实我们都在红尘中的大观园里，"乱烘烘你方唱罢我登场，反认他乡是故乡"。最后宝玉出家，连他几曾留连不舍的大观园，恐怕也只是镜花水月的一个幻境罢了。

《红楼梦》的版本问题极其复杂，是门大学问。要之，在众多版本中，可分两大类：带有脂砚斋、畸笏叟等人评语的手抄本，止于前八十回，简称脂本；另一大类，一百二十回全本，最先由程伟元与高鹗整理出来印刻成书，世称程高本，第一版成于乾隆五十六年（一七九一），即程甲本，翌年（一七九二）又改版重印程乙本。程甲本一问世，几十年间广为流传，直至一九二七年，胡适用新式标点标注、由上海亚东图书馆印行的程乙本出版，才取代程甲本，获得《红楼梦》"标准版"的地位。早年台湾远东图书公司、启明书局出版的《红楼梦》都是根据亚东程乙本。一九八三年，台湾桂冠图书公司出版《红楼梦》，这个版本也是以程乙本为底本，并考照其他众多主要版本，详加勘校，改正讹错，十分讲究，并附有校记以作参考。其注解尤其详尽，是以国学大师启功的注释本为底本，由唐敏等人重新整理而成，其中诗词并有白话翻译，作为教科书，对学生帮助甚大。我在美国加州大学教《红楼梦》，一直采用桂冠版。这次在台大开课教授《红楼梦》，我用的却是台北里仁书局出版、由冯其庸等人校注、以庚辰本为底本的版本，后四十回乃截取程高本而成。因为桂冠版《红楼梦》已经断版，而里仁书局的庚辰本《红楼梦》，其注释十分详细，有助于初读《红楼梦》的学生。这种以庚辰本为主的《红楼梦》版本，自从一九八二年由人民文学出版社出版以后，渐渐大行其道，近来甚至有压倒程乙本之趋势。拥护这个版本的红学家认为，庚辰本是诸脂本中比较完整的一个，共七十八回，其底本年代早在乾隆二十五年（一七六〇），他们认为这是最接近曹雪芹原作的本子。这是我第一次采用庚辰本做教科书，有机会把里仁版庚辰本《红楼梦》与桂冠版程乙本从头到尾仔细对照比较了一次。我发觉庚辰本其实也隐藏了不少问题，有几处还相当严重，我完全从小说艺术、美学观点来比较两个版本的得失。

人物塑造是《红楼梦》小说艺术最成功的地方，无论主要、次要人物，无一不个性鲜明，举止言谈，莫不恰如其分。例如秦钟，这是一个次要角色，出场甚短，但对宝玉意义非凡。宝玉认为"男人是泥作的骨肉"，"浊臭逼人"，尤其厌恶一心讲究文章经济、追求功名利禄的男人，如贾雨村之流，连与他形貌相似而心性不同的甄宝玉，他也斥之为"禄蠹"。但秦钟是《红楼梦》中极少数受宝玉珍惜的男性角色，两人气味相投，惺惺相惜，同进同出，关系亲密。秦钟夭折，宝玉奔往探视，庚辰本中秦钟临终竟留给宝玉这一段话：

> "以前你我见识自为高过世人，我今日才知自误了。以后还该立志功名，以荣耀显达为是。"

这段临终忏悔，完全不符秦钟这个人物的个性口吻，破坏了人物的统一性。秦钟这番老气横秋、立志功名的话，恰恰是宝玉最憎恶的。如果秦钟真有这番利禄之心，宝玉一定会把他归为"禄蠹"，不可能对秦钟还思念不已。再深一层，秦钟这个人物在《红楼梦》中又具有象征意义，秦钟与"情种"谐音，第五回贾宝玉游太虚幻境，听警幻仙姑《红楼梦》曲子第一支〔红楼梦引子〕：开辟鸿蒙，谁为情种？"情种"便成为《红楼梦》的关键词，秦钟与姐姐秦可卿其实是启发贾宝玉对男女动情的象征人物，两人是"情"的一体两面。"情"是《红楼梦》的核心。秦钟这个人物象征意义的重要性不言而喻。庚辰本中秦钟临终那几句"励志"遗言，把秦钟变成了一个庸俗"禄蠹"，对《红楼梦》有主题性的伤害。程乙本没有这一段，秦钟并未醒转留言。脂本多为手抄本，抄书的人不一定都有很好的学识见解，庚辰本那几句话很可能是抄者自己加进去的。作者曹雪芹不可能制造这种矛盾。

　　比较严重的是尤三姐一案。《红楼梦》次要人物榜上，尤三姐独树一帜，最为突出，可以说是曹雪芹在人物刻画上一大异彩。在描述过十二金钗、众丫鬟等人物后，小说中段，尤氏姐妹二姐、三姐登场，这两个人物横空而出，从第六十四回至六十九回，六回间二尤的故事多姿多彩，把《红楼梦》的剧情又推往另一个高潮。尤二姐柔顺，尤三姐刚烈，这是作者有意设计出来一对强烈对比人物。二姐与姐夫贾珍有染，后被贾琏收为二房。三姐"风流标致"，贾珍亦有垂涎之意，但她不似二姐随和，因而不敢造次。第六十五回，贾珍欲勾引三姐，贾琏在一旁怂恿，未料却被三姐将两人指斥痛骂一场。这是《红楼梦》写得最精彩、最富戏剧性的片段之一，三姐声容并茂，活跃于纸上。但庚辰本这一回却把尤三姐写成了一个水性淫荡之人，早已失足于贾珍，这完全误解了作者有意把三姐塑造成贞烈女子的企图。庚辰本如此描写：

当下四人一处吃酒。尤二姐知局，便邀他母亲说："我怪怕的，妈同我到那边走走来。"尤老也会意，便真个同他出来，只剩小丫头们。贾珍便和三姐挨肩擦脸，百般轻薄起来。小丫头子们看不过，也都躲了出去，凭他两个自在取乐，不知作些什么勾当。

这里尤二姐支开母亲尤老娘，母女二人好像故意设局让贾珍得逞，与三姐狎昵。而刚烈如尤三姐竟然随贾珍"百般轻薄""挨肩擦脸"，连小丫头们都看不过，躲了出去。这一段把三姐糟蹋得够呛，而且文字拙劣，态度轻浮，全然不像出自原作者曹雪芹之笔。程乙本这一段这样写：

当下四人一处吃酒。二姐儿此时恐怕贾琏一时走来，彼此不雅，吃了两钟酒便推故往那边去了。贾珍此时也无可奈何，只得看着二姐儿自去。剩下尤老娘和三姐儿相陪。那三姐儿虽向来也和贾珍偶有戏言，但不似他姐姐那样随和儿，所以贾珍虽有垂涎之意，却也不肯造次了，致讨没趣。况且尤老娘在傍边陪着，贾珍也不好意思太露轻薄。

尤二姐离桌是有理由的，怕贾琏闯来看见她陪贾珍饮酒，有些尴尬，因为二姐与贾珍有过一段私情。这一段程乙本写得合情合理，三姐与贾珍之间，并无勾当。如果按照庚辰本，贾珍百般轻薄，三姐并不在意，而且还有所逢迎，那么下一段贾琏劝酒，企图拉拢三姐与贾珍，三姐就没有理由，也没有立场，暴怒起身，痛斥二人。《红楼梦》这一幕最精彩的场景也就站不住脚了。后来柳湘莲因怀疑尤三姐不贞，索回聘礼鸳鸯剑，三姐羞愤用鸳鸯剑刎颈自杀。如果三姐本来就是水性妇人，与姐夫贾珍早有私情，那么柳湘莲怀疑她乃"淫奔无耻之流"并不冤枉，三姐就更没有自杀以示贞节的理由了。那么尤三姐与柳湘莲的爱情悲剧也就无法自圆其说。尤三姐是烈女，不是淫妇，她的惨死才博得读者的同情。庚辰本把尤三姐这个人物写岔了，这绝不是曹雪芹的本意，我怀疑恐怕是抄书的人动了手脚。

第七十七回"俏丫鬟抱屈夭风流"写晴雯之死，是《红楼梦》全书最动人的章节之一。晴雯与宝玉的关系非比一般，她在宝玉心中的地位可与袭人分庭抗礼，在第三十一回"撕扇子作千金一笑"、第五十二回"勇晴雯病补雀金裘"中，两人的感情有细腻的描写。晴雯貌美自负，"水蛇腰，削肩膀儿，眉眼像林妹妹"，可是"心比天高，身为下贱，风流灵巧招人怨"，后来遭谗被逐出大观园，含冤而死。临终前宝玉到晴雯姑舅哥哥家探望她，晴雯睡在芦席土炕上：

　　　　幸而被褥还是旧日铺盖的，心内不知自己怎么才好，因上来含泪伸手，轻轻拉他，悄唤两声。当下晴雯又因着了风，又受了哥嫂的歹话，病上加病，嗽了一日，才朦胧睡了。忽闻有人唤他，强展双眸，一见是宝玉，又惊又喜，又悲又痛，一把死攥住他的手，哽咽了半日，方说道："我只道不得见你了！"接着便嗽个不住。宝玉也只有哽咽之分。晴雯道："阿弥陀佛！你来得好，且把那茶倒半碗我喝。渴了半日，叫半个人也叫不着。"宝玉听说，忙拭泪问："茶在那里？"晴雯道："在炉台上。"宝玉看时，虽有个黑煤乌嘴的吊子，也不像个茶壶。只得桌上去拿一个碗，未到手内，先闻得油膻之气。宝玉只得拿了来，先拿些水，洗了两次，复用自己的绢子拭了，闻了闻，还有些气味，没奈何，提起壶来斟了半碗，看时，绛红的，也不大像茶。晴雯扶枕道："快给我喝一口罢！这就是茶了。那里比得咱们的茶呢！"宝玉听说，先自己尝了一尝，并无茶味，咸涩不堪，只得递给晴雯。只见晴雯如得了甘露一般，一气都灌下去了。

这一段宝玉目睹晴雯悲惨处境，心生无限怜惜，写得细致缠绵，语调哀婉，可是庚辰本下面突然接上这么一段：

　　宝玉心下暗道："往常那样好茶，他尚有不如意之处；今日这样。看来，可知古人说的'饱饫烹宰，饥餍糟糠'，又道是'饭饱弄粥'，可见都不错了。"

这段有暗贬晴雯之意，语调十分突兀。此时宝玉心中只有疼怜晴雯，哪里还舍得暗暗批评她，这几句话，破坏了整节的气氛，根本不像宝玉的想法，看来倒像手抄本脂砚斋等人的评语，被抄书的人把这些眉批、夹批抄入正文中去了。程乙本没有这一段，只接到下一段：

> 宝玉看着，眼中泪直流下来，连自己的身子都不知为何物了……

庚辰本对袭人、芳官等人的描写，也有可商榷的地方，我在课堂上都一一指出来讨论过了，一些明显的误漏，也加以改正。例如第四十六回，鸳鸯骂她的嫂子是"九国贩骆驼的"，当然应该是"六国"。第七十四回"惑奸谗抄检大观园"，庚辰本有一处严重错误。绣春囊事件引发了抄检大观园，凤姐率众抄到迎春处，在迎春的丫鬟司棋箱中查出一个"字帖儿"，上面写道：

> 上月你来家后，父母已察觉你我之意。但姑娘未出阁，尚不能完你我之心愿。若园内可以相见，你可托张妈给一信息。若得在园内一见，倒比来家得说话，千万，千万。再所赐香袋二个，今已查收外，特寄香珠一串，略表我心。千万收好。表弟潘又安拜具。

司棋与潘又安是姑表姐弟，两人青梅竹马，长大后二人互相已心有所属，第七十一回"鸳鸯女无意遇鸳鸯"，司棋与潘又安果然如帖上所说夜间到大观园中幽会被鸳鸯撞见。绣春囊本是潘又安赠给司棋的定情物，庚辰本的字帖上写反了，写成是司棋赠给潘又安的，而且变成两个。司棋不可能弄个绣有"妖精打架"春宫图的香囊给潘又安，必定是潘又安从外面坊间买来赠予司棋的。程乙本的帖上如此写道：

> 再所赐香珠二串，今已查收。外特寄香袋一个，略表我心。

绣春囊是潘又安给司棋的，司棋赠给潘又安的则是两串香珠。绣春囊事件是整本小说的重大关键，引发了抄查大观园，大观园由是衰颓崩坏，预示了贾府最后被抄家的命运。像绣春囊如此重要的物件，其来龙去脉，绝对不可以发生错误。

庚辰本作为研究材料，是非常珍贵重要的版本，因为其时间早，前八十回回数多，而且有"脂评"，但作为普及本，有许多问题，须先解决，以免误导。

自程高本出版以来，争议未曾断过，主要是对后四十回的质疑批评。争论分两方面，一是质疑后四十回的作者。长期以来，几个世代的红学专家都认定后四十回乃高鹗所续，并非曹雪芹的原稿。因此也就引起一连串的争论：后四十回的一些情节不符合曹雪芹的原意、后四十回的文采风格远不如前八十回，这样那样，后四十回遭到各种攻击，有的言论走向极端，把后四十回数落得一无是处，高鹗续书变成了千古罪人。我对后四十回一向不是这样的看法。我还是完全以小说创作、小说艺术的观点来评论后四十回。首先我一直认为后四十回不可能是另一位作者的续作，世界经典小说，还没有一本是由两位或两位以上作者合写而成的例子。《红楼梦》人物情节发展千头万绪，后四十回如果换一个作者，怎么可能把这些无数根长长短短的线索一一理清接榫，前后成为一体。例如人物性格语调的统一就是一个大难题。贾母在前八十回和后四十回中绝对是同一个人，她的举止言行前后并无矛盾。第一百零六回"贾太君祷天消祸患"，把贾府大家长的风范发挥到极致，老太君跪地求天的一幕，令人动容。后四十回只有拉高贾母的形象，并没有降低她。

《红楼梦》是曹雪芹带有自传性的小说，是他的《追忆似水年华》，全书充满了对过去繁华的追念，尤其后半部写到贾府的衰落，可以感受到作者的哀悯之情，跃然纸上，不能自已。高鹗与曹雪芹的家世大不相同，个人遭遇亦迥异，似乎很难由他写出如此真挚的个人情感来。近年来红学界已经有越来越多的学者相信高鹗不是后四十回的续书者，后四十回本来就是曹雪芹的原稿，只是经过高鹗与程伟元整理过罢了。其实在程甲本程伟元序及程乙本程伟元与高鹗引言中早已说得清楚明白，后四十回的稿子是程伟元搜集得来，与高鹗"细加厘剔，截长补短"修辑而成，引言又说"至其原文，未敢臆改"。在其他铁证还没有出现以前，我们就姑且相信程伟元、高鹗说的是真话吧。

至于不少人认为后四十回文字功夫、艺术成就远不如前八十回，这点我绝不敢苟同。后四十回的文字风采、艺术价值绝对不输前八十回，有几处可能还有过之。《红楼梦》前大半部是写贾府之盛，文字当然应该华丽，后四十回是写贾府之衰，文字自然比较萧疏，这是应情节的需要，而非功力不逮。其实后四十回写得精彩异常的场景真还不少。试举一两个例子：宝玉出家、黛玉之死。这两场是全书的关键，可以说是《红楼梦》的两根柱子，把整本书像一座大厦牢牢撑住。如果两根柱子折断，《红楼梦》就会像座大厦轰然倾颓。

第一百二十回宝玉出家，那几个片段的描写是中国文学中的一座峨峨高峰。宝玉光头赤足，身披大红斗篷，在雪地里向父亲贾政辞别，合十四拜，然后随着一僧一道飘然而去，一声禅唱，归彼大荒，落了片白茫茫大地真干净。《红楼梦》这个画龙点睛式的结尾，恰恰将整本小说撑了起来，其意境之高、其意象之美，是中国抒情文字的极致。我们似乎听到禅唱声充满了整个宇宙，天地为之久低昂。宝玉出家，并不好写，而后四十回中的宝玉出家，必然出自大家手笔。

第九十七回"林黛玉焚稿断痴情"，第九十八回"苦绛珠魂归离恨天"，这两回写黛玉之死又是另一座高峰，是作者精心设计、仔细描写的一幕摧人心肝的悲剧。黛玉夭寿、泪尽人亡的命运，作者明示暗示，早有铺排，可是真正写到苦绛珠临终一刻，作者须煞费苦心，将前面铺排累积的能量一股脑儿全部释放出来，达到震撼人心的效果。作者十分聪明地用黛玉焚稿比喻自焚，林黛玉本来就是"诗魂"，焚诗稿等于毁灭自我，尤其黛玉将宝玉所赠的手帕（上面题有黛玉的情诗）一并掷入火中，手帕是宝玉用过的旧物，是宝玉的一部分，手帕上斑斑点点还有黛玉的泪痕，这是两个人最亲密的结合，两人爱情的信物。如今黛玉如此决绝将手帕扔进火里，霎时间，弱不禁风的林黛玉形象突然暴涨成为一个刚烈如火的殉情女子。手帕的再度出现，体现了曹雪芹善用草蛇灰线、伏笔千里的高妙手法。

后四十回其实还有许多其他亮点：第八十二回"病潇湘痴魂惊噩梦"；第八十七回"感秋深抚琴悲往事"，妙玉听琴；第一百零八回"死缠绵潇湘闻鬼哭"，宝玉泪洒潇湘馆；第一百十三回，"释旧憾情婢感痴郎"，宝玉向紫鹃告白。

张爱玲极不喜欢后四十回，她曾说一生中最感遗憾的事就是曹雪芹写《红楼梦》只写到八十回没有写完。而我感到这一生中最幸运的事情之一，就是能够读到程伟元和高鹗整理出来的一百二十回全本《红楼梦》，这部震古烁今的文学经典巨作。

出版弁言

才子书的真正解人

柯庆明

　　金圣叹其生也早，当他以《庄子》《离骚》《史记》《杜诗》《水浒传》《西厢记》为六大才子书时，他无缘见到《红楼梦》面世，否则他不但会将它列为才子书，而且会视其为才子书中的集大成者。今天视《红楼梦》为中国古典文学中最伟大的著作（至少是其中之一），自然早已是中外公认的评价。

　　《红楼梦》作为才子书之集大成者，其内涵之丰富、文采之斐然，雅俗共赏，所得自是各有深浅。俗曰："外行的看热闹，内行的看门道。"但才子书之所以为才子书，其实不只是热闹与门道，重要的是才子特有的器识与才情，足以另开一世界，风华此乾坤。是以说："惟大英雄能本色，是真名士自风流。"才子书的真正解人，往往需要"惺惺惜惺惺"的风流人物。当今之世，白先勇不正是这种才子？他性好《红楼梦》，熟读大半生，而且教授近二十年，岂非最为适当的解人？

白先勇在台大讲授《红楼梦》，事出偶然，又势有必然。趋势教育基金会陈怡蓁董事长，在捐赠台大第二期"白先勇文学讲座"时，原本有意成全白先勇，在台大开授一系列有关"民国史"之讲论课程，当时预计一年可以讲完。当我受命执行，就预留一年，以安排讲座人选。但事与愿违，许多历史学界的学者，各有自己的行程，无法前来共襄盛举。我们正为讲座势必开天窗烦恼之际，张淑香教授灵机一动，建议白先勇何不在台大讲授一学期的《红楼梦》导读，以为我们争取到另请讲座人选的缓冲时间，遂开始了白先勇亲任讲座，在台大导读《红楼梦》的盛事。

课程一上台大选课网站，初选者千余人，但台大最大的教室只能容纳四百四十人。因而决定另以"新百家学堂"计划，加以录像，先置台大开放式课程网站与趋势教育基金会网站，供校内外人士点阅。再经过后制、出版ＤＶＤ与书面手册，以供愿意详加研读、反复参详者运用。一学期下来，由于分析深入，论赞绵密，仅及四十回，遂决定以台大讲座课程继续讲授。第二学期亦只接近八十回，最后决定再续讲一学期，以完成全书之导读。ＤＶＤ与手册亦分为上、中、下三集，依白先勇的说法是："我们不能对不起曹雪芹！"

在开课之初，时报出版公司即已向白先勇请求，要将授课演讲的内容整理为书本形式，单行出版，白先勇亦已应允。因而台大"新百家学堂"与出版中心只向白先勇要求非专属授权，并且提供录像与听打的文稿供时报出版公司编辑应用。因为彼此皆极珍惜白先勇此次的细说详读，愿意它的丰美成果为广大的爱读者所欣赏而流传广远。

在此系列的细读评析中，除了《红楼梦》许多潜在意蕴一一浮现，最重要的是意外地见证了程乙本以文字表现、人物性格与情节意境，在《红楼梦》众多抄本中，脱颖而出。不但内容最为丰富，而且人物声口与性情的发展最为一致而近情合理，文字精美，意境高远，方见《红楼梦》为一代、甚至万世杰作。这是多年来只用程乙本教学的白先勇始料未及的。在台大上课时，白先勇发现程乙本竟然在市面绝版，只好权用庚辰本代替。讲课时一一与程乙本参校，发现庚辰本颇多混杂缠夹之处。三个学期细读详校下来，方能确信程乙本允为《红楼梦》最佳善本，是以白先勇为文感激有程乙本可以阅读。

程乙本为《红楼梦》之最佳读本，此事早经胡适《红楼梦考证》、林语堂《平心论高鹗》论述，而王国维著名的《红楼梦评论》，立论的依据，亦是本诸程乙本，白先勇与这些前辈，可谓"英雄所见略同"，但不以考证而以文学表现，回归作品本身，则尤其与王国维、林语堂合拍。正如王国维强调的面对《红楼梦》这种绝世巨著，最重要的是领会其伦理与美学之价值，白先勇的细说详读除了体大思精的掌握全书真意，更在一字一句、一段一落中，处处见出其中各别呈露的伦理与美学义涵，真可谓巨细靡遗，中边俱甜，为此后《红楼梦》的欣赏与理解指出了一条康庄大道，让我们忍不住流连其间，而忍不住要说："慢慢走，好好欣赏啊！"

因为白先勇在台大讲授《红楼梦》，多少和我有关，仅略志数言，以叙其因缘。平生担任编辑，以激发作者创意，甚至逼稿成篇，为人生快事；但其快意皆未有如此次之欢喜踊跃。真的为白先勇喜！为《红楼梦》喜！为中国文学喜！

二〇一六年五月三十日
于台大澄思楼三〇八室

从"《红楼梦》导读"到"细说《红楼梦》"

我一九九四年从美国加州大学圣塔芭芭拉分校退休，至今二十年了。教书是我喜欢的事，《红楼梦》导读是我在加大东亚系主要授课之一，分中英文两种课程，持续二十多年。

退休后推广昆曲，编写父亲白崇禧将军的传记，忙于各种文化及公益活动，当被问起"为何不回台湾讲《红楼梦》"，一时间还不认为真能做到。但这想法慢慢发酵，觉得回到母校与在美国教书，情感上是不一样的。《红楼梦》是影响我一生的最重要的伟大小说，透过教与阅的心得，应该可以跟台大的小学弟小学妹们分享很多事。

这门课最早叫作"《红楼梦》导读"，我想，这门课的目的，就是以我自己的经验来引导同学们看《红楼梦》。因为我自己写小说，而最重要的是，这是一本小说，这是我们中国最伟大的小说！我想在文学、在小说这方面，它的艺术成就最高，而且它的影响最大。所以我是从这方面切入：作为一本了不起的、伟大的小说，我们怎么去看《红楼梦》？这门课叫作"《红楼梦》导读"，很重要的原因是这一点。

二十世纪以来，《红楼梦》的研究，从"红学"到"曹学"——曹学就是曹雪芹家世的研究——已经成为大学问。相关的著作说是汗牛充栋也不足以形容。换句话说，读《红楼梦》有很多很多的方式，有各种各样的说法。《红楼梦》是一本天书，从各个方面切入，都可以看出多方面的意义，但最重要的，它终究是一部伟大的小说，我们还是必须从这个角度切入。

首先，为什么要谈这本书？我认为，在大学里头，要称得上所谓大学教育，很重要的一点，就是要阅读一些必读的经典。所谓经典，就是一部作品在经过世世代代以后，在自己的民族内部也好，放在全人类创作的丛林里也好，若它对于每一个世代都有其特别的意义，这就是经典。也就是说，即使经过了上千年经典通常也还能存在，且持续对我们产生意义。这种被视作经典的作品必须仔细阅读，深深地阅读，因为这种作品对大家会很有启示。大家现在可能年纪还轻，未必能够完全了解经典作品的涵义，可是这个时候先阅读了经典，心里面有了这些故事，我相信对大家以后的一生都会有影响，而且是很好的影响。我觉得，念过《红楼梦》、而且念通《红楼梦》的人，对于中国人的哲学，中国人处世的道理，以及中国人的文字艺术，和完全没有念过《红楼梦》的人相比，是会有差距的。以我自己的经验来说，我年纪很小就开始念《红楼梦》，那时候虽然不很懂，可是慢慢地，我发现自己非常受益于这本书。

那么《红楼梦》有几个面向要先谈。

第一，这当然是最伟大的一本小说。同时大家注意成书的时间是十八世纪清乾隆时代，可说是中国的文化到了最成熟、最极致的巅峰，而要往下走的时候。很快地，乾隆以后，中国的文化走下坡路了。因而可以说，这是一本在顶点的书。作为一个像曹雪芹那样敏感的作者，我想他虽然是在写小说《红楼梦》，写贾府的兴衰史，但是在无意中、在潜意识中，他同时感觉到整个文化将要倾颓、崩溃，一如他写到的："忽喇喇如大厦倾，昏惨惨似灯将尽。"我想艺术家有一种独特的灵感，特别能够感受到国事乃至于民族的文化状况。或许类似于所谓的"第六感"，我觉得曹雪芹就显示出这种感受能力。所以他写的不光是贾府的兴衰，可能在无意间，他也替中国的文化写下了"天鹅之歌"。从这个角度看这本书，它的意义更大。

我们随便举个例子，我刚刚说文学家或艺术家的感受与灵感，尤其是中国的传统对时代的兴衰特别敏感，因为中国的历史是延续下来的。其他比如欧洲，它们的文化中心一下子迁到这边，一下子又迁到那边，所以欧洲的历史比较是分期的；但中国的历史是从古到今，一直延续下来的。这种各个时代的兴衰刺激了很多文学作品的产生。举个例子，像是李商隐，大家都知道他的《登乐游原》那首诗："向晚意不适，驱车登古原。夕阳无限好，只是近黄昏。"一首诗讲了晚唐，讲完了唐朝的兴衰。这种感受对曹雪芹而言，可能更加深刻。虽然乾隆时代表面看起来很繁华，但我们从历史的后见之明来看，在乾隆晚年已经开始衰微，已经有很多濒临崩溃的迹象了。

　　另外，虽然我不是文化史家，但我对绘画和陶瓷也很喜欢，涉猎了一些。所以我想曹雪芹的《红楼梦》成书的时候，很可能也是我们民族创作的巅峰，而《红楼梦》是在这个巅峰上完成的集大成的作品——无论在文学、哲学、宗教，还是文风、文体各方面，《红楼梦》都有很了不得的成就，这本书作为中国文化集大成的一部作品是当之无愧的。而事实上，在《红楼梦》以后，也再没有一部文学作品可以达到它的那个高度。无论是文学、绘画，还是陶瓷，各方面都没有。突然间，我们的创造力（creativity）都在往下降。所以我说曹雪芹他感受到的，是中华文明即将要衰退的"夕阳无限好，只是近黄昏"的感受，这在《红楼梦》中特别、特别的强烈。对于这么一部著作，我们说它在文化上有特殊的意义。

　　至于在小说的艺术方面，《红楼梦》也深有贡献。中国小说的发展，成熟期不算早，虽然很早就有文言文的小说，成熟的作品要到明清以后才出现。而就小说这个文类而言，我想《红楼梦》是集大成的一部书。《红楼梦》不仅仅是刚才说的文化意义上的集大成，在文学的艺术上，它也是集大成。文学的评价，按照文学史来说，文学史就是一些文学天才们的合传。每个时代都有它的大天才，不论在形式方面、内容方面，还是语言方面，都加以创新，带领文学不断地往上，创造出新的高峰。《红楼梦》在很多方面，汇集了过去从《三国演义》《水浒传》《西游记》《金瓶梅》与《儒林外史》以来中国古典小说的大传统，而就小说而言，《红楼梦》表现得最为成熟。

标志小说成熟的要件，一是它的形式，等我们讲到文本的时候，我会仔细地来分析这一点。简言之，《红楼梦》在形式上，使用了神话与写实两种手法，而且写得非常好，在形式上可以说是一部巨作。另外，小说很重要的一点，尤其中国小说很重要的，是人物的创造、人物的刻画。曹雪芹写《红楼梦》，可以说是撒豆成兵，任何一个人物，即使是小人物，只要一开口就活了。这很奇怪，别人花了好多篇幅来写，曹雪芹用不着，他只要一句话这个人物就出来了，一句话这个人物就活了。不要说别的，曹雪芹自己是贵族，而《红楼梦》大部分讲的也是贵族阶级的生活，但是它中间出现一个村妇刘姥姥，刘姥姥一开口，满纸生辉，马上就活了。而且奇怪的是，我们现在说写乡下人，写乡土，讲了半天，中国文学写乡下人的，让人印象最深刻的可能仍然是刘姥姥。这就是所谓的大天才，不光是写富贵人家的老太太，譬如贾母，写得那么好，她的每一句话、一举一动都合乎其身份；他连写一个村妇也写得那么活！所以曹雪芹是无所不能的。如果大家有兴趣要写小说，仔细看看《红楼梦》是怎么创造人物的。这是中国小说很重视的一项技艺。

我们看西方文学，伟大的作家，像俄国的陀思妥耶夫斯基，法国的普鲁斯特，他们的小说连篇累牍地都是在叙述，都是在分析，常常是长篇大论的。当然他们写得非常深刻。然而中国小说不是的，中国小说大部分都是利用对话来推展情节，用对话来刻画人物。所以中国小说里面，对话是很重要的技巧，什么人讲什么话，包括语气、口吻与内容都很重要。对话写得好不好，几乎就决定了小说的成败。《红楼梦》的对话写得最好，每个人物说的话都合乎其身份，很少会讲错话的。我们可以做一个实验，随便翻开一页，把人物的名字盖上，单单看那句话，你一看就知道是谁讲的。《红楼梦》那么多的人物，每一个都被作者个人化（individualized），这一点非常不容易做到。本来金陵十二钗已经写得很好了，对十二个女性人物的刻画，几乎已经写尽了。我们拿现代小说来比较，写十二个女人能写得那么活的，很少。光是十二金钗已经不得了了，后面又跑出尤二姐和尤三姐，所谓"红楼二尤"来，而且又写得那么好！所以说《红楼梦》的人物层出不穷。为什么？每个人的对话，作者都是恰如其分地描绘。我自己是写小说的，我看人家的小说一定是先看对话。如果对话写得不好、不活、不像，我想可能那本小说就不行。对话的确要紧，而《红楼梦》这本小说的对话非常鲜活。然后是文字，这本书的文字极好。当然曹雪芹的文学修养是很精深的，据说他本身就善于诗词，对文字非常敏感，这影响了《红楼梦》用字之讲究。中国文化的美学固然有它简朴的这一个面向，但同时也有富丽堂皇的另一种美学取向，就像牡丹花一样，富丽得不得了，《红楼梦》的文字就是富丽的这一面。曹雪芹的文笔得力于他诗词歌赋的造诣，样样都通。因此《红楼梦》里面有诗、有词，有歌、有赋，各种文体都有；曹雪芹对戏剧和曲文也非常精通，他是集中国文学各种形式之大成。不仅是散文，诗词也是很重要的元素，小说里的诗词不是随随便便写的，不是装饰性的，而是有机体的一部分，《红楼梦》常常借由诗词来点题。

至于《红楼梦》最大的成就，一方面是写实主义到了极点，你看了贾府，会觉得真的有这么一个贾府，这么一座大观园；另外一方面，则是它的象征也达到了最高点。《红楼梦》里面，几乎每一个人名、地名，甚至一道菜、一件衣服，都有它的意义。所以说看《红楼梦》不能只看表面，表面的文字当然华丽吸引人，但是另外一方面，它非常有象征意义。这本书不拘于现实或写实，而是达到了哲学性的、神话性的层面；它有形而上与形而下的两层，作者都能照顾得非常周全。曹雪芹使用了那么华丽的文字，当然有其主题上的需要。《红楼梦》讲的是什么呢？兴和衰——没有前面的华丽，衬不出后面的衰颓。所以他前面用了这么繁华绚丽的文字来叙述，强烈对比出七宝楼台、珠光宝气的背后，其实是很苍凉的哲学。这就说明一切都是镜花水月——佛家的哲理。

　　我想《红楼梦》的文字与主题内容是互相配合的，文字有它衬托的功用。从小说艺术来说，当然结构、人物刻画或是文字，都很重要。那么《红楼梦》的主题是什么？可以说，它一方面讲的是贾府的兴衰，另外一方面，它其实是在讲人生。其中很重要的是佛家的哲学。事实上，《红楼梦》在哲学思想方面结合了佛、道、儒三家，中国最重要的三种哲学看待人生的态度都在《红楼梦》里面了。而佛道的出世哲学与儒家的入世哲学，经常存在一种张力（tension）。可以说这本书有多方面的重要性。我们念《红楼梦》，一方面是看小说的艺术，特别是文字的艺术；另一方面则是看它的哲学思想，《红楼梦》讲哲学与宗教的思想，不论是佛经还是儒家的经典，都讲得很深刻。总而言之，《红楼梦》将中国人的哲学，儒、佛与道，所涉及的入世与出世的纠结，以最具体、最动人的人生故事呈现出来，这就是《红楼梦》伟大的地方。此外还有一点，中国人特别重视人情世故，而《红楼梦》里面到处都是中国式的人情世故；在极端复杂的宗法社会底下，该怎么表现礼数，这本书应有尽有。这也是要看这本书的原因之一。看了之后，一定能学到很多。

　　曹雪芹这本书其实有几个不同的名字，分别指出了这部小说内容的几个层次。最广为人知的名字是《红楼梦》。"红楼"何所指？"红"在书中占了很大很重要的地位。"红"指的是红尘；"红楼"指贾府这种人世间的贵族家庭；下面这个"梦"字，红楼一梦，整个是一场梦。中国传统佛道思想，从很早的《南柯梦》《邯郸梦》，一直下来到《红楼梦》。另外一个名字叫作《石头记》，更深了一层，讲到了内容中的顽石历劫。贾宝玉前身是一块石头，通灵宝玉，后来历劫下到红尘，经过了整个的一生，最后又回到原来的地方，回到青埂峰下，一生历了一劫。这里讲的虽是贾宝玉个人，但从某方面来说，也是每个人到这个世上来，同样是历劫，也是走一趟，也是经历红楼一梦。

我们看这本书，第一是看贾府兴衰这条线，从开始它的情节发展就指向了贾府的由盛入衰；第二条线是宝玉出家，贾宝玉经过了生离死别，到最后悟道。追寻这两条线索，看这本书才有了脉络。也有学者认为，其实这是一部贾宝玉的传，这部《石头记》，写的也就类似释迦牟尼佛，悉达多太子成道的故事。悉达多太子原本生长在皇室，享尽了富贵荣华，也娶妻生子，后来看到人生的生老病死苦，最后悟道。贾宝玉也是长在富贵荣华之家，也经历了许多生死离别，最后悟道出家。所以，佛家的思想的确对曹雪芹影响相当大。

看这本书，沿着这两条线，就可以一直看下去了。七十二回以前，贾府怎么从一开始的最盛渐渐衰落下去，这是一条线。第二条线，贾宝玉跟林黛玉之间的情，黛玉的死，对他攸关重要。当然不光是黛玉，还有好几个人物，他们的死亡，他们的遭遇，然后贾府的衰落，对宝玉都是一种刺激、一种启发，最后他出家悟道。我想这两条线大家抓住的话，看这本书就不会觉得混乱。这本书人物很多，情节很复杂，但是不管怎么样，有这两条大的主轴在这里头，大家就能够看得比较清楚。我希望同学们把这本书从头到尾细细地看一遍。

《红楼梦》的版本学是大学问，有好多种版本，我在台大上课用的是里仁书局出版、冯其庸等人校注、以庚辰本为底本的版本，参照了其他的本子一起修订，并截取程甲本后四十回。庚辰本是《脂砚斋重评石头记》很老的一个手抄本子，只有七十八回。我在美国教书的时候，用的是桂冠图书公司出版以程乙本为底本的版本，这个本子最初是在乾隆时代，程伟元用活字排了两版，第二版是一七九二年，叫作程乙本，后四十回加上去了，桂冠出版的这个本子注得也很好。可是版本学的学者互相攻击，说他们研究的版本最好，哪个本子就不好，大家最好两个版本都看，大概有个平衡参考。版本太多了、太繁了，大家有兴趣可以看看。

我现在讲的是文本之外的一些大家需要知道的常识，最希望大家把《红楼梦》这部经典好好地看一回。我还准备了《红楼梦》课程参考书目，参考书太多了，汗牛充栋，我将比较重要的、有不同看法的稍微列了一些。柯庆明老师告诉我台大图书馆里有好大的《红楼梦》资料库，你们感兴趣自己去查。不过比较重要的我稍微讲一下。第一个当然是王国维，他是了不得的大学者，写了《红楼梦评论》。基本上这些参考书分两大部分，一部分是考据，一部分是义理。王国维在义理方面讲《红楼梦》的哲学意义在什么地方，他是第一个用西方哲学比较《红楼梦》的人，他用德国哲学家叔本华对人的意志、欲方面的解释，把"玉"跟"欲"这两个合在一起来讲。因为叔本华是一个悲观哲学主义者，生就是一种痛苦，我们生下来就要找解脱，我想王国维自己也是，难怪他后来跳昆明湖自杀了。不管怎么样，他写得很深刻，尤其他对悲剧的解释——他认为悲剧并不像希腊悲剧那样是得罪了天神，或者是莎士比亚的悲剧，有个坏人，如《奥赛罗》，伊阿古在旁边作祟，他认为的悲剧是人在最平常的生活里面酝酿的生、老、病、死这种悲剧；他对悲剧的解释，提供了解释《红楼梦》的很好、很深刻的看法。

俞平伯是北大很有名的红学家，他的贡献在于他的考据，尤其是脂砚斋的评论。脂砚斋是一位对《红楼梦》做评语的人，《红楼梦》的八十回手抄本，里面都有脂砚斋的评论（脂评）。关于脂砚斋有很多考据，也有说他是曹雪芹的堂兄弟，不管怎么样，脂砚斋是对曹雪芹很熟识、很亲近的一个人，是对曹家知道得很清楚的一个人，他的评语对红学研究非常重要。有几派人常争论《红楼梦》到底是写什么，一派人说是曹雪芹的自传，因为脂砚斋常常讲"当时的确是那样子""当时的确发生"，讲得很伤心，好像看到那件事情发生，所以大家觉得这是曹雪芹自己的自传。胡适就这么认为。

胡适对曹家族谱、曹家的考证是最有贡献的，在他之前有索隐派讲《红楼梦》写的是纳兰性德的传记，讲《红楼梦》是反清的小说，有很多很多说法。胡适考据说这是曹雪芹的自传。但是有些自传派又走火入魔了，说大观园在什么地方，贾府在什么地方，一个个去考证这树、这石头，那也过分了。不过大致讲，胡适认为《红楼梦》是曹雪芹自传性的小说可能是对的，《红楼梦》这一本书，如果作者曹雪芹没有经历过那种富贵生活，没有经历过那套清朝旗人贵族的礼法，可能写不出来。

我想一个人写小说，别忘了小说的英文叫 fiction，虚构，不是虚构就不是小说。可能大观园是曹雪芹自己心中的花园，当然他家里一定有很大的花园，但不可能大到像大观园那么大，富贵如贾府倒也未必，到底他不是皇室，他是皇家的亲戚，还不是亲王，我们在北京看恭王府也不过如此，跟大观园还是差那么一截，所以大观园可能是想象出来的。不管怎么样，胡适考证是曹雪芹的自传。胡适考证了半天，我们以为他一定对《红楼梦》的评价很高，哪晓得他说《红楼梦》的艺术价值并不那么高。我觉得胡适他看走眼了，我想他考证考迷糊掉了，他说《红楼梦》不如《儒林外史》。我想，这有他时代的原因与关系，《儒林外史》是讽刺官场、讽刺政治，是个政治小说，它写的是 politics，《红楼梦》写的是人生。那时候胡适搞革命，搞五四运动，那时候政治最要紧，所以讲讽刺权贵的《儒林外史》写得好。《儒林外史》当然好，但比起《红楼梦》，我觉得层次方面有所分别，所以那些大学者的话有时候也不可靠。

夏志清先生有一本非常有名而且影响很大的、用英文写的《中国古典小说》，评论《三国演义》《水浒传》《西游记》《金瓶梅》《儒林外史》，然后是《红楼梦》。夏志清先生完全是义理方面的，因为他受了西方文学的批评训练，所以他用西方批评的理论，尤其是新批评（New Criticism），扣紧文本来讲。所以夏先生有很多创见。我在美国上课用的《红楼梦》英译本译得很好，戴维·霍克思跟他女婿闵福德两个人合译的，用了非常漂亮的英文。霍克思把自己在牛津大学的教职都辞掉了，专门翻译这本书，跟曹雪芹一样"十年辛苦不寻常"。很奇怪，越难的他译得越好，《好了歌》译得好得不得了！普通的一些最容易的俗语，反而有时一下子摔了跟斗，译错掉了。我想《红楼梦》也蛮难的，不光是它那很高的一层，它平常的俗语实在难，我们现在看有时候就不懂了，当时乾隆时代用的俗语到底什么意思？现在不用了嘛，所以很难。

《红楼梦》的英译那么好，我也教过他的英译本，可是一般的美国读者反应不是那么热烈，我在想是什么道理？他们喜欢《金瓶梅》、喜欢《西游记》，容易看、容易懂；《金瓶梅》谁都懂，《西游记》好玩、有意思，《红楼梦》的确有文化上的阻隔。我想贾宝玉在西方，拿美国的标准，这么疯疯傻傻的一个男孩子，我听到一个美国人说他 foolish。我们说他痴傻，中国有另外的意思，我们的痴傻不是坏事，有时候我们的道呀、佛呀，很多也是痴痴傻傻的。我想贾宝玉的痴傻就是一种佛道中的仙人，一看好像疯疯癫癫的。美国人、西方人很难理解这么一个 hero，他好像不是一个英雄人物。对他们来讲，美国式的那种浪漫、好莱坞式的那种浪漫也不对，所以对贾宝玉大概很难抓住——这个人到底怎么回事？怎么理解他？

夏先生提出一个十九世纪的俄国小说家陀思妥耶夫斯基，他深深地受基督教的影响，尤其是受希腊正教（Orthodox Church）的影响，所以他写的小说到最后都是人跟神、人跟上帝的关系。我想《红楼梦》一样，到最后也是人跟佛到了更高一层的关系。陀思妥耶夫斯基有一本小说《白痴》，写什么呢？有个人物叫作米歇金王子，这个人有点像贾宝玉，也痴痴傻傻的，都去帮人家、爱人家，最后真的疯傻掉了，变成白痴。陀思妥耶夫斯基写他的时候，其实有基督这个人物在脑筋里面，他其实是写一个基督人物，虽然是一个病基督，他救不了世界，救不了人世，他那么的大悲，救不了这个人世间的苦痛，最后他自己变疯傻了。这样非常谦卑的人物，跟贾宝玉很近，了解米歇金，就会了解贾宝玉。所以夏先生做了很好的比较，我想有时候一种比较的看法，可能也给我们另外一种观点。如果从这个角度看，陀思妥耶夫斯基写的是一个 Christ，一种基督式的人物，曹雪芹写贾宝玉是释迦牟尼的一种大悲，也不是一个普通的人，其实他不像个世间的人，他最后是成佛了。所以，夏先生这种看法也给了我们一种新的视野。

林语堂的《平心论高鹗》于我心有戚戚焉。很多人攻击，说《红楼梦》后面四十回是高鹗写的，写得文字也不好，这个也不好、那个也不好，我不同意。现在很多红学家考证曹雪芹其实是写完了《红楼梦》的，后四十回已经写完了，但手抄本不见了。前面八十回手抄本那时很流行，后四十回那时没有手抄本，认为是高鹗续的。我的看法是，曹雪芹写完了，高鹗删润的，程伟元与高鹗在程甲本的序里这样说。有些地方的确有矛盾，好像凤姐的下场不对，照前面的判诗凤姐没有死，是被休掉。还有巧姐的年龄不对，反正找了很多矛盾的地方。其实《红楼梦》那么多版本，也有好多的矛盾，但我觉得后四十回的文学成就绝不亚于前八十回。第一百二十回写宝玉出家，那是整本书的高峰，"落了片白茫茫大地真干净"，真是把这句话写到极点了，写得真好！

第九十七回写黛玉之死，"林黛玉焚稿断痴情"也写得非常好，还有写贾府抄家等等，都写得那么好。如果后四十回是高鹗写的，高鹗的才智绝不下于曹雪芹，要续人家的东西更难，若要我改人家的文章，我一定头大得不得了。还有一点，曹雪芹对贾府兴衰的悲剧，写得真是字字血泪，你会感觉是真的，他的感受那么深，这些人物不是完全跟他没有关系的。说高鹗续书也感受那么深，我觉得几乎是不可能的一件事情。我的看法是，可能后四十回已经写成了，高鹗只是删润他的书就是了。我觉得林语堂讲得很好，他替高鹗平反，高鹗被骂得太厉害了。

张爱玲的《红楼梦魇》，她也写《红楼梦》评论，把后面四十回痛批一顿，我不同意。我觉得后四十回写得非常高明、非常了不得，大家看了以后我再听听大家的意见。前八十回跟后四十回，有的人甚至拿电脑来算用字的频率，看看前面、后面有没有矛盾。我想那也不一定呀！后四十回他的 style 改了，的确需要改，因为前面讲盛，后面讲衰，文字完全不一样了。前面是慢慢、慢慢经营，后面是"哗"的一下就崩溃下去，所以他的文字的确要如此。

还有一位红学专家赵冈，赵冈先生的《红楼梦新探》相当有名，他做了好多考据工作，他是完全的"自传派"，他考证了每一个人，尤其考证大观园在哪里。但是也引起很多笔战，他跟余英时就大打笔战。台湾还有一个很有名的红学家潘重规先生，这一派也可能是属于"索隐派"，讲曹雪芹是反满的、反清的，所以《红楼梦》里全是一些政治人物，思考这是谁、那是谁，考据得非常细。蔡元培也是这一派，讲曹雪芹反清、反满。虽然他是汉人，他的高祖以前是明朝的下级军官，但反清复明思想那倒未必，等一下我讲他的身世会讲这一点，他对当时政治不满是有的，因为被抄家了，过得很潦倒。

余英时写的《红楼梦的两个世界》也很有名，他也是从义理方面讲大观园。余先生反对"自传说"、反对完全的考据，不过余先生也承认曹雪芹受到自己家里经验的影响。曹家有过那种繁华富贵的生活，而且跟清朝的皇室很贴近，所以曹雪芹写出这种富贵气象也很正常。你们念这本书可以去看看图书馆有关《红楼梦》研究的收藏，还有大陆好多学者我没有放进参考书目，像冯其庸、周汝昌在大陆红学界都非常有名，不过他们的观点各自不同。所以我说《红楼梦》是本天书，从任何角度都可以研究、发掘。也有一支是曹学，对曹雪芹这一家做了好多考据工作。尤其现在故宫里那些档案出来了，康熙跟曹寅之间，他们来往的奏折、批示，现在对曹家的研究更详细也更准确了。

我想既然这本小说带着自传性，若对曹雪芹的生平有个概括的了解，对理解这本书也会有帮助，详细情形大家去找书来看吧。我自己不是红学专家，也不是曹学专家，我看这本书，都是当作小说艺术来看的。概括讲家族背景：曹雪芹的高祖父曹振彦，是明朝辽东的下级军官，官位不高。那时清朝开始是后金，在明朝天启元年，也就是公元一六二一年，努尔哈赤要统一辽东就进攻沈阳、辽阳。攻下来后，曹振彦被俘虏到清兵的军营，他被编进很下级的正白旗，正白旗是属于多尔衮的旗下。多尔衮后来是顺治皇帝的皇叔，当然现在看好多连续剧讲的都是多尔衮跟孝庄皇后的罗曼史。不过多尔衮真的是非常有势力的一个皇亲，曹振彦就在他门下跟着去打仗，立了军功。后来入关的时候，他就变成文职，蛮受重用的，升了个大同知府，也不容易了。

顺治皇帝后来登位，据说因为多尔衮跟他的母亲孝庄皇后有私，所以他很恨这个皇叔。我想，一个皇帝新登位，一定会把一些旧势力除掉。多尔衮那时权倾一时，很可能篡位，顺治很小又很弱，不知是野史还是正史，就说孝庄皇后以色诱，极力把顺治皇帝保住，所以顺治登基以后就很恨他，挫骨扬灰，把多尔衮下面的军队通通收编。曹振彦这边就被顺治收编了，跟皇室更近了。曹家变成顺治内务府的包衣，包衣等于家奴，负责打点宫廷杂务，这样就有机会亲近皇帝了。这个位子很好，后来曹家发迹全靠担任包衣，曹振彦的儿子曹玺就成了侍卫，被升为二等禁卫侍卫，可以经常跟皇帝接触。顺治大概蛮相信他们的。其实那时候禁卫侍卫都是满人贵族当的，纳兰性德，一个很有名的词人，就是当侍卫。所以这个位子虽然官不大，可是机会很好，跟皇帝很亲近。最要紧的是，曹玺的妻子孙氏刚好当了皇太子玄烨、后来的康熙皇帝的奶妈。这个我不太懂，查资料也不清楚，怎么会要一个汉人包衣的妻子当奶妈？奶妈何等重要，为什么孙氏能够当康熙的奶妈？你想奶妈跟皇太子一定感情很好，康熙一定很喜欢她，可能孙氏很健壮、奶水很足。况且孝庄皇后很厉害，她指定孙氏当奶妈，可见孙氏一定有她特别的地方。孙氏的档案很少，她一定也是非比寻常的女人，身体好，很得皇室的信任。而且她带康熙一定带得很好，康熙对她念念不忘，后来最关键的是曹寅——曹雪芹的祖父，兴他们曹家的就是曹寅。曹寅是康熙的奶哥，他们俩大概小时候玩在一起，很亲近，所以康熙才给了曹寅一个江宁织造的大肥缺，曹家就这样发达起来。曹寅深得康熙宠幸，康熙南巡六次，四次由曹家接驾。曹寅藏书甚丰，擅长诗文，并撰写传奇剧本，曹雪芹受祖父影响甚深。曹雪芹青少年曾目睹

江宁织造曹府之繁华，享受过锦衣玉食的生活。雍正六年
（一七二八）曹府被抄家，由是衰落，曹雪芹大约十三四
岁，举家回到北京，晚年穷困潦倒。这位旷世奇才，把他
大半生的生命都灌注到《红楼梦》中，写出了中国文学史
上最伟大的小说。

第一回

甄士隐梦幻识通灵　贾雨村风尘怀闺秀

刚刚开始读《红楼梦》可能有点吃力，原因是人物很复杂，关系一下子没法弄清楚。它开头是很缓慢的，我们也要有点耐性，一步一步慢慢来。

首先，曹雪芹架构了一个神话，由超现实引领，进入写实。这本书最大的特点之一，或说它的奇妙之处，就是神话与人间、形而上与形而下，可以来来去去，来去自如，读者不觉得奇怪，好像太虚幻境、警幻仙姑、茫茫大士、渺渺真人……真有这么回事，然后一降回到人间，贾母、王熙凤、宝玉、黛玉……也觉得是真有其人。它的神话架构笼罩全书，具有重要的象征性，也给予写作极大的支撑与自由。

神话由女娲炼石补天说起。女娲是中国的地母，大地之母（mother earth），她用泥土造人。这本书从女性开始，用一种尊敬的态度来写女性，整本书女性的地位这么重要，在中国小说里面是少有的。

从人类学角度，中国远古前是母系社会，女权很高的，后来母系社会被父系的父权压下去，曹雪芹写《红楼梦》，就让母系社会重新冒出来。看看贾母，看看王熙凤，看看书中这一群女性，在她们身上，多少都有从前母系社会的遗留。所以用女娲这个神话开头，绝不是巧合。

女娲炼石补天的神话，《淮南子》一类的古书里面都有记载。水神共工氏跟颛顼争夺帝位，大战，共工败了，撞了不周山，把一根顶着天的柱子撞断了，天塌了一个大窟窿，地也陷下去了，女娲看来了大灾祸，就炼石补天，炼了多少石呢？三万六千五百零一块，用了多少石头呢？三万六千五百块，只剩下一块石头，就放在大荒山无稽崖青埂峰下。

大荒山、无稽崖，都是曹雪芹造出来的，但那青埂峰的"青埂"两字很重要，"青埂"即"情根"，"情"还不够，还加个"根"字。《红楼梦》的人名、地名、物名……曹雪芹都有背后用意，要仔细读才能体会。

中国人讲"情"，跟"爱"又不一样，"情"好像是宇宙的一种原动力，一切的发生就靠这个"情"字，它比那个"爱"字深广幽微。我在美国教书，一碰到要解释这个"情"字最麻烦，用英文讲不清，找不到一个英文字很精准的对应，英文里的 love, sentiment, emotion 都不对，都好像没有中题。

曹雪芹是用一个宇宙性、神话性的东西来说这个"情"

字，"情"字还不够，还有"情根"，情一生根，麻烦了！《牡丹亭》里面有句话，"情根一点是无生债"，情一生根以后这个债就还不完了。

青埂峰下这块灵石，后来就变成贾宝玉了。三万六千五百块石头用来补天，剩下的这一块使命更大，它要去补情天，所以贾宝玉到了太虚幻境，看到"孽海情天"四个字，情天难补，他得堕入红尘，经过许许多多情的考验。

这块灵石静置久了，一天听见两个神仙闲谈红尘异事，一下子动了凡心。这两个神仙，一个是茫茫大士，一个是渺渺真人，一佛一道，虽然出场不多，就开头、中间、结尾出来几下子，但贯串全书，也占了很重要的地位。他们每次出现都好似醍醐灌顶，很重要地点一下，对这块灵石——贾宝玉有一种指引作用。他们其实代表了两种哲学：佛跟道。宝玉这块灵石在红尘中翻滚，一下子失去真心，他们就来导航一下，这两个神仙人物，可说是一种概念性（conceptual）的，作为出世跟入世之间的转换。

一个佛，一个道，一个和尚，一个真人，放在一起，也有意思。明清时候常常佛道不分，道观里供了佛，佛教里面也有道家神祇。《红楼梦》元妃省亲那一回，因为要做法事，贾家去买了一群尼姑，还请道士来诵经。贾家自己的庙叫水月庵，里头就有尼姑、女道士。

这两个和尚、道士扮的神仙人物，可说是守护天使（guardian angel），在最后贾宝玉出家时，也是一左一右，就像当初把他护送到凡间时一样，这时候又把他迎回到青埂峰去了。

灵石在红尘历劫归返，又过了好久，另外一个空空道人经过青埂峰，看到灵石上面刻了很多很多字，写的什么呢？就写着《红楼梦》的原型——灵石红尘走一遭的故事。空空道人把它抄下来，送给了悼红轩里边的曹雪芹先生，曹雪芹就据此写成了《红楼梦》。

空空道人有批注："因空见色，由色生情，传情入色，自色悟空，遂易名为情僧……"他称自己"情僧"，所以《红楼梦》另外一个名字叫作《情僧录》。

空空道人的"因空见色"，是说本来就白茫茫一片，什么都没有（六祖慧能：本来无一物），因为我们的幻觉，看到好多好多的现象，"由色生情"，情多了就会陷进去，陷进了更深的色的幻觉，"传情入色"，要经过多少彻悟之后，再从里面出来，"自色悟空"，再回到白茫茫一片真干净。

空空道人变成情僧，他录下来叫《情僧录》，"情"成为整本书很重要的主题。与其讲空空道人是情僧，还不如说最后出家成和尚的贾宝玉才是情僧，他的一生就是《情僧录》。"情"对于宝玉，简直就到了一种宗教的地步，本来应该出世的僧，把"情"当他一生的指标，这很有意思，需要不寻常的解悟。

所以，曹雪芹写完这本书，自己说：

满纸荒唐言，一把辛酸泪！

都云作者痴，谁解其中味？

我们现在就来试试解读他吧！

第一回里面，借着梦又说了一个很重要的神话：这块石头沾了灵气，变成一个神，赤瑕宫的神瑛侍者。

在那三生石畔灵河旁边，有一株绛珠仙草，需要灌溉，否则不能活。神瑛侍者就用灵河的水灌溉绛珠仙草，久而化成人形，化成一个女体，变成绛珠仙子了。绛珠仙子留在离恨天，看看这名字，游离在恨天外，饿了吃蜜青果。"蜜青"，秘情，这个蜜青果吃不得，吃下去都是"情"，是秘情果。那她喝的是什么？灌愁海的水，你看这个仙子有多少情有多少愁了。她化在人间就是林黛玉。为了报答神瑛侍者的灌溉之恩，她晓得神瑛侍者要下凡了，她也要下凡去。怎么报答呢？用眼泪来报答。所以林黛玉爱哭，以泪还报，泪尽人亡。所以"情根一点是无生债"，了"情"，就要还债，林黛玉在尘世还贾宝玉的债，以眼泪来还。这个神话，也就是后来这本书中男女主角的一段神话。

现在看正题。

故事的开始在姑苏城，现今的苏州。明清时候姑苏非常繁荣，人文艺术鼎盛。甄士隐是姑苏城一个小康人家（员外之流），娶妻封氏，幸福美满，有个可爱的女儿名叫英莲。在《红楼梦》里面，她也算是蛮重要的人物，后成为薛蟠买来的妾，改名香菱。

甄士隐名字谐音"真事隐"——真的事情隐掉了，对应另一个人贾雨村，"假语村言"，这两个人物看起来是真实人物，可是有很大的象征性在里头。正是：

假作真时真亦假，无为有处有还无。

《红楼梦》的开头是神话，接着是寓言。

甄士隐原是苏州一个有几分福气的普通人，贾雨村则是一个想要求功名的潦倒书生，住在甄家附近的葫芦庙。在中国社会，这两个人都是相当典型（typical）的小人物。他们为何有很大的象征性呢？甄士隐的遭遇就是世间常见的旦夕祸福，发生之前，他做了一个梦，梦见他到太虚幻境去了（后来贾宝玉也是到太虚幻境），梦里遇见和尚、道士，讲说有这么一个《石头记》的故事。他醒来以后，不以为意，有一天，真的遇见梦中的跛脚道人，说："你这个女儿是个祸胎，你还抱在手上……"晃眼不见。

过了一段时日，女儿英莲遭拐走不见了；葫芦庙失火，把甄士隐的房屋通通烧掉，财产也没有了，转眼间他的人生变调，从丰衣足食变成潦倒落寞。

我想《红楼梦》开章就以普通人家的起伏变动，暗示贾府的未来。贾府也许要放大百倍，然而旦夕祸福仍会发生，有它的必然性。这种料不到的人生，说穿了，就是佛家的无常哲学，人生没有永远的事物或关系，最后都随着时间崩坏。

　　贾雨村是个潦倒书生，甄士隐帮助他、给他盘缠，让他考试求功名。贾雨村在当时中国社会里面，也是典型的普通人，代表儒家的入世、有求、秩序、稳固，中国的哲学里儒、释、道三家人物，在《红楼梦》里经常交错出现。

　　甄士隐经了这许多人生起伏，有一天突然又看见跛足道士来了，口里唱一首《好了歌》（可以说是《红楼梦》的主题曲）：

　　　　世人都晓神仙好，惟有功名忘不了！古今将相在何方？荒冢一堆草没了。

　　　　世人都晓神仙好，只有金银忘不了！终朝只恨聚无多，及到多时眼闭了。

　　　　世人都晓神仙好，只有姣妻忘不了！君生日日说恩情，君死又随人去了。

　　　　世人都晓神仙好，只有儿孙忘不了！痴心父母古来多，孝顺儿孙谁见了？

　　甄士隐说："你唱什么？我只听见'好''了'、'好''了'两个字。"道人说：

　　　　好便是了，了便是好。若不了，便不好；若要好，须是了。

他们讲的这些道家的哲学，对儒家社会秩序，有很大的颠覆性。儒家修身齐家治国平天下这一套道理，要建立的是稳定的社会秩序（social order），鼓励人入世，求功名、利禄、妻子、儿女，儒家宗法社会下面，大概就是这些。

跛足道人给了很大的一个警告，好就是了，了就是好，等于给恋恋在红尘中的人临头棒喝、醍醐灌顶。

人大概都经过几个阶段：年轻的时候，大家都是入世哲学，儒家那一套，要求功名利禄；到了中年，大概受了些挫折，于是道家来了，点你一下，有所醒悟；到了最后，要超脱人生境界的时候，佛家就来了。所以过去的中国人，从儒道释，大致都经过这么三个阶段，有意思的是这三个阶段不冲突。在同一个人身上，这三样哲学都有。所以中国人既出世又入世的态度，常常造成整个文化的一种紧张，也就是说，我们的人生态度在这之间常常有一种徘徊迟疑，我想，这就是文学的起因。

文学写什么呢？写一个人求道提升，讲他的目标求道，讲这一生多么地艰难，往往很多人没有求到，在半路已经失败。不管是爱情也好，理想也好，各种的失败，我想，文学写的就是这些。《红楼梦》写的也是这些。

甄士隐一听《好了歌》就醒悟了。他就说：我来做个注解。这个人也有慧根的，解注得很好：

　　陋室空堂，当年笏满床；衰草枯杨，曾为歌舞场。蛛丝儿结满雕梁，绿纱今又糊在蓬窗上。说什么脂正浓、粉正香，如何两鬓又成霜？昨日黄土陇头送白骨，今宵红灯帐底卧鸳鸯。金满箱，银满箱，展眼乞丐人皆谤。正叹他人命不长，那知自己归来丧！训有方，保不定日后作强梁。择膏粱，谁承望流落在烟花巷！因嫌纱帽小，致使锁枷扛；昨怜破袄寒，今嫌紫蟒长：乱烘烘你方唱罢我登场，反认他乡是故乡。甚荒唐，到头来都是为他人作嫁衣裳！

这就是他的结论！

人生不就是个大舞台，一个人唱完下来，第二个人上去唱，唱完又一鞠躬下台，又换个人上去唱，"乱烘烘你方唱罢我登场"，然后"反认他乡是故乡"。

佛家说，我们以为这是我们自己的故乡，其实也靠不住，一下子一把火就整个烧掉了。道家说，要醒悟这一点，才找到你真正理想的地方。甚荒唐！到头来都是为他人做嫁衣裳。讲起来，整个一生是白忙一场，都为他人做嫁衣裳，所有事情都是为他人做的。

蛮有意思的！你看看这个《好了歌》："惟有功名忘不了！"想想，"古今将相在何方？荒冢一堆草没了。"尤其中国的历史长，哪怕是帝王将相，你眼中多伟大的人，汉唐明清，多少朝代，如果到了西安，去看看古代那些皇帝的古墓，秦始皇的墓那么巨大，现在，还是荒冢一堆草没了。建了那么大的一个帝国也不在了。"世人都晓神仙好，只有金银忘不了！终朝只恨聚无多，及到多时眼闭了。"

这个大家都看过很多例子。追求名利，追求五子登科，最终呢？道家来说，佛家来说，都是非常颠覆的一种思想。曹雪芹并没有偏向一方，说人应该出世，应该走佛道这条路，他说了好几种选择。

甄士隐、贾雨村，一个代表出世，一个代表入世。后来甄士隐变成道士，贾雨村经过好多官宦历程的折腾，到了书结束的时候，这两人又碰到一起。甄士隐想要度化贾雨村，贾雨村还是迷恋红尘。各走各的路，两个分歧，自己去看，自己去选择。所以《红楼梦》写的时候，把中国人基本的人生哲学通通写出来了，而且写得非常客观，很有高度。这一回等于是个楔子，等于一场戏的开锣，等于一个序幕。

一个道士，一个书生，一场对话。他们之间的对话、交流，这样碰在一起，从一开始到最后书结束。

所以《红楼梦》跟其他的中国小说不一样，它有很严谨的架构。中国小说是从说书的传统来的，讲到哪里算哪里，像《水浒传》《儒林外史》，等于是合传，一个一个人物，合在一起的传记，没有一个很笼统的、很严密的、互相有关系的结构。

《红楼梦》不论前面讲的神话也好，楔子的一个小故事也好，对整个主题，对整个架构，都有很深的意义。开头不是和尚、道士吗？这回也是一个道士跟书生相遇，就给我们一段寓言，寓言下来，第二回就进入写实了。

第二回

贾夫人仙逝扬州城　冷子兴演说荣国府

　　进入写实，《红楼梦》用了多种写作手法。写小说很要紧的是人物怎么登场，从哪个角度来介绍他。这些都跟整本书的精彩与活现很有关系。中国有说书传统，人物出场，常常是说书人告诉你，他是干什么的，他是怎么样的性格。《红楼梦》几乎完全脱掉了说书的传统，在整本书里面看不见曹雪芹这个人，作者是隐形的。他隐形在后面，借着书中人物的眼光，借着他们的口来说、来评判，所以有了很大的客观性。你可以不信那个人物讲的，你也可以有自己的判断。

　　这一回介绍贾府，一个人物众多的大家族。这是要克服的一个障碍，开始的时候有一大堆人挤上舞台，弄不清谁是谁。注意他怎么写喔！对于表亲堂亲，现在很多人已经搞不清了，从前是姑表姨表亲戚关系一大堆。所以在看这一回之前，要稍微对照着看一看《红楼梦》四大家族关系表。

　　四大家族的贾家，曹雪芹让什么人来介绍呢？冷子兴！冷子兴是谁？他对贾府怎么这么清楚？原来，贾府里边有个管家叫作周瑞，冷子兴是周瑞的女婿，在北京开了个古董店。因为他有这层关系，所以对贾家的来龙去脉，对府中的每个人都很清楚，他讲的，我们会相信几分。也有人说，冷子兴为什么姓冷？因为他冷言冷语在旁边。曹雪芹给的每个名字都有意思的。他可以冷眼旁观来看这些人。

　　贾家，是书里边牵涉的贾、史、王、薛四大家族之一，从这四大家族成员关系的枝连脉结，就知道中国的宗法社会那个架子有多大、多重。要扛起这个架子来是很沉重的。《红楼梦》主要写贾家，贾家是以功勋封侯的，也有说是以武功。这点跟曹家又相符了，大家都知道，曹雪芹先祖是以武立了功的。有功有封，贾家到了贾代化、贾代善，继承了宁国公跟荣国公两个爵位。

　　宁国公、宁国府这一边有些什么重要的人？

　　贾敬，是贾代化的儿子。贾敬这个人整天修道、炼金丹、求长生，不管什么事情。《红楼梦》塑造人物常有一种反讽（ironic），讽刺性，求道不一定得道，求长生不一定长生，贾敬求金丹，后来因为吃多了金丹而身亡。

　　贾敬一心求道，不管府里的事，就把宁国公爵位给了儿子贾珍。跟荣国府的贾政比起来，贾珍不太务正业，非常好色（以他的地位及中国旧社会习俗，这也是人之常情），有妻子尤氏和三个妾室还不够，还要一些婚外情。

我们读贾珍这个人，不觉得他大奸大恶，他心地也还不坏，就是好色而已。

《红楼梦》写一个人，没有绝对的好或绝对的坏，这里头的人物都有一些弱点，作者完全不避讳。贾府里也没有圣人，譬如贾政正直，有些迂腐，但也没有把他写成一个完美的人。这是《红楼梦》写人物写得好的地方。

贾珍下面有一个儿子贾蓉，他的妻子叫秦可卿，秦氏，这个人在书里是要紧的，后面慢慢再讲。贾珍有个妹妹惜春，四个春（元春、迎春、探春、惜春）里边她最小，这个小姑娘有意思的。

荣国府这一边，贾代善的妻子，就是贾母——史太君，要紧的人物，她是整个荣国府的头头。贾母这个老太太写得好，小说中写老太太，写到这个地步的还没有过。曹雪芹写贾母，完全把大家族中老夫人的气派、大度，富贵中的慈悲，懂生活情趣与幽默，面对变局时的承担，写得淋漓尽致。

贾母有两个儿子，大儿子贾赦，太太叫邢夫人。这一对可能是《红楼梦》里面最不讨喜的人物。贾赦继承了贾代善的爵位，他年纪不小，孙子都有了，纳两个妾还不够，还要去打贾母的大丫头鸳鸯的主意，给贾母骂了一顿，几天装病不敢见人。那是写得最好的回目之一。

贾赦的弟弟贾政——政老爷，二老爷，至少他自觉是遵从儒家理想的一个人。他非常正直，也想用儒家那一套思想道德来持家，但是太过守法，太过拘束了。中国社会能够生存下来，光靠儒家思想、书生之见是不够的，还需要别种哲学，譬如很要紧的法家，很实在的、很现实的顶在后边。儒家的很多理想不一定都能实现，碰到了现实问题，常常不能解决。不过儒家也很重要，它是一种道德力量（moral force），没有它也不行，但光有它也不行，所以，还要配合别的东西。

贾政的太太王夫人，出身贾、史、王、薛四大家族之一的王家，这个角色不突出不好写，曹雪芹也写得好。

贾母的女儿贾敏早逝，贾敏就是林黛玉的妈妈。贾赦这一房传下来是贾琏，娶妻王熙凤是亲上加亲（王夫人的内侄女），这个人物恐怕是《红楼梦》里边写得最好的一个角色。王熙凤是真正掌家的，等于贾府里的"行政院长"，非常能干、非常要紧的角色。

贾政这一房，有几个孩子。

长子贾珠早亡，遗下妻子李纨，独子贾兰。

长女元春嫁入帝王家，成为皇帝的妃子，贾家因此变成了皇亲国戚，这层关系对贾家很要紧。

曹雪芹写贾家有他自身曹家的影子，他的祖父曹寅与康熙皇帝关系非同一般，都是有大靠山在后面。可后来贾元春一死，贾家就如大厦倾倒，很快垮了。

男主角宝玉是贾政次子，另有庶出的探春和贾环（赵姨娘所生）。

另外一个女主角薛宝钗，跟王夫人这边有关，王夫人的妹妹薛姨妈，就是宝钗的妈妈。王家也是高官门第，她们的兄弟王子腾是做大官的。薛姨妈有个儿子薛蟠，外号"呆霸王"。

从宝钗、黛玉的出身，我们可以了解她们跟宝玉都是表亲。贾敏是贾宝玉的姑妈，所以宝玉、黛玉是"姑表"。薛姨妈是贾宝玉的姨妈，所以宝玉、宝钗是"姨表"。从前，表兄表妹结婚叫作"亲上加亲"，那时医学不发达，不懂血统太近对后代的影响，姨表姑表都走得近，容易在一起，当然就发生了爱情故事。

四大家族里的史家，就是贾母史太君娘家，她的侄子史侯是个侯爵，史湘云是史侯的侄女，自己的生父母早亡，在书中是个非常独特、个性可爱的女孩子。

我曾经发过问卷，问：《红楼梦》中的女孩你最爱哪一个？男生好多都选史湘云。他们觉得林姑娘林黛玉的个性让他们有点怕，薛宝钗太厉害了，也怕！史湘云很可爱，很豪爽的一个女生！

对贾府里这些人物，包括很有意思的三角关系，冷子兴就来介绍了，一个个点名，焦点还是在将来要继承宗祧门户的贾宝玉身上。

在旁人眼里，贾宝玉是个很怪的男孩子，从前小孩满周岁要"抓周"，大人想测试这小孩子长大会做什么，有没有出息，就放了好多东西给他抓，抓中什么，大概小孩长大了就会做那行当。贾宝玉抓周时，别的全不要，就抓女孩子的胭脂水粉。他父亲贾政不喜欢，说长大一定是个色鬼。果然，贾宝玉有句名言："女儿是水作的骨肉，男人是泥作的骨肉。"他说看到女人，我的眼睛就清爽，看到男人，闻到一股泥臭。不过也不尽然，要看什么样的女人，有些女人太沾上男人的气味他就讨厌，他说："怎么这女人一沾上男人的气味就混帐了。"对于男子，也要看是什么样的男人，有些他也喜欢，也不完全是泥作的。

贾宝玉最大的希望是什么？是那些女孩子都为他哭，哭成一条河的眼泪，他躺到里头去。果然，好多女孩子为他哭，不过，他也发现有一个不为他哭，他完全得不到她的眼泪，不是每个女孩都为他哭的。很多人想做贾宝玉，因为女孩子都喜欢他。外面人看，贾宝玉是个怪人，应该说不守礼法，不过，这个人很复杂，一下子讲不完，各种特殊都在他身上。某种程度上贾宝玉是曹雪芹创造出的代言人，是曹雪芹心中的一个理想。

我的老师夏济安先生从前跟我们谈《红楼梦》，他说贾宝玉是儒家社会中最大的叛徒。的确，以儒家标准来看，他一无是处，不过也有很多人觉得他很可爱。冷子兴评论贾宝玉就是一无可取，说他在家里面，父亲政老爷很不喜欢他，当然祖母很宠他，他也受很多女人宠爱。贾雨村听冷子兴讲了半天贾宝玉这个怪人，也发表了一篇言论，蛮值得我们研究：

"天地生人，除大仁大恶两种，馀者皆无大异。若大仁者，则应运而生，大恶者，则应劫而生。运生世治，劫生世危。尧、舜、禹、汤、文、武、周、召、孔、孟、董、韩、周、程、张、朱，皆应运而生者。蚩尤、共工、桀、纣、始皇、王莽、曹操、桓温、安禄山、秦桧等，皆应劫而生者。大仁者，修治天下；大恶者，挠乱天下。清明灵秀，天地之正气，仁者之所秉也；残忍乖僻，天地之邪气，恶者之所秉也。今当运隆祚永之朝，太平无为之世，清明灵秀之气所秉者，上至朝廷，下及草野，比比皆是。所馀之秀气，漫无所归，遂为甘露、为和风，洽然溉及四海。彼残忍乖僻之邪气，不能荡溢于光天化日之中，遂凝结充塞于深沟大壑之内，偶因风荡，或被云摧，略有摇动感发之意，一丝半缕误而泄出者，偶值灵秀之气适过，正不容邪，邪复妒正，两不相下，亦如风水雷电，地中既遇，既不能消，又不能让，必至搏击掀发后始尽。故其气亦必赋人，发泄一尽始散。使男女偶秉此气而生者，在上则不能成仁人君子，下亦不能为大凶大恶。置之于万万人中，其聪俊灵秀之气，则在万万人之上；其乖僻邪谬不近人情之态，又在万万人之下。若生于公侯富贵之家，则为情痴情种；若生于诗书清贫之族，则为逸士高人；纵再偶生于薄祚寒门，断不能为走卒健仆，甘遭庸人驱制驾驭，必为奇优名娼。如前代之许由、陶潜、阮籍、嵇康、刘伶、王谢二族、顾虎头、陈后主、唐明皇、宋徽宗、刘庭芝、温飞卿、米南宫、石曼卿、柳耆卿、秦少游，近日之倪云林、唐伯虎、祝枝山，再如李龟年、黄幡绰、敬新磨、卓文君、红拂、薛涛、崔莺、朝云之流，此皆易地则同之人也。"

贾雨村的意思是，人生下来，有些天生是正气，那些应运而生的儒家圣人——尧、舜、禹、汤、文、武、周公，都是正气。另一种天生邪气，像蚩尤、纣王、秦始皇这一大堆。中间还有一群人，像竹林七贤中阮籍、嵇康、刘伶之类就是放浪于形骸之外的另类文人。贾雨村就把贾宝玉归于这一类。

竹林七贤是魏晋时候的人，信仰以道家思想为主，他们是反儒家的。他们的行为不受社会规范，我行我素，比如阮籍，对喜欢的人就用青眼相看，不喜欢，眼珠一滚，就用白眼看人，完全不按世俗礼法。曹雪芹对魏晋竹林七贤的思想、生活形态是认同的，在书里提过阮籍好几次。曹雪芹的反传统跟魏晋那一套思想大有关系。

曹雪芹的出身和文化背景特殊，曹家既是汉人，又是满人，既是南方人，又是北方人，汉满的文化都有接触。他在南方长大，南京、苏州、扬州所谓江南地区，不管是艺术、文学、音乐，都特别以婉约精致风格为尚，昆曲就是在那边产生的。所以我们看到，这些文化《红楼梦》里面都有了。无论衣着、居住、饮食，都是江南文化的反映。但他所展现的不只是婉约柔软，还加上北方京城的帝王气象，那种很大的景观（vision）。

曹家的先祖一方面是汉人，一方面也是清朝皇室的包衣（家奴），又得到皇上赏识当了大官，他是统治阶级，也是被统治阶级，非常复杂的背景，反映在他的这部作品里头。

　　曹雪芹本人反传统、反礼法，儒家的礼法在他那个时代，已经形式化到了繁文缛节的地步，旗人的规矩非常大，看看《红楼梦》里他们的祭祀、丧葬、喜宴，那种规矩还了得！学者研究《红楼梦》记载的这些礼数，不是很典型的汉人规矩，当时汉人已经简化了，可是旗人汉化以后，反而把汉人的那些繁文缛节保留下来，保留得比汉人还要夸张。所以曹雪芹和他笔下的贾宝玉，对仪式性的礼法厌烦，认同魏晋名士的不受拘束，也是很自然的。

第三回

贾雨村夤缘复旧职　林黛玉抛父进京都

　　程乙本这回的回目是："托内兄如海荐西宾，接外孙贾母惜孤女。"第三回很重要，第一女主角林黛玉出场了。

　　林黛玉的父亲林如海是苏州人，所以林黛玉是苏州姑娘。苏州的文化特色就是精致，唐伯虎的画、昆曲、园林……精致得不得了，曹雪芹创造的林黛玉这个人物也仿佛一件最精致的艺术品。林家的先祖也是几代封侯的，到了林如海已经没落，后来还贬到扬州做官。所以林黛玉的家世只能算中上阶层，排场有限。

　　写小说很重要的一点，就是人物出场，作者如何介绍他。人物亮相，有的调子拔得很高，有的调子很低，都有道理。看看我们的第一女主角林黛玉出场，谁介绍她出来？她的老师贾雨村。贾雨村是个好功名的俗人，中了科考当上官，因为个性钻营嚣张，在官场里又几番起伏。这个时候他又丢了官，应聘林家西席，当了林黛玉的老师。

按理讲，第一女主角出场是大戏，如果是个二流作者，这时必定等不及，林姑娘一出来，就会哗啦啦写一大篇。曹雪芹不同，他不动声色，只说这个女学生身体很弱，完了，不讲了。长什么样子，家里如何都没提，淡淡的几句就过去了。

这是林黛玉的开头。曹雪芹其实在等，等着最合适的时候。因为贾雨村是俗气的人，他眼里看不到林黛玉的特别，无论是特殊的美貌还是性灵，贾雨村都不大觉得。他一生最要紧的是功名，怎么在官场往上爬，怎么去攀关系，在他眼里这是个普通的女学生，只是个很弱的、不重要的人。林黛玉要等另外一个人出来看到她，这就牵涉到写小说很重要的观点（point of view）。现代小说研究这个，从什么人眼里看什么事情，看人、看物都有观点，选中的观点决定这本小说的焦点在什么地方，它的主题在什么地方，有时候它的风格决定于什么人看事情想到的语言。一个知识分子看到的事物，想到的语言，跟没有受过教育的人就完全不一样。

开头我们对贾府的认识，是通过冷子兴这个冷眼旁观的人，他对贾府里的状况说书似的讲一下，限于很粗浅的介绍。焦点一转到第一女主角身上，就用贾雨村的观点稍微提一下。这个人物怎么慢慢地树立起来，就从林黛玉进贾府开始。

我觉得程乙本回目"托内兄如海荐西宾，接外孙贾母惜孤女"比庚辰本"贾雨村夤缘复旧职，林黛玉抛父进京都"好得多。第一，"抛父"这两个字用得不当，不是她要离开她父亲，是贾母——她的外祖母，因为怜惜失去母亲的孤女，来接她回去。这一接，定了林黛玉进贾府的命运。之前有个和尚警告过她，最好不要见近亲，见了有灾祸。的确，黛玉进了贾府，最后为情而亡，所以"接外孙贾母惜孤女"是很关键并符合实情的。

贾雨村是贾家的远亲，他也想到受林如海之托送林黛玉到贾府去，可以顺便攀近些。要恢复他的旧职，甚至爬高一点，就得跟贾政他们攀关系。他送林黛玉到了贾府，大家注意，这时焦点又一转，转到林黛玉，从黛玉的眼光来看贾府。

中国从前的房子有好多"进"，黛玉进贾府，一进、两进、三进、四进、五进，每一进都是不得了的气派，这个很要紧，对林黛玉造成很大的影响，影响了后来她的所有行为。她的内心是很恐惧的，投靠亲戚谈何容易？而且她本来的家比起贾家差太远了，她是个孤女，如果有妈妈在背后撑腰当然又不一样，妈妈是贾母心爱的女儿。一个孤女进了侯门，进了豪宅，心理上的威胁很大。黛玉原本极端敏感，极端聪明，又非常自傲。她作的菊花诗"孤标傲世偕谁隐，一样花开为底迟"，就显现她是个傲霜枝。黛玉当然骄傲，她才貌双全，一株绛珠仙草降凡间，自有孤高个性。在贾府这种环境，她要保有自己的身份，不能有半分退让，所以她的行为语言常带尖刻。那种攻击性，我想跟她的孤女心态及初进贾府感受到的威胁都有关系。

　　曹雪芹用了好得不能再好的手法写林黛玉进贾府，他没有讲林黛玉怎么受到威胁，心里怎么害怕，一句都没有。他让那些房子、陈设、一群一群的佣人（你看！贾府里有两百多个佣人）身上穿的也是绫罗绸缎，那种排场是很大的威胁。我们常说"穷亲戚"，林黛玉家还不算穷，也是官家小姐，仍感受威胁。宁国府、荣国府人多势众，这样排场的两家人都是她的亲戚啊！

　　当然这个就是小说家的手法，所谓的 objective correlative，就是把主观的情绪用客观的这些事物投射出来。这是很重要的一回，看起来好像林黛玉进去见了人，这里那里看一看，其实所有的氛围就是决定了日后林黛玉的一切想法和行为。

　　这就是小说家高明的地方，一句不露，让读者自己去看林黛玉进府，读者也变成了林黛玉，由她的眼光来看那样的礼法、那么多的东西。于是读者感受到了，替林姑娘感受到了。

　　小说家要写贾府，怎么写它的气派？用客观笔法来写贾府怎样怎样，冷冰冰的一点感受也没有，用林黛玉的眼光不同了，它有一种判断在里头，情感在里头，还有很重要的主题。曹雪芹写贾府，写大观园，都用了非常高明的小说家的手法。

　　跟着林黛玉的观点，她进去以后见了哪些亲戚哪些人，然后到了荣国府、宁国府。府中吃饭有他们的规矩，黛玉静静地看，心里却紧张，她得注意别人都怎么做，贾家规矩大，她生怕稍出差错被人笑话。比如说，她自己家里吃饭不喝茶，怕伤胃。贾家不一样，吃饭时端着茶来，而且上两次。头一盅茶上来不是喝的，是用来洗手的，若不注意一下喝了，就闹笑话了。第二盅茶是喝的，黛玉不便说家里吃饭不喝茶，只好入境随俗，光一件喝茶小事就得用心。

虽然贾母疼怜，黛玉自己是好强的人，从一点一点事情的累积，读者慢慢了解黛玉的心理，会对她采取比较宽容同情的态度。这个很要紧！否则就难以体会林姑娘的敏感、防卫，三言两语动不动又戳人家一下。

贾府中人物多，一下子一大堆人出场，对小说家来说是难得不得了的事情。《红楼梦》里有十二金钗，每个人都有个性，每个人的面貌不同，一亮相就要点出来，这就是考验笔法的高下。

看看曹雪芹怎么介绍人物。黛玉来拜见贾母，贾母看着外孙女，当然百般疼怜，哭了一顿，然后就介绍身边这几个人，首先是迎春、探春、惜春"三个春"。

> 不一时，只见三个奶嬷嬷并五六个丫鬟，簇拥着三个姐妹来了。第一个肌肤微丰，合中身材，腮凝新荔，鼻腻鹅脂，温柔沉默，观之可亲。第二个削肩细腰，长挑身材，鸭蛋脸面，俊眼修眉，顾盼神飞，文彩精华，见之忘俗。第三个身量未足，形容尚小。

其钗环裙袄，三人皆是一样的妆饰。

第一个，迎春，贾赦的女儿。肌肤微丰（大概是有点胖），合中身材，腮凝新荔，鼻腻鹅脂，温柔沉默，观之可亲。这是书中唯一一次介绍迎春的外貌。这么几句话，写出迎春是个很和平、很老实、很容易亲近的女孩子。他们叫她"二木头"，最可怜最老实是她，总是被欺负，后来出嫁遇人不淑被欺负而亡。

第二个，探春，贾政的庶出女儿。三姑娘探春削肩细腰，神采飞扬，这个女孩子不好应付。府中人批评，三姑娘像朵玫瑰花，有刺！三姑娘不像迎春那么老实，是很能干、很厉害的女孩子。但她是姑娘家，没办法把本事使出来。后来贾家败了，探春心里很着急，感叹可惜自己不是个男儿！如果探春是个男儿，很可能贾家能让她撑起来的。探春有理家之才，她跟凤姐是两个女强人。别人都怕凤姐，唯独探春不怕，有时候在言语里边还把凤姐压一压。王凤姐这个女人了不得的，非常识相，很懂人情世故，厉害又霸道的凤姐为什么对探春礼让三分？因为她是小姑子。在中国的家庭里头，嫂嫂不能跟小姑子争的，如果嫂嫂不让小姑子，那个嫂嫂就不贤慧。这里写探春的外貌不俗，往后看，就知道她的个性也是坚强的。

第三个，惜春。年纪还小，讲不出道理来。其实惜春也是个蛮重要的人物，我们日后也会再讲。

贾府三姐妹，在书中这一回几笔就过了，不高调。她们穿的，其钗环裙袄，三人皆是一样的妆饰，一笔带过。如果作家耐不住，"三春"出来了，三个小姐都细写她们穿什么，再写她们戴什么，写了一大堆，反而衬不出后面的力道。

王夫人、邢夫人来了，这两位是林黛玉的舅妈，其他一些表亲都到了，也是三笔两笔把她们介绍完。为什么都那么低调？因为要陪衬一个真正重要的角色出场。谁呢？王熙凤来了！真正的人物出来了。

人物的出场亮相要紧的，第一印象（first impression），有高调、有低调。林黛玉的出场低得不得了，因为有它的道理。王熙凤不一样，王熙凤的出场，是我在小说里边所看到的写出场，写得相当了不得的一段。如果其他的小说家来写，想王熙凤很重要嘛，先把她放在位置上，一来看到王熙凤形容了一大堆，那就模糊掉了。曹雪芹是把所有其他人通通安排好了，大家等王熙凤出场。

我们看传统戏，尤其是京剧、昆曲，主角的出场，一定有特别的亮相（pose），可能要等几秒钟，让台下的人看清楚他。还有就是人未到，声先到，让台下的人有准备。你看：

一语未了，只听后院中有人笑声，说："我来迟了，不曾迎接远客！"黛玉纳罕道："这些人个个皆敛声屏气，恭肃严整如此，这来者系谁，这样放诞无礼？"

　　这个出场，京戏里称"叫场"，人还没出来，后台声音扬起一声高调。很有名的《苏三起解》，玉堂春要出来的时候，在后面叫着"苦啊"这么一声。人还没到，声音先飘出来，这就是王熙凤。所有人都是规规矩矩站着，老太太老祖宗在此，别人都是吊手吊脚地不敢动，这个人如此放诞无礼？

　　王熙凤深得贾母跟王夫人宠爱，她是王夫人娘家的亲侄女，贾琏的太太。王夫人在府中不大管事的，因为得王熙凤之力，不光是这层内亲，她又是贾母面前第一得意人。贾母宠她，第一，因为她懂得奉承，让老祖宗很开心；第二，真的能干，偌大贾府，只有王熙凤罩得住。这么一个众星拱月的人出来了，打扮得恍若神妃仙子：头上戴着金丝八宝攒珠髻，绾着朝阳五凤挂珠钗；项上带着赤金盘螭璎珞圈；裙边系着豆绿宫绦双衡比目玫瑰佩；身上穿着缕金百蝶穿花大红洋缎窄裉袄，外罩五彩刻丝石青银鼠褂；下着翡翠撒花洋绉裙。这一身的打扮，又是凤，又是龙，又是一百只蝴蝶，还有银鼠，姑娘们大概不会这样穿。当然，她是少奶奶，又是掌家人，那个派头，后面一群佣人、媳妇、丫鬟，簇拥着一身珠光宝气、五彩缤纷的王熙凤。想象十八世纪清朝的美学，的确跟西方十八世纪洛可可风格有点像，王熙凤这一身就像法国宫廷里那些华丽非凡（ornate）的东西。

　　看看怎么形容她的容貌：一双丹凤三角眼，两弯柳叶吊梢眉。凤眼是眼角往上，非常漂亮的，但加了"三角"

两个字。相书里说，三角眼的人心机深。柳叶吊梢眉，眉毛挑高像吊上去的，有点吓人呢！身量苗条，体格风骚，粉面含春威不露，丹唇未启笑先闻。"春威"两个字写得好，粉面含春威不露，我想凤姐的样子，真的与众不同。她的穿着、气派、个性，通通表现出来了。

这得益于《红楼梦》很多时候用文言对句，如果你们试试用白话文，很难形容得这么铿锵有声。光是"身量苗条，体格风骚"这八个字，就讲尽了凤姐的样子。

《红楼梦》的语言是白话文跟文言文相间的，用得非常恰当。当然它也不是随便写的，用重彩下笔写王熙凤，用重彩下笔写贾府的气派。这个时候写得这样繁华，最后对照贾府衰败、王熙凤死时的凄惨，一盛一衰，这就是我们的主题。

讲贾府的兴衰，从什么地方看出来呢？一方面当然是贾府本身的气势，另一方面是人物的凋零。所以对贾府精雕细琢刻画，对王熙凤下重笔来描写，目的都是彰显"盛衰"二字。

你看，贾母怎么介绍王熙凤："你不认得他，他是我们这里有名的一个泼皮破落户儿。"庚辰本"泼皮破落户"我觉得不妥，程乙本是"泼辣货"。"南省俗谓作'辣子'，你只叫他'凤辣子'就是了。"庚辰本的"南省"何所指？查不出来，程乙本把"南省"作"南京"，南京有道理，贾府在金陵。

这一段就是小说家的手法，如果贾母介绍说"这是你的琏二嫂子"，就一点趣味都没有了。这句话，你看贾母这么讲："你只叫他'凤辣子'就是了。"一方面点出王熙凤是个泼辣货，很泼辣！另一方面也讲出贾母跟王熙凤两个人的关系，老太太跟孙媳妇开玩笑，当着那么多人，可见呢，老太太宠她，爱她，跟她很亲近，这种关系，不必写成贾母对她怎么好、怎么好，这种手法就低了。只要一句话，讲完了她们两个人的关系，讲"泼辣货""凤辣子"这样的外号就够了！这是《红楼梦》高明的地方，一张口都有道理，而且很合贾母的身份。

黛玉一听，"凤辣子"怎么叫呢？很为难。后来介绍这是琏二嫂子。转这么一个弯，这一段就有趣了，也就有了戏剧性（drama）。

那王熙凤看见了林黛玉，你听听她怎么说：

天下真有这样标致的人物，我今儿才算见了！况且这通身的气派，竟不像老祖宗的外孙女儿，竟是个嫡亲的孙女，怨不得老祖宗天天口头心头一时不忘。

多会讲话！她晓得贾母性格，孙女比外孙女当然要亲一层。她晓得这句话一讲出来贾母也爱听，林黛玉也爱听。

王熙凤察言观色，八面玲珑，这么一个人，非常知道怎么得人心。语调一转："只可怜我这妹妹这样命苦，怎么姑妈偏就去世了！"说着，便用帕拭泪。很会做戏的人，掏出手帕来揾揾眼睛。你看这是凤姐第一次讲话，三言两语，做那么两下，曹雪芹就写活了这个人。

王熙凤作为一个掌家人，该做的事情非常殷勤，她知道贾母这时非常怜惜林黛玉，所以在贾母面前做作了一番。到后来贾母决定让薛宝钗嫁给贾宝玉，林黛玉失宠了病得快死的时候，王熙凤对林黛玉的态度完全改变，她是随着贾母心意的，她很清楚在贾府的威与势是贾母给的。

好了，王熙凤的出场集中所有的焦点，刻画得如此突出，下面还能更翻高吗？有的，我们的男主角贾宝玉出来了。怎么出场呢？从谁的眼光看这个人？如果从作者的眼光，如果是一个全知叙述者（omniscient narrator），可能用全观的眼光客观地写，贾宝玉怎样怎样，可能太平板，可能不精确。曹雪芹高明地选择了从林黛玉的眼光下笔，林黛玉如何看贾宝玉，意义就不同了。

接着，宝玉来了。黛玉本来听了他这个表哥很顽劣的一些事情，王夫人甚至用"混世魔王"形容儿子很任性的一面，黛玉心想这个宝玉不晓得是什么样的懵懂顽童，不见那蠢物也罢了。哪知一看，已进来了一位年轻的公子：头上戴着束发嵌宝紫金冠，齐眉勒着二龙抢珠金抹额；在齐眉地方戴了二龙抢珠。穿一件二色金百蝶穿花大红箭袖，射箭的时候穿，所以叫作箭袖，但是这袖口是封起来的，所以束着五彩丝攒花结长穗宫绦，穿得非常好看！然后，外罩石青起花八团倭缎排穗褂；倭缎是日本的缎子。登着青缎粉底小朝靴。再看看怎么形容他：面若中秋之月，色如春晓之花，鬓若刀裁，眉如墨画。下面两句，庚辰本我觉得有点不妥当，它说"面如桃瓣，目若秋波"。前面已经讲他"面若中秋之月，色如春晓之花"，颜色是春晓之花，没有讲哪一种花，是春天最美的初开的花，是秋天最亮的时候的月，足够了！再形容"面如桃瓣"，有些多余，拿桃花来比喻男子，也不妥。程乙本没有这两句，而是讲他的鼻子：鼻如悬胆，睛若秋波，虽怒时而似笑，即瞋视而有情。黛玉一见大吃一惊，并不因他一身的贵公子穿戴，而是仿佛在哪里见过，觉得眼熟。的确，他们三生缘定，老早就见过了。在天上，他是神瑛侍者，她是绛珠仙草，他拿灵河的水来灌溉她，她下来是报他的恩的。

中国人都相信缘分，相信今生的相遇，一定是前世的因缘相凑，黛玉见宝玉，一见若有所思。曹雪芹用工笔画式一笔一笔写宝玉，而且写两次。一次是刚从外面回来的盛装，一次是回家后已换了冠带……仍旧带着项圈、宝玉、寄名锁、护身符等物，最后说他越显得面如敷粉，唇若施脂；转盼多情，语言常笑。转盼多情的"情"字要紧，前面也讲他"瞋视而有情"，发怒的眼睛，瞪一瞪也是有情的。

这个人是玉，这个人是贾宝玉，他就是"情"的化身，这块石头到红尘来，它的任务就是补这里的情天，在这个世界上他有多少的情债要还。他是情根，青埂峰那边早已生了情根，他到世上来，成了多情贾宝玉。

黛玉心中的宝玉不像个凡人！我曾在朋友家里看到一个雕塑，很漂亮的三太子哪吒。我一看，哟！像贾宝玉那一身！我想贾宝玉也是个哪吒。哪吒挖肉剔骨，还父还母，这世来是莲花再生，宝玉的一生也是啊！那种象征的意义蛮像的，所以他倒像个哪吒的造型。宝玉不是个凡人，是象征意义大过实在的人。找这么一个人不容易，现在好多花美男也长得漂亮，可是没有一个贾宝玉。

好了，宝玉讲完了，这个时候才来正式讲黛玉。你看曹雪芹的手法，前面三言两语提一点点，因为前面的人怎么看黛玉不重要，谁的观点最重要？——宝玉！

三生石畔神瑛侍者这时候看到黛玉，这时候黛玉才显形，他们等了很久了。宝玉眼里的黛玉：两弯似蹙非蹙罥烟眉。庚辰本用了个怪字"罥"，程乙本用了"笼"，笼烟眉，我觉得"笼烟"两个字好。一双似喜非喜含情目。态生两靥之愁，娇袭一身之病。病美人啰！这个林黛玉，泪光点点，娇喘微微。闲静时如娇花照水，行动处似弱柳扶风。不同寻常的漂亮！弱柳扶风，好像柳树随着那个风，飘飘像个仙子一样。娇花照水，她是绛珠仙草嘛！倒影在那个水里面。心较比干多一窍，病如西子胜三分。纣王的那个比干，心有七个窍，林姑娘是很多心的，一点点事就敏感，小心眼。我前面讲过，黛玉的敏感有道理，她的身世，还有她对宝玉的感情，非常没有安全感。那么多女孩子在宝玉旁边，个个都美，她对宝玉的这种情讲不出来，又怕宝玉给人家抢走，使得她非常不安。不过这两个人互相一看，都觉得是前世见过的，他们两人的缘分是"仙缘"，老早在三生石畔灵河旁边已经定了的，这一世用眼泪还债。仙缘不可能成为夫妻，用现在的话说，是灵魂伴侣（soulmate），有心灵上的交流，肉体的结合是不可能的。所以到最后不能结婚，也有道理，宝玉跟黛玉结婚生了一堆儿女，简直是不能想象的事情。建筑在仙缘上的情感是动人的，他们互为知己，他了解她，她了解他，他就是我，我就是她，那种契合很难教人家懂的。这是他们情之所"根"。

宝玉看到薛宝钗露了个膀子，白白粉嫩的，他也想去摸一下，他跟林黛玉从小同床而眠，却从来没有动过邪念，完全是一种灵的结合。但婚姻一定要有肉体结合的，世俗婚姻第一要件，就是肉体的结合，所以在尘世婚姻制度下，他们注定是一个悲剧。

第四回

薄命女偏逢薄命郎　葫芦僧乱判葫芦案

这一回讲贾雨村，没有太多重要的地方，我们稍稍带过。有意思的是，追求名利的贾雨村，经过官场的打滚、攀缘，又恢复做官了。

林黛玉进贾府，前面说过她是"姑表"，表妹进来了，很快，表姐也来了。薛家这个"姨表"的表姐薛宝钗也进来了。（薛宝钗的妈妈薛姨妈，是宝玉母亲王夫人的妹妹；黛玉的妈妈贾敏，是王夫人的小姑。）

薛蟠是宝钗的哥哥，外号叫"呆霸王"。这个人非常粗暴、霸道，他是被母亲薛姨妈宠坏了。他在外头看中了一个被卖掉的女孩子，这个女孩子是谁呢？她也算是《红楼梦》里蛮重要的一个人物。还记得吗？甄士隐有个女儿叫英莲，小时候被家人带去灯会弄丢了，给人牙贩子拐去，可怜被卖掉了。英莲就变成香菱，变成了薛蟠的妾。

香菱原本有机会嫁给冯家一个公子，蛮好的，冯公子看中了英莲，要娶她回去，薛蟠半路插进来抢人，劈里啪啦打一顿，把冯公子打死了。你看薛家，四大家族之一，有他的势力，又做生意有钱，这种身世打死了人也无所谓，一家子就来投靠更有势力的贾府。不过，薛家并非"穷亲戚"。

薛宝钗进贾府，我们的主要人物一个个都来了，都到贾府这个舞台上来了。

再看看贾雨村这个人，他也是有高度象征性的一个人，象征这个世界上每一个为求功名利禄不择手段往上爬的凡俗之人。他复了官，刚好审到薛案，薛蟠打死了人，按律要逮捕。这时衙门有一个小卒，跟他使了个眼色，叫他不要轻动。这小卒是谁呢？原来，贾雨村在贫贱尚未发迹的时候，曾住在苏州一间葫芦庙里面，记得吗？后来葫芦庙被一把火烧掉了，里面有个小沙弥逃出来了，他不当和尚去当衙卒，就是这个人，所以他知道贾雨村过去的身世。他一番好心，也几分逞能地告诉贾雨村：薛蟠你不能抓他！为什么？因为每个做官的手上都有一个名单。什么名单？有钱有势大户人家碰不得的名单，你碰了，就准备丢官。

贾雨村刚刚做官，还不太清楚。衙卒就讲，贾、王、史、薛这四大家族是互相牵连、互相庇护的，你一动薛家，其他家族就暗中使力，根本没法去办他们。的确是！后来薛蟠又打死人，贾家去讲讲情也就过了。

这回写得有意思在哪里呢？就是嘲讽贾雨村这种十年

寒窗后的官场人，听了衙卒一番话，就稀里糊涂把那个冯家搪塞一顿，再给点钱，把人家的口封住，就过了。然后，他还把那个原是葫芦僧的衙卒，充军发配到远方。

这就是《红楼梦》的社会写实。曹雪芹自己也经历过许多大风大浪，看世态看人生很透的。他不光是在讲神话，人情世故他也看得清清楚楚。为官为政的这些人，像贾雨村者也是很典型的，一旦发迹，若从前是贫贱出身，他不愿意人家知道他的过去，哪个不长心眼儿的去碰他的过去的话，砍掉！因为他要维持现在的形象，掩掉过去。

所以《红楼梦》在这个地方带一笔，也不多，加得合情合理，反映那时代的官场险恶。曹雪芹非常了解现实社会，所以《红楼梦》好看，一方面神话架构了不得，一方面它的写实主义（realism）也是到顶点的。

这里稍稍点出贾雨村这个角色的人格，后来贾家没落的时候，贾雨村果然对有恩的贾家加踹一脚，这正是官场反复无情的写照。

第五回

游幻境指迷十二钗　饮仙醪曲演红楼梦

第五回是全书极重要的神话架构，应该说，作者从第一回开始，慢慢慢慢架起来，至此整个神话架构完成。

庚辰本回目是"游幻境指迷十二钗，饮仙醪曲演红楼梦"。我个人比较喜欢程乙本回目："贾宝玉神游太虚境，警幻仙曲演红楼梦"。太虚幻境很要紧，点出书中重要人物的命运。贾宝玉神游太虚幻境，是书里面最重要的章节之一。真与幻，人与仙，是如何借宝玉神游联结起来的呢？

贾敬。还记得吧？这位宁国公把世袭位子让给了儿子贾珍，自己求道炼丹去了。他生日也不要过，说不要来惹我，你们去做好了！于是做生日的时候，宁国府请贾母一群人去看戏吃饭，王熙凤、贾宝玉一起去了。宁国府有一个人在这本书里蛮要紧的，就是秦氏——秦可卿，她是贾蓉的妻子，也就是贾珍的儿媳妇。她可说是宁国府第一得意之人，大家都喜欢她，她兼有林黛玉跟薛宝钗合起来的美貌。

在曹雪芹心中，钗黛两个美人合在一起大概是最理想的美人了，秦氏就有这么美。在《红楼梦》书里，她也有很大的象征意义。秦，情也。曹雪芹取人名、地名，很多时候都有象征意义，看了这个梦就知道了。

贾宝玉在梦中，跟一个叫作兼美、字可卿的女性在一块，她是太虚幻境警幻仙姑的妹妹，也是秦氏在梦境里的化身。第一次，宝玉尝到了性爱的觉醒。所以对贾宝玉来说，秦氏象征唤起他情欲的人。是怎么引他进入梦境的呢？到宁国府这天，宝玉要睡午觉，于是给他一个房间，秦氏带路。一看房间里写着："世事洞明皆学问，人情练达即文章。"讲要怎么求取功名，又有什么《燃藜图》，这种东西贾宝玉不喜欢，忙说："快出去！快出去！"秦氏说，这么漂亮的房间你也不要，那怎么办呢？只有我的房间让给你住了。别人说，宝玉是叔叔，住侄媳妇的房间不妥，秦氏就说他能多大呢！秦氏当然比宝玉大几岁，而且结婚了，没关系，就带他去看看。一进去就闻到一股甜香袭面而来，秦氏房间里面很香，香闺嘛！宝玉觉得"眼饧骨软"——闻那个香味，骨头都软掉了。再看，墙上有唐伯虎画的《海棠春睡图》。唐伯虎画美人很有名，美人画有秦太虚的一副对联："嫩寒锁梦因春冷，芳气笼人是酒香。"秦太虚就是宋朝的秦观。

庚辰本是"芳气笼人是酒香"。我觉得这个"笼"字不对，应该是程乙本的"袭"字，"芳气袭人是酒香"。有两个原因：第一，当然这个"袭"字比"笼"字好；第二，"袭人"两个字，我刚刚说曹雪芹用的词没有一个是随便用的，袭人是谁？贾宝玉最贴己的一个丫鬟，而且这一回跟她有关。所以这么一句联诗，他不是随便用的。

作者在这里暗伏了许多线索，看《红楼梦》要细心地看，每一句诗，每一句词，每一句陈述，可能都有所谓"背面敷粉法"，准备在映衬什么，很多看似不经意却都有关系的。看看秦氏房间放了什么东西？武则天当日镜室中设的宝镜（当然不会是武则天真正的那面镜子，是复制品，我想），赵飞燕立着舞过的金盘，都是大美人，最性感的、最香艳的美人。还有，安禄山掷过伤了太真乳的木瓜。这是《太真外传》里写的，讲杨贵妃跟安禄山有这么一段情，安禄山拿木瓜一砸，哎哟，砸到杨贵妃的胸，那个木瓜珍贵了！这么多历代美人的东西放在这个地方，宝玉能不做春梦吗？梦到什么呢？出来一个美人、一个仙子。怎么形容她？

《红楼梦》里常常有诗词歌赋，它们帮了《红楼梦》写作很大的忙。这一段像赋体，《楚辞》里面"兮"字很多，用很华丽的字句形容仙子，就像《湘夫人》《山鬼》那些辞藻，都形容得很有味道。

这个仙子是什么人呢？"吾居离恨天之上，灌愁海之中，乃放春山遣香洞太虚幻境警幻仙姑是也。"幻境，这整本小说一直在研究什么是真，什么是幻。曹雪芹常常在提这个问题。到底什么是真实的东西？什么是一场大梦？太虚幻境也是这个意思，它是我们心中一个理想的国度，一种幻觉的东西。

宝玉带着我们来了。一开头看见"太虚幻境"四个字，它有一联："假作真时真亦假，无为有处有还无。""假作真时"，本书一开始不就借着甄士隐、贾雨村的两种生活态度，提出要悟道解脱，还是沉沦红尘？"无为有处"，什么是有？什么是无？什么是空？什么是色？贾宝玉这个时候还浑然不觉。浑然不觉得好！如果这时候懂了，就没有下文了。人生的真昧，人生的命运，警幻仙姑讲给贾宝玉听，他这时候还没开窍。要等到很后头，历经痛苦劫难，贾宝玉第二次再回到太虚幻境来看，那时他懂了，知道了认识的人的命运，他自己的命运，他才大彻大悟。

这个时候还没有。他转过牌坊，宫门上面写着四个大字"孽海情天"，惊心怵目！我们处在孽海，都是一些孽债，佛家讲的都在这里。情天，一裂了以后，永远补不起来。多少人在孽海情天里面浮沉。旁有对联：

> 厚地高天，堪叹古今情不尽；
> 痴男怨女，可怜风月债难偿。

贾宝玉要经历各种"情"的考验，最后才悟道。此刻，他看太虚幻境，何为古今之情？何为风月之债？他不懂。太虚幻境里头有什么？这个司，那个司，有很多册子，一看，也不懂。他就跑到那一个一个司去，痴情司、结怨司、朝啼司、夜怨司，各种各种，春感秋悲，还有个薄命司，一看呢，橱窗里放了很多册子。他看到有一本"金陵十二钗正册"，里面载的就是这十二钗一生的命运。除了正册以外，还有副册，里面不是金陵金钗，还有很多女孩子，像那些大丫鬟啰！那个副册还有又副册，里边大部分讲的是丫鬟，算是第三线人物，可是对宝玉很重要，其中有两个他最关心的竟在里头。

宝玉打开又副册，里头一幅水墨，染的满纸乌云浊雾。写什么呢？

霁月难逢，彩云易散。心比天高，身为下贱。风流灵巧招人怨。寿夭多因毁谤生，多情公子空牵念。

讲的谁？晴雯！晴雯是宝玉心中很重要的一个人。晴雯不幸夭折，她的死写得非常好，叫人一掬同情之泪。晴雯也算是《红楼梦》写得最好的人物之一。

为什么第一个用晴雯？要注意曹雪芹写人物，他不是单线塑造的。林黛玉这么一个重要的人，曹雪芹用好几个人围着她，等于都是林黛玉的化身似的，是林黛玉的镜子意象（mirror image）。晴雯是第一个，龄官、柳五儿……绕着，等于黛玉在中间，旁边都是镜子，这镜子里面映出黛玉很多影像（image）来。晴雯的个性、样子，都有点像黛玉，"眉眼像林妹妹"是王夫人直讲的。后来王夫人把她赶出去，就因"风流灵巧招人怨"。晴雯的命运悲惨，黛玉最后的结局也不好，曹雪芹把晴雯放在第一个并非偶然，第一个先出来，后面牵引着黛玉，黛玉的命运才是最重要的。

宝玉再看，第二个，画着一簇鲜花，一床破席。谁呢？

> 枉自温柔和顺，空云似桂如兰；
> 堪羡优伶有福，谁知公子无缘。

袭人！她最后嫁给蒋玉菡那个戏子，嫁给一个伶人。又是一大串故事了，慢慢再讲。这两个人对宝玉很有意义的，曹雪芹先写起来。下面金陵十二钗，一个一个都是谜语似的。

这里，我要改一个地方。讲的是贾府皇妃元春。"二十年来辨是非"，元春亡故很早，只做了二十年的皇妃。"榴花开处照宫闱。三春争及初春景"，"三春"讲的是迎春、探春、惜春那三个春啰，当然不及元春。"虎兕相逢大梦归"，庚辰本"兕"应该是一个错字。"兕"是"犀牛"的意思，虎兕相逢没有意义。程乙本是"虎兔相逢大梦归"，虎年碰到兔年，元春亡故，元春一死，贾家垮掉。

宝玉看到最后：

> 情天情海幻情身，情既相逢必主淫。
> 漫言不肖皆荣出，造衅开端实在宁。

这讲谁呢？讲秦氏，秦可卿。曹雪芹写秦可卿这个人物，一方面是个写实人物，另一方面，她又有很大的象征意义在里头。我说过，《红楼梦》中，秦＝情。情动起来有正面的，有负面的，有给予生命的力量，也有毁灭生命的力量，情在《红楼梦》里面有非常复杂的层次。秦可卿这个人也是。

作者在十二金钗的册子中，把陆续将上场的十二金钗的命运，老早写出来了。但他用谜语式的诗让读者去猜、去揣测。他告诉读者，一个人的命运，包括我们自己的，永远是一个谜语。

我想命运是最神秘的东西，人这一生，到底是怎样一条路？没有人不好奇，但没有一个人知道自己的命运以后会怎样。你二十岁时绝对想不到你四十岁时是怎么样一个人，也许你有想象，可是命运要你走什么路子，老早已经定了。在我们中国有这样的思想，西方的哲学、戏剧也有很多在说，人逃不出自己的命运，是吧？

宝玉第一次看到十二金钗的命运时看不懂，要到书的最后，他又做梦，又回到太虚幻境去，那时候再翻开册子，那些他生命中的人，已经死的死、亡的亡……梦醒的时候，他知道了。他最后的了悟，是这样一步步来的。

这个时候，他还懵懂一片。警幻仙姑让他游览太虚幻境，他闻到一阵特别的异香，仙姑说这是"群芳髓"，所有花的精髓提炼出来的。又给他喝茶，什么茶？"千红一窟"，"窟"就是"哭"，贾宝玉不是希望得到所有女孩子的眼泪吗？这个茶，千万朵花的眼泪，他就是千万朵花的护花使者啊！接着，又喝神仙的酒，那个酒怎么酿的？"此酒乃以百花之蕊，万木之汁，加以麟髓之醅、凤乳之麴酿成，因名为'万艳同杯'。"万艳同杯，"杯"就是"悲"，万艳同悲。所以，《红楼梦》里面的文字，不能只看表面，它的背后有深意的。

千红一哭，万艳同悲，警幻仙姑一直在提醒他，他还没有醒悟。仙女上来唱很有名的《红楼梦》的十二支曲子，这十二个曲子，我想是一首连串的挽歌，来哀挽大观园里十二金钗的命运，她们大部分都以悲剧收场。

十二支曲子一开始：

〔红楼梦引子〕 开辟鸿蒙，谁为情种？都只为风月情浓。趁着这奈何天，伤怀日，寂寥时，试遣愚衷。因此上，演出这怀金悼玉的《红楼梦》。

庚辰本为"怀金悼玉"，程乙本为"悲金悼玉"。"怀"字的力量差远了，我想把那个字改过来，"演出这悲金悼玉的《红楼梦》"。这十二曲，等于也是延续了《好了歌》的主题曲，每一支都是在讲她的、她们的、我们的故事。我挑几支来跟大家讲一讲。

看看这个〔枉凝眉〕，哀悼的是什么呢？就是贾宝玉跟林黛玉这段悲剧收场的爱情。一个是阆苑仙葩，一个是美玉无瑕。若说没奇缘，今生偏又遇着他；若说有奇缘，如何心事终虚化？这个"化"字不对，程乙本为"话"。一个枉自嗟呀，一个空劳牵挂。一个是水中月，一个是镜中花。想眼中能有多少泪珠儿，怎经得秋流到冬尽，春流到夏！有几个字，也要大家改一改。程乙本是怎"禁"得，怎禁得秋流到冬，春流到夏！下面没有那个"尽"字。别忘了开始的时候那个神话，神瑛侍者跟绛珠仙草，他们一起到了红尘来，林黛玉是要还泪的，要秋流到冬、春流到夏，她要把眼泪哭干了以后，这个情债才还得完。这曲子是哀悼他们两个人那一段的悲剧爱情。

十二金钗里面，我再举出两个人做对比：王熙凤和惜春。这两个人走了完全不同的人生道路。王熙凤在滚滚红尘中，完全符合《好了歌》里面讲的对名利的追求、对权势的追求，最后她的下场，等一下再讲。惜春完全相反，这个人物很有意思，她在书中只出现过几次，是贾府"四个春"里的最后一个，是贾珍的妹妹。这个女孩子，个性很奇特，从很年轻的时候就已经看破红尘，觉得这个肮脏世界、这个红尘她不要沾染，也老早看到动了情之后的人生悲剧，所以她最后解脱了。

《红楼梦》里有几个人最后都出家解脱了，贾宝玉、紫鹃、惜春、柳湘莲，各人的原因不同。贾宝玉是历尽人生的生老病死苦，看破人生悟道；惜春没有经过这些，她是从最客观理性的角度来看人生这些事，老早就有了出世的思想，所以解脱得最彻底的是惜春，她的这一首歌可以看到出世的思想。《红楼梦》里面的人世出世经常有一种紧张，两种思想在搏斗。这是出世思想的代表：〔虚花悟〕将那三春看破，桃红柳绿待如何？把这韶华打灭，觅那清淡天和。说什么，天上夭桃盛，云中杏蕊多。到头来，谁把秋捱过？表面讲的是花、是植物，其实说的是人生，繁华易尽，无论那桃杏开得多么盛，到了秋天通通凋零了。不管贾府盛时多么兴盛，总有衰落的一天。则看那，白杨村里人呜咽，青枫林下鬼吟哦。更兼着，连天衰草遮坟墓。这的是，昨贫今富人劳碌，春荣秋谢花折磨。似这般，生关死劫谁能躲？这说的是佛家无常的观念。无常，我们看起来好像是个悲剧，在佛家看，人所有的一切就是如此。佛教很理性地看待人生，看待一切的事物，没有永远存在的东西，因为时间会破坏一切、会毁灭一切，有时间的转动，春夏秋冬的转动，就会有无常现象。人生无常，什么都无常。所以，"生关死劫谁能躲？闻说道，西方宝树唤婆娑，上结着长生果。"这是惜春的醒悟！佛教的传说中，佛陀释迦牟尼圆寂的时候，是在两棵宝树中间，那两棵宝树叫作"娑罗"。这个是不是曹雪芹误会了？佛教对"婆娑"两字另有所解。长生果，佛家讲修成正果，要悟道了以后，从而解脱。最后惜春出家了，我讲她是找到解脱最彻底的一个人物。

再看《红楼梦》曲里头，王熙凤的命运：

〔聪明累〕 机关算尽太聪明，反算了卿卿性命。

生前心已碎，死后性空灵。家富人宁，终有个家亡人散各奔腾。枉费了，意悬悬半世心；好一似，荡悠悠三更梦。忽喇喇似大厦倾，昏惨惨似灯将尽。呀！一场欢喜忽悲辛。叹人世，终难定！

王熙凤，机关算尽太聪明，的确，最精明的是王熙凤，涉入红尘最深的也是王熙凤，《好了歌》讲："世人都晓神仙好，只有金银忘不了！"等到聚多之时缘尽了。凤姐放高利贷，到处攒钱，聚敛多时，一下子抄家抄得精光，一场空欢喜！她在贾府最得宠，掌大权，抄家的原因之一是她放高利贷给抄出来了，一世的颜面丢得精光。"反算了卿卿性命"，后来王熙凤的下场也很悲惨。

对照一下，惜春走一条路，王熙凤走另外一条路，一个出世，一个入世，两种不同的道路。《红楼梦》常做对比，甄士隐跟贾雨村，也是出世和入世的辩证。曹雪芹从未批判哪方，他只是写出各人选的道路。《红楼梦》的高度在这个地方，没有为了袒护这种哲学，就去批判另外一种哲学。儒家的入世在《红楼梦》的结局也很重要，贾府衰败，王熙凤死了，也还有接班人，谁呢？薛宝钗，她把贾府重新扛起来，这就是人生。

中国人的人生，常常有三种哲学的循环。年轻的时候有所求，中年醒悟，晚年一切看开。有这三种哲学，才是完整的中国文化，三者相克相生，互用互补。《红楼梦》就把这三种哲学通通显示出来，而且有最具体、最动人的故事，最让人印象深刻的人物，在这些人物身上表现哲学思想，这是很难做到的。

曹雪芹懂道家、佛家、儒家思想，又是大文学家，所以他能够用小说讲三种哲学，用绚丽的文字表现抽象的事物，非常高明。《红楼梦》曲最后收尾的曲子，又呼应了开头的《好了歌》：

> 〔收尾·飞鸟各投林〕 为官的，家业凋零；富贵的，金银散尽；有恩的，死里逃生；无情的，分明报应。欠命的，命已还；欠泪的，泪已尽。冤冤相报实非轻，分离聚合皆前定。欲知命短问前生，老来富贵也真侥幸。看破的，遁入空门；痴迷的，枉送了性命。好一似食尽鸟投林，落了片白茫茫大地真干净！

佛家的看法：空。这不是悲观，佛家告诉我们本来就是如此。我们还在幻境里头，看到很多很多，其实，最后是白茫茫一片大地真干净。这支曲呼应到最后宝玉出家那个场景，那一回也是《红楼梦》最了不得的一笔，那一笔，在这个地方。老早就已经暗下伏笔了。

《红楼梦》十二支曲子也是一系列的挽歌，如果有个音乐家把这些曲子谱起来，一定非常美的。要是我会作曲，一定把它谱出来，很美、很动人的命运之歌。

警幻仙姑看宝玉听了这些还没悟过来，就说，给你一个实在的经验，看看你醒不醒悟。她就先讲所谓色空的道理，比方说："吾所爱汝者，乃天下古今第一淫人也。"宝玉吓一大跳，说自己从来没动过歪思想，怎么变成第一淫人？警幻说宝玉是意淫。原因是宝玉的情最深，动的意最深，因之有"意淫"二字。警幻又说我有一个妹妹兼美，小名叫可卿，让她跟宝玉成亲，让他尝到性的觉醒。宝玉跟那个可卿缠绵至次日，突然间到了一条河的秘境，有怪物，就吓醒了。他叫了一声："可卿救我！"原来可卿是秦氏的小名，别人都不知道的，秦氏觉得很奇怪。

　　梦里的可卿，其实也就是秦氏的变形、幻影，有人说一定是宝玉跟秦可卿这个侄媳妇之间有什么暧昧之事。我想曹雪芹这样安排不是这个意思。秦可卿在小说中是一个非常有争议性的人物，也有极高的象征性。所以让她在梦里的太虚幻境，变成警幻仙姑的妹妹兼美，兼所有女性之美，给你这么一个人，其实是个引导。贾宝玉正当青春期，懵懂发情的时候，谁来引导他呢？就是秦氏，因为她叫"情"嘛！引动他发情的女性，未必跟他真的有性关系，现实中宝玉也不可能跟秦氏有什么肉体上的接触。宝玉不是在她的房间里午睡吗？房间里面的布置完全是引导性的觉醒环境，当青春少年从懵懂期步向发情的暴风雨，才真正进入人生。秦可卿的象征意义在这里。

　　当然秦可卿也非常引起争议。她是宁国府的孙媳妇，贾蓉之妻，公公贾珍对这个媳妇宠爱超乎寻常，甚至有说他们之间有一种非常暧昧的关系，所以家里的老仆人焦大喊出来骂"爬灰的爬灰"，似乎暗示有这回事。脂砚斋曾批评，宁国府之败，从贾珍的乱伦开始。脂砚斋是《红楼梦》批家中的权威，好像是曹雪芹的亲戚，有人考证他们家，说他是曹雪芹的堂哥，有人考证是叔叔辈，现在不确知是谁。不过脂砚斋非常清楚曹家的事情，他常常在批语中说，当年确实如此发生，当年凤姐是讲过这个话……还有个很重要的批语，说原本《红楼梦》有一个回目"秦可卿淫丧天香楼"，现在的版本中秦可卿是病死的，而那个回目是写秦可卿跟贾珍在天香楼正有一段暧昧，被她的丫鬟撞见了，秦可卿羞愤之下吊颈自杀。这也不是完全没有根据。有人考据，另一位评家畸笏叟，据说是曹雪芹长辈，主张这家丑不能写，因而现在版本没有，但后来有些蛛丝马迹引起了讨论。

秦氏死了之后，有好几次她的鬼魂又出来，在很关键的时候，警告王熙凤一番话；又有一次中秋夜赏月的时候，秦氏鬼魂"唉"地叹了一声。还有一次是在贾府已被抄家，贾母过世，贾母身边最得宠的丫头鸳鸯殉主，正在想着要自杀的时候中了邪，秦氏的鬼魂进来了，教鸳鸯如何上吊。考证者认为，是不是秦可卿当初就是上吊而亡，所以教鸳鸯依样寻短。总之秦氏这个人物，在书中有多重的身份、多重的意义。

从秦氏在《红楼梦》里的定位，也可以了解《红楼梦》版本的问题。有很多学者专家都是庚辰本的拥护者，对程乙本评价较差。我现在不是替程乙本翻案，我是觉得大家可以对着看，比较一下。里仁书局庚辰本的好处，是它的注解注得很好，但仔细对着看时，的确有些地方我不得不挑出来，若按庚辰本的文本，会觉得曹雪芹写到这地方，怎么一下子掉下去了！我想不可能，这么一个文学大天才，他写这一步的时候，怎么会变成这样子，两个版本一比较就知道了。

　　问题点在下面第六回："贾宝玉初试云雨情，刘姥姥一进荣国府"。这一回，一开始的时候，讲贾宝玉初试云雨情，写得很露骨，我先挑出来比较。贾宝玉做了个春梦以后，梦遗了，叫丫头袭人来替他换衣服，袭人因此发现他梦遗了。因为贾宝玉很年轻嘛，等于一个青少年，这种与性有关的生理现象，当然不好意思，很害羞。袭人也是，她也是个年轻女孩子，当然也很害羞。贾宝玉这时候就吩咐，千万不要告诉别人。这是很自然的反应。看看庚辰本这一句：袭人亦含羞笑问道："你梦见什么故事了？是那里流出来的那些脏东西？"可是程乙本是这样子的：宝玉含羞央告道："好姐姐，千万别告诉人。"袭人也含着羞悄悄的笑问道："你为什么……""悄悄"两个字用得好！"悄悄的笑问道：'你为什么……'"不讲下面了，没了，讲不出来，不好意思讲。她是女孩子！然后呢？说到这里，把眼又往四下里瞧了瞧。这一句要紧的。她四面且看一看，才又问他说："那是那里流出来的？"我想，当时的情境就应该是这个样子。袭人不可能讲"脏东西"。她自己也不了解，她也没看过，而且我想在她心中没有那种脏的意念在里头。庚辰本这个地方用得不好，程乙本写得比较含蓄：宝玉只管红着脸不言语，袭人却只瞅着他笑。看着他有点笑笑的，这个样子，就够了。再看庚辰本怎么写，她问他说哪里来的脏东西，宝玉道："一言难尽。"这也不是宝玉的口气。宝玉是根本不好意思讲话了。

再看下面。程乙本：迟了一会，宝玉才把梦中之事细说与袭人听。然后，羞的袭人掩面伏身而笑。这也不说了。下面讲宝玉，也素喜袭人柔媚娇俏，遂强拉袭人同领警幻所训之事。庚辰本怎么写这段呢？袭人素知贾母已将自己与了宝玉的，今便如此，亦不为越礼。下面更不像话了：遂和宝玉偷试一番。"偷试"二字，用得真坏！然后还有更糟糕的：幸得无人撞见。偷偷摸摸做这个鬼鬼祟祟的事情，这个写得不好。程乙本这么写的：袭人自知贾母曾将他给了宝玉，也无可推托的，扭捏了半日。这才是袭人这个女孩子会有的反应。扭捏了半日，无奈何，只得和宝玉温存了一番。就完了，没有说什么，没有说偷试一回，也没说什么幸得无人撞见这种话，那种话不像《红楼梦》，不像曹雪芹写的贾宝玉跟袭人。

袭人这个角色我要慢慢讲，她是《红楼梦》里面非常重要的一个人。对贾宝玉来讲，她的角色是他的母亲、姐姐，是他的妾，是他的丫鬟、佣人，所有女性中的角色她都扮演了。她是他的另一个母亲。王夫人跟贾宝玉其实并不很亲近，所以对他母性式地照顾、慰藉、保护的是袭人。袭人对他充满母性的嘘寒问暖，对他的前途，他的一生，呵护备至。所以对宝玉来说，袭人是他的妾，是他的太太，他的妈妈，也是他的佣人。

我自己写过一篇文章，就是论贾宝玉跟袭人的关系，还有跟蒋玉菡的关系。后来袭人跟蒋玉菡结成夫妇了，蒋玉菡跟宝玉，袭人跟宝玉，都有很特别的关系。所以，宝玉的肉体，他真正在俗世上只给了袭人，他只跟袭人发生了关系，因为袭人对他来说，是女性的整个代表。*

对宝玉来讲，黛玉是心灵的交流、心灵的恋爱，他们两个是"仙缘"，不能想象贾宝玉跟林黛玉发生肉体关系还要结婚生子。这是不可想象的。

至于另外一个，宝姑娘，薛宝钗，跟袭人又不一样了。她的确是嫁给了贾宝玉，当了他真正的妻子，但那个时候，贾宝玉那块玉已经丢掉了，整个性灵已经失去，只剩下空壳在这世上。他跟薛宝钗发生肉体关系的时候，已成婚很久，是为了儒家的传宗接代而担起宗祧的夫妻关系，他真正的肉体给了谁？给了花袭人。所以他跟袭人的肉体结合，不能那么轻佻，还偷偷摸摸的！其实对他来说，这是非常严肃的一次肉身的结合，在这世上第一次肉身的结合。我觉得这一段，程乙本写的是对的。庚辰本这一段，我特别不喜欢，觉得写得有点邪掉了，不是《红楼梦》的高度。

第五回，是很重要的一个神话架构，大家因为还没看

---

* 　见附录《贾宝玉的俗缘：蒋玉菡与花袭人——兼论〈红楼梦〉的结局意义》。

到那些故事，可能不是那么清楚。你看完了整本书以后再回头细细品味，《红楼梦》的十二支曲，是她们的命运挽歌，不敢想象曹雪芹怎么想出这样的架构！这本书的高度，很高，很高！好像有天眼在看着我们人世间一群芸芸众生的命运和悲欢离合。

第六回

贾宝玉初试云雨情　刘姥姥一进荣国府

　　这一回的"贾宝玉初试云雨情"，发生在宝玉做梦神游太虚幻境之后，上次我们一气呵成讲了两个版本的比较，对照一下，就立显高下。不要忘了，这个时候的贾宝玉很年轻，等于一个青少年，对性完全懵懂，当然很害羞。袭人自己也是年轻女孩子，她也不懂，当然也很害羞。程乙本含蓄的写法，接近少年男女的自然反应，庚辰本就写得有点鬼鬼祟祟，又是"偷试一回"，又说什么"幸得无人撞见"，这种话，不像《红楼梦》，不像曹雪芹笔下的贾宝玉跟袭人。

　　袭人这个角色上回也谈过，宝玉所需要的女性角色她都扮演了。她给宝玉母性式的照顾、慰藉与保护，对他嘘寒问暖，对他的前途，他的一切呵护备至。宝玉的肉体、肉身，他真正在俗世上给了的，只有袭人，因为袭人对他来说，是女性的完整的代表。宝玉跟袭人是一份俗缘。宝玉出家，袭人嫁给了蒋玉菡，蒋玉菡跟贾宝玉也有特殊的关系，所以最后花袭人跟蒋玉菡结了婚。等于说，在这个世上跟贾宝玉发生一段俗缘的女性就是花袭人，跟他发生俗缘的男性就是蒋玉菡，后来这两个人结合，成为贾宝玉在世俗上面的两个肉体合而为一的俗缘的完成。他自己的佛身出家走了，他的肉身、俗体，留在这个世上，让花袭人跟蒋玉菡完成他在世上的俗缘。所以《红楼梦》非常复杂、非常微妙，看的时候要注意。不是贾宝玉出家走了，追求了他的解脱，完成了他顽石历劫的命运就完了，它等于是一个佛家的寓言，却又不仅如此。

贾宝玉这个人有好多缘分，尤其是名字中有"玉"的，都不是普通的缘。他跟黛玉两块玉，跟蒋玉菡是另外一个玉，跟妙玉第三块玉，又是另外一种。在这本书里这个"玉"字要紧的，都有很特殊的意义。

很重要的太虚幻境神话架构之后，一转眼又回到现实，从一个很高的天眼，又看到人世间的芸芸众生。一个好玩得很的人物，也是很重要的人物——刘姥姥，第一次出现。

"刘姥姥一进荣国府"，曹雪芹真是大天才无所不能。他之前写的都是些王公国戚、公子千金，这些人物写得好，大概跟曹雪芹自己也很相近。现在他写刘姥姥，一个村妇，一个乡村老太太，也写得活灵活现有趣极了，替这本书带来一股新鲜的空气。

这么一个乡下老太太，满身的泥土气，"一进荣国府"后，后来又去了贾府，见了贾母，之后还进了大观园。园里的小姐们正在吟诗作词，就让刘姥姥也参加，刘姥姥掷个骰子开口就来一句，"一个萝卜一头蒜"，"大火烧了毛毛虫"，人家文雅得不得了，她的那么一下子把小姐们都哄得笑翻了。泥地上长的东西，乡间的萝卜青菜，她带进了大观园里。

　　曹雪芹写的这个人物，不光是一个乡下老太太，其实很像神祇里面的土地婆，她不像一般的穷亲戚跑来，她是带来欢乐、生命和希望的。等到贾家衰败了，她救了王熙凤的女儿巧姐，那些不肖子侄们要把巧姐卖掉，刘姥姥从天而降，把巧姐救走了，就像个土地婆一样出现，把巧姐带到乡下去，救了贾家的一支血脉，在乡村中重新给她新的生命，所以说她像个土地婆。曹雪芹写这个人写得真好，我想写乡下老太太，还没有一个人写得过他的。写刘姥姥进大观园，还有很重要的一个功用，就是刘姥姥眼中的大观园是什么样子？从刘姥姥的视点来看大观园那么精彩，换了另外一个人看大观园就不一定了。刘姥姥看大观园，那简直进了一个人间的太虚幻境一样，看什么都是那么新鲜，看什么都是加倍的、夸大的，把大观园写得活色生香，那就是从刘姥姥的眼光来看的，所以刘姥姥这个人物很重要。

　　刘姥姥为什么到贾府呢？因为她家里穷了。刘姥姥的女婿家早先跟王凤姐娘家有那么一点关系，在他们的祖父辈。所以就趁了这么一点关系想办法，穷亲戚到贾家去，希望讨点便宜、得点救济。刘姥姥的女婿不好出面，女儿也不行，只好卖老脸，自己到贾府去了。刘姥姥进了荣国府，当然是见掌管荣国府的王凤姐，她家里跟凤姐的王家有点老关系，她进去要见到凤姐，才有些想头。凤姐的出场，第三回不是讲过了嘛！那个气派，作者对这个人物的精心描写，把凤姐塑造成《红楼梦》里面、甚至小说史里面不可磨灭的一个人物。曹雪芹从各种角度来写她，之前已经从林黛玉的眼光看过她出场了；现在又从刘姥姥的眼光来看凤姐，又是另外一个视点。

曹雪芹写人物，往往不是说他自己看王凤姐怎么怎么，这样的话，不生动！而且作者讲的，你未必信。如果从另外一个人物的眼光来看，如果你相信那个人，你就对他所看见的王凤姐形象，在心里加倍地深刻了。刘姥姥是一个乡下老太太，她哪里见过荣国府的那种派头。林黛玉进贾府，看了凤姐已经觉得了不得了，林黛玉见过世面的，林家也是个官家，可林黛玉看凤姐已经是高高在上，刘姥姥看她更是不得了。

刘姥姥进来以后，那个周瑞家的来迎。周瑞家的是王夫人的陪房，所谓陪房就是王夫人嫁过来的时候跟着来的，有的是丫鬟或者奶妈，帮衬着凤姐蛮得势的。由周瑞家的来评点凤姐，当然可信，因为从小看见的嘛。"这位凤姑娘年纪虽小，行事却比世人都大呢。如今出挑的美人一样的模样儿，少说些有一万个心眼子。"形容得好吧！心眼有一个还不够，有一万个。你看这个王凤姐的心事之多。"十个会说话的男人也说他不过。"真的，她说凤姐在，那些男人讲不过她。"就只一件，待下人未免太严些个。"这讲得也很好，周瑞家的是个下人，当然觉得这个管家管得严。话说回来，不严还行吗？贾府里面有几百个佣人，上上下下烦琐得很，凤姐要是没这个威，没这个严，她怎么管家？所以这句话就是反面来讲，凤姐这个人行事很有纪律，管家很得体，很行。

刘姥姥去见凤姐是怎样的情景？刘姥姥上来，看到凤姐，看到旁边她的那些家具，形容一大堆。然后，凤姐穿什么样的衣服？家常穿的都全是貂皮之类的贵重衣裳，粉光脂艳，端端正正坐在那里。下面一句写得好，手内拿着小铜火箸儿拨手炉内的灰。你晓得，那是暖手的炉，拿着铜箸儿，慢、慢、慢、慢拨那个灰。下面说：平儿站在炕沿边，捧着小小的一个填漆茶盘，盘内一个小盖钟。凤姐也不接茶，也不抬头，有佣人拿茶给她，也不理，手里慢慢拨那个灰，慢慢的问道："怎么还不请进来？"凤姐那种派头，人来了以后，照样地手里面拨她的灰，对刘姥姥爱理不理的。刘姥姥讲了个半天讲不出口，想来要点钱嘛！所以尴尬讲不出口。凤姐当然知道，她说，我还有二十两银子，本来给我的丫头做衣服的，现在拿来给你吧。对刘姥姥，给二十两银子就算了，还要加一句：准备给丫头做衣服的拿给你了！那种对刘姥姥的轻蔑，通通写出来了。

这里我们要先对照一下：后来等到贾家被抄，凤姐得病了、快死了，因为她一生作了不少孽，也害死过尤二姐，心里有一种罪疚感，所以她见鬼了。尤二姐的鬼魂来索命，她害怕了，正巧刘姥姥来看她，她就抓着求刘姥姥，把女儿巧姐托付给她。这种对照，曹雪芹不是随便写的。先前凤姐的高傲，对刘姥姥的那种轻蔑，对照着凤姐临终在床上的那种惨状，我们对凤姐才有同情。写这么一个人，不写前面之盛，托不出后面之衰。所以写贾府前面的派头，写得那么琐碎、仔细，有时候甚至琐碎到有点累赘（如果你不习惯的话），但是要细细看，前面的铺陈，每一句话都有它的意义在里头。之前，凤姐拿着手炉，弄弄，慢慢拨；最后，看见刘姥姥，就抓着刘姥姥，拽住刘姥姥求她。这两个情景对照起来，写得好！这就是小说的高明处。

《红楼梦》伏笔千里，老早就伏在前面了。曹雪芹心思很缜密的，每一个小节都仔细考虑过，前后的对照都有用的。俄国非常有名的小说家契诃夫，以短篇小说著名。他说怎么写小说？如果你第一页写了一面墙上挂了一支枪，你再写了两三页之后，这个枪还没有用上的话，就快点把它拿掉。没有用的枪，没有用的细节都是多余。曹雪芹写的东西一定后面有用，你看着什么啰啰嗦嗦，后来通通用到了。刘姥姥这段写得这么仔细，凤姐对她的态度，就是为了对照最后凤姐临终的凄凉无助，向乡下老太太求援。这么有权有势的一个人，"忽喇喇似大厦倾，昏惨惨似灯将尽"，就是讲凤姐的下场。前后是有密切关系的。

刘姥姥也写得活，凤姐不是在装腔作势吗？刘姥姥不管三七二十一，听见给她二十两银子以后乐不可支，她就讲了："但俗语说的，'瘦死的骆驼比马大'，凭他怎样，你老拔根寒毛比我们的腰还粗呢！"哇啦哇啦这么讲一堆，把凤姐的那套装腔作势通通打掉。这就是曹雪芹高明的地方，凤姐还要再装出一副样子，刘姥姥给她几句通通拆掉啦！

　　然后，刘姥姥就随周瑞家的出来了。周瑞家的倒担心刘姥姥粗鄙，有些不安，就说刘姥姥怎么会把她的那个叫板儿的外孙，推到凤姐面前，口口声声"你侄儿，你侄儿"！"我说句不怕你恼的话，便是亲侄儿，也要说和软些。蓉大爷才是他的正经侄儿呢，他怎么又跑出这么一个侄儿来了。"刘姥姥就笑了，她说："我的嫂子！我见了他，心眼儿里爱还爱不过来，那里还说得上话来呢。"你看，刘姥姥这个老太太写得真有意思！她的那种直率，乡下的原味，对照于官府里头的那种派头、姿态，就有了强烈的对比，也等于是暗中批评了凤姐的势利，对穷亲戚的高傲。凤姐的下场也就暗暗地伏在这里了。

　　《红楼梦》写人物，用各种侧面来描写。这是第二次写凤姐了，头一次我们从林黛玉的眼中看凤姐，第二次从刘姥姥的眼中看凤姐，就这么一个人，从各种角度写，正面写，反面写，以后还会再写王熙凤。

　　《红楼梦》很重要的是写人物，那么多人物在小说里面个个栩栩如生。凤姐是凤姐，林黛玉是林黛玉，薛宝钗是薛宝钗，袭人、晴雯……一个个都非常个性化，这不容易做到的。

中国的小说以人物写得活取胜，《红楼梦》的人物就不用说了，《水浒传》也是，那些人物，鲁智深是鲁智深，李逵是李逵，宋江、武松都是很活的。《水浒传》以写男性为主，全是写粗犷的汉子，有几个女性写在里头，潘金莲、潘巧云、阎惜姣，三个淫妇，写得好！《水浒传》里边的人物，也让你不会忘记。大家要学写作，看看这些很了不起的小说家，看看他们怎么写人物。

第七回

送宫花贾琏戏熙凤　宴宁府宝玉会秦钟

这一回，第二个女主角，很重要的薛姑娘来了。这是我们第一次近距离看薛宝钗，开头的时候，写薛宝钗只有泛泛几笔，这是写人物怎么进场的讲究。薛宝钗跟林黛玉的进场都是如此，先是低调，慢慢慢慢再拔高，以后越来越高，把整个人物立起来。凤姐是一出场就拔了很高的调子，所以作者有不同的写法。

薛宝钗来的时候，首先讲她很懂事，长得也很美，好像还胜过黛玉。就这么几句，说完了。这是第一次出场，开始铺陈薛宝钗是怎么样一个人。你光是讲她很能干、贤慧，印象不深，《红楼梦》里的宝姑娘也是很特别的一位女性，林黛玉如果是代表性灵，代表情感，薛宝钗就代表了理性，代表了冷静。

《红楼梦》里这些女孩子，若不细分，大致上有两种对比，一类重情，一类讲理，情与理的对比，也是这本书很重要的主题。感性人物，林黛玉为首；理性人物，薛宝钗为首。宝姑娘姓薛，"薛"，谐音雪，就是 snow，很冷的一个女孩子，很冷静的，所以她能生存，后来成为扛大任的一个角色。这种人容易成功，感性的、重情的，很多时候在世俗的世界里是失败的，早亡的。

这一回侧写薛宝钗，怎么点题呢？周瑞家的、薛姨妈她们来了，看见薛宝钗要吃药，吃什么药呢？冷香丸！她那个药可不得了，各种讲究，雨水都指定要哪一天的，烦琐得不得了的一个东西。薛姑娘吃的是冷香丸，飘出来是冷香，这个女孩子的头脑清清楚楚、冷冷静静。所以曹雪芹一上来不写别的，给她一个冷香丸，读者就不会忘记了。接着，又来一笔。薛姨妈拿了十二枝宫花——宫里做的人造花，很漂亮的，叫周瑞家的给园里女孩子送去。王夫人就说了，三位姑娘每人一对，剩下的六枝送给林姑娘两枝，那四枝给凤姐派去。王夫人说这宫花给宝丫头戴戴就算了，又拿来给她们干嘛？薛姨妈说宝丫头古怪得很，从来不爱这些花儿粉儿。爱冷香丸，不爱花儿粉儿，难怪她以后嫁了贾宝玉，就一辈子守活寡。她住的房子蘅芜苑，贾母进去一看，什么摆设也没有，雪洞似的。这个女孩子不喜欢红的绿的，喜欢雪一样的东西。

讲一个人，讲她的个性，讲她的命运，轻轻几句，一点，这就是曹雪芹。写宝姑娘，不用多讲，几句话就够了。一个东西——冷香丸，就代表她，写得好！再看看侧写宝钗的个性，宝钗对周瑞家的"周姐姐、周姐姐"这么叫，而且非常客气地让座。周瑞家的是王夫人的陪房，在佣人里面相当有脸面，而且可以在王夫人面前讲话，很重要的一个人。这个宝姑娘很有计算。贾府里面，哪个重要，哪个不重要，哪个应该怎么样应对，有规有矩，她很清楚。周瑞家的拿了花给几个姑娘送去，有意思得很。她先到四姑娘惜春那里，惜春在干嘛呢？跟几个尼姑在玩儿。周瑞家的拿花给她，惜春说："我明儿也剃了头同他作姑子去呢，可巧又送了花儿来；若剃了头，可把这花儿戴在那里呢？"她这话听起来好像是开玩笑的，以后真当了小尼姑。

一枝宫花，带出很多东西，宝钗的个性，惜春的未来。最后，到了黛玉那里。周瑞家的也是无心，给了这个那个，最后拿来给黛玉，你看看黛玉的反应：冷笑一声道："我就知道，别人不挑剩下的也不给我。"林姑娘难缠得很，而且她也不管周瑞家的是谁。周瑞家的听了，一声儿不言语。在旁边不敢讲话了，得罪林姑娘了嘛！林姑娘性子很直，她多心，"心比比干多一窍"！为什么多心？寄人篱下。很多事情她都觉得人家对她有点不礼貌。林姑娘那么孤高自赏的一个人，受不了一点点委屈，受了就直讲，也不怕得罪人。这一回，薛宝钗、林黛玉一对比，你就看得出来了，哪个在贾府里头最后会成功。

曹雪芹写得非常巧，一枝宫花带出了这么多东西。这就是写人物写得好，他不能只管跑出来说：薛宝钗会做人，林黛玉不会做人，说出来就不行了。他这么一枝宫花带过来，通通写完了，还点出了惜春以后会出家，薛宝钗就守寡，林黛玉得罪所有的人。这就是他写人物的手法，他高明地方多得很，大家写小说，拿这本天书慢慢学吧。

这一回的回目"送宫花贾琏戏熙凤，宴宁府宝玉会秦钟"，周瑞家的送宫花也送到凤姐那儿去，凑巧，贾琏跟凤姐正好在行房事，而且是白天在行房事。曹雪芹写得很含蓄，周瑞家的去的时候，看见丫头拿个水盆出来，她就懂了，就不进去了。这是从侧面来写贾琏好色，他不会直接讲，而是轻描淡写地带过，白天行房事，对贾琏这个人已经点到了。"宴宁府宝玉会秦钟"，秦钟是什么人呢？是秦可卿的弟弟。他跟贾宝玉相会，也有特殊的意义在里头，我慢慢再讲。

凤姐去宁国府做客，贾珍的妻子尤氏请凤姐过去。凤姐跟尤氏、秦氏她们婆媳俩感情很好，平日常往来。凤姐过去玩了牌，送她走的时候，有一个细节：叫谁送呢？叫焦大送。焦大是宁国府里一个老佣人，资格很老，他跟过太祖贾化。太祖年轻的时候打仗，爵位是因武功得来。有一回太祖受伤被围，焦大说他背着太祖突围，途中找水给太祖喝，他自己喝马尿，所以他保护了贾代化是有功的。现在呢？那些佣人管事居然半夜三更使唤他，他把他们臭骂一顿。凤姐一听，这么撒野啊！在凤姐手下，荣国府容不得这种撒野的行为。她早觉得宁国府这边尤氏治家懦弱，由下人这么放肆还了得！她叫贾蓉去，把焦大教训一顿。这个老佣人这下迸出心里话来了。他说，生出这一群子孙，"爬灰的爬灰，养小叔子的养小叔子"，他要哭祖庙去！小佣人一听这还了得，把宁国府里不能讲的一些秘密喊出来了，就拿马粪的灰往焦大嘴巴里一塞，把他捆走了。焦大这个人，我讲了，《红楼梦》最会用伏笔，这一次焦大出来就是伏笔，最后，贾府被抄家的时候，焦大又出来一次，那个时候才晓得，为什么焦大在这里出来一下很重要。

《红楼梦》整个故事两条主线，一条是贾府的兴衰，另一条是宝玉的悟道，常常有很多细节，都是随这两条线走。焦大说出来的，就是不肖子孙慢慢把家业败掉，贾府走向衰亡。子孙的不肖包括了不伦——公公爬灰这个公案。好多红学家研究宁国府孙媳妇、贾蓉之妻秦氏这个案子，现在的本子说秦可卿是病死的，跟前面警曲里讲的吊颈而死不大相符。那么，公公贾珍到底跟媳妇秦氏有没有爬灰，很多蛛丝马迹，好像有又好像没有，现在的本子没有明说。贾珍跟秦氏真的有一段不伦之情吗？看贾珍哭得那么伤心，按那个时候的伦理，公公哭媳妇哭成一个泪人的样子，好像有点不合规矩、不够节制。那么，焦大骂出来了，公公爬灰，这可能又是一个证据。这是宁国府的一个丑闻。以儒家宗法社会来看，败坏人伦的时候，家业就要败亡。焦大这两句话后一句"养小叔子的养小叔子"，这又是一个疑案。何所指？当然指王熙凤跟贾蓉之辈。王熙凤，大家记得她的形容吗？身量苗条，体格风骚。风骚有之，还不至于淫荡。王熙凤可能跟贾蓉眉来眼去、讲些疯话是有的，书里面写了不少。但凤姐有凤姐的身价，也是很傲的一个人。贾蓉长得也很好嘛，俊俏的侄儿，说调情两下这有的，养小叔可能还不至于。贾家的规矩那么严，以荣国府的掌家人之尊恐怕不至于。不过她跟贾蓉打情骂俏的，可能焦大也看不惯就骂出来了。不管怎么样，焦大这个人在最后又出来了，那一次蛮动人的。贾府被抄家以后，焦大出来哭，抢天哭地地那么喊、哭，祖业到底败在他们手里了。我想，曹雪芹不会突然写个焦大跑出来喊啊骂几声，他后面还要用到这个人，以老仆人的眼光来看家族几代的兴衰，哭祖庙般哭贾家衰亡的时候，更加动人。

秦氏这个人，是引导贾宝玉对女性发情的一个人物，梦里她的身份是兼美，兼宝钗跟黛玉之美。这么美的秦可卿，有个弟弟秦钟，秦钟跟贾宝玉相会有什么特殊的意义呢？贾宝玉有句名言是"女儿是水作的骨肉"，所以他看了就觉得眼睛亮了，是一种性灵的、精神上的层面。他看男人呢？"男人是泥作的骨肉"，他闻着就一股浊臭。所有男人都浊臭吗？不尽然，看是哪种男人。有两种男人贾宝玉不喜欢，一种是像贾雨村那样，只会求官，只会求利禄，叫他们"禄蠹"。蠹是虫，讲他是个只会钻营的虫子。贾宝玉是一个最大的儒家叛徒，按儒家的标准，他应该求功名，应该入世，他都不要。另外一种男人呢，不尊重女性，把女人当作玩物，色鬼型的，这种男人他瞧不起。所以他家里几个父辈、同辈、侄辈男人，像贾琏、贾蓉、贾芸……即使他们面貌长得很好，他也不喜欢。可是像秦钟这个男孩子，他们两人一见面就互相吸引，有一种很特别的感情。秦钟的面貌长得很好，有点偏女性美，在贾宝玉心中，女性有一种性灵上的（spiritual）吸引力，他与秦钟之间也有这种吸引力。

　　这一回还有下一回，他与秦钟相识在书房里面的一场闹剧。大家要了解，在明清或者更早一点，中国人没有同性恋、异性恋这种两分法的观念，贾宝玉对秦钟，还有后来对蒋玉菡及其他的一两个男性，有一种特殊的好感。当时不会像现代人去定义及分别同性恋或异性恋，却有对性灵上的特质的喜欢。秦钟还有一个象征意义在里头，秦氏、秦钟，两个人都姓秦，"秦"谐音"情"，秦可卿是让贾宝玉在情方面觉醒的女性，秦钟是让他在情方面觉醒的男性，这两个人又是姐弟，是情的一体两面。所以在《红楼梦》里，这个"情"字非常复杂，各种意义都有。这本书又叫作《情僧录》，这个情僧，指的就是贾宝玉。情对他来讲是一种信仰，一种追求，最后他成佛了，佛性是没有男女之别的。

　　秦氏与秦钟这两姐弟很早就夭折了，这对贾宝玉最后的悟道有很重要的启发性。情一方面是他追求、信仰的，另外一方面又非常脆弱，像林黛玉也是夭折了，一步一步让他知道，情多么地变幻不定。贾宝玉听到秦氏死讯的时候，一口鲜血涌吐出来，现实中他跟秦可卿没有那么深的感情，为什么一下子有那么大、那么强烈的反应？那个时候他已经感受到了，一个引他发情的这么一个女性、一种情的理想，一下子破灭了，这才是他的反应的源头。

　　秦氏死的时候，贾宝玉反应很强烈，秦钟死的时候，反应也非常强烈，后来又出现另外一个男人蒋玉菡。蒋玉菡是个伶人，贾宝玉跟他之间也有一段类似秦钟的感情，他最后碰到蒋玉菡演戏，演《占花魁》这出戏，《占花魁》里的男主角叫作秦重。所以秦钟——秦重——情种，曹雪芹通通串起来，这几个人，通通跟贾宝玉有关，跟"情"有关。曹雪芹写的很多细节，甚至一个名字，我们都要仔细推敲，他不是随便取的，往往有另外一层意义在里头。

第八回

比通灵金莺微露意　探宝钗黛玉半含酸

庚辰本这个回目"比通灵金莺微露意，探宝钗黛玉半含酸"我不喜欢。程乙本是"贾宝玉奇缘识金锁，薛宝钗巧合认通灵"。

这一回啊，黛玉是在吃醋、嫉妒，因为宝钗来了，对她来说是个很大的威胁。宝钗长得很漂亮，而且很得人缘，很通情达理，学问也好，处处不见得输给黛玉。她是另外一表，是姨表，黛玉是姑表，地位差不多，的确构成威胁。女孩子之间吃醋很正常，表姐妹之间吃醋也很正常，但吃醋不见得含酸，这个"酸"字下得不好。黛玉，林姑娘，是何许人物！酸字用不到她身上。"酸"凤姐，对的！有一回，凤姐吃醋了，因为贾琏跟一个鲍二家的有苟且事，被凤姐抓到了，吃醋！那一回程乙本叫"变生不测凤姐泼醋"，泼醋含酸用在凤姐身上是对的，放在这里用于黛玉我觉得不妥。

程乙本的回目较好，真正点题点出来了。曹雪芹用笔一方面非常写实，一方面象征的意义也非常好。他写薛姑娘并不讲一大堆描述，只讲她吃冷香丸，身上有冷香的，读者就知道了。薛宝钗，冰雪聪明的一个女孩子，像雪一样，头脑非常冷静。写小说，英文里面叫作 objective correlative，主观的感情用一种很特殊的客观象征的东西，一下子就讲明了。

第一次我们看薛宝钗，焦点在她的冷香丸。第二次，焦点又在她身上了，什么东西呢？一把金锁！

宝钗见贾宝玉来了，就说：听说你那块玉非常有名，让我看看！一看，上面有字，写的是："莫失莫忘，仙寿恒昌。"宝钗很聪明，看到之后不作声。她的丫鬟莺儿当然不懂，惊喜地说：姑娘你身上的那把锁也有几个字，怎么好像两个对起来的？可不是嘛！"不离不弃，芳龄永继。"你看，是对起来的，这一对，是金玉良缘，金跟玉对在一起。

曹雪芹真会安排，贾宝玉身上是一块玉，这块玉很复杂，它的象征意义（symbolism）很复杂，很多红学家在解释，从王国维开始就解释半天了。不管怎么样，这块玉是宝玉天生而来的一种性灵的东西，等于说人生下来的时候，像一块璞玉，干干净净，非常灵性。到了红尘里，慢慢被红尘污染，最后那个玉不灵了。我们生下来的时候都具赤子之心，慢慢也被红尘污染了，各种七情六欲都来，最后我们的心也不纯净了，要洗涤一番，才能归真返璞。

宝姑娘用的什么象征物（symbol）？金，黄金，而且是把锁。一把金锁把她锁住，金子很沉的，还用一把锁嵌在身上来。金子是最世俗的东西，但真金不怕火炼，也是最坚强的东西。玉还可能碎掉，金子不怕炼。别忘了，最后贾府要靠宝钗撑大局。贾府衰败，王熙凤死了，贾探春远嫁，撑起贾府就靠薛宝钗，难怪是把大金锁锁在她身上，这么重的担子要她来扛。难怪薛宝钗步步为营，一举一动都合乎儒家那一套宗法社会的规矩。有的人不喜欢薛宝钗，大概因为她把贾宝玉抢走了，大家同情林黛玉，这对宝姑娘不太公平。如果往大处看，也只有她能撑，那两块玉——宝玉、黛玉，都撑不起来的。只有这把金锁才能够撑大局。所以金跟玉这么两个人一比，就比出一段很重要的姻缘。

莺儿一看，说两个怎么对起来了？有了玉，又有金，林姑娘听了当然受不了。你有玉，人家就有金来配你，她自己没有金子，也没有后来那个史湘云的金麒麟，一把金锁还不够，又跑出个金麒麟来，黛玉简直完全受不了。黛玉忘掉她自己本身就是一块玉，不必配了，她跟宝玉两人根本心心相印，这两块玉根本是心灵上结合成一块的。其实林姑娘不必担心，贾宝玉当然对很多很多女孩子都留情，但是他真正的知己，他真正的知音，就是黛玉。名字已经配上了，玉嘛！所以我讲了，《红楼梦》里边名字不是随便取的。黛玉跟宝玉不必再多要一块玉来对应，他的那块玉也是她的玉，两人心心相印，是一段仙缘，神瑛侍者跟绛珠仙草的一段仙缘。然而到了尘世里面，当然又有很多这世上的规矩让林姑娘寝食难安，所以她也就一会儿吃醋，一会儿不开心。这也难怪，太多女孩子喜欢宝玉，当然林姑娘会非常没有安全感。

这一回，黛玉讲了一些话，是有点酸溜溜，不过还是很高雅的，吃醋也吃得很高雅。你看，黛玉一见了宝玉便笑："嗳哟，我来的不巧了！"宝玉等忙起身笑让坐。宝钗因笑道："这话怎么说？"黛玉笑道："早知他来，我就不来了。"宝钗道："我更不解这意。"黛玉笑道："要来一群都来，要不来一个也不来；今儿他来了，明儿我再来，如此间错开了来着，岂不天天有人来了？也不至于太冷落，也不至于太热闹了。姐姐如何反不解这意思？"黛玉吃醋的时候讲的话，非常微妙（subtle），她们几个姑娘都很有学问、很有教养，吃起醋来也是暗暗的那么一刀一枪。这一回写得很好，写吃醋也写得好。

第九回

恋风流情友入家塾　起嫌疑顽童闹学堂

程乙本的回目是"训劣子李贵承申饬，嗔顽童茗烟闹书房"。不喜欢读圣人书的贾宝玉上课去了，去私塾上课的原因是，他要跟秦钟在一起。他以前上了几堂课，就借故逃掉了。这次再去上课，贾政一听，又勾起从前不快：算了！你不要来！还好意思讲上课。就把宝玉的佣人李贵骂一顿：你跟他一起顽皮，等我来揭你的皮。"他到底念了些什么书！"政老爷发火归发火，还是关心的。李贵就讲，念了《诗经》，"呦呦鹿鸣，荷叶浮萍"。我觉得这就是曹雪芹最妙的地方。

这个政老爷一本正经地在训子，完全拿出严父那一套训儿子。贾政，那名字就是"正"（square）！用英文讲：He is a square。他是一个方方正正的人。贾政，政老爷，的确是整个书里面最合乎儒家思想的人，他也必须如此。你看，贾赦、贾珍……都是一些斗鸡走狗的纨绔子弟，这整个贾府，也要靠政老爷一股正气压压场是吧！所以他一举一动都要合乎儒家的礼法，儒家思想连《诗经》也不放在眼里的，四书念念就好了，念什么诗！跟他说去！……正在教的时候，李贵突然间冒出一句"呦呦鹿鸣，食野之苹（荷叶浮萍）"，政老爷忍不住笑了。政老爷正在板了个脸训人的时候，这么扑哧一笑，把那个场面解掉了。

曹雪芹常常有这种神来之笔。记得吗？刘姥姥见王熙凤的时候，王熙凤还在装腔作势，刘姥姥突然说："你老拔根寒毛比我们的腰还粗呢！"一句话，就把他们那一套装腔解掉了。李贵这地方你也想不到，本来这场训人的情节闷得很，写到这里很没意思，李贵跑来这么一句，哈哈一笑，这一场就活了。小说里场景（scene）很重要，为什么这本小说看了以后再也不会忘记，因为场景写得活。曹雪芹对戏剧很熟，他看过好多戏，他家里有戏班子，所以《红楼梦》里也整天到晚看戏。中国小说比较擅长的就是这个戏剧法，利用对话、场景来表现，中国小说不擅于长篇大论地分析或叙述，用一个个场景非常鲜活地堆砌起来，就是整出大戏。看似不经意这么一个小场景，你来写写看，要写活它，适时地写这么一句出来，不容易！他用李贵这角色，突然把《诗经》这么搞了一下，一辈子不会忘记了。

这一场，私塾里的学童、小孩子在吵，闹场的原因是互相勾搭吃醋。我刚刚说那个时候没有所谓的同性恋、异性恋这种观念，像这种很严肃的小说，在西方小说里如果突然写出这么一个场景，一定会讲这是同性恋什么的，一定大做文章。而曹雪芹写这一场，完全不自觉地写着几个学童、孩子互相勾搭吸引，他写起来很自然，可见得那个时候的小说，像《儒林外史》里也有讲这一类的，并不是蓄意要写什么男色、男风或者同性恋，这种观念在那个时候可能没有。像讲到薛蟠这个人物，这个呆霸王，看了香菱漂亮，就把人家抢过来做妾；等一下他又跑到这个私塾捣蛋，看到几个漂亮男孩子，要去勾引人家。曹雪芹写来没有批判或是强调，那个时候大概视之为理所当然，但以现在的观念来看，就觉得有点奇怪。秦钟跟宝玉，两个人的关系非常亲密。秦钟的长相和个性都有点像女孩子，所以宝玉特别保护他，对他有一种怜惜的态度。以宝玉来讲很自然，他心目中的女儿家是水作的，他对那种性灵方面的特质非常崇拜。

　　在《红楼梦》之前，很少中国小说把女性的位置放得那么高，对她们有一种精神上的崇拜。比如《金瓶梅》里也有很多女性，就不同了，对女性，只看到她的身体，她的肉体，没看她的心。《红楼梦》把性灵升华到这种程度的确是很特殊。《红楼梦》一开始讲女娲炼石补天，用这个女神开头，所以这本小说赋予了女性非常特殊的地位。当然之前也有作品像《牡丹亭》，杜丽娘是柳梦梅的梦中情人，但还不致像贾宝玉对林黛玉那种崇拜式的心情。当然《牡丹亭》对《红楼梦》有很大的影响，我们讲到下面几回会详说。

第十回

金寡妇贪利权受辱　张太医论病细穷源

在贾府正盛的时候，贾府中第一得意之人秦可卿，突然间就生病了。也说不出什么病来，就是恹恹的，这么一个人就慢慢地消了下去。秦氏这个人，我讲过是非常非常有象征性的，在贾府最盛之时秦氏之死是很要紧的一个回目，详述在第十三回，这里呢，是个过场，提个话头。

这一回，因秦钟受宝玉宠而遭忌了，有亲戚因为自己家的孩子在学堂中受了欺负，大人想想不甘，同样都是贾府的亲戚，还有亲疏不公，想来向秦氏告状。到了宁国府，才知道尤氏正烦恼着，家里最受宠的媳妇秦氏病倒了，又听说跟她兄弟秦钟被附学来的一个人欺侮了有关，那想告状的人，一团要向秦氏理论的盛气，早吓的都丢在爪洼国去了。尤氏原本就不是利落能干的人，秦氏这一病，她也是六神无主，跟个来家的亲戚叨叨诉了起来。她说："连蓉哥我都嘱咐了，我说：'你不许累掯他，不许招他生气，叫他静静的养养就好了。他要想什么吃，只管到我这里取来。倘或我这里没有，只管望你琏二婶子那里要去。倘或他有个好和歹，你再要娶这么一个媳妇，这么个模样儿，这么个性情的人儿，打着灯笼也没地方找去。'他这为人行事，那个亲戚，那个一家的长辈不喜欢他？所以我这两日好不烦心，焦的我了不得。"婆婆口里说这番话，可见这秦氏真是上下宠爱在一身。尤氏又怪她兄弟秦钟小孩子不懂事，姐姐身体不舒服，学堂里有事就不要告诉她了，结果东说西说，弄得秦氏又气又恼，病更重了。尤氏又说："你是知道那媳妇的：虽则见了人有说有笑，会行事儿，他可心细，心又重，不拘听见个什么话儿，都要度量个三日五夜才罢。这病就是打这个秉性上头思虑出来的。"有人来告状带出了秦可卿生病的事，重点是，年纪轻轻的秦氏病了。

第十一回

庆寿辰宁府排家宴　　见熙凤贾瑞起淫心

　　这一回宁国府贾敬过生日，贾敬这个人醉心修道，老早就把家里的事丢开，把宁国公的封爵让给了儿子贾珍，可是家里头还是要给他过生日。前一回就说了贾珍到观里头去请安，又请他生日那天回家来受一家子的礼。贾敬就说："我是清净惯了的，我不愿意往你们那是非场中去闹去。你们必定说是我的生日，要叫我去受众人些头，莫过你把我从前注的《阴骘文》给我令人好好的写出来刻了，比叫我无故受众人的头还强百倍呢。倘或明日后日这两日一家子要来，你就在家里好好的款待他们就是了。"

　　贾珍就依父亲的意思在家里预备两日的筵席，把荣国府这边亲戚都请过来，当然凤姐也去了。去了就探望秦氏的病，一看，怎么消瘦得这么厉害！出来的时候发现有一个人跟在后面。谁啊？贾瑞。他也是贾家远亲，在学中讨份工作教那些小孩子。他不晓得吃了什么熊心豹子胆，竟然敢在凤姐头上动土，打她的主意了。

　　"见熙凤贾瑞起淫心"，写一段插曲，其实主要是在写凤姐这个人。凤姐是见人说人话、见鬼说鬼话的一个人，她有各种面貌，所以呢，曹雪芹也设计了各种人物跟凤姐互动，来反映凤姐的个性。我们看到了，她在贾母面前是一套，在那些姑娘们面前又是一套；她在刘姥姥面前是一套，在这个贾瑞面前又是一套。

　　贾瑞跟在后面当然是想引逗她，"嫂子连我也不认得了？"这么搭讪，"不是不认得，"凤姐看看，"不想到是大爷到这里来。"贾瑞说："也是合该我与嫂子有缘。"这个贾瑞真不识相，敢说这种话，凤姐当然很聪明，一下就知道了。你看她怎么讲话，她说："怨不得你哥哥时常提你，说你很好。今日见了，听你说这几句话儿，就知道你是个聪明和气的人了。"给他一点甜头吃吃。贾瑞一听不得了，往下就讲了，他要到她家里边去，要去请安什么的。凤姐心里当然有数了，等他到她家里来的时候，当然跟他假意周旋一下。凤姐的手腕，下回就知道了。

第十二回

王熙凤毒设相思局　贾天祥正照风月鉴

这一回看起来是一个闹剧、喜剧，其实也有寓意在里头，本来蛮严肃的《风月宝鉴》——谈色啊、空啊这类大道理，曹雪芹用一个喜剧（comedy）呈现出来。

贾瑞不识相，跑到凤姐家里边来了，入了虎穴，看看凤姐怎么应付他的。贾瑞见了凤姐，挑逗她啰！说："二哥哥怎么还不回来？"故意讲贾琏叫你空闺独守，心里边想，我来陪陪你吧！凤姐说："不知什么原故。"贾瑞就笑说："别是路上有人绊住了脚，舍不得回来也未可知？"凤姐怎么答？"也未可知。男人家见一个爱一个也是有的。"凤姐有意卖个缝隙，贾瑞马上接话："嫂子这话说错了，我就不这样。"凤姐笑道："像你这样的人能有几个呢，十个里也挑不出一个来。"这个蠢东西，真滑稽！以为凤姐讲的是真话。你看看，下面形容写得真好：抓耳挠腮。喜得那个贾瑞丑态毕露了。忙说："嫂子天天也闷的很。"凤姐说："正是呢，只盼个人来说话解解闷儿。"贾瑞笑道："我倒天天闲着，天天过来替嫂子解解闲闷可好不好？"凤姐笑道："你哄我呢，你那里肯往我这里来。"这个凤姐，难怪说身量苗条、体格风骚，很懂得风骚的。贾瑞怎么说："我在嫂子跟前，若有一点谎话，天打雷劈！只因素日闻得人说，嫂子是个利害人，在你跟前一点也错不得。"接着这么说："如今见嫂子最是个有说有笑极疼人的。"有说有笑！我想，王熙凤笑起来就可怕了。"粉面含春威不露"，这就是讲她！"果然你是个明白人，"你看凤姐这会儿挑逗人，"比贾蓉、贾蔷两个强远了。我看他那样清秀，只当他们心里明白，谁知竟是两个糊涂虫，一点不知人心。"各种挑逗让贾瑞上钩，然后耍他一下。

　　"毒设相思局"，很可笑的。把贾瑞狠狠耍了一回，贾瑞得了相思病，这样医也不好，那样医也不好。王夫人当然觉得该救人一命，叫王熙凤给些人参补一下，王熙凤说没有了，王夫人说你再去找找。这王熙凤真做得出来，就找了一些沫子、人参渣子给他吃，吃了也没什么用。正病恹恹的时候，有个道士来了，给他一面镜子，镜子正面是个美人，背面是个骷髅。道士说："你只能看背面，看另一面的话，就糟了。"贾瑞一看骷髅吓一跳，翻过来看美人，好像凤姐招他进去，来来来！他跑进去，这就入色了。记得吗？《红楼梦》也叫《风月宝鉴》，就是色空的这一套说法。其实镜子两面是一面，色即是空，美人跟骷髅是一体两面。红粉骷髅这个意象其实根本就是一个空字，入了色，最后就得了骷髅，所以一病呜呼。

贾瑞当然是一个插曲，另一面写凤姐，这个人是厉害角色，动她的脑筋不行的，她对付人有好多套，对付贾瑞又是一套。曹雪芹用侧面、反面、背面写凤姐，用各种角度来看她，用多样曲笔来写她，凤姐是个重要人物，可能也是这本小说里面写人物写得最好的一个。大家看小说，绝不会忘记王凤姐这个人物。贾瑞一命呜呼了，秦氏的病也越来越重，怎么医都医不好。这一天，突然间凤姐做了个梦。

第十三回

秦可卿死封龙禁尉　　王熙凤协理宁国府

　　这一回，秦可卿病亡。秦可卿死的时候，凤姐突然间做了一个梦，恍惚间，秦氏的鬼魂来了。为什么挑上凤姐呢？因为凤姐是荣国府的掌家人。

　　秦氏在某方面是一个象征人物，她的鬼魂来跟凤姐交代一些话，很要紧的。她交代什么？她讲了贾家的命运。她讲，婶婶你是掌家的人，有些事你要知道。她说了一番"月满则亏，水满则溢"的道理——这是曹雪芹写这本书的人生哲学，也是道家、佛家讲的人生哲学。书开头不就点出来了吗？"好了"，"好了"，"好就是了，了就是好"，月到了满则亏，这是自然界的现象，也是人生的道理。月亮最满的时候，就是月亮开始亏的时候，人生最高峰的时候，也是往下跌的那一刻。中国的人生哲学，爬得越高，摔下来越重。秦氏讲，我们贾家，赫赫扬扬已经近百年了，已经到了由盛入衰的时候，哪天乐极生悲的时候，不要应了俗话"树倒猢狲散"的悲剧。曹雪芹写这一段应该是有感而发的。对比他自己的曹家，前前后后也有六七十年的显赫，但数度抄家，乐极生悲来得很快。

凤姐一听秦氏此话，心胸不快。庚辰本这里有个错字：心胸"大"快，绝对不是"大"字，把它改过来。一定是凤姐听了不舒服了，忙问道："这话虑的极是，但有何法可以永保无虞？"凤姐到底是世俗中人，秦氏已经讲了"月满则亏，水满则溢"，她那时还没有了悟到人生的常规，秦氏冷笑道："婶子好痴也。否极泰来，荣辱自古周而复始，岂人力能可保常的。"这就是人生的一个常理，不可能兴一辈子的，一定是兴荣衰败互相交替，怎么可能逆势而行。所以呢，她说，在盛的时候要有所规划，到了衰的时候，还可以保点元气，不至于一败涂地。秦氏就提醒她了：一来，你晓得贾家靠什么？靠乡下农村里有好多田地，每年可以收成、收租，靠这个撑一下，当然还有别的生意收入，现在趁着田地多，赶快规划一部分，当作祖茔、供祀、家庙、家祠之用，即使以后犯了法也不会充公的，这一块趁早经营起来。还有乡村的学校，要把它设立起来，万一以后有一天衰下去了，自己的子弟还可以入学，还可以回到乡下去务农。

表面看起来，贾府这个时候离衰败还早呢！虽然衰败的种子已经铺植下去，但此刻还正往上走，看看有一件非常的喜事即将来了——皇帝赐元妃回家省亲，大观园要盖起来，贾府声势更不得了（凤姐此刻还不知道）。秦氏用

"烈火烹油、鲜花着锦之盛"来形容。你想，烈火上面洒一把油，嘎一声往上喷；鲜花够美了，还要铺布在锦缎上，可是，"也不过是瞬息的繁华"，转眼就过了，"一时的欢乐，万不可忘了那'盛筵必散'的俗语。"天下无不散的宴席，无论多么欢乐，总归有散的那一刻。中国人喜欢圆满，喜欢坐圆桌子，过年过节，都坐得满满的一个圆，一走掉，一空，一个圆没有了，圆满没有了。所以秦氏说这个俗语，劝凤姐别看眼前喜事，如果不早虑，恐怕后悔不及。凤姐问，什么喜事呢？秦氏说"天机不可泄漏"。最后她说：我有两句话你一定要记得。什么呢？

三春去后诸芳尽，各自须寻各自门。

"三春"何所指？一般讲春天，三春是初春、仲春、暮春，贾府的"三春"，最要紧的是元春，贾府之盛，背后有元春撑着，她是皇帝的妃子。如果元春在，皇帝即使要抄家，可能还要留点情面，后来元春死了，不留情了，说抄家就抄家了。贾府不是有四春嘛！元春、迎春、探春、惜春，四个春，因为不能说"四春去后诸芳尽"，"三春"是讲最后完结的时候，那几个春都不见了，结局都不是那么好。元春死得早，"虎兔相逢大梦归"，虎年兔年碰在一起的时候，元春死了。迎春嫁错了人，很年轻就给折磨死了。三姑娘探春算是结果好的，远嫁，嫁到海疆那边去了，回也回不来。惜春，出家当尼姑了。所以，"三春去后诸芳尽"，当这几个春不在的时候，春天也没有了，诸芳尽了。"各自须寻各自门"，只好各自纷飞，大观园通通散掉了。所以，秦氏讲给凤姐听，现在要好好地去规划。凤姐还欲问时，只听二门上传事云板连扣四下。云板，是当时用来传讯息的，云板四下，正是丧音。以前看了这一回，我也是跟凤姐一样，一惊！这一敲，不光是秦氏之死报丧音，这一敲，贾府在这么盛的时候，府中第一得意之人、最美的一个媳妇死了，这就是一个不祥之兆。

我们看莎士比亚那些戏剧，常常有很多很多预兆（warning），《麦克白》不是有四个女巫吗？一下子出来一下，跟观众说，这些人要发生什么事情了。还有希腊悲剧也是，一下呢合唱团出来唱一下，天神要怎样了。这种预兆，《红楼梦》里面也常有，秦氏的鬼魂就是一个。云板四下即是丧音，这个丧音我觉得不光是秦氏之死、贾府之衰，可能我更过度诠释（over-interpret）一点，这一敲也敲了我们整个中华文明要衰落的一个丧音。《红楼梦》出现的时候，中国传统文化已经唱出了最后最精彩的"天鹅之歌"。

贾府最盛的时候，这丧音出现，凤姐这一下子惊醒了，吓了一身冷汗，东府蓉大奶奶没有了，死了。大家都很惊讶、很伤痛，你看看宝玉的反应：如今从梦中听见说秦氏死了，连忙翻身爬起来，只觉心中似戳了一刀的不忍，哇的一声，直奔出一口血来。这么强烈的反应！有的人就说了，贾宝玉这个叔叔，跟侄媳妇之间有什么暧昧之情，因为他在她房中做了个春梦嘛！我想不是这个意思。秦氏对宝玉而言，象征意义大过实体，象征意义是，这么一个几乎是完美的女性，突然间夭折了，对他来讲，第一次遇见死亡这件事，第一次想到了人生无常。宝玉是最敏感的一个人，他对人的命运也是最敏感的，突然间这种刺激非常大，也就是从这个时候开始，他看见了一个一个的死亡。秦可卿之后，秦钟死了，接着身边许多他爱的人都死了，到了最后，黛玉之死，他真正了悟了人生，生命是有限的，时间只有一段，不是无限制的。

　　宝玉听到秦氏的死，冲击非常大。当然，每个人的反应不一样，贾珍就哭得像泪人一样，说："谁不知我这媳妇比儿子还强十倍。"对媳妇的死非常痛心，要买最好最高规格的棺木给她，所以，有人讲公公爬灰这个事情确有蛛丝马迹可寻，但曹雪芹没有写明。贾珍对秦氏的反应相当不寻常。看看！秦氏的葬礼那么隆重，也不过是宁国府的一个孙媳妇死了而已，却惊动了多少王公贵戚都来祭拜，甚至路边也有祭拜，那些公爵、伯爵、侯爵都来了，从这点，就可以看贾府之盛，跟秦氏托梦警告的刚好相反。贾珍当然不知道有托梦之事，也不会感觉贾府有什么问题，他拼命地张扬，也因为张扬得起。

　　曹雪芹下足了笔力写秦氏之死、秦氏之丧，当然有他的目的。我讲过，《红楼梦》很重要的就是写贾府兴衰，如果前面不把"兴"写够、写足，显不出后面的"衰"。所以秦氏之丧，一个孙媳妇之死写得这么隆重铺张，看看那个仪式，中国人宗法社会的那些繁文缛节，对照最后贾家被抄了以后，贾母死了，这贾府里地位最高的一位人物，她发丧的时候多么凄凉。前后对照、对比，是《红楼梦》里很重要的一种手法。人物的对比，情景的对比，前后兴衰的对比，各种对比，所以写秦氏之丧如此夸张，不是随便写的，是以此来表示贾府的声势之大、之盛。那么多的公侯伯爵来逢迎，他们不完全看贾府面子，上面还有一个贾妃，元春那时候很得宠，皇帝封为"凤藻宫尚书"，还要封她"贤德妃"。官场里面的文化，尤其是有皇家的关系，元妃在的时候，贾家势力才这么大，才有这么隆重的丧礼。中国人的婚丧喜庆就看出一个家世，反映着社会地位，到今天在台湾仍然如此。这一回看完，以后大家对照着看贾府抄家、贾母死时的那种凄凉，也就应了秦氏讲的一番话。

　　如果换一个作家，也许不会这样巨细靡遗地写秦氏的丧葬，这是很烦琐的铺陈。哪个什么公来送了什么东西，细碎得不得了，都得一点一点细细地写。有这么多人来来往往，什么北静王、南安王，通通来祭拜，都不是随便写的。后来这些王爷再出现的时候，是来抄家的，前面来奉承，再来是抄家，写这些王爷，多么地讽刺。如果前面秦氏之丧草草几笔，如何能有这么大的对照感受？所以曹雪芹尽力地浓彩重笔，下了很大的功夫。

　　秦氏死了，东府一团乱，掌家的应该是贾珍的太太尤氏。尤氏这个人比较宽厚、懦弱，持家手腕比起凤姐差了一大截。而且呢，秦可卿死了尤氏就生病了，有研究《红楼梦》的专家就以此佐证，贾珍跟秦氏有染，在天香楼里被一个丫头撞见，因而秦氏是羞愧吊颈死了，尤氏是气病了。曹雪芹未写，也就无所据，不管怎么样，尤氏病了。况且办秦氏的丧礼牵涉人情那么广，没有一个能干的人出来掌管怎么摆得平？贾珍灵机一动，想把凤姐借过来暂管宁国府。开始的时候王夫人还有一点怕凤姐做不来，悄悄问她说：你行不行啊？其实，凤姐喜欢揽权，喜欢秀她自己，不大展身手也怕下面的人不服她，贾珍来请正是逞能的机会。接下来一回，曹雪芹写凤姐作为一个行政主管（administrator），她怎么样来掌管这个家。

第十四回

林如海捐馆扬州城　贾宝玉路谒北静王

王熙凤被贾珍请来管宁国府，下面都紧张了，宁国府的人什么反应呢？话说宁国府中都总管来升……这个名字"来升"我有点怀疑，程乙本是"赖升"。大总管姓赖，庚辰本是"来"。贾府几个大管事的，周瑞、吴新登……都是有名有姓的，下面一层的佣人，什么兴儿、卐儿，才是名字。不管赖升、来升，他进来警告下面那些人了：大家辛苦一下，请了西府的琏二奶奶来了。你看他怎么讲话："那是个有名的烈货，脸酸心硬，一时恼了，不认人的。"先警告这些人，这个琏二奶奶来，就绷紧了，不要丢了脸。

凤姐当然有一套，一来就说，既然托了我，就不怕逼着你们讨厌了。我不像你们奶奶那么好讲话，先讲明了的，不要跟我说从前规矩怎么样，没这套，就听我的！一来先给个下马威，把这些人组织起来。这二十个人负责做什么清清楚楚，打烂了杯子你赔，少了一炷香你赔，通通赏罚分明，每个人怎么来取牌、怎么领物，有条不紊。到底是王凤姐，是个能干人，也是一个烈货。有一个人来晚了，先放在那儿不动，好，你来晚了是吧！之后，对那个人脸一拉说：今天你来晚了，明天我来晚了，我还怎么管呢？拉下去打二十板，打了再说。这一打谁还敢迟到？凤姐赏罚分明，做对了她就讲：你们辛苦一个月吧，完了你们大爷也会赏你们的。也表示了王熙凤的威，王熙凤的能，王熙凤的处事。其实王凤姐这个人是很多面的，她有很厉害、很能干的一面，也有很懂事的一面，贾府这么复杂，要应付上中下三层的人，不是容易的事。这一回充分地显示了凤姐的能，凤姐的威，写得很好。我讲嘛，曹雪芹已经多次彻底地写她了，都给她一幕戏，给她一个场景，让她发挥她的个性。

中国小说从前有说书的系统，说书人出来讲，王凤姐怎么样一个人，讲一大堆。在《红楼梦》里，我们看不见作者，作者是隐形的。西方小说十九世纪以后有所谓的隐形作者，你看不到作者本人在哪里，他就让那个人物（character）自己说话、自己表演，作者把人物放到某一场景，给他制造了一个世界，让他自己去演，让读者自己判断，作者不来干扰你的看法，因为作者出来讲话，读者不一定相信他。王熙凤这一幕，自己一出来就表现出她是一个怎么样的人，凤姐是一个圆形人物（round character），方方面面地写她，后面还有很精彩的等着读者喔！

第十三、十四回都提到了一个人物"北静王"，是出现不多却对贾府命运很关键的人物。先看北静王，庚辰本给他的名字很奇怪——水溶，这个看起来不像个名字。注意啊，这不是旗人的名字。程乙本是"世荣"，这比较像。我想这跟前面的"来升""赖升"，是同样的抄本的问题。贾宝玉跟北静王是投缘的，《红楼梦》里有四个男人，宝玉的看法不一样。第一个是已经讲的秦钟，跟宝玉是很特殊的关系。第二个北静王，"每不以官俗国体所缚"，宝玉不喜欢热衷名利整天在官场争利禄的男人，不喜欢不尊重女性、好色急色的浊臭之夫。北静王跟他们这些人不一样，而且相貌堂堂，这也很要紧的。

第十五回

王凤姐弄权铁槛寺　秦鲸卿得趣馒头庵

这回续讲北静王，面如美玉，目似明星，真好秀丽人物。面如美玉，以玉比喻北静王的面貌，这不是随便形容的。我说过，书里讲到"玉"这个字，就要特别留心。不是斜玉哦，斜玉就不行了，像贾瑞、贾琏，都是斜玉边。北静王整个人看起来，有点像神仙人物，像我们心目中天降仙神时的那种人物。北静王与贾宝玉的命运，与贾家的命运，都有很重要的关联，虽然他只出现这么两下。

宝玉非常仰敬北静王，因为他不为礼俗所拘，跟自己个性相近，面貌又如神仙中人。北静王对宝玉当然也非常欣赏，给了他一个礼物，什么礼物呢？一串皇帝赏的念珠，当然很珍贵。宝玉后来就把这个念珠拿去给黛玉——最好的给她。黛玉把它一丢："什么臭男人拿过的！我不要他。"林姑娘把它一丢甩掉了。这里头有非常多的象征意义。后来有一个伶人蒋玉菡出现，贾宝玉跟蒋玉菡见面又互相生情，就互赠表记。蒋玉菡给了宝玉一条红色的汗巾子，这汗巾子原是北静王给蒋玉菡的。贾宝玉为了跟他交换，就把身上绑着的一条绿色的汗巾子给了蒋玉菡，这条原本是属于袭人的。这一交换下来，等于北静王替贾宝玉定了命运，定了宝玉生命中两个重要人物——蒋玉菡跟花袭人的命运。书的最后，蒋玉菡娶了花袭人，打开箱子一看，红绿一对两条汗巾，原来冥冥中北静王老早已经给他们两个定下了。黛玉一丢掉念珠，就没了那个缘，宝玉本来跟黛玉有可能的。黛玉丢掉了祝福（blessing），丢掉等于是祝福她的一串念珠，无缘了。花袭人无意间得到了汗巾子，最后就跟蒋玉菡成了亲，他们两个成亲有很重要的象征意义，我以后再细讲。读《红楼梦》，我常提醒大家，不要漏掉小细节，很多小细节有它很深的意义，所谓的"草蛇灰线""千里伏笔"，好早以前点那么一笔，最后就用到，前后照应很要紧的。

北静王当然是真的一个王爷，贾府后来到了非常危急的时候，北静王又出现了，救他们一把，所以北静王不光是貌似仙神，可能也真的有所来历。《红楼梦》里很多是象征人物，同时也是实在的人物，连宝黛二人也是如此。本来他们两个是仙身历劫，但他们又是实实在在的人身。这本书写实写得顶经典，象征意义又非常深妙。这一回北静王第一次出现，看似很不经意的一笔下来，其实大有深意。

"王凤姐弄权铁槛寺"在这一回里又是怎么回事？凤

姐掌权管家还不够，还贪财揽事，她在外面兜揽了些案子，从中牟利，得了几千两银子。后来她还放高利贷、敛财，到最后应了《好了歌》那句话"及到多时眼闭了"，敛了一辈子的财，最后抄家抄得精光。这又是写凤姐的另一笔。

　　秦鲸卿（秦钟）对贾宝玉也是相当重要的一个人物，他跟秦可卿一样，都是启发贾宝玉走上情的道路的人，一个是女性，一个是男性，两个人已经启发了宝玉情的萌动，却又早早夭折，让他看到情的脆弱。这一对手足都长得非常美，秦氏之死着墨很多，秦钟死的时候，第十六回的一个段落，需要细看比较一下两个版本。

　　秦钟昏迷了，梦到阎王派了小鬼要把他拉走，宝玉赶到了，叫了一声："鲸兄！宝玉来了。"这是庚辰本。程乙本不同，他叫"鲸哥"，不是"鲸兄"，一字之差，这两个意义就不一样了。我想以曹雪芹心思这么密的人，小地方不会写差的。秦钟要死了，宝玉叫他，他对他感情很好，叫他"鲸哥"。虽然宝玉年纪比他大，虽然秦钟是侄子辈，因为特殊的感情，所以叫他"鲸哥"，跟客套的"鲸兄"是不一样的。

　　临终，好多小鬼来提他啦，秦钟舍不得走，心里头有记挂。庚辰本突然跑出这么一句话：又记挂着父亲还有留积下的三四千两银子。多出这么一句来，程乙本没有的。秦钟要死了，还挂着银子，这个恐怕不是秦钟的个性，恐怕宝玉也不会喜欢。到了最后这段，也有问题。秦钟被那些小鬼一拉，宝玉来了，那个判官就讲，哎呀！来个阳世那么气盛的人，还是放他回去吧。那小鬼说，阳间管不了阴间，还是把他拉走。程乙本拉走就拉走了，庚辰本把秦钟的魂又放回来了，放回来还不打紧，他又讲了这么几句话："以前你我见识自为高过世人，我今日才知自误了。以后还该立志功名，以荣耀显达为是。"这几句话不像是秦钟讲的，他讲这话，宝玉早一脚把他踢开了。连史湘云劝宝玉几句做官，他都把她推出门去，凡劝他做官、立志的，最听不下去。我想秦钟也应该了解他，不会讲这种话，程乙本没这一段。秦钟死了就死了，回不来了，回来还劝宝玉做官去，这段我看是多余的败笔，应该又是抄本的问题。

第十六回

贾元春才选凤藻宫　　秦鲸卿夭逝黄泉路

这一回和下一回，有件大事来了。贾元春得皇帝宠幸，选为"凤藻宫尚书"，封为"贤德妃"，而且盛宠有加，让她回到贾家去探亲，在小说里，这是件大事。现实中，讲到曹雪芹的身世，他的祖父曹寅也曾四次接驾康熙，亏空了不少银两，还好康熙知道是为他用掉了，暗地里又给补起来，所以一次接驾是不得了的花费。皇妃回家省亲，贾家要盖个大观园，盖那么大的一个花园来欢迎元妃；还到苏州去买个戏班子，特别唱戏给元妃听。元妃回来了要举行法会、念经，就特别延请了尼姑道士，在园子里盖了庙给他们住。

大观园在《红楼梦》里面，是个非常重要的象征。"大观"，大观全局，曹雪芹从高高在上的天眼，来看世界上的芸芸众生。大观园里那些花花草草，那些女孩子们都是花花朵朵，以宝玉为"诸艳之冠"，马上要演出大观园的一出戏来。像天眼看着园子里的春夏秋冬花开花落，看着这些人生命的过程。大观园也是曹雪芹心中的一个理想国，宝玉的理想世界。在大观园里，是他跟那些女孩子们最快乐的青春岁月，大观园是宝玉和这群姑娘们的儿童乐园，在这里度过他们青春期最快乐的日子。

大观园的那些意义要怎么写？又来了！我想，有好多方式可以写大观园，你可以很客观地描述潇湘馆、怡红院、稻香村……写了个半天，恐怕读者越看越糊涂。这么大的园子全是些花花草草，怎么讲得清楚？要选一个什么角度来写，这就是一个作家的功力了。

曹雪芹选什么角度？他选了贾政。贾政带了一群他的所谓"清客"到大观园。从前，这些大官家里，总喜欢招来一些名士、清客，吟诗作赋，附庸风雅一番，贾府里也有这么一群人。贾政就带了这么一群人进园，做什么呢？中国人嘛！每个景、每个亭子要题字，题对联，题匾额，这都要有学问的，古文根底、旧诗词根底很好才行。贾政本人《四书》读得很通，他自己谦称诗词不行（恐怕也是真的），要清客来题诗，又交代把宝玉带进来。宝玉不过十几岁的小孩子，做对联什么的，那群清客比宝玉题得好很多，为什么要宝玉呢？实际上的原因是：元妃还没出嫁的时候，宝玉识字是她亲自教授的，她不光是姐姐，对这个小弟弟也有母亲的宠爱和责任在里头，让宝玉来题写，当然是为了取悦元妃，显显他的才。贾政也知道宝玉的才在诗词上，虽然也狠狠地骂他秾词艳诗，专门搞这套东西，

很不以为然，不过这时候派上用场了。当然，这是曹雪芹
的刻意安排，让宝玉上场，读者就跟着宝玉的眼光来看大
观园的第一次亮相，这个意义是不同的。

宝玉看大观园，他的评论，这里好，那里不好，这里
怎么样，那里怎么样，他题的那些诗词，都是他对那个地
方的形容。以后，谁是大观园的主人？怡红公子。怡红院
的主人，就是大观园的园主。在大观园里，他总领群芳，
所以要他来品题大观园。这些题字题词，都是宝玉对大观
园的理想。

曹雪芹就是博学，什么都通，又会看病，又懂建筑，
画画也懂，无事不通。所以他写个《红楼梦》也是百科全
书。我去过苏州好多次，也看过那些园林好多次，曹雪芹
写园林的架设，就是江南风格。大观园在南京，有许多苏
州庭园的借景，大家要慢慢看、细细看。中国园林的布置，
处处有讲究，植物也有讲究的。潇湘馆种什么？竹子！林
黛玉的笔名叫作潇湘妃子，大家都知道娥皇女英的故事，
林黛玉喜欢哭，眼泪掉在竹子上变成斑竹，斑斑点点的斑
竹。潇湘馆的竹子"龙吟细细，凤尾森森"，很漂亮的。
怡红院里边呢，又有海棠，又有芭蕉。海棠是红的，芭蕉
是绿的，红绿对开。一红一绿，是《红楼梦》里边最常用
的颜色，这些都有讲究的。

贾政引了宝玉，一步一步、一个一个去看，要他题，
他就题出来。宝玉当然显显他诗词的才，那些清客当然也
会逢迎拍马，他讲一句，下面就叫好。到了潇湘馆的时候，

看到那个亭子，"有凤来仪"这么讲一下，大家叫好，不得了，都是在逢迎他，逢迎一个十几岁的孩子，让贾政高兴。贾政表面呵斥，其实心里面高兴的，宝玉平常在父亲面前老鼠见到猫一样，吓得根本什么话都不敢讲，赞美他几句以后，就得意起来，也敢放胆说了。

然后，到了稻香村这里了。本来呢，不管潇湘馆也好，怡红院也好，花草布置都非常合适，都精心想过的。到了稻香村这里，弄了个农村似的，又有桑树，又有榆树，又种蔬菜……贾政一看这个地方很朴实，有点归农的味道，很高兴，就问宝玉这地方好不好，故意考他。宝玉说，不及有凤来仪，比潇湘馆差远了。贾政就骂，无知蠢物，只会朱楼画栋，喜欢那种华丽东西，这种纯朴的地方就不懂，可见是没有好好念书的关系。宝玉以往从来不敢对父亲反驳的，这下子牛脾气来了，反问他父亲："老爷教训的固是，但古人常云'天然'二字，不知何意？"意思是说，你懂不懂"天然"两个字？下面那些清客紧张了，众人忙道："别的都明白，为何连'天然'不知？"抢着讲了一顿。宝玉很不以为然，说："此处置一田庄……下无通市之桥，峭然孤出，似非大观。争似先处有自然之理，得自然之气，虽种竹引泉，亦不伤于穿凿。古人云'天然图画'四字，正畏非其地而强为地，非其山而强为山，虽百般精而终不相宜……"还没讲完，政老爷受不了了，气得喝命："又出去！"你给我滚。

这一段看起来，好像父子两个人的拌嘴，其实要表达的是两种理念。贾政，代表儒家那一套核心价值，儒家最要紧的是社会秩序，一切合乎礼教，甚至于自然，也要人为地把它规划清楚。宝玉呢，是个自然人，倾向道家的归真返璞，反对一切礼俗束缚。道家对儒家来说，非常有颠覆性。宝玉看到一个违反自然假象的东西，就不以为然。儒家跟道家人生观的冲突，对宇宙、社会的看法，借着对大观园的解释，父子俩各说各理，互相冲突。贾政讲不过儿子了，气得以父权说："又出去！"叉了一会儿，又说你给我再回来，再往下走题联："若不通，一并打嘴！"拿父权来压了。好了，又往下走，大观园一景一物，慢慢通过我们心中的旅行，由贾政、宝玉来做向导，游了一趟大观园。

还记得开始的时候，宁国府跟荣国府，是透过谁来呈现呢？透过黛玉眼中看见二府的气势。这回，是透过贾政和宝玉来看一遍大观园，尤其是宝玉的眼光，他那些诗词，都是他的观点所看到的。等到后面第三十九回、四十回的时候，另外一个人会再来看一遍，刘姥姥进大观园，是书里头另一个高潮。乡下老太太来看大观园，又是另外一番景象，给读者完全不同的意义，完全不同的感受，这也是曹雪芹高明的地方。

好，一行人继续走，一个玉石牌坊出来了。只见正面现出一座玉石牌坊来，上面龙蟠螭护，玲珑凿就。贾政道："此处书以何文？"众人道："必是'蓬莱仙境'方妙。"贾政摇头不语。贾政不喜欢。宝玉见了这个所在，心中忽有所动，寻思起来，倒像那里曾见过的一般，却一时想不起那年月日的事了。贾政又命他作题，宝玉只顾细思前景，全无心于此了。众人不知其意，只当他受了这半日的折磨，精神耗散，才尽词穷了；再要考难逼迫，着了急，或生出事来，倒不便。宝玉似曾相识的地方是什么？大家还记得吗？也是个牌坊，他梦里见到的"太虚幻境"，上书"孽海情天"。我说过，大观园就是宝玉心中人间的太虚幻境，他梦中看到的那个太虚幻境，是真正的天上的一个仙境。太虚幻境与大观园，互相对应的。那个太虚幻境里，春花永远不会谢，仙子永远不会老，因为时间是停顿的，无穷无尽没有时间，停顿在永远的春天。大观园不同，大观园有春夏秋冬，时间是移动的，时间会毁灭一切，最后必定是崩溃的命运。所以宝玉他们的童年在这里，只有很短暂的几年，他的仙境是暂时的，他们慢慢长大，到了时候，"三春去后诸芳尽，各自须寻各自门"，百花不管多么鲜艳，都挨不过秋天。秋后百花凋零，晴雯死了，黛玉死了，迎春嫁了死了，探春远嫁，惜春当尼姑去了，大观园，散掉了。这个时候是写大观园的开始，刘姥姥那一回写大观园的极盛，到了最后大观园荒凉的时候，宝玉再回来，那时黛玉已经死了，他经过潇湘馆，听到里面有鬼哭。这三个阶段写大观园，写得非常好，大观园的盛衰，也就是宁国府、荣国府的盛衰，也就是人生春夏秋冬的过程。

　　《红楼梦》的悲剧，并不是一个突发性的意外，而是人生必然的过程，王国维也讲过"无常"的感受，在书里以各种方式呈现。所以宝玉看到这个地方，心中一动，但他还太年轻，很多东西似懂非懂，他慢慢领悟，最后他又回到太虚幻境，又看到那些女孩子的命运之册，才了悟到人生原来如此，却已经无语了。现在是大观园刚刚开始，大家慢慢看，大观园有很多很多场景，他们在吟诗作赋，赏月啖蟹，四季清欢，真是人间的儿童乐园，是他们最开心、无拘无束、没有任何成年人的负担的时候。宝玉心中最希望的是筵席永不散，所以在大观园里有好多场景，写得非常好，写它的热闹，写它的盛，没有前面的盛，托不出后面的衰，所以写极盛时下笔很重的，每一景都不放过，刻画得非常仔细，等于是工笔画一样把整个大观园画出来。它写实的本事到了极点，它的象征意义更大。所以，大家读之前心里要先有个概念，从写实与象征这两方面来细细体味。

　　元妃省亲前，大观园各个地方通通命名题写完成，苏州买来的小伶人、小戏子，还有一些尼姑道士通通来了。宝玉跟黛玉这两个小孩（那个时候年纪都很小）也在商量，你喜欢哪个地方，我喜欢哪个地方。黛玉看中潇湘馆，她喜欢那几根竹子。宝玉说，我也喜欢，其实我心中也希望你住在那里。为什么？宝玉喜欢怡红院，怡红院跟潇湘馆近，他们两个感情很好的。宝玉跟黛玉，两小无猜，是《红楼梦》里很可爱的场景。你看看，林姑娘她做女红，她不常做的，因为她身体不好，不让她多做这种东西，劳神！可她要替宝玉做一个小香袋，感情好嘛！他们一见面，就觉得似曾相识，两人是缘定三生，本来就有绛珠仙草跟神瑛侍者的一段仙缘，所以到了尘世，还要继续那种缘分。黛玉，当然有些小性子，对宝玉有少女式的情感。宝玉作诗回来受了奖赏，一高兴起来，把身上的东西都给下面的仆人拿走了，他也无所谓。黛玉一听，都给拿走了：我替你做的荷包也拿走了吧！宝玉逗她，不告诉她。黛玉生气了：以后还想我做不行了！宝玉掏出来，黛玉不好意思了，拿了就剪。这下子不得了，林姑娘又要哭，宝玉又要来劝，那个时候，有一种小儿女的情态。现在的男女谈起恋爱来，是不是还有这一套？可能也有吧！可能有些女孩子也要撒撒娇，男孩子要赔赔小罪。小时候黛玉经常要宝哥哥哄的，也就是这样不自觉地有了男女的感情，他们自己也不承认。这份情是慢慢发觉，无意中生起来的，两个感情很好是事实。不过，没办法，所有女孩子贾宝玉他都喜欢，他希望所有女孩子的眼泪都给他，成了条长河，他就慢慢漂下去。难怪黛玉常常要耍耍小性子。

大观园里的女孩子、男孩子，都过分早熟、早慧。十四五岁，十三四岁，就写得一手好诗，学问也好得不得了。这些少爷小姐们当然都是理想的，我想那时候十几岁的孩子，可能那么早熟的并不多。可能从前的教育，对整个人生的思考会比较早一点吧，他们都是对人生老早就有想法的，塑造的这些人物也配合了整本书所要传达的思想和意义。

第十七回至十八回

大观园试才题对额　荣国府归省庆元宵

　　我们来看第十七回、第十八回。庚辰本第十八回没有回目，程乙本呢？有回目的，是"皇恩重元妃省父母，天伦乐宝玉呈才藻"，庚辰本十七回、十八回混在一起了。

　　这一回庚辰本有点问题，我提出给大家参考：贾府以非常隆重的礼仪等着接皇妃，从贾母开始，都穿着朝服，等在那个地方。大观园里面，到处张灯结彩，说不尽的富贵风流。所以秦氏鬼魂说是"火上烹油"，又来了更大的喜事，"鲜花着锦"，有了鲜花还要拿锦缎裹起来，这回写贾家极盛的时候，元妃怎么省亲。说不尽这太平气象，富贵风流。可是突然一跳，跳到那块顽石，自己讲话了：

　　　　此时自己回想当初在大荒山中，青埂峰下，那
　　　等凄凉寂寞；若不亏癞僧、跛道二人携来到此，又安

能得见这般世面。本欲作一篇《灯月赋》《省亲颂》，
以志今日之事……

突然间石头跑出来讲话，这非常突兀，这不是《红楼
梦》的风格。《红楼梦》里作者是隐形的，你完全看不见
曹雪芹在哪里。这一段石头讲话，程乙本是没有的。

接下来又出现了一段极不得体的话。说贾家世代诗
书，建大观园一定有很多文人雅士来题词，怎会用了小孩
子的来搪塞——

真似暴发新荣之家，滥使银钱，一味抹油涂朱，
毕则大书"前门绿柳垂金锁，后户青山列锦屏"之类，
则以为大雅可观，岂《石头记》中通部所表之宁荣贾
府所为哉！据此论之，竟大相矛盾了。诸公不知，待
蠢物将原委说明，大家方知。

又来这么一段，跟《红楼梦》完全不合，程乙本里面
也没有。

当初《红楼梦》有很多抄本，有可能是曹雪芹写下
来，后来他改掉了。也可能有人抄的时候自己加上去。但
以曹雪芹缜密的思维，此段是他写的可能性极低，自称蠢
物，石头跑出来讲话，手法有点拙劣，庚辰本这两段不对。

元妃回来了，看看当时那个架式，那种皇家规格。贾
府合家列队迎接，等了半天，一个太监喘吁吁跑来，大叫

"来了！来了！"紧张得不得了。元妃的轿子到了，大家马上要跪拜，即使贾母、王夫人也通通要跪拜，先行君臣之礼。官家的那一套完了以后，茶已三献，贾妃降座，乐止。回到自己家里，要行家礼了，元妃马上把贾母扶起来。此时元妃对贾府是何等重要的一个人，贾府所有的荣宠，都来自于她的关系。她出现次数并不多，只有一两次，怎么写这么一个人，这么一个皇妃？官方的排场、架式都有了，可她是个人，她是贾元春，是贾府中贾政、王夫人的大女儿，是宝玉的姐姐，是贾母的孙女。你怎么写她，而且笔墨不能多，也用不着多，虽然她很重要。元妃既是权力的象征，也是一个人，如何把她变成一个角色，这就看作家的高下了。

元妃进宫，侯门深似海，王夫人、贾母就见不着了，现在回来省亲，大家心中都有所感触，哭起来了。你看她怎么说。

　　半日，贾妃方忍悲强笑，安慰贾母、王夫人道："当日既送我到那不得见人的去处，好容易今日回家娘儿们一会，不说说笑笑，反倒哭起来。一会子我去了，又不知多早晚才来！"

一句话就把她变成一个人，真的人，不仅是皇帝的妃子，也是贾家的女儿。"当日既送我到那不得见人的去处"，当皇妃那么容易啊？三宫六院七十二妃，看看《甄嬛传》

那些连续剧，斗争得不得了，皇妃的生活岂是好过？到那个地方一定也是满腹的心事，跟谁讲？在皇宫里不能讲的，一句抱怨都不行。"那不得见人的去处"，是有抱怨的，那个日子，可见并不好过。现在好不容易大家见面还哭，等一下我走了怎么办，又见不着了。蛮凄凉的，蛮动人的这一幕！一下子，元妃人性化了（humanized），这一段赋予了她人性。小说的好处就在这里，不必多，一句话就讲完了，一句话让你生出对元妃的同情。我们会同情她的处境，不觉得她是高高在上的一个皇妃，她也非常有人性，有她自己满腹的心事，有她自己说不出的苦处。作为皇妃，当然一方面很风光，皇帝很宠她，封她为"贤德妃"，但另一方面，可感受到她在那边生活也不容易的，回来以后见了家人，感触甚多，所以讲了这么一句话。

曹雪芹就是这种地方厉害，常常就是一开口、一句话，就好像吹口气那个人就活了。如果不讲这句话，你想想看，皇妃来，好，走了。我们心中脑中一团模糊，贾妃是怎么样一个人一团模糊。你也不能多描述，而且你无法去写她宫里的生活，都用不着，一句话够了！"那不得见人的去处"，够了！

写小说，大场面写了半天，在这节骨眼儿上一句话一点，就是画龙点睛，就这么一下，就把这个人物塑造成功。所以元妃后来过世的时候，贾母再去看她，读者对她也有一种悲悯，荣华富贵并不是她的全貌。

当然，此刻回来，看宝玉题诗题得那么好，很欣慰，因为是她亲自教出来的。于是，让园中姐妹也来写诗、题词，又择几处最喜欢的园景赐名，称赏一番。那天晚上呢，一定要看戏了。

我讲过，曹雪芹本身，家里是有戏班子的，曹寅自己也写传奇本子。明清时代，士大夫写剧本是雅事，所以传奇跟元杂剧不太一样。写元杂剧的都是一些失意分子，元朝有一阵子取消科考，读书人都没有出路了，都跑去写戏，戏里面也反映不满的情绪。元朝的士大夫地位很低，到了明朝翻过来了，明朝写传奇的人，有四十几位是进士。当然，进士不一定写得好戏，但那时很有学问的文人都写戏、写传奇。

曹寅写《续琵琶》，曹家也有戏班子，所以《红楼梦》里面常有看戏的场景，我想曹雪芹小时候这种场面也见多了。苏州的十二个小戏子来了，元妃就点了四出戏。我在想，《红楼梦》常常看似随便写一下，它背后其实有意思的。元妃点的四出戏，第一出《豪宴》，第二出《乞巧》，第三出《仙缘》，第四出《离魂》，都是明清时候的传奇本子。第一出《豪宴》是《一捧雪》的折子，清初一个很有名的剧作家李玉写的《一捧雪》。故事是讲莫怀古家里有一个宝贝，一个杯子就叫作一捧雪，奸臣因为看中了杯子，就抄他的家，把他弄得家破人亡。元妃点这四出戏，心中可能并没有想太多，这也是当时非常流行的，可是据脂砚斋的批评，她所点的四出戏伏四事，乃通部书之大过节、大关键。哪四件事呢？第一出《一捧雪》是暗伏最后贾府被抄家。第二出就是《长生殿》，讲乞巧，其实就是密誓，唐明皇跟杨贵妃在七月七日乞巧，在长生殿密誓，生生世世相守。可是后来杨贵妃死了，这段爱情以悲剧收场，所以伏元妃之死。这两者也有关联，元妃死了以后也就牵连贾家被抄家了。第三出《仙缘》，出于讲吕洞宾的《邯郸记》，又叫作"黄粱一梦"。道家吕洞宾下来点化卢生，让他做了一个梦。梦中他经历很多富贵，娶了一个富贵人家的小姐为妻，百般如意。最后一觉醒来，原来是一场梦，他炉上蒸的黄粱还没蒸熟呢！这也是道家的一个想法，伏甄宝玉送玉，再讲甄宝玉其人。但台湾名戏剧家俞大纲认为伏宝玉出家更加合适。因为吕洞宾把卢生点醒，后来他自己出家了，这是伏宝玉出家。第四出《离魂》，是汤显祖《牡丹亭》的一折，讲杜丽娘很年轻就死了，伏黛玉之死。看这四出戏，都有佛、道的思想在里头。所以这本书有三个主流：儒家、佛家、道家。很多地方暗伏这三种思想，互相牵连，互相冲突。

这四出戏，《长生殿》《牡丹亭》大家可能熟悉一点，至于《邯郸记》，我看的大陆一九八七年做的老本子的《红楼梦》连续剧，就演了这一段。元妃省亲的时候演了《邯郸记》，讲人生的一场繁华梦，贾母看了脸上突然有悲戚之感，那一幕很动人。元妃点戏无意间点中了他们贾家跟她自己的命运，但当时都是不自觉的。

人的命运最神秘，兴衰也难料，谁也不知道以后是什么结果。我们每个人有自己的命运，谁也猜不到，自己也掌握不住，有时候冥冥中、无意间点到自己的命运都不知道。看《红楼梦》不能只看表面，要看到背后的东西。元春省亲带出了整个大观园，也在最盛的时候，带出了日后的命运，就像戏里面一样。

第十九回

情切切良宵花解语　意绵绵静日玉生香

　　"情切切良宵花解语"指的是谁呢？是袭人。"意绵绵静日玉生香"指的是谁呢？是黛玉。《红楼梦》里面的女性，在贾宝玉心中的第一名，当然是林黛玉。他跟她之间，是缘定三生的仙缘，两块玉互相契合，心灵上完全契合的一种结合。那袭人的位置呢？也很重要。如果拿她来跟宝钗比呢？按理讲，宝钗应该是第二位，可是在实际的相处关系，袭人的篇幅比宝钗还要多，袭人对宝玉来说，女性所有的角色她都扮演了。

　　在象征意义方面，最后宝玉出家，他留在世界上未了的俗缘，要借着袭人跟蒋玉菡两个人的结合替他还了，所以袭人在某种意义上，也是他的俗身、他的肉体最后留在尘世上的人，占有很重要的地位。但袭人是个丫鬟，是个奴婢，她是被家里卖进贾府的，她对宝玉服侍得无微不至，是非常妥贴的一个人，所以得到贾母跟王夫人的信任。从前中国的士绅阶级家庭，除了正室以外，还有妾侍，连贾政这么一个正派的人，也有两个姨太太，那个时候是合法的。袭人心中很清楚，她以后会配给宝玉，但是不能掉以轻心，要步步为营。她对宝玉不光是照顾，还要抓住他的心，可说用尽了心机。袭人的处境也是不容易的。

　　这一回，过年了，到元宵为止，都在庆祝，宝玉觉得很无聊。一天袭人也回家去跟家里人团聚了，宝玉就跟茗烟两个人跑出去，找到袭人家去了。袭人家里大吃一惊，宝玉突然间造访，当然袭人很紧张，把自己的食物、用物都让出来，好好地伺候宝玉。回来贾府之后，袭人就故意试探宝玉的心意。袭人家里有几个亲戚，蛮漂亮的女孩子，宝玉赞叹，说要是也在咱们家就好了。袭人说，难道漂亮女孩子都要到你们贾府来吗？然后故意叹一声说，哎呀，我现在要回去了，可她们要嫁走了，回去看不到了。宝玉大吃一惊，你要回去？你要走？那还得了！其实，袭人家里是想把她赎回去，但她是卖断了的，卖一生的。按理讲，这种事不可以，但袭人家里想，贾府很仁慈，也许还赏他们几两银子，让他们把女儿赎回来。袭人，你看她很心酸很尖辣地讲了几句话："当日原是你们没饭吃，就剩我还值几两银子，若不叫你们卖，没有个看着老子娘饿死的理。如今幸而卖到这个地方，吃穿和主子一样，又不朝打暮骂。况且如今爹虽没了，你们却又整理的家成业就，复了元气。若果然还艰难，把我赎出来，再多掏澄几个钱，也还罢了，其实又不难。这会子又赎我作什么？权当我死了，再不必起赎我的念头。"袭人本来是一个很温和的人，讲了这么辛辣的话，一定是触痛她的心了。当初我被卖，好不容易在贾府爬到这个地位，你们现在又想赎回来，还要把我嫁走……袭人心中根本是老早就爱上宝玉了，一心一意在宝玉身上！你们还想把我赎回来，嫁给别人去，还捞几两银子……非常教她寒心。后来袭人的母兄看到宝玉来了，一看宝玉跟袭人两个亲亲密密的样子，心里就晓得了。原来是要当宝玉的妾，那当然就不赎了，以后他们家里还要仗着袭人呢！袭人说要走，是吓一吓宝玉。宝玉着急得不得了，要挽回她、求她。袭人就说，好吧！你要我不走也可以，答应我几个条件，首先，好好念书。

我说过，《红楼梦》里大致分两派人物，一是感性，一是理性。感性是随心所欲，率性而行，黛玉啊，晴雯啊，这些人。另一派像宝钗、袭人，她们合乎这个社会的规矩，所以能够生存。袭人叫宝玉好好念书，她说，你不念，在老爷面前装装也好，不要把那些念书的人叫作"禄蠹"，讲成是追求名利的念书虫，你不要骂那些读书的人，不要讲这个。"好！好！不讲了。"宝玉答应道。袭人又讲，你不要再毁僧谤道，调脂弄粉。宝玉喜欢胭脂，好色，很奇怪的这么一个男孩子！袭人要他别搞这个了，宝玉通通答应她了。她说，你若依了呢，拿八人大轿抬我出去，我也不走了。宝玉笑道："你在这里长远了，不怕没八人轿你坐。"袭人冷笑道："这我可不希罕的。有那个福气，没有那个道理。纵坐了，也没甚趣。"她晓得自己只能做妾，做妾没有八人大轿的。所以，袭人可说步步为营，用尽心机。她要保住自己的位置，还要抓住宝玉的心，这个很要紧。作为一个丫鬟，一个将来的妾侍，她可要兢兢业业，一步都错不得，袭人的处境也不容易。

对照看下面的"意绵绵静日玉生香"，黛玉跟宝玉的关系就是两小无猜，一点心机都没有。两个睡在一起，开玩笑，完全没有心机的。宝玉跟袭人，跟黛玉，这两个女性，那种情完全不同。宝玉是个《情僧录》的情僧，多情得不得了，到最后出家的时候，他才晓得经过这孽海情天，人生才看得透。此刻，他还得经过好多、好多情的折磨，情的考验。他跟黛玉完全是从一种非常天真的感情，慢慢自觉起来的。从小孩子开始，黛玉耍小性子、撒娇，这样那样，两个人慢慢感觉到，原来两个人的情老早就捆在一起了。

这一回写两小无猜写得很好玩，不过，黛玉虽然常跟宝玉玩在一起，心中常常有另外一个威胁，薛姑娘那个冷香丸是个很大的威胁。宝玉说，哎呀！你熏的什么香，我来闻闻看。黛玉就笑了。她说：想必是柜子里面香味熏染了。宝玉说，好像不是那种香。黛玉就冷笑道："难道我也有什么'罗汉''真人'给我些香不成？便是得了奇香，也没有亲哥哥亲兄弟弄了花儿、朵儿、霜儿、雪儿替我炮制。"她是说薛姑娘有冷香丸，在她心中那个冷香丸她受不了。说着，黛玉又戳宝玉一下子。"我有奇香，你有'暖香'没有？"宝玉见问，一时解不来，因问："什么'暖香'？"黛玉点头叹笑道："蠢才，蠢才！你有玉，人家就有金来配你；人家有'冷香'，你就没有'暖香'去配？"林姑娘不好相与的。《红楼梦》里面的这些女孩子，都好会讲话，一个两个伶牙俐齿，黛玉讲这个，宝姑娘却也不是省油的灯。以后再往下看，宝玉跟他们两个的关系，的确是一种很亲密而微妙的关系。

第二十回

王熙凤正言弹妒意　林黛玉俏语谑娇音

　　这一回，讲到在贾府这么庞大家族中的人情世故。王熙凤在贾府里面的位置，等于"行政院长"，实际掌权的是她，但若论辈分，她是王夫人的侄女儿，贾琏的太太，也是邢夫人的媳妇，等于是晚一辈的。可是这一回里有一件事情很有意思。过年嘛！大家掷骰子玩，贾环也跑去宝钗那儿掷骰子，输了钱不认账，丫鬟莺儿就跟他杠起来了。贾环就跑回去跟他母亲赵姨娘告状，赵姨娘就骂："谁叫你上高台盘去了？下流没脸的东西！那里顽不得？谁叫你跑了去讨没意思！"咕噜咕噜，讲了一堆酸话，正好给凤姐听见了。凤姐说："大正月又怎么了？环兄弟小孩子家，一半点儿错了，你只教导他，说这些淡话作什么！凭他怎么去，还有太太老爷管他呢，就大口啐他！他现是主子，不好了，横竖有教导他的人，与你什么相干！环兄弟，出来，跟我顽去。"

那个时候，姨太太没有地位的。按理讲，凤姐是晚辈，怎么可以对贾政的姨太太这样呵斥。赵姨娘呢，的确是丫鬟扶正，不是一个好家世出来的，凤姐是有点势利的人，瞧不起赵姨娘。赵姨娘自己因为无知无识，讲话不得体，人缘很坏，常常自取其辱，贾母不喜欢她，王夫人嫌她，她又不得贾政宠，加上出身不高，没有后台，她在家庭的地位就很低了，否则凤姐也不敢趁势欺负她。赵姨娘生了两个孩子，女儿探春，儿子贾环。本来母以子贵，偏偏贾环不争气，常常做出一些不得体的事情。探春不然，她正直，很有个性，连凤姐都要让她三分。凤姐不怕赵姨娘，怕三姑娘，因为探春很得贾母跟王夫人的欢心。还有一点很有意思，探春不认她作亲生母亲，唯王夫人是从，她心目中，王夫人才是她母亲。我们慢慢再看，对探春这个姑娘，怎么去评价她。这里面有两种不同的声音，有人认为赵姨娘不得人心，实在令人讨厌，也有人认为她毕竟是探春的母亲，其情可悯。

林黛玉跟薛宝钗两个姑娘常常要比。比才，比貌，两个人旗鼓相当，可能在诗才上来说，林黛玉要高一筹，可是讲到学问的渊博，宝钗要高一筹。对宝钗跟宝玉的关系，黛玉非常没有安全感，宝玉只好想了个办法跟她说："你这么个明白人，难道连'亲不间疏，先不僭后'也不知道？我虽糊涂，却明白这两句话。头一件，咱们是姑舅姐妹，宝姐姐是两姨姐妹，论亲戚，他比你疏。第二件，你先来，咱们两个一桌吃，一床睡，长的这么大了。他是才来的，岂有个为他疏你的？"宝玉说这个，就是讲中国的宗法社会里，他跟黛玉是姑表，跟宝钗是姨表。林黛玉的母亲贾敏，是贾母的女儿，宝玉的姑妈。宝钗的妈妈，薛姨妈，是王夫人的妹妹，宝玉的姨妈。宗法社会里，姑表比姨表亲一层，是因为同为贾姓的关系。宝玉这么讲，是为了安抚黛玉，黛玉是敏感、多心，没有安全感的一个女孩子。不过也不怪她，薛宝钗威胁太大，后来果然薛宝钗嫁给了贾宝玉，她的防卫也不是偶然的。

第二十一回

贤袭人娇嗔箴宝玉　俏平儿软语救贾琏

贤袭人，俏平儿，这是曹雪芹给她们两个人的评价。讲袭人贤慧，有的人也许不以为然，她是个会打小报告的。但为了自己的位置、自己的利益打小报告，这也是人之常情。对宝玉来说，袭人是贤，经常规劝他。宝玉就喜欢跟女孩子们混在一起，可能袭人心中也有醋意吧！她看到宝玉跟黛玉、史湘云很亲，用她们洗过脸的水洗自己脸，袭人很不以为然，心里不舒服。这时候宝钗来了，问："宝兄弟那去了？"袭人含笑道："宝兄弟那里还有在家里的工夫！"宝钗听说，心中明白。又听袭人叹道："姐妹们和气，也有个分寸礼节，也没个黑家白日闹的！凭人怎么劝，都是耳旁风。"宝钗听了，心中暗忖道："倒别看错了这个丫头，听他说话，倒有些识见。"宝钗便在炕上坐了，慢慢的闲言中套问他年纪家乡等语，留神窥察，其言语志量深可敬爱。好啦！宝钗跟袭人两个人结盟起来了，一致对付其他的人。谁呢？对付林黛玉、晴雯，这两个是一派的。

《红楼梦》设计人物、描写人物，不是单面的，它有一种镜像，就是说一个人物，他另有好几个，方方面面来补强他。一个林黛玉，就有晴雯，有龄官，还有柳五儿，好几个女孩子，跟黛玉的命运相似，个性也相同，但又不完全一样。你看，虽然说晴雯眉眼有点像林妹妹，但因为她是丫鬟，她的举止一切又跟黛玉不同。命运也类似，被欺负，被贬抑，后来为情而死。宝钗也有镜像，袭人是一个，探春也是这一类型。所以袭人跟宝钗是能够结盟起来的。再往下看，到后来讲到尤二姐被王熙凤虐待，有一天袭人去看黛玉，就跟黛玉讲："哎呀，这个二奶奶很厉害，你看看尤二姐被整得这个样子。"黛玉心中一动，袭人从来不背地里讲人家坏话的，是拿这个话来试她。尤二姐是贾琏的妾，袭人也指望着当宝玉的妾。林姑娘很敏感，马上回一句说，闺阁里头，一家里边，"不是东风压倒西风，就是西风压倒东风"。袭人一听，倒抽一口冷气，宝玉以后若娶了这个林姑娘还了得！宝钗看袭人可以收过来结成一派，袭人也觉得宝玉若娶的是宝钗，她就放心了，伺候黛玉她不好受。袭人顾虑得没错，恐怕事实也是如此。

袭人不高兴，就不理宝玉，宝玉去叫她，她也不理。宝玉想，这些女孩子怎么弄得这个也不理他，那个也不理他，忙了半天，很灰心，就一个人拿了本书解闷。他看什么书呢？看《南华经》。《南华经》就是《庄子》。宝玉最后是要悟道出家的，但并不是突然发生的，他的感悟是很多细节慢慢铺下来的。下面一回就会讲到老庄、禅宗那些机锋。宝玉是最敏感、最能够体验这些道理的人，他拿着《南华经》，读到《外篇》。《庄子·外篇》不是庄子写的，是后来的人写的，他正看到《外篇·胠箧》一则，其文曰：

> 故绝圣弃知，大盗乃止；擿玉毁珠，小盗不起；焚符破玺，而民朴鄙；掊斗折衡，而民不争；殚残天下之圣法，而民始可与论议。擢乱六律，铄绝竽瑟，塞瞽旷之耳，而天下始人含其聪矣；灭文章，散五采，胶离朱之目，而天下始人含其明矣；毁绝钩绳而弃规矩，攦工倕之指，而天下始人有其巧矣。

讲下去，全是些颠覆思想，对儒家的社会价值、社会秩序，具有颠覆性的一种看法。宝玉看了这个，也模仿写了一段：

> 焚花散麝，而闺阁始人含其劝矣；戕宝钗之仙姿，灰黛玉之灵窍，丧减情意，而闺阁之美恶始相类矣。彼含其劝，则无参商之虞矣；戕其仙姿，无恋爱之心矣；灰其灵窍，无才思之情矣。彼钗、玉、花、麝者，皆张其罗而穴其隧，所以迷眩缠陷天下者也。

他打油诗似的这么写来，后来他真的当了情僧，这些女孩子对他来讲，真的一下子冷掉了。他看清人生不可测，晓得情之不可测，看起来好像是戏笔随便这么写一写，其实他慢慢开始往这方面靠。书里讲他愚钝，其实他是最敏感、最有灵性、最有佛性的这么一个人，一点就点通了。黛玉看到宝玉写的，说，这个是来丑化我们吗？看起来好像是玩笑，其实宝玉真的在思想里慢慢起了这种因了。

下半回"俏平儿软语救贾琏"，曹雪芹转笔写贾琏一家。凤姐的女儿巧姐出水痘，从前出水痘是很严重的事情，弄不好会丧命的。那时没有疫苗，没有预防针，出痘要祭痘花娘娘。贾琏得搬出去外书房住，凤姐要远离贾琏十几天，好清净供奉娘娘。这下子好了，贾琏这个人，一有空隙就要生出事情的。

《红楼梦》好在哪里呢？一方面它有智性的、思想性的，非常智慧的（intellectual）层次，有一套架构把这本书往上提，把中国三种哲学具体而微地写出来。另外它的写实主义也到了极点，尤其是写俗的事情，曹雪芹一点顾忌都没有，光是雅而不俗，那就不是人生。

贾琏得了空隙，就想到他们有一个厨子，叫作"多浑虫"，喜欢喝酒。多浑虫的妻子叫多姑娘，生性轻浮，拈花惹草，宁国府、荣国府的那些人，很多都上了手，多浑虫糊涂懦弱，也不以为意。贾琏呢，本来也看过这个女人，已经失魂落魄，不过还没得下手。多姑娘也有意勾他，没事跑到他窗户底下走两走，让那个贾琏好像饥鼠似的。"饥鼠"两个字用得好，饿的老鼠，什么都吃。他就叫佣人拿点钱拿点东西给她，把她弄进来。是夜二鼓人定，多浑虫醉昏在炕，贾琏便溜了来相会。进门一见其态，早已魄飞魂散，也不用情谈款叙，便宽衣动作起来。写贾琏那种好色、急色的样子，写那个多姑娘：谁知这媳妇有天生的奇趣，一经男子挨身，便觉遍身筋骨瘫软，使男子如卧绵上，更兼淫态浪言，压倒娼妓，就这八个字，把她通通写尽了。下面这一句是个败笔：诸男子至此岂有惜命者哉。程乙本没有这一句，这个多余了。我觉得多姑娘写到那样子，够了！再加一句就多了。

曹雪芹写俗，没有一点忌讳，下面这段非常精彩地写贾琏跟凤姐、平儿三个人的妻妾关系。巧姐出痘子出过了，凤姐要平儿去把贾琏在外面住用的东西收拾回来。凤姐就问，少了什么东西没有，平儿说没少。凤姐很有趣，又问：多了什么没有？平儿就说：没有少，怎么还会多？其实平儿收拾的时候早就发现一绺头发，这可是证据了。平儿没拿出来，她说：我的心跟奶奶一样，搜了一搜，没有东西。凤姐很知道贾琏，她说：这几天难保干净，有些相好的，丢下些戒指、香袋、头发什么的也难讲。贾琏在旁边"杀鸡抹脖使眼色儿"，这形容得好！平儿呢，就替贾琏掩饰过去了，所以是"俏"平儿。平儿也写得好，这个女孩子是个好心人，她是贾琏的妾，处在贾琏跟凤姐之间，不容易！凤姐多么厉害，平儿能够得凤姐的宠信，很不容易了。贾琏是那么急色、那么俗气的一个人，平儿能够跟他周旋，也不容易。

平儿替贾琏遮掩，凤姐走了以后，平儿指着鼻子，晃着头笑道："这件事怎么回谢我呢？"喜的个贾琏身痒难挠，跑上来搂着，"心肝肠肉"乱叫乱谢。这个妾当然长得不错，又这么娇俏动人。平儿拿了那个头发笑贾琏：这是一生的把柄了，好就好，不好就抖出来。这个贾琏就过来搂着平儿，要求欢。平儿就把他推开了，跑到窗子外面去。贾琏说，你这个小娼妇，浪上人的火来，你就跑了。平儿讲，我就让你痛快？凤姐还在后面呢。凤姐跑来看这两个人隔着窗子喊来喊去干嘛？平儿就说我不要跟他两个人单独在一起。凤姐说：单独在一起不是很便宜吗？平儿说：这是说我吗？走了。

这把他们妻妾之间的关系，写得那么活。若讲人物，我想写女性写得最深刻、最复杂的，其实是凤姐；男性方面写得最贴近现实，真正有这么一个男人的是贾琏。宝玉当然写得最多，但宝玉不是真正的男性，他是佛性，缺了一些人性。贾琏是真正的人性，写出他丑态毕露，但贾琏除了好色以外，没什么其他太大的缺点，他不算是一个很坏的人，好色这一点，很多男人都有，不是贾琏一个人。

《红楼梦》写贾琏跟他的妻妾写得好，她们的那种关系，几个人闺房打趣，写得非常贴切，这就是《红楼梦》写实的地方。

所以我讲《红楼梦》分两面的，一方面宝玉念了《庄子》以后，那种哲学宗教方面的领悟，一方面是贴近人生现实的东西，栩栩如生。一本小说的好，就是在这里。

　　要比起来，《金瓶梅》写现实，写肉身，没有人比得过，可是它缺乏了上面那一层精神生活的东西，跟《红楼梦》比，它就差了一截。《红楼梦》雅跟俗都具足了。

第二十二回

听曲文宝玉悟禅机　制灯谜贾政悲谶语

从前过农历年一直要过到元宵，正好宝钗这时候过十五岁生日。凤姐知道贾母很喜欢宝钗，就提出要替她做生日。贾母自己特别拿了二十两银子，要请班子来唱戏热闹一番，就问宝钗喜欢吃什么，喜欢点什么戏。宝钗这个女孩子很懂世故的，她知道老年人喜欢热闹戏，她就点热闹戏；她知道老年人喜欢甜烂之食，她也依贾母喜欢的。这些小动作，都关系到最后贾母选孙媳妇的决定。黛玉就不来这一套了。让她点戏，她爱听什么点什么，让她点菜，她爱吃什么点什么，完全率真的性情，宝钗就很世故了。

贾母的院子搭个小戏台，定了一班新出的小戏，昆弋两腔皆有。乾隆时代，昆腔就是昆曲，很重要，江西的弋阳腔也很盛行，汤显祖的故乡就是江西。其实《牡丹亭》一开始的时候是用弋阳腔唱的，后来才改成昆腔。宝玉来找黛玉，快点，我们去听戏去！林姑娘心里又不舒服了，她说，你叫一班戏来，特别唱给我听，这个时候我犯不着去沾人家的光。宝玉说这有什么难？非拉了她去。贾母叫宝钗点戏，先点了一出热闹的《西游记》。上酒席了，贾母又叫宝钗点戏，这回点了出《鲁智深醉闹五台山》。这出戏当时蛮流行的，到现在，昆曲戏台上面还有唱的。这是《水浒传》里的一段，讲花和尚鲁智深到五台山出家，他在寺里面闹事被赶出来，他就喝醉了酒大闹五台山。这本是清初丘园作的一出滑稽戏，整出叫作《虎囊弹》，其中《鲁智深醉闹五台山》这折现在也叫作《醉打山门》。宝玉说，宝姐姐你专门点这种热闹戏。宝钗就说，你听戏白听了，这个戏里面有一支曲牌《寄生草》，是一套北曲的《点绛唇》，韵律好不用说了，那辞藻也是高妙得很。看看：

> 漫揾英雄泪，相离处士家。谢慈悲剃度在莲台下。没缘法转眼分离乍。赤条条来去无牵挂。那里讨烟蓑雨笠卷单行？一任俺芒鞋破钵随缘化！

讲的是鲁智深，其实也就是宝玉最后出家的写照："赤条条来去无牵挂。"宝玉一听，哎哟，怎么这么好！他不光是喜欢，还真戳中了他的心。

宝玉本来就有慧根，一点就通，像庄子《南华经》《醉打山门》中的《寄生草》对他都是智性上的，启发他对人生的看法。这句"赤条条来去无牵挂"，正是最后宝玉出家时候的写照。他光头赤脚走的，而且天降大雪，一片白茫茫的大地真干净。宝玉出家的图画已经画好了，但还是要慢慢来，一步一步经过很多情关，经过很多的考验，到最后才会大彻大悟。现在这只是听戏而已，听戏中触动了他，回去自己也写了一支《寄生草》，为什么写呢？也是遇上事有感而发。

好了，唱完戏有个做小旦的，才十一岁的小女孩进来了。凤姐讲这个小女孩扮上活像一个人。宝钗心里也知道，但她世故，只是一笑不肯说。宝玉也猜着了，也不敢说。像谁呢？像林黛玉。史湘云很天真，没心机的女孩子，她就说："倒像林妹妹的模样儿。"宝玉听了，忙把湘云瞅了一眼，使个眼色。这下子，史湘云也不开心了，叫她的丫头翠缕，收拾行李准备走了。丫头不懂为何那么急，湘云就说："在这里作什么？——看人家的鼻子眼睛，什么意思！"宝玉听到，忙说："好妹妹，你错怪了我。我是怕你得罪了他，所以才使眼色。"湘云更气，说："他是小姐主子，我是奴才丫头，得罪了他，使不得！"宝玉更着急了，说："我要有外心，立刻就化成灰，叫万人践踹！"湘云道："大正月里，少信嘴胡说。这些没要紧的恶誓、散话、歪话，说给那些小性儿、行动爱恼的人、会辖治你的人听去！别叫我啐你。"好，史姑娘一下子气鼓鼓走了。这个宝玉，马上又跑到林黛玉那边去赔罪了。刚一进去，黛玉把他推出去。宝玉说，为什么？我又没有得罪你。黛玉说："我原是给你们取笑的，——拿我比戏子取笑。"宝玉道："我并没有比你，我并没笑，为什么恼我呢？"黛玉道："你还要比？你还要笑？你不比不笑，比人比了笑了的还利害呢！"说完了这个还算了，你要和湘云使眼色干什么？安的是什么心？下面一句话："他原是公侯的小姐，我原是贫民的丫头，他和我顽，设若我回了口，岂不他自惹人轻贱呢。"黛玉蛮在意她自己的出身。其实，她父亲林如海也是做官的，可是到底比不上贾、薛、史、王这几家，史湘云家是侯爵，她父亲虽然死了，叔叔还是侯爵。她又是贾母史太君的亲戚，她是有后台的。《红楼梦》对女孩子这种心细的小心眼，写得非常微妙。

宝玉落了个两面不讨好，想想正合着《南华经》"巧者劳而智者忧，无能者无所求，饱食而遨游，泛若不系之舟"等语，他怏怏而回，也写了一首《寄生草》：

> 无我原非你，从他不解伊。肆行无碍凭来去。茫茫着甚悲愁喜，纷纷说甚亲疏密。从前碌碌却因何，到如今回头试想真无趣！

虽然好像是一些小小的纠纷，对宝玉来讲，也是一种醒悟。

宝钗跟黛玉后来看到了，宝钗想，是不是那阕《寄生草》曲子，引出他这种遁世的想法，那不是我的罪过吗？就跑来跟宝玉讲了一个禅宗很著名的故事。五祖弘忍要传位给弟子，上座神秀就说了一个偈："身是菩提树，心如明镜台；时时勤拂拭，莫使惹尘埃。"这是一个境界。当时另一个弟子慧能在厨房里舂米听到了，就说："美则美矣，了则未了。"他也念了一偈："菩提本非树，明镜亦非台，本来无一物，何处惹尘埃？"更进一步说个空字。五祖就把衣钵传给他了。就是禅宗六祖慧能的故事。宝钗真是博学，什么都懂，连《禅宗语录》她都很熟，讲给宝玉听。可她自己的了悟，也止于神秀那一层。宝玉也是到最后才能彻悟，这些都是他一步一步的过程。

《红楼梦》故事的进展，靠很多很多细节。小说写得好不好，就看你细节写得好不好，但细节不容易写，要写得有趣，要写得合情理，而且要跟整个主题有密切关系。细节其实都有相当重要的讯息在里头。

从前元宵节常常猜灯谜，元春在宫里兴起，就让小太监送了灯谜来，让她的那些姐妹们、宝玉都来猜，她们个个都写了，甚至连贾母、贾政也写了一些谜语。元宵那天晚上，贾母召集了家里的人，大家聚在一起猜灯谜。贾政这个人呢，政老爷嘛，非常一本正经的，在书里面他是最正派，一举一动合乎儒家精神、规规矩矩的一个人，他的确在精神上把家撑起来了，后来没有成功，是因为其他的那些兄弟子侄把贾府拖累了。只就他个人来说，他是正正经经的儒家的模范，在这个元宵场合，有他在，家里人都很拘束，贾母就想让他先走。贾政说，哎呀，你就疼孙子，儿子你不要，赶我走。贾母说，你要猜谜吗？我给个谜你猜。看看贾母的谜：

猴子身轻站树梢。

　　　——打一果名

贾政一听，晓得是荔枝，他故意猜不着，罚了很多礼物。这个谜很有意思。还记得秦氏死的时候，鬼魂来警告王熙凤吗？她说，我们家已经昌盛了上百年，不要应了那句话："树倒猢狲散。"贾母这个老猢狲，其实是整个家族最高的中心，最后贾母死的时候，真的是树倒猢狲散。灯谜暗示说，表面上贾府得到皇恩之宠，享尽富贵荣华，就像乾隆时代，表面繁华到了顶，暗中已经埋下了整个传统要崩溃的种子，欢乐的暗流下面，都是一些警告，我们再往下看那些灯谜，都有命运的暗示。

贾政自己也打了一个谜：

身自端方，体自坚硬。
虽不能言，有言必应。
　　　——打一用物

谜底，砚台。跟贾政的个性很合，方方正正的，硬邦邦的。下面就是他们姐妹们的谜题了。贾政一看，头一个是元春的：

能使妖魔胆尽摧，身如束帛气如雷。
一声震得人方恐，回首相看已化灰。

贾政一猜就猜到了谜底：爆竹。爆竹一响，声音多么洪亮，就像贾元春的皇妃身世，高高的多么隆重，可是呢，回首相看已化灰。一下子炸下去，轰一声就完了。元春，可惜寿命不长，也就牵涉了贾府的兴衰。十七、十八回，不是元春点了几出戏吗？戏里面就看到了生死兴衰，她那时候并未了悟，这是无意间透露出自己的命运，爆竹，也是曹雪芹的暗示之笔啊！再看二姑娘迎春的谜题：

> 天运人功理不穷，有功无运也难逢。
> 因何镇日纷纷乱，只为阴阳数不同。

贾政说是"算盘"，对了！迎春的命运就是这个，她嫁得不好，后来被虐待死。她的命运也真是乱纷纷，没有好过。三姑娘探春出题：

> 阶下儿童仰面时，清明妆点最堪宜。
> 游丝一断浑无力，莫向东风怨别离。

贾政说，这是风筝。探春为何与风筝有关呢？后来远嫁，嫁到海疆那边去，回不来了。下面这个是惜春的：

> 前身色相总无成，不听菱歌听佛经。
> 莫道此生沉黑海，性中自有大光明。

讲惜春以后要当尼姑，讲得太明了。程乙本没有惜春这个，倒是有庚辰本里缺的宝玉出的灯谜：

> 南面而坐，北面而朝，"象忧亦忧，象喜亦喜"。

贾政一看说这个谜题出得好，如果谜底是"镜子"很恰当，问是谁写的，宝玉写的！贾政不出声了。镜子，佛家有一句话说镜花水月，一切都是幻象。宝玉看到的一切，由色入空，一切都是幻象。

接下来一个谜，庚辰本说是宝钗所作，谜底是"更香"——从前计算时间的香。程乙本则说是黛玉写的：

> 朝罢谁携两袖烟，琴边衾里总无缘。
> 晓筹不用鸡人报，五夜无烦侍女添。
> 焦首朝朝还暮暮，煎心日日复年年。
> 光阴荏苒须当惜，风雨阴晴任变迁。

我觉得这个命运像黛玉，不像宝钗。黛玉呢，自己焚那个香，烧尽为止。黛玉最后死的时候，把自己的诗稿往火盆里丢，把自己的诗稿焚掉。焚诗稿就是焚自己，等于为了情，把她自己烧掉了。情像香一样，一节一节烧成灰。程乙本中宝钗另有一个谜语，倒像是宝钗的命运：

> 有眼无珠腹内空，荷花出水喜相逢。

梧桐叶落分离别，恩爱夫妻不到冬。

谜底是"竹夫人"，竹子编的类似枕头的东西，凉的，中间是空的，夏天拿来枕一枕，到了秋天梧桐叶落的时候，就收起来了，所以恩爱夫妻呢，头贴的、脸贴的，像那个枕头那么恩爱的东西，不到冬。这是讲宝钗的命运，最后宝玉出家了，她守活寡。

这些谜语，句句中的，就像前面太虚幻境里的那些十二金钗正册、副册、又副册一样，又一次说到这些人的命运。命运是最神秘永远也猜不着的，但它三番四次来点提，非常像希腊悲剧里的合唱（chorus），神的命运在那边，你逃不过，人力不能逆天，这个其实也是《红楼梦》的一个主题。

灯谜看了以后，贾政心内沉思道："娘娘所作爆竹，此乃一响而散之物。迎春所作算盘，是打动乱如麻。探春所作风筝，乃飘飘浮荡之物。惜春所作海灯，一发清净孤独。今乃上元佳节，如何皆作此不祥之物为戏耶？"这段话，程乙本里面没有的，说得太明，自己解释出来了。其实贾政看起来是个迂腐、正派，好像不太敏感的人，但冥冥中他是对整个家族的命运极重要的人，他也有他的敏感，在这个地方就显出来了。他看了最后宝钗的谜题，心内自忖道："此物还倒有限。只是小小之人作此词句，更觉不祥，皆非永远福寿之辈。"想到此处，愈觉烦闷，大有悲戚之状，因而将适才的精神减去十分之八九，只是垂头沉思。这段写得很动人。你想想看，政老爷突然感伤起来了，他冥冥中好像感觉到，这些后辈怎么搞的，过年过节这种时候讲这些不祥之语，他们的富贵荣华恐怕不长，皆非福寿之辈。所以他垂头沉思，感觉悲伤起来。贾母看他这样子以为他累了，就说你回去吧，让他们更轻松一点。贾政一闻此言，连忙答应几个"是"字，又勉强劝了贾母一回酒，方才退了出去。回至房中，只是思索，翻来复去，甚觉凄惋。程乙本的这句，说不出的一股凄凉，说不出的一种难过，他自己也不太明白，冥冥中他就感觉到不祥之意。贾政不是个完全没有感情的人，他有的！后来大家知道，宝玉出家的时候，最后现身来拜他四拜，他的那种感受跟现在一样。他内心有他那种亲情，只是因为儒家的一套教则，他必须很制约自己的感情和行为，很理性地对待人事。

　　从各种迹象看下来，这个大家族慢慢地要走向倾颓的路，不过，现在还早，还没到那个时候，很多细节还在铺陈，一些看起来好像不太关联的情节，其实是有一条暗线串联起来。这一回，表面是元宵猜谜，其实有蛮重要的讯息。一方面是宝玉看了戏，听了《寄生草》以后有所感悟；第二个是灯谜内容让贾政感到不祥，这两者都写得很好。尤其贾政这个角色，在很恰当的时候，突然间让他人性化，就像前面写元妃，写她多么的气派，可是她一开口，一讲她内心的苦闷，一下子，她就是实实在在一个人。贾政在外表上往往要维持政老爷的形象，此刻他内心感觉到他们家族要来的不祥命运，他的感触让我们觉得贾政也是有血有肉、心中充满感情的一个人，让我们对元妃、对贾政都有了新的认识。刚刚讲到的袭人也是如此，贤袭人，平时都非常温和非常贤慧，突然间冷笑一声，立刻让她透露出她的人性。这就是《红楼梦》写人物很高明的地方。

　　小说里边有两种人物，一种是所谓的圆形人物（round character），因为他有各种面向，我们真的人大概都是方方面面的圆形人物。还有一种叫作扁平人物（flat character），他出现只有那一下，性格不会转变，可以说是次要的人物。一本小说里不可能全是圆形人物，那太复杂了，完全是扁平人物，那也不行，所以扁平人物跟圆形人物怎么配合起来是小说家的运用。像《红楼梦》这本小说，那么多人物，每个人都给很长的篇幅去描写，不可能！只有在最合适的时候，给他一笔，让他表现出个性，也让读者永难忘怀。曹雪芹能够做到，是因为他真的通人性，适时一笔，立刻触动读者，引起共鸣。

第二十三回

西厢记妙词通戏语　牡丹亭艳曲警芳心

上一回是讲宝玉听戏，这一回是黛玉听曲，"西厢记妙词通戏语，牡丹亭艳曲警芳心"，这里提出《西厢记》跟《牡丹亭》两个文学作品，与《红楼梦》有很重要的关系。

在这之前，我们先来看看这一回有意思的小细节。大观园要落成了，当然需要找些维护管理的人。之前要建大观园的时候，也有贾府周围的人纷纷要去包工程，想讨点好处。大概中国社会古今都一样的，现在有所谓的绑标，从前也有个利益中心。在哪里呢? 就是贾琏两夫妇了。凤姐掌了大权，那些穷亲戚都要逢迎她，想找一点什么事情来做做，设法得到一点好处。所以《红楼梦》不光是写上层的事情，也降下来写滚滚红尘市井小民的俗事。一个叫贾芹的到凤姐那里去求差事，就让他去管那些移住贾府家庙的小道士、小和尚。不要小看这些差事，一发出来经手的也是一两百银子。贾府自己是一个中心，旁边多少寄生的在等着他们施舍，后来树倒猢狲散，最后抄家的时候通通散掉了，亲戚也都不见了。现在，曹雪芹就要用很多小事铺陈这些人情世故。

贾琏跟凤姐两个也在抢。有的人走贾琏的门路，给了好处的，贾琏就答应把事给他。贾芸好不容易从贾琏这里拿到一份工作，要去的时候，凤姐呢，一下子把它抢走了！凤姐一把拉住（贾琏），笑道："你且站住，听我说话。若是别的事我不管，若是为小和尚们的事，好歹依我这么着。"如此这般教了一套话。贾琏笑道："我不知道，你有本事你说去。"凤姐听了，把头一梗，把筷子一放，腮上似笑不笑的瞅着贾琏道："你当真的，还是玩话？"看看凤姐那个样子，"粉面含春威不露"，很厉害的！贾琏就讲："西廊下五嫂子的儿子芸儿来求了我两三遭，要个事情管管。我依了，叫他等着。好容易出来这件事，你又夺了去。"凤姐说，你放心，园子中还需要管花草的，来了嘛，就给你了。下面有意思。贾琏吃了瘪了，被凤姐一下压得喘不过气来了，怎么回她一下呢？贾琏说："果这样也罢了。只是昨儿晚上，我不过是要改个样儿，你就扭手扭脚的。"夫妻间的调情！只有这一下，才把凤姐压住，只有一下拿出丈夫的样子来，才把凤姐压住。所以曹雪芹写贾琏，写凤姐，写平儿，那种妻妾之间的事也写得好！丈夫跟太太调情很难写得有意思，来这么一下，神来之笔，一下子凤姐没话了。嗤的一笑，向贾琏啐了一口，没话讲了，凤姐的嘴巴封住了。《红楼梦》就是在这种非常细节的地方，人与人之间的地方写得活，写得好，写得入情入理。

大观园事情弄好了，元妃觉得她省亲之后，这个园林空着多么可惜，何不让她那些姐妹住进去，园中也生色不少，而且宝玉跟她们玩惯了的，就让宝玉也一起进去。在元妃的谕令之下，姑娘们还有宝玉，通通住到大观园里去了。宝玉选了怡红院，黛玉选了潇湘馆，两个人住得很近。从这个时候，开始了在大观园里的生活。大观园是宝玉心中的人间仙境，在尘世上的太虚幻境。从某方面说，真是一个儿童乐园，这些年轻孩子在里头，过了他们最快乐的几年，他们吟诗、作赋，过着完全无忧无虑的生活。宝玉跟黛玉游园，看到很多花落到地上，他俩是最敏感最有灵性的人，对世间美的东西最爱惜，黛玉看到花落尘泥，就把它埋葬起来。宝玉说让它们随着水漂出去吧！黛玉说，漂出去还是可能会玷污的，一抔黄土掩埋了，让这些落花有归宿。这一段其实就暗示了下面第二十七回的黛玉葬花，很重要的一个主题曲《葬花词》出来了。

余英时先生有一篇文章《红楼梦的两个世界》，讲大观园的纯洁对照大观园外的污染。大观园可以说是贾宝玉心中的太虚幻境，在这里头至少暂时保持了他们青春的纯洁，就像花一样，如果流到外面去，就会玷污了。可是外面红尘的各种力量，一直有形无形地在侵蚀这一块乐土乐园，所以最后大观园必然走向崩溃。那篇文章大家有时间可以去看看参考。

宝玉在园子里没事情觉得很闷，就叫茗烟帮他找一些书来看，茗烟就给他弄了一些杂书。所谓杂书就是小说戏曲之类的，中间有很重要的两本，一本是《牡丹亭》，一本是《西厢记》。《西厢记》《牡丹亭》《红楼梦》，这一串起来，可以讲是中国浪漫文学这一道长河中的几个高峰，一个比一个高，最后当然是《红楼梦》集大成。浪漫文学讲"情"字，对于情的解释，集大成之书是《红楼梦》。一开始的时候，革命性的一本著作是《西厢记》。《西厢记》在元末出现，对中国的浪漫文学起了很大的作用，对于爱情的追求与解放，可以为了自己的幸福，脱离家庭礼法的束缚。崔莺莺，相国千金，为了追求爱情，在后花园委身于张生，那一节对中国的宗法礼教，具有颠覆性的冲击。所以西厢诲淫，在闺阁中是禁书。

宝玉悄悄地拿来了，他不给别人看，给黛玉看，他们两人是心灵上的知己，宝玉说别人我怕，妹妹我是可以给你看的。他晓得黛玉是能够了解的。黛玉也喜欢看，一下子就全看完了。看了之后呢，男孩子嘛，当然就是调皮的，对黛玉说：

"我就是个'多愁多病身'，你就是那'倾国倾城貌'。"

黛玉一听脸红了，不得不装怒两下，心中大概是高兴的。欺负了林妹妹，宝玉又赶快赔小心，说笑话逗她开心，黛玉扣住一句《西厢记》里头的话，讲宝玉"银样镴枪头"（意思是中看不中用）。可见两个人对《西厢记》都看进去了，都了解那种感情。其实对黛玉来说，崔莺莺在某种意义上也就是她自己。在爱情的追求上，《西厢记》是对当时礼法的一种反抗，那还是社会性的，《牡丹亭》又高一层了。《牡丹亭》出现在明朝，这本书把中国浪漫文学对爱情的诠释，又拉高了一个层次。

黛玉看过了《西厢记》，回去时途经梨香院，梨香院里十二个唱戏的女孩子正在练习，唱的是《牡丹亭》。这一段非常重要。这里林黛玉见宝玉去了，又听见众姐妹也不在房，自己闷闷的。正欲回房，刚走到梨香院墙角上，只听墙内笛韵悠扬，歌声婉转。林黛玉便知是那十二个女孩子演习戏文呢。只是林黛玉素习不大喜看戏文，便不留心。那个时候的戏曲，在传统文人的心目中，在文学位阶上是低一等的。黛玉只管往前走。偶然两句吹到耳内，明明白白，一字不落，唱道是："原来姹紫嫣红开遍，似这般都付与断井颓垣。"林黛玉听了，倒也十分慨慨缠绵，便止住步侧耳细听，又听唱道是："良辰美景奈何天，赏心乐事谁家院。"听了这两句，不觉点头自叹，心下自思道："原来戏上也有好文章。可惜世人只知看戏，未必能领略这其中的趣味。"想毕，又后悔不该胡想，耽误了听曲子。又侧耳时，只听唱道是："则为你如花美眷，似水流年……"林黛玉听了这两句，不觉心动神摇。""心动神摇"

这四个字用得好。又听道："你在幽闺自怜"等句，亦发
如醉如痴，站立不住，便一蹲身坐在一块山子石上，细嚼
"如花美眷，似水流年"八个字的滋味。

　　宝玉听了《醉打山门》之后，大有启发，到最后他
说，我也是"赤条条来去无牵挂"。黛玉听了《牡丹亭》
的"则为你如花美眷，似水流年"，听得惊心动魄。《牡丹
亭》是十六世纪汤显祖写的，汤显祖所处的晚明时代的哲
学思想、文艺思潮，是对宋明理学的一个大反动。在晚明
的文学里头，高举"情"的旗帜，情是很重要的主题，尤
其是以《牡丹亭》这个作品为代表。《西厢记》，它还在社
会性、历史性的层次，是写实的。到了《牡丹亭》，爱情
提高了一层，是形而上的情。对汤显祖来说，"情不知所
起，一往而深，生者可以死，死可以生。生而不可与死，
死而不可复生者，皆非情之至也"。情哪里来的？不知所
起，横空而来的。对汤显祖来说，情是很重要的原动力
（primal force），一动了情以后，一往而深。贾宝玉不是说
情根吗？情一生了根，一往而深，生者可以死，死可以生。
情可以穿越生死，不受时间的限制穿越生死。

　　我想你们都知道《牡丹亭》的故事，杜丽娘为情而
死，为情而生，到了那个地步，情简直是一种形而上的
（metaphysical）、隐喻式的力量，所以它比西厢又高了一
层，变成爱情神话了。《牡丹亭》上承西厢，下启红楼。
《西厢记》当然对汤显祖有很大的影响，下面更是启动了
《红楼梦》。曹雪芹好几个地方都引用《牡丹亭》里的曲及

回目，元妃点戏也点了《牡丹亭》。汤显祖对情的解释与设计影响了曹雪芹，《红楼梦》更往前走了一步，对情的解释更广、更宽、更博。看汤显祖作品时不光要看《牡丹亭》，要一起看他后来的两部作品《南柯梦》《邯郸记》。《牡丹亭》写情到了顶了，走不下去了，他后来的两个作品，一个是道，一个是佛，到了情深、情真、情至，要求解脱的时候，佛跟道就来了。《牡丹亭》《南柯梦》《邯郸记》三部作品合起来看，可能就是对《红楼梦》的影响。

此时黛玉听曲，她是特别有慧根的人，一听，心中有所感。她一直能感受到自己的命运。她是绛珠仙草，到这个世界上来还泪的，这一点她冥冥中似乎感觉到了。她的感悟，到第二十七回，在她重要的一篇自挽诗中出来了，那就是《葬花词》。她从花感悟到生命的局限，所以她要葬花，她又听到这段【皂罗袍】："原来姹紫嫣红开遍，似这般都付与断井颓垣。"本来一片姹紫嫣红，杜丽娘一进去的时候，只看到断井颓垣。可能在这所有人物里面，林黛玉跟杜丽娘这女孩子最相近了。第一，两个人都很年轻；第二，对爱情的追求非常执着，甚至可以死。林黛玉焚稿断痴情，为了这个情，最后把自己烧掉。杜丽娘也是为情而死。元妃不是点了四出戏吗？中间有《离魂》，就是暗伏黛玉之死。林黛玉跟杜丽娘最相近的，就是对时光、青春、生命流逝的敏感。杜丽娘年方二八，已经感受到这个威胁，感受到自己芳华虚度，所以才有春末游园的感慨。这也就是我们中国抒情诗的一个大传统，伤春悲秋。从一开始到现在，不用说唐诗宋词，就是到了明朝的传奇，这个大传统也一直持续，尤其在《牡丹亭》里面，又往前推了一步。《惊梦》的折子，它由许多曲牌连起来，《寻梦》那一折，更是有十七个曲牌连起来，讲的就是伤春悲秋，一步一步，写得好极了，写得美极了！把宋词又往前推了一步。大家有空可以去看看《寻梦》那几折，莺声燕语落花纷飞。在《惊梦》的时候，女主角的梦中情人柳梦梅出来了，一开头就唱"则为你如花美眷"，像你那么美的一个人，很可惜啊，"似水流年"。我想黛玉听了这一句非常警觉，无论多么美的如花美眷，抵不住似水流年，再好的鲜花也挨不过秋冬。黛玉一听"心动神摇"，刺激到这个地步。最后讲荼蘼花，"开到荼蘼花事了"，春天已经没有了，最后的收尾是惜春、伤春，欢乐底下一种暗暗的哀伤。

我想，黛玉听的这个曲子，乾隆时代是这个调调，现在还是这个调调，不要小看这个曲子，我十岁的时候听的就是这个。那时在上海看梅兰芳跟俞振飞演的《牡丹亭》，演的就是《游园》中【皂罗袍】这一段，十岁的孩子听进去了，我大概没有心动神摇，但也深深印在脑子里了。几十年后我就制作了青春版《牡丹亭》。

这个曲子确实动人，非常优美缠绵，黛玉听了以后，就一下子想了很多东西：

忽又想起前日见古人诗中有"水流花谢两无情"之句，再又有词中有"流水落花春去也，天上人间"

之句，又兼方才所见《西厢记》中"花落水流红，闲愁万种"之句，都一时想起来，凑聚在一处。仔细忖度，不觉心痛神痴，眼中落泪。

我们看看李后主李煜的《浪淘沙》这首词，大家都很熟悉。

> 帘外雨潺潺，春意阑珊，罗衾不耐五更寒。梦里不知身是客，一晌贪欢。独自莫凭栏，无限江山，别时容易见时难。流水落花春去也，天上人间。

李煜这首词，写他自己的亡国之恨，还是历史性的、社会性的，因为他的国家亡了，他被俘虏了，"流水落花春去也"，这是暗喻失去的南唐盛况。可是黛玉想起了最后两句，就把它变成形而上的意义了。李后主的词分前期后期，前期比较偏宫廷生活的艳词，亡国之后，整个眼界气度反而开阔了，不仅是怀念故国，他对人生的体验也更加深刻，深到王国维的《人间词话》甚至说他是释迦跟基督，担荷了人类的罪恶。我想到李后主另外一首词《相见欢》，可能这个时候来形容黛玉的心情更恰当：

> 林花谢了春红，太匆匆，无奈朝来寒雨晚来风。胭脂泪，留人醉，几时重，自是人生长恨水长东。

　　这是一种亘古的惆怅，水流往西了，就不会东回了。春天也是，花也是，时间也是，一去不回的。这首词是李后主对人生的感受更深刻时写的，更写照着黛玉的心情。黛玉本就是绛珠仙草，几乎不属于这个世界。在人间，诗是黛玉灵魂的构成，所以在中秋夜的时候，她跟湘云两个人互相联句，突然间迸出一句"冷月葬诗魂"，"诗魂"两个字就是她自己。一旁听见的尼姑妙玉制止说：你不能再讲了，你最后的警句已出。就是说黛玉已讲出自己的命运。

　　黛玉跟宝玉两个人，最能够体会到自己的命运。尤其黛玉，多愁善感，自知活不长久，后来她罹患肺病，吐血而死，当年的肺病没法治的。我小时候生过肺病，努力打针吃药，好几年才医好。宝玉跟黛玉这两个人，听了戏以后，对各自的命运都有所感悟，这一段又为第二十七回黛玉写《葬花词》埋下了伏笔。

第二十四回

醉金刚轻财尚义侠　痴女儿遗帕惹相思

　　这一回，情节又宕开了，书写另外一个也蛮有意思的插曲。《红楼梦》写象征、写知性、写神话的架构写得很好，上回讲的黛玉听曲感悟短短的一段，立刻把林黛玉这个人的视野，宕开很大的一片；对照着贾宝玉的体悟，就看到了宝黛之间的情，以及两个人的命运架构。这是比较高的一层。这一回就是写实了，降下来写两个小角色：贾芸和小红这两个人。

　　贾芸是贾府一个远亲，穷亲戚，辈分比宝玉晚一辈。从前要是没有背景也不是科举出身的话，很难有出路，只能靠有钱有势的亲戚往上爬，所以对贾芸来说，抓住贾府这点关系非常要紧，他不惜要拜宝玉做干爸爸。贾芸十八岁，比宝玉还大几岁，宝玉看到他开玩笑说："你倒比先越发出挑了，倒像我的儿子。"贾芸抓住这个机会，马上就要拜干爹，很伶俐、很乖巧的一个人。他想要得到什么呢？因为大观园里种了很多花草树木，也是个工程吧！这里面油水不少，他想要拿到这个肥缺，得下功夫。开头在贾琏那边下了一大顿功夫，没想到贾琏那里有些工作都被凤姐抢走了，想想还不如换个道，去奉承凤姐。怎么奉承她呢？总不能空手去，要备一点礼物去，普通的礼物凤姐看不上眼，就想用心找一些药材香料如麝香、冰片之类的才能入眼，那个时候这些东西是很贵重的。贾芸没钱买，动脑筋动到开药铺的舅舅卜世仁。曹雪芹起的名字都有心机的，"卜世仁"，不是人。你看这一段把他那舅舅、舅妈写得！这个穷外甥没出路嘛，到药铺来想赊一点香料，被数落了一大顿，好受罪。这段也写得好，写那种小人物的刻薄。他舅妈也是很有意思，舅舅随便讲，留外甥吃饭，舅妈说，哪来的米啊？你还不到隔壁赊一点米来，要外甥挨饿吗？你一句，我一句，贾芸受不了，赶紧走了。所以一个穷亲戚往上爬，多么不容易！

　　再来讲小红。大观园里一层一层，也有权力斗争（power struggle），从上斗到下，下面到最基层的丫鬟们，也都伶牙俐齿的。小红是怡红院里一个小丫头，管家林之孝的女儿，被给了宝玉当丫头，人长得蛮俏丽，也很精、很伶俐。宝玉身边有一群丫头，袭人、晴雯、秋纹、麝月……一大群在旁边虎视眈眈，哪容得这个小丫头爬上去。那天刚好那些大丫头都不在，小红跑去倒一杯茶来给宝玉。宝玉一看，问道："你也是我这屋里的人么？""是的。"宝玉道："我怎么不认得？""认不得的也多，岂只我一个。"这么说几句，宝玉注意起她了。一忽儿间，秋纹、碧痕几个大丫头跑回来了，一见是小红，屋里又只有宝玉，心中大不自在，就盘问：你干嘛在这里啊？我们不在你就趁这个巧宗儿就来了，往上爬了是不是？意思是这端茶送水也轮不到她。小红一看刚刚有点苗头，一棒就打下去了，挫折感很深。这时候刚好贾芸又来了，之前小红看见过贾芸，贾芸长得也不错，蛮清秀的，是个爷们，是他们的亲戚。那丫头听说，方知是本家的爷们，便不似先前那等回避，小红还下死眼把贾芸钉了两眼。"下死眼"，这个用得好，狠狠地盯他两下。往上爬的人，伶俐的人，心术不是很正的人，也有资格谈恋爱。这两个人，其实讲起来，心术都不太正的，都是往上爬不择手段的。这两个人在一起正好，蛮配的。而且两个人的感情也是真的，后来，也发展出小小的一段爱情，写得很好。所以，曹雪芹在适当的地方，都赋予每个角色人性，尽管贾芸这个人实在不可爱。

到最后贾府败了，贾芸要报复凤姐，因为凤姐后来对他很不以为意，不假以颜色，他心想报复，就跟着一帮人要把凤姐的女儿巧姐儿随便嫁出去，等于卖出去一样。小红呢，后来也趁了个机会，到凤姐那边去了。她知道宝玉这边没苗头，轧不进去了。她脑筋转得很快，有一次凤姐要她去传个口信，她回来以后，讲了一大段很有名的舅奶奶、什么奶奶、这个奶奶、那个奶奶，讲得口角非常简俐，凤姐大为欣赏，说："先时我们平儿也是这么着，我就问他：难道必定装蚊子哼哼就是美人了？"""这一个丫头就好。方才两遭，说话不多，听那口声就简断。"凤姐把小红要过来，小红也如愿往上爬了。在贾府里要崭露头角很不容易的，曹雪芹不光写少爷小姐谈恋爱，也写很现实的东西，贾府里那种你争我夺，也是非常厉害的。

　　小红本来叫红玉，因为"玉"字重了宝玉，从前是不可以的，爷们，他们的名字不可以重的，就把她改成小红。庚辰本不是很一贯，一下子小红，一下子红儿，一下子红玉，程乙本就通通改成小红。我说过，《红楼梦》里名字有个玉的那个人，跟宝玉都有特殊关系。讲到后面，会有妙玉、蒋玉菡这些人，对宝玉来说都有特殊的意义。那个玉字，不能随便用，所以红玉改成小红是正确的。

第二十五回

魇魔法姐弟逢五鬼　红楼梦通灵遇双真

庚辰本回目"姐弟"两个字，这关系不对。凤姐跟宝玉不是姐弟，是叔嫂。程乙本的回目是："魇魔法叔嫂逢五鬼，通灵玉蒙蔽遇双真"。

这一回，也是个插曲，讲王熙凤跟贾宝玉两个人着魔了。怎么会着魔呢？贾府来了一个会作法的马道婆，赵姨娘平常会拿点小钱在马道婆那里上供，一来二往两个人就勾起来了。赵姨娘诉苦，说她经常被打压，因为她的身份本来是个丫鬟，后来变成姨娘，那个时候的姨娘没有地位，在贾府很多人都可以踏她一脚。凤姐按理讲是晚辈，也不买她的账，贾母、王夫人都讨厌她，没有地位的人当然挫折感很深。而且大家这么疼宝玉，她的儿子贾环不受宠，以后出不了头，要继承什么东西通通没份，除非把宝玉弄掉，把权力中心的凤姐弄掉，才有出头天的机会。赵姨娘为了这个不择手段，跟马道婆勾串起来，用巫术拿那个人来钉，中国皇帝的后宫不是常常有这种事吗？钉纸人，或用生辰八字写了以后钉一钉，五鬼就来找了。马道婆会邪术，突然间，王熙凤跟宝玉就着魔了。贾环和赵姨娘都会因嫉妒而害人。之前，王夫人叫宝玉、贾环他们去抄经，贾环也心怀不轨，就为了宝玉得宠，故意设计把滚烫的蜡烛油吹到宝玉脸上去，想害宝玉伤眼破相。

《红楼梦》对大家庭的你争我夺没有回避，也写得很好。贾环跟赵姨娘在感到无力下的反击就是勾结马道婆害人。凤姐跟宝玉着了魔，拿着刀乱杀乱砍，两个人弄刀持杖的，当然惊动了整个贾府。从贾母开始一直下来，都去求神问卦，什么都做了，却都不灵。赵姨娘就跟贾母说，这个哥儿（是讲宝玉）让他早点走吧！不要留着他，让他痛苦……赵姨娘真不会讲话，被贾母臭骂一顿。真的很危急的时候，来了两个神仙，一僧一道。大家还记得吗？一开始的时候，茫茫大士、渺渺真人，他们两个护送这块灵石入了红尘，最后，他们两个会把这块灵石再带走。在这之间，这块灵石慢慢在红尘里遭了污染，正在没救的时候，这两个神仙出现了。

宝玉这块石头，象征的意义很多，其中之一象征我们的本性，道家说归真返璞，要清除名利、色欲各种东西的污染，回到原来的纯真。这一僧一道不仅在这回紧急时刻出现，后来宝玉那块玉不见了，他们又来了，这就是《红楼梦》的神话架构对情节的推展。在一段传神的写实，像贾芸跟小红那一段之后，这个时候又升上去脱离现实，让我们不会忘了这也是一则神话，一则顽石历劫的寓言。这部小说如果以佛教的观点看，就是每个人的命运，都像是一块顽石，在尘世里经过多少劫，然后才能完成自己的生命。当本性被掩蔽、被污染，需要重新拂拭一下，就如同神秀讲的，"时时勤拂拭，莫使惹尘埃"。宝玉这历劫顽石，此刻还没有到六祖"本来无一物，何处惹尘埃"的最后境界，他还要经过多多少少的情关，看透了人生的生老病死苦，最后才得悟道解脱。所以我们要沿着这条线来看，把许许多多的细节串起来看。这里回到神话，又是一个提醒。

我时常批评庚辰本，因为庚辰本是最原始、最老的本子之一，很多学者都认定它最近曹雪芹原来的本子，但因为传下来的都是抄本，我想也不见得完全是曹雪芹原来的话，有时一下子比较拙劣的手笔出来了，完全不像曹雪芹。举个例子，这一回讲到薛蟠，薛蟠这个呆霸王也是曹雪芹写得非常好的一个角色，大家再往下看到第二十八回，"蒋玉菡情赠茜香罗"，把呆霸王写得活灵活现。这个人既是一个顽劣无比的纨绔大少，又有他的一种天真，但这一回写他，有几个字我觉得不是很恰当。别人慌张自不必讲，贾府乱成一团嘛！独有薛蟠更比诸人忙到十分去：又恐薛姨妈被人挤倒，又恐薛宝钗被人瞧见，又恐香菱被人臊皮，——知道贾珍等是在女人身上做功夫的，因此忙的不堪。忽一眼瞥见了林黛玉风流婉转，已酥倒在那里。这个不像薛蟠。有几点：第一，讲贾珍。贾珍是很好色的一个人，但还不至于对薛宝钗、香菱打主意，这个有点说不过去。而且薛姨妈跟宝钗、香菱在贾府住那么久了，老早混熟了里面的人，何至于贾珍看到这两人会动心？下面更不像话！我想薛蟠看了林黛玉，他不懂欣赏的，他怎么会懂欣赏林姑娘这个病美人？看了她不会酥倒，他酥倒是看了别人。这一段一点都不像薛蟠，写得不恰当，程乙本里没有这段的。

　　还有，宝玉不是人事不省吗？黛玉当然心里很着急，最后看到宝玉醒来，就念了一声"阿弥陀佛"。宝钗呢，什么反应？本来凡事都是黛玉戳宝钗的，因为宝钗又有金锁，又有冷香丸，又有金玉良缘这个话，黛玉时时刻刻放在心中，有机会就戳她两下。宝钗涵养很好的，装不知道，这下子逮到机会了，还她一句。

　　　　薛宝钗便回头看了他半日，嗤的一声笑。众人都不会意，贾惜春道："宝姐姐，好好的笑什么？"宝钗笑道："我笑如来佛比人还忙：又要讲经说法，又要普度众生；这如今宝玉、凤姐姐病了，又烧香还愿，赐福消灾；今才好些，又管林姑娘的姻缘了。你说忙的可笑不可笑。"

　　我想，薛宝钗不会直接讲出来林姑娘的姻缘，这会触犯林黛玉的。而且这也不很像薛宝钗，薛宝钗很厉害的，常常讲话只讲一半，就够了。程乙本这里就写得好，它用"又要管人家的婚姻"，"人家"两个字，随便指谁，不专指林姑娘。宝钗不会那么直接、那么赤裸裸地指出来的。

夏济安先生讲过，小说写得好，常常是在对话里面，不自觉地一句话下去，恰恰好。他拿《水浒传》作例子。潘金莲对武松有意了，她提起武松，叔叔、叔叔、叔叔……讲了几个叔叔以后，突然来了一个"他"字，就露出她的心事了。女人讲男人，直指"他"，就一定有了什么关系才能这么讲，不能随随便便指个"他"字。《红楼梦》里面也有一个地方。晴雯说宝玉生日，她们就向平儿要了一坛酒来，替宝玉过生日。晴雯就说："今儿他还席，必来请你的，等着罢。"平儿逮到就取笑说："他是谁？谁是他？"意思就是说，唉哟，讲宝玉用个"他"字啰！所以这种一个字的用法，用得好，在对话里头，就会活起来，背后的意义就高。像这一回这个地方，"又管林姑娘的姻缘了"就差了，用"人家"就高明，林黛玉也抓不住她。虽然明明是讲黛玉，却又不指明。曹雪芹写《红楼梦》是非常仔细的，一两字的差异应该都想过、斟酌过。

这一回的回目庚辰本、程乙本不同，回目都是点题的，点出这一回讲的是什么事情，主角是什么人，等等。整本书里边，回目出现"红楼梦"三个字的很少。第五回在太虚幻境里边"饮仙醪曲演红楼梦"，第一次提到"红楼梦"三个字。这一回程乙本的回目"通灵玉蒙蔽遇双真"，这就是点题了，讲那块通灵玉需要双真——那两个一僧一道来拭掉尘世污染。庚辰本"红楼梦通灵遇双真"，此处"红楼梦"何所指不清楚，我觉得程乙本的回目比较切题。

第二十六回

蜂腰桥设言传心事　潇湘馆春困发幽情

　　前两回，曹雪芹写到了贾芸跟小红互相有意，我说，心术不端的人，也有资格谈恋爱的。《红楼梦》里有几对，除了贾芸跟小红，贾蔷跟龄官也是一对。贾蔷也不是很可爱的一个男孩子，心机多，想往上爬。可是他跟龄官那一段感情，也写得很好。曹雪芹的视野广，所有的情都能包容，都能写得好。

　　这一段继续讲小红，她有心事了。她丢了一块手帕，被贾芸捡去了，因为这块手帕，两个人就连起来了，连梦里都梦到贾芸，要二爷（她称贾芸"二爷"）把手帕还给她。这是小儿女的心事。小丫鬟好不容易有个爷们，贾芸虽然是穷亲戚，但是他的身份还是不错的，是贾府里面的爷，有这么一个人对她有意，她当然会动心。但那时候环境很艰难，两个人怎么传情呢？这天她就跟一个小丫头在蜂腰桥那个地方，讲她的手帕这样那样的事。贾芸是一步一步爬上来，常常到怡红院去想攀上贾宝玉，他是好不容易才进了大观园。小红后来到王凤姐那边去，这两个人可以说是各得其所。他们两个爱情发展得本来蛮有意思，应该再往下去，可惜《红楼梦》里没再讲他们这一段了。有一个连续剧编出贾芸后来跟小红结了婚，贾芸对贾府不是那么坏，被抄家以后，贾芸还在外面替他们奔走，等等。那是题外话了，现在这版本没有再提，不过写两个人的爱情酝酿过程，让读者很关心，想知道后续，已经算是成功了。

写贾芸跟小红两个小配角的一段爱情，其实也是为了侧写王熙凤。凤姐在《红楼梦》里是个很重要的人物，所以侧写、直写、背后写，从各方面衬托她。像贾芸跟小红这一段，反映出凤姐是贾府的权力中心，要往上爬一定要经过她，看看贾芸怎么逢迎她，小红怎么在她面前显能，怎么讨好她。凤姐很厉害的，贾芸不是要给她麝香、冰片来讨好她吗？凤姐按下不表，没有出声，拿到了那麝香、冰片以后，也不出声。为什么？她心里想，这下子马上跟他说给他个位置，好像自己见不得东西，等第二天再来，还要装模作样一下：你竟有胆子在我的跟前弄鬼？凤姐心思很深，这种地方显出凤姐的世故手段。再讲她怎么看中小红。小红在贾府这个权力阶梯要往上爬，大不容易，尤其是宝玉身边的丫鬟，伶牙俐齿的一大堆，小红很难表现，凑巧给宝玉倒了杯茶，就被大丫头打下去，非常挫折。好不容易逮到一个凤姐这边的机会，小红一定要展现她伶俐的一面，让凤姐看中她。这也显示出凤姐能识人，能用人。这些有意思的细节，正是用来侧写、侧面塑造凤姐这个人物。

写小说，人物当然占最重要的部分，拿传统小说《三国演义》《水浒传》《西游记》《金瓶梅》来说，这些小说都是大本大本的，很复杂。《三国》里面打来打去，这一仗那一仗的我们都搞混了，可是我们都记得曹操横槊赋诗的气派，都记得诸葛孔明羽扇纶巾的风度。故事不一定记得了，人物却鲜明地留在脑子里，那个小说就成功了，变成一种典型。曹操是一种典型，诸葛亮是一种典型，关云长是一种典型，所以小说的成败，要看你能不能塑造出让人家永远不会忘记的人物。外国小说如此，中国小说像《三国》《水浒》更是如此。《水浒》的故事等于一个合传，一个一个拼起来，最后上梁山泊去。《水浒》用了非常有效的一招，就是给人物一个外号，"及时雨"宋公明，"花和尚"鲁智深，"花和尚"用得多好，吃大酒大肉的，还有什么一丈青、母夜叉……外号一讲，那个人物就很显眼了，绝不会弄错。《水浒》完全是个野蛮世界，男性的世界，中间有几个女性在里头，一个是很出名的潘金莲，另外一个是阎惜姣。《水浒》写那些绿林好汉写得很好，写那几个女性，就几笔，但你永远不会忘记。有一回写阎惜姣，她是《水浒》里面几个淫妇之一，本来是一个风尘女子，嫁给宋江，等于宋江包养了她。宋江长得不怎么样，皮肤黑，个子也不高，很不起眼，叫作三郎，黑三。后来阎惜姣不安于室，有了外遇张文远，也叫三郎。有一天，她听到楼下说三郎来找她了，以为情人来了，咚咚咚从楼上跑下来，一看是黑三，一句话不讲，头一转，咚咚咚又跑上楼去。你说宋江要不要杀这个刁妇？读者再也不会忘记阎惜姣，她不必讲话，什么也没说，就这几下子，跑下来，跑上去，够了！怎么样把人物写得鲜活？比如讲《西游》，谁也忘不了那个猴子孙悟空，忘不了猪八戒，一猴一猪变成广流民间的典型人物，这就是小说家的本事。

"潇湘馆春困发幽情"，这里又回笔写宝黛二人。宝玉到潇湘馆看黛玉，只见"凤尾森森，龙吟细细"，这几个字形容潇湘馆的竹子——有一种凤尾竹，风吹过发出沙沙的声音非常好听。到了门口，听见黛玉在里边长叹一声："每日家情思睡昏昏。"黛玉看《西厢记》看邪掉了，也春困起来。《牡丹亭》中杜丽娘春困，林黛玉也春困，都是崔莺莺惹的，由崔莺莺那个春困传下来的。宝玉一听也心痒了，在窗外笑道："为甚么'每日家情思睡昏昏'？"黛玉不好意思了。两个小儿女很天真，开头是两个小孩，两个少年（teenager），互相你试一下，我试一下，慢慢地动了真情。往下看两个人吐露真心的时候，真是蛮动人的一回。他就不晓得我的心！要跟他把心事讲出来！从前，有心事不可以随便讲的，不像现在很方便，发个简讯就告诉你了。那个时候都不讲，慢慢地你试过来，我试过去，等有一天，心碰在一起了，终于讲出来了。到后来宝玉挨打的那一回"情中情因情感妹妹"的时候，黛玉动了真情。

　　贾宝玉这个人物，有些女孩子喜欢他，有些女孩子不喜欢他。喜欢他的女孩子觉得他体贴入微，很会伏低做小，一下子就赔罪了，有一种温柔。现代女孩子还喜不喜欢这一套？可能还是喜欢的吧！我偶尔看连续剧，什么《我可能不会爱你》，李大仁，就是这么做小伏低，一直做，最后那女孩子，还是给他磨成功了。我想贾宝玉就有磨的功夫，不管黛玉对他怎么使小性子，他都耐她哄她。黛玉真的非常在乎宝玉对她怎么样，明明晓得宝玉的心，因为中间梗着宝钗在那里，两个人常常有误会。有一天晚上黛玉到怡红院去，听到里面宝钗跟宝玉在谈笑，她叩门要进去，刚好碰到脾气很坏的丫头晴雯，晴雯正抱怨宝姑娘说：有事没事跑来坐，害我们不能睡觉。她就跟外面说：二爷讲的，什么人都不准进来。林黛玉说：是我呀！晴雯没有听出是林姑娘，管你是谁，不开就不开。这一下子，林姑娘被关在门外，而且里边笑语的又是宝钗，孤单、失落、凄然一下子涌了上来。下一回，她就写下了身世之感的自挽词《葬花吟》。

第二十七回

滴翠亭杨妃戏彩蝶　埋香冢飞燕泣残红

前一回黛玉误会了，以为宝玉不让她进怡红院是因为宝钗在里头，其实只是晴雯懒得开门，这下子把黛玉得罪了。黛玉心里很不舒服，当然宝玉又要去赔小心了。这时候春末了，暮春时节花落了，大观园里有个饯花会，花神退位，需要饯行，女孩子都到园子里来送花，这是她们的一个仪式，姐妹们相约都来了。宝钗经过潇湘馆，本想去把黛玉一起叫出来，一看到宝玉进去了，她想到他们兄妹两个自有体己话，不便去吵，就走开了。宝钗很懂事、很世故，同样的状况，宝钗与黛玉的态度大不相同。

"滴翠亭杨妃戏彩蝶"，这是把宝钗比作杨妃，后来宝玉也把她比喻成胖美人，宝钗并不乐意，不过她的确是有点福福态态的。"埋香冢飞燕泣残红"，赵飞燕是个瘦美人，用以比喻黛玉。一个胖，一个瘦，又是对比。这几回写下来，都是写黛玉跟宝钗之间的矛盾，两人个性的比较，慢慢铺陈她们最后的命运。

宝钗在园子里，看到一对蝴蝶，看看很有意思的形容：……刚要寻别的姐妹去，忽见前面一双玉色蝴蝶，大如团扇，一对很大的蝴蝶，玉色的，很温润的颜色，一定很漂亮的，一上一下迎风翩跹，十分有趣。宝姑娘平常一举一动都很端庄的，她不会显现出小女孩的样子，她比较早熟、早慧、成熟、理性，然而这时候四顾无人，性情就显露出来。到底是个年轻女孩子，看到一对团扇那么大的蝴蝶，宝钗意欲扑了来玩耍，遂向袖中取出扇子来，向草地下来扑。只见那一双蝴蝶忽起忽落，来来往往，穿花度柳，将欲过河去了。倒引的宝钗蹑手蹑脚的，一直跟到池中滴翠亭上，香汗淋漓，娇喘细细。宝钗也无心扑了。……这胖美人跑了两下，香汗娇喘，无法继续。宝钗扑蝴蝶，蝴蝶往上飞的，蝴蝶是一对，这是给她各种的象征。春天蝴蝶翩跹，双双对对，中国人百蝶穿花，象征着幸福、圆满、往上飞，这就是宝姑娘要的东西。林姑娘呢？看见花落把花埋起来。一个是往上去扑翩跹的蝴蝶，一个是往下埋了落花，各人的志向不同，各人的命运也将不同。

曹雪芹有意无意的小细节都不是随便写的，看《红楼梦》不要只看它表面。宝姑娘不会随随便便去扑蝴蝶，如此安插，因为在这个地方马上要写到很重要的黛玉葬花——《葬花吟》，是林黛玉为自己写的挽歌。春天里，宝钗在扑蝴蝶，在抓往上飞的、象征幸福的东西，多愁多病的黛玉看到落花，马上联想到自己的生命将凋残。曹雪芹设计了很多小场景，引导走向最终的结局。最后，贾府最重要的事是替宝玉娶媳妇、定婚事，那个时候，定婚是何其隆重的一件事情，尤其是贾母最宠爱的孙子，不光是考虑个人，整个家族的未来通通要考虑进去。贾母最终选的是宝钗而不是黛玉，这结果老早隐在前面的伏笔中。暗示，是《红楼梦》常用的手法，不明讲，讲出来就没意思了。

　　暮春落花时节，宝钗扑蝶，黛玉葬花，可以说《红楼梦》就是一幅一幅工笔画连起来的，很多时候都是仕女图，这些场景对画家来说，都是非常好的题材，而且还有故事。宝钗扑蝶追过去，到了滴翠亭，听到里边两个小丫头在讲话。一听，好像是宝玉房里的丫头小红，跟另外一个小丫头坠儿。坠儿说贾芸拾到一块手帕，是小红掉的，贾芸就拿给她去代他归还，还要她去向小红要一个谢礼。其实，这就是借手帕传情嘛！从前手帕代表信物，贾芸借着手帕传递他对小红的一些意思。这是相当秘密的，一个爷们对一个小丫头有意，当然不能够外泄，所以两个丫头就悄悄地讲。小红的心思很密，讲到一半停下，说：等一下！我们把亭子窗户打开，万一外面有人偷听怎么办？宝钗听见这话，心想："怪道从古至今那些奸淫狗盗的人，心机都不错。"可这一打开不就看到她了？得罪她们，就不好意思了。她马上很机智地想了一个金蝉脱壳的对策，大声地叫着"颦儿"。颦儿是黛玉的外号，她装着来寻林黛玉，所以无意中闯进亭子里。小红跟坠儿刚一推窗，只听宝钗如此说着往前赶，两个人都愣住，原来是宝姑娘在这里。宝钗施了这计，两个丫鬟听了她在喊，信以为真，尴尬就没发生。宝钗走了之后，小红突然紧张起来，她说：了不得，刚才林姑娘躲在这里了，若是宝姑娘听见还算了，林姑娘嘴巴又爱刻薄人，心又细，她走漏了风声怎么办？

很多书评家就在这个地方说，宝钗暗中陷害林黛玉。这话可能讲得重了一点，宝钗并非有意陷害，不过即使是无意的，也留下了这一笔。林黛玉到处树敌，得罪这个，得罪那个，后来大家一起联盟起来排揎她，当然对她的处境大大不利。薛宝钗到处笼络人，从贾母开始孝敬，老太太爱看什么戏，她点什么戏，爱吃什么东西，她点什么东西。至于王夫人那边，她讲了做了一些事情，非常得体，如果你是个家长，这么懂事的媳妇你要不要？林黛玉呢，不管对什么人什么事，她爱讲什么就讲什么，爱戳什么就戳什么，这两个人一比较起来，林黛玉的天真率直，当然就吃亏了。的确，心机重的，能够笼络人的，在社会上比较容易成功，至今仍是如此。这些细节，一个一个串起来，都在刻画黛玉跟宝钗的不同。

小红如何往上爬，也有一段精彩的描述。小红在怡红院里不容易出头，连倒一杯茶给宝玉都被大丫头打压。一天，凤姐在园中看到她，让她帮忙去传话给平儿，到房里去拿个东西来。小红就去办了。回来时遇见大丫头挑她，说：你在干嘛？花儿也不浇，雀儿也不喂，茶炉子也不烧，就在外头逛。小红嘴巴也不饶人的，她说："昨儿二爷说了，今儿不用浇花，过一日浇一回罢。我喂雀儿的时候，姐姐还睡觉呢。"另个丫头绮霰道："你听听他的嘴！你们别说了，让他逛去罢。"红玉道："你们再问问我逛了没有。二奶奶使唤我说话取东西的。"说着将荷包举给他们看，方没言语了，大家分路走开。晴雯冷笑道："怪道呢！原来爬上高枝儿去了，把我们不放在眼里。不知说了一句话半句话，名儿姓儿知道了不曾呢，就把他兴的这样！这一遭半遭儿的算不得什么，过了后儿还得听呵！有本事从今儿出了这园子，长长远远的在高枝儿上才算得。"刚刚有一点苗头，又挨了几棒。小红想，这个时候就得要有所表现了。

　　《红楼梦》这一段很有名：小红到了凤姐那边，来回话了。她对凤姐说，我就按你的话告诉了平儿姐姐，平儿姐姐按你的意思做了。凤姐笑道："他怎么按我的主意打发去了？"这句话什么意思，考你！看看你传几句话，传到位没有。看看小红讲的："平姐姐说，奶奶刚出来了，他就把银子收了起来，才张材家的来讨，当面称了给他拿去了。"说着将荷包递了上去，又道："平姐姐教我回奶奶：才旺儿进来讨奶奶的示下，好往那家子去。平姐姐就把那话按着奶奶的主意打发他去了。"凤姐笑道："他怎么按我的主意打发去了？"红玉道："平姐姐说：我们奶奶问这里奶奶好。原是我们二爷不在家（二爷指贾琏），虽然迟了两天，只管请奶奶放心。等五奶奶好些，我们奶奶还会了五奶奶来瞧奶奶呢。五奶奶前儿打发了人来说，舅奶奶带了信来了，问奶奶好，还要和这里的姑奶奶寻两丸延年神验万全丹。若有了，奶奶打发人来，只管送在我们奶奶这里。明儿有人去，就顺路给那边舅奶奶带去的。"一大堆奶奶，连李纨都说了："嗳哟哟！这些话我就不懂了。什么'奶奶''爷爷'的一大堆。"凤姐笑道："怨不得你不懂，这是四五门子的话呢。"这个女孩口声简断，凤姐就喜欢这样子。从前平儿几个人一句话，要蚊子哼哼唧唧几段才像个美人似的，被凤姐骂了几下才改。凤姐看上了小红，因为那两下跟她很合适。王凤姐是非常简断利落的一个人，这个丫头，行！可以当干部，就打算把她要过来。凤姐一高兴，说：让你当我的干女儿好了。小红就扑嗤一笑，凤姐说：怎么？以为我当不了你干妈？好多人来拜我，我还不要呢！小红说不是，我妈就是你的干女儿，认错辈分了。凤姐道："谁是你妈？"李纨在旁边说："你原来不认得他？他是林之孝之女。"林之孝是佣人里头掌家的。凤姐十分诧异，原来林之孝夫妇是一对锥子扎不出声音来的天聋地哑（埋头干事不说话），怎么生了这么一个伶牙俐齿的丫头来！小红给自己创造了机会，凤姐对她印象深刻，就把她拢到自己这里来了。从此小红就能慢慢往上爬，真不容易！所以有机会要抢，有机会要表现。

曹雪芹写人物，本来是所谓的扁平人物，到了某个时候，突然间这个人物饱满起来，变成圆形人物，她的个性一下子突显出来。譬如三姑娘探春，我们只是模模糊糊地晓得她相当受宠，长得也不错，也有才，但到现在为止，她还是一个扁平人物，这一回呢，曹雪芹给了探春一个机会，让我们见识三姑娘的另一面。

探春是贾政的女儿，母亲是赵姨娘。赵姨娘这个人物，前面已经领教过好几回，探春有这样一个母亲，生下来就吃了亏的。可是探春这个女孩子却非常自负，虽然是庶出，她力争上游，好不容易让贾母、王夫人都很器重她，尤其是王夫人也喜欢这个女儿，这不容易。贾母、王夫人很讨厌她的弟弟贾环，所以贾环没有地位，探春因为贾母、王夫人的关系，在家庭中也举足轻重，是贾府唯一对王熙凤不假颜色的人。其实她对凤姐的某些作为不大看得上眼，是个很正直的女孩子。后来凤姐生病，探春有机会掌家，完全不输凤姐，她又受过教育，识字，当然又更加厉害了。

这天她在园子里碰到宝玉，两个是同父异母的兄妹，感情挺好。宝玉总是一视同仁，对所有姐妹他都喜欢，探春跟这个哥哥是知己，就不容易，她亲手做了一双鞋子给宝玉穿，这是兄妹之间真正的感情。见到宝玉时，她就托宝玉出门顺便替她买一些香盒、风炉、柳枝编的小工艺品，她喜欢，但女孩子那时不大容易到外面去。宝玉说，要这个容易，我拿点钱叫那些佣人拖一车回来。探春说，那些佣人懂什么！你才知道我要的，你帮我买得好的话，我再给你做一双鞋子，比前一双还要下功夫，怎么样？两兄妹非常亲密地对话。宝玉就讲，你提起那个鞋，我就讲件事，那天我穿了，碰到老爷，老爷就不受用了。探春的鞋做得很漂亮，贾政讨厌纨绔子弟，看到宝玉穿一双花鞋子进来，就不高兴，问宝玉什么人做的。宝玉不敢提探春，说是舅妈做的。后来赵姨娘知道了，就抱怨："正经兄弟，鞋搭拉袜搭拉的没人看的见，且作这些东西！"意思是她的环儿，才是探春真正的兄弟，鞋子袜子都没得穿了，探春不管，去做鞋子给宝玉。赵姨娘就是这样，嫉妒心很重，因为她自己的地位卑微，心理上更加不正常。探春听说，登时沉下脸来。三姑娘就是这个性了！脸一沉："这话糊涂到什么田地！怎么我是该作鞋的人么？环儿难道没有分例的？一般的衣裳是衣裳，鞋袜是鞋袜，丫头老婆一屋子，怎么抱怨这些话！给谁听呢！我不过是闲着没事儿，作一双半双，爱给那个哥哥兄弟，随我的心。谁敢管我不成！这也是白气。"宝玉听了，点头笑道："你不知道，他心里自然又有个想头了。"宝玉是让赵姨娘给陷害过的，当然了解鞋子只是个表面的借口。探春听说，益发动了气，将头一扭，说道："连你也糊涂了！"探春很在乎她的庶出身份，尤其有赵姨娘这么一个处处让她丢脸的妈，她就说了："他那想头自然是有的，不过是那阴微鄙贱的见识。他只管这么想，我只管认得老爷、太太两个人，别人我一概不管。就是姐妹弟兄跟前，谁和我好，我就和谁好，什么偏的庶的，我也不知道。论理我不该说他，但忒昏愦的不像了！还有笑话呢：就是上回我给你那钱，替我带那顽的东西。过了两天，他见了我，也是说没钱使，怎么难，我也不理论。谁知后来丫头们出去了，他就抱怨起来，说我攒的钱为什么给你使，倒不给环儿使呢。我听见这话，又好笑又好气，我就出来往太太跟前去了。"不认亲妈，只晓得老爷、太太，父亲是贾政，母亲就是王夫人，什么庶出，没这回事，不认！

　　后来探春对赵姨娘也相当厉害的，探春这个人物的争议就是，对自己的母亲看起来有点刻薄。她在掌家的时候，赵姨娘问她要不要点银子，不给！没有例外。讲起道理来呢，很正直！探春、宝钗，都是理性人物，凡事冷静对应，所以最后她们能够生存下去。比较感性、重于情的，最后大部分都灭亡了。有时候可能会觉得宝钗有些无情，对人的反应很冷，下面有一回金钏儿跳井死的时候，注意看看她什么反应。她抽过一支签有意思："任是无情也动人。"曹雪芹给她一句诗，说无情、服冷香丸的宝姑娘，也有动人之处。

　　相对于冷静理性的人物，此刻也来到饯花会的林姑娘就特别多愁善感。春天走了，百花开始凋谢，黛玉对时序的移动特别敏感。我曾经跟大家提过，大观园是宝玉心中的人间仙境，也就是人间的太虚幻境。太虚幻境的时间是停顿的，所以那里的仙子永远美貌，那边的春花永远绽放，因为没有时间的移动（timeless）。大观园里边的时间却是慢慢移动的，有春夏秋冬，小说里边也就是由春夏秋冬四季来写，从兴到衰。黛玉从绛珠仙草降落到凡间红尘，就变成大观园里的一朵花。大观园里那些女孩子，都好像一朵一朵花儿一样，都是会凋谢的，没有永远的。当然有些花是冬天开，有些是秋天开，多数花到了春天以后就开始凋落了。大观园的护花使者，就是我们的怡红公子贾宝玉。大家都记得，贾宝玉到太虚幻境的时候不是喝了仙酒、仙茶吗？记得那是什么？"万艳同杯，千红一窟。"其实那个的意思跟《葬花吟》根本就是对照起来的，所有这些花，也就是说，所有青春的女孩子，有一天也是"万艳同悲，千红一哭"。

在太虚幻境中的十二支红楼梦曲，哀悼林黛玉的那首〔枉凝眉〕：想眼中能有多少泪珠儿，怎禁得秋流到冬，春流到夏！春夏秋冬一转，最后是泪尽人亡。这个时候是暮春了，下了凡的绛珠仙草林黛玉，对自己性命的无常感已经很浓了。前一天晚上受了些委屈，夕阳暮沉看到花落的时候，就非常感慨，写下一首自挽诗，非常有名的《葬花吟》，又叫《葬花词》。太虚幻境里红楼梦十二支曲子，在某方面来说，也是十二首挽歌，在哀挽那些女孩子的命运，宝玉头一次看的时候，完全不自觉。到了林黛玉写《葬花词》，她已经非常自觉了（conscious），感到自己的生命无常。她不光是写她自己，也写所有最美的落花的命运。

《红楼梦》中常有这种点醒意喻之笔，上一次写到黛玉在梨香院听的那些戏词，突然让她想起了一些中国抒情诗里伤春悲秋的词句，引发她对自己生命、对春天的惋惜。黛玉本来就多愁多病，她得了肺病，知道自己弱柳扶风，寿不长久，所以触景生情，春天伤春，秋天悲秋。她写的《葬花词》是古诗体，庚辰本"花谢花飞花满天"，这个

"花满天"不太好，应该是"飞满天"，看这整篇：

> 花谢花飞飞满天，红消香断有谁怜？
> 游丝软系飘春榭，落絮轻沾扑绣帘。

讲的是春天百花凋残了。

> 闺中女儿惜春暮，愁绪满怀无释处，
> 手把花锄出绣闺，忍踏落花来复去。
> 柳丝榆荚自芳菲，不管桃飘与李飞。
> 桃李明年能再发，明年闺中知有谁？
> 三月香巢已垒成，梁间燕子太无情！
> 明年花发虽可啄，却不道人去梁空巢也倾。
> 一年三百六十日，风刀霜剑严相逼，
> 明媚鲜妍能几时，一朝飘泊难寻觅。
> 花开易见落难寻，阶前闷杀葬花人。

这个"闷"字不太好，程乙本应该是"愁杀葬花人"。

> 独倚花锄泪暗洒，洒上空枝见血痕。
> 杜鹃无语正黄昏，荷锄归去掩重门。
> 青灯照壁人初睡，冷雨敲窗被未温。
> 怪奴底事倍伤神，半为怜春半恼春：
> 怜春忽至恼忽去，至又无言去不闻。

昨宵庭外悲歌发，知是花魂与鸟魂？
花魂鸟魂总难留，鸟自无言花自羞。
愿奴胁下生双翼，随花飞到天尽头。

往下，你看啊：

天尽头，何处有香丘？
未若锦囊收艳骨，一抔净土掩风流。
质本洁来还洁去，强于污淖陷渠沟。

程乙本是"不教污淖陷渠沟"。

尔今死去侬收葬，未卜侬身何日丧？
侬今葬花人笑痴，他年葬侬知是谁？
试看春残花渐落，便是红颜老死时。
一朝春尽红颜老，花落人亡两不知！

《葬花词》到了最后："愿奴胁下生双翼，随花飞到天尽头。"下面一句："天尽头，何处有香丘？"绛珠仙草下凡以后，这个红尘不是她的最后归属，这个红尘都是尘埃滚滚，她没有地方去。"质本洁来还洁去"，她是最要高洁、孤高自负的一个女孩子，她的灵魂里面就是诗的灵魂，当然觉得红尘里头一无是处，没有归属的地方，即使飞到天尽头，"天尽头，何处有香丘？"到哪去找一个能够安身的地方呢？"未若锦囊收艳骨，一抔净土掩风流。"还不如把它埋起来，可能有一天，化作春泥更护花。"质本洁来还洁去"，可能还有这么一个保持它原来的样子，洁身自好的该回去的地方。看了《葬花词》对照黛玉之死，很凄凉的。的确到最后的时候，贾母对她疼爱的心减了，她生病以后，没人真的关心，尤其病得将死的那一回："林黛玉焚稿断痴情，薛宝钗出闺成大礼"。一边是薛宝钗跟贾宝玉成婚，一边是黛玉自知将死，焚稿断痴情，她把自己的诗稿烧掉，就是埋掉一切，"一抔净土掩风流"，她是诗魂，诗稿等于她自己，她把自己烧掉了。最后焚稿埋掉一切，"质本洁来还洁去，不教污淖陷渠沟。尔今死去侬收葬，未卜侬身何日丧？"黛玉写这些骤然看来好像自怜自艾，其实不止，她已敏感地感受到自己的命运。

《红楼梦》常常伏笔千里，"尔今死去侬收葬，未卜侬身何日丧？侬今葬花人笑痴，他年葬侬知是谁？"最后那一刻的确非常凄凉，她病得快死了，张开眼睛一看，那边锣鼓喧天成大礼，这边凄凄凉凉没人来看她了，只有紫鹃一个人跟着她，她就跟紫鹃讲了几句话，很痛心。她叫紫鹃："妹妹！"紫鹃本来只是个丫鬟，她把她当作亲妹妹一样："妹妹，我这里并没亲人。我的身子是干净的，你好歹叫他们送我回去。"意思是，我在贾府里没有亲人，我这一身是干净的，你要把我送回去。她不肯葬在贾家，希望埋回家乡去。"试看春残花渐落，便是红颜老死时。一朝春尽红颜老，花落人亡两不知！"这《葬花词》写花，也写自己，由一己之悲扩大到世人之痛，看到花的凋零总有所感，看到美丽像花朵的女孩子渐渐枯萎，当然会疼惜，这是人生无可奈何的事。也就是我引的李后主《相见欢》里边："林花谢了春红，太匆匆，无奈朝来寒雨晚来风。胭脂泪，留人醉，几时重，自是人生长恨水长东。"这也是无可奈何的事。对照起来，后主也是以自己的亡国之痛，慢慢变成世人之悲，同样的人生感悟，同样的宇宙性的哀愁。

黛玉有慧根、有灵性，她这时已经冥冥中知道自己的命运，她写出来了。宝玉还得慢慢来，虽然《寄生草》的"赤条条来去无牵挂"对他有所启发，但他此刻还在红尘中，听到黛玉《葬花词》，也不禁感同身受，又恸又痴。《葬花词》不光是黛玉的自挽诗，也是挽一切美好短暂的东西，挽那些落花，也代表对所有短暂繁华的一种哀悼，对文明高峰将渐渐走下坡的哀悼。伤春悲秋的抒情诗传统，到了这个时候，可能是个顶点，再往后，可能找不出一首这样的诗。从汤显祖的《牡丹亭》"原来姹紫嫣红开遍，似这般都付与断井颓垣"那个系列下来，到了《葬花词》，又翻起一个高峰，这是抒情诗的传统特别动人的一章，因为它又涉及了黛玉的一生，有一出戏剧在里头，所以我们念起来，感受特别深刻。

第二十八回

蒋玉菡情赠茜香罗　薛宝钗羞笼红麝串

宝玉来寻黛玉，听到了《葬花词》。

　　不想宝玉在山坡上听见，先不过点头感叹；次后听到"侬今葬花人笑痴，他年葬侬知是谁"，"一朝春尽红颜老，花落人亡两不知"等句，不觉恸倒山坡之上，怀里兜的落花撒了一地。试想林黛玉的花颜月貌，将来亦到无可寻觅之时，宁不心碎肠断！既黛玉终归无可寻觅之时，推之于他人，如宝钗、香菱、袭人等，亦可到无可寻觅之时矣。宝钗等终归无可寻觅之时，则自己又安在哉？且自身尚不知何在何往，则斯处、斯园、斯花、斯柳，又不知当属谁姓矣！——因此一而二，二而三，反复推求了去，真不知此时此际欲为何等蠢物，杳无所知，逃大造，出尘网，始可解释这段悲伤。正是：花影不离身左右，鸟声只在耳东西。

程乙本里头，没有"真不知此时此际欲为何等蠢物，杳无所知，逃大造，出尘网"这几句话。这个太过了！对宝玉太过智性，这个时候宝玉还不到那个程度，还没到"逃大造，出尘网"了悟的程度。他听了很悲戚，想到黛玉有一天没有了，其他人也没有了，这个园子可能就没有了，他感受到的到这步为止。程乙本没有往下的几句，其实够了。

黛玉误以为宝玉不要见她，心中耿耿于怀，后来两个人一解释清楚，也就和好了。宝黛之间的感情，从小儿女的你试我一下，我试你一下，试出真情来了。到了最后黛玉说：你这样，我死了，我走了，你怎样？宝玉讲：你死了，我当和尚去！这下露出心声了。看起来是一句气话，最后一语成谶。到下面第二十九回"痴情女情重愈斟情"的时候，两个人真正变成互相的知己，亲昵相处出情丝来了。本来不太自觉的两个小儿女，慢慢变成一对自觉的小情人。一些小动作，像宝玉掉泪了，用新衣服来揩泪，黛玉把手帕悄悄一丢，这种小动作蛮动人，不好写的。很多小说都写恋爱故事，恋爱故事最难写得好，要写得不肉麻、自然动人、恰如其分，其实是很不好写的。宝玉跟黛玉因为前面有一个大前提在，他们是三生石畔灵河边一段仙缘，所以无论怎么都可以解释说那是三生缘定，如果没有这个大前提，就写一对普通儿女谈情说爱，难写得好。

在这个神话架构之下，他们的爱情又往上提升了，他们两块玉，一块黛玉，一块宝玉，两块玉互为知己，互为灵魂伴侣，互相心灵的交媾，不能以世俗儿女之情来衡量。但是因为这又是一部非常写实的小说，它在写实层面也相当动人，林姑娘那个小性子，宝玉那种对女孩子做小伏低，写得很好。这两种层次都要记得，才能有比较完整的认识。像《葬花词》，只有宝玉听了有所感触，别人不懂的。只有宝玉最懂得黛玉，黛玉也最了解他。所以到了下面两回的时候，宝玉自己跟袭人讲，宝钗、史湘云都劝他要去学些经济之道，他把她们推出去，说姑娘们不要扰我安乐，说这些污染了你们的东西，只有林姑娘不讲这些混账话。其实，只有黛玉了解他，从来不劝他求功名。他不是那个世界的人，根本不是那个料，也无心于此，黛玉真的懂他。宝钗、史湘云，还是世俗之见，对宝玉来讲，她们还是拿儒家宗法社会、修身齐家治国平天下那一套标准，来衡量贾宝玉——那这个喜欢跟女孩子混、喜欢吃胭脂的怪男孩子，真的一无是处。可是别忘了，他是神瑛侍者下凡，不是个平凡的人。

　　小说很重要的，就是写出了令人永远不会忘记的人物（memorable character）。我们看了《红楼梦》以后，王凤姐、贾宝玉、林黛玉、薛宝钗、贾母、刘姥姥……这些人物栩栩如生，我们都会记得。《红楼梦》并没有一个大的所谓情节故事（plot），它跟其他几部不同，譬如《西游记》，唐僧跟几个徒弟到西天取经，要经过九九八十一个劫难，最后到了西天，一条路下去，清清楚楚。譬如《三国演义》，虽然很复杂，还是魏、蜀、吴三个国，最后被魏一统天下，有它的情节发展。《红楼梦》是很奇怪的书，从头到尾是很复杂的故事，这个故事的主线是什么？它隐在下面看不大见的。它是用许许多多的小场景连串起来，场景与场景之间，有时候不一定互相有关联。这一场跳到那一场，可是串起来又是一个很完整、很复杂、很全面的图像。它借用了春夏秋冬的很多节气，生日、丧礼、过年、元宵……这些节日，还有像祭祖、送花、钱花会之类所谓仪式（rituals）的细节来推展剧情。它的一个一个小的场景都写得好，都很活。像前面那一回短短的薛宝钗拿扇子扑蝴蝶，听了那两个丫头说话，使了一个金蝉脱壳之计，场景非常生动。宝钗扑蝴蝶跟黛玉葬花，这两个放在前后好像没有什么关联的场景，写得一样动人，黛玉靠一首《葬花词》把整个场景又托得更高。这种形而上的、象征性的、神话架构的东西，有时候又突然一降，降到非常俗气非常现实的写法，这一回就是一个例子。

贾府里的公子哥儿贾宝玉、薛蟠，还有他们的朋友大将军的公子冯紫英……有他们所谓的社交应酬（social gatherings）。从前的社交，常请一些歌伎、戏子来，唱戏的唱戏，唱歌的唱歌，陪酒的陪酒，这是明清时的社会习尚。《金瓶梅》这类明清小说，都有这种场景。这种场景等于一种群戏，一定有一群人。群戏也不好写，每个人都要给他一个表演的机会，或者两笔三笔带到，也要给他们弄得很活。这一回是怎么回事呢？冯紫英请了薛蟠，请了宝玉，还有一些唱曲的戏子伶人。那时候的戏班子，大部分都是纯男性的，旦角也是男旦扮的，像汤显祖家里的家班子就是男扮，男孩子都是青少年，十几岁就训练出来唱戏了。到了清朝以后才有纯女性班子，所以贾府才能找了十二个女孩子来唱戏。冯紫英这一次请了唱戏的来，还有许多唱曲儿的小厮并唱小旦的蒋玉菡。唱曲子的男扮小戏子中有一个唱旦角的叫蒋玉菡。还请了锦香院的妓女云儿。一群人来了，有妓女，有伶人，还有个薛蟠。薛蟠外号叫呆霸王，在小说里他是个喜剧人物（comic character）。曹雪芹这整个小说以悲剧收场，可是有很多小的场景是以喜剧的方式表现。写薛蟠是其中一个，写刘姥姥是另外一个。这一群人大概知识程度都不很高，但也会吟诗作赋。这个妓女云儿大概是高级妓女，在法国叫 courtesan，能够跟那些公子哥儿来往，还能跟他们唱和的，不是等闲之辈。蒋玉菡更佳了，他原来是忠顺王府王爷跟前得意的一个人。

　　明清很多王爷、贵族，自己有家班子的。曹家就有自己的班子，曹雪芹的祖父曹寅，还写了一个有名的传奇本子叫《续琵琶》。当时有家班子是一种社会地位（social status）的象征，家里有很好的戏班子，表示在社会上有地位，请客的时候，没戏班子唱戏就差了一截。所以贾母请客的时候，请了薛姨妈、李婶娘她们，叫那些小女孩来唱戏，说你们要加油，唱好一点，这些姨太太家里头都有戏班子的。其实这个蒋玉菡是忠顺王府戏班子里的一员，但他不是普通的戏子，有相当的教育程度。他们在一起饮酒作乐，要会唱曲子、吟首诗，表示风雅博学。在这种地方，《红楼梦》常常得力于它的诗词，诗词也是很重要的一部分。按理说小说是散文，不是韵文，当然后来也有韵文小说，如《玉梨魂》就完全是用诗来写的，《再生缘》也是用诗写的。可是《红楼梦》是散文的，但它诗词歌赋的运用非常恰当，各种类型都有。它用的诗词，不是随便用的，都有个性。贾宝玉写的那些诗，林黛玉的诗，薛宝钗的诗，都显示了他们的身份性格，哪怕唱个曲子，也不是随便唱的。

宝玉在席上先唱了很有名的曲子《红豆词》：滴不尽相思血泪抛红豆，开不完春柳春花满画楼，睡不稳纱窗风雨黄昏后，忘不了新愁与旧愁，咽不下玉粒金莼噎满喉，玉粒金"莼"有点怪，程乙本是金"波"，照不见菱花镜里形容瘦。照不见的"见"程乙本用"尽"字。展不开的眉头，捱不明的更漏。呀！恰便似遮不住的青山隐隐，流不断的绿水悠悠。这是讲一个女孩子在春闺里闺怨的诗。宝玉对女孩子的心思很细致的，所以他能够体会，而且有一定的境界，《红豆词》等于是宝玉在写黛玉的心境。很多人都听过《红豆词》，后来变成很有名的一首歌，是周小燕唱的，但听过的人不见得知道它出自《红楼梦》。曹雪芹安排在这里跟薛蟠的曲子一对照，就可以看出是多么不同的两个人。宝玉是神瑛侍者下凡，有他的灵性，对女孩子是一种怜香惜玉的心。他是大观园里的护花使者，情榜中的第一名，他那种多情，那种疼惜，就是"则为你如花美眷，似水流年"的心境，他知道这些女孩子将来一个一个要嫁出去，要离开，所以对她们特别不舍。

薛蟠唱什么呢？"一个蚊子哼哼哼，两个苍蝇嗡嗡嗡。"他说，这个叫作哼哼韵。轮到那个妓女云儿，她想以女儿为题，要说出什么女儿悲、女儿愁、女儿乐之类，云儿便说道："女儿悲，将来终身指靠谁？"薛蟠叹道："我的儿，有你薛大爷在，你怕什么！"这时写的薛蟠，活得不得了！云儿继续唱，大家说：别混她，别去搅她。云儿又道："女儿愁，妈妈打骂何时休！"这个妈妈，当然是老鸨了。薛蟠道："前儿我见了你妈，还吩咐他不叫他打你呢。"薛蟠，这个呆霸王，他有他好玩的地方。虽然他很粗俗，虽然他闯祸，有时候尽是那种纨绔子弟骄奢淫逸的坏习性，但他有一点天真一点傻，所以也有他趣味的地方。《红楼梦》不避俗，俗的东西一样写得好，所以你看云儿唱的什么呢？

豆蔻开花三月三，一个虫儿往里钻。钻了半日不得进去，爬到花儿上打秋千。肉儿小心肝，我不开了你怎么钻？

这就是妓女的口吻！薛蟠接下的那几句话，更是俗得不得了。他讲女儿悲，讲不出来"登时急的眼睛铃铛一般"，好不容易，说了："女儿悲，嫁了个男人是乌龟。"把众人笑得不得了，他还有一套歪理："一个女儿嫁了，汉子要当忘八，他怎么不伤心呢？"众人笑说：快点说！女儿愁，愁什么呢？"绣房撺出个大马猴。"你看，他的一切，都停留在动物阶段，乌龟、马猴，他把女孩子也看成动物，与宝玉对比起来，截然不同的境界。

　　曹雪芹写一个人物，正面写，侧面写，还对比着写，他都经过深思熟虑，设计了这些场景，很活，很有趣，达到他人物刻画（characterization）的目的。这一回还出现一个重要人物蒋玉菡，虽然他是一个次要角色（minor character），可是对宝玉，对整本书，有重要的意义在。我说过，《红楼梦》里面，名字有玉的，斜玉边不算，真正有玉的：林黛玉、蒋玉菡、妙玉，这几个玉，对宝玉都有特殊的意义。小红不是本来叫红玉后来改掉了吗？因为她冲犯了宝玉的名字。这几个呢？这个玉字特别留下来了。蒋玉菡是个伶人，当然他的身份修养不会高，但那个时候即使像妓女、唱曲的，因为来往的人很多士绅阶级，能够唱几支曲，能够吟几首诗，是最基本的条件。所以像云儿这样的妓女，能够到冯紫英家里侍奉这些贵族公子哥儿，也不是平常的妓女，多少懂一点文墨。从前的中国士大夫阶级、文人墨客，婚姻都是家庭安排的，没有所谓的爱情，很多时候爱情都在妓女伶人身上寻找，当然也有很浪漫的，不过还是逢场作戏为多。逢场作戏也要会作戏，像薛蟠就不合格。蒋玉菡唱了几句也很适合他的身份：

　　　　可喜你天生成百媚娇，恰便似活神仙离碧霄。

度青春，年正小；配鸾凤，真也着。呀！看天河正高，
听谯楼鼓敲，剔银灯同入鸳帏悄。

　　所以曹雪芹写曲或不论写什么都是量身定做的，不会
随便写，要么是写他的身份，要么是讲他的个性，要么又
指明他的命运。那些诗词歌赋，都是有作用的。

　　蒋玉菡唱完了以后，要吟一句诗，这个诗必须是桌子
上有的东西，他一看，有一枝桂花，就念了："花气袭人
知昼暖。"（注意，这一句非常要紧。）薛蟠跳起来说：了
不得！了不得！该罚，该罚。为什么？你讲到宝贝了！什
么宝贝？问宝玉。原来指的是"袭人"两个字。袭人是宝
玉的丫鬟，不是随便讲的，蒋玉菡无意中讲一句，定了她
的一生。所以我讲曹雪芹心思细密，一点点都不放过的。
看起来好像就是平常应酬吟首诗唱个曲，不是！这里就伏
了一个后面的结局，决定袭人的命运。宝玉在太虚幻境的
时候，看了袭人的册诗："堪羡优伶有福，谁知公子无缘。"
优伶就讲蒋玉菡，最后跟花袭人结成了夫妇。要等到第
一百二十回，全书结尾的时候，曹雪芹画龙点睛，是写实
架构里面最后一段情节（episode），再下面又变成寓言，
又是神话结构了。写实结构的最后一节是袭人跟蒋玉菡结
婚，一部小说最后的所谓结局，一定是画龙点睛，绝对不
是随便放在那个地方的。有时候，结局决定一本小说的成
败，小说的意义，往往在最后把主题引出来。薛蟠说袭人
是宝贝，叫蒋玉菡问宝玉，宝玉不好意思。冯紫英和蒋玉

菡等仍问，云儿才说了出来，蒋玉菡马上起身赔罪。过一下，宝玉出去了，蒋玉菡也跟出去，二人欣悦订交，互赠表记。

蒋玉菡与宝玉的关系，不能看成普通的一段同性恋，或同性之间的情分，可能还有更高、更深的一层意义在里头。蒋玉菡的名字，第一个是玉，第二个是菡。菡萏是荷花、莲花，在佛教传统里面，莲花、荷花都是再生（reincarnation）的意思。他是玉荷花，再生的一个人。宝玉跟黛玉的那个"玉"字，是两个人互相定下的一段仙缘，在尘世里这段仙缘要完成，当黛玉泪尽人亡还了债的时候，宝玉最后是要成佛的。最后那一幕是了不得的一个场景，宝玉去考科举，考了之后就出家了，他把功名留给了家里，自己就走了，大家到处找，找不到他。有一天下大雪，贾政从外面回来，在船上突然间看到一个人，光了个头，赤着脚，穿着大红的披风像袈裟一样，向他合十四拜，站起来，一僧一道，两个神仙，两个菩萨，把他接走了。贾政追不上，看见红的袈裟慢慢消失在一大片白茫茫的雪地里。那个景象不得了，写得非常惊人的一个场景。宝玉的佛身离开尘世了，只剩下白茫茫的一片大地真干净。这块青埂峰下的顽石，他的尘缘尽了，变成佛身走了，他的俗缘怎么办？他留下什么给尘世呢？第一，他中了举人，留给家里一个功名，这是他们要的。贾政一天到晚逼他念书，逼他考功名，他在尘世十九年，还给家里的是一个功名。第二，留给妻子宝钗的是什么呢？书里讲他跟宝钗圆过一次房，那时候他已经失掉玉，整个人根本空掉了，可是他有这个义务，对贾府，对妻子，他留下一个儿子，大概名字中有个桂字，"兰桂齐芳"，以后要靠贾兰——李纨的儿子，靠贾桂——宝钗的儿子，把贾府再复兴起来。宝钗戴了把金锁，扛起了整个贾府的兴衰，她要好好地抚养教育这个儿子。最后，在尘世他最牵挂的是谁？袭人嘛！他最早发生肉体关系的就是袭人，他的俗身老早给了袭人了。他在袭人身上有很重的俗缘，他要给她完成他世上的俗缘，一定要给她找个丈夫。谁呢？蒋玉菡。

　　为什么是蒋玉菡呢？第一，名字里边有一个玉字，第二，宝玉跟他一见面，就有一种感情。第二十八回里，二人站在廊檐下，蒋玉菡又陪不是。宝玉见他妩媚温柔，心中十分留恋，便紧紧的搭着他的手。一来就抓住他的手，对宝玉来讲，男人都是泥巴，浊臭的，薛蟠就是啊！薛蟠大概是污泥做的，蒋玉菡这个男人就不一样。宝玉跟秦钟，跟蒋玉菡有特别关系，尤其蒋玉菡，玉跟玉在一起，有一种深刻的认同。当然有一半是喜欢他长得好，但长得好他不一定认同，书里也有长得很俊俏的男人，他欣赏的是"妩媚温柔"这种女性的特质。宝玉说女儿是水作的，蒋玉菡身上就有这种特质。这可能跟一个时代的审美有关。不同的时代，有时候喜欢胖的，有时候喜欢瘦的，有时候喜欢偏阳刚的，有时候喜欢偏阴柔的，每个时代都不一样。到了现代，好像又有点回头了，一些什么"花美男"，日韩剧还有台湾的偶像剧明星，好像审美的观念又印证《红楼梦》时代了。

　　不管怎么样，至少宝玉对蒋玉菡是有一种感情的深刻认同的。到三十三回，因为蒋玉菡，宝玉被打得遍体鳞伤，他跟蒋玉菡那一段俗缘在一起的时候，是要受伤的，肉体上面是要挨打的。书里暗示说，他跟他两个人有关系，蒋玉菡从忠顺王府逃出来了，官府就来找，说琪官（就是蒋玉菡）跟你们一个含玉的公子最近往来得很密切，他在外面置了产，公子一定知道。这一段呢，暗写，没有写出来，要么就是删掉了，要么就按下不表了。但是讲他们两个有密切来往，可见得他跟他之间有一段缘分。回到他们两人初见这一回，见面就十分留恋，宝玉问：你们班上有一个驰名四方叫琪官的，我还无缘得见。蒋玉菡笑道："就是我的小名儿。"宝玉欣喜之余就解下随身的一个玉玦扇坠子送给他，蒋玉菡刚好有一条汗巾，大红的，谁给的呢？北静王给的。北静王在他们之间也扮演了一个角色（等于北静王替他下了聘礼），那条红色的汗巾是茜香国女国王所贡，非常名贵，北静王赐给他，他解下来赠给宝玉，宝玉又把身上那条松花绿的回赠给他。一红一绿，在《红楼梦》里常常是成对的，互相交换汗巾子的时候，等于互赠表记。但松花绿汗巾子是谁的？其实是袭人的，所以这个时候，贾宝玉已经在无形中替花袭人找到她的归属了，那个归属就是蒋玉菡。为什么托这个人？因为他等于是宝玉俗身的化身。一方面宝玉跟蒋玉菡可能发生过肉体关系，宝玉跟花袭人也发生过肉体关系，贾宝玉的肉身一劈为二，一半在蒋玉菡身上，一半在花袭人身上，最后他们两个人成婚的时候，也就是一红一绿，两条汗巾子又归在一起。两个人在俗世上，完成了贾宝玉的一段俗缘。

宝玉对他的妻子，对他的父亲，对贾府，对他最牵挂的房中人，都有俗缘的安顿。尤其是袭人，如果随随便便地遭嫁，即使是上层的公子哥儿，宝玉也不放心。因为一般的男人都有门户之见，对丫鬟出身的袭人，不会像蒋玉菡这样懂得怜香惜玉的。所以托给蒋玉菡，是宝玉亲手下的聘礼。后来袭人本来百般不愿再嫁，她想忠于宝玉，不得已委委屈屈地嫁了（她并不知蒋玉菡是何许人），第二天早上一打开箱子，看见原来属于她的那条松花绿汗巾，在蒋玉菡的箱子里头，她晓得这一切原来都是前定，原来宝玉暗暗地已经替她安排了归属。这本书，至此才得到圆满的结果。

讲《红楼梦》，一般人都论到宝玉出家为止，以为宝玉出了家，好像佛家、道家最后胜利，得到圆满。从佛家来讲，宝玉解脱了，可是它又来这么一段情节，可能大有寓意。人世间有各种缘分，都需要圆满的结束，这是中国人的哲学。西方的像希腊悲剧，都是很极端的，没有回头的。国破家亡，整个灭绝，那些希腊悲剧都是这么个下场，很恐怖，很可怕的。所以亚里士多德说，看希腊悲剧是恐惧跟怜悯。《红楼梦》看到最后一回，宝玉走了以后，读者仍觉遗憾、怅然，他留下了这一段俗缘，我们心中还有点补偿，这就是《红楼梦》伟大的地方。它全面照顾，并没有让任何一种哲学思想或宗教来霸占，这才是中国式的人生。这本书儒、释、道三种哲学互相为用，相辅相成，曹雪芹受这些哲学宗教的影响很深，但基本上，他是个小说家，完全是以小说的手法来呈现，用故事来阐述他比较深奥的人生看法。

再回到写实的情节，这一回最后又写到宝钗了。曹雪芹写薛宝钗也是用各种方式来写，写她吃冷香丸，非常冷静，非常理性，冷得有点无情。写她的金锁，很有象征意义的，她要担负很大的重担。现在呢，元妃赐下一些礼物，不是巧合，可能也是有心的，所有人的礼物只有宝钗跟宝玉是同样的东西，也同样多，黛玉的没有那么多。可能这个时候贾家的媳妇在元妃的眼里已经定了。元妃是聪明的人，她看宝玉身边几个人，哪个，哪个，什么样子，一眼就看透了。她给宝钗较多的礼物，其中一样就是红麝串，宝钗就笼在膀子上面，宝玉想看看，宝钗就从手臂上脱下来拿给他看，因为她胖，不容易褪下，宝玉在旁等着。这是第一次写宝钗的身体，用很近的镜头特写：宝钗生的肌肤丰泽，容易褪不下来。宝玉在旁看着雪白一段酥臂，不觉动了羡慕之心，暗暗想道："这个膀子要长在林妹妹身上，或者还得摸一摸，偏生长在他身上。"林妹妹没关系，摸摸她也不会生邪念，林黛玉最多嘟嘟嘴巴生生气，就过了。宝钗可不是这么容易相与的，她有一股正气，很端庄的一个女孩子。可是端庄的女孩子，手膀也白白胖胖的，让宝玉动了遐思，他在别人身上没有的遐思，在她身上就有了。所以宝钗也不光是冷静，也有相当的性感，有她可爱让男人动心的地方。后来女孩子们一起玩抽花签，宝钗抽了牡丹签，签诗写的是"任是无情也动人"，最后是她嫁给了宝玉。曹雪芹东点西点铺陈，已经点出来了的，难得写她的性感，也有意义在里头的。

贾宝玉写的《红豆词》与蒋玉菡唱的曲子，其实是相对的境界。《红豆词》就是黛玉的心境，"滴不尽相思血泪"，永远达不到的一段爱情，跟《葬花词》同是一曲悲歌。蒋玉菡的这首歌，"剔银灯同入鸳帏悄"，他最后是圆满的，"配鸾凤"暗示最后与花袭人的结合。诗词都有它更深一层的意义。

好啦，正当宝玉看薛宝钗看得入神、遐思翩翩的时候，林黛玉来了。宝钗看见宝玉发痴的样子原本转身要走，见到黛玉，问她怎么站在外头吹风。黛玉说，我听到天上有个呆雁叫了一声，宝钗问呆雁在哪儿，黛玉其实指的是宝玉，一下子把手绢一丢，丢在宝玉脸上，吓了他一跳。他们的三角关系，一直从各种紧张气氛中表现出来，这个时候，黛玉心中对宝钗是相当耿耿于怀的。

第二十九回

享福人福深还祷福　痴情女情重愈斟情

《红楼梦》情节的进行，很多都是按照一些仪式，比如：生日、丧葬、过年、元宵、祭祖……这一回讲贾府五月初一到清虚观打醮的事情。清虚观属道教，里边有个张道士，这个老道士的身份很不一样，跟贾代善，也就是贾母的丈夫同个辈分。那个时候道教有一种规矩，很多有身份的人基于种种理由说要修道，自己不能真正去修，不像贾敬是真的撇下世俗离家去修，于是找一个道士做他替身。张道士就是做荣国公贾代善的替身，当然跟贾家的关系不比寻常。贾家到他的道观做法事，当然就完全不一样。

你看贾家打醮做法事的气派，家里的丫鬟佣人通通动员了，这可能是第一次把每一家每一房那些丫鬟的名字写下来。贾母的丫鬟，鸳鸯、鹦鹉、琥珀、珍珠，听起来都是很贵重的，贾母的丫鬟气派大一点，鸳鸯是丫鬟头。林黛玉的丫头紫鹃、雪雁、春纤，宝钗的丫头莺儿、文杏，迎春的丫头司棋、绣桔，探春的丫头侍书、翠墨，惜春的丫头入画、彩屏，等等，都伴着主子通通去了。可想而知，这群年轻女孩子，分乘几车，叽叽呱呱、声势浩大。到了道观，下来了，一个细节蛮重要的。因为都是高贵的女眷，除了张道士，其他人包括道士都要回避的。有一个剪灯花的小道士来不及躲，乱跑一通，一下子就撞到凤姐的怀里。凤姐一扬手照脸一巴掌，把那个小道士打了个筋斗，还骂粗话。不过庚辰本这个"野牛肏的，胡朝那里跑！"太粗了，不像凤姐讲的。程乙本我觉得恰如其分，骂一声"小野杂种"，够了！曹雪芹不是不用粗话，而是不合身份，薛蟠骂骂算了，凤姐不会讲这么粗的话，所以我觉得这里有点问题。

　　凤姐打了一巴掌，那些佣人看到也起哄了，围着劈里啪啦叫打。贾母听见吵闹，问是怎么回事。贾珍就连忙出来问了，凤姐上前搂着贾母说："一个小道士儿，剪灯花的，没躲出去，这会子混钻呢。"贾母听说，忙道："快带了那孩子来，别唬着他。小门小户的孩子，都是娇生惯养的，那里见的这个势派。倘或唬着他，倒怪可怜见的，他老子娘岂不疼的慌？"说着就叫贾珍把孩子带进来了。那孩子还一手拿着蜡烛剪，跪在地上乱颤，发抖，吓死了。贾母命贾珍拉起来，叫他别怕，问他几岁了，那孩子吓得说不出话来。贾母叫他出去，吩咐不要为难他，给他赏了钱。贾母就是贾母，这老太太不比寻常的。曹雪芹有好几个地方写贾母，到现在为止，我们看到贾母只是一个很会享福的老太太，这是一个面向，其实，在书里面，除了贾政以外，很能代表儒家的人物是贾母，从贾母一句"可怜见的"就看出来了。陶渊明也写过一封信给他儿子说，你要善待你的那些佣人，他们也是人家的儿子。这就是真正的儒家精神，推己及人，别人的小孩也是"人子"。王熙凤这种地方就欠缺了，她心地不够仁厚，少了一点恻隐之心，虽聪明有余，机关算尽，能干得不得了，也有风趣的一面，但后来不得善终。贾母虽逢抄家之难，最后是寿终正寝，八十几岁是嘴角微笑过世的。一个小小的细节，就是写贾母的为人，一笔一笔像工笔画一样，从各种角度来看这个人。尤其是写王熙凤，角度最周圆，把她的优点、缺点、性格、手腕都写了出来。王熙凤本来就有点势利，她对刘姥姥那种高傲的态度，对佣人的严苛，这个时候写她对小道士的疾言厉色，也衬托了贾母的仁厚。

曹雪芹常常在这种小节写出人的活灵活现。譬如贾珍这个人，我们看到他像个纨绔子弟，可是别忘了他是宁国府的宁国公，他是继承那个爵位的，因为贾敬不管事修道去了，世袭到贾珍身上，他要拿出架式来的。贾珍来到道观忙前忙后，一看他的那些子侄竟躲到楼下乘凉去了，就叫儿子贾蓉出来，说："你瞧瞧他，我这里也还没敢说热，他倒乘凉去了！"叫佣人啐他两下（吐口水在他的脸上），贾蓉也只好认了。那个时候中国的家庭，在宗法社会下，父亲有绝对的权威。张道士本来还有点做作，不敢进来。贾母说他是荣国公的替身，是熟人，赶紧叫他进来。这个道士虽是出家人，也很世故的，见了宝玉，见了贾母，很懂得说奉承话。贾母就讲宝玉本来蛮好的，就是他老子逼他念书逼得太厉害，把他逼出病来了。张道士说，外头都在传宝玉写的字、作的诗，都好得很哪！下面接着说："我看见哥儿的这个形容身段，言谈举动，怎么就同当日国公爷一个稿子！"说着两眼流下泪来。贾母一听，就触动心事了。张道士非常世故，他晓得贾母最疼的就是宝玉，他这么一讲宝玉像贾代善，贾母当然就听进去了。别忘了，这些道士都靠贾府这种富贵人家捐香油钱，甚至捐整个庙的，他们到这里来做法事，在贾母来说，也不过就等于是家里头做做，可是外面时相往来的各府，一听贾府要做法事，都送礼来了。中国从前的那种礼尚往来，真是一板一眼，规矩很多。因为贾府此刻正盛，普通做个法事也这么多人来送礼；后来贾府倒了，去找人家都不理，都拒而不见了。

　　张道士说道观里的道士，听说了宝玉那块玉，都想看一看。于是拿了个盘捧去给大家开开眼，看完拿回来以后，盘子里摆满小礼物，也有金、玉、宝石之类的随身佩带物。贾母说收出家人礼物不妥，宝玉说要退回去，张道士说这是他们一份心……正在相互推让，看到里边有个金麒麟。贾母说好像谁身上也有这么一个，宝钗说史大妹妹身上有一个，指史湘云。大家说宝钗记性真好，黛玉就在旁边放话了："他在别的上还有限，惟有这些人带的东西上越发留心。"有一个金锁已经闹得不可开交了，又跑出个金麒麟来，黛玉真是烦恼，她身上没有这些金东西。宝玉听见史湘云有个金麒麟，就想伸手去拿，黛玉盯他两眼，他不好意思收进怀里，就说我拿了要给你的，黛玉说我不稀罕。其实，宝玉拿了就是要给史湘云的。

这个金麒麟后来也引出很多争论来，到最后有这么一个回目："因麒麟伏白首双星"。宝玉拿回金麒麟，掉到草丛里给史湘云捡着了。很多研究红学的人怀疑，有这个回目，是不是曹雪芹原来的意思是宝玉最后跟史湘云结婚。脂批有此一说：后来宝钗死了，宝玉流落了，湘云也流落了，她原本嫁了一个蛮好的王孙公子卫若兰，可惜他早逝，所以他们俩都流落了，最后史湘云跟宝玉结婚。不过在太虚幻境的册诗里，没有讲到这一节，程乙本后四十回也没有这一段。也有一个说法：史湘云的丈夫卫若兰，身上佩着的就是一个麒麟，所以应该指的是卫若兰。这一点成为扯不清的公案了。

《红楼梦》里面有很多矛盾（inconsistencies），前后不一致，虽然它伏笔千里，很多东西老早伏好，但有些大概因为抄本、续本的关系，有前后照应不到的地方。回目怎么会跑出一个"因麒麟伏白首双星"呢？我觉得那是史湘云跟宝玉也有一段似有似无的情，兄妹之情多于情人。史湘云很豪爽，她那时候也是定了婚的，两个人谈得来是真的，那种谈得来有点兄妹的味道。宝玉跟黛玉、宝钗都是表兄妹，但跟她们两个不像兄妹之情，跟史湘云是的。史湘云个性豪爽有男子气，有时候喜欢扮男装，挺可爱的一个女孩子。那个麒麟是戴在身上的小东西，曹雪芹很会运用微物，写了金锁、玉、麒麟、汗巾子这样那样好多东西，这些东西也往往有象征性。由于金麒麟，黛玉又耿耿于怀了，宝玉也只好又去劝慰。又是金玉良缘，又跑出个金麒麟，黛玉就是难受得不得了。宝玉没办法，就说干脆把这块玉砸碎，我也不要这块玉了。这一闹，闹得不可开交了，两个人这个时候还在试探，一直要到交心了，互相动了真情，一动真情就不可收拾了。尤其是黛玉那方面，她懂得了宝玉的心。宝玉那个心像好几个蜂窝一样，这里藏一个，那里藏一个，好多好多都可以容得下，他对很多人都可以生情的，可是真正的情是在黛玉身上，所以他一直在讲，一直在解释。这两个人吵吵闹闹也写得蛮动人的。林黛玉香囊剪掉了，扇坠子也剪了，通通都剪掉，其实呢，剪不断理还乱，黛玉想要剪断这段情谈何容易，两个人到死缠绵，最后黛玉只能泪尽人亡，偿还这段缘分。因为两个人闹得不可开交，贾母都来关心了，讲他们两个"小冤家"，一听冤家二字，不是冤家不聚头，两个人想想这冤家蛮好，又互赔不是。两个人闹了又好，好了又吵，吵到贾母那边去。

第三十回

宝钗借扇机带双敲　龄官划蔷痴及局外

　　宝玉看黛玉因为两个人争吵，又哭又吐，激动得不得了，第二天当然又跑来赔不是了。黛玉就说不让他进来，不许开门。紫鹃说这么热的天气，晒坏了他怎么办？

　　后来让他进来了，故意调侃，我以为宝二爷不上我们这门了，谁知又来了。宝玉笑道说："你们把极小的事倒说大了。好好的，为什么不来？我便死了，魂也要一日来一百遭。妹妹可大好了？"紫鹃道："身上病好了，只是心里还气不大好。"不管生的是什么气，他总是赔小心，这是宝玉最专长的地方。讲着讲着就说到她死了他当和尚去了，黛玉说，你有多少个姐姐妹妹，舍得当和尚去！宝玉听黛玉不信他的话，忍不住流下泪来，用新衣裳的袖子来擦。这里有意思：林黛玉虽然哭着，却一眼看见了，见他穿着簇新藕合纱衫，竟去拭泪，便一面自己拭着泪，一面回身将枕边搭的一方绡帕子拿起来，向宝玉怀里一摔，一语不发。写得好！这个地方不用讲了，要和好了。怎么办呢？看他哭，她也哭了，拿了手帕丢给他，这手帕后来有极大的意思。他拿了这个手帕揩了泪，就跟她说："我的五脏都碎了，你还只是哭。走罢，我同你往老太太跟前去。"林黛玉将手一摔道："谁同你拉拉扯扯的。一天大似一天的，还这么涎皮赖脸的，连个道理也不知道。"这一句话没讲完，王熙凤来了，说：好了，这下抓住了，两个原来在赔不是呢！把他们一拣，拽到贾母那边去。

这段戏剧有意思在这里：到贾母那边去了，两个人呢刚刚哭完，坐下来了，有点不好意思。宝钗坐在那里，看着他们两个。之前呢，薛蟠生日演戏叫宝玉去，宝玉推托身体不舒服就不去了，来了以后看见宝钗，宝玉就向宝钗道歉了。说大哥哥生日，我没去，也没送礼，也没磕头。"大哥哥不知我病，倒像我懒，推故不去的。倘或明儿恼了，姐姐替我分辨分辨。"宝钗笑道："这也多事。你便要去也不敢惊动，何况身上不好。弟兄们日日一处，要存这个心倒生分了。"宝玉又笑道："姐姐知道体谅我就好了。"这个宝玉也多嘴，又问："姐姐怎么不看戏去？"宝钗这个女孩子不好惹的，宝钗道："我怕热，看了两出，热的很。要走，客又不散。我少不得推身上不好，就来了。"这当然就是讽刺宝玉，撒谎了，讲身上不好不来了。宝玉听说，自己由不得脸上没意思。给她碰了个软钉子，没意思，只得又搭讪笑道："怪不得他们拿姐姐比杨妃，原来也体丰怯热。"最后这一句，程乙本是："原也富胎些。"

这两者有点差别，而且蛮要紧的。"富胎"这两个字也是指丰满，但口气上比"体丰怯热"好。宝钗听了这话，庚辰本写："不由的大怒，待要怎样，又不好怎样。"程乙本是："宝钗听说，登时红了脸，待要发作，又不好怎么样。"这个地方，程乙本写得合理。宝钗不会大怒，第一，宝姑娘多么有涵养；第二，是在贾母面前，再怎么她也要装一下，她在贾母、王夫人面前都是非常乖顺的，不会大怒，但是登时红了脸，心里面不舒服，气得。程乙本这两句话简洁。庚辰本说："不由的大怒，待要怎样，又不好怎样。"这不是啰嗦嘛！庚辰本："回思了一回，脸红起来，便冷笑了两声。"程乙本就比较顺一点："宝钗听说，登时红了脸，待要发作，又不好怎么样；回思了一回，脸上越下不来。"越想越气，想了气了以后呢，就给她两下了："便冷笑了两声。"宝钗很少冷笑的，这下子也忍不住了。冷笑了两声，讲了什么呢？她说："我倒像杨妃，只是没一个好哥哥好兄弟可以作得杨国忠的！"宝钗当然不喜欢被比作杨贵妃，杨贵妃下场也不好，声誉也不好，而且呢，可能讲她胖，她也不高兴。宝玉不会说话得罪宝姑娘，这么挨了两下。

两人正在讲的时候，一个小丫头靓儿（庚辰本作"靛儿"）的扇子刚好不见了，就跟宝钗笑道："必是宝姑娘藏了我的。好姑娘，赏我罢。"宝钗就借扇机带双敲，指她道："你要仔细！我和你顽过，你再疑我。和你素日嘻皮笑脸的那些姑娘们跟前，你该问他们去。"程乙本是这么写的，宝钗指着她厉声说道："你要仔细！你见我和谁玩过！有和你素日嘻皮笑脸的那些姑娘们，你该问他们去。"这个时候，宝钗讲话很凶的，她不好骂宝玉，不好跟宝玉讲，她借着丫鬟，声音变了，厉声了。宝姑娘很少失掉风度，这是其中之一。"你要仔细！你见我和谁玩过！"，这是说，我不是随随便便跟你们这些小丫头开玩笑的。"有和你素日嘻皮笑脸的那些姑娘们，你该问他们去。"程乙本这里多了个"有"字，少了"跟前"，我觉得是好的。这整个节奏、语气，像宝钗生气的味道，而且气得很呢！可她拐了个弯，如果她失掉风度，直接当着贾母面骂宝玉就不好看了，而且她也不让，晓得黛玉在旁边很得意，借着小丫头来了，就指着她厉声说话，你仔细了，哪个跟你有嘻皮笑脸玩过，你去问她们。指的是什么？指的是黛玉她们那些平常讲惯了开玩笑话的，你去问她们去。宝玉自知又把话说造次了，当着许多人，更比才在林黛玉跟前更不好意思，便急回身又同别人搭讪去了。

　　林黛玉听了宝玉奚落宝钗，心中很得意，本来也要加进去，后来看看她生气了就算了，改口说："宝姐姐，你听了两出什么戏？"宝钗因见林黛玉面上有得意之态，一定是听了宝玉方才奚落之言，遂了他的心愿，忽又见问他这话，便笑道："我看的是李逵骂了宋江，后来又赔不是。"宝钗也是厉害的，她们这两个女孩子你来我往，你一枪，我一箭的，谁也不让谁。这时候她讲的戏，看过《水浒传》的人都知道，李逵去骂宋江，讲宋江，完了以后，又跑去负荆请罪，把自己的衣服脱了，自己捆了，拿了藤鞭子跑去向宋江请罪。后来也改成一出戏叫作《负荆请罪》，蛮有名的。宝玉便笑说："姐姐通今博古，色色都知道，怎么连这一出戏的名字也不知道，就说了这么一串子。这叫《负荆请罪》。"宝玉不识相，还去教宝钗两下。宝钗笑道："原来这叫作《负荆请罪》！你们通今博古，才知道'负荆请罪'，我不知道什么是'负荆请罪'！"这一讲呢，宝玉和黛玉心中有病，听了脸都红了。宝玉整天就负荆请罪，这下子给宝钗逮住了。凤姐当然很聪明，一察言观色，看他们两个脸都红了，晓得不对劲，什么负荆请罪她根本就不太懂，她就说，谁吃了生姜了？没人吃生姜，怎么脸辣辣的？这几个人你来我往，很有意思的。宝钗跟凤姐走了，黛玉跟宝玉说："你也试着比我利害的人了。谁都像我心拙口笨的，由着人说呢。"当然林姑娘也不让人说的，宝姑娘这下子也显出了两下子。曹雪芹写人的个性，总在恰当的时候表现一下，多数时候都是林黛玉戳宝钗，东戳她一下，西戳她一下，她都忍着、受着，到了某个时候发作出来，更厉害！

接着又发生了一件事情，看似很小，却要了一个人的命。怎么回事啊？宝玉弄到没趣了，就跑到王夫人房里去，看王夫人在打盹。金钏儿在旁边帮她捶脚，也在一冲一冲地打瞌睡。夏天嘛！当然慵懒。宝玉对女孩子都喜欢的，看金钏儿的样子挺可爱，他又心痒难耐了，就把身边荷包里带的香雪润津丹塞一颗在她嘴里，跟她开玩笑说：待太太醒了，我把你要来，到我怡红院去，我们在一块儿不是很好吗？金钏儿睁开眼睛说："你忙什么！'金簪子掉在井里头，有你的只是有你的。'"意思是，以后反正我还是属于你的。又说，我教你个法子，到东小院子去，去拿环哥儿跟彩云。贾环很讨人厌，没有人喜欢他，只有王夫人的丫头彩云同情他。所以曹雪芹写人总留余地，像贾环那么不可爱的人，也有一个红颜知己护着他。金钏儿就叫宝玉抓他们两个人去。宝玉笑道："凭他怎么去罢，我只守着你。"庚辰本这个话讲得也不太恰当，程乙本是，宝玉笑道："谁管他的事呢！咱们只说咱们的。"这个好多了！我只守着你，这种话好像不太合适在这时候讲。哪晓得王夫人没有睡着，听了这个话翻起身来，打金钏儿一个耳光子，又叫她母亲把她领回去。在金钏儿不过是好玩，开玩笑而已，王夫人却觉得这是教坏了宝玉。

　　从这个时候开始，到后来搜查大观园，把晴雯撵出去，把芳官她们十二个小伶人通通赶走，这时候已经有提示了。王夫人看起来像心很软而仁厚的人，但她觉得自己做什么都是对的，做的都是守规矩很仁慈的事。有时候，守规矩的人，所谓仁慈的人，做出一些残忍的事情更可怕，但她不认为如此。金钏儿这种事，按理讲可以骂几句警告一下，但王夫人马上把她撵出去——罚得太重。金钏儿被赶走，后来跳井自杀，在某种意义来说，大观园这些百花后来一个个赶走、凋零，是王夫人起头的。到第七十三回的时候，因为发现了一个绣着春宫画的绣春囊，王夫人就觉得不得了了，伊甸园里钻出蛇来了，就把妖娆的女孩子通通赶走，通通抄家，后来整个贾府一下子衰下去，从那里直落急转，金钏儿只是个起头。宝玉一看金钏儿挨了打，吓得快点跑掉了。他也不过是个小孩子，无意中做了一件顽皮的事，跟丫鬟们逗逗笑，完全没有拿出爷们的架子来，他跟她们混在一起的。他等于是大观园里的护花使者，很多人他护不了，她们一个一个被赶走了。

这时候正是五月初夏，蔷薇花盛开，宝玉看到蔷薇架下面，有个姑娘在哭泣，她手拿着头上的簪子在地上画字，宝玉想，难道也是个痴丫头，跑来像颦儿一样葬花不成？她若真葬花，就是东施效颦。他再一看，只见这女孩子眉蹙春山，眼颦秋水，面薄腰纤，袅袅婷婷，大有林黛玉之态。又一个林黛玉的化身来了。林黛玉的几个化身，一个是晴雯，另一个是龄官，这个唱戏的女孩子很像她。龄官在十二个女孩里面，是唱小旦的。晴雯、龄官跟林黛玉都很像，又不完全像。这一段写龄官跟贾蔷的爱情，短短的一段故事，把爱情的痴写出来了。爱情故事不好写，我们想想看，小说好多写爱情，记住的真的不多。像曹雪芹这样，寥寥几笔，每个都写得动人。之前有贾芸跟小红，现在是贾蔷跟龄官。贾蔷讲起来是贾家的玄孙辈，也算是正宗贾府的人，因为父母早就过世了，贾珍很喜欢他，等于收养了他，所以他跟贾蓉是兄弟。他长得也很好，跟贾蓉在一起的时候，有些人就传些谣言，贾珍觉得不好听，就让他另外住，也让他去上私塾。大家还记得学堂闹事的那一回，他帮着秦钟，因为是贾蓉的关系。这么一个男孩子，跟唱戏的女孩子，发生了一段爱情。

这女孩子在画字，宝玉就顺着她一点一勾画出来，是个"蔷"字。女孩子的心思，写来写去写个"蔷"字，宝玉不解。在蔷薇花架下面，一个像林黛玉的女孩子，反复地在写"蔷"字，那情景非常美。她一个人写写写，画完一个又画一个。庚辰本说"已经画了有几千个"，哪会有几千个？程乙本是"几十个"，比较合理。画来画去还是个"蔷"字，画了几十个"蔷"，外面的不觉也看痴了。宝玉很懂得女孩子的心思，他一看见这个女孩子，定有满腹心事，在这里暗暗地哭泣，又拿金簪子来画"蔷"字，又开始怜香惜玉起来了。宝玉想："这女孩子一定有什么话说不出来的大心事，才这样个形景。外面既是这个形景，心里不知怎么熬煎。看他的模样儿这般单薄，心里那里还搁的住熬煎。可恨我不能替你分些过来。"宝玉对女孩子就是这样子的，那种恨不得替她痛苦的体贴，是他动人的地方。正在这时候，忽然下雨了，宝玉在蔷薇架外面看，禁不住便说道："不用写了。你看下大雨，身上都湿了。"就叫她快点走。那女孩子听说倒唬了一跳，抬头一看，只见花外一个人叫他不要写了，下大雨了。一则宝玉脸面俊秀；二则花叶繁茂，上下俱被枝叶隐住，刚露着半边脸，那女孩子只当是个丫头，再不想是宝玉，因笑道："多谢姐姐提醒了我。难道姐姐在外头有什么遮雨的？"你看宝玉痴到这个地步，自己淋了一身的雨都不觉得，去担心那个女孩子淋湿了。难怪宝玉最后成佛，他对人常常是无私的（selfless），把自己忘掉的，对人的感情常常到了忘我的地步，可能他是这里头最不自私的一个人了。这个女孩子走了，后来他又看到龄官，才知道为什么她要画这个"蔷"字，原来是跟贾蔷的爱情。《红楼梦》常常有一种小的图景（pictures），画面都很美，这是其中之一。

宝玉回到怡红院，他的那些丫头们把门关起来，趁着雨大水涨，拿着野鸭子玩水，他敲门都没听见。后来他敲得重的时候，袭人来开门，他一脚踢过去，正好踢到袭人的胸前肋骨。宝玉说：我从来没打过人，第一次踢就踢到你了。袭人说：没关系！没关系！袭人当然也很要面子，她晓得一定不是踢她嘛！她说没关系，是有意思的。前面讲过，袭人是要担负宝玉的肉身的，最后完成他肉身的一段俗缘，宝玉呢，为了蒋玉菡被打得一身伤，袭人应该在肉体上面要担负着一些事，担负所有的伤痕，她这一脚也不是白挨的。为什么不选别人呢？一下子选中了袭人，而且踢得她吐血，踢得她内伤很重。

这一串下来，仔细想一想，大概都有些含义在里头。书中很多时候写袭人，除了林黛玉、薛宝钗这两个第一女主角、第二女主角外，袭人是第三女主角，第四个，晴雯！薛宝钗跟袭人是一挂子的，林黛玉跟晴雯又是一挂子的，写晴雯、写袭人，间接也就写了黛玉跟宝钗，她们的个性跟她们的命运。这两组人，一组是感性的化身，像林黛玉、晴雯，还有刚刚的龄官，她们的核心价值在于情，而且个性率真，常常不容于世，当时的儒家宗法社会，注重的是秩序，整个社会秩序，不见容这些纵情而跨越儒家规范的人。最后贾母要把薛宝钗娶为媳妇的时候，有人跟贾母说，宝玉、黛玉心中早就有情，贾母的反应是，这个我就不懂了，小兄妹亲近是好的，不该有别种心，别种情。在她来讲，娶媳妇不是因为爱情娶的，爱情不是首要条件，是看能不能撑得起这个家。她说，林黛玉的孤僻是她的好处，我不把她娶了当宝玉的媳妇，也就是因为孤高自傲的人，不容于儒家的宗法社会。不符合整个社会规范的人，像魏晋南北朝的竹林七贤，都不见容于这个社会，下场大部分不好，被砍头的砍头，隐居的隐居，儒家宗法社会不容这些纵情的人，黛玉如此，晴雯也是如此，下一回就要讲晴雯的"撕扇子作千金一笑"。宝钗跟黛玉之间，有相当尖锐的冲突，两个人唇枪舌剑地你一来我一往，这一幕若移到怡红院里，就是袭人跟晴雯，重演宝钗跟黛玉之间的那一番斗争。

第三十一回

撕扇子作千金一笑　因麒麟伏白首双星

　　袭人被踢了一脚，吐血了！宝玉当然很着急，叫医生来看，心情闷闷不乐。又逢端午节，宝玉去了王夫人那边跟姐妹聚了一下子，因为才发生金钏儿的事，黛玉宝钗又较劲冲突，大家都淡淡的，一会儿就散掉了。林黛玉天性喜散不喜聚。他想的也有个道理，他说，"人有聚就有散，聚时欢喜，到散时岂不清冷？既清冷则生伤感，所以不如倒是不聚的好。比如那花开时令人爱慕，谢时则增惆怅，所以倒是不开的好。"故此人以为喜之时，他反以为悲。黛玉看得很清楚，再热闹也是暂时繁华，一下子就过了，她感觉天下没有不散的筵席，聚在一起反而引起惆怅。宝玉不同：那宝玉的情性只愿常聚，生怕一时散了添悲；那花只愿常开，生怕一时谢了没趣；只到筵散花谢，虽有万种悲伤，也就无可如何了。因此，今日之筵，大家无兴散了，林黛玉倒不觉得，倒是宝玉心中闷闷不乐，回至自己房中长吁短叹。

　　宝玉回到怡红院本来就有点闷闷不乐，晴雯上来服侍他换衣服，不小心一失手把扇子摔到地上，扇骨子一下子摔断了。宝玉叹说："蠢才，蠢才！将来怎么样？明日你自己当家立事，难道也是这么顾前不顾后的？"晴雯这个女孩子可不是容易相与的，也不肯服输，个性刚烈得很。她就讲了："二爷近来气大的很，行动就给脸子瞧。前儿连袭人都打了，今儿又来寻我们的不是。要踢要打凭爷去。就是跌了扇子，也是平常的事。先时连那么样的玻璃缸、玛瑙碗不知弄坏了多少，也没见个大气儿，这会子一把扇子就这么着了。何苦来！要嫌我们就打发我们，再挑好的使。好离好散的，倒不好？"也不过讲了她一句，就扯出这么一大串来，凭什么啊？凭着宝玉的宠呀！晴雯没好气，宝玉更气了，说："你不用忙，将来有散的日子！"

　　袭人在那边早已听见，忙赶过来向宝玉道："好好的，又怎么了？可是我说的'一时我不到，就有事故儿'。"我不来，就发生什么事情了。晴雯心里已经很不服了，对袭人趁机发难。冷笑道："姐姐既会说，就该早来，也省了爷生气。自古以来，就是你一个人服侍爷的，我们原没服侍过。因为你服侍的好，昨日才挨窝心脚；我们不会服侍的，到明儿还不知是个什么罪呢！"嘴巴厉害的，完全不输林黛玉。袭人一听了这个话，又是恼，又是愧，本来想要说她几句，又看看宝玉气得这样子了，自己忍了性子。推晴雯道："好妹妹，你出去逛逛，原是我们的不是。"

晴雯这下抓到她了！晴雯听他说"我们"两个字，自然是他和宝玉了，不觉又添了醋意。冷笑几声，道："我倒不知道你们是谁，别教我替你们害臊了！便是你们鬼鬼祟祟干的那事儿，也瞒不过我去，那里就称起'我们'来了。明公正道，连个姑娘还没挣上去呢，也不过和我似的，那里就称上'我们'了！""姑娘"在这里是指宝玉偏房的意思。名公正道的姑娘还没挣上去呢！其实，王夫人是已经许了袭人的，但是没有明讲，名分没有明过。袭人又挨了一下，当然宝玉就越来越气了。袭人忙拉了宝玉的手道："他一个糊涂人，你和他分证什么？"晴雯冷笑道："我原是糊涂人，那里配和我说话呢！"这下子袭人受不了，说道："姑娘倒是和我拌嘴呢，是和二爷拌嘴呢？要是心里恼我，你只和我说，不犯着当着二爷吵；要是恼二爷，不该这么吵的万人知道。我才也不过为了事，进来劝开了，大家保重。姑娘倒寻上我的晦气。又不像是恼我，又不像是恼二爷，夹枪带棒，终久是个什么主意？我就不多说，让你说去。"宝玉没办法了，就说要报告王夫人把晴雯打发出去，晴雯又坚持死也不肯出去，闹得不可开交。袭人急了，跪下了，几个丫头也一起下跪求宝玉息怒。其实宝玉是一时气头上，他对晴雯原是很宠爱的。

晴雯哭着正想说话，黛玉来了，拍着袭人的肩，笑道："好嫂子，你告诉我。必定是你两个拌了嘴了。告诉妹妹，替你们和劝和劝。"黛玉有时候也开玩笑的，她当然知道袭人等于是宝玉的妾一样的。黛玉走后，宝玉被薛蟠请去饮酒，晚上带几分酒意回来，看见有一个人在院子里的椅子上乘凉，他就坐在旁边，以为是袭人，就问，你疼得好一点没有？那人站起来就说，又来找我干嘛？宝玉一看，原来是晴雯。宝玉把她拉到身边说，你的性子越来越娇了，你跌了扇子，我不过讲了两句话，你就那么发起飙来了，袭人劝你，你又拉上她。晴雯就讲，不要拉拉扯扯，我不配坐这里。宝玉说你不配，为什么又在这个地方睡着？宝玉很有耐性的。他又让晴雯拿水果给他吃，晴雯说，我不要，我叫别人拿，等一下我打破了盘子，又要挨骂了。宝玉讲了："你爱打就打，这些东西原不过是借人所用，你爱这样，我爱那样，各自性情不同。比如那扇子原是扇的，你要撕着玩也可以使得，只是不可生气时拿他出气。就如杯盘，原是盛东西的，你喜听那一声响，就故意的碎了也可以使得，只是别在生气时拿他出气。这就是爱物了。"他一套歪理论，晴雯一听就说："既这么说，你就拿了扇子来我撕。"宝玉给她，她嗤嗤嗤撕了几下，说好听得很，高兴了，两个人大笑。麝月跑来了，瞪晴雯一眼说，你这是糟蹋东西，少作孽吧！宝玉跑过去，把麝月手上的扇子抢来给晴雯，晴雯嗤嗤两下又撕掉了，麝月气得要命：你怎么拿我东西开玩笑！宝玉说：去打开那个扇子匣子，你去拣去，什么好东西，有的是！麝月说，既然你要给她东西，把它搬出来，让她撕，撕个够为止。晴雯笑了，讲我也累了，明天再说吧！宝玉说，古人讲千金难买一笑，几把扇子能值几何！宝玉要逗她开心，撕扇子作千金一笑。

这一回特写晴雯，在曹雪芹心中晴雯也占有相当的地位。在太虚幻境，宝玉第一次去翻那些册子的时候，一翻开又副册的第一个就是晴雯。的确，除了黛玉、宝钗、袭人以外，就是晴雯。这么一个重要的人物，怎么写她？你再也想不到，曹雪芹用个撕扇子来表现这个女孩子独特的个性，它只是一个很小的插曲，但充分显现她的"心比天高，身为下贱，风流灵巧招人怨"。晴雯很自负的，为什么自负？第一，长得好。女孩子长得好，当然自负，但宝玉身边没有丑丫头的，晴雯或许是特别漂亮，只是到现在为止，我们不知道晴雯长什么样子。如果是一个考虑不那么周到的作者，形容的话马上就写出来了。曹雪芹不讲，留了一手，一直留到最后，第七十四回，因为发现了绣春囊，抄大观园，要把晴雯赶走的时候，王夫人说，宝玉身边和园子里一群狐狸精，通通要赶走。她想到了有一天经过怡红院，看到一个人在骂小丫头，竖起两个眼睛，轻狂的样子。从王夫人的眼中看到的，削肩，水蛇腰，眉眼有点像林妹妹。削肩，美人肩嘛！水蛇腰，形容得不能再好。蛇腰已经不得了，水蛇腰，蛇行在水上面的那种样子，这么一个女孩子，多么地吸引人（attractive）。眉眼间像林妹妹，林妹妹弱柳扶风，这个不是，性子很烈的。当然也是讲她美，却归为蛇一样的女人。从王夫人的眼里来讲她，留到那一刻，讲出来最有效。如果先前写出来了晴雯什么样子，王夫人再讲，就没有效果了。《红楼梦》人物的刻画，到了某一个阶段，突然间放得很大，那个人物马上就成了画得很好的一幅图了。或者像电影里面，一点一点累积人物的印象，一下子来个近镜头，让你把整个人物看清楚了。这种东西看起来容易，其实不容易，要在最恰当的时候，用最恰当的语言描写出来。不管诗也好，小说也好，写得好的那个地方，我们推敲半天想要再去换一换哪个词，想不出来，表示已经写到尽头了。形容晴雯，不要多，水蛇腰，够了！你再也不会忘记。如果说细腰，不够的，蛇腰也不够，加个水字，这就够了，形容晴雯到顶了。

因为美，因为风流灵巧，难免恃宠而骄。晴雯的确是风流灵巧，不光会撕扇子，还会补孔雀裘，后面有一回，就写"勇晴雯病补雀金裘"。宝玉有一件披风是俄罗斯进贡的孔雀毛金线绣起来的，不小心烧了一个洞，没人会补。晴雯的针线最巧，她原是贾母的丫鬟，贾母的针黹都让她做的，所以晴雯是有两下的，不是光会发脾气。补裘的时候她正在病中，一晚没睡替宝玉赶出来，因为第二天还要穿给贾母看，不能让人知道这珍贵的衣裳烧了个洞。晴雯其实是非常护主，非常爱惜宝玉的。

宝玉跟晴雯也有一种彼此知道的了解，但不同于跟黛玉之间的相知相惜。像撕扇子这种奇怪的事，只有晴雯做得出来，这个女孩子对世俗东西不以为然，宝玉也有很奇怪的一套理论。撕扇子所代表的涵义是，物质的东西再珍贵，在他们眼里不值一钱。黛玉也是这种个性，宝玉也是，所以他们都是一挂子的。他们率真的个性，不适于礼俗规范的社会，也就指向最后的败亡。从某方面来说，晴雯等于是没有受过教育的黛玉，不识字的黛玉。在撕扇子作千金一笑之前，也出现过一两次说话的任性，不是很重要的场景。一次是在元宵的时候，她们在玩骰子赌钱，晴雯输了跑进来拿钱，看到宝玉替麝月梳头，她讲了几句酸话，跑掉了。她说："交杯酒还没喝，怎么上头了！"她讲话的那种冲劲儿，也是跟黛玉很像的。黛玉跟晴雯有意无意间得罪了好多人，也引起了她们结同盟来反对，像宝钗、袭人，有意无意地在王夫人面前讲了话，袭人是有意的。晴雯也是得罪了袭人，得罪了很多人，她的个性率直、刚烈，不容于世，虽然也有可爱的一面。曹雪芹写她们，不是没有缺点，有缺点的也很可爱，但可爱不一定能够生存。从另外一方面讲，宝钗、袭人很懂世故，很会取悦，但也不能苛责她们，她们也要生存，也要在这个社会秩序里面找到自己的位置。各人有各人的角色，《红楼梦》不加评论的，而是一个一个、一出一出地演出来。

这一回"撕扇子作千金一笑"，写了晴雯的任性及宝玉对她的宠，她的命运关键也在这个地方。晴雯之死，黛玉之死，都是《红楼梦》里写得最动人的场景，两个人虽然很像，但结果又不一样，她们抵不住外面的这些力量，放逐、病重、死亡。黛玉之死很凄凉，后面没有人支撑她，所以她跟紫鹃说：我这里并没亲人，我的身体干净的，好歹你送我回去。这是非常怨恨（bitter）的话了。 晴雯死的时候也非常凄凉，她被赶出去的原因，是讲她引诱宝玉。晴雯病得奄奄一息，宝玉偷偷去看她，她讲我没做坏事，没有勾引你，早知道就这样死了，担这个虚名，还不如跟你两个真在一块儿。她最后对宝玉吐露真情，是很动人的一幕。她把长指甲"咔嚓"咬断，交给宝玉，虽然肉体没有跟他，至少把她身体的一部分留给宝玉做纪念。这些都是曹雪芹铺陈好的，有前面的撕扇子作千金一笑，才有最后死的时候的那种刚烈，只有晴雯有这种个性，这一回已经写出来了。

《红楼梦》写得好，赋予每个角色自己的个性，从头发展到最后几乎都是统一的，有些时候不统一，我觉得可能是版本问题，基本上，那个人讲什么话，做什么事情，都有他一定的道理。晴雯跟黛玉写成这个样子，宝钗跟袭人写成那个样子，这两组人，最大的差异是感性跟理性，小的地方又完全不同。再往下推，理性这一派的还有探春，感性这一派的还有柳五儿、芳官这些人。所以每个角色虽然是大的类别，细分又有很多不同，这很多不同的地方合起来，衬出黛玉的型，衬出宝钗的型，这就是《红楼梦》写人物的复杂性。

后半回"因麒麟伏白首双星"，宝玉不是到道观里，张道士要送给他一个金麒麟吗？他听说史湘云也有一个金麒麟，就心动把它带回来了，想等史湘云来贾府时送给她。史湘云也是一个在宝玉心中有特殊地位的人，宝玉对她的感情又与黛玉、宝钗、袭人、晴雯都不同。宝玉那个情的光谱长得很，他跟史湘云有一点哥们儿的味道，真是兄妹之情，甚至兄弟之情，不是男女间的浪漫（romantic）感情。湘云豁达、调皮，不拘礼俗，有点男孩子脾气，她跟黛玉是两个完全不同的型。她有时穿了男孩衣服，也蛮好看，贾母没看清楚，以为是宝玉来了。湘云豪爽，喜欢叽叽呱呱讲不停，有点饶舌，宝玉就讲她，还是那么会说话，不让人。黛玉在旁边冷笑，说："他不会说话，他的金麒麟会说话。"程乙本中，黛玉这句话是："他不会说话，就配带金麒麟了？"黛玉很介意湘云有金麒麟，宝钗的金锁已经够她受了，又跑出个金麒麟来。所以就酸了这一句，意思是配带金麒麟的人，当然会说话了。"他的金麒麟会说话"有点不大妥当。小说也好，诗也好，按理讲，一句都不能写错的，一句写得不对，就会影响全盘，以曹雪芹的那种仔细，程乙本在语气上好得多。

宝玉拿回了金麒麟，要向湘云献宝，伸手向怀里取，不见了！他着急得很。谁想到这遗失的金麒麟，早先就被湘云跟她的丫鬟翠缕，在蔷薇架下捡到了。湘云和丫鬟翠缕在花园里逛，讲出一番阴阳的大道理，天是阳，地是阴，日头是阳，月亮是阴，翠缕说难道花啊、鸟啊也有阴阳吗？怎么没有！叶子朝上的就是阳，朝下的就是阴。动物雄的就是阳，雌的就是阴，有公的就有母的。翠缕又问，人也有阴阳吗？湘云就说，这个傻丫头，这种东西也来问，越讲越接近男女的事情了，就封她的嘴。翠缕就说，我怎么不知道，小姐是阳，丫鬟是阴，湘云笑得要命，说，好好好，你讲得对！正取笑间，翠缕看到草里面金闪闪的，这下子分出阴阳来了。原来是一个金麒麟，比起湘云佩戴的，又大又有纹彩，跟原来那个恰似一对。

这个回目"因麒麟伏白首双星"，很多研究者据此推论最后贾宝玉跟史湘云结了婚。可是它整个伏笔下来，并没有这个迹象，而且太虚幻境的册诗讲湘云命运的时候，也没有提到这一笔，所以是个悬案。书中实际提到的就是后来湘云嫁给了一个贵族公子卫若兰，卫若兰不幸得病早逝，湘云很年轻就变成了寡妇。据脂砚斋批注，卫若兰出现的时候身上戴了个麒麟，所以回目可能指的是卫若兰。《红楼梦》有些地方真的没法解，前后的确有矛盾的地方，到底经过好多手抄，后四十回，有人说曹雪芹还没有写完，也有人说写完了，还没有亲自删润修改，这是其中之一。不管怎么样，这个小节有意思的是小姐丫鬟论阴阳，还跑出一个跟湘云的命运有关的东西，写得很有趣。《红楼梦》那么一大本，我们看得下去，因为它的小节处处有趣，细节串起整本书，每个小节仔细看，它都是有意思的。

第三十二回

诉肺腑心迷活宝玉　　含耻辱情烈死金钏

　　史湘云在贾府里面，她一待就不肯走的。拿史湘云跟黛玉来比的话，史湘云也是孤女，父母早亡，依靠叔叔婶婶生活。叔叔史侯虽然也是公侯之家，到底不是自己的父母，而且看起来婶婶不怎么疼她。可是她生性豁达，不像林黛玉那么多愁善感，她在贾府很高兴，有那么多的姐妹，又有宝玉一起，而且她跟袭人特别好。以前袭人服侍贾母的时候，因为史湘云常常在贾母跟前，跟袭人处得好，这天湘云到贾府就去怡红院看袭人，送戒指给她。袭人说上一回湘云遣人送来给贾府姑娘们的戒指，她已经得了一个了，是宝钗给的。你们看，宝钗在贾府里头，上上下下都搞定了。上对贾母，她非常地贴心，在王夫人面前，她又是亲的外甥女；对下呢，她跟袭人变成了联盟。有一回，她听到袭人要贾宝玉念书求功名的一番话，刚好符合她的想法逻辑，把袭人也看作跟她一挂的。史湘云也非常钦佩宝钗，把她当姐姐一样，说："我但凡有这么个亲姐姐，就是没了父母，也是没妨碍的。"说着，眼睛圈儿就红了。宝玉道："罢，罢，罢！不用提这个话。"史湘云道："提这个便怎么？我知道你的心病，恐怕你的林妹妹听见，又怪嗔我赞了宝姐姐。可是为这个不是？"袭人旁边笑说，讲得心直口快。可见得，宝钗、袭人、湘云，都串成一串了。

黛玉在贾府相当孤立的，她跟宝玉一下子闹起来，东剪西剪，扇套子也剪掉，打的穗子也剪掉，她不晓得扇套子是史湘云绣的，剪掉了，史湘云当然很不高兴，说："他既会剪，就叫他做。"她们几个联起来，称赞宝钗，讲黛玉的坏话，宝玉不要听。正在这个时候，前面有客人来了，谁呢？贾雨村。这位典型的在官场里热衷功名利禄，不择手段往上爬的人，宝玉最不喜欢，可是贾政要他去见客。他抱怨，一定要见我干嘛？史湘云一边摇着扇子，笑道："自然你能会宾接客，老爷才叫你出去呢。"宝玉很不高兴地说："那里是老爷，都是他自己要请我去见的。"贾雨村要见贾宝玉，也是逢迎、拍马屁，想讨好，见见他们贾家的公子。湘云笑道："主雅客来勤，自然你有些警他的好处，他才只要会你。"宝玉道："罢，罢，我也不敢称雅，俗中又俗的一个俗人，并不愿同这些人往来。"湘云笑道："还是这个情性不改。如今大了，你就不愿读书去考举人进士的，也该常常的会会这些为官做宰的人们，谈谈讲讲些仕途经济的学问，也好将来应酬世务，日后也有个朋友。没见你成年家只在我们队里搅些什么！"宝玉不喜欢谈论仕途经济这种东西。按理讲，湘云也不是这种人，听起来好像是宝钗的口气，后来宝钗也是这么讲的，可见得湘云也受了宝钗的影响，对宝玉也这么训起话来了。你看看宝玉的反应："姑娘请别的姐妹屋里坐坐，我这里仔细污了你知经济学问的。"意思是：你走吧，别到我这里来。他也不怕得罪她了，这下子宝玉牛脾气来了，最不爱听这种话，没想到，像湘云这么一个女孩子，居然也讲出这种话来，所以，请吧！我这里快玷污了你。袭人忙打圆场，她说："云姑娘快别说这话。上回也是宝姑娘也说过一回，他也不管人脸上过的去过不去，他就咳了一声，拿起脚来走了。这里宝姑娘的话也没说完，见他走了，登时羞的脸通红，说又不是，不说又不是。幸而是宝姑娘，那要是林姑娘，不知又闹到怎么样，哭的怎么样呢。提起这个话来，真真的宝姑娘叫人敬重，自己讪了一会子去了。我倒过不去，只当他恼了。谁知过后还是照旧一样，真真有涵养，心地宽大。谁知这一个反倒同他生分了。那林姑娘见你赌气不理他，你得赔多少不是呢。"果然宝钗也讲过这种话。两个人都在讲林黛玉坏话，说宝钗怎么涵养好，怎么样心地宽大。宝玉怎么说，这个很重要了。宝玉道："林姑娘从来说过这些混帐话不曾？若他也说过这些混帐话，我早和他生分了。"袭人和湘云都点头笑道："这原是混帐话。"宝玉为什么喜欢林黛玉？因为黛玉了解他，是他的知音，是他的知心，他在黛玉面前什么真心话都能讲，他不怕，黛玉也不会指责他。

　　讲这些话的时候，黛玉在外面偷听到了。为什么恰巧偷听到了呢？黛玉晓得，湘云到贾府来了，身上带了个金麒麟，而且宝玉身上留了个麒麟给她，快点来刺探一下，这两个人会不会做出什么风流事情来。她在想，近日宝玉弄来的外传野史，多半才子佳人都因小巧玩物上撮合，或有鸳鸯，或有凤凰，或玉环金佩，或鲛帕鸾绦，皆由小物而遂终身。今忽见宝玉亦有麒麟，便恐借此生隙，同史湘云也做出那些风流佳事来。因而悄悄走来，见机行事，以察二人之意。黛玉啊，小心眼。她想听听看，没想到一听听到宝玉这番话，你看她什么样的反应：林黛玉听了这话，不觉又喜又惊，又悲又叹。所喜者，果然自己眼力不错，素日认他是个知己，果然是个知己。所惊者，他在人前一片私心称扬于我，其亲热厚密，竟不避嫌疑。那是真的，在这几个女孩子面前，居然把黛玉说成知己一样的，等于说心都给她了，完全不避嫌疑，就等于他的表白（confession），心意已经坦白了。对黛玉来说，这简直是非常非常震动，晓得宝玉一心在她身上了。所叹者，你既为我之知己，自然我亦可为你之知己矣；既你我为知己，则又何必有金玉之论哉；既有金玉之论，亦该你我有之，则又何必来一宝钗哉！怎么会跑出个金锁来呢？明明我们两个人是一对，怎么又跑出个宝钗来？所悲者，父母早逝，虽有铭心刻骨之言，无人为我主张。的确是，从前女孩子的婚姻，自己不好讲的，一定是父母、兄长先开口，女孩子不能厚颜无耻说我要嫁给他，像尤三姐那样自己说要嫁给某人，很少的，因为尤三姐出身卑微，豁出去不要紧，以黛玉这么一个千金小姐，绝对说不出口。没有人替她做主，所以后来紫鹃也非常着急，跟她说要趁早，怕她被耽误掉了，趁着老太太还在的时候，要她打定主意。黛玉心中也想到这一点：况近日每觉神思恍惚，病已渐成，医者更云气弱血亏，恐致劳怯之症。你我虽为知己，但恐自不能久待；你纵为我知己，奈我薄命何！想到此间，不禁滚下泪来。待进去相见，自觉无味，便一面拭泪，一面抽身回去了。劳怯之症，其实就是肺病，黛玉已经隐隐感觉到她的命薄，恐不久长，前思后想，悲从中来，想到宝玉居然讲白了，他爱的人是林黛玉，一方面也非常地感动。但外面的情况跟处境都对她不利，她常常感受到自己的命运，诗词间透露出来的心声，通通指向不祥，心中常常有一种凄凉，想想也就伤心了，转身走了。

　　下面这段，大家要仔细看：这里宝玉忙忙的穿了衣裳出来，忽见林黛玉在前面慢慢的走着，似有拭泪之状，便忙赶上来，笑道："妹妹往那里去？怎么又哭了？又是谁得罪了你？"林黛玉回头见是宝玉，便勉强笑道："好好的，我何曾哭了。"宝玉笑道："你瞧瞧，眼睛上的泪珠儿未干，还撒谎呢。"一面说，一面禁不住抬起手来替他拭泪。他忘情了，看她流眼泪，他拿手要替她拭泪了。林黛玉忙向后退了几步，说道："你又要死了！作什么这么动手动脚的！"宝玉笑道："说话忘了情，不觉的动了手，也就顾不的死活。"宝玉情不自禁，看到黛玉一哭，他心里就紧张起来了，就要去安抚她。黛玉这个时候，其实心中已经有数了，晓得宝玉对她好，可是呢，她还是要讲几句。林黛玉道："你死了倒不值什么，只是丢下了什么金，又是什么麒麟，可怎么样呢？"还是耿耿于怀。一句话又把宝玉说急了，赶上来问道："你还说这话，到底是咒我还是气我呢？"林黛玉见问，方想起前日的事来，遂自悔自己又说造次了。

　　宝玉已经向她发了毒誓，讲了半天了。忙笑道："你别着急，我原说错了。这有什么的，筋都暴起来，急的一脸汗。"一面说，一面禁不住近前伸手替他拭面上的汗。这个动作，头一次。林姑娘动了真情了，替他揩汗了。宝玉瞅了半天，方说道"你放心"三个字。你就是不放心，每天这么着，才弄了一身的病。"你放心"三个字，够了！林黛玉听了，怔了半天，方说道："我有什么不放心的？我不明白这话。你倒说说怎么放心不放心？"她故意装的，她当然懂"你放心"什么意思，当然是故意地探他两下。宝玉叹了一口气，问道："你果不明白这话？难道我素日在你身上的心都用错了？连你的意思若体贴不着，就难怪你天天为我生气了。"林黛玉道："果然我不明白放心不放心的话。"宝玉点头叹道："好妹妹，你别哄我。果然不明白这话，不但我素日之意白用了，且连你素日待我之意也都辜负了。你皆因总是不放心的原故，才弄了一身病。但凡宽慰些，这病也不得一日重似一日。"宝玉也知道，黛玉身体一天天弱下去，也就是放不下心来，也就是对情的煎熬。宝玉看到了，也不晓得怎么去安慰她，讲劝半天，又在她面前海誓山盟，黛玉总是不放心，一直到这一刻，她心中才知道了。林黛玉听了这话，如轰雷掣电，细细思之，竟比自己肺腑中掏出来的还觉恳切，竟有万句言语，满心要说，只是半个字也不能吐，却怔怔的望着他。此时宝玉心中也有万句言语，不知从那一句上说起，却也怔怔的望着黛玉。两个人怔了半天，林黛玉只咳了一声，两眼不觉滚下泪来，回身便要走。宝玉忙上前拉住，说道："好妹妹，且略站住，我说一句话再走。"林黛玉一面拭泪，一面将手推开，说道："有什么可说的。你的话我早知道了！"口里说着，却头也不回竟去了。

这一对有情人，到这个时候互相交心了，不用讲了，我懂了，你也不必讲了，这是两个人，真正的情根互相生起来。那是个大热天，宝玉站在大太阳下面发怔了，正好又没带扇子，袭人怕他热，赶快送扇子出来，看到他和林黛玉在那里讲话，讲了半天，林黛玉走了，站着不动，她就上来说，你也不带扇子……宝玉这时候根本没听见袭人跟他讲什么，出了神地一把拉住，说道："好妹妹，我的这心事，从来也不敢说，今儿我大胆说出来，死也甘心！我为你也弄了一身的病在这里，又不敢告诉人，只好掩着。只等你的病好了，只怕我的病才得好呢。睡里梦里也忘不了你！"这些话，全是心里话，两个人都得了心病，都得了相思病了。这下子袭人听了这个话大吃一惊，看看这个地方，庚辰本是：袭人听了这话，吓得魄消魂散，只叫"神天菩萨，坑死我了！"便推他道："这是那里的话！敢是中了邪？还不快去？"这哪里是袭人！袭人这个女孩子心机多么地深沉，而且很低调很温柔的一个人，不会菩萨老天这么叫的。程乙本是这样子写的：袭人听了，惊疑不止。又惊又疑这句话也蛮好的，没有说吓得魂消魄散，没到那个地步，"惊疑不止"，对了。又是怕，又是急，又是臊。听了这话不好意思，心中又怕又急又臊，这就够了，袭人的反应应该如此。所以连忙推他道："这是那里的话？你是怎么着了？还不快去吗？"这是袭人的口气。她绝不会说：你中了邪了，还不快去？

　　《红楼梦》厉害的地方，是什么角色讲什么话，袭人讲的话就是袭人讲的，晴雯讲的话就是晴雯讲的，两个人绝对不会错掉、岔掉。有时候我做一个实验，把《红楼梦》随便翻开一页，只看对话，把那个人名遮起来，只看讲话的语气，就晓得是谁说的。我想这个就是《红楼梦》之所以好的地方，那么多角色，每个人讲话有每个人的特性，不只是主角，就是次要角色，平儿吧，紫鹃吧，也都不一样的。写小说，每个角色的语气很重要，一听他讲的话，就活了，这很要紧，也很难，何况有这么多角色。越到后面会越佩服曹雪芹对人物的创造，你以为大观园女孩子都写尽了，又蹦出个尤三姐、尤二姐来，两个姐妹的讲话，完全不一样。到最后了，忽又蹦出个夏金桂来，说话惊世骇俗。每个角色的语气几乎都与她的教育程度、身世背景、个性、命运连在一起。就算非常平凡的两个人，一个是尤氏，一个是李纨，不大想得出她们的个性是什么样子的，但她们两个人写得中规中矩。尤氏讲的话，就应该是尤氏讲的，李纨讲的话，就应该像李纨，那么一个寡嫂，知道自己已经丧夫，一个循规蹈矩、槁木死灰的女人。在宗法社会里，她们该讲什么话，很难写的，反而像晴雯、凤姐这种个性鲜明的，可以发挥，不过要写得恰如其分，还是要看下笔的功夫。

这里袭人讲话的口气，程乙本比较好。袭人见宝玉去后，什么反应：这里袭人见他去了，自思方才之言，一定是因黛玉而起，如此看来，将来难免不才之事，令人可惊可畏。想到此间，也不觉怔怔的滴下泪来，心下暗度如何处治方免此丑祸。正裁疑间，忽有宝钗从那边走来。宝钗来了，她说："宝兄弟这会子穿了衣服，忙忙的那去了？我才看见走过去，倒要叫住问他呢。他如今说话越发没了经纬，我故此没叫他了，由他过去罢。"这是庚辰本，宝钗来了，问袭人是怎么回事，那么热的天气，大毒日头下面，袭人你站这干什么？袭人也非常机警："那边两个雀儿打架，倒也好玩，我就看住了。"她心里想的，不讲给宝钗听。宝钗就讲，宝玉刚刚过去，我没有叫住他，他如今说话越发没了经纬，意思是颠三倒四。我想，宝钗不会讲这一句，这也不像宝钗的话。程乙本是这样的："宝兄弟才穿了衣服，忙忙的那里去了？我要叫住问他呢，只是他慌慌张张的走过去，竟像没理会我的，所以没问。"这个是比较合理的宝钗的口气和反应。大家最好去买一本程乙本来对照，不过现在的程乙本没有注解，从前的桂冠出版社出的里边有很好的注解，可惜断版了（二〇一六年七月，台北时报文化已再版）。

接着，贾府里出大事了。一个老婆子慌慌张张走来，跟袭人说，金钏儿跳井了。记得吗？金钏儿就是讲了几句玩笑话，叫宝玉去东院抓彩云跟贾环，王夫人听见后打了她一个耳光，把她赶出去。金钏儿也是很烈性的人，这对她来说是奇耻大辱，就跳井死了。宝玉等于无形中害死了一个人，这个事情也是他担负人间痛苦的其中一件，宝玉最后出家，也就是一件一件事情发生，累积起来，他感受到人世间的痛苦悲哀不得解脱。他当然没想到这个事情那么严重，以王夫人来说，宗法社会表面的礼数规矩一定要维持，其实讲到贾府，很多比这严重的越轨的事情早已经发生，尤其在宁国府里头。王夫人这个人也蛮有意思，看起来都讲她很仁慈，很好心，但有时候做的一些她认为对的事情，却变成残忍。金钏儿就是一个例子。金钏儿跳井死了，当然王夫人也很难过，也很后悔，这时候宝钗就过来看王夫人了。来了以后，王夫人就跟她讲金钏儿的事，她不好讲当时实情，就借故说金钏儿把我东西弄坏了，气头上打了她几下，撵她出去，我气两天消了也会再叫她上来，谁知气性这么大投井死了，心里面真是难受。看宝钗怎么说："姨娘是慈善人，固然这么想。据我看来，他并不是赌气投井。多半他下去住着，或是在井跟前憨顽，失了脚掉下去的。他在上头拘束惯了，这一出去，自然要到各处去顽顽逛逛，岂有这样大气的理！纵然有这样大气，也不过是个糊涂人，也不为可惜。"宝钗也不知道金钏儿被王夫人赶走的真正原因，她是个非常理性的人，从理性的观点来看，金钏儿就这么跳井死掉，是个糊涂人，怎么这样想不开呢？但是以金钏儿那种个性，一个好面子的女孩子被赶出去，这个侮辱受不了。宝玉的反应，当然是痛得不得了，一方面是由他引起的，另一方面他素来爱惜这些女孩子的生命，对金钏儿之死，他耿耿于怀，后来有一回他在金钏儿的忌日，捻土为香，去祭拜她，并且对她的妹妹玉钏儿特别好。这是宝玉对人的温情，宝钗就不是，若说她很残酷，可能也不是，她守那一套礼法、规矩，常常可以把一切通通合理化（rationalized）。

这部书写到最后的时候，曹雪芹有一笔很有意思。宝玉出家了，走掉了，贾府全府哭得死去活来，王夫人当然伤心，尤其袭人哭得昏厥过去。宝钗当然也哭得很伤心了，要守活寡了，曹雪芹很有意思，一笔下去，"他端庄样儿一点不失"。哭只管哭，那个架子还要撑在那里，不像袭人一下子昏了过去。宝姑娘是最后撑大局的人，可能也需要那份理性，她有那么大的责任，她不是没有感情，她把感情规范约束在儒家那一大套道统之中，所以"任是无情也动人"。宝钗当然是很聪明的一个人，她在这种约束规则下还能够雍容自如，她写起诗有诗才，论起画来头头是道，论起医术也有一套，在这种场合里边，又看到了她对人世之间的那种态度。这是曹雪芹侧写、弯写一个人物的一个例子。

这一回，看宝钗怎么跟王夫人应对。王夫人说：金钏儿这个女孩子死了，我除了给她家里银子，还想给她几套衣服当她的寿衣，让她好好穿着走。中国人有这个习惯，死了以后要穿寿衣。可是现在来不及赶，现在只有林妹妹刚刚做好两套新衣服，讲好了是给她做生日的，这个衣服要拿来做寿衣，她三灾五难的，怕她犯忌讳。宝钗马上讲说，我那里有两套可以拿去用。王夫人说，你不怕犯忌讳吗？宝钗说我不怕！这个时候，在王夫人最需要帮助、最需要安慰的时候，宝钗不露声色地给她温暖和支持，这么贴心、懂事，想得那么周到，在这个地方，宝钗已经铺好了做贾府媳妇的路了。跟黛玉一比，王夫人对她还有各种的忌讳，对宝钗就没有，这位贴心的外甥女儿，很恰当地、不露声色地、不着痕迹地安慰了王夫人，如果金钏儿这样死法，"也不过是个糊涂人"，替她的姨娘解脱她内心中的罪疚感。你说要不要这个人做媳妇？

第三十三回

手足眈眈小动唇舌　　不肖种种大承笞挞

　　宝玉这下子大祸临头了。金钏儿跳井的事贾政知道了，说，我们贾家一向宽柔待人，从来没有对下人刻薄的，怎么会发生这种事情，是不是我没有管束好。贾琏、凤姐也正在为这件事情耿耿于心的时候，又来一件事。忠顺王府派了一个下面的官要见贾政，忠顺王是个皇室亲王，当然来头很大，但是贾政想，贾府跟那忠顺王从不往来的，不免纳闷，赶紧穿好衣服，出来见客。那个长史官表面很客气，其实语带要挟，说来这里求老大人一件事，我们王府里面忠顺王最喜欢的一个叫琪官的伶人跑掉了，听说跟你们衔玉的那个公子来往密切，因为这是贾府，不好擅自来索取，王爷讲："若是别的戏子呢，一百个也罢了；只是这琪官随机应答，谨慎老诚，甚合我老人家的心，竟断断少不得此人。"这个话等于说，这个人收留在什么地方，快点拿出来。贾政听了又惊又气，立刻把宝玉唤来："该死的奴才！你在家不读书也罢了，怎么又做出这些无法无天的事来！那琪官现是忠顺王爷驾前承奉的人，你是何等草芥，无故引逗他出来，如今祸及于我。"跟戏子伶人来往，当时士大夫阶级，都喜欢这一套，所以像冯紫英，他是神武将军之家，可以把蒋玉菡弄去唱唱曲，这种事情公开的，没有什么大不了。要紧的是忠顺王府得罪不起，亲王家里头的人，你怎么把他引逗出来？宝玉当然不敢承认，只能装傻，装不懂，他说：琪官是什么，我不懂，还有什么引逗的话，我也不懂。贾政未及开言，只见那长史官冷笑道："公子也不必掩饰。或隐藏在家，或知其下落，早说了出来，我们也少受些辛苦，岂不念公子之德？"宝玉还是说实在不知，一定是谣传乱讲的。那长史官又冷笑两声说，已经抓到了，有证据了。证据在哪里？在宝玉的腰上。他系着茜香国的那个红汗巾，是蒋玉菡给他的。那人一指说：琪官的汗巾子怎么系在你腰上了？宝玉一听，轰了魂魄，糟了！这么亲密的事情人家也知道了，那不如说出来吧。

　　这一回就是讲贾宝玉跟蒋玉菡还有来往，没有明写，不知是否被删掉了。后来宝玉说：你们不知道吗？在离城二十里，有个地方叫紫檀堡，蒋玉菡在那边置了房屋。长史说：晓得了，谢谢。走了，去抓人去了。宝玉知道这件事情，可见他们有来往，他也知道他住哪里。蒋玉菡可能自己攒够了钱，买了房子，跑出来了。在王府里再大的宠，最多也不过是一个奴才。他出来以后，跟宝玉之间有所往来。好啦，这是一个大罪！贾政此时气得目瞪口歪，嘴巴都歪掉了。这下子脸丢尽了，而且还得罪了王府，私藏戏子，这还了得！光这个就是一大罪。正在这个时候，贾环带着几个小厮一阵乱跑，贾政说，站住！要打贾环。贾环就跟他告状了，说是死了个丫头，井里泡得好大，妈妈告诉我的（又是赵姨娘造谣），是因为贾宝玉逼奸金钏儿未遂，金钏儿跳井了。这下子，私藏伶人，逼奸母婢，两罪并发，气得贾政说：你们今天不要哪个来劝我，劝我的话，我头发剃掉，出家去！那贾政喘吁吁直挺挺坐在椅子上，满面泪痕，一叠声"拿宝玉！拿大棍！拿索子捆上！把各门都关上！有人传信往里头去，立刻打死！"他一气起来，要打死为止。这是个紧张场面，曹雪芹偏偏安排了个逗趣的小细节。要打了！宝玉紧张了，要求救了，快点去告诉老太太，告诉里边知道。偏偏找不到人，找到个老太婆，耳朵聋的。他讲，快点去告诉王夫人，老爷要打我呢！快去，快去！要紧，要紧！那个聋子把"要紧，要紧"听成"跳井，跳井"，说人都死了，赏了钱了没关系了。谁也找不着，这下子挨打了。

贾政积恨甚深，这个儿子从出生开始，抓周就去乱抓那些胭脂水粉，这是个好色之徒，没有出息的。长大了又整天混在脂粉堆中，不好好念书，现在居然还引逗忠顺王府的戏子出来，又把自己母亲的丫鬟逼奸而死，你看看多少罪名，新仇旧恨一起勾上来。打死为止！叫小厮，叫佣人，死命打，怀疑打得不够，一脚把小厮踢开，自己来打，再打，打得快没气了。在旁边的那些清客们，看看再打下去要出状况了，赶快到里边去报信了。先是王夫人跑了出来，哭了一阵，挡了一下。下面那个场景，老太太知道了。正没开交处，忽听丫鬟来说："老太太来了。"一句话未了，只听窗外颤巍巍的声气说道："先打死我，再打死他，岂不干净了！""颤巍巍"这三个字用得好，颤巍巍的声音，而且人还没到声音先来。你想想看，老太太气喘喘地跑过来，声音抖着进来。贾政见他母亲来了，又急又痛，连忙迎接出来，只见贾母扶着丫头，喘吁吁的走来。贾政上前躬身陪笑道："大暑热天，母亲有何生气亲自走来？有话只该叫了儿子进去吩咐。"老太太这几句话也很厉害的：贾母听说，便止住步喘息一回，厉声说道："你原来是和我说话！我倒有话吩咐，只是可怜我一生没养个好儿子，却教我和谁说去！"老太太不简单的！以后就看得出来了。这个老太太不是寻常老太太，能屈能伸，享尽了一切的福，到了没有福享，最后抄家的时候，老太太马上出来撑住全家，全贾府兵荒马乱，还是贾母最后撑在那个地方，向天祈祷，那一回非常动人。老太太不光是吃喝玩乐，其实她聪明得不得了，她有时候装糊涂，她自己讲的，跟几个孙子玩玩算了，很多事情在装糊涂，凤姐的那一套她根本就知道的。凤姐这个人，贾母喜欢她，因为她会奉承，在跟前斑衣戏彩，取悦老祖宗。但贾母不会永远装糊涂，到了这次节骨眼儿上，她对贾政这几句话讲得很重。贾政听了这话，马上下跪。那个时候的礼法，母亲讲出这么重的话来了，不管怎么样，先跪下。贾政听这话不像，忙跪下含泪说道："为儿的教训儿子，也为的是光宗耀祖。母亲这话，我做儿的如何禁得起？"贾母听说，便啐了一口，说道："我说一句话，你就禁不起，你那样下死手的板子，难道宝玉就禁得起了？你说教训儿子是光宗耀祖，当初你父亲怎么教训你来！"把先人搬出来了，你在我面前还要说，教训这个，教训那个，你老子当初怎么教训你的，你跟我说说！这一下子，把贾政的气势全部压住。这也看出当时宗法社会，怎样的母子关系。贾母，到底是贾府最高的头，领袖是她。虽然常常说从前中国的女性地位不怎么样，可是别忘了，中国母亲的地位不一样的。尤其生了儿子的母亲，对宗嗣有贡献的母亲，在中国的家庭里有崇高的地位。儒家是尊敬母亲的，贾母就是非常典型的一位，大家都敬仰她，当然贾母也能以德服人，能够服众，她本来的地位也不一般。

宝玉为了蒋玉菡挨打，之前讲过蒋玉菡这个人，对贾宝玉有特殊的意义，在整个书的架构里，最后蒋玉菡要替贾宝玉完成他尘世上的俗缘，蒋玉菡担负了这么一个任务。贾宝玉为了蒋玉菡，他的肉身被打得遍体鳞伤，这就是肉身的担负，为了他最后的肉体在尘世上的俗缘。这牵扯到三个人，贾宝玉、花袭人，还有蒋玉菡。大家还记得吗？花袭人为贾宝玉开门的时候，曾被宝玉一脚踢过去，踢得吐血。宝玉怎么会打人？宝玉怎么会伤人？而且怎么会伤到最心爱的袭人？袭人担负他肉体上的重量，所以要挨一脚。所以这一回，贾宝玉担负了蒋玉菡与他之间肉体俗缘在世间的完成关系，贾宝玉也要挨一顿毒打。尘世间，肉身的这种担负，有它的重量，有它的伤痛在，所以这个时候就被打了，打了以后呢，还打出一些名堂来。

第三十四回

情中情因情感妹妹　错里错以错劝哥哥

　　因为宝玉挨了打，好多女孩子就都真情毕露了，难为第一个是宝钗。宝玉被打得一身是伤，宝姑娘来探望，她拿什么来呢？拿药来。宝钗什么都懂的，药也懂，医理她也懂，她拿了一些丸药来，向袭人说道："晚上把这药用酒研开，替他敷上，把那淤血的热毒散开，可以就好了。"说毕，递与袭人，又问道："这会子可好些？"宝玉一面道谢，说："好了。"又让坐。宝钗见他睁开眼说话，不像先时，心中也宽慰了好些，便点头叹道："早听人一句话，也不至今日。别说老太太、太太心疼，就是我们看着，心里也疼。"刚说了半句又忙咽住，自悔说的话急了，不觉的就红了脸，低下头来。宝姑娘能够动情到这个地步真不容易，宝钗都是很自制的，即使对宝玉有什么意思，也是暗藏于心，不露于形色。这个时候真情毕露了，这地方写得好：自悔说的话急了，不觉的就红了脸，低下头来。到底宝钗也不过是个十几岁的女孩子，这时候不由自主地对宝玉也动了情，那一刻，自己觉得不好意思了。所以说，宝钗对宝玉不是没有真情，也有的，不过她是一个守礼的人，能够做"发乎情，止乎礼"的表示。宝玉听得这话如此亲切稠密，大有深意，忽见他又咽住不往下说，红了脸，低下头只管弄衣带，那一种娇羞怯怯，非可形容得出者。这地方写得好。宝玉看了宝姑娘弄那衣角不好意思，非可形容得出者。庚辰本下面一句话又不对了：不觉心中大畅，将疼痛早丢在九霄云外。程乙本这一段是这样子写的：宝钗见他睁开眼说话，不像先时，心中也宽慰了些，便点头叹道："早听人一句话，也不至有今日！别说老太太、太太心疼，就是我们看着，心里也——"没话了，写得好，就此打住。我也疼你这话不讲出来，不讲了。这就是曹雪芹的手法，讲一半，这是宝钗的个性。

　　刚说了半句，又忙咽住，不觉眼圈微红，双腮带赤，低头不语了。宝玉听得这话如此亲切，大有深意；忽见他又咽住，不往下说，红了脸，低下头，含着泪，只管弄衣带，那一种软怯娇羞、轻怜痛惜之情，竟难以言语形容，这几句写得好！然后呢？越觉心中感动，将疼痛早已丢在九霄云外去了。"越觉心中感动"，不是"不觉心中大畅"，身上痛得要死，还心中大畅？是感动将疼痛丢在九霄云外去了。自己忘了痛，宝钗也这么动了心了，宝玉心中想："我不过捱了几下打，他们一个个就有这些怜惜悲感之态露出，令人可玩可观。"庚辰本这个"可玩可观"，太轻浮了。程乙本是这样："我不过捱了几下打，他们一个个就有这些怜惜之态，令人可亲可敬。"这就好了。再往下，庚辰本是"假若我一时竟遭殃横死"，这也不好，贾宝玉不会讲这个话，"遭殃横死"，用词不当。程乙本是"假若我一时竟别有大故"，这就对了！万一我出了什么事故，"别有大故，他们还不知何等悲感呢！既是他们这样，我便一时死了，得他们如此，一生事业，纵然尽付东流，也无足叹惜了。"我们说贾宝玉是一个无可救药的浪漫派（hopelessly romantic），女人的怜惜，女孩子的眼泪，得了这个，什么都不要了。下面庚辰本又多了一句："冥冥之中若不怡然自得，亦可谓糊涂鬼祟矣。"这句话实在是多余的。这次宝钗来探他，带了丸药给他，宝姑娘是很切实际的一个人，拿药来给他疗伤，这大概也是整本书里，宝钗对宝玉动了真情的一次，唯一的一次，真的心疼他了。

接着，黛玉来了，情景又不一样。宝玉从梦中惊醒，睁眼一看，不是别人，却是林黛玉。宝玉犹恐是梦，忙又将身子欠起来，向脸上细细一认，只见两个眼睛肿的桃儿一般，满面泪光，不是黛玉，却是那个？跟宝钗完全不同，黛玉哭得很厉害，两个眼睛都肿起来了。宝玉还欲看时，怎奈下半截疼痛难忍，支持不住，便"嗳哟"一声，仍就倒下，叹了一声，说道："你又做什么跑来！虽说太阳落下去，那地上的余热未散，走两趟又要受了暑。我虽然捱了打，并不觉疼痛。我这个样儿，只装出来哄他们，好在外头布散与老爷听，其实是假的。你不可认真。"自己疼成那个样子了，还要拿话来哄着黛玉。宝玉这个人常常忘了自我的，对别人的同情，对别人的怜惜，常常到忘我的境界。记得吗？他在看龄官画"蔷"的时候，下大雨了，自己淋了一身湿，还关心那个女孩子，叫她快走，把自己忘掉了。他的那个情，最后对人世间是一种大悲，对芸芸众生愁苦悲哀的悲悯，所以他最后成佛。宝玉本来就有这种佛根，所以他看到黛玉这样子，先忘了自己的痛。此时林黛玉虽不是嚎啕大哭，然越是这等无声之泣，气噎喉堵，更觉得利害。听了宝玉这番话，心中虽然有万句言词，只是不能说得，半日，方抽抽噎噎的说道："你从此可都改了罢！"宝玉听说，便长叹一声，道："你放心，别说这样话。就便为这些人死了，也是情愿的！"为这些人死了他也甘心。正说着，凤姐来了。林黛玉不好意思给她看到哭成这个样子，就先走了。宝玉放心不下黛玉，很念着她，到了晚上打发袭人出去就叫晴雯去送手帕给黛玉。

　　王夫人叫袭人过去问宝玉的病情，袭人去了以后，说的这番话很要紧。她讲，宝玉为什么挨打，他就是在脂粉堆里混，混得不正正经经地念书求功名。王夫人当然心里也明白，他们对宝玉都太溺爱，其实对儿子她当然也跟贾政一样，希望他走向正途。趁这个时候，袭人跪到王夫人面前说：有些话我不知道该不该讲。王夫人说，你讲。袭人就讲了："论理，我们二爷也须得老爷教训两顿，若老爷再不管，将来不知做出什么事来呢。"

　　记得吗？前面的时候，宝玉已经吐露了心声，为了林黛玉一身的病出来了。那个时候袭人已经想好了，怎么样才能阻止这一场丑祸。袭人跟黛玉之间也有一种相当尖锐的关系，袭人想到的，当然是她以后的归属，人总是有私，不管她怎么对宝玉忠心，她自己最后的位置最多当一个妾，就算是宠妾好了，也不能跟正房相比，当时的宗法社会就是如此。只能够当妾，那个正房是谁，就决定她一生的命运，所以她跟宝钗早就结了同盟。对黛玉，当然心里要防她。第一，宝玉对黛玉那么样地痴心，言从计顺地听她的话；第二，黛玉这个人的个性当然很难缠，如果她当了宝玉的正房，袭人的日子不好过。到书的后面会看到，正当尤二姐被王熙凤整得死去活来的时候，袭人就有一次突然间跑到黛玉那里说：做人也不要那么厉害。黛玉心中一动，从来没听到袭人背后讲人的，就问，哪一个呢？袭人也不说别的，举两个手指，二奶奶！黛玉也是聪明绝顶的人，知道袭人讲这话的动机在哪里，就抛出这么一句：这种家庭的事情很难讲，不是东风压倒西风，就是西风压倒东风。这是名言了！连毛泽东都取用过。袭人一听，倒抽一口冷气，不是东风压倒西风，就是西风压倒东风，不是我压倒你，就是你压倒我，可见有斗争在里头。

袭人早早就防患于未然，这时候就在王夫人面前下药，说老爷也应该管一管宝二爷。王夫人一听，这个丫头居然能够讲出这一番明理的话，不由得感性叫了一声"我的儿，亏了你也明白"，因为讲到她心里头去了。她说：你的话说得很明白，和我心里想的一样，不是我不想教训他，因为我的大儿子珠儿早逝，就这么一个宝贝，万一出什么事情，我已经快五十了，岂不是终身无靠？那个时候，快五十岁大概算是很老了。袭人趁机就说，宝玉一直住在园子里面不妥，虽然都是姐妹或表姐妹，但大家也渐渐地大了，他们在一起，总有男女之分，不方便了。倘若有心人看见，当作有心事，倒反说坏了，不如预先防着些。袭人又说，二爷的性格，就喜欢在我们队里边闹，我们粉身碎骨还是平常，万一坏了二爷一生的声名品行，岂不完了，那时候老爷太太也白疼了，白操了心，不如这会子防备着些妥当。太太事情又多，一时固然想不到，我们想不到便罢，既想到了，若不回明太太，这罪越重了。近来我为这事日夜悬心，又恐怕太太听了生气，所以总没敢言语。

　　这番话讲得多好，讲到王夫人心坎子去了。所以王夫人说，我就把他交给你吧！帮我看着，交给你放心了。其实那个时候，王夫人已经要把袭人许配给宝玉，当他的妾侍，服侍他，保护他。在宗法社会，正室有社会地位的，她要掌家。真正服侍老爷是妾侍的工作。在王夫人看来，袭人是个很妥当的女孩子，能够讲出这一番大道理来，当然要托付她。所以呢，就从她自己的月例银二十两里面，划出二两特别给袭人，那二两银子，跟周姨娘、赵姨娘她们的月俸一样，可见得袭人的身份也是姨娘级的了。袭人真是厉害，趁着这个时候爬上去了。

　　宝玉挨打了，好多事情发生，一个是宝钗，一个黛玉，然后一个袭人。袭人用了心机，多少也关联到后来的结果，最后果然如袭人所愿，贾母、王夫人选了宝钗做媳妇，这也是袭人一天到晚悬在心上的一件事情。袭人为自己铺路，跟她相对的是谁呢？晴雯！宝玉到晚上，叫晴雯到林姑娘那边去看看，晴雯说，我就白眉赤眼地跑去，没个理由。宝玉就讲了，你带点东西过去吧，把这两条手帕给她。晴雯一看，这个手帕是旧的，说拿旧的给她，她又要恼了，林姑娘很多心的！宝玉说，她懂的，你拿给她去。晴雯去到黛玉那边，说宝二爷让我拿东西给你，拿什么？拿手帕。黛玉说手帕留着他自己用吧！晴雯说是用过的。黛玉一听就懂了。用过的手帕跟没用过的是两回事，用过的手帕，等于他的身体他的心，这是私传信物。黛玉一听，懂了！这里林黛玉体贴出手帕子的意思来，不觉神魂驰荡：宝玉这番苦心，能领会我这番苦意，又令我可喜；我这番苦意，不知将来如何，又令我可悲；又来了悲喜交集！忽然好好的送两块旧帕子来，若不是领我深意，单看了这帕子，又令我可笑；再想令人私相传递与我，又可惧；我自己每每好哭，想来也无味，又令我可愧。如此左思右想，一时五内沸然炙起。黛玉由不得余意绵缠，令掌灯，也想不起嫌疑避讳等事，便向案上研墨蘸笔，便向那两块旧帕上走笔写道：

眼空蓄泪泪空垂，暗洒闲抛却为谁？
尺幅鲛绡劳解赠，叫人焉得不伤悲！

这完全吐露她的心声了，讲明了，这是情诗。这是第一首。其二：

> 抛珠滚玉只偷潸，镇日无心镇日闲；
> 枕上袖边难拂拭，任他点点与斑斑。

她住的是潇湘馆，旁边都是斑竹，潇湘妃子、娥皇女英，眼泪都滴在斑竹上面去了。其三：

> 彩线难收面上珠，湘江旧迹已模糊；
> 窗前亦有千竿竹，不识香痕渍也无？

湘江，潇湘妃子，这些诗讲的是一个字：泪！

记得吗？太虚幻境里面，不是说她"想眼中能有多少泪珠儿，怎禁得秋流到冬，春流到夏"！她是来还泪的，所有的情都在泪里。宝玉给了她这个手帕，她在上面写了她自己的生命。林黛玉还要往下写时，觉得浑身火热，面上作烧，走至镜台揭起锦袱一照，只见腮上通红，自羡压倒桃花，却不知病由此萌，一时方上床睡去。犹拿着那帕子思索，不在话下。病来了，一下子虚火上升，两腮通红。肺病是长期发烧的，这时候，黛玉已经渐渐地走向泪尽人亡。

宝玉挨打了以后，黛玉跟他的感情又深了一层，之前，两个人已经交心了，此刻更进一层，等于有了信物。

这本书到了后面的时候，黛玉又看到了这题诗的手帕，感慨万千，想到她写手帕的那种情思缠绵。到了最后，病中发觉宝玉跟宝钗成亲了，"林黛玉焚稿断痴情，薛宝钗出闺成大礼"那一回，黛玉不仅把自己的诗稿往火盆里一丢，这两条手帕也一起丢，本来还要扯掉撕掉那两条手帕，撕不动，往火里一丢，把她整个的情斩断掉，焚烧掉。曹雪芹伏笔千里，这时候写两块手帕，当黛玉临终撕的时候，烧的时候，手帕的重量就来了。宝玉给她的情，自己的泪，刻骨铭心的这么一个信物，最后烧掉，把自己的情烧掉，把自己整个人也烧掉了。

曹雪芹写的这些小节，无论是手帕或其他什么，到最后用上的时候都是很要紧的。这一回里面有好几个这类小节，每一个都很重要，动到整个架构。袭人的那番话很要紧，后来就引起王夫人大开杀戒，把那些大观园里的狐狸精通通赶掉。这个时候王夫人已经起疑了，已经受到袭人的话影响了。后来没有让宝玉跟林黛玉结婚，这时候也开始起了念头。宝玉跟黛玉之间的感情，也是这一回完全吐露出来。

第三十五回

白玉钏亲尝莲叶羹　黄金莺巧结梅花络

　　宝玉还在卧病，黛玉竟日读书，有很多心事的。这日，一进潇湘馆，只见满地下竹影参差，苔痕浓淡，不觉又想起《西厢记》中所云"幽僻处可有人行，点苍苔白露泠泠"二句来。黛玉认同杜丽娘、崔莺莺，《牡丹亭》和《西厢记》这两部文学作品，在书里也占有蛮重要的地位。崔莺莺对张生这股痴情，当然也是林黛玉非常羡慕的，她就叹息了。庚辰本是这样的："双文，双文（那是崔莺莺的号），诚为命薄人矣。然你虽命薄，尚有嫠母弱弟；今日林黛玉之命薄，一并连嫠母弱弟俱无。古人云'佳人命薄'，然我又非佳人，何命薄胜于双文哉！"这段话又不像曹雪芹写的。程乙本简洁："双文虽然命薄，尚有嫠母弱弟；今日我黛玉之薄命，一并连嫠母弱弟俱无。"想到这里，又欲滴下泪来。它不讲"今日林黛玉之命薄"，而用"今日我黛玉之薄命"，讲自己连名带姓一起讲这就不对，还有"古人云'佳人命薄'，然我又非佳人，何命薄胜于双文哉"。这些话都累赘得很，不像曹雪芹的干净利落。

宝玉被打后，宝钗这边也不平静。三十四回，宝钗跟薛蟠吵了一架，为什么呢？大家都在讲，到底是谁告的状，害得宝玉被打成这个样子。袭人就讲，金钏儿那事，一定是三爷，贾环告的状。至于蒋玉菡这个呢，可能是薛大爷。薛蟠喜欢跟那些戏子来往，他们常常混在一起的。薛姨妈就骂他：你好好的，就跟这些人混，混了又去告状，害得宝玉被打。薛蟠气得眼睛鼓起像铜铃那么大，嚷道："将来宝玉活一日，我担一日的口舌，不如大家死了清净。"这个呆霸王，素行的确让人起疑，但这次不是他。宝钗就上来劝："你忍耐些儿罢。妈急的这个样儿，你不说来劝妈，你还反闹的这样。别说是妈，便是旁人来劝你，也为你好，倒把你的性子劝上来了。"薛蟠说：你这会子说这个话，都是你说的。宝钗道："你只怨我说，再不怨你顾前不顾后的形景。"好，薛蟠这下讲出来了。他说：你只会怨我顾前不顾后，怎么不怨宝玉外面招风惹草的，不要说别的，前一阵子，我跟琪官见了十几次什么也没给我，怎么他跟宝玉见了一次，就互相递汗巾子了。宝钗说：好！抓住了，一定是你讲的。就为这个打的，还要说呢！薛蟠道："真真的气死人了！赖我说的我不恼，我只为一个宝玉闹的这样天翻地覆的。"宝钗又堵他，谁闹了来？你先持刀动杖地闹起来，还说别人闹。薛蟠讲不过妹妹，怎么办呢？总要拿句话来堵她。他就讲了，好妹妹，你不用跟我讲，一定是你有把金锁，不是和尚讲了要拿玉来配吗？你一定放在心里了，所以为宝玉讲话。对不对呢？这个话不好讲的，讲得宝钗哭起来了，这下子被薛蟠堵住了。薛蟠见妹子哭了，便知自己莽撞了，也知道自己理亏，讲了这个话，得罪了薛宝钗。其实薛宝钗在家里的地位比薛蟠还要高，平常薛蟠也相当佩服薛宝钗的。

　　第二天一早，宝钗就出园去她母亲那边，巧遇林黛玉。黛玉看她眼睛怎么红的，像是哭过了，就讲了："姐姐也自保重些儿。就是哭出两缸眼泪来，也医不好棒疮！"又给了薛宝钗一句。宝钗装作没听见，回到家，一坐下来就哭了。薛姨妈心疼她一大早又过来，宝钗道："我瞧瞧妈身上好不好。昨儿我去了，不知他可又过来闹了没有？"一面说，一面在他母亲身旁坐了，由不得哭将起来。被哥哥塞了那么一句难听的话，很委屈！薛蟠在外面听见了，妹妹哭了，妈妈也哭了，赶快跑过来，对着宝钗，左一个揖，右一个揖，只说："好妹妹，恕我这一次罢！原是我昨儿吃了酒，回来的晚了，路上撞客着了。来家未醒，不知胡说了什么，连自己也不知道，怨不得你生气。"撞客讲的是撞了鬼了！宝钗本来哭的，一听又好笑了，就给他啐了一口："你不用做这些像生儿。我知道你的心里多嫌我们娘儿两个，是要变着法儿叫我们离了你，你就心净了。"曹雪芹在这个地方给薛蟠另一笔。想想，薛蟠是一个非常鲁莽、霸道、粗俗不堪的人，按理讲，他一无是处，可是在这个时候，他的一点人性，一下子出来了，他对他妹妹还是很尊敬、很维护的。看到妹妹哭起来，他也慌了。在他妹妹面前他这么说了："妈也不必生气，妹妹也不用烦恼，从今以后我再不同他们一处吃酒闲逛如何？"宝钗笑道："这不明白过来了！"薛姨妈道："你要有这个横劲，那龙也下蛋了。"薛蟠道："我若再和他们一处逛，妹妹听见了只管啐我，再叫我畜生，不是人，如何？何苦来，为我一个人，娘儿两个天天操心！妈为我生气还有可恕，若只管叫妹妹为我操心，我更不是人了。如今父亲没了，我不能多孝顺妈多疼妹妹，反教娘生气妹妹烦恼，真连个畜生也不如了。"口里说，眼睛里禁不起也滚下泪来。这么一个呆霸王，也会做这么一出戏，也会讲得这么动听，他也是真心的。下面呢，他哄宝钗也蛮有一套。宝钗说：你闹够了，这会子又招妈妈哭，薛蟠收泪说："我何曾招妈哭来！罢，罢，罢，丢下这个别提了。叫香菱来倒茶妹妹吃。"叫他的妾倒茶来给妹妹喝。宝钗说：我不要喝茶。薛蟠道："妹妹的项圈我瞧瞧，只怕该炸一炸去了。"他要把宝钗的那把金锁，拿去炸炸新。宝钗道："黄澄澄的又炸他作什么？"薛蟠又道："妹妹如今也该添补些衣裳了。要什么颜色花样，告诉我。"宝钗说我这些还没穿遍，又做什么？就不理他。所以这种地方，就是曹雪芹写得有人性的地方。那么不可爱的一个人，也让他显示了他唯一可救的一面。要是没有这一点的话，薛蟠真是不可爱，专门闯祸，专门得罪人，专门侮辱人，只有在妈妈面前，尤其对宝钗，他是邪不胜正。宝姑娘是很正派的一个人，薛蟠知道那句话不能讲的，在当时很犯忌的。呆霸王对这个妹妹其实也蛮疼爱的，这一段充分地表现了薛蟠人性的一面。

　　宝玉被打，打出了黛玉、宝钗的真情，那么多的女孩子个个来关怀他，这也就是宝玉想要的，贾母她们当然更心疼了，问他要吃什么东西，给他做。他说，上次喝的那个有荷叶香的汤还要喝。这里又写到《红楼梦》所代表的中国文化到了极点，极精致的一种生活的形态了。贾府喝个汤，汤还要有模子的。模子用银器打的，什么荷花、莲蓬、菱角好多好多，汤里边要什么东西用这模子印上，等于我们现在的食谱，不过那是立体化的。贾府里边吃的、穿的、用的东西，就是当时的一种风尚。就像法国路易十四的宫廷，也有过分精致的风格，这种洛可可式的风格，就是要反映丰富和繁盛，《红楼梦》的时代也是如此，对物质极尽地描绘。

　　这个时候已经可以看出，在贾府的竞争中宝钗逐渐跑到前面去，黛玉追不上了，我们好替她着急。这一回，他们提起凤姐会讲话，所以贾母疼她，宝玉心中当然向着林黛玉，故意这么讲：林妹妹也很会讲话，贾母也很疼她。贾母就说了："提起姐妹，不是我当着姨太太的面奉承，千真万真，从我们家四个女孩儿算起，全不如宝丫头。"这句话讲得已经差不多了，已经定调了，贾母心中已经看中宝钗了。最后贾母选宝钗为孙媳妇，不是偶然。这个老太太很精明的，她都看在眼里，她当然也有她的计算。宝钗是当时宗法社会儒家传统下一个标准的媳妇，在儒家整个大系统里，个人的感情不是放在第一位的，最要紧的是合乎礼法，理重于情。所以，这整本书其实也是情跟理之间的冲突。人的感情很复杂，不一定受理的约束，像宝玉、黛玉个人的性格，不一定为理所拘，当然就产生了很多悲剧，痛苦都是这么来的。西方也是如此，弗洛伊德很有名的一本书《文明及其不满》，说我们的文明都是压抑产生的，压抑了多少多少的原欲，多少的冲动，所以人总有一种不满，常常在矛盾中。情与理的矛盾，从古到今从来没有解决过，可能永远不会解决。理性与情感的冲突，常常就是文学的由来。没有冲突，就没有文学了，文学完全就是写这种人无法克制的、没办法解决的一些遗憾。

宝玉被打的另外一个原因，就是金钏儿跳井了，按理讲金钏儿也不过是一个小丫鬟，宝玉跟她开开玩笑调皮嘛！十五六岁小女孩比较调皮一点，讲那个话逗宝玉，逗他玩，结果惹了杀身大祸。"礼"这个东西，有时候可以杀人的。王夫人有她的立场，她要维持儒家那套规矩，所以金钏儿就牺牲掉了。当然对宝玉来讲，很痛心的一件事，等于他间接害死了金钏儿，很内疚。他把这份内疚之情移到了金钏儿的妹妹玉钏儿身上去。这一段写玉钏儿喂汤给他喝，不小心烫到了他的手，他烫了不要紧，生怕烫了玉钏儿，就安慰她。玉钏儿说：烫到的是你自己，又不是烫了我，你怎么来安慰我？这就是贾宝玉！他常常是忘我的，已经把自己这个我忘掉了，关怀着周围所有的女孩子们。这种境界当然人家不懂。有几个老婆子就这样讲："怪道有人说他家宝玉是外像好里头糊涂，中看不中吃的，果然有些呆气。他自己烫了手，倒问人疼不疼，这可不是个呆子？"那一个又笑道："我前一回来，听见他家里许多人抱怨，千真万真的有些呆气。大雨淋的水鸡似的，他反告诉别人'下雨了，快避雨去罢'。你说可笑不可笑？时常没人在跟前，就自哭自笑的；看见燕子，就和燕子说话；河里看见了鱼，就和鱼说话；见了星星月亮，不是长吁短叹，就是咕咕哝哝的。且是连一点刚性也没有，连那些毛丫头的气都受的。爱惜东西，连个线头儿都是好的；糟踏起来，那怕值千值万的都不管了。"

我们讲宝玉，就讲他痴、傻，常常我们所谓的圣人，也是痴、傻，中国的传统如此。很多禅宗的高僧，都是痴、傻。外国也是，圣方济各会跟鸟讲话。从某方面来说，曹雪芹把贾宝玉写成一个像痴傻的圣人一样，一种圣人（Saint），唯其要到痴傻的程度，才能够包容这么大的世界。如果我们倒过来想，贾宝玉是一个很精明、很漂亮的公子哥，这个人怎么写，我不知道了，反而写不出什么来了。曹雪芹创造这么一个人，从某方面来说，《红楼梦》可能可以发展成一部《佛陀传》似的书，前传的悉达多太子享尽荣华富贵，贾宝玉跟他也很相似，一直要经过很多很多生老病死苦，慢慢地看透了，最后出家得到解脱。曹雪芹当然很熟悉释迦牟尼佛，以及悉达多太子的故事，他开始写的时候，未必想把贾宝玉写成悉达多太子，可是无形中他写下来了，可能有它一定的道理。

这部书两条线，一条讲贾府兴衰，一条讲宝玉顽石历劫。《西游记》唐玄奘经过九九八十一劫，才能够西天取到经，贾宝玉在尘世，也是要历经一个个生离死别，从开始的时候，听到秦可卿死亡，贾宝玉一口鲜血涌出，他第一次接触到死亡的无常，对他来说是一种震撼。原来人的生命，人世间的繁华，那样脆弱，像秦可卿这么一个人物，在贾家最盛的时候，一下子消失了，十几岁的孩子还无法理解，无法接受。他要一步一步来，当身边的人金钏儿、晴雯……一个个死去，最后黛玉死的时候，他再回到太虚幻境，晓得人的命运原来老早前定了。顽石历劫这个神话架构的寓言，对整本书的意义非常重要，读者跟他一起历劫，每个人都各有所感，某方面也写了我们自己。

《红楼梦》写这些人物，哪怕一个最小的人物，出现这么一两次的，曹雪芹三笔两笔，也能一下子把他立起来。金钏儿只有几句话，你心里也有一个印象。妹妹玉钏儿这个角色非常次要，提了之后也没有她的角色了，可是她喂汤烫了宝玉手这一幕，你也不会忘记。在小的地方，三笔两笔把一个小人物刻画出来，不容易！这么多的小人物，而且背景都相似，一群小丫头，要分一分，每个人给她一个脸谱，怎么做到？

这一回又写到另外一个小女孩，宝钗的丫头莺儿，也是一个次要角色，在书里没有位置，即使在宝钗旁边也不太重要，只是她一个很亲信的丫鬟而已，比起紫鹃，比起平儿，比起鸳鸯，莺儿的地位还差了一大截，可是曹雪芹选了这个地方给她特写，什么呢？"黄金莺巧结梅花络"，让她打络子。莺儿手很巧，宝钗让她来给宝玉打络子。如果我是个画家，这一幕是很可爱的工笔画。一个小丫鬟会用各种的颜色和花样，什么松花配桃红，葱绿配柳黄……真是五色缤纷。宝玉更是感到贴心的高兴，因为宝钗跟黛玉不一样，他对宝姐姐总有三分敬畏，看到白白胖胖的膀子，也不敢摸一把，宝姑娘有一种凛然的风度，不大有人敢去太亲近她。宝玉挨打了以后，居然宝姑娘眼眶也红了，又让她自己的贴身丫鬟来给他结络子，宝钗对宝玉有情，这一回也见端倪了。

第三十六回

绣鸳鸯梦兆绛芸轩　识分定情悟梨香院

在这一回有两件事非常重要。第一件是宝玉在梦里吐露了心声，宝钗恰巧在旁边听得清清楚楚；第二件是宝玉第一次了解到，每个人的因缘各有分定，不是他所能够逆转的，也不是大观园每个女孩子都以他为中心。

宝玉还在养病，宝钗来看他，他在睡觉，袭人坐在旁边陪他，一边手上拿着东西在绣。绣什么呢？绣个兜肚。大家知道兜肚吗？年画里面应该看过，从前的小孩戴个兜肚，防止着凉，小孩子戴的兜肚绣得很漂亮的。袭人对宝玉来讲，有各种身份，是服侍他的丫鬟、侍妾，也扮演他的母亲，她把宝玉当小孩一样，还要绣一个兜肚给他，睡觉时兜在他的腹部上面，怕他着凉。她绣的是鸳鸯戏莲的花样，红莲、绿叶、五色鸳鸯。鸳鸯一对一对的，常常象征爱情、夫妻，袭人绣这个，未必是有心，鸳鸯颜色漂亮常用作刺绣。宝钗看到了，问这么大了还戴这个？袭人说就是要绣得好，不然他不戴，怕他着凉。

　　袭人有事暂时离开了，宝钗不自觉地坐到袭人的位子，看到绣花这么漂亮，也拿着绣起来。宝钗虽然最后跟宝玉结成夫妇了，其实蛮多缺憾的，她这个时候也在替他绣鸳鸯，某种意义上她是接过袭人的东西。哪晓得绣着的时候，黛玉跟史湘云来怡红院，看到这一幕，宝玉睡在那里，宝钗在旁边做针线，黛玉一看就想取笑了，湘云老早就被宝钗笼络过去了，看到黛玉又要想说什么，把她一拉拉走了。宝钗绣了几瓣，突然间，宝玉在梦中喊骂说："和尚道士的话如何信得？什么是金玉姻缘，我偏说是木石姻缘！"这句话露了他的心声了。宝玉对宝钗虽然敬重，也对她很好，但他心中真正最心仪的还是黛玉，在梦里不自觉地讲了出来。你想宝钗听了作何感想？曹雪芹也写得很高明，宝姑娘不出声，不讲，这个时候要让宝钗讲出她心里的话来，反而难写了，她怎么反应，让读者去猜。她就是不露声色，也没有说穿。宝钗到底心思深沉，如果反过来，是黛玉听到属意别人的话，可能站起来就走了，又回去哭了。宝钗当作没听见，袭人来了不提，以她来讲，那是梦话，没这回事。这就是宝姑娘，临危不乱。连宝玉后来跟她结了婚又出家去，整个贾府哭得不得了，袭人哭得昏过去。宝钗也哭，却不失端庄。所以她能够撑得住，最后贾府的重任落在她身上。

　　接下来，宝玉跟袭人东谈西谈，谈到死亡这件事，他有一段奇谈怪论："人谁不死，只要死的好。那些个须眉浊物，只知道文死谏，武死战，这二死是大丈夫死名死节。竟何如不死的好！必定有昏君他方谏，他只顾邀名，猛拼一死，将来弃君于何地！必定有刀兵他方战，猛拼一死，他只顾图汗马之名，将来弃国于何地！所以这皆非正死。"文死谏、武死战，这些宝玉不以为然。的确，中国古时候在朝廷上面，忠臣向皇帝进谏，不听的话，一头撞死。宝玉说这些人一死了以后，把皇帝放到哪去？武将只拼一勇，要邀功，在外面打仗打死了，那什么人来保国？宝玉的看法，都是非常反传统的（unconventional）。他说："可知那些死的都是沽名，并不知大义。比如我此时若果有造化，该死于此时的，趁你们在，我就死了，再能够你们哭我的眼泪流成大河，把我的尸首漂起来，送到那鸦雀不到的幽僻之处，随风化了，自此再不要托生为人，就是我死的得时了。"他的浪漫想法，希望得到的是天下所有的女儿泪，所有女孩子的眼泪都要给他，成了一条河。袭人看他疯话出来了，忙说困了，叫他快别讲了。

再看这一回后半段。我说嘛，不可爱的人也有资格谈恋爱，先前有贾芸跟小红，现在是另外一对，贾蔷跟龄官。贾蔷也是贾家的远亲，是贾家的孙辈，他的父母双亡，贾珍把他带到宁国府来。他长得不错，也聪明伶俐，算是蛮得宠的，给他一个职位，让他去管大观园一班小伶人。这些小伶人原是为了元妃省亲要唱戏去苏州买来的。元妃省亲完了，这群小女孩的任务也没有了，她们就留在梨香院，自己练习。

曹雪芹大观园里这些人物，最上面这一层，宝玉、黛玉、"三春"，中间一层有那些丫鬟，再往下就是这些小伶人，芳官、龄官、荳官等，每个人也写得非常生动。龄官不是第一次出现，在前面因为她唱戏唱得好，元妃赏赐了她，她是唱小旦的，第二次出现就是宝玉看见她在画"蔷"。《红楼梦》里这些小伶人很有意思的，现在是龄官，后来会看到芳官、藕官，几个小女孩，每个人有每个人的个性。从前大概都是家里贫穷才送孩子去学戏，那时所谓的戏子，也有一种特殊的身份。一方面他们是娱乐场所不可缺少的一分子，所以常常能够跟达官贵人、王公卿相这种人接触，使得他们跟一般的普罗阶级不一样，在台上唱戏的时候，像元妃都来看戏、奖赏他们，有一种跻身于上流社会的感觉。可是另一方面他们一下了台，戏子就是戏子，在当时的社会地位是很低的，被人看不起，拿来当作玩物。这种唱戏的女孩子一定很聪明，聪明伶俐才能唱得好戏，心比天高，身为下贱，这种矛盾的心理，也造成他们个性上的独特。龄官就是非常典型的一个。

还记得宝玉看到龄官在画"蔷"吗？他那时不明白为什么一直画这个"蔷"字，龄官眉眼间有点像林妹妹，看起来也很薄弱、敏感。宝玉身体好了一些了，就在园中到处走走，他走到了梨香院那边，想起《牡丹亭》来了。《牡丹亭》这出戏对《红楼梦》有指引性的影响。不管是它的爱情神话，它里边的角色如杜丽娘，还是它的词句"原来姹紫嫣红开遍，似这般都付与断井颓垣"，这种繁华跟衰败的主题上的对照，对《红楼梦》都有一种启发性的作用。宝玉走到了梨香院，他知道龄官很会唱，就想要听她唱一唱，他想这些女孩子会喜欢他，会买他的账，一进来就坐到龄官旁边，跟她说，唱一段"袅晴丝"给他听。"袅晴丝"是《牡丹亭》里《惊梦》的一个曲牌，叫作【步步娇】，头一句就是"袅晴丝，吹来闲庭院，摇漾春如线"，"袅晴丝"那个"袅"字，缭动的意思。晴丝有很多讲法，有一个讲法是说蜘蛛的丝，春天蛛丝结网，在某方面来说，就象征着缠来缠去的情网。"袅晴丝，吹来闲庭院"，在《牡丹亭》里，那个晴丝一勾，就勾住了杜丽娘的春心，游园以后，她就做了一场春梦，那个"袅晴丝"就这么勾过来。

宝玉要龄官唱这段，哪晓得他表错了情，那个晴丝不是勾他，勾到另外一个人去了。不想龄官见他坐下，忙抬身起来躲避，正色说道："嗓子哑了。前儿娘娘传进我们去，我还没有唱呢。"贾蔷奉旨本来要龄官唱《牡丹亭》中《游园》《惊梦》两折，龄官不肯，因为不对她的行当，她只肯唱《相约》《相骂》，这是《钗钏记》中两折，由六旦（花旦）扮演，龄官是小花旦不是闺门旦，所以不肯唱《牡丹亭》。这个女孩子，一听她口气，又是一个林黛玉，而且对贾宝玉不假颜色。这下宝玉大吃一惊：宝玉见他坐正了，再一细看，原来就是那日蔷薇花下划"蔷"字那一个。又见如此景况，从来未经过这番被人弃厌，自己便讪讪的红了脸，只得出来了。这恐怕是怡红公子头一遭被女孩子嫌弃，非常不爽，他想究竟怎么回事，连我也嫌起来了。其他小女孩就说了，你等一等，等到蔷二爷来，叫她唱她就唱。宝玉一听，还有这回事，就等在那边看了。

这回短短的一个场景，就讲贾蔷跟龄官这一段情，等于是另外一段宝黛之间的那种小儿女的感情，从另外一个窗口来读。《红楼梦》人物刻画，很重要的一点，它不是单线（one-dimensional）进行，很多时候它用镜像来表现复杂的多面，比如看黛玉也要看晴雯，晴雯就是另一个黛玉，龄官又是另外一个，整个有复杂性，但每个又不一样。黛玉会去剪香囊，晴雯会撕扇子，一个剪一个撕，两个人倒是像的，但又不太一样。

过了一会儿，宝玉看见贾蔷来了。他提了一个鸟笼，买了鸟来，这只雀儿很灵的，笼里边有个戏牌子，它会去叼戏牌，会表演。贾蔷买雀儿本来要让龄官开心的，别的几个小女孩都高兴地去逗雀儿玩了，只有龄官看了之后冷笑两声，赌气仍睡去了。贾蔷还只管陪笑，问他好不好。龄官道："你们家把好好的人弄了来，关在这牢坑里学这个劳什子还不算，你这会子又弄个雀儿来，也偏生干这个。你分明是弄了他来打趣形容我们，还问我好不好。"这个女孩子难缠，她会想到那方面去，这也是她的心理问题。黛玉也常常有尖刻的攻击性语言，要了解她的背景是个孤女，在贾府里边要自我防卫，没有人撑她的腰，贾母也不大靠得住，她的自我防卫心很重。这个龄官也是，她觉得被买进来唱戏，来娱乐别人，很不以为然。这个女孩子气性很高，她心中其实是很爱贾蔷的，要不然整天画"蔷"干什么？女孩子的心事吐露不出来，就跟黛玉试宝玉一样，戳你一下，看你痛不痛，痛就表示爱了，不痛就不够爱，再戳戳看。贾蔷就说，那把它放了吧！放了给你免灾。龄官又有一套说法了："那雀儿虽不如人，他也有个老雀儿在窝里，你拿了他来弄这个劳什子也忍得！"意思是，你把它弄了来，又放它飞出去，这都没人理了。等于说，你把我弄进来，现在放我出去，我也是孤儿飘零，谁来理我呢？你看看，我又病得这个样子，又咳嗽又吐血。又一个肺病，又一个病美人。贾蔷马上说，我昨天问了大夫，我再替你去请吧！说着，便要请去。龄官又叫："站住，这会子大毒日头地下，你赌气自去请了来我也不瞧。"她心里爱他，舍不得他大太阳下又跑去请医生。小儿女之间那种传情，那种味道，又是另外一个贾宝玉跟林黛玉，所以也就辉映了宝黛之间这种的场景。龄官也就是另一个小型的黛玉，黛玉的化身还有好几个，如柳五儿这些，一连串起来，这些女孩子的命运大概都不会太好，后来龄官也从大观园被放逐出去了。

　　这一段贾蔷跟龄官短短的情节，按理讲不好写，宝黛的爱情前面写得这么多了，又写一个跟他们相似的，要写得有趣、不重复，就难了。所以曹雪芹先设计她画"蔷"，不用言语低头一直在画，画到下雨了都不觉得，你看看情已痴到什么地步。前面铺好了，到这个时候写出龄官对贾蔷，让你相信了，相信她真的是心中爱他，以另外一个扭曲的方式表现出来。设想这种细节，亏他想得出，又弄了个会叼戏牌的雀儿来，龄官说把我们养在鸟笼里边一样，她觉得自己是鸟笼里被关住的一个人。这一段写得中规中矩，短短的爱情故事，两个页码就写完了，给人的印象却很深。

那好好的岔出来写这个干什么？我想还是一个情字，这个情字害死人，"情根一点是无生债"，这是《牡丹亭》里边的，情根一生就是还不完的债，借此再点题，制造相似于宝黛之间爱情的另外一个场景，另外两个角色。对宝玉来讲，又是给他一个冲击，"识分定情悟梨香院"，宝玉痴痴地回到怡红院去，傻掉了！看到这一幕，原来他昨晚跟袭人说"我要所有世上女儿的眼泪都给我"这话讲错了，难怪贾政讲他是"管窥蠡测"。宝玉一进来，就和袭人长叹，说道："……昨夜说你们的眼泪单葬我，这就错了。我竟不能全得了。从此后只是各人各得眼泪罢了。"这下才晓得原来所有的情分都是前定，至少龄官的眼泪不会流给他，宝玉觉得蛮遗憾的。

第三十七回

秋爽斋偶结海棠社　蘅芜苑夜拟菊花题

　　从这一回开始到第四十一回、第四十二回，是大观园里的高潮，写贾府之盛，写大观园之盛。大观园经过了春夏，葬过花了，吟过《葬花词》了，现在第一个秋天来了。这个秋天秋高气爽，大观园正是极盛的时候，"秋爽斋偶结海棠社，蘅芜苑夜拟菊花题"，他们在秋天的时候想到了结社吟诗。

　　诗在《红楼梦》中占有很重要的角色。第一，《红楼梦》也像一本史诗（epic），那么大的篇幅写各种情，像一本描述"情"的史诗。第二，《红楼梦》完全继承了中国的唐诗、宋词、元曲、传奇，抒情诗的传统一直延续下来。第三，诗又常拿来作为每个角色的心声，像宝钗、黛玉、探春、宝玉，他们写的那些诗，是他们的内心世界，他们情感和精神的表现。诗都不是随便作的，不管是《葬花词》也好，《红豆词》也好，或是下面的菊花诗、咏白

海棠，通通有点题的功用。曹雪芹本人有诗才，能够写出
这么多不同风格，按照每个人的个性、身份、才气而且又
合乎他内心世界的诗，真不容易。《红楼梦》在文体上也
是集大成，除了散文，诗词歌赋通通用上，雅的俗的各种
形式，以他天才的手法糅合起来，呈现新的面目。有时候
我们看传统小说觉得很麻烦，突然来一首诗，诗对整个小
说的叙述又有点碍眼，《红楼梦》不是的，它安排一个场
景，在大观园里吟诗、作诗，等于是一幅生动的，有画面、
有人物、有声音的人间仙境图。大观园是尘世上的太虚幻
境，在某方面给予了这群少年男女最快乐的日子，他们在
一起作诗、吟诗，这一刻忘掉了红尘中种种的不快。

　　开始的时候谁起的头呢？"秋爽斋偶结海棠社"，秋
爽斋，三姑娘探春住的，探春懂事能干识大体，虽是庶
出，却靠自己在贾府争得一席之地。她也有诗才，她住的
秋爽斋，后来刘姥姥去看的时候，里边都是文房四宝，她
在学问方面有一定的修养。另一方面她理家的才干完全不
输王熙凤，她的正直、不假以颜色，连王熙凤都要让她几
分。当然，王熙凤晓得，在这个家族里头，嫂子再怎么凶，
对小姑总要让几分，这是中国人的礼法。如果嫂子跟小姑
吵架，那就是嫂子不懂事，有句老话，"大姑大如婆，小
姑如阎罗"，嫂子对大姑小姑原要敬三分的。不过，王熙
凤是一个特别厉害的嫂子，探春能顶住她，可见得三姑娘
也有一套。看看本回开篇她给宝玉的这封信就知道了，充
分显出三姑娘的雅兴和文采，海棠社是她起社的。庚辰本

跟程乙本的这封信，有几个地方不太一样：开头"娣探谨奉"，"娣"这个字不常用，是妹妹的意思，程乙本直接用"妹"字，"妹探谨启"。这封信写她有雅兴要建立一个诗社，中间这两句"窃同叨栖处于泉石之间，而兼慕薛林之技"，程乙本是这样子的："幸叨陪泉石之间，兼慕薛林雅调。"谈写诗用技术来形容我觉得不好，"兼慕薛林雅调"这个就对了。最后一行，庚辰本："若蒙棹雪而来，娣则扫花以待，此谨奉。"这个"娣"字，改成"妹"字更好。程乙本是这样的："若蒙造雪而来，敢请扫花以俟。谨启。""敢请"两个字用得好。结束时，"谨启"两个字就够了。这封信一方面看出探春的才，同时铿锵有声，看出她的志。她说："孰谓莲社之雄才，独许须眉；直以东山之雅会，让馀脂粉。"这几句显示出了她有这种不让须眉的胸怀。后来看到贾府衰弱下去，她曾说，可惜我不是个男人，是个女孩子，又是庶出的，如果是个男人的话，可能会帮着贾政，把这个家撑起来。

探春是介于感性与理性之间的人，她的理性有时比宝钗更冷一点，但她既可以持家，也有雅兴召集大家成立诗社，有点豪门之后、大将之风的味道。有意思的是，跟在这封信后面，宝玉同时收到了贾芸奉承他的信。因为园子里面树木花草是他管的，他就送了两盆白海棠给宝玉。怡红院里有很多海棠，白海棠应该是很漂亮的，送花给宝玉是美事，可是看看他这封信，一起头："父亲大人万福金安。"再跟探春的信函一比，大家就看穿了这两个人了。

曹雪芹真是会捉弄人，让贾芸送两盆花就够了，给他弄出这么一个柬来，出他的洋相。当然贾芸没有受过很好的教育，是个穷亲戚，一封信都写不通，而且也看得出来，大叫"父亲大人万福金安"，攀着宝玉当干爹，分明在拍马屁。两个一比，一雅一俗。就像贾宝玉跟薛蟠一比，一雅一俗。曹雪芹下笔，哪怕一封信，一首歌，都有它的作用。如果写了贾芸送两盆白海棠来就没了，那就缺掉一大块，看不到这两封信一雅一俗的对照。

　　探春发起诗社，大观园那几个女孩子都来了，迎春、惜春，然后李纨、宝玉，黛玉、宝钗都非常兴奋。他们说今天做个诗社，刚好送来两盆白海棠，就叫海棠诗社吧！作什么诗呢？就海棠诗好了。有人说还没有看到海棠啊，在怡红院，找人搬过来吧！有人说作海棠诗哪里要看真的海棠，吟的不就是心中的花、心中的海棠吗？作诗还有讲究的，要限韵、限时，点一炷香来计算时间，韵脚必须是几个字：门字、盆字、魂字、昏字，这个韵当场抽签。

　　当时中国的文学传统，诗常常是互相酬和的，大家在一起作诗作词，以诗传情，那种情当然不仅是爱情、友情，很重要的是一个媒介（media），传送个人的感情，也是社会习俗（social convention）。很多文人常常聚在一起，定一个题目，或者有所感，大家写下来，这东西就变成后世很重要的文学作品。《红楼梦》的这些女孩子跟宝玉他们，也是继续了这个传统，可能当时这种场合女性较少，但也有，清朝一些女诗人、女词人互相唱和也有的，《红楼梦》

在很多方面继续这个文人传统。

一炷香快点完了，大家勤于书写，宝玉看黛玉还在走来走去无所谓，急得不得了，说你还不快点写。最后一刻，黛玉一挥而就。黛玉的诗才，其实是最高的，可是评下来屈居第二。谁来评呢？李纨来评，李纨对诗词不见得很有修养，不过因为她是大嫂子，地位上当然要尊重她。李纨这个角色在《红楼梦》里是难写的，比起其他突出的人，她太平稳、太平淡，完全没有什么特别的地方。她一举一动、一言一行，中规中矩，她是一个寡嫂。在贾府，凤姐得宠，凤姐有丈夫，而她丈夫贾珠早逝，她当然很清楚，非常有分寸，从不多言，讲话非常合理合适。这次她作为诗的评判员，怎么评呢？

黛玉的诗，一起头就是"半卷湘帘半掩门，碾冰为土玉为盆"。宝玉立刻先喝彩起来，他当然捧黛玉，大家也讲起得与众不同。可是第一次诗的比赛，李纨选的是宝钗第一，她说"若论风流别致，自是这首"，讲黛玉那一首。"若论含蓄浑厚，终让蘅稿。"探春道："这评的有理，潇湘妃子当居第二。"

看看宝钗这首诗：

> 珍重芳姿昼掩门，自携手瓮灌苔盆。
> 胭脂洗出秋阶影，冰雪招来露砌魂。
> 淡极始知花更艳，愁多焉得玉无痕。
> 欲偿白帝凭清洁，不语婷婷日又昏。

　　评语是含蓄浑厚。看看头一句"珍重芳姿昼掩门"，"珍重"两个字就够了，珍重芳姿就是宝钗的风格。黛玉是"半卷湘帘"，完全不同的境界。宝钗是雍容的，很端庄的，"淡极始知花更艳"，这是冷香丸的清淡，淡极，她的风格，她从不是很过分的，所以说她"任是无情也动人"。为什么李纨这样评她？李纨本人就是儒家系统培养出来的，儒家的价值观她做得很好，宝钗的诗风就合乎她的价值。探春也在旁边讲应该是这一首，探春也是这一路的，宝钗的这首诗，合乎她们的胃口。

　　黛玉的这首诗的确风流别致。"半卷湘帘半掩门，碾冰为土玉为盆。""半卷湘帘"跟"珍重芳姿"完全两回事，她隐在那个地方，不让你看到，这两个美人如果画出来不一样的。林黛玉的内心，不管怎么样，总是要隐藏一半。"偷来梨蕊三分白，借得梅花一缕魂。"她都是别有意境的。"月窟仙人缝缟袂，秋闺怨女拭啼痕。娇羞默默同谁诉，倦倚西风夜已昏。"黛玉跟宝钗，一个是黄昏，一个到夜晚去了。两个人的诗风不一样，风流别致与含蓄浑厚，李纨、探春都觉得应该是宝钗，难怪后来贾府选定了宝钗为继承人。诗为心声，诗风也就反映人的个性，决定以后的命运。

　　贾府的兴衰，也就是大观园的春夏秋冬，从第三十七回到第四十一回，贾府的声势一直是往上扬的，越来越热闹。他们结了海棠社，作诗吟赋，度过他们最快乐、最青春的年华。当然这个中间，有几个人的关系常常很尖锐，第一对当然就是宝钗跟黛玉之间，她们是竞争的关系，后来才慢慢地和解。她们的缩影，就是袭人跟晴雯，也是针锋相对。

这一回里，宝玉有一天折了新开的桂花枝，插了瓶，叫丫头秋纹拿着，送去给贾母和王夫人。贾母当然很高兴了，孙子这么孝顺。到了王夫人那里更高兴了，脸上有光，而且赵姨娘也刚好在旁。秋纹沾光得了赏钱和太太年轻时的衣服。秋纹得意得不得了，跑回来在晴雯、袭人面前讲。晴雯就说，你还得意，这是人家选剩下才给你，要是我宁愿不要。她是讲早就先给袭人了。还记得上几回吧，袭人在王夫人面前下了很大的功夫，已经得了王夫人每月特拨的二两银子，等于得到王夫人的默许，让她作宝玉的妾了。当然晴雯心中酸溜溜的，秋纹就说，得了这个也是好彩头，哪怕给这个屋里的狗，我也喜欢的。大家就取笑，早先的"可不是给了那西洋花点子哈巴儿了"，讲的就是袭人了嘛！这些丫鬟之间，你来我往，写得有意思。后来呢，她们说了，怡红院不是拿了一对瓶子送花给王夫人跟贾母吗？另外还有一个玛瑙碟子，装了荔枝送给探春，去拿回来吧！晴雯就说，到王夫人房里拿瓶子是吧，那个给我去拿，为什么？要抢啊！这是个巧宗儿，说不定王夫人看着我很勤谨，也从她银子里面划二两来给我呢！她故意说给袭人听——我知道的，你不要捣鬼。晴雯知道袭人这个时候已经在王夫人面前得宠了。她们这几个女孩子，也不是那么容易和平相处的，所以一直有一种张力，某种紧张在那里。

海棠诗社做成了，趁送东西之便告知了史湘云，史湘云着急得不得了，说做了诗社还不请我，马上逼着要把她接来。史湘云也很有诗才，一下子作了两首，写得也挺好，大家很赞赏，她一时性子来了，说她要请客！秋天赏菊花，请客吃螃蟹。到了晚上，她就把这个事情跟宝钗商量了。宝钗说，你虽然请个小客，也是要钱的，你是向这里要呢，还是回家向叔叔他们要？其实史湘云的处境蛮艰难的，她自己父母已经过世了，靠叔叔婶婶生活，叔叔虽然是侯爷，婶婶对她并不是很好的。湘云是个很天真的女孩子，她说要请客并没想过这点，现在不免踌躇起来了。怎么办？身上也没钱，又夸下海口，要把贾母她们都请来。宝钗说，这样吧，我们当铺里有一个伙计，他家田里出的很好的肥螃蟹，前儿送了几斤来，我跟哥哥说再要个几篓，再往铺子里取上几坛好酒来，就请大家吃螃蟹吧！宝钗家里开当铺的，从前开当铺很有钱的，她还讲一句：我是为你好喔！你千万别多心。一下子，史湘云就感动了。

宝钗懂人情世故，你看，这里收一个人，那里收一个人，把她们的心通通拢住了，而且不着痕迹，在很恰当的时候，史湘云、花袭人，甚至贾母、王夫人通通跟她连成一线了。她的人缘那么好，每一步都那么得体，整本书里，宝钗没有讲过一句不得体的话，即使骂人，也是不着痕迹、不让人难堪。她就替史湘云筹划了，做得又漂亮又不得罪人，她说："我是一片真心为你的话。你千万别多心，想着我小看了你，咱们两个就白好了。你若不多心，我就好叫他们办去的。"湘云当然感动，都替她着想嘛！湘云说："好姐姐，你这样说，倒多心待我了。凭他怎么糊涂，连个好歹也不知，还成个人了？我若不把姐姐当作亲姐姐一样看，上回那些家常话烦难事也不肯尽情告诉你了。"宝钗完全有大姐之风，后来连她的劲敌黛玉也收过来了，宝姑娘的手腕很高明。这下子两个人就商量了，一边赏菊花吃螃蟹，吃完以后还要吟诗，因为诗社已经起了嘛！想想看，秋高气爽，这个秋天还是贾府极盛的时候，大观园里的菊花，不得了的一大片，这一群女孩子持螯赏花，还作诗吟赋，这种生活也是中国贵族生活到顶的时候。

乾隆时代富庶，生活中的文化也已经熟到顶了，《红楼梦》里描写吃的、穿的、住的、用的，喝的茶，玩的物，已经是非常过度奢侈。乾隆时代的那些艺术品，陶瓷、景泰蓝、精雕细琢的椅子、桌子，巴洛克式的装饰，是一个文明到了极盛的时候才有的，从贾府及时行乐的生活中通通表现出来。曹雪芹不自觉地留下了一幅十八世纪中国贵族生活极细致的工笔画，真的要找一部代表乾隆时代盛况的文学作品，就是《红楼梦》了。我曾经说过《红楼梦》是我们中国文化的"天鹅之歌"，这个时候一过，到了十九世纪往下滑得非常快，文明到顶的富庶一下子过了。

这一回吟菊花诗，曹雪芹真想得出来，弄出个菊谱，有虚有实，十二个题目，从忆菊、访菊、种菊、对菊、供菊、咏菊、画菊、问菊、簪菊，到菊影、菊梦、残菊，通通列了出来，大家比赛作诗。这个秋天风雅热闹，再过一个秋天，就不对了；再往下走，到第七十三回以后，就是一片肃杀，贾府的声势往下滑了，中秋夜的时候，凄凉冷清就来了。

第三十八回

林潇湘魁夺菊花诗　薛蘅芜讽和螃蟹咏

史湘云与宝钗筹划好，要开个蟹宴，她这么一喊，贾母、王夫人、王熙凤……上上下下的人都来参加了。史湘云那么兴致勃勃，大家当然非常高兴，都来到园子里边来，一起吃螃蟹、赏菊。吃一个螃蟹，可以写得那么热闹，上面那些夫人小姐们按序入座，下面几桌这一群丫鬟在吃螃蟹，姑娘们都穿得很漂亮，连那些丫鬟也是绫罗绸缎的，这是幅美人图。吃螃蟹这种主题很难写的，螃蟹膏腴肉鲜，几句话就说完了，可是曹雪芹能写出那么多名堂来，你看看，什么鸳鸯跟王熙凤两个打趣，琥珀跟平儿逗乐，每一个场景都弄得鲜活鲜活的。吃个螃蟹，会感觉到他们的笑语萦耳，好像闻到那些姜、醋、温热的酒的味道，这种细节，一个都不放过。吃个螃蟹写半天，难怪后来刘姥姥进大观园，一听说他们吃那么多螃蟹，她就算起来了，原来吃一顿螃蟹，要用掉庄稼人一年的生活花费。贾府盛时的那种奢侈，正是乾隆时代盛世的生活享受，从吃一顿螃蟹也能看得出来。

螃蟹吃完，就开始作诗了。吟海棠诗的冠军是薛宝钗，可想而知，林黛玉一定不服的，这一次菊花诗当然要大展其才。她选了三个题目，这首《问菊》，我觉得最能够表现黛玉的个性：

> 欲讯秋情众莫知，喃喃负手叩东篱。
> 孤标傲世偕谁隐，一样花开为底迟？
> 圃露庭霜何寂寞，鸿归蛩病可相思？
> 休言举世无谈者，解语何妨词组时。

最后一句，庚辰本是"解语何妨词组时"，程乙本是"解语何妨话片时"。我觉得程乙本"解语何妨话片时"比较好。

《问菊》，黛玉问菊花："孤标傲世偕谁隐，一样花开为底迟？"菊花开得很晚，秋天才开，大部分的花春天就开了，偏偏你不随俗，不随众，要做傲霜枝，等到秋天已经下霜的时候才开。黛玉在无意间，就是讲她自己，她的个性，一方面像《葬花词》那样，多愁善感，另一方面非常孤傲，不向世俗屈服。当然也因为这种孤标傲世的个性，不随俗，也就不能和人、容众，所以贾府后来没有选她当媳妇。

黛玉这首菊花诗讲她自己，下面还有那两首也写得挺好的。

菊梦

篱畔秋酣一觉清，和云伴月不分明。

登仙非慕庄生蝶，忆旧还寻陶令盟。

睡去依依随雁断，惊回故故恼蛩鸣。

醒时幽怨同谁诉，衰草寒烟无限情。

咏菊

无赖诗魔昏晓侵，绕篱欹石自沉音。

毫端蕴秀临霜写，口齿噙香对月吟。

满纸自怜题素怨，片言谁解诉秋心。

一从陶令平章后，千古高风说到今。

这三首下来，跟其他一比，的确潇湘妃子的诗才比其他人高出一截。李纨头一次评宝钗第一，这一次黛玉夺魁。黛玉本人就是个诗魂，构成她灵魂的很重要一部分就是诗，她有诗才，有诗的境界，也有诗人的孤傲和寂寞，是个真正的诗人。宝钗有诗才，但写诗对她来说是偶尔为之，她灵魂中不见得有多少诗的成分，儒家那一套占有她大部分的心灵，虽然她对画也很通，对诗也很通，那不过是作为一个闺秀应有的修养而已，不像黛玉灵魂中就存有诗的特质。她写《葬花吟》，写菊花诗，都是讲自己的命运和个性，她的感性真正认同诗，甚至生命倚仗诗，所以这两个人基本上不同。

菊花诗吟完了，几个人又写起螃蟹的诗来了，吃螃蟹也可以写几首诗。这就是中国文人以诗作为互相的交流。中国以前的文人有很多唱和，因为诗比较含蓄，不把话讲白，文人间的相知、对答、应酬，有时候都可以用诗，诗在中国式生活中占有重要的地位。从前，我们的碗上面有诗，筷子上面也有诗，到处都是，看大观园里题了多少诗。《红楼梦》写她们赋菊花诗的时候，也是整本书的高潮，这些女孩子每个人都能够展才，每个人都能够写诗，恐怕也是她们在大观园最快乐的时候。下一回呢，非常有名，有一个非常特殊的人物出现了——刘姥姥到大观园来了。从刘姥姥的眼光，我们将再一次更加深入认识大观园。

第三十九回

村姥姥是信口开河　情哥哥偏寻根究底

　　蟹宴开完了，王熙凤遣平儿来要些剩下的螃蟹拿回屋里享用。这里有意思的是，曹雪芹用了很重要的一个技巧，借了一个场景，借了旁人的口，来评论人物。《红楼梦》有这么多人物，这么多丫鬟，一个一个去写他们，很麻烦的，而且看了可能根本没有印象。这一回借了李纨的口来讲这些丫鬟，评论她们一下。讲鸳鸯，讲平儿，讲彩云，讲袭人，讲每个人有她的特点、优点。譬如平儿，李纨说：即使凤姐像楚霸王，也要这个平儿在旁边来辅助她，是吧？所以，这一节把这些人物一个一个都点到了。我们说，贤袭人、俏平儿，她们的个性，这么一点就点出来了。回头想想，曹雪芹在适当的时候，突显每个人物的个性，平儿就是平儿，袭人就是袭人，鸳鸯当然是丫头王，与众不同。李纨看这些丫头，对每个人都点得非常自然，在这个时候的对话里讲讲，也不是故意的，也不是特意的，就把几个人的个性和处境，通通讲出来了。

上次讲有一个特殊人物来了——刘姥姥进大观园。我念中学的时候，几十年前了，课本里面都选到这一节，大部分人都知道的，所以"刘姥姥进大观园"就变成一句俗话，等于是乡巴佬进城，看到城里面光怪陆离的东西。

刘姥姥在书里的角色功用不止于此。这回她第二次来，拿了一些瓜果、野菜过来，原本就要离开了，可是王夫人说难为她，留她住一晚吧！贾母说，这样一个积古的老人来，要把她留下来说说话。王熙凤非常乖滑的，刘姥姥第一次来的时候，王熙凤想这是个乡下老太婆，不把她当一回事，给她二十两银子还要说，这原是要给丫头做衣服的，你先拿去吧！这时候一看贾母、王夫人都喜欢她，马上变了态度。刘姥姥也懂得拣一些贾母爱听的东西讲。她讲几个故事，其中有一个是说村里有位九十几岁的老奶奶，本来有一个孙子，头一个孙子不幸夭折了，老天爷开眼，又让他家生了第二个孙子，长得非常好，白得好像粉团一样，现在也十多岁了。

刘姥姥当然知道贾府的身世，宝玉的哥哥贾珠早逝，后又生了他来。贾母一听暗合她了，王夫人听了也宽慰。刘姥姥带来乡下自己种的新鲜瓜菜，等于把乡村农地泥土上长出的生命带进了大观园。大观园里那些奶奶、小姐、少爷们，裹的绫罗绸缎，吃的山珍海味，都是一些已经发展得过分了的东西，失去了原来的天然。譬如"茄鲞"那一道菜，一个茄子要十几只鸡来料理它，讲究得太过了，刘姥姥这个时候把原汁原味的茄子带进来，等于把乡间自然的生命带进来了。其次，她逗乐了贾母、王夫人，还有这些女孩子们，带来那么大一片欢声笑语。后来贾府衰了，她三进大观园的时候，把王熙凤的女儿巧姐儿救走了。在我看来，刘姥姥就像民俗中的土地婆，在人家需要帮助的时候，突然间出现来帮一把。她跟巧姐儿之间，好像有一种很神秘的联结，这也是曹雪芹很重要的伏笔之一。

令人讶异的是，《红楼梦》整本书写的是贵族阶级，怎么写一个乡下老太婆写得这么鲜活？所以，天才作家无所不能。像刘姥姥这个人物，不好写，写乡下老太太，你要模仿她的语言，模仿她的神态，要很自然。而且呢，曹雪芹对她的态度不是在笑她乡巴佬，其实刘姥姥很聪明的，她跑来，哄了这几个老太太笑，她心里明白得很，把她们哄得那么开心，最后拿了一大堆银子、一大堆衣服走。她并不是一个愚蠢的老太婆，她心里面有数的。要怎么样刻画这样一个人，这就是曹雪芹的本事。

到下一回，是《红楼梦》的高潮之一，更要从刘姥姥的角度，重新看一次大观园。大家都记得元妃省亲，从元妃的角度，我们看到了大观园的繁华、尊荣、尊贵，乡下人刘姥姥的角度当然很不一样，这一点，曹雪芹用得非常好。小说很重要的是视角，视角不同，整个风格、意义、主题，就不一样。大观园刚落成的时候，贾政带了一群清客和宝玉，等于领我们走了一趟大观园，那是比较客观的描写，中间也有贾宝玉的主观感受，他在各处作了很多诗词。这一次刘姥姥进来了，从刘姥姥的眼睛来看，什么东西都是夸大的，所以她用的语言也是夸大的，她看的时候，真觉得是人间仙境了。她看到"省亲别墅"，跪下来说"玉皇宝殿"，对她来说，真是玉皇宝殿，是个神仙住的地方。刘姥姥进了潇湘馆，进了蘅芜苑，她的感受，让我们刷新（refresh）一次认识，重新对大观园有一番新的印象。这就是曹雪芹厉害的地方，他前面很久没有讲到大观园了，已经知道的他不讲了，新发生的，等刘姥姥来的时候，又给它一个近镜头（close up），夸大地来看大观园。后来，贾府衰败以后，宝玉再进大观园，听到潇湘馆鬼哭，那又是一种凄凉景象。所以大观园的兴衰是《红楼梦》的主题之一，从各种角度，背面的、侧面的，来讲兴和衰。刘姥姥，进来的时候，是极盛之时，我们听到的是一片笑声，看到的是一片繁华。

下一回，刘姥姥游大观园要进入更热闹的高峰。通过刘姥姥的眼睛看大观园，好像一个小孩子第一次进到迪士尼乐园一样，到处都非常新奇。从另一层面说，我们通通变成刘姥姥，通过书进大观园。大观园也就是曹雪芹心中的人间仙境，一个理想的国度。这个国度，由于刘姥姥进来，用不同的眼光再扫一遍以后，我们对大观园又有了新的看法、新的观点。我们一般人都没经历过像贾府的那种生活，我们等于跟在刘姥姥后头进去看大观园，这里那里仔细看，所以大观园写完了以后，我们对大观园也有了一个整体的概貌（overall picture），知道大观园的全景了。

曹雪芹三番四次用各种角度描写，这很重要的。如果换一个作家，可能他忍不住，会抢先把那么不得了的一个园子，主观地写一大堆。那样的写法，也许反而会让我们脑子里糊涂一片，也失去身历其境的乐趣。

第四十回

史太君两宴大观园　金鸳鸯三宣牙牌令

　　大观园里上上下下，对一个乡下老太婆到这里来，觉得很好奇，说她是一个女清客，等于是来陪他们玩的，这个很特殊啊！见贾母的时候，正好李纨叫丫头捧了一大盘新采的菊花，让贾母拣了簪在头上，王熙凤作弄刘姥姥，给她一下子横七竖八插得满头花。刘姥姥不以为意，还凑趣说："今儿老风流才好。"可以想象刘姥姥满头花，在这一群少爷小姐中间被耍宝，是怎样一幅情景。

　　《红楼梦》最后是个悲剧，悲剧是它的调子，讲的到底是人生无常、繁华易尽。曹雪芹写悲的地方，当然很悲，但他写到喜剧的地方，也写得兴致勃勃，写这一回就是。刘姥姥插了一头的花，被带着去游大观园了。第一个就到潇湘馆，林黛玉的地方。林姑娘的香闺这么高雅，插了一头花的乡下老太婆到这里，不觉得有点格格不入吗？我讲这种已经过分高雅（overrefined）的地方，正需要这个刘姥姥不管三七二十一，一身的泥巴进去再说。她把这种原始的生命带进了大观园，好像外面吹进去的一阵新鲜的风。她到了那里，看到了黛玉的书房，满桌子的书，刘姥姥就问这是哪位哥儿的书房。贾母就讲，这是我外孙女儿的屋子。老太太一来，就看到黛玉那个窗子的纱旧了，她就吩咐王熙凤，把窗纱换掉吧！怎么换？在这个地方看出了贾母的品位可不平常。王熙凤说我们库里面，还有那些蝉翼纱拿来换吧。蝉翼纱，听起来很好听，蝉的翅膀不是半透明的嘛，那种纱很薄、半透明，很漂亮。贾母说：你这是没见过世面，这哪叫蝉翼纱，叫软烟罗。

> 贾母笑道："那个软烟罗只有四样颜色：一样雨过天晴，一样秋香色，一样松绿的，一样就是银红的，若是做了帐子，糊了窗屉，远远的看着，就似烟雾一样，所以叫作'软烟罗'。那银红的又叫作'霞影纱'。如今上用的府纱也没有这样软厚轻密的了。"

听听，贾府用的是软烟罗、霞影纱，他们吃的、穿的、用的都到顶了。贾母说这窗外的竹子已经是绿的了，用绿纱糊上反而不配，要银红色的。贾母这么一配，非常漂亮。这个老太太，有一定修养和品位的。

刘姥姥跟贾母讲，你是享福的人。贾母说："闷了时和这些孙子孙女儿顽笑一回就完了。"看她的态度，真是个会享福的人。过贫穷的日子当然很艰难，富贵的日子也要会过，一个人能够受富贵也不容易。光有钱，不会过日子也不行。贾母会过日子，她是享尽福气的这么一个老太太，非常典型的能够受富贵，也能耐贫穷。后来贾家败了的时候，王熙凤简直是呼天抢地，整个贾府七颠八倒的，就剩这个老太太撑住。在那种万难的时候，老太太出来了，显现她成为整个贾家的头的担当。她把自己的私房钱拿出来，每个每个分派出去，完全一清二楚。她就讲了，前几年你们自己官做得不错，我就懒得理了，现在到了这个地步，我得帮一帮。所以贾母绝不是一个普通人。

　　曹雪芹总在特定的一刻，把一个人物的个性一下子放大出来，让我们看见更深刻、更完整的面向，那个角色也就圆润起来了。甚至于像薛蟠这种人，那么粗俗霸道，也有那么一刻，对妹妹宝钗很惭愧，那一瞬间也有他的人性。曹雪芹很少对人做绝对的批判，即使对人批判，也非常微妙，非常含蓄地在某个地方显现出来。像贾母这样子的人，如果以阶级斗争来讲，这个老太太可说是资产阶级到顶的，封建思想到顶的，曹雪芹没有特别强调什么，写平常的生活，如实而自然。刘姥姥呢，她是普罗阶级，辛苦生存的人，曹雪芹对她也不特别强调什么，就是如实写出。乡下老太太就乡下老太太的样子，富贵老太太就富贵老太太的样子，两个都写得很好，两个都很真实。两个对比起来，就凑成这么有意思的一回。

　　在潇湘馆替林黛玉把窗帘换了，贾母又交代把料子拿出来给她们做衣服，也给刘姥姥两匹，然后她们到探春那里，要吃饭了。贾母在的场合吃饭有很多规矩的，尤氏、王熙凤这些做孙媳妇的都得站在那里伺候，食物送到刘姥姥那边，贾母这边说声"请"，刘姥姥便站起身来，高声说道："老刘，老刘，食量大似牛，吃一个老母猪不抬头。"自己却鼓着腮不语。看看下面这个场景：众人先是发怔，后来一听，上上下下都哈哈的大笑起来。史湘云撑不住，一口饭都喷了出来；林黛玉笑岔了气，伏着桌子"嗳哟"；宝玉早滚到贾母怀里，贾母笑的搂着宝玉叫"心肝"；王夫人笑的用手指着凤姐儿，只说不出话来。她晓得凤姐后面捣鬼的，所以指着凤姐说不出话来。薛姨妈也撑不住，口里茶喷了探春一裙子；探春手里的饭碗都合在迎春身上；惜春离了坐位，拉着他奶母叫揉一揉肠子。地下的无一个不弯腰屈背，也有躲出去蹲着笑去的，也有忍着笑上来替他姐妹换衣裳的，独有凤姐鸳鸯二人撑着，还只管让刘姥姥。凤姐事先安排，故意拿了一双沉甸甸的老年四楞象牙镶金的筷子给刘姥姥用，刘姥姥拿起那个筷子来，只觉不听使，又说道："这里的鸡儿也俊，下的这蛋也小巧，怪俊的。我且夽攮一个。"原来是故意给她鸽子蛋。"我且夽攮一个"，程乙本是"我且得一个儿"。"夽攮"太粗，刘姥姥是个乖滑的老太婆，在贾母面前，不致讲粗口。刘姥姥拿那个筷子，夹不住，一下子掉下来了。刘姥姥叹道："一两银子，也没听见响声儿就没了。"又是凤姐先告诉她，那蛋一两银子一个。

我想不出写笑的场景，还有哪一个场景，写得活到这个地步，每一个人的反应不一样，而且非常生动，这就是曹雪芹对场景的营造，也不过是吃餐饭而已，他就能弄得一片笑声，热闹非凡。这个乡下老太太，不光是带了茄子、豇豆进来，也带给她们欢乐，让她们真的忘掉了所有的礼俗，饭也喷出来了，茶也弄出来了。这些姑娘们平常多么拘谨，刘姥姥让她们暂时忘掉了所有的规矩，带给她们真正的欢乐，真是个土地婆带进大观园最原始的笑声。

　　吃完饭了，刘姥姥又被带着到探春的屋子去。探春是怎样的一个女孩子，看看她那封邀请成立海棠社的帖子，就知道是非常文雅也蛮有学问的人。她是庶出的女儿，凭着个人的特质和努力，争取在家中的地位，从她的屋子，也能看出一二。凤姐儿等来至探春房中，只见他娘儿们正说笑。探春素喜阔朗，这三间屋子并不曾隔断。当地放着一张花梨大理石大案，案上磊着各种名人法帖，并数十方宝砚，各色笔筒，笔海内插的笔如树林一般。那一边设着斗大的一个汝窑花囊，插着满满的一囊水晶球儿的白菊。西墙上当中挂着一大幅米襄阳《烟雨图》，左右挂着一副对联，乃是颜鲁公墨迹，其词云：烟霞闲骨格，泉石野生涯。你看看，再往下：案上设着大鼎。左边紫檀架上放着一个大观窑的大盘，盘内盛着数十个娇黄玲珑大佛手。右边洋漆架上悬着一个白玉比目磬，旁边挂着小锤。探春的布置，一看就知道不是庸俗脂粉，是非常高雅的一个人。她房里挂的是米襄阳（米芾）的画，颜鲁公的字，她的瓷器是汝窑，都是最珍贵、最高雅的东西，这是探春，三姑娘，自视甚高，品位也很高，很自尊的一个女孩子。

再往下呢，就到了蘅芜苑宝钗那里去，又是一番景象。蘅芜苑的外面很青翠，种了好些植物，及进了房屋，雪洞一般，一色玩器全无，案上只有一个土定瓶中供着数枝菊花，并两部书、茶奁茶杯而已。床上只吊着青纱帐幔，衾褥也十分朴素。你看看宝钗，身上是冷香丸，住的地方雪洞一样。当然她是个冰雪聪明、冷静理性的女孩子，但是呢，居住卧房也很冷的，对富贵人家来讲，素得有一点过分。薛姨妈说过，宝钗从小不爱花花草草、玩物摆设之类，贾母说，这个不好，姑娘家应该要替她陈设起来。雪洞一般是什么都不要的屋子，这也暗示了她虽然嫁给了宝玉，最后是守活寡的。曹雪芹又一次从住的地方，来侧写她们的个性和命运，且是通过刘姥姥的眼光看见的景象。

从蘅芜苑回来，又要吃饭了，真正是一种别出心裁的宴席。每个人面前有一个小几案，各人爱吃的东西都做出来了，就知道有多么讲究。贾母一看，这是什么？蟹肉，太腻了！鹅肉，鹅油这么卷着，也太腻了。他们就给她吃个茄子，叫茄鲞，要多少个鸡油、鸡瓜来料理它。刘姥姥一听，我的佛祖，要这么多只鸡来配它，难怪茄子的味道都没有了。她想真正要吃茄子，还不如她乡下带来的那个，真的还有茄子味，经过十几只鸡这么制过，已经变味了，不是茄子了。中国最精致的生活，到了《红楼梦》的时候已经到顶了，什么都过分的精致，这就是贾府的生活形态。

跟刘姥姥对照起来，形成很强烈的对照。

贾母兴致好，吃饭的时候还要行酒令，这是他们生活的乐趣之一。行酒令讲究押韵，从诗、词、曲这些引用出来。每个人都要讲，讲了之后要喝杯酒。"金鸳鸯三宣牙牌令"，牙牌就是我们现在说的骨牌，现在还用来推牌九。一副牌它有三张，一拿来就得讲出名堂，诗、词或是一些俗语。刘姥姥一听是这玩意儿，就要溜了。刘姥姥只叫"饶了我罢！"鸳鸯道："再多言的罚一壶。"鸳鸯当令官，她是贾母最信任的大丫头。贾母是贾府的头，鸳鸯是丫鬟的头。贾母有气派，鸳鸯也有当大丫头的那种气派。这个时候鸳鸯拿出牌，有了一副，她就讲了："左边是张'天'。"天牌是什么？上面六点，下面六点，就是天牌。贾母道："头上有青天。"这个不错！鸳鸯道："当中是个'五与六'。"五与六什么？上面有五点，一个梅花样的，下面是六点，其实他们叫作斧头。贾母道："六桥梅花香彻骨。"鸳鸯道："剩得一张'六与么'。"贾母道："一轮红日出云霄。"鸳鸯道："凑成便是个'蓬头鬼'。"贾母道："这鬼抱住钟馗腿。"所以老太太也不简单，出口成章。行令每个人都要玩，凑个热闹。轮到黛玉了，鸳鸯又抽到一个天牌，鸳鸯讲了："左边一个'天'。"黛玉道："良辰美景奈何天。"宝钗听了，回头看她。为什么回头看她？"良辰美景奈何天"是《牡丹亭》里面的话，《牡丹亭》《西厢记》当时对闺阁来讲都是禁书。记得吗？是茗烟悄悄地把这些本子拿进大观园给宝玉看，宝玉给黛玉看，黛玉一看原来戏上面有那么好的词，就记住了，这个时候顺口讲了出来。这个小节很要紧的，看看宝钗怎么驯服黛玉：宝钗听了，回头看着他。黛玉只顾怕罚，也不理论。鸳鸯道："中间'锦屏'颜色俏。"黛玉道："纱窗也没有红娘报。"《西厢记》的句子又来了。鸳鸯道："剩了二六八点齐。"上面二点，下面六点，我们叫八点。黛玉道："双瞻玉座引朝仪。"鸳鸯道："凑成'篮子'好采花。"黛玉道："仙杖香挑芍药花。"都通过了。看看！贾母也好，黛玉也好，宝钗也好，甚至薛姨妈也好，都是非常有修养的，她们是贵族阶级，酒令都出口成章的。

接着轮到刘姥姥了。鸳鸯笑道："左边'四四'是个人。"是张人牌。刘姥姥听了，想了半日，说道："是个庄家人罢。"大家就笑了。贾母说，有你的，就这么讲！刘姥姥说："我们庄家人，不过是现成的本色，众位别笑。"鸳鸯道："中间'三四'绿配红。"三点四点是个七点，刘姥姥道："大火烧了毛毛虫。"这个也非常机智，要押韵的，也不是随便讲的。鸳鸯道："右边'么四'真好看。"刘姥姥道："一个萝卜一头蒜。"完全讲她的本色。鸳鸯笑道："凑成便是一枝花。"刘姥姥两只手比着，说道："花儿落了结个大倭瓜。"众人大笑起来。你看，她把她那些泥土里边长的东西，通通带进来了。

行酒令，行得这么热闹，这就是盛，这就是繁华。曹雪芹写《红楼梦》，很多场面是他见过的，所以想得起来这些，行酒令、作诗，那个时候曹家的生活，跟这个很相近，当然，写书可能夸大一点。曹家做了六十年的江宁织造，那是个肥缺，康熙南巡，接驾四次，家里头要有多大的排场。我想《红楼梦》对曹雪芹来说也是一本"往事追忆录"，想着从前的旧繁华，他写得兴致勃勃。这种回忆，明朝的张岱，宋朝的孟元老都写过，写得如在目前，因为感情注进去了。现在读者看了可能说贾府那么奢侈，他写的时候不会有那种批判，因为是如实写来，经过这种生活的。整部《红楼梦》，没有说哪个对，哪个错，通通包容，人生就是这么一幅有喜有悲、有欢乐有哀伤拼起来的图画。有贾母这样享尽福的老太太，也有刘姥姥这样的乡下老太太，他都是采取包容的态度。倒是后来的人，尤其是在中国大陆上世纪七八十年代读这个东西，放大阶级观念，把从前的封建生活拿来批斗，我想曹雪芹心中完全没有这些。他的态度跟张岱、孟元老他们相似，经过了自己的繁华之后，把它复制出来。法国作家普鲁斯特有名的小说《往事追忆录》（也译作《追忆似水年华》），也是把他的过去、第一次世界大战以前法国贵族社会的繁华写出来；托尔斯泰写《战争与和平》也是这样吧！托尔斯泰本身就是贵族，他把过去看到的战争与和平，整个俄国的兴衰，他的家族的兴衰，互相串联起来。《红楼梦》更不简单，它不仅是历史性的，更往上提一层，是宇宙性的、哲学的、宗教的那种情怀，所以它的高度、宽度都不同，因为作者自己经历了许多沧桑，有一种对人生、对人的悲悯，态度与胸怀不同于一般。

第四十一回

栊翠庵茶品梅花雪　怡红院劫遇母蝗虫

　　这一回，庚辰本的回目是"栊翠庵茶品梅花雪，怡红院劫遇母蝗虫"。黛玉笑刘姥姥大吃大喝，把她比作母蝗虫，虽然比得有几分像，但是拿它做回目不宜，而且"栊翠庵茶品梅花雪"，也很含糊，没有一个主题。程乙本的回目是"贾宝玉品茶栊翠庵，刘姥姥醉卧怡红院"，这两个对得好，而且贾宝玉品茶，里边有蛮多玄机的。

　　上回不是讲了行酒令嘛，行过了，要喝酒了，贾母和探春、迎春她们当然用很精致的瓷杯。刘姥姥笑道，自己手脚粗笨，怕失手打了瓷杯，最好有木头杯，掉地下也不怕。她这么一讲，凤姐就说了，我们有个套杯，十个竹根做的套杯，拿来好了。刘姥姥说，我们在乡下都拿木碗来喝的。鸳鸯讲我们也有木头做的，十个大套杯拿来，灌她几下。刘姥姥一看，那一个杯子像盆子那么大，吓坏了，怎么喝得完？拿了来，你就要喝完啊！凤姐讲她。贾母说，不要灌她了，有年纪的人禁不起。刘姥姥讨饶，喝了一大杯，把贾母逗得很开心。她们把她当作女清客，当时富贵人家，总养了一些清客来娱乐这些主人的。譬如贾政就有几个男清客，像冷子兴他们，常在旁边凑趣、逢迎。那些清客大概都是念过书却中不了举的人，就依靠这些权贵，以逢迎为事。贾母当然喜欢刘姥姥，哪里来的这么个乡下老太太，而且懂得凑趣、那么好玩的一个人，当然对她很好。贾母本来怜老恤贫，她对刘姥姥礼遇，把自己的私房好菜拿给她尝尝，叫凤姐夹了一些茄鲞。凤姐说，你来吃吃，我们的茄子你看什么味道。刘姥姥吃两口，说这哪是茄子，你教教我怎么做的。

> 凤姐儿笑道："这也不难。你把才下来的茄子把皮刨了，只要净肉，切成碎钉子，用鸡油炸了，再用鸡脯子肉并香菌、新笋、蘑菇、五香腐干、各色干果子，俱切成钉子，用鸡汤煨了，将香油一收，外加糟油一拌，盛在瓷罐子里封严，要吃时拿出来，用炒的鸡瓜一拌就是。"

刘姥姥一听，我的佛祖！这要十几只鸡来配它，难怪那个茄子都没有茄子味，完全不像茄子了。这就是过分精致化，一个文化过分精致，可能变得越来越脆弱，以现在科学的眼光，吃太过精致的东西是不健康的，刘姥姥带来的蔬食野菜反而是健康的。可刘姥姥在里边，看什么都是新鲜的，我们也跟着通通变成刘姥姥，看大观园里吃的、喝的、用的，酒杯也不一样，酒也不一样，什么都是最精致的。刘姥姥吃饱喝足，乐得手舞足蹈起来。

黛玉有时候讲起话来会伤人，但她自己不觉得。看刘姥姥的样子，黛玉说："当日圣乐一奏，百兽率舞，如今才一牛耳。"《尚书》里面讲，圣乐一奏，百兽起舞。其实刘姥姥，宝玉懂她的，所以宝玉后来到妙玉那里喝茶的时候，他对刘姥姥，不光同情她是一个乡下老太太，可能很直觉地认为她不是一个凡人。

吃完了饭，还要吃点心。盒子里边一样是藕粉桂糖糕，这没什么稀奇；一样是松穰鹅油卷，它里面是蟹肉馅。难怪贾母说，太腻了！他们吃的东西精致得太过分了。然后呢，一伙人移驾到栊翠庵，栊翠庵是贾府在大观园里起的一个庙，给妙玉在此修行。妙玉是《红楼梦》里一个很有意思的人物，我再慢慢讲，先看他们去到栊翠庵。栊翠庵花木修剪得很好，非常雅净，贾母进来了，妙玉就给老太太奉茶。妙玉用了一个海棠花式雕漆填金云龙献寿的小茶盘，放了一个成窑五彩小盖钟。成窑，明成化年间官窑烧制的一种瓷器，很有名的，妙玉用这个茶盘捧茶给贾母。贾母道："我不吃六安茶。"妙玉笑说："知道。这是老君眉。"妙玉都弄些最特别的东西，喝的茶也不一样。她原本也不是一个普通的尼姑，出身官家小姐，大概家里迷信说她的八字太硬，怕她活不长，要先出家修行，来到栊翠庵。她的出身行事都跟一般尼姑不一样，后来的命运很奇特。不过妙玉是个雅尼姑，她喝个茶有诸多讲究：水呢，是去年蠲的雨水，存起来，不是普通的水，这样煮的茶才香。贾母喝了半盏，递给刘姥姥说，你尝尝这个茶。刘姥姥喝了一口说："好是好，就是淡些，再熬浓些更好了。"她不懂得品这个，贾母和众人都笑起来了。妙玉给众人的茶也都是一色官窑脱胎填白盖碗。

这是妙玉第一次出现，也没有给她多加笔墨，可是一下子好像就出手非凡。奉了茶之后，她把宝钗、黛玉的衣襟一拉，请两个人进去了。在这些人里面，她独钟宝钗跟黛玉，比较雅，合她的意。她的耳房内是禅修的地方，宝钗坐在榻上，黛玉坐在妙玉的蒲团上面，妙玉自己在风炉上扇滚了水，另泡了壶茶。宝玉悄悄地跑进来了，他说，偏偏你们吃体己茶。庚辰本的"体己"那个体字用"梯"，我很不习惯，应该是身体的"体"，"体己"就是你们喝私茶，把我撇到外面去。妙玉刚要去取杯，只见道婆收了上面的茶盏来。妙玉忙命："将那成窑的茶杯别收了，搁在外头去罢。"这个雅尼姑！那成窑本身是蛮珍贵的杯子，因为刘姥姥碰过，就不准拿进来。妙玉把世俗一切的生命排出去。宝玉其实是蛮能体贴人意的一个人，他知道刘姥姥用的杯子妙玉嫌脏，连一点俗世东西她都不能够忍耐。若以雅俗的光谱来说，林黛玉大概十分里边有九分半偏雅了，可还有一个妙玉更怪、更孤高。又见妙玉另拿出两只杯来。一个旁边有一耳，杯上镌着"瓟斝（bān páo jiǎ）"三个隶字。这是个古玩意，像个葫芦形的酒杯。像葫芦有两种说法，一种说法是一个葫芦把它括着不让它长大，镶制成一个酒杯。另有一种就是制成像葫芦形的酒杯。瓟，从前古老时候就有这种样子的酒杯了。后有一行小真字是"晋王恺珍玩"。你看，都是那种收藏家的东西。王恺是晋朝很有名的富人，他收藏的东西，而且还让苏东坡鉴赏过的。这么一个古董杯子拿出来，给宝钗用。另外一个形似钵，小一点，也有三个垂珠篆字："点犀䀉（qiáo）"，很特别的一种篆体，等于牛角这类东西做的一个杯子，也是古玩，给黛玉用。给宝玉用的杯子是什么？仍将前番自己常日吃茶的那只绿玉斗来斟与宝玉。刘姥姥碰了一下的杯子就丢掉，妙玉居然把自己的杯子让宝玉来用，可见得这两个人是不寻常的缘分。很多人都认为，妙玉这个尼姑自视清高，其实不规矩，内心对宝玉有一种特别的情愫。我的看法不是这样，如果照这么讲，曹雪芹写妙玉好像尼姑思春，把她写低了，写俗了。不错，妙玉对宝玉是非常特别，栊翠庵有非常漂亮的梅花，到了冬天的时候梅花盛开，别人不能碰的。想要到妙玉那边去拿几枝梅花来，姑娘丫头都不敢去，派了宝玉去，果然拿到了几枝。她跟宝玉之间，有很多若有似无的情，应该是一种很特殊的缘分。

妙玉她会扶乩，能够测算人家的命运，偏偏自己的命运看不见。妙玉对宝玉，有一种特别的看法，她可能知道宝玉有一天会修成正果，是真正能够解脱、能够成佛的一个人，这也是妙玉念兹在兹想要成的境界。她年轻就出家修行，最后还是失败了。佛门很广，说起来每个人都能进去；佛门也很窄，不是都能够修成正果的。妙玉刻意地修，最后还是没有修到那个程度。她对宝玉特别，知道真正能够达到成佛境界的是这个人。这两个"玉"字，很有一种反讽性的佛缘。我觉得妙玉知道她自己业重，所以格外努力。她拿自己平常喝茶的绿玉斗让宝玉喝茶，并不是普通男女之间的情分，是一种命运上蛮神秘的关系。"玉"字不是随便用的！

我们回头看第五回那些命运的曲子，讲妙玉的那首〔世难容〕：气质美如兰，才华阜比仙。说她的气质很美，如兰花般优雅，她也很有才，作的联句、诗句不亚于宝钗、黛玉。天生成孤癖人皆罕。她非常孤僻，任何世俗的羁绊，都想把它砍掉，但着相了，特别执着的时候，反而更达不到。你道是啖肉食腥膻，视绮罗俗厌；却不知太高人愈妒，过洁世同嫌。自己太孤高，进不了那个佛门的，佛家不是这样子的。可叹这，青灯古殿人将老；辜负了，红粉朱楼春色阑。到头来，依旧是风尘肮脏违心愿。好一似，无瑕白玉遭泥陷。妙玉最后的下场不好，贾府衰败了，外面的强盗进来行抢，把妙玉抢走了，下场可想而知。又何须，王孙公子叹无缘。这整个就是在讲妙玉的命运，俗世出世皆难容。

宝玉生日的时候，妙玉写了一个贺笺给他，这也是很特别的。以妙玉的为人孤僻，给宝玉生日特别写一个笺，落款自称"槛外人"，意思是自己跳出了尘世的铁槛。宝玉一看到这么奇怪的贺笺，发笺者称"槛外人"，他回笺称自己什么呢？他刚好遇见邢岫烟，是薛姨妈那边的一个穷亲戚，从小跟妙玉是邻居，妙玉教她读书的，所以她对妙玉很了解。岫烟对宝玉说，妙玉认为从汉晋唐宋以来，好诗只有一句："纵有千年铁门槛，终须一个土馒头。"重重铁槛锁住，最后呢，谁也逃不了这个土馒头。妙玉自认为已经跨出了那个铁门槛，所以她是槛外人。宝玉一听，这样子啊！邢岫烟就教他，她叫槛外人，你就回她一个槛内人，你还没出槛，她就高兴了。非常讽刺，最后倒过来了。宝玉他是真正的槛外人，一脚踏出了那个千年铁门槛，踏出了滚滚红尘的这个世间，妙玉踏不出去，还是进了千年铁门槛里头，变成槛内人。

　　《红楼梦》一些看起来非常世俗的情节，其实跟它的大主题——中国儒、释、道的三种哲学息息相关。妙玉不仅是一个脾气怪的尼姑，在佛法的修行上，她跟宝玉是对照。宝玉是容众的，对刘姥姥这样的乡下老太婆，他也容。这回接下来就是刘姥姥误闯到怡红院，躺在宝玉的床上，酒屁臭气，熏得他一屋子，宝玉也无所谓。终究要成佛的一个人，不会像妙玉，洁癖到着了相，反而修行不成。宝玉和妙玉的一段对话写得很有意思。宝玉笑道："常言'世法平等'，他两个就用那样古玩奇珍，我就是个俗器了。"妙玉道："这是俗器？不是我说狂话，只怕你家里未必找的出这么一个俗器来呢。"多么狂妄的口气。你说俗器，我这个俗器可是与众不同的。宝玉会讲话，笑道："俗话说'随乡入乡'，到了你这里，自然把那金玉珠宝一概贬为俗器了。"妙玉听如此说，十分欢喜。又找了好大的一只茶杯出来，说就剩了这一个，你要吗？宝玉说可。妙玉又说，你没有听过一杯为品，二杯即是解渴的蠢物，三杯便是牛饮了吗？喝茶也要有规矩。喝了以后，妙玉还要讲：你来了我是不给你喝的，这次是托她们两个人的福。宝玉说：我知道，我也是谢她们两个，不谢你了。接着黛玉问：这是不是旧年的雨水？妙玉冷笑道："你这么个人，竟是大俗人，你黛玉这么一个人也不识货，也俗了。连水也尝不出来。这是五年前我在玄墓蟠香寺住着，妙玉本来在蟠香寺修行的，收的梅花上的雪，共得了那一鬼脸青的花瓮一瓮，总舍不得吃。瞧瞧多么讲究，梅花上的雪，有梅花的清香。那个瓮呢，鬼脸青。曹雪芹怎么想得出这个颜色，画里边那个鬼脸的青颜色。整个《红楼梦》是五色缤纷各种颜色都有，鬼脸青也是一个。埋在地下，今年夏天才开了。"你看看，喝杯茶要这么讲究。

　　宝玉真是心存忠厚的一个人，他跟妙玉说：那个茶杯虽然脏了，丢掉可惜，依我讲，给那个贫婆子吧，她卖了可以度日。那是个成化瓷，明朝的古董，卖出去可是值钱的。妙玉说：也可以，你拿去。还好那杯子我没喝过，我要是喝过那个杯子，我砸碎了也不给她。这个尼姑，可了不得！她说：拿去，快点给她去！宝玉说：你不要拿给她，我替你拿去。这样子吧，我去叫几个小幺儿来把这里都清洗一下吧。妙玉嫌脏，外人都进来过，刘姥姥也进来过了，赶紧洗干净。她说：你叫那些小幺儿，水放在山下，可不能进来。这么一个人，修行真是难，一点点世俗的东西，她都不能容，通通要排到外面去。

看完妙玉奉茶这一段，我想《红楼梦》塑造人物真是厉害，妙玉这么一个脾气古怪的尼姑，要修行，怎么写她？果然她的第一次出场让你永远不会忘记。她跟刘姥姥之间这种对比，她跟宝玉之间的关系，在这一场喝茶的场景，通通写出来了。大家看《红楼梦》的时候，不要放过细节。吃一道茄子，有这么多的名堂，因为茄子的背后，有它整个的意义在里头。妙玉的奉茶也是如此，要仔细看，要仔细再思索一下，他为什么在这个时候写这个，那些细节，看看都很有味道。比如曹雪芹没有怎么描写妙玉的外表，但她鲜明的个性完全突显，连这么会讲话的林黛玉，在她面前也闭了嘴巴，也不敢还嘴了。妙玉的确是个非凡的角色，写她也不过一两个页码，所以写得好不用篇幅多。

再往下看"刘姥姥醉卧怡红院"。刘姥姥酒足饭饱，差不多喝醉了。他们领着继续逛，到了"省亲别墅"牌坊底下，看到大牌坊就下跪，人家问她，她说那是"玉皇宝殿"四个字啊，大观园对她来讲的确是个仙境。旁边的人正取笑她，她的肚子咕噜咕噜响了，因为酒喝多了，油腻的东西吃多了，急得当场就要方便起来。当然众人快快快拉走她，让她自己到茅房去。上了茅房出来，刘姥姥头晕脑胀，不辨方向，在大观园里绕来绕去迷路了，一下子闯进怡红院。

大家想一想，之前讲了好多次怡红院，但从来没有看到曹雪芹仔细描写，现在刘姥姥进大观园了，才把怡红院——一个贵公子的房间，好好地像精雕细琢工笔画一样描画出来。刘姥姥这辈子哪见过这么华丽细致的房子，进去以后很好玩。那个时候已经有镜子了，不是铜镜，是穿衣镜。曹雪芹家里就有很多外国进贡的东西，清朝跟西洋通商了，很多外国玩意儿都进来了，《红楼梦》里也写了不少。像自鸣钟、穿衣镜，都是西洋玩意儿进来的。刘姥姥在房里一看，怎么对面来了一个插满头花的老妇，是我的亲家来了！这个老不修，怎么插了一头的花？她去打招呼，一头就撞上了镜子，刘姥姥像看哈哈镜，不认得自己。宝玉的房间有机关的，那镜子就是西洋机括，可以开合，刘姥姥无意一碰，门开了！她等于进了迪士尼乐园一样，乐不可支。进去后，一头就睡到宝玉的床上，袭人进来一看，刘姥姥扎手舞脚地仰卧在床，打呼如雷，酒屁臭气熏得满屋子都是。袭人这一惊不小，慌忙赶上来将她推醒，刘姥姥也吓坏了，竟然醉卧在这里了，也不是哪位姑娘的香闺，而是怡红公子的房间。"刘姥姥醉卧怡红院"，把我们也带着里里外外参观一遍，参观到宝玉的床上去，曹雪芹的设计有趣吧！

第四十二回

蘅芜君兰言解疑癖　潇湘子雅谑补馀香

　　这一回蛮要紧的，从这一回开始，宝钗跟黛玉两个人的关系，渐渐有了变化。

　　刘姥姥来了几天，要回去了。贾母因为高兴过头，东西也吃多了，受了点风寒，刘姥姥要走，就叫凤姐，尤其是鸳鸯好好送她。这趟来，凤姐和鸳鸯让她耍宝，做女清客，逗得贾母开心。其实刘姥姥是一个非常聪明的人，她虽然是乡下老太婆，人情世故很懂的，早就知道大家都希望哄老太太开心，她这一哄，得了好多银子、好多衣服、好多缎子，还有吃的用的，这个也送她东西，那个也送她东西，刘姥姥满载而归。而且她带回去的银子，也够她女婿做个小生意维生了。

　　这次刘姥姥到贾府来，真是没有白来，满载而归。有意思的是，刘姥姥走之前，凤姐就把女儿大姐儿抱出来说：我这个女儿还没有取名字呢。中国人很相信名字可能给孩子带来福或是祸，名字取得不好，一生不顺，名字取得好，可能一生就顺畅了。凤姐跟刘姥姥说，我这个大姐儿常常生病，你看怎么回事？刘姥姥说：富贵人家嘛！孩子娇嫩嘛！有些过于富贵、过于尊贵了，禁不起的，以后少疼她点就好了。凤姐讲，这也有理，她想想，要请刘姥姥取名字。这么一个富贵人家，怎么会要刘姥姥取名字呢？有道理的，他们相信这个孩子太娇贵了难带大，要像刘姥姥这么一个乡下老太婆，而且很长寿，借她的寿。又要故意取个像"狗儿"什么的贱名，觉得好带。凤姐就说："你们是庄家人，不怕你恼，到底贫苦些，你贫苦人起个名字，只怕压的住他。"他们相信这个。刘姥姥就问大姐儿什么时候生的，凤姐说就是生得太巧了，七月七日，农历，乞巧，日子不太好。刘姥姥忙笑道："这个正好，就叫他是巧哥儿。这叫作'以毒攻毒，以火攻火'的法子。姑奶奶定要依我这名字，他必长命百岁，日后大了，各人成家立业，或一时有不遂心的事，必然是遇难成祥，逢凶化吉，却从这'巧'字上来。"看起来好像不经意的这么一个小节，关乎巧姐一生。

　　刘姥姥替她取名，在某种意义上，等于是她的"教母"（godmother），后来巧姐有难，就是刘姥姥把她救走的。巧姐长大了，那时贾府衰败，被抄家了，抄家以后凤姐就失势了。后来凤姐病逝，巧姐更没有依靠了。当然凤姐生前结了不少仇怨，她的哥哥王仁就不喜欢她，觉得在这个妹子身上没得什么好处。邢夫人的弟弟邢大舅，也是个整天想来搞钱的。贾环当然更恨凤姐，因为他妈妈赵姨娘跟凤姐是仇人。反正，这一伙几个人合起来，要把巧姐卖出去，卖给一个藩王做妾，已经谋计好了。邢夫人糊里糊涂的，被他们几个人一哄，真的以为嫁去做王妃了。只有平儿知道实情，当然急得不得了，去向王夫人求救，但邢夫人才是巧姐的亲祖母，王夫人说也没办法做主。正是这千钧一发的时候，刘姥姥出现了。她很有意思，说：你没看过戏里面就有乘着轿子一躲就溜出去了？逃婚，这种事情有的是，戏里边常常演的。刘姥姥就把巧姐跟平儿一起，一个轿子就抬走了。这个土地婆拯救了贾家的一支，至少巧姐后来在乡下嫁给一个员外的孙子。庚辰本说嫁给了板儿，不是的！巧姐这一支在贾府败了以后，再得到重生。我想这个细节，大家不能放过，刘姥姥替她取名字，是给她祝福，她说你是巧姐，遇了难的时候，这个"巧"字就能逢凶化吉。

这本书千丝万缕，没有一个细节是随便写的。刘姥姥这么一个人物，也不是随便写的，她的出现恰逢其时，前后对照与凤姐、巧姐的关系，其实是很动人的。凤姐临死托孤，刘姥姥去了。凤姐生前做了很多亏心事，害死了一些人，她梦里就看见鬼魂来追她，害怕得不得了，刘姥姥就叽叽咕咕念了咒，那个鬼就不见了。所以我讲她真的像个土地婆一样，替凤姐来驱鬼，后来在节骨眼儿上又出现。

曹雪芹写贵族写得好，因为他非常熟悉他们的生活，难为他怎么写个乡下老太太也写得这么好，在中国的小说里头，我想不起来还有哪一个乡下老太婆，比刘姥姥更生动、更活泼、更叫人不能忘记的。这个人物写得好，在《红楼梦》众生相里，这么一个人物，好像满桌的山珍海味里，一道刚刚摘下来的茄子，鲜得很！这个点子真好，他的人物塑造真是很厉害。已经写了这么多人物了，跑出个与众不同的妙玉来也不简单。妙玉是大观园十二金钗之一，巧姐也是一个，虽然分量所占不多，但属十二金钗的，都有命运的典型，仍是蛮重要的两个人物。《红楼梦》这本书，人物的创造可以说层出不穷。以为写到这里写尽了吧，又蹦出几个来，又是每个都有特别的生命、特别的意义在那里。后面还有更精彩的呢！

刘姥姥走了，满载而归地离开了。这里有一个要紧的转折。清早宝钗、黛玉去给贾母请安，回程宝钗突然叫黛玉说，我有些话跟你讲，就相偕到了蘅芜苑。

进了房，宝钗便坐了笑道："你跪下，我要审你。"黛玉不解何故，因笑道："你瞧宝丫头疯了！审问我什么？"宝钗冷笑道："好个千金小姐！好个不出闺门的女孩儿！满嘴说的是什么？你只实说便罢。"黛玉不解，只管发笑，心里也不免疑惑起来，口里只说："我何曾说什么？你不过要捏我的错儿罢了。你倒说出来我听听。"宝钗笑道："你还装憨儿。昨儿行酒令你说的是什么？我竟不知那里来的。"

行酒令的时候，黛玉脱口而出《西厢记》《牡丹亭》的句子，因为宝玉弄了很多戏曲、传奇本子进来，黛玉都看过了，而且非常赞赏其中的文章。那时，这些算是禁书，像林黛玉这样的闺秀不应该看的。她行酒令怕被罚，未加思索用了两句，被宝钗逮个正着。这下子，林黛玉心虚起来。她们两个人原本都是针锋相对的，宝钗捏住了黛玉的痛脚，训了她一顿。黛玉脸红讨饶，说以后再不讲了。黛玉啊，这回输了！宝钗就好好地跟她讲了一套道理。她说，其实你不晓得我以前也看过这种东西的，"西厢""琵琶"通通看过，后来大人知道了，打的打，烧的烧，总算把那些都丢开了。宝钗讲她的经验和道理，为什么黛玉会服她呢？黛玉是独生女，母亲很早就死了，她也没有长姐长兄来教导她，宝钗这番话，至少是一番好意。她说女孩子看了这些东西，不要移了性情，尤其是我们又认得字，很容易移了性。黛玉身边从来没有一个人像大姐姐这样子来劝导她的，由是感动起来。当然也有人说，宝钗心机很深，趁这个时候降伏了黛玉。不过，从另一方面来看，宝钗可能也是真心的。黛玉私下读《西厢记》《牡丹亭》，还随口引用，以当时的标准，的确不合闺阁的风范。宝钗好意提醒她，黛玉才第一次感受到，原来宝钗心中也是顾念她的。从这一回开始，慢慢地两个人的关系就改善了。当然还有一个原因，这个时候宝玉与黛玉已经交心了嘛！宝玉把用过的手帕送给她，黛玉在手帕上题了女孩子埋在最心底的心思，伴着眼泪写下，她本来就要以泪还他的，黛玉心中觉得，宝玉的心已经给她了。记得吗？宝玉睡觉的时候，宝钗坐在旁边绣他那个兜肚，突然宝玉在梦里讲："什么是金玉姻缘？我偏说是木石姻缘！"黛玉知道宝玉的真心在她身上，开始时的那种不安全感慢慢放下来了，已经没有把宝钗当作情敌来看，那份敌意也就放下了。我想这个可能是更深的一层理由，并非宝钗三言两语就把她收服了，林黛玉哪那么容易收服？

　　宝玉跟黛玉之间也不像从前两个小孩子，一下子剪掉香囊，一下子哭，一下子闹，两个人渐渐成熟了，慢慢有了另外一种相知相惜的境界。下面一回就会看到宝玉秋天雨夜探望黛玉，两情脉脉的情感。所以从这个时候开始，因为宝玉跟黛玉的情感更加进了一层，黛玉跟宝钗的关系也有了基本上的改变。这三个人的关系在《红楼梦》里很重要，也是一步一步很微妙、很不经意地在变化。

　　刘姥姥进大观园的时候，看到大观园那么美，那么了不得，说如果把它画下来就好了。贾母就说，我们四丫头惜春会画画，要她画。惜春在四春中年纪最小，夙有慧根，曹雪芹塑造这个人也很有意思。如果她是一个尼姑，也堪称古怪，不过她跟妙玉不一样，她是一步就踏出了铁门槛，是真正解脱的一个人。她不像宝玉，要经过很多生老病死的考验，最后求得解脱。惜春天生对整个人世间看得清清楚楚，很小的时候她就看得清楚。书里头一次写惜春的时候，周瑞家的不是送给她一枝宫花吗？她说我都要出家了，花往哪里戴？她随便讲了一句话，后来果然变成了尼姑。这个时候画画这个工作落在惜春身上，大观园里这么多人，都要画在里头，她是从外面来看园内这些人，她的心已经踏出大观园了。后来她出家，是最决绝的一个人，现在，就是画这些众生相。

从准备画画这件事，又看出宝钗的博学了。她什么都懂，药方也懂，诗当然作得很好，对画画也讲出一套理论来。她讲，画这个园子，四姑娘不是平常画几笔、写意画而已，画这个园子要工笔画。造园子本来就有一个图，还不如把那个图拿来做个底，让惜春把人物画上去。她又讲用什么颜色，用什么绢，头头是道。她又叫开个单子，列出给惜春用的东西："头号排笔四支，二号排笔四支，三号排笔四支，大染四支，中染四支，小染四支，大南蟹爪十支，小蟹爪十支……"你看看，要多少画笔，要多少东西。画这幅画，还要风炉子，还要沙锅，还要枵炭什么的，这个炭，那个炭。还要生姜，还要酱，什么都来。画这一幅画，功夫可了不得。黛玉很机智、很凑趣地悄悄跟探春说："你瞧瞧，画个画儿又要这些水缸箱子来了。想必他糊涂了，把他的嫁妆单子也写上了。"这就是《红楼梦》的对话，姐妹间这种玩笑，在这个节骨眼儿上来这么几句，整个趣味就抬起来了。

这幅画可是要花功夫，后来惜春画了一两年才把它画完。黛玉最后补一句：别忘了画一个草虫在上面。什么草虫？你们忘了吗？母蝗虫！她说，干脆叫作《携蝗大嚼图》，母蝗虫在上面。意思是上面通通画好了，也把刘姥姥画上去，尤其是把她吃得最开心像母蝗虫的时候画上去。大家笑翻了。所以，这一回宝钗跟黛玉两个人关系渐渐改善，气氛也轻松了。

第四十三回

闲取乐偶攒金庆寿　　不了情暂撮土为香

　　凤姐生日到了，贾母一高兴，叫大观园的人要给她好好做一次生日，酬答她常年的辛劳。贾母说，也学学那些普通人家，大家凑份子，来给凤姐做生日。她起头一呼，把人通通召集来了，王夫人、邢夫人都来了，不光如此，还把几个老嬷嬷，像赖大的妈妈，也找了来。

　　从前宗法社会，那些乳母，尤其是侍奉过前辈的乳母，她们的身份地位，在家庭里是很高的。像赖嬷嬷，她是贾政的奶妈，在荣国府的地位不同，凤姐见了她还要让座的。她们在贾母面前，贾母会赐座，吃饭的时候，凤姐跟李纨身为媳妇要站着侍候，赖嬷嬷她们反而坐下来，有时候讲一些话，也很受尊重。赖嬷嬷自己家里头，她的孙子做到县官的地位，那时候当官，除了中举，也可以捐个官，本来他们是奴才出身的，也能爬到那个地位。

　　别忘了，曹雪芹祖父曹寅的母亲，曹玺的妻子，就是康熙的乳母，所以曹家得享圣宠这么久。康熙的奶妈老的时候，康熙对她仍然很礼遇，对他们曹家非常照顾。这种主仆之间的关系很特别，很中国式。西方若有像老护工（old nurse）这类，最多像《乱世佳人》那个老黑人Mammy，斯嘉丽听她的话而已，没有尊重到像赖嬷嬷这种程度。这是中国宗法社会里很特殊的现象，因为她侍奉过他们的长辈，尤其是哺过乳，好像有恩，所以等于家里很亲的长辈，有喜事也请来，她们也出钱凑一份子。

贾母说，她要出二十两，薛姨妈当然随着贾母也是二十两，邢夫人她们说，不敢跟老太太并肩，少四两吧！一个人十六两。赖嬷嬷说自己应该矮一等，贾母说你们也是有钱的，也不肯让她们少出，意思就是说她们身份是一样的。可是呢，像尤氏、李纨，她们当然也要出钱，每个人十二两。李纨守寡，贾母体恤她，说你那一份我包了。凤姐就说了，老太太别高兴，你算一算，你身上已经有两份了，黛玉，宝玉，你出了，这会子又替大嫂子出，等一下子想想可能心痛了，说是为凤丫头花了那么多钱。凤姐就做面子，说：大嫂子这份我来出吧！后来，她暗暗地把这份赖掉了，这个凤姐，真是贪财，这一点都不肯放。还是尤氏清点时查了出来。凤姐在贾母面前说大嫂子的钱她来出，后来看出份子的人很多，够用了，她就把这份昧掉了。

算账的时候，凤姐说，"上下都全了。还有二位姨奶奶，他出不出……"指的是赵姨娘、周姨娘。凤姐本来就很讨厌赵姨娘，心想从她的二两银子月例扣回来，就说："也问一声儿。尽到他们是理，不然，他们只当小看了他们了。"很会讲话！贾母听了说："可是呢，怎么倒忘了他们！只怕他们不得闲儿，叫一个丫头问问去。"就问了，回来说："每位也出二两。"贾母就叫写上了。尤氏因悄骂凤姐道："我把你这没足厌的小蹄子！这么些婆婆婶子来凑银子给你过生日，你还不足，又拉上两个苦瓠子作什么？"凤姐也悄笑道："你少胡说，一会子离了这里，我才和你算账。他们两个为什么苦呢？有了钱也是白填送别人，不如拘来咱们乐。"这是凤姐！比较起来，尤氏比较懦弱怕事，什么都听贾珍的。可是事实上，尤氏比她忠厚，后来还悄悄地把这二两银子还给两个姨娘去了。两个姨娘还不敢收，怕凤姐。尤氏说，有我呢，不怕！你们收下吧，你们哪有那个闲钱替她做生日？这一段，看出凤姐的厉害，凤姐的不饶人，凤姐的贪财。

凤姐生日那一天，家里热热闹闹。照理讲，宝玉当然应该留在家里，可是他居然跟他的小书僮茗烟悄悄地骑马出去了。跑到哪里去呢？为什么跑掉？就是这一回后段的"不了情暂撮土为香"。宝玉是神瑛侍者降到红尘，这块顽石璞玉情网缠得这么深，不了情，这些情都未了。这天刚好是金钏儿的忌日，他跟小丫头金钏儿不过是开开玩笑，居然无意中把她害死了，内心无比愧疚、沉重。宝玉是个很多情的人，尤其对一些女孩子，他特别同情，金钏儿这种下场，当然对他的打击很大。宝玉最后斩断情丝出家，是一步一步来的，金钏儿之后是晴雯，然后黛玉。这是不了情。金钏儿的忌日，他到郊外一个庙里，点了一炷香祭拜，纪念她。

《红楼梦》里两组人物，一组是感性，一组是理性。感性这组，宝玉、黛玉领头，多愁善感、多情的人，这么一大串。对金钏儿这件事，宝钗听到的反应是：死了就死了，她自己糊涂，好好地跳井干什么？她接着就劝王夫人说：如果她真的是气姨娘，也是糊涂人，怎么骂几声、打一个耳光就自杀呢？当然从另外一方面讲，金钏儿是气性很高的一个人，她受不了那种侮辱。所以理性的人跟感性的人，对人生的看法不一样，哪个对哪个错，也很难说，但人生一定是不同的结果。

宝玉去祭拜了金钏儿之后回来，府中早就到处找他了，他想了个理由搪塞过去，连跟着的茗烟都不知他祭的是谁呢！

第四十四回

变生不测凤姐泼醋　喜出望外平儿理妆

　　这一回非常戏剧化（melodramatic），几乎是一出闹剧。

　　为了给凤姐做生日，特别请了个戏班子来演戏，演的《荆钗记》是很有名的一出南戏。宋朝的时候有南戏，后来昆曲也演《荆钗记》，现在还在唱《荆钗记》。这出蛮有名的戏讲王十朋跟钱玉莲这一对贫贱夫妻，本来感情很好。王十朋出去应考，中间发生很多误会，钱玉莲以为王十朋在外面又另娶妻，其实王十朋写了家信的，但那封信给坏人拿走了，钱玉莲伤心之下就跳江了。跳江没死被救起来，王十朋以为她死了，回来就在江边祭她，所以那一折叫作《男祭》。林黛玉看到《男祭》，就跟宝钗讲，这个王十朋也不通得很，不管在哪里祭一祭好了，一定跑到江边上干什么？俗语说"睹物思人"，天下的水总归一源，不拘哪里的水舀一碗看着哭去，也就尽情了。黛玉说完，你看下面的响应，庚辰本：宝钗不答。宝玉回头要热酒敬凤姐儿。这一句变成这样子，那就跟《荆钗记》一点关系都没有了。程乙本："宝钗不答。宝玉听了，却又发起呆来。"这就对了。宝玉在想，他何必跑那么远去祭金钏儿呢？就在贾府里面拿一碗土就可以祭了。这一段就是这个意思，否则讲不通。

　　凤姐是生日宴的主角，他们一个一个来敬酒，她都推辞不掉，到最后，贾府里那些老奶奶，像赖嬷嬷那种做过贾政奶妈的都过来敬酒，凤姐只好灌下去。刚喝完，鸳鸯这一群又跑过来，鸳鸯是丫头王，凤姐说受不了了，要醉了，饶了吧。鸳鸯说：哎哟，摆一副主子样子出来了，平常还不这样，这会子不肯啦！凤姐没办法，又灌下去，这一灌呢，心中扑通扑通跳，醉了！她就让平儿扶着回她自己的房间去，想醒醒酒。这一回去，一出闹剧上演了。贾琏生性好色，只要凤姐闪个头就要出事故，凤姐看得那么紧，只不过在外面喝了几杯酒的时间，里面就要偷吃了，贾琏就好色到这个地步。《红楼梦》里边写登徒子好色，写得最好的就是贾琏。

　　凤姐进去，一个小丫头看到她就跑，凤姐叫：停住！小丫头还往里面跑，凤姐晓得不对了，把她抓下来，说：你没眼睛啊？你看到我叫你，你还往里面跑！小丫头说：我没看见。凤姐几个耳光过去，叫人烧红了铁来烙她的嘴巴，这下子不得不讲了。小丫头说：二爷趁着二奶奶不在的时候，拿了几匹缎子给了鲍二家的。你看，贾府里荡妇也不少，一会儿是多姑娘，一下又跑出个鲍二家的，难怪惹得贾琏像饥鼠似的到处去啃。饥鼠，形容贾琏急色，用得很好。凤姐再走进去，又一个丫头在把风，贾琏倒防得蛮仔细的，两进把风，这个丫头比较乖巧，一看逃不了，赶快把贾琏的事讲了出来。

曹雪芹很会制造场景，这么一个所谓家庭里吃醋的事情，他能写得天翻地覆般热闹。凤姐就走到窗户边听到了，那鲍二家的笑道："多早晚你那阎王老婆死了就好了。"曹雪芹会写，第一句就让凤姐火冒十丈。贾琏道："他死了，再娶一个也是这样，又怎么样呢？"鲍二家的讲："他死了，你倒是把平儿扶了正，只怕还好些。"平儿是很温和、很与人为善的一个女孩子，如果贾琏娶了她，鲍二家的想倒可以多来几次，平儿不要紧的。所以叫贾琏：你把平儿扶扶正吧！贾琏就讲："如今连平儿他也不叫我沾一沾了。平儿也是一肚子委屈不敢说。我命里怎么就该犯了'夜叉星'。"凤姐是强势了一点，把贾琏制住，贾琏在她面前真的有点抬不起头来，只好在这些女人面前夸口，要命的是把平儿扯进来了。凤姐听了，气的浑身乱战，又听他俩都赞平儿，便疑平儿素日背地里自然也有愤怨语了。这下子，也起了疑心了。平儿是最忠心的，凤姐得罪了那么多人，没有一个人对凤姐是真心的，只有平儿，对她真是从头到尾都是护主之心。这个时候气炸了，连最忠心的人也不管了，回头就把平儿打了两个巴掌，进去当然把鲍二家的痛打一顿。平儿真是委屈，你看凤姐怎么骂她。凤姐一脚踢进门去，大概她没有裹小脚，裹小脚的话根本踢不动。王凤姐一脚踢了进去大骂："好淫妇！你偷主子汉子，还要治死主子老婆！平儿过来！你们淫妇忘八一条藤儿，多嫌着我，外面儿你哄我！"说着又把平儿打几下，打的平儿有冤无诉处，只气得干哭。这时平儿也是一肚子气，好好的扯上她，那两个偷吃就算了，怎么把她也扯上来了！平儿被凤姐打了这么几下，也没办法分辩，她也走过去，对着鲍二家的打起来了。这个贾琏被当场逮住，脸上已经很下不来，凤姐要打鲍二家的，他不敢阻止，平儿也来打，到底是妾，到底是丫鬟，贾琏一看，就把平儿也踢了两脚，还骂她："好娼妇！你也动手打人！"贾琏到底是主子，这么一来，平儿就气怯了。凤姐看贾琏居然护着鲍二家的，她又拱平儿去打，逼着平儿没办法，拿刀要自杀。你看看这一幕，他们妻妾三人闹得，写得是好笑。

　　记得吗？贾琏跟多姑娘偷情的时候，平儿还替他掩盖，揪了一绺头发出来甩两甩，平儿逗他：这是一辈子的把柄喔！后来被贾琏抢走了。这下子又来一次，这次把平儿弄得好惨，喊着要自杀，闹得不可开交，闹得外面都知道了。尤氏一听就跑进来劝架，你看凤姐很乖觉的，尤氏一进来，凤姐马上变了。那时候做妻子的要贤慧，即使嫉妒也不好露出来，妒妇不是个好名声，耍泼辣是不行的，尤其是男人偷吃，持枪弄杖地闹起来，这是女人不够贤慧。尤氏一进来，两个人不同的反应蛮有趣的。贾琏见了人，脸上更下不来了，拿起把剑就要去杀凤姐。凤姐一看人来了，不撒泼了，一面哭一面往贾母那边跑："老祖宗救我！琏二爷要杀我呢！"跟贾母讲了这一回事。贾琏趁着酒还要逞威风，拿着剑跑进来，是一路杀进来了。"这下流种子，你越发反了，老太太在这里呢！"她们看着他说。老太太、邢夫人、王夫人都在，敢那么撒野。贾母说，叫你老子来！贾琏谁也不怕，就怕他老子，那个贾赦比他还要不讲理，还要不像话。看看贾母怎么说。贾母笑道："什么要紧的事！小孩子们年轻，馋嘴猫儿似的，那里保得住不这么着。从小儿世人都打这么过的。都是我的不是，叫你多吃了两口酒，又吃起醋来。"贾母讲，你们这样持枪弄棒的，其实我们都是过来人。男人偷吃一下实在不算一回事，怎么吃起醋来？贾母就安慰凤姐了，又说平儿我看她蛮好的，怎么也使坏？后来大家都讲了，平儿受委屈得很，凤姐拿她来出气。贾母说：原来是这样，快点叫人去安慰一下平儿，明天叫凤姐给她赔不是。今天是她主子的好日子，不要胡闹了。

平儿受了很大委屈，当然不肯回去了，大家东让她西让她，袭人很会做人的，这时候就把平儿让到了怡红院，要替她理理妆。是啊！挨打了，一定哭得一塌糊涂。宝玉呢，恨不得天下的女孩子他都去安慰一下，都去疼一下。平儿是贾琏的妾，平常他不好去示好，好不容易，这时有这么一个机会了，所以，"喜出望外平儿理妆"。他想，平儿多么可爱的一个女孩子，以贾琏之俗、凤姐之威，她居然能够在这里面处得这么好，有多难啊！的确啊，贾琏是那种整天想偷吃的男人，凤姐那么凶、那么威风，她能够处理得妥妥帖帖的。凤姐管家本来就容易得罪人，对下人又严厉，好几次还是平儿替她安抚了下面，替她暗中做了好事。这么一个女孩子，真的叫人疼惜。

尤其后面"浪荡子情遗九龙珮"那一回，贾琏又动念去勾引尤二姐，在外金屋藏娇，被王熙凤知道了，把尤二姐骗到大观园里去住，活活把她整死。按理讲，尤二姐也是平儿的情敌，家里又多了那么一个漂亮的回来，不是很碍眼吗？可是当凤姐修理尤二姐，一步一步把她虐死的时候，还是平儿心地善良，暗中照顾，当尤二姐连饭都没得吃，只能吃一些剩下的馊水，平儿还暗暗地煮点东西给她。凤姐抓到了说："人家养猫拿耗子，我的猫只倒咬鸡。"后来尤二姐自杀死了，尤氏（尤二姐是尤氏的异母妹妹）看见平儿，就说：你真是好心人，难为你了。平儿一听掉下眼泪，她心中有很多委屈的。

宝玉本来喜欢弄脂粉这些东西，平儿到的时候，他就给她最好的胭脂，让平儿打扮起来，温言安抚，尽了一份心。第二天，贾琏酒醒了，贾母把他叫来，要他跟凤姐、平儿赔不是。贾琏说，这样凤姐不是更骄纵了吗？贾母说，她是懂事的人。贾琏听如此说，又见凤姐儿站在那边，也不盛妆，哭的眼睛肿着，也不施脂粉，黄黄脸儿，比往常更觉可怜可爱。凤姐平日出来的时候，那一身绫罗绸缎、穿金戴银，总是那么威风凛凛的，这一次故意不施脂粉，脸儿黄黄，一副可怜相，好像受尽委屈了。贾琏一看，对凤姐立刻有了一点怜惜的心，就跟凤姐作了个揖，笑着说："原来是我的不是，二奶奶饶过我罢。"贾母又命人叫平儿来了，贾琏见了平儿，越发顾不得了，所谓"妻不如妾，妾不如偷"——这是贾琏对女人的看法，他对平儿更加殷勤了："姑娘昨日受了委屈了，都是我的不是。奶奶得罪了你，也是因我而起。我赔了不是不算外，还替你奶奶赔个不是。"凤姐当时一下子气糊涂了，回头一想，当然很羞愧，居然对这么忠心的一个人不念旧情地打骂，她表面不露，自己心里面大概也非常不好受。

表面上这一家三口，赔了罪都回去了。但事情没完，鲍二家的当然害怕了，回家吊颈死了，人命又是一条。贾琏、凤姐当然吃了一惊。凤姐忙收了怯色，反喝道："死了罢了，有什么大惊小怪的！"如果就这么完毕，没有后面那一笔的话，王凤姐这个人就差一截了。最后这笔动人的。里面凤姐心中虽不安，面上只管佯不理论，因房中无人，便拉平儿笑道："我昨儿灌丧了酒了，你别埋怨，打了那里，让我瞧瞧。"平儿道："也没打重。"这个时候，凤姐真正向平儿赔不是了，而且她讲的话，对平儿是很体己的。所以凤姐有她的另外一面，不完全是个狠毒心肝的女人。

客观来看，这贾琏也太不像话，难怪贾母说，趁她生日喝酒，就把这么一个脏的臭的拉进去，怪不得凤姐生气。凤姐气她自己的面子挂不住，打了平儿出气，让平儿很受委屈，这下子，形势兜过来，这个时候她对平儿还是真情毕露的。当然，因为贾琏也很喜欢平儿，凤姐对她应该是防得很严，照样有嫉妒之心，平儿一定处理得很好，不让凤姐觉得她是个威胁。凤姐一受到威胁，反击就很厉害，但她到底是荣国府的掌家，有掌大局的风范。这是曹雪芹写人写得深刻的地方，总是在适当的那一刻，让人性表现出来。《红楼梦》里面除了贾赦以外，几乎没有百分之百的坏人，但也没有百分之百的好人，好人也有缺点，坏人也有优点。世界上没有完人，写小说全写出一些理想人物，那就不真实了。这一回，是蛮动人的一回。

第四十五回

金兰契互剖金兰语　风雨夕闷制风雨词

凤姐和平儿正在和解，李纨领着一群姐妹，探春、黛玉、宝钗等等，都到凤姐这儿来。他们不是起了一个海棠诗社吗？诗社聚会，总归要在一起喝喝酒、摆个席什么的，上次史湘云想要请个客，自己没钱，得向宝钗讨救兵，宝钗替她想了法子出了钱，所以他们诗社虽然小，也是需要一点经费的。李纨是诗社掌坛，她带人来，其实是向凤姐要钱的，但讲得很好听，邀她加入诗社，当个监社御史。凤姐当然很聪明，她说：别哄我，我又不会作什么诗，你要我进去，要我散财，要我拿钱出来。李纨笑道："真真你是个水晶心肝玻璃人。"这形容得真好！

李纨老早守寡，在当时的大家庭里，寡妇的处境很难的，完全要守本分，她唯一的责任，就是教导独生儿子贾兰成人。遵守儒家法统那一套做人的规矩，李纨做到了，她当然也有自己的个性，但很多时候她不能表露出来，在书里是非常低调的一个人物。这种人物难写，必须刚好有合情合理的位置，配合她的一言一行，才能写得恰如其分。如果写得太平了，这个人物完全出不来，所以这个时候讲这么一句"真真你是个水晶心肝玻璃人"，可见得李纨也不是不会讲话的人。她跟凤姐两个人开玩笑，凤姐说：好好地不带姐妹们做女红，来作诗，来闹这些事情。李纨就把凤姐说了一顿："你们听听，我说了一句，他就疯了，说了两车的无赖泥腿市俗专会打细算盘分斤拨两的话出来。这东西亏他托生在诗书大宦名门之家做小姐，出了嫁又是这样，他还是这么着；若是生在贫寒小户人家，作个小子，还不知怎么下作贫嘴恶舌的呢！天下人都被你算计了去！昨儿还打平儿呢，亏你伸的出手来！那黄汤难道灌丧了狗肚子里去了？"李纨这些话，其实也是真的，凤姐多会精打细算，连府里要发给大家的月俸钱，她都迟发几天，拿出去放高利贷，自己赚利息。凤姐一个大毛病就是贪财，后来贾府被抄家，她放高利贷的那些本子，都给搜出来了，这也是罪状之一。李纨讲得没错，平常她也不好讲凤姐，这时是半开玩笑，骂她一顿。也只有李纨这大嫂子，可以这么讲讲。她又说要替平儿打抱不平，凤姐看到这种情势，干脆把面子给平儿，凤姐说道："竟不是为诗为画来找我这脸子，竟是为平儿来报仇的。竟不承望平儿有你这一位仗腰子的人。早知道，便有鬼拉着我的手打他，我也不打了。平姑娘，过来！我当着大奶奶姑娘们替你赔个不是，担待我酒后无德罢。"凤姐对平儿已经讲过了心里话，趁这种半开玩笑，再向平儿赔不是，以凤姐来讲很难的，她愿意对一个人低声下气，那她真的是由衷地后悔了。由李纨这么骂一场戳了出来，平常必须完全贤淑绝不会骂人的大嫂子，也有了适度突显的角色。

这一回还有个细节也蛮值得研究，就是赖大的妈妈到凤姐这边来，她的架式是小丫头扶住的，凤姐儿等忙站起来，笑道："大娘坐。"连凤姐这样子的人都马上站起来，那种尊敬，是不把她当作仆人的。上次说过，那个时候，乳母的位子是高的，中国人有个想法是，乳母也当自己的母亲一样，要报恩的。赖嬷嬷是贾政的奶妈，她儿子赖大当上荣国府的掌柜，当然跟赖嬷嬷有关。大家记得吗？连贾琏的奶妈赵嬷嬷，王熙凤都非常礼遇，赖嬷嬷就更不用说啦！

赖嬷嬷来了，凤姐向她道喜，原来她的孙子赖尚荣出头了。赖嬷嬷原本是仆人，儿子赖大也算是仆人，两代做仆人以后，也有能力培养孙子，像一般的少爷一样，给他念书，还去捐了功名，当了官。所以那时候仆人也不见得一辈子做奴仆的。曹雪芹家本来也是仆人，他们是汉人，当清朝皇室包衣，因为孙氏当康熙乳母的关系，曹寅后来变成了江宁织造，这么大一个肥缺给了他，子以母贵，得到宠幸。中国宗法社会相当复杂，当乳母，要看当了谁的乳母，当康熙皇帝的奶妈，当然是不得了，当贾政的奶妈，也是有派头的。赖嬷嬷来了说："我也喜，主子们也喜。若不是主子们的恩典，我们这喜从何来？昨儿奶奶又打发彩哥儿赏东西，我孙子在门上朝上磕了头了。"她是来道谢的，谢主子，谢贾府。李纨问：什么时候上任？赖嬷嬷故意这么讲了："我那里管他们，由他们去罢！前儿在家里给我磕头，我没好话，我说：哥哥儿，你别说你是官儿了，横行霸道的！你今年活了三十岁，虽然是人家的奴才，一落娘胎胞，主子恩典，放你出来。""哥哥儿"这个词，我在别的地方没看过，"哥儿"是有的，"哥哥儿"我觉得有点怪。程乙本用"小子"，较好。如果是哥儿、哥哥儿，都还有一点宠他的味道，叫小子，等于拉下脸来教训了。要他知道，他们是几代当奴仆。那时候，仆人生下的孩子也是贾府的仆人，是贾府的恩典把他放出去，还他的身份，不要让他当奴才了。所以，"上托着主子的洪福，下托着你老子娘，也是公子哥儿似的读书认字，也是丫头、老婆、奶子捧凤凰似的……"你看看，又有丫头，又有奶妈，一样很宠着养的。所以那时候的仆人、包衣，如果做得好，如果自己争气，也有这种改变身份的机会和可能。"长了这么大。你那里知道那'奴才'两字是怎么写的！"这句话蛮辛酸，仆人也不好当的。赖嬷嬷自己、儿子赖大，当了两代的仆人，才熬出这个苗子出来。告诫他："只知道享福，也不知道你爷爷和你老子受的那苦恼，熬了两三辈子，好容易挣出你这么个东西来。从小儿三灾八难，花的银子也照样打出你这么个银人儿来了。到二十岁上，又蒙主子的恩典，许你捐个前程在身上。"赖家孙子这个官还是拿钱买的，不是考的，清朝的时候是可以买官的。所以他们家的环境可见得很不错了。后来赖嬷嬷还为了孙子大摆筵席，在自己的花园里头，也照样有排场的，还有唱戏。她说她提醒孙子："你看那正根正苗的忍饥挨饿的要多少？你一个奴才秧子，仔细折了福！"意思是，别忘了你的出身是卑贱的，好不容易挣脱了奴才的身份，自己要知道自己的来由。赖嬷嬷一番话，看出一个大概也没受过什么教育的老太太，也能讲出一番大道理。她说："州县官儿虽小，事情却大，为那一州的州官，就是那一方的父母。你不安分守己，尽忠报国，孝敬主子，只怕天也不容你。"那个时候的老佣人，眼睛也看多了，见多了世面，在贾母那边也学了一点东西，这个老太太也有她的威风。李纨她们就劝她说，你不要操心了！

赖嬷嬷倚老卖老，把宝玉也拿来教训了一顿，你看看，又指宝玉道："不怕你嫌我，如今老爷不过这么管你一管，老太太护在头里。当日老爷小时挨你爷爷的打，谁没看见的。老爷小时，何曾像你这么天不怕地不怕的了。还有那大老爷（讲贾赦），虽然淘气，也没像你这扎窝子的样儿，也是天天打。还有东府里你珍哥儿的爷爷，那才是火上浇油的性子，说声恼了，什么儿子，竟是审贼！如今我眼里看着，耳朵里听着，那珍大爷管儿子倒也像当日老祖宗的规矩，只是管的到三不着两的。他自己也不管一管自己。"老嬷嬷发牢骚了，当年她看到贾府最盛的时候，那个规矩很大，现在她看到贾赦、贾珍所作所为，很看不下去，这时候讲了出来。

《红楼梦》往往借第三者，尤其仆人的话，做一种评论，这种评论要紧的。记得焦大吗？有一回他们要他去送秦钟，焦大就骂："爬灰的爬灰，养小叔子的养小叔子。"看不过去贾府后代的败德、不法，都暗示着以后贾府要崩溃。赖嬷嬷也是作为一个老佣人来看贾府的从前和现在，她讲出来的话，有一定的分量。曹雪芹不直接评论，用第三者，尤其是看过贾府老祖宗辈的佣人，知道他们管教子孙很严，对不守规矩的经常打骂的。赖嬷嬷这么讲的时候，也就是间接地批评了贾府。后来贾府被抄家，都和贾府现在这些人的所作所为有关系，所以在这里暗下一笔。焦大的骂是一笔，赖嬷嬷这么讲也是暗下一笔。贾府兴衰是《红楼梦》很重要的一条主线，由盛到衰不是偶然的，所以这种情节，都是指向贾府表面的繁华底下埋了衰败的因子，点出贾府后人不守儒家的道德法律。

正说着，周瑞家的来了。周瑞跟周瑞家的是跟着王夫人陪嫁过来的亲信，按理讲也蛮有地位的。周瑞家的儿子喝醉了酒，居然还乱骂人，凤姐就要把他撵出去，周瑞家的来求情了。刚好赖嬷嬷在，知道了这事，又有一番话了。赖嬷嬷笑道："我当什么事情，原来为这个。奶奶听我说：他有不是，打他骂他，使他改过，撵了去断乎使不得。他又比不得是咱们家的家生子儿，他现是太太的陪房。奶奶只顾撵了他，太太脸上不好看。依我说，奶奶教导他几板子，以戒下次，仍旧留着才是。不看他娘，也看太太。"赖嬷嬷是很明理的一个人，如果把周瑞家的儿子赶走了，王夫人脸上当然不好看，是她陪房的儿子，是吧？所以赖嬷嬷来讲情了，别人不敢的！周瑞家的儿子仗势欺人那么可恶，以凤姐的家规是不能容的。当然赖嬷嬷出面了，凤姐也得卖她一个老面子。处罚四十棍好了，以后不许他吃酒。赖嬷嬷来见凤姐的这一段，写出了贾府的结构以及当时中国宗法社会，很复杂的一个系统，仆人、丫鬟都有一套可能不成法的规矩要守。赖嬷嬷这个人也写得好，她的身世、势力、地位在这里面通通写出来了，几句评论又对照上贾府的今昔以及未来的隐忧。

下面两段故事是相当动人的插曲。前一段讲宝钗跟黛玉的关系，后一段呢，讲黛玉跟宝玉的关系。秋天来了，天气一凉，黛玉的身体就越来越坏了，她得的是肺病，到了秋天咳个不停。记得吗？宝玉被打后送了几块用过的手帕给她，黛玉心中触动，夜里起身在手帕上写了几首情诗。写完了以后，她觉得一阵虚火上冒，打开镜子一看，满脸赤红，那时病根子已经种下了。秋天来了，她久咳不愈，宝钗来看她，这时她跟宝钗的关系已经改变了。黛玉跟宝钗讲，我一直在咳嗽，医不好。宝钗说再怎么样也要想办法医，黛玉就讲，死生有命，富贵在天，也不是人力可强的，今年比往年觉得又重了一些。

宝钗道："昨儿我看你那药方上，人参肉桂觉得太多了。虽说益气补神，也不宜太热。依我说，先以平肝健胃为要，肝火一平，不能克土，胃气无病，饮食就可以养人了。每日早起拿上等燕窝一两，冰糖五钱，用银铫子熬出粥来，若吃惯了，比药还强，最是滋阴补气的。"宝钗讲出一套养生的道理来，认为黛玉的体质，不宜用太多人参、肉桂这种上火的东西补，应该用滋阴的燕窝慢慢地吃。这倒是对黛玉的一番真心，黛玉当然很感动。黛玉叹道："你素日待人，固然是极好的，然我最是个多心的人，只当你心里藏奸。从前日你说看杂书不好，又劝我那些好话，竟大感激你。往日竟是我错了，实在误到如今。细细算来，我母亲去世的早，又无姐妹兄弟，我长了今年十五岁，竟没一个人像你前日的话教导我。怨不得云丫头说你好，我往日见他赞你，我还不受用，昨儿我亲自经过，才知道了。"

　　黛玉真的被宝钗收服了，宝钗像自己的姐姐一样。所以很多人看到最后宝钗嫁给宝玉了，大大反对这个结尾。宝钗对黛玉是不是真心的？还是只不过对她用了心机？这要看大家自己的判断。至少黛玉方面，她是真的受了感动。黛玉到底是个真性情的人，如果她一直是那种小心眼，这个女孩子就不那么可爱了。她有很真的一面，讲的都是实情，那种孤女的心态，难怪她那么多心、防卫，她没有父母兄弟，宝钗到底有自己的母亲，而且薛姨妈还是王夫人的亲妹妹，薛蟠不管怎么样，还是个哥哥，宝钗的处境比她好多了。黛玉讲，她在贾府，虽然受贾母宠爱，她自己也很小心的。请大夫熬药，人参、肉桂已闹得天翻地覆了，这会子又搞出个新鲜东西，还要熬燕窝，太麻烦人了！

　　黛玉是很谨慎、很孤傲的，不愿意落人口实，不愿意给人家褒贬，吃个燕窝是小事，她开口要，当然他们也会好好地每天给她准备，对贾府来说，燕窝不算什么，但她的顾忌也是真的，她说："你看这里这些人，因见老太太多疼了宝玉和凤丫头两个，他们尚虎视眈眈，背地里言三语四的，何况于我？况我又不是他们这里正经主子，原是无依无靠投奔了来的，他们已经多嫌着我了。如今我还不知进退，何苦叫他们咒我？"她心中很在乎的，她不是不懂事的人，她想连宝玉跟凤姐受宠已经让人背后嘀嘀咕咕了，她只是一个外孙女，有分别的。的确，到最后贾母让宝玉娶宝钗，而黛玉已经病重快死了，贾府的人顾不周全了，贾母自己讲：那个是我的孙子，你到底是我的外孙女。黛玉自己也知道，贾母疼她，不过是因为她的母亲贾敏死得早，贾母爱屋及乌，把对女儿贾敏的疼怜，移情到外孙女身上。到了节骨眼上，就分出亲疏来了。宝钗安慰她：我跟你一样，不是正经主子。黛玉说：你有妈妈，又有哥哥，自己家里有生意、有房地产，什么都有，来贾府做客不花他们的钱，是个亲戚住一住而已，哪像我寄人篱下。宝钗开玩笑说："将来也不过多费得一副嫁妆罢了，如今也愁不到这里。"黛玉听了说："人家才拿你当个正经人，把心里的烦难告诉你听，你反拿我取笑儿。"宝钗讲："我在这里一日，我与你消遣一日。你有什么委屈烦难，只管告诉我，我能解的，自然替你解一日。我虽有个哥哥，你也是知道的，只有个母亲比你略强些。咱们也算同病相怜。你也是个明白人，何必作'司马牛之叹'？"司马牛是孔子的学生，因为他没有兄弟，叹他自己孤寂。宝钗就讲，说了这么多，干脆由我来给你送燕窝吧！我天天送来给你。宝钗真会做人，这个时候谁不感动？黛玉说："东西事小，难得你多情如此。"

宝钗走了以后，黛玉深有感触，这段写得相当动人。这里黛玉喝了两口稀粥，仍歪在床上，不想日未落时天就变了，淅淅沥沥下起雨来。秋霖脉脉，阴晴不定，那天渐渐的黄昏，且阴的沉黑，兼着那雨滴竹梢，更觉凄凉。秋天来了，整个抒情诗传统就是伤春悲秋，伤春写过了《葬花吟》，这时候呢，黛玉也要写她的秋声赋了。知宝钗不能来，便在灯下随便拿了一本书，却是《乐府杂稿》，有《秋闺怨》《别离怨》等词。黛玉不觉心有所感，亦不禁发于章句，遂成《代别离》一首，拟《春江花月夜》之格。大家知道，张若虚很有名的那首《春江花月夜》，黛玉用它的格式写下这首词《秋窗风雨夕》：

> 秋花惨淡秋草黄，耿耿秋灯秋夜长。
> 已觉秋窗秋不尽，那堪风雨助凄凉！
> 助秋风雨来何速，惊破秋窗秋梦绿。

这个"绿"字在这里有点问题，"秋梦绿"，后面那个解释有点勉强，秋天哪来梦到绿的颜色呢？程乙本是"惊破秋窗秋梦续"，我想"续"字比较好，断断续续的。

抱得秋情不忍眠，自向秋屏移泪烛。
泪烛摇摇爇短檠，牵愁照恨动离情。
谁家秋院无风入，何处秋窗无雨声！
罗衾不奈秋风力，残漏声催秋雨急。
连宵脉脉复飕飕，灯前似伴离人泣。
寒烟小院转萧条，疏竹虚窗时滴沥。
不知风雨几时休，已教泪洒窗纱湿。

秋天，突然间感触来了，虽然宝钗给了她一点温暖，却让她更加感到自己身世的凄凉孤独。想想看，还要仰赖宝钗悄悄地送燕窝来，如果自己的家还在，何须仰人鼻息？她抒怀成诗，隐隐知道自己可能寿命不长。那个时候肺病不好医的，几乎是绝症，何况黛玉本来体质就弱。她写这首诗，最后的"已教泪洒窗纱湿"，春天掉泪，秋天泪更多，绛珠仙草以泪还债，泪干了，也慢慢地枯萎了。

秋天的晚上下雨，雨势很大，宝玉还要来看一看林妹妹，不放心。以前他们两个小孩子吵来吵去，自从互相交心之后，有一种怜惜，这段我觉得写得非常好。黛玉刚好写完诗，宝玉就来了。他头上戴着大箬笠，身上披着蓑衣，黛玉笑，哪里来的渔翁？宝玉忙问："今儿好些？吃了药没有？今儿一日吃了多少饭？"一面说，一面摘了笠，脱了蓑衣，忙一手举起灯来，一手遮住灯光，向黛玉脸上照了一照，觑着眼细瞧了一瞧，笑道："今儿气色好了些。"

看看那种体贴，还把灯光罩着怕刺了黛玉的眼睛，这种小动作，难怪有这么多女孩子喜欢他。这时黛玉也接受了宝玉的感情，从前她常常不信任他，有时候还戳他两下，现在不一样了。黛玉看脱了蓑衣，里面只穿半旧红绫短袄，系着绿汗巾子，膝下露出油绿绸撒花裤子，底下是掐金满绣的绵纱袜子，靸着蝴蝶落花鞋。黛玉问道："上头怕雨，底下这鞋袜子是不怕雨的？也倒干净。"宝玉笑道："我这一套是全的。有一双棠木屐，才穿了来，脱在廊檐上了。"黛玉又看那蓑衣斗笠不是寻常市卖的，十分细致轻巧，因说道："是什么草编的？怪道穿上不像那刺猬似的。"宝玉道："这三样都是北静王送的。"宝玉跟北静王有一种缘分，北静王在书中的出现像个神仙一样，他不光对宝玉特别好，还在贾府落难时来救了一把，所以北静王、蒋玉菡、马上要上场的柳湘莲，对宝玉都有种象征的意义在里头。这些行头是北静王给的，宝玉说，我也给你弄一套戴戴看。黛玉笑道："我不要他。戴上那个，成个画儿上画的和戏上扮的渔婆了。"讲漏嘴了，前面说宝玉像个渔翁，讲自己像个渔婆，这不成对了吗？一想到这个，后悔不及，羞的脸飞红。宝玉也不觉得，他心思没像她那么细，宝玉跑去她房间，拿刚写的那首诗来看，他一看也知道黛玉的这种感触。黛玉不让他知道她内心世界，把那首诗烧掉了。宝玉说，我已经背在心里了，你烧的，我都记得了。

　　宝玉只是来看一下就要走了，他怕黛玉要休息。走的时候要拿一个灯笼，黛玉讲，下雨灯笼会淋湿，宝玉说没关系，是明瓦的，不怕雨。明瓦，是一种蚌类磨出来的东西。程乙本写的是"羊角"，羊角挖空做的灯。黛玉听说，回手向书架上把个玻璃绣球灯拿了下来，命点一支小蜡来，递与宝玉，道："这个又比那个亮，正是雨里点的。"宝玉道："我也有这么一个，怕他们失脚滑倒打破了，所以没点来。"黛玉道："跌了灯值钱，跌了人值钱？你又穿不惯木屐子。那灯笼命他们前头照着。这个又轻巧又亮，原是雨里自己拿着的，你自己手里拿着这个，岂不好？明儿再送来。就失了手也有限的，怎么忽然又变出这'剖腹藏珠'的脾气来！"宝玉听说，连忙接了过来，前头两个婆子打着伞提着明瓦灯，后头还有两个小丫鬟打着伞。宝玉便将这个灯递与一个小丫头捧着，宝玉扶着他的肩，一径去了。细细讲这个，两个人的感情通通出来了，这跟前面又不一样了。他疼她，她疼他，两个人疼来疼去，这一段写得相当好。

后来宝钗遣两个老婆子送燕窝来了，黛玉拿几个赏钱给她们，黛玉也很懂事的。那两个老婆子说，她们晚上守夜总要开个赌局，黛玉晓得的，给了钱说你们快点去，不要阻了你们发财的机会。宝玉走了，燕窝送来了，晚上黛玉感触更多。紫鹃收起燕窝，然后移灯下帘，服侍黛玉睡下。黛玉自在枕上感念宝钗，一时又羡他有母兄；一面又想宝玉虽素习和睦，终有嫌疑。虽然是这么好，以后还不知能不能够修成正果，心里还是七上八下的。又听见窗外竹梢焦叶之上，雨声淅沥，清寒透幕，不觉又滴下泪来。直到四更将阑，方渐渐的睡了。**林姑娘悲秋，这是非常抒情、写得扣人心弦的一回。**

第四十六回

尴尬人难免尴尬事　鸳鸯女誓绝鸳鸯偶

　　《红楼梦》的场景转换，很像电影或戏剧。前面那一场很抒情，很诗意，境界很高；一转过来，这一场就变成了近似闹剧：贾赦看中鸳鸯了，要娶她做妾，鸳鸯反抗。上一回与这一回，是两个完全不同的境界，可是它的处理，并不让读者觉得有冲突，很自然地就转过来了。

　　上一回，做过贾政乳母的赖嬷嬷不是在凤姐面前讲了一番话，对贾府后人，尤其是贾赦、贾珍他们的行为很看不惯吗？赖嬷嬷是贾府老人，她看过贾府最盛时老一辈的操守，传到现在这些子孙，比前一辈差远了，可能守不住祖业，那一番话不是随便批评的。贾府之衰，当然跟元妃之死很有关系，但是另外一方面，贾府中的两个爵位继承人，荣国公贾赦，宁国公贾珍，撑不起这个场面，因为他们自己的操守德行不好，这一回就特别写了贾赦做的尴尬事。贾赦这个人，跟他太太邢夫人可说是贪婪愚昧的一对，贾赦又好色，在德行上有很大欠缺，后来贾府抄家，贾赦做的很多事情也被列入罪状。所以赖嬷嬷对贾赦批评，不是偶然。

《红楼梦》常常用一个旁观者来做评论，像最开始的冷子兴，他是管家周瑞的女婿，对贾府当然很熟悉，他讲了贾府的一些奇事。比如焦大，他是跟着贾代化的老佣人，对贾珍他们的作为很不以为然，也批评了一顿。十七、十八世纪，甚至十九世纪的一些西洋小说，作家自己从作品中跑出来，去批评、谴责一顿，作者的偏见常常影响读者对人物的看法。《红楼梦》不是，我们找不到曹雪芹在哪里，他隐在后面的，往往借着旁边的人物对整个事情有所评论或交代。前面那些批评，其实也为了连贯这一回的情节。

贾赦要娶妾。贾府里那么多丫鬟，个个美貌，他偏偏选中了鸳鸯。鸳鸯是丫头王，是丫鬟里边的领袖。曹雪芹形容她鼻子高高的，脸上还有点雀斑。比起晴雯，比起袭人，她不是最美的，但她很有气派。你看"金鸳鸯三宣牙牌令"那一回，她果然是贾母下面的首席丫鬟，贾赦不识相，要娶她做妾。凤姐当然知道是怎么回事，鸳鸯的地位、贾母对她的倚重、她个人的心胸，凤姐很了解的。你看看这一回，邢夫人跟凤姐说，老爷看中鸳鸯了，要你去讲一讲啦！要凤姐去向老太太讨妾。邢夫人讲："我想这倒平常有的事，只是怕老太太不给，你可有法子？"她以为凤姐会站在她那一边。凤姐儿听了，忙道："依我说，竟别碰这个钉子去。老太太离了鸳鸯，饭也吃不下去的，那里就舍得了？对她那么倚重。况且平日说起闲话来，老太太常说，老爷如今上了年纪，作什么左一个小老婆右一个小老婆放在屋里，没的耽误了人家。放着身子不保养，官儿也不好生作去，成日家和小老婆喝酒。太太听这话，很喜欢老爷呢？这会子回避还恐回避不及，倒拿草棍儿戳老虎的鼻子眼儿去了！太太别恼，我是不敢去的。"凤姐非常知道轻重，劝邢夫人别自讨没趣。

凤姐讲这话其实是一番好意，贾母是个聪明的老太太，她对贾赦这已经做爷爷的人，左一个小老婆，右一个小老婆，官不好好做，很清楚的。她享福装糊涂，不管那些事情，其实哪一个人的作为，她怎会不知道？贾政跟贾赦，在她心中的地位非常清楚。邢夫人这个人愚昧，她不听凤姐的劝，反应很有意思。邢夫人冷笑道："大家子三房四妾的也多，偏咱们就使不得？"她觉得三房四妾还得意得很，大家子哪个不是三房四妾的。她说："我劝了也未必依。"这倒是讲了实话，贾赦不会听她的，她呢，一味地只会顺从贾赦，胡作非为也顺从他；再者就是贪钱，只捏着钱不放。看凤姐不去，邢夫人就讲了："我叫了你来，不过商议商议。"真要你去吗？我自己会去！又说："你先派上了一篇不是。"这两婆媳本来就搞不好，邢夫人讨厌凤姐，讨厌到了极点。为什么？她好好的是大房的媳妇，跑到二房王夫人那里拍马屁，去做王夫人那边的掌家。邢夫人本来就嫌凤姐仗势，贾母宠她，王夫人又宠她，邢夫人拿她没办法，所以平常有事没事，要找凤姐碴儿的，这下凤姐顶她几句，批评了贾赦，邢夫人当然很不高兴。你看，凤姐这个人多么乖巧，多么滑头，一听婆婆要给她吃排头了，她马上转弯。她说："太太这话说的极是。我能活了多大，知道什么轻重？她马上讲了一句言不由衷的话。想来父母跟前，别说一个丫头，就是那么大的活宝贝，不给老爷给谁？"凤姐会转弯，她知道如果再犟下去，一定挨一顿臭骂，也没好处，赶快逢迎邢夫人：你去说，很好！而且她很精明，去的时候，故意跟邢夫人坐一部车子去，到的时候让邢夫人先进去，她溜掉了。为什么呢？因为万一邢夫人进去被贾母排揎一顿，她可能会怀疑凤姐先去告了状，所以凤姐从头到尾都让邢夫人知道她不在场，不成也怪不到她了。你看看凤姐精灵得，但她并不是完全没有正义感的一个人，她也可以一开头就顺着邢夫人，贾赦要娶小老婆，不关凤姐什么事啊！但她到底是荣国府的掌家，看到贾赦这种行为，心中也不以为然的，但是婆婆这么一来，能说什么？只好转个弯，弄个巧，捧她几句。凤姐儿笑道："到底是太太有智谋，这是千妥万妥的。别说是鸳鸯，凭他是谁，那一个不想巴高望上，不想出头的？这半个主子不做，倒愿意做个丫头，将来配个小子就完了。"邢夫人听凤姐这么哄哄，又开心了，自己跑到贾母那边去。凤姐她心中又是怎么想呢？庚辰本这句话有问题："鸳鸯素习是个可恶的。"凤姐跟鸳鸯的关系蛮好的，凤姐对鸳鸯也有三分敬佩，怎么会想她是个可恶的呢？除非她说反话，很可恶，就是很不好弄，这么说也不对。程乙本是："鸳鸯素昔是个极有心胸气性的丫头。"这就对了！

邢夫人就到鸳鸯那边去了，鸳鸯在绣东西，邢夫人打量她：只见他穿着半新的藕合色的绫袄，青缎掐牙背心，下面水绿裙子。蜂腰削背，鸭蛋脸面，乌油头发，高高的鼻子，两边腮上微微的几点雀斑。她不是一个完美的美人，几句描写，感觉她是很有个性的一个女孩子。乌黑的头发、高鼻子，特别强调她乌黑的头发是有道理的，等一下就会看到鸳鸯拿出剪刀来，把她那乌黑头发一绞，那一幕写得很好，非常戏剧性，把鸳鸯的个性完全表现出来了。鸳鸯看邢夫人这么打量她，口里又不断称赞她，就晓得不妙。邢夫人干脆讲出来了：看中你了！邢夫人的态度是：抬举你，以后呢，你也做个姨娘，也许生个儿子，就把你的地位升高了，做主子了。丫头有什么命呢？了不得以后配个小子出去了。邢夫人这么讲也是实情。贾母在，有靠山的时候，鸳鸯的地位很高，丫头王；一旦贾母过世，鸳鸯失掉了靠山，命运就难测了。一下子来了这么件事，鸳鸯怎么讲？她也不好去驳邢夫人，她就不出声，无论邢夫人怎么说，她都不出声。邢夫人走了，鸳鸯当然心里很不舒服，就溜到园子里去，碰到袭人、平儿，她们几个丫鬟在一起本来就是姐妹淘，袭人和平儿安慰她两下，又开开她玩笑，说新姨娘来了！这个讲，干脆许给我们琏二爷好了，那个讲，干脆许给我们宝玉好了，就不敢来抢了。鸳鸯很生气，回了一句话："你们自为都有了结果了，将来都是做姨娘的。据我看，天下的事未必都遂心如意。你们且收着些儿，别忒乐过了头儿！"她这句话讲对了。像袭人千方百计想当宝玉的姨娘，最后还是没当成。后来会有什么下场，都还难讲。袭人就说："真真这话论理不该我们说，这个大老爷太好色了。"庚辰本用"好色"这两个字作为对贾赦的评价，评断得太平了！程乙本是："这个大老爷，真真太下作了！"这个话对了。好色一般来讲，不见得是坏事；下作，就不好了。连袭人是个丫头，对贾赦也这么瞧不起。袭人平常不大轻易讲人坏话的，也讲了句重话。

　　正讲着，鸳鸯的嫂子来了。因为邢夫人一看好像没搞定鸳鸯，鸳鸯的嫂子也是贾府的佣人，让她嫂子来讲一讲。她嫂子这种人当然见钱眼开，觉得自己家的姑娘要做主子了、做姨娘了，当然他们也有好处的，就来向鸳鸯道喜。这个鸳鸯也不是好相与的，骂起人来也很凶的。鸳鸯骂："这个娼妇专管是个'九国贩骆驼的'……"九国不对，应该是六国贩骆驼的，我们说六国封相，庚辰本也是手抄本，手抄的人不见得有学问，自己擅自抄，有时候写错了。当然是六国贩骆驼的，形容嫂子到处找机会。鸳鸯就把她臭骂一顿，骂得痛快。《红楼梦》那些女孩子一个个都伶牙俐齿的，鸳鸯、晴雯、司棋……没有一个好惹的，骂起来可是不留情的："什么'好话'！宋徽宗的鹰，赵子昂的马，都是好画儿，什么'喜事'！状元痘儿灌的浆儿——又满是喜事。"庚辰本这几句，程乙本没有的，我也觉得多余，扯出宋徽宗、赵子昂来了！我想，就算鸳鸯是认识字的，因为她跟着贾母抄佛经、自习，但未必用得上这两个典，而且用这两个典骂嫂子，这嫂子茫茫然，什么赵子昂，什么宋徽宗，我想不妥，可能也是抄本的时候加进去的。后面这段她骂的是实情："怪道成日家羡慕人家女儿作了小老婆，一家子都仗着他横行霸道的，一家子都成了小老婆了！看的眼热了，也把我送在火坑里去。我若得脸呢，你们在外头横行霸道，自己就封自己是舅爷了。我若不得脸败了时，你们把忘八脖子一缩，生死由我。"嫂子被骂得一头包，脸上下不来，又把袭人跟平儿扯进来，她说："俗语说'当着矮人，别说短话'。姑奶奶骂我，我不敢还言；这二位姑娘并没惹着你，小老婆长小老婆短，人家脸上怎么过得去？"这下子，得罪了鸳鸯还不说，把那两个也得罪了。袭人、平儿说："你听见那位太太、太爷们封我们做小老婆？况且我们两个也没有爹娘哥哥兄弟在这门子里仗着我们横行霸道的。"三个人把嫂子围剿一顿，嫂子抱头窜逃，跑回去跟邢夫人说，不行！不行！这个鸳鸯不光是不听我的话，还把我骂一顿。又说，袭人也在旁多话，平姑娘好像也在那里。凤姐在旁就故意讲，平儿也在，快点把她打回来。凤姐怕邢夫人怪到她身上，就借故溜了，不陪邢夫人一起见贾母。

嫂子不管用，贾赦要贾琏去把鸳鸯的老子娘押来，要他们去劝，但老子中了风，她娘也痴痴呆呆，没用的。贾赦很生气，自己出丑了。你看他对鸳鸯的哥哥讲的这些话："我这话告诉你，叫你女人向他说去，就说我的话'自古嫦娥爱少年'，他必定嫌我老了。讲得也没错，是嫌他老，做爷爷的人了。大约他恋着少爷们，多半是看上了宝玉，只怕也有贾琏。果有此心，叫他早早歇了心，我要他不来，此后谁还敢收？此是一件。第二件，想着老太太疼他，将来自然往外聘作正头夫妻去。叫他细想，凭他嫁到谁家去，也难出我的手心。除非他死了，或是终身不嫁男人，我就服了他！若不然时，叫他趁早回心转意，有多少好处。"看看，强横霸道吧！贾赦这个人！撂出狠话来了。鸳鸯听了，记在心里头。后来贾母一死，鸳鸯晓得难逃贾赦的手掌，吊颈自尽了。鸳鸯的确是个有心胸气性的丫头，不愧为众丫鬟之首，宁愿死也不愿落在贾赦的手里。

　　下面就是这一回最戏剧化的场景了。这时候贾母房中，王夫人、薛姨妈、李纨、凤姐、宝钗姐妹通通都在，鸳鸯进来，庚辰本：鸳鸯喜之不尽，拉了他嫂子，到贾母跟前跪下。"喜之不尽"这四个字用得不好，这时候没什么好喜的。程乙本很简单：鸳鸯看见。鸳鸯看见那么多人在，拉了他嫂子，到贾母跟前跪下，一行哭，一行说，把邢夫人怎么来说，园子里他嫂子又如何说，今儿他哥哥又如何说，都讲给贾母听。她说："因为不依，方才大老爷越性说我恋着宝玉，不然要等着往外聘，我到天上，这一辈子也跳不出他的手心去，终久要报仇。我是横了心的，当着众人在这里，我这一辈子莫说是'宝玉'，便是'宝金''宝银''宝天王''宝皇帝'，横竖不嫁人就完了！就是老太太逼着我，我一刀抹死了，也不能从命！若有造化，我死在老太太之先；若没造化，该讨吃的命，服侍老太太归了西，我也不跟着我老子娘哥哥去，我或是寻死，或是剪了头发当尼姑去！若说我不是真心，暂且拿话来支吾，日后再图别的，天地鬼神，日头月亮照着嗓子，从嗓子里头长疔烂了出来，发恶誓！烂化成酱在这里！"原来他一进来时，便袖了一把剪子，一面说着，一面左手打开头发，右手便铰。众婆娘丫鬟忙来拉住，已剪下半绺来了。众人看时，幸而他的头发极多，铰的不透，连忙替他挽上。

曹雪芹常常给一个人物安排场景，让他表现他的个性，鸳鸯的场景并不太多，她本来是所谓的扁平人物、次要人物，因为小说里不能都是圆形人物，主角太多打得一团了，不行！可是在某个时段，给它一个场景，突然间这个扁平人物，一下子就长起来了，好像变大了，变高了。鸳鸯如此，以后的晴雯之死也是如此，这戏剧性的一幕（dramatic scene）发生以后，不能不对鸳鸯另眼相看。丫鬟也是人，何况是很得老太太倚重的丫鬟，她为了保住尊严而做出自我要求和反抗，当然有她与众不同的地方。曹雪芹在这个地方，让她充分发挥了她的个性。鸳鸯，她不必讲什么，这一段话够了，尤其是她拿了剪刀出来把头发铰了，以示她的决心，这种写法非常戏剧化，也就特别表现了鸳鸯的个性。

贾母听了，气的浑身乱战。贾母气死了！居然敢打鸳鸯的主意。就剩这个丫头，她最倚重的丫头，看看她讲的一番话：因见王夫人在旁，便向王夫人道："你们原来都是哄我的！外头孝敬，暗地里盘算我。有好东西也来要，有好人也要，剩了这么个毛丫头，见我待他好了，你们自然气不过，弄开了他，好摆弄我！"老太太真的生气了，不管青红皂白骂了一顿再讲。王夫人倒霉，刚好在旁边，邢夫人还没来，同样也是媳妇，王夫人吃了这顿排头。其实关王夫人什么事？但做媳妇不敢讲的，只好站起来。这个时候有意思了，只有三姑娘探春挺身出来替王夫人讲话。探春这个女孩子极有个性，正直敢言，而且她极端理性，有时候理性过了头，连自己亲娘也不认的。这个时候她一想，这些人都不敢替王夫人讲话，薛姨妈是王夫人的妹妹，不好讲。宝玉是儿子不敢讲，凤姐、李纨是媳妇更不敢说了，几个女孩子，迎春、惜春都不够，想想，只有她出来了。探春陪笑向贾母道："这事与太太什么相干？老太太想一想，也有大伯子要收屋里的人，小婶子如何知道？"意思是骂王夫人骂错了。探春敢讲话，这个时候敢出来，这么一个小细节，也就表现了探春的个性。所以后来大观园为了一个绣春囊搜抄自己人，探春那种果决的表现，都是一贯的。这个时候若不是探春出来讲话，怎么收场？贾母生气了，王夫人受了委屈，怎么办？探春来这一下子，贾母也很聪明，晓得错怪了王夫人，也就道歉了。当然贾母向自己媳妇不好讲道歉，故意怪宝玉说，你娘受了委屈，你还不快点来说项。宝玉说，我怎么敢呢？就说是我错好了。宝玉是什么错都揽到身上去的。凤姐这时候又来插一句："谁教老太太会调理人，调理的水葱儿似的，怎么怨得人要？我幸亏是孙子媳妇，若是孙子，我早要了，还等到这会子呢。"凤姐取悦贾母是一流的，在这个场合，家族之间的互动通通写出来了。邢夫人进来的时候，当然就挨了一顿排头。

　　这一回，表面讲鸳鸯，其实严厉地批评了贾赦，也就预示着后来抄家的时候，贾赦也是罪魁之一。往下呢，贾赦还做了一件伤天害理的事情，为了抢人家的古董扇子，把扇主石呆子害死了，这个也是抄家罪状之一。所以说贾赦好色、贪婪，各种缺点都有，不好好做官。按理讲，他的责任很大的，他继承了荣国公的爵位，弟弟贾政倒是没有爵位的。这位荣国公应该以身作则，成为子孙的榜样，哪晓得竟满门心思在娶小老婆上头。鸳鸯不从，后来还是去买了个十七岁的妾。所以这一回，把对贾赦相当严厉的批判，非常戏剧性地写了出来。

第四十七回

呆霸王调情遭苦打　冷郎君惧祸走他乡

上回鸳鸯的事还未了结，邢夫人进来了，其他的人识相，通通都溜走了。看看贾母怎么说她的。贾母见无人，贾母还算对邢夫人留了面子，等没有人的时候，再训她一顿，方说道："我听见你替你老爷说媒来了。你倒也三从四德，讽刺她，只是这贤慧也太过了！你们如今也是孙子儿子满眼了，你还怕他，劝两句都使不得，还由着你老爷性儿闹。"看看邢夫人的反应。邢夫人满面通红，回道："我劝过几次不依。老太太还有什么不知道呢，我也是不得已儿。"这个邢夫人很不行的。贾母道："他逼着你杀人，你也杀去？"贾母对她这一次蛮严厉的，那个时候对自己的媳妇是可以教训的。邢夫人是贾赦的元配，她也是封了夫人受封诰的，照理她的地位在贾府应该很高，但她自己不行，所以大家看起来好像王夫人反而超出她。其实她的地位比王夫人高得多，她真的是跟贾赦两个继承了荣国公爵位的。贾母平常对这种媳妇不能够疾言厉色，这一次忍不住了，对这个大媳妇，话讲得相当重。而且贾母说，要娶小老婆，我拿几百两银子，你买去！讲的是气话。后来贾赦也真的拿了几百两银子，去买了一个十七岁叫嫣红的小丫头放在房里，这个人真是很差劲，吃了一个大排头还不知羞耻。

贾母在生气，凤姐她们赶快陪老太太打打牌，消消气。把薛姨妈也找回来，几个人打牌，凤姐嘛，就耍宝，逗贾母，讲了好多笑话，贾母才慢慢高兴过来。邢夫人好尴尬，被骂了一顿，又不能赌气就走了，站在旁边伺候。贾母也不理她，自己玩牌，这几个人热闹的时候，让她站在那里。凤姐这个孙媳妇呢，因为邢夫人在，她不敢坐的，贾府规矩很大。这时候因为贾母要她斗牌，她只好坐下来，鸳鸯在旁边帮贾母洗牌。你看多尴尬！邢夫人等于被罚站，她没参加斗牌。

这个时候贾琏不识相，跑过来想问贾母，赖嬷嬷的孙子赖尚荣当官了，她家里头摆宴请贾母，什么时候出发。他一来平儿就说，你快别去，里面邢夫人都挨骂了，快点走吧！贾琏想又不关我什么事，就跑来探头探脑，一下子给贾母逮到了。庚辰本这个地方是"贾母一回身，贾琏不防，便没躲伶俐"。"没躲伶俐"什么意思？我看是个错的词。程乙本是"没躲过"，很简单的！贾母便问："外头是谁？倒像个小子一伸头。"这下子贾琏躲不过了，就进来打听老太太什么时候出门。贾母道："既这么样，怎么不进来？又作鬼作神的。"贾琏陪笑道："见老太太玩牌，不敢惊动，不过叫媳妇出来问问。"贾母道："就忙到这一时，等他家去，你问多少问不得？那一遭儿你这么小心来着！又不知是来作耳报神的，也不知是来作探子的，鬼鬼祟祟的，倒唬了我一跳。什么好下流种子！这下子一骂骂了一家，他是贾赦的儿子，什么好下流种子！你媳妇和我顽牌呢，还有半日的空儿，你家去再和那赵二家的商量治你媳妇去罢。"大家记得吗？凤姐生日那一天，贾琏一看得空，马上就把鲍二家找来了。鸳鸯笑道："鲍二家的，老祖宗又拉上赵二家的。"贾母也笑道："可是，我那里记得什么抱着背着的，提起这些事来，不由我不生气！我进了这门子作重孙子媳妇起，到如今我也有了重孙子媳妇了，连头带尾五十四年，凭着大惊大险千奇百怪的事，也经了些，从没经过这些事。还不离了我这里呢！"把贾琏赶走了。

　　贾母讲这些话里有因，这些子孙不争气，她进贾府轰轰烈烈做了几十年的媳妇，从重孙媳妇开始做起，到现在自己有重孙媳妇，看过整个贾家最盛的时候，下面子孙德业都亏了，导致抄家以后，还是老太太担起来，非常动人的一回，就是她向天祈祷，祈求赦免她的子孙，自己担当所有一切罪孽，老太太非比寻常。贾琏和他父亲贾赦做出的事，都伏着后来贾府衰败的因。

　　鸳鸯、贾赦的事情完了，下面一转，又转了个场景，柳湘莲这个人登场，虽然是一个次要人物，但也有很重要的象征意义。前面赖嬷嬷来请贾母到她家里面去，虽然她是个奴仆，几代累积也有了花园、亭台楼阁，有宴客几天的架式，当时的贵族生活，不说上面这一层，连下面的仆人管家都有气派。赖尚荣请了一些世家子弟，也请了几个他的朋友来作陪，其中有个柳湘莲。那柳湘莲原是世家子弟，读书不成，父母早丧，素性爽侠，不拘细事，酷好耍枪舞剑，赌博吃酒，以至眠花卧柳，吹笛弹筝，无所不为。因他年纪又轻，生得又美，不知他身分的人，却误认作优伶一类。这是很特别的一个人，出生在世家，人长得美，性格也特别，照理讲世家子弟不会去票戏、串戏、玩枪舞棒的，他却是不拘礼俗。记得吗？在《红楼梦》开始的时候，冷子兴跟贾雨村两个人谈论贾府的人，讲贾宝玉的个性很怪。贾雨村就说，历史上有尧、舜、周公这类的圣贤，也有蚩尤、纣王这种大奸大恶，还有一些人不属于这两类的，不能拿普通世俗的观念来评判，譬如阮籍、嵇康。宝玉呢，就属于不拘礼俗的人，柳湘莲也属于这一类，因为他喜欢串戏，有时就让人误会，像薛蟠这个呆霸王，就动了歪念头。薛蟠自上次会过一次，已念念不忘。又打听他最喜串戏，且串的都是生旦风月戏文，不免错会了意，误认他作了风月子弟……明清时代，唱戏的优伶，所谓戏子，有很特殊的身份，可以接近贵族阶层，能跟他们交往，甚至变成娈童式的关系，像忠顺王府对蒋玉菡就是这样，是蓄养他的。薛蟠以为柳湘莲是戏子之流，那么他可以随便地招惹他，其实误判柳湘莲了。

柳湘莲跟宝玉有特别的交情，你看赖尚荣找到宝玉了，说："好叔叔，把他（柳湘莲）交给你，我张罗人去了。"说完就走了。至于柳湘莲跟宝玉的关系，从前是什么样子，怎么认得的，通通不必讲，在这场就讲清楚了。宝玉便拉了柳湘莲到厅侧小书房中坐下，问他这几日可到秦钟的坟上去了。湘莲道："怎么不去？前日我们几个人放鹰去，离他坟上还有二里。我想今年夏天的雨水勤，恐怕他的坟站不住。我背着众人，走去瞧了一瞧，果然又动了一点子。回家来就便弄了几百钱，第三日一早出去，雇了两个人收拾好了。"宝玉是个性情特殊的人，大部分的男人他都不喜欢，尤其有两种人，第一种像薛蟠、贾琏、贾珍那种，非常好色，不尊重女性，只喜欢肉体上寻欢的这一类。第二种像贾雨村，甚至于贾政那种，在官场里攀爬求名利，儒家培养出来的头脑，他也敬而远之。他比较接近的，就是蒋玉菡、柳湘莲、秦钟，甚至于北静王。秦钟早夭，柳湘莲也跟秦钟熟识，都是串起来一挂子的。他们两个人讲话的时候也特别有一种亲近，可以互吐心事。柳湘莲说不久我又要走了。他是萍踪浪迹到处漂流的人，无法定在一个地方。他跟宝玉告辞，说我还是早点离开好了，你的那个表哥（指薛蟠），又犯了毛病了。湘莲道："你那令姨表兄还是那样，再坐着未免有事，不如我回避了倒好。"宝玉想了一想：道："既是这样，倒是回避他为是。只是你要果真远行，必须先告诉我一声，千万别悄悄的去了。"说着便滴下泪来。柳湘莲道："自然要辞的。你只别和别人说就是。"宝玉依依不舍，要他出去到哪儿告诉一声，不要一下子走了又找不到了。他跟他的关系，我想也不只是一般人讲的同性之间特别的情谊。

柳湘莲后来的结果是什么？要等到尤二姐、尤三姐那一回。尤三姐是个性情特殊的女孩子，她看中了柳湘莲也是很自然的。她什么样的人都看不起，自视甚高，因为她非常美。本来讲好了，她发誓要嫁给柳湘莲，也收到一对宝剑做信物，后来柳湘莲对她误会了，因为她们两姐妹曾住在宁国府里头，后来贾琏娶了尤二姐当姨太太，贾珍也想染指尤三姐，柳湘莲误会她们两姐妹跟那两兄弟都有染，所以他说，你们东府里只有两个石狮子是干净的，就把她退婚了。尤三姐是心气很高的一个人，受此屈辱，还给他鸳鸯宝剑时，就持剑自杀了，以死来明志。柳湘莲受了很大的刺激，刚好在这个时候，隐隐中看见来了个道士，几句话把他度走了。所以宝玉在柳湘莲身上，看到未来的他也走上这条路，最后是一僧一道来引他走了。

宝玉对柳湘莲也是特别的，他为男人掉眼泪的只有几个人，秦钟、柳湘莲、蒋玉菡，与其说这几个男人跟他有特别的关系，我想，象征的意义更高，也跟《红楼梦》整个的主题，宝玉最后的解脱有关，这些人都有一些指引性，柳湘莲也是如此。曹雪芹塑造人物，有些是用重叠式的镜像，像黛玉、晴雯、龄官、柳五儿，从各方各面来反映主要人物。也有用相互对比的，宝玉跟薛蟠就是对比的两极。宝玉是性灵方面的，薛蟠还停留在动物状态。宝玉写的《红豆词》那么美，薛蟠会用大马猴、乌龟、一只蚊子嗡嗡嗡什么的来打诨，他们两个人物，一个极端的雅，一个极端的俗。这两个人物的对比，又表现在对男性、对女性的情。宝玉对女性不用说了，那种怜惜、温柔、敬重，是他很大的特点。薛蟠呢，看中了香菱一把抢过来就是了，抢过来以后，也没有好好地对待香菱，差点活活整死她。对女人，薛蟠没有一点敬重，对男人也是如此，只想肉体上侵占。宝玉对柳湘莲有可以倾吐心事的那种情愫，薛蟠把他当戏子来耍。这个呆霸王唯一的好处就是他呆，因为他呆，所以有一点天真，柳湘莲本来要溜的，薛蟠在别人府上大喊大叫："谁放了小柳儿走了！"这下子把柳湘莲惹怒了，就要了他一遭。柳湘莲哄他说：那你来吧，我们来约好，你到我家来会我。薛蟠听见了，高兴得不得了。湘莲便起身出来，瞅人不防去了，至门外，命小厮杏奴："先家去罢，我到城外就来。"说毕，已跨马直出北门，桥上等候薛蟠。没顿饭时工夫，只见薛蟠骑着一匹大马，还是一匹高头大马喔！远远的赶了来，张着嘴，瞪着眼，你看这个呆霸王，头似拨浪鼓一般不住左右乱瞧。拨浪鼓，一种手摇的小鼓，两边有两条线，带着两个小锤子、小珠子，这么一摇一摇咚咚会响，这形容得不能再好，头转来转去像个拨浪鼓，瞪着个眼睛到处瞧，在找人。

　　曹雪芹喜欢开薛蟠的玩笑，写他耍宝，上一次在唱哼哼曲的时候，把他大大地耍了一宝，这一回又好好地耍了他一番。薛蟠以为柳湘莲喜欢上他了，要跟柳湘莲两个人发誓，没想到被柳湘莲狠狠地打了一顿，打得他先称兄弟后称祖宗，都不饶过他。他喝了酒，一打酒也吐出来了，柳湘莲要他吞进去。他求饶了，柳湘莲说：让你看看我是什么人！柳湘莲当然很生气，薛蟠把他看作那种风月场的人。打了一大顿，柳湘莲就走了。贾珍、贾蓉他们来找，听到芦苇里面哼哼哈哈的，就找了出来。贾蓉看了笑："薛大叔天天调情，今儿调到苇子坑里来了。必定是龙王爷也爱上你风流，要你招驸马去，你就碰到龙犄角上了。"这下子薛蟠当然很不好意思，这么尴尬地被人看见，后来薛蟠就借口学做生意跑出去躲一下，实在太丢脸了。

薛姨妈当然很疼儿子，要遣人去抓柳湘莲，宝钗是很识大体的一个人，她讲："这不是什么大事，不过他们一处吃酒，酒后反脸常情。谁醉了，多挨几下子打，也是有的。况且咱们家的无法无天，也是人所共知的。妈不过是心疼的缘故。要出气也容易，等三五天哥哥养好了出的去时，那边珍大爷琏二爷这干人也未必白丢开了，自然备个东道，叫了那个人来，当着众人替哥哥赔不是认罪就是了。如今妈先当件大事告诉众人，倒显得妈偏心溺爱，纵容他生事招人，今儿偶然吃了一次亏，妈就这样兴师动众，倚着亲戚之势欺压常人。"薛宝钗一番话总是很合情合理，曹雪芹把宝钗写成这样也不容易。一个正派人物不容易写的，尤其她一下子就把儒家那一套拿出来讲了，写得不好就会让人觉得很做作，但真的把她写得不讨厌，你会觉得她这么讲的确是对的，把她妈妈也说服了。这就是宝钗，很懂事，很冷静的一个人。哥哥被人打成这个样子，叫母亲先别动声色，让他吃吃亏也好。曹雪芹写这些人物，个性非常一致（consistent），从头到尾连贯一致，不会让人觉得有矛盾，这就是他写人物成功的地方。

第四十八回

滥情人情误思游艺　慕雅女雅集苦吟诗

薛蟠被打了没脸见人，借口要出去做生意离开一阵子，薛姨妈本来不愿意，怕他出去闯祸，宝钗说了一番话劝母亲："哥哥果然要经历正事，正是好的了。只是他在家时说着好听，到了外头，旧病复犯，越发难拘束他了。但也愁不得许多。他若是真改了，是他一生的福。若不改，妈也不能又有别的法子。一半尽人力，一半听天命罢了。"意思是哥哥出去可能没有倚仗了，可能他会改好，要薛姨妈放心让薛蟠出去。

薛蟠离家了，就牵涉到了他的妾室香菱。记得香菱吗？我们回顾一下她的命运，在第一回里面就讲到了。她本来叫英莲，《红楼梦》一开场的时候，有两个象征性的人物出来，一个是甄士隐，一个是贾雨村，光看他们的姓，一真（甄）一假（贾），就跟整个书要探讨的主题有关。甄士隐是苏州人，苏州在当时是非常繁荣、有文化的地方，他是那边的一个乡绅，家里是望族，有点社会地位，虽没做很大的官，但有财产，有声望，是蛮让人羡慕的小康之家。甄士隐的妻子生了一个女儿就取名英莲，长得非常可爱。哪晓得生了这个女儿没多久，他梦到有两个疯疯癫癫的道人跟和尚，梦里讲《红楼梦》顽石历劫这段故事，讲了以后，他醒来了。一日，甄士隐抱着女儿在闹市街上走，梦里面那两个疯疯癫癫的道人跟和尚真的出现了，僧人跟他说：你抱了个连累父母的祸胎，还不把她舍给我罢。疯疯癫癫地讲什么，甄士隐也没在意。可是第二年元宵节，英莲就丢了，被一个拐小孩的人牙贩子偷走了。甄士隐的家又被一把火烧个精光，夫妇俩非常狼狈，跑去投靠丈人，丈人看穷女婿来，给他很难看的脸色，一下子人世间变幻无常，很美满的生活忽然什么都没有了。这就是《红楼梦》一开头拿他做的引子。后来呢，有一天正是甄士隐非常狼狈的时候，疯疯癫癫的道人又出现了，唱了一首《好了歌》给他听，我们复习一下：

> 世人都晓神仙好，惟有功名忘不了！古今将相在何方？荒冢一堆草没了。
>
> 世人都晓神仙好，只有金银忘不了！终朝只恨聚无多，及到多时眼闭了。
>
> 世人都晓神仙好，只有姣妻忘不了！君生日日说恩情，君死又随人去了。
>
> 世人都晓神仙好，只有儿孙忘不了！痴心父母

古来多，孝顺儿孙谁见了？

甄士隐就说，听了半天只听到一大堆"好了""好了"。道人说，好就是了，了了才好，你不了就不好，你要好呢，只有了。甄士隐有慧根的，一下子悟道了。

这个道人跟他讲的这些话，就是"无常"两个字。没有东西不变的，没有东西是"常"的，我们希望什么都是天长地久，他就告诉你非常残酷的事实，没有一件事是天长地久的。甄士隐悟道就出家了，变成一个道人，书里边第一个出家的人，就是英莲的父亲。贾雨村跟甄士隐两个人，所代表的就是入世与出世，这两个象征人物到书的最后又见面了，甄士隐已修成正果，贾雨村还留恋在红尘里翻滚。《红楼梦》很重要的一个主题是贾宝玉悟道，甄士隐的悟道可以说是一个楔子，用楔子开场。

再说香菱的命运。英莲长大一点了就被卖掉，卖去给人当妾。本来有一个蛮好的冯姓人家要把她娶回去的，偏偏碰到薛蟠这个呆霸王，骄横无理，仗势欺人，他也看中了英莲，抢她过来又把那个姓冯的打死了，这么好的一个女孩子偏就配给了这呆霸王。香菱进到薛家以后，曹雪芹没有怎么写她，留到现在才出场，但有一个小细节曾经用侧击的方式点了一下，这是曹雪芹高明的手法。贾琏是个好色的，有一回看到香菱，就回去跟凤姐讲，那个薛老大，想不到还有这么一个头脸干净的媳妇娶进来了，讲得眉飞色舞。凤姐就冷笑道：那就拿平儿去换好了！那薛蟠也不过是看着碗里、想着锅里的一个人，放在家里边，也就没事人一样。可见薛蟠对香菱，是抢了来就把她丢在那里了。不过贾琏蛮会欣赏女人的，他看上的大概不会错，可见香菱长得漂亮，连贾琏也动心了。曹雪芹不会一上来就写香菱长得怎样，那样印象不会深嘛！由贾琏侧面讲一下，再由凤姐接个话，反而突出了。

　　香菱到了薛家，还好宝钗、薛姨妈相当温和，心地善良，要不然她的命更苦。薛蟠走了家里没男人，香菱就悄悄地跟宝钗说很羡慕大观园的生活，宝钗知道香菱喜欢到大观园里来，就跟母亲讲，让香菱来陪我作个伴，香菱当然乐得不得了，下一句话就说："好姑娘，你趁着这个工夫，教给我作诗罢。"这个女孩子很可爱的，虽然被卖掉了，被抢掉了，但是她一点也没有怨恨，还笑嘻嘻的，很天真。她向上，蛮有灵气的，想作诗。宝钗说，你得陇望蜀，进来一下子，就想要作诗，先去拜拜码头吧！要香菱先去跟大家认识认识。

　　这里有个细节，曹雪芹看似很不经意地插在这里，其实相当要紧。宝钗叫香菱拜码头，总该拜到凤姐那边吧！恰巧平儿来了，就讲：别来了！你听说了吗？我们家二爷挨打了。贾琏挨打了。那么大的人还挨打，怎么回事？他父亲贾赦打他。这细节曹雪芹真会插，趁着这个时候，插了这么一段进来。这本是一件小事，后来发展成很大的事情，又是个伏笔。

　　先前贾赦想娶鸳鸯做妾，挨了贾母一顿，现在还是不安分。想什么呢？收古董。他喜欢扇子，手上那些收的，他都看不上眼。有一个叫作石呆子的人，家里很穷，可是收藏了二十几把旧扇子，都是非常值钱的古董扇子，有什么香妃竹、玉竹的，贾赦知道了就想搜购过来。可是那个石呆子人虽然很穷，这是他的宝贝，就是不肯卖，怎么说也不肯。好了，贾赦正好碰到那个贾雨村，这个在名利场中打滚的俗人，好事坏事都做。他是个地方官，也想向贾赦示好，就想了办法，讹说石呆子欠官银，把他的扇子通通抄了来给贾赦，石呆子被冤枉就自杀了。贾赦就跟贾琏讲了这事，他本来要贾琏去买，贾琏买不到，贾赦就说：你看，你没用，人家一下子就给我弄来了。贾琏就说了一句："为这点子小事，弄得人坑家败业，也不算什么能为！"这句话有两面，一面是对贾雨村不以为然，一面是对贾赦下了一个判断，贪婪枉法，去把人家的扇子诓了来。贾琏顶了父亲几句，就挨了一顿打，所以平儿来跟宝钗拿药。这件事后来闹大了，到抄家的时候也算罪状之一。贾赦不光是私德不好，还仗势欺人，所以贾府后来衰败，是这些掌门——荣国公贾赦、宁国公贾珍的德行已经先败坏了。至于贾琏这个人，本来的印象是他只会偷吃，只要凤姐一不在，就跟女人搞，其实他不是百分百的坏，比他父亲好些，至少还有正义感。在不经意的时候，曹雪芹点一下，强化对人物的评价。这个细节放在这里，也是千里伏笔，到了抄家的时候又拿了出来。

　　香菱进大观园，一心想作诗，要成为他们的一分子，会作诗是入场券。香菱很努力，要去学诗，到黛玉那里去了，请黛玉教她。黛玉说："既要作诗，你就拜我作师。"别忘了，黛玉是诗魂，她的诗才最高，曹雪芹来评比的话，我想林黛玉诗是第一。黛玉先教最基本的"一三五不论，二四六分明"，虚对实、实对虚、平对仄、仄对平这些东西，跟她讲了一大套。香菱说她最爱陆放翁的两句"重帘不卷留香久，古砚微凹聚墨多"，黛玉说："断不可看这样的诗。你们因不知诗，所以见了这浅近的就爱，一入了这个格局，再学不出来的。"这当然是曹雪芹借此表示的意见。曹雪芹对宋诗是看不上眼的，连对李商隐都不大看得上，只喜欢一句"留得残荷听雨声"。

黛玉给了香菱什么功课呢？王摩诘五言律一百首、杜甫七言律一二百首、李白七言绝句一二百首，她说："肚子里先有了这三个人作了底子，然后再把陶渊明、应场、谢、阮、庾、鲍等人的一看。你又是一个极聪敏伶俐的人，不用一年的工夫，不愁不是诗翁了！"她教的还是王维、老杜这些诗，这些诗是学诗的正宗，香菱就捧了《王摩诘全集》回去拼命念。薛宝钗自己当然也很会作诗，她不教香菱，让香菱去跟黛玉学，她心里晓得黛玉的诗作得最好。香菱把王维的诗看了，就来找黛玉讨论。香菱说，看他《塞上》那一首："那一联云：'大漠孤烟直，长河落日圆。'想来烟如何直？日自然是圆的。这'直'字似无理，'圆'字似太俗。合上书一想，倒像是见了这景的。若说再找两个字换这两个，竟再找不出两个字来。"说得也是，一个"直"，一个"圆"，看起来是很普通的两个字，你再找找看，其他的字就是换不了这两个字。王维的诗，写得是有一套的，淡淡的这么几句，是很不得了的。还有她讲的另外几句："日落江湖白，潮来天地青。"一白、一青，非得这两个字才形容得尽，香菱讲："念在嘴里倒像有几千斤重的一个橄榄。"

香菱蛮有慧根的，她讲了一套，自己就写诗去了。写完，先拿给宝钗看，宝钗看了说：不是那么个写法。找黛玉看，黛玉说：措辞不雅，你再去写过。香菱想作诗入了魔了，自己一个人在那边嘟嘟哝哝。探春几个人看她作得那么苦，说："菱姑娘，你闲闲罢！"香菱回说："'闲'字是十五删的，你错了韵了。"这个女孩子可爱的，一心一意作诗，很单纯、很命苦的一个女孩子。我们来看看她在太虚幻境册子里的命运，副册翻开第一个就是香菱，可见她的位子蛮重要的，比那些丫鬟要高一级。写的是："根并荷花一茎香，平生遭际实堪伤。自从两地生孤木，致使香魂返故乡。"香菱从小受过很多苦难，她却浑然不觉，这就是她的个性。天真！曹雪芹对天真、纯真的人，像香菱、史湘云、贾宝玉，笔下特别怜惜。"根并荷花一茎香"，本来她叫英莲嘛！英莲、莲花、荷花，现在变成叫香菱，菱花、莲花，都属于一茎的。"平生遭际实堪伤"，的确是，她一生的遭遇蛮可怜的，虽然她自己不觉得可怜。"自从两地生孤木"，这是一句谜语，两地不是两个"土"吗？孤木是一个"木"字边，这是个桂花的"桂"字。"致使香魂返故乡"，按理讲，香菱等于是薛蟠抢来的妾，后来薛蟠娶了一个门当户对的妻子夏金桂，指的就是这个"桂"字。夏金桂这个女人可了不得，有凤辣子的那个辣，但没有王熙凤那个格，是一个近乎潘金莲的女人。按这个诗，香菱应该是被夏金桂活活磨死的，但后来夏金桂想毒她，反而毒到自己，跟这首判诗不是很合。现在的本子是说香菱后来生孩子难产死的，甄士隐就把她度走了，归到太虚幻境去。不管怎么样，这个判诗讲了她坎坷的命运。

《红楼梦》因抄本不同，情节与前面的命运判诗不符者并不止这一例，细微处亦多有出入。这一回快结束时，香菱满心中还是想诗，至晚间对灯出了一回神，至三更以后上床卧下，两眼鳏鳏，直到五更方才朦胧睡去了。庚辰本这"鳏鳏"两字有些奇怪。鳏，是眼睛不闭的一种鱼。曹雪芹喜欢流畅白话，并不喜欢用冷僻怪字，程乙本就直接用两眼"睁睁"，比较合理。

为了作诗，她像着了诗魔，在梦里笑起来了，这下子得了八句，拿去给黛玉他们看，写月亮：

精华欲掩料应难，影自娟娟魄自寒。
一片砧敲千里白，半轮鸡唱五更残。
绿蓑江上秋闻笛，红袖楼头夜倚栏。
博得嫦娥应借问，缘何不使永团圆！

大家都讲了，作得还不错。探春说，那我们以后补个帖子来，你入我们的诗社吧！香菱还不敢相信，她被录取了，变成了大观园的一员。

　　余英时先生有一篇文章《红楼梦的两个世界》，写得相当好，就在写大观园的内与外，外面腐烂的势力慢慢侵进来了，所以大观园最后也颓败了。我说过，大观园是贾宝玉的理想世界，是他在人间的太虚幻境，太虚幻境里时间是停顿的，它没有变化，大观园里有春夏秋冬，时间是移动的，原来姹紫嫣红开遍，最后必定都付与断井颓垣，这是佛家说的无常，由极盛到极衰，是逃不掉的自然法则。这个时候，仍是大观园极盛的时候，极美的时候。下一回大观园即将有冬天的盛会，又有几个人物要登场。宝琴、邢岫烟、李绮、李纹这些女孩子通通跑来了，大观园里面简直是遍地开花，将出现一幅"冬艳图"。

第四十九回

琉璃世界白雪红梅　脂粉香娃割腥啖膻

　　大观园里面的春夏秋冬，有不同美景和享受，在贾府
极盛的时候，这个冬天，是什么样的世界呢？是琉璃世界、
白雪红梅，多么鲜艳的一幅景象。还加上这些女孩子穿上
了各式各样的冬服，拥裘披氅，曹雪芹又大大展现了他写
服装的功夫。

　　《红楼梦》很令人印象深刻的一景，就是她们的服装，
现在的服装设计家，应该可以拿《红楼梦》来做蓝本，曹
雪芹就是个时装设计师，可以给她们一个个打扮起来。黛
玉刚进贾府的时候，看到"三春"这些姐妹的装扮，等
到王熙凤出场，穿金戴银，那一身写得那么样精织细绣
（elaborate）。观衣观人，衣服就代表了她的身份、个性、
气质，她的社会地位。所以服装在《红楼梦》里占有很重
要的地位，不是随便写的。在重要的场合，要突出哪一个
人的时候，就给她穿什么。想想，如果王熙凤进来那个场

合，随便写两笔，穿个褂子什么的，我们对王熙凤的印象就完全不对了，现在我们永远记得她的第一次亮相。

这个时候是冬天，下雪了，大观园里一片白雪，很干净的背景，那些女孩子在雪地上等于一簇簇花朵。她们的穿着多是大红猩猩毡，拥裘披氅，几个人在白雪里边构成一幅"冬艳图"。这其中特别突出的是哪一个呢？曹雪芹很注意的，会让主角出来。你看，贾府突然间来了一群亲戚，有薛宝钗的堂妹宝琴、堂弟薛蝌，有李纨寡婶的女儿——两个堂妹李纹、李绮，还有邢夫人哥哥的女儿邢岫烟。（这里面薛宝琴已许给了梅翰林的儿子，家人送京成亲，其他大约是穷亲戚来投靠。）一下子来了好多亲戚，他们都兴奋得不得了，宝玉最兴奋，因为又来了好多女孩子，大概长得都不错。哎呀！这个宝玉乐昏头了，他说："老天，老天，你有多少精华灵秀，生出这些人上之人来！可知我井底之蛙，成日家自说现在的这几个人是有一无二的，谁知不必远寻，就是本地风光，一个赛似一个，如今我又长了一层学问了。除了这几个，难道还有几个不成？"他就跑回怡红院跟袭人她们讲："你们还不快看人去！谁知宝姐姐的亲哥哥是那个样子（讲薛蟠），他这叔伯兄弟形容举止另是一样了。"那个薛蝌完全跟薛蟠是两回事，规规矩矩，长得也很好看的一个男孩子。那个妹子宝琴，据曹雪芹讲，她的才貌超过她们所有的女孩子，比薛宝钗、林黛玉更胜。宝玉说他形容不出来了，他喊老天，老天，乐不可支，一面说还一面自笑自叹。疯掉了！看到漂亮女孩子就疯掉了。袭人当然很了解，见他又有了魔意，便不肯去瞧。当然肚子里也有点不是滋味了，这几个已经够呛了，又来几个让袭人头痛的，这宝玉更要整天混在姐妹堆里了。她不肯去瞧，晴雯她们就跑去看。晴雯等早去瞧了一遍回来，吹吹笑向袭人道："你快瞧瞧去！大太太的一个侄女儿，宝姑娘一个妹妹，大奶奶两个妹妹，倒像一把子四根水葱儿。""吹吹"，读为嗤嗤，"吹"，是个很怪的字，冷僻的古字，是嗤笑的意思。晴雯在这种场合下，不可能"嗤嗤笑向袭人道"，她为什么嗤嗤笑，没有这个道理啊！程乙本直接用"带笑向袭人说道"，这就对了！

　　一群女孩子进来了。上一回大观园里已经多了一枝花，香菱进来了，这下子又来了四个，贾母说，亲戚就通通住下来吧，不要走了。贾母看中宝琴，说她又可爱，又漂亮，年纪最小，马上要王夫人把她认作干女儿，心里面甚至想把她配给宝玉了。这个薛小妹很有才，宝玉说不晓得她会不会作诗，把她们通通邀到诗社来吧！那时候有教养的家庭，女孩子大概都会作几首诗，或者吟诗、作对联啊！薛宝琴这么美，曹雪芹要怎么打扮她呢？贾母拿出一件俄罗斯野鸭毛做的斗篷——凫靥裘。宝琴来了，披着一领斗篷，金翠辉煌，不知何物。宝钗忙问："这是那里的？"宝琴笑道："因下雪珠儿，老太太找了这一件给我的。"香菱上来瞧道："怪道这么好看，原来是孔雀毛织的。"湘云道："那里是孔雀毛，就是野鸭子头上的毛作的。可见老太太疼你了，这样疼宝玉，也没给他穿。"宝钗道：

"真俗语说'各人有缘法'。他也再想不到他这会子来，既来了，又有老太太这么疼他。"……湘云又瞅了宝琴半日，笑道："这一件衣裳也只配他穿，别人穿了，实在不配。"这件野鸭子的毛做的大氅，那种绿头的野鸭子，很漂亮的颜色，蓝绿的毛金碧辉煌，穿那一身可以想象有多漂亮。而且她作起诗来，比别人的才都高，可是她与整个《红楼梦》的主题或情节的发展，没有后续的关联，不久，宝琴就嫁走了。最多只表明，薛家不只有薛宝钗，薛家的姑娘个个出众。

至于李纹、李绮两个，更没有多着笔墨，没讲什么话，看不出个性，就作几首诗，摆在那儿，李纹后来嫁出去了，也没什么关联。至于邢岫烟呢，比较特殊一点，因为她跟妙玉的关系，因为得到宝钗的照顾，后来嫁给了薛蝌。但跟宝玉也不是很有关联的。

《红楼梦》里女孩子已经够多了，为什么这个时候安排又来一批，还嫌不够吗？大观园的场景很像我们的传统戏曲，比如说《牡丹亭》有一群花神，舞台上都不讲话的，也不晓得哪个是哪个，反正有一群花神上来，把主角杜丽娘、柳梦梅引上场，她们就下去了。另外一个戏《长生殿》，一开场的时候，一群宫女、龙套、太监跑进来。曹雪芹写这些，就等于把一群龙套放上去，如果没有这些女孩子，这一回不够热闹。大观园里的活动，她们已经作过菊花诗了嘛！现在冬天来了，她们要作对联，那种你对一句、我对一句的即景联诗，一方面表现她们的学问，一方面表现诗才敏捷，你一句我一句热闹得不得了。如果没有这一群，还是原班人又作诗，就重复了，整个也不够热闹了。冬景里面多了这么几个人，还真拿不掉呢！拿掉了这一群龙套，那个场面就不对了。曹雪芹写的就是热闹，就是这个"冬艳图"嘛！一群漂亮的女孩子，穿得五颜六色，在这里作诗吟赋，他就要写这个盛，这还是贾家往上走的时候，写那个人气之旺。场景需要一些主角，也需要一些龙套，跑龙套的也是漂漂亮亮地跑出来，把场面撑起来，所以这一回写得很满，撑起大观园的琉璃世界了。

这里有个细节大家注意一下。这个宝琴，贾母爱得不得了，给她野鸭子的大氅穿，疼她疼得很。湘云嘴巴很直的，她说，看起来有人要吃醋啦！她讲林黛玉恐怕受不了。史湘云很直，黛玉本来也是小心眼嘛！但这一次，黛玉她没有。宝钗就讲，哪有这回事！她拿我的妹妹当她妹妹一样。宝玉心里面本来担心，怕林妹妹吃醋了又要去哄她，咦，他看她没有耶！跟宝琴真似亲姐妹一般，不由得觉得奇怪。

宝玉便找了黛玉来，笑道："我虽看了《西厢记》，也曾有明白的几句，说了取笑，你曾恼过。如今想来，竟有一句不解，我念出来你讲讲我听。"黛玉听了，便知有文章，因笑道："你念出来我听听。"宝玉笑道："那《闹简》上有一句说得最好，'是几时孟光接了梁鸿案？'这句最妙。'孟光接了梁鸿案'这七个字，不过是现成的典，难为他这'是几时'三个虚字问的有趣。是几时接了？你说说我听听。"黛玉听了，禁不住也笑起来，因笑道："这原问的好。他也问的好，你也问的好。"宝玉道："先时你只疑我，如今你也没的说，我反落了单。"黛玉笑道："谁知他竟真是个好人，我素日只当他藏奸。"因把说错了酒令起，连送燕窝病中所谈之事，细细告诉了宝玉。宝玉方知缘故，因笑道："我说呢，正纳闷'是几时孟光接了梁鸿案'，原来是从'小孩儿口没遮拦'就接了案了。"

宝玉故意用《西厢记》的一折来问。《红楼梦》里演的戏，要么《牡丹亭》，要么《西厢记》，这两折戏经常被曹雪芹引用的。《西厢记》里面有一折叫作《闹简》，是说崔莺莺跟张生其实已经暗通款曲了，已经写了信给他，约他晚上见面，红娘还不知道。所以她问莺莺"是几时孟光接了梁鸿案"，孟光、梁鸿本来是夫妇，"案"指的是酒杯啰，接过来喝了，表示两人和好了。宝玉用这个典故，问黛玉跟薛宝钗什么时候讲和的，他还不知道。黛玉说："谁知他竟真是个好人，我素日只当他藏奸。"宝钗果然是有手腕的，连这么难缠的黛玉都被她拢过来了，有没有藏奸还要等后面看，不过呢，黛玉是给她哄住了。宝钗不着痕迹通通摆定，连黛玉都服她了。这时黛玉看着宝琴，心里面又觉得自己孤单了，薛宝钗有姐妹，而自己毕竟是一个孤女，黛玉很容易感伤的。

这一回后半场谁是主角？让谁来表演？史湘云。前面我们知道这个女孩子很大方很豪爽，秋天来了她说请大观园所有人吃螃蟹，菊花开了，作菊花诗。她要请客其实没钱，父母早亡的侯门千金，在家里要做女红过活的。她有男孩子的味道，洒脱、直爽、天真的一个女孩子。前面几次来贾府焦点没在她身上，湘云长得什么样子也不晓得，感觉她一定很漂亮，跟宝黛她们又不一样，曹雪芹这次让湘云突显出来，让她有一个表演的机会。史湘云到贾府来，穿着贾母与他的一件貂鼠脑袋面子大毛黑灰鼠里子里外发烧大褂子，头上带着一顶挖云鹅黄片金里大红猩猩毡昭君套，又围着大貂鼠风领。黛玉先笑道："你们瞧瞧，孙行者来了。他一般的也拿着雪褂子，故意装出个小骚达子来。"湘云笑道："你们瞧我里头打扮的。"一面说，一面脱了褂子。只见他里头穿着一件半新的靠色三镶领袖秋香色盘金五色绣龙窄褙小袖掩衿银鼠短袄，里面短短的一件水红装缎狐肷褶子，腰里紧紧束着一条蝴蝶结子长穗五色官绦，脚下也穿着麂皮小靴，越显的蜂腰猿背，鹤势螂形。她穿了一身里外都有毛的大褂子，头上是顶昭君套，昭君出塞不是有个头兜子吗？又围着大貂鼠围领，这一身毛茸茸的，黛玉笑她像个猴似的，孙行者来了！又说她故意装出个小骚达子样。达子，蒙古人嘛！那些胡人不就是穿得毛毛茸茸的。湘云脱了外套叫大家瞧里面的打扮，一件半新的靠色三镶领袖，靠色就是色系很相近的，又是秋香色盘金五色绣龙窄褙小袖掩衿银鼠短袄，眼花缭乱，这个要慢慢地画出来看，总之她打扮成男孩子的样子，比女儿妆更俏丽些，湘云自己也很得意。曹雪芹给她打扮起来，穿的那一身，这个样子就忘不掉了。曹雪芹他有讲究的，什么时候给她穿什么，作为导演，他要把这几个角色摆平，真的不容易。

在一大片雪地中，这些女孩子打扮起来，就像参加大观园的时装表演一样，他们讲好了，第二天诗社要开了，邀请这些新来的成员一起来联诗。宝玉担心了一晚上，他怕第二天万一没下雪，雪停了，不就很扫兴吗？我们看看这一段写得非常精彩：

　　宝玉因心里记挂着这事，一夜没好生得睡，天亮了就爬起来。掀开帐子一看，虽门窗尚掩，只见窗上光辉夺目，心内早踌躇起来，埋怨定是晴了，日光已出。一面忙起来揭起窗屉，从玻璃窗内往外一看，原来不是日光，竟是一夜大雪，下将有一尺多厚，天上仍是搓绵扯絮一般。宝玉此时欢喜非常，忙唤人起来，盥漱已毕，只穿一件茄色哆罗呢狐皮袄子，罩一件海龙皮小小鹰膀褂，束了腰，披了玉针蓑，戴上金藤笠，登上沙棠屐，忙忙的往芦雪庵来。出了院门，四顾一望，并无二色，远远的是青松翠竹，自己却如装在玻璃盒内一般。于是走至山坡之下，顺着山脚刚转过去，已闻得一股寒香拂鼻。回头一看，恰是妙玉门前栊翠庵中有十数株红梅如胭脂一般，映着雪色，分外显得精神，好不有趣！宝玉便立住，细细的赏玩一回方走。

你们想想看，雪地里宝玉回头一看，哇！栊翠庵那边一片梅花开得像胭脂一般，写景写到这种地步，他别的地方不讲，偏偏讲开了那么盛的红梅，在尼姑庵里边。栊翠庵是妙玉住的地方，一个修行人，种些竹子呀松呀都蛮好，偏偏开了那么艳的红梅在那个地方，宝玉回头一看，吃了一惊。

前面有一回专门讲过妙玉这个人，再看看太虚幻境十二个曲子里〔世难容〕这首讲妙玉：

> 气质美如兰，才华阜比仙。天生成孤癖人皆罕。你道是啖肉食腥膻，视绮罗俗厌；却不知太高人愈妒，过洁世同嫌。可叹这，青灯古殿人将老；辜负了，红粉朱楼春色阑。到头来，依旧是风尘肮脏违心愿。好一似，无瑕白玉遭泥陷；又何须，王孙公子叹无缘。

妙玉在宝玉生日时写贺卡，自称"槛外人"，宝玉回谢自称"槛内人"。妙玉业重，家里让她年轻就出家，越是拒绝世俗，刻意走在向道的路上，佛门虽宽，"槛"越不见得跨得过去。就像贾敬，吞一堆金丹，未能羽化，反而因丹而死。妙玉一心要成佛，到头来"风尘肮脏违心愿"。有些红学研究认为妙玉对宝玉有俗世之情，这恐非曹雪芹的原意。妙玉会扶乩，会算别人的命运，也许她早就看出，最后成佛的是宝玉。

这回宝玉看了这个梅花，其实也是连接到他跟妙玉的关系，后来妙玉就送他一枝红梅，而且他又去替别的女孩子每个人要了一枝。妙玉对宝玉独厚，我认为也非关男女之情。妙玉是如此孤傲之人，岂会在众目睽睽之下让人识出。她对宝玉的看重，应该是对最后真正变成"槛外人"的向往。但她最后还是被强盗抢走了，"无瑕白玉遭泥陷"，就是妙玉的下场。

这回芦雪庵赏雪写得非常美，史湘云跟贾宝玉就到园子里面吃烤肉（barbecue）去了。他们抓了一大块鹿肉，吃得兴高采烈。李婶娘看到了，回来说，一个带玉的哥儿，一个挂金麒麟的姐儿说要吃生肉。一伙人赶快去看——黛玉笑道："那里找这一群花子去！罢了，罢了，今日芦雪庵遭劫，生生被云丫头作践了。我为芦雪庵一大哭！"意思是，你搞成这个样子！湘云冷笑道："你知道什么！'是真名士自风流'，你们都是假清高，最可厌的。我们这会子腥膻大吃大嚼，回来却是锦心绣口。"这就是史湘云，性格、动作都有点像男孩子，所以穿着打扮像男孩子也适合。史湘云因为戴着一个金麒麟，宝玉也得了一个金麒麟不小心丢掉了，湘云跟丫鬟翠缕刚好捡到那个宝玉丢掉的金麒麟，跟湘云的正好一对，一雌一雄，所以很多红学家就认为，"因麒麟伏白首双星"是贾宝玉跟史湘云最后结成了夫妇。可是我们看见，从头到尾，宝玉跟湘云之间，没有一点男女之情，两个人倒像哥儿们，毫无顾忌，吃烤肉，好朋友（buddy buddy），蛮合得来。也有些红学家做了研究，说史湘云最后不是配给卫若兰，我们看她的命运，程乙本叫〔喜中悲〕，庚辰本叫〔乐中悲〕，两者差不多。"襁褓中，父母叹双亡。纵居那绮罗丛，谁知娇养？讲她父母根本很早死掉了，她是个孤儿。幸生来，英豪阔大宽宏量，从未将儿女私情略萦心上。她没有男女私情这回事，跟贾宝玉配成一对也不像。好一似，霁月光风耀玉堂。厮配得才貌仙郎，博得个地久天长，准折得幼年时坎坷形状。那个才貌仙郎卫若兰是有才有貌的，可惜呢，命不长，很早就病死了。终久是云散高唐，水涸湘江。这是尘寰中消长数应当，何必枉悲伤！"那么一个潇洒可爱的女孩子，命却不是很好。

　　下一回他们要即景联诗，史湘云才最敏捷，诗联得最多。曹雪芹很会安排，海棠诗社刚成立的时候，作海棠诗谁是冠军？薛宝钗！第二次作菊花诗，谁是冠军？林黛玉！这第三次联诗的时候，谁夺魁？史湘云！曹雪芹在每一个合适的时候，让她们展一展诗才，评定是用他的标准。下一回，他让史湘云展才。

第五十回

芦雪庵争联即景诗　暖香坞雅制春灯谜

多了几位客人，芦雪庵联诗格外热闹。这回有意思的是什么呢？王熙凤来了。王熙凤没念过书的，照理讲她不会作诗，但她很聪明，她也是十二金钗之一啊！李纨也是，虽然诗作得不好，但她总会作两句呀！王熙凤联句的时候，她先讲她起个头："一夜北风紧。"起得很好，大家诧异，可见得王熙凤她还有这一套的。她这个人不光是聪明、能干，每件事的考虑心机都很深。这几个客人来贾府，有个细节要提出来讲一讲。这里头不是有个邢岫烟吗？让她住在哪儿好呢？王熙凤就安排她跟二姑娘迎春一起住。为什么呀？因为邢岫烟是邢夫人的亲戚，王熙凤不好得罪的，万一住在什么地方受了委屈，那就怪到她身上了，把邢岫烟放在迎春那里，迎春虽不是邢夫人生的，名义上是邢夫人的女儿，放到她那里去，有什么事情让迎春去讲、去负责，就不干她凤姐什么事了。王熙凤就是这么个八面玲珑、算计得不得了的人，她偶尔石破天惊来一个"一夜北风紧"，她也有了入场券了，没有这一句，她不够格（disqualified），还好进出这一句来，大家觉得这个头起得很好，之后可以就这么联下去了。

这些姑娘们在芦雪庵吃完烤肉，喝了酒，然后再联诗，真是神仙的生活，也很符合当时贵族阶级享受生活的形态。乾隆时候中国很富有，看看乾隆本人多会享受就知道了。清代的美学我不是很喜欢，像景泰蓝五颜六色的，不过当时就是那样，西方也是巴洛克风格、洛可可那种东西，完全是堆砌得非常非常满。满，也就是他们当时的生活形态、文化形态。这些女孩子们联诗，一个个都非常有才，你一句，我一句，抢着接。大概也蛮难的，你想，又要押韵，又要即景，又要有意境，才思要敏捷才行。抢到最后，本来是讲两句另一个人才接下去，后来讲一句就抢上去了。史湘云抢得最凶，她不让人，通通联起来了，果然她的诗句最多，这一次她得了冠军。

联完了诗，意犹未尽，她们要宝玉去栊翠庵向妙玉折几枝梅花来。本来是李纨想要折梅花，但她不喜欢妙玉的为人，妙玉太孤僻了。其实即使像李纨这样大奶奶的身份去了，妙玉也未必买账，她不给就是不给，连黛玉那时候喝她的茶，还被她教训了一顿，完全不假以颜色。所以姑娘们都怕她呢！只有宝玉去要，才折了梅花来。那几个客人还没有尽兴，所以让邢岫烟、李纹、薛宝琴她们几个，以"红""梅""花"三个字再作几首诗。所以现在诗社可热闹了，除了原来的成员，又有新的来了。我讲了，龙套角色也很要紧，如果"红""梅""花"这三首诗又是宝钗、黛玉在作，就太重复了。

　　正斗着诗，玩得高兴的时候，有意思，贾母来了，这老太太很会享受生活的。我讲，一个人耐贫穷，当然很要紧，也要有两下功夫才耐得住贫穷。受富贵，也不是件容易的事情，富贵以后，你怎么享受你的生活？史太君，老太太，就是一个最好的例子。"史太君两宴大观园，金鸳鸯三宣牙牌令"，这个老太太儿孙满堂，是很会寻乐的一个老人。讲起来，她也是一个维护宗法社会、维护家族的儒家代表。后来到了抄家的时候，老太太作为一个家庭的领袖，那种精神就出来了。那几个儿子贾赦、贾政简直束手无策，老太太就出来摆平，她向天祝祷，那种威严、承担，绝不是一个平常的老人。后来贾母自己讲，不要以为我只会享受，我是看你们做得不错，我懒得理而已，事情一来，她通通摆平，比那几个儿孙都明智。到底经过很多风浪，对人生看得透了，那种气派、大度，就是中国典型的家长。

　　想想，小说里写得比贾母更好的老太太有哪一个？想不出来。有时候，写困苦、灾难，还容易；写富贵、享乐要写得像曹雪芹这样有趣，不容易。我们的作家，尤其是二十世纪的作家，有点阶级观念，都是非常偏向普罗阶级，对资产阶级总是持批判的态度，腐败、颓废、堕落什么的，所以写出来的总是有偏见。写到富贵人家，都要批判一下子。曹雪芹呢，他也不是不批判，他写着写着，像普鲁斯特的《追忆似水年华》一样，写得兴高采烈起来。他写到从前的那种好生活，我想有些他恐怕也忘了，不忍心去讲。贾母可能真有其人，有人说是曹玺的太太，家里的老祖母。我想他在写到这些人的时候，没有持着要去批判的态度，所以他写得真，不管什么阶级都是人，在他眼里都是众生。他写那些丫鬟也写得很好，很同情她们，在他眼里，通通一样的。我想曹雪芹心胸之宽，才能够以佛家的大悲之心贯串全书，这是这本书很重要的精神。

　　远远见贾母围了大斗篷，带着灰鼠暖兜，坐着小竹轿，打着青绸油伞，鸳鸯琥珀等五六个丫鬟，每人都是打着伞，拥轿而来。你看老太太出来的派头，她说，是瞒着凤姐和王夫人来的，别让她们来，因为按规矩她们不能坐轿子，走了来非得踏雪不可，老太太不要她们踩雪来。所以她悄悄地带几个丫头，坐小轿，打个伞，老太太穿的那一身也很好看，这个画面，这幅"冬艳图"，把老太太也一起放进去了。我想这一回，非常形象化（pictorial），视觉上很有感受。老太太来了，问她吃什么，说了几样都不要，看到糟鹌鹑，说这还不错，要李纨撕一两点腿肉来尝尝。又叫大家坐下，说别我来了就跑了。问他们在干嘛？作诗！老太太就说了，不如作点谜语来玩玩。那些谜语，都很文的，你看看，打一个古人的名字："水向石边流出冷。"谁呀？"山涛。"宝钗就提议了，太雅深的不合老太太的意思，要作些浅近的，大家雅俗共赏才好。史湘云就编了个《点绛唇》，打一俗物："溪壑分离，红尘游戏，真何趣？名利犹虚，后事终难继。"他们猜来猜去，有猜和尚的，有猜道士的，也有猜偶戏人的，一个也猜不着。宝玉却猜着了，他说，是不是那个耍马戏的猴子？众人问，最后面那句"后事终难继"怎么讲呀？湘云说："那一个耍的猴子不是剁了尾巴去的？"史湘云弄个谜语，也是刁钻古怪的。刚刚讲了这是"冬艳图"，凤姐之后来的时候看见了：四面粉妆银砌，忽见宝琴披着凫靥裘站在山坡上遥等，身后一个丫鬟抱着一瓶红梅。你看看，宝琴已经很漂亮了，穿着那一身野鸭子羽毛的大氅，那斑斑斓斓的颜色，后面一个丫头抱了一瓶红梅。如果请一个画家来，每一幅都是仕女图、美人图。贾母又讲了："这山坡上配上他的这个人品，又是这件衣裳，后头又是这梅花，像个什么？"他们就说："就像老太太屋里挂的仇十洲画的《双艳图》。"仇十洲就是仇英，明朝的大画家，画仕女很有名的。一语未了，只见宝琴背后转出一个披大红猩毡的人来。贾母道："那又是那个女孩儿？"众人笑道："我们都在这里，那是宝玉。"这真是一幅欢乐图，按理讲冬天很寒冷，这里却暖烘烘的。贾府极盛的时候，下的那个雪也是暖的，这时候不是一个冷的世界，是琉璃世界。到了最后贾府败了，宝玉出家的时候，那幅雪景对照起来，你就会有了感受，如果把这一回的冬景拿掉，就衬不出后面宝玉出家的那一景，要失掉好大的分量，那个"空"字出不来。因为现在这么满，才显得那样空啊！

　　这一回是极满的，可以这么讲，人生到了最美满、最富贵堂皇的时候。下面更往上走了一步，看看贾家祭祖的时候，那种儒家慎终追远、宗法社会的架式，这里头可说写得淋漓尽致。

第五十一回

薛小妹新编怀古诗　　胡庸医乱用虎狼药

　　从第五十回一直到第七十四回为止，讲贾府之盛可以说一波一波往上翻。大观园的"冬艳图"插进了薛家小妹薛宝琴，曹雪芹写她的美好像还胜过宝、黛，而且才高八斗，能诗能文。但她在整个《红楼梦》里，只是一个装饰性的（decorative）人物，就是多了一个才女，多了一个美人，对整个情节的推展，或是有关贾府的命运，并没有扮演任何角色。她是增加了热闹的气氛，若没有这个人，好像少了一点什么。那个热闹要写到尽，写到顶，原来的几个女孩子们还不够，还要加这么一个人来。她们作完诗又作谜语。宝琴这个女孩子据说很年轻的时候，跟着家里到处游山玩水，很多古迹她都走过，相当博学，她就一连写了十个谜语，以各式各样的古迹为题，也是十首怀古绝句。

　　曹雪芹在这个地方有点炫才了，炫耀他的知识他的才，他的确无所不知，假借了薛宝琴这个人，写了这么十首怀古诗，以古人的故事，古迹的故事，来打十个平常的俗物。这十个谜语好多红学家在猜，譬如第一个《赤壁怀古》：

　　　赤壁沉埋水不流，徒留名姓载空舟。
　　　喧阗一炬悲风冷，无限英魂在内游。

　　谜底是"走马灯"。大概讲那些英雄人物只留下名姓，周而复始在里面转。这十首诗前面的八首，《赤壁怀古》《交趾怀古》《钟山怀古》《淮阴怀古》《广陵怀古》《桃叶渡怀古》《青冢怀古》《马嵬怀古》，都是古迹史迹倒不稀奇，谜底有"喇叭""傀儡"，等等，甚至跑出个"马桶"，反正揣测纷纷。我要提出的是最后两首，一个是《蒲东寺怀古》，一个是《梅花观怀古》，按理讲，"蒲东寺"可能应该是《西厢记》里张生和莺莺小姐相会的"普救寺"，还待考证。这最后两首，一个是写《西厢记》，一个是写《牡丹亭》。《西厢记》跟《牡丹亭》这两出戏跟它们的主题，常常出现在《红楼梦》里。记得林黛玉看《西厢记》吗？听到《牡丹亭》曲子时那个感应，"心动神摇"。元妃省亲的时候点的戏里面，也有《牡丹亭》，所以从头贯串到尾，曹雪芹不断在用这两个作品，元代的、明代的作品。在中国的文学里，不管是戏剧也好，小说也好，要选三本表现中国爱情观的作品，那就是《西厢记》《牡丹亭》《红楼梦》，它是一脉相承的，是中国的浪漫文学、抒情文学一路下来的。我对《牡丹亭》有偏爱，我想《牡丹亭》高过《西厢记》，《红楼梦》又高过前面这两本，对于情方面的诠释，《红楼梦》是无所不包，更加广大了。

看看《蒲东寺怀古》：

> 小红骨贱最身轻，私掖偷携强撮成。
> 虽被夫人时吊起，已经勾引彼同行。

这讲什么呢？讲红娘嘛！莺莺跟张生，红娘撮成好事，谜底打的是"手提的灯笼"。这不难联想。下面这首《梅花观怀古》，当然讲的是《牡丹亭》里的故事。"不在梅边在柳边"，这是很有名的一句，杜丽娘写在她的画上的一句诗，暗含了柳梦梅的名字。

> 不在梅边在柳边，个中谁拾画婵娟。
> 团圆莫忆春香到，一别西风又一年。

这个讲的是"团扇"，倒蛮有道理，秋扇见捐，就是秋天以后扇子不用了。春香手上拿的那把扇子，真的是团扇，杜丽娘那把扇子是折扇，所以谜底打团扇很合理。

曹雪芹只要有机会，就把《西厢记》跟《牡丹亭》拉进来，《西厢记》《牡丹亭》《红楼梦》，在勇于追求爱情方面，都是打破当时的社会禁忌，从某方面来说，通通是反儒家的精神，尤其《西厢记》，以前好人家的女孩子是不准看的，西厢诲淫，女孩子看了思想会走偏。实际上看不看呢？薛宝钗是一个淑女，她也偷看的，当时的青年男女，会偷偷地看这些东西，满足他们对恋爱的渴求。不过在表面上还是要维持大门大户遵从儒家的规矩，像薛宝钗，一听宝琴这两首怀古是以《西厢记》《牡丹亭》为题材的，就来道学一番，说："前八首都是史鉴上有据的；后二首却无考，我们也不大懂得，不如另作两首为是。"黛玉忙拦道："这宝姐姐也忒'胶柱鼓瑟'，矫揉造作了。这两首虽于史鉴上无考，咱们虽不曾看这些外传，不知底里，难道咱们连两本戏也没有见过不成？那三岁孩子也知道，何况咱们？"李纨也主张："如今这两首虽无考，凡说书唱戏，甚至于求的签上皆有注批，老小男女，俗语口头，人人皆知皆说的。"好像没有历史出处的就有那么点不入流的味道，让她们几个讨论一下。其实曹雪芹就是要突出《西厢记》跟《牡丹亭》的这个曲词。

　　这一回的后半部分，有几个地方的细节非常可观。《红楼梦》的神话架构、象征的意义很高，它的写实功夫，任何细节一点也不放过，中国十八世纪的贵族生活，都反映在《红楼梦》的那些细节里，这回就是个例子。袭人的母亲病了，她要离开府中回家探视。袭人是宝玉的丫头，当然她的身份也相当重要，因为宝玉宠她，她在王夫人面前又是兢兢业业、很谨慎的一个丫头，贾母也相当喜欢她。袭人的母亲病危，贾府也蛮有人道精神的，让她回去最后陪伴一下。袭人走之前要到凤姐那儿去报到，给凤姐检查一下，因为贾府的丫头出去要有派头，她也代表了贾府，所以袭人自己是丫头，还要有丫头跟着，后面媳妇、小子前呼后拥五六个人。袭人打扮得也不错了，瞧！头上戴着几枝金钗珠钏，倒华丽；又看身上穿着桃红百子刻丝银鼠袄子，葱绿盘金彩绣绵裙，外面穿着青缎灰鼠褂。也是穿金戴银了。凤姐一看，不行！那个大氅、皮毛还不够，她说："这三件衣裳都是太太的，赏了你倒是好的；但只这褂子太素了些，如今穿着也冷，你该穿一件大毛的。"凤姐就吩咐拿她自己一件没穿过的大氅，说出毛出得不太好，自己不太喜欢，要袭人穿上，从头到脚把她装扮起来。她说："也是大家的体面。说不得我自己吃些亏，把众人打扮体统了，宁可我得个好名也罢了。一个一个像'烧糊了的卷子'似的，人先笑话我当家倒把人弄出个花子来。"宝玉的丫头，从贾府出去的人，可不能有半点差池，这就是他们的规矩。这种地方，我想曹雪芹很可能自己以前过过这样的好日子，否则谁会想到一个丫头出去，还有这种的派头、架式，这么巨细靡遗地写。是他的《追忆似水年华》，有时候写到忘我，当年过的是什么好日子，写得兴致勃勃，所以才让人觉得有生命力，完全没有批判或自怜的东西，他想的是东西多么好吃，衣服多么漂亮，连丫头出去都有这些体面。

　　这里还有个细节，是曹雪芹的人物刻画特别深刻的地方。常常看似不经意的一笔，又把一个人的心地、个性，刻得更深一点。凤姐是个很厉害的角色，她要管这么大的贾府，管两百多人，下面那些佣人、大娘，没一个好惹的，她要罩住她们，不凶不狠行吗？不行的！她跟平儿两个配得正好，一个黑脸，一个白脸。因为她凶她狠，得罪很多人，树敌甚众，平儿在外面替她安抚，以免别人记恨在心。凤姐与平儿这一对妻妾主仆的相处，曹雪芹就写得相当动人。凤姐叫平儿拿那件大氅给袭人，平儿拿了两件出来。袭人道："一件就当不起了。"平儿笑道："你拿这猩猩毡的。把这件顺手拿将出来，叫人给邢大姑娘送去。"邢岫烟是邢夫人哥哥的女儿，家境不好，来投靠贾府的穷亲戚。贾府排场这么大，穷亲戚一进贾府就矮了一截。那幅"冬艳图"，大家都大红大绿、穿金戴银，只有邢岫烟一个人"拱肩缩背"，因为她冷，没冬衣穿，平儿看在眼里，惦在心里，趁便送了一件旧冬衣。凤姐虽然嘴上开玩笑道："我的东西，他私自就要给人。我一个还花不够，再添上你提着，更好了！"心里却是不计较的："所以知道我的心的，也就是他还知三分罢了。"这个地方看得出平儿观察很细心，同情弱小，凤姐也不是不近情理的人。

　　下面又转笔到怡红院晴雯身上。袭人回家去了，照护宝玉的责任就落在晴雯和麝月两个大丫头身上。宝玉半夜里渴了要茶水，要有人在旁边的，她们两个轮流伺候。两个女孩子爱闹着玩，夜里，麝月到外面上厕所去了，晴雯就调皮，要去吓唬麝月。晴雯其实很天真，都讲她个性像一块爆炭，因为她没心机。小女孩也不过十几岁嘛，只想着调皮，那么冷也不穿个衣服，也不披个大氅，就跑出去了。宝玉怕她真吓着了麝月，又怕她着凉，就大声叫：
"晴雯出去了！"晴雯说：你婆婆妈妈的，哪里就把她吓
死了！哪晓得晴雯真的冻病了，这是个伏笔。一病下去呢，
就伏到后来被赶出去，出去病得更重，直到香消玉殒。《红
楼梦》里的人物，常常写到病，病在这本书里头占有很重
要的位置。而且，曹雪芹开起药单来头头是道，对医理也
很在行。这下，给晴雯看病请了个医生来，他开的药单宝
玉一看吃了一惊，有积实、麻黄之类的猛药在里面。宝玉
对药理有所知，他说：不行，这个医生要不得！快点请太
医来再看一看。

《红楼梦》没有大起大落的场景，也不过是春夏秋冬，
过年过节，吃喝玩乐，没有像《三国演义》《水浒传》《西
游记》打来打去、起伏得厉害的剧情，就只有家庭日常生
活（domestic）的东西，不要小看这种日常生活，难写！
你看英国的简·奥斯汀写十八、十九世纪的英国生活，写
来写去就是几个女士在客厅里扇扇扇子，抓一个有钱女婿，
不得了了。到今天，英国小说里她还是祖奶奶，为什么？
她真的抓住了日常生活，每一个场景都写得好，让我们觉
得好像这些生活都在眼前。《红楼梦》也是，你会感觉那
些人物过的吃喝玩乐的生活，都在眼前一样！

第五十二回

俏平儿情掩虾须镯　　勇晴雯病补雀金裘

　　回目中的"雀金裘"，程乙本是"孔雀裘"，这倒没有
什么特别的差别，可是从现在开始，我越看越觉得现在这
个庚辰本有些问题严重，所以不得不把那些有问题的段落
或者有问题的地方，特别挑出来讲。如果意义没有改变，
不伤原来的艺术性就放过它，但是有的不行，有的一字之
差影响全局，或者它多了一句狗尾续貂，把整个场景破坏
了，那就一定要改过来。再提醒大家，我们现在用的庚辰
本，据很多红学家考证说是最早抄本之一，他们都相信，
这是最近曹雪芹的原稿，而且有脂砚斋批文，所以这个本
子是非常有权威性的。很多红学家对程高本，就是高鹗续
的这个本子相当有敌意，觉得他们改了。可是我必须说，
我使用多年的这个桂冠出版的《红楼梦》也是程乙本，是
经过一些学者，像大陆非常有名的启功，还有他们一些红
学家，很仔细地比对、注校，譬如几个本子有不同的写法，

就在合情合理的情况下，选一个最合适的来采用。庚辰本呢，因为他们相信最接近原著，明明有些东西根本错了，或者有些不合适，可能是抄的人多加的或者是删掉的，因为他们相信那是原来的，就不动它。我觉得我要把这种地方挑出来，让大家把版本比较一下。

这一回里面有两件事：虾须镯、孔雀裘。牵涉到两个人：平儿、晴雯。这两个人在《红楼梦》的丫鬟群里面相当重要，所以曹雪芹也安排适当的地方让她们表现。我不知道台湾有没有类似《楼上楼下》（*Upstairs and Downstairs*）这样的连续剧，英国 BBC 这一部戏非常有名。《楼上楼下》讲第一次大战前，爱德华七世那个时代的英国贵族、上层社会家庭里的生活。"楼上"（upstairs）就是讲那些老爷、少爷、夫人、小姐的生活，"楼下"（downstairs）就讲那些佣人、仆妇的生活，描述得都非常好。《红楼梦》也是"楼上楼下"，"楼上"讲那些姑娘、小姐、夫人的生活，"楼下"讲那些丫鬟、佣人、小人物的生活，都很要紧，这才把十八世纪中国的贵族生活，上上下下给了它一个比较全面的描述。

为什么说俏平儿、勇晴雯？"俏""勇"，就是给她们的标签。平儿很俏，很懂事，心地善良。你想这个贾府里面一天有多少事情发生，一定有很多争执风波，各样的吵吵闹闹，层出不穷。要怎么样平息这些小风波，凤姐哪里管得到那么多那么细，而且也比较严厉，一发觉了以后，打四十板赶出去，就是这样处理。平儿的原则是大事化小，小事化无，虾须镯的事就是一件。记得在芦雪庵吃鹿肉吗？吃鹿肉要烤，平儿手上戴了一对镯子，烤肉不方便，就脱下来搁着，一下子不见了一只。开头她想，可能是邢岫烟的丫头篆儿，穷嘛！眼浅，捡走了。你看，穷亲戚进了豪门不容易的，有贼先怀疑到她们身上。后来发觉竟然是宝玉下面的小丫头，叫坠儿，她偷去的。平儿想，如果闹出来，凤姐一定很生气，宝玉也很要面子的，他手下的人做出这种事情来，很丢脸。所以平儿就到怡红院来，悄悄地告诉了麝月：你们找一个机会，把那个坠儿赶走吧！而且她很体贴，交代不要告诉宝玉，免得宝玉面子上下不来，她悄悄地把这个事情摆平就好了，不要伤了任何方面，也不要闹出来。

　　晴雯在生病，发着高烧，看到平儿跟麝月唧唧咕咕，好像鬼鬼祟祟在讲什么。她就跟宝玉说：她们一定是说我病了要把我赶出去。病了怕传染嘛！通常要挪出去。宝玉说：不会的，你们好姐妹。宝玉不放心，又为安抚晴雯就说去听听，一听才晓得平儿大事化小、小事化无的心意，不觉又喜又气又叹。喜的是平儿竟能体贴自己；气的是坠儿小窃，叹的是坠儿那样一个伶俐人，作出这丑事来。因而回至房中，把平儿之话一长一短告诉了晴雯。记得吗？之前凤姐吃醋，因为贾琏把鲍二家的弄进来，凤姐错怪平儿把她打一顿，平儿受到很大委屈，袭人就带她到怡红院来，宝玉叫人拿出胭脂水粉替她重新理妆。宝玉觉得这么一个好女孩，能在贾琏、凤姐之间周旋真不容易，所以对她尽了一点疼惜的心意。现在一听，平儿对他也那么体贴，非常感动，马上告诉晴雯。晴雯的性格果然是块"爆炭"，一听自己怡红院的丫头偷东西，气得不得了，看见坠儿上来，冷不防把她的手一抓，拿个叫作"一丈青"的簪子，戳！戳！戳！一边骂，这个爪子拿来做什么？不会做事只会偷东西！不等袭人回来商量发落，就硬着脾气要把那个小丫头赶走。

虾须镯的事情过去了，晴雯的病仍未见好转，发烧头疼，鼻塞声重。宝玉就叫麝月到凤姐那边取鼻烟来，说："取鼻烟来，给他嗅些，痛打几个嚏喷，就通了关窍。"麝月果真去取了一个金镶双扣金星玻璃的一个扁盒来，递与宝玉。宝玉便揭翻盒扇，里面有西洋珐琅的黄发赤身女子，两肋又有肉翅，里面盛着些真正汪恰洋烟。这大概是个有天使画像的鼻烟盒，清初就能见到了。《红楼梦》里常常写到一些外国来的东西，那个时候，很多外国使节会进贡给皇家。曹家因为受康熙宠，所以常常会得到康熙赐的宫里面的一些贡品，像这种西洋的药、西洋的鼻烟盒，还有珐琅瓷，乾隆时代出口到西方去的，洋人很喜欢，在外面加工了又流回来。曹雪芹看过家中西洋的贡品，在书里面引用也说得通，因为元妃是皇帝的妃子，所以贾府得了很多贡品也是很自然的。

这一回里也写薛宝琴走过很多地方，见识甚广，她也看过一些外国人。乾隆时代很多西方人到中国来，传教的、做生意的，宝琴说有个外国女孩子，大概在中国住久了，对中国的文字也很通的，居然还会写一首诗。可见那时候跟西方接触很频繁，贸易相当盛行。乾隆时代有个很有名的事件：英国派大使来送贡品，乾隆说我们不需要，我们什么都有，然后给了更多让他拿回去。中国的朝廷要使臣下跪，他不肯，朝廷说见了中国的天子都要下跪的。这里种下了鸦片战争的因。十八世纪的英国也渐渐强了，中国还是那种唯我独尊的心态，这就是《红楼梦》的时代，觉得自己是世界的中心，是最富有、最强大的国家，事实上在某方面已经危机重重，不能光看表面了。《红楼梦》写的时候是盛世，不过曹雪芹以他的敏感，已经感受到暗伏在繁荣表面下的危机，十九世纪中国一下子整个垮掉了。书中的贾府这么大这么富有的家族，外强中空，后来也是一下子整个垮掉。

　　在下面讲到的这个细节上，庚辰本有些问题。薛宝琴到贾府来，因为她已经下聘了，许给梅翰林的儿子，家里是把她送来出嫁的，她的嫁妆都带来了。当时女孩子下了聘、定了婚，不对外讲的，贾府这些姐妹们在聊，听说有外国人作的诗，姑娘们就叫她拿出来给大家看看。宝琴说，放进箱子里收着没带来。黛玉很聪明，说："你别哄我们。我知道你这一来，你的这些东西未必放在家里，自然都是要带了来的，事实上都带来了。这会子又扯谎说没带来。他们虽信，我是不信的。"黛玉晓得，她要出嫁的女孩子，怎么可能不带来。看看庚辰本这一行：宝钗笑道："偏这个颦儿惯说这些白话，把你就伶俐的。"我想这不通，太别扭。程乙本是："偏这颦儿惯说这些话，你就伶俐的太过了。"不是顺多了吗！《红楼梦》的好处是它很流畅，不喜欢用特别生僻的冷字，不用弯来撤去的怪文法，读来非常顺当。

曹雪芹一直把那个盛世往上推，连衣服也不例外。贾母不是有一件野鸭子的毛串起来做的大氅给了宝琴吗？老太太还收了另一件宝贝衣服，是什么呢？雀金裘！她让宝玉穿着去做客。他们的应酬很多是皇亲贵戚，宝玉穿了这衣服，金翠辉煌，碧彩闪灼。贾母说："这叫作'雀金呢'，这是哦啰斯国拿孔雀毛拈了线织的。"俄罗斯进贡的，大概也就是王妃这一类赐给贾母的。有的红学家考证，说贾母的原型是曹玺的太太孙氏，记得孙氏是谁吗？是康熙的奶妈，如果真是孙氏的话，康熙恐怕给过她孔雀裘，所以曹雪芹写这个。平常人家不会有孔雀裘、野鸭子毛大氅这种东西，只有他们曹家才可能有。

宝玉出去应酬了。我们讲过，连那个丫头袭人出去，都要前呼后拥，宝玉出去，排场更大了。只见宝玉的奶兄李贵（李贵是他的奶妈的儿子），带着男佣人王荣、张若锦、赵亦华、钱启、周瑞，共六个人，又加了四个书僮茗烟、伴鹤、锄药、扫红，就十个了，背着衣包，抱着坐褥，笼着一匹雕鞍彩辔的白马，早已伺候多时了。还有老妈妈要吩咐他们六人，该怎么样，吩咐了一大堆，然后呢，宝玉才慢慢地上了马。出去的时候，宝玉说，走另外一条，从角门出去吧。为什么？因为原路要经过贾政的书房，他本来看到贾政就像耗子见了猫一样，躲都来不及的，现在贾政不在家，其实应该没什么好怕的。可是啊，贾府规矩大，即使不在家，也要下马表示尊敬。下面的人说，悄悄地溜了不就算了嘛！反正老爷又不在家。宝玉就怕，不行！万一被家里那些老家人赖大、林之孝看见，又说他不懂规矩了。这贾府也很奇怪的，那些老佣人可以训少主，所以最好躲过他们。后来果然碰到赖大，宝玉看见赶快要下马，赖大抱住他腿不让下来，宝玉才走了。下面你看：接着又见一个小厮带着二三十个拿扫帚簸箕的人进来，见了宝玉，都顺墙垂手立住，独那为首的小厮打千儿，请了一个安。这些扫地的小佣人二三十个，见了他，通通立正，那个时候的规矩真大。等下面几回，宁国府、荣国府除夕夜祭祖，看看那不得了的仪式，要讲一讲他们那个规矩的由来。

宝玉去应酬回来，哎呀，不得了！他那件那么重要、那么宝贝的衣服，偏偏烧了一个洞，第二天要过年了，贾母当然要他穿这件衣服，怎么办呢？他们就悄悄地把这衣服送出去给外面的织工，要把它补起来。拿出去又拿回来，没有一个人会补。因为它是一种很特别的金线界线绣的方式，这种针织，很需要功夫的。他们讲，这万一给老太太看见破了一个洞，很扫兴嘛！晴雯病得昏懵懵的，人家讲话还是听得见，忍不住翻身说道："拿来我瞧瞧罢！没个福气穿就罢了，这会子又着急。"晴雯病着，可是一听到这情形，等于宝玉有难，她护主心切，不顾病身爬起来，就要替他补裘，所以叫"勇"晴雯。晴雯嘴巴虽然很厉害，其实对宝玉很深情的，她是用另外一种方式，跟黛玉很像。黛玉有事没事戳宝玉两下，为什么？看他的反应，试他对她的感情到什么地步，戳得宝玉越痛，她觉得爱她爱得越深。这个晴雯也是，她跟宝玉也是没好气，戳他两下，其实她最护主心切，所以就拼命地来补了，补了一夜。宝玉当然很心疼，看她为了补他这孔雀裘一夜没睡，最后终于补好，她说："补虽补了，到底不像，我也再不能了！""嗳哟"一声就昏过去了。这一回相当有名，一方面讲晴雯对宝玉的感情，以及敢于任事的个性，另一方面也讲她的病又加深了一层，后来终致不治。

无论俏平儿还是勇晴雯，她们做了一些事情，看起来是很琐碎的一些场景。你可以想象，晴雯已经病得像什么一样，爬起来，一个晚上，很努力地补这个裘，那一幕也很好看的，非常有戏。晴雯做过什么？撕扇子、补孔雀裘，你会记得她的。曹雪芹就用这种方式，慢慢地堆砌起来，等于一幅幅小画，撕扇子是一幅，补裘是一幅，后来贾府自己抄大观园的时候又是一幅，最后赶出去。通通拼接起来，晴雯这个人的形象，就突显出来了。而且呢，等于是在这些地方埋了伏笔，通通为了要完成在她被赶出去后，宝玉去看她，两个人生离死别的一幕。那是《红楼梦》里边非常重要的场景，前面这些，都是为了这一场做准备的。晴雯是"心比天高，身为下贱。风流灵巧招人怨"。这个丫鬟心性这么高，这么自负。为什么自负？第一，长得漂亮，眉眼像林妹妹。第二，她的针黹、女红，是丫鬟里面的第一名。从前看女孩子能不能干，要看她的针黹行不行。晴雯手最巧，所以她是很自负的，后来被赶出去，被侮辱，被糟蹋，这两边的落差，显出晴雯的悲剧。

　　晴雯跟黛玉，她们的命运是很相近的，所以写晴雯其实是写黛玉，晴雯的故事就是黛玉的前奏，等于是替黛玉的悲剧埋下了伏笔。晴雯不是单独的一个事件，《红楼梦》写人物，写事件，好像是不相干的事陆陆续续发生，其实都指向最后怎么来叙述，来讲通黛玉之死，这才是本书的最高潮。要准备那个高潮，前面有好多好多的铺垫，光是黛玉的故事还不够，还要让晴雯的故事也进来，两个合起来，悲剧的含量才够大，影响才够，撞击才够深。所以这些细节大家都不要放过，最后看到黛玉之死的时候，再回过来细想，一切就有道理了。

第五十三回

宁国府除夕祭宗祠　荣国府元宵开夜宴

　　过年了，贾府要祭祖。贾家有世袭的两个爵位，一个是宁国公贾演，一个是荣国公贾源。这两支传下来，就是贾代化、贾代善。再传下来，宁国府贾敬，因为贾敬修道不管事，早早就传给贾珍。荣国府贾赦、贾政，爵位在贾赦。贾府两边两个爵位，通常封一个爵位就很不得了，他们有两个连在一起，你想那个声势多么浩大。

　　先讲宁国府，除夕要祭宗祠，他们到底是大房，所以祖先的祠堂是设在宁国府的。除夕全部动员起来，都要去宁国府那边祭祖。贾敬沉迷炼仙丹，平常他不管事，除夕他回来祭一下祖又走了，实际的主事者是贾珍。过年、祭祖都是要花钱的，像宁国府、荣国府几百人的开销，生活相当奢侈，他们靠什么呢？基本上他们封爵的时候都有封地，这些地可能在乡下，可能好几个村是他们的，所以靠收租，靠地里的庄稼收成，每年很重要的收入靠这些。当然，皇家也给他们钱，但很有限，有时候反馈回去的可能更多，像那些太监通通要打点好，要做公关的，跟朝廷那边的关系弄不好不行，要透过这些公公帮着打点。记得吗？秦氏死的时候，贾府就给她丈夫贾蓉捐一个官位，因为办丧事，贾蓉没有官位不好看，谁来搞这个呢？太监夏公公。花几百两银子经这个太监去买一个官位，所以他们花的这种钱也是不得了。

　　贾府日用开销和过年过节的花费，都设有乡下的掌柜管理。这一回，黑山村的乌庄头来进贡，这只是一个村，还有好多其他的村。乌庄头来了，贾珍道："这个老砍头的今儿才来。"因为他们在等，过年要用钱，要用很多物资。乌庄头带了清单，递上一个红帖子："门下庄头乌进孝叩请爷、奶奶万福金安，并公子小姐金安。新春大喜大福，荣贵平安，加官进禄，万事如意。"倒是个乡下人的口吻。拿了什么东西来呢？打开单子，上面写：

　　　　大鹿三十只，獐子五十只，狍子五十只，暹猪二十个，汤猪二十个，龙猪二十个，野猪二十个，家腊猪二十个，野羊二十个，青羊二十个，家汤羊二十个，家风羊二十个，鲟鳇鱼二个，各色杂鱼二百斤，活鸡、鸭、鹅各二百只，风鸡、鸭、鹅二百只，野鸡、兔子各二百对，熊掌二十对，鹿筋二十斤，海参五十斤，鹿舌五十条，牛舌五十条，蛏干二十斤，榛、松、桃、杏穰各二口袋，大对虾五十对，干虾二百斤，银

霜炭上等选用一千斤、中等二千斤，柴炭三万斤，御
田胭脂米二石，碧糯五十斛，白糯五十斛，粉粳五十斛，
杂色粱谷各五十斛，下用常米一千石，各色干菜一车，
外卖粱谷、牲口各项之银共折银二千五百两。外门下
孝敬哥儿姐儿顽意：活鹿两对，活白兔四对，黑兔四
对，活锦鸡两对，西洋鸭两对。

不得了吧！你看，光是那个炭，银霜炭上等选用一千
斤、中等炭二千斤、柴炭三万斤，这么多东西，猪、羊、
鹿一大堆，那个骡车不晓得要多少车，这么拖进来。你想
象那个场面，那个乌庄头，领了大队车拉来这些山珍野味，
过年要用的东西通通都来了。这个单子，你们记一记，等
到贾府被抄家的时候，也有个单子，写得清清楚楚，金子
多少两，银子多少两，如意多少个，什么东西多少，跟这
个对照一下，当年轰轰烈烈地进来，后来凄凄惨惨地出去，
通通给刮光。所以曹雪芹写实的地方也是到顶的，他不是
随便写的，不是三言两语讲了很多东西，而是一样一样通
通列出来。

虽然这么多东西了，贾珍还说，你又来打擂台，又来
敷衍我了，这两三千两银子怎么够过年！乌庄头说，今年
有旱涝，收成不好，我这算好了，其他那几个庄更糟。当
然抱怨了一大堆啰。贾珍说，你这要我为难了，这怎么
办？这年不好过。乌庄头就说了，娘娘和万岁爷岂不赏你
们？他想，贾府是皇亲国戚，有女儿当皇妃，还怕什么？

这点也讲了出来，贾家那种生活，也蛮累的。贾蓉等忙笑道："你们山坳海沿子上的人，那里知道这道理。娘娘难道把皇上的库给了我们不成！他心里纵有这心，他也不能作主。岂有不赏之理，按时到节不过是些彩缎古董顽意儿。纵赏银子，不过一百两金子，才值了一千两银子，够一年的什么？这二年那一年不多赔出几千银子来！头一年省亲连盖花园子，你算算那一注共花了多少，就知道了。再两年再一回省亲，只怕就精穷了。"这个话不是随便讲的，又讲到曹家了。曹家受康熙宠爱，康熙六次南巡，四次曹家接待，你想曹家怎么吃得消，要花多少银子做这种准备，每次都弄得亏空数万两银子。那时候康熙的国库还丰盈得很，就给他们暗暗补起来，后来雍正上来了，雷厉风行，曹家获罪，革职抄家的其中一个原因是亏空。所以他这个地方也是有所本的，就是想到从前他们家的处境。

宁国府已经很窘迫了，荣国府也好不到哪去，凤姐东挪西弄地也是亏空，后来补不起来怎么办呢？跟鸳鸯悄悄商量把贾母一些东西运出去当，贾府弄到要悄悄当东西，外面的架式撑起来，里面的苦衷不少。很多中国以前的家庭是这样子，要面子，盛的时候下不来，所以贾家被抄了以后，贾母倒讲了一句话，趁这个时候，收敛一下也好。空架子撑在那里，要好多钱的。

贾珍拿到这些东西，不光他们宁国府、荣国府要过年，还要分一些给那些穷亲戚，难弄吧！那些穷亲戚都跑来领了，其中有一个贾芹，凤姐不是给他弄了个职位，派他去管那些尼姑道士吗？这个贾芹很不上道，也跑来要。贾珍就训他一顿说，从前，你没有位置的时候，我都给过你很多，现在你还来要，那么贪，已经给你东西了，看看你的样子，你穿得像个手里使钱办事的吗？而且你在家庙里面干了什么事情？为王称霸起来，夜夜招聚匪类赌钱，养老婆小子。你还来领这个，给你一顿棍子呢！后来，果然是贾芹跟那些尼姑、女道士爆发了一些事情。我觉得奇怪，贾府那个家庙水月庵里，又有尼姑又有道士，可见得明清时代佛道不分，贾芹去勾一个叫作沁香的尼姑，又同时勾一个叫作鹤仙的女道士，那时候都是混在一起的。

到了除夕晚上，贾府的子弟们通通进来了，排班准备祭祖。这个时候的贾府家族，充分显示了中国的宗法社会、儒家体制之下那种繁文缛节。祭祖，一直到今天还有，台湾也有宗祠，不过现在没有那种派头就是了。这个地方，曹雪芹特别安排了一个旁观的人，来看他们怎么祭祖，正如最开始的时候，用林黛玉的眼光来看贾府的气派。安排谁呢？薛宝琴！宝琴跟贾府没什么密切的关系，可以看得比较新鲜、客观、清楚。先看这个宗祠门口，两边一副对联："肝脑涂地，兆姓赖保育之恩；功名贯天，百代仰蒸尝之盛。"这种歌功颂德的语气，庚辰本说是"衍圣公孔继宗书"，孔子的后代写的。大家看看宗祠里的摆设，悬了一面九龙金匾"星辉辅弼"，是先皇御笔。你看不得了吧！皇帝赐的。两边一副对联："勋业有光昭日月，功名无间及儿孙。"这是皇室给他们很高的期许，都是御笔。

再往里的正殿，也有一面御笔写的匾，讲到儒家核心的价值："慎终追远"。整个讲起来，西方信基督教的最高阶层（hierarchy）一定是上帝，中国有些是佛家、道家，如果一般人，就是慎终追远，祭祖宗。祖宗给我们保佑，要我们继承他们的勋业。继承，就是慎终追远。要靠什么慎终追远呢？靠仪式，经过祭祖的仪式，让我们跟祖先联结起来，再往下传给子子孙孙。就是旁边御笔对联讲的："已后儿孙承福德，至今黎庶念荣宁。"

仪式是有很多规矩的。只见贾府人分昭穆排班立定（昭穆：左右）：贾敬主祭，贾敬是男的那一辈里现在位置最高的。贾赦陪祭，贾珍献爵，贾琏贾琮献帛。贾琮从没有在任何其他的情节出现过，反正是贾府的亲戚就是了，而且一定是跟贾琏同辈的。宝玉捧香，贾菖贾菱，这大概都是跟宝玉同辈的亲戚，展拜毯，守焚池。青衣乐奏，三献爵，拜兴毕，焚帛奠酒，礼毕，乐止，退出。非常庄严，非常有秩序的。儒家最重要就是要维持社会秩序，这仪式排出来，就是一个社会秩序了，长幼有序在仪式上完全显露出来。然后呢，众人围随着贾母至正堂上。那边仪式行礼完了，这边要祭祖了。影前锦幔高挂，彩屏张护，香烛辉煌。上面正居中悬着宁荣二祖遗像，皆是披蟒腰玉。他们其实是以武功起家的，曹家也是这样，曹玺是跟了多尔衮去打仗，打胜了，所以有了官爵，这个贾家也是。开始上贡了，祭品就是一道道的菜，你看它怎么个仪式：每一道菜至，传至仪门，贾荇贾芝等便接了，按次传至阶上贾敬手中。一个一个传，传到辈分最高者的手里。贾蓉系长房长孙，独他随女眷在槛内。每贾敬捧菜至，传于贾蓉，贾蓉便传于他妻子，又传于凤姐尤氏诸人，直传至供桌前，方传于王夫人。王夫人传于贾母，贾母方捧放在桌上。邢夫人在供桌之西，东向立，同贾母供放。要经过这么繁复的仪式，完毕了，贾蓉就退下来。凡从文旁之名者，贾敬为首。名字文字边的辈分最高。下则从玉者，贾珍为首。名字斜玉旁，那边有好多。再下从草头者，贾蓉为首；左昭右穆，男东女西，俟贾母拈香下拜，众人方一齐跪下，将五间大厅，三间抱厦，内外廊檐，阶上阶下两丹墀内，花团锦簇，塞的无一隙空地。鸦雀无闻，很庄严、很肃穆的。只声铿锵叮当，金铃玉佩微微摇曳之声，并起跪靴履飒沓之响。一时礼毕，贾敬贾赦等便忙退出，至荣府专候与贾母行礼。这边完了，要一起到荣国府去，还要向贾母下跪行礼。这种仪式，是否每一家都这样呢？后来有研究说，旗人的规矩比汉人还要大，还要烦琐。曹家是满化的汉人，他们的文化是满人汉人的文化合起来的。据余英时先生考证，他说其实汉族的仪式，那个时候已经没有这么繁复了，但是旗人还守着这么严。我想满人开始的时候，是从低文化的民族爬起来的，向高文化的汉人那边去，要征服汉人，至少要把汉人那一套学会。清朝的成功之一，就是汉化非常地道，而且还超过汉人，儒家那套东西，他们学得更快。元朝那么快灭亡，大概蒙古人汉化得不够。清朝两百多年，居然少数民族能够控制这么大的中国，他们把汉人的文化通通消化了，当然他们也希望保持满人八旗的特点，但后来慢慢腐化掉。学汉人那一套学得太像太过了，当初在辽宁那个地方的活力就慢慢消失了。所以是两难，不汉化也不行，汉人会抵制他们，开头为了一个剃头令，就死了多少人！曹家，他们也是满化得非常厉害，同时留存了汉人的习俗，所以曹雪芹能写实写得这么细密，这么彻底。

　　贾母回府去，过年又是非常热闹的演戏，他们自己家里有戏班子，那些小伶人芳官、藕官都能唱的。这个时候还怕自己的家班不够隆重，外面再招一班来，特别招待他们那些亲戚。来了以后演什么戏呢？《西楼·楼会》，讲一个书生跟一个妓女的故事。演书生的于叔夜赌气去了，那个小孩子文豹也会插科打诨："你赌气去了，恰好今日正月十五，荣国府中老祖宗家宴，待我骑了这马，赶进去讨些果子吃是要紧的。"当然那些老太太高兴得不得了，老祖宗喊一声："赏！"下面老早已经预备着几箩筐的钱，丢到台上面去，这就是贾府的派头。这个时候在写贾府的盛，借过年、过节、过生日来显示，后来贾府衰败了，在过年、过节、过生日的时候，那种冷清前后对比，世间的兴衰无常就更明显了。贾母是个会享富贵的人，她的品位很高，她点戏就点了一折《寻梦》，这是昆曲中经典又经典的了。十八世纪正是昆曲最盛的时候，差不多要从盛入衰了。乾隆的御用伶人有上千个，那时候的宫廷戏，一上去上百人，像现在西方的芭蕾舞剧一样盛大。乾隆这个十全老人，爱派头，这本书也有乾隆时代的派头，那时候的宫廷文化，可能跟法国的路易十四、路易十六可以一比，一种奢侈的极致。曹雪芹写的时候，不自觉地就把当时的盛况记载下来了。

从前过年从除夕一直过到元宵，元宵的时候一定要请客，要唱戏，娱乐亲朋好友。家里有戏班子，就高人一等。据说，苏州这个地方最盛的时候，家班子有几百个，你的家班子，我的家班子，互相拼比的。还有呢，哪一家的厨子很厉害，到他家去请个客，非常风光。后来败掉了，那些厨子出来开饭馆，什么厨、什么菜之类的，还要挂着家厨的名号。到贾府做客的那些人，大概家里都有戏班子的，所以贾母请客，派头一定要摆出来。

第五十四回

史太君破陈腐旧套　王熙凤效戏彩斑衣

　　贾母这个人，是儒家宗法的护持者，但另一方面，她看事情的角度很有思想的深度，在这一回就讲出来了。这时候过年，正月十五以前，大概都一直在请客，贾母就请亲朋到家里来看各种表演。有一种传统说唱，有点像现在的苏州评弹，拿个琴、拿个响器就讲故事。在北方，京韵大鼓、梅花大鼓也是属于这一类的说唱。

　　到贾母这边做客的，多半是女眷，所以说唱的人也多半是女的，她们叫作"女先儿"，庚辰本恐怕多一个字——"女先生儿"，这个"生"多余了。女先儿讲的故事大概都有些老套，有一个女先儿讲了《凤求鸾》，是说那时候有个姓王的公子，叫王熙凤，名字刚好跟凤姐一样，不过这是个男的。有个小姐叫作雏鸾，琴棋书画无所不通……贾母一听，就说我知道了，这个王公子看到这个小姐，两个人就要好了，所以叫作《凤求鸾》。然后呢，贾母发议论了，这种俗套东西，都说成什么才子佳人，她讲："只一见了一个清俊的男人，不管是亲是友，便想起终身大事来，父母也忘了，书礼也忘了，鬼不成鬼，贼不成贼，那一点儿是佳人？"那时候很多戏里头，总是在讲什么后花园私定终身，那些小姐都没看过男人的，一下子后花园跳进一个公子来，两个人就私定终身了。贾母在某方面还是儒家那一套，她就讲说都是这些人编出来的，把人讲得太坏，我们不听这些东西。

大家记得吗？曹雪芹在一开章的时候，就讲他写《红楼梦》，不是普通的才子佳人的故事，不是老套，他写的这些佳人，各有个性，贾母讲的这些话，恐怕也是曹雪芹的观点。曹雪芹这本书非常有独创性（original），他能够创造出贾宝玉这么一个奇怪的人来，一生下来，就是抓胭脂，抓水粉，也不要笔，也不要墨，以儒家的价值来看，完全不合。但曹雪芹并不是要诋毁儒家，他以一种同情的了解，肯定这个社会需要秩序，在秩序之下固然有很多人痛苦，但反叛这个秩序，也造成更多痛苦。这么大一个家，是要一种规矩、一种制度来维持的。贾母不听这些老词儿，她要女先儿弹一些曲子来听好了。恰好王熙凤进来了，凤姐对贾母真的会奉承，会哄她开心，所以讲她"效戏彩斑衣"，效法老莱子为了要娱乐他的老母，装小孩的样子。凤姐也懂这一套，讲了一些笑话，弄得大家笑得不得了。庚辰本这个地方：大家坐在一处挤着，又亲香，又暖和。"亲香"我想不对，程乙本是"亲热"：又亲热，又

暖和。贾母就说，我们家里也有个班子，叫那些女孩来秀
一下。贾母就点戏了，她说："叫芳官唱一出《寻梦》，只
提琴至管箫合，笙笛一概不用。"只用箫来伴奏。薛姨妈
因笑道："实在亏他，戏也看过几百班，从没见用箫管的。"
贾母戏看得多，她能别出心裁，一般伴奏用笛子，用箫声
更加呜咽、缠绵，我想可能也很好听。她就跟这几个小女
孩说，我们这些薛姨妈、李婶娘，家里面都是有戏的，都
内行，你们要好好地唱。她叫芳官唱《寻梦》，芳官大概
唱闺门旦唱得不错。《寻梦》是《牡丹亭》里杜丽娘唱的
一出折子戏，讲杜太守的千金杜丽娘，一个十六岁的女孩
子，有一天在花园里游园，突然间感受到春色如许，自己
芳华虚度，希望有一个人来跟她共享。这么一想，她就做
了一个梦，果然梦中有这么一个书生柳梦梅来了，跟她在
牡丹亭幽会，这就是《惊梦》。惊梦醒来，想到余情未了，
她又回到园子里，再去寻找梦中的情境，看到牡丹亭、芍
药栏，看到各式各样景色依旧，可是书生身影杳然，不得
不承认那只是个梦中的情人，回去以后非常伤心，后来就
得了相思病亡故。死后变成一缕芳魂，她又找到了情人柳
梦梅，人鬼幽媾，深情感动鬼神，最后柳梦梅挖开坟穴，
她又回生了。这是一个爱得死去活来的戏，由十几支曲牌
连在一起，是很高的抒情诗的境界。

　　演了《寻梦》，贾母又发表意见了。她指着史湘云，
她的那个侄孙女，说："我像他这么大的时节，他爷爷有
一班小戏，偏有一个弹琴的凑了来，即如《西厢记》的

《听琴》,《玉簪记》的《琴挑》,《续琵琶》的《胡笳十八拍》,竟成了真的了。"这都是非常有名的昆曲的折子。那个《续琵琶》是谁写的？是曹寅，曹雪芹的祖父写的，他在这个地方用上了。这个《续琵琶》现在北京的昆曲院把它又重排过了。贾府中，看戏反映了他们的生活，尤其是元妃省亲点的戏，更反映他们的命运。这里面写的，应该有很多是曹雪芹回忆他少年时候家里演戏的盛况，我随便算了一下，《红楼梦》里面提到的昆曲，最起码有十出，当时比较经典的《西厢记》《牡丹亭》《长生殿》，还提到《一捧雪》《玉簪记》《西楼记》《钗钏记》《八佾记》，曹雪芹的祖父写的《续琵琶》，特别是里面那一折《胡笳十八拍》，后来京剧改成很有名的《文姬归汉》，讲汉朝的蔡文姬嫁到胡人番邦，后来曹操让她回来的故事。曹雪芹很崇拜他的祖父曹寅，曹寅很有学问，很会享受生活，自己写传奇本子。那时候写传奇、写剧本的，都是文人雅士，所以昆曲跟元曲、元杂剧不一样，昆曲的作者很多是当官的，他们算一算，有四五十个进士会写剧本。《牡丹亭》的作者汤显祖也是很有社会地位的人，那时昆曲是雅部，文人雅士、王公贵族都喜欢，是他们的生活中少不了的娱乐，也表示一种品位，就像现代人喜欢去看芭蕾舞、听听歌剧，不懂没关系，反正进去欣赏就好了。像贾母这样有自己的家班子还不够，还外面请戏班子来娱乐嘉宾，那表示她有一定的社会地位。乾隆时代的确如此，不仅昆曲是艺术，很多种艺术形式都臻于顶峰，《红楼梦》也到达文学的高峰又高峰，后来者再也追不上这种爆发的创作力量。

　　昆曲跟《红楼梦》是很搭调的文化氛围，到乾嘉时代就走下坡了。昆曲基本上起源于昆山，昆山在上海附近。现在提到昆山是台商集中地，我也去过昆山，到处都是工厂，看不见一点昆曲的味道。事实上，那个地方产生过中国很了不得的艺术。昆曲流传以后到了苏州，苏州这个地方是当时的昆曲重镇，再往南京、杭州、扬州……这些地方，都是曹雪芹熟悉的。曹家的江宁织造是在南京，《红楼梦》故事发生的真正地点，应该是南京，但他隐掉了。北京这个地方，是抄家以后，曹雪芹他们全家再回到北京去。江南文化的结晶以昆曲为代表，也就是《红楼梦》的味道。我不能想象贾母看个闹哄哄的地方戏，那是慈禧太后爱看的，老佛爷的品位比较粗糙一点。康熙、乾隆都很喜欢昆曲，昆曲的兴盛，跟当时皇家的提倡也很有关系。后来昆曲衰落，其中原因之一就是失宠了，没有皇家的支持了。西方的古典音乐也是一样，莫扎特，他要去宫廷里演给那些贵族听的。慈禧太后不喜欢昆曲，她喜欢京戏，京戏是花部，昆曲是雅部，因为慈禧喜欢花部，京戏就兴盛得不得了，宫里的那些供奉，像谭鑫培、杨小楼他们都是唱京戏的。京戏大盛当然有很多原因，皇家提倡是主要原因之一。如果老佛爷还很爱昆曲，可能昆曲会继续兴盛下去的。

　　比《红楼梦》早一点的一部小说《儒林外史》，也是乾隆时代的，里面有个风流雅士杜慎卿，那时就在南京莫愁湖举行了一个昆曲大赛。据说光南京一个地方，有六七十个班子，那些戏班唱旦角的，六七十个人通通扮上，在莫愁湖边演出，全南京的富商都租了花艇停泊在那儿欣赏，一唱唱了通宵达旦，最后选出个冠军来，还给他一个很大的金杯，震动江南。他们的那个昆曲比赛，小说中虽然是虚构，可能也就是当时的生活形态，不经意地就写进去了。

贾府的元宵过完了，这一回也有几个地方我挑出来。放炮仗了，王熙凤也撒娇，她很害怕，尤氏就把她抱着，庚辰本写，尤氏笑道："你这孩子又撒娇了。"我想尤氏跟王熙凤是平辈，不可能叫她孩子，而且这时候是她们两个在开玩笑，其实尤氏受王熙凤打压蛮厉害的，逮到机会也要戳她两下，说她"听见放炮仗，吃了蜜蜂儿屎的"，讽刺她举止轻狂。程乙本是"你这会子又撒娇儿了"，口气比较合情合理。庚辰本说到元宵过完了之后，十八日便是赖大家，十九日便是宁府赖升家，二十日便是林之孝家，二十一日是单大良家……意思是那些管家们，每个人家里开个 party，都来迎贾母到家里面去玩。这个不大可能。大家想一想，贾母到他们仆人家里去只有一次，是贾政的乳母赖嬷嬷，她的地位很高，很有面子，在贾母面前可以平坐平起的，因为她的孙子赖尚荣捐了一个官，她家里面也有蛮好的排场，赖大又是荣国府的管家头头，贾母才会赏脸的。哪有可能林之孝这些人也都开起 party 来请人，没这个规矩，根本请不动的，就是赖嬷嬷来请，还要三番四次先通过凤姐的安排。程乙本没有这段，庚辰本这里还跑出一个单大良家，这很奇怪，从头到尾根本没有单大良这个人，你看它说：这几家，贾母也有去的，也有不去的。我想贾母不可能随便去哪家，她从初一到十五已经累得不得了，自己家一连串的 party，哪里还有精神去仆人家参加 party，所以我想这个不合理，跟程乙本一比对，这个应该是多余的。

第五十五回

辱亲女愚妾争闲气　欺幼主刁奴蓄险心

　　贾府过一个年，前后里外许多折腾，王熙凤累得小产了，病倒在床。这也是个伏笔，王熙凤后来早早病逝，从这个时候开始伏下因。荣国府没有人掌家了，名正言顺应该是李纨出来，她是大媳妇，但李纨不是管家的料，她是很规矩、很谨慎的一个人，丈夫贾珠早逝，她一心一意把未来寄托在儿子贾兰身上。在书里她是扁平人物之一，写得平淡而恰如其分，但曹雪芹有时候也会不经意地点一下，比如她讽刺凤姐几句也蛮厉害的，颇有神来之笔，让她的人性展现出来。平常，李纨就是带着小姑们做做针黹、吟诗作赋，平平过日子。这时候王熙凤病了，要她撑上来就难称职了，王夫人也知道的，就配了几个助手给她，其中一个就是三姑娘探春。

　　到目前为止，我们只知道迎春、探春、惜春这"三春"里面，三姑娘探春是最出众的。她是贾政的庶出，赵姨娘生的女儿，但贾母、王夫人都喜欢她，她也自觉跟王夫人亲，与母亲赵姨娘不合。其实在贾家，探春最能干、最有头脑、最有眼光，她常遗憾自己不是个男孩子，若是个男子，她要把这个家撑起来的。我想以探春的个性，那些叔叔伯伯的行为，她不以为然的，很多时候看不下去。她是很正直的一个人。她是贾政的女儿，有贾政的正直，但没有贾政的迂腐，她被赋予管家重任，颇像儒家兼法家，不但有道德标准甚高的家规，而且执法甚严。前面曹雪芹没有刻意写探春，但已经在适当的时候点了一下。还记得吗？贾赦想娶鸳鸯做妾的那一回，闹到贾母跟前，贾母生气了，怪王夫人说：我有什么你们都想要！老太太责怪媳妇是严重的事，王夫人素日谨慎，自己不敢辩解，下面的媳妇李纨、尤氏也不敢讲话，连宝玉也不便出头。这时候探春站出来，说老太太错怪了，贾母忙叫宝玉去安慰王夫人。探春是未出嫁的女儿，在家里是有特权的，家人视为"娇客"，可以撒撒娇。贾府三个未嫁女儿，迎春懦弱，惜春太小，只有探春，遇事能出头表示意见。

　　这一回布置好舞台，让探春演这场戏剧，当然是曹雪芹的巧思。他真是个好导演，把人物调来调去，调得恰得其时，这个时候是哪个人上场，这个时候谁在演戏，这个时候谁是主角，他都有安排，不会乱的。接下来的两场戏，三姑娘都充分表现出她的才能、个性。一场是她跟母亲赵姨娘的关系，这是《红楼梦》最有趣、最有意思的人际关系之一。一场是后来搜检大观园，曹雪芹都生动地表现（dramatize）探春这个角色。三姑娘出场气势非凡，当曹雪芹要突出一个人，他会在最恰当的时候给她机会表现，也许本来她在一群女孩子中看不出什么特别，到这个节骨眼让她飙起来。三姑娘不是个省油的灯，她那种耿直的、不买账的个性这一回出来了。

王夫人让探春协助掌家，这个地方另外有一个小节很要紧——王夫人又托了一个人，谁呢？宝钗！曹雪芹在这里伏了这么一笔。表面看起来，也不过请宝钗一起来帮忙，其实背后意义非凡，宝钗本来是亲戚，怎么会管得到贾家的事情呢？因为宝钗个性妥当，面面周全，她一言一举、人际关系，王夫人看在眼里，这时候让她来管管家，也为选媳妇埋下伏笔。宝钗协助探春，她也恰如其分、不多不少，该进言的时候讲几句，不该说她不会去侵犯。从某方面来说，宝姑娘比三姑娘还要厉害，三姑娘还会得罪人，宝姑娘更沉潜。这个女孩子，她处理实际事务的能力一点不下于探春，但因为她是亲戚，不能像探春这样揽权，所以处处都很恰当。李纨如果揽权，我想探春也会尊敬她的，到底她是嫂子，但这不是她所长。这三个人，配合得蛮好。贾府里面那些佣人，本来兴高采烈，那个厉害的管家婆凤姐病了，这下子赌钱喝酒都来了。哪晓得这三个人上台以后，分工合作，巡夜的巡夜，查勤的查勤，比凤姐管得更严，"刚刚的倒了一个'巡海夜叉'，又添了三个'镇山太岁'"，他们可一点都没有占到便宜。

探春跟她母亲赵姨娘的关系，素来是最引起争议的

(controversial)，读者常有不同的观感和判断。过去宗法社会所谓的孤臣孽子，庶出的地位到底是生来就差那么一大截的。如果她的母亲出身很好，有外家撑腰，那又不一样，可是赵姨娘就是丫鬟扶正，没什么知识，身份很下贱。贾政那时娶的妾，主要就是当奴婢一样服侍他，因为王夫人已经有了儿子，所以赵姨娘虽然再生了一个儿子贾环，也不管用的，况且贾环本身也不济事。赵姨娘本身素质不够，自己觉得她是最受打压的一个人，好处没有，坏处都落到她身上，动不动又被贾母、王夫人骂几句。还记得吗？宝玉被打的时候，赵姨娘跑去东讲西讲，贾母骂：就是你们这些小妇！"小妇"指姨太太，平常东穿梭西穿梭乱讲话，激怒贾政把宝玉打成这样子，我要跟你们算账！赵姨娘挨了一顿排头，心中忿忿不平，逮到机会就使坏。连凤姐是晚辈都爬到她头上去，欺负她，正因为看到贾母、王夫人厌恶她。如果贾母、王夫人对她怜悯，好歹她也生儿育女，她的日子可能好过些。赵姨娘自己不识相，讲话常常不得体，处境堪怜，为人可厌，而且还愚昧得很。有一次，她被煽惑找马道婆作法，中国民间相信，拿一个纸人钉钉钉，就把那个人钉死了。那么钉两下，宝玉真的发病了。凤姐跟宝玉，这两个人她最恨，恨凤姐打压她，恨宝玉阻碍了她儿子的地位。宝玉奄奄一息，贾母哭得要命，赵姨娘在旁边说："不如把哥儿的衣服穿好，让他早些回去，也免些苦……"你看这个女人，多么不会讲话，常常在最不恰当的地方，讲最不恰当的话，这个样子当然惹厌。这一回，因为她整天惹是非，连那些唱戏的小女孩、小伶人，她也跟她们打架，被那些小伶人一哄上来扯她头发，把她痛扁一顿。这么不堪的一个人，是探春的亲生妈妈，探春自尊心那么强，偏偏有这样的母亲，母女俩当然处得不好。看看下面这件事情有意思了。

探春掌家了，有个佣人媳妇吴新登家的来说："赵姨娘的兄弟赵国基昨日死了。昨日回过太太，太太说知道了，叫回姑娘奶奶来。"赵姨娘的兄弟，就是探春的舅舅啰！不讲探春的舅舅，讲赵姨娘的兄弟，因为赵国基是贾府的佣人，虽然赵姨娘当了贾政的妾，因为她没有地位，所以她弟弟也没有地位，仍是个佣人。在那个宗法社会有时候血缘还不管用的。这吴新登家的是个老佣人，她讲了以后，便垂手旁侍，再不言语。意思是看你怎么办。所以"欺幼主刁奴蓄险心"，这些下面管事的，这些大婶大娘们，没有一个好惹的，她们就是趁这个机会整你两下，看你怎么处置！这真是个尴尬的情况，对探春来说，一方面他是她的舅舅，一方面他又是个佣人，家里的佣人死了给多少钱，有一定规矩的，因为是她舅舅也许可能通融一点。可是探春现在刚刚掌家，她要立威，大家都在看有没有徇私。那个吴新登家的很有经验，如果是凤姐持家，她老早报告了，前例什么人是多少两，拿出来给凤姐参考。现在她一句话不讲，看你怎么办。探春当然明白他们在试她，她叫吴新登家的别走，就问李纨。李纨说，袭人的妈妈不是刚死吗？赏了四十两。其实，那是特别的。因为王夫人心中已经把袭人看作宝玉的妾了，所以特别给她四十两，是比较宽待的。吴新登家的听到李纨这么讲了，拿了牌子就要走了。探春道："你且别支银子。我且问你：那几年老太太屋里的几位老姨奶奶，也有家里的也有外头的这两个分别。家里的若死了人是赏多少，外头的死了人是赏多少，你且说两个我们听听。"吴新登家的以为探春不懂，原来她一点都不糊涂。就回说："这也不是什么大事，赏多少谁还敢争不成？"探春笑道："这话胡闹。依我说，赏一百倒好。若不按例，别说你们笑话，明儿也难见你二奶奶。"这下晓得厉害了。那个吴新登家的说，那我快点去查了一下，再来告诉你。探春说："你办事办老了的，还记不得，倒来难我们。你素日回你二奶奶也现查去？若有这道理，凤姐姐还不算利害，也就是算宽厚了！还不快找了来我瞧。再迟一日，不说你们粗心，反像我们没主意了。"吴新登家的满面通红，忙转身出来。吴新登家的本来要考她，这种琐琐碎碎的，看似小事，探春是精明的，一下把吴压住了。这就是掌家！吴新登家的出去以后，下面那些其他的人都咋舌，这是个厉害角色来了。

　　这个麻烦事情还没讲完，赵姨娘一把鼻涕一把眼泪跑进来了。因为是姨娘嘛，李纨、探春就站起来让她。赵姨娘怎么讲？"这屋里的人都踩下我的头去还罢了。姑娘你也想一想，该替我出气才是。"一面说，一面眼泪鼻涕哭起来了。探春忙道："姨娘这话说谁，我竟不解。谁踩姨娘的头？说出来我替姨娘出气。"赵姨娘道："姑娘现踩我，我告诉谁！"就是你，你就踩我的头！讲起来也是，她本来以为这个女儿掌权了，她可以有点好处，自己弟弟死了，按人情来说，是女儿的亲舅舅，还要来说项啊！她诉苦了，讲她没脸什么的。探春就说："原来为这个，我说我并不敢犯法违理。"这是老祖宗的规矩，什么人赏二十两，通通写得清清楚楚的，没有什么有脸没脸的。讲了一大堆，后来就讲出心事来了。探春晓得，赵姨娘来找碴儿，因为王夫人宠她，她向王夫人靠拢，赵姨娘一肚子酸，吃醋嘛！你往当权派靠拢，自己亲妈不认，认王夫人，当然满肚子心酸。先捣了蛋再讲，让探春难堪，下面好多佣人都在那里，她来哭哭闹闹的。探春的脸下不来，她只好讲了："依我说，太太不在家，姨娘安静些养神罢了，何苦只要操心。太太满心疼我，因姨娘每每生事，几次寒心。我但凡是个男人，可以出得去，我必早走了，立一番事业，那时自有我一番道理。偏我是女孩儿家，一句多话也没有我乱说的。太太满心里都知道。如今因看重我，才叫我照管家务，还没有做一件好事，姨娘倒先来作践我。倘或太太知道了，怕我为难不叫我管，那才正经没脸，连姨娘也真没脸！"这讲出心内话来了。王夫人看重我，才让一个庶出的女儿管家，这是抬举。刚刚一上来，你就来捣蛋，弄得王夫人知道了不让我管了，我的面子当然挂不住，你也没有什么脸面哪！赵姨娘也有自己一番道理，她讲："太太疼你，你越发拉扯拉扯我们。你只顾讨太太的疼，就把我们忘了。"探春道："我怎么忘了？叫我怎么拉扯？这也问你们各人，那一个主子不疼出力得用的人？那一个好人用人拉扯的？"这母女俩杠起来了，各人有各人的立场，从赵姨娘来说，你现在得宠了，你也分点好处给我，拉扯拉扯我一下。探春说，你要是自己争气，还要什么拉扯的？对赵姨娘，她躲都来不及，但因为那是她妈也没办法。一个不懂事的妈，碰到一个不讲情面的女儿，这两个人怎么办？

李纨想做和事佬，在旁只管劝说："姨娘别生气。也怨不得姑娘，他满心里要拉扯，口里怎么说的出来。"探春忙道："这大嫂子也糊涂了。我拉扯谁？谁家姑娘们拉扯奴才了？这个话讲得重了。他们的好歹，你们该知道，与我什么相干。"撂出狠话来了！她妈是个奴才，那个赵国基也是个奴才，她可在里面是个娇客，贾政、王夫人、贾母一点没有把她当庶出来看，她要她的地位。赵姨娘气的问道："谁叫你拉扯别人去了？你不当家我也不来问你。你如今现说一是一，说二是二。如今你舅舅死了，你多给了二三十两银子，难道太太就不依你？分明太太是好太太，都是你们尖酸刻薄，可惜太太有恩无处使。姑娘放心，这也使不着你的银子。明儿等出了阁，我还想你额外照看赵家呢。如今没有长羽毛，就忘了根本，只拣高枝儿飞去了！"这个妈，还不懂，又给她几句，他是你舅舅，不是奴才。探春气得要命，问道："谁是我舅舅？我舅舅年下才升了九省检点，那里又跑出一个舅舅来？王子腾，王夫人的弟弟，升了这个大官，那才是我舅舅，哪里又跑出个舅舅来？我倒素习按理尊敬，越发敬出这些亲戚来了。既这么说，环儿出去为什么赵国基又站起来，又跟他上学？为什么不拿出舅舅的款来？"你看看这种宗法社会之下，规矩严，有时候也许我们觉得不合理，但那时候就是那个样子。赵国基，她的亲舅舅，在她家里还是个奴才，探春不认，她就只认王夫人这支的。她说："何苦来，谁不知道我是姨娘养的，必要过两三个月寻出由头来，彻底来翻腾一阵，生怕人不知道，故意的表白表白。也不知谁给谁没脸？幸亏我还明白，但凡糊涂不知理的，早急了。"这母女俩吵得不可开交，各有各的理，各据一词。探春不认妈，不认舅。但是很奇怪，看完了以后，好像读者对探春这点蛮宽容的，并不在这一点上讲她没良心。因为有那么一个妈，也很难相处，利害上也是，如果她跟赵姨娘搞在一起，王夫人、贾母这边，她就会失宠了。这也是个现实，看赵姨娘的行为，一定常常惹祸，所以探春避之唯恐不及。

后来探春远嫁，赵姨娘喜滋滋地跑过去说，恭喜你，嫁得远远的。所以赵姨娘也真是不懂事，不过她很气，跟人说，她是我肠子里面爬出来的，还对我这个样子。她气这个女儿不向着她。这母女俩的关系，我想那个时候的宗法社会，可能也常有，当姨太太，如果是身份低微的人爬上来，在这种家庭里面不好受的。皇宫里面也一样，正宫不用说了，一定是家世很显赫的，那些妃子如果是进宫来，外家很强、很厉害，她的地位又不一样，宫女扶正的那种，就差很远了。所以我们要判断探春这个态度，可能也要把那时候的社会制度，全盘列入考虑，否则以现在观念来讲，好歹是妈妈和舅舅，这样的态度，好像是探春人格的瑕疵。看你怎么看，至少曹雪芹写的时候合情合理，他把这个赵姨娘写得很活，好像真有那么一个人，愚昧、可厌、坏心眼，又可怜。后来赵姨娘死的时候，他们就把她丢在铁槛寺里头，大家走了，没人管她。贾环还不懂事，跟王夫人说，我也走了！王夫人讲你自己的妈死了，你还不去陪！在那一刻，我想曹雪芹起了悲天悯人之心，赵姨娘那么不可爱的一个人，曹雪芹让贾政另外一个姨娘去看她。周姨娘在书里不大露面的，也没生个孩子，大概规规矩矩、谨谨慎慎的，从没有她的戏。在那一刻，周姨娘来看了一下赵姨娘，她心里倒抽一口冷气，想着做姨娘的下场也不过如此，死在那里没人管！她还有儿子呢，我呢，连儿子都没有，以后还不晓得怎么样呢！就是这么几句话，给了赵姨娘那么不堪的一个人应有的同情。

　　探春掌家要立威，这时候正好平儿来了。平儿等于是王熙凤的左右手，也有她相当的地位，王熙凤要她来看看有什么可以帮忙的。来的时候，还有其他人也在回事儿，要这样要那样的，探春通通打回票，在她来讲，能省的都省掉。探春知道贾府已经慢慢变成一个空架子，她东省一点，西扣一点，当然于大事无补，可是她心中是明白的，这个家总有一天要垮的。她很在乎贾家的命运，能够省的东西，她就想办法都省下来。平儿来了以后，探春就故意在众人面前说，就是二奶奶的也不买账，又说是不是你们家凤姐病昏了，让这些下面的媳妇来欺负我们。平儿就出去训了那些下面的媳妇，从这个训话里，也看出了她对探春在家庭的地位和个性的了解——平儿指众媳妇悄悄说："你们太闹的不像了。他是个姑娘家，不肯发威动怒，这是他尊重，你们就藐视欺负他。果然招他动了大气，不过说他个粗糙就完了，你们就现吃不了的亏。他撒个娇儿，太太也得让他一二分，二奶奶也不敢怎样。你们就这么大胆子小看他，可是鸡蛋往石头上碰。"那下面都说，哪里敢，哪里敢！她们就说都是赵姨娘惹的，推到赵姨娘身上。

平儿讲："罢了，好奶奶们。'墙倒众人推'，那赵姨奶奶原有些倒三不着两，有了事都就赖他。你们素日那眼里没人，心术利害，我这几年难道还不知道？二奶奶若是略差一点儿的，早被你们这些奶奶治倒了。饶这么着，得一点空儿，还要难他一难，好几次没落了你们的口声。众人都道他利害，你们都怕他，惟我知道他心里也就不算不怕你们呢。前儿我们还议论到这里，再不能依头顺尾，必有两场气生。那三姑娘虽是个姑娘，你们都横看了他。看错了！二奶奶这些大姑子小姑子里头，也就只单畏他五分。你们这会子倒不把他放在眼里了！"凤姐在这个贾府，上上下下这多人里面，就怕探春。探春这个人比较正直，凤姐那套瞒上欺下的行为，她看不惯。有时候她对凤姐也不买账，凤姐也就让她五分。我讲过，没有嫁出去的女儿，在家庭的地位蛮高的。外面娶进来的媳妇，有时候不好跟大姑、小姑去吵的，吵的话这个媳妇不贤慧。对媳妇来讲，要让个几分也要看人，像迎春，外号叫"二木头"，就没有一个人怕她，因为她懦弱。三姑娘不然，所以凤姐也怕她几分。

平儿去摆平了，回来报告凤姐，凤姐到底有大将之风，探春故意给她没脸，你看她的反应——凤姐儿笑道："好，好，好，好个三姑娘！我说他不错。"凤姐并没有心中生怨，反而佩服她。凤姐说，她又认得字，比我又厉害了一层。她跟平儿讲，三姑娘拿我来做样子，砍几下，你不要去顶她。平儿说：还要你讲，我早就替你摆平了。这个地方有意思，凤姐讲管家很难："你知道，我这几年生了多少省俭的法子，一家子大约也没个不背地里恨我的。我如今也是骑上老虎了。虽然看破些，无奈一时也难宽放；二则家里出去的多，进来的少。凡百大小事仍是照着老祖宗手里的规矩，却一年进的产业又不及先时。多省俭了，外人又笑话，老太太、太太也受委屈，家下人也抱怨刻薄；若不趁早儿料理省俭之计，再几年就都赔尽了。"凤姐心里也明白，这个家不好撑，再撑还能撑多久呢，她自己也很难讲。秦氏死的时候，不是变成鬼魂来跟她讲了吗？有一天，我们这么大的家族，树倒猢狲散，你早不防的话，到那时家业败尽，什么都没有了。这本书很重要的一个情节的推演是讲贾府兴衰，这个时候，有意无意都在朝向家业难撑，贾珍也在抱怨，凤姐这个当家的人也说难。几百人的一大家，要生活，要撑给外面看，你是皇亲国戚，是元妃娘家，不能太过寒酸。凤姐处境很难。

凤姐跟平儿讲了一些体己话，她对林黛玉，对薛宝钗，也都有一些评语。她就讲了，这些人都不中用："环儿更是个燎毛的小冻猫子，只等有热灶火炕让他钻去罢。真真一个娘肚子里跑出这个天悬地隔的两个人来，我想到这里就不伏。"她又讲薛林两个很有意思："再者林丫头和宝姑娘他两个倒好，偏又都是亲戚，又不好管咱家务事。况且一个是美人灯儿，风吹吹就坏了。倒是形容得蛮好，林黛玉弱不禁风，风吹就倒。讲薛宝钗，一个是拿定了主意，'不干己事不张口，一问摇头三不知'，也难十分去问他。大智若愚。她评价三姑娘，倒只剩了三姑娘一个，心里嘴里都也来的，心里有计算，嘴巴又能讲，又是咱家的正人，又是我们家里面的人，太太又疼他，虽然面上淡淡的，皆因是赵姨娘那老东西闹的，心里却是和宝玉一样呢。比不得环儿，实在令人难疼，要依我的性早撵出去了。如今他既有这主意，正该和他协同，大家做个膀臂，我也不孤不独了。"你看看凤姐下面想的："按正理，天理良心上论，咱们有他这个人帮着，咱们也省些心，于太太的事也有些益。若按私心藏奸上论，我也太行毒了，也该抽头退步。她自己知道做了不少狠事，惹人厌，私心上正好让她去顶一顶。回头看了看，再要穷追苦克，人恨极了，暗地里笑里藏刀，咱们两个才四个眼睛，两个心，一时不防，倒弄坏了。趁着紧溜之中，他出头一料理，众人就把往日咱们的恨暂可解了。你看，推到探春身上去，于公于私，凤姐讲得头头是道。还有一件，我虽知你极明白，恐怕你心里挽不过来，如今嘱咐你：他虽是姑娘家，心里却事事明白，不过是言语谨慎。他又比我知书识字，更利害一层了。知道自己学识不足。如今俗语'擒贼必先擒王'，他如今要作法开端，一定是先拿我开端。凤姐很懂的。倘或他要驳我的事，你可别分辨，你只越恭敬，越说驳的是才好。千万别想着怕我没脸，和她一犟，就不好了。"

你看凤姐这个人，八面玲珑，很懂事的。平儿不等说完，便笑道："你太把人看糊涂了。我才已经行在先，这会子又反嘱咐我。"凤姐跟平儿妻妾之间的关系很有意思的。平儿是忠心耿耿一心向着凤姐，宝玉讲她，以贾琏之俗，凤姐之威，她还能够在中间处得这么好，这个平儿不简单。她当然也有几分姿色，能让王凤姐这个醋海子不吃醋何其难，即使这样还给她打了几个耳光。她们妻妾之间，是《红楼梦》写得极好的小地方。你看王凤姐又讲："我是恐怕你心里眼里只有了我，一概没有别人之故，不得不嘱咐。既已行在先，更比我明白了。你又急了，满口里'你''我'起来。"平日在人前不好讲"你"的，一定要称二奶奶，现在她们两个之间没有旁人了，平儿跟她也不讲这套了，平儿说："偏说'你'！你不依，这不是嘴巴子，再打一顿。难道这脸上还没尝过的不成！"两个妻妾之间互相开玩笑了，她们的关系很亲的，凤姐也靠她，否则凤姐不能成大器。然后你看，凤姐儿笑道："你这小蹄子，要掂多少过子才罢。看我病的这样，还来怄我。过来坐下，横竖没人来，咱们一处吃饭是正经。"下面那几行：平儿屈一膝于炕沿之上，半身犹立于炕下，陪着凤姐儿吃了饭，服侍漱盥。凤姐叫平儿来，陪她吃饭，这里没人了。平常不可以的，平儿一定要站在那里服侍她，她是她的丫头，又是妾侍，一定要服侍凤姐吃完饭，她才好自己用餐。凤姐说不要了，我们俩一块儿吃饭。平儿虽然上来了，你看，一个脚跪在炕上面，另一个还立在下面，还不敢一下坐下来。这就是规矩。到这个时候，她一只腿能够在炕上跪一下，已经不得了，已经是非常恩宠了，另一只还要立在下面。这就是《红楼梦》的小细节，曹雪芹一点都不放过的。

第五十六回

敏探春兴利除宿弊　时宝钗小惠全大体

　　这回的回目"时宝钗小惠全大体"，庚辰本这个"时"字我没见过这么用，"时宝钗"什么意思呢？程乙本是："贤宝钗小惠全大体"，我想这个就对了。庚辰本这个本子，基本上是拿来做研究用的，最原始的是什么样子，就保留什么样子，纵然明显是当初抄错，也不改它。我想，"贤"宝钗，比较合理。往下还有一句话：只见院中寂静，只有丫鬟婆子诸内壸近人在窗外听候。"壸"（kǔn），宫中的路。"诸内壸近人"，这本来讲皇宫内院里面那些人，我想这个字在这里用得有些奇怪。《红楼梦》的白话文非常好，是非常流畅的，程乙本这句是：只有丫鬟婆子，一个个都站在窗外听候。我觉得流畅多了。一个个，一定有一群嘛，都站在窗外听候。庚辰本那个要解释，就是王国维讲的"隔"了，整个意象反而不活了。

　　我稍微跳着讲这一回，大家注意看细节。这回承续前面让探春表现，她知道贾府的收入越来越少，想办法兴一些小利，能省则省，在她而言，也是一番心意而已，要整个撑起贾府，是非常难的。比如她发现贾府里有好些不合理的浪费，甚至每个月姑娘丫头用的头油脂粉，府里拨了预算让买办的统一采购，结果买来的都是不合用的东西，姑娘们又得用自己的月钱另买，她说："钱费两起，东西又白丢一半，通算起来，反费了两折子，不如竟把买办的每月蠲了为是。此是一件事。第二件，年里往赖大家去，你也去的，你看他那小园子比咱们这个如何？"平儿笑道："还没有咱们这一半大，树木花草也少多了。"探春道："我因和他家女儿说闲话儿，谁知那么个园子，除他们带的花、吃的笋菜鱼虾之外，一年还有人包了去，年终足有二百两银子剩。从那日我才知道，一个破荷叶，一根枯草根子，都是值钱的。"探春才办了几天事，就知道当家过日子不易，买办中饱浪费，老仆人赖大家的小园子都能生产获利，大观园那么大的地方，为何不能种菜种花？于是想出了个主意，把大观园里的这个院、那个村用来种菜种花、养鸡养鸭。你不要小看，那么大一个园子，如果养起来呢，也有不少东西，她们算一算，如果发出去，也有几百两银子的收入。而且还有一个好处，把这些分派给那些婆子，那些看园子的老嬷嬷们，让她们各有所得，种花的种花，种菜的种菜，养鸡养鸭的，通通分配起来，她们也很高兴，调动起她们的积极性，不是比花银子打点她们做事更好吗？探春想出这个法子来，跟那些老婆子一讲，大家欢天喜地，个人揽个人的去了。

　　薛宝钗更进一步，她想到分给这些老婆子了，没分到的那些人，心中不平，一定给她们捣蛋的，那怎么办呢？要给她们利益均分一下，每年收多少钱上来，对那些没得到的，挪一点分给她们，心就平了，当然也就更加积极也帮着这些人，虽然是小惠，但是呢，有了额外的进益，对她们两个人管家，大家也就服了。这一回里曹雪芹用许多细节，写宝钗思虑周密、顾及全体的做事才能。宝姑娘虽出身富有人家，但深谙下层人的心理，对生意如何分配又有见地，比如她建议，总共就是这么一点点钱，就不必归入公中去算账了。又说那些日夜在园中照看、当差的人，关门闭户，起早睡晚，大雨大雪，都很辛苦，分一星点小利给他们："你们有照顾不到，他们就替你照顾了。"

　　那些老婆子们心想，新来管的还体恤，她们好好地把园子打理起来又可以有收入。实行以后，果然她们种那些花草种得更起劲了，收成更多了。宝钗又借机教导："你们只要日夜辛苦些，别躲懒纵放人吃酒赌钱就是了。不然，我也不该管这事；你们一般听见，姨娘亲口嘱托我三五回，说大奶奶如今又不得闲儿，别的姑娘又小，托我照看照看。我若不依，分明是叫姨娘操心。你们奶奶又多病多痛，家务也忙。我原是个闲人，便是个街坊邻居，也要帮着些，何况是亲姨娘托我。我免不得去小就大，讲不起众人嫌我。倘或我只顾了小分沽名钓誉，那时酒醉赌博生出事来，我怎么见姨娘？你们那时后悔也迟了，就连你们素日的老脸也都丢了。这些姑娘小姐们，这么一所大花园，都是你们照看，皆因看得你们是三四代的老妈妈，最是循规遵矩的，原该大家齐心，顾些体统。你们反纵放别人任意吃酒赌博，姨娘听见了，教训一场犹可，倘若被那几个管家娘子听见了，他们也不用回姨娘，竟教导你们一番。你们这年老的反受了年小的教训，虽是他们是管家，管的着你们，何如自己存些体统，他们如何得来作践。所以我如今替你们想出这个额外的进益来，也为大家齐心把这园里周全的谨谨慎慎，使那些有权执事的看见这般严肃谨慎，且不用他们操心，他们心里岂不敬伏。也不枉替你们筹画进益，既能夺他们之权，生你们之利，岂不能行无为之治，分他们之忧。你们去细想想这话。"家人都欢声鼎沸说："姑娘说的很是。从此姑娘奶奶只管放心，姑娘奶奶这样疼顾我们，我们再要不体上情，天地也不容了。"未来，宝钗是要扛起家业的，这时候调兵遣将、施小惠全大体，蛮有成效的，所以是"敏"探春、"贤"宝钗携手合作。

第五十七回

慧紫鹃情辞试忙玉　　慈姨妈爱语慰痴颦

　　这一回又着笔在贾宝玉跟林黛玉之间的感情，这两个有仙缘的小儿女，经过种种试探互相交心了，几次以后，黛玉心中比较平复了，这么一来，爱情故事不就没意思了吗？不吵架就平下来了，到这里又掀起一个高潮。庚辰本"慧紫鹃情辞试忙玉"，这个"忙"不太通，应该是程乙本的"莽"，"慧紫鹃情辞试莽玉"。忙玉，讲他是急急忙忙的，怎么试他？讲他莽玉，就是傻傻的，讲几句就不得了了。怎么回事呢？这天宝玉去看黛玉，在外面碰到紫鹃。这个场景安排，是要让紫鹃上场。到现在为止，紫鹃还没有表演的机会，袭人、平儿、鸳鸯、晴雯都表演过了，她们的个性也都鲜明了，这次轮到紫鹃了。紫鹃并不是黛玉从家里带来的，是贾府派在潇湘馆服侍黛玉的。紫鹃敏感、聪明，对黛玉忠心耿耿，她在旁边看得清楚，暗暗为黛玉着急。黛玉在贾府，虽得贾母宠爱，但这毕竟不是她的家，贾母宠她，一部分是对已逝女儿贾敏的移情，况且黛玉的父亲又去世了，婚姻大事没有人替她做主，如果贾母未能替她定下宝玉的事，这段缘不会有结果，失去贾母照顾，她在贾府的处境堪怜。紫鹃想替黛玉试试宝玉的心，看看宝玉对黛玉的感情到底到什么程度。

宝玉碰到紫鹃，因为紫鹃是黛玉的丫头，当然宝玉对她特别另眼相看，而且他们从小在一起玩惯了的，有时候会开开玩笑。他看紫鹃穿得很薄，在风口里坐着，就说："穿这样单薄，还在风口里坐着，看天风馋，时气又不好，你再病了，越发难了。"庚辰本"看天风馋"这个词句，我在别的书上没见过这么个用法，它的意思是被风侵袭，这用法有点怪。程乙本里没有这句，就是："穿这样单薄，还在风口里坐着，时气又不好，你再病了，越发难了。"不是很顺嘛！宝玉还是很天真的，讲完以后，就用手去摸一摸紫鹃。紫鹃就说了："从此咱们只可说话，别动手动脚。一年大二年小的，叫人看着不尊重。打紧的那起混帐行子们背地里说你，你总不留心，还只管和小时一般行为，如何使得。下面这句讲的重了，姑娘常常吩咐我们，不叫和你说笑。你近来瞧他远着你还恐远不及呢。"说着便起身，携了针线进别房去了。受了这么一个冷落，宝玉大吃一惊，心中浇了一盆冷水，就坐在那里发呆了，也不进去了，他以为是真的，黛玉不要跟他亲近了，也不让她下面的人跟他亲近了，是不是要跟他疏远了？这下子非同小可，一时魂魄失守，心无所知，随便坐在一块山石上出神，不觉滴下泪来。

　　黛玉另外一个小丫头雪雁看见了，就进来跟紫鹃讲，宝玉不光是在发呆，他在那里掉泪，怎么回事？紫鹃一听说他在桃花下面，沁芳亭后面，就跑去了，说道："我不过说了那两句话，为的是大家好，你就赌气跑了这风地里来哭，作出病来唬我。"宝玉说："谁赌气了！我因为听你说的有理，我想你们既这样说，自然别人也是这样说，将来渐渐的都不理我了，我所以想着自己伤心。"紫鹃便走近挨着他讲话，宝玉说："方才对面说话你尚走开，这会子如何又来挨我坐着？"紫鹃还要骗他："你都忘了？几日前你们姐妹两个正说话，赵姨娘一头走了进来——我才听见他不在家，所以我来问你。正是前日你和他才说了一句'燕窝'就歇住了，总没提起，我正想着问你。"记得吧？谁给黛玉燕窝吃了？本来开始是宝钗，宝钗跟黛玉两个人和好了，宝钗把她收拢过来，给她送燕窝，黛玉当然很感激。因为黛玉到底住在贾家，虽然得老太太的宠，她也不想去麻烦下面的人，宝钗就说我来弄给你吃。后来宝玉知道了，跟她说，燕窝有什么呢！我来吩咐一下，只管问他们要。他告诉凤姐跟老太太听，每天给黛玉送一两燕窝。宝玉说："这要天天吃惯了，吃了三二年就好了。"紫鹃调皮，她故意讲："在这里吃惯了，明年家去，那里有这闲钱吃这个。"宝玉听了大吃一惊，他说："谁？往那个家去？"怎么？黛玉要回去？紫鹃道："你妹妹回苏州家去。"宝玉笑道："你又说白话。"你乱讲了，苏州是原籍，因为没有了姑父姑母才来的，明年回去找谁？可见得你撒谎。紫鹃冷笑道：你太看小了人。你们贾家是大族，你以为你们贾家最大，林家除了她父母外，也有很多人的，回去不一定要靠她父母。她大了，姑娘大了要出嫁的。

　　紫鹃说话的意思是在试探，除非黛玉嫁给你们贾家，否则不能老在你们贾家住的。她又故意挤兑他两下说："林家虽贫到没饭吃，也是世代书宦之家，断不肯将他家的人丢在亲戚家，落人的耻笑。所以早则明年春天，迟则秋天。这里纵不送去，林家亦必有人来接的。前日夜里姑娘和我说了，叫我告诉你：将从前小时顽的东西，有他送你的，叫你都打点出来还他。他也将你送他的打叠了在那里呢。"东西都要拿回去了。你看下面的反应：宝玉听了，便如头顶上响了一个焦雷一般。紫鹃看他怎样回答，只不作声。紫鹃就是想挤他说出，他去跟老太太讲，娶林姑娘。她要挤着他去讲。这个节骨眼儿上，晴雯来找宝玉回去。晴雯见他呆呆的，一头热汗，满脸紫胀，忙拉他的手，一直到怡红院中。袭人见了这般，慌起来，只说时气所感，热汗被风扑了。无奈宝玉发热事犹小可，更觉两个眼珠儿直直的起来，眼睛也瞪直了，口角边津液流出，皆不知觉。给他个枕头，他便睡下；扶他起来，他便坐着；倒了茶来，他便吃茶。众人见他这般，一时忙乱起来……

　　这下子紧张了，宝玉整个人傻掉了。他跟黛玉之间的感情非常直接的，听说黛玉不理他，听说她要走了，好像一锤子打下去，人整个昏掉了。袭人害怕了，又不敢马上告诉贾母，就去请老奶妈李嬷嬷来。李嬷嬷问他几句，也没有回答，就用力去掐他嘴唇上面的人中，中医相信人中是命脉所在，人中掐了几下竟也没有知觉，李嬷嬷是个无知无识的老太太，可了不得了，"呀"的一声便搂着放声大哭起来。急得袭人说到底是怎么回事，李嬷嬷讲："这可不中用了！我白操了一世心了！"大家信以为真，整个怡红院哭起来了。这里写宝玉对黛玉感情之深，他的反应那么大，那么强烈！

晴雯便告诉袭人，刚刚宝玉跟紫鹃不知道讲了什么，就变成这样。袭人听了马上到潇湘馆来了。紫鹃正在服侍黛玉吃药，本来袭人这个人很温和、很懂礼貌的，这时候急了，一进来就质问："你才和我们宝玉说了些什么？你瞧他去，你回老太太去，我也不管了！"说着，便坐在椅上。黛玉忽见袭人满面急怒，又有泪痕，举止大变，便不免也慌了。连袭人也这个样子，一定是大事不好，问她怎么回事。袭人哭着说："不知紫鹃姑奶奶说了些什么话，那个呆子眼也直了，手脚也冷了，话也不说了，李妈妈掐着也不疼了，已死了大半个了！连李妈妈都说不中用了，那里放声大哭。只怕这会子都死了！"你看黛玉，这下子黛玉真正是最直接的反应：黛玉一听此言，李妈妈乃是经过的老妪，说不中用了，可知必不中用。哇的一声，将腹中之药一概呛出，抖肠搜肺、炽胃扇肝的痛声大嗽了几阵，一时面红发乱，目肿筋浮，喘的抬不起头来。你看看这个反应这么激烈！林姑娘从来不这样的，也顾不得了，顾不得脸面，顾不得什么东西了！一听宝玉要死了，这下子非同小可，她多年的心病，一急，急得药也吐出来了。紫鹃忙上来捶背，黛玉伏枕喘息半晌，推紫鹃道："你不用捶，你竟拿绳子来勒死我是正经！"黛玉讲得那么直白，一听宝玉要死了，立刻是生死以之的痛苦。紫鹃说："我并没说什么，不过是说了几句顽话，他就认真了。"不过开开玩笑。袭人说，你还不晓得那个傻子，每每顽话认了真。黛玉说，你快去快快去！你讲什么去解去！

这下子不光是贾母知道了，王夫人也知道了，在那边不晓得怎么办。贾母一看到紫鹃，眼内出火，她闯了大祸。谁知宝玉见了紫鹃，方嗳呀一声，哭出来了。这是解铃还要系铃人，因为是紫鹃引起的，看见紫鹃，他一下子回过神，哭出来了。众人一看，他有生气了，放下心来。贾母便拉住紫鹃，只当他得罪了宝玉，所以拉紫鹃命他打。庚辰本这句我觉得不妥，宝玉不可能打紫鹃，贾母也不会拉个丫头要宝玉去打她。程乙本是：所以拉紫鹃命他赔罪。这个比较合理。紧急状况过了，大家都讲，紫鹃你骗他干什么？两个人从小在一起热和和的，讲黛玉要走了，当然他很伤心。

那些佣人也都知道了，晓得老太太在这里，想奉承，都跑来问安了。第一个来的是林之孝家的，书里常常出现她，除了赖大家的以外，就是她了，这两个地位差不多。庚辰本这里跑出个单大良家的，单大良在程乙本里根本没这个人，我觉得程乙本写林之孝家的、赖大家的比较合适，这两个熟悉的人才能进来嘛！宝玉一听到这个"林"字，就闹：打出去！打出去！他真的有点糊涂了，一方面也有几分装疯，你看看他，简直无理了："凭他是谁，除了林妹妹，都不许姓林的！"闹小孩子脾气了。贾母宠啊，都顺着他。下面也滑稽，他看到有个摆饰船放在那个地方，又闹："那不是接他们来的船来了，湾在那里呢。"疯疯癫癫的。贾母说快点把它拿下来，宝玉一下子搂着那个船，说，这下子你可去不成了！

　　宝玉跟黛玉之间，真情就这么试出来了。紫鹃这么一试，两个人，情已经生死相系了。所以后来黛玉死了宝玉才会出家，这一回很重要的。其实宝玉没什么重病，看了医生，给他吃两天药，也就好了。但是宝玉要装一装，为什么呢？他要紫鹃陪他，不准紫鹃走。黛玉不能来陪，紫鹃陪陪也好。紫鹃因为自己闯了祸，也尽力地服侍他。这个地方有一段，我觉得不是很妥当：黛玉不时遣雪雁来探消息，这边事务尽知，自己心中暗叹。幸喜众人都知宝玉原有些呆气，自幼是他二人亲密，如今紫鹃之戏语亦是常情，宝玉之病亦非罕事，因不疑到别事去。这段讲黛玉有点怕，怕人家知道他们两人有私情，好像要看看他们怎么回事。这不像黛玉的个性，若有的话，她一定也放在心里，不会叫小丫头刺探。程乙本没有这段的。倒是下面这一段，宝玉跟紫鹃告白他对黛玉的爱情："我只愿这会子立刻我死了，把心迸出来你们瞧见了，然后连皮带骨一概都化成一股灰——灰还有形迹，不如再化一股烟——烟还可凝聚，人还看见，须得一阵大乱风吹的四面八方都登时散了，这才好！"一面说，一面又滚下泪来。讲了蛮动人的、牵心牵腹的话，讲到底了，愿为她粉身碎骨，化成一股烟，化成一股灰，为林姑娘九死不悔。这份心向紫鹃告白了。其实紫鹃就想听到，他到底对林姑娘那份心到什么地步。这是《红楼梦》写得很精彩、很感人的一段。

　　紫鹃照顾宝玉好几天，就回到黛玉那边去了。黛玉为了他当然又哭了好几场，又添了一些病情，看到紫鹃回来，她就知道宝玉也好起来了。紫鹃试出了宝玉真心，夜间人定后，紫鹃已宽衣卧下之时，悄向黛玉笑道："宝玉的心倒实，听见咱们去就那样起来。"黛玉不答。黛玉不答！这句写得好。黛玉不出声，这个紫鹃也在试她：我这么讲了，看你怎么样。黛玉的心事是不会轻易说出来的。林姑娘是多么好强的一个人——"孤标傲世偕谁隐，一样花开为底迟？"她非常孤傲的，她的自尊最要紧的，即使心中对宝玉那样的一往情深，也不愿意表露。紫鹃停了半晌，她又试她了，自言自语的说道："一动不如一静。我们这里就算好人家，别的都容易，最难得的是从小儿一处长大，脾气性情都彼此知道的了。"又试她一下，你看看，她说你们两个人其实两小无猜，从小长大的，难得这么一对！黛玉啐道："你这几天还不乏，趁这会子不歇一歇，还嚼什么蛆。"黛玉说你还在跟我讲什么东西！其实是因为慢慢讲中她的心事了。下面的这段话，讲得很真切，还有一点痛心的。紫鹃笑道："倒不是白嚼蛆，我倒是一片真心为姑娘。替你愁了这几年了，无父母无兄弟，谁是知疼着热的人？趁早儿老太太还明白硬朗的时节，作定了大事要紧。俗语说，'老健春寒秋后热'，倘或老太太一时有个好歹，那时虽也完事，只怕耽误了时光，还不得趁心如意呢。公子王孙虽多，那一个不是三房五妾，今儿朝东，明儿朝西？要一个天仙来，也不过三夜五夕，也丢在脖子后头了，甚至于为妾为丫头反目成仇的。若娘家有人有势的还好些，若是姑娘这样的人，有老太太一日还好一日，若没了老太太，也只是凭人去欺负了。所以说，拿主意要紧。姑娘是个明白人，岂不闻俗语说：'万两黄金容易得，知心一个也难求。'"紫鹃讲了一番完全是心腑话，也只有紫鹃能够跟黛玉这样讲。

在《红楼梦》里面，写得很好的，就是主仆之间的关系和感情，宝玉跟袭人，宝玉跟晴雯，王熙凤跟平儿，贾母跟鸳鸯，还有，黛玉跟紫鹃。各种不同的状况，不同的关系，都写得好！虽然丫鬟就是丫鬟，也有阶级之分，你看平儿跟王熙凤吃饭，王熙凤叫她坐，她只能一条腿跨在炕上，另外一条腿还要站在地上的，这个规矩不能破。可是人与人之间的分际，那条线可以跨的。当他们主仆没旁人的时候，没有那些规矩的时候，人与人之间，心灵与心灵之间，讲出真话，写得很动人的。像平儿劝凤姐，得饶人处且饶人——你在贾母、王夫人这边做得再好，最后你还是要回到邢夫人那边去的，这里会白忙一场。这种所谓的心腑话，不好写的，而且要写得恰如其分，曹雪芹很擅长。紫鹃这几句话，就点到黛玉的心事了。的确，她是一个孤儿，如果老太太一旦有事情呢？后来果然如紫鹃所忧，贾母没有选林黛玉，选了薛宝钗。所以，这个地方是个警示，紫鹃讲这番话已经有一点暗示，靠不住！黛玉的处境很危急，没有父母兄长替她做主，只有靠宝玉。宝玉的婚姻在当时宗法社会也由不得自主，所以呢，紫鹃看着也很着急。她讲知心难得，她看到宝玉对林姑娘是真的，虽然他跟其他女孩子都很好，真正心里面还是林姑娘。所以劝黛玉要拿定主意，你们的感情这么好，想办法就定下了。黛玉听了这番话，虽然有所感触，她也不肯认。以黛玉的个性，也不能认的。便说道："这丫头今儿不疯了？怎么去了几日，忽然变了一个人。我明儿必回老太太退回去，我不敢要你了。"她这么讲，其实开玩笑的。紫鹃笑道："我说的是好话，不过叫你心里留神，并没叫你去为非作歹，何苦回老太太，叫我吃了亏，又有何好处？"说着，竟自睡了。下面这几句话，写得好！黛玉听了这话，口内虽如此说，心内未尝不伤感，待他睡了，便直泣了一夜，至天明方打了一个盹儿。紫鹃触动了黛玉的心事，她心中最牵挂、最害怕的，就是这件事情。她也明明晓得，宝玉对她的感情是真的，可是她呢，说不出口的苦。没有一个后面的人撑她的腰，她也是个聪明人，也知道贾母疼她，可是到底隔一层。所以最后黛玉快要过世、病得很厉害的时候，贾母再去看她，黛玉已经知道宝玉定亲，定了薛宝钗了，黛玉讲了一句话："老太太，你白疼我了！"这句话非常痛心的，也是紫鹃为她着急的最大隐忧，后来果然发生了。

　　上面是曹雪芹让紫鹃上场，看她在宝黛爱情之间所扮演的角色。下面另外有一个看起来好像不起眼的女孩子，也让她扮演了一个角色，就是邢岫烟。她是邢夫人哥哥的女儿，因为家境不好就跑来投靠邢夫人，非常典型的穷亲戚（poor relation）。在烜赫的贾府穷亲戚不好过，黛玉家里不穷，而且受贾母、宝玉宠爱，她寄人篱下的处境已经不容易，邢岫烟就更难了，她是真正来依靠贾家的，而且偏偏邢夫人是个很自私的人，她是荣国府的封诰夫人，却只顾到自己，对这个侄女儿毫无怜惜之情。幸好薛宝钗的堂弟薛蝌，他们一路来贾府的时候，看上了邢岫烟，两家也蛮好的，后来薛家就等于下了聘，把邢岫烟配给薛蝌，但因为哥哥薛蟠还没有娶妻，弟弟薛蝌不可以先娶，邢岫烟只能先等着，暂住在大观园里，跟迎春住在一起。迎春是邢夫人的女儿，虽然不是她亲生的，也是姨娘生的，但名义上总是女儿，所以王熙凤就把邢岫烟安排过去。邢夫人很讨厌王熙凤这个媳妇，因为王熙凤整天去拍王夫人的马屁，对自己的婆婆不怎么甩的，邢夫人就常借了故要找她的碴儿，王凤姐很聪明，把邢岫烟放在迎春那里，有什么委屈，就是迎春的事了。迎春是"三春"里面最老实的一个，与人无争，懦弱怕事，邢岫烟受了委屈也不好讲，在人家家里，短缺了什么也不好意思开口。凤姐也是按了一个月二两银子给她，邢夫人就把二两银子拿一两出来给邢岫烟的父母，她自己就不用拿钱出来贴补她兄嫂，弄得邢岫烟手头很紧，还要去当衣服周转，你看多难。贾府下面那些大娘们更难处，她得拿点小钱出来贴她们酒钱。还好邢岫烟这个女孩子个性娴静，从前跟妙玉是邻居，也学了些修持方法，不是个庸俗脂粉。曹雪芹写了那么多人物，在这里轻轻一点，这个人物的气质也就突显出来。

薛姨妈要把邢岫烟聘作媳妇了。邢夫人说：已经下聘了，不好再住在这里。他们有规矩的。贾母说：这有什么关系，住在一起热闹一点。庚辰本说道："况且都是女儿，正好亲香呢。"亲香，没有这个词的，程乙本是："正好亲近些呢。"下面，在讲邢岫烟的父母，庚辰本是"独他父母偏是酒糟透之人"，语气有点别扭。程乙本是"独他的父母偏是酒糟透了的人"，加一个"了"字，就不同了。再下面呢，庚辰本一定是错的："迎春是个有气的死人。"曹雪芹绝对不会讲这句话，不会这么糟蹋迎春。迎春老实、懦弱，曹雪芹笔下相当同情这个女孩子的，而且姐妹间都很同情她，不可能说她是"有气的死人"，这句话太刻薄。程乙本是"迎春是个老实人"，这就够了。接下来讲邢岫烟跟薛家的关系。宝钗当然很受敬重，庚辰本说"岫烟心中先取中宝钗，然后方取薛蝌"。我觉得这一句有点多余，好像她觉得宝钗比她自己的未婚夫还要好，这种形容不是很妥当。程乙本根本没有这一句的。她心中很敬重宝钗，就够了。至于她对薛蝌，开头已经讲过了，两人很相当的，薛蝌谨慎老实，长得又好，邢岫烟蛮喜欢他的。

　　宝钗是最懂事、最识大体、考虑周全的人，邢岫烟要变成她的弟媳妇了，当然她要多照顾一下。她看邢岫烟天气这么冷穿着薄的衣服，就很关心地问她，邢岫烟不好意思讲棉袄当掉了，更糟糕的是，当到薛家的当铺里去了。你看邢岫烟的处境，这种地方，就是曹雪芹对人情世故的写实。《红楼梦》若没有这种东西，就是架空的一个爱情神话，然而他下面人间的写实清清楚楚。可见邢岫烟也是一个很要面子的女孩子，否则她老早可以跟宝钗讲，或者跟薛姨妈讲，可是她没说，宁愿自己悄悄地拿衣服去当了。她钱不够用，又不好讲给邢夫人克扣掉了，后来才把她的心事跟宝钗说了。她讲，本来邢夫人说拿走她的一两银子，要用的东西跟迎春一起合着用就好了。可是二姐姐是老实人，怎么好去占她便宜？宝钗一听就很为她难过，想办法要帮她，也跟她讲了一些处世的道理。又看她衣服很单薄，身上却挂了一个玉佩，就问这是谁给的。邢岫烟说是三姐姐（探春）给的。宝钗就讲，这是她的细致之处，因为她看到别人都有，怕你寒酸，所以给你个玉佩戴。可是庚辰本下面有一段，我觉得宝钗有些过分了，你们看："但还有一句话你也要知道，这些妆饰原出于大官富贵之家的小姐，你看我从头至脚可有这些富丽闲妆？然七八年之先，我也是这样来的，如今一时比不得一时了，所以我都自己该省的就省了。将来你这一到了我们家，这些没有用的东西，只怕还有一箱子。咱们如今比不得他们了，总要一色从实守分为主，不比他们才是。"岫烟笑道："姐姐既这样说，我回去摘了就是了。"宝钗忙笑道："你也太听说了。这是他好意送你，你不佩着，他岂不疑心。我不过是偶然提到这里，以后知道就是了。"宝钗讲她了，说这个东西是有钱人家戴的，你看看我，哪里有这种东西？七八年前我也戴的，现在家境不怎么好了，所以不戴了。你以后嫁过来也要知道我们的境况。这不对！薛宝钗从小就不爱这种东西，薛姨妈讲的，她从小就不爱戴，不是什么家境好不好的问题。她住的地方，曹雪芹形容像个雪洞一样，所以她后来守活寡。这个女孩子冷的，吃的是冷香丸，对于世俗的东西都是冷的，其实是有点太过了。所以贾母就觉得犯忌，一个年轻姑娘，太素净了，犯忌！所以替她把房间重新装饰一下。她生性就不爱这些，薛家家境虽不如从前，也没有坏到哪儿去，薛姨妈家里还有好多当铺生意，薛家小姐戴点首饰对他们来说根本不成问题。所以我觉得这段逻辑不对，好像说以前家境好戴了一身，现在家境不好了把它拿掉。薛宝钗不是这种人，因为家境上下有所改变，薛宝钗就是薛宝钗，不爱这套。程乙本里面没有这一段的。

　　下面这一段情节也蛮有意思。黛玉跟宝钗现在心结解了，相处也比较自然了，这天薛姨妈到潇湘馆来看她。薛姨妈这个角色也属于很难写的人物，因为个性不是那么突出，也难有场景给她演戏，但是像薛姨妈在书里面常常出现，很多时候也需要这么一个角色在旁边。薛姨妈跟王夫人是姐妹，但两个人又不太一样。你看宝钗那么懂世故，我想很多都还是妈妈教的，所以薛姨妈绝不会像王夫人那么木讷，其实她是老谋深算的一个人。薛姨妈到潇湘馆，宝钗也来了。宝钗本来很稳重的一个人，可是在妈妈面前，还会扑到身上撒娇，黛玉看了心中当然感触，就伤心起来。薛姨妈说，你不晓得，我心里疼你的，讲了一番话，让黛玉感动得不得了。宝钗就故意开玩笑说，我那个哥哥一直没有定亲，她意思就是说，薛姨妈心中要把黛玉定给薛蟠，当然这是吃黛玉的豆腐了。薛姨妈就讲了，她是绝对不会给她那不成材的儿子，连邢姑娘我都不肯给薛蟠（庚辰本这里写邢女儿，是不对的），还要让她嫁给薛蝌，怎么舍得把你林姑娘给他呢？薛姨妈说："老太太还取笑说：'我原要说他的人，谁知他的人没到手，倒被他说了我们的一个去了。'"意思是，老太太本来想那个宝琴如果没有定婚的话，给宝玉不是很好吗？宝琴是薛家的女儿嘛！现在宝琴没给贾府，反而把贾府的邢岫烟给娶回薛家了。看看下面薛姨妈说的："虽是顽话，细想来倒有些意思。我想宝琴虽有了人家，我虽没人可给，难道一句话也不说。我想着，你宝兄弟老太太那样疼他，他又生的那样，若要外头说去，断不中意。不如竟把你林妹妹定与他，岂不四角俱全？"

　　薛姨妈真的希望林黛玉嫁给贾宝玉吗？你想，薛姨妈那么老经世故的人，她到了贾家，看到那种排场，看到宝玉，她心中有没有动过以后让宝钗嫁给宝玉、入主贾府的念头？我想她一定暗暗在心中动过念，她当然不能讲出来，即使希望也绝对不能说的，所以她的这番话未必是真心。的确，到了最后，贾母真正开口说要宝钗嫁给宝玉的时候，薛姨妈"欣然同意"，所以我想这个时候她讲这番话，也是有一点在吃林黛玉豆腐。不过，听者有意，这一讲出来，黛玉当然不好意思了，她对宝钗说："你为什么招出姨妈这些老没正经的话来？"紫鹃一听到这个，赶紧跑出来说："姨太太既有这主意，为什么不和太太说去？"紫鹃当真了。因为她不是替黛玉发愁吗？没有一个长辈替她撑腰。好不容易，有薛姨妈这么一个人出来讲了这句话，她在里面也听到，赶快冲出来，催她快去讲。我说薛姨妈老经世故的一个人，你看下面一句，开了她一个玩笑。薛姨妈哈哈笑道："你这孩子，急什么，想必催着你姑娘出了阁，你也要早些寻一个小女婿去了。"这一下子，丫鬟、小姐都被她吃了豆腐。紫鹃听了，也红了脸，笑道："姨太太真个倚老卖老的起来。"说着，便转身去了。黛玉先骂："又与你这蹄子什么相干？"后来见了这样，也笑起来说："阿弥陀佛！该，该，该！也臊了一鼻子灰去了！"这个场景当然写得很好，以这种戏谑的方式，整个场景写活了。写到这里就应该结束了。可是庚辰本接着又有一段：薛姨妈母女及屋内婆子丫鬟都笑起来。婆子们因也笑道："姨太太虽是顽话，却倒也不差呢。到闲了时和老太太一商议，姨太太竟做媒保成这门亲事是千妥万妥的。"薛姨妈道："我一出这主意，老太太必喜欢的。"我觉得多加了这几句也有问题的。程乙本没这几句。第一，紫鹃跑出来讲了这句话，我们觉得很意外，这很好，这个场景很戏剧化。再加上那些下面的老婆子，也这么再重复一遍，那个戏剧力量没有了。第二，轮不到那些老婆子来讲这件事，那些婆子们是二线、三线在外面伺候的，轮不到她们来讲。而且呢，薛姨妈如果再讲"我一出这主意，老太太必喜欢的"。这太认真了，那就应该真的去开口了。她前面讲的，也不过是提一提好玩，再重复这么讲，太过了，就不是玩笑话了。所以程乙本没有这一段，我觉得是对的。

小说里面一段情节写得好，就是每个场景都非常完整地戏剧化，不能拖！戏剧就是刚刚好，一下子关灯，一下子下去了，多拖了几下，那个场景就给破坏掉了。我想小说也是这样，这个时候正好，停在这里，这个场景就加强了。紫鹃跟黛玉晚上睡下时那番心腑话，前后更有了个照应，所以也挑出了这个小说中心的主题，就是宝玉跟黛玉他们到底什么结果？两个人到底能不能成亲？一直一直悬疑下来，到这里来到了一个高峰。这回写得真是蛮好的，前前后后都照应到了。

第五十八回

杏子阴假凤泣虚凰　茜纱窗真情揆痴理

《红楼梦》的人物是几层的，而且也不是单面的，不是一度空间，无论上层人物、下层人物，都有相当的复杂性，这一回又写贾府里面的小伶人。之前曹雪芹写过龄官跟贾蔷那一段情，短短的一页，把伶人的心理写得很透。这些小伶人当初是为了元妃省亲，宴会里面要唱昆曲，贾蔷特别跑到苏州去把整个小戏班子买来，她们主要的功用，就是要娱乐这位皇妃。后来就在梨香院住下来，过年过节唱戏给贾母他们以及宾客听。元宵的时候贾母点戏，不是要芳官唱了《寻梦》吗？

元宵节刚过，突然发生一件事情，皇宫里面一位太妃，就是先皇的妃子死了，照规矩，凡是有封诰的像荣国公、宁国公这些，一年内家里不可以唱戏。尤氏就跟贾母、王夫人讲，现在不能唱戏了，是不是把她们遣散？王夫人也想，这些女孩子都是穷人家里面出来的，好人家不会送去当戏子的，那时候戏子的社会地位不高。父母等于把她们卖出去了，如果遣回，可能又被卖掉，好意反而害了她们，不如问问，有哪几个愿意留下的，哪几个想要回去的。那些小伶人，大部分都愿意留下来，大观园里面多好玩，而且贾府对她们也蛮优待的。多数不愿意走，于是就分配下去，芳官给宝玉当差，唱小生的藕官配给了黛玉，蕊官去宝钗那儿，还有荳官、文官，总之通通分配了。她们的身份，介乎伶人跟丫鬟之间，因为她们不会针黹，也不会做什么事情，只会唱戏而已，而且都是小女孩，所以也不太苛责她们。

　　宫里老太妃死了，这些有封诰的命妇，像贾母、王夫人、邢夫人通通要去守丧，要去好一阵子，每天都要入朝随祭。庚辰本这个地方写：贾母、邢、王、尤、许婆媳祖孙等皆每日入朝随祭。跑出个"许"来，想了半天，大观园找不出一个姓许的，这应该是个错字。好，这下贾府的大人们都不在家了，这些小孩子当然玩得更起劲。这天宝玉到园子里面走走，看到山石后头有火光，觉得很奇怪，那边有人在骂："藕官，你要死，怎弄些纸钱进来烧？我回去回奶奶们去，仔细你的肉！"一个老太婆在骂一个小女孩，就是唱小生的那个藕官。烧纸钱，是人死了祭拜，大观园里面怎么会容许烧纸钱？这是犯忌的，难怪那个老太婆拉住藕官要她去受罚。藕官很害怕，婆子还一直骂她。宝玉素来最同情年轻的女孩子，最讨厌那些老婆子，他有年岁歧视，他说年纪大的人眼珠像鱼眼一样，黯淡无光，人老珠黄，再老一点，简直不能看了。还有，女孩子嫁了人以后，就惹上了一身浊臭的男人气，所以，他最喜欢没有出嫁的小女孩，最同情她们。他一看藕官被婆子骂了，烧纸钱是很大的事，如果被这个老婆子逮住，一定被赶出去的。宝玉就护着她，替她遮掩，他说："他并没烧纸钱，原是林妹妹叫他来烧那烂字纸的。你没看真，反错告了他。"宝玉倒想得快，马上替她编造了理由，那些小伶人都精得很，很聪明的，不聪明哪能唱戏呢？这个藕官也灵得很，一听宝玉站她这边，马上硬起来反咬那个老婆子一口，说："你很看真是纸钱了么？我烧的是林姑娘写坏了的字纸！"老婆子一听，你还撒谎！就往灰里一抓，抓出两张来。庚辰本：那婆子听如此，亦发狠起来，便弯腰向纸灰中拣那不曾化尽的遗纸，拣了两点在手内。讲纸不用"点"，纸要么就两张，程乙本没有这句话。说道："你还嘴硬？有证又有凭，只和你厅上讲去。"拽了她就走。宝玉急了，忙把藕官拉住，救她，然后用手杖敲开那婆子的手，说道："你只管拿了那个回去。实告诉你：我昨夜作了一个梦，梦见杏花神和我要一挂白纸钱，不可叫本房人烧，要一个生人替我烧了，我的病就好的快。所以我请了这白钱，巴巴儿的和林姑娘烦了他来，替我烧了祝赞。原不许一个人知道，所以我今日才能起来，偏你看见了。我这会子又不好了，都是你冲了！你还要告他去。藕官，只管去，见了他们你就照依我这话说。"宝玉教了她一大串说词，下面几句，我想这又是多余了。"等老太太回来，我就说他故意来冲神祇，保佑我早死。"这句话太过了，宝玉不会讲这种话，这岂不是害死那个老婆子！他这么一讲还了得！那个老婆子一定被赶走。程乙本没有这几句。

　　老婆子走了，宝玉就问藕官，你为什么烧纸钱呢？他说，如果是为了父母兄弟，你在外面烧就行了，这里烧这几张，一定有自己的理由。看下面几句话：藕官因方才护庇之情感激于衷，便知他是自己一流的人物，便含泪说道："我这事，除了你屋里的芳官并宝姑娘的蕊官，并没第三个人知道。今日被你遇见，又有这段意思，少不得也告诉了你，只不许再对人言讲。"又哭道："我也不便和你面说，你只回去背人悄问芳官就知道了。"说毕，伴常而去。这段话的涵义是什么？藕官"知他是自己一流的人物"，我想，是指宝玉对情的了解与同情。那么这一段讲的是什么，往后再看就知道了，是讲两个小女孩之间同性的一种感情。藕官知道，宝玉对这种情感也能理解的。不管是怎么样的一种爱情，只要是真的，他都能同情，都能理解。最后一句，庚辰本是"说毕，伴常而去"。这个不对。"伴常"，如果是写"扬长"，那是大摇大摆地走，也不对。程乙本是"说毕，快快而去"，这就对了。小地方错了有时候会误导，曹雪芹用字很讲究的，他不会用一个场景情绪不对的字。

　　写完了一段藕官，镜头一转，转到芳官这边来了。这个小女孩分到怡红院，因为她长得不错，很精灵可爱，宝玉当然喜欢，有了宝玉撑腰，也很逞强起来。芳官当初买进来，也认了贾府的老婆子做干娘的，这天因为跟了干娘去洗头，干娘又偏偏拿了自己女儿洗过的水叫她洗，芳官就说偏心，一老一小吵架时就爆粗口。他干娘羞愧变成恼，便骂他："不识抬举的东西！怪不得人人说戏子没一个好缠的。凭你甚么好人，入了这一行，都弄坏了。这一点子屄崽子，也挑幺挑六，咸屄淡话，咬群的骡子似的！"《红楼梦》里面的粗口，有时候用得很好，但是这个庚辰本呢，有些地方太多了，左一个，右一个，反而削弱了它的力量；有时候用的粗口，蛮令人吃惊的，怎么个个用起粗口来，就太过了，有一回里，赵姨娘骂起儿子来也是满口粗话，那就有点不对了。袭人见吵得不可开交，忙打发人去说："少乱嚷，瞅着老太太不在家，一个个连句安静话也不说。"晴雯因说："都是芳官不省事，不知狂的什么也不是，会两出戏，倒像杀了贼王，擒了反叛来的。"袭人道："一个巴掌拍不响，老的也太不公些，小的也太可恶些。"宝玉道："怨不得芳官。自古说：'物不平则鸣。'他少亲失眷的，在这里没人照看，赚了他的钱。又作践他，如何怪得。"因又向袭人道："他一月多少钱？以后不如你收了过来照管他，岂不省事？"袭人道："我要照看他那里不照看了，又要他那几个钱才照看他？没的讨人骂去了。"说着，便起身至那屋里取了一瓶花露油并些鸡卵、香皂、头绳之类，叫一个婆子来送给芳官去，叫他另要水自洗，不要吵闹了。他干娘益发羞愧。便说芳官"没良心，花瓣我克扣你的钱"，便向他身上拍了几把，芳官便哭起来。宝玉便走出，袭人忙劝："作什么？我去说他。"晴雯忙先过来，指他干娘说道："你老人家太不省事。你不给他洗头的东西，我们饶给他东西，你不自臊，还有脸打他。他要还在学里学艺，你也敢打他不成！"那婆子便说："一日叫娘，终身是母。他排场我，我就打得！""排场"两个字可能是错的，应该是"排揎"，"他排揎我，我就打得"。

　　《红楼梦》里面，这些小女孩的拌嘴，丫头们的拌嘴，老婆子跟她们吵，那些话都是活生生的，也不好写的。要写得很有趣，那种婆婆妈妈的口气要恰如其分，必须像她们讲的话。最要紧的是口气，这是我在写作的时候，自己感悟出来的。什么人讲什么话，是最难的，要掐得很准，是不容易的一件事情。你想，要靠口气辨别这么多人物，芳官跟龄官，两个都很刁，都是小刁妇一个，但刁得不一样，口气不一样，每个人讲话的口气正好符合身份、个性、气质、情境，这就是《红楼梦》最了不得的地方。你不信的话，等看熟了以后，把《红楼梦》随便翻一页，如果有对话，你把讲话那人名字盖住，看看他讲的话，差不多猜得到是谁讲的。那么多人，每个人讲话不一样，宝钗是宝钗，邢岫烟是邢岫烟，甚至于迎春那么一个老实人，她讲话的时候就是那个样子。惜春，脾气很怪的一个姑娘，又是另外一个样。贾政讲话、贾赦讲话也不同；贾母跟刘姥姥，当然是天地之别，虽然两个都是老太太。《红楼梦》写的每个人物，没有一句话是错的，或讲得不像的。所以我有时候要改庚辰本，原因就是它写的不是那个人的口气。

这一段写芳官，着墨不多，可是活灵活现。这个女孩子，她的打扮，她的样子，感觉非常精灵，俐齿伶牙的这么一个唱戏的女孩子，这个地方也把她立起来了，也看到她很得宝玉的宠爱，这一点不容易。记得吗？有个小红本来也是宝玉的丫头，因为她是第二线要爬到第一线，费尽心机接近宝玉，那几个大丫头就排斥她，不准她靠近。按理讲，芳官到这边来应该受她们排斥的，结果还算好，大概芳官也很讨人喜，她们还相当容忍她，像晴雯那么一个爆炭性格，也蛮容忍她的，可见芳官有她很动人的地方。这个时候呢，芳官被她的干娘打了，宝玉庇护了她，把她干娘训了一顿，总算给她挽回面子。宝玉就趁这个机会给芳官使了个眼色，芳官很灵的，就溜了出来。宝玉就把方才见了藕官，如何谎言护庇，藕官如何叫他来问她，细细地告诉了一遍。又问她祭的到底是谁。往下这一大段，写得很动人。藕官以前的一个朋友，叫作"菂官"，"菂"是莲子，庚辰本这个字有点怪，程乙本是"药官"，芍药。在整本书里面，菂官或者药官没有出现，她已经死了。

你看庚辰本，宝玉问：祭的是什么人？芳官听了，满面含笑，又叹一口气，说道："这事说来可笑又可叹。"程乙本是：芳官听了，眼圈儿一红。不是含笑，是眼圈儿一红，差很远！因为眼圈儿一红就表示说，芳官也很同情，芳官也很感动，芳官也跟藕官，跟那个药官，感情很好，所以她才会眼圈儿一红。如果说她是含笑，觉得她们糊里糊涂傻东西，这就很轻浮了。这种地方，我想曹雪芹用字，眼圈儿一红，是对的！很要紧的一个形容词，讲明了芳官的态度，这样子来引进这个故事。这故事是个悲剧，蛮动人的故事，不是轻浮，不是可笑的假戏真做，而是一个很严肃的爱情故事。写两个小女孩之间的感情，写得很好，而且非常简洁，一个页码就把它写完了。为什么动人？第一，很真诚，她们两个人的感情很真诚，但是需要透过芳官来讲，所以芳官的态度很要紧，如果芳官是以一种戏谑的口吻，那这段感情就变成一种笑话了。芳官很同情她们，所以才眼圈儿一红，想到她们的过去。下面这一段，是程乙本的叙述。

　　芳官听了，眼圈儿一红，又叹一口气，道："这事说来，藕官儿也是胡闹。"她讲她是胡闹，其实心中蛮怜惜她们两个人的。宝玉忙问："如何？"是怎么回事呢？芳官道："他祭的就是死了的药官儿。"宝玉道："他们两个也算朋友，也是应当的。"宝玉这么答的。你看庚辰本这里，宝玉道："这是友谊，也应当的。""友谊"两个字就把她们两个破坏掉了。朋友，不是友谊，友谊是个抽象的东西。她们是朋友，朋友在宝玉心中是很重要的，所以那个藕官才说，晓得他是自己一流人物，宝玉懂情，所以才把心事告诉他。然后，芳官道："那里又是什么朋友哩？那都是傻想头：他是小生，药官是小旦，往常时，他们扮作两口儿，每日唱戏的时候，都装着那么亲热，一来二去，两个人就装糊涂了，倒像真的一样儿。后来两个竟是你疼我，我爱你。药官儿一死，他就哭的死去活来的，到如今不忘，所以每节烧纸。后来补了蕊官，我们见他也是那样，就问他："为什么得了新的就把旧的忘了？"他说：'不是忘了。比如人家男人死了女人，也有再娶的，只是不把死的丢过不提就是有情分了。'你说他是傻不是呢？"芳官讲这段，讲藕官、药官，十二三岁的小女孩扮戏，扮小两口子，假戏真做，讲的就是很天真的这么一段情。

再看看庚辰本，太啰嗦！把这段情反而破坏了。怎么写的呢？

芳官听了，满面含笑，又叹一口气，说道："这事说来可笑又可叹。"宝玉听了，忙问如何。芳官笑道："你说他祭的是谁？祭的是死了的药官。"宝玉道："这是友谊，也应当的。"芳官笑道："那里是友谊？他竟是疯傻的想头，说他自己是小生，药官是小旦，常做夫妻，虽说是假的，每日那些曲文排场，皆是真正温存体贴之事，故此二人就疯了，虽不做戏，寻常饮食起坐，两个人竟是你恩我爱。药官一死，他哭的死去活来，至今不忘，所以每节烧纸。后来补了蕊官，我们见他一般的温柔体贴，也曾问他得新弃旧的。他说：'这又有个大道理。比如男子丧了妻，或有必当续弦者，也必要续弦为是。便只是不把死的丢过不提便是情深意重了。若一味因死的不续，孤守一世，妨了大节，也不是理，死者反不安了。'你说可是又疯又呆？说来可是可笑？"

再看下面，情境的差别更是大了。程乙本：宝玉听了这呆话，独合了他的呆性，不觉又喜又悲，又称奇道绝。宝玉听了，独合他的呆性，他的呆性是什么？"情"这个字。不管是男女之情，还是两个小女孩之间的情，以他来看，如果这种情生死不渝，已经超越了一切，不管性别或者其他，在他来说，并不重要。所以他拉着芳官嘱咐道："既如此说，我有一句话嘱咐你，须得你告诉他：以后断不可烧纸，逢时按节，只备一炉香，一心虔诚，就能感应了。我那案上也只设着一个炉，我有心事，不论日期，时常焚香；随便新水新茶，就供一盏；或有鲜花鲜果，甚至荤腥素菜都可。只在敬心，不在虚名。以后快叫他不可再烧纸了！"我想，宝玉也供了好几个人，真正在他心中的已死去的那些人，像秦钟，像金钏儿，有些是早死的，有些是为他死的，所以他讲了这段话。

下面看看庚辰本，它又拉出个孔子的遗训来：

宝玉听说了这篇呆话，独合了他的呆性，不觉又是欢喜，又是悲叹，又称奇道绝，说："天既生这样人，又何用我这须眉浊物沾辱世界。"因又忙拉芳官嘱道："既如此说，我也有一句话嘱咐他，我若亲对面与他讲未免不便，须得你告诉他。"芳官问何事。

宝玉道："以后断不可烧纸钱。这纸钱原是后人异端，不是孔子的遗训。以后逢时按节，只备一个炉，到日随便焚香，一心诚虔，就可感格了。愚人原不知，无论神佛死人，必要分出等例，各式各例的。殊不知只一'诚心'二字为主。即值仓皇流离之日，虽连香亦无，随便有土有草，只以洁净，便可为祭，不独死者享祭，便是神鬼也来享的。你瞧瞧我那案上，只设一炉，不论日期，时常焚香。他们皆不知原故，我心里却各有所因。随便有清茶便供一钟茶，有新水就供一盏水，或有鲜花，或有鲜果，甚至荤羹腥菜，只要心诚意洁，便是佛也都可来享，所以说，只在敬不在虚名。以后快命他不可再烧纸。"

这一段，我觉得就多了，程乙本恰如其分，把藕官跟药官两个人的感情，透过芳官的转述说出来了。如果这些话是由藕官来讲，第一，很难讲，第二，讲出来可能有点肉麻。曹雪芹高明，他转一转让芳官讲，芳官是她们同一个班子里的，对她们当然很了解。芳官同情她们两个人，她又是在宝玉那里的，最顺理成章，选得好！

我说过，小说里面很要紧的就是叙述视角，这件事情从什么人的观点出发，意义完全不一样。两个小女孩的这种感情，发生在戏班子里，你不觉得奇怪，就因为他写得自然。如果看了庚辰本没有看程乙本，这一段就完全破坏了，觉得他啰啰嗦嗦，用词不当。宝玉在庚辰本里面说教，什么孔子也来了，神佛也来了，整个破坏掉。本来是很有感情，很有感觉的，这么一搞就毁了。所以文学就是文字的艺术，文字艺术不好，一个字用错了就不对，一句话用错了也不对，更不要说一段用错了。虽然小说比诗宽松，但讲话里面有几句话不得体、不得当，那个人物就毁掉了。曹雪芹写得好，就因为在恰当的时候，用了恰当的手法，把那段感情写出来。他写林黛玉跟贾宝玉的"情"，是那样一个写法，写两个小女孩之间的"情"，小小的一段也干净利落，尤其学那个小女孩的口气，什么"男人死了也有再娶的嘛！"把一个小女孩天真的情完全写了出来。

第五十九回

柳叶渚边嗔莺咤燕　绛云轩里召将飞符

虽然《红楼梦》看起来最后是个悲剧故事，但是曹雪芹写那些喜剧性的场景（comic scenes）也写得好，大观园底层的那些佣人、老婆子、媳妇还有一些小丫头，什么春燕、莲花儿、小鹊儿，那些小家伙，各式各样的，叽叽呱呱的这么一群，有的在别处几乎没什么戏，甚至连提都没提过，但他那个焦点（focus）等于舞台上的灯，一下子过来，一下子过去，每个人他都照得到。这些人也不好写，但是能够写出很热闹很好玩的场景，这本书实在是包容甚众。

这回发生什么事呢？宝钗的丫头莺儿跟藕官她们出去玩，摘了园子里的花啊、柳叶啊来编篮子，得罪了那些老婆子。前面说过，大观园让那些婆婆妈妈去照管了，长出来的东西，花也好，菜也好，都是她们的业绩，所以一个两个乌眼鸡似的看着，动一下就不得了。从某方面来说，探春她们的政策是对的，这样分一分，老婆子们就用心管，要不然反正是公家东西无所谓，现在跟她们的收入有关了，哪个来摘一下好像剜她们的肉似的。

这个时候，贾母、王夫人、邢夫人等都到宫里为老太妃守祭去了，要好多天才能回来，所以大观园里这些小女孩到处乱跑，一直到下面几回，她们都乐得很，因为上面没什么大压力了。看看庚辰本这一回：为了门户安全，荣府内赖大添派人丁上夜，将两处厅院都关了，一应出入人等，皆走西边小角门。日落时，便命关了仪门，不放人出入。……每日林之孝之妻进来，带领十来个婆子上夜，穿堂内又添了许多小厮们坐更打梆子，已安插得十分妥当。"每日林之孝之妻进来"，书里面没这么个讲法，都是林之孝家的，这是一贯的，全都用某某家的，譬如说，林之孝是她丈夫的名字，"家的"，就是林之孝家里的媳妇，他的太太。林之孝之妻，是他的妻子没错，但全书没这么个讲法。

莺儿在书里是次要角色，这回就给她一个近镜头。记得吗？我们第一次对莺儿有印象，是宝玉被打了以后，莺儿去看他，宝玉要莺儿替他打各式各样各种配色的络子。莺儿手巧会编织，曹雪芹没有忘了这一点，也亏他记得，这时候莺儿就带了分派到宝钗那儿的蕊官一起，到花园里折嫩柳条编出带叶的花篮，又采了各色花儿放在里头，她编了很漂亮的一些花篮要送给大家，其中一个是送给林姑娘的，她就拿去给林黛玉。黛玉那里的小伶人是藕官，藕官跟蕊官两个很要好的，这个蕊官等于取代了药官，两个人见面了很高兴，就凑在一起陪着莺儿走回去。这一回去，碰到了谁呢？怡红院里面另外一个小丫头春燕。春燕的妈，春燕的姨妈，都跟那些老婆子在看管园子的东西。一个姓夏的婆子看到莺儿摘了她的柳条、花朵，心痛得不得了，但她也不敢骂莺儿，这会儿她看到春燕了，她是春燕的姑妈，就指桑骂槐，把春燕骂一顿。莺儿她就开玩笑讲，这些都是小燕去摘的。莺儿摘的夏婆子不敢讲话，是春燕摘的，那还了得！拿起拄杖来向春燕身上打了几下。莺儿一看这个玩笑开大了，赶快说："我才是顽话，你老人家打他，我岂不愧？"管你哪个摘的，那个婆子也不管这些了，骂一顿再讲。后来春燕的妈出来了，还记得吗？这个妈就是芳官的干娘，已经吃过一大顿的排头了，气恨在心。这些小姑娘都踏到头上来，这两个婆子在一起，都受了气，一下子出到那个春燕身上。

　　看到春燕的妈来了，夏婆子说：你看，你看，你的女儿，连姑妈也不要了，不服了，你看看！那婆子一面走过来说："姑奶奶，又怎么了？我们丫头眼里没娘罢了，连姑妈也没了不成？"曹雪芹写这些婆子，写得也好，这些婆子都不得宠，在园子里都是二三线的，这些小姑娘反而张牙舞爪，非常嚣张，而且不是自己的女儿就是干女儿，因为宝玉护着她们，所以这些婆子都很吃憋，这两姑嫂逮到机会，合起来骂春燕，你看看她们骂的，很粗的！春燕的娘正为芳官之气未平，又恨春燕不遂他的心，便走上来打耳刮子，骂道："小娼妇，你能上去了几年？你也跟那起轻狂浪小妇学，怎么就管不得你们了？干的我管不得，你是我屁里掉出来的，难道也不敢管你不成！既是你们这起蹄子到的去的地方我到不去，你就该死在那里伺候，又跑出来浪汉。"一面又抓起柳条子来，直送到他脸上，问道："这叫作什么？这编的是你娘的屁！"这一句我觉得骂错了，骂她自己的女儿"编的是你娘的屁"，这不是骂到自己了吗？程乙本是："这叫作什么？这编的是你娘的什么？"这样子也就算了。程乙本里面没那么多粗口，庚辰本不知道怎么搞的，粗口多得叫人吃惊，连王熙凤也骂粗口，这就太过了，我想王熙凤再怎么凶，还不至于当着那些小姑子面骂起粗口来。这是手抄本嘛！手抄兴致来了加几句也有的，这个妈怎么骂到自己身上去？明明是错了。

　　这个春燕，自己的妈也骂她，姑妈也骂她，哭哭啼啼跑回怡红院，她娘又怕她说出自己打她，要受晴雯等人的气，急忙跑去追。春燕直往宝玉身边奔去。春燕又一行哭，又一行说的，把方才莺儿等事都说出来。宝玉越发急起来，说："你只在这里闹也罢了，怎么连亲戚也都得罪起来？"因为莺儿的后面是宝钗。晴雯、袭人实在看不过眼，打了干女儿芳官，又来打亲生的女儿春燕，她们想，非得找一个人来压一压，找谁呀？平儿！平儿等于是王熙凤的左右手，往王熙凤那里告一状，王熙凤说，打她四十板，赶出去！凤姐对这些人凶得很，不假颜色的。难怪她嘛！这些婆子也不好惹，不是省油的灯，要管她们也不容易，这个地方就看出来了。那婆子听如此说，自不舍得出去，便又泪流满面，央告袭人等说："好容易我进来了，况且我是寡妇，家里没人，正好一心无挂的在里头服侍姑娘们。姑娘们也便宜，我家里也省些搅过。我这一去，又要去自己生火过活，将来不免又没了过活。"又求春燕道："原是我为打你起的，究竟没打成你，我如今反受了罪？你也替我说说。"宝玉见如此可怜，只得留下，吩咐他不可再闹。宝玉又叫春燕带她娘到宝钗那边去道歉，她得罪了莺儿，等于得罪了宝钗，这可不行。她们巴巴地赶去道歉，这出闹剧才算是落幕。

第六十回

茉莉粉替去蔷薇硝　玫瑰露引来茯苓霜

在贾府当家管理多难，大人们不在几日，大大小小的事出了八九件。上一回是出滑稽剧，这一回，曹雪芹仍写小人物，写一群小伶人围攻赵姨娘的群戏。看看回目都是日常用品，茉莉粉、蔷薇硝、玫瑰露、茯苓霜，却都有戏在里头。

蔷薇硝是女孩子用来擦脸的，硝粉据说可以止脸上皮肤痒，蕊官得了蔷薇硝就送一包给芳官，芳官就拿给宝玉看，说这个蔷薇硝正是这个时节擦春癣用的。正说着，一个不受欢迎的人进来了，谁呢？贾环。贾环算是宝玉的弟弟，大概长的样子有点猥琐，很不讨喜，而且个性跟他妈妈赵姨娘一样。他是庶出，心里本来就有一些复杂情结，一天到晚觉得宝玉挡了他的路，所以老是想着把他拱开。记得吗？有一次抄经的时候，他把蜡烛油一推，烫到宝玉的脸上去。他们母子俩都想害宝玉，总认为贾母、贾政偏心，宝玉是最大的障碍。贾环干嘛来怡红院？因为贾府规矩大，哥哥生病了，弟弟一定要去请安，所以他也不得不去。到了那边，到底贾环还是个小孩子，看到有蔷薇硝了，他也想要一些，因为他喜欢王夫人房里的丫鬟彩云，想拿一点去讨好她。芳官这个小女孩也蛮刁钻的，因为蔷薇硝是蕊官送的，她不想分给贾环，跟宝玉说，这个先不要给，我去另外拿来。她就进去拿她们平常擦的蔷薇硝。一翻抽屉，蔷薇硝怎么没有了？不管，她就弄了点次一等的茉莉粉，大概跟蔷薇硝很像，包了一包，拿去唬弄贾环。贾环见了，喜的就伸手来接。芳官便忙向炕上一掷。刁吧！这个小女孩。一丢，丢到炕上面，你自己去拿！对于贾环，不假以颜色。贾环只得向炕上拾了，揣在怀内，方作辞而去。

回到家里，贾环兴高采烈地跟彩云说，我也拿了一包蔷薇硝来给你。彩云打开一看："这是他们哄你这乡老呢。这不是硝，这是茉莉粉。"贾环还不是那么坏的一个男孩子，他只是有点傻坏，使使坏心眼他会的，但不是很精的。他说，这也是好的，一样嘛！留了罢，比外面买的好就行了。彩云只得收了。可是他妈妈赵姨娘却是个有心病的，她总觉得别人瞧不起她，满腹不平，在这个贾府里受尽耻辱，整天想复仇。一看这个儿子怎么给人家唬弄了，赵姨娘便说："有好的给你！谁叫你要去了，怎怨他们耍你！依我，拿了去照脸摔给他去，趁着这回子撞尸的撞尸去了，挺床的便挺床。她用了好恶毒的话，她骂王夫人她们去宫里守祭是"撞尸"，"挺床"是骂凤姐，因为凤姐正在生病。吵一出子，大家别心净，也算是报仇。莫不是两个月之后，还找出这个碴儿来问你不成？便问你，你也有话说。宝玉是哥哥，不敢冲撞他罢了。难道他屋里的猫儿狗儿，也不敢去问问不成！"她就是拱着她儿子去造反。其实这个贾环有点怕的，到底宝玉是哥哥，到宝玉那边去造反，他怕，不敢去的！还有他怕他姐姐探春，听了就低下头不敢讲话了，彩云也说何苦生事。赵姨娘说，与你无关！又骂贾环说："呸！你这下流没刚性的，也只好受这些毛崽子的气！"下面庚辰本这段，这个赵姨娘讲起粗话来了，我觉得不太合适，你看："这会子被那起屄崽子耍弄也罢了。你明儿还想这些家里人怕你呢。你没有屄本事，我也替你羞。"骂自己的儿子这个话不对。程乙本是："这会子被那起毛崽子耍弄，倒就罢了。你明日还想这些家里人怕你呢！你没有什么本事，我也替你恨！"我想这个比较合适，赵姨娘应该还不至于到那个地步。

　　贾环不敢去，面子下不来，就顶他妈妈，说："支使了我去闹……你不怕三姐姐，你敢去，我就伏你。"这下子可把赵姨娘激怒了，便喊说："我肠子爬出来的，我再怕不成！这屋里越发有的说了。"一面说，一面拿了那包子，便飞也似往园中去。赵姨娘跑了去，一进门就把那个茉莉粉摔给芳官，骂得很凶很难听："小淫妇！你是我银子钱买来学戏的，不过娼妇粉头之流！我家里下三等奴才也比你高贵些的……"芳官也不是省油的灯，就回她说：

"我便学戏，也没往外头去唱。我一个女孩儿家，知道什么是粉头面头的！姨奶奶犯不着来骂我，我只不是姨奶奶家买的。'梅香拜把子——都是奴儿'呢！"芳官说我又不是你买的，下面那句就更刻薄了，"梅香拜把子——都是奴儿（程乙本是：奴才）"。梅香在戏里面都是丫头，梅香拜把子，就是说我跟你是一样的，拜把子的，你也是个梅香，还不就是个奴才升上来的。这个话不得了，很厉害的！到底是唱戏的那两下子。芳官也不过十三四岁，小女孩嘴尖牙俐的，赵姨娘气得上来便打了两个耳刮子。袭人当然着急了，就拉着芳官，你怎么乱讲话？晴雯悄悄拉住袭人说："你别管她，让她们闹去。"芳官还有一群帮手的，蕊官、藕官、荳官……一群小伶人，听见芳官被人欺负了。当然一起去！这群小女孩，四五个跑上去，看到赵姨娘，一头先撞过去，然后呢，两个抓住赵姨娘的手，前面撞了后面撞，把这个赵姨娘团团围住，弄得披头散发、狼狈不堪，气得喊也喊不出来。这个晴雯也坏，一边笑，故意去拉，其实是放水，让她们打成一团。这个闹剧，大家看大陆一九八七年拍的《红楼梦》连续剧，这一幕拍得特别好，一群小女孩一窝蜂拥上去东扯西扯，把赵姨娘弄得团团转。

　　赵姨娘常常自取其辱，讲起来也可怜，她的确受委屈，凤姐是她的晚辈也欺负她，大家都不甩她，连自己的女儿也不站在她这一边，就是因为贾环讲了一句戳她心的话，她就恨恨跑来了，儿子女儿都不帮她。看样子，贾政大概也讨厌她，按理讲是他的姜，如果政老爷讲一句话，稍微表示一下，别人也不敢动的。可能赵姨娘年轻的时候还有几分姿色，做丫头还蛮服帖的，服侍贾政还可以，就娶来做妾。生了儿子她想抖起来，又没那个架式，所以觉得很挫折。从前大家庭里母以子贵，她生了儿子以后简直对她的地位没有任何帮助，所以她认为是宝玉挡了路，没有宝玉，贾环才能出头，她才能出头。整天窝着这种心思，愤愤不平，因为挫折更常突显，探春对她这个妈不假辞色，还站到王夫人那边去，也是其来有自。曹雪芹创造了赵姨娘这么一个滑稽角色，这个角色有时候也很需要的。赵姨娘闹了这一场当然讨不了好，尤氏、李纨、探春获报都来了，将四个小伶人喝住，探春带出赵姨娘便说："那些小丫头子们原是些顽意儿，喜欢呢，和他说说笑笑；不喜欢便可以不理他。便他不好了，也如同猫儿狗儿抓咬了一下子，可恕就恕，不恕时也只该叫了管家媳妇们去说给他去责罚，何苦自己不尊重，大呀小喝失了体统。你瞧周姨娘，怎不见人欺他，他也不寻人去。我劝姨娘且回房去煞煞性儿，别听那些混帐人的调唆，没的惹人笑话，自己呆，白给人作粗活。心里有二十分的气，也忍耐这几天，等太太回来自然料理。"一席话说得赵姨娘闭口无言，只得回房去了。这一回就是这些小姑娘的群戏，贾府这么大，人物事件复杂，如果没有这些写实的、琐琐碎碎的、婆婆妈妈的东西，全部讲上层的生活或象征主义的架构，写实就少了一大块。下面这层也是写实的根基，是《红楼梦》的基础之一。曹雪芹是观照全面的，这种地方他也写得很好，不要轻看了这些小姑娘、老婆子，在舞台上她们都是群戏很重要的角色，群戏演不好，这个戏也不行的。

蔷薇硝的风波结束了，厨房里面的戏剧又要上演，芳官的戏还没完。贾府这个大家庭每天几百人要吃饭，光把饭开出来就不得了，何况这些姑娘们加上宝玉，还特别有一个厨房伺候，那个厨子就是柳家媳妇。这天芳官来厨房，她说，晚饭的素菜宝玉要凉凉的、酸酸的东西。就是要凉拌的菜了，芳官来传话。刚好有一个老婆子拿了一叠糕进来，芳官就说，这个谁买的？蝉儿买的！小蝉儿是迎春的一个小丫头。芳官本来想尝一下，蝉儿一手接了说："这是人家买的，你们还稀罕这个。"芳官当然很不高兴了。柳家的马上来打圆场说，我还有，我这里买了另外的糕，你尝这个，不要吃那个了。就拿给芳官。你看这个芳官刁不刁！芳官便拿着热糕，问到蝉儿脸上说："稀罕吃你那糕，这个不是糕不成？我不过说着顽罢了，你给我磕个头，我也不吃。"说着，便将手内的糕一块一块的掰了，掷着打雀儿玩。她不吃还不说，把那个糕拿来，丢给鸟吃。意思是我不稀罕吃那个，我来喂鸟而已，什么稀奇！这是小女孩之间的摩擦、较劲。我想，她们这些小戏子进来，其他的小丫头已经百般受到威胁，觉得她们得宠。宝玉、黛玉、宝钗对这些小戏子比较宽容，她们就一个个恃宠而骄了。芳官这个样子后来就倒大霉了，也是曹雪芹重视她，把她写成这个样子，这种个性像谁呀？有点像晴雯对不对！这些恃宠而骄的人，后来一个个都被灭掉了。曹雪芹创造出戏剧让她们演，演的时候留下伏笔，最后她们几个被赶出大观园，那些老婆子、小丫头都称快，说这些小妖精都被赶走了。曹雪芹不偏不倚地把她们真正的样子写出来，最后还是蛮同情这些小女孩的。后来芳官到水月庵做尼姑去了，她也不是自愿的，但与其回到家里被老子娘再卖一次，不如到尼姑庵里面去。那些尼姑也没存好心，把她们这些小女孩骗了去，作小佣人使唤，芳官的下场不是很好，不过，她终身在尼姑庵里度过。还有一些小戏子后来如何，大家可能有个问号，曹雪芹是不是漏写了？还是故意留个悬念？譬如画蔷的龄官，没有继续写她了，遣走的时候，有四五个愿意回乡，没讲明哪几个，显然龄官是其中之一。龄官不愿意留在大观园里。第一，因为她生病吐血，也是肺病，即使她想留，贾家也不容许，生病一定要挪出去的。第二，贾蔷虽然喜欢她，但贾蔷自己在贾家的地位也不是很稳固，他父母早死，贾珍对他还不错，就依附到贾珍那边去，他没有多大的权力，龄官被遣走，他也没办法救。龄官是一个很特殊的女孩子，而且很会唱戏，像曹雪芹那么缜密周到的人，写了蛮重要的一回就没有交代了，只能说她是被遣走了，生病被遣走很合理，所以唱戏的时候虽然蛮受重视，一旦没有用了，命运也就很坎坷了。

　　曹雪芹已经写了这么多人物，这一回又创造出另外一个人物来，负责厨房的柳家的有个女儿，叫作柳五儿，十六岁了，长得很好，只是身体有点弱。柳家的过去在梨香院，服侍芳官等一群小伶人比她们的干娘还好，建立了交情，柳五儿也跟芳官蛮好的。这个五儿长得有点像晴雯，晴雯又像黛玉，所以黛玉的影子有好几个，晴雯、龄官、柳五儿，这些都是。柳家的听说宝玉房里有丫头缺，因为小红到凤姐那边去了，坠儿离开了，缺一直没有填上，柳家的就拼命奉承宝玉身边的人，想把五儿送进怡红院，因为当宝玉的丫头，身份地位又跟其他当差不同，芳官当然是最好的管道。芳官对五儿很好，关心她的健康，就从宝玉那儿要一点玫瑰露出来送给五儿。五儿吃了有效，芳官又去跟宝玉讨，因为瓶子里剩下不多，宝玉就干脆连瓶子一起给了芳官拿走。柳家的受了芳官的人情，恰巧五儿的舅舅在门上当差，有人送礼得了一包茯苓霜，五儿就想也送一点给芳官，没想到这个玫瑰露、茯苓霜惹祸了。怎么回事呢？原来王夫人房里也有玫瑰露，可是不见了，他们就要追查玫瑰露给谁偷走了。事实上是王夫人的大丫头彩云，偷偷地拿了一瓶玫瑰露给贾环。贾环这个人虽然猥琐不讨喜，偏偏彩云很喜欢他，对他忠心耿耿。玫瑰露被另外一个丫头玉钏儿发觉不见了，彩云死不认账，这个事情就闹大了，一查，把柳五儿牵涉进去了。究竟怎么牵涉的，柳五儿受冤如何解套？下回分解。

第六十一回

投鼠忌器宝玉瞒赃　判冤决狱平儿行权

曹雪芹写贾府下层的婆婆妈妈写得非常活，厨房里这柳家的是其中之一。她到大观园里面当差，她女儿柳五儿是偷偷溜进去了。因为柳五儿还没有讲定到怡红院当丫头，不能随便进去的。柳家的进来了，守门的小厮就说："你进去摘几个杏子来给我吃吧！"柳家的就抱怨，现在呢，休想了！那些老婆子只要你走过她那个树下面，一个两个像乌眼鸡一样看着，哪个还能动她的果子。上一回莺儿只摘了她们几段柳枝，来编编篮子什么的，就吵得一塌糊涂。柳家讲的，果子是没办法拿了。这一段，要看他们讲话的那个口气，《红楼梦》写得最了不得的就是对话，非常生动，像柳家媳妇这样的人，讲几句话，马上就活灵活现了。

《红楼梦》的口语很厉害，叙述基本上是白话跟文言夹在一起，对话我想就是当时的白话文，当时流传的口语。写小说要靠耳朵，能不能成为一个好的小说家，第一个要件就是耳朵要好，一听人家那些对话，写的时候就能把对话的模式、语气仿真出来，非常难的，语气要刚刚好，合乎那个身份、个性，那个场景（situation）。当然对话的功用之一是推展剧情，但更重要的，还是显示那个人物的个性。这个柳家的虽然是个厨娘，听她讲话就知道她是个乖巧、油滑，能够八面应付的人。她也不容易，在厨房里面，这个小丫头来要这个，那个小丫头来要那个，哪一方都不能得罪。她也要分轻重，宝玉房里是头一等要紧的，不光是宝二爷，下面那几个丫头，晴雯啊，芳官啊，来要什么东西，她都不能得罪。其他房她就要看了，看好不好应付，好应付的，她可以苛一苛、弄一弄，比如说迎春，外号叫"二木头"，她老实、不计较，所以这个柳家的，有点欺负她们。看看这一幕，闹剧又要上场了。

　　忽见迎春房里小丫头莲花儿走来说："司棋姐姐说了，要碗鸡蛋，炖的嫩嫩的。"命令式的口气。司棋是迎春的一个大丫头，在这之前，司棋从没有出现过，我们看不到司棋是什么样子，从这里开始，司棋上场了。司棋这个人物虽然出现简短，但对整个剧情的发展至关重要。以后她有一幕很要紧的戏，她的事牵动了整个大观园，不过这个地方先来个伏笔。司棋叫小丫头传话说要鸡蛋嫩嫩的，柳家的道："就是这样尊贵。不知怎的，今年这鸡蛋短的很，十个钱一个还找不出来。昨儿上头给亲戚家送粥米去，四五个买办出去，好容易才凑了二千个来。我那里找去？你说给他，改日吃罢。"两千个鸡蛋还不够，还算少的，大观园的的消费可了不得！莲花儿道："前儿要吃豆腐，你弄了些馊的，叫他说了我一顿。今儿要鸡蛋又没有了。什么好东西，我就不信连鸡蛋都没有了，别叫我翻出来。"一面说，一面真个走来，揭起菜箱一看，只见里面果有十来个鸡蛋，说道："这不是？你就这么利害！吃的是主子的，我们的分例，你为什么心疼？又不是你下的蛋，怕人吃了。"你看，这个小丫头，也厉害得很。"又不是你下的蛋，怕人吃了。"从这么一个小丫头嘴里面讲出来。柳家的忙丢了手里的活计，便上来说道："你少满嘴里混嗳！你娘才下蛋呢！"柳家的也不是省油的灯，你看在厨房吵架，也吵出贾府的一些情形来。

　　贾府的消费，两千个鸡蛋还嫌少，他们日常的生活蛮惊人的。那个柳家的又讲出很多事情。"通共留下这几个，预备菜上的浇头。姑娘们不要，还不肯做上去呢，预备接急的。你们吃了，倘或一声要起来，没有好的，连鸡蛋都没了。你们深宅大院，水来伸手，饭来张口，只知鸡蛋是平常物件，那里知道外头买卖的行市呢？别说这个，有一年连草根子还没了的日子还有呢。柳家的讲，现在你们东嫌西嫌，有一年连草根子都没了的日子还有呢！我劝他们，细米白饭，每日肥鸡大鸭子，将就些儿也罢了。吃腻了膈，天天又闹起故事来了。庚辰本用了个"膈"字，就是肠子的意思，医学上用膈膜，程乙本直接用"肠子"，我们平常不用"膈"这个字的。她说，吃腻了肠子，天天又闹起故事来了。鸡蛋、豆腐，又是什么面筋、酱萝卜炸儿，敢自倒换口味。只是我又不是答应你们的，一处要一样，就是十来样。我倒别伺候头层主子，只预备你们二层主子了。"柳家的有她的难处，你来要，我来要，这些二层主子，指司棋她们这些大丫头，大鸡大肉的吃了嫌腻，要吃个素的，要吃这个那个，刁得很，这些很难弄的。她讲，吃草根子都没的日子还有呢！你们现在还东嫌西嫌。

莲花儿听了红了脸，就揭柳家的短："谁天天要你什么来？你说上这两车子话！叫你来，不是为便宜却为什么。前儿小燕来，小燕就是那个春燕，宝玉房中的小丫头。说'晴雯姐姐要吃芦蒿'，你怎么忙的还问肉炒鸡炒？小燕说'荤的因不好才另叫你炒个面筋的，少搁油才好'。你忙的倒说'自己发昏'，赶着洗手炒了，狗颠儿似的亲捧了去。"这个小丫头也凶得很，讲柳家的大小眼。柳家的又讲了一大堆抱怨的话，说是怎么难、怎么难。好，讲了以后，那个莲花儿就跑回去了，跟司棋加油加醋讲了一大堆，司棋火大了，带一群小丫头冲到厨房，喝命小丫头子动手："凡箱柜所有的菜蔬，只管丢出来喂狗，大家赚不成。"把柳家的厨房里面东西通通扔掉，打砸一顿走了。司棋的个性烈得很，这柳家的确实有一点势利，看准了迎春这一房好欺负，所以敷衍敷衍她，对宝玉那边拼命拍马屁，这下子司棋给个厉害颜色看看。司棋像袭人、晴雯、平儿一样，也是大丫头之一，她们直通上面的，柳家的不敢得罪，厨房被砸烂了，也只好捏着鼻子不出声了，而且巴巴地补炖了一碗蛋叫人给司棋送去，司棋往地上泼了！你看这个丫头也难弄的。送去的人回来不敢说，恐又生事。

曹雪芹这里写司棋是个伏笔，她后来被赶出了大观园。那种刚烈的个性是要惹祸的，而且她惹了大祸。芳官的场景，那么刁；司棋的场景，那么泼，伏笔这些女孩子，下场都不会太好。那时候整个中国社会，对这种出格的人是不喜欢的。不要说那时候，什么时候都是一样，枪打出头鸟！中国的社会不是很赞成一个人飘得太高，常常有树大招风这一类的成语，都是要人收敛，凡是飘得高的，张扬跋扈的角色，大部分都要挨整。中国社会整个的核心还是儒家的教训，至少表面上要谦卑，在大家庭里也是如此，都有儒家宗法社会的那一套制式规矩，你打破这个规矩，就很难生存，《红楼梦》里黛玉、晴雯、司棋、芳官、甚至于妙玉都是。能够生存的，像宝钗、袭人、李纨……她们都能够生存下来。

柳五儿溜进大观园，她是想把她舅舅给的茯苓霜送给芳官。她问芳官，你讲了没有？她想进怡红院，问跟宝玉讲了没有。芳官说这几天正在闹事情，避过这个风头再找机会，叫她不要急。见过面柳五儿就出去了，这一出去，就给查夜的碰到了。查夜的是贾府大管家之一林之孝家的，就问柳五儿："我听见你病了，怎么跑到这里来？"她说我跟我妈进来的。不对，林之孝家的说，我刚刚看到你妈，她若知道你在园子里面，怎么会把大门关了呢？这下子兜不拢了。好！柳家的几个仇人，什么莲花儿、小蝉儿的，这些小丫头在旁边鼓噪，这下子逮到了！林之孝家的说，我们家里面丢了几样东西，还没抓到贼，你这么慌慌张张的，必有什么事情。林之孝家的在查王夫人房里丢掉的玫瑰露。那个莲花儿就说，看到厨房里有一瓶，林之孝家的立刻到厨房搜，一搜就搜出露瓶和一包茯苓霜，这下子人赃俱获，林之孝家的先把柳五儿关起来，然后就去报告平儿，平儿进去回了凤姐。凤姐正生病，懒得管这些事情，吩咐："将他娘打四十板子，撵出去，永不许进二门。把五儿打四十板子，立刻交给庄子上，或卖或配人。"这下子柳家的惨了，母女都被赶走，对她们来讲，在大观园里面当个厨子，是很好的职位，而且是个肥缺，可以私相授受一些东西，这样子给弄走了，当然是冤枉的。五儿吓得哭哭啼啼，给平儿跪着，细诉芳官之事，又将茯苓霜的来路交代了。平儿说，这个不难，明天问清楚就好了。其实平儿晓得，那玫瑰露是彩云偷了给贾环的，玉钏儿挤兑她的时候，她不肯承认，平儿也不好硬去扳那个彩云，因为牵涉到王夫人的面子。所以你们看，大观园里面的人际关系，一层一层复杂得很。这一边柳家的被赶走，林之孝家的也有自己的关系，她急不可待地就马上放进去一个亲戚，大家争着抢肥缺嘛！这个叫秦显家的一进去，先送了一篓子炭、粳米之类的给林之孝家的当谢礼。结果呢，柳家的后来平反回到厨房，秦显家的只好退出。因为好不容易等到这个空子钻进来，打点林之孝家的及其他的礼已经送了，反而要自己赔补亏空。

　　这事后来怎么解决的呢？平儿到怡红院找袭人，就把来龙去脉弄清楚了。她说我审出来是很容易的，可是中间呢，又怕伤了一个人的颜面，谁呢？探春！贾环是探春的弟弟，而且姨娘也扯在里头，怎么办？明明知道冤枉了人，不办清楚呢，觉得我好像没本事；办了呢，又怕伤人。宝玉一听也急了，他说，就揽在我身上吧，两边都解决了。宝玉什么事都往身上揽的，记得吗？藕官烧纸钱的时候，他往身上一揽让事情过了，他简直是个菩萨，尤其保护这些大观园里的女孩子，个个他都希望护着，他是大观园的护花使者，每一朵花他都在守护，虽然彩云爱的是贾环，他也保护她。

　　平儿就去跟彩云、玉钏儿讲，小偷抓住了，但宝二爷讲要息事宁人，所以他揽过去了。意思就是警告一下，不要以为我不知道谁偷的。正在讲的时候，彩云红了脸，承认是她偷的，愿意受罚。彩云还是有羞恶之心，不忍冤屈了好人，真的拉她去到凤姐面前，偷东西一定是很大的惩罚，而且是偷给贾环，如果王夫人不替她顶着的话，可能彩云的下场就是被赶出去。彩云肯承认，面对，也是她刚烈正直的一面。没想到后来贾环听到这个事情，反而倒打她一把，说为什么宝玉替你掩盖过去，你一定跟宝玉在搞什么东西。他把她那些私赠之物丢到她脸上，还说要到凤姐那边去告她一状。贾环真是不识好歹！彩云识人不明，把一腔感情投到贾环身上。贾环人长得不可爱，个性又是这样子，跟赵姨娘如出一辙，偏偏彩云一方面大概也同情他，一方面也觉得到底是个爷，总而言之，挨了这么一下，伤心得不得了。

平儿当然跟凤姐报告了，不过没讲出彩云的名字，就说宝玉把这个事情揽过去了。凤姐说，这个宝玉，不管青红皂白，人家求他，他就答应了，以后大事如此，怎么治人呢？"依我的主意，把太太屋里的丫头都拿来，虽不便擅加拷打，只叫他们垫着磁瓦子跪在太阳地下，茶饭也别给吃。一日不说跪一日，便是铁打的，一日也管招了。"王熙凤厉害的，她要严刑处置，你看，跪在地上，还要垫那个磁瓦子，那有多痛！她又讲："又道是'苍蝇不抱无缝的蛋'。虽然这柳家的没偷，到底有些影儿，人才说他。虽不加贼刑，也革出不用。朝廷家原有星误的，倒也不算委屈了他。"凤姐对下人严厉得很，她要管整个贾府，不严怕罩不住下面的人，但是太过严苛，当然激起怨恨。平儿看事情比较客观，她劝凤姐："何苦来操这心！'得放手时须放手'，什么大不了的事，乐得不施恩呢。依我说，纵在这屋里操上一百分的心，终久咱们是那边屋里去的。"别忘了，贾赦、邢夫人那边才是你真正的婆家，你在这边，也不过是替人家作嫁衣裳，替人家来管的，你操了多少心也是白操，最后还是要回那边去。"没的结些小人仇恨，使人含怨。况且自己又三灾八难的，好容易怀了一个哥儿，到了六七个月还掉了，焉知不是素日操劳太过，气恼伤着的。如今乘早儿见一半不见一半的，也倒罢了。"一席话，说的凤姐儿倒笑了，说道："凭你这小蹄子发放去罢。我才精爽些了，没的淘气。"平儿笑道："这不是正经！"平儿这个人，真的是凤姐最好的帮手，很明理，很明智，该宽容的地方，她替凤姐抹掉很多怨怼。平儿的处境很不容易，但是她做得非常漂亮，所以在丫头里面，她最后的下场最好。凤姐病逝后，她得到贾琏的眷顾，后来扶正，因为贾琏感激她对巧姐儿的维护。在所有的丫头里面，她个性最平和，所以叫平儿，而且是"俏平儿"，相当聪明、有手腕、懂得察言观色，而且她没有仗凤姐之威，还替凤姐做了很多好事。在曹雪芹的笔下，她可能是丫头中最正派的。这个时候又趁机劝凤姐，讲了一番很得体的话，叫凤姐得放手处且放手，得饶人处且饶人，何必得罪那么多人，太过操劳把怀的胎儿都小产了。平儿的话凤姐听得进去。曹雪芹好几次写她们主仆相处私下无人时的对话，都十分动人。

第六十二回

憨湘云醉眠芍药裀　呆香菱情解石榴裙

看看这个回目，憨湘云、呆香菱，曹雪芹的回目都有意思的，讲人也一言中的，比如：俏平儿、勇晴雯、贤袭人，一个字就点出她们的定位。这一回讲湘云和香菱，这两个女孩子有共同之处，一个憨，一个呆，曹雪芹喜欢憨、呆、痴、傻的人，喜欢这些人的天真。道家传统或佛家禅宗里面，很多看似疯傻其实返璞归真的人，回到没有一点心机、什么都没有了的境界。曹雪芹之前已经给过湘云一些戏，她穿了一身男孩子装扮，跟宝玉烤鹿肉吃，作对联，她作得最快最多，都在突出她是一个活泼、直爽，有点像男孩的女孩子。香菱跟黛玉学作诗，也透露出天真的本性。曹雪芹很同情很喜欢天真的人，这一回不光写她们两个，还特别让她们表现。

"憨湘云醉眠芍药裀"，是《红楼梦》里面极有名的插曲，也是最有视觉之美的一章。发生在什么场景呢？怡红公子过生日。《红楼梦》到现在第六十二回，贾府的声势还在一步步往上，一个峰越过一个峰，一直往上爬、往上飚，飚到第六十二回是大观园里最热闹的一个场景。大观园的诸艳之冠，大观园的头头，贾宝玉要过生日。虽然前面写过好几个生日了，这个生日当然与众不同，欢乐可说到达高潮，生日快乐至此写尽了，写到顶了，以后没有一个群戏的场面可以超越。正因为前面写得热闹到顶，才能显出后面人去楼空的凄凉。

宝玉这个生日，贾母、王夫人她们都不在家，几个老太太到宫里守灵去了，这些姑娘们无所拘束，喝酒划拳，便任意取乐，呼三喝四，喊七叫八。满厅中红飞翠舞，玉动珠摇，真是十分热闹。宗法社会规矩多，宝玉一早起来，先要拜天地、拜宗祠，长辈都不在也要遥拜。各家按例送了一大堆礼来，宝玉呢，还要到一房一房去回拜，过个生日也真累，几个带过他的奶妈家里也要去拜一场。记得吗？宝玉以为林姑娘要走发病的那一回，有个一下子哭一下子喊的李嬷嬷，就是最主要的奶妈。总之，在中国传统家庭里，奶妈有相当地位，要报恩的，生日的时候就要记得那些奶妈们，要去谢一谢，这是中国社会人情里比较特殊的关系。古时候大家庭人太多，照顾不到自己的儿子，或者母亲死得早，奶妈有代母的功能，现在没有奶妈了，过生日也没有那么复杂的礼法。

宝玉到处去拜了回来，又有好多人来给他拜寿，贾环贾兰等来了，袭人连忙拉住，坐了一坐，便去了。轻描淡写的这么一笔，写贾环来拜寿，你晓得，这是黄鼠狼拜年，不安好心的，贾环以前整天想要害宝玉，来这里是百般不情愿，所以曹雪芹也用很微妙的轻轻一笔，什么也不讲。宝玉大概理都没理他们，袭人赶快拉他们来坐一坐，袭人很会做人，也怕冷落了他们，这里看出贾环跟宝玉之间的关系，很明白了。但是再看下面。宝玉方吃了半盏茶，只听外面咭咭呱呱，一群丫头笑进来，什么人呢？有一大群。原来是翠墨、小螺、翠缕、入画，邢岫烟的丫头篆儿，并奶子抱巧姐儿，彩鸾、绣鸾八九个人，一同涌进来了，所有这些花花朵朵，都跑来跟怡红公子、护花使者拜寿。你可以想象，大观园里那些奇花异草，通通活起来了，通通摇曳生姿。她们一走来，都抱着红毡笑着走来，说："拜寿的挤破了门了，快拿面来我们吃。"刚刚一讲完，下面一群又来了。探春、湘云、宝琴、岫烟、惜春也都来了。这么热闹，都来向他拜寿。过一会儿，平儿也来了。平儿这次打扮得花枝招展，平儿一向蛮低调的，她不能不低调，在凤姐面前你敢出头？今天不一样。平儿也打扮的花枝招展的来了。她说，我来磕头！宝玉当然说当不起。别忘了，平儿不光是个丫头，她也是贾琏的妾，要比一般的丫头高一阶的。平儿便福下去，福就是作揖，宝玉作揖不迭。马上，他又回她礼。平儿便跪下去，宝玉也忙还跪下。这是对她的礼数特别，他对别的丫头不会下跪的。就某方面来说，她等于是他的嫂子一样嘛！所以她向他下跪，他也下跪。袭人连忙挽起来。又下了一福，宝玉又还了一揖。所以拜来拜去，你拜我，我拜你，拜完了。袭人笑推宝玉：

"你再作揖。"宝玉道："已经完了，怎么又作揖？"袭人笑道："这是他来给你拜寿。今儿也是他的生日，你也该给他拜寿。"这个当然是曹雪芹凑出来的，一个生日还不够，还几个人一起过生日。宝玉听了马上拜下去，说："原来今儿也是姐姐的芳诞。"平儿还万福不迭。湘云拉宝琴、岫烟说："你们四个人对拜寿，直拜一天才是。"原来那两个也是生日，这么巧，不管怎么样，四个人一起生日，这可热闹了。大家拜了一阵，同到厅上吃了寿面，就到园子里面，中午的时候，红香圃摆宴了。只见筵开玳瑁，褥设芙蓉。这是玳瑁之席，摆的都是山珍海味，先把这个环境描写下来，大观园里面所有的花都到齐了，那些小伶人也全来了，看他们怎么坐的。终久让宝琴、岫烟二人在上，平儿面西坐，宝玉面东坐。四个人坐下。探春又接了鸳鸯来，二人并肩对面相陪。西边一桌，是什么人呢？宝钗、黛玉、湘云、迎春、惜春，一面又拉了香菱、玉钏儿二人打横。三桌上，尤氏李纨又拉了袭人彩云陪坐。四桌上便是紫鹃、莺儿、晴雯、小螺、司棋等人围坐。这么多人替宝玉过生日，喝酒的时候要行令，这是大观园里享乐的生活方式，所谓的生活情趣，只有贾府才撑得起来这种生活。

　　他们喝酒要行酒令，这回行的是最雅的一种酒令，叫射覆，很古老的一种，很难的，只有他们几个人懂。曹雪芹在这种地方充分显示他的学问，他是无所不知，无所不能，他把他的学问，都给到那些少爷小姐身上去了，学问大得很！像宝钗、宝琴、黛玉，都会射覆。就是悄悄地按了一个字，那个字有规定的。比如是他们这个室内有的东西，然后要打一个谜，而且那个谜要从古文、诗词里面弄下来一段，要覆了这个来猜，就是射什么什么，你得满腹学问才猜得着。你看他们掷骰，香菱一下子掷出三，她必须射这题。宝琴呢，覆了一个"老"字，香菱不太会这种东西，满屋子找跟"老"字有关的。史湘云脑筋快，而且她蛮有学问的，一看那个厅叫"红香圃"，三个字嘛，就知道宝琴覆的是孔子讲的"吾不如老圃"，有个"圃"字在里头。这句还算通俗的，但要想到联结起地点红香圃，也不容易了。香菱满处找找不到答案，湘云就偷偷拉她，要她说"药"字，为什么是"药"字呢？因为这是在芍药栏里面。这种东西联想得这么远，药字，算是射中了。黛玉看湘云私相传授，把香菱逮住罚她一杯酒。她们继续行酒令，湘云后来连续被罚了好多杯酒，喝醉了，才有了"醉卧芍药裀"一景。再看，宝钗和探春两个人对了点子，探春便覆了一个"人"字，宝钗说，这个"人"字泛得很，探春再加一个"窗"字，这个也是难。宝钗居然晓得"鸡人""鸡窗"，"鸡窗"是书房的意思，"鸡人"是一个官的名字，宝钗射了一个"埘"字，"鸡栖于埘"的典。这种典故必须熟知，才有可能射中，所以这些小姐们年纪轻轻，学问好得很。你看像《牡丹亭》里面，杜丽娘也是特别请个私塾老师来教，那时候书香世家的小姐们是受教育的，她们这几位大概都绝顶聪明，而且很用功，读了很多书。

　　湘云耐不住了，说要划拳，这里写得多么热闹：湘云等不得，早和宝玉"三""五"乱叫，划起拳来。那边尤氏和鸳鸯隔着席也"七""八"乱叫划起来。平儿、袭人也作了一对划拳，叮叮当当只听得腕上的镯子响。划拳赢了呢？湘云说玩另外的酒令："酒面要一句古文，一句旧诗，一句骨牌名，一句曲牌名，还要一句时宪书（黄历）上的话，共总凑成一句话。酒底要关人事的果菜名。"要通通串起来。宝玉说这个很难，黛玉说你多喝一盅，我替你讲，黛玉这一套最灵了。黛玉先说："落霞与孤鹜齐飞，这是唐代王勃《滕王阁序》的一句；风急江天过雁哀，宋代陆游的诗，不过不完全一样；却是一只折足雁，折足雁是骨牌副名，叫的人九回肠，九回肠是曲牌名；这是鸿雁来宾。"日历书上引用作为秋季标志的话，今天出门有利，有客人来。这一串蛮顺的，蛮有意思。黛玉又拈了一个榛穰，说酒底道："榛子非关隔院砧，何来万户捣衣声？"榛子是榛树的果实，穰可食用。"榛"与"砧"同音异义，"万户捣衣声"是李白的句子，捣衣用砧，但不是榛，榛为果菜名，借同音而关联。

　　这些女孩子吟诗作赋出口成章，这大概是那时最高、最雅的生活了。乾隆时代几十年没有大动乱，很稳定的富有与文化之下，在贵族家庭里产生了这么一种生活上的情趣。接着轮到湘云讲了。湘云的拳却输了，请酒面酒底。宝琴笑道："请君入瓮。"大家笑起来，说："这个典用的当。"看她作了什么："奔腾而砰湃，江间波浪兼天涌，须要铁锁缆孤舟，既遇着一江风，不宜出行。"头一句是欧阳修《秋声赋》上的一句话。"江间波浪兼天涌"，这很有名，是唐代杜甫《秋兴》八首里面的。"铁锁缆孤舟"是讲骨牌，大家可能没有玩过骨牌，骨牌里面的一副牌，据说是长三，长三是这样：一个圈、两个圈、三个圈，一个圈、两个圈、三个圈，这就是长三。还有第二个牌呢，它说三六，又是一个长三，这就是一副，我们叫铁锁。他们那时候也玩骨牌的。"一江风"是个曲牌名，一顺溜下来，蛮好的。既遇着一江风，不宜出行！是日历书的一句话，讲得很好，大家都笑起来了。酒底怎么办呢？一定要在这个桌子上或是室内的一样东西，而且是果菜名。湘云正在吃饭，吃一块鸭肉、半个鸭头，她喜欢吃鸭脑子，吃的时候她讲了："这鸭头不是那丫头，头上那讨桂花油。"这"讨"字可能不对，程乙本是："头上那有桂花油？"她这是即兴而说的，讲的时候一群丫头跑来说，我们头上有桂花油，来给我们来查查！又灌了湘云一杯酒。这东灌西灌，湘云醉了。他们玩得很开心，划拳的划拳，行酒令的行酒令，过一会儿，发现湘云不见了。

接下来这段，就是视觉上非常有名的一段：

> 正说着，只见一个小丫头笑嘻嘻的走来："姑娘们快瞧云姑娘去，吃醉了图凉快，在山子后头一块青板石凳上睡着了。"众人听说，都笑道："快别吵嚷。"说着，都走来看时，果见湘云卧于山石僻处一个凳子

上，业经香梦沉酣，四面芍药花飞了一身，满头脸衣襟上皆是红香散乱，手中的扇子在地下，也半被落花埋了，一群蜂蝶闹穰穰的围着他（"穰穰"应是"嚷嚷"），又用鲛帕包了一包芍药花瓣枕着。众人看了，又是爱，又是笑，忙上来推唤挽扶。湘云口内犹作睡语说酒令，唧唧嘟嘟说："泉香而酒冽，玉碗盛来琥珀光，直饮到梅梢月上，醉扶归，却为宜会亲友。"

你看这个女孩子，可爱吧！一身的花瓣，睡着了。还拿手帕把花瓣放在里头，编了一个枕头枕起来，这就是史湘云，那么天真！短短的一段，就把史湘云那很可爱的憨态写出来了。史湘云在薛林之外，另树一帜，她跟薛宝钗、林黛玉的个性都很不一样，人家讲她跟宝玉两个人后来有什么男女之间的情缘，我的看法是，从头到尾她跟宝玉都是像兄妹，或者是兄弟的关系，她对宝玉没有任何情感上的牵扯，所以心中坦然，特别洒脱，这是她可爱的地方。不像黛玉被情所困，患得患失，虽然聪明绝顶，却情执难脱，情关对黛玉来说，是很大的业障。宝钗呢，又太过理性计算，太守规矩，也不如湘云那么自然。史湘云可以说是个自然人，在某些方面，她跟宝玉很像，都不懂得利害关系，宝玉过生日这么一个重要的场景，不是突出林黛玉，也不是突出薛宝钗，而是突出史湘云，这场戏让她当主角，充分地把她的个性演了出来。"憨湘云醉眠芍药裀"那一幕，那落花一身的场景，让我们很难忘记。

这一回的下半场写呆香菱，也蛮可爱。我讲曹雪芹喜欢天真的人，香菱的确是。她身世很坎坷，幼年被抢，长大被卖，后来被薛蟠这个呆霸王硬抢了来做妾、做丫鬟，很悲惨的。她等于是个孤儿，根本不晓得父母哪里去了，可是她呆呆傻傻的，不以为苦，还能够苦中作乐，有机会也想学作诗。宝玉生日宴这天，因为她年纪又轻一点，就跟那几个小伶人芳官、蕊官、藕官、荳官玩斗草，她们摘了些花草，互相比斗。我有观音柳，我有罗汉松，我有君子竹，我有美人蕉，我有星星翠，我有月月红，这个说，我有《牡丹亭》上的牡丹花，那个说，我有《琵琶记》里的枇杷果，轮到香菱，没得讲了，她说，我有夫妻蕙，荳官说，从来没听过有夫妻蕙。香菱道："一箭一花为兰，一箭数花为蕙。凡蕙有两枝，上下结花者为兄弟蕙，有并头结花者为夫妻蕙。我这枝并头的，怎么不是？"荳官没得说了，便起身笑道："依你说，若是这两枝一大一小，就是老子儿子蕙了。若两枝背面开的，就是仇人蕙了。你汉子去了大半年，你想夫妻了？便扯上蕙也有夫妻，好不害羞！"荳官开她玩笑，她们都知道她是薛蟠的妾，但香菱根本忘掉这回事，她也不在意，讲那个夫妻蕙，她无所谓。她们几个人就逗她，打闹起来，好玩！有人把她一推，跌到地上，她穿的那个新裙子，拖在泥水里了。正在想着，怎么办呢？宝玉看见她了。宝玉问怎么回事，香菱说新裙子弄脏了，这是薛姨妈给她的新的石榴裙，刚刚穿就弄得那么脏，回去怎么讲呢？

这一下子，又触动了宝玉怜香惜玉的心。他说，这样吧，先到我那里，看看有没有办法弄干净，于是带了香菱回怡红院。刚巧袭人也有一件裙子一模一样的，还没穿过，可以换下来！宝玉听了，喜欢非常，答应了忙忙的回来。一壁里低头心下暗算："可惜这么一个人，没父母，连自己本姓都忘了，被人拐出来，偏又卖与了这个霸王。"他老是觉得这些女孩子，要么嫁错了人，要么恨不得对她们尽一点心。袭人很懂事，她拿出跟她一样的裙子给香菱换上，说，换下来的我洗好了，再给你拿去吧！香菱真是天真，她说，你洗好了随便给哪一个妹子吧，我不要了。袭人说，你倒大方！有了新的，不要那个旧的了。这个小女孩不懂事，袭人拿了脏裙走，没计较。香菱看到宝玉把那个夫妻蕙埋起来了，宝玉就会做这些事情。香菱跟他说，"这又叫作什么，怪道人人说你惯会鬼鬼祟祟使人肉麻的事。"下面这几句写得好：二人已走远了数步，香菱复转身回来叫住宝玉。宝玉不知有何话，扎着两只泥手，笑嘻嘻的转来问："什么？"香菱只顾笑。因那边他的小丫头臻儿走来说："二姑娘等你说话呢。"香菱方向宝玉道："裙子的事可别向你哥哥说才好。"这小丫头好可爱，她怕他讲给薛蟠听，悄悄地嘱咐他。难怪宝玉对这几个女孩子都是那么怜香惜玉，曹雪芹把她们写得都很可爱。香菱后来的下场不好，薛蟠娶了一个很厉害的老婆夏金桂，把香菱几乎活活折磨死，这里看到的香菱是最可爱的时候，再看到她就非常凄惨了，令人同情之心油然而生。

史湘云后来也是值得同情，好不容易嫁了一个还不错的丈夫，没多久生痨病死了，史湘云变成寡妇。贾母过世史湘云来吊孝，宝玉跟她两个人在灵堂趁机痛哭，各哭各的心事，贾宝玉哭他的林妹妹，史湘云哭她死去的丈夫，那一幕写得很动人。那时候史湘云穿了一身全白的孝服，恸哭灵前，跟前面她睡在芍药花的花瓣上面，前后强烈对比。我们才晓得，曹雪芹老早铺陈好了，有了前面的一幕，后面对照的力量才出来。曹雪芹的伏笔在好多回之前，到了某个时候突然间爆发出来。想想，如果把史湘云醉卧芍药裀的场景拿掉，醉卧雪里面也蛮好的，但缺少了视觉上深刻的印象，这么一个天真无邪的女孩子，睡在落花堆里，还嘟嘟嚷嚷地在念酒令。这个场景相对于她最后白衣素服灵前恸哭，画面多么难忘。宝玉跟湘云那一哭，也是为他们消失的时光共声一哭。写得最满最盛的时候，他就是为了要写后面的最空最寂。

这回讲完了，宝玉这个生日其实还没完，白天庆祝完了，晚上还要继续通宵欢乐，舍不得筵席散掉，舍不得就此结束，怡红院里面的夜宴下一回分解。

第六十三回

寿怡红群芳开夜宴　死金丹独艳理亲丧

这一回的回目是"寿怡红群芳开夜宴，死金丹独艳理亲丧"，一个是生，一个是死。这边在庆生，那边在发丧，前后对照看到，在极盛的时候，贾府一个很重要的人死了。《红楼梦》很多时候有一种警示，在一开场贾府非常盛的时候，突然间，贾府中最得意的孙媳妇秦氏死了，云板四下敲出丧音，那时候已经是暗暗地、远远地在敲丧钟了。这时贾府到了顶点，正是怡红院最欢乐的时候，死亡将突然来临。

怡红公子庆生还未完，晚上，怡红院灯火通明，这些丫鬟们也要替他们的主人庆生，大丫头袭人、晴雯、麝月，每个人拿点钱出来，连小丫头也拿那么几钱出来凑份子。这些小女孩哪来的钱？宝玉又高兴又心疼她们，袭人就向平儿那里偷偷地要了一大坛酒来，又让柳家的准备了配酒的果子，到了晚上大家一起喝酒。宗法社会下贾府的管家是很有地位的，像林之孝家的、赖大家的，都是那种管家奶奶，她们的任务是管束这些丫鬟们，不光管丫鬟，连宝玉是个爷们，不守规矩也可以管的。到了晚上，林之孝家的带一群媳妇到处去查房，看看有没有赌钱的、喝酒的，来的时候就问宝玉："还没睡？如今天长夜短了，该早些睡，明儿起的方早。不然到了明日起迟了，人笑话说不是个读书上学的公子了，倒像那起挑脚汉了。"她可以这么训宝玉的。宝玉就说白天庆生吃了很多东西，怕不消化，所以晚点睡。林之孝家的就讲，应该沏点普洱茶。她很啰嗦的，这东西也要管。讲了个半天，她又说，听见宝玉叫他的丫头，直接叫袭人或者晴雯的名字，不可以！要叫姐姐。为什么？因为按规矩袭人、晴雯是老太太派过来给宝玉使唤的，虽然她们是丫头，看在贾母的面上，要对她们尊称，要叫姐姐。管得真多！把宝玉训一顿，好不容易她才走了。这些女孩子们高兴了，酒也端出来了，她们要排她们的庆生夜宴了。

这个时候，可以看出《红楼梦》是真会写衣服，那个装束一写，整个人就像一幅画一样，马上突出来了。焦点在哪里呢？在芳官身上。芳官这个女孩子有几场特写的情景，她是唱正旦的，在这群小伶人里面，她是旦角的头头，排名第一。所以贾母点名芳官，要她唱《牡丹亭》里的《寻梦》，很难的一出戏，所以让芳官突出了。后来很多地方，她机灵刁钻，大概色艺俱佳，是相当自负的一个女孩子。她跟龄官不一样，龄官有点像黛玉，身体病弱，自怨自艾，非常多愁善感。芳官很活泼，很外向，倒有几分像史湘云，某方面也很机灵。她叙述藕官跟药官的感情，讲得很好，而且也很同情她们，所以她有懂事的一面，到底年纪小，很天真，所以宝玉喜欢她，怡红院里的人也蛮宠她的。这时候焦点在芳官身上，袭人、晴雯都写过了，芳官也挺可爱的，所以让宝玉跟芳官坐在一起，这一对蛮好看。此刻天气热，夜晚在家里，宝玉和这些女孩子就穿得轻松了，头发也随便了。宝玉只穿着大红棉纱小袄子，下面绿绫弹墨袷裤，散着裤脚，倚着一个各色玫瑰芍药花瓣装的玉色夹纱新枕头，和芳官两个先划拳。当时芳官满口嚷热，只穿着一件玉色红青酡绒三色缎子斗的水田小夹袄，这个"酡"有点奇怪，应该是骆驼的"驼"字，驼绒，那个"绒"字，一个绞丝边，一个"式"字，大字典也查不到，可能庚辰本抄错了。束着一条柳绿汗巾。你看这些颜色，上面是玉色、青色、红色，下面是什么呢？底下是水红撒花夹裤，也散着裤腿。头上眉额编着一圈小辫，总归至顶心。小女孩，好多小辫子，中间一个大辫子，甩到后面去，大概蛮好看的。结一根鹅卵粗细的总辫，拖在脑后。右耳眼内只塞着米粒大小的一个小玉塞子，右边耳朵戴着一个米粒那么大的很小的玉，塞在那里。左耳上单带着一个白果大小的硬红镶金大坠子，这边是吊下这么一个坠子，俏皮吧！这个小女孩作怪得很，可见她也不是很守规矩的一个女孩子。越显的面如满月犹白，眼如秋水还清。引的众人笑说："他两个倒像是双生的弟兄两个。"这两个在一起，宝玉本来就有点女孩子样子，芳官有点男孩子样子，倒像一对兄弟。曹雪芹花这么大工夫写这个，我们眼睛一闭，这两个人划拳、穿着打扮的样子，就很活了，枕着那种花瓣的枕头满室生香。所以颜色在《红楼梦》里是很重要的，前面好多颜色，到最后只剩下一片白茫茫的大地真干净，前面五色缤纷，下了好大的功夫写这个"色"，对照后面的"空"。

开始喝酒了，她们想干脆把宝钗、黛玉、探春通通请来一起喝才热闹，又怕太晚了她们不肯来，袭人、晴雯就自己去请，死拖活拉地请来了，把宝琴、李纨、史湘云也弄来了，怡红院添酒回灯重开宴。大家喝酒总是要行令才热闹，宝玉就说玩占花名好了，就是抽花签，签上面会有某种花，牡丹、芙蓉、桃花、荼蘼什么的，每种花都镌一句诗，这个诗一方面是讲花，一方面是讲人。曹雪芹这些酒令、谜语都不是随便写的，都是写人的命运，你看第五回太虚幻境册子里面，每个人的命运早就定下来了，就像中国人讲的宿命哲学，但自己永远不知道。这些签，也暗暗点到了抽签人的命运，人跟花大致合在一起。

第一个签是宝钗抽的，一抽出来是牡丹，花中之后。虽然按理讲，林黛玉应该是女主角，她跟宝钗的场次、字数算起来，宝钗并不是占第一位的。但宝钗最后嫁给了宝玉，在整个儒家的系统宗法社会，的确占了第一的位置，这个位置黛玉取代不了。最后贾母选宝钗为贾家的孙媳妇，她是要继承这个法统的，所以她的位置摆在第一。有意思的是这句诗："任是无情也动人。"讲宝钗再合适不过了。这可以有两种说法，一种是，你即使是个无情人，看到这个花也会心动；另外一种说法是，宝钗是个无情人，也让你心动。宝钗是吃冷香丸的人，怎么不冷？她非冷不可，这个世界上的情太麻烦，如果像黛玉那样子，一下子就存活不了，那么重的担子，她非得有理性，也真的有一点无情。记得吗？金钏儿跳井死了她劝王夫人，这种女孩子死了罪有应得。她非常理性的。宝玉就哭，当然宝玉是因为自己闯了祸心中有愧，不管怎么样，宝钗理性地实究这一切，儒家那套修养是要控制自己的情绪，对情感是压抑的。儒家看情感要社会化（socialize），要合理化，他们认为人的感情是很可怕的，有时候像洪水猛兽般迸出来的，需要一种秩序来规范。要是守着这些规范，感情就得压抑下去，有时候要变得无情。不过宝钗虽然无情，"任是无情也动人"，她很难写的，这么一个守儒家规矩的人，写不好，很令人讨厌的。可是曹雪芹写薛宝钗，还蛮多人是拥薛派。历来《红楼梦》的读者分两派，拥薛派跟拥林派，两边吵个不休，就要看从什么角度。从宝钗的角度来看，她受的规范，她的人生观，她后来所承负的重担，正是年纪轻轻戴一把大的金锁，是贾府家族的枷锁，而且是沉甸甸的黄金枷锁，还不能够取掉，那是和尚给她的，其实是冥冥中赋予她的使命，扛起这个家来，只好任是无情也动人。曹雪芹写的很多细节都是非常重要的，最后贾宝玉出家的时候，大家都看到薛宝钗的功夫了。宝玉出家，全家人天翻地覆了，王夫人哭得死去活来，当然不用说，袭人情感很深，一下子哭得昏过去了，宝钗也掉泪却不失端庄。要守活寡了，还得端起来，这就是宝姑娘，不失端庄，不会有任何失态的时候，永远有一番大道理。

薛宝钗抽到牡丹花，她是群芳之冠，花签上说每个人都要喝一杯，拱她为花中之后，她可以随意指定人表演助兴，不拘诗词雅谑，她就叫芳官唱个曲来听。芳官一开头唱："寿筵开处风光好。"这是《牧羊记》里头的，她们说不要唱这个制式的。"这会子很不用你来上寿，拣你极好的唱来。"芳官就唱了一支《赏花时》，什么戏呢？《邯郸记》。《邯郸记》是"临川四梦"之一，汤显祖对曹雪芹有种指引性的影响，汤显祖写《牡丹亭》，情到了顶点，人生的情写尽了，只好出世了，他躲到佛道里面去，要超脱人世间情的烦恼。我们的文人传统，年轻或壮年的时候，都信儒家修身齐家治国平天下这一套；中年了，大部分的人大概受了挫折，官也丢了，或者被贬了，这时道家来了，出世了；到了最后，要求解脱，佛家来了。《邯郸记》也叫《黄粱梦》，讲一个儒生在饭馆里面，等着蒸黄粱蒸熟，他就做了一个梦，梦里享尽荣华富贵，最后吕洞宾来点拨他几下，把他的梦点醒，他一醒来，发觉梦里的妻财子禄都没有了，梦中已过了波涛起伏的一生，醒来黄粱刚刚蒸熟。《红楼梦》有儒、释、道三种思想在里面，用各种具体的方式——人物、故事、情节、诗词等显示出来。芳官唱的这段："翠凤毛翎扎帚叉，闲踏天门扫落花。您看那风起玉尘沙。猛可的那一层云下，抵多少门外即天涯。您再休要剑斩黄龙一线儿差，再休向东老贫穷卖酒家。您与俺眼向云霞。洞宾呵，您得了人可便早些儿回话；若迟呵，错教人留恨碧桃花。"也就是点到了道家浮生若梦的主题。后来芳官被贾府赶出去，到水月庵当小尼姑，最后还被卖掉。所以唱这个等于唱了她自己，原来是黄粱一梦，这首曲其实也点到她自己的命运。

唱完了，宝玉却只管拿着那签，口内颠来倒去念"任是无情也动人"。下面一句，非常微妙：听了这曲子，眼看着芳官不语。轻轻的一笔在这个地方。宝玉是非常有灵性的一个人，我想，一个林黛玉，一个贾宝玉，常常对命运非常灵敏。宝玉听了《邯郸记》这段，当然他了解这个曲子，所以他眼看着芳官不语。他晓得这个小女孩怎么唱这个曲子出来了，要吕洞宾跟何仙姑点醒他们出家的曲子，他不语了。就这么一句，也不多解释，宝玉听了那个曲子有所感悟。宝玉出家是一步一步来的，有时是外面发生的事情的刺激，有时是听了一些东西、看了一些诗文，突然间给他一种启蒙。记得吧！宝钗生日的时候，他们不是唱戏吗？唱花和尚鲁智深出家《寄生草》那个曲子，"赤条条来去无牵挂"，那里面的讯息，宝玉一下子就听进去了，后来他自己写了《南华经》里面的东西，道家所谓的机锋。宝玉很敏感的，这些东西都是一来二来三来，慢慢地引导他最后遁入空门。

轮到探春来抽花签，一抽抽到杏花，写的是"日边红杏倚云栽"。刘禹锡的一句诗。注云："得此签者，必得贵婿，大家恭贺一杯，共同饮一杯。"探春就不好意思了。她们就说，这是闺阁中取笑的。下面一句又有玄机了："我们家已有了个王妃，难道你也是王妃不成。大喜，大喜。"大家来敬，探春当然不肯。在十二钗里面，探春的归属算是最好的。虽然远嫁到海疆去，但婆家是高官，而且夫婿也不错。这个还影射到曹家，其实曹家里面真的出了两个王妃。元春对照到曹家，曹寅的女儿，她嫁的不是皇帝，是铁帽子王爷，铁帽子比一般贝勒王爷地位高。还有一个女儿，嫁的是另外一个王爷。所以在这个地方无意中露出，又是一个王妃不成？曹雪芹这本书真真假假，有的是真有其人其事，有的是他杜撰的，有的是他把几个合起来的。譬如像元妃省亲那种阵仗，其实也就是康熙六次南巡、曹家四次接驾的阵仗。康熙也是个昆曲迷，很喜欢看戏，所以元妃来的时候，要特别去买苏州戏班唱戏。这些多少有自传（autobiographical）在里头，曹雪芹如果没有经历，是个普通人，这本书写不出来。所以《金瓶梅》的作者只能写《金瓶梅》，他不是贵族。虽然曹雪芹的身世我们知道得很少，可是曹家整个家世，曹寅、曹玺，这些江宁织造的历史，我们知道的。可以去看一看史景迁写的《曹寅与康熙》，就可以了解曹家跟康熙皇帝有多么亲近。康熙对曹家优宠有加，南京那个时候是江南重镇，康熙到江南，曹家若没有那么大的排场接驾，康熙也不会去的。写探春，中间点一下子，的确另外又有一个王妃出来了。

　　湘云抽到了"只恐夜深花睡去"。苏东坡的诗。黛玉讲"夜深"改成"石凉"才对，湘云不是在石上睡着了嘛，她们都开她玩笑。下面有意思，签筒来来去去，到了麝月。麝月这个丫头着墨不多，她的位置是在袭人之下，她跟宝玉之间也没有像晴雯那样亲近，可也是个不可或缺的角色。甚至很多红学家考证，讲到最后的时候，麝月是最后一个照顾贾宝玉的人，晴雯死了，袭人走了，她是最后一个。麝月一抽抽到这个签："开到荼蘼花事了"。宋朝王淇的一首诗。荼蘼花开的时候，春天马上就要过去了。注云："在席各饮三杯送春。"麝月是个丫头不识字，不懂花签的意思，宝玉愁眉忙将签藏了说：咱们且喝酒！大家还记得吗？秦氏死的时候，她的鬼魂去告诉凤姐贾家以后的命运："三春去后诸芳尽，各自须寻各自门。"三春是初春、仲春、暮春，也就是贾家那三个春，三春过后，花事已完，各自作鸟兽散，这家就要散掉。这个也就是"开到荼蘼花事了"。在这种最欢乐的时候，往往有一种警告，警示着这种盛况恐怕不能久持。花签一下子抽到这个了，宝玉一惊，他是极敏感的一个人，对他自己的命运，对家族的命运，对他所爱的人的命运，都有一种直觉的了解，所以他说：咱们且喝酒！把它混过去了。下面是黛玉，抽到芙蓉花。芙蓉有两种，一种是木芙蓉，在树上面的，另一种在水上，就是莲花、荷花。花签"风露清愁"四字，道是："莫怨东风当自嗟。"这是欧阳修的《明妃曲》，汉明妃王昭君，也不是好下场。所以这些签，都是讲她们的命运，暗暗地含了深沉的意义。

客人们走了，她们继续喝，直到酒坛见底，最后大家都喝醉了，芳官两腮胭脂一般，眉梢眼角越添了许多丰韵。又来写她一笔，这个小戏子，很可爱，很漂亮，喝了点酒，风韵就出来了，她一头就睡到宝玉旁边。曹雪芹写这些东西，没有一点淫邪，我想这跟曹雪芹的态度有关系，他对这几个小伶人，龄官、芳官、藕官，写她们的时候相当同情、体贴，用这种态度写的。他写某些不尊重情的人，又是另外一种手法，也写得非常好。醉卧一夜醒来，芳官一看怎么睡在宝玉旁边，不好意思，快点爬起来。她们回想大家原来都喝醉了，还唱曲，连袭人这么一个正经八百的也唱了曲子，这也就是怡红院最开心的时候。过一会儿，平儿来了，本来那天也是平儿的生日，知道了夜宴的事，平儿笑道："好，白和我要了酒来，也不请我。"她们当然不好去请平儿，平儿跟凤姐在一起的。平儿说："还说着给我听，气我。"跟她们开玩笑。下面这段晴雯有意思，晴雯道："今儿他还席，必来请你的，等着罢。"因为宝玉说了，大家都出了钱给他做生日，他要还席。平儿笑问道："他是谁，谁是他？"晴雯听了，赶着笑打，说道："偏你这耳朵尖，听得真。"曹雪芹文字写得俏，就在这种地方。平常是不讲"他"的，讲"他"怎样怎样，是非常亲，很亲密（intimate）的了。晴雯称的是"他"，平常一定是讲宝二爷或者宝玉，不会说"他"请你，所以一下子给平儿逮住了，故意问"他是谁，谁是他？"这种地方就是一种很俏的俏笔。

宝玉起来梳洗完，一看，桌上有个帖子放在那里，是一张粉笺，上面写着"槛外人妙玉恭肃遥叩芳辰"。这不得了！宝玉看毕直跳了起来，忙问："这是谁接了来的？也不告诉我。"袭人、晴雯她们不懂，以为妙玉只是普通的一个尼姑，对宝玉来说，妙玉跟他有很特别的缘。我说过，《红楼梦》里名字有"玉"这个字的没几个，第一个当然是黛玉，第二个蒋玉菡，第三个妙玉。斜玉边的如贾琏、贾珍就不算。妙玉自称槛外人，宝玉很紧张，怎么回复呢？妙玉非同常人，他也一定要用那种禅宗机锋。他就拿帖子想去问问黛玉。走到一半遇见邢岫烟，他就问："姐姐那里去？"邢岫烟说去找妙玉。宝玉说那个人什么人都不见、不假以颜色的，愿意跟姐姐交往，难怪姐姐与众不同。邢岫烟是不太一样，她在贾家是一个穷亲戚，但有一种超然不俗的气质，宝玉就请教她了。宝玉说原来妙玉推重你，知你不是像我们这样的俗人。邢岫烟说也不是推重我，原来从前妙玉在蟠香寺修炼的时候，邢岫烟家境不好，租赁庙里的房子住，跟妙玉变成邻居，所以两个人有一段因缘。妙玉原是官宦家的千金小姐，因为她生下来家里面认为这个女孩子业重，从小就把她送出家，用以消解，所以她修得兢兢业业，谨慎小心。记得吗？连刘姥姥用了她的杯子她都丢掉的，她以为把世俗的一切通通排到外面去，可以保持自己的洁净，所以她修得很苦的。宝玉就把拜帖拿出来请教，说妙玉自称槛外人。邢岫烟说妙玉脾气真怪，真是"僧不僧，俗不俗，女不女，男不男"。宝玉说："姐姐不知道，他原不在这些人中算，他原是世人意外之人。"宝玉这样认为，所以有些评论家说妙玉跟宝玉好像有男女情愫，我不这样看。第一，妙玉跟宝玉根本接触的机会很少，她只是远远地见他一面，知道这么一个人而已。我想她跟宝玉其实是非常神秘的因缘，跟修炼有关。第二，妙玉这个人会扶乩的，可以算出别人的命运，她看到宝玉以后是会修成正果的，也是她汲汲想要追求的，所以对宝玉特别。

宝玉就跟邢岫烟说："（妙玉）因取我是个些微有知识的，方给我这帖子。我因不知回什么字样才好，竟没了主意，正要去问林妹妹，可巧遇见了姐姐。"邢岫烟听了，细细打量了宝玉，方笑道："怪道俗语说的'闻名不如见面'，又怪不得妙玉竟下这帖子给你，又怪不得上年竟给你那些梅花。既连他这样，少不得我告诉你原故。他常说：'古人中自汉晋五代唐宋以来皆无好诗，只有两句好，说道"纵有千年铁门槛，终须一个土馒头"。'所以他自称'槛外之人'。又常赞文是庄子的好，故又或称为'畸人'。他若帖子上是自称'畸人'的，你就还他个'世人'。畸人者，他自称是畸零之人；你谦自己乃世中扰扰之人，他便喜了。如今他自称'槛外之人'，是自谓蹈于铁槛之外了；故你如今只下'槛内人'，便合了他的心了。""纵有千年铁门槛，终须一个土馒头"是非常惊人的一句诗，门槛其实就是隔着尘世与化外，纵有千年这么高的门槛，最后还是敌不过无常，终须一个土馒头，无常到来的时候，这个铁门槛也挡不住。人生一切，都是在变的、无常的，所以妙玉讲她已经跳过了，到槛外去了，已经不在这个世界纷纷扰扰里头，其实这是她的理想和追求，她自称"槛外人"，宝玉还她一个"槛内人"，她就高兴了，表示说她在外面了，宝玉还在里面。这真是非常讽刺的，刚好调过来了，宝玉最后变成"槛外人"，踏出了尘网，可怜的妙玉，到头来依旧是"风尘肮脏违心愿，又何必王孙公子叹无缘"，她最后的下场是走火入魔，而且被强盗抢走。所以修佛修道，不是每个人能修成。下面马上又来了贾敬的事，他要求长生不老仙丹，一下子炼丹死掉了。这些都是讽刺的，修佛修道，都要顺其自然而行。

宝玉得了指点，就写了"槛内人宝玉熏沐谨拜"送到栊翠庵，只隔着门缝投进去便回来了，不去惊动她。所以他对妙玉很敬重，毕竟妙玉是修行人。妙玉也敬重宝玉，他们两个是一种佛缘，一种互相对调的修行因缘。宝玉跟很多人结了各种的因缘，跟妙玉是这一种，讲到下一回的时候，跟柳湘莲又是另一种，柳湘莲的结局也是出家了，所以他跟这些人的因缘，慢慢地引导他自己走上了出家之路，他的悟道是一点一点累积的。

接下来庚辰本一大段破坏了小说的艺术，我再提醒大家，现在这个庚辰本是拿来做研究用的，原来的抄本有些错的，有些地方是抄的人加加减减的，因为要研究它原来什么样子，所以都不改动，只好也趁这个机会，我们拿着两个版本比较一下。这回不是讲了芳官了吗？我觉得讲芳官这样就够了，很可爱的一个女孩子，怎么穿着，怎么唱曲，怎么喝酒，怎么划拳，跟宝玉什么关系，已经写足了。庚辰本下面又有一大段，把芳官的头都给剃了，把她扮成一个小匈奴，取一个匈奴的名字，叫什么"耶律雄奴"。芳官是个唱正旦的，前面写芳官，写什么都很有意思，把她头剃掉，我觉得这个不妥。不光她扮成男孩子，那几个小伶人通通剃了头变成男孩子了，有点恶搞。第一，我想这一段无趣，第二，那些小女孩个个漂亮，把她们剃了个头，变成个小匈奴的样子，穿着匈奴装，这奇怪！这一大段程乙本根本没有。

这一回的后半部分，突然来个晴天霹雳，宁国府的家长贾敬归天了。贾敬离开家整天炼丹，要求长生之术，他吃那些道家的金丹，说是烧死，其实大概是中毒而亡。消息传回宁国府，当然大吃一惊。这个时候贾珍、贾蓉都守丧去了，家里没有一个男人管事，尤氏不是能干的人，凤姐又病了，尤氏手忙脚乱，就把她的继母尤老娘请了来。尤老娘有两个女儿，尤二姐、尤三姐，尤老娘嫁给尤氏的父亲的时候，已经嫁过人了，所以尤二姐、尤三姐以现在来讲，就是带来的拖油瓶。这两个女儿都有过人的美貌，所以红楼二尤要登场了。

你不能不佩服曹雪芹，《红楼梦》已经写了那么多女孩子，能写的写尽了吧！还写出什么名堂来？各式各样的人都写过了，却又蹦出两个人来，尤二姐、尤三姐的故事，写得精彩无比，下面这几回都是写她们，她们的身世，她们的悲剧，变成《红楼梦》的亮点之一。写长篇小说很难，你想，写到宝玉生日这么热闹，再往下走，那个剧情要是不挑起来的话，很难吸引读者。要拉起来，黛玉的故事讲了，宝钗的故事也讲了，湘云也讲完了，这些主要人物甚至那些丫鬟、小戏子，也都讲完了，那怎么办？这时候，两个新的人物上场了。让新人物出现也很难，这两个人是怎么回事，都要自然地交代，就借着贾敬死了，尤氏要帮忙，尤老娘和二尤出现了。这个尤氏的继母，看样子大概出身也相当卑微，如果她的出身也是世家，尤二姐、尤三姐她们的下场不至于这样悲惨。因为身世卑微，这两个女孩子在贾府受到了凌辱，这个地方也侧写了贾府的那种以势欺人，把贾珍、贾琏、贾蓉这三个好色之徒写得丑态毕露，精彩得不得了。尤二姐、尤三姐因为不是尤氏的亲妹子，尤氏本人懦弱，又不很珍惜她们，如果是她的亲妹妹，情况又不同，贾珍、贾琏他们不敢这么轻举妄动。在中国以前的社会，尤二姐、尤三姐的身世地位卑贱，贾家势大，没有尊重她们，没有把她们放在眼里。

　　先来看看贾珍、贾蓉的为人。贾敬是他们的父亲和祖父，那个父亲也当得很奇怪，修道去了不回家，父子之情恐怕也很淡薄。贾珍跟贾蓉一听到贾敬死了，马上赶回来了，回来之后问家里的情形，家里就讲了，尤氏一个人忙不过来，把尤老娘请来了，两个女儿也带来了。看看庚辰本这里：贾蓉当下也下了马，听见两个姨娘来了，便和贾珍一笑。这个就不对了。贾珍、贾蓉，都跟尤二姐有过一腿，所以外面说他两父子聚麀。麀是鹿，聚麀就是讲乱伦，对他们有聚麀之诮。贾蓉跟贾珍的父子关系是贾蓉很怕父亲的，贾珍说打就打，说骂就骂，贾蓉当然知道他的二姨娘跟他父亲有暧昧关系，怎么会望着父亲一笑？"好家伙，那个尤物来了。"这个不对！贾蓉绝对不敢朝他父亲这么一笑。程乙本是：他一听二姨娘来了，"喜的笑容满面"。这就对了，听到二姨娘来了，乐了。这边听到两个姨娘来乐得很，下面到了铁槛寺，贾珍和贾蓉下了马，贾蓉放声大哭，从大门外便跪爬进去，至棺前稽颡泣血，直哭到天亮，喉咙都哑了。前面还在乐着想打姨娘主意，这边又哭得喉咙哑了。那时候，父母死了一定要大哭大喊，变成一种礼俗。贾珍也不是很真诚的，以后还要讲到，在他们守丧时期，贾珍跟子弟暗暗地召那些相公来陪酒狎玩，居丧期间，你看他对他父亲，其实心中没有感情，也没有敬意，宗法社会的规矩，有时候也变成一种虚伪空洞的仪式。所以很难，社会不立规矩不行，太严了把人真正的感情压死了，变成虚伪，人在宗法社会家庭里面怎么处？这也是文学常常写到的部分。

庙里的事情完了，贾珍说：你回去看看那两个姨娘。贾蓉巴不得就跑去。去了，尤老娘在睡觉，歪着，他二姨娘三姨娘都和丫头们作活计，见他来了，都道烦恼。贾蓉且嘻嘻的望他二姨娘笑说："二姨娘，你又来了，我们父亲正想你呢。""嘻嘻"两个字用得好，嬉皮笑脸的，望着那个二姨娘，逗她，逗那个尤二姐。尤二姐便红了脸。痛处给戳住了，她跟她那个姐夫贾珍有一段的。贾珍也是个好色之徒，前面很暧昧地写过，爬灰的爬灰，可能对他的儿媳妇秦氏有乱伦之举，所以"秦可卿淫丧天香楼"，据说有这么一回，被删掉了。秦可卿自尽，吊颈死的，因为她跟贾珍正在幽会的时候，被丫头撞到了，秦氏羞愧自尽而死。后来秦氏鬼魂再出现，是鸳鸯自杀的时候，秦氏的鬼魂教她怎么吊颈，可见她自己吊颈死的。所以讲秦氏病死，前后有点矛盾。

不管怎么样，你看看：尤二姐便红了脸，骂道："蓉小子，我过两日不骂你几句，你就过不得了。越发连个体统都没了。还亏你是大家公子哥儿，每日念书学礼的，越发连那小家子瓢坎的也跟不上。"突然跑出"瓢坎"这两个字，在程乙本里面没有的，多了这两个字，也没有什么意思。说着顺手拿起一个熨斗来，搂头就打，吓的贾蓉抱着头滚到怀里告饶。趁机就滚到她怀里头去了。你看下面，写得好！尤三姐便上来撕嘴，又说："等姐姐来家，咱们告诉他。"贾蓉忙笑着跪在炕上求饶，他两个又笑了。贾蓉又和二姨抢砂仁吃，尤二姐嚼了一嘴渣子，吐了他一脸。贾蓉用舌头都舔着吃了。写到这个地步！写尤二姐的轻浮，讲她有点水性杨花。尤二姐这个人轻浮，她其实是个心地蛮善良的女孩子，只因为长得好，而且是勾动男人、人见人爱的那种女人，所以尤二姐的轻浮有些男人很喜欢，她轻浮是轻浮，不像其他的有一些那么下流，她喜欢跟男人调笑，个性很温柔，也有点天真，不像尤三姐是个辣得不得了的天辣椒。这里写贾蓉的下流，居然敢跟他的二姨娘调情调到这个地步，尤二姐吐他一脸，舔掉！连那个丫头都看不惯，说："热孝在身上，老娘才睡了一觉，他两个虽小，到底是姨娘家，你太眼里没有奶奶了。回来告诉爷，你吃不了兜着走。"你看：贾蓉撇下他姨娘，便抱着丫头们亲嘴："我的心肝，你说的是，咱们饶他两个。"丫头讲这句话是有道理的，丫头们忙推他，恨的骂："短命鬼儿，你一般有老婆丫头，只和我们闹。知道的说是顽；不知道的人，再遇见那脏心烂肺的爱多管闲事嚼舌头的人，吵嚷的那府里谁不知道，谁不背地里嚼舌说咱们这边乱账。"的确是，后来尤三姐想嫁给柳湘莲，柳湘莲就听了一些谣言讲她们，认为尤三姐不贞，所以拒绝她，惹出悲剧来。所以丫头说你这样传出去，坏了我们的名声。你看贾蓉怎么讲："各门另户，谁管谁的事。都够使的了。从古至今，连汉朝和唐朝，人还说脏唐臭汉，何况咱们这宗人家。谁家没风流事，别讨我说出来。这个贾蓉自爆家丑。连那边大老爷这么利害，琏叔还和那小姨娘不干净呢。应该是琏二叔，他不会讲琏叔的！庚辰本的称呼常常有问题。凤姑娘那样刚强，瑞叔还想他的账。那一件瞒了我！"自己把家丑通通曝出来。这是讲荣国府里面，贾赦那么厉害，不是好几个姨娘？儿子贾琏也去勾搭，给贾蓉爆出来。贾府里面的淫乱，是他们后来衰败的基本原因。不论宁国府也好，荣国府也好，宁国府是贾敬，荣国府是贾赦，都没有好好地把家业撑起来，家规乱了，不能齐家，家运当然就衰了。家长自己先乱伦，由贾蓉嘴里讲出来，这里短短的一个页码，把贾蓉的为人、丑态写尽了。

　　这之前，曹雪芹没有给贾蓉多少笔墨，他跟凤姐两个人眉来眼去有的，暗地点了那么一下，贾蓉跟凤姐也有暧昧。后来你再看，不止一点，是相当暧昧。贾蓉大概也长得不错，所以自命风流，跟这些那些勾勾搭搭，跟尤二姐两个人调情这一场，就把他这个人的品行写出来了。尤二姐举止轻浮，所以贾珍、贾琏、贾蓉都打她主意，在某方面说，也是她自己招来羞辱。尤三姐就完全不同，把这三个人逼得根本不敢轻举妄动。尤二姐就因为轻浮又懦弱，最后悲剧收场，被王熙凤诓进大观园，活活整死。这一回最后这个地方，尤老娘醒了，贾蓉就讲了半天，意思是希望她们住久一点，事完了再走。尤二姐便悄悄咬牙含笑骂："很会嚼舌头的猴儿崽子，留下我们给你爹作娘不成！"尤二姐自己讲话，也像是跟他调情似的，自己不尊重、不端正，难怪招蜂引蝶让这几个男人占了便宜。下一回，就是贾琏动她们的脑筋了。

第六十四回

幽淑女悲题五美吟　　浪荡子情遗九龙珮

　　林黛玉作了几首诗，这回作了《五美吟》。前面已经看过相似的场景了，黛玉常常会有感身世孤零，这个时候她就作诗，借着诗来叙述自己的内心世界。从《葬花吟》、菊花诗，秋夜写的感怀诗，一直一直过来，每一个阶段都指向她最后的悲剧，指向她的死亡。她作的《五美吟》，这几个历史上非常有名的女性：西施、虞姬、汉明妃、绿珠、红拂。除了红拂以外，命运都相当坎坷。她们的个性，有的很贞烈，有的很刚强，像西施，等于是为报国牺牲了自己。讲起来，西施是个大美女，西施捧心看起来很娇弱，其实她最后帮助越国复国，所以她有刚烈的一面。虞姬也是为了项羽，她自己舞剑自刎，绿珠因贞烈而跳楼，汉明妃王昭君屈己和番，后来自沉而死。黛玉写这几个人，不只是感叹，也反映了她自己的个性和命运。黛玉虽然多愁善感，身体也像弱柳扶风，可是她的个性里也有很刚烈的一面，到最后"林黛玉焚稿断痴情"那一幕，她把自己的诗稿往火里一扔，突然间我们感觉到她的身量，暴涨起来，不是那个弱女子了，有她自己自觉的、刚烈的一面。

曹雪芹描述人物，很少直接说这个人怎么怎么，他都是用各种方式，各种侧写，或者拿别的人物来比较，等于是好多面镜子，每一面镜子照到这个人物的某个角度，所以这几个人，在某方面也照到林黛玉这个人，回照她的身上，成为她的影像。所以黛玉不光是一个人物，她周围有好多人物，有的是古代的，像西施、虞姬，有的是大观园里的人物，像晴雯、龄官、柳五儿，这一串都是黛玉的延伸。曹雪芹写黛玉的时候，不时地要点一下。前面抽花签的时候，黛玉抽到芙蓉花，签诗就讲汉明妃。我想是一步一步点到她最后的命运。再往下到中秋晚上黛玉联诗的时候，更加趋近，她的最后一句"冷月葬诗魂"，离命运越来越近。

这一回精彩的在后面，"浪荡子情遗九龙珮"上台的主角，一个是浪荡子贾琏，一个是水性杨花尤二姐，两个人调情的对手戏，写得非常好。贾琏素日就听过尤氏姐妹之名，可是没见过，这回他们来到宁国府，贾琏一看，也有了垂涎之意，趁机撩拨几下。这两姐妹，三姐冷淡，二姐却很懂风情。本来他晓得尤二姐是贾珍的相好，不好意思动她，可是近水楼台，压不住地也动起念头。这天贾琏又找了个借口，从办贾敬丧事的家庙跟贾蓉一起回宁国府，叔侄两个人在途中，贾琏有心，就故意提尤二姐，夸她如何标致，如何做人好，举止大方，言语温柔，无一处不可敬可爱。你看下面一句话："人人都说你婶子好，据我看那里及你二姨一零儿呢。"这个王熙凤真倒霉，贾琏一看到他要的女人，背地里就把王熙凤贬一顿，要么希望王熙凤快点死，要么把王熙凤说得一文不值。当然，王熙凤也太厉害了一点，平常凡事骑在贾琏头上，所以贾琏整天有外遇，也有他一定的理由。不过贾琏这个人太好色，一看到尤二姐这个尤物就失了魂，也顾不得其他的了。贾蓉这个家伙真是坏胚子，精怪得很，便笑道："叔叔既这么爱他，我给叔叔作媒，说了做二房，何如？"他就悄悄地煽动贾琏去娶尤二姐做偏房。其实他不安好心，他想，如果这个尤二姐还是跟他父亲贾珍在一起，他很难下手，如果她出去跟贾琏做了二房，他也好趁机去揩一把油。所以他就挑唆贾琏，在外面娶，还教他在外面悄悄地金屋藏娇。你看他讲得真好："这都无妨。我二姨儿三姨儿都不是我老爷养的，原是我老娘带了来的。"这句话讲白了，她不是一个正经主子，是带来的拖油瓶，没关系！本来尤老娘还没有嫁到尤氏他们家的时候，已经替二姐儿指婚，跟一个叫张华的人定了婚，那时候张华家还不错。后来张华家道落了，他们当然也很不愿意尤二姐再嫁给他，反正张家穷了，给点银子就可以解决了，把人家已经定了婚的娶了来。贾琏听到这里，心花都开了，那里还有什么话说，只是一味呆笑而已。欲令智昏！放了那么厉害的一个太太在家里，而且正在热孝的时候，可以不顾这一切，居然敢去娶二房，还就把那个藏娇的金屋安在他们巷子后面，大胆得很！贾蓉又挑唆他，为什么娶二房？因为凤姐都生不出儿子来，要传宗接代。凤姐怀了一胎又掉了，如果娶了尤二姐，一年半载生下个儿子，那么就可以名正言顺的了。贾琏只顾贪图二姐美色，听了贾蓉一篇话，认为计出万全，将现身上有服、停妻再娶、严父妒妻种种不妥，通通置之度外了。他向贾蓉致谢："好侄儿，你果然能够说成了，我买两个绝色的丫头谢你。"你看这叔侄两个做出的事，果然是贾家衰败有理。

　　到了尤二姐那里了。你想尤二姐这个人，出身寒微，而且跟她定亲的那个人又不争气，她怎么办呢？她的前途也很有限。看到贾琏，也是年轻公子，有钱有势，而且对她那么殷勤，也难怪她有点动心。对于凤姐，她当然还不太了解是何等人，还没尝到凤姐的厉害。此时伺候的丫鬟因倒茶去，无人在跟前，贾琏不住的拿眼瞟着二姐。这会儿只剩他们两个人了，贾琏不住地一直盯着二姐，斜眼看她，等于在逗她了。二姐低了头，只含笑不理。贾琏又不敢造次动手动脚，因见二姐手中拿着一条拴着荷包的绢子摆弄，这个尤二姐很有意思，拿个手绢在那边抖两下，当然这有些暗示性的了。便搭讪着往腰里摸了摸，说道："槟榔荷包也忘记了带了来，妹妹有槟榔，赏我一口吃。"那个时候的人也爱嚼槟榔的。二姐怎么说："槟榔倒有，就只是我的槟榔从来不给人吃。"这两个人调情，你一句我一句，已经看得出来，双方都很有意了。她不有意的话，不会假以颜色。贾琏是恨不得要去抓她了。贾琏便笑着欲近身来拿。二姐怕人看见不雅，便连忙一笑，撂了过来。把那个槟榔荷包撂给他。贾琏接在手中，都倒了出来，拣了半块吃剩下的撂在口中吃了，又将剩下的都揣了起来。刚要把荷包亲身送过去，只见两个丫鬟倒了茶来。贾琏一面接了茶吃茶，一面暗将自己带的一个汉玉九龙珮解了下来，拴在手绢上，趁丫鬟回头时，仍撂了过去。九龙珮是他身上配的东西，这是信物，给他用来调情了。九龙珮撂过去，表示说，他对她有意了，对她表情了。二姐亦不去拿，只装看不见，坐着吃茶。只听后面一阵帘子响，却是尤老娘三姐带着两个小丫鬟自后面走来。贾琏送目与二姐，令其拾取。贾琏使眼色了，拿呀！拿呀！怕给哪个看见了不好，使眼色叫她快拿。这尤二姐亦只是不理。不理他，这写得好，故意吊他胃口。真的去拿了，那这场戏就不好演。装作不知道，让那个贾琏猴急。贾琏不知二姐何意，甚是着急，只得迎上来与尤老娘三姐相见。一面又回头看二姐时，只见二姐笑着，没事人似的；再又看一看绢子，已不知那里去了，贾琏方放了心。尤二姐这下子动了心，悄悄地把九龙珮收起来了。

　　这一段，把贾琏跟尤二姐的个性写得很好，这种人调情，又是另外一种境界。记得吗？贾琏也经过什么多姑娘、鲍二家的，那些没有什么好调情的，一来就上床了。而这个不一样，所以贾琏大感兴趣。这个尤二姐很知趣，很解风情，解风情的女人，所以逗男人爱。长得又美，又有点水性杨花，所以贾琏看了她，把凤姐、平儿都忘掉了，恨不得快点把她迎回去，也不怕后来东窗事发。

　　贾蓉看到两个人搭上了，他就跟尤老娘说："那一次我和老太太说的，我父亲要给二姨说的姨父，就和我这叔叔的面貌身量差不多儿。"讲明了，就是贾琏。贾琏去求亲的时候，贾蓉跑去跟贾珍先商量了。贾珍想了一想，笑道："其实倒也罢了。"什么意思？他对尤二姐要过了已经厌了，这个二姐嫁出去最好，把她甩掉，他想打尤三姐的主意，所以爽快答应了。贾蓉又来哄尤老娘，讲贾琏怎么怎么好，又说："目今凤姐身子有病，已是不能好的了，暂且买了房子在外面住着，过个一年半载，只等凤姐一死，便接了二姨进去做正室。"总是等着凤姐死，跟鲍二家的要好时也是这么讲。尤老娘家境寒微，素日靠贾珍接济，而且那个张华家又倒了，此时又是贾珍作主替聘，而且妆奁不用自己置买，贾琏又是青年公子，比张华胜强十倍，遂连忙过来与二姐商议。二姐又是水性的人，在先已和姐夫不妥，又常怨恨当时错许张华，致使后来终身失所，今见贾琏有情，况是姐夫将他聘嫁，有何不肯，也便点头依允。按理讲，像这个尤二姐，是二八年华的一个姑娘，尤老娘家里再寒微，也应该找一门好亲事嫁出去。做二房，那时候只有丫鬟或者地位很低的人才肯的，对尤二姐来说是很委屈的。当然也是骗她了，说凤姐好不了，以后扶你做正室，这都是谎话。

　　贾蓉讲得天花乱坠，把这事说成了。贾琏就在巷子后面买了一间房子金屋藏娇，还给她弄了几个佣人。庚辰本说：贾珍又给了一房家人，名叫鲍二，夫妻两口，以备二姐过来时服侍。记得鲍二吗？鲍二家的不是跟贾琏有一腿吗？被凤姐闹出后就吊颈死了，所以这个地方是不对的。程乙本有这一段：只是府里家人不敢擅动，外头买人又怕不知心腹，走漏了风声，忽然想起家人鲍二来。当初因和他女人偷情，被凤姐打闹了一阵，含羞吊死了，贾琏给了一百银子，叫他另娶一个。那鲍二向来却就和厨子多浑虫的媳妇多姑娘有一手儿，后来多浑虫酒痨死了，这多姑娘儿见鲍二手里从容了，便嫁了鲍二。况且这多姑娘儿原也和贾琏好的，此时都搬出外头住着。贾琏一时想起来，便叫了他两口儿到新房子里来，预备……这就对了，因为要找个心腹，这泄露出去不得了，就找了鲍二，鲍二现在的太太就是多姑娘，这样讲才兜得上。什么都弄好了，就把尤二姐迎娶进去，这下子尤二姐的厄运才开始。

下面一回是《红楼梦》里面最精彩的片段之一，尤三姐上场。大家要仔细看这一回，庚辰本完全错误，它说尤三姐跟贾珍本来就有一腿，这个基本不对。如果尤三姐跟贾珍本来有染的话，那么尤三姐后来的行事根本不能成立，她骂贾珍、贾琏两兄弟那一场戏，是《红楼梦》里写得最好的片段之一，如果尤三姐已经失足了，还有什么立场再去骂他们？所以好好地看仔细这一回，程乙本写得好，庚辰本很多地方破坏掉了。

第六十五回

贾二舍偷娶尤二姨　尤三姐思嫁柳二郎

　　这一回，庚辰本把尤三姐这个人，好多地方写岔掉了，很严重！等于把整个人毁掉了，不行！请大家仔细地对照两个版本，对照两回，就知道庚辰本不妥在什么地方。

　　上一回贾琏去勾引尤二姐，把九龙珮丢给她，尤二姐动心了，拿了，表示接受他，贾琏就置了房子把尤二姐娶进去了，也办得有模有样，尤老娘跟尤二姐一看，虽不像贾蓉讲得那样，不过也还齐备，到底出身贫寒，母女俩也算满意了。原来指婚的张华因为穷了，所以尤二姐退婚给了他二十两银子，这样也就接受了，等于了断了那边，嫁给贾琏。贾琏好色常常偷吃，这次不同，房子弄得很好，还给尤二姐两个佣人，鲍二和现在的太太多姑娘，当然他们非常殷勤。鲍二夫妇见了如一盆火，赶着尤老一口一声唤老娘，又或是老太太；赶着三姐唤三姨，或是姨娘。而且呢，叫尤二姐直称"奶奶"，把凤姐挤掉了。这么一来，尤二姐、尤老娘也就心满意足。她们还没有嗅出这里头的危机，要惹出杀身之祸，这个危机，三姐儿却了解状况。

贾琏在巷子里弄了个金屋，贾珍也不安好心。他之所以赞成尤二姐嫁给贾琏，还帮着安排，是因为他对尤二姐已经腻了，目标转到尤三姐身上去，尤二姐娶过来，尤三姐也跟着过来，他有机可乘了。这天贾琏出门在外面办事，他就悄悄地跑到金屋里来了，跟尤二姐说："我作的这保山如何？若错过了，打着灯笼还没处寻……"尤二姐就叫摆酒，几个人呢？尤二姐、尤三姐、尤老娘都在喝，反正是一家人了嘛！趁着贾琏不在家跑来，有点不好意思，因为他跟尤二姐相好过，他跑来，想吃吃豆腐，主要想挑逗尤三姐。这个地方，庚辰本犯了一个很糟糕的错误：当下四人一处吃酒。尤二姐知局，知局就是很识相，晓得怎么回事了。便邀他母亲说："我怪怕的，妈同我到那边走走来。"尤老也会意，应该是尤老娘，漏个"娘"字，便真个同他出来，只剩小丫头们。贾珍便和三姐挨肩擦脸，百般轻薄起来。小丫头子们看不过，也都躲了出去，凭他两个自在取乐，不知作些什么勾当。把尤三姐写得那么低俗，我觉得这里文笔也不好，把尤三姐完全破坏掉了。第一，尤三姐绝对不可能跟贾珍先有染，有染以后，她后来怎么硬得起来，她怎么敢臭骂贾珍、贾琏他们两个人？自己已经先失足了，有什么立场再骂？如果它是这样写，下面根本写不下去了，而且这几句话写得极糟，绝对不是曹雪芹的笔法。这一段要不得！程乙本里边没有的。程乙本是：

当下四人一处吃酒。二姐儿此时恐怕贾琏一时走来，彼此不雅，吃了两钟酒便推故往那边去了。**这个时候，尤二姐应该要避的，尤二姐怕贾琏看到她陪姐夫喝酒不雅，所以她借个故走了，但尤老娘并没有走。剩下尤老娘和三姐儿相陪。**那三姐儿虽向来也和贾珍偶有戏言，但不似他姐姐那样随和儿。**这是第一句话：不随和的女孩子。所以贾珍**虽有垂涎之意，却也不肯造次了，致讨没趣。**晓得这个女孩子不好惹，所以不敢太轻薄对她。不像她姐姐，一勾就上。**况且尤老娘在傍边陪着，贾珍也不好意思太露轻薄。**这就对了！那个时候不会说尤老娘跑了，剩他们孤男寡女。那时候到底还是有分寸的。**

正在喝酒，贾琏回来了。**他下面的佣人悄悄跟他说，大爷来了，让贾琏知道里边有人。看看程乙本这个地方：**贾琏听了，便至卧房。见尤二姐和两个小丫头在房中呢，见他来了，脸上却有些赸赸的。**有点不好意思了，心里有鬼，她跟姐夫有染嘛，心里总是有点过意不去。可见尤二姐也是有羞耻心的，她并不是那种荡妇，她已经嫁了人，所以觉得刚刚跟姐夫喝酒是不妥的事情，有点赸赸的。程乙本这一笔要紧的，庚辰本没有。贾琏反推不知。**贾琏也很识相，蛮宠爱尤二姐的。只命："快拿酒来。咱们吃两杯好睡觉，我今日乏了。"**贾琏装不知道，说我们喝了酒睡觉吧！**哪晓得马厩里面两匹马，贾琏一匹，贾珍一匹，叮叮咚咚吵起来了，吵得二姐儿心里实在不安。**下面几句，写得很好：**二姐听见马闹，心下着实不安，只管用言语混乱贾琏。马叮叮咚咚吵，表示贾珍还在，二姐心中很不安了，讲话来混混他。那贾琏吃了几杯，春兴发作，便命收了酒果，掩门宽衣。二姐只穿着大红小袄，散挽乌云，满脸春色，比白日更增了俏丽。贾琏搂着他笑道："人人都说我们那夜叉婆俊，如今我看来，给你拾鞋也不要。"王熙凤变成夜叉婆了。其实王熙凤也很美的，丹凤三角眼，身量苗条，体格风骚，也是个美人，可是现在有了新欢，旧的就变成夜叉婆了。你看，贾琏是怕老婆的，来这边出出气，不光是讲夜叉婆，把凤姐贬得那么低，还说给你拾鞋子也配不上，这下子把自己的发妻狠狠踩一脚。二姐呢，接着说了这句话我觉得蛮动人的。她说："我虽标致，却没品行，看来倒是不标致的好。"他说我长得好，没错！可是我失过足了。她长得好，当然姐夫动她的脑筋啰！但是呢，她因为出身寒微想往上爬，要借助贾府的势力，所以也就委身于贾珍，想想心中也很委屈。她也知道贾琏晓得那一段，所以对他告白。这一点，就是曹雪芹伟大的地方，他所有的人都能够包容，失足的、不失足的，在他的眼里皆是赤子。曹雪芹写这本书的时候，大概是他自己对人生有很大的彻悟以后，才能有那么大的包容，他很少站在上面，高高地往下指着说，你这个不对，你那个不对，他写这段，写得非常体贴。贾琏忙说："怎么说这个话？我不懂。"装不懂。二姐滴泪说道："你们拿我作糊涂人待，什么事我不知道？我如今和你作了两个月的夫妻，日子虽浅，我也知你不是糊涂人。我生是你的人，死是你的鬼！

如今既做了夫妻，终身我靠你，岂敢瞒藏一个字，我算是有倚有靠了。将来我妹子怎么是个结果？据我看来，这个形景儿，也不是常策，要想长久的法儿才好！"

二姐哭起来了，心酸掉泪了，她讲了这一番话，我现在跟你结婚了，你就是我终身所靠的人，所以我过去的一切不敢隐瞒你，也是求原谅的意思。我现在自己有靠了，那我妹妹呢？两姐妹的感情当然很好，她当然很在乎这个妹妹，妹妹怎么办？她也知道贾珍在打她主意，她怕弄久了可能出事情。贾琏听了，笑道："你放心，我不是那拈酸吃醋的人。你前头的事，我也知道，你倒不用含糊着。"贾琏安慰她了，说前头的事我知道，不计较了，放心。贾琏也有他可取的地方，其实除了对凤姐以外，他人并不那么坏，心也不是那么狠，他就是好色，看到女人一个都不放过，贾母说他"腥的臭的往里面拉"，拉到房里面就算数。但是他也蛮有人情的，他说："如今你跟了我来，大哥跟前自然倒要拘起形迹来了。依我的主意，不如叫三姨儿也合大哥成了好事，彼此两无碍，索性大家吃个杂会汤。你想怎么样？"贾琏想他跟尤二姐好了，最好那个妹子也让贾珍娶了，不是就成一家了吗？两兄弟，两姐妹，一锅杂会汤很好喝。二姐一面拭泪，一面说道："虽然你有这个好意，头一件，三妹妹脾气不好；透出消息来了，三姐儿可不是她，不是那么温顺的一个女孩子。第二件，也怕大爷脸上下不来。"贾珍虽然对尤三姐有意，但他不好意思公然地已经弄了个姐姐了，现在又要弄来妹妹。贾琏道："这个无妨。我这会子就过去，索性破了例就完了。"贾琏自说自话了，他要过去明的把他们拉拢起来，把两个人撮合撮合。

乘着酒兴，贾琏就去了，推门说："大爷在这里呢，兄弟来请安。"贾珍很不好意思，偷偷摸摸跑进来的，不觉羞愧满面。尤老娘也觉得不好意思。贾琏笑道："这有什么呢！咱们弟兄，从前是怎么样来？大哥为我操心，我粉身碎骨，感激不尽。大哥要多心，我倒不安。从此，还求大哥照常才好；不然兄弟宁可绝后，再不敢到此处来了。"冠冕堂皇的一番话，娶尤二姐是为了生孩子。他说大哥若多心，自己也不敢到这里来了。贾琏忙命人："看酒来，我和大哥吃两杯。"下面你看：因又笑嘻嘻向三姐儿道："三妹妹为什么不合大哥吃个双钟儿？我也敬一杯，给大哥合三妹妹道喜。""笑嘻嘻"三个字用得好，嬉皮笑脸的！这个男人根本不了解三姐儿，不尊重人家，自说自话，而且很不正经。庚辰本就没写出那味道：贾琏忙命人："看酒来，我和大哥吃两杯。"又拉尤三姐说："你过来，陪小叔子一杯。"这个写得不对，不是那么回事，还有贾珍讲下面这些话，更不得体。贾珍笑着说："老二，到底是你，哥哥必要吃干这钟。"说着，一扬脖。气氛完全不对，把贾珍、贾琏这两个人写得更浮掉了。

接着是精彩得不得了的一段来了。刚刚贾琏嬉皮笑脸地要拉线，拉拢贾珍跟三姐儿，你看看三姐儿的反应。庚辰本说三姐儿本来就失足了，本来就跟贾珍有染了，那这一回根本写不下去。三姐儿是很烈性的一个女孩子，所以才有这一段非常精彩的反应。贾琏不是叫她吗？看看程乙本：三姐儿听了这话，就跳起来，站在炕上。这个力量有多强！三姐儿本来坐得好好的，听了就跳起来，马上站在炕上面去，指着贾琏冷笑。这个"冷笑"用得好！《红楼梦》里好多冷笑，可是这一个冷笑有学问了，她由衷地鄙视这两兄弟，对他们两个嗤之以鼻。这两个宝贝还敢来打我的主意！她这个冷笑里面很轻视的！英文里也有很多冷笑，我想也许用嘲笑（sneer），或者恐怕要加一个倨傲（disdainfully），很轻视这两个宝贝。你看下面写得非常精彩的一段：指着贾琏冷笑道："你不用和我'花马掉嘴'的！咱们'清水下杂面——你吃我看'。杂面是北方吃的一种面，据说用油来和就好吃，用清水和不好吃。不好吃的面你吃，我看着你吃，你吃我看是歇后语。'提着影戏人子上场儿——好歹别戳破这层纸儿'。那个影戏的跑马灯，隔了一层纸，大家心里有数。你们两个是什么东西，大家心里也有数，不要戳破这一层。你别糊涂油蒙了心，打量我们不知道你府上的事呢！这会子花了几个臭钱，你们哥儿俩，拿着我们姐妹两个权当粉头来取乐儿，粉头是妓女、娼女，你们就打错了算盘了！我也知道你那老婆太难缠。如今把我姐姐拐了来做二房，'偷来的锣鼓儿打不得'。我也要会会这凤奶奶去，看他是几个脑袋？几只手？若大家好取和儿便罢；倘若有一点叫人过不去，我有本事先把你两个的牛黄狗宝掏出来，再和那泼妇拼了这条命！

喝酒怕什么？咱们就喝！"说着自己拿起壶来，斟了一杯，自己先喝了半盏，揪过贾琏来就灌，说："我倒没有和你哥哥喝过。讲清楚了嘛！我跟你哥哥没事的。今儿倒要和你喝一喝，咱们也亲近亲近。"吓的贾琏酒都醒了。"浪荡子情遗九龙珮"，对那一个还可以，碰到这个不行了。贾珍也不承望三姐儿这等拉的下脸来。兄弟两个本是风流场中耍惯的，两个人本来就是跟女人调情的情场老手，不想今日反被这个女孩儿一席话说的不能搭言。

下面尤三姐的表演精彩得不得了。三姐看了这样，越发一叠声又叫："将姐姐请来！要乐，咱们四个大家一处乐！俗语说的，'便宜不过当家'，你们是哥哥兄弟，我们是姐姐妹妹，又不是外人，只管上来！"贾琏不是要喝个杂会汤嘛！尤老娘方不好意思起来。妈妈坐在旁边不好意思了，自己女儿那么泼辣。贾珍得便就要溜，他想这个算了！快点跑吧！想溜掉了。三姐儿那里肯放？别走，还有话呢！贾珍此时反后悔，不承望他是这种人，与贾琏反不好轻薄了。这女孩子放泼起来了，他们两个反而不好轻薄。只见这三姐索性卸了妆饰，脱了大衣服，松松的挽个鬏儿；《红楼梦》写人物，穿的衣服很要紧的，什么场合穿什么衣服，对整个气氛的营造、个性的发挥，都有关系的。你看这个时候，身上穿着大红小袄，半掩半开的，故意露出葱绿抹胸，一痕雪脯；底下绿裤红鞋，鲜艳夺目；中国人用颜色也很有趣，都是那个抵撞的颜色，大红大绿在三姐儿身上很合适，这时候它是用以表示她个性的强烈。这个女孩子烈性高，冲突性大，而且不怕把胸部露出来——你们要看，我就给你们看。下面几句：忽起忽坐，忽喜忽嗔，没半刻斯文。说她讲几句坐下来，坐下来又跳起来骂几句，一下子嘻嘻哈哈笑开，一下子又恼怒起来，没半刻斯文。下面这一句写得真好：两个坠子就和打秋千一般；你想想看，这个女孩子戴两个很长的耳坠子，叮叮当当像打秋千一样，就是完全没有半点斯文，多么戏剧性。你看啊！灯光之下越显得柳眉笼翠，檀口含丹；本是一双秋水眼，再吃了几杯酒，越发横波入鬓，转盼流光：真把那珍琏二人弄的欲近不敢，欲远不舍，迷离恍惚，落魄垂涎。这个三姐儿当然很美，美中又带妖，又烈，是这么一个很特殊的女孩子。再加方才一席话，直将二人禁住。弟兄两个竟全然无一点儿能为，别说调情斗口齿，竟连一句响亮话都没了。三姐自己高谈阔论，任意挥霍，村俗流言，洒落一阵，由着性儿拿他弟兄二人嘲笑取乐。一时，他的酒足兴尽，更不容他弟兄多坐，竟撵出去了，自己关门睡去了。骂完了把两兄弟赶走，自己去睡了。这一段把尤三姐写得活灵活现，写了这一段，我们也为尤三姐叫好。这一对兄弟贾珍、贾琏，本来风流自赏，以为凭他们的财富，凭他们的声势，凭他们自己长得样子也不错，好像任何女人都可以勾得动，没想到碰到三姐儿这个人。

　　下面还有几个地方，要把庚辰本、程乙本对照比较。讲三姐儿有一点不如她的意的，便将贾珍、贾琏、贾蓉三个厉言痛骂，说他爷儿三个诓骗他寡妇孤女。贾珍回去之后，也不敢轻易再来。尝到苦头了，不敢再来看三姐儿。那三姐儿有时高兴，又命小厮来找。她高兴了又把他勾过来。及至到了这里，也只好随他的便，干瞅着罢了。来是来了，她不让他得逞，吊他的瘾，贾珍给她弄得一点办法也没有。这么一个女孩子，你看看曹雪芹怎么形容？看官听说：这尤三姐天生脾气，和人异样诡僻。很与众不同。只因他的模样儿风流标致，他又偏爱打扮的出色，另式另样，做出许多万人不及的风情体态来。庚辰本这一段，它写：谁知这尤三姐天生脾气不堪。这就不好了，讲到脾气不堪，我想这用词不当。仗着自己风流标致，偏要打扮的出色，另式作出许多万人不及的淫情浪态来。要不得！前面把尤三姐写得这么样刚烈，这里又加了这么一句。我想还是都参照程乙本。当初庚辰本是手抄本，也很可能是曹雪芹未定稿的一个本子。手抄本的人不见得文学修养高，他们抄了拿去卖的嘛！那时候《红楼梦》的手抄本很值钱的。或有手抄的人认为把尤三姐写得很淫荡，读者更喜欢看，我想这些可能不是曹雪芹的本意，要不然前面她对贾珍、贾琏的教训，就讲不过去了。看看程乙本这个地方：那些男子们，别说贾珍贾琏这样风流公子，便是一班老到人，铁石心肠，看见了这般光景，也要动心的。及至到他跟前，他那一种轻狂豪爽、目中无人的光景，早又把人的一团高兴逼住，不敢动手动脚。所以贾珍向来和二姐儿无所不至，二姐儿这个人比较温顺，所以任由贾珍戏弄她。渐渐的俗了，温顺反而不够味了，却一心注定在三姐儿身上，便把二姐儿乐得让给贾琏，自己却和三姐儿捏合。偏那三姐一般合他玩笑，别有一种令人不敢招惹的光景。他母亲和二姐儿也曾十分相劝，下面她讲出心里话来了，他反说："姐姐糊涂！咱们金玉一般的人，白叫这两个现世宝沾污了去，也算无能！"她说我们两个花容月貌，若让这两个人白白弄了去，算是我们的无能。

尤三姐非常了解状况，她不像二姐儿，既柔弱又不够聪明机灵，三姐儿就知道可能有大祸一场。她讲："而且他家现放着个极利害的女人，如今瞒着，自然是好的，倘或一日他知道了，岂肯干休？势必有一场大闹。你二人不知谁生谁死，这如何便当作安身乐业的去处？"她对二姐儿的处境很明白，虽然现在贾琏金屋藏娇，只能藏一时，一旦识破，势必有一场劫难要来，她看得很清楚。这个时候呢，那三姐儿天天挑拣穿吃，打了银的，又要金的；有了珠子，又要宝石；吃着肥鹅，又宰肥鸭；干脆豁出去！或不趁心，连桌一推；衣裳不如意，不论绫缎新整，便用剪子铰碎，撕一条，骂一句。究竟贾珍等何曾随意了一日，反花了许多昧心钱。她难搞！她当然也很气愤，这个女孩子是美貌、刚烈、自尊心很强的一个人。后来你看她自杀，她自尊心非常强的。给人家当粉头一般来调戏，当然她心中很恼怒。贾琏开头对尤二姐很爱很宠，可是渐渐地也有点后悔娶她。为什么呢？因为三姐儿难弄，三姐儿在这里总会出事情的。二姐儿很担心妹妹，她跟贾琏讲，珍大爷那边你跟他说去，三妹妹搞不定的，还是拣一个人，嫁走吧！给她找一个归宿吧！贾琏说，我也跟大哥讲了几次了，他只是舍不得，我还跟他讲了，三姐儿是块肥羊肉，无奈烫得慌，吃不进嘴的；玫瑰花儿可爱，刺多扎手，咱们未必降得住。贾琏倒识相了，看看这弄得不行了。二姐儿说，你放心，我来劝劝她，问准了她，想办法聘她走吧。

第二天，二姐儿、尤老娘就把三姐儿约来了。看看尤三姐这段话：三姐儿便知其意，刚斟上酒，也不用他姐姐开口，便先滴泪说道："姐姐今儿请我，自然有一番大道理要说；但只我也不是糊涂人，也不用絮絮叨叨的。从前的事，我已尽知了，说也无益！既如今姐姐也得了好处安身，妈妈也有了安身之处，我也要自寻归结去，才是正礼。但终身大事，一生至一死，非同儿戏。向来人家看着咱们娘儿们微息，不知都安着什么心！我所以破着没脸，人家才不敢欺负。"讲这个话蛮辛酸的，她说之所以泼，之所以这么豁出去，就是因为怕人家瞧不起，来欺负我们孤儿寡母，所以才这么做。本来她警告她姐姐的，这哪里可以当作安身之处？她现在想想，姐姐已经嫁了，没办法了，妈妈也在一起，你们两个已有安身的地方，自己也该寻一个归宿。她说："这如今要办正事，不是我女孩儿家没羞耻，必得我拣个素日可心如意的人，才跟他。要凭你们拣择，虽是有钱有势的，我心里进不去，白过了这一世了。"那个时候女孩子要下聘，总是家里面做主，不能自己说我要嫁谁，不好讲的。可是三姐儿不同，她说我一定要自己选，这一生一世的终身大事，一定要我称心如意的人，我才嫁。这么商量的时候，外面来请贾琏，他有事情出门去了。贾琏下面有一个小佣人兴儿，是他的心腹，二姐儿、三姐儿当然很想从他口中听听，贾府的人怎么样，贾府里头是什么状况。兴儿这一段也很有意思，也蛮重要的。庚辰本我就不多讲了，大家仔细比对一下，优劣马上对得出来的。

　　我说过《红楼梦》写人物，其中的一个手法，就是借着第三者的口来评论这些人物，当然有些第三者可能有偏见的，与他的身份很有关系。像兴儿这个人，他是在贾府里头长大的，很了解他们，尤其对凤姐这一房的人，当然很清楚，由他来讲，可信！他先讲家常，第一个讲凤姐，你看他对凤姐怎么评论："我是二门上该班的人。我们共是两班，一班四个，共是八个人。有几个知奶奶的心腹，有几个知爷的心腹。奶奶的心腹，我们不敢惹；爷的心腹，奶奶敢惹。提起来，我们奶奶的事，告诉不得奶奶！他也称尤二姐"奶奶"，当然尤二姐听了很高兴啰。他心里歹毒，口里尖快。我们二爷也算是个好的，那里见的他？跟她比差远了。倒是跟前有个平姑娘，为人很好，虽然和奶奶一气，他倒背着奶奶常作些好事。我们有了不是，奶奶是容不过的，只求他去就完了。讲了凤姐，讲了平儿，平儿替王凤姐做了很多善事，化解了很多下人对凤姐的怨毒。凤姐对下人很厉害、很严苛的，如今合家大小，除了老太太、太太两个，没有不恨他的，只不过面子情儿怕他。皆因他一时看得人都不及他，只一味哄着老太太、太太两个人喜欢。他说一是一，说二是二，没人敢拦他。的确是，王凤姐靠的是什么？靠贾母宠她，靠王夫人宠她，她是王夫人的侄女儿，又是贾母最宠爱的，很逗贾母开心。当然贾母欣赏她也因为她厉害，一个贾府要当家谈何容易？那个尤氏就很懦弱，东府一塌糊涂，西府这边凤姐当家，下面的人不敢乱来。当家的人不好做的，有句俗话：当家三年，猪狗都嫌。当了家的人都是惹厌的。不过凤姐有些手段下人也知道：又恨不的把银子钱省下来了，堆成山，好叫老太太、太太说他会过日子。殊不知苦了下人，他讨好儿。或有好事，他就不等别人去说，他先抓尖儿。或有不好的事，或他自己错了，他就一缩头，推到别人身上去；他还在傍边拨火儿。如今连他正经婆婆都嫌他，说他：'雀儿拣着旺处飞'，'黑母鸡——一窝儿'，自家的事不管，倒替人家去瞎张罗！要不是老太太在头里，早叫过他去了。"兴儿把凤姐介绍了，凤姐的个性、作为、手段都讲给尤二姐听了，但尤二姐没有真的听进去，否则就不会被骗进府里连性命都不保。

其实兴儿讲了半天有作用的，已经讲了这么厉害的一个女人，二姐儿是有点糊涂的，三姐儿说："姐姐糊涂！"讲她事理不分，不够明智。你看她跟兴儿讲："你背着他这么说他，将来背着我还不知怎么说我呢！"兴儿马上说，我们的爷娶了像你这样的奶奶，我们就有福了。尤二姐说："我还要找了你奶奶去呢。"她自跳火坑。兴儿连忙摇手，说："奶奶千万别去！我告诉奶奶：一辈子不见他才好呢！'嘴甜心苦，两面三刀'，'上头笑着，脚底下就使绊子'，'明是一盆火，暗是一把刀'：他都占全了。只怕三姨儿这张嘴还说不过他呢！奶奶这么斯文良善人，那里是他的对手？"兴儿告诉尤二姐听，惹不得，别去惹这个人，最好一辈子不见她。二姐笑道："我只以理待他，他敢怎么着我？"你看，二姐这个人太善良、太柔顺了，她不相信凤姐那么邪恶歹毒。我们看凤姐这个人，当然也有她善良的一面，但是有一点，她的老公你碰不得，鲍二家的什么的，一个两个没好下场，给她整死为止。兴儿又说："不是小的喝了酒，放肆胡说：奶奶就是让着他，他看见奶奶比他标致，又比他得人心儿，他就肯善罢干休了？人家是醋罐子，他是醋缸，醋瓮！那么大一缸醋，她吃起醋来，凡丫头们跟前，二爷多看一眼，他有本事当着爷打个烂羊头似的。"你看，贾琏想动主意，她可以当着贾琏面打成个烂羊头。鲍二家的不是被打吗，不光自己打，还逼着平儿去打，后来鲍二家的吊颈自杀了。按理讲，那时候的社会，当着自己丈夫面打他的情妇，这种女人不贤慧。但凤姐不怕，照来！那么平儿呢，平儿其实就是贾琏的妾，贾琏也许一年里亲近这么一两次，王熙凤还是看不惯的。平儿气得哭说："又不是我自己寻来的！你逼着我，我不愿意，又说我反了。这会子又这么着！"平儿其实是凤姐用来笼络贾琏的。平儿长得也很好，而且人温柔、体贴、懂事，又忠心耿耿，所以凤姐要平儿，以为有这么一个妾就可以拢住了。不行！贾琏的胃口大得很，吃着碗里，看着锅里，所以凤姐整天要东防西防的，她转个头，贾琏就偷吃去了。二姐讲："可是撒谎？这么一个夜叉，怎么反怕屋里的人呢？"兴儿道："三人抬不过个'理'字去了。平儿做人很正派，所以凤姐也让她三分，更重要的是，这平姑娘原是他自幼儿的丫头。陪过来一共四个，死的死，嫁的嫁，只剩下这个心爱的，收在房里。一则显他贤良，二则又拴爷的心。那平姑娘又是个正经人，从不会挑三窝四的，倒一味忠心赤胆服侍他：所以才容下了。"

讲完了凤姐，兴儿就评论大观园里这些人，兴儿很会讲话，当然这也就是曹雪芹厉害的地方，如果曹雪芹安排一个角色来讲，讲得很平淡，就没意思了，兴儿虽然是个佣人，讲话可生动呢！你看他下面讲的这几个人：李纨："第一个善德人，从不管事，只教姑娘们看书写字，针线道理，这是他的事情。"他说二奶奶病了，她来管几天，也就是照例。兴儿又讲："我们大姑娘，不用说，是好的了。"元妃嘛！"二姑娘混名儿叫'二木头'。"从他口里讲，非常有趣，迎春是二木头。"三姑娘的混名儿叫'玫瑰花儿'：又红又香，无人不爱，只是有刺扎手。"三姑娘探春也不是好惹的，他说是玫瑰花，带刺的——"可惜不是太太养的，'老鸹窝里出凤凰'！"讲赵姨娘怎么生出这么一个女儿来。"四姑娘小，正经是珍大爷的亲妹子，太太抱过来的，养了这么大，也是一位不管事的。"再看他怎么讲林黛玉跟薛宝钗。他说："我们家的姑娘们不算，外还有两位姑娘，真是天下少有！一位是我们姑太太的女儿，姓林；一位是姨太太的女儿，姓薛；这两位姑娘都是美人一般的呢，又都知书识字的。或出门上车，或在园子里遇见，我们连气儿也不敢出。"尤二姐笑道："你们家规矩大，小孩子进的去，遇见姑娘们，原该远远的藏躲着，敢出什么气儿呢。"兴儿摇手，道："不是那么不敢出气儿，是怕这气儿大了，吹倒了林姑娘；气儿暖了，又吹化了薛姑娘。"这两句非常生动！形容林黛玉跟薛宝钗。林姑娘弱不禁风，一吹就倒了，薛姑娘像雪一样，一吹就化了。我讲嘛，薛宝钗是吃冷香丸，住在雪洞里头；黛玉嘛，就是弱柳扶风，一吹就倒。迎春给她一个绰号"二木头"就够了，迎春的确不是很聪明，个性懦弱。探春就像玫瑰花，扎手。所以兴儿讲的这番话，把贾府里的人都带出来了。

　　红楼二尤的故事，一共有五六回，非常戏剧性地把尤二姐、尤三姐的命运写出来，也显现了贾家这种豪门，对弱女子、穷亲戚的凌辱。后来贾家致祸被抄家的时候，二姐儿、三姐儿的死亡也算到里头去的。红楼二尤还没有完，下两三回就会看到故事的结局。

第六十六回

情小妹耻情归地府　冷二郎一冷入空门

　　兴儿评论了很多贾府里的人，最后讲谁呢？当然很要紧的就是贾宝玉。兴儿是个俗人，普通的一般人，他怎么看贾宝玉？兴儿说："姨娘别问他，想知道宝玉、发问的是尤三姐。说起来姨娘也未必信。他长了这么大，独他没有上过正经学堂。我们家从祖宗直到二爷，谁不是寒窗十载，偏他不喜读书。老太太的宝贝，老爷先还管，如今也不敢管了。成天家疯疯癫癫的。疯疯癫癫，这本书里成佛成道的和尚道士也都是疯疯癫癫的，所以贾宝玉最后出家跟他们走了。兴儿讲他很不同于贾府其他人。说的话人也不懂，干的事人也不知。外头人人看着好清俊模样儿，心里自然是聪明的，谁知是外清而内浊，见了人，一句话也没有。贾宝玉，普通人不懂他，只觉得他疯疯癫癫、傻乎乎的。所有的好处，虽没上过学，倒难为他认得几个字。每日也不习文，也不学武，又怕见人，只爱在丫头群里闹。

再者也没刚柔，有时见了我们，喜欢时没上没下，大家乱顽一阵；不喜欢各自走了，他也不理人。我们坐着卧着，见了他也不理，他也不责备。因此没人怕他，只管随便，都过的去。"从兴儿的眼中，也就是一般人的眼中，贾宝玉真的是疯疯癫癫的这么一个人，很少人懂得他的。

尤三姐就讲："主子宽了嘛，你们又这样；严了，又报怨。可知难缠。"尤二姐听了兴儿的话，她说："我们看他倒好，原来这样。可惜了一个好胎子。"看尤三姐怎么说："姐姐信他胡说，咱们也不是见过一面两面的，行事言谈吃喝，原有些女儿气，那是只在里头惯了的。若说糊涂，那些儿糊涂？姐姐记得，穿孝时咱们同在一处，那日正是和尚们进来绕棺，咱们都在那里站着，他只站在头里挡着人。人说他不知礼，又没眼色。过后他没悄悄的告诉咱们说：'姐姐不知道，我并不是没眼色。想和尚们脏，恐怕气味熏了姐姐们。'接着他吃茶，姐姐又要茶，那个老婆子就拿了他的碗倒。他赶忙说：'我吃脏了的，另洗了再拿来。'这两件上，我冷眼看去，原来他在女孩子们前不管怎样都过的去，只不大合外人的式，所以他们不知道。"尤三姐本身也是个非凡的人，所以她跟宝玉之间，有一种心灵上的沟通，她了解他。我们说过，不是有几类人嘛：宝玉、黛玉、尤三姐、晴雯，这些大概属于一挂子的；还有一个小戏子藕官，烧纸钱纪念她的朋友药官的那个，她知道宝玉帮她的忙，她也懂宝玉。尤三姐也懂他。所以这部小说里头，有很多心灵之交。尤三姐也是在宝玉身上看到了他对女孩子温柔体贴那一面，其实也是三姐想要的，拿他来跟贾珍、贾琏比的话，他对女孩子这么尊重、体贴，贾珍、贾琏那种大男人主义，把她当作粉头来玩。你看啊，宝玉深怕她们两个人受了委屈，连熏个气味、用个杯子都要保护她们。他的灵魂，就是一个护花使者，所以三姐看到宝玉，她心中大概感动的，这是她一生想要的，可是她选错了人，选了一个冷郎君柳湘莲，后来自己以悲剧收场。

《红楼梦》要表现各种层次的情，最高的可能就像宝玉这种对女性怜香惜玉，不是肉体上的欢乐，而是在精神上对她们的爱惜、呵护。懂得这一点，才了解《红楼梦》写的贾宝玉这个人，为什么喜欢跟这些丫头混在一起，对她们每一个都那么怜惜。我想《红楼梦》是中国小说写女性、写情，写得最好的一本，我们看《水浒传》是男性的世界，那里面的女人，要么就是淫妇，要么就是女丈夫；《金瓶梅》里一大堆荡妇、淫妇、毒妇，小说里头真正对女性比较尊重体恤的，我想是《红楼梦》。

尤二姐听了三姐儿说话，以为她爱上宝玉了。后来贾琏来了，问尤二姐说商量好了没有，她到底要嫁谁啊？二姐儿说，她心里有人，但她讲这人此刻不在这里，不知多早晚才来呢。你看三姐儿那种个性，说："这人一年不来，他等一年；十年不来，等十年；若这人死了再不来了，他情愿剃了头当姑子去，吃长斋念佛，以了今生。"这就是尤三姐，非常刚烈决绝的个性。贾琏又问，到底是谁这样动她的心？二姐儿说，五年前在一个老娘家里做生日，拜寿的时候演戏，也有好人家的子弟来票戏的，其中有一个唱小生的，叫柳湘莲。大家记得柳湘莲吗？在赖嬷嬷家里，赖尚荣做官的时候宴客，他也去票戏，薛蟠误会以为他是风月子弟，贸然勾搭，结果被柳湘莲打了一顿。柳湘莲这个人，大概长得很好，风度潇洒，所以尤三姐看上他了。但三姐儿看上的他是在台上演戏的那个小生，她误会他是多情的人，那是他在演戏。事实上柳湘莲是个冷郎君，冷心冷面的一个人，不是那么容易动情的。贾琏说："怪道呢！我说是个什么样人，原来是他！果然眼力不错。你不知道这柳二郎，那样一个标致人，最是冷面冷心的，差不多的人，他都无情无义。"又说，薛蟠惹了他痛揍一顿，说走就走掉了，他只跟宝玉两个人合得来。我讲过，宝玉跟柳湘莲之间，也有一种特殊的关系。宝玉他不是讲吗？男人是泥巴做的，看了闻了都有浊气，但是有两个男性，一个是蒋玉菡，一个是柳湘莲，不在此列。柳湘莲最后的结局是出家了，对宝玉是个很重要的启示。为什么出家？为了斩断他跟尤三姐的一段情丝，所以"情"这个字很复杂的，有时候是一刀的两面。情是推动的力量，在这个世界上，最容易搅乱我们平常的社会秩序。另一方面它也是解脱的力量，佛道出世脱离的力量。这时柳湘莲行踪飘忽，不晓得什么时候会回来，贾琏说，万一他不回来了，不就误了三姐儿一生？讲的时候三姐儿就走过来了，她说："姐夫，你只放心。我们不是那心口两样的人，说什么是什么。

若有了姓柳的来，我便嫁他。从今日起，我吃斋念佛，只服侍母亲，等他来了，嫁了他去，若一百年不来，我自己修行去了。"说着，将一根玉簪击作两段，"一句不真，就如这簪子！"说着，回房去了，真个竟非礼不动，非礼不言起来。尤三姐的个性从头到尾，非常鲜明。

小说常常用的手法就是巧合，有时候不是很高明，但偶尔也得用。柳湘莲不见了，怎么让他出现呢？又制造了一个事件。薛蟠不是去做生意了吗？路途中遇到强盗来抢劫，什么人来救他呢？偏偏是柳湘莲，因为他会武功。薛蟠当然很感恩啰，这个呆霸王，也有他血性的一面。被救了以后，他很感恩，与柳湘莲结拜为兄弟，跟他一起回来，在半路上就碰到贾琏了。薛蟠说，回来要给他兄弟弄栋房子，还要给他寻一门好亲过日子。贾琏说正好他要做媒呢！就讲自己娶了尤二姐，希望把尤三姐介绍给他。柳湘莲说，我这一生，一定要娶个绝色美女。贾琏说，你不会失望的，这真的是个绝色，就问他要个信物以为聘。柳湘莲拿出随身的家传宝剑，这很讽刺的，是雌雄两剑成一对的鸳鸯剑，没想到最后成不了鸳鸯，反而成为斩断鸳鸯的利剑。他交给了贾琏说算是聘礼，因为在路上，别的什么都没带。贾琏拿回鸳鸯剑交给三姐。三姐看时，上面龙吞夔护。夔也是一条龙。珠宝晶荧，将靶一掣，里面却是两把合体的。一把上面錾着一"鸳"字，一把上面錾着一"鸯"字，冷飕飕，明亮亮。这个剑很锋利的。如两痕秋水一般。三姐喜出望外，连忙收了，挂在自己绣房床上，每日望着剑，自笑终身有靠。庚辰本"自笑终身有靠"，这"笑"字不对的，用得不好，我想应该是自"喜"，心中很高兴，程乙本："自喜终身有靠。"就把它挂在房里，常常望着，心想终身有了寄托。

贾琏回去就把这事情告诉了贾珍，贾珍对尤三姐也不是那么真的，尤三姐又难搞，就算了，好吧！也就同意了。为什么呢？庚辰本"贾珍因近日又遇了新友"，"新友"两个字不对，不是新朋友。程乙本是"又搭上了新相知"，又有了新情人了，贾珍向来很风流的。对三姐儿放手算了，他有了新人了。

下聘之后，柳湘莲回来了，见到宝玉，宝玉当然就恭喜他，笑道："大喜，大喜！难得这个标致人，果然是个古今绝色，堪配你之为人。"柳湘莲就有点狐疑起来，他说："既是这样，他那里少了人物，如何只想到我。"这么漂亮的一个人，怎么只等着我来呢？他又说，而且我跟贾琏他们关系不是很厚的，关切应不至此，路上工夫匆匆忙忙地就这么定下，难道女家反赶着倒追男家吗？他说：我有点后悔了，不该把剑那么容易地随便给了出去，我应该回来问问你。宝玉说："你原是个精细人，如何既许了定礼又疑惑起来？你原说只要一个绝色的，如今既得了个绝色便罢了。何必再疑？"柳湘莲又讲了，庚辰本这个地方"你既不知他娶"，不晓得什么意思，"他娶"两个字不对的。程乙本是"你既不知他来历"，你不认识她，又怎么知道她是个绝色呢？宝玉说："他是珍大嫂子的继母带来的两位小姨。我在那里和他们混了一个月，怎么不知？真真一对尤物，他又姓尤。"宝玉有点开玩笑的，说是一对尤物又姓尤。程乙本：湘莲听了，跌足道："这事不好，断乎做不得了！你们东府里，除了那两个石头狮子干净罢了！"他说出很有名的一句话，东府里除了那两个石头狮子，没有干净的。柳湘莲也听到贾珍他们的乱伦之事，他知道的，不过庚辰本下面又多加了一句："只怕连猫儿狗儿都不干净。我不做这剩忘八。"我想这一句不好，柳湘莲不至于那么刻薄，而且也不是曹雪芹的口气，程乙本没有这个。我觉得没有下面那一句力量更大："你们东府里，除了那两个石头狮子干净罢了！"宝玉听说，红了脸。宝玉不好意思了，人家把家里讲得那么不堪。湘莲也不好意思了，有点讲多了。连忙作揖说："我该死胡说。你好歹告诉我，他品行如何？"宝玉笑道："你既深知，又来问我作甚么？连我也未必干净了。"湘莲叫他不要多心。

柳湘莲这句话蛮重的，讲贾府里面淫乱，尤其是宁国府。《红楼梦》常常借着其他的人，对贾府、对人物做评论，这就是借着柳湘莲的口作批评，当然是针对贾珍来的。柳湘莲既知丑闻，就去见尤老娘了，只称她老伯母，表示不认她是丈母娘，又讲他路上匆匆地给了那把宝剑，他要拿回来。悔婚了！原本讲好了现在悔婚，这非常难堪的。贾琏听了，便不自在，回说："定者，定也。原怕反悔所以为定。岂有婚姻之事，出入随意的？还要斟酌。"湘莲笑道："虽如此说，弟愿领责领罚，然此事断不敢从命。"

贾琏还要饶舌，湘莲便起身说："请兄外坐一叙，此处不便。"这时尤三姐也听到了，柳湘莲要悔婚。那尤三姐在房明明听见。好容易等了他来，今忽见反悔，便知他在贾府中得了消息。一定听了一些话，讲她两姐妹的事情。自然是嫌自己淫奔无耻之流，不屑为妻。他误会了，以为自己也像姐姐一样。今若容他出去和贾琏说退亲，料那贾琏必无法可处，自己岂不无趣。三姐是那么要强、要面子的一个人，而且又那么决绝，就是想非他不嫁，对他是一心一意的。一听贾琏要同他出去，连忙摘下剑来，将一股雌锋隐在肘内，出来便说："你们不必出去再议，还你的定礼。"一面泪如雨下，左手将剑并鞘送与湘莲，右手回肘只往项上一横。自杀了！当他的面自杀了。那么刚烈的一个人，为情而死。

我想尤三姐、林黛玉、晴雯这一挂子的人，她们的个性，她们的结局，都有相似之处，都是执着于情，为情而死。黛玉最后的结局如此，尤三姐结局如此，晴雯的结局也如此。曹雪芹写人物，很相似的一挂人，写起来又完全不同，她们命运有相同之处，但写的时候，黛玉是黛玉，晴雯是晴雯，尤三姐是尤三姐，又是非常鲜明，非常个人化的。可怜："揉碎桃花红满地，玉山倾倒再难扶。"尤三姐死了，当然这下子大家慌成一片。贾琏要把柳湘莲抓起来，捆到官里去，尤二姐这时候讲得很好，她劝贾琏说："你太多事，人家并没威逼他死，是他自寻短见。你便送他到官，又有何益，反觉生事出丑。不如放他去罢，岂不省事。"贾琏此时也没了主意，便放了手命湘莲快去。下面几个情节蛮要紧的，庚辰本也有问题。尤三姐死了，他们要抓柳湘莲。湘莲反不动身，泣道："我并不知是这等刚烈贤妻，可敬，可敬。"他说这些话不对。尤三姐跟柳湘莲根本没结婚，怎么会叫作贤妻？"可敬，可敬"这语气也不太对。程乙本是：湘莲反不动身，拉下手绢，拭泪道："我并不知是这等刚烈人！真真可敬！是我没福消受。"庚辰本"泣道"二字非常抽象，他掏了手绢出来，抹一抹眼泪，这就动人了。他讲："我并不知是这等刚烈人！真真可敬！是我没福消受。"真真可敬！我觉得这个好。湘莲反伏尸大哭一场。等买了棺木，眼见入殓，又抚棺大哭一场。两次了，大哭一场，又大哭一场，方告辞而去。

下面的结尾，庚辰本也有问题：出门无所之，昏昏默默，自想方才之事。原来尤三姐这样标致，又这等刚烈，自悔不及。这个倒没有什么，下面写：正走之间，只见薛蟠的小厮寻他家去，又跑出一个薛蟠的小厮出来，所以变成写实。那湘莲只管出神。这个时候又虚化了。那小厮带他到新房之中，十分齐整。带到薛蟠替他准备好的新房，我觉得这里有点多余。忽听环佩叮当，尤三姐从外而入。尤三姐的魂来了，柳湘莲是半醒半梦，其实是暗夜里做梦，梦到尤三姐来了。一手捧着鸳鸯剑，一手捧着一卷册子，向柳湘莲泣道："妾痴情待君五年矣。不期君果冷心冷面，妾以死报此痴情。妾今奉警幻之命，前往太虚幻境修注案中所有一干情鬼。妾不忍一别，故来一会，从此再不能相见矣。"看看程乙本：正走之间，只听得隐隐一阵环佩之声，三姐从那边来了。"隐隐"两个字用得好，梦中听见了环佩之声，一看，三姐的魂来了。从"那边"来，不要说从什么地方进来，我觉得这样够了。前面说跑到新房子去，反而箍住了。来了时候，一手捧着鸳鸯剑，一手捧着一卷册子，向湘莲哭道："妾痴情待君五年，不期君果'冷心冷面'，妾以死报此痴情。妾今奉警幻仙姑之命，前往太虚幻境，修注案中所有一干情鬼。《红楼梦》里面有一大堆情鬼。妾不忍相别，故来一会，从此再不能相见矣！"来了跟他说，我等你五年，一心等你，没想到你果然是冷心冷面，我只有以死报此痴情，要到警幻仙姑那里去了。

　　记得吗？在第五回里，有很多名册，记载了这些人的命运。还有那道人、和尚，说有一群情鬼要下凡去历劫，所以这部书的主题，就是这个"情"字。《红楼梦》好几个爱情故事，串起来都是讲情鬼历劫的故事。当然宝玉是头一个，顽石历劫。黛玉、尤三姐、晴雯……每个下来为情而死。其他的一些小人物，像下面会看到的丫鬟司棋跟她的表弟潘又安，一段情也相当动人，也是为情而死。几个小戏子，龄官跟贾蔷那一段，藕官跟蕊官跟药官，也是一段情。好多这些小的爱情故事，串起来就是整部书的主题。尤三姐对柳湘莲这段情，在某方面说，也像黛玉对宝玉的情，虽然表现的方式不一样。她们都是孤标傲世，都是投靠贾府生存的人，所以个性也有一点相近。尤三姐的殉情这么刚烈决绝，某方面也预告了最后的"林黛玉焚稿断痴情"。我讲林黛玉就是诗的化身,"冷月葬诗魂",她就是诗魂,当她烧掉她的诗稿的时候,等于焚她自己,把在人世间不能了的情烧掉。尤三姐借定情的鸳鸯剑斩断一切,所以最后柳湘莲拿鸳鸯剑把头发剃掉,慧剑斩情丝。

三姐的魂讲完以后,庚辰本是这样写的:说着便走。湘莲不舍,忙欲上来拉住问时,那尤三姐便说:"来自情天,去由情地。前生误被情惑,今既耻情而觉,与君两无干涉。"说毕,一阵香风,无踪无影去了。讲多了,这个时候哪里还讲得出一番道理来?程乙本是:说毕,又向湘莲洒了几点眼泪,便要告辞而行。湘莲不舍,连忙欲上来拉住问时,那三姐一摔手,便自去了。我觉得程乙本写得比较洒脱。要诀别了,不会跟他再啰嗦了,摔手而走,我觉得够了。

再往下看柳湘莲,庚辰本说:湘莲警觉,似梦非梦。又讲本来以为是在一个新房里面,看看又不是,就是一座破庙。程乙本这里有一句我觉得蛮要紧的,三姐决绝而去,这里柳湘莲放声大哭,不要写湘莲没有什么反应,他哭,不光是这段情,不光是不舍,他这个时候对自己也触动到了。不觉处梦中哭醒,似梦非梦,睁眼看时,竟是一座破庙,旁边坐着一个瘸腿道士捕虱。道士在抓虱子。他就问了:"此系何方?仙师何号?"道士笑道:"连我也不知道此系何方,我系何人。不过暂来歇脚而已。"我们到这个世界来,也不过是暂时歇足而已。湘莲听了,冷然如寒冰

侵骨。一下子醒了。原来这世界上都是一场梦一样。柳湘
莲是很特殊的一个人，本来就有慧根，要不然个性不会这
么奇特。这一点醒，了悟了。掣出那股雄剑来，将万根烦
恼丝，一挥而尽，便随那道士，不知往那里去了。这一幕
从头到尾一回半，把尤三姐跟柳湘莲的故事讲得非常完整，
在整个《红楼梦》安排里头，也占了很重要的意义，跟整
个书的主题——贾宝玉悟道，跟回归到太虚幻境去报到的
情鬼，是一套下来的，这一回要紧，写得好！人物当然不
用说了，两个很奇殊的人物尤三姐、柳湘莲，也要这两个
才配对。尤三姐那么怪的一个人，她看中柳湘莲。我再提
醒一次，柳湘莲喜欢演戏，尤三姐看上他的时候，是他在
戏台上面扮演的那个人，不是他的真人。其实他最后扮演
什么？扮演贾宝玉。他的出家，是宝玉出家的前哨。尤三
姐跟柳湘莲故事完了，但尤二姐的故事还没完，她的悲剧
还要往下走。

第六十七回

见土仪颦卿思故里　　闻秘事凤姐讯家童

尤三姐不是讲嘛，"偷来的锣鼓儿打不得"，贾琏替尤二姐在贾府后面巷子里另筑金屋，事情曝出来了，这下子会有个什么结果？恐怕还是要说尤二姐这个人，虽然她有点轻浮，个性柔弱，但都不是致命缺点，最重要的是她不够明智。三姐儿早就看得很清楚，她说："而且他家现放着个极利害的女人，如今瞒着，自然是好的，倘或一日他知道了，岂肯干休？势必有一场大闹。你二人不知谁生谁死……"不光如此，上一回贾琏的佣人兴儿，对凤姐有很多评论，讲凤姐怎么厉害，这个人"两面三刀"惹不得，讲尽了她的狠毒，二姐没听进去，以为下面的人好像被对待得严一点，就这样讲她坏话，还说"我以理待之"，二姐儿有点迂，还没有警觉到本身的危机。曹雪芹有很多伏笔在那个地方，已经准备好了下面的场景。

在这个之前，我们还要看一段曹雪芹在有意无意间刻画一个人的个性，几句话就让其显露出来了。薛姨妈听说尤三姐自杀了，柳湘莲走掉了，当然就很激动，因为那时候柳湘莲救了薛蟠的命，所以他们两个又好了，薛姨妈还正准备弄间屋子给他，就跟宝钗讲了这事。宝钗听了，并不在意，便说道："俗语说的好'天有不测风云，人有旦夕祸福'。这也是他们前生命定。前日妈妈为他救了哥哥，商量着替他料理，如今已经死的死了，走的走了，依我说，也只好由他罢了。"这是她的人生态度。说得也对，死了嘛，走了嘛，还有什么好那个，不如我们规规矩矩过活。下面就讲她照看家里的生意，泰山崩于前不动声色。这个宝姑娘厉害的，她有那么强大的控制力，感情方面也很细腻，看她作那些诗，也懂得人世间，学问渊博绝不在黛玉之下，人生态度她依附了儒家那一套，守着那东西，而且并不是勉强做出来的，她就是这么一个人。

　　像这么一个人很难写的，写得不好，薛宝钗会很讨人厌，一下子又搬出什么大道理。但曹雪芹写宝姑娘写得好，所以我们也不讨厌她。他一切写得合情合理，也不下什么判断，这个样子是好或者是不好，你们自己选择喜欢黛玉或者宝钗。其实曹雪芹都能包容，这就是中国人的民族个性，有薛宝钗这种冷静理性，也有林黛玉这种多愁善感。曹雪芹写的《红楼梦》之所以打动世世代代读者的心，是因为它真正写出纯纯粹粹中国人的故事，这本小说是中国人的人情世故。我在美国也教《红楼梦》，跟美国学生不能讲这一套，讲这个他们不耐烦，我只好讲大的背景、故事、中国社会。《红楼梦》里很细致的东西，西方人不是那么能够体会，一般的西方读者看《红楼梦》是有文化上的阻隔的。虽然《红楼梦》享誉这么高，而且它的英译非常好，戴维·霍克思的英译漂亮极了，可是它不很流行。它不像《金瓶梅》一看就懂了，《西游记》好玩啊，《水浒传》一群强盗也好玩啊，要看懂《红楼梦》很难，我在教书时有这种感觉。在美国教《红楼梦》有两个班，一班学生没有中文背景的，就是读霍克思的翻译本，另外一班是少数班，都是台湾、大陆、香港来的学生，我就用中文本，跟我现在讲得差不多，他们能理解，但是跟西方的学生就不能那么讲了。

薛宝钗听到消息讲了这段话，听起来觉得这个女孩子冷淡，人死了敷衍也要敷衍几句，可是她说就是这样子了，毫不在意。所以宝钗难写，这种正派人物难写，写到不讨厌又教人信服，不容易。另外还有一个代表儒家的人物也难写，谁呢？贾政！你看他处罚贾宝玉，他迂腐、规矩多，但你并不讨厌他，他是规规矩矩遵守儒家那一套，很正派的。其实写反面人物容易讨巧，写正面人物写得好就需要功力。

这里又写出宝钗跟哥哥薛蟠反应不同。说起来薛蟠是个纨绔子弟，一个呆霸王，做了很多讨人厌的事情，尤其是抢人家的女人又把人打死，有很多劣迹。但有一点：他蛮讲义气。（薛姨妈）母女正说话间，见薛蟠自外而入，眼中尚有泪痕。他会为这个哭的，他会为柳湘莲出家掉眼泪的。我想曹雪芹他高明在哪里？人性！坏人也会掉眼泪！这时候这么点一下，等于在薛蟠这个缺点数不清的人物身上，给他一点人性，把薛蟠唯一可以救赎的地方点出来。他当然不会理解，为什么柳湘莲会当道士，他还觉得那道士是个妖道，一定是把柳湘莲一阵狂风卷走了。这也是写得好的地方，柳湘莲出家一般人不容易了解，为什么他会出家？为什么他会斩断情丝？这种事情不容易的，在这个地方，让这么一个俗人用不同的观点来看，让读者也思考一下。

宝钗和薛蟠对这个的看法都写出来了，读者对尤三姐跟柳湘莲的感受，我想也有很多不一样的。我们看到那一刻的尤三姐，蛮同情她的，那么决绝的女孩子，那一番话为情而生，蛮动人的。宝钗这个人即使理解情，也把它压下去。至于薛蟠，他更不懂啊，他是把"绣房蹿出个大马猴"当成诗的这么一个人，但他能滴下几滴不解之泪。所以曹雪芹说，情的故事不是每个人都能理解的。他写《红楼梦》，一方面建筑在神话架构上，那也是一个情的架构，绛珠仙草跟神瑛侍者的爱情神话，形而上的这么一层东西。下面一层东西是写实的，在实实在在人的日常生活里面，他也顾得很好。没有下面的这种根基，就是一个虚的神话；没有上面的东西，就变成很写实的一个故事而已。在两者之间出入自如，写尤三姐、柳湘莲情鬼历劫、求道解脱那一层关系完了以后，完全回到现实生活来了。

薛蟠出门做生意，从江南带了好多东西回来，宝钗就把一些乡土东西通通分了，也分到林黛玉那边，黛玉一看是家乡的东西，反自触物伤情，想起父母双亡，又无兄弟，寄居亲戚家中，那里有人也给我带些土物？想到这里，不觉的又伤起心来了。黛玉的家乡在苏州，她等于是苏州姑娘的结晶，最细致的一个女孩子。她思乡愁还不是普通的，主要她在贾府里头，感觉上总是寄人篱下，不是很稳定的这么一个居所。后来果不其然，她死的时候最后吩咐紫鹃，"我这里并没亲人。我的身子是干净的"，讲得很痛心！"你好歹叫他们送我回去"，回到我的家乡去！非常怨恨，非常决绝，那个时候她已经知道宝玉马上要娶宝钗了。她感觉自己是完全孤苦无依的，贾母虽然疼爱她一场，但在节骨眼上，贾母自己讲的：你是外孙，宝玉是孙子，孙子到底比外孙重要，所以孙子的婚事比外孙重要。黛玉感觉被出卖、被欺骗了。从另外一个角度看也许不是这样的，本来老太太心中，老早就是选定宝钗做媳妇的。但是从黛玉的角度看，对贾家很怨的，"我这里并没亲人"，这句话好绝！她认为连宝玉都放弃她了，最后，连宝玉都背叛她了。她感觉根本在贾府里无立足之地，所以：送我回去，埋在那边，我清清白白来的。她认为，来这里反而被玷污了。所以这些乡土的东西，引起黛玉思乡的种种也不奇怪，要了解到黛玉的心态，她并不是一看到一些东西就哭哭啼啼的，这有更深一层的原因，她产生了很多的感慨。

下面是红楼二尤的另外一出戏要上场了，这也是《红楼梦》里非常精彩的一段，妻妾之间的斗争，看看王熙凤怎么把尤二姐活活整死。前面都知道了凤姐不好惹的，尤其是抢她的丈夫。事情是怎么曝出来的呢？那个兴儿不是常常去尤二姐那边吗？还叫她"奶奶、奶奶"的，其实佣人都知道了，瞒着凤姐而已。佣人们在下面吱吱咕咕谈什么"新奶奶"，给凤姐的一个佣人旺儿听到了。他就去制止，你们乱讲话，想闯祸啊！哪晓得这一来，听到的人就传了过来，平儿知道了，凤姐知道了。凤姐知道了当然不得了，哪来的新奶奶？要查！"闻秘事凤姐讯家童"，这回就看看凤姐之威，看她怎么审人。

　　凤姐的戏前面有好几出了，曹雪芹给凤姐很多机会表演，这么一个八面玲珑的人，这时候才真正进入主戏，就是很有名的"酸凤姐大闹宁国府"，以及"弄小巧用借剑杀人"。凤姐对付尤二姐，一步一步借刀杀人，最后把尤二姐逼死，逼死还一点不露痕迹，外面的人还讲她贤慧。凤姐的手腕，的确是兴儿讲她的"两面三刀"，"上头一脸笑，脚下使绊子"，把凤姐那种厉害通通演出来。

　　兴儿跟那些小厮们在账房里面玩，还不晓得事情已经泄露了。听见说二奶奶叫，先唬了一跳。兴儿讲过的，一共八个人，他们两班，四个人是贾琏的，四个人是凤姐的。贾琏那四个人，包括兴儿，凤姐这边可以去骂他们。凤姐这四个人，兴儿他们不敢动。二奶奶叫他，兴儿吓一跳，却也想不到是这件事发作了，连忙跟着旺儿进来。旺儿先进去，回说："兴儿来了。"凤姐儿厉声道："叫他！"这个厉害的！兴儿听了发抖了。那兴儿听见这个声音儿，早已没了主意了。只得乍着胆子进来。凤姐儿一见，便说："好小子啊！你和你爷办的好事啊！你只实说罢！"你讲，自己讲！兴儿吓坏了。怎么办？这个事情曝光了，怎么办？只有装傻了。凤姐说，你好好讲吧，你要是不好好讲，你摸摸你的头有几个脑袋。他装傻。兴儿战战兢兢的朝上磕头道："奶奶问的是什么事，奴才同爷办坏了？"他还想装傻，想唬过去。凤姐听了，一腔火都发作起来，喝命："打嘴巴！"本来旺儿过来要打，凤姐说：自己打！叫他自己打嘴巴。兴儿就左右开弓打十几个嘴巴，他没办法了，只好讲了爷的事情。你看，都讲出来了。"这事头里奴才也不知道。就是这一天，东府里大老爷送了殡，俞禄往珍大爷庙里去领银子。二爷同着蓉哥儿到了东府里，道儿上爷儿两个说起珍大奶奶那边的二位姨奶奶来。二爷夸他好，蓉哥儿哄着二爷，说把二姨奶奶说给二爷。"记得吧？他们在出殡的时候，贾蓉拱着叔叔贾琏讲得天花乱坠，拱着他去娶尤二姐，这样他也可以趁机跟尤二姐鬼混，贾蓉不安好心。兴儿讲出来了，凤姐一听"二姨奶奶"这么叫，她说："呸，没脸的忘八蛋！他是你那一门子的姨奶奶！"兴儿说"奴才该死"，劈里啪啦又打了一顿再说。再往下讲，后来到找房子了。凤姐跟平儿说："咱们都是死人哪。你听听！"后面有房子我们还不知道。在哪里？就在府后面。这下子凤姐是可忍孰不可忍，在贾府后面居然敢金屋藏娇，贾琏胆子太大，太不把凤姐放在眼里，凤姐火大得不得了。兴儿讲着讲着，又把张华扯进来。记得吗？张华本来跟尤二姐指过婚，很早张家跟尤老娘定了婚约的，后来张家家道落了，张华自己也不争气，等于给了银子退了婚的，这样子还不行，还来要，贾珍又给了一箱银子把他买通了，终于退了亲。兴儿咚咚咚都讲出来了。凤姐说：什么张家李家的？兴儿回道："奶奶不知道，这二奶奶……"糟糕了，先前讲的姨奶奶已经受不了，一下子说滑了嘴，又跑出来二奶奶，那还了得！二奶奶本来是贾琏要他们在家里称尤二姐"二奶奶"，甚至于直称"奶奶"，等于是把凤姐跟平儿都挤掉了。兴儿晓得讲二奶奶闯祸了，怎么办呢？啪！自己打一个耳光，可怜这个兴儿，姨奶奶不能讲，二奶奶当然不能讲，"啪"的一下子，连凤姐都忍不住笑了。想来想去也亏他想得出来，怎么叫呢？"珍大奶奶的妹子"，这还可以。

这也是曹雪芹有趣的地方，兴儿这个人本来蛮滑稽的，他是个滑稽人物，上回他就讲，"生怕这气大了，吹倒了姓林的；气暖了，吹化了姓薛的"，他是个口齿伶俐的小厮，但是在凤姐面前也没办法了，就把整个来龙去脉通通讲出来了。你想凤姐怎么能忍受在她眼底下居然出这种事，而且还是东府尤氏的妹妹，可见得东府那边的人都瞒着她。兴儿又讲了，说她妹子昨儿抹了脖子自杀了。讲起来真是很残酷啊！我们看了尤三姐的悲剧已经很同情她，所以曹雪芹是这样处理，在宝钗口里冷冷淡淡过去了，在兴儿口里他蛮轻佻地说："抹了脖子了。"他这么写，更让我们对三姐儿不禁要怜惜。下面写得凤姐更歹毒了，兴儿把柳湘莲的事情讲了一遍，讲东府里只有两只石狮子是干净的。凤姐道："这个人还算造化高，省了当那出名儿的忘八。"话真说得很歹毒，人家死都死了，还讲她说，就是没什么好货，这两个人，大概都是给贾珍、贾琏他们睡坏了的，所以那男的算他造化，不要当了出了名的王八。从这边看，可以更显出尤三姐的处境可怜，她为了自己的一段情，其实更重要的是她为了保持她的尊严，宁愿决绝而死。因为出身寒微，受人欺负，别人讲她给他们两兄弟当个粉头来耍弄，只有一死证明她的清白与尊严。

最后，凤姐便叫倒茶。意思是叫丫头们快点走开，只剩下平儿一个。这时候凤姐跟平儿说："你都听见了？这才好呢。"平儿也不敢答言，只好陪笑儿。凤姐越想越气，歪在枕上只是出神，忽然眉头一皱，计上心来。凤姐的这个计，不晓得是怎么样一个计策，便叫："平儿来。"平儿连忙答应过来。凤姐道："我想这件事竟该这么着才好，也不必等你二爷回来再商量了。"贾琏出去了，不在贾府，不要等他回来，就这么干了。怎么个做法？下一回王凤姐大闹宁国府就要上演，非常戏剧化的演出。

第六十八回

苦尤娘赚入大观园　酸凤姐大闹宁国府

这一回我们全部以程乙本为准，庚辰本里面有很多错误，希望大家仔细比较。一开始凤姐跟尤二姐讲了很长的一段话，称谓和语气就不对。凤姐不可能称尤二姐"姐姐"，她只能叫她"妹妹"，而且她对尤二姐绝对不会自称"奴家"，以王凤姐的地位，王凤姐的威，怎么可能用这种自谦自卑的语气，而且是在情敌面前。这些细节就依据程乙本。

凤姐想好了计策，她不能容许外面有这么没法控制的人，放在后面巷子里的金屋就像芒刺在背，先把她弄进来，好控制、好整顿她。怎么弄进来？强迫她或是找人跑去抢进来也不行，也不好看，王凤姐是有一套手腕的，你看她怎么做。凤姐就带了一群她的心腹，平儿、丫头丰儿、周瑞家的、旺儿媳妇，一行人直往尤二姐房门口去。鲍二家的来开门，一看吓一大跳。兴儿笑道："快回二奶奶去：

大奶奶来了。"这个时候可以叫二奶奶了,为什么?是凤姐特许的。凤姐故意哄尤二姐,把她捧一顿,安抚她,尤二姐就被骗进大观园里面来了。看看:鲍二家的听了这句,顶梁骨走了真魂。吓昏了,凤姐来了。忙飞跑进去,报与尤二姐。尤二姐虽也一惊,但已来了,只得以礼相见;于是忙整理衣裳,迎了出来。至门前,凤姐方下了车进来,二姐一看,只见头上都是素白银器,身上月白缎子袄,青缎子掐银线的褂子,白绫素裙;眉弯柳叶,高吊两梢;目横丹凤,神凝三角:俏丽若三春之桃,清素若九秋之菊。再提醒大家,《红楼梦》里衣饰有很重要的象征意义,曹雪芹是运用叙事视角的高手,王熙凤这身打扮从二姐眼中看,效果截然不同。

大家记得吗?凤姐初出场是怎么穿着?穿金戴银还不说,一身的飞禽走兽,精描细绣,还有狐狸毛什么的披披挂挂,出场的时候不得了。那时是从黛玉的眼光看到的。林黛玉刚刚进贾府,贾母来接待她,那几个姑娘也都出来了,迎春、探春、惜春、王夫人、邢夫人,还有好多丫鬟,坐满了一厅人。曹雪芹三笔两笔就带过了,没有仔细写老太太怎么富贵,三个姑娘如何装扮,他通通淡淡地写,等那个主角上场,王熙凤在后台叫一声:"我来晚了!"等于京戏里边的后台一声叫场,王熙凤走出来前呼后拥、气势非凡,写她从头写到脚,每一笔都不放过。王熙凤架式是高,《红楼梦》里的角色若用篇幅算的话,她恐怕超过任何一个角色。现在她换装了,穿得一身素净,可是暗暗地觉得杀气腾腾。这个女人出来，好像换了一身短打，换上一身要开斗的样子，素白的银器先声夺人，那种素净，更有一种叫人不寒而栗的感觉。曹雪芹心思很细腻，这一段如果不这样写王熙凤，来了也是穿着一身富丽堂皇跟前面差不多，整个场景的气势就没有了。所以他写得好，讲究周围环境和人物的装饰，通通预备好了，让王熙凤穿着这一身服装（costume）出来，一股杀气，但表面上素素净净的。贾敬刚死，贾府后辈戴孝，穿着不宜花哨。

尤二姐当然迎上去了，张口便叫姐姐。看看凤姐这个人多么会作戏：凤姐忙陪笑还礼不迭，赶着拉了二姐儿的手，同入房中。拉着她的手进去。凤姐在上坐，二姐忙命丫头拿褥子，便行礼，说："妹子年轻，一从到了这里，诸事都是家母和家姐商议主张。今儿有幸相会，若姐姐不弃寒微，凡事求姐姐的指教，情愿倾心吐胆，只服侍姐姐。"说着便行下礼去。二姐当然啰，作妾的嘛！心中已经矮了半截，当然非常谦卑，希望凤姐能够容纳她。看看凤姐下面这段话，大概想了很久的。凤姐忙下坐还礼，下坐喔！走下来还礼喔！对她来说不容易。大家记得吗？开始的时候刘姥姥去见凤姐的时候，凤姐坐在炕上，手拿着小火炉拨拨拨，头都不抬，不要说下来行礼，态度多么的倨傲。这一次呢，她可以做到这个地步，下坐还礼。口内忙说："皆因我也年轻，向来总是妇人的见识，一味的只劝二爷保重，别在外边眠花宿柳，恐怕叫太爷太太耽心：这都是你我的痴心，谁知二爷倒错会了我的意。讲这一番话言不由衷。若是外头包占人家姐妹，瞒着家里也罢了；如今娶了妹妹作二房，这样正经大事，也是人家大礼，却不曾合我说。我也劝过二爷，早办这件事，果然生个一男半女，连我后来都有靠。**讲得多好听！**王熙凤最耿耿于怀的是没有生个儿子，她生了一个女儿，就是巧姐，怀了一个男胎又掉了。宗法社会传宗接代是非常重要的一件事情，她当然知道，所以讲出这番话来。不想二爷反以我为那等妒忌不堪的人，私自办了，真真叫我有冤没处诉。我的这个心，惟有天地可表。头十天头里，我就风闻着知道了，只怕二爷又错想了，遂不敢先说；目今可巧二爷走了，所以我亲自过来拜见。还求妹妹体谅我的苦心，起动大驾，挪到家中，你我姐妹同居同处，彼此合心合意的谏劝二爷，谨慎世务，保养身子，这才是大礼呢。**冠冕堂皇一番话讲得真好听，可怜的尤二姐听她的了。**她又讲：要是妹妹在外头，我在里头，妹妹白想想，我心里怎么过的去呢？**挂着尤二姐在外面。**再者叫外人听着，不但我的名声不好听，就是妹妹的名儿也不雅。况且二爷的名声，更是要紧的，倒是谈论咱们姐儿们还是小事。至于那起下人小人之言，未免见我素昔持家太严，背地里加减些话，也是常情。妹妹想，自古说的：'当家人，恶水缸。'我要真有不容人的地方儿，上头三层公婆，当中有好几位姐姐、妹妹、妯娌们，怎么容的我到今儿？"**她讲得也是合情合理，但是呢，这些公公婆婆她摸得清清楚楚，她手腕好嘛！而且老太太疼哪一个，她都摸得清楚，人际关系做得非常好，所以才**

能够一手遮天。其实她也知道一定有像兴儿这种人在尤二姐面前讲她坏话，果然讲了。

你看看她怎么自辩："就是今儿二爷私娶妹妹，在外头住着，我自然不愿意见妹妹，我如何还肯来呢？你看讲这话。拿着我们平儿说起，我还劝着二爷收他呢。这都是天地神佛不忍的叫这些小人们糟塌我，所以才叫我知道了。看看下面，我如今来求妹妹，求她！进去和我一块儿，住的、使的、穿的、带的，总是一样儿。讲得真好，进去以后，尤二姐就尝到味道了。妹妹这样伶透人，要肯真心帮我，我也得个膀臂。不但那起小人，堵了他们的嘴；就是二爷，回来一见，他也从今后悔，我并不是那种吃醋调歪的人：讲她自己不吃醋，兴儿讲她不光是醋罐，还是个醋缸、醋海、听她说呢！你我三人，更加和气。所以妹妹还是我的大恩人呢。要是妹妹不合我去，我也愿意搬出来陪着妹妹住，只求妹妹在二爷跟前替我好言方便方便，留我个站脚的地方儿，就叫我服侍妹妹梳头洗脸，我也是愿意的！"这个王熙凤真讲得出来。说着，便呜呜咽咽，哭将起来了。会演啊！王熙凤会演戏。演得非常好、非常动人。二姐见了这般，也不免滴下泪来。尤二姐老实，给王凤姐哄得一愣一愣的。

后来平儿来跟她见礼，二姐很谦虚，说你跟我是一样的人，赶紧搀住。凤姐说："折死了他！妹妹只管受礼，他原是咱们的丫头。以后快别这么着。"把尤二姐捧上天，这一番话，讲得好像还要靠她来笼络贾琏，把自己讲得那么委屈。你看尤二姐的反应：二姐是个实心人，便认做他是个好人，想道："小人不遂心，诽谤主子，也是常理。"故倾心吐胆，叙了一回，竟把凤姐认为知己。难怪叫她苦尤娘，这个苦命人尤二姐被哄进去了，有她受的，等一下就会看到凤姐整人的厉害了。当然凤姐不容她们多想，不由分说即刻搬家。凤姐说："这事老太太、太太一概不知；倘或知道，二爷孝中娶你，管把他打死了！"因为现在是国孝跟家孝两重在身，这个时候娶起妾来了，意思是，你是见不得人的，你是非法的，这个时候娶你是不对的。所以呢，暗示什么事情听我的，我来替你安排。

大观园里面都知道了，看到凤姐带了尤二姐进来，大家都在看。二姐呢，还没见到老太太，先见了这些人。他们看她标致和悦，长得又好，人呢，有点懦弱，好相处，尤二姐客观上是蛮叫人疼的一个女孩子。可是凤姐马上吩咐了："都不许在外走了风声；若老太太、太太知道，我先叫你们死！"这才是凤姐的口气。后来叫下面丫头把她看住，等于叫下面的人把她囚禁、监控起来，凤姐说："好生照看着他，若是走失逃亡，一概和你们算账！"大家起先觉得，怎么一下子凤姐这么贤惠起来了，马上就露了真面目。她遭掉尤二姐原来的佣人，叫了一个丫鬟善姐儿服侍，过不了几天，头油用完了，尤二姐叫善姐儿说回大奶奶，拿一点给我吧！你看善姐儿怎么回答的："二奶奶：你怎么不知好歹，没眼色？教训她啰！我们奶奶，天天承应了老太太，又要承应这边太太，那边太太。这些姑娘妯娌们，上下几百男女人，天天起来，都等他的话；一日少说，大事也有一二十件，小事还有三五十件……那里为这点子小事去烦琐他？我劝你能着些儿罢！下面一句话厉害。咱们又不是明媒正娶来的。"这就讲清楚了，你不是明媒正娶，偷偷地搞来的，你还要在这儿当作主子的样子。善姐儿是个丫头，当面教训她，想想也知道是凤姐教唆的，王熙凤暗底下安排，慢慢地磨死她。尤二姐这时候还不清楚，听丫鬟讲这种话，真是哭笑不得，又不好骂她，又不好跟凤姐那边抱怨，吃了亏只好吞，这个气也不好受的，让丫鬟来这么训了一顿，一夕话，说的尤氏垂了头。慢慢的，饭也懒得端给她吃了，有一顿，无一顿。后来呢，还故意端一些馊东西给她吃，二姐讲过几次，那个丫头跟她翻眼。凤姐忙嘛！隔一阵子见她的时候，你看：那凤姐却是和容悦色，满嘴里"好妹妹"不离口。又说："倘有下人不到之处，你降不住他们，只管告诉我，我打他们。"又骂丫头媳妇说："我深知你们软的欺，硬的怕，背着我的眼，还怕谁？倘或二奶奶告诉我一个'不'字，我要你们的命！"你看王熙凤的两面三刀，这个时候讲得那么好听，尤二姐没办法讲什么话。所以说尤二姐之死是凌迟而死，一步一步给她各种罪受，等一下又加上一个秋桐，叫了另外一个当了贾琏的妾的丫头来，更磨她、欺负她，慢慢磨死。

　　王熙凤对付尤二姐是妻妾之间斗争很著名的例子，从前中国人的家庭常常因为一夫多妻制引起斗争，到处都有

《甄嬛传》。历史上有名的例子，《史记》里面写汉高祖的皇后吕后怎么整死戚夫人。戚夫人长得美，高祖生前宠爱，尤二姐也是长得漂亮，凤姐自己长得也不错，吕雉大概长得不怎么样，所以恨戚夫人，恨了多少年了。汉高祖走了以后，吕后叫人把戚夫人手脚砍掉，丢在那变成个人彘，好残忍的。凤姐整尤二姐也是那一套，尤二姐在精神上，也等于变成个人彘了，把她折磨得受不了自杀为止。凤姐厉害的是她也不出声，她装好人，你又拿她不住，不好明说是凤姐，弄得好像是下面的人在整。另一方面她又去叫人找张华，找本来跟尤二姐定了婚的那个小伙子，叫张华提告，告贾琏霸占民妻，搞得贾琏、贾珍他们下不了场。凤姐厉害的，几面来，她还教他写状子："就告琏二爷国孝家孝的里头，背旨瞒亲，仗财依势，强逼退亲，停妻再娶。"张华是个小无赖，哪里敢啊！旺儿说他不敢告怎么办？你看凤姐怎么骂他："真是他娘的话！怨不得俗语说，'癞狗扶不上墙'的！"凤姐教唆他告，给了银子叫张华告，这下子告了以后，凤姐才有个由头去闹宁国府。

"酸凤姐大闹宁国府"，这一回写得非常戏剧性。衙门里面来拘提了，凤姐就假装害怕，有了这件事情了，跑到宁国府来。贾珍一听到报信，他说，张华这个家伙还算他有胆子，居然敢来告我，拿点钱去塞他，这是什么大不了的事。正在讲的时候，门上又来报，西府二奶奶来了。贾珍一听，倒吃了一惊，这个不好弄，忙和贾蓉两个人要躲起来。不想凤姐已经进来了，说："好大哥哥，带着兄弟们干的好事！"贾蓉忙请安。凤姐拉了他就进来。贾珍还笑说："好生伺候你婶娘，吩咐他们杀牲口备饭。"自己骑马快点溜了，他晓得下面的场面不好看了，让他的儿子跟太太去应付。这里凤姐带着贾蓉，走进上屋。尤氏也迎出来了，见凤姐气色不善，忙说："什么事情，这么忙？"你看下面，这是凤姐演的一场戏，凤姐这场戏演得好！按理讲，贾珍这边，尤氏跟她平起平坐的，尤氏是她的妯娌，贾珍是宁国公的继承人，人家也是很有体面的太太，当着这么多人上上下下在那边，王熙凤不管了，就是要让他们难堪。凤姐照脸一口唾沫，凤姐的泼辣样子出来了，一口口水吐在尤氏脸上，啐道："你尤家的丫头没人要了，偷着只往贾家送！难道贾家的人都是好的，普天下死绝了男人了？你就愿意给，也要三媒六证，大家说明，成个体统才是。你痰迷了心，脂油蒙了窍！国孝，家孝，两层在身，就把个人送了来！这会子叫人告我们，连官场中都知道我利害，吃醋。如今指名提我，要休我！我到了这里，干错了什么不是，你这么利害？或是老太太、太太有了话在你心里，叫你们做这个圈套挤出我去？如今咱们两个一同去见官，分证明白，回来咱们公同请了合族中人，大家觌面说个明白，给我休书，我就走！"这一番话蛮厉害的。一面说，一面大哭，拉着尤氏，只要去见官。急的贾蓉跪在地下碰头，只求："婶娘息怒！"

大家记得吗？贾蓉跟凤姐其实也有一段蛮暧昧的关系

在里头的，所以程乙本这里最后的时候，写了两句，凤姐恨恨地说：我今天总认识你了。原来她以为，他跟她还有情，没想到暗里他也计算她的。贾蓉这个人也是品行相当不端，心术不正的。凤姐一面又骂贾蓉："天打雷劈、五鬼分尸的没良心的东西！不知天有多高，地有多厚，成日家调三窝四，干出这些没脸面、没王法、败家破业的营生。你死了的娘，阴灵儿也不容你！祖宗也不容你！还敢来劝我！"一面骂着，扬手就打。对他妈妈吐口水，儿子是劈里啪啦打一顿，凤姐是完全豁出去了。这个时候，你看看，贾蓉这个家伙动作有点下流的，跟二姐儿、三姐儿调情的时候不是吗？现在挨打了以后，你看他讲的话里有话了。"婶娘别动气！只求婶娘别看这一时，侄儿千日的不好，还有一日的好。实在婶娘气不平，何用婶娘打，等我自己打，婶娘只别生气！"劈里啪啦地左右开弓，自己打一顿嘴巴子，他也做得出来！又自己问着自己说："以后可还再顾三不顾四的不了？以后还单听叔叔的话、不听婶娘的话不了？婶娘是怎么样待你？你这么没天理，没良心的！"凤姐还没完，滚到尤氏怀里，嚎天动地，大放悲声。接着吧啦吧啦骂一顿，骂得尤氏没有回嘴的余地。尤氏只好骂贾蓉——就是你闯出来的祸！"混帐种子！"骂他说："和你老子做的好事！我当初就说使不得。"尤氏是个很懦弱的人，只会听贾珍的话，自己没什么主意的，连她两个异母的妹妹给整成这样，她也没有出来撑撑腰，她怕事、不敢担。凤姐儿听说这话，哭着，搿着尤氏的脸，问道："你发昏了？你的嘴里难道有茄子搋着？不就是他们给你嚼子衔上了？为什么你不来告诉我去？你要告诉了我，这会子不平安了？怎么得惊官动府，闹到这步田地？你这会子还怨他们！自古说'妻贤夫祸少'，'表壮不如里壮'，你但凡是个好的，他们怎敢闹出这些事来？你又没才干，又没口齿，锯了嘴子的葫芦，王熙凤很会骂人的，就只会一味瞎小心，应贤良的名儿！"说着，啐了几口。她骂尤氏骂得也对的，尤氏就是这么一个性格，不敢讲话。

《红楼梦》里像尤氏这么一个次要人物，也很难写，她不突出，写得好你也会觉得她恰如其分，这时候被王凤姐糟蹋成这个样子，显得尤氏这个人软弱、愚昧。荣国府这边凤姐撑住了，宁国府尤氏撑不起来，尤氏被骂了，被糟蹋了，还得百般地赔罪。最后，凤姐说还赔了几百两银子，他们拿出五百两银子给她赔上，反正要哄得凤姐息怒。她又说还有一关，贾母那边怎么办？国孝、家孝的时候还娶妾，这是犯法的。怎么跟贾母讲？尤氏怕得要死，只好又求凤姐了。你看凤姐，一个转弯过来了，这时她改口了、松动了，因为她也闹够了，尤氏也给她戳够了，一身的鼻涕眼泪给她戳的，滚在她怀里去抓去弄也够了，贾蓉劈里啪啦耳光也打够了，所以凤姐一转过来又恩威并用。程乙本到最后的地方写得很微妙。尤氏贾蓉一齐笑说："到底是婶娘宽洪大量，足智多谋！等事妥了，少不得我们娘儿们过去拜谢。"凤姐儿道："罢呀！还说什么拜谢不拜谢！"

下面你看：又指着贾蓉道："今日我才知道你了！"说着，把脸却一红，眼圈儿也红了，似有多少委屈的光景。这是个曲笔，是暗示他们两个之间，要不然凤姐眼睛红干什么？还要装委屈什么的。他们两个有一段情，凤姐以为贾蓉是向着她，哪晓得如今有被出卖的感觉，受了委屈，讲今天我才晓得真正的你了，从前婶娘长婶娘短都是在哄我的，所以呢，眼圈一红，这写得好！贾蓉忙陪笑道："罢了！少不得担待我这一次罢。"讲这个话也是有点撒娇的味道，可见他们两个是有一些暖暖昧昧的感情在里头，前面也有这种暗示的。说着，忙又跪下了。凤姐儿扭过脸去不理他，贾蓉才笑着起来了。这些看起来没有很着重的笔法，暗暗地把凤姐跟贾蓉两个人的关系又点了一下。如果曹雪芹明写贾蓉跟凤姐怎么样，又不对了。这个时候，笔下的分量轻重恰恰好，多一点不行，少一点不够，他要讲凤姐跟贾蓉两个人的关系，眼圈一红，够了！贾蓉笑着起来，这个"笑"字用得好，要是两个人真正完全没有感情，哪里敢笑？这么盛怒之下，"笑着起来"表示两个人之间还有点旧情，才可以对凤姐撒娇。

你看看王凤姐前面怎么凶，后面怎么转弯，这些起起伏伏写得有声有色，所以这是《红楼梦》中相当戏剧性的场景。如果凤姐劈里啪啦骂到底、打到底，然后走了，那就不是凤姐了。她软硬兼施，骂完了，弄好了，回过头来又装好人，说老太太那边当然我替你们去扛起来啰，你们又没本事，还来求我。凤姐手腕是够的，很厉害的，能屈能伸，把一个人玩在手里，收放自如，宁国府给她搞得天翻地覆。这个戏完了以后，看她最后怎么把尤二姐逼死，下一回"弄小巧用借剑杀人"，尤二姐"觉大限吞生金自逝"。

第六十九回

弄小巧用借剑杀人　觉大限吞生金自逝

　　凤姐当然不会自己去虐待尤二姐，那样就背了悍妇、妒妇的名声，她躲在后面，唆使她的丫头去做就行了。凤姐的心机、城府、手腕，这两回都发挥到淋漓尽致。把尤二姐弄进来，先要过贾母那一关。贾母正和姑娘们在园中玩，看凤姐带着一个标致的小媳妇来，就问：这是什么人啊？凤姐故意讲：老祖宗先别问，只说比我俊不俊？贾母戴着个眼镜看一看，还拿尤二姐的手看看皮肤怎么样，果然是长得不错，蛮叫人怜爱的。庚辰本：贾母瞧毕，摘下眼镜来，笑说道："更是个齐全孩子，我看比你俊些。"那个"更"字，语气上不大顺，我觉得程乙本比较简洁："很齐全。我看比你还俊呢！"

　　其实凤姐哪里想要把尤二姐放在园子里，起先她这么做，目的是要张华来闹，把事情闹得不成样子，贾母当然说，这么一个人怎么能要，还给他吧！顺理成章就把她赶走。凤姐调唆张华去告了，让贾府知道原来她已经下了聘，有丈夫的，这种人怎么可以娶进来，等于抢夺民女啊！告了以后，贾母就把尤氏骂了一顿：你办事这么糊涂，你妹妹下了聘你都不知道吗？尤氏说已经退婚了。退过了的？官司怎么办？贾母叫凤姐，你去料理吧。其实贾蓉很知道凤姐的心理，要把尤二姐踢走，他说还是悄悄叫张华把她要回去吧。张华已经得了银子了，贾珍拿银子去封他的口，张华一想这么可怕，贾府要把他卷进官司，他干脆得了银子就逃掉了。这下子凤姐计划没成功，张华畏罪跑掉了。凤姐想这不等于落了把柄给人家吗？万一张华以后供出来是她调唆的怎么办？凤姐就要旺儿去追张华，想办法把他干掉灭口。王熙凤发了狠歹毒到这种地步！还好旺儿觉得人家已经走了就算了，不要置人于死地，回来找个借口说，张华半路给强盗打死了。

尤二姐没能弄走，凤姐想，先磨她一磨，叫个丫头给她脸色，馊东西也拿给她吃。这时候贾琏回来了，办事办得很妥，贾赦高兴了，就赏给他一个十七岁的丫头叫作秋桐。庚辰本这一段我觉得有点问题，你看：如这秋桐辈等人，皆是恨老爷年迈昏愦，贪多嚼不烂，没的留下这些人作什么，因此除了几个知礼有耻的，馀者或有与二门上小幺儿们嘲戏的。甚至于与贾琏眉来眼去相偷期的，只惧贾赦之威，未曾到手。这秋桐便和贾琏有旧，从未来过一次。程乙本没有这一段，这一段把贾家写得太过了，说贾赦那些姜室、那些丫鬟们淫乱得不得了，乱搞一通。贾赦很厉害的人，即使年老昏愦，邢夫人怎么会容许这些事情？不要说邢夫人管事，下面好多那种陪房像王善保家的之类，那些老婆婆厉害得很，哪里容得下这些丫头乱偷人，那还不去告发？贾赦本人是有很多侍妾，他本来想打鸳鸯的主意，被贾母抹了一鼻子灰，后来就自己拿钱买了一个十七岁叫作嫣红的姑娘。收侍妾在贾府也是有规矩的，不至于像这一段讲的，说他的侍妾丫头跟那些门房的小幺儿搞起来了，那是不得了的事。讲贾琏和秋桐有旧，也不合逻辑。若说秋桐来了，刚刚新鲜嘛，还有些道理。虽然贾琏很宠爱二姐儿，但贾琏也是吃着碗里、看着锅里的一个人，来者不拒。前面多姑娘、鲍二家之类的，他也喜欢的。这秋桐过来是因为贾赦赐赏的，当然她觉得有老爷做后盾，所以来到贾琏这边很骄傲、很得意，觉得她自己身份不同。凤姐是一个刺还没有拔走又来一个，心生一计，借刀杀人，让秋桐把二姐儿除掉，自己再来收拾秋桐。所以这个时候，凤姐退到后面去，让秋桐出头耍威。你看：秋桐自为系贾赦之赐，无人僭他的，连凤姐、平儿皆不放在眼里，岂肯容他。张口是"先奸后娶没汉子要的娼妇，也来要我的强"。凤姐听了暗乐，尤二姐听了暗愧暗怒暗气。凤姐既装病，便不和尤二姐吃饭了。每日只命人端了菜饭到他房中去吃，那茶饭都系不堪之物。这时候只有一个人同情二姐，就是平儿。在丫鬟里面，平儿心地最善良，以凤姐之威、凤姐之严、凤姐之毒，她在旁边替凤姐解了很多的怨。平儿看不过眼。按理讲，尤二姐对平儿来说绝对是很危险的对手，平儿是贾琏的第一个妾，一个新的妾室来了难免争宠，但平儿不光是没像凤姐这样去践踏尤二姐，还因为看不过眼，心地善良的她悄悄地不敢让凤姐知道，在园子里弄点食物，雪中送炭，送给尤二姐吃。这下子被秋桐看见了，马上去告诉凤姐，说："奶奶的名声，生是平儿弄坏了的。这样好菜好饭浪着不吃，却往园里去偷吃。"这个"生"字多余的。凤姐听了，骂平儿说："人家养猫拿耗子，我的猫只倒咬鸡。"把平儿训了一顿，平儿也不敢去了。

尤二姐处境蛮难的，表面上又抓不住凤姐的错，凤姐表面上"妹妹长、妹妹短"还是跟她很亲热，没人的时候故意讲："妹妹的声名很不好听，连老太太、太太们都知道了，说妹妹在家做女孩儿就不干净，又和姐夫有些首尾，'没人要的了你拣了来，还不休了再寻好的。'我听见这话，气得倒仰，查是谁说的，又查不出来。"这个时候讲这些话，尤二姐听了，更觉得自己抬不起头来。偏偏碰到秋桐是个无知无识的女孩子，年纪轻，到这边来是想耀武扬威一番。凤姐坐山观虎斗，她要等到秋桐杀了尤二姐，自己再来杀秋桐，她就去调唆秋桐："你年轻不知事。他现是二房奶奶，你爷心坎儿上的人，我还让他三分，你去硬碰他，岂不是自寻其死？"秋桐听了这个话受不了，大骂起来："奶奶是软弱人，那等贤惠，我却做不来。奶奶把素日的威风怎都没了。奶奶宽洪大量，我却眼里揉不下沙子去。让我和他这淫妇做一回，他才知道。"这秋桐呢，还跑到贾母、王夫人那边去告状，说二姐儿："专会作死，好好的成天家号丧，背地里咒二奶奶和我早死了，他好和二爷一心一计的过。"王凤姐有意地借刀杀人，大家如果看过《金瓶梅》，就知道潘金莲怎么整死李瓶儿的。一夫多妻制是中国家庭的乱源，潘金莲是第五房，李瓶儿是第六房，李瓶儿因为生了一个孩子，得了西门庆的宠爱，潘金莲就训练一只猫，借这个猫去把那个孩子吓死，因为争宠，先要把她的孩子搞死。这个秋桐等于那只厉猫一样，张牙舞爪地把尤二姐逼死。听了谗言，贾母就讲了："人太生娇俏了，可知心就嫉妒。凤丫头倒好意待他，他倒这样争锋吃醋的。可是个贱骨头。"贾母一这么说，墙倒众人推。贾母是权力中心嘛！开头的时候，觉得她长得很好，还不错，现在一听，原来是这么不安分守己，一不喜欢她以后，尤二姐的处境更难了。吃没的吃，压力这么大，到处又挨骂，终于折磨得病了。

　　一个月下来尤二姐奄奄一息，三姐儿的魂来了。夜来合上眼，只见他小妹子手捧鸳鸯宝剑前来说："姐姐，你一生为人心痴意软，终吃了这亏。讲她心痴意软、个性柔弱，很容易动情，这是她的缺点。休信那妒妇花言巧语，外作贤良，内藏奸狡，他发恨定要弄你一死方罢。不要听那妒妇王凤姐口蜜腹剑，这个女人，她根本就要整死你的。若妹子在世，断不肯令你进来，即进来时，亦不容他这样。一定不会让你到贾府里面来，进来，我也不容她欺负你成这样子。她下面叹一口气：此亦系理数应然，天理如此，为什么呢？你我生前淫奔不才，这个地方有个错误，就是跟上面一回一样的，三姐并没有淫奔不才。程乙本是：只因你前生淫奔不才，你前生犯了一个淫罪，使人家丧伦败行，兄弟同妇，而且又跟人家儿子也混在一起，故有此报。所以你才有这个报应。你依我将此剑斩了那妒妇，一同归至警幻案下，听其发落。不然，你则白白的丧命，且无人怜惜。"三姐说干脆跟她拼了，拿了剑去刺了再说。二姐的个性完全不一样，接下来程乙本是：尤二姐哭道："妹妹，我一生品行既亏，今日之报，既系当然，何必又去杀人作孽？"三姐儿听了，长叹而去。程乙本非常简要，三姐一听，无可救药，你已经根本没有斗志，认了你的命了，那我也没办法救你，长长叹一口气，走了。我觉得这一段写得比较有力量，也比较含蓄。

　　庚辰本则是多了一大段：尤二姐泣道："妹妹，我一生品行既亏，今日之报既系当然，何必又生杀戮之冤。随我去忍耐。若天见怜，使我好了，岂不两全。"小妹笑道：用小妹这个称谓不对，这一段称谓错了。"姐姐，你终是个痴人。自古'天网恢恢，疏而不漏'，天道好还。你虽悔过自新，然已将人父子兄弟致于麀聚之乱，天怎容你安生。"尤二姐泣道："既不得安生，亦是理之当然，奴亦无怨。"小妹听了，长叹而去。我觉得三姐儿讲多了，已经讲了你生前淫奔，使人家丧伦败行，够了，下面不要再讲这一大段了，麀聚之乱是很难听的，"麀"是母鹿，讲她淫乱像动物一样。小说对话含蓄一点，有时候言外之意，不讲比讲还有力量。三姐听完了长叹一声，没话讲了嘛！她讲什么呢？柔弱的姐姐已经认命了，我也没有话讲，长叹而去。

　　尤二姐病了，而且已经怀了孕。贾琏来了，因为悄悄地娶了尤二姐，在凤姐面前更抬不起头来，所以也不敢太替尤二姐撑腰。现在看她生病了，要找个医生来，刚好那时候太医有事，就找了另外一个胡大夫，这个庸医乱诊一顿。你看他怎么给二姐号脉，庚辰本形容他，一看尤二姐露出脸来，美人嘛！胡君荣一见，魂魄如飞上九天，通身麻木，一无所知。这个形容也太过了。程乙本是：胡君荣一见，早已魂飞天外，那里还能辨气色？这个好得多。胡庸医就给她开了一大堆药，讲她不是怀胎，是血气不通，劈里啪啦乱开一通，一吃，把男胎打了下来。贾琏一阵慌乱，要抓他，医生卷包跑掉了。你看看：凤姐比贾琏更急十倍，只说："咱们命中无子，好容易有了一个，又遇见这样没本事的大夫。"于是天地前烧香礼拜，自己通陈祷告说："我或有病，只求尤氏妹子身体大愈，再得怀胎生一男子，我愿吃长斋念佛。"贾琏众人见了，无不称赞。凤姐真会做戏啊！你想想看，如果尤二姐真的生一个儿子，我看凤姐是天天芒刺在背，她就是没生出儿子来嘛，所以她有点心虚。当年一个媳妇生不出儿子是个大缺陷，所以她巴不得尤二姐的胎儿流掉。下面，庚辰本又多出了这么一段：（凤姐）又骂平儿不是个有福的，"也和我一样。我因多病了，你却无病也不见怀胎。如今二奶奶这样，都因咱们无福，或犯了什么，冲的他这样。"把平儿也骂一顿，程乙本没有这一段。前面讲王熙凤够了，再写骂平儿这一段多余了。小说的文字，多也多不得，少也少不得，多了以后反而把前面的力量拖下来。

有意思在哪里呢？王凤姐又搞鬼了，叫人出去算命，怎么会掉了胎的？讲就是犯了冲，犯了一个阴人，属兔的女人冲的。算来算去，只有秋桐属兔。秋桐一听大骂起来："我和他'井水不犯河水'，怎么就冲了他！你看，把尤二姐臭骂一顿。好个爱八哥儿，说她长得像八哥儿，就像鸟一样。在外头什么人不见，偏来了就有人冲了。白眉赤脸，那里来的孩子？他不过指着哄我们那个棉花耳朵的爷罢了。无知无识的一个小丫头嘛，骂起来口不遮掩。纵有孩子，也不知姓张姓王。奶奶希罕那杂种羔子，我不喜欢！老了谁不成？谁不会养！一年半载养一个，倒还是一点挽杂没有的呢！"我也会养，养的还纯种的，她那个杂种，不晓得杂了什么东西。这种话听到尤二姐的耳朵里头去，这么一骂，大家听了就是想笑也不敢笑。邢夫人来了她还告状，邢夫人又把贾琏骂一顿。总而言之，王凤姐躲在幕后策划这一切，就要把尤二姐逼死为止。

还是平儿对尤二姐好一点，来劝二姐儿好好养病，要宽心。庚辰本写了一大段：凤姐已睡，平儿过来瞧他，又悄悄劝他："好生养病，不要理那畜生。"尤二姐拉他哭道："姐姐，我从到了这里，多亏姐姐照应。为我，姐姐也不知受了多少闲气。我若逃的出命来，我必答报姐姐的恩德；只怕我逃不出命来，也只好等来生罢。"平儿也不禁滴泪说道："想来都是我坑了你。我原是一片痴心，从没瞒他的话。既听见你在外头，岂有不告诉他的。谁知生出这些个事来。"尤二姐忙道："姐姐这话错了。若姐姐便不告诉他，他岂有打听不出来的，不过是姐姐说的在先。况且我也要一心进来，方成个体统，与姐姐何干。"二人哭了一回，平儿又嘱咐了几句，夜已深了，方去安息。这一大段觉得好像平儿跟尤二姐是一伙了，一伙人来对付秋桐、怨凤姐，这个也不可能的。尤其是骂秋桐——"不要理那畜生"。这不是平儿的语气，在她的位子也不宜。所以庚辰本这一段，我觉得有点问题。程乙本简要得多，几句话讲完了。我想这一次平儿到二姐儿那边去，也有所顾忌的，不会跟她讲这么多话，你看：凤姐已睡，平儿过尤二姐那边来劝慰了一番，尤二姐哭诉了一回。平儿又嘱咐了几句，夜已深了，方去安息。足够了。

尤二姐一想，胎儿也没有了，本来她还可能因为生个儿子扳回一城，现在没有希望了，她心里知道是凤姐在搞鬼，却讲不出来，凤姐表面上做得很好，那些底下人整她，弄她，自己已经病成这样，恐怕也难好了，何必再受这些气，她吞金自尽了。吞金多么难受，好像只有在中国听说，外国小说里我从来没看过。吞个金子死可能没那么容易，不管怎么样，尤二姐终于被逼死了。贾琏有点伤心，凤姐也猫哭老鼠假装哭这么一顿，还说："狠心的妹妹！你怎么丢下我去了，辜负了我的心！"这样死了还不可以葬在他们墓园，贾母说，葬在乱葬岗就行了。所以你看，妾室没有地位，失了宠的妾死无葬所。庚辰本这一段也有点问题。他们要把尸首抬出去了，贾琏一看，她的脸还像生前那样子，就悲伤地大哭起来说："奶奶，你死的不明，都是我坑了你！"程乙本没有这一段的，不像贾琏的话。如果贾琏这样伤心，之前他为什么不出来说几句话？贾蓉忙上来劝："叔叔解着些儿，我这个姨娘自己没福。"说着，又向南指大观园的界墙，那个祸害在那边，挑唆他，凤姐才是祸源头。贾琏会意，只悄悄跌脚说："我忽略了，终久对出来，我替你报仇。"说是要追究尤二姐的死因，后来完全没这回事，所以我觉得这一段抄本有问题的。第一，替她报仇这种话，根本不像贾琏的口气，按理讲凤姐做得不露痕迹，又不是凤姐直接害死的，是她自己自杀的。第二，把贾蓉写得这么坏，还来挑唆，也不像。所以这一段写得不好，文字、感觉都不对，程乙本根本没有这一段。反正马马虎虎葬了她，葬要花钱的，贾琏没什么私房钱，一有点私房钱就被凤姐揪走了，翻翻尤二姐的那些首饰嫁妆，也没有什么值钱的东西，贾琏又伤心嘛，就把二姐儿那些东西烧了。

　　平儿心地善良，而且适当的时候护着贾琏，记得吗？贾琏不是去偷吃他的相好多姑娘，留下了一绺头发，平儿把它收起来，没有告发他，反而是替贾琏掩饰的。看看这个地方：平儿又是伤心，又是好笑，看他这样子钱也没有，拿了东西自己就来烧，忙将二百两一包的碎银子偷了出来，平儿知道王熙凤有很多私房钱，偷了二百两碎银子出来，到厢房拉住贾琏，悄递与他说："你只别作声才好，你要哭，外头多少哭不得，又跑了这里来点眼。"贾琏听说，便说："你说的是。"接了银子，又将一条裙子递与平儿，说："这是他家常穿的，你好生替我收着，作个念心儿。"平儿只得掩了，自己收去。平儿这个地方会做人，难怪最后凤姐死了贾琏把她扶正，平儿算是这群丫鬟里结局最好的一个，好人好报。她处处替贾琏着想，所以贾琏也感激她。曹雪芹在这种节骨眼的地方绝不放过，如果没有这一段，贾琏自己跑出去烧了就完了，这个时候让平儿表现对贾琏的体贴，写得很微妙，很细腻。虽然这么一个好色鬼，她还是爱他，还是对他好的。贾琏不是可爱的人，那么好色，曹雪芹也让他在恰当的时候显出他的人性，他叫平儿替他收好一件尤二姐的裙子，等于是一个纪念物，这一点，贾琏还有些真情的。曹雪芹的笔下，没有百分之百的坏人，也没有百分之百的好人，他的笔下写的只有人，人包含了各种各类，他的笔下都包容。

这几回把红楼二尤的故事说完了，跟整个小说的主题有很大关联。尤三姐的魂来的时候就讲了嘛，一干情鬼债都还了，都要回到警幻仙姑那边去报到。太虚幻境那里很多情鬼下凡，她们的命运也是《红楼梦》很重要的主题，她们的故事都绕着一个"情"字。这情字很复杂的。男女之间生了情才有生命，情也是生命的根源，然后孜孜不息。但另一方面，情又能够造成蠢动与盲目，会把伦理的社会秩序毁灭冲破，它的复杂性不是单向的，是非常多面的。有时候情非理性（irrational），非常原始，要经过一些教化，才能归属在一种范围内。世界上那些道德系统、宗教系统，对情很设防的，设下各种方法，要斩断情根，要化解情执，都知道这股原始力量不下于洪水猛兽。但无论怎么束缚、疏导、跨越，人最基本的这个情根，书里说青埂峰，即"情根峰"，是拔不掉的。《红楼梦》整本书都在讲"情"这个字，到最后只有从佛家的观点，从宝玉出家，还有其他几个人的出家求道，来找出解脱的结局。尤三姐、尤二姐的悲剧，也都是因为动了情，我们看到《红楼梦》里有好多好多情的故事堆栈起来，那个情是男女之情、人伦之情、亲情、爱情、同性异性之情，复杂且动人，曹雪芹如此用心用力刻画，借以让世人了解情何以为情。

第七十回

林黛玉重建桃花社　　史湘云偶填柳絮词

　　这一回，又回到林黛玉和大观园的女孩子们身上去了，她们好久没有作诗填词了。海棠诗社成立以后，开过几次诗筵，作了海棠诗，作了菊花诗，冬天又在芦雪庵联句，然后就停了很久了，所以"林黛玉重建桃花社"，又回到她们诗的生活。

　　庚辰本这一回延续了前面的问题，小戏子芳官在宝玉的怡红院里，她们不是把她打扮成胡人，改了一个"耶律雄奴"的名字吗？跟芳官根本不配，芳官哪里像个胡人的样子，她很可爱、很机灵的一个小女孩，这里也要改过来，前面那一段程乙本没有的，庚辰本多出来的不合理，又破坏气氛。庚辰本这几行：如今仲春天气，虽得了工夫，争奈宝玉因冷遁了柳湘莲，剑刎了尤小妹，金逝了尤二姐，气病了柳五儿……这个怪得很，什么冷遁了，剑刎了，金逝了，不通。程乙本是这么写的：争奈宝玉因柳湘莲遁迹空门，又闻得尤三姐自刎，尤二姐被凤姐逼死，又兼柳五儿自那夜监禁之后，病越重了。这不是很通顺吗？发生了这么多事以后，宝玉就有点疯疯癫癫了，或许受到刺激，语言常乱，似染怔忡之疾。有点精神恍惚了。的确是，宝玉出家是一步一步来的，他看到接二连三的事情，从最早秦氏死了，秦钟死了，金钏儿死了，尤三姐死了，柳湘莲出家了，尤二姐也死了，对宝玉来说，这种刺激都是累积起来的，让他最后看破红尘。后来没有多久晴雯死了，最后黛玉死了，对他的觉悟，对他的超越，对他的寻找解脱，终于起了决定性的作用。

　　这个时候春天又来了，林黛玉伤春悲秋，对这种季节的变换最敏感。第一个春天的时候，她想到自己的命运，已经写下《葬花吟》，最后那个命运，"一朝春尽红颜老，花落人亡两不知"。现在她们又想恢复诗社的时候，黛玉看到桃花盛开，又写了一首《桃花行》。桃花在中国人的观念里，是"轻薄桃花逐水流"，台湾比较看不到很大片的桃花林，台湾樱花比较多。我两次去看桃花，一次在太湖边上，春天开的时候那么灿烂，整个一片桃林无边无际，但是呢，从上面看到下面，落英遍地，桃花很容易就凋零的，碰一下就哗哗下来了，非常脆弱。这么一种花，很薄命的，我想中国桃花跟日本樱花好有一比，都是极灿烂、极短命，非常灿烂的时候一下子就通通落地了。黛玉以她的极端敏感，看到桃花的时候当然有所感触，写过的《葬花吟》是讲所有的花普遍的命运，桃花诗是专指桃花，讲人比桃花。看看她的诗《桃花行》：桃花帘外东风软，桃花帘内晨妆懒。帘外桃花帘内人，人与桃花隔不远。东风有意揭帘栊，花欲窥人帘不卷。桃花帘外开仍旧，帘中人比桃花瘦。花解怜人花也愁，隔帘消息风吹透。风透湘帘花满庭，庭前春色倍伤情。闲苔院落门空掩，斜日栏杆人自凭。凭栏人向东风泣，茜裙偷傍桃花立。桃花桃叶乱纷纷，花绽新红叶凝碧。下面庚辰本是：雾裹烟封一万株，**程乙本我觉得比较好**：树树烟封一万株，"树树"我觉得比"雾裹"好，烘楼照壁红模糊。天机烧破鸳鸯锦，春酣欲醒移珊枕。侍女金盆进水来，香泉影蘸胭脂冷。胭脂鲜艳何相类，花之颜色人之泪；若将人泪比桃花，泪自长流花自媚。泪眼观花泪易干，泪干春尽花憔悴。憔悴花遮憔悴人，花飞人倦易黄昏。一声杜宇春归尽，寂寞帘栊空月痕！

林姑娘真是生来满腹幽情，曹雪芹也是顺着她那种情绪，写出这些诗来。前面《葬花吟》还没有提到"泪眼观花泪易干，泪干春尽花憔悴"。黛玉爱哭嘛，她是绛珠仙草到人间来还泪的，泪尽人亡，眼泪还完，她就枯萎死去。黛玉这时候哭多了，眼泪有点枯竭了，她这里自己写的，"泪眼观花泪易干，泪干春尽花憔悴"。最后"一声杜宇春归尽，寂寞帘栊空月痕。"在杜宇声中死去。林黛玉时时刻刻都觉得凋零的命运在她身上，有极端的不安全感，甚至宝玉对她很好、对她交心的时候，她说她很感动，但是她晓得自己身体这么脆弱，可能不能久等，没法接受宝玉那份深情。她经常有这种死亡来临的预感，看到桃花也想到自己本身，所以写了这首《桃花行》。别人看了也许只觉幽怨缠绵，宝玉不是的。宝玉看了并不称赞，却滚下泪来。便知出自黛玉，因此落下泪来，又怕众人看见，又忙自己擦了。他知道这首诗透出来的消息，他懂得她，他体恤她，他怜惜她，无微不至。宝玉也是很敏感的人，虽然他对自己的命运，要慢慢一步一步到后来才清楚，但他能体会黛玉的无常感。听了《葬花吟》的时候宝玉也哭，这个《桃花行》宝玉看了也是暗暗地掉下泪，他感动，他是她的知音。在这部书里，宝黛是真正的知音。宝玉自己也讲，林姑娘懂我，不催我去考功名。这两个人之间，有种互为知己、惺惺相惜的感情，两个人是心灵上的、精神上的交流感应。我们前面几回都看到，宝玉听说她要走，简直是疯掉了，黛玉看他这样，也激烈地反应，他们两个人之间心是通的。所以宝玉看到《桃花行》就掉泪了。

　　庚辰本这里又有小错误。宝琴说："你猜是谁作的？"宝玉说当然是潇湘妃子的稿子。宝琴说：是我作的呢！宝玉笑道："我不信。这声调口气，迥乎不像蘅芜之体，所以不信。"蘅芜是指宝钗嘛！宝琴讲是她写的，怎么会扯到宝钗去了呢？程乙本没有的，只有"迥乎不像"，不像你写的意思。下面庚辰本又错了，它说：宝钗笑道："所以你不通。"程乙本是：宝琴笑道："所以你不通。"庚辰本："难道杜工部首首只作'丛菊两开他日泪'之句不成！一般的也有'红绽雨肥梅''水荇牵风翠带长'之媚语。"她讲杜甫从前《秋兴》八首，非常有历史沧桑感，可是他也有"水荇牵风翠带长"这种写景很细腻的不同的媚语，这"媚语"二字不好，我想老杜的诗好像没有媚语，程乙本是"也有'红绽雨肥梅''水荇牵风翠带长'等语"。宝琴故意开玩笑哄宝玉，说这是我写的。宝玉说绝对不可能，就是你想写，宝姐姐她也不容许你写这么伤感的话。讲完了以后，说好久没有起诗社了，就干脆把海棠社改成桃花社好了，大家来作桃花诗。

　　正在起劲的时候，又有别的事情打岔了。因为贾政出差前规定了很多功课给宝玉，现在贾政有信来，说快回来了，那不得了，还作什么诗社？宝玉紧张了。算一算，书法才写了几篇，根本不够。那时候要写书法的，我记得我们从前当学生时的寒暑假，要写多少大楷，多少小楷，要交的。怎么办呢？后来几个姑娘通通当枪手，大家一起来替他临摹，写了汇集过来也就够了，赶出来了，而且贾政因事又延期才回来。宝玉紧张一场，现在又能在园子里照样游荡了。

　　暮春，杨柳开花，柳絮到处飘。史湘云也蛮有才的，她的诗虽不是最顶尖，人家作一首，她一下子可以作几首出来，还不错，有捷才。看到柳絮在飘，她兴致来了，作词。《红楼梦》里词不多，都是诗，这一次词有几首也不错的，曹雪芹真是诗词歌赋样样行，所以，《红楼梦》是集所有文类大成，散文不用讲了，还有诗、有词、有赋，这些有形无形地都增加了它的厚度。很多中国章回旧小说有理无理就作几首诗，可是曹雪芹他写诗、写词，都有用意的。柳絮的特征是什么？飘泊、飘零，史湘云就作了一首小令，调寄《如梦令》：

> 岂是绣绒残吐，卷起半帘香雾，纤手自拈来，空使鹃啼燕妒。且住，且住！莫使春光别去。

蛮有趣的一首小词，心中得意找黛玉来看，她说，我们这几次都没有填词，干脆来填个词，换个新花样。她们就研究了各自抽签，抽出词牌，宝钗拈得了《临江仙》，宝琴拈得了《西江月》，探春拈得了《南柯子》，黛玉拈得了《唐多令》，宝玉拈得了《蝶恋花》，他们点了一炷香，香点完，要把词作出来。一炷香很快，探春说，我只得了半首：

> 空挂纤纤缕，徒垂络络丝，也难绾系也难羁，一任东西南北各分离。

讲柳絮留也留不住，一任东西南北各分离，似乎有一种预警。这一群女孩子后来死的死，散的散，探春本人也流落到海疆去，分离就是她的命运了。有意思的是，作完词她们又放风筝，风筝到处飘，最后把风筝的线一剪，通通飘走了。这也是她们最后一次聚在一起作诗填词，探春无意间写到了聚散无常的命运。

我要提醒一下，大家记不记得第五回，宝玉不是在太虚幻境看册子吗？每一个人有一幅画讲她的命运，像薛宝钗跟林黛玉是雪里面埋个金簪，树上面挂一个带子；探春那一幅是一个人在江边，仰头望着放风筝。探春的命运就像风筝一样，最后飘走了。大家恐怕也不太记得元宵的时候，她们每个人都打一个谜语，黛玉讲的是"更香"，烧着心的香。宝钗讲"竹夫人"，是一个空的枕头，恩爱夫妻不到冬。记得吗？探春的谜语是风筝，风筝在那边放走了。所以探春这句"一任东西南北各分离"，不光她一个人像柳絮飘走，以后这些姐妹们也各自分离。"三春去后诸芳尽，各自须寻各自门"，这是秦氏的鬼魂告诉王熙凤，最后贾家的命运就是如此，探春在无意间讲出来了。看看林黛玉这首《唐多令》：

> 粉堕百花洲，香残燕子楼。一团团逐对成毬。
> 飘泊亦如人命薄，空缱绻，说风流。草木也知愁，韶
> 华竟白头！叹今生谁舍谁收？嫁与东风春不管，凭尔
> 去，忍淹留。

好是好，太悲了，也好像一首悼词，哀悼柳絮，写她自己。"飘泊亦如人命薄"，她这里用了一个典，关盼盼啊，那些燕子楼的薄命女的典故，"嫁与东风春不管，凭尔去，忍淹留"。东风吹走了，春天留不住，人聚散无常，也留不住啊！

《红楼梦》的小说情节，很重要的一条线是贾府兴衰，

经常明的暗的来铺陈这条路。表面上看起来她们在作诗填词，其实暗中指说她们各人的命运，所以黛玉这首"太作悲了，好是固然好的"。大家点头感叹。又来看宝钗的《临江仙》："白玉堂前春解舞，东风卷得均匀。一上来，她的调子就是豁达的。蜂团蝶阵乱纷纷。几曾随逝水，岂必委芳尘。我不一定往下坠的，柳絮本来就是个轻薄的东西，我讲它好的特质。这就是薛宝钗的命运，跟她们不一样。万缕千丝终不改，任他随聚随分。韶华休笑本无根，好风频借力，送我上青云！"平步青云，这是宝姑娘的追求，她的视野看得不一样，你们在哭哭啼啼，在悲伤，我要借着风往上爬，最后达到了青云。不过呢，到了青云上面才发现，还是空一场，这就是宝钗的命运。宝钗抽花签，一抽是牡丹，牡丹花艳冠群芳，"任是无情也动人"。宝姑娘她有点泰山崩于前不动声色的样子，她镇定、理性，对人生基本上是乐观的，这就是儒家的哲学，知其不可而为。这首词大家都说："果然翻得好，自然是这首为尊。"庚辰本这个地方是"果然翻得好气力"，多了"气力"两个字，用不着。所以他们整个的文学观，基本上还是儒家道统那一套，"缠绵悲戚，让潇湘妃子"，可是整个来说，还是最认同宝钗。

　　正讨论得热闹，一语未了，只听窗外竹子上一声响，恰似窗屉子倒了一般，众人唬了一跳。丫鬟们出去瞧时，帘外丫鬟嚷道："一个大蝴蝶风筝挂在竹梢上了。"一个大蝴蝶风筝落下来挂在竹梢上面，"不知是谁家放断了绳，拿下他来。"宝玉讲，我认得，这个风筝是大老爷那里的"娇红"姑娘放的。庚辰本错了，应是"嫣红"姑娘，没有这个娇红姑娘的，贾赦买的丫头叫嫣红。"拿下来给他送过去罢。"讲到风筝，曹雪芹真的什么都懂，有人考证出来他很会做风筝，手很巧的，而且他是风筝专家，找到了他画的各种样本。所以他这里写风筝，写得兴致勃勃。有人放风筝，这些姑娘丫鬟都跑出去看了，本来紫鹃说把大蝴蝶风筝拿来我们放，姑娘们说你们家也有一只风筝，放自己的吧！人家的说不定是在"放晦气"。这么一说，大家七手八脚地把风筝通通拿出来了，有蝴蝶、美人、大鱼、大红蝙蝠什么的，通通放到天上面飘去了。宝钗也来，宝玉也来，黛玉也来，放得满天的风筝在飘。大家要记得，中国人放风筝常常是清明的时候，曹雪芹写这层，看起来是放风筝而已，事实上有更深的寓意。大家看看程乙本这一段：

> 　　宝玉等大家都仰面看天上这几个风筝起在空中。一时风紧，众丫鬟都用绢子垫着手放。黛玉见风力紧了，过去将籰子一松，只听"豁喇喇"一阵响，登时线尽，风筝随风去了。黛玉因让众人来放。众人都说："林姑娘的病根儿都放了去了，咱们大家都放了罢。"于是丫头们拿过一把剪子来，铰断了线，那风筝都飘飘飖飖随风而去。一时只有鸡蛋大，一展眼只剩下一点黑星儿，一会儿就不见了。

　　表面上讲黛玉放风筝，后来一剪就随风去了，好像一缕芳魂慢慢飘走的味道。清明节放风筝，都是往上飘的、散的、飘掉的、剪断的……我想曹雪芹是有意无意地借着风筝讲大家，讲这些女孩子在大观园里的命运，很快像风筝一样四处飘散了，"一任东西南北各分离"。他用风筝来做人的命运的象征。

　　下面两回，就是贾府的命运从盛到衰的大转折马上要来了。外面还没有抄家，先自己抄大观园，一抄完以后，大观园就开始离散，像风筝一样，所以这一回有意无意地都在写这种命运。第二十二回的时候，探春做了一个谜语："阶下儿童仰面时，清明妆点最堪宜。游丝一断浑无力，莫向东风怨别离。"谜底也是风筝。《红楼梦》很多细节常有弦外之音，我们看《红楼梦》就要看这些弦外之音，这是《红楼梦》很微妙的地方。表面写实，写实到了极点，其实写实的背后，还有更高一层的意义在后面撑着，所以它的写实不完全落在写实主义的层面，而有更深刻的东西往上提升到象征，我觉得这也是很好的例子。放风筝也很有趣啊，其实它是点题点到了，跟前面的词，跟柳絮的飘零，互相对应。这一回非常饱满地写完了，春天走了，柳絮飘了，风筝飞了，清明过了，春去秋来，秋天肃杀之气很快就到来。

第七十一回

嫌隙人有心生嫌隙　鸳鸯女无意遇鸳鸯

　　到了夏末秋初，八月初三，是贾母八十岁生日，这一回就是写贾府如何为贾母做生日。《红楼梦》这部书有许多情节是借着节庆来推展的，过年、元宵、生日、丧葬……这些仪式推展故事也推展时序。大家还记得宝玉过生日，那时因为大人都不在府内，没有宗法社会的框架框住他们，那是一次最自然的庆生（celebration），每个人都是发自内心的喜悦，给大观园的护花使者一个自发性的（spontaneous）庆生。曹雪芹写那个生日，写得最兴高采烈，写得你好像听到一片笑声溢出园外。写喜悦的场景，刘姥姥进大观园是一个高潮，宝玉生日又是一个高潮，现在要来对照一下，贾母的生日是怎样一种铺张和规矩。贾母的生日细节虽然很烦琐，但它已经完全仪式化了，曹雪芹如果没有经过一些阵仗，可能真的写不出这些东西。皇亲国戚的场面非摆出来不可，贾政的女儿是皇帝的妃子，这个规格不能错，也由不得贾家，那时候贾家还没有衰败，看看他们怎么撑这个场面。

因今岁八月初三日乃贾母八旬之庆，又因亲友全来，恐筵宴排设不开，想想看宁国府荣国府有多大，这么大还怕摆设不开，因为贾母生日等于皇妃的祖母生日，多少人要去祝贺，所以，便早同贾赦及贾珍贾琏等商议，议定于七月二十八日起至八月初五日止荣宁两处齐开筵宴，生日宴要一个星期才能搞得完，你想想是什么样的情景了。宁国府中单请官客，男客人；荣国府中单请堂客，女客人。大观园中收拾出缀锦阁并嘉荫堂等几处大地方来作退居。退居就是吃个饭还要休息一下，休息完了还看戏，看戏完了又吃……退居的时候，还要宽衣啊，光是挂那些个衣服就不得了。

荣国府二十八日头一天，请的什么人呢？皇亲驸马王公诸公主郡主王妃国君太君夫人等。这些什么王什么妃什么国公的通通要来，清朝铁帽子王一大堆，真实中曹雪芹家就有两个铁帽子王妃。二十九日便是阁下都府督镇及诰命等，次一等的又是一群，通通来祝贺了。再下来，三十日便是诸官长及诰命并远近亲友及堂客，又下一层。初一开始家宴，头一天是贾赦的家宴，第二天是贾政的家宴，第三天是贾珍贾琏的家宴，初四是贾府合族长幼大小共凑的家宴，你看那贾家有多少亲戚啊！这时候合在一起又要请。还没完，到最后的时候，连那些大管家们，赖大、林之孝等又凑一天。送礼的络绎不绝，来来往往，那些礼物都要用车子来一车一车运的，而且不能光是收人家礼进来，还要赏回去，赏回去的手笔也不能丢脸。这一回写贾府的体面，下一回你看看背后的故事，贾家要撑这个场面谈何容易。这是中国人死要面子，打肿脸充胖子，前面已经有几处写到了贾家财务上的窘迫，甚至于贾琏、凤姐夫妇要去向鸳鸯借当，偷偷把贾母的东西拿出去当了，贾府家库已经空了，这个场面难撑，不撑又不行，不然什么王什么妃都来道贺了怎么办，那个面子不能不撑起来。

来来往往礼物太多，贾母懒得看了，叫凤姐收了吧，等哪一天有空再来看一看。至二十八日，两府中俱悬灯结彩，屏开鸾凤，褥设芙蓉，笙箫鼓乐之音，通衢越巷。宁府中本日只有北静王、南安郡王、永昌驸马、乐善郡王并几个世交公侯应袭。北静王跟贾府很近的，这个角色写得蛮有意思，像个天神一样，怎么英武，怎么漂亮，有趣的是他也冥冥中和宝玉有缘，到最后贾府被抄家的时候，他好像真是个天神来救他们一把。那一回贾宝玉跟蒋玉菡互赠表记，蒋玉菡那条红巾子就是北静王赐的，贾宝玉那条赠出去的绿巾子却是袭人的，等于暗中北静王替蒋玉菡下了聘礼，所以北静王虽然是次要人物，只出现几次，但冥冥中与贾宝玉、贾家的命运，有相当重要的一种联系。所以打头的是最亲近的北静王，另外还有一些王爷王妃们，荣府中南安王太妃、北静王妃并几位世交公侯诰命。你看，贾母等皆是按品大妆迎接，老太太要穿一身朝服，要争气，要应付，撑那个场面很累的。大家厮见，先请入大观园内嘉荫堂，茶毕更衣，方出至荣庆堂上拜寿入席。大家谦逊半日，你让我我让你，中国人嘛！方才入席。看看这座位怎么坐：上面两席是南、北王妃，下面依叙，便是众公侯诰命。左边下手一席，陪客是锦乡侯诰命与临昌伯诰命；右边下手一席，方是贾母主位。贾母虽是皇亲国戚，但比起这些王爷王妃，还差一阶的，她还不能够越坐在前。中国人排位要紧，他们怎么坐，完全是按封诰的地位，一点都乱不得。下面，邢夫人王夫人带领尤氏凤姐并族中几个媳妇，两溜雁翅站在贾母身后侍立。连邢夫人、王夫人都没得坐的，她们是媳妇，两个雁行这样排开，后面领了尤氏、凤姐，排开伺候，这个是规矩。然后呢，林之孝赖大家的带领众媳妇都在竹帘外面伺候上菜上酒。再下面，这些管家大娘们，周瑞家的带领几个丫鬟在围屏后伺候呼唤。凡跟来的人，早又有人别处管去了。那些王妃出来，后面丫鬟侍卫一大群的，要伺候这些人又要席开多少桌，这些跟来的人也不好怠慢的，吃的用的一点马虎不得。这也是主人的面子，绝对落不得人家褒贬。

　　一时台上参了场。有戏来了，当时这么大的家里请客必须演戏款待的。唱的是昆曲，特别是有名的、喜庆的像《满床笏》那些戏码。你看：台下一色十二个未留发的小厮伺候。须臾，一小厮捧了戏单至阶下，先递与回事的媳妇。这媳妇接了，才递与林之孝家的，用一小茶盘托上，挨身入帘来递与尤氏的侍妾佩凤。佩凤接了才奉与尤氏。尤氏托着走至上席，南安太妃谦让了一回，点了一出吉庆戏文。那个戏单不能说拿就拿上去，还要一个一个这么渐次递上来，规矩大呀，这种繁文缛节磨死人的，我想当年他们过得真是不轻松。一下子宫里死了一个太妃要去守丧几个月，一下子又非得做个生日宴，光是应付这些要花多少钱？怎么能不亏空？这些让我们又想到元妃省亲的时候，那都是自己家里面的人，这一回都是外面来的人，接待皇亲国戚，完全是一种仪式性、制式化的。所以这个生日没有详细写他们庆生的欢愉。我觉得贾母累死了，这一个礼拜下来，八十岁的老太太也够折腾了，过了之后什么也不管，只要休息。现在规矩还没完，宝玉要到几个庙里面跪经，下跪念经，为贾母祈福。府里那几个女孩子和南安太妃见见面，尤其史湘云也在。那时候林黛玉对史湘云吃醋，跟贾宝玉讲，难道她是公侯小姐，我是民间丫头吗？的确她是公侯小姐，她的叔叔是史侯。南安太妃说，我来了你还不见我，明儿我跟你叔叔算账去。意思是以南安太妃那种地位，跟史侯一定是频频来往的，大概也见过史湘云的，点一下史湘云的公侯小姐身份，还夸了几个姑娘。

贾母做生日的排场，上面这一层写完了，下面还要安插几个写实的东西，故事才能够出来，否则上面像流水账那样写完，我们对生日的整个记忆也就是模糊一片。曹雪芹要制造一个事件，什么事件呢？尤氏这时候不是也要到荣国府这边去招待管事吗？荣国府的几个大娘她叫不动。前面讲过尤氏这个人很懦弱，连下人也不怕她，要是凤姐，连讲都不用讲，哼一声下面就吓死了，还敢说个不字？那个尤氏的丫头奉命去叫这几个荣府的婆子传人来，那个老婆子讲："我们只管看屋子，不管传人。姑娘要传人再派传人的去。"不甩她。贾府下面那些媳妇、老大娘们，都不好相与，也很势利，她们不买尤氏的账。小丫头听了道："嗳呀，嗳呀，这可反了！怎么你们不传去？你哄那新来了的，怎么哄起我来了！素日你们不传谁传去！这会子打听了梯己信儿，或是赏了那位管家奶奶的东西，你们争着狗颠儿似的传去的，不知谁是谁呢。她讲了她们的痛脚了。琏二奶奶要传，你们可也这么回？"欺负我们奶奶嘛！这两个婆子一听恼羞成怒就讲了："扯你的臊！我们的事，传不传不与你相干！你不用揭挑我们，你想想，你那老子娘在那边管家爷们跟前比我们还更会溜呢。"下面这个地方，庚辰本多了几句："什么'清水下杂面你吃我也见'的事，各家门，另家户，你有本事，排场你们那边人去。"

写小说有时候多一句都不行，何况多几句。那婆子用了这么一个俗语，"清水下杂面你吃我也见"，你记得前面谁讲过这句话？尤三姐，对不对！尤三姐跳到那个炕上去，骂了贾琏、贾珍这句话。这是个歇后语，就是说杂面应该要用油来和的才好吃，清水弄的很难吃的，所以清水下杂面你吃吧，我才不要吃，我看着你吃。这句话尤三姐用得再好不过，骂得很有力。这个地方莫名其妙又来这么一下，而且是一个无知的婆子这么讲，小说里面很忌这种东西的，一句话用得很好了，不可以再重复，什么人讲，在什么时候讲，那时候已经讲得最恰当了，多了这么一句，把前面削弱了。程乙本没这一句的。还有这句"你有本事，排场你们那边人去"。庚辰本几次用"排场"，没这种说法，应该是"排揎"，"你有本事，排揎你们那边人去。"

这个小丫头跑来跟尤氏告状，尤氏正在大观园里，跟湘云、宝琴，还有几个地藏庵的尼姑在一块儿。那个小丫头跑来加油添醋地说一通，尤氏当然很气啰！这些人就劝说：嗳呀，今天是贾母的好日子，不要讲这些话了。尤氏当然脸面下不来就讲："你不要叫人，你去就叫这两个婆子来，到那边把他们家的凤儿叫来。"这里不对，尤氏从来没有把凤姐叫凤儿的，生气的时候也不会，我想最多就是贾母可能会叫。尤氏说凤姐，直道其名，脸上过不去了嘛！这么一讲呢，凤姐当然要看尤氏的面子惩罚她的下人，否则给东府奶奶下不了台。凤姐的意思就说，等过了这几日，叫人把那两个老婆子捆起来送到东府去，让尤氏去处罚她们。这样一来，好多人就去求情了，都告到邢夫人那边去了。邢夫人本来就讨厌凤姐，这时候趁机要给凤姐没脸。邢夫人讨厌凤姐是什么原因？记得吗？她不是听了贾赦的，跑去要把鸳鸯说给贾赦做妾吗？被碰了一鼻子灰，她就怪在凤姐身上，下面的人也坏得很，见有机可乘，你看这个地方：又值这一干小人在侧，他们心内嫉妒挟怨之事不敢施展，便背地里造言生事，调拨主人。先不过是告那边的奴才；后来渐次告到凤姐。告凤姐什么呢？"只哄着老太太喜欢了他好就中作威作福，辖治着琏二爷，调唆二太太，把这边的正经太太倒不放在心上。"这些话在程乙本里面没有的，这些下面的人，还不至于如此大胆。你看下面更不像话了：后来又告到王夫人，说："老太太不喜欢太太，都是二太太和琏二奶奶调唆的。"这些人说贾母不喜欢邢夫人，是因为王夫人跟王熙凤一起调唆的。第一，那些佣人怎么敢在邢夫人面前讲凤姐，他们早都怕了。第二，怎么敢讲王夫人，这个一传出去还了得？而且邢夫人也了解，王夫人从来不多事的，不会去调唆贾母。王夫人是有别的缺点，比如她有点愚昧，有点迂腐，但她不是那种说三道四会调唆的人，所以我觉得这点不对，这一段不合适，程乙本里面也没有。

　　邢夫人抓到这个机会，要给个凤姐没脸：邢夫人直至晚间散时，当着许多人陪笑和凤姐求情，"陪笑"两个字用得好，故意装得这么个样子，陪笑向凤姐求情，凤姐更难堪了嘛！说："我听见昨儿晚上二奶奶生气，打发周管家的娘子捆了两个老婆子，可也不知犯了什么罪。论理我不该讨情，不要看错邢夫人，她也有一套的。我想老太太好日子，发狠的还舍钱舍米，周贫济老，咱们家先倒折磨起人家来了。庚辰本用的是"人家"两个字，讲不通，最多倒过来，折磨起"家人"，这样子还说得过去。程乙本用的是"老奴才"，"咱们先倒挫磨起老奴才来了？不看我的脸，权且看老太太，竟放了他们罢。"说毕，上车去了。也不等凤姐答话，讲得表面听起来很委婉，很有道理的样子，事实上是打凤姐脸，大大打了一个耳光。凤姐听了这话，又当着许多人，又羞又气，一时抓寻不着头脑，憋得脸紫涨。凤姐很少吃憋的时候，只有她骑在人家头上，很少挨人一巴掌。邢夫人又是她的婆婆，拿这个婆婆也没有办法。凤姐当然很气了，就跟尤氏说，这是规矩，如果你那边的人得罪了我，你也会把他们捆起来让我来打发。尤氏就讲："连我并不知道，你原也太多事了。"意思就是说，我是喜欢息事宁人的，不要因为我。她讲得也对，老太太生日不要这么搞。最让凤姐下不了台的，是王夫人讲了："你太太说的是。王夫人不支持凤姐，反而说你婆婆讲得也对。就是珍哥儿媳妇也不是外人，也不用这些虚礼。老太太的千秋要紧，放了他们为是。"说着，回头便命人去放了那两个婆子。这下子凤姐尝到味道了，完全孤立无助。按理讲，凤姐没错呀！自己的手下人得罪了东府奶奶尤氏，按她的规矩应该罚的，但另外一方面老太太做寿，今天不宜，中国人很相信这个的，做寿不宜有惩罚这些事情，一切以老太太千秋要紧。当然邢夫人不安好心地故意当大家面讲，故意整她。凤姐由不得越想越气越愧，不觉的灰心转悲，滚下泪来。因赌气回房哭泣，又不使人知觉。

　　凤姐有凤姐的难处，她做尽了恶人，扮黑脸扮了那么久，在荣国府里面立下规矩，当然有时候也受挫的。凤姐是多好强的人，在那些下人面前挨了婆婆那么一下，又挨了王夫人那么一下，她尝到了那个味道。偏巧贾母差遣丫头琥珀去喊她："唉，你怎么哭了？"凤姐说哪里哭了，不承认。后来琥珀就告诉鸳鸯，东府的大太太，不给凤姐面子。晚上的时候，鸳鸯跟贾母说，凤姐是哭了的，真的受了委屈。鸳鸯是直接通天的，跟贾母什么话都可以讲的。贾母就说："这才是凤丫头知礼处，难道为我的生日由着奴才们把一族中的主子都得罪了也不管罢。这是太太素日没好气，不敢发作，所以今儿拿着这个作法子，明是当着众人给凤儿没脸罢了！"这时候可以叫凤儿，这是贾母对凤姐表示怜惜的时候。贾母知道她们几个人的关系，贾母很清楚的。邢夫人是怎么回事她也清清楚楚。大家记得吗？那个邢夫人跑来向贾母要鸳鸯做贾赦的妾，被贾母打回票，说："只是这贤慧也太过了！"这句话很重——由得你老公那么胡闹，已经当祖父的人，还这么整天想着三妻四妾，不好好做官。贾母是个明白人，哪个子孙不争气她也清楚得很。这个老太太的角色，如果让一个比较迂腐的作家来写，一定写成一个孟母的样子，写成模范母亲、模范祖母，那这本书就糟了。

　　贾母是塑造得最成功的人物之一，曹雪芹一点不避讳，老太太爱吃好东西，东挑西拣，爱玩，爱听戏，爱享受人生。曹雪芹一点都没有贬她，老太太是这样子的。一个人能够享荣华、受富贵也是要一套本事的。能享乐的时候尽享其乐，到了贾府抄家、整个家族垮的时候，她的那些儿孙贾政、贾赦、贾珍天崩地裂都招架不住了，才看出来这个老太太擎天一柱，把局势顶住。所以在这本书里面，最顶尖的人物是贾母，曹雪芹写的就是当时贵族家庭里，一个很有智慧很懂得生活的老太太。我觉得他把她写得很可爱，那几个孙子孙女冬天在芦雪庵吟诗烤鹿肉吃的时候，老太太悄悄坐了轿子，跑去参加他们的聚会，一起玩一起吃，乐得很！所以她不是一个完全不可近人的富贵老太太，她和刘姥姥两个人对比起来，你唱我和的很有趣。曹雪芹很大的长处，是他笔下不随便批判人，他的写作态度，并不是说持着什么儒家道德标准，或者任何其他的标准，高高在上地来写人物或批判这些人物，他不是这样子的。我想他大致比较近佛家，眼底众生皆赤子，不管是善的、恶的、富的、穷的，他都可以包容，以宽大的心胸、容众的心胸写那些人物。他写得真好！文学写的不外乎人性人情，人有缺点、弱点，也是人之常情，他是真正把这个写出来了。你看贾母这个角色，也不容易，做个生日撑那场面多么辛苦，跟那些孙子孙女在一起，又是一个很慈爱的祖母。

庚辰本这个地方又有点不妥：贾母忽想起一事来，忙唤一个老婆子来，吩咐他："到园里各处女人们跟前嘱咐嘱咐，留下的喜姐儿和四姐儿虽然穷，也和家里的姑娘们是一样，大家照看经心些。"留下的两个女孩子是贾家的亲戚，一个叫作喜姐儿，一个叫作四姐儿，挺可爱的两个，她们来拜寿，贾母喜欢她们两个灵巧可爱，就留她们下来好好招待。庚辰本说"留下的喜姐儿和四姐儿虽然穷"，大大不妥，又说："我知道咱们家的男男女女都是'一个富贵心，两只体面眼'，未必把他两个放在眼里。有人小看了他们，我听见可不依。"程乙本这么写的：贾母忽想起留下的喜姐儿四姐儿，叫人吩咐园中婆子们："要和家里的姑娘一样照应。倘有人小看了他们，我听见可不饶！"多么简单，而且像贾母的口吻。贾母怎么会讲人家穷，可能真的是穷亲戚，但老太太绝对不会这么说：那两个穷女孩到我们家来，你们不能势利眼。这一段不妥！程乙本简简单单表现出贾母的慈爱，喜欢这两个拜寿的小女孩，留下来想让她们开心，就行了。后面一点，"如今咱们家里更好，新出来的这些底下奴字号的奶奶们"，这个不妥，没有这个"奴"字，是"底下字号的奶奶们"，讲这些下面的人。宝玉又说："比不得我们没这清福，该应浊闹的。""浊闹"，用"混闹"较妥。

　　接下来一件重要事情要发生了，也就是回目讲的"鸳鸯女无意遇鸳鸯"。鸳鸯，是贾母身边最得意的一个丫头，在某些方面，鸳鸯也学到了一点贾母大度的风范，是丫头里面的领袖。这一回看她怎么处理这件事情。这件事虽然是个插曲，可是影响了整个大观园，甚至是本书的转折点。

　　怎么回事呢？贾母做完寿，晚上鸳鸯一个人从大观园走回去，半路内急想小解，就走到一个太湖山石后面的树荫下，刚转过，只听一阵衣衫响，吓了一惊不小。怎么有衣服的声音呢？定睛一看，只见是两个人在那里，见他来了，便想往石后树丛藏躲。有两个人躲在石头后面，看她来了赶紧躲起来。鸳鸯眼尖，趁月色见准一个穿红裙子梳鬐头高大丰壮身材的，是迎春房里的司棋。大家还记得前面有一段专门写司棋吗？她想吃碗蛋，叫小丫头莲花儿到柳家的管的厨房去要，还指定要炖得嫩嫩的。柳家的就讲，最近蛋少了，不够用，劝你们还是省着点吧，大鱼大肉吃了又想吃炖蛋了。这下子得罪司棋了，司棋就自己出马，带了一群丫头去大闹厨房，把柳家的东西乒乒乓乓打了个稀巴烂。你看看司棋的个性！当时写这么一则，显示了司棋的任性，个性也蛮强的。

　　鸳鸯以为司棋也跟她一样是来方便，所以还跟她开玩笑，叫道："司棋，你不快出来，吓着我，我就喊起来当贼拿了。这么大丫头了，没个黑家白日的只是顽不够。"本来她们几个人，鸳鸯、司棋、袭人、紫鹃都一伙的，以为玩惯了。司棋自己心虚，怕鸳鸯叫起来，就赶紧从树后跑出来，一把拉住鸳鸯，便双膝跪下，只说："好姐姐，千万别嚷！"鸳鸯反不知因何，忙拉他起来，笑问道："这是怎么说？"司棋满脸红胀，又流下泪来。鸳鸯再一回想，那一个人影恍惚像个小厮，心下便猜疑了八九。那个人像男人，是个小厮，她心里就明白了。一想，不好意思，原来两个人偷情幽会，被鸳鸯撞到了。所以这个回目叫"鸳鸯女无意遇鸳鸯"，非常讽刺，鸳鸯女来了反而打散了这对鸳鸯。

　　这时鸳鸯悄问：那是谁啊？司棋就跪下来说，是我姑舅兄弟。庚辰本这个地方写鸳鸯的反应我觉得不好，你看：鸳鸯啐了一口，道："要死，要死。"我想鸳鸯那个时候不会这么叫，那个场面很紧张的，而且非常尴尬，她怎么会大叫"要死，要死"。我觉得不妥。你看程乙本："鸳鸯啐了一口，却羞的一句话也说不出来。"她自己也是个女孩子，她也没有过男人的，一看到这个，她自己也不好意思嘛！这时还能讲什么呢？所以我觉得程乙本写得好。司棋又回头悄道："你不用藏着，姐姐已看见了，快出来磕头。"这就是司棋的个性，干脆摆明了，他两人就是要好，你出来吧！看到了。那小厮听了，只得也从树后爬出来，磕头如捣蒜。鸳鸯忙要回身，司棋拉住苦求，哭道："我们的性命，都在姐姐身上，只求姐姐超生要紧！"我命在你手上，请你给我们超生。你发现了这一上报，后果可知，贾府里面哪里容得这种事情？这个地方我觉得庚辰本写得又不够了，庚辰本是："你放心，我横竖不告诉一个人就是了。"太轻描淡写。你看程乙本的怎么写："你不用多说了，快叫他去罢。还不走，还要等在这里，你快叫他去吧！横竖我不告诉人就是了。你这是怎么说呢！"这个口气，这就是鸳鸯！庚辰本没有这么一句。你放心，我不告诉别人就算了，但鸳鸯总会有一个反应吧，不像话，这么大一个事，你看这怎么说！一语未了，只听角门上有人说道："金姑娘已出去了，角门上锁罢。"司棋还要拉着鸳鸯，司棋也害怕嘛！一定要拉着鸳鸯求她。鸳鸯正被司棋拉住，不得脱身，听见如此说，便接声道："我在这里有事，且略住手，我出来了。"司棋听了，只得松手让他去了。趁机这么讲一下，司棋不得不放手了，鸳鸯走了。

　　这一段写得相当戏剧性，又牵涉到下面很重要的一回。第七十四回贾府自己抄家，引出一连串的故事，也就宣告了贾家整个命运往下急转。这个看起来是司棋个人的小事情，牵动的可大。到了第七十三回"痴丫头误拾绣春囊，懦小姐不问累金凤"，这个绣着春宫图的绣春囊被发现了，其实就是司棋跟表弟潘又安之间的纪念物，青年男女两情相悦嘛！被查出来以后天翻地覆。夏志清先生讲这段，他比喻说大观园本来是个伊甸园，大家都很天真无邪，一下子好像跑出一条蛇来，这条蛇在伊甸园里面作怪。就司棋跟表弟潘又安来讲，本来就是两个小情人，但是在王夫人她们眼里不得了了，整个大观园自己抄家，最后都给拆散掉。

第七十二回

王熙凤恃强羞说病　　来旺妇倚势霸成亲

　　鸳鸯遇到了司棋这件事情当然是大事，这是攸关性命的。鸳鸯是丫鬟领袖，她这个人蛮正直，对同侪也蛮照顾的，有大姐头之风。她出角门去了，脸上犹红，心内突突的。她也是个女孩子嘛！没有结过婚，没有亲近过男人，而且她自己发过誓不要结婚了，碰到这种事情，难免尴尬，但无论如何她要替他们隐瞒。庚辰本有这么一段：从此凡晚间便不大往园中来。因思园中尚有这样奇事，何况别处，因此连别处也不大轻走动了。这个有点多余，难道大观园里面到处都幽会吗？鸳鸯也没有那么胆小，晚上就不敢走动了？程乙本里面没有这一段的。然后呢，看看对司棋跟潘又安这件事的解释：原来那司棋因从小儿和他姑表兄弟在一处顽笑起住时，小儿戏言，便都订下将来不娶不嫁。原来是两小无猜，两人姑表，从前表亲之间常常成婚的，因为最容易接近嘛！堂亲不可以结婚，只有表亲可以，当时也没有血缘这种研究。所以小时候好玩，讲"非你不娶非你不嫁"，可见他们两个人感情也是很好的。近年大了，彼此又出落的品貌风流，常时司棋回家时，二人眉来眼去，旧情不忘，只不能入手。两个人大了以后，当然就眉来眼去，很是动心，只是没机会。又彼此生怕父母不从，二人便设法彼此里外买嘱园内老婆子们留门看道，今日趁乱方初次入港。两个刚刚入港，又被撞破了。虽未成双，却也海誓山盟，私传表记，已有无限风情了。这两个人互传表记，后来被抓住的那个绣春囊，就是潘又安带来园子里面给她的。这个潘又安被撞破害怕了，万一讲出来要挨打，可能被贾府送官也不一定，就跑了。司棋当然更是紧张，一夜不曾睡着，又后悔不来。至次日见了鸳鸯，自是脸上一红一白，百般过不去。心内怀着鬼胎，茶饭无心，起坐恍惚。害怕嘛！怕得自己恍神了，茶饭无思，过了两天看没什么动静，慢慢地放下心来。这时候有个婆子悄悄告诉她说，"你兄弟竟逃走了"。这个地方庚辰本错了，怎么会是兄弟？是表弟。"你兄弟竟逃走了，三四天没归家。如今打发人四处找他呢。"司棋听了，气个倒仰。这个女孩子是很刚烈的。因思道："纵是闹了出来，也该死在一处。闹了出来以后最多是死，干脆死在一处就不怕了。他自为是男人，先就走了，可见是个没情意的。"因为害怕就先跑了，因此又添了一层气。司棋气病了，更多是怕病的，因而成了大病。

　　鸳鸯听到了消息，下面这个地方我觉得是蛮动人的一段。鸳鸯听说无故跑掉了一个小厮，又传来说司棋病重，要她搬出去，心里面晓得两个人一定是畏罪之故。"生怕我说出来，方吓到这样。"鸳鸯心地善良，她反而觉得过意不去，就来看司棋了，叫别人出去，跟司棋一个人说话。鸳鸯立身发誓，对司棋这么讲："我若告诉一个人，立刻现死现报！你只管放心养病，别白糟踏了小命儿。"跟她发誓说，如果我讲了，我现死现报！发这种毒誓了你还不相信吗？所以你不要把自己弄得命送掉。司棋一把拉住，哭道："我的姐姐，咱们从小儿耳鬓厮磨，你不曾拿我当外人待，我也不敢怠慢了你。如今我虽一着走错，你若果然不告诉一个人，你就是我的亲娘一样。从此后我活一日是你给我一日，我的病好之后，把你立个长生牌位，我天天焚香礼拜，保佑你一生福寿双全。我若死了时，变驴变狗报答你。"我常讲《红楼梦》里面的人物，一下子动了真情讲出肺腑之言的时候，就是曹雪芹写得最好的时候，等后面你们看写晴雯临死触动真情讲的话很动人，这个司棋讲出来的话也是，讲得很痛切了，这是肺腑之言：我的命是你给的，以后能活我要立一个长生牌位报答你。庚辰本这里又多了这几句，它写："再俗语说，'千里搭长棚，没有不散的筵席。'再过三二年，咱们都是要离这里的。俗语又说，'浮萍尚有相逢日，人岂全无见面时。'倘或日后咱们遇见了，那时我又怎么报你的德行。"我觉得激动得不得了的时候还引经据典地讲，于司棋不合适，她讲我若死了变驴变狗报答你，这已经讲到顶了，够了！而且这个"千里搭长棚,没有不散的筵席",大家如果还记得的话,前面有人已经讲过了。谁讲过了呢?小红讲的,小红那时候很抱怨,她受虐,大丫头打压她,她就讲了,哼!"千里搭长棚,没有不散的筵席",大丫头别得意,有一天她们会散掉的。已经讲过一次就不好再讲的,这个时候司棋再讲,拾人牙慧,这句话就多了。程乙本没有这一段的。司棋一面说,一面哭。这一席话反把鸳鸯说的心酸,也哭起来了。因点头道:"正是这话。我又不是管事的人,何苦我坏你的声名,我白去献勤。况且这事我自己也不便开口向人说。你只放心。从此养好了,可要安分守己,再不许胡行乱作了。"司棋在枕上点首不绝。很好,写到这里够了,鸳鸯该讲的也讲了,也很委婉地教训她了。

这一段伏笔先按下在这里了,后来还有很重要的戏要唱,一直把司棋跟潘又安的故事讲完。《红楼梦》写一个"情"字,里面写得最长、最悲剧性的,就是宝黛二人了,可是中间还有好多的故事。尤三姐很刚烈、很决绝地为情而死,司棋后来也是为情而死,还加上一个潘又安。很多小的插曲通通串在"情"字上,很多小块的拼图,弄成整幅写情的图画,这也是其中之一。

贾母的生日这样做下来,累人的!第一个被累倒的是王熙凤。她先前本来就流产了,流产之后身体不怎么好,一下子又来繁重的工作,鸳鸯到了平儿那边去问的时候,哎呀,这个奶奶又生病了。王凤姐很好强,不愿意倒下来让她们看到,身体不舒服还是勉强撑着,撑就撑出毛病来了。鸳鸯就问平儿是怎么回事。平儿说："只从上月行了经之后，这一个月竟沥沥淅淅的没有止住。"鸳鸯吃惊说："这可不成了血山崩了。"这种妇科病常常流血不止，这当然很严重，王熙凤后来的死，这时候已经伏了一笔。前面讲贾母生日，那种排场你想一想用了多少钱，两三千两银子的开销才办得过来。这里有蛮重要的一个事件，贾琏借当扯不拢了！外面撑得那么厉害，贾琏跟王熙凤两个人当家也难的，面子要顾，开销那么大，来源又有限。记得吗？过年的时候有个乌庄头把农村的地租收成送来——贾家就是靠身为皇亲国戚封地出租，每年拿租金分收成来补贴他们的花用。那个乌庄头把农村的收成算一算，几千两银子，贾珍抱怨说这哪里够啊！乌庄头就说，你不够，皇妃娘娘会赏赐你们嘛！贾珍就跟贾蓉说，你听听可笑不可笑，他以为那皇家国库是我们的，每一年娘娘赏个一百两黄金不得了了。我们听起来一百两黄金好多，对贾府来说一百两黄金连个零头都不够，那管什么用啊！所以他们这个日子很不容易过的。

　　这时候鸳鸯跑来看凤姐，贾琏晓得鸳鸯来了，也进来了。至门前，忽见鸳鸯坐在炕上，便煞住脚，笑道："鸳鸯姐姐，今儿贵脚踏贱地。"你看他拍马屁拍成这样，要打她的主意了，先拍拍马屁。鸳鸯只坐着，笑道："来请爷奶奶的安，偏又不在家的不在家，睡觉的睡觉。"看看鸳鸯的身份，不起来。贾琏是个爷，鸳鸯不起来只坐着说话，贾母的丫鬟有身份的，他们这些晚辈，要对她特别礼遇，因为她服侍他们的祖母成天辛苦啊！所以他们要叫鸳鸯姐姐，对她很尊重很礼遇的，不可以把她当丫头用。贾琏讲了一番"贵脚踏贱地"的客气话，鸳鸯也故意说"来请爷奶奶的安，偏又不在家的不在家，睡觉的睡觉"，其实王熙凤装睡，因为她晓得贾琏要借当，装着不知道，不出来。鸳鸯本来要走了，贾琏请她再坐一坐，又叫人沏上好茶，向鸳鸯吐苦水了。"这两日因老太太的千秋，所有的几千两银子都使了。一个生日过下来，家里面的几千两银子都弄光了。所以前面那个排场不是白写的，那样的排场就要用那么多钱，你说贾府可以做得简朴一点，可能那时候的社会地位也不容许，什么王什么太妃都跑来拜寿，这些人往哪里放，没办法，几千两银子就不见了。几处房租地税通在九月才得，这会子竟接不上。青黄不接，他们的房租地税来不及补上。明儿又要送南安府里的礼，人家送礼过来要回呀！南安府也是王府，送礼的出手也不能难看。又要预备娘娘的重阳节礼，还有几家红白大礼，至少还得三二千两银子用，又有几千两银子需要用，怎么招架得住？一时难去支借。要借贷也难，到哪里去借呢？贾府要借贷讲出去难听啊。俗语说'求人不如求己'。说不得，姐姐担个不是，暂且把老太太查不着的金银家伙偷着运出一箱子来，暂押千数两银子支腾过去。不上半年的光景，银子来了，我就赎了交还，断不能叫姐姐落不是。"鸳鸯听了，笑道："你倒会变法儿，亏你怎么想来。"贾琏笑道："不是我扯谎，若论除了姐姐，也还有人手里管的起千数两银子的，只是他们为人都不如你明白有胆量。我若和他们一说，反吓住了他们。所以我'宁撞金钟一下，不打破鼓三千'。"哎哟，把鸳鸯捧的哦！要动贾母的念头、贾母的陪嫁了。贾母的东西当然多，这些年多少人送东西来，大概有几库，那些东西拿出来当当倒是值不少钱的。中国人进当铺，你看当铺都是遮起来很神秘的，柜高高的看不见脸，不让人知。去当铺不是好事，两边要看一下有没有别人看见，拿着小包袱溜进去溜出来。贾府要进当铺还真不好讲，外面轰轰烈烈地充面子，里头空了。鸳鸯是个明白人："你倒会变法儿，亏你怎么想来。"她晓得他们当家难为，愿意助他们一把，但也不好一口答应，就是这么淡淡地讲了一句。刚好老太太找她，她就走了。

　　这是一个小的场景，如果借贷就这么写完了，又没趣了，还有下文蛮有意思。贾琏见他去了，只得回来瞧凤姐。谁知凤姐已醒了，听他和鸳鸯借当，自己不便答话，只躺在榻上。装睡，她不好跟鸳鸯开口，二奶奶向鸳鸯借当，这更丢人，所以她躲到后面，让贾琏去问鸳鸯借。贾琏进来，凤姐因问道："他可应准了？"贾琏笑道："虽然未应准，却有几分成手，须得你晚上再和他一说，就十成了。"凤姐笑道："我不管这事。倘或说准了，这会子说得好听，到有了钱的时节，你就丢在脖子后头，谁去和你打饥荒去。倘或老太太知道了，倒把我这几年的脸面都丢了。"贾琏笑道："好人，你若说定了，我谢你如何？"夫妻间这种小趣味，王凤姐也懂的，故意这么讲，我不管，我有什么好处啊？万一老太太知道，我这个脸还没处搁。你谢我要谢什么呢？贾琏笑道："你说要什么就给你什么。"平儿一旁笑道："奶奶倒不要谢的。这妻妾一体，凤姐跟平儿两个人一唱一搭最合适。昨儿正说，要作一件什么事，恰少一二百银子使，不如借了来，奶奶拿一二百银子，岂不两全其美。"趁机抽头，借了来抽一二百两银子用一用。凤姐笑道："幸亏提起我来，就是这样也罢。"贾琏笑道："你们太也狠了。你们这会子别说一千两的当头，就是现银子要三五千，只怕也难不倒。我不和你们借就罢了。这会子烦你说一句话，还要个利钱，真真了不得。"凤姐听了，翻身起来说："我有三千五万，不是赚的你的。如今里里外外上上下下背着我嚼说我的不少，就差你来说了，可知没家亲引不出外鬼来。凤姐有点心病，她到处去放高利贷很会搞钱的，贾琏这么说已经有点翻脸了。我们王家可那里来的钱，都是你们贾家赚的。别叫我恶心了。别忘了我们王家也是大家，有的是钱，难道是你们贾家的吗？你们看着你家什么石崇邓通，那是古代两个大商人有钱人。把我王家的地缝子扫一扫，就够你们过一辈子呢。说出来的话也不怕臊！现有对证：把太太和我的嫁妆细看看，比一比你们的，那一样是配不上你们的。"把娘家抬出来了。凤姐也是靠娘家啊！凤姐之所以那么威风，娘家腰杆子硬，王子腾、王夫人家里面也是大家，四大家族王家也是一份，所以她自己腰杆子硬，很敢讲硬话，贾琏怕她三分也是有道理的。被凤姐这么迎头一棍，贾琏就矮下去了，一两百银子算什么，你看那个凤姐也很矫情的，尤二姐给她整死了，外面的人都还抓不到她的痛脚，这个地方还讲一句："我因为我想着后日是尤二姐的周年，我们好了一场，虽不能别的，到底给他上个坟烧张纸，也是姐妹一场。他虽没留下个男女，也不要'前人撒土迷了后人的眼'才是。"一语倒把贾琏说没了话。你看看，会做人吧！把人家害死了还来居功。凤姐"机关算尽太聪明，反算了卿卿性命"，她的心机是太多了一点，后来她不得善终也是其来有自。

下面讲到"来旺妇倚势霸成亲"，庚辰本这里有一个地方错了。记得王夫人有个大丫头叫彩云对吗？彩云跟贾环好，这个地方把她写成彩霞，不光是庚辰本如此，程乙本也是，彩霞跟彩云不是两个人，可能是误抄了的。有好几个地方蹦出一个名字来，之前从来没有的，这里就是蹦出个彩霞来，我想其实就是彩云。贾府有一个制度，丫鬟大了到当嫁的年纪，要发放出去的，不能误人家一世。发放出去很多时候就配个年纪当娶的小厮，丫鬟配佣人，也是经常这样做的。现在又有一批该出去，算一算有的病了，有的又必须缓一缓，彩云是应该放出去的，可是彩云是对贾环忠心耿耿的，贾环虽然非常不可爱也有人爱了，赵姨娘当然舍不得放彩云走，就要贾环去跟贾政说，把她留下以后当他的妾。贾环一来不敢去，二来他无所谓，彩云对他那么好，这个人却是没心肝的。记得玫瑰露那个事情吗？彩云给他从王夫人房里弄了一些玫瑰露之类的东西来，引起追查风波，宝玉为了息事宁人就担下来了，没想到贾环竟怀疑是宝玉给的，说彩云跟宝玉有勾搭，把彩云给的所有东西甩了，他对宝玉是极端嫉妒，自卑得很，也无情。彩云要放出去，贾琏的一个佣人来旺就想让他儿子娶彩云，他儿子赌博、喝酒、不成材的一个人。那个来旺家的是凤姐的陪房，在凤姐跟前有一点得力，跟凤姐一讲就答应了，彩云嫁给这么一个不成材的人当然下场不好。她们这些丫鬟跟着小姐、太太的时候，吃的、穿的、用的都很讲究，在园子里面身份也很高，一旦出现转折，她们的命运非常不可靠，表面上贾府对佣人不错，但是在节骨眼上，像彩云这样，要你嫁谁就嫁谁，就草草嫁掉了。

来旺家选中了彩云，她的老子娘都不乐意，那赵姨娘素来跟彩云好，当然很想把她留下来多个臂膀，到了晚上，赵姨娘就跟贾政讲了。到底她是贾政的姨太太，有机会在枕边嘀嘀咕咕跟他讲话的，她求贾政让彩云给贾环当妾。贾政说不忙，他们要娶妾还早，我已经看中两个丫头了，一个给宝玉，一个给贾环，再等两年，不要误了他们念书。庚辰本这个地方，赵姨娘道："宝玉已有了二年了，老爷还不知道？"这是进谗言，宝玉已经娶了妾了，你还不晓得。当然指的是袭人啰！袭人是王夫人指定的，还没有明说。程乙本是没有这一段的。赵姨娘哪里敢在贾政面前讲王夫人的坏话，说王夫人瞒着贾政替宝玉娶妾，这还了得，这是天大的事情，赵姨娘绝对不敢。要是这个抖出来，贾母一下子就把她赶出去了。宝玉被打的时候贾母已经骂了：就是你们这些小妇，你们这些小老婆东讲西讲，宝玉被打了一顿。庚辰本里面常常有这些姨娘啊、下面的媳妇婆子讲一些不得体的话，不是她们身份能讲的话也抄进去，不管赵姨娘嘴巴怎么坏，这种地方她还应该知道分寸，不敢的，程乙本没有这一段。

　　前面讲贾府婚丧喜庆用的钱如同流水，弄得要借当，还有一个窟窿是无底洞，什么窟窿呢？太监。因为元妃的关系，贾家是皇亲，跟宫里联系要靠太监，太监很多是自己敛财的，又不能得罪。这个时候，外面来通报："夏太府打发了一个小内监来说话。"贾琏听了，忙皱眉道："又是什么话，一年他们也搬够了。"一听到太监就皱眉头，又来了。凤姐道："你藏起来，等我见他，若是小事罢了，若是大事，我自有话回他。"贾琏躲起来了。太监来没好事，进来以后就说："夏爷爷（指大太监）因今儿偶见一所房子，如今竟短二百两银子，打发我来问舅奶奶家里，有现成的银子暂借一二百，过一两日就送过来。"太监借银子有去无还，讲得好听呢！借，就是伸手来要。凤姐也识相，也答得蛮尖锐的："什么是送过来，有的是银子，只管先兑了去。改日等我们短了，再借去也是一样。"小太监道："夏爷爷还说了，上两回还有一千二百两银子没送来，等今年年底下，自然一齐都送过来。"还欠一千二百两，又来拿一二百两，这个窟窿填不完的。凤姐笑道："你夏爷爷好小气，这也值得提在心上。我说一句话，不怕他多心，若都这样记清了还我们，不知还了多少了。只怕没有；若有，只管拿去。"这个话也重了，你们拿了多少了！这个凤姐也会这样说话。说着叫平儿，"把我那两个金项圈拿出去，暂且押四百两银子。"给你看看，这是当出来的，拿我们的银子，也不是那么容易的。平儿答应了，去半日，果然拿了一个锦盒子来，里面两个锦袱包着。打开时，一个金累丝攒珠的，那珍珠都有莲子大小；一个点翠嵌宝石的。两个都与宫中之物不离上下。一时拿去，果然拿了四百两银子来。演这场戏给太监看的，你们来拿银子，都是我们当来的。其实哪里真的拿了去当。凤姐与小太监打叠起一半，那一半命人与了旺儿媳妇，命他拿去办八月中秋的节。那小太监便告辞了，凤姐命人替他拿着银子，送出大门去了。这里贾琏出来笑道："这一起外祟何日是了！"这一个外忧难搞的，你看他说："昨儿周太监来，张口一千两。我略应慢了些，他就不自在。将来得罪人之处不少。这会子再发个三二百万的财就好了。"这些太监不只一个，夏爷爷来了，周爷爷又来了，一开口一千两银子，贾府变成提款机了，想想要应付的有多少，贾府最后怎么不被拖垮？

曹雪芹前面写得那么风光，后面写得那么窘迫，这前后的对应，贾家慢慢地往衰亡的路走不是无因的，外忧内患交相逼迫，慢慢地逼到这条路上去。

第七十三回

痴丫头误拾绣春囊　懦小姐不问累金凤

　　从第七十三到第七十四回，慢慢到了贾府从盛入衰的关键时刻，高潮迭起。这一回很要紧，大观园发生了绣春囊事件，这件事发生以前，大观园听去都是一片笑声，从刘姥姥来的时候的满园笑声，到宝玉做生日时的满园子笑声，但从这一回开始，听到的声音慢慢变了，从笑声变成了哭声，很值得我们好好地琢磨。

　　这回一开始讲宝玉在园子里面晃荡，晃了这么久，是因为贾政没有去查他的功课。赵姨娘在贾政面前咕咕咕咕讲了一些话，有个小丫头就跑去告状，告诉宝玉说你要小心，赵姨娘又在老爷面前讲话了。宝玉一听这紧箍咒又箍起来了，他怕贾政考他，就临时抱佛脚，算了算肚子里面背诵了什么，只有《大学》《中庸》《论语》，《孟子》下半部还背不出来。宝玉对四书五经兴趣不大，他喜欢作诗作词，诗、词、赋作得不错，那些秾词艳句他也喜欢，贾政就讲宝玉像个温飞卿，专门作艳词。《孟子》上本他是夹生的，下本根本就忘掉了，《孟子》那套宝玉不喜欢，他吃不消，所以连背都不要背。我想以宝玉的聪明，真要背《孟子》，两下就背出来了，主要是治国平天下那套宝玉没有兴趣。那些古文什么的都生得很，那怎么办呢？半夜爬起来念书。这么一闹，整个怡红院大小丫头只好跟着他一起开夜车，宝玉在念《大学》《中庸》《孟子》的时候，她们就在旁边打瞌睡，被晴雯骂了一顿，说一晚都熬不住。正好外面"咕咚"响了一下，只听金星玻璃从后房门跑进来，口内喊说："不好了，一个人从墙上跳下来了！"怡红院里面怎么会跑出个"金星""玻璃"来，所以庚辰本有时候突然出现的名字是根本不认得的，宝玉并没有金星、玻璃这两个丫头，应该是春燕跟秋纹。程乙本写春燕跟秋纹就对了。外面有人跳下来？晴雯脑筋动得最快，就叫宝玉装病，装病就可以不用见老爷了。又去传上夜的人来，到处去搜寻，查夜的人说根本没有事啊，可是宝玉受了惊吓，全身发热，颜色也变了。又拿安神药什么的，吵了一顿，晴雯还骂那些查夜的人"别放诌屁"！我还没看过这么用的，我想是多了一个"诌"字。总之大张旗鼓这么一搞，宝玉装病了。

　　有外面的人跑进来，贾母说你们这些查夜的人太懈怠，要彻底查一查。贾府那么大的地方都有守夜的，二十四小时几班人轮流。守夜一晚上要干什么呢？悄悄地就赌起来了。中国人本来就爱赌，夜长了嘛，下面这些佣人一方面赌，一方面又设局抽头，已经有好几处这么搞了，上面的主子晃个眼，下面什么事情都做得出来。这一彻查果然查到了好几处聚赌，你看，大头家三人，小头家八人，聚赌者通共二十多人。头家就是抽头的，那三个大头家，有林之孝的两姨亲家；有迎春的奶妈，在贾府里头也比较仗势啰；还有一个是厨娘柳家的妹妹。这下子禁赌，把那些人打了板子赶出去。总之大观园很多乱象慢慢丛生，接着很重要的事情来了。

　　这天邢夫人因为迎春的奶妈出事情了，要到迎春那边去说说她。迎春是贾赦的女儿，虽不是她生的，也等于她的女儿，当然与她的颜面有关。到了园子门口遇见一个人，只见贾母房内的小丫头子名唤傻大姐的笑嘻嘻走来，手内拿着个花红柳绿的东西，低头一壁瞧着，一壁只管走，不防迎头撞见邢夫人，抬头看见，方才站住。邢夫人因说："这痴丫头，又得了个什么狗不识儿这么欢喜？拿来我瞧瞧。""狗不识儿"大概就是宝贝儿的意思，程乙本是"爱巴物儿"，"这傻丫头，又得个什么爱巴物儿，这样喜欢？拿来我瞧瞧。"原来这傻大姐年方十四五岁，是新挑上来的与贾母这边提水桶扫院子专作粗活的一个丫头。只因他生得体肥面阔，一个大脸的胖姑娘，两只大脚作粗活简捷爽利，且心性愚顽，一无知识，傻大姐什么都不懂得，行事出言，常在规矩之外。还不懂事，乱讲话，也不晓得什么叫规矩。贾母因喜欢他爽利便捷，又喜他出言可以发笑，便起名为"呆大姐"。不知为什么又跑出个"呆大姐"，傻大姐就傻大姐了，呆大姐就不好听。下面庚辰本有一句话：常冈来便引他取笑一回，毫无避忌，因此又叫他作"痴丫头"。这一段程乙本没有的，贾母不会拿傻丫头来作玩物，拿她来取笑，我想贾母这个人不是这样的，她对下人很怜惜。大家还记得吗？他们到道观里去做法事的时候，有个小道士在这些女眷进去时来不及跑，给王熙凤打了一个耳光，吓得到处躲藏。贾母看到马上制止说，穷人家的孩子哪里见过这种阵仗，不要为难他。贾母对穷人家孩子有一种怜悯之心。他（傻大姐）纵有失礼之处，见贾母喜欢他，众人也就不去苛责。这丫头也得了这个力，若贾母不唤他时，便入园内来顽耍。今日正在园内掏促织，她在找蛐蛐儿，忽在山石背后得了一个五彩绣香囊，其华丽精致，固是可爱，但上面绣的并非花鸟等物，一面却是两个人赤条条的盘踞相抱，一面是几个字。这痴丫头原不认得是春意，要加个"儿"字，"春意"就不对了。"春意儿"，是个绣的春宫画。便心下盘算："敢是两个妖精打架？不然必是两口子相打？"这个傻丫头连两口子是怎么回事还搞不清的，她没这个观念，程乙本是："敢是两个妖精打架？不就是两个人打架呢？"反正赤裸裸的两个东西，傻丫头也没看懂。左右猜解不来，正要拿去与贾母看，她要拿去给贾母看，好玩。是以笑嘻嘻的一壁看，一壁走，忽见了邢夫人如此说，便笑道："太太真个说的巧，真是狗不识呢。太太请瞧一瞧。"她还高兴得很，拿出来给邢夫人看。说着，便送过去。邢夫人接来一看，吓得连忙死紧攥住，忙问："你是那里得的？"傻大姐道："我掏促织儿在山石上捡的。"邢夫人道："快休告诉一人。这不是好东西，连你也要打死。皆因你素日是傻子，以后再别提起了。"这傻大姐听了，反吓的黄了脸，说："再不敢了。"磕了个头，呆呆而去。邢夫人回头看时，都是些女孩儿，不便递与，自己便塞在袖内，心内十分罕异，揣摩此物从何而至，且不形于声色，且来至迎春室中。这是很关键的一段，一个绣春囊，摇动了整个大观园的根基，我们好好地来看这件事情。因为傻大姐发现了绣春囊，这个绣春囊造成连锁反应，勾动了一大串的事情，下一回就搜查，贾府自己抄大观园，这一抄影响好几个人，晴雯第一个中箭，第二个是司棋，然后一连串宝玉怡红院里面的丫头，还有那些小伶人芳官等，通通一个个被点名，被赶出大观园。

　　因为一个绣春囊勾动这么多事情，当然曹雪芹写这个，一定赋予绣春囊很重的意义。绣春囊被傻大姐拾到，这个值得玩味，如果是被一个普通的丫头、一个懂事的丫头拿到，意义又完全不一样了。傻大姐天真无邪，根本不懂事的一个人，也不懂得男女之间一切的道德规矩，什么都不懂，是一个没有道德束缚的（amoral）、原始的原形人。所以我讲曹雪芹常常喜欢用"痴"啊"傻"啊这种字，这种字不是贬喔！宝玉常常是痴傻，这种痴傻不是不好，反而变成一种未凿的天真。我们每个人都是宝玉，本来就像一块石头，天真无邪的璞玉，掉到红尘里面，各种污染，各种规矩，各种道德灌输，各种东西把我们弄得失掉了原来的天真，天真反而被误认为是痴傻。

这绣春囊是谁的？当然我们已知道司棋跟她的姑表弟潘又安有一段私情，按理讲是非常正常的。男女在青春萌动的时候，肉体的交欢很自然，但是因为发生在贾府，贾府是中国宗法社会的一个缩影，是在儒家系统下面非常严谨的这么一个社会，秩序和伦理最要紧，不能乱的，至少表面不能乱。儒家要存天理、去人欲，最理想的是人没有欲，所以儒家对情欲防范甚严。基督教何尝不是如此，情欲要控制的，不可以逾越，越矩侵犯了上帝，一怒之下整个城会毁灭掉。佛家是更高一层的，情欲是一切生命的根本，也是痛苦和混乱的根本，通通要防范。对于人的原欲，弗洛伊德有一本很重要的著作《文明及其不满》，人类的文明压抑了人的原欲，压抑了以后升华才能够产生道德。所以我们对人为的文明都有一种内心压抑不住的不满，不管宗教多少束缚，道德重重捆绑，这个最原始的情跟欲很难阻止，也很难分开。你说潘又安跟司棋这两个人之间是情，他们后来殉情了，其实也是欲，两个小情侣忍不住了，在花园里幽会起来。当然这个东西一撞到贾府里面就不得了，这种所谓的社会秩序、道德秩序是要维持的，否则会摇动他们的根基。必须把不守规矩的除掉，要赶出去。我想曹雪芹写这些，他内心是很同情这些真情的，他对林黛玉和贾宝玉的爱情，对司棋跟潘又安的爱情，对尤三姐的爱情，甚至对龄官、藕官都有一种相当怜惜的悲悯，这是人生而俱来、无法除去的原始力量，冲撞这些立下来的束缚规矩。所以他让天真未凿、一块璞玉一样、没有道德观的这么一个傻大姐，拿了一个她认为是两个妖精打架好玩的东西，这在王夫人眼里不得了了，要清算这些犯规矩的人。理论上晴雯她并没有犯规，她并没有去勾引宝玉啊！就是因为她的色相也是一种威胁，会勾引到欲啊情啊这些东西，所以王夫人说像袭人、麝月两个笨笨的倒好，这个晴雯妖妖娆娆大不成体统，把她赶出去。一个绣春囊引起了大观园的抄查，这一回自己抄查自己，大观园基本上动摇了，过去那种伊甸园式的存在因此受到破坏，那种理想生活不可能再存在了。

《红楼梦》这几回非常关键，曹雪芹天才就是天才，他想到让个傻大姐出来，嘻嘻哈哈地来看待儒家的信仰者眼里那么严重的一件事情。道家来看，本来就是这样子的，本来就可以用嘻嘻哈哈的态度来看。曹雪芹用了一个喜剧人物傻大姐来传递这个消息，写得好！如果他选错了一个人，就完了，这一回就没有意义了。所以我讲小说里面用字很要紧的，两个妖精打架、两个人打架可以，两口子就不行了，它就有了人伦观念了，这就整个违反了曹雪芹的原意。所以有些地方我必须指出来，我觉得必须改动它。有些地方可以过去的，两个版本意义上不会有歧异的，就放着它。上次我也指出来，庚辰本有几句把尤三姐整个毁掉了，讲得好像她原本就跟贾珍有染，那所有的意义都不对了，这个也是。

邢夫人发现绣春囊后当然心中很不安，一连串的事件，佣人赌钱还是小事，该惩罚的惩罚，还可以容忍，可是这件事情，兹事体大，春宫图这种东西怎么会跑到大观园里来，园里都是些小姐姑娘，看到这种东西还了得。当时那种道德观，连看《西厢记》都不行的，因为西厢诲淫，一般对女性的教育都非常森严。邢夫人满腹心事到迎春那边去了。迎春的奶妈犯了罪啦，查出聚赌抽头，邢夫人觉得脸面上很过不去。迎春你们知道的，兴儿不是说迎春的外号叫"二木头"吗？形容排行老二的她是个老实、懦弱、木讷的女孩子。她也没有什么诗才，好不容易作了一句诗又错了韵。这么一个老实善良的姑娘，曹雪芹对她着墨不多，前面也就讲她一两次而已。这一回就讲这个懦小姐了，也给她一个焦点。要仔细看曹雪芹的人物刻画，他三笔两笔就把傻大姐写出来，塑造这个人物意义非凡。迎春在这几个"春"里头，可说是最不出色的一个，元春皇妃有她的派头，探春玫瑰多刺，惜春等下我们要看了，这个小尼姑有意思的，也有她很特殊的意义，现在也要给迎春这个懦小姐几笔。

邢夫人来了，这样说迎春："你这么大了，你那奶妈子行此事，你也不说说他。如今别人都好好的，偏咱们的人做出这事来，什么意思。"当然觉得很丢面子嘛！别人怎么没事呢？偏偏我们这一房抓出个赌头来。你看，迎春低着头弄衣带。这个小动作形容得好，低着头很受委屈地弄衣带，没话讲。半晌答道："我说他两次，他不听也无法。况且他是妈妈，只有他说我的，没有我说他的。"你看这个二姑娘，脾气软得可欺，比起探春那两下，完全不能比。太老实嘛！对她奶妈没法子。邢夫人道："胡说！你不好了他原该说，如今他犯了法，你就该拿出小姐的身分来。他敢不从，你就回我去才是。"她不从，你应该跟我讲啊！骂了迎春一顿。迎春不语，只低头弄衣带。没办法，只好一直弄衣带。邢夫人见他这般，因冷笑道："总是你那好哥哥好嫂子，一对儿赫赫扬扬，琏二爷凤奶奶，两口子遮天盖日，百事周到，竟通共这一个妹子，全不在意。"邢夫人很讨厌凤姐，时时会戳她两下。程乙本里面没这几句话，不过这里也还合理。凤姐呢，没怎么照顾迎春，因为迎春是贾赦的女儿，凤姐不太敢去碰的，就让邢夫人去操烦，因为她怎么做都不合适，邢夫人一定要借这机会挑她毛病的。邢夫人自己没有孩子，贾琏不是她生的，迎春也不是她生的，都是姨娘所出，但贾琏的妈妈是谁没有交代，好像也不是庶出，这邢夫人是贾赦后娶的。你看她说："但凡是我身上掉下来的，又有一话说，你要是我生的还有话讲嘛——只好凭他们罢了。况且你又不是我养的，你虽然不是同他一娘所生，到底是同出一父，也该彼此瞻顾些，也免别人笑话。都讲出这些来了。我想天下的事也难较定，你是大老爷跟前人养的，这里探丫头也是二老爷跟前人养的，出身一样。可见得迎春的妈妈也是个姨娘，没讲她的妈到哪去了，反正贾赦姨娘一大堆。如今你娘死了，从前看来，你两个的娘，只有你娘比如今赵姨娘强十倍的，你该比探丫头强才是。怎么反不及他一半！"

这个迎春的妈比赵姨娘强，大概是不错的。按理讲，你妈比赵姨娘强，你应该比探春强，怎么连她一半都不及。探春在贾母、王夫人面前这么得意，邢夫人心中也不舒服，她没有孩子，大概不懂得母爱，她对贾琏不怎么样，对迎春也不怎么样，她就是死捏住钱。她又说："谁知竟不然，这可不是异事。倒是我一生无儿无女的，一生干净，也不能惹人笑话。"

你看邢夫人的心性，很要面子，也蛮愚昧的，否则她也不会听贾赦的话跑去要鸳鸯做妾，挨了贾母一顿，她要是聪明的话，也该知道那个情形了。贾母说贾赦官也不好好做，整天想着讨小老婆。贾赦是荣国公，邢夫人是受封诰的夫人，讲起来地位蛮高的，但好像她的派头也不够。这里有几句大家注意，旁边伺候的媳妇们便趁机道："我们的姑娘老实仁德，那里像他们三姑娘伶牙俐齿，会要姐妹们的强。他们明知姐姐这样，他竟不顾恤一点儿。"程乙本没有这段，轮不到这些媳妇来讲探春，不敢的！贾府的规矩轮不到她们来讲，何况又是个没名没姓的媳妇，如果是陪房王善保家的，可能在邢夫人耳边叽叽咕咕，但当场在迎春面前这么诋毁探春，不敢的，迎春房里小丫头那么多，这话传到探春那边还得了，这媳妇吃不了兜着走。这种地方我们要注意，贾府有贾府的规矩，上上下下很严的，外面的媳妇不能随便进到里面讲话，只有大丫头才能进来，不可能讲这种话。下面的人通报琏二奶奶来了，因为邢夫人到这里嘛，凤姐一定要来跟婆婆请安的。邢夫人听了，冷笑两声，命人出去说："请他自去养病，我这里不用他伺候。"冷冰冰地回了一句，她真的讨厌凤姐。

迎春这里的娄子还不只一件。一方面奶妈聚赌抽头给查到了，另一方面奶妈的媳妇玉住儿也拿了迎春的累丝金凤去典当不还。庚辰本这里是"王住儿"，不对，程乙本是"玉住儿"。累丝金凤是金丝缠起来的首饰，大概蛮值钱的。她的奶妈赌钱赌输了，就叫媳妇玉住儿拿了那个累丝金凤去押，欺负迎春好讲话，押了还没有赎回来。眼看中秋节马上要到了，这个东西那天姑娘们都要戴的，丫鬟绣桔就紧张了，累丝金凤不晓得哪去了，给他们拿走了又不拿回来。迎春根本知道这回事的，她说："何用问，自然是他拿去暂时借一肩儿……谁知他就忘了。"绣桔道："何曾是忘记！他是试准了姑娘的性格，所以才这样。如今我有个主意：我竟走到二奶奶房里，将此事回了他，或他着人去要，或他省事拿几吊钱来替他赔补。如何？"绣桔要去告状。迎春忙道："罢，罢，罢，省些事罢。宁可没有了，又何必生事。"这个女孩子可怜，她怕事。邢夫人不疼她，她又是个庶出的女儿，贾赦那个人对儿女无所谓的。迎春因为老实，大概也不是很可爱，所以贾母对她也不怎么样，就是一个孙女儿嘛！她的个性软弱，缩在一边，因为她没地位。不像探春，探春之所以神气，是后面有王夫人和贾母撑她的腰，若贾母不撑她的腰，墙倒众人推，赵姨娘的女儿大家还不是照打一耙。迎春没有后盾，难怪养成怕事、懦弱、退缩的个性。这下子，绣桔就跟这个玉住儿媳妇吵起架来了，你一句我一句吵个不休，司棋就跑来劝她们。本来司棋有两下可以镇得住的，但这阵子泥菩萨过江，出了那个事情又病又吓，自己都快倒了，也就勉强过来，帮着绣桔诘问那个媳妇。迎春呢，她拿了一本《太上感应篇》来看，这是道家的书，在讲人间什么都是因果的书，她躲在旁边清净无为，烦的事情通通不管了。正好探春、黛玉、宝钗这几个人来了，一听吵架，问吵什么啊，她们就讲了这些事情。三姑娘怎么容得下这种事，她也很厉害，因为碍着邢夫人，她就调兵遣将暗暗把平儿请来。平儿就代表凤姐嘛，平儿一来这些人都怕了。

看看三姑娘的派头：探春见平儿来了，遂问："你奶奶可好些了？真是病糊涂了，事事都不在心上，叫我们受这样的委屈。"厉害了，先故意这么讲。平儿忙道："姑娘怎么委屈？谁敢给姑娘气受？姑娘快吩咐我。"当时住儿媳妇儿方慌了手脚，遂上来赶着平儿叫："姑娘坐下，让我说原故请听。"本来玉住儿媳妇也很刁的，她利用迎春懦弱就百般地刁难她，看到平儿来了，害怕了想上来解释。平儿正色道："姑娘这里说话，也有你我混插口的礼！你但凡知礼，只该在外头伺候。不叫你进不来的地方，几曾有外头的媳妇子们无故到姑娘们房里来的例。"看到没有，有规矩的，你们是外面媳妇怎么会跑进来？还要这么插嘴。规矩先按下来。迎春弄得下人没规矩了，探春一来，平儿一来，把这规矩使出来，当然玉住儿媳妇就怕了。探春就故意讲一番道理给平儿听，她说："如今那住儿媳妇和他婆婆仗着是妈妈，又瞅着二姐姐好性儿，如此这般私自拿了首饰去赌钱，而且还捏造假账折算，威逼着还要去讨情，和这两个丫头在卧房里大嚷大叫，二姐姐竟不能辖治，所以我看不过，才请你来问一声：还是他原是天外的人，不知道理？还是谁主使他如此，先把二姐姐制伏，然后就要治我和四姑娘了？"**这个话讲得重了，这就是探春。**平儿忙陪笑道："姑娘怎么今日说这话出来？我们奶奶如何当得起！"探春冷笑道："俗语说的'物伤其类'，'齿竭唇亡'，我自然有些惊心。"**这个好，探春这些话讲得出来去挤兑平儿，等于是逼得凤姐要去治这些人。有意思的是，这里闹成这个样子，你看看迎春怎么反应。**

　　当下迎春只和宝钗阅"感应篇"故事，究竟连探春之语亦不曾闻得。她们吵得要命，她也不晓得，懒得听。忽见平儿如此说，仍笑道："问我，我也没什么法子。他们的不是，自作自受，我也不能讨情，我也不去苛责就是了。至于私自拿去的东西，送来我收下，不送来我也不要了。"**她倒是把《太上感应篇》看通了，道家无为，她看通了。**又说："太太们要问，我可以隐瞒遮饰过去，是他的造化，若瞒不住，我也没法，没有个为他们反欺枉太太们的理，少不得直说。你们若说我好性儿，没个决断，竟有好主意可以八面周全，不使太太们生气，任凭你们处治，我总不知道。"众人听了，都好笑起来。黛玉笑道："真是'虎狼屯于阶陛尚谈因果'。老虎、狼都在阶陛之下了，你还在谈因果。若使二姐姐是个男人，这一家上下若许人，又如何裁治他们。"迎春笑道："正是。多少男人尚如此，何况我哉。"男人还搞不定，还要我来搞？一页篇幅就把迎春这个懦小姐通通写出来了。这个懦小姐反正人间是非她都懒得管，她看《太上感应篇》也看进去了，人生那么多是是非非，那么烦，我何必呢？也不是我能弄得定，算了，你们爱说什么说什么。

元春、迎春、探春、惜春，"四个春"个性鲜明，怎么写她们呢？记得吗？元春皇妃的架式，后来到了省亲与家人团聚时，满眼垂泪，说不出话，只管呜咽对泣。许久才忍悲强笑，安慰贾母、王夫人，当初把我送到那不得见人的地方，现在大家好不容易见一面，不说说笑笑，反倒这么伤心，等一下子我又走了，不知等哪年哪月才能再见。自己讲得痛切，作为皇妃大不容易，侯门一入深似海啊，一句话就赋予她人性，一句话就把这个皇妃，变成贾府的大女儿。一个女儿回来省亲，亲情触发她的感伤，一句话就够了。写迎春怎么傻怎么懦弱，用不着写那么多，只说她在旁看《太上感应篇》。你们吵了这半天，讲什么我没听见，够了。懦小姐，二木头，可怜最后嫁得不好，遇人不淑给人家整死。也难怪，懦弱嘛！这边通通写出来了。这就是曹雪芹的人物刻画最成功的地方，如果写得不好的人，可能"四个春"一片糊涂搅成一团。现在，我们看这四个姑娘，清清楚楚，历历分明。这就是小说头一个要素：人物。人物写得通通活出来，写得你不能忘记就成功了。

　　下面一回"惑奸谗抄检大观园，矢孤介杜绝宁国府"很重要，是《红楼梦》由盛入衰的转折点，贾府兴衰的这一条线，转折点在这个地方。第七十四回以后，"忽喇喇似大厦倾，昏惨惨似灯将尽"，那么灿烂的灯一盏一盏熄了。贾府等于是一个很大的建筑，等于一个社会秩序架构的缩影，就在这个地方，这栋高楼大厦开始垮掉。

第七十四回

惑奸谗抄检大观园　矢孤介杜绝宁国府

　　贾府表面上仍是豪门贵族，私底下的经济却捉襟见肘，一一显露出来了。上一回平儿逼着玉住儿媳妇把迎春的累丝金凤赎回来，贾琏去向鸳鸯借当，把贾母的东西当了一千两银子，邢夫人又知道了，叫贾琏拿二百两来用用，所以贾琏、凤姐也难为，里里外外都要应付，要应付太监，还要应付婆婆、妈妈，这二百两还一下子拿不出来，凤姐只好叫平儿把金项圈拿来，去押个二百两银子敷衍敷衍她吧。贾琏就说："那干脆押四百两好了。"凤姐说："不必，就二百两吧，还不知拿什么钱去赎呢！"贾琏也想趁机抓一把，把凤姐那个项圈多押一点，真是窘态毕露。他们想，借当这事情闹出来了，让鸳鸯受累，凤姐这当家的人也没什么脸。

　　正讲的时候，外头通报王夫人来了，凤姐很诧异，一向要有什么事情召她过去就是了，怎么亲自过来？这非比寻常，凤姐马上迎了出来。只见王夫人气色更变，只带一个贴己的小丫头走来。别的大丫头她不带，怕她们讲出去，带个小丫头来。这个小的细节大家要注意，写得王夫人很有心思。一语不发，走至里间坐下。凤姐忙奉茶，因陪笑问道："太太今日高兴，到这里逛逛。"王夫人喝命："平儿出去！"这事情很严重了，命平儿出去。平儿见了这般，着慌不知怎么样了，忙应了一声，带着众小丫头一齐出去。平儿一退下，其他丫头通通退下，重要事情发生了，一个人都不许进去。凤姐慌了，怎么回事呀？只见王夫人含着泪。对王夫人来说这是多么严重的一件事情，跑出个绣春囊这种东西，竟然出现在大观园里。从袖内掷出一个香袋子来，说："你瞧。"凤姐忙拾起一看，见是十锦春意香袋，就是绣着春宫图的这个东西，也吓了一跳，忙问哪里来的。

　　王夫人见问，越发泪如雨下，颤声说道："我从那里得来！我天天坐在井里，拿你当个细心人，所以我才偷个空儿。谁知你也和我一样。这样的东西大天白日明摆在园里山石上，被老太太的丫头拾着，不亏你婆婆遇见，早已送到老太太跟前去了。我且问你，这个东西如何遗在那里来？"这对她们是多么大的一个撞击，贾府是什么身份，是怎么样的一种世家，居然会跑出这种淫邪的东西来。王夫人就故意讲了，一定是你的东西啰！意思是贾琏那个好色不长进的从哪里弄来的。这也非错怪，贾琏确实有可能啊，这么多的相好，又是多姑娘，又是鲍二家的，还有外面什么的，难免王夫人会怀疑他。"你还和我赖！幸而园内上下人还不解事，尚未捡得。倘或丫头们捡着，你姐妹看见，这还了得。这是第一个不得了。不然有那小丫头们捡着，出去说是园内捡着的，外人知道，这性命脸面要也不要？"如果说这件事情传出去，外面知道皇妃的家里跑出这种东西，贾府的脸面还得了。凤姐听说，又急又愧，登时紫涨了面皮，便依炕沿双膝跪下。什么时候看见过凤姐这个样子，凤姐第一次知道兹事体大，严重了。她就赶快地辩解，她说，我再怎么不知礼，也不会要这个，而且你看这是坊间绣工绣着的，很粗糙的，我怎么会要外面绣的东西。而且说是我的，也很有可能是别人的，贾珍两夫妇年纪也不大嘛！贾赦那边那么多姨娘，也可能是她们的啊！还有那些丫头慢慢大了，也未必不是她们的。凤姐倒想得对了，就是司棋的嘛！凤姐说，我绝对不会有这东西，平儿我也保证不可能有。王夫人其实也是故意讲的，激她一下，让她着急。王夫人说，我也知道你是大家小姐，我们王家怎么会做这种事情，刚才我气极了，但现在怎么办呢？你婆婆刚刚拿了这个给我看，说是那个傻大姐拿着的，气得我半死。凤姐讲，这件事情要把它压下来，第一不能让老太太知道。什么事情先瞒着贾母，当然更不能让贾政知道。就趁这个时候，叫我下面的几个媳妇，周瑞家的，来旺家的，到园里面去查一查，有些在赌的，有些难缠的，干脆趁这个时候把他们赶走。有些丫头们大了，也懂男女之事了，要不就发配出去。凤姐说，本来也老早想要裁人的，以她的管家立场来看，人太多，食指浩繁，早该减一减。王夫人说，你讲的我也知道，这几个姑娘还在闺中，怕人说就几个丫头也不给她们用，实在是讲不过去，贾家的面子要撑住，至少几个姑娘们、宝玉啊、老太太啊是动不得的。

这个时候要查，凤姐本来只推荐她身边几个信得过的老管事家里的，人还太少，刚好邢夫人的陪房王善保家的，过来王夫人这边关心绣春囊后续处理的事。陪房很有脸面的，就是当初小姐嫁过来时跟着一起过来的，因为是邢夫人的陪房，当然也是邢夫人的心腹了。这种陪房老嬷嬷，很喜欢东插西插地管事，她在邢夫人这边，跑到大观园去，宝玉那些丫头不会买她账的。王善保家的既然送绣春囊来，知道内情了，王夫人就说你去回了太太，你也来一起调查吧，总比别人强些。王善保家的平常东讲西讲要显自己的权威，那些丫鬟不理她、不奉承她，她早就积怨在心，这个事情得了委托正好，报仇的机会来了，马上进谗言，她说："这个容易。不是奴才多话，论理这事该早严紧。太太也不大往园里去，这些女孩子们一个个倒像受了封诰似的，他们就成了千金小姐了。闹下天来，谁敢哼一声儿。不然，就调唆姑娘的丫头们，说欺负了姑娘们了，谁还耽得起。"讲丫鬟们的坏话了。王夫人道："这也有的常情，跟姑娘的丫头原比别的娇贵些。你们该劝他们。连主子们的姑娘不教导尚且不堪，何况他们。"先讲这些姑娘们的丫头，王夫人挡了一下，说她们当然娇贵一些。

上面这是庚辰本的，下面这一段庚辰本和程乙本大家仔细比一比，这段要紧的，关系着晴雯的命运。王善保家的道："别的都还罢了，太太不知道，一个宝玉屋里的晴雯，那丫头仗着他生的模样儿比别人标致些，又生了一张巧嘴，天天打扮的像个西施的样子，在人跟前能说惯道，掐尖要强。程乙本没有"掐尖"这两个字的，有"抓尖要强"这么一个词。一句话不投机，他就立起两个骚眼睛来骂人。程乙本是"立起两只眼睛"，就够了，骚眼睛反而削弱了。妖妖趫趫，大不成个体统。"程乙本用"妖妖调调"，比较普遍。下面要紧的，你看看：王夫人听了这话，猛然触动往事，便问凤姐道："上次我们跟了老太太进园逛去，有一个水蛇腰、削肩膀、眉眼又有些像你林妹妹的。"眉眼又像林妹妹这句话要紧的，我说了，晴雯是黛玉的影子，是她的镜像，王夫人无意间讲出这句话来，其实就是曹雪芹暗示晴雯是黛玉的影子。"正在那里骂小丫头。我的心里很看不上那个轻狂样子，因同老太太走，我不曾说得。后来要问是谁，又偏忘了。今日对了坎儿，这丫头想必就是他了。"一个水蛇腰女孩子！蛇腰已经不得了，还水蛇腰，灵动得像蛇在水上面滑行。削肩膀、水蛇腰，两句就把晴雯的体态形容透了，眉眼像林黛玉，又美，又很有个性。凤姐替晴雯讲话，其实她蛮欣赏晴雯的，因为她自己也有晴雯个性的味道，凤姐很复杂的，她有好几面。凤姐道："若论这些丫头们，共总比起来，都没晴雯生得好。这是凤姐讲的，晴雯最漂亮。论举止言语，他原有些轻薄。方才太太说的倒很像他，我也忘了那日的事，不敢乱说。"王善保家的便道："不用这样，此刻不难叫了他来太太瞧瞧。"马上要把晴雯叫来。王夫人道："宝玉房里常见我的只有袭人麝月，这两个笨笨的倒好。不知道是哪里笨，看起来笨笨的，装笨的，应该是这两个乖乖的倒好。若有这个，他自不敢来见我的。我一生最嫌这样的人，况且又出来这个事。好好的宝玉，倘或叫这蹄子勾引坏了，那还了得。"王夫人是在儒家文化下培养出来的，她心目中女孩子应该守着规矩，像晴雯这样的她最讨厌，因叫自己的丫头来，吩咐他到园里去，"只说我说有话问他们，留下袭人麝月服侍宝玉不必来，有一个晴雯最伶俐，叫他即刻快来。你不许和他说什么。"这个小丫头就去了。

　　下面庚辰本有个地方，也有蛮严重的错误，大家要仔细地对照。正值晴雯身上不自在，睡中觉才起来，正发闷，听如此说，只得随了他来。晴雯刚刚起来，身体不太舒服，忽然间听说叫她，只好就去了。素日这些丫鬟皆知王夫人最嫌趫妆艳饰语薄言轻者，故晴雯不敢出头。这一句话程乙本没有，只说"素日晴雯不敢出头"，就够了。晴雯不是因为知道王夫人这样而不敢出头，她平常都是让袭人去，袭人也不会让她出头，什么事情要跟王夫人直接讲的，袭人会抢在前面。记得吗？宝玉被打的时候，袭人还去告了一状，说宝玉现在渐渐大了，应该把他隔离一下，不要跟那些表姐妹混得太近，有我在旁边照顾他就好了，别的女孩子远一点，免得他被带坏了。所以平常都是袭人掌控，晴雯不出头的。今因连日不自在，并没十分妆饰，自为无碍。及到了凤姐房中，王夫人一见他钗鬏鬓松，头上没有好好梳理，有点蓬松的样子。衫垂带褪，有春睡捧心之遗风。"春睡捧心"，大家都知道西施捧心的样子，春睡嘛，杨贵妃春睡起来的样子，有点慵懒的。程乙本没有"遗风"两个字，我觉得这两个字不妥，程乙本是说：大有春睡捧心之态。够了！而且形容面貌恰是上月的那人，不觉勾起方才的火来。庚辰本这里说：王夫人原是天真烂漫之人，喜怒出于心臆，不比那些饰词掩意之人，今既真怒攻心，又勾起往事。无论怎么形容王夫人，不可能"天真烂漫"。天真烂漫形容小姑娘，王夫人经过那么多事情，说她迂腐可以，她这个人真正是守儒家那套规矩的，又常常做错事，好好的把金钏儿打一个耳光，明明是自己的儿子要不得，还挑金钏儿的错，无意间害人家自杀了。说她心地慈厚，比那个邢夫人好一点，可是这么一个表面看起来不错、守礼法、在家中有地位的女人，无意间却害死好多人。有时候看起来是好人，无意间做出一些残忍的事情更可怕。像凤姐她就是摆明了尤二姐侵犯了她的主权，害死她绝不手软。王夫人不是的，王夫人讲起来是为了守家法，为了家族的利益，但在她手上，金钏儿死掉，晴雯死掉，那些小戏子们被流放，下场都很惨。王夫人是这整个宗法社会制度的一部分，她也不过是按了那个制度去行她的法，至于这个制度的残忍，她考虑不到，她就是按她所能理解的家规去行事。从她的立场，出了绣春囊的事情你说她不要清查吗？这一清查，伤害了多少人？我们常讲制度杀人，这制度立意是好的，要大家守规矩，要维持社会秩序，维持人伦秩序。王夫人也是，她心地不坏的，她没有故意怎么样，但按那个制度下去就伤了人了，第一个伤的就是晴雯。当然她的耳朵也软，听听谗言就信了。你看她勾起往事，便冷笑道："好个美人！真像个病西施了。"好个美人"跟"好个美人儿"有差别，你若讲"好个美人"，口气就没有"好个美人儿"（程乙本）来得亲切，有点讽刺性在里面。你天天作这轻狂样儿给谁看？你干的事，打量我不知道呢！我且放着你，自然明儿揭你的皮！宝玉今日可好些？"

　　她等于在讲，一定是这狐狸精勾坏宝玉。其实这也是一个谜，有这么一说，晴雯的遭遇是袭人告的状，后来有一幕是宝玉有点起疑心了，提起来的时候袭人心中一动，没有明讲是她告的状，很可能袭人常常到王夫人面前，说是为了宝玉好，怕宝玉被勾坏，要不然王夫人怎么会这么肯定地说"你干的好事"，直指去勾引宝玉这种事情。晴雯一听如此说，心内大异，便知有人暗算了他。虽然着恼，只不敢作声。一听就知道怎么回事了，晓得中了暗箭。他本是个聪敏过顶的人，见问宝玉可好些，他便不肯以实话对，只说："我不大到宝玉房里去，又不常和宝玉在一处，好歹我不能知道，只问袭人麝月两个。"庚辰本用了"聪敏"，程乙本用"聪明"，我想聪明比聪敏更高一层。晴雯一听不妙，王夫人还故意问：宝玉今日可好些？万一她答一句：宝玉很好！那完蛋了，她也故意说我不知道，不关我的事。王夫人道："这就该打嘴！你难道是死人，要你们作什么！"晴雯道："我原是跟老太太的人。把老太太搬出来，她是贾母的人。因老太太说园里空大人少，宝玉害怕，所以拨了我去外间屋里上夜，不过看屋子。我原回过我笨，不能服侍。老太太骂了我，说：'又不叫你管他的事，要伶俐的作什么！'我听了这话才去的。"讲了半天，反正这些不关我的事，有袭人、麝月、秋纹她们管着，她想拿这话来蒙住王夫人。王夫人听了她没接近宝玉，念了一声阿弥陀佛："你不近宝玉是我的造化，竟不劳你费心。既是老太太给宝玉的，我明儿回了老太太，再撵你。"要赶她走了。因向王善保家的道："你们进去，好生防他几日，不许他在宝玉房里睡觉。等我回过老太太，再处治他。"喝声："去！站在这里，我看不上这浪样儿！谁许你这样花红柳绿的妆扮！"想想看晴雯这么高傲的一个人，"心比天高，身为下贱，风流灵巧招人怨"，一向又得宝玉宠，挨了王夫人这么一下子，打击不小。晴雯只得出来，这气非同小可，一出门便拿手帕子捂着脸，一头走，一头哭，直哭到园门内去。

王善保家的回过邢夫人，开始抄检了，要查哪里来的绣春囊，头一个就到怡红院。这个王善保家的当然很得意啰，尚方宝剑在手，要好好地砍杀几个。当下宝玉正因晴雯不自在，忽见这一干人来，不知为何直扑了丫头们的房门去，"扑"，用这个"扑"字，这群媳妇们、老婆子们，平常受了这些丫鬟的气，这下子报复了。凤姐道："丢了一件要紧的东西，因大家混赖，恐怕有丫头们偷了，所以大家都查一查去疑。"一面说，一面坐下吃茶。其实凤姐并不想去查的，是因为在王夫人面前被王善保家的拱着，所以也不很主动，她晓得这一来得罪人了。王善保家的等搜了一回，又细问这几个箱子是谁的，都叫本人来亲自打开。袭人因见晴雯这样，知道必有异事，又见这番抄检，只得自己先出来打开了箱子并匣子，任其搜检一番，不过是平常动用之物。随放下又搜别人的，挨次都一一搜过。下面这一段精彩，庚辰本是这样的：到了晴雯的箱子，因问："是谁的，怎不开了让搜？"袭人等方欲代晴雯开时，只见晴雯挽着头发闯进来，头发一挽，你们看京戏里要杀人的时候，头发就是这么一挽，冲进来，豁啷一声将箱子掀开，两手捉着底子，朝天往地下尽情一倒，将所有之物尽都倒出。这里写得真好！冲进来砰地一下把箱子打开，然后往下豁啷一声把东西通通倒出来给你看，一句话不讲。庚辰本下面这一段，完全削弱了这个力量：王善保家的也觉没趣，看了一看，也无甚私弊之物。回了凤姐，要往别处去。看看程乙本：王善保家的也觉没趣儿，便紫胀了脸，很难看啊！给她砰的这么一下。说道："姑娘，你别生气。我们并非私自就来的，原是奉太太的命来搜察；你们叫翻呢，我们就翻一翻，不叫翻，我们还许回太太去呢。那用急的这个样子！"太太，指邢夫人，叫我来的，你们让我翻呢我就翻，不给我翻，我就回去上告，告你去。看看晴雯怎么说。晴雯听了这话，越发火上浇油，便指着他的脸说道:"你说你是太太打发来的,我还是老太太打发来的呢!你是太太的人,我是老太太打发来的,比你还要高一层。太太那边的人我也都见过,就只没看见你这么个有头有脸大管事的奶奶!"哇,非常尖利的话!这个话把晴雯的个性写得活灵活现,没有这个对话,削弱了。王善保家的看看就跑了,不可能,晴雯也不会放她这样,有几句话给她的,所以程乙本这一段非常要紧。

下面还有一段:凤姐见晴雯说话锋利尖酸,心中甚喜。她高兴,为什么?她平常吃邢夫人的闷亏,因为是婆婆,凤姐不好讲什么,王善保家的是代表邢夫人,挨了这么一枪,她心中暗爽。而且王善保家的代表贾府里面一种进谗言的恶势力,借别人修理修理王善保家的,她高兴。却碍着邢夫人的脸,忙喝住晴雯。那王善保家的又羞又气,刚要还言,凤姐道:"妈妈,你也不必和他们一般见识,你且细细搜你的;咱们还到各处走走呢。再迟了,走了风,我可担不起。"王善保家的只得咬咬牙,且忍了这口气,细细的看了一看,也无甚私弊之物。这下子王善保家的挨了一记闷棍,凤姐呢,其实是押了她快快乐乐走了,这一长串写得非常活。下面更精彩了,探春一个耳光子,整个大观园都打响了。而后,查到探春那边去了。本来到了黛玉那里,看了一看没查什么,老早有人去通报探春了。探春也就猜着必有原故,所以引出这等丑态来。探春非常恼怒抄家,遂命众丫鬟秉烛开门而待。一时众人来了。探春故问何事。探春对凤姐本来就不买账的。探春是蛮有正义感、明辨是非的女孩子，也很有胆识，非常顾家，对家里的前途一直忧心忡忡，对凤姐的一些作为很看不惯。看着凤姐领头而来，探春故意问什么事。凤姐笑道："因丢了一件东西，连日访察不出人来，恐怕旁人赖这些女孩子们，所以越性大家搜一搜，使人去疑，倒是洗净他们的好法子。"凤姐对别人凶得很，对探春要解释一下，口气还有讨好的味道。探春冷笑道："我们的丫头自然都是些贼，我就是头一个窝主。既如此，先来搜我的箱柜，他们所有偷了来的都交给我藏着呢。"说着便命丫头们把箱柜一齐打开，将镜奁、妆盒、衾袱、衣包若大若小之物一齐打开，请凤姐去抄阅。她要给凤姐难堪，说我的丫头当然都是贼了，我就是个贼头，你们要搜搜我的，自己先把东西都打开来给凤姐看。

凤姐陪笑道："我不过是奉太太的命来，妹妹别错怪我。何必生气。"因命丫鬟们快快关上。凤姐当然要陪笑，"陪笑"两个字用得好。而且叫丫头们快点替三姑娘把东西收起来。下面这一段话要注意，探春讲得很痛切的。探春道："我的东西倒许你们搜阅；要想搜我的丫头，这却不能。我原比众人歹毒，凡丫头所有的东西我都知道，都在我这里间收着，一针一线他们也没的收藏，要搜所以只来搜我。你们不依，只管去回太太，只说我违背了太太，该怎么处治，我去自领。下面讲了：你们别忙，自然连你们抄的日子有呢！你们今日早起不曾议论甄家，自己家里好好的抄家，果然今日真抄了。"甄家，这很有意思的，甄与贾，真与假，甄家是贾家的影子，一个镜子。实际上曹雪芹家是南京江宁织造府，曹雪芹也有几个大亲戚，舅舅李煦是苏州织造，他们有好几家亲戚也被抄了家，写甄家也不是随便写的。那时候七亲八戚，互相牵连很容易的，尤其是雍正年间，对那些大官动辄抄家，曹家在最高层的皇储政治斗争中一下子押错宝了，就被抄家，小说讲甄家，其实也就是暗示曹家。探春讲："咱们也渐渐的来了。可知这样大族人家，若从外头杀来，一时是杀不死的，这是古人曾说的'百足之虫，死而不僵'，必须先从家里自杀自灭起来，才能一败涂地！"说着，不觉流下泪来。

这一段话遥指着后来贾家被抄，这不是好兆头，好好的家里自己先抄起来了。探春这个女孩子对家族的命运非常关切，她叹息自己不是个男儿，若是个男人的话，她老早撑起这个家。的确，在下一辈里面，宝玉是没用的，根本撑不起来，要靠贾珍、贾琏他们都不行的，贾政就是太迂腐了，贾家倒是三姑娘有治理之才，可惜她是个女孩子，而且要远嫁的，有心也没法拯救家族颓圮的命运。但是她知道的，所以这一番话讲得很痛切。凤姐只看着众媳妇们。这时候这句也写得好，凤姐没话讲了，探春这一番话她当然懂，所以没话讲了。周瑞家的便道："既是女孩子的东西全在这里，奶奶且请到别处去罢，也让姑娘好安寝。"周瑞家的，凤姐下面陪房的，蛮乖滑的一个人，想快点下台阶，二奶奶走吧！已经查完了。探春道："可细细的搜明白了？若明日再来，我就不依了。"看好了，明天你们再来搞可就不行了。凤姐笑道："既然丫头们的东西都在这里，就不必搜了。"凤姐都乖滑起来，讲丫头们东西在这了不必搜了。探春冷笑道："你果然倒乖。连我的包袱都打开了，还说没翻。明日敢说我护着丫头们，不许你们翻了。你趁早说明，若还要翻，不妨再翻一遍。"探春是咄咄逼人，凤姐再怎么厉害，是外面嫁进来的媳妇，媳妇再怎么受宠，她这个嫂子都得让小姑子。

　　探春怒了，三姑娘发脾气了，所以凤姐就说好了，都搜明白了，周瑞家的也都得陪笑。那王善保家的本是个心内没成算的人，素日虽闻探春的名，他自为众人没眼力没胆量罢了，那里一个姑娘家就这样起来，况且又是庶出，他敢怎么。王善保家的这个傻婆子不明就里，是个没有心机的人，她想探春是个没出嫁的小姐，厉害到哪去？而且是个庶出的、姨娘养的，敢怎么样呢？自己是大太太邢夫人的陪房，连王夫人都另眼相看，她不怕，要显摆一下给众人看看，你们都不敢，让我来做一番秀给你们看。她就跑到前面去，因越众向前拉起探春的衣襟，故意一掀，嘻嘻笑道："连姑娘身上我都翻了，果然没有什么。"这一下子凤姐大吃一惊，忙说："妈妈走罢，别疯疯癫癫的。"一语未了，只听"拍"的一声，王家的脸上早着了探春一掌。这个巴掌打下去，整个大观园都响了，这一掌打得好。探春登时大怒，指着王家的问道："你是什么东西，敢来拉扯我的衣裳！我不过看着太太的面上，你又有年纪，叫你一声妈妈，你就狗仗人势，天天作耗，专管生事。如今越性了不得了。庚辰本用"越性"，奇怪的一个词，应该是"越发"。你打谅我是同你们姑娘那样好性儿，由着你们欺负他，就错了主意！你搜检东西我不恼，你不该拿我取笑。"说着，便亲自解衣卸裙，拉着凤姐儿细细的翻。又说："省得叫奴才来翻我身上。"这下子触怒了探春，凤姐也晓得王善保家的这些人，平常整天进谗言，仗着邢夫人的势力欺负人，居然欺到探春身上来，探春哪里吃这套，比起"二木头"迎春，探春的个性刚强，而且讲是非讲公正，所以她一巴掌打过去，还激着凤姐说省得叫你奴才来搜我。凤姐跟平儿马上替探春整衣裳，向她赔罪，也讲王善保家的："妈妈吃两口酒就疯疯癫癫起来。前儿把太太也冲撞了。快出去，不要提起了。"借个故把老太婆赶出去，一方面安抚探春劝她不要生气了。探春冷笑道："我但凡有气性，早一头碰死了！不然岂许奴才来我身上翻贼赃了。明儿一早，我先回过老太太、太太，然后过去给大娘陪礼，该怎么，我就领。"敢作敢当。看看那王善保家的挺有意思，狗仗人势、作恶多端，从来没挨过打，在外面就讲了："罢了，罢了，这也是头一遭挨打。我明儿回了太太，仍回老娘家去罢。这个老命还要他做什么！"探春喝命丫鬟道："你们没听他说的这话，还等我和他对嘴去不成。"探春有一个丫头，庚辰本上写"待书"不对，程乙本是"侍书"，庚辰本就这么两句话就没有了，你看：待书等听说，便出去说道："你果然回老娘家去，倒是我们的造化了。只怕舍不得去。"程乙本侍书这一段讲得好：

侍书听说，便出去说道："妈妈，你知点道理儿，省一句儿罢。你果然回老娘家去，倒是我们的造化了；只怕你舍不得去！你去了，叫谁讨主子的好儿，调唆着察考姑娘、折磨我们呢？"丫鬟侍书这两句话也厉害的。凤姐笑道："好丫头，真是有其主必有其仆。"探春冷笑道："我们作贼的人，嘴里都有三言两语的；就只不会背地里调唆主子！"一语双关，棒打凤姐一下。探春这个女孩子厉害的。曹雪芹写小说，好像手上有个摄像机拍电影一样，聚焦到这里，这个人就上场，上回聚焦在迎春，现在写探春，探春的戏在前面已经有几次了，这一场戏也写得极好，把探春这个人刻画出来。

完了以后又到惜春那里去了，也有非常精彩的一场戏，这里先铺陈了一下。惜春有一个丫鬟叫入画，也算是她的大丫头了。这几个春的大丫鬟，迎春的叫司棋，探春的叫侍书，琴棋书画。她们从入画这丫鬟的箱子里搜出了一些金银锞子，那种成锭金元宝的东西，又搜出男人的靴袜、玉带。庚辰本这里显然是个错误：入画也黄了脸。不对！看到怎么还有男人的东西，程乙本是：凤姐也黄了脸，因问是那里的。入画讲这是珍大爷赏给她哥哥的，带进来叫她收着。这些东西是贾珍赏的，惜春是贾珍的亲妹妹，问一下很容易就可以弄清楚，其实入画是完全清白的。可是你看看惜春的反应："我竟不知道。这还了得！二嫂子，你要打他，好歹带他出去打罢，我听不惯的。"我不要听这些。凤姐笑道："这话若果真呢，贾珍赏给你哥哥，也倒可恕，还可以原谅你，只是不该私自传送进来。……倘是偷来的，你可就别想活了。"入画讲，我绝对不是偷来的，可以问奶奶（尤氏），问大爷（贾珍）去，如果不是赏的，我死得无怨。凤姐说，当然我要问。惜春说："嫂子别饶他这次方可。这里人多，若不拿一个人作法，那些大的听见了，又不知怎样呢。嫂子若饶他，我也不依。"惜春，四姑娘，冷心冷面的一个人。后来她说，我为什么不冷？我清清白白的给你们污染了，我为什么不冷？惜春后来出家了，她对人生的看法，对人际之间的看法，最后她也有得一套。

　　一个一个搜查，下面又有另外一场戏上演了，把整个大观园弄得天翻地覆。从前的大观园里多么快乐，请客、饮酒、赋诗，无忧的伊甸园，现在完全颠覆了。查到迎春这里，迎春的大丫头是司棋，她是王善保的外孙女儿。凤姐先冷眼看看，王家的可藏私不藏，遂留神看他搜检。他们从别人的搜起，没有问题，到了司棋的箱子了，王善保家的说："也没有什么东西。"想敷衍一下。周瑞家的是凤姐的心腹，也是陪房，学到几招，你看她怎么说。庚辰本是："且住，这是什么？"我觉得这个味道不够。程乙本是：周瑞家的道："这是什么话？有没有，总要一样看看，才公道。"然后往里面一抓，说着，便伸手掣出一双男子的绵袜并一双缎鞋，又有一个小包袱。打开看时，里面是一个同心如意，并一个字帖儿。这下子搜出来了，祸源搜到了，一总递与凤姐。凤姐本来不识字的，后来看看账，也认得几个字了，那帖是大红双喜笺，谁写的帖？潘又安，司棋的姑表弟，两个人在园子里幽会，互相赠送信物，他们两小无猜，早就谈恋爱了的，这时候就写在帖子里头。庚辰本这里出了离谱的错，先看看程乙本写什么："上月你来家后，父母已觉察了。但姑娘未出阁，尚不能完你我心愿。若园内可以相见，你可托张妈给一信。若得在园内一见，倒比来家好说话。"这是程乙本。庚辰本有点别扭：倒比来家得说话。他意思是说，家里面的家长已经知道两个人有意，因为没有出阁还不能公开，园子里若可以幽会就托人给个信，千万，千万！下面是重要的，庚辰本是：再所赐香袋二个，今已查收外，特寄香珠一串，略表我心。庚辰本讲，你给我两个香袋，说绣春囊是司棋给他的，而且是两个，我回赠给你一串香珠请收下。这错得离谱，完全倒过来了。程乙本是：再所赐香珠二串，今已查收。外特寄香袋一个，略表我心。你给我两串香珠我收到了，我给你一个香袋，算是我一番心意。看起来潘又安很诚心的，给司棋一个香袋做纪念。他俩一个小佣人，一个小丫头，也没有什么知识的，大概绣春囊在他们心中，也不是个淫画什么的，他觉得这是他表示情意的，没想到闯大祸了。

　　凤姐一看这封信后，不由的笑将起来。凤姐开心了，这下子逮到了，王善保家的搬了石头砸到脚，凤姐幸灾乐祸。但是你看，那王善保家的素日并不知道他姑表姐弟有这一节风流故事，怎么知道潘又安跟她的外孙女儿，她当然不晓得，一看那个红帖子，心里有点毛病，怎么回事啊？他便说道："必是他们胡写的账目，不成个字，所以奶奶见笑。"王善保家的看有点不妥了，推说是他们写的账。凤姐有意思，说："正是这个账竟算不过来。你是司棋的老娘，他的表弟也该姓王，怎么又姓潘呢？"姨表的姓王，姑表当然是另外一姓，她就说了："上次逃走的潘又安，就是他。"凤姐笑道："这就是了。"说着从头念了一遍。念给她听听。下面庚辰本写：周瑞家的四人又都问着他："你老可听见了？……该怎么样？"程乙本是：周瑞家的四人听见凤姐儿念了，都吐舌头，摇头儿。这几个婆婆妈妈摇头吐舌，一起幸灾乐祸，这个场面就写活了。小说就该这样。如果把这段弄掉，又摇头又吐舌的这四个人就不见了，整个场景就变成王善保家的听见了没话讲。这王家的只恨没地缝儿钻进去。凤姐的反应好玩，庚辰本写的是：只瞅着他嘻嘻的笑。程乙本是：抿着嘴儿嘻嘻的笑。似笑非笑的促狭。多了一个"抿着嘴儿"，那个神情又不同了，弄得王善保家的简直尴尬得不得了。自己骂道："老不死的娼妇，怎么造下孽了！说嘴打嘴，现世现报在人眼里。"骂自己也很绝，老不死的娼妇都骂出来了。众人见这般，俱笑个不住，又半劝半讽的。像王善保家的这种恶毒的老太婆，曹雪芹是要给她难堪一下，他不会拿出来讲，就细细地制造这些场景，让她非常下不了台。

庚辰本：凤姐见司棋低头不语，也并无畏惧惭愧之意，倒觉可异。司棋被当场逮住，也不怕，也没有羞愧，她爱一个男人，后来为他死。曹雪芹写这种人物，给她们蛮大的同情，尤三姐、司棋、晴雯，最后是黛玉，为情而死，为情牺牲，为情不怕一切。这种人物在曹雪芹笔下，即使人格有所欠缺，可是追求的情是真的。像司棋这个女孩子，为了一碗蛋把人家整个厨房打翻，那么任性，跟晴雯一样都有个性上的瑕疵，可是在这里，曹雪芹对她还是有一种暗暗的怜惜和尊敬，一笔就够了。如果这个地方没有这一笔，司棋这整个人就差了很多。如果写司棋脸上红一阵白一阵，那就把这个人写俗掉了。轻轻一笔，低头不语，你们搞你们的，已经抓到了，就认了，没有什么好怕的，也不觉得羞耻，这就是后来殉情的伏笔。如果不先有这么一个伏笔，后来为情而死就差了一截。在这个节骨眼上下这么一笔，司棋这个人物得到了定位。

讲到这个绣春囊在贾府中引起震撼，主要是因为中国从前的社会礼教森严，男女在未婚之前绝不可以有性这种事情的，尤其女孩子必须要保持处女（virgin）。其实不只儒家宗法社会，西方基督教也重视处女，性的道德很严格的，贾府怎么能容许女孩子懂得性事？所以从这个角度来看，有些文学作品很大胆，从《西厢记》《牡丹亭》这么一直下来，《牡丹亭》里太守千金杜丽娘十六岁做了一个春梦，以从前的道德来说很不可思议，女孩子怎么懂这一套，想男人想得做梦，而且根本不可能发生，不准发生。女孩子在未嫁之前，应该对性事通通不懂。所以王夫人说，女孩子看了这种东西还了得！什么都不懂出嫁怎么办呢？大概出嫁之前妈妈就要跟女孩子讲讲性知识了，就要这种像绣春囊的东西，给她们看看两个男女在做什么。可能有些女孩子从来没想到男女之间可以赤裸裸地抱在一起，这是不能想象的事情。在婚嫁时，绣春囊这种东西等于一个凭据，所以潘又安给了司棋，就是说我们将来要成为夫妇了，给她一种相互誓言的表记。可是在王夫人、邢夫人看来，这是败坏礼教、万万不可的事情。

这边搜完了，惜春最后这一段收尾很要紧。这天尤氏来看凤姐，又到李纨那儿，惜春来请她。尤氏是贾珍的太太，惜春是贾珍的妹妹，姑嫂的关系，这姑嫂俩一向都不亲的。惜春是有点怪脾气，不那么好相处的。她们"三春"，迎春、探春、惜春，个性大不同，惜春有惜春的一套。记得吗？她第一次在书里出现的时候跟几个小尼姑在玩，那个周瑞家的拿宫花分给几个姑娘，到惜春的时候，她说："我这里正和智能儿说，我明儿也剃了头同他作姑子去呢，可巧又送了花儿来；若剃了头，可把这花儿戴在那里呢？"随便那么一句，后来果然出家的是她。惜春年纪虽小，却老早就对人生看得透透的，她擅于画，他们要她画大观园，她画尽众人百相，自己却在外面，她才真正是那个槛外的。惜春的这一段，我用程乙本，因为庚辰本有好多地方不太对。惜春请尤氏来了，便将昨夜之事细细告诉了，又命人将入画的东西一概要来与尤氏过目。尤氏道："实是你哥哥赏他哥哥的，只不该私自传送，如今官盐反成了私盐了。"她唯一的过错就是不应该私下递来，该讲一声，因骂入画："糊涂东西！"庚辰本用的是"糊涂脂油蒙了心的。"用不着，"糊涂东西"简单些。看惜春怎么说："你们管教不严，反骂丫头。这些姐妹，独我的丫头没脸，我如何去见人！昨儿叫凤姐姐带了他去，又不肯；今日嫂子来的恰好，快带了他去。或打，或杀，或卖，我一概不管。"通通不管，只管自己，这个小乘佛法，自己的修炼要紧，先要斩断这一切，斩断人生的烦恼、人与人的关系、人与人的情。入画按理讲是她的丫头，那么久了也有情啊！入画听说，跪地哀求，百般苦告。尤氏跟她奶妈也这么讲："他不过一时糊涂，下次再不敢的。看他从小儿服侍一场。"

　　你看，书里面讲的惜春：谁知惜春年幼，天性孤僻，任人怎说，只是咬定牙，断乎不肯留着。铁了心不要她。又说："不但不要入画，如今我也大了，连我也不便往你们那边去了。少来缠我，连你们那里我也不要去了。况且近日闻得多少议论，我若再去，连我也编派。"尤氏一听不舒服了，她说："谁敢议论什么？又有什么可议论的？姑娘是谁？我们是谁？姑娘既听见人议论我们，就该问着他才是。"尤氏心里有鬼，东府里闹出多少事情来了，听了惜春讲人家议论，很不舒服。惜春冷笑道："你这话问着我倒好！我一个姑娘家，只好躲是非的，我反寻是非，成个什么人了！况且古人说的，'善恶生死，父子不能有所勖助'，父子也不管用，亲情通通要斩掉，惹来这么多麻烦。何况你我二人之间。我只能保住自己就够了。以后你们有事，好歹别累我。"你们这么多事情，别来牵扯我。

尤氏听了，又气又好笑，因向地下众人道："怪道人人都说四姑娘年轻糊涂，我只不信。你们听这些话，无原无故，又没轻重，真真的叫人寒心。"众人都劝说道："姑娘年轻，奶奶自然该吃些亏的。"惜春冷笑道："我虽年轻，这话却不年轻。你们不要乱讲，她说。你们不看书，不识字，所以都是呆子；倒说我糊涂。"你们这些无知无识的人，你们才呆呢，我才不糊涂。的确，不糊涂最清醒的是她。最后黛玉气病了吐血的时候，他们都去探望黛玉，惜春在旁边冷冷地讲："林姐姐那样一个聪明人，我看他总有些瞧不破，一点半点儿都要认起真来。天下事那里有多少真的呢。"

尤氏吵不过她，说："你是状元，第一个才子！我们糊涂人，不如你明白！"惜春不放过她："据你这话就不明白。状元难道没有糊涂的！可知你们这些人都是世俗之见，那里眼里识的出真假、心里分的出好歹来？你们要看真人，总在最初一步的心上看起，才能明白呢！"她说不是因为我书念得比你们多，念书的还不是傻子一大堆，状元不也有呆的，就属心是第一步要明白清楚的。这个尤氏给她搞得哭笑不得，笑道："好，好！才是才子，这会子又作大和尚，讲起参悟来了。"惜春道："我也不是什么参悟。我看如今人一概也都是入画一般，没有什么大说头儿！"我看人都跟入画一样，只会惹麻烦，没什么讲的。尤氏道："可知你真是个心冷嘴冷的人。"讲冷心冷面，还有另外一个人柳湘莲也是冷郎君。冷，因为人生的烦恼太多，烦恼的根源都是个情字，各种情，亲情、爱情、人情有这么多牵扯，如何解脱？惜春最后出家了，"西方有树唤婆娑，上结着长生果"，就是她最后要去悟道的那个东西。惜春道："怎么我不冷！我清清白白的一个人，为什么叫你们带累坏了？"我生来干干净净清清白白的一个人，你们这些尘世中的人把我污染了。尤氏心内原有病，怕说这些话；本来就给人家叽叽咕咕讲了很多，听说有人议论，已是心中羞恼，只是今日惜春分中，不好发作，忍耐了大半天。怎么办呢？小姑子一针一针戳了她没话讲，拿小姑没办法，她是嫂子要让。今日惜春又说这话，因按捺不住，吃不消了，便问道："怎么就带累了你？你的丫头不是，无故说我；我倒忍了这半日，你倒越发得了意，只管说这些话。你是千金小姐，我们以后就不亲近你，仔细带累了小姐的美名儿！即刻就叫人将入画带了过去。"说着，便赌气起身去了。惜春最后再补她一句："你这一去了，若果然不来，倒也省了口舌是非，大家倒还干净。"你走吧，别来惹我，你这一去了不来最好。尤氏听了气得要命，拿这个小姑子一点办法也没有，终究是姑娘家，也不好跟她拌嘴，也不说话了，叫人带了入画走。

这一场点出回目"矢孤介杜绝宁国府"，把惜春这个人活脱脱地写出来了。跟宝玉比起来，宝玉恨不得把所有人的感情都去揽，揽得他烦恼不知有多少，最后才慢慢了悟，这些都是烦恼的根，苦的根源。惜春早就看到了。这一回惜春弄得尤氏落荒而逃，在某方面来说也是一种知性话语（intellectual discourse）与俗世的争论，尤氏讲的是最世俗的东西，惜春讲的是超脱红尘，两个人根本不在一个平面对话，让旁观的人自己去想、去判断。

第七十五回

开夜宴异兆发悲音　赏中秋新词得佳谶

中秋来了，还记得前一个秋天吗？大家在大观园里吃螃蟹、喝酒、赏菊，写了好多咏菊的诗，林黛玉还夺得诗的魁首。贾母兴高采烈吃螃蟹，鸳鸯和凤姐把蟹脚剔开，剥了一盒给老太太享用，多么热闹开心。这个中秋不同了，《红楼梦》的秋声赋来了。大观园本来花花草草，最盛的时候，连同那几个像邢岫烟、薛宝琴等都迁进来做客，满园百花齐放，即使是秋天冬天，大观园里面都是温暖的。那时候我讲了，连下雪也觉得是温暖的。那么多花草凋零得很快，导火线当然是查抄之后发生的一连串事情：晴雯第一个被赶走了，接着司棋被赶走，入画被赶走，那些小伶人们都被赶走，然后四儿被赶走，薛宝钗怕惹了是非，借个故也迁出大观园了。这一回感受到秋天的肃杀之气，悲凉的秋声来了。

尤氏挨了惜春这一棒，人都傻掉了，她到李纨那边去看看。李纨正生病，不晓得发生什么事，查抄到她那里的时候，她已睡觉了，李纨就问尤氏怎么了。庚辰本这个地方我觉得不妥。尤氏道："你倒问我！你敢是病着死过去了！"我想中国人忌讳用"死"字，怎么可能说你病着死过去了？程乙本是："你敢是病着过阴去了？""过阴"就是说到阴间去了，也是死的意思，但语气上我觉得是程乙本比较合适。正说着，探春来了，宝钗也来了，借故说是薛姨妈生病，表示要搬出去了。探春讲："很好。不但姨妈好了还来的，就便好了不来也使得。"尤氏笑道："这话奇怪，怎么撵起亲戚来了？"探春冷笑道："正是呢，有叫人撵的，不如我先撵。亲戚们好，也不在必要死住着才好。咱们倒是一家子亲骨肉呢，一个个不像乌眼鸡似的，恨不得你吃了我，我吃了你！"探春很痛心，自己人搞成这个样子，亲戚走了，散了吧！尤氏说我真晦气，刚刚挨了一下，来这里又挨你一下。探春问，谁给你气受？尤氏比较懦弱，她不敢讲。这个地方庚辰本又有问题，写的是："四丫头不犯罗唣你，却是谁呢？"探春不会说四丫头，四丫头就是惜春，如果讲了语境就不对了。所以，程乙本是"凤丫头也不犯合你怄气"，意思是凤姐不会跟你吵架，惜春倒可能。探春知道惜春怪脾气，她说："这是他的僻性，孤介太过，我们再傲不过他的。"庚辰本"傲"字不太对，程乙本用"扭"，"我们再扭不过他的"。

这时候要过中秋节了，今年荣宁二府中秋节分开来过，因为宁国府这边贾珍还在居丧。那时候要居丧很久的，他们的父亲贾敬死了，表面上不能这样、不能那样，居丧期间也不能够过节，中秋团圆，因为父亲不在不团圆了，不好在中秋夜那天晚上过节的，要提前一天。这里曹雪芹伏了一笔蛮重要的，写贾珍家里过中秋发生的事情。你看贾珍、贾蓉这两父子，在守丧期间本该要念经做法事好长时间，但他们对贾敬没有什么真的感情，只是表面上守丧一下子，完了以后再也耐不住了。贾珍近因居丧，每不得游顽旷荡，又不得观优闻乐作遣。无聊之极，便生了个破闷之法。日间以习射为由，请了各世家弟兄及诸富贵亲友来较射。本来他居丧习射，借着射箭招了一些纨绔子弟在一起玩。这些来的皆系世袭公子，人人家道丰富，且都在少年，正是斗鸡走狗、问柳评花的一干游侠纨裤。纨绔子弟每天来，在府里就轮流摆起酒来，还要夸自己的厨子，显摆自己家里的阔绰，搞这套东西去了。贾珍之志不在此，再过一二日便渐次以歇臂养力为由，晚间或抹抹骨牌，赌个酒东而已，至后渐次至钱。赌起钱来了，大赌了。如今三四月的光景，竟一日一日赌胜于射了，公然斗叶掷骰，放头开局，夜赌起来。家下人借此各有些进益，巴不得的如此，所以竟成了势了。下面的人刚好了，一赌就有赏钱，更高兴了。都是些什么人呢？第一，喜欢凑热闹，当然薛蟠这个呆霸王在里面，反正斗鸡走狗都有他的份，他又很喜欢输钱给人家，耍大爷。还有一个新进来的、好玩的人叫作邢德全，是邢夫人的弟弟，邢大舅。呆霸王、傻大舅，这一对宝贝在里头不光是赌了。邢德全跟邢夫人完全不同，邢夫人小气得要死，什么钱都抠起来，他呢，可不管，只知吃酒赌钱、眠花宿柳为乐，手中滥漫使钱，待人无二心。这一对宝贝掷骰子、赌牌九，赌得一塌糊涂不说，他还召妓，召男妓。乾隆时代公开的妓女反而不准的，那时候陪酒的其实是男妓，有些是唱戏的，所以像贾府这么一个皇亲国戚的地方，居丧期间公然把所谓的娈童、小子、相公召到府里去。曹雪芹写这个的时候，完全不自觉就写下去了，一定是当时的习俗如此，没有任何道德上的顾忌，他写得非常自然。庚辰本这一段不够好，程乙本写得好，写得非常活。

　　这天，尤氏从贾母那边回来，想来看看这群家伙在搞什么东西。尤氏作为一个太太，对他的丈夫一点拘束力都没有，由得贾珍这么胡搞，吃喝嫖赌，带头作乱，而且是居丧期间，尤氏也不敢劝他。且说尤氏潜至窗外偷看。其中有两个陪酒的小么儿，都打扮的粉妆锦饰。程乙本写的是"小么儿"，小么儿指的就是那些小娈童。庚辰本写"娈童"，不是很妥，不会这么讲的。今日薛蟠又掷输了，正没好气，幸而后手里渐渐翻过来了，除了冲账的，反赢了好些，心中自是兴头起来。贾珍道："且打住，吃了东西再来。"因问："那两处怎么样？"此时打天九赶老羊的未清，先摆下一桌，贾珍陪着吃。薛蟠兴头了，便搂着一个小么儿喝酒，又命将酒去敬傻大舅。看看这个写得好玩的地方：傻大舅输家，输了钱，没心肠，没心思了，喝了两碗，便有些醉意，嗔着陪酒的小么儿只赶赢家不理输家了，赢了钱你就跑过去了。因骂道："你们这起兔子，这是骂男妓的话，真是些没良心的忘八羔子！天天在一处，谁的恩你们不沾？只不过这会子输了几两银子，你们就这么三六九等儿的了！难道从此以后再没有求着我的事了？"众人见他带酒，那些输家不便言语，只抿着嘴儿笑。输了的人不讲话，看了他很好笑，这个傻大舅。那些赢家忙说："大舅骂的很是，这小狗攮的们都是这个风俗儿。"因笑道："还不给舅太爷斟酒呢！"两个小孩子都是演就的圈套，忙都跪下奉酒，扶着傻大舅的腿，一面撒娇儿说道："你老人家别生气，看着我们两个小孩子罢。我们师父教的：不论远近厚薄，只看一时有钱的就亲近。讲得很直白。你老人家不信，回来大大的下一注，赢了，白瞧瞧我们两个是什么光景儿！"说的众人都笑了。这傻大舅掌不住也笑了，一面伸手接过酒来，一面说道："我要不看着你们两个素日怪可怜见儿的，我这一脚，把你们的小蛋黄子踢出来。"说着，把腿一抬。两个孩子趁势儿爬起来，越发撒娇撒痴，拿着洒花绢子，托了傻大舅的手，把那钟酒灌在傻大舅嘴里。傻大舅哈哈的笑着，一扬脖儿，把一钟酒都干了，因拧了那孩子的脸一下儿，笑说道："我这会子看着又怪心疼的了！"这一场，把这两个傻大爷写得丑态毕露，写得很活，庚辰本就没有这一场戏。当时那些所谓的贵族阶级，他们饮酒作乐的风俗，曹雪芹一定看过或者是听过，很自然地写出来了。

　　傻大舅在这一场还当着人埋怨邢夫人小气，不给他钱用，骂他姐姐骂得很难听。贾珍看他口无遮拦，快快安抚他。尤氏在外头听见就说，你听连她的弟弟都抱怨她刻薄。前面有些场景，都写了邢夫人的为人，这里又点一下。接着，很要紧的一段来了。因为居丧期间不能在八月十五当天庆祝中秋，所以在十四号这天，贾珍跟尤氏带领几个姜和贾蓉提前赏月。果然贾珍煮了一口猪，烧了一腔羊，烹猪宰羊来过中秋，馀者桌菜及果品之类，不可胜记，就在会芳园丛绿堂中，屏开孔雀，褥设芙蓉，摆设很隆重。带领妻子姬妾，先饭后酒，开怀赏月作乐。将一更时分，一更是晚上七点到九点，真是风清月朗，上下如银。贾珍因要行令，尤氏便叫佩凤等四个人也都入席，他的几个姜也参加，下面一溜坐下，猜枚划拳，饮了一回。划拳喝酒，贾珍有了几分酒，益发高兴，便命取了一竿紫竹箫来，命佩凤吹箫，文花唱曲，两个姜，一个吹箫，一个唱曲。喉清嗓嫩，真令人魄醉魂飞。唱罢复又行令。那天将有三更时分，到了三更时候了，贾珍酒已八分。大家正添衣饮茶，换盏更酌之际，忽听那边墙下有人长叹之声。大家明明听见，都悚然疑畏起来。贾珍忙厉声叱咤，问："谁在那里？"连问几声，没有人答应。尤氏道："必是墙外边家里人也未可知。"贾珍道："胡说。这墙四面皆无下人的房子，况且那边又紧靠着祠堂，焉得有人。"一语未了，只听得一阵风声，竟过墙去了。恍惚闻得祠堂内槅扇开阖之声。只觉得风气森森，比先更觉凉飒起来；月色惨淡，也不似先明朗。众人都觉毛发倒竖。贾珍酒已醒了一半，只比别人撑持得住些，心下也十分疑畏，便大没兴头起来。勉强又坐了一会子，就归房安歇去了。次日一早起来，乃是十五日，带领众子侄开祠堂行朔望之礼，细察祠内，都仍是照旧好好的，并无怪异之迹。贾珍自为醉后自怪，也不提此事。礼毕，仍闭上门，看着锁禁起来。三更的时候，突然在那边听到一声叹息，难怪毛发悚然。谁在叹息？是鬼魂吗？你们想想，秦可卿的，秦氏在那里叹息。记得吗？秦氏死的时候跟凤姐说，我们贾家已经繁盛百年了，有盛必有衰，最后不要应了那句"树倒猢狲散"。婶娘你掌家，为了以后家业，希望在乡下祠堂土地划些出来当作私塾，以后抄家，家里的私塾是不抄的。秦氏已经在警告贾府可能会被抄家，最后说了一句话："三春去后诸芳尽，各自须寻各自门。""三春去后"在某种意义上也就是贾府的"三春"走了，百花都凋零了，一个个通通散掉，各走各的。一声叹息，意味深长。在贾家最盛的时候，突然间秦氏死了，《红楼梦》好几个地方，她都给了警告。

前面这些人还在荒淫无度，还不知道自己的大厄运将要来，秦氏在那边长长叹息一声，一听，祠堂里面窗户嗡嗡响，这个地方真的会觉得毛骨悚然。曹雪芹真会想，怎么来写贾府衰，你能想出更好的办法吗？我想不出来。在中秋的这个时候，一声鬼叹息，这个力量要比你啰哩吧嗦地讲半天强得多。这种超自然的力量（super nature），与命运有关。曹雪芹一直有这个想法，个人的命运、家族的命运、国族的命运都是一种超自然的力量在推动、在控制。

这个时候贾家要衰亡了，来这么一声叹息，等于发出第一枪。写得好！这个时候如果秦氏的鬼魂跑出来讲一段话，那就糟了。后来王熙凤将要生病死亡的时候，秦氏鬼魂真跑出来了，那时候就出现得很适当。现在，一声长叹，够了！这是曹雪芹的笔厉害的地方，什么时候该出现，什么时候不该出现，多讲了也不行，少讲了也不行，刚好要恰得其分。所以"开夜宴异兆发悲音"，那声叹息是悲音。

十五号当天荣国府这边过中秋，贾母要赏月。老太太兴致很高，她爬到个小山上面，凸碧山庄的凸碧堂。他们要过去了，当下园之正门俱已大开，吊着羊角大灯。嘉荫堂前月台上焚着斗香，秉着风烛，陈献着瓜饼及各色果品。邢夫人等一干女客皆在里面久候。真是月明灯彩，人气香烟，晶艳氤氲，不可形状。贾府表面的盛状还维持着，鸳鸯、琥珀扶着贾母一步一步走到上面去，中秋团圆，所有贾家的近亲通通到了，左边贾赦、贾珍、贾琏、贾蓉，右边贾政、宝玉、贾环、贾兰，团团围坐。贾母一看还围不成圆，突然间伤感起来，说："常日倒还不觉人少，今日看来，还是咱们的人也甚少，算不得甚么。想当年过的日子，到今夜男女三四十个，何等热闹。今日就这样，太少了。待要再叫几个来，他们都是有父母的，家里去应景，不好来的。如今叫女孩们来坐那边罢。"看看还是嫌人少，贾母希望大家永远团圆。因为是中秋，像薛宝钗家里薛姨妈、薛蟠、宝钗、宝琴，还有薛蝌、邢岫烟，他们自己中秋也要团圆，不好叫他们来，说：这样吧！把坐在后面的女客请来吧。迎春、探春、惜春三位姑娘，其实史湘云、黛玉也来了，这里没讲，下面就知道了，湘云跟黛玉两个人在凹晶馆联诗联句，应该补起来的。

　　他们就拿一枝桂花敲鼓，花传来传去，传到哪个手里，就得讲些东西。第一个传到贾政手里。政老爷平常都是很严肃的，没想到他还有点幽默感。其实大家对贾政是低估了他，他是没办法，不得不摆出那一副样子来，其实他也有感情的。记得吗？有一回元宵猜灯谜的时候，他看到那些女孩子怎么一个两个都是讲不吉祥的灯谜，怎么都是非福寿之辈，突然间心里感到一阵悲伤。所以贾政虽然很守儒家道统，但不见得是一个完全古板可厌的人。击鼓传花传到他，他就说：我讲一个怕老婆的笑话，讲得好，老太太要喝一杯。大家一听他要讲怕老婆的笑话就笑起来了，因为他从来不讲笑话的嘛！他讲，有一个怕老婆的人，中秋的时候给几个朋友拉了去喝酒，喝得大醉在朋友家睡着了，第二天跑回来只好跟他老婆赔罪。老婆正在洗脚，说你舔一舔我的脚就饶了你。没办法，只得舔了一下，恶心要吐了。他老婆就要打，他说，不是奶奶的脚脏，是昨天晚上喝多了黄酒，又吃了几块月饼馅儿，今日胃里头作酸。这个贾政居然也凑出这么一个怕老婆的故事来，大家都笑起来。贾母也高兴，赏他一杯酒。又传，轮到宝玉了，其实他很会讲笑话，可是不敢讲，怕贾政在又要吃排头，干脆就说作首诗吧！下面轮到贾赦了，我们想贾赦极无聊的一个人，只喜欢娶小老婆、贪人家的扇子什么的，这么一个人，他也讲了一个笑话。他讲某一家有个儿子最孝顺，他妈妈生病，他各处求医，找了一个针灸的老太婆来，老太婆其实根本不懂，就说这是心火，拿针治一治就好了。儿子说心见了铁就死怎么能用针？老婆子就讲刺下去不是刺到心，在肋骨上面刺两下就行了。儿子说肋骨离心那么远怎么会好？老婆子说你不知道啊，天下父母偏心的多得是！这故事无意中讲出他的心事来了。原来他心里面也暗含怨愤的，讲这个妈妈偏心，偏爱贾政。大家听了笑起来。下面一句写得好：贾母也只得吃半杯酒。"只得"，意思是勉强了，老太太不高兴了，讲中她了。半天才笑道："我也得这个婆子针一针就好了。"贾赦晓得自己失言，赶快敬酒。这两个儿子原来跟妈妈也有暗潮。这里表面写他们讲笑话、讲故事，其实也讲出母子、兄弟之间的关系。

第七十六回

凸碧堂品笛感凄清　凹晶馆联诗悲寂寞

　　这一回，凄清、寂寞这种词都来了。本来中秋团圆应该是很欢乐的时候，好不容易贾政、贾赦都在家，贾母一看少了几个人，她就叹气了。贾母看时，宝钗姐妹二人不在坐内，知他们家去圆月去了，且李纨凤姐二人又病着，少了四个人，便觉冷清了好些。冷清了。贾母因笑道："往年你老爷们不在家，咱们越性请过姨太太来，大家赏月，却十分热闹。忽一时想起你老爷来，又不免想到母子夫妻儿女不能一处，也都没兴。及至今年你老爷来了，正该大家团圆取乐，又不便请他们娘儿们来说说笑笑。况且他们今年又添了两口人，也难丢了他们跑到这里来。因为宝琴也来了，薛蝌也来了，所以薛家自己要过中秋。偏又把凤丫头病了，"偏"这个字要紧，这人世悲欢离合，此事古难全，好不容易团圆，凤姐病了。有他一人来说说笑笑，还抵得十个人的空儿。可见天下事总难十全。"

贾母是很想做个十全老人的，她也真的儿孙满堂、富贵荣华享尽，可是在这个时候，她感到人生十全难啊！说毕，不觉长叹一声。贾母从前跟儿孙们赏菊花的时候，那样欢乐；刘姥姥进来的时候，史太君两宴大观园，那种欢笑，整个大观园都被笑声溢满了。到了这个时候，贾母也有所感触。贾母是整个贾家的头，贾家如果是金字塔的话，她是顶尖的人物，顶尖的这个人物感到了人世很难全，也暗暗地讲到可能家族要常聚不散也难。遂命拿大杯来斟热酒。王夫人笑道："今日得母子团圆，自比往年有趣。往年娘儿们虽多，终不似今年自己骨肉齐全的好。"你看看。贾母笑道："正是为此，所以才高兴拿大杯来吃酒。你们也换大杯才是。"下面再看：邢夫人等只得换上大杯来。"只得"，是很勉强的了。因夜深体乏，且不能胜酒，未免都有些倦意，无奈贾母兴犹未阑，只得陪饮。整个的氛围，很勉强地凑在一起，很勉强地要把这个家族箍在一起团圆，很勉强地换大杯喝酒，至少表面要摆出那个架式来，贾母还在撑着这个家。

有人来报，刚刚贾赦走回去的时候，脚拐了一下。贾母就跟邢夫人讲，你快回去看你的老爷吧！又走了一个，剩下尤氏，贾母说今天晚上是十五团圆，你跟贾珍两夫妻也应该团圆一下，当然尤氏不好意思，怎么样也要陪老太太，都是勉强陪在一起。这时候贾母就说了，月到中天分外明，这么好的时候不可不闻笛，叫人来吹个笛子吧！下面是写得非常好的一段：这里贾母仍带众人赏了一回桂花，又入席换暖酒来。正说着闲话，猛不防只听那壁厢桂花树下，"猛不防"用得好！突然间，呜呜咽咽，悠悠扬扬，吹出笛声来。趁着这明月清风，天空地静，真令人烦心顿解，万虑齐除，突然间一声笛子飙上来，中国音乐的笛子、箫、二胡这些乐器，奏出来的音乐，总有一股幽怨、幽情在里头，好像一种远古而来的怨，可是美得不得了。大家都肃然危坐，默默相赏。听约两盏茶时，方才止住，大家称赞不已。于是遂又斟上暖酒来。贾母笑道："果然可听么？"可听么？好不好听。众人笑道："实在可听。我们也想不到这样，须得老太太带领着，我们也得开些心胸。"贾母道："这还不大好，须得拣那曲谱越慢的吹来越好。"说着，便将自己吃的一个内造瓜仁油松穰月饼，非常讲究的月饼，又命斟一大杯热酒，送给谱笛之人，慢慢的吃了再细细的吹一套来。媳妇们答应了。方送去，只见方才瞧贾赦的两个婆子回来了，说："右脚面上白肿了些，如今调服了药，疼的好些了，也不甚大关系。"贾母点头叹道："我也太操心。打紧说我偏心，我反这样。"这个老太太对偏心还是耿耿于怀。因就将方才贾赦的笑话说与王夫人尤氏等听。王夫人等因笑劝道："这原是酒后大家说笑，不留心也是有的，岂有敢说老太太之理。老太太自当解释才是。"

　　下面你看：只见鸳鸯拿了软巾兜与大斗篷来，说："夜深了，恐露水下来，风吹了头，须要添了这个。坐坐也该歇了。"夜渐渐深了，有风露了，贾母是八十岁的老人，坐在这个风露里面，鸳鸯当然很关心，拿个兜风给她兜起来，提醒她坐坐也要睡觉了。贾母道："偏今儿高兴，你又来催。难道我醉了不成，偏到天亮！"老太太拗起来了，不去睡觉，为什么？希望天下有不散的筵席，希望这个筵席永远下去，希望这次团圆能永远维持下去。你看，因命再斟酒来。一面戴上兜巾，披了斗篷，大家陪着又饮，说些笑话。只听桂花阴里，呜呜咽咽，袅袅悠悠，又发出一缕笛音来，果真比先越发凄凉。大家都寂然而坐。夜静月明，且笛声悲怨，贾母年老带酒之人，听此声音，不免有触于心，禁不住堕下泪来。程乙本没有这一句，贾母没有掉泪，只是感到心中突然间凄然。我觉得含蓄些更好，老太太不那么容易掉泪的，心中不禁凄凉就够了。众人此时都不禁有凄凉寂寞之意，半日，方知贾母伤感，才忙转身陪笑，发语解释。又命暖酒，且住了笛。这一声笛子是什么意思，记得吗？贾母之前听过一次笛子是在元宵的时候，她不是点戏吗？点芳官唱《寻梦》，薛姨妈、李婶娘都在，很热闹的。元宵是正月十五，也是月圆的时候，大家团圆吃汤团，贾母听了昆曲以后，叫那些吹笛子的再吹一套《灯月圆》那个曲牌，因为元宵十五是灯节，庆祝月圆团圆。那时候贾府正盛，现在要走向衰败，笛音也感到一阵凄凉。这一声笛音也跟前面鬼的叹息互相照应，那声叹息是对家族衰败的预警，这一声笛音大家肃然，心中感伤。曹雪芹的叙述绝不会粗糙，这个家要败了，当然他也讲了外在的原因，譬如太监也来拿钱之类，但这冥冥之中有一种命运在操纵。

《红楼梦》有一个神话架构讲命运，十二金钗的命运通通都在太虚幻境那册子里头，家族的命运也有神秘的预警。当贾府将走到衰败的时候，这些警示通通出来了，一声鬼的叹息，一声凄凉的笛音，都在预示这个家族的命运。贾母也是一个很敏感的人，可能那时候讲不出来，但冥冥中她感觉到这么大的家族将要散了。尤氏看贾母伤感，笑道："我也就学了一个笑话，说与老太太解解闷。"贾母勉强笑道："这样更好，快说来我听。"强笑，这几段都是一种勉强撑住的气氛。尤氏乃说道："一家子养了四个儿子：大儿子只一个眼睛，二儿子只一个耳朵，三儿子只一个鼻子眼，四儿子倒都齐全，偏又是个哑巴。"正说到这里，只见贾母已朦胧双眼，似有睡去之态。尤氏这个笑话一点都不好笑，贾母听得朦朦胧胧睡过去了。尤氏方住了，忙和王夫人轻轻的请醒。贾母睁眼笑道："我不困，白闭闭眼养神。你们只管说，我听着呢。"贾母撑不住睡过去了，睡了一觉醒来她还是不肯走、不肯散。王夫人等笑道："夜已四更了，风露也大，请老太太安歇罢。明日再赏十六，也不辜负这月色。"贾母道："那里就四更了？"这么快！王夫人笑道："实已四更，他们姐妹们熬不过，都去睡了。"女孩子吃不消都去睡了。贾母听说，细看了一看，果然都散了，都散掉了，只有探春在此。探春，就是她一个人想撑住家，在这个家族散落的时候，只剩下探春想撑住。贾母笑道："也罢。你们也熬不惯，况且弱的弱，病的病，去了倒省心。只是三丫头可怜见的，尚还等着。你也去罢，我们散了。"不得不散！曹雪芹写贾母的那个口气，都有一种说不出的凄凉在里头。跟她以前元宵看戏，看完了，一句话，赏！那个钱"哗"地撒在戏台上的派头，多么不可同日而语。前面写它极盛，才衬得出后面的衰，前面用那么大的力把楼建得极高，后面哗啦啦如大厦倾的声音才能产生震撼。现在这些段落，已经在为最后的结局铺路了。

小说有时候要靠情节，靠人物的刻画，有时候也靠气氛（mood）的营造，这两回完全靠营造出秋天的肃杀之气，来推动背后的主题。按理讲写中秋夜已经到顶了，但曹雪芹下面又来个神来之笔，"凹晶馆联诗悲寂寞"，林黛玉来了。在中秋这个时刻，贾母感受到整个家族的命运即将衰落，命运是很重要的一个主题，黛玉本来就对命运非常敏感，所以才有《葬花吟》《桃花诗》，曹雪芹有意无意地在透露她将要泪尽人亡的最后结果，贾府家族命运跟黛玉走向死亡的命运是平行的。

中秋节夜深后，姑娘们坐不住先离开了，林黛玉跟史湘云没有马上回去安寝，两个人说再去赏赏月去。又说宝姐姐平常跟我们这么亲热，到了中秋她倒是在自己家里过节，把我们甩开不理。黛玉跟湘云都是孤儿，没有父母，逢佳节倍感孤寂，两个人结伴赏月还不行，就说我们两个来联诗吧。记得吗？她们上一次联诗是冬天在芦雪庵吃鹿肉，凤姐开场"一夜北风紧"，那个时候除了几个姑娘还加上薛宝琴、李纹、李绮那些女孩子，你一句我一句热闹非凡，现在只剩两个人了。这一段先写景，也是《红楼梦》很重要的场景，她们找了僻静的地方，到水边去联诗。湘云笑道："这山上赏月虽好，终不及近水赏月更妙。你知道这山坡底下就是池沿，山坳里近水一个所在就是凹晶馆。这个名字美得不得了！可知当日盖这园子时就有学问。这山之高处，就叫凸碧；山之低洼近水处，就叫作凹晶。这'凸''凹'二字，历来用的人最少。如今直用作轩馆之名，更觉新鲜，不落窠臼。可知这两处一上一下，一明一暗，一高一矮，一山一水，竟是特因玩月而设此处。有爱那山高月小的，便往这里来；有爱那皓月清波的，便往那里去。只是这两个字俗念作'洼''拱'二音，便说俗了，不大见用，只陆放翁用了一个'凹'字，说'古砚微凹聚墨多'，还有人批他俗，岂不可笑。"她讲了这么一套，形容那个景，凸碧山庄、凹晶馆，上面赏月，山高月小，下面赏月，一片波澜，把大观园景致写得非常好。湘云说陆放翁有一句诗"古砚微凹聚墨多"用个"凹"字，黛玉就显她的学问啰，不只陆放翁，很多人都用过这个"凹"字的。她说这个"凹凸"还是我想出来的呢！当年元妃省亲的时候，各景取名，黛玉教宝玉巧用，大家一看喜欢上了。

看看曹雪芹的写景：黛玉湘云见熄了灯，灯熄掉了只是一片黑暗，湘云笑道："倒是他们睡了好。咱们就在这卷棚底下近水赏月如何？"二人遂在两个湘妃竹墩上坐下。只见天上一轮皓月，池中一轮水月。这多美啊！"水月"用得好，镜花水月，一切都是幻境。上下争辉，如置身于晶宫鲛室之内。微风一过，粼粼然池面皱碧铺纹，真令人神清气净。《红楼梦》的叙述文字，很多地方用文言文写的，很有意境，如果这一段用白话文——天上一轮很亮的月亮，水中有另外一轮月亮，简直就是煞风景了。一轮皓月、一轮水月，用得很好。湘云笑道："怎得这会子坐上船吃酒倒好。这要是我家里这样，我就立刻坐船了。"黛玉笑道："正是古人常说的好，'事若求全何所乐'。据我说，这也罢了，偏要坐船起来。"湘云笑道："得陇望蜀，人之常情。可知那些老人家说的不错。说贫穷之家自为富贵之家事事称心，告诉他说竟不能遂心，他们不肯信的；必得亲历其境，他方知觉了。就如咱们两个，虽父母不在，然却也忝在富贵之乡，只你我竟有许多不遂心的事。"连这么豁达的史湘云，这时候也不免想到自己的身世。黛玉笑道："不但你我不能称心，就连老太太、太太以至宝玉、探丫头等人，无论事大事小，有理无理，其不能各遂其心者，同一理也，何况你我旅居客寄之人哉！"这两个女孩子都受过很好的教育，她们讲起话来有点转文的味道，可是你不觉得讨厌，好像她俩讲话就该这个样子，而且此时此地她们不是在开玩笑，是蛮严肃的讨论了，说大家都有不遂心。这时候已经到了七十几回了，大观园不再是儿童乐园，欢乐渐渐过去，大家都开始有心事了。湘云听说，恐怕黛玉又伤感起来，忙道："休说这些闲话，咱们且联诗。"

这时候，那个悠悠的、有点凄凉的笛声传到凹晶馆这边来了，她们就开始联诗，数那个栏杆，从头数到尾共十三根，又用十三韵开始联句了。开头讲的都是中秋写景：三五中秋夕，清游拟上元。撒天箕斗灿，匝地管弦繁。几处狂飞盏，谁家不启轩。轻寒风剪剪，良夜景暄暄。即景即情讲中秋夜，你联一句我联一句，到后来，慢慢讲到两个人了。黛玉道："这可以入上你我了。"可以讲你跟我两个人在这里赏月的情境了，因联道：拟景或依门。酒尽情犹在，湘云接：更残乐已谖。渐闻语笑寂，慢慢暗下去了，凄清的景进来了。黛玉说："这时候可知一步难似一步了。"她们用那个韵越用越艰难了。空剩雪霜痕。这时候剩什么呢？剩下雪痕、霜痕。中秋还不至于下雪，到了晚上的时候霜下来了。阶露团朝菌，一球一球的露水在阶上好像菌一样。她们要想出一些比较艰险的句子来压倒对方，越玩越难了。湘云想出什么来？庭烟敛夕楈。秋湍泻石髓，她想了一棵树，楈树，刚好有押到那个韵。黛玉听了不禁也起身叫妙，"楈"字真是好，亏你想得出来。湘云说，还好看书曾看到。黛玉说，我要打起精神来对一句：风叶聚云根。宝婺情孤洁，宝婺是个仙女的名字，一下子讲到天上的月亮去了。人向广寒奔。犯斗邀牛女，又往下呢？差不多联尽了。她们看池塘有个黑影过来，那是什么？湘云说，我是不怕鬼的，等我打它一下。湘云很调皮，有点男孩子脾气，拿个石头"咚"一下砸过去，那个黑影"啪"一声飞起来，原来是个白鹤，直往藕香榭去了。你想想看，晚上一轮皓月一池水，一只白鹤飞过那个池塘，这意境美吧！这下子助了湘云，她说：窗灯焰已昏。寒塘渡鹤影，美极了，这可喝住黛玉了，她说这一句比"秋湍"更不同，怎么来对这个影子呢？只有一个"魂"字可以对，这联不下去了，要搁笔了。湘云说，那我们想想明天再来，她以为自己赢了。其实黛玉跟湘云两个人在很多方面也较劲的，黛玉不是曾在宝玉面前吃醋吗？说难道湘云是侯门千金，我是民间丫头吗？女孩子好强嘛，总是要PK两下的，女孩子之间是姐妹之争（sibling rivalry），姐妹之间是要比划一下的，尤其黛玉那么好强的人，这句"寒塘渡鹤影"怎么压倒她？脱口而出这么一句"冷月葬诗魂"。庚辰本是"花魂"，程乙本是"诗魂"，我觉得诗魂更好。黛玉本身就是个诗魂，她的灵魂里面就是诗，"冷月葬诗魂"这句压倒了"寒塘渡鹤影"。湘云说："果然好极，好个'葬诗魂'！"只是呢，太颓丧了一点。因又叹道："你现病着，不该作此过于清奇诡谲之语。"黛玉笑道："不如此如何压倒你。"你看这个女孩子多好强。

正在想下面一句的时候，"嗽"地跳出一个人来，这个时候妙玉出现了，真是安排得太好了！妙玉这个人很奇特，她会扶乩，她能看别人的命运，却看不到自己的命运。她对宝玉以后出家心中有数，这是个佛爷。黛玉的短命她也知道的，所以这个时候她出来了。一语未了，只见栏外山石后转出一个人来，笑道："好诗，好诗，果然太悲凉了。这一回前面贾母感伤，来到这里，黛玉有心无心地吟出了自己的命运，"冷月葬诗魂"，她的命运也快到了，才会吐出这句话来。不必再往下联，若底下只这样去，反不显这两句了，倒觉得堆砌牵强。"二人不防，倒唬了一跳。细看时，不是别人，却是妙玉。她们问她："你如何到了这里？"她说我在赏月啊。"忽听见你两个联诗，更觉清雅异常，故此听住了。只是方才我听见这一首中，有几句虽好，只是过于颓败凄楚。下面一句重要：此亦关人之气数而有，所以我出来止住。"有关气数，她感知得到，这个时候不宜再往下走。

　　妙玉就把她们两个邀到栊翠庵去，再给她们烹了茶。妙玉从前喝茶非常讲究的，甚至要把梅花上的雪存起来煮水泡茶。喝了茶天都快亮了，外面说黛玉和湘云的丫鬟满园子找，都寻了来呢。妙玉讲，你们联诗还没有联完，要不要我来续貂？黛玉跟湘云就把两个人联的那些诗句写下来。妙玉遂提笔一挥而就，递与他二人道："休要见笑。依我必须如此，方翻转过来，虽前头有凄楚之句，亦无甚碍了。"妙玉不轻易露她自己的才的，她的那些联句当然也很好，不过很奇特，用了一些奇奇怪怪的字，如：石奇神鬼搏，木怪虎狼蹲。说那个森林像虎、像狼的样子。赑屃朝光透，罘罳晓露屯。"赑屃"是墓碑下的大石龟，"罘罳"是城角多孔的篱垣。这些字都很罕见。妙玉有她个人的风格，所以曹雪芹写人写什么绝不随便写，塑造了妙玉也就是有特殊风格。写完了以后呢，妙玉题《右中秋夜大观园即景联句三十五韵》，总共三十五句。

　　天快亮了，湘云就跟黛玉说干脆我到你那边安歇吧。

两个人一起睡下来，翻来覆去睡不着，黛玉就问："怎么你还没睡着？"湘云笑着说："我有择席的病，她是认床的。况且走了困，只好躺躺罢。你怎么也睡不着？"黛玉叹道："我这睡不着也并非今日，大约一年之中，通共也只好睡十夜满足的。"长期睡眠不足，林黛玉得的是肺病，很亢奋地总是睡不着。湘云道："却是你病的原故，所以……"庚辰本这一句不完整，程乙本是："你这病就怪不得了！"就这么一句话作为结尾，整个的气氛就对了，那个语调（tone）就把其中的信息传送了出来。

这一回很重要，前面一半讲贾母感伤家族要颓败，后面一半黛玉感伤自己气数将尽，妙玉感受得到，湘云也感受得到："怪不得你病了！"所以贾府家族的命运与黛玉的命运连了起来，两条线也是这么平行写下去了，这是周延的地方。如果这一回只讲前面，后面这一半没有，就欠缺了很多。曹雪芹借这个中秋"天下无不散的筵席"的气氛，不见痕迹地点出了贾家的命运，也点到了主角林黛玉的命运，这就是高手写的东西。

第七十七回

俏丫鬟抱屈夭风流　美优伶斩情归水月

这一回讲晴雯之死，里面最精彩、最重要的一段，庚辰本跟程乙本有很大的不同，必须做一个比较。因为那一段是《红楼梦》写得最精彩的片段之一，庚辰本有些句子插进去，我觉得非常不妥，要指出来给大家看看。

第七十四回抄大观园的后果是什么？入画被赶走了，不过是抓出了寄放的赠物就被赶走了，四姑娘不要她，冷心冷面的小尼姑惜春，斩断一切人际关系。现在其他的丫头也轮到了，第一个当然是司棋，是迎春的丫鬟，事情多少也因她而起。迎春很懦弱的，司棋被赶走的时候，一点办法也没有，最后只好打点包了一包东西送给她，当然司棋很不舍。周瑞家的把司棋拽走，这个很滑头、很受王夫人信任的陪嫁媳妇，跟那些大娘们一样，对丫鬟们很不满。因为丫鬟从前仗着小姐的势力，对大娘们不礼貌、不买账，她们记恨于心，现在听说要把丫鬟赶走无不称快。司棋恳求去辞行，周瑞家的说："我劝你走罢，别拉拉扯扯的了。我们还有正经事呢。谁是你一个衣胞里爬出来的，辞他们作什么，他们看你的笑声还看不了呢。你不过是挨一会是一会罢了，难道就算了不成！依我说快走罢。"这时候刚好宝玉进来，一看把司棋这么拽走，就问这怎么回事啊？周瑞家的晓得宝玉来了又要护这些丫头们，宝玉说："好姐姐们，且站一站，我有道理。"想留司棋一下，周瑞家的说："太太不许少捱一刻，又有什么道理。我们只知遵太太的话，管不得许多。"司棋见了宝玉，心想可能还有一丝希望，说快点去跟太太求情。宝玉很伤心，他不晓得为什么晴雯也病成这样，司棋又要去了，怎么办呢？周瑞家的发躁向司棋道："你如今不是副小姐了，若不听话，我就打得你。别想着往日姑娘护着，任你们作耗。越说着，还不好好走。如今和小爷们拉拉扯扯，成个什么体统！"那几个媳妇不由分说，拉着司棋便出去了。你看，完全变了一副脸色。再不听我的话，我可以打你！那些丫鬟的处境，有小姐护着的时候很骄宠，一旦失去庇护，入画、司棋、晴雯通通打回原形，就是一个奴仆，没有做人的权利。宝玉也没办法了，下面这段有意思呢：宝玉又恐他们去告舌，恨的只瞪着他们，看已去远，方指着恨道："奇怪，奇怪，怎么这些人只一嫁了汉子，染了男人的气味，就这样混帐起来，比男人更可杀了！"他说这些人啊，可厌可恶。守园门的婆子听了，也不禁好笑起来，因问道："这样说，凡女儿个个是好的了，女人个个是坏的了？"宝玉点头道："不错，不错！"宝玉希望能保护那些女孩子，希望她们永远不要长大，永远不要受到外界的污染，一嫁了人都变了男人样，变得这么混账起来。

这还没完，宝玉回到怡红院，王夫人坐在那个地方，一脸怒色，见宝玉也不理。晴雯四五天没吃东西了，由那些大娘们从炕上面拉下来，蓬头垢面，两个女人才架起来去了。拿个架子，蓬头垢面地一放，抬出去了。你看看晴雯的下场，而且王夫人还要讲一句："只许把他贴身衣服撂出去，馀者好衣服留下给好丫头们穿。"东西也不准拿，好的留下来，那些不要的丢出去。王夫人很痛恨这种她认定的狐狸精，怕把宝玉勾坏了。而且，王夫人恐怕也听了不少的谗言，又命把这里所有的丫头们都叫来一一过目。还问："谁是和宝玉一日的生日？"老嬷嬷就讲了，这个四儿。还记得四儿吗？长得还不错的小丫头，本来她这种小丫头是近不了宝玉的，后来因为宝玉蛮喜欢她的，把她升级，服侍宝玉，倒茶倒水。王夫人细看了一看，虽比不上晴雯一半，却有几分水秀。视其行止，聪明皆露在外面，且也打扮的不同。王夫人冷笑道："这也是个不怕臊的。他背地里说的，同日生日就是夫妻。小孩子开玩笑的话。这可是你说的？打谅我隔的远，都不知道呢。可知道我身子虽不大来，我的心耳神意时时都在这里。难道我通共一个宝玉，就白放心凭你们勾引坏了不成！"这种事王夫人也知道，大概王夫人在怡红院有卧底的，否则怎么也知道这个事？这个四儿见王夫人说着他素日和宝玉的私语，不禁红了脸，低头垂泪。王夫人即命也快把他家的人叫来，领出去配人。嫁给一个小佣人算啦，赶走！

又问，那芳官呢？指名芳官，芳官只得过来了。王夫人道："唱戏的女孩子，自然是狐狸精了！先说唱戏的就是狐狸精。上次放你们，你们又懒待出去，可就该安分守己才是。你就成精鼓捣起来，调唆着宝玉无所不为。"芳官就说我们不敢，我们哪里敢调唆什么。王夫人笑道："你还强嘴……你连你干娘都欺倒了，岂止别人！"芳官跟她干娘吵架，宝玉护着她，这些王夫人也知道。就说："唤他干娘来领去，就赏他外头自寻个女婿去吧。把他的东西一概给他。"走走走！领走，嫁掉。又吩咐上年凡有姑娘们分的唱戏的女孩子们，一概不许留在园里，都令其各人干娘带出，自行聘嫁。不光是芳官，所有这些小伶人通通赶走，以王夫人来看，这些都是小狐狸精，突然间发觉，怎么大观园一群狐狸精在里头，通通赶尽杀绝。那些干娘当然都高兴了，都领走了。

王夫人搜了一场，把宝玉训了一顿，叫他回去好好念书，王夫人从来没有对宝玉这么严厉过，可见得儒家的道德系统，对于情，对于牵扯到情欲的性，那是大禁忌。从前科学不发达，不晓得原来情欲在青春懵懂期就开始了，那时认为没有嫁娶之前，通通没有性观念的，也不准有。所以《牡丹亭》讲一个十六岁的女孩子做春梦在当时是不得了的，那时有纯净的处女观念，西方的基督教也是如此。所以突然间发现一个绣春囊，可以说撼动了整个大观园的社会道德秩序。

　　宝玉这时候当然等于雷轰一样，六神无主，他想究竟是谁告密呢？尤其是去了晴雯这个最要紧的，他伤心地大哭起来。这一段我们用程乙本：袭人知他心里别的犹可，独有晴雯是第一件大事，劝他说："哭也不中用，你起来，我告诉你：晴雯已经好了，他这一家去，倒心净养几天。你果然舍不得他，等太太气消了，你再求老太太，慢慢的叫进来，也不难。"这是安慰他的话。宝玉说我不知道她犯了什么滔天大罪，袭人有意思的，很微妙地讲："太太只嫌他生的太好了，未免轻狂些。太太是深知这样美人似的人，心里是不能安静的；所以很嫌他。像我们这粗粗笨笨的倒好。"她一点都不粗笨，袭人的心思比谁都密，心机比谁都深，她粗粗笨笨也是装出来的，因为王夫人跟贾母喜欢这样子的丫鬟。宝玉道："美人似的，心里就不安静？的确古来红颜犯忌，长得太好的女孩子总是招天忌、招人忌。古来美人安静的多着呢！——这也罢了，咱们私自玩话，怎么也知道了？又没外人走风，这可奇怪！"袭人道："你有什么忌讳的？一时高兴，你就不管有人没人了。我也曾使过眼色，也曾递过暗号，被那人知道了，你还不觉。"宝玉道："怎么人人的不是，太太都知道了，单不挑出你和麝月秋纹来？"宝玉问她了。袭人听了这话，心内一动，低头半日，无可回答。宝玉起疑心了。因便笑道："正是呢。若论我们，也有玩笑不留心的去处，怎么太太竟忘了？想是还有别的事，等完了，再发放我们，也未可知。"宝玉笑道:"你是头一个出了名的至善至贤的人。宝玉很少讲这种酸话的,这一次讲这个话讽刺袭人,你是个贤慧出了名的。他两个又是你陶冶教育的,焉得有什么该罚之处?只是芳官尚小,过于伶俐些,未免倚强,压倒了人,惹人厌。四儿是我误了他:还是那年我和你拌嘴的那日起,叫上来做细活的,众人见我待他好,未免夺了地位,也是有的,故有今日。只是晴雯,也是和你们一样从小儿在老太太屋里过来的,虽生的比人强些,也没什么妨碍着谁的去处;就只是他的性情爽利,口角锋芒,竟也没见他得罪了那一个!——可是你说的,想是他过于生得好了,反被这个好带累了!"说毕,复又哭起来。袭人细揣此话,直是宝玉有疑他之意,竟不好再劝,因叹道:"天知道罢了!此时也查不出人来了,白哭一会子,也无益了。"袭人也有点不舒服了。宝玉讲了,晴雯自幼娇惯了的,哪里受过委屈,这下子一身病,一肚子的气,又没有亲爹亲娘,还有整天吃醉酒的一个姑舅哥哥,她在那里哪能过得去,我看危险得很,见不着她了。

袭人就讲:"可是你'自许州官放火,不许百姓点灯'。我们偶说一句妨碍的话,你就说不吉利;你如今好好的咒他,就该的了?"你反而咒她死了。宝玉就说,我不是妄口咒人,今年春天已有兆头的。什么兆头?记得吗,怡红院里面很多海棠花,怡红快绿,怡红指的就是海棠。宝玉说好好的海棠无故死了半边,他相信花木有人的气数:"我就知道有异事,果然应在他身上。"袭人听了越来越不高兴了，就说："我要不说，又掌不住：你也太婆婆妈妈的了。"你看宝玉就讲出一大番道理来。宝玉说："你们那里知道？不但草木，凡天下有情有理的东西，也和人一样，得了知己，便极有灵验的。若用大题目比，就像孔子庙前桧树，坟前的蓍草，诸葛祠前的柏树，岳武穆坟前的松树：这都是堂堂正大之气，千古不磨之物。世乱，他就枯干了；世治，他就茂盛了，凡千年枯了又生的几次。这不是应兆么？若是小题目比，就像杨太真沉香亭的木芍药，端正楼的相思树，王昭君坟上的长青草，难道不也有灵验？——所以这海棠亦是应着人生的。"扯出一大堆比喻来。

袭人这下子露出她的心思来了，袭人这么讲："真真的这话越发说上我的气来了！那晴雯是个什么东西？讲出心里话了，那晴雯是个什么东西！就费这样心思，比出这些正经人来！还有一说：你看看，他总好，也越不过我的次序去。就是这海棠，也该先来比我，也还轮不到他。想是我要死的了。"这个袭人跟晴雯之间的确针锋相对，两个完全不同的人，宝玉都喜欢她们，都爱她们，但角色又不同。袭人对宝玉来说，像他的母亲，又是他的姜，他的婢女，他的丫头。晴雯那种真率的个性，倒是宝玉认同的，跟黛玉一样，有点灵魂伴侣的感情。所以他们两个在一起，可以撕扇子作千金一笑，他真的很疼爱她，等于他疼爱黛玉一样。袭人当然也知道这点，所以她吃醋了，她要防的。她说出再怎么样比不过我的次序，我在前面的，是不是我要死了。宝玉听说，忙掩他的嘴，劝道："这是何苦？"宝玉说，走了几个人，还有你在，你再走了怎么办！袭人听了心下暗喜，心想："若不如此，也没个了局。"还好不再提了。宝玉跟袭人说，你跟她姐妹一场，把她的东西悄悄地给她吧。王夫人不准拿走嘛！袭人就讽刺他一下："我原是久已'出名的贤人'，连这一点子好名还不会买去不成？"回过来打他一耙。

宝玉表面不提了，还是放心不下，就想办法要去看看晴雯，这一段是《红楼梦》里面写得最好的几段之一，庚辰本有许多不太妥当之处，所以要跟程乙本仔细对一下。庚辰本讲晴雯的身世把它搞错了，之前我们只晓得晴雯从小丫头起是服侍贾母的，她有个舅舅，是个整天喝醉酒的醉泥鳅，娶了个灯姑娘，庚辰本说这个灯姑娘就是多姑娘，扯在一起了。记得多姑娘吗？把贾琏弄得神魂颠倒的那个多姑娘，她老公多浑虫也是个醉鬼，后来死了，她就改嫁给鲍二，又被贾珍派去服侍尤二姐。鲍二之前的那个老婆鲍二家的，就是跟贾琏有一腿被凤姐发现，打骂以后上吊死了，所以一个死了老公，一个死了老婆，两个人又凑成一对，而且都跟贾琏有关系。怎么这时候又扯出来了多姑娘，把她改成灯姑娘又嫁了多浑虫，没道理嘛！这个前后完全不对了。所以介绍晴雯身世的那一段，必须依照程乙本：却说这晴雯当日系赖大买的。她是赖大买来的，还有个姑舅哥哥，叫作吴贵，吴贵才是她的姑舅哥哥，就是她表哥了，人都叫他贵儿。那时晴雯才得十岁，时常赖嬷嬷带进来，赖嬷嬷是很有地位的一个老乳母，孙子做了官的。贾母见了喜欢，故此，赖嬷嬷就孝敬了贾母。过了几年，赖大又给他姑舅哥哥娶了一房媳妇。这是另外一个女人，跟多姑娘无关，不过跟多姑娘还有一比。谁知贵儿一味胆小老实，那媳妇却倒伶俐，又兼有几分姿色，看着贵儿无能为，便每日家打扮的妖妖调调，两只眼儿水汪汪的，招惹的赖大家人如蝇逐臭，渐渐做出些风流勾当来。那时晴雯已在宝玉屋里，他便央及了晴雯，转求凤姐，合赖大家的要过来。目今两口儿就在园子后角门外居住，伺候园中买办杂差。这就把晴雯的身世讲对了。你看她被赶出来以后，住在姑舅哥哥家里，那个媳妇哪里有心照管她，根本不理她，自己玩去了。晴雯就一个人在外间屋内躺着，宝玉到那边去，命那婆子在外瞭望，他独掀起布帘进来，一眼就看见晴雯睡在一领芦席上，——幸而被褥还是旧日铺盖的，心内不知自己怎么才好，因上来含泪伸手，轻轻拉他，悄唤两声。宝玉进来就看到了，晴雯睡在一个破席子上面，那铺盖是以前用的拿了来，也没人理，那么凄凉。宝玉就过去了，轻轻拉她，对她的怜惜就不能自已了。当下晴雯又因着了风，又受了哥嫂的歹话，病上加病，嗽了一日，咳嗽咳了一日。才朦胧睡了。忽闻有人唤他，强展双眸，一见是宝玉，又惊又喜，又悲又痛，一把死攥住他的手，哽咽了半日，方说道："我只道不得见你了！"看到宝玉居然还来看她，惊喜悲痛，五味杂陈，哽咽半天，说以为看不到他了。接着便嗽个不住。宝玉也只有哽咽之分。

下面我觉得细节写得真好。晴雯道："阿弥陀佛！你来得好，且把那茶倒半碗我喝，渴了半日，叫半个人也叫不着。"可怜，她病在床上动不得，茶水都没人理她，那么渴，叫宝玉快点倒杯茶，已经渴得受不了。宝玉听说，忙拭泪问："茶在那里？"晴雯道："在炉台上。"宝玉看时，注意这些细节喔！虽有个黑煤乌嘴的吊子，有个吊炉黑煤乌嘴，脏得不得了的一个炉，也不像个茶壶。只得桌上去拿一个碗，未到手内，先闻得油膻之气。那个油有膻味，脏嘛！宝玉只得拿了来，先拿些水，洗了两次，你看他把那个碗洗一洗，洗了两次。复用自己的绢子拭了，掏出他的手帕来揩干。我讲了几次《占花魁》这个戏，卖油郎在花魁女醉了以后服侍花魁女，怎么服侍她喝茶，服侍她受吐，看那出戏宝玉痴掉了，宝玉就是这种怜香惜玉的心情，很疼怜她。闻了闻，还有些气味，没奈何，提起壶来斟了半碗，看时，绛红的，也不大像茶。根本茶也不是茶，不知什么东西。晴雯扶枕道："快给我喝一口罢！这就是茶了。那里比得咱们的茶呢！"从前在怡红院娇生惯养，现在渴得没办法了。宝玉听说，先自己尝了一尝，并无茶味，咸涩不堪，只得递给晴雯。只见晴雯如得了甘露一般，一气都灌下去了。她病得那样子，那么渴，管它那是茶还是什么东西，喝了。宝玉看着，眼中泪直流下来，连自己的身子都不知为何物。宝玉是这样子的，下雨的时候，看画"蔷"的龄官淋了雨，呆呆地说，你淋湿了，而他自己淋湿了都不知道。玉钏儿喂他喝汤，不小心烫了他的手，他反而问玉钏儿，你的手烫着没有。这种对人的悲怜，完全到了忘我的地步，所以他最后成佛了嘛。宝玉看晴雯心疼得不得了，一面问道："你有什么说的？趁着没人，告诉我。"晴雯呜咽道："有什么可说的！不过是挨一刻是一刻，挨一日是一日！我已知横竖不过三五日的光景，我就好回去了。她说回去就是走了、死了的意思。只是一件，我死也不甘心：我虽生得比别人好些，并没有私情勾引你，怎么一口死咬定了我是个'狐狸精'！我今儿既担了虚名，况且没了远限，不是我说一句后悔的话，早知如此，我当日——"讲不下去了，我当日动手了。早知如此担了虚名，讲我勾引你，我其实没有。她心中是爱宝玉的，当然她为了护主，满腹的委屈，满腹的心酸，讲不下去了。说到这里，气往上咽，便说不出来，两手已经冰凉。宝玉又痛，又急，又害怕。便歪在席上，一只手攥着他的手，一只手轻轻的给他捶打着。又不敢大声的叫，真真万箭攒心。宝玉的痛犹如万箭攒心那么痛。两三句话时，晴雯才哭出来。宝玉拉着他的手，只觉瘦如枯柴；你看这细节写得好，腕上犹戴着四个银镯。因哭道："除下来，等好了再戴上去罢。"看她病得手都瘦成那个样，还带着四个镯头，是个负担。又说："这一病好了，又伤好些。"晴雯拭泪，把那手用力攥回，搁在口边，狠命一咬，只听"咯吱"一声，把两根葱管一般的指甲，齐根咬下。这个细节写得不能再好！庚辰本说拿剪刀剪那个指甲，差劲！我想那一定不是曹雪芹写的。她是咬，用牙齿把这指甲咬下来。拉了宝玉的手，将指甲搁在他手里。又回手扎挣着，连揪带脱，在被窝内，将贴身穿着的一件旧红绫小袄儿脱下，递给宝玉。不想虚弱透了的人，那里禁得这么抖搂，早喘成一处了。把自己的指甲咬下来给他，本来身体没有跟他亲近过，没有给过他，至少把现在她的一部分，她的身体、她的肉体给他，死之前做个纪念。她把她的衣服脱下来，跟他交换。宝玉见他这般，已经会意，连忙解开外衣，将自己的袄儿褪下来，盖在他身上，却把这件穿上；不及扣钮子，只用外头衣裳掩了。刚系腰时，只见晴雯睁眼道："你扶起我来坐坐。"宝玉只得扶他。那里扶得起？好容易欠起半身，晴雯伸手把宝玉的袄儿往自己身上拉。宝玉连忙给他披上，拖着胳膊，伸上袖子，轻轻放倒，然后将他的指甲装在荷包里。晴雯哭道："你去罢！这里腌臜，你那里受得？你的身子要紧。今日这一来，我就死了，也不枉担了虚名！"动人，写得动人！这一回晴雯之死，宝玉对她那种怜惜，我想不光是她一个人，对所有天下的女孩子遭受到冤屈的，宝玉的那一份大悲疼怜之心，在这一回里面写得不能再好。

　　庚辰本就有点煞风景了。他不是给她喝茶吗？只见晴雯如得了甘露一般，一气都灌下去了。下面多出一行，多出这么几个字：宝玉心下暗道："往常那样好茶，他尚有不如意之处；今日这样。看来，可知古人说的'饱饫烹宰，饥餍糟糠'，又道是'饭饱弄粥'，可见都不错了。"这个时候跑出这么个说教的，她那个时候在园里，喝那么好的茶还要嫌七嫌八，现在这种也接受了。哪有这种想法，看起来这都是后人抄本加的，这么动人的一回，多这一段就完了。宝玉的心情那么激动那么哀伤，哪里还有理性来批判，不合适，完全不对题。然后那个指甲，庚辰本写她是用剪刀铰的。用剪刀就差了一大截，她是用咬的。这一节晴雯之死写得好，我们再看到最后的黛玉之死，两相对照，晴雯之死，还有宝玉跟她见最后一面；黛玉死得更孤单。黛玉死的时候，宝玉已经傻掉了，所以晴雯说："今日这一来，我就死了，也不枉担了虚名！"黛玉最后一句话是："宝玉！宝玉！你好……"对他是怨的，怨宝玉，她终究没有见到宝玉。两个人的死都写得极好。宝玉要经过很多的挫折，历尽生老病死苦，最后才看破红尘，所以这些事情是一件一件来，晴雯被赶出大观园对他当然就是很大的一个撞击。

　　写到这里曹雪芹还没结束，下面又加了一出闹剧，那个嫂子跑进来了。前后情境对起来，因为前面太忧伤、太重，如果下面不把它翻转一下，那个情感太伤感（sentimental）了，于是有下面这个喜剧场景：一语未完，只见他嫂子笑嘻嘻掀帘进来道："好呀！你两个的话，我已都听见了。"又向宝玉道："你一个做主子的，跑到下人房里来，做什么？看着我年轻长的俊，你敢只是来调戏我么？"宝玉听见，吓得忙陪笑央及道："好姐姐，快别大声的。他服侍我一场，我私自来瞧瞧他。"那媳妇儿点着头儿，笑道："怨不得人家都说你有情有义儿的。"便一手拉了宝玉进里间来，笑道："你要不叫我嚷，这也容易，你只是依我一件事。"说着，便把他拉进来，两个腿子把他一夹。宝玉哪里见过这种阵仗，这两个比起来，他跟晴雯的那种感情倒是升华起来，看到这个那么低俗，产生了强烈对比。宝玉当然心里面怕得要命，吓得一身发抖，只说："好姐姐，别闹。"那个媳妇斜了个眼睛看他，笑道："呸！成日家听见你在女孩儿们身上做工夫，怎么今儿个就发起趄来了？……你这么个人，只这么大胆子儿。我刚才进来了好一会子，在窗下细听，屋里只你两个人，我只道有些个体己话儿。这么看起来，你们两个人竟还是各不相扰儿呢。我可不能像他那么傻。"怎么那么傻，我可不是揪了来再讲！马上就要动起手来。还好这个时候，柳家的带了柳五儿刚刚进来要看晴雯，宝玉连忙掀了帘子出来道："柳嫂子，你等等我，一路儿走。"就跟着柳家的、柳五儿一起走了，这才逃过一劫。

《红楼梦》常常写很强烈的对照，尤其曹雪芹对真情、纯洁的感情十分爱惜与尊敬。晴雯是清清白白一个人，这个媳妇才是动邪念的人，才是狐狸精，这两相对照起来，更加显出宝玉跟晴雯之间生死缠绵真情的可贵。宝玉回到大观园，那些小伶人都被赶走了，本来要她们出去嫁人，芳官、藕官、蕊官几个小女孩子都不肯，闹得要死要活。几个人的干娘报告王夫人说，还是把她们还给你吧，我们吃不消，她们几个说是要出去当尼姑。王夫人说，这佛门哪能给你们这些小孩子进去乱，拉出去打一顿。这时候正好有水月庵和地藏庵几个姑子在旁，两个庵都是贾家自己的家庙，那几个尼姑也不安好心，想有几个女孩子带回去当佣人，扫扫庙也好。就跟王夫人讲，这也是修来的，几个小姑娘动了念了。水月庵的姑子就把芳官带走了，地藏庵的姑子就把藕官跟蕊官两个人带走了。芳官落发为尼，藕官跟蕊官如何没有讲，但她们两个本来就要好，作伴修行，算是好的下场，但是通通都被赶出了大观园。"美优伶斩情归水月"，讲的是芳官。芳官着墨蛮多的，可是到这个时候的下场也很可怜。想想看其实这是一串的，黛玉、晴雯、芳官，还有最后的柳五儿，这几个人的下场都很像，她们有个性、聪明、美、讲话尖利，中国人说枪打出头鸟，哪个要冒起来就挨一枪，风流灵巧惹人怨不行的，所以要像袭人，装得粗粗笨笨的，或者要像宝钗平稳理性，才可以生存。

第七十八回

老学士闲征姽婳词　　痴公子杜撰芙蓉诔

这一回的《姽婳词》，表面上讲故事中的姽婳将军，其实写的是晴雯；《芙蓉诔》表面上悼的是晴雯，骨子里其实写的是黛玉。《芙蓉诔》尤其是一篇非常重要的悼文，扎扎实实显出曹雪芹的功夫。

晴雯在《红楼梦》里相当重要，不光是她本身，在某方面她也影射着黛玉。晴雯被赶出去，病在她哥哥嫂嫂家里，没有人理。从前在大观园里，这些丫鬟们也非常受宠，都是锦衣玉食，现在她病在腌臜的床上，口渴了，连一口水都喝不到。宝玉偷偷来看她，她叫快倒个茶给我喝，那个茶杯油腻腻的，茶也不像个茶，晴雯拿起来就一饮而尽，太渴了，完全没人理，宝玉痛得是万箭攒心，那么心疼她。对晴雯的那种怜惜，并不是一般的男女之情，按理讲他跟晴雯也没有谈恋爱，但两个人互相很了解。晴雯跟他一样不拘礼俗，任情直性，她很勇敢、很护主，宝玉觉得她被冤枉，为谗言所害，看到她受这么多苦，受这么多难，激起他一份怜惜之心，那种感情是一种怜悯（compassion），所以宝玉最后成佛，他有那种慈悲心，他看人没有什么阶级观念的，晴雯不就是一个丫鬟、一个佣人吗？但在他眼中，就是个值得疼怜的女孩子。宝玉对女孩子怜惜，尤其怜悯她们的命运。宝玉跟黛玉真的是互相交心很深的爱情，那种缘定三生石上、非常罗曼蒂克的神话。黛玉死的时候宝玉已经失去了玉，已经痴傻了，他不在旁边，所以他跟黛玉反而没有写得非常缠绵的这一段。我说晴雯其实也就是黛玉的影子，《芙蓉诔》更证明这一点，所以他疼怜晴雯之死。黛玉死的时候他也应该是这种万箭攒心的疼，这跟他最后出家有关系的，人生的苦难、各种的悲哀不幸，他看尽了，最终悟道解脱。

　　从晴雯之死过渡到黛玉之死到最后的了悟出家，这之间是息息相关的。宝玉去看了晴雯，她的境遇让他很心痛。在这个时候，正好贾政与一群清客雅聚，就把宝玉叫了去，席间说他们有一个姽婳将军的故事。以前有个王爷叫作恒王，在青州那个地方镇守。恒王好色，所以选了很多美女，而且要那些美女习武。其中有一个林四娘，她姿色很好、武艺更精，是恒王最得意的一个姬妾，因为她很能干、很漂亮，所以把她封为"姽婳将军"，姽婳的意思就是能文能武。有一年，黄巾贼、赤眉贼乱起来了，恒王去平定的时候被打败了，而且被那些乱贼杀害了，青州的文武官员说，恒王都打不过，我们哪里打得过呢？那些男的官员都弃城投降了，只有林四娘把女众将集合起来说：
"我们受了恒王的恩，一定要为恒王献身，愿意来的跟我
走！"这些女将反而跟那些反贼打了一阵，当然怎么打得
过那些贼呢？包括林四娘，她们全部为恒王殉难，一个也
没有苟活。后来皇帝知道了，当然把乱平了，也使这个值
得歌颂的事情流传下来。

　　贾政听了这个故事有所感，就说大家来作首词、作
首诗来歌颂一下，一方面把宝玉、贾环、贾兰他们几个
叫去，要考这几个人。贾兰、贾环都写了，一人写了一
首，贾兰写的是七言绝句，贾环写了一首五言律诗，当
然这些清客拍马屁，大大赞赏一番。轮到宝玉了，宝玉
说，这个故事应该写个古体诗，用歌行像《琵琶行》《长
恨歌》这种体例来写，题目叫作《姽婳词》。贾政说，很
好，你大言不惭要写歌行，我来抄下来，你来念吧。宝
玉只得念了一句：恒王好武兼好色。这一句看起来起得
平常，这种歌行是应该这样子的。贾政故意骂了句：粗
鄙！这首词越到后面，越出现几个警句：眼前不见尘沙
起，将军俏影红灯里。讲这个女将的样子。叱咤时闻口
舌香，霜矛雪剑娇难举。这是个女将嘛，叱咤一声，也
闻到那个口香。宝玉一直写下去，把这个姽婳将军好好
地歌颂了一顿，歌颂她很勇敢、很忠心，为了恒王献身
殉国，很忠义、很刚烈。大家要问了，好好的写这首词
干嘛？前面不是写很凄惨的晴雯之死吗？曹雪芹在这个
地方，怎么一下子跳到写这么一个好像完全没有关系的

情节歌颂林四娘。其实这就是曹雪芹的暗示，歌颂林四娘就是歌颂晴雯。晴雯也护主，"勇晴雯病补孔雀裘"，她病得要死了自己性命都不顾，要替宝玉补孔雀裘，怕宝玉受责备，她的个性、她的护主之心，跟姽婳将军林四娘好有一比，哀悼林四娘也就是哀悼晴雯。

宝玉作完了诗回来，他想起有个小丫鬟说，晴雯死的时候她们在场，晴雯讲，我不是死，我是成仙了，我要变成芙蓉仙子，变成花神了。宝玉听了就信了。他看到池上有芙蓉，这是一种水芙蓉，水芙蓉也等于是莲花、荷花，是非常重要的象征——化身转世的象征。他想到她要作芙蓉之神，他还没有祭她，这个时候他就整了衣冠焚了香，很隆重地在芙蓉池边祭晴雯，写下非常有名的《芙蓉诔》。

《芙蓉诔》也是曹雪芹显示他文学底蕴的才气之作，这不好写的，里边不光是赋体，而且又加上《楚辞》的骚体，招魂的意味非常缠绵，有《楚辞》的神话性。《楚辞》基本上是个神话世界，是极端抒情的，像屈原的《哀郢》那种哀悼之深在里头。这个《芙蓉诔》有很多的典故，大家看的时候可以仔细看看注释，恐怕还不大容易了解，但写得非常好。《芙蓉诔》在讲什么？第一，讲晴雯的身世，讲晴雯怎么美、怎么好，很不幸被这些人进了谗言，很有《离骚》的文风。屈原一生受谗，所以《离骚》整个就是一个字：怨，怨之幽深。《芙蓉诔》有整个《楚辞》的文风感觉。晴雯受谗致死，受了很多冤屈，不过死了以后，她化作一个芙蓉仙女，他就把她写得神化了。你看讲她是

"乘玉虬以游乎"，乘那个玉龙在天上遨游，乘那个瑶象之车——美玉和象造的车子，上天下地，又把我们这整个写实的故事拉回到神话世界去。

芙蓉在这个地方很要紧，大家还记得吗？在第六十三回的时候宝玉生日，晚上大家在怡红院，把几个女孩子都请来，丫鬟也在一起，大家一边喝酒一边玩抽花签，签上面都有一种花，签诗是讲她们的命运。反正这是一种游戏，大家轮着抽，宝钗一抽，牡丹花，宝钗有点丰满，她像朵牡丹一样富贵堂皇，签诗"任是无情也动人"，宝钗这个人很理性，看起来好像不动声色，即使不动情感，牡丹看起来也动人。探春一抽，抽个杏花。轮到黛玉的时候，一抽，芙蓉花，这点很要紧，黛玉的签是芙蓉签，她才是芙蓉仙子。宝玉写的《姽婳词》有主仆之分，用于晴雯很合适。这个《芙蓉女儿诔》里头有几句，讲希望死了同穴，死了葬在一起，这种话是非常情深的爱人才会讲的。这一篇祭文其实是祭黛玉，黛玉死的时候宝玉性灵已失，失掉了玉，有一天他讲："不知道如今一点灵机儿都没有了。"写不出东西来了。晴雯是个丫头，还写了一篇祭文祭她，反而没有一篇祭文给黛玉。其实这个时候他已经写了，已经写给黛玉了。

这一篇《芙蓉诔》中间有几句：自为红绡帐里，公子情深；始信黄土垄中，女儿命薄！这是庚辰本的。程乙本是：岂道红绡帐里，公子情深；始信黄土陇中，女儿命薄！红绡帐里公子情深，讲宝玉自己，我对你那么深情；

可怜黄土垄中女儿命薄，你的命那么薄。就在祭完了以后，宝玉烧了香，上了茶，还有一点依依不舍不肯走的样子。那几个丫头催他，刚刚要回身的时候，突然间山石之后，走出一个人。读毕，遂焚帛奠茗，犹依依不舍。小鬟催至再四，方才回身。忽听山石之后有一人笑道："且请留步。"二人听了，不免一惊。那小鬟回头一看，却是个人影从芙蓉花中走出来，他便大叫："不好，有鬼。晴雯真来显魂了！"吓得宝玉也忙看，一看是谁？黛玉！曹雪芹真是高明，他用这么一个插曲（incident），就把整个东西一下子过渡到黛玉身上去了。是黛玉从芙蓉花里面走出来，这个芙蓉花是黛玉。

　　《芙蓉诔》悼的既是晴雯，也是黛玉，我想曹雪芹心思之缜密，用的手法之高，不见痕迹地挪过来。这个就等于是为黛玉写的祭悼词，宝玉所有的感情，通通放到里头去了。而且《芙蓉诔》又把整个神话世界搬回来，太虚幻境里面的情境在诔文里面重新呈现。神话与写实出入自如，所以《红楼梦》成为千古不朽的一本巨著。中国文学要我来选，《红楼梦》绝对是头一本，出现在我们整个民族文化最巅峰的时候，它不是偶然。这么一个了不起的作品，我希望大家看了以后，对自己的文化传统，对自己的文字有了解。可以了解中文有多美，可以写到什么地步，千万不要忽略我们固有的东西。《红楼梦》的散文、诗词、歌赋，通通用到极点，把各种文类合成一个有机体，他不是随随便便写一个赋，写一个诔词，他是牢牢扣住整个主题的。黛玉前面"冷月葬诗魂"那个警句已经出来，宝玉再加《芙蓉诔》去祭悼她，一步一步推向黛玉最后的命运。

第七十九回

薛文龙悔娶河东狮　贾迎春误嫁中山狼

上一回讲到宝玉写了《芙蓉诔》，表面上祭悼的是晴雯，骨子里其实写的是黛玉，而且不着痕迹地挪移过来。话说宝玉祭完了晴雯，只听花影中有人声，倒唬了一跳。走出来细看，不是别人，却是林黛玉，满面含笑，口内说道："好新奇的祭文！可与曹娥碑并传的了。"宝玉听了，不觉红了脸。宝玉不好意思，他很动情的时候，林黛玉听到了。黛玉心中是有一点酸的，祭文这么长篇大论的，故意讽刺他跟《曹娥碑》可以比得上，《曹娥碑》是很有名的一篇祭文。宝玉只好说："我想着世上这些祭文都蹈于熟滥了，所以改个新样，原不过是我一时的顽意，谁知又被你听见了。有什么大使不得的，何不改削改削。"宝玉不好意思，故意这么讲，你替我改一改。黛玉道："原稿在那里？倒要细细一读。长篇大论，不知说的是什么。黛玉当然知道他讲的是什么，从里面特别挑出中间两句，'红绡帐里，公子多情；黄土垄中，女儿薄命。""公子多情"讲宝玉自己，"黄土垄中"本来讲的是晴雯，黛玉有点酸酸的，故意挑这一句出来，她说："这一联意思却好，只是'红绡帐里'未免熟滥些。放着现成真事，为什么不用？"用滥掉了。黛玉说，为什么你不用真事？我们房子里边都是一些霞影纱，何不说"茜纱窗下，公子多情"呢？大家记得吗？贾母到她们每个院里去，看到她们糊窗的那些纱都旧了，跟王熙凤说，我那边有霞影纱，拿来给她们通通糊上。你看，千里伏笔！那么早的时候想的那个窗纱，不是随随便便的，这个时候用着了，用得再好不过。黛玉说"红绡帐里"俗得很，"茜纱窗下"讲的是我们自己住的地方。宝玉听了，不禁跌足笑道："好极，是极！到底是你想的出，说的出。"宝玉大大称赞林黛玉几下，拍拍她马屁，讲她改得好。又说你住的地方"茜纱窗下"可以，我住的，有点不敢当，又讲了一二十个不敢当。黛玉笑道："何妨。我的窗即可为你之窗，何必分晰得如此生疏。"黛玉刺他两下，宝玉还要故意转个文。他们俩平常讲话完全用的是白话文，但是论起学问论起诗来，就有点文绉绉的了。宝玉笑道："论交之道，不在肥马轻裘，即黄金白璧，亦不当锱铢较量。倒是这唐突闺阁，万万使不得的。如今我越性将'公子''女儿'改去，竟算是你诔他的倒妙。"他说，这样吧！改成："茜纱窗下，小姐多情；黄土垄中，丫鬟薄命。"他不好意思了，推给林黛玉。黛玉说："他又不是我的丫头……等我的紫鹃死了，我再如此说，还不算迟。"紫鹃是黛玉的丫头。宝玉说："这是何苦又咒他。"这下子，重要的时刻来临了，宝玉突然讲："我又有了，这一改可妥当了。莫若说'茜纱窗下，我本无缘；黄土垄中，卿何薄命。'"黛玉一听，脸色都变了。这一改讲的是谁？直指黛玉身上去。"卿"，是你，宝玉不会叫晴雯为卿，他无形中吐露出来，点到了黛玉身上，黛玉一听，当然刺心得不得了。

一语成谶！后来果然是"茜纱窗下，我本无缘；黄土垄中，卿何薄命"。本来两个人缘定三生，这么样一段缠绵的情，最后无缘，因为你的命太薄啊！这一句讲出来，其实非常痛心的，其实这才是整个《芙蓉诔》的重点所在。黛玉是个极端敏感的人，尤其她自己知道身体不好，可能命不长，很伤感。宝玉被打了以后送她几方旧手帕，她在手帕上面写了情诗，一边写一边掉泪：你对我的情这么深，恐怕我自己命不长。她的潜意识里经常感受到威胁，从《葬花吟》开始，她写的都是在追悼自己，"花落人亡两不知"，她最后的命运就像那个花一样，飘零枯萎。大家记得没多久之前，中秋夜她跟史湘云两个人对联，到最后突然来了这么一句："冷月葬诗魂"。她最后的命运一步一步很快来到，到第八十二回的时候，她做了一个噩梦后吐血，不光是精神上，身体上的溃败也渐渐出来了。

所以这一句，等于是一声丧音，黛玉听了当然非常刺心，宝玉是无心的一句，诔文改来改去，结果讲出了最哀伤、最痛心的一句话："卿何薄命"。他跟她最后不能结合。

宝玉也惊觉，黛玉也赶快用别的事情把他混过去，说："你二姐姐已有人家求准了，想是明儿那家人来拜允，所以叫你们过去呢。"这种细节大家也要注意。黛玉表面不露出来，想把他瞒过去，心里面已经很受刺激了，心中一激动，一面讲话就咳嗽起来。宝玉忙道："这里风冷，咱们只顾呆站在这里，快回去罢。"宝玉很体贴她、很疼她的，看到她站在风里又咳嗽了，说：你快回去吧。黛玉道："我也家去歇息了，明儿再见罢。"说着，便自取路去了。写到这里，你就会觉得有一种说不出的凄凉，跟他们从前在一起完全不一样了。曹雪芹很会用一种气氛（atmosphere）、一种语调，这些就是小说写得好的地方，那个语调是不知不觉的一些小细节。在风里面她咳嗽了，平常咳嗽无所谓，这个时候突然站在那边咳嗽起来，你就知道，黛玉心中这一刺刺下去很重。曹雪芹在外面轻轻地一点，其实是写那里面的沉重。这一边晴雯死了，做了这个祭文；那一边迎春要出嫁了，大观园里死的死、走的走、散的散，整个家族已经聚不拢了。所以前面中秋夜的时候，贾母不肯回房睡觉，筵席要散了还不肯散，老太太自己心里知道，这个家族保不住了。

迎春要出嫁了，宝玉就到紫菱洲去看他二姐姐。一到那个地方，见其轩窗寂寞，屏帐倏然。这几个字，够了！一片荒凉冷寂的气氛进来。不过有几个该班上夜的老妪。再看那岸上的蓼花苇叶，池内的翠荇香菱，也都觉摇摇落落，似有追忆故人之态，迥非素常逞妍斗色之可比。既领略得如此寥落凄惨之景，是以情不自禁，乃信口吟成一歌。他到那边去的时候，到处都是零零落落的了。以前写大观园的时候，都是一片春天，百花齐放。秋天菊花开，天高气爽；冬天寻梅，雪也是暖的。这个时候衰了，他的眼睛看到园子里面什么都枯萎了，看的心情变了，心里边一片荒凉，秋天就只剩下肃杀。

晴雯死了，迎春马上要出嫁了。迎春在整本书里角色不重，比起探春、惜春，她是一个低调不带趣味的人。可是在这个地方突然关注到她了，因为她嫁错了人，受了很大的折磨，活活被磨死。迎春也教人同情，那么好的一个老实人，偏偏嫁给一个非常糟糕的纨绔子弟孙绍祖。迎春出嫁后曾经回来向王夫人倾诉，这个人物一下子就不光是"二木头"了，也是一个遭遇很可怜的千金小姐。但她没有受到父母的疼爱，贾赦自己就是个糟糕的人，对儿女也是很平淡的，邢夫人不是迎春的亲生母亲，对她的幸福并不关切，婶婶王夫人对她还比较温暖些。宝玉平常跟迎春这个姐姐不是很亲近，跟探春不一样，探春是他同父异母的姐妹，迎春是他的堂姐，又隔了一层。可是宝玉对她要嫁出去还是相当不舍，就信口吟了一首诗：

> 池塘一夜秋风冷，吹散芰荷红玉影。
> 蓼花菱叶不胜愁，重露繁霜压纤梗。
> 不闻永昼敲棋声，燕泥点点污棋枰。
> 古人惜别怜朋友，况我今当手足情！

这时候突然有一个人叫他，问："你又发什么呆呢？"他回头一看，是谁呢？香菱。香菱原是甄士隐命运多舛的女儿英莲，后改名香菱，被薛蟠抢来做妾。香菱在《红楼梦》里也是个次要人物，但有蛮重要的预示、象征意义。太虚幻境的金陵十二钗副册，头一个就是香菱的命运，她的判诗为"根并荷花一茎香，平生遭际实堪伤"。菱花跟荷花一样都是水里的植物，都有清香，但是她平生遭遇实在叫人听了伤感。自从两地生孤木，致使香魂返故乡。自从薛蟠娶了一个很凶的老婆夏金桂，"桂"字左边不就有个孤木，"两地"不就是右边两个"土"。按这个判诗，香菱应该是被夏金桂折磨死的，可是后四十回把她的命运改了。后四十回当然有许多值得探讨的问题。夏金桂想害香菱，哪晓得阴错阳差把自己毒死了，所以跟前面第五回就写好的判诗不太吻合。《红楼梦》前八十回与后四十回有的地方矛盾，香菱的命运是其一，很可能后四十回没有经过曹雪芹最后的定稿，他写着写着，想一想还是让夏金桂毒死自己，前面没有改。夏金桂死了真是大快人心，这么一个悍妇，不光是悍妇，又淫贱，还想勾引小叔，把自己毒死了，这个结果好像比较合理。

曹雪芹笔下的香菱很天真的，完全不晓得她的处境危险，她跟宝玉说：为你哥哥娶嫂子的事，还得忙一番呢！宝玉问，娶的是什么人？香菱说是桂花夏家的，叫夏金桂，因为她们家好多亩地种了桂花。家里做生意很有钱，不是官家，只这么一个独女儿，从前就认得的，所以薛家跟夏家就结亲了。香菱讲得兴致勃勃，说巴不得她早些过来，又添了一个作诗的人。香菱整天想作诗，夏金桂对作诗可没兴趣，喜欢啃鸡骨头——很奇怪的一个嗜好。她把鸡鸭的肉通通给人家吃，就剩下骨头炸了下酒，一边喝酒一边骂人。香菱很天真，以为会多一个作诗的伴，宝玉一听很敏感，就讲："虽如此说，但只我听这话不知怎么倒替你担心虑后呢。"宝玉讲出重点：我替你担心了。香菱听了，不觉红了脸，正色道："这是什么话！素日咱们都是厮抬厮敬的，今日忽然提起这些事来，是什么意思！怪不得人人都说你是个亲近不得的人。"一面说，一面转身走了。香菱一听这戳中她是个妾，有了正室来，你就要受罪了。香菱不喜欢听这个话，这不是讲到我的私事来了？其实宝玉倒是一番好意。

　　宝玉见他这样，便怅然如有所失，呆呆的站了半天，思前想后，不觉滴下泪来，只得没精打彩，还入怡红院来。一夜不曾安稳，睡梦之中犹唤晴雯，或魇魔惊怖，种种不宁。次日便懒进饮食，身体作热。此皆近日抄检大观园、逐司棋、别迎春、悲晴雯等羞辱惊恐悲凄之所致，兼以风寒外感，故酿成一疾，卧床不起。宝玉连日受到各种刺激，大观园里死的死，散的散，嫁的嫁，赶的赶，聚散无常、生死不定让他心痛得很，作为一个护花使者，最终都保护不了她们，所以他自己生病了。王夫人心里也明白，心中自悔不合因晴雯过于逼责了他。心中虽如此，脸上却不露出，延医治病就是了。宝玉从这几回以后，好像没有真正开心的时候了，有时候也许还吟吟诗，那也是强颜欢笑，所以整个《红楼梦》的语调转了。曹雪芹遣词用字很微妙的，在里面把整个调子转转转，转到最后，黛玉死了，贾府抄家了，小说节奏越来越快，前面七十几回慢慢渐进地砌堆，一下子哗啦哗啦撒开来。好像起一个房子，是一层一层建起来的，要把房子拉下来，轰一声，坍掉了，房子要坍下来的时候很快的。

这时候笔锋一转写到薛家，夏家小姐娶进门了。原来这夏家小姐今年方十七岁，生得亦颇有姿色，亦颇识得几个字。若论心中的邱壑经纬，颇步熙凤之后尘。夏金桂虽有王熙凤那几下，但格调比王熙凤低多了。王熙凤虽然很泼辣，甚至有时候很毒辣，可她到底是荣国府的大掌家，有她的派头，而且出身跟夏金桂也不一样，她是官家出身，舅舅王子腾也是当大官的。夏金桂，到底有点跟她的名字一样，桂花香是香，有时候太过了。我家乡桂林有好多桂花，在那桂花林里面吃不消那个香味，桂香有点俗，浓得受不了，倒是香菱那个菱花、荷花，清清淡淡的香味让人很舒服。

你看这夏金桂，只吃亏了一件，从小时父亲去世的早，所以没有怎么教导她，又无同胞弟兄，寡母独守此女，娇养溺爱，不啻珍宝，凡女儿一举一动，彼母皆百依百随，因此未免娇养太过。竟酿成个盗跖的性气。爱自己尊若菩萨，窥他人秽如粪土；外具花柳之姿，内秉风雷之性。你看她啊，在家中时常就和丫鬟们使性弄气，轻骂重打的。

今日出了阁，自为要作当家的奶奶，比不得作女儿时腼腆温柔，须要拿出这威风来，才钤压得住人；况且见薛蟠气质刚硬，举止骄奢，若不趁热灶一气炮制熟烂，将来必不能自竖旗帜矣；又见有香菱这等一个才貌俱全的爱妾在室，越发添了"宋太祖灭南唐"之意，"卧榻之侧岂容他人酣睡"之心。曹雪芹真是有意思，他给这个呆霸王一个凶老婆，好好地来治治他，弄得薛蟠这个家鸡飞狗跳，我觉得这是曹雪芹的幽默，给他一个悍妇，让他尝尝滋味。

这个夏金桂霸道得很，她的名字有"金桂"两个字，她就不准人家讲，提也不能提，哪个提了"金桂"两个字，就毒打一顿。她还讲，传说月宫里吴刚砍桂花，桂花在月宫里面有，不得了，所以桂花叫作嫦娥花，她自封为嫦娥。哪里像嫦娥呢？那么凶！有一天这个夏金桂挟制住薛蟠，薛蟠两下给她搞定了。她又看薛姨妈也好欺负，也压了婆婆。还有呢，宝钗这个小姑她也看不惯，她也想要去压一压宝钗。宝姑娘可不是省油的灯，夏金桂见机想拿话压宝钗，立刻被顶回去。找不到宝钗的碴儿，她想借香菱看是不是能够找到碴儿。有一天，她问起香菱的身世，问香菱的名字谁取的。香菱说姑娘起的，是宝钗替她取的。金桂冷笑道："人人都说姑娘通，只这一个名字就不通。"香菱说："嗳哟，奶奶不知道，我们姑娘的学问连我们姨老爷时常还夸呢。"香菱不知道这个金桂要整她，就因为宝钗在后面是她的靠山嘛！她这么一讲就火上浇油了。你看看下一回"美香菱屈受贪夫棒"，香菱的厄运开始了。

第八十回

美香菱屈受贪夫棒　王道士胡诌妒妇方

曹雪芹写王熙凤，无论怎么泼辣，出来还是个美人，那种 style 有她的派头。这个夏金桂，到底是卖桂花家出身的，你看看她的样子：话说金桂听了，将脖项一扭，嘴唇一撇，鼻孔里哧了两声。写得好！就这么几个小动作，把她的整个格调就写出来了。又扭脖子，又撇嘴，在鼻子里出气，这么一个人，长得再漂亮，这么两下也不好看了嘛！她拍着掌冷笑道："菱角花谁闻见香来着？若说菱角香了，正经那些香花放在那里？"香菱真是不识相，她讲啊："不独菱花，就连荷叶莲蓬，都有一股清香的。但他那原不是花香可比……"没错，夏天的时候你到了池塘边，荷花菱花很清香，好像有一种清凉的感觉。香菱不是乱讲，她咕噜咕噜讲了半天，讲了自己的经验。金桂故意引她，按你这么讲莲花那么好——"那兰花桂花倒香的不好了？"香菱说到热闹头上，忘了忌讳，便接口道："兰花桂花的香，又非别花之香可比。"好，讲到桂花，犯忌了。一句未完，金桂的丫鬟名唤宝蟾者，忙指着香菱的脸儿说道："要死，要死！你怎么真叫起姑娘的名字来！"这个小节大家注意啊。

曹雪芹写夏金桂，他又创造出这么个人物来。本来十二金钗写完了，红楼二尤出来，又起了个高峰，所有的女性角色，从老太太到小姑娘都写完了，还要写出新的、不同的，很难，结果跑出个夏金桂来。夏金桂也很泼辣，又跟王熙凤不一样，泼辣里面带了一点淫贱。王熙凤也风骚的，跟小叔子贾蓉好像也有点暧昧，但不让人觉得恶心，这个夏金桂去勾引薛蝌就让人目瞪口呆了。她一个还不够，加上个丫头宝蟾，这是一对宝贝。前面的红楼二尤，尤三姐、尤二姐两个很对称的，写到这里，又是一对，夏金桂、宝蟾一对主仆，一样的泼辣，一样的淫贱，两个人狼狈为奸要整死香菱。宝蟾指着香菱的脸叫骂，这个丫头有她的戏。曹雪芹写各式各样的丫头写得多了，宝蟾这样的还没见过。《红楼梦》的丫鬟们不管怎么样，个性也许像晴雯那样有些骄纵也很任性，但你不觉得她坏；袭人心机很深，写得也是合情合理，你也不会觉得讨厌她；小红很刁钻，她有她的一套，你觉得蛮欣赏的。唯独宝蟾这个丫头，跟夏金桂一样看了令人生厌。曹雪芹的笔能掌握每个人的情绪，对大部分的角色他都蛮宽容的，这两个是例外。在某方面，这对主仆也是曹雪芹创造出来闹薛蟠的，把薛蟠家里搞得鸡犬不宁。

薛蟠这个人，一方面非常骄奢，父亲死得早，薛姨妈宠他，弄成典型的恶劣纨绔子弟，在某方面他也比较天真，不过是天真的坏，所以是呆霸王。他最大的毛病是好色，在书里面曹雪芹也写了很多情跟欲，对于有真情的欲，曹雪芹是有同情之心的，譬如司棋跟她的表弟潘又安，在大观园里幽会，留下一个绣春囊，他认为这是值得大家同情的。但像贾琏、薛蟠这些好色之徒，曹雪芹的笔贬抑嘲笑的成分就比较多了，看看这一段写薛蟠跟宝蟾之间怎么勾来搭去的。

刚刚娶了夏金桂的时候，薛蟠也像一团火似的，没有多久，连丫头也一起看上了。宝蟾这个女孩子带点淫荡，很合薛蟠的口味。这日薛蟠晚间微醺，又命宝蟾倒茶来吃。薛蟠接碗时，故意捏他的手，挑逗她。宝蟾又乔装躲闪，连忙缩手。两下失误，豁啷一声，茶碗落地，泼了一身一地的茶。薛蟠不好意思，佯说宝蟾不好生拿着。宝蟾说："姑爷不好生接。"其实是打情骂俏。金桂冷笑道："两个人的腔调儿都够使了。别打谅谁是傻子！"金桂看在眼里，当然一肚子的妒火中烧，宝蟾是她的丫头，薛蟠把她的丫头也勾上了，那她怎么不把威风拿出来呢？夏金桂有她的心计。大家还记得王凤姐怎么整死尤二姐的吗？施小巧借刀杀人。贾琏娶了尤二姐之后，没多久贾赦又送他一个丫鬟叫秋桐，秋桐倒是跟宝蟾有点像，王凤姐心中当然很不高兴，一个还没解决又来一个，干脆借这个秋桐来杀尤二姐。所以夏金桂就想借了宝蟾来整香菱，除掉香菱，也是借刀杀人之计。

这两个故事有点相似之处，但是又很不一样。你看，这个夏金桂就讲了："要作什么和我说，别偷偷摸摸的不中用。"薛蟠听了，仗着酒盖脸，便趁势跪在被上拉着金桂笑道："好姐姐，你若要把宝蟾赏了我，你要怎样就怎样。你要人脑子也弄来给你。"写薛蟠下流急色鬼的样子，把喜剧人物写到底了。从前面开始，薛蟠口里面讲出"绣房蹿出个大马猴"，他家那个男人是个大乌龟，曹雪芹就把他当作一个喜剧人物，这个时候他又跑出来了。记得他还去打柳湘莲的主意吗？喝醉以后骑个马去找，那个头一摇二晃像拨浪鼓一样，后来被柳湘莲痛打一顿。《红楼梦》是个大悲剧，但曹雪芹写喜剧也写得很好，刘姥姥、薛蟠，还有被一群小戏子轰到她身上扯乱头发的赵姨娘，基本上都是喜剧人物。有这些喜剧场景穿插，整个小说才有悲有喜，引人入胜。你想象那薛蟠跪在被子上面，涎着那张脸，"我人脑子都给你弄来"的场景，写得活！如果他不是跪在被子上面，那又差一点了。所以小说写得好就是这种地方，把他制造成这个样子，两下就行了。形容夏金桂，嘴巴一撇，颈子一歪，人就出来了。薛蟠跪着这么讲，那个样子也就出来了。

夏金桂心机很毒的，她故意放一马，让宝蟾跟薛蟠幽会。又故意叫香菱，香菱这时候名字也改了，不准她"香"了，叫秋菱，就是要和宝钗作对把她名字改掉的。夏金桂叫丫头传话："菱姑娘，奶奶的手帕子忘记在屋里了。你去取来送上去岂不好？"明明晓得薛蟠跟宝蟾在里头，故意叫香菱去撞破他们。香菱傻傻地跑去了，进去一看，哎哟，他们两个人在里面有私，羞得满脸通红跑出来。薛蟠刚刚入港，怎么给她闯破了，勃然大怒，骂香菱："死娼妇，你这会子作什么来撞尸游魂！"你看把香菱骂得这个样子。宝蟾被抓住了，等于被捉奸嘛，她也强要面子，说是薛蟠逼奸，不肯认账。到了晚上洗澡的时候，香菱伺候他啰，水稍微烫了一点，薛蟠就借故找碴儿，说香菱害他，衣服也不穿，赤精大条地追着香菱打出去。薛蟠这个人真的差劲，香菱可怜，她的出身也是好人家的小姐，命运拨弄落得这个地步。大妇夏金桂整她，自己的丈夫又这样子虐待她。还不只这样，夏金桂讲薛蟠把她的丫头占走了，没人服侍她，叫香菱来。香菱不肯去却也没办法，只好去服侍。夏金桂夜里一下子叫她倒茶，一下子叫她这样那样，整晚上要她睡不好。夏金桂这样搞了几天，又说从香菱的房间搜出一个纸人来，她的八字写在上面，中国人相信这是咒人的，就闹起来了。是谁在她房间住呢？香菱！这个薛蟠也不管三七二十一，拿了一个很长很粗的门闩，朝香菱追着打。薛姨妈看不过眼了，就说这丫头服侍你那么多年，你怎么不分青红皂白动起粗来了。你看这个夏金桂怎么反应：金桂听见他婆婆如此说着，怕薛蟠耳软心活，便益发嚎啕大哭起来，挟制薛蟠，整他的妈。一面又哭喊说："这半个多月把我的宝蟾霸占了去，不容他进我的房，唯有秋菱跟着我睡。我要拷问宝蟾，你又护到头里。你这会子又赌气打他去。治死我，再拣富贵的标致的娶来就是了，何苦作出这些把戏来！"薛蟠就急了，这个呆霸王对这种老婆也没办法。薛姨妈听了金桂这话，一句一句都在挟制她的儿子，可恶得很，只好骂薛蟠说："不争气的孽障！骚狗也比你体面些！谁知你三不知的把陪房丫头也摸索上了，叫老婆说嘴霸占了丫头，什么脸出去见人！也不知谁使的法子，也不问青红皂白，好歹就打人。我知道你是个得新弃旧的东西，白辜负了我当日的心。他既不好，你也不许打，我即刻叫人牙子来卖了他，你就心净了。"说着，命香菱"收拾了东西跟我来"，一面叫人去："快叫个人牙子来，多少卖几两银子，拔去肉中刺、眼中钉，大家过太平日子。"这是在讲金桂了，我替你拔掉肉中刺、眼中钉，这样好了吧！

　　薛蟠看见妈妈动了气，不敢讲话了。金桂听了这个话，新娶的媳妇竟然说："你老人家只管卖人，不必说着一个扯着一个的。我们很是那吃醋拈酸容不下人的不成，怎么'拔出肉中刺、眼中钉'？是谁的钉，谁的刺？"唷，凶得很！那时候的媳妇哪里敢对着婆婆大呼小叫、咕噜咕噜地骂？薛姨妈气得要命，说道："这是谁家的规矩？婆婆这里说话，媳妇隔着窗子拌嘴。"这个夏金桂干脆撒泼大闹，说是你们娶我来的，又不是我求你的。你看娶了个败家精，搞得鸡犬不宁。这下子薛姨妈气昏了，真的要把香菱卖掉。这时候宝钗出来劝："咱们家从来只知买人，并不知卖人之说。妈可是气的糊涂了，倘或叫人听见，岂不笑话。哥哥嫂子嫌他不好，留下我使唤，我正也没人使呢。"宝钗是个最明理的人，在很多恰当的时候出面。不光是这一次，不光是对她妈妈，有时候是对王夫人，常常在最需要理性的时候，她就出现了。于是香菱就躲到宝钗那边受到她的庇护。当然挨了这么些虐待，受了惊恐，香菱就生病了。

第八十回还是曹雪芹自己写的原稿，就是暗示香菱慢慢病死了，是夏金桂整的。可是后来的后四十回把它翻转过来了，变成夏金桂毒死了自己。怎么回事呢？香菱不在了，干脆宝蟾代替了她，宝蟾比夏金桂更加放浪，很合薛蟠的口味，这下子把那个夏金桂放到脑后去了。自己的丫头嘛！当然打一顿、骂一顿时时有的，宝蟾有她的疯，撒泼，满地滚，也跟夏金桂一样。好好的一个家，来了一个泼辣悍妇，又来一个泼辣淫妇，哇啦哇啦吵得满地滚，给她们弄得还像个家吗？薛蟠吃不下制不了，只好开溜，跑出去又犯了罪杀了人，四大家族的薛家也败了。弄成这个样子。夏金桂还不甘心，在家里一下子整天发脾气，一下子高兴起来就叫人来一起聚赌，这个媳妇还会赌钱、斗牌、掷骰子作乐，且有个很奇怪的嗜好，生平最喜啃骨头，她把肉赏给人家吃，只单以油炸焦骨头下酒。吃的不奈烦或动了气，便肆行海骂，说："有别的忘八粉头乐的，我为什么不乐！"你看夏金桂的那个格调和骂人的粗俗，跟薛蟠倒是蛮配对的，两个一对宝。我想这是曹雪芹幽默的地方。

宝玉知道薛蟠娶来这么一个悍妇、妒妇、搅家精，当然很替香菱和薛家担心。有一次他随贾母到一个道观里去还愿。听说那个道士王一贴很会治病，一贴药可以治百病，他就问，你的药真的这么灵吗？那个道士就叽哩咕噜讲了一大堆江湖话，问大爷要什么药呢？他又猜宝玉可能有房中事，要的是春药。宝玉是个很天真的人，他听不懂，就问书僮茗烟，茗烟就骂那个道士。宝玉说："有没有药能治妒妇？"爱妒忌的女人你有没有一贴药能把她一下治好？道士说："这个病没听过。"想一下，有的！开了一个方子叫作"疗妒汤"。这疗妒汤看起来蛮好喝的："用极好的秋梨一个，秋天的梨子，二钱冰糖，一钱陈皮，水三碗，梨熟为度，每日清早吃这么一个梨，吃来吃去就好了。"宝玉说这个没有什么稀奇，怎么会疗得好呢？王一贴讲："一剂不效吃十剂，今日不效明日再吃，今年不效吃到明年。横竖这三味药都是润肺开胃不伤人的，甜丝丝的，又止咳嗽，又好吃。吃过一百岁，人横竖是要死的，死了还妒什么！那时就见效了。"他这个疗妒汤很有意思，曹雪芹也能写这种有趣的东西。

　　这一回最后写到迎春出嫁之后回娘家，哭哭啼啼到王夫人那边诉委屈。迎春本是不善言语的，大家还记得那一回吗？她的佣人把她的首饰偷出去当了，下面的人吵得一塌糊涂，这个懦小姐在看《太上感应篇》，根本不管这些事。这一次不同了，她在王夫人面前说，嫁的丈夫孙绍祖是一个好色的男人，家中所有的媳妇丫头将及淫遍。劝过他几次，就骂她"醋汁子老婆拧出来的"，讲迎春吃醋。

过去是大男人沙文主义，男人可以三妻四妾乱搞，太太吃醋就是醋婆子不贤慧。而且孙绍祖又讲了贾赦这个人，贾赦是迎春的父亲，道德上最缺的，迎春嫁了之后，孙绍祖说贾赦曾收着他五千银子，不该使了他的。如今他来要了两三次不得，他便指着我的脸说道："你别和我充夫人娘子，你老子使了我五千银子，把你准折卖给我的。好不好，打一顿撵在下房里睡去。"讲得非常不堪，原来贾赦用了人家的钱，他把女儿嫁出去等于是卖出去一样。难怪孙绍祖讲这些话："当日有你爷爷在时，希图上我们的富贵，赶着相与的。论理我和你父亲是一辈，如今强压我的头，卖了一辈。又不该作了这门亲，倒没的叫人看着赶势利似的。"讲得太糟蹋人了！迎春遇人不淑，她是贾家的千金，荣国公的千金，被欺负成这个样子。迎春这个角色在前面一点都不突显，这个地方才让人注意到她的命运。后来她讲得更可怜了，她回来想住几天，离开那些姐妹很想念她们，她还记挂着自己在园里的屋子，希望就住个三五天，死也甘心，不知道下次还住不住得了。她晓得夫家这样磨她，自己命恐怕也不长。第十三回秦氏的鬼魂来跟凤姐讲，最后给你一句话："三春去后诸芳尽，各自须寻各自门。"三春本来是讲春天的初春、仲春、暮春，三春过了以后，一片繁华百花谢了。各自须寻各自门，贾府的"三春"，元春、迎春、探春，各有各的命运，都散掉了。这个时候三春过尽，迎春走了，元春也快面临死亡，探春也快嫁走了，贾府抄家散户的时刻快到了。

第八十一回

占旺相四美钓游鱼　奉严词两番入家塾

　　因为发现了一个绣春囊，贾府在大观园里自己抄家，把宝玉身边王夫人认为是狐狸精的女孩子通通赶走。被赶走的女孩子，有的病死，有的自杀，有的出家当尼姑。这个大转折使得大观园的繁华往下落了。到第八十一回，整个书写的笔触也荡下来。有人批评说，前八十回文采飞扬，非常华丽，后四十回笔锋黯淡，我认为这是因为情节所需。前面写的是太平盛世，贾府声势最旺的时候，需要丰富、瑰丽的文采，后四十回贾府衰弱了，当然就是一种比较苍凉、萧疏的笔调出来了。因为前面调子拔得很高，这时候突然间降下来，很容易感觉到，我认为不是因为曹雪芹的文采不逮，而是他故意的，写衰的时候，就是用这种笔调。

　　第八十一回一开始，宝玉为迎春的遇人不淑担忧，夜不成眠。迎春归去之后，邢夫人像没这事一样，迎春是她名义上的女儿，但她毫无疼惜之心，贾赦更自私，用了孙家的钱，陷迎春于难堪的处境。倒是王夫人对迎春抚养了一场，颇为伤感，在房中叹息。宝玉走来请安，看见王夫人脸上似有泪痕，也不敢坐，只在旁边站着。王夫人说："你又为什么这样呆呆的？"宝玉就讲："咱们索性回明了老太太，把二姐姐接回来……"讲小孩子话嘛！那个时候的规矩，嫁出去了，怎么可能住在娘家不走了呢？王夫人说："你又发了呆气了，混说的是什么！大凡做了女孩儿，终久是要出门子的，嫁到人家去，娘家那里顾得，也只好看他自己的命运，碰得好就好，碰得不好也就没法儿。你难道没听见人说'嫁鸡随鸡，嫁狗随狗'？那里个个都像你大姐姐做娘娘呢。"

我说《红楼梦》的大观园就像儿童乐园一样，宝玉跟这些姐妹们在一起度过他们最纯洁的童年。这些青少年在里头没有长大，没有成人的烦恼，没有外面世俗的污染，那是个理想世界、人间的太虚幻境。但是人总有一天会长大的，人大了，就开始有烦恼了，女孩子的第一个烦恼就是要出嫁。从前没有自由婚姻，即使有自由婚姻也是个烦恼，到了婚嫁的时候是人生大关。你想想看，你选一个人，选中了就一辈子，这是多么大的赌注。王夫人把宝玉说了一顿，宝玉看讲不通了，心里不舒服，就跑到潇湘馆去。黛玉是他的知音，只有黛玉能懂他，所以他一进到潇湘馆就大哭起来。黛玉一看，怎么回事啊？是不是我得罪你了？他们两个小儿女常常怄气嘛！他说不是。那为什么伤心？宝玉道："我只想着咱们大家越早些死的越好，活着真真没有趣儿！"想死了。自从第七十八回晴雯死了以后，宝玉就变了，有一种伤感，之前不懂的。晴雯是他最心爱的一个丫鬟，我讲过好多次，晴雯也是黛玉的另外一个分身，在众姐妹里面，黛玉是他的知己，在众丫鬟里面，晴雯是他的知己，所以晴雯这样冤死，而且为他而死，宝玉是非常伤心的。他写了那么长的一篇悼文祭悼她，人生的哀愁开始了。

宝玉出家就像《西游记》里面唐僧取经一样，要经过九九八十一回的劫难，经历人生各种的生离死别，最后才悟道。从某些方面讲，《红楼梦》中的贾宝玉，可以说是一个佛陀一样的人物（Buddha character）。宝玉的出家，跟悉达多太子最后的悟道有相似之处，享尽了荣华富贵，看穿了老病死苦，各种人生苦难，一个一个经过他的眼前，所以这个时候迎春的苦难触发了他的伤感。

黛玉说："这是什么话，你真正发了疯了不成！"宝玉道："也并不是我发疯，我告诉你，你也不能不伤心。前儿二姐姐回来的样子和那些话，你也都听见看见了。我想人到了大的时候，为什么要嫁？嫁出去受人家这般苦楚！还记得咱们初结'海棠社'的时候，大家吟诗做东道，那时候何等热闹。如今宝姐姐家去了，连香菱也不能过来，二姐姐又出了门子了，几个知心知意的人都不在一处，弄得这样光景。"

　　这种光景，大家散了！宝玉不喜欢散，他恨不得大家永远不散，但天下没有不散的筵席，所以散的时候很伤心。自从贾府自己抄家，宝玉身边的人好几个被赶出大观园，像宝钗这样的客人，虽然没有查抄到她的屋子，但想着要避嫌，自己也搬出大观园了。园里本来是十二金钗，姹紫嫣红百花齐放，现在一个一个走掉，黯然失色了，所以宝玉伤心，很怀念大家一起吟诗作赋最快乐的时光。黛玉听了这番言语，把头渐渐的低了下去，身子渐渐的退至炕上，一言不发，叹了口气，便向里躺下去了。这段写得好，没讲什么，但你看得到这种衰颓。黛玉了解他的心事，他的那种伤感，黛玉马上感染到了。

　　宝玉回到怡红院，百无聊赖，随手拿了一本《古乐府》来看，一翻看到曹孟德的《短歌行》："对酒当歌，人生几何，譬如朝露，去日苦多。"曹孟德就是曹操，这一首诗很有名，讲人生苦短，像清晨的露水。曹操一代枭雄，也感到人生的无常与虚幻。宝玉以前从来没有过这种苍凉的心境，他也许伤心过、哀痛过，可是这种苍凉他不曾感受。本来他是一个很开心的青少年，这时候好像一下子老了，一看到这首诗就很刺心。他放下，又拿了另外一个集子，是魏晋的《晋文》，看了几页，忽然把书掩上，托着腮，只管痴痴地坐着。袭人来倒茶给他，说："你为什么又不看了？"宝玉也不答言，接过茶来喝了一口，便放下了。袭人一时摸不着头脑，也只管站在旁边呆呆的看着他。忽见宝玉站起来，嘴里咕咕哝哝的说道："好一个'放浪形骸之外'！"这是王羲之《兰亭集序》里面的一句话。大家知道魏晋是老庄思想盛行的时候，那时是乱世。中国人有两套哲学，《红楼梦》里面这两套哲学就常在冲突。一个是进取的儒家，一个是退隐的道家，这入世、出世两种哲学一直互相消长，因为中国人的个性（personality）有这两样东西存在，我们才活到今天，可进可退，不会一下子垮掉。我觉得中国人的个性像竹子，你把他弯往这里弯到底，你一放，嘣！他又跳回去了。就是两种哲学互相作用。魏晋的时候老庄思想盛行，宝玉的个性本来倾向这一边的，曹雪芹总在适当的时候，借着一本古籍、一首诗、一句话刚好点题。这个时候怎么形容宝玉的心境？很难啊！讲半天也讲不清楚。用"对酒当歌，人生几何""放浪形骸之外"说他的伤感，他人生的最后想要解脱，就点出来了。《红楼梦》的力量也常借助古典文学画龙点睛似的运用自如。

宝玉到大观园里面去，一时走到沁芳亭，但见萧疏景象，人去房空。前八十回的大观园，写的都是花团锦簇、热闹繁华的景象，这个时候写人去楼空的感受。我讲了，走的走，亡的亡，散的散。又来至蘅芜院，更是香草依然，门窗掩闭。蘅芜院是谁住的？薛宝钗住的，以前他也到蘅芜院去看宝钗，这时候宝钗已经搬出去了，"香草依然"。《红楼梦》有他的语言风格，白话文与文言文交叉运用，用得好！有时候文白相夹，用得不好很生硬，插不进去的，《红楼梦》你看就用"香草依然"四个字，把蘅芜院景物依旧、人事已非的感受写尽了。

宝玉转过藕香榭，远远地看见几个人在钓鱼，一看是探春，以及李纹、李绮这两姐妹，还有邢岫烟。李纹、李绮是宝玉的嫂嫂李纨的堂妹，来投靠贾府的穷亲戚。贾府那么大，盛的时候总有一群人走动，有的是穷亲戚，有的是富亲戚。像薛宝钗家里面很有钱，是富亲戚，李纹两姐妹就是其中的穷亲戚。在这部小说里，她们是真正的扁平人物，从头到尾，没有给她们任何个性，也没有讲她们长得怎么样，大概长得不会丑啦，丑女进不了大观园。她们还会写几句诗，除此，她们没有故事，也没有任何引道剧情的作用，这种角色在《红楼梦》里有好几个。那为什么要写她们呢？其实就是要凑热闹。小说里面也需要一些陪衬，每次出来就都是那个样子，没有变化的，一部小说里面如果通通变成圆形人物，那就互相打架了。有她不嫌多，没她也不嫌少的人物，你真的拿掉了，就会觉得好像大观园里面少了几棵草。大观园里面需要很多的花花草草，曹雪芹把她们放在那个地方，填满了，站在那里不动，就好像我们唱一出戏要几个龙套，没有的话，舞台上空空的不好看。邢岫烟不同，她是一个次要角色，她有个性，而且是有故事的。

这几个女孩子在钓鱼。《红楼梦》里面做什么都有意义，曹雪芹不会写一大堆没有意义的事情。这几个人钓鱼，你看回目"占旺相四美钓游鱼"，就知道等于是卜卦一样，用钓鱼试一试自己的运势。中国有一句话"钓金龟"，就是钓一个好女婿。这几个女孩子后来都不错，探春远嫁海疆大吏，李纹也嫁了一个公子，邢岫烟后来嫁给薛蝌，都有归属。唯独贾宝玉，他姜太公钓鱼，没有与最爱的人结合，他的婚姻不是完美的。后来虽然娶了薛宝钗，我有一个看法，薛宝钗不是嫁给贾宝玉，是嫁给贾府，是嫁给贾府宗法社会一个很重要、需担大任的位子。这些都有意义在里头。

　　钓了半天，宝玉的丫头麝月跑来说，老太太找你呢。到了贾母那里，原来正在谈有个会作法害人的马道婆事败了，给官府抓起来了。记得吗？有一回，赵姨娘跟这个马道婆勾起来，用纸人插针要害凤姐跟宝玉，从前中国人相信这一套。拿针来戳纸人，戳到他们两个发疯，差点死掉。马道婆等于是个巫婆，幸好那个疯疯癫癫的和尚又出现了，他念念咒，把宝玉那块玉弄一弄，才救了回来。马道婆犯案被抓住了，原来是她，害人的！王熙凤跟宝玉回想，他们也怀疑是赵姨娘作梗，不过为了面子的关系，家丑不可外传，就不出声压下来了。赵姨娘心地怨毒，当然下场也不好。

　　这回的后半部"奉严词两番入家塾"，讲贾政要宝玉重进私塾念书。从前像贾家这种大家族，在贾府之外，还有很多叔叔伯伯，反正都姓贾。在那种宗法社会，要让子弟受教育，这种家族就开一个家塾，开学校，请老师，来教导这些子弟们。宝玉第一次进私塾的时候，年纪还小，他之所以愿意进去，其实有另外一个目的。他有一个好朋友秦钟，是秦可卿的弟弟，跟他差不多年纪，长得很好，两个人互相倾慕，有一段非常好的感情。秦钟除了是宝玉念书的伴侣，启发他对男性的感情之外，还有很重要的象征意义。秦钟——"情种"，《红楼梦》非常微妙，意义一层一层，取个名字也不会随随便便。在第五回里有几个曲子，等于是《红楼梦》的前奏曲（prelude），讲他们整个的命运，一开头的那个曲子〔红楼梦引子〕："开辟鸿蒙"，就是天地开的时候，"谁为情种"？所以"情种"两个字很要紧，秦钟有他的意义。秦钟早夭，宝玉一直思念着他。我们说《红楼梦》千里伏笔，秦钟好早以前就死了，好多回都没有讲他了，偶尔提过一次，讲柳湘莲为他修墓，后来就不讲了，到这个地方又出现了。

秦钟不在以后，宝玉没心思上学了。装病，病了嘛！稀里呼噜就不念了。这么久以后，贾政想起来，宝玉长大一点了，将来还是要去考科举，这也是贾政对他最高的期望。考科举就要念八股文，必须把他又赶回学校去，贾政还亲自把宝玉送到私塾。私塾里原本有一个老先生贾代儒，是贾家的一个亲戚，学问大概很好，中过举人之类的上不去了，沦落到教书先生。考上举人后再考上进士，都是做官去了，弄到去教书糊口，那是文人的末路。贾政送宝玉去了，就说："我今日自己送他来，因要求托一番。这孩子年纪也不小了，到底要学个成人的举业，才是终身立身成名之事。如今他在家中只是和些孩子们混闹，虽懂得几句诗词，也是胡诌乱道的；就是好了，也不过是风云月露，与一生的正事毫无关涉。"写诗，当时是邪门歪道，不入正流，要写八股文章。你跟前面对照，这是很大的讽刺。贾政说，要考试，到底要以文章为主，你一点功夫都没有，现在你不许作诗，多作八股文。宝玉前面刚刚要学魏晋竹林七贤"放浪形骸之外"，这下子马上又被抓来作八股文了，这是他最厌恶的东西。这种讽刺，曹雪芹不经意地这么放下去，你要读得很仔细才看得出来，跟前面形成尖锐的对比。宝玉有灵性，他的诗词歌赋不错，但是那时候作诗没用，不像唐朝作诗可应考，诗作得好可以做大官，所以唐朝诗人多。清朝就是四书为主，考经书，考八股文，把人的思想抓得紧紧的。

你看这个地方有意思：代儒回身进来，看见宝玉在西南角靠窗户摆着一张花梨小桌，花梨是很好的木头。右边堆下两套旧书，薄薄儿的一本文章，叫茗烟将纸墨笔砚都搁在抽屉里藏着。代儒道："宝玉，我听见说你前儿有病，如今可大好了？"宝玉站起来道："大好了。"代儒道："如今论起来，你可也该用功了。你父亲望你成人恳切的很。你且把从前念过的书，打头儿理一遍。每日早起理书，理书就是温习书，饭后写字，晌午讲书，念几遍文章就是了。"宝玉答应了个"是"，回身坐下时，不免四面一看。他几年前在这边私塾里念过书的，那时候他在里面大闹学堂，大打出手，这些小孩子互相吃醋嘛！见昔时金荣辈不见了几个，那个金荣是其中顽童之一，又添了几个小学生，都是些粗俗异常的。景物依旧，人事已非，都变了。下面出现一句：忽然想起秦钟来。所以我讲嘛，后四十回不是别人写的，如果是高鹗写的，我想，他顾不到这个地方，想不起这个东西的，在好多回以前，秦钟跟宝玉的关系，在这个节骨眼儿上又出现了。本来很乏味的这么一章，回去私塾里面，怎么写？又没有任何戏剧性事件，不好写。你写宝玉回来，理理书就完了，那么这回就糟糕了。这一句话，把它提起来，你看，宝玉忽然想起秦钟来：如今没有一个做得伴说句知心话儿的，心上凄然不乐，却不敢作声，只是闷着看书。就这么一句话，心情变了，想到过去死去的朋友，宝玉的心境越来越凄凉，所以他出家不是偶然的。我们看小说要看这种地方，如果你放过了，就不晓得它的妙处和重要性。宝玉回来念书，讲了半天，其实就是在等这一句。前面都营造好了，你以为他啰啰嗦嗦讲了半天，等他画龙点睛，"嘣"的出来一句，一下子，这一回就完整了。所以《红楼梦》每一回是一个很完整的单元，这一回以思念起秦钟作结。

有人说，记得张爱玲讲，她说看完前八十回，到了第八十一回天昏地暗。这个地方她一定没看懂，第八十一回妙在这里，把前面都扣住了，才往下走得了，如果他不写这一段，不写这么一句话，前面会崩掉的，联结不起来的。这一回的确没有什么太重要的人物出现，也没有什么太重要的事情发生，就在这个地方、这个时候，他画龙点睛一下，就把整本书扣住了。

第八十二回

老学究讲义警顽心　病潇湘痴魂惊噩梦

　　宝玉去念书了，回来就跑去跟黛玉抱怨，只有黛玉了解他。黛玉叫紫鹃："把我的龙井茶给二爷沏一碗。二爷如今念书了，比不的头里。"现在念书了，是个书生了，快点把最好的茶拿出来给他。宝玉讲了："还提什么念书，我最厌这些道学话。"他不喜欢这些。从前，文人都要作八股文，《红楼梦》是在乾隆时候，从明朝这样下来，多少人在写那种文章。现在我们想想，那些八股文人都到哪去了？不晓得。那些八股文我们都不要看了，不再念了，全是些应景的、应试的东西，没有真正的生命，不是讲自己真心话的文章。宝玉是个真人，他不喜欢虚伪，不喜欢制式，不喜欢人家定的那个社会规矩（social convention）。他说："更可笑的是八股文章，拿他诓功名混饭吃也罢了，还要说代圣贤立言。"这倒是真的，干脆承认它是拿来骗功名的也就算了，还要道貌岸然讲都是些夫子之道，那些四书五经给这些八股文搞坏了，搞得大家看了很厌恶，不想深究真正的、里面的内涵了。你看，宝玉又说："好些的，不过拿些经书凑搭凑搭还罢了；更有一种可笑的，肚子里原没有什么，东拉西扯，弄的牛鬼蛇神，还自以为博奥。这那里是阐发圣贤的道理。目下老爷口口声声叫我学这个，我又不敢违拗，你这会子还提念书呢。"这是宝玉讲的真心话，他很厌恶八股文，他喜欢魏晋的东西，他个性比较接近魏晋名士的老庄思想，所以用虫子形容那些钻营求功名的人，叫人家"禄蠹"，很看不起。如果大家看了当时的《儒林外史》，就知道很具讽刺性，讲那些科举百态。中国以前的读书人也可怜，唯一的出路就是作八股文，八股文作得好才能考取功名，才能上得去做个一官半职，要不然就像贾代儒一样教书了。当时的社会流动性（social mobility）是相当有限的，像贾府这种家庭，贾政当然希望宝玉走上仕途。

不过黛玉讲了句话，倒是有点意外。但是我想背底下的意思不一样。黛玉道："我们女孩儿家虽然不要这个，但小时跟着你们雨村先生念书，也曾看过。内中也有近情近理的，也有清微淡远的。那时候虽不大懂，也觉得好，不可一概抹倒。况且你要取功名，这个也清贵些。"黛玉本来不鼓励他去考功名的，但要晓得，黛玉这时候也知道宝玉大了，渐渐成人了，那个时候他唯一的出路也是去考试。我想黛玉意思是说，你不要只看表面，那些夫子之道也有道理的，她劝他而已。宝玉听到这里觉得不甚入耳，他听不进去。因想黛玉从来不是这样的人，怎么也这样势欲熏心起来，又不敢在她面前反驳。所以他们两个现在在一起的时候，跟小时候那种小儿女互相嬉闹不一样了。当时两个人天真无邪，如今宝玉慢慢转变了，黛玉也有了心事，所以后来就做噩梦了。我想，即将到来的成年（coming of age）对他们来说是种很大的压力。

宝玉回去就拿四书出来念，不念还好，念了四书，头也痛，又发烧，这一套夫子之道跟他体质不符，念了会有心理上的（psychical）反应。到这地步怎么办呢？又不敢逃课，又不敢装病，袭人也觉得可怜，说道："我靠着你睡罢。"便和宝玉捶了一回脊梁，不知不觉大家都睡着了。我说过，袭人这个女孩子对宝玉的重要性非凡，所有女性的角色她都扮演了，她是他的母亲、姐姐，也是他的妾、奴婢，她所有的心思通通放在宝玉身上，她是真正爱宝玉的，有时爱得不择手段，但真是全心疼他照顾他的。你看这里，让他靠着，帮他捶背，照顾他到睡着，只有妈妈才会这样。宝玉本来就是个妈宝，袭人也就扮演了这个角色。

宝玉勉强第二天去上课了，老师贾代儒一翻四书，《论语》里面的"后生可畏"，要他破题。以前八股文就是这样，给你一个题目要先破题，你就往下讲。宝玉说："这章书是圣人勉励后生，教他及时努力，不要弄到……"讲不下去，我想这是曹雪芹开那个贾代儒玩笑，故意出这个题。贾代儒就讲，《礼记》上面讲"临文不讳"，你只管说，不要弄到什么？宝玉讲，不要弄到老大无成。这其实也就指功名无望，做个老教师了。讲出来犯忌的！贾代儒倒还好，到底看他童言无忌嘛！再来，又给他一个题目"吾未见好德如好色者也"。这个老家伙也很厉害的，晓得宝玉喜欢跟女孩子混嘛！刚刚挨了一下"后生可畏"，回头给你一个题目戳戳你，老少俩互相斗得有趣。宝玉一看刺心，讲他了嘛！就说："这句话没有什么讲头。"代儒道："胡说！譬如场中出了这个题目，也说没有做头么？"要宝玉讲。这句话他倒是蛮有看法的。他说："是圣人看见人不肯好德，见了色便好的了不得。殊不想德是性中本有的东西，人偏都不肯好它。至于那个色呢，虽也是从先天中带来，无人不好的。但是德乃天理，色是人欲，人那里肯把天理好的像人欲似的。"节骨眼在这里。宋明理学都讲存天理、去人欲，哪有这么容易？这是圣人的高标准而已。我讲孔夫子倒真是非常近情近理的一个人，现在回头再看我们年轻时念的《论语》，都说是大道理，现在看看真的有道理，也亏他那么早就把人性、把人与人之间关系看得那么深。

宝玉这边去上课，袭人那边就空下来了，开始有时间胡思乱想。袭人这女孩子一生中最重要的事情，就是要拢住宝玉的感情，因为她到顶的地位也是个妾，丫鬟不可能当正室。而且她也知道，王夫人已经默许了把她给宝玉当妾，她一定要稳住这个地位，最要紧的是看宝玉娶的正房是谁，如果正房娶的是一个容易相处的，那她这一辈子就好过，若弄了一个很厉害的，那就惨了。她看看这个情况，好像贾母跟王夫人也都选定了黛玉。宝玉选亲一直是这小说里面一大悬疑，因为最后贾母才表态，贾母选了谁就是谁，贾母不讲她选定谁，看起来好像是林黛玉。黛玉是她的外孙女，贾母爱屋及乌，疼怜黛玉。她们觉得两个最有可能的候选人，一个是黛玉，一个是宝钗。袭人就在那儿想啊，晴雯没有好结果，被赶走就这样死了，她自己的地位也不安全。兔死狐悲，不觉滴下泪来。忽又想到自己终身本不是宝玉的正配，原是偏房。宝玉的为人，却还拿得住。宝玉被她抓得死死的。只怕娶了一个利害的，自己便是尤二姐香菱的后身。心中就很不安了。素来看着贾母王夫人光景及凤姐儿往往露出话来，自然是黛玉无疑了。那黛玉就是个多心人。林姑娘不好惹的，"心比比干多一窍"，这个女孩子心思很细，这样子不好相处。所以，袭人考虑自己了。想到此际，脸红心热，这下子自己终身也是不妙。拿着针不知戳到那里去了。这句话写得好！她在做活嘛，心里面一想这个，就不晓得戳到哪去了，可见心事之重。便把活计放下，走到黛玉处去探探他的口气。

　　她去到黛玉那边，表面是问黛玉好不好。紫鹃来了，她跟紫鹃讲一些闲话，讲了香菱的事，讲了宝姑娘不来了，香菱也跟宝钗一起出去不回来了。袭人就拿这个作引子，说："你还提香菱呢，这才苦呢，撞着这位太岁奶奶，难为他怎么过！"香菱碰到一个泼妇夏金桂，折磨她，而且后来要整死她。好厉害的一个正房！然后呢，把手伸着两个指头。什么意思？两个指头是二，指二奶奶王熙凤，不敢明讲的。"说起来，比他还利害，连外头的脸面都不顾了。"黛玉接着道："他也够受了，尤二姑娘怎么死了！"看看王熙凤的手段，那个尤二姐怎么死的？袭人道："可不是。想来都是一个人，不过名分里头差些，何苦这样毒？外面名声也不好听。"袭人讲这个话，黛玉一听心一动。黛玉从不闻袭人背地里说人，今听此话有因。袭人背后从来不讲别人的，是个非常知分寸、懂事、很守本分的女孩子，讲了这种话。林姑娘也不是省油的灯，便说道："这也难说。但凡家庭之事，不是东风压了西风，就是西风压了东风。"这句话很有名！后来毛泽东也拿来用，引林黛玉的话："不是东风压了西风，就是西风压了东风。"毛泽东讲的是西方跟东方，中国跟美国，名言是从这里来的。林黛玉一听，不对！袭人话里有话。就回她一句。袭人忙说："做了旁边人，心里先怯了，那里倒敢去欺负人呢！"讲的时候，正好宝钗派了一个老婆子来送一瓶蜜饯荔枝给黛玉，这个老婆子不懂事，看了黛玉，笑着向袭人说："怨不得我们太太说这林姑娘和你们宝二爷是一对儿，原来真是天仙似的。"旁人，尤其下面的人，不可以这么讲的，讲这种话很唐突的，我想曹雪芹故意向这方面去，好像宝黛的婚事已经定了，大家都这么看，大家都这么想。那老婆子还咕哝："这样好模样儿，除了宝玉，什么人擎受的起。"袭人一听，这个老婆子乱讲话，当然得罪黛玉了。

　　下面重头戏来了。黛玉白天受了袭人一句刺激，又听宝钗的老婆子讲这些话，你看：一时晚妆将卸，黛玉进了套间，猛抬头看见了荔枝瓶，不禁想起日间老婆子的一番混话，甚是刺心。当此黄昏人静，千愁万绪，堆上心来。想起自己身子不牢，年纪又大了。看宝玉的光景，心里虽没别人，但是老太太舅母又不见有半点意思。深恨父母在时，何不早定了这头婚姻。又转念一想道："倘若父母在时，别处定了婚姻，怎能够似宝玉这般人材心地，不如此时尚有可图。"心内一上一下，辗转缠绵，竟像辘轳一般。叹了一回气，掉了几点泪，无情无绪，和衣倒下。这个场景先预备好了，下面黛玉做噩梦了。这个噩梦非常有名，我想《红楼梦》里面，甚至中国的文学里面，能够写出这么一种非常弗洛伊德式的（Freudian）噩梦来的，绝无仅有。这么一个噩梦，日有所思，夜有所梦，梦到什么呢？

　　黛玉先是梦到一个小丫头进来说："外面雨村贾老爷请姑娘。"黛玉道："我虽跟他读过书，却不比男学生，要见我作什么？况且他和舅舅往来，从未提起，我也不便见的。"小丫头道："只怕要与姑娘道喜，南京还有人来接。"后来看到凤姐跟王夫人等进来了，说："我们一来道喜，二来送行。"黛玉慌道："你们说什么话？"凤姐道："你还装什么呆。你难道不知道林姑爷升了湖北的粮道，娶了一位继母，十分合心合意。如今想着你撂在这里，不成事体，因托了贾雨村作媒，将你许了你继母的什么亲戚，还说是续弦，所以着人到这里来接你回去。大约一到家中就要过去的，都是你继母作主。怕的是道儿上没有照应，还叫你琏二哥哥送去。"讲起来，梦里面都是不合理的。第一，黛玉的父亲根本过世了，而且也没娶过继母，这梦里面怎么会这样子，像是继母替她已经定了亲，要送她走了。你看，说得黛玉一身冷汗。黛玉又恍惚父亲果在那里做官的样子，心上急着硬说道："没有的事，都是凤姐姐混闹。"后来呢，这个邢夫人也在那里，说："他还不信呢，咱们走罢。"黛玉去求她们两个，梦里面看着大家冷笑而去。平常的时候，这些人啊，像邢夫人、王夫人、凤姐啊，都因为贾母的关系对她好，贾母很宠她嘛！大家对她都是表面上非常疼爱的样子，梦里面看出来了，这些人其实对她不是这么回事。冷笑！那是真的。黛玉在梦里面突然间看到真相了。这个时候，只有求老太太了。她就跑到贾母那边去，抱着老太太，哭了！她说：

"老太太救我！我南边是死也不去的！况且有了继母，又不是我的亲娘。我是情愿跟着老太太一块儿的。"但见老太太呆着脸儿笑道："这个不干我事。"黛玉哭道："老太太，这是什么事呢。"老太太道："续弦也好，倒多一副妆奁。"黛玉哭道："我若在老太太跟前，决不使这里分外的闲钱，只求老太太救我。"贾母道："不中用了。做了女人，终是要出嫁的，你孩子家，不知道，在此地终非了局。"黛玉道："我在这里情愿自己做个奴婢过活，自做自吃，也是愿意。

只求老太太作主。"老太太总不言语。黛玉抱着贾母的腰哭道:"老太太,你向来最是慈悲的,又最疼我的,到了紧急的时候怎么全不管! 不要说我是你的外孙女儿,是隔了一层了,我的娘是你的亲生女儿,看我娘分上,也该护庇些。"说着,撞在怀里痛哭,听见贾母道:"鸳鸯,你来送姑娘出去歇歇。我倒被他闹乏了。"

　　平常老太太对黛玉疼爱有加,在这个梦里显出真面目了。后来果然,老太太选亲的时候选中了薛宝钗,黛玉一病奄奄,死的时候整个贾府都对她冷淡了。贾母理性客观地来选,当然会选宝钗,宝钗懂事,知礼识书;宝钗身体好,可以扛起来;宝钗上下和睦,可以撑起他们整个贾府。黛玉身体那么弱,老太太看得很清楚,不是个长寿之辈,心眼又细,不是个做好媳妇的首选,最后选了薛宝钗。黛玉在梦里面看清楚了这些人,在节骨眼儿上看出实情来。黛玉当然聪明极了,这也是她最重的心事。她看贾母也不理她了,就去找宝玉。这有意思! 宝玉见了她反而讲:"妹妹大喜呀。"恭喜她。黛玉一听愈着急了,就说:"我今日才知道你是个无情无义的人了! "宝玉道:"我怎么无情无义? 你既有了人家儿,咱们各自干各自的了。"黛玉越听越气,越没了主意,只得拉着宝玉哭道:"好哥哥,你叫我跟了谁去? "宝玉道:"你要不去,就在这里住着,你原是许了我的,所以你才到我们这里来。我待你是怎么样的,你也想想。"黛玉恍惚想到,好像是许给了宝玉的。下面的梦境很可怕了！宝玉道："我说叫你住下。你不信我的话，你就瞧瞧我的心。"黛玉一直要的是什么？就是宝玉的心，这么久以来，她就是要宝玉把心给她。哪晓得梦里面，他真的拿着一把小刀子往胸口上一划，把心掏出来。其实是讲中了，她要的就是那颗心。你看啊，宝玉说："不怕，我拿我的心给你瞧。"还把手在划开的地方儿乱抓。这一幕写得可怕，写得好！黛玉又颤又哭，又怕人撞破，抱住宝玉痛哭。宝玉道："不好了，我的心没有了，活不得了。"说着，眼睛往上一翻，咕咚就倒了。死掉了。黛玉大哭一声，醒了。

醒了以后这几段也写得好！紫鹃就叫黛玉，醒来了。喉间犹是哽咽，心上还是乱跳，枕头上已经湿透，肩背身心，但觉冰冷。想了一回，"父亲死得久了，与宝玉尚未放定，这是从那里说起？"噩梦怎么来的？又想梦中光景，无倚无靠。她后来想了一下，梦中自己无依无靠。再真把宝玉死了，那可怎么样好！如果真的宝玉死了，那怎么得了。一时痛定思痛，神魂俱乱。

黛玉睡不着了，你看这几句话：只听得外面淅淅飒飒，又像风声，又像雨声。又停了一会子，又听得远远的咬呼声儿，却是紫鹃已在那里睡着，鼻息出入之声。自己扎挣着爬起来，围着被坐了一会。觉得窗缝里透进一缕凉风来，吹得寒毛直竖，便又躺下。正要朦胧睡去，听得竹枝上不知有多少家雀儿的声儿，啾啾唧唧，叫个不住。那窗上的纸，隔着屉子，渐渐的透进清光来。这个写得非常凄凉。恐怕大家还年轻，没有失眠过；如果你失眠过，晚上睡不着的时候，而且有心事的时候，被噩梦惊醒的时候，这一段就是那种情境。

可怜黛玉就这样从噩梦中惊醒了。紫鹃进来，她咳嗽吐痰，紫鹃就把那个痰盒子拿出去，痰盒子是放在床旁边的。紫鹃开了屋门去倒那盒子时，只见满盒子痰，痰中好些血星，唬了紫鹃一跳，不觉失声道："嗳哟，这还了得！"黛玉里面接着问是什么，紫鹃自知失言，连忙改说道："手里一滑，几乎撂了痰盒子。"黛玉道："不是盒子里的痰有了什么？"黛玉疑心了，她本来就生肺病，现在吐血了。当时，肺病是绝症，噩梦吓得她吐血了。紫鹃道："没有什么。"说着这句话时，心中一酸，那眼泪直流下来，声儿早已岔了。紫鹃是最忠于黛玉的人，看到这个心疼得不得了，声音都岔掉了。黛玉自己晓得，觉得她的喉咙里面有甜腥，有点疑惑，就叫她："进来罢，外头看凉着。"紫鹃答应了一声，这一声更比头里凄惨，竟是鼻中酸楚之音。黛玉听了，凉了半截。看紫鹃推门进来时，尚拿手帕拭眼。黛玉道："大清早起，好好的为什么哭？"紫鹃勉强笑道："谁哭来，早起起来眼睛里有些不舒服。姑娘今夜大概比往常醒的时候更大罢，我听见咳嗽了大半夜。"黛玉说睡不着。这个时候紫鹃就讲了："姑娘身上不大好，依我说，还得自己开解着些。身子是根本，俗语说的：'留得青山在，依旧有柴烧。'况这里自老太太、太太起，那个不疼姑娘。"这句话又戳中她了，只这一句话，又勾起黛玉的梦来。觉得心头一撞，眼中一黑，神色俱变，紫鹃连忙端着痰盒，雪雁捶着脊梁，半日才吐出一口痰来。痰中一缕紫血，簌簌乱跳。写得好！你想想看，吐血了，那个血还在跳。我想黛玉本来是绛珠仙草，这个时候就是讲绛珠仙草怎么一步一步枯萎，一步一步最后死掉，这个相当重要，她病重了。曹雪芹一点细节都不放过。黛玉身体好的时候美得像仙子一样，这个时候病重了，吐血，血在里面跳。

后来大家吓了一跳，因为刚好史湘云的丫头翠缕、探春的丫头翠墨来请黛玉去玩，知道了病况。三姑娘、史湘云、四姑娘刚好在一起论惜春那个画，丫头回去就说了。史湘云大吃一惊，说："不好的这么着，怎么还能说话呢。"探春道："怎么你这么糊涂，不能说话不是已经……"说到这里却咽住了。惜春冷冷地讲了一句话："林姐姐那样一个聪明人，我看他总有些瞧不破，一点半点儿都要认起真来。天下事那里有多少真的呢。"别忘了，惜春最后是出家的，她斩断尘缘最彻底。跟惜春比起来，黛玉就是太多的牵扯，太多的情，瞧不破。惜春瞧破了，把所有的情斩断，所以她能够脱身，最后遁入空门。《红楼梦》里有好几个最后出家，宝玉、惜春、紫鹃，各个人有不同的原因，不同的方式。惜春画大观园，画里面就是红尘，她自己置身红尘外，看这些芸芸众生。大观园里面的悲欢离合她看得最清楚，这个小尼姑冷冷这么一句话，她不要牵涉到红尘里去。

　　她们到潇湘馆去看黛玉。史湘云最天真，她看到黛玉的痰盒子，说："这是姐姐吐的？这还了得！"初时黛玉昏昏沉沉，吐了也没细看，此时见湘云这么说，回头看时，自己早已灰了一半。她晓得自己病重了，离"苦绛珠魂归离恨天"不远了，这一回是很重要的节骨眼儿。

第八十三回

省宫闱贾元妃染恙　闹闺阃薛宝钗吞声

第八十三回要留意这里细节的铺排。探春跟湘云来探望黛玉的病，正准备走了，突然间外面有个人嚷起来："你这不成人的小蹄子！你是个什么东西，来这园子里头混搅！"这是外面一个老婆子骂她小外孙女的话，根本无关黛玉。黛玉听了，大叫一声道："这里住不得了。"一手指着窗外，两眼反插上去。这时候看出她内心的反应了。原来黛玉住在大观园中，虽靠着贾母疼爱，然在别人身上，凡事终是寸步留心。虽然贾母疼她，但下面有那么些下人，她很留心的。她到底是寄人篱下，深怕落人褒贬，深怕给人讲闲话，吃点燕窝还不敢去麻烦厨房。她在里面活得其实不轻松，战战兢兢地住在贾府里头，所以一听这句话就疑心起来。听见窗外老婆子这样骂着，在别人呢，一句是贴不上的，竟像专骂着自己的。再一想自己的身世，她也是千金小姐，在家里面也是独生女儿备受宠爱，虽然他们林家远不如贾家是封爵，但也是官宦之家，就因为她没有爹娘，这根本骂不到她身上的话，听起来好像在骂她一样这么刺耳，竟然就晕过去了。都是那个噩梦弄出来的，梦里她清清楚楚看见自己的处境。没错，这个梦可以说是一个准备，接下来有意无意之间，贾母看她生病了，贾母要替宝玉娶亲了，贾母看中了宝钗，对黛玉渐渐冷淡……一点一点出现，完全是黛玉老早看到老太太的心了，所以一下子有了敏感的反应出来。

探春当然跑去把那个人骂一顿，回来以后跟黛玉解释，外面是一个老婆子骂她孙女。黛玉了解了，她拉着探春的手叫了一声："妹妹……"然后讲不出话来了。她满腹心事，怎么好跟她们讲？探春是很理性、很懂事的一个女孩子，她心里面也知道黛玉的心事。她说："你别心烦。我来看你是姐妹们应该的，你又少人服侍。只要你安心肯吃药，心上把喜欢事儿想想，能够一天一天的硬朗起来，大家依旧结社做诗，岂不好呢。"黛玉哽咽道："你们只顾要我喜欢，可怜我那里赶得上这日子，只怕不能够了！"黛玉之死也是《红楼梦》很重要的一条主线，慢慢就发展到最后的结局，黛玉的病起起伏伏，很牵动读者的心。看了她的处境，我们不由得对她有一种同情。

探病的人都走了。这里紫鹃扶着黛玉躺在床上，地下诸事，自有雪雁照料，自己只守着旁边，看着黛玉，又是心酸，又不敢哭泣。那黛玉闭着眼睡了半晌，那里睡得着？觉得园里头平日只见寂寞，如今躺在床上，偏听得风声，虫鸣声，鸟语声，人走的脚步声，又像远远的孩子们啼哭声，一阵一阵的聒噪的烦躁起来。这里写黛玉的病和心烦。有意思的是，这时候袭人来看她了，袭人不晓得黛玉昨天做了噩梦，原来宝玉昨天也做了一个梦，让他心痛得不得了。宝玉和黛玉心灵是通的，神瑛侍者跟绛珠仙草他们精神上互通，所以黛玉心中的痛，宝玉也感觉得到。

接下来这个地方有个小细节。探春跟湘云当然要向贾母报告黛玉的病况，黛玉还交代，去老太太那边，不要讲那么重，只说身上略有点不好，不是什么大病，莫教老太太烦心。她们就去跟贾母讲了。你看贾母的反应：贾母听了自是心烦，因说道："偏是这两个玉儿多病多灾的。林丫头一来二去的大了，他这个身子也要紧。我看那孩子太是个心细。"这一句话是负面的。贾母想到黛玉慢慢长大了，当时他们把黛玉、宝玉都放在大观园里，两小无猜，因为中国父母总以为青少年还是小孩子，对情欲是不懂的，若有了什么想法是不应该的。讲林丫头大了是指她有了心事，她太心细，不应该有心事但她有了。既然长大了，最好把她嫁走。接下来一句"众人也不敢答言"很要紧！贾母讲了这个话，还有谁敢替黛玉讲话？看《红楼梦》要留心这种很小很小的细节，有深意在里头。贾母便向鸳鸯道："你告诉他们，明儿大夫来瞧了宝玉，就叫他到林姑娘那屋里去。"大夫来了先瞧宝玉，黛玉其实病得更重。看完了宝玉再叫他顺便过去看黛玉，孙子跟外孙女儿有分别的，两个一起生病的时候，先顾孙子，再顾外孙女，这种地方很微妙的这么一笔，不注意就过去了。

　　大夫来看了黛玉，给她号了脉。我说曹雪芹无所不能，他什么都懂，医理他也懂，讲出一大套，黛玉的病，"六脉皆弦，因平日郁结所致"。脉象非常不好。这个病时常"头晕、减饮食、多梦，每到五更，必醒个几次。即日间听见不干自己的事，也必要动气，且多疑多惧。不知者疑为性情乖诞，其实因肝阴亏损，心气衰耗，都是这个病在那里作怪"。黛玉之所以小心眼、多疑，是因为她身体不好，有肺病。肺病是会传染的，因此疑心很重，别人讲了无关的话，好像讲了自己一样。我自己小时候生过肺病，我知道，所以很同情林黛玉。因为生病，她肝阴亏损，整个人元气慢慢衰下去了，走向死亡。黛玉也知道自己命不长，所以她总有一种非常深的哀怨。这一回也看出，贾母对她的疼怜慢慢淡了。

　　黛玉生病了总得用点钱延医买药什么的，凤姐管家，她说，这个我不好特别给她破例，就从我的月例拨给她几两银子好了，也不要去讲，免得黛玉多心。凤姐拿自己的钱给她用，你看这贾府的家库其实已经空了。凤姐当家很为难的，她就讲，外面不知道的还以为我们有多少钱啊！那个周瑞家的是她的陪房，跟凤姐很近的，她说，奶奶还没听见呢，外头的人也有讲"贾府里的银库几间，金库几间，使的家伙都是金子镶了玉石嵌了的"。又到处造谣说，姑娘做了皇妃，弄了几车的金子银子给娘家，庙里边还愿，一花就是几万两银子，这还是九牛一毛，他们门口的狮子，搞不好还是玉的哩，园子里面还有金麒麟。周瑞家的越讲越兴头了，她说外面还有个歌："宁国府，荣国府，金银财宝如粪土。吃不穷，穿不穷，算来……"下面讲滑嘴了，算来什么？"算来总是一场空"。这个让凤姐听到了不好，赶紧打马虎眼过去。

我们讲贾府的衰败，有很多原因，经济也是其一。贾家外面撑个空壳子能撑那么久，靠的是元妃。这一回"省宫闱贾元妃染恙"，元妃病了，对他们来说是天摇地动的事情，后来没有多久元妃病逝。没有皇妃的面子挡在那儿，贾家要抄家就抄了，朝廷一变动，直接就影响了贾府的命运。

元妃生病了，贾家的人要去探病，那种阵仗之大、规矩之多，跟元妃省亲一样，而且只有女眷才能进去，即使她的父亲伯叔，都只能在外面等，不能到元妃的宫里见她。见得着的只有贾母，还有王夫人、邢夫人，再带上凤姐，这四个人去探病，贾政他们都来了，在外面等着。元妃含泪道："父女弟兄，反不如小家子得以常常亲近。"一入侯门深似海，一入皇家更是深宫了。记得吗？元妃省亲的时候也是大阵仗，贾政见了她还要下跪磕头的。贾母见了她，礼仪也不能少，最后到了里面只有自己家人的时候，元妃完全恢复了她贾家大女儿的身份，执着贾母的手，和她们哭成一团。元春说："当日既送我到那不得见人的去处，好容易今日回家娘儿们一会，不说说笑笑，反倒哭起来。一会子我去了，又不知多早晚才来！"讲得很心酸。所以那几句话是伏笔，这时候生病了，还不如普通的小家子，亲人得以常常亲近。元妃的寂寞，前面一句，后面一句，心境说尽了，她不必多讲宫里面如何，一句话把背后一切通通讲出来，而且非常恰当。所以我讲曹雪芹的这部小说，对话特别好、特别厉害，这后面四十回，跟前面八十回是同一个人写的，如果换一个人写，老早忘掉了元春前面讲那么一句话。他在这里又这么兜回来，把元春这个人物重新画一个轮廓。元春出现得很少，但是她的位置很重要。第五回元春的判诗是："二十年来辨是非，榴花开处照宫闱。三春争及初春景，虎兔相逢大梦归。"做了二十年的妃子，辛酸也尝够了。五月石榴花开时非常红非常艳，享尽荣华富贵，"三春争及初春景"，元春领头是"初春"，其他"三春"，迎春、探春、惜春都要跟在她后面，可是虎年兔年碰在一起的时候，就是元春大梦归的死期了。这个判诗就注定了元春的命运，如果元春活得很长，那这部小说要另外写了。她是决定性的人物，代表贾家势力的源头，虎兔相逢，元妃大归，也是贾家气数尽的时候了。

　　不仅贾家的家运走下坡路，所谓的四大家族通通走下坡了。薛家娶错了媳妇夏金桂，还带了一个丫头宝蟾进来，主仆一搭一唱，闹得薛家鸡飞狗跳。你想薛姨妈、薛宝钗是有规矩的老太太、大家闺秀，家里哪禁得起这种折腾。这天闹得不像话了，薛姨妈说，我去讲两句，宝钗说，算了，让她去吧！薛姨妈不肯。母女同至金桂房门口，听见里头正还嚷哭不止。薛姨妈道："你们是怎么着，又这样家翻宅乱起来，这还像个人家儿吗！矮墙浅屋的，难道都不怕亲戚们听见笑话了么。"他们住在贾府里头，不怕亲戚笑话吗？这个夏金桂她在里面接声，也不出来迎接婆婆，隔了屋子就在里面喊起来："我倒怕人笑话呢！只是这里扫帚颠倒竖，也没有主子，也没有奴才，也没有妻，没有妾，是个混帐世界了。我们夏家门子里没见过这样规矩，实在受不得你们家这样委屈了！"哎哟！这个话泼辣得不得了，一点规矩都没有，那个时候敢跟婆婆讲这种话！她还讲自己夏家有规矩，其实她是最没有规矩的。

宝钗平常很能以理服人，她也不是省油的灯，讲几句厉害话也能把人家压住，因为有理，人家无法回嘴的，连林黛玉那么会讲话都会给她镇住。宝钗就讲了："大嫂子，妈妈因听见闹得慌，才过来的。就是问的急了些，没有分清'奶奶''宝蟾'两字，也没有什么。"你看宝钗厉害，薛姨妈来骂人又没有说一定挑到是你，可能骂的是你的丫头呢！金桂不吃薛宝钗这一套，她乱来一套，她说："好姑娘，好姑娘，你是个大贤大德的。你日后必定有个好人家，好女婿，决不像我这样守活寡，举眼无亲，叫人家骑上头来欺负的。我是个没心眼儿的人，只求姑娘我说话别往死里挑拣，我从小儿到如今，没有爹娘教导。再者我们屋里老婆汉子大女人小女人的事，姑娘也管不得！"这一锤子打过去，宝钗没话讲了，到底是个姑娘，也不好跟她撒泼回嘴，碰见这么一个人，所以"闹闺阃薛宝钗吞声"，只好吞声忍气了。外面贾府刚好有个丫头来，看见了也听到了，传回去也很丢脸，薛姨妈气闷不已，气得病了。薛家家宅不宁，也走下坡了。再看王家，后来当大官的王子腾死了，王子腾是王夫人的兄弟，凤姐能够掌权多少也有娘家长辈撑腰，人一走王家也塌下来。史家，就是贾母史太君的娘家，史湘云的叔叔史侯封侯爷，湘云出嫁，嫁得不好，丈夫早逝，后来史家也衰败了。从前大家族都是互为姻亲牵连在一起的，一荣俱荣，一败俱败，那时候抄家一抄抄九族，一起流放。这四大家族，六亲同命，慢慢走上同一运途。

第八十四回

试文字宝玉始提亲　探惊风贾环重结怨

重要的事情来了，宝玉要提亲了。这也是这部小说的关键，到底宝玉最后娶的是谁？对宝玉的婚事，绕来绕去慢慢写，当然读者知道最后选的是宝钗，但不直接写，中间有很多过程。

贾府的人去探了元妃回来，元妃病中还问了宝玉，关心这个弟弟。贾母说，宝玉不错，现在进步了。回来以后就跟贾政说，我在娘娘面前讲了他的好话。贾政总是对宝玉有偏见，就说，他哪里像老太太讲得那么好。老太太一听就不高兴了，我讲得好好的，你又来泼我冷水。贾母就讲了，关于宝玉我还有件事跟你商量。原来老太太一直在盘算着的，她心中老早选定了宝钗，故意绕几个圈来试探贾政。她说，宝玉现在渐渐大了，你应该留神给他聘下终身大事。

从前的贵族家庭，结婚是一个人天大的头一宗大事，尤其是宝玉的婚姻，这一房担起宗祧就他一个人了，宝玉的哥哥早逝嘛！所以他的婚姻在荣国府里非常重要。贾母就讲了，也别管远近亲戚穷的富的，姑娘的脾气好、模样好就行。贾母其实故意去试探贾政，看贾政怎么说。这个贾政又跟他母亲唱反调，他说："姑娘也要好，第一要他自己学好才好，不然不稂不莠的，反倒耽误了人家的女孩儿，岂不可惜。"意思是还早哩！书还没念好就提这个。贾母听了这话当然不开心了，就说："论起来，现放着你们作父母的，那里用我去张心。但只我想宝玉这孩子从小儿跟着我，未免多疼他一点儿，耽误了他成人的正事也是有的。只是我看他那生来的模样儿也还齐整，心性儿也还实在，未必一定是那种没出息的，必至糟踏了人家的女孩儿。也不知是我偏心，我看着横竖比环儿略好些，不知你们看着怎么样。"老太太干脆讲出来，我就是偏心，我看宝玉很好，你看怎么样？贾政看老太太生气了，赶紧陪笑，说老太太看人看得多，说他好，想来是不错，我可能望他成人太急了，竟然"莫知其子之美"了。贾母一听，高兴了一点，回头瞅着邢夫人和王夫人笑道："想他那年轻的时候，那一种古怪脾气，比宝玉还加一倍呢。直等娶了媳妇，才略略的懂了些人事儿。如今只抱怨宝玉，这会子我看宝玉比他还略体些人情儿呢。"我觉得这个地方完全是贾母的口气，跟前面完全一贯。记得宝玉被打的时候贾母对贾政讲了一些话，跟这边对照起来，口气、态度，一切都很合。我又要讲了，要再找一个不同的作者来续这个，很难啊！这里的贾母跟前面的贾母，完全没有变。大家看戏就晓得，一个角色演一演突然换一个人，怎么看也不习惯，前后要一致很难的。以贾母这几句话，后面四十回跟前面八十回比较，完全是前面的口气，若换了人写，那也真高明。

贾政讲了这番话，自己又把宝玉抓来，教他作八股文。贾政望子成龙正是所有天下父母心，以他那个时候的视野，他所熟悉的世界的价值观，他一定要教儿子走这条考科举的路，这对贾府来讲是唯一的一条路。要考科举，就要会作八股文，贾政就让宝玉拿文章来看，题目是《吾十有五而志于学》，宝玉破题这么写："夫不志于学，人之常也。"不爱念书是人的天性。贾政说不像话，不光是孩子气，可见你本性也不是个好学的。又看到下面这句："圣人十五而志之，不亦难乎。"孔子十五岁志于学，难得很啊！贾政说这个更不成话。宝玉跟科考的要求根本两回事，他是道家老庄、魏晋名士这一派，不受拘束，对功名不看在眼里，讨厌科举的那种僵化、仪式化、制式化。宝玉是个自然人、真人，拿这套八股，拿做官的事情去捆他，怎么捆得住呢？他后来干脆当和尚去了。

这父子俩代表两种思想。儒家跟佛道、入世与出世，在中国的哲学里面，在中国人的人生观里，常常是相生相克、相辅相成，构成我们处世的复杂性。父子两个的争辩，其实也是两种思想的冲突。还记得初进大观园的时候吗？他们到了稻香村，那完全是人工做出来的乡村，贾政说：

这个地方入目动心，且进去歇歇。宝玉就嘟嘟哝哝讲了一大篇，说这个地方全是人为的，一点都没有自然气息，驳他的父亲。气得贾政说："又出去！"把宝玉赶走了。父子俩的人生观完全是南辕北辙，也就是入世出世两股思想在下面冲撞。

刚刚讲贾母对宝玉提亲，心中其实是有定见的。薛姨妈来看贾母，贾母也知道他们家里被夏金桂搞得鸡犬不宁，就问，好好的香菱那个丫头怎么名字又改成秋菱了呢？薛姨妈不好意思，说就是那个夏金桂故意跟宝钗捣蛋嘛！就把宝钗也很受罪的事讲出来了。贾母说："我看宝丫头性格儿温厚和平，虽然年轻，比大人还强几倍。前日那小丫头子回来说，我们这边还都赞叹了他一会子。都像宝丫头那样心胸儿脾气儿，真是百里挑一的。不是我说句冒失话，那给人家作了媳妇儿，怎么叫公婆不疼，家里上上下下的不宾服呢。"这不是讲明了嘛！她要的媳妇的条件，性格脾气要温厚平和，心胸要宽大，明白地夸赞宝钗，贾母心中已经选上宝钗了。这时候外面也有好多人来提亲，哪个不想把女儿嫁给贾府呢？这一家来讲，那一家来讲，当然都配不上贾家，其实这些都多余，贾母心中老早确定宝钗是最理想的人选。客观上来讲也是啊！第一，亲上加亲，薛姨妈是王夫人的妹妹。第二，宝钗为人处事多么懂事。给她做十五岁生日，她晓得贾母喜欢看什么戏，就点那出戏；贾母年纪大了喜欢吃甜烂的东西，她就说要吃那个东西。黛玉可不管，自己爱什么点什么。在中国那时候的社会秩序里面，宝钗不光是能够融入、适应，她还有自己灵活的一面，作为一个儒家标准下有妇德的女性，她很通情达理。对这个"情"字，儒家是中庸之道，不鼓励极端的情感发泄，这一点宝钗拿捏得很好，虽然她有灵性，会吟诗作赋，但在整个大范围内，她的情感不会犯任何错，所以她身上带了冷香丸，情感涌上来的时候冷一冷，吃一颗冷香丸冷静下来（cool down）。她身上戴着黄金锁片，和尚给她的。黄金锁，一个枷锁，她也能扛，因为她体态丰腴。我想如果那把锁放在林姑娘身上，一下就把她压垮了。后来，她果然把贾府撑起来。

宝玉出家之前，留给她一个儿子，名字应该叫贾桂，与李纨的儿子贾兰，一起继承这个贾家，"兰桂齐芳"！要撑起贾府这么大责任的人，她不能有太多感情，最多在宝玉被打得遍体鳞伤的时候，她拿了药去探视，掉了一点眼泪；甚至宝玉出家了，贾府全家哭得死去活来，宝钗也哭，却不失其端庄。这时候贾母这么称赞宝钗，要她当媳妇，也是合情合理。很重要的就是贾母讲出内心话来了。她说林姑娘不是个长寿的样子，贾府怎么会娶个短命的媳妇呢？至于她跟宝玉的爱情，两个人所谓的私情，就不在考虑之列了。在贾母心中，婚姻的建立不在于儿女私情，在于在整个儒家宗法社会里合不合适，不适合这个秩序的人，不是被赶走，就是被流放（exile），再不然就是死亡。晴雯、黛玉都是不合乎这个社会秩序，都得不到好的结果。

贾母正夸了宝钗，刚好这时候又有人来讲亲事，邢夫人、王夫人跟贾母在一起，就说这很难做亲的。凤姐听了这话，已知八九，便问道："太太不是说宝兄弟的亲事？"邢夫人道："可不是么。"贾母接着因把刚才的话告诉凤姐。凤姐笑道："不是我当着老祖宗太太们跟前说句大胆的话，现放着天配的姻缘，何用别处去找。"凤姐是最滑头的人，她开始摸不准贾母要娶的媳妇是林是薛，还故意吃林黛玉的豆腐："你既吃了我们家的茶，怎么还不给我们家作媳妇？"这时看出贾母心意，顺着风向往宝钗这边倒，趁机讲出来了。贾母笑问道："在那里？"老太太装糊涂，她根本知道是谁嘛！凤姐道："一个'宝玉'，一个'金锁'，老太太怎么忘了？"不是金玉姻缘吗？老早有这么一说了，也就是黛玉心中最耿耿于怀的，现在提出来了。贾母笑了一笑，因说："昨日你姑妈在这里，你为什么不提？"贾母心中根本有数，就借个机会提出来。凤姐道："老祖宗和太太们在前头，那里有我们小孩子家说话的地方儿。况且姨妈过来瞧老祖宗，怎么提这些个，这也得太太们过去求亲才是。"贾母笑了，邢、王二夫人也都笑了。贾母因道："可是我背晦了。"几个老太太叽叽咕咕在讲，这一个决定可怜要了林黛玉的命，几个人轻轻松松就讲定了。没有人把黛玉跟宝玉之间的感情放在心上，使得我们对黛玉更加同情。黛玉很孤立，没人帮她讲话，王夫人、邢夫人、凤姐、贾母……大家共同在黛玉后面用了一个大阴谋（conspiracy），把黛玉推向死亡。

　　书里没有明写出来，王夫人、邢夫人跑过去跟薛姨妈下聘了，薛姨妈和宝钗对这事暗暗都是配合的。很多红学家讲宝钗藏奸，她明明知道黛玉跟宝玉之间的感情，她很清楚的，这时候她不出声，就答应了。不过话说回来，是贾母主动相中的，薛姨妈当然巴不得。薛姨妈开头还装腔作势，说要凑合宝玉跟黛玉，其实她心中最希望自己的女儿当贾家媳妇，当然一口答应了嘛！如果薛姨妈答应了，宝钗也是遵父母之命。要宝钗说，我不要嫁过去，这也不行的。她不能因为宝玉跟林妹妹有感情就不嫁了。那时候的婚姻都是父母做主的。

至于她是不是想做宝玉的太太，怎么不想呢？第一，她做了贾府的媳妇替贾府掌家，她试过了。王熙凤生病的时候，他们要宝钗出来，要探春出来，掌家她做得头头是道，她有过磨练的。第二，对宝玉个人，她也喜欢他的，不过不大讲得出口就是了。宝钗嫁给贾府当媳妇，多于她嫁给宝玉当太太，她的角色不仅是贾宝玉的太太，也是荣国府的继承人，荣国府要她撑起来。所以，她也很难拒绝。如果她说，我不要嫁，什么原因？也很难解释得清楚。薛家母女俩，其实对这个位子都要的。我想造成林黛玉悲剧的原因，也并非哪个坏人，路线的发展好像是自然且必然的，一定会发展到这个地步。贾母一定会挑宝钗，林黛玉命定会失败，最后只好焚稿断痴情，等于把自己烧掉。世俗地看来，林黛玉是败了，薛宝钗是胜的，但薛宝钗嫁过去的时候，宝玉已经失去那块玉，灵性不见了，等于嫁了一个空壳子。当然宝钗不像黛玉，追求宝玉的爱情、宝玉的心，宝钗要的并不是这个。这一场悲剧发生了，它的悲剧性之所以更动人，就在于无可逆的必然，它是人世间合情合理的发展，无可挽回。不像有些悲剧可以解释为有个坏人作祟，或者是希腊悲剧那样谁得罪了天神受罚。这一切复杂而惆怅，所以令人低回。

　　这一回下面有一个小细节——"探惊风贾环重结怨"。凤姐的女儿巧姐生病了，需要一种珍贵的药品牛黄来治。正在熬牛黄的时候，贾环来问候，当然也是形式上的，攀攀情嘛。本来他们两家，赵姨娘跟王凤姐就是水火不容，但面子上要来一下。贾环这个男孩子粗鲁得很，跑去看煎什么药，这么一掀，把牛黄泼掉了。凤姐急的火星直爆，骂道："真真那一世的对头冤家！你何苦来还来使促狭！从前你妈要想害我，如今又来害妞儿。我和你几辈子的仇呢！"凤姐气得把贾环削了一顿，讲的话很尖锐。马道婆作法害人不是被发觉了吗？凤姐根本就怀疑之前也是赵姨娘跟马道婆勾起来想害死她和宝玉，这里为小事又结怨了。这个小节放这里干什么？伏一笔有用处的。后来贾家败了，凤姐死了，女儿巧姐没有人保护了，贾琏到外头出差去了，贾环趁机勾了巧姐的舅舅王仁，还有贾芸一伙，想把巧姐卖掉，还是刘姥姥和平儿设法救走的。贾环被骂了，回去又被他妈妈赵姨娘训了一顿，他说："我不过弄倒了药锦子，洒了一点子药，那丫头又没就死了，值得他也骂我，你也骂我，赖我心坏，把我往死里糟踏。等着我明儿还要那小丫头子的命呢，看你们怎么着！"这赵姨娘、贾环母子俩，就因为在家中没有地位，一直觉得受到欺压，由怨生恨，做出许多坏事来。这里的结怨导致后来巧姐差一点遇险。《红楼梦》中有的细节看起来好像随便一笔，不是的！到了时候就用上了。

第八十五回

贾存周报升郎中任　薛文起复惹放流刑

　　贾存周就是贾政，存周是贾政的号。薛文起就是薛蟠，文起是薛蟠的号。这一回，贾政升官了，当然大家都很高兴。开头先插入一页北静王过生日，这个细节也有意义。北静王是那时的皇亲国戚，铁帽子王之一。他跟贾府相当亲，尤其跟宝玉有特殊缘分。据高阳的考据，曹家有两个女儿都嫁了铁帽子王爷，其中有一支可能就是小说中北静王家族的原型。曹雪芹十四岁的时候，那个铁帽子王爷大概二十出头，年纪差不了很远，所以他引过来变成对宝玉很欣赏的北静王。这个角色也是个次要人物，出现过几次而已，但有他特殊的象征性。好像在冥冥中，北静王对宝玉的命运、对贾家的命运都起一种保护作用。比如，宝玉跟花袭人的俗缘他自己不能完成，蒋玉菡代他完成——娶了花袭人，中间有个象征的信物——红绿汗巾子。蒋玉菡那条是北静王给他的，等于北静王替蒋下聘，完成贾宝玉的俗缘，让宝玉出家后对世间有圆满交代。后来贾府被抄家，锦衣卫来了，原本要把他们抄光、全部接收，也是北静王适时进来制止，缓和了他们的危机和灾难。这一段是写北静王对宝玉特别欣赏，宝玉素来对官场中的男人很厌恶，但北静王很潇洒，不为世俗所拘，宝玉很喜欢他，两人有些惺惺相惜。北静王是世袭之王，他过生日来往的是更高一层，皇亲国戚的那种圈圈。贾家的地位虽然也很高，恐怕还不到皇家铁帽子王的地位，所以吃饭的时候并不同席，另外给他们一桌，但是特别赐给宝玉单人饮食，最后还给他一个礼物，是一块玉。这有意思了，宝玉本来自己有一块玉，得了块新的，这就暗示他那块玉快要失去了。宝玉生下来嘴巴里面衔着玉，像他的本性。我们每个人都有自己的本性，在红尘里面滚久了，七情六欲污染，本性蒙尘，慢慢慢慢就失去了与生俱来的这块玉了。

北静王，我说了有特别意义的。《红楼梦》里一些次要人物，很多时候都有一个象征意义在里头。像刘姥姥这个角色，在某方面跟北静王的功用一样。你看贾家最衰败的时候，巧姐蒙难了，差一点被卖去给人做妾，土地婆刘姥姥出现了，适时地救一把。巧姐这个名字中的"巧"字就是刘姥姥取的，后来果然巧！危急中刘姥姥想出脱困的办法，结果逢凶化吉。这部书当然是很伟大的写实作品，但不要忘了它也是神话架构，它不经意间把北静王也写成一个神仙化的人物，有这种功用在里头，写得很微妙的，北静王给了宝玉一块玉也不是随随便便写的。大家别忘了，北静王还给了宝玉一件东西，如果不注意细节，很容易就漏掉了。什么呢？一个鹡鸰香串。宝玉拿回去就脱下来给黛玉，黛玉把它一丢："什么臭男人拿过的！我不要他。"她不要，所以两个人合不起来了。北静王冥冥中替她下聘，袭人好歹还把那条汗巾子收到箱子里头存着，黛玉把北静王给她的丢掉，破了嘛！千万不要错过这些小细节，这是了不得的地方，细得几乎看不出，随随便便这么一句话、一个事件，背后有很多很深的内涵。你要看完整个情节，才知道这些细节对整体的架构都有意义。小说就要看这种地方，才了解作者怎么细心经营。

有一个人物这次又出现了，贾芸，大家还记得吗？他是贾府的一个穷亲戚，贾府有权有势、富贵荣华，难免就有一大堆穷亲戚，都是各有所求的。贾芸也是个次要角色，不过也写得相当好，把他用尽心机往上爬，爬得很辛苦，看脸色，讲一大堆奉承话，都写出来了。他要奉承谁？贾府里面几个人啰，其中一个是宝玉。他自己比宝玉还大个两三岁，有一回宝玉开玩笑说："你倒像我的儿子。"宝玉闹着好玩的，小孩子嘛！哪晓得贾芸一听这话，马上要拜他做干爹，不管三七二十一，拜个小孩子做干爹。贾琏、凤姐夫妇掌权，本来他向贾琏拍马逢迎，后来看看跟贾琏不管用，大权还是操在凤姐手里，他转过来攀凤姐，要给她送礼，又没有钱，就去他舅舅卜世仁开的药铺那边，想赊点什么麝香冰片。哎哟，被卜世仁夫妇狠狠地热嘲冷讽，那时候穷亲戚要往上爬也很难的。他后来在贾府谋到了差事，管园子里种花植草，碰到一个丫头小红，跟小红之间有了一段情。小红跟他一样也是用心机往上爬的人，一对心机男女谈恋爱也写得蛮好。后来小红靠着一张嘴，姑姑奶奶哇拉哇拉讲半天，口角很伶俐，被王凤姐看上了，被收拢过来，她爬上去了。所以曹雪芹写各方面的人物都传神得很。

贾芸三不五时跑到宝玉这边来，这回写了一封帖子给宝玉，宝玉一看，非常不高兴。因为贾政升了官，大家都在道喜，贾芸想拍宝玉的马屁，就写了这个帖子给他，里面写什么书中没明讲，可是从这句话大概看得出来了。贾芸赶着跑来说道："叔叔乐不乐？叔叔的亲事要再成了，不用说是两层喜了。"他听到宝玉讲亲的事，巴巴地也赶着给宝玉道喜。宝玉红了脸，啐了一口道："呸！没趣儿的东西！还不快走呢。"把他呵斥了一顿，马屁拍到马腿上去了。贾芸把脸红了道："这有什么的，我看你老人家就不——"宝玉沉着脸道："就不什么？"赶走他！所以他想要攀缘也不那么容易的。

黛玉生日到了，依照往例，贾母、王夫人、凤姐这些长辈要替她做生日，薛姨妈也来了。这个时候，这几个长辈其实已经暗地替宝玉、宝钗定下亲了，薛姨妈也答应了这门亲事，只有黛玉蒙在鼓里。亲戚来家里替她庆生，摆下十几桌酒席，你看啊：一回儿，只见凤姐领着众丫头，都簇拥着林黛玉来了。黛玉略换了几件新鲜衣服，打扮得宛如嫦娥下界。"嫦娥"两个字大家注意。含羞带笑的出来见了众人。湘云、李纹、李绮都让他上首座，黛玉只是不肯。贾母笑道："今日你坐了罢。"薛姨妈站起来问道："今日林姑娘也有喜事么？"贾母笑道："是他的生日。"薛姨妈道："咳，我倒忘了。"走过来说道："恕我健忘，回来叫宝琴过来拜姐姐的寿。"黛玉笑说"不敢"。大家坐了。那黛玉留神一看，独不见宝钗，便问道："宝姐姐可好？为什么不过来？"薛姨妈道："他原该来的，只因无人看家，所以不来。"黛玉红着脸微笑道："姨妈那里又添了大嫂子，怎么倒用宝姐姐看起家来？大约是他怕人多热闹，懒待来罢。我倒怪想他的。"薛姨妈笑道："难得你惦记他。他也常想你们姐妹们，过一天我叫他来，大家叙叙。"宝钗不来，为什么？已经定她做媳妇了，定下的媳妇结婚前不好在男家露面的。在这个情形下，你是不是对黛玉更加同情？她打扮得像嫦娥一样，那些长辈们虚应故事，等于是敷衍她一番，薛姨妈讲的话也是言不由衷啊！大家记得以前薛姨妈故意说，黛玉跟宝玉两个人是一对啊什么的，这下子她借口说宝钗不能来，其实因为宝钗已经是未来的媳妇，在这个地方当然她不能再出面。这个时候黛玉的处境，你会感觉到虽然很热闹，大家给她摆十几桌酒席，其实她非常孤独，只有她一个人被蒙住。

　　演戏了，演了《蕊珠记》里面的《冥升》，也是昆曲，讲嫦娥奔月的故事。李商隐很有名的一句诗"嫦娥应悔偷灵药，碧海青天夜夜心"，讲嫦娥偷了灵药，奔到月宫里面去，一个人在广寒宫，高处不胜寒。碧海青天夜夜心，宇宙性的寂寞，其实这个暗藏说，黛玉像嫦娥一样，她也是"碧海青天夜夜心"，所以我讲曹雪芹，他这种小节不放过的。黛玉怎么会如此寂寞，灵药是什么？对黛玉来讲，一个"情"字嘛！情，是黛玉一生想求的灵药，得到灵药的代价就是"碧海青天夜夜心"，黛玉的这种情别人不理解，这些人饮酒作乐，更显得她的孤独、寂寞、无助。她在梦里面梦到她是个孤女，完全孤立无助，从这里看起来，表面热闹已经不对了，前五六十回，那时宴会的热闹是真的，这个时候变了，变调了。黛玉慢慢地泪尽人亡，"嫦娥应悔偷灵药"，情在她生命中是信仰、追求，她在梦中要宝玉的情，要宝玉的心，那个细节背面已经暗示她走向殉情，为情而死。

正在办这个生日宴的时候，薛家又发生事情了。我讲了，不光是贾家往下走，薛家也是一件一件事情层出不穷。娶了个败家精夏金桂，翻天覆地地把薛蟠闹走了，薛蟠逃离这个老婆，到外面又闯祸打死了人。大家还记得薛家怎么到贾府来的？薛蟠为了抢英莲，把人家定婚的冯家男子打死了，仗着贾家的势力，官司就抹掉了，这一次又是人命关天，又要靠薛姨妈花钱打点营救。还好薛蟠有个堂弟薛蝌来了，这个堂弟跟薛蟠完全两回事，很谨慎、很守规矩的一个人，帮着薛家跑来跑去处理事情。夏金桂来了就劈里啪啦吵一顿："平常你们只管夸他们家里（指贾家）打死了人，一点事也没有，就进京来了的，如今撺掇的真打死人了。平日里只讲有钱有势有好亲戚，这时候我看着也是唬的慌手慌脚的了。大爷明儿有个好歹儿不能回来时，你们各自干你们的去了，撂下我一个人受罪！”说着，又大哭起来。这里薛姨妈听见，越发气的发昏。拿这个媳妇一点办法也没有，宝钗拿她也没办法，她这时候还要把薛家戳一下。薛蟠一再闯大祸，究竟是怎么回事呢？

第八十六回

受私贿老官翻案牍　寄闲情淑女解琴书

薛蟠怎么会又打死人的？他避出去，走在途中，走着走着，看到个熟人。是什么人呢？蒋玉菡带的戏班子。蒋玉菡现在年纪稍微大一点了，自己不上旦角了，带起了一个戏班子。薛蟠本来就认得他，从前在冯紫英家跟宝玉一起喝酒应酬嘛！蒋玉菡是一个伶人，长得漂亮，他们在途中又去吃饭喝酒叙旧，那个店里面的酒保，就是跑堂的，看蒋玉菡长得好，就拿眼睛瞟他。人家看蒋玉菡也不行，这个薛蟠霸道，他就莫名其妙吃飞醋、生气。薛蟠这个人本来就粗暴、骄横，呆霸王嘛！官二代、富二代的毛病通通在他身上。偏偏第二天薛蟠又自己去喝，看见那个跑堂的就叫他换酒，那个人来晚了一点，薛蟠就借故骂他，那个人不依，薛蟠拿起酒碗要去砸他。那个人也是有点泼皮的，就说你砸、你砸、你砸啊，意思是你敢吗？薛蟠拿起酒碗就给他"嘣"的一声砸下去，头破血流，大概瓷器破了，那种尖的东西戳到脑了，就砸死人了。这下子薛蟠闯祸了，当然被捉了起来。薛家急得不得了，又拿银子又拿东西去打点，这边反正闹成一团。从这里可知当时官场黑暗，犯了案可以拿钱解决，而且官官相护。薛蟠这个案子比较严重，要花好多钱才搞得定，薛蝌帮着奔走，一时间还没结果。

看看下面这个地方有个细节有意思。宝玉告诉袭人，薛蟠因为怎样出了什么事情。袭人一听，就说，你还讲呢！薛大爷就是跟这些混账混在一起，才闹得人命关天，还提这个，还白操心！宝玉又说自己不闹什么，只是偶然想起提一提。袭人笑道："并不是我多话。一个人知书达理，就该往上巴结才是……"我想非常讽刺，她最后嫁个"混账"，就是这个蒋玉菡。我想，这里有一点讽刺袭人。

宝玉又来探望黛玉了，看黛玉拿了一本书，上面有好多奇怪的字，宝玉看不懂，原来是琴谱。记谱有特别的方式，认有些字其实是要认那个谱。宝玉说："从没有听见你会抚琴。"琴就是情，琴跟情是通的。我想黛玉这个时候跟宝玉讲了琴，是以琴传情，自己的心事从琴里面传了出去。这是为下面很重要的一回做准备，下一回也是写得非常好的一回。宝玉就问她："怎么你有本事藏着？"黛玉说："我何尝真会呢。前日身上略觉舒服，在大书架上翻书，看了一套琴谱，甚有雅趣……"黛玉在南边接触过一点中国人的古琴，她知道从前抚琴的时候，要焚香沐浴，心平气静，琴是一种修身养性的乐器。不要说别的，你听

了古琴那个"铿"一声，就有回肠荡气的感觉，精神上有
所提升。古琴的高古韵味很特别。黛玉就说："书上说的
师旷鼓琴能来风雷龙凤；师旷是春秋时的盲乐师。孔圣人
尚学琴于师襄，一操便知其为文王；孔子跟鲁国乐官师襄
学古琴。高山流水，得遇知音。"末一句讲俞伯牙、钟子
期的故事。看看这里黛玉的反应：说到这里，眼皮儿微微
一动，慢慢的低下头去。这个细节大家注意，黛玉唯一的
知音、真正的知音，就是宝玉。她一生所追求的也是心灵
上的知交，他们两个之间的爱情，的确是一种升华的感情，
所以黛玉一提到这个，她相当敏感的。我们看看这个"高
山流水，得遇知音"的故事。《列子·汤问》："伯牙善鼓
琴，钟子期善听。伯牙鼓琴，志在高山，他弹的是高山。
钟子期曰：善哉！峨峨兮泰山。他一听就知道，喔，你弹
的是这山。志在流水，钟子期曰：善哉！洋洋兮若江河。"
他都知道他在弹什么。人之相交，贵在相知，我们一生中
要找的最珍贵的友谊，最珍贵的爱情，就是知音啊！知道
你，懂。碰到一个人，你一弹琴，你讲什么，他懂啊！
这不多的，很难的，很多人一辈子没有知音，非常孤独，
有些人满腹怨情，没人懂他。宝玉那么怪的一个人，那么
多奇特想法，黛玉懂。黛玉那么怪的一个人，宝玉懂。他
们两个人互相懂高山流水。后来钟子期死了，伯牙把琴摔
了，不弹了，没有知音，弹给谁听呢？人有知音的时候，
很想把自己的满腹心事讲出来，若是不出声了，没话讲
了，多半因为找不到知音，没有人懂，干脆不讲了。黛玉

跟宝玉的爱情，的确是"高山流水，得遇知音"。宝玉在史湘云、袭人面前讲：只有林妹妹懂我。她们都劝他去考试什么的，他一听就说："姑娘请别的姐妹屋里坐坐，我这里仔细污了你知经济学问的。"袭人跟湘云说：你不知道，宝姑娘说几句还被他讲一顿。袭人不懂他跟林姑娘之间的那种感情。林姑娘耍小性子戳他几句，他反而凑过去献殷勤，他说：林妹妹要是不懂我，我早就不理她了，她懂我。他们两个交心的那一段，写得很动人。

这里宝玉听黛玉讲怎么弹琴，兴奋得不得了，说："好妹妹你既明琴理，我们何不学起来。"黛玉道："琴者，禁也。古人制下，原以治身，涵养性情，抑其淫荡，去其奢侈。若要抚琴，必择静室高斋，或在层楼的上头，在林石的里面，或是山巅上，或是水涯上。再遇着那天地清和的时候，风清月朗，焚香静坐，心不外想，气血和平，才能与神合灵，与道合妙。所以古人说'知音难遇'。若无知音，宁可独对着那清风明月，苍松怪石，野猿老鹤，抚弄一番，以寄兴趣，方为不负了这琴。"她讲要怎么整衣冠、择场所，弹琴是一种心境、仪式，她也想把自己的心声弹出来给他听。讲着这个琴的时候，一个小丫头捧着一小盆兰花来了，说："太太那边有人送了四盆兰花来，叫给二爷一盆，林姑娘一盆。"黛玉看时，却有几枝双朵儿的，心中忽然一动，也不知是喜是悲，便呆呆的呆看。那宝玉此时却一心只在琴上，便说："妹妹有了兰花，就可以做《猗兰操》了。"黛玉听了，心里反不舒服。

黛玉非常敏感，兰花来了，当然她自己是幽兰一朵，双头兰，一对兰花，就好像另外那一朵是宝玉。《猗兰操》是歌颂兰花的古曲，谱一曲《猗兰操》是何等美满。可是她又怎么想呢？回到房中，看着花，想到"草木当春，花鲜叶茂，想我年纪尚小，便像三秋蒲柳。若是果能随愿，或者渐渐的好来，不然，只恐似那花柳残春，怎禁得风催雨送"。想到那里，不禁又滴下泪来。黛玉心中一直有一种恐惧，知道自己身体不好，吐血了嘛！三秋蒲柳，恐怕撑不住，她晓得"一朝春尽红颜老，花落人亡两不知"。宝玉是个知音，对她那么担待，那么爱护，可是自己身体不争气，没有父母撑腰，这场婚姻哪里能够这么容易啊！黛玉触景生情，又伤心起来。

第八十七回

感秋深抚琴悲往事　坐禅寂走火入邪魔

　　庚辰本回目为"感秋深抚琴悲往事"，本来这后面四十回是从程甲本截过来的，因为庚辰本原抄本只有前八十回，截过来时恐怕弄错了，程乙本是"感秋声抚琴悲往事"，声音的"声"是对的。秋声赋嘛！

　　这时候宝钗那边打发一个人来潇湘馆，给黛玉送一封信，宝钗这封信写得很好，文章很老练，你看：妹生辰不偶，家运多艰，姐妹伶仃，萱亲衰迈。兼之狺声猇语，旦暮无休。"狺声猇语"，就是老虎叫狗叫，讲那个夏金桂整天在家里吼。更遭惨祸飞灾，不啻惊风密雨。夜深辗侧，愁绪何堪。属在同心，能不为之愍恻乎？回忆海棠结社，序属清秋，对菊持螯，同盟欢洽。犹记"孤标傲世偕谁隐，一样花开为底迟"之句，未尝不叹冷节遗芳，如吾两人也。感怀触绪，聊赋四章，匪曰无故呻吟，亦长歌当哭之意耳。下面写了一个赋体的歌吟。这封信还有这个歌，我看了以后感受蛮复杂的。这时候宝钗自己家里面受了好多灾难，哥哥又犯了杀人罪被关起来，嫂嫂闹得家宅不安，无一宁日，妈妈又生病，宝钗当然也希望找一个人诉诉衷肠。这些姐妹群中最懂事理的除了黛玉之外，就是探春。可是探春跟宝钗也不是那么近的，两个人个性差不多，很多地方不是互补的，是竞争性的，她们两个一起治理这个家的时候就看得出来。找湘云，湘云是个没心机的女孩子，很坦诚，但跟她诉苦她未必那么懂。找黛玉嘛，当然合逻辑的。可是别忘了，宝钗这时候已知道家里把她许给宝玉了，她知道的，她大概也了解宝玉跟黛玉之间的感情。从前她蛮顾念的，晓得他们两个人的感情，她就退开，不去惹他们两个。在知道自己已许配给宝玉的时候，再写这封信给蒙在鼓里的黛玉，还把她当作知音这么写，有人就说，宝钗心机太深，太虚伪了。如果她们以前是竞争者的话，那她已经胜利了，她现在写这封信给黛玉，动机是什么？这也值得我们深究。晓得这些以后，再看她诉苦，好像就不那么动人了。她写的那个四叠赋，当然写得也很好：忧心炳炳兮发我哀吟，吟复吟兮寄我知音。她把黛玉当作知音。黛玉看了，不胜伤感。又想："宝姐姐不寄与别人，单寄与我，也是惺惺惜惺惺的意思。"黛玉写了回应她的诗赋，我们就感觉到，黛玉写的句句是真话，写她自己写得非常恰当：耿耿不寐兮银河渺茫，罗衫怯怯兮风露凉。讲一个女孩子晚上睡不着，凉风吹的时候那样凄惶孤独。黛玉在这几回也把宝钗当成知音，最后晓得，宝钗跟宝玉要结婚了。一边是"焚稿断痴情"，一边是"出闺成大礼"，这样比较起来，就有一种相当讽刺的感觉。

正在看信的时候，几个女孩子，探春、湘云、李纹、李绮来找黛玉了，大概也很久没见面，来看她了，讲着闲话，想起从前她们结诗社。黛玉就讲了，宝姐姐自从搬出大观园，真的奇怪，就不来了。探春微笑道："怎么不来，横竖要来的。"这话里有因，她就要变成贾家媳妇了，一定要过来的。这么讲着，一阵风过来，清香阵阵，大家都说，这是什么香啊？黛玉道："好像木樨香。"木樨是桂花。探春就说：林姐姐说的总是南边人的话，现在大九月里，哪来的桂花？其实《红楼梦》的本子是写南京，曹雪芹故意把书里的背景讲到北京去，把它挪一挪、隐一隐。别忘了写《红楼梦》的时候，曹家是被抄的，政治上有大禁忌。抄家的原因之一就是雍正和几个兄弟在斗，据说曹家跟里边的九王爷有来往，犯了雍正的大忌，因为这种政治上的因素，他写很多东西是要隐讳的。曹家是江宁织造，就在南京，在那边几十年了，但曹家的事一定要蒙住，要避开。书里头黛玉是从南边来，她觉得好像是南边九月的桂花香。湘云就讲："三姐姐，你也别说。你可记得'十里荷花，三秋桂子'？在南边，正是晚桂开的时候了。你只没有见过罢了，等你明日到南边去的时候，你自然也就知道了。"九月，南边晚桂还在开，"十里荷花，三秋桂子"是柳永很有名的一首词，形容西湖的景致。探春笑道："我有什么事到南边去？"其实后来探春就嫁到南边去了。李纹李绮只抿着嘴儿笑。笑她，她们都知道了，探春是要嫁到南边去的。黛玉道："妹妹，这可说不齐。俗语说，'人是地行仙'，今日在这里，明日就不知在那里。譬如我，原是南边人，怎么到了这里呢？"

东讲西讲讲完后，黛玉把她们送走了，这下子又触动心事了。于是黛玉一面说着话儿，一面站在门口又与四人殷勤了几句，便看着他们出院去了。进来坐着，看看已是林鸟归山，夕阳西坠。因史湘云说起南边的话，便想着"父母若在，南边的景致，春花秋月，水秀山明，二十四桥，六朝遗迹。不少下人服侍，诸事可以任意，言语亦可不避。香车画舫，红杏青帘，惟我独尊。今日寄人篱下，纵有许多照应，自己无处不要留心。不知前生作了什么罪孽，今生这样孤凄。真是李后主说的'此间日中只以眼泪洗面'矣！"一面思想，不知不觉神往那里去了。这些都是因为那个梦来的。做了那个梦以后，黛玉心中一直不安，梦里清清楚楚，真的是孤立无助，没有父母撑腰，贾母的疼爱靠不住。想想从前在南边，十里荷花，三秋桂子，水秀山明，在家里有父母疼爱，唯我独尊；现在寄人篱下，处处小心，自己又孤标傲世的这么一个人，一想起来，心事重重。紫鹃陪着看黛玉又劳神了，说要叫厨房熬点粥。黛玉讲，该你们自己去弄，不要麻烦人家。她想不能够太扰了贾家。紫鹃道："姑娘这话也是多想。姑娘是老太太的外孙女儿，又是老太太心坎儿上的。别人求其在姑娘眼前讨好儿还不能呢，那里有抱怨的。"又戳中她梦里面的心事了。

到了晚上，秋风刮得更劲，引起黛玉心中悲秋的情绪，感秋声来了，这段写得很好。这里黛玉添了香，自己坐着。才要拿本书看，只听得园内的风自西边直透到东边，穿过树枝，都在那里唏嘈哗喇不住的响。一回儿，檐下的铁马也只管叮叮当当的乱敲起来。铁马就是檐上吊的叮叮咚咚那些东西。一时雪雁先吃完了，进来伺候。黛玉便问道："天气冷了，我前日叫你们把那些小毛儿衣服晾晾，可曾晾过没有？"雪雁道："都晾过了。"黛玉道："你拿一件来我披披。"雪雁就去拿了个小包过来，打开给黛玉去拣。黛玉看里边有个绢包儿，打开一看，是宝玉送她的旧手帕。大家还记得吗？宝玉被父亲打得遍体鳞伤的时候，黛玉哭得两个眼睛红肿去看他，回来之后，宝玉晚上就叫晴雯拿了几块旧手帕去给黛玉。晴雯说，你要送手帕拿新的去嘛！拿旧的，林姑娘又要不高兴了。其实晴雯一说是旧手帕，黛玉立刻懂了。他用过的手帕，是他自己的一部分，这是赠送表记，感情上把他这个人给她了，等于互相交心了。黛玉非常感动，晚上不睡了，爬起来，点了灯，就写了三首诗在旧手帕上面。这个时候她一看，自己题的诗，上面泪痕犹在，里头却包着那剪破了的香囊扇袋并宝玉通灵玉上的穗子。往事都勾上心头，现在加上那个梦，万种愁绪通通勾上来了。手里只拿着那两方手帕，呆呆的看那旧诗。看了一回，不觉的簌簌泪下。看了这个东西，林姑娘真的是不可开交了。正是：失意人逢失意事，新啼痕间旧啼痕。

　　曹雪芹思维之细，这是我们每一点都要留意的。两块手帕，在这个小说里当然象征着很多意义，如果这是个戏剧的话，这两块手帕就是很重要的道具，不是随便用的。曹雪芹这两块手帕，不但用，而且用得真好：第三十四回送手帕；现在在第八十七回又出现了；最后林黛玉死之前，第九十七回的时候，黛玉晓得宝玉要跟宝钗结婚了，她的一切追寻到此为止，对整个尘世做一个了断，对宝玉这段情也做一个了断，把自己的诗稿烧掉，诗是她的灵魂，烧掉！这时两块手帕又出来了，对她刺激更大了。她已经病得快死了，想撕掉那两块手帕，撕不动，把手帕往火里面一扔，她烧掉，等于自焚，把她最浓的、写在那手帕上的感情烧掉。所以这两块手帕用得不能再好，从开始定情到自焚，两块手帕的功用写到顶了。这就是小说写得好的地方。如果你空说黛玉怎么伤心，讲了个半天，不如两块手帕放入火里面一烧，那个力量等于烧黛玉自己，烧她的心，两块手帕写的都是她的心意，是最重的情。在丢下去的一刻，黛玉不是一个弱女子，她非常刚烈，在执着一生追求的情破碎以后，不惜殉情而死。她这个人物突然间膨胀（inflate），一下子长得很高很大，不是如我们平常见。《红楼梦》里有好几个人物：鸳鸯发誓不嫁人，回头用剪刀把头发"咔嚓"一剪；晴雯临死把长指甲"嘎嚓"用牙咬断，交付宝玉；尤三姐含泪还鸳鸯剑给柳湘莲，反手用雌锋脖上一划。那一刻间，这个人物一下子长得很大。我觉得在某方面，是曹雪芹的魔法（magic），他的这个手法，值得大家注意。这里曹雪芹又伏下两块诗帕这笔，黛玉有所感伤心落泪，回头看见案上宝钗的诗启尚未收好，又拿出来瞧了两遍，叹道："境遇不同，伤心则一。不免也赋四章，翻入琴谱，可弹可歌，明日写出来寄去，以当和作。"黛玉也用了同样的骚体——《离骚》的这种文体，写下了一首赋，作为应和，回给宝钗。

　　写到这个地方，这回后半段，又做要紧的转折，折到宝玉去看惜春跟妙玉下棋去了，小说是多线进行的。宝玉到惜春这里来，一听有人讲话，不是园子里面的人，一看，惜春跟妙玉两个人在下围棋。妙玉是个带发修行的尼姑，在小说里面是相当特殊的一个人，细想起来，在某方面她跟黛玉也很相似，且更是孤高傲世，个性孤僻极端，平常不轻易出栊翠庵。她跟惜春下棋，因为两个人同道，别人她不会假以颜色。惜春以后要当尼姑的，看起来是妙玉高一着，其实惜春比她更高。境界上来说，惜春到最后真的解脱了，她自己顿悟进了空门，妙玉虽然自称"槛外人"，反而跨不过那一道门槛。这两个人在下棋，在某方面也是两个人命运的 PK，看起来妙玉好像赢了，把惜春的棋围起来了，其实她没有把惜春围住，她自己被围了，被她自己的城垣，被她无法超越的限制围住了。她们两个下得非常专注，都没有察觉宝玉进来。宝玉在旁情不自禁，哈哈一笑，把两个人都唬了一大跳。惜春道："你这是怎么说，进来也不言语，这么使促狭唬人。你多早晚进来的？"

宝玉道："我头里就进来了，看着你们两个争这个'畸角儿'。"说着，一面与妙玉施礼，一面又笑问道："妙公轻易不出禅关，今日何缘下凡一走？"他称她"妙公"。其实这个地方，有些红学家要印证说，宝玉跟妙玉之间有男女之情，说妙玉是压抑自己，这个怪尼姑假撇清，其实心里面很动心，好像对宝玉故意装作这样子。我的看法不是这样。我说过妙玉这个人会扶乩，她说得出人家的命运，偏偏自己的命运看不到，就像很多算命的人能算别人，却算不到自己的命。按理讲宝玉跟她的接触不多，不像跟黛玉、晴雯、袭人、宝钗、湘云，都是很近距离接触，男女生情很自然。可是宝玉跟妙玉不是，书里面见过她就是大家在栊翠庵喝茶那次，贾母、刘姥姥都在，两个人之间不可能生起男女之情，何况妙玉这么高傲，不可能一见一个男人就动情、动俗心，我想大概不是。妙玉对宝玉是很特别，喝茶的时候，刘姥姥用过的杯子，她把它丢掉，她很怕沾惹世俗尘埃。她知道自己业重，想努力修为，这么一个乡下老太婆喝过的杯子她都不敢碰，要隔绝掉，但是她把自己的一个绿玉杯拿给宝玉喝茶。宝玉生日的时候，她送去一个帖子贺他生日，自称"槛外人"，意思是她跳出去了。后来宝玉问了邢岫烟以后，知道了妙玉的个性，就自称"槛内人"，表示说我还在红尘，我还在槛内。其实恰恰相反，我想妙玉知道宝玉不是平常人，他有佛心，最后修成的是他，惜春也是最后会修成的，这两个人，是她不及的。我觉得妙玉跟宝玉的角色是一种反讽式写法，她非常羡慕宝玉，也看重他，因为知道这个人以后会修成的。这里宝玉称她"妙公"，把她当成个菩萨一样尊敬，对这么一个修行人，我想宝玉绝对不会在她身上动男女之情。你看他回个帖子都不敢自己鲁莽下笔，还要去请教邢岫烟，才敢写"槛内人"。栊翠庵冬天有很多梅花，探春、李纨都不敢去问妙玉要，她脾气古怪，不给就是不给，去要可能碰一鼻子灰。但是宝玉去了立刻折了来，她们就为此写诗，说是"观音大士赏梅"，把妙玉看成观音大士了。这是宝玉心中对妙玉的尊敬，妙玉自己也很想修行的，可是事与愿违。

这时宝玉就问："何缘下凡？""下凡"两个字从宝玉口里说出来就是捧妙玉了，形容她出了栊翠庵就是下凡。

妙玉听了，忽然把脸一红，也不答言，低了头自看那棋。宝玉自觉造次，连忙陪笑道："倒是出家人比不得我们在家的俗人，头一件心是静的。静则灵，灵则慧。"宝玉尚未说完，只见妙玉微微的把眼一抬，看了宝玉一眼，复又低下头去，那脸上的颜色渐渐的红晕起来。宝玉见他不理，只得讪讪的旁边坐了。惜春还要下子，妙玉半日说道："再下罢。"便起身理理衣裳，重新坐下，痴痴的问着宝玉道："你从何处来？"宝玉巴不得这一声，好解释前头的话，忽又想道："或是妙玉的机锋。"转红了脸答应不出来。妙玉微微一笑，自和惜春说话。惜春也笑道："二哥哥，这什么难答的，

828

你没的听见人家常说的'从来处来'么。这也值得把脸红了,见了生人的似的。"妙玉听了这话,想起自家,心上一动,脸上一热,必然也是红的,倒觉不好意思起来。因站起来说道:"我来得久了,要回庵里去了。"惜春知妙玉为人,也不深留,送出门口。妙玉笑道:"久已不来这里,弯弯曲曲的,回去的路头都要迷住了。"宝玉道:"这倒要我来指引指引何如?"妙玉道:"不敢,二爷前请。"

这里面也有两个人很神秘的你来我去,我想这之间妙玉已经感觉得到不是很妙了。看看这个发展:于是二人别了惜春,离了蓼风轩,弯弯曲曲,走近潇湘馆,忽听得叮咚之声。你看铺排得妙不妙!前面讲黛玉看琴谱,写了一个曲、一首歌词,把它放下来停着,然后讲这一段下棋,现在再引过去,讲黛玉弹琴。这段写得好,而且很重要。妙玉道:"那里的琴声?"宝玉道:"想必是林妹妹那里抚琴呢。"妙玉道:"原来他也会这个,怎么素日不听见提起?"宝玉悉把黛玉的事述了一遍,宝玉就跟她讲了一遍黛玉谈琴谱的事情。因说:"咱们去看他。"妙玉道:"从古只有听琴,再没有'看琴'的。"她有她的怪,有很高妙的道理。宝玉笑道:"我原说我是个俗人。"说着,二人走至潇湘馆外,在山子石坐着静听,甚觉音调清切。你看,场景非常美,秋天在园子里面,走过树林,在石头上坐下来,听那叮叮咚咚的古琴。我上次讲过了,中国人从前弹琴的时候，还要焚香沐浴，有非常严肃庄重的仪式。听琴的时候，心要静下来，琴为心声，你内心中的所思所感随琴声弹出去，琴声跟你已经合为一体了。黛玉吟这首歌也是骚体，跟《离骚》很近的，非常古雅，是当时黛玉的心境。只听得低吟道：风萧萧兮秋气深，一来就把时序写出来了。美人千里兮独沉吟。讲的是她自己，离开家乡远在千里外吟诵。望故乡兮何处，前面不是讲了她想家嘛，这个地方又讲。倚栏杆兮涕沾襟。这个时候想家当然伤心掉泪。

　　秋天的傍晚，月亮出来了。歇了一回，听得又吟道：山迢迢兮水长，照轩窗兮明月光。耿耿不寐兮银河渺茫，罗衫怯怯兮风露凉。想想那画面：黛玉本来就是罗衫怯怯，秋天的时候，这么一个病美人，在窗子前面。月光照进来，她耿耿不寐，看天上的银河，看天上的星星。有种凉飕飕的秋声，不是秋天凉，是她心里面凉，心里感觉到一种凄凉的声音、凄凉的味道。又歇了一歇。妙玉道："刚才'侵'字韵是第一叠，如今'阳'字韵是第二叠了。咱们再听。"妙玉是行家，她听了这个琴声，越来越往上翻高。里边又吟道：子之遭兮不自由，予之遇兮多烦忧。之子与我兮心焉相投，思古人兮俾无尤。本来这首歌她是回答宝钗的，宝钗说把她当作知音。我再提醒大家，这时宝钗已经知道她要嫁给宝玉了，她写这封信可能有几个动机，一个的确是满腹的烦闷，她也没办法向别人说，众姐妹里面，只有黛玉可以了解她，两个人都是外来的亲戚，她可以跟她吐露。再者也可能她心中有愧疚，明明晓得黛玉跟宝玉之间的感情，她还是答应了嫁给宝玉，所以读者常常在这种地方批评宝钗——她把宝玉抢走了。但回头想想，贾母、王夫人一起向薛姨妈提亲了，那时候婚嫁是父母之命、媒妁之言，奉了父母之命，女孩子既不能说我不要嫁他，也不能说我要嫁他，都不能讲的，何况她心中也喜欢宝玉啊！她比较含蓄，不太表露，因为黛玉跟宝玉两小无猜，她有所顾忌，既然大人做主了，在某方面来说，宝钗是可以顺水推舟的。大人决定了，她心中也愿意，而且她也没法跟贾母她们说，宝玉跟黛玉感情那么好，所以她不嫁给他，那个时候没法说的。答应嫁给宝玉以后，她的心里恐怕也有负担吧！所以写信给黛玉诉苦。倒是黛玉一厢地把宝钗真的当作知己，所以她写了"之子与我兮心焉相投"，我们两个心相投，黛玉误认宝钗是知音。但是这回写得好的在这里：那个听琴的人才是知音。我们不觉得她是唱给宝钗听的，在无意间，其实是唱给宝玉听的。我想曹雪芹真了不起，他这么设计，不光是唱给宝玉听，还唱给妙玉听，黛玉满腹心事吐露出来，两个听琴的人也大有所感。

你看啊！妙玉道："这又是一拍。何忧思之深也！"宝玉道："我虽不懂得，但听他音调，也觉得过悲了。"里头又调了一回弦。妙玉道："君弦太高了，与无射律只怕不配呢。"妙玉懂琴，这个琴声越来越高亢，弦子越调越高，跟那个律好像有所不配了。这时候里边又吟道：人生斯世兮如轻尘，天上人间兮感夙因。感夙因兮不可惙，素心如何天上月。人生在世，像轻尘一样到处飘浮，天上人间无论在哪里，都是前定的因缘，这种因缘轮回不可惙、不会停，我的一片心，什么时候能像月亮那么纯洁无瑕呢？妙玉听了，呀然失色道："如何忽作变徵之声？音韵可裂金石矣。只是太过。"宝玉道："太过便怎么？"妙玉道："恐不能持久。"正议论时，听得君弦嘣的一声断了。妙玉站起来连忙就走。宝玉道："怎么样？"妙玉道："日后自知，你也不必多说。"竟自走了。弄得宝玉满肚疑团，没精打彩的归至怡红院中，不表。嘣！君弦断了，弦断人亡。这时候一方面是讲黛玉的大限快到了，一方面妙玉本人也马上走火入魔，她的厄运也来了。所以妙玉一听，知道这个音在另一方面也是在讲她，应到她身上，所以突然变色，怎么会有这种音出来？变质之音出来了。那个君弦"嘣"一声断掉，牵扯到两个人，一个是黛玉，一个是妙玉。妙玉听琴听到了自己的命运，她懂这个的，所以赶紧离去了。

　　我说中国人的琴很神秘的，琴为心声，黛玉无意之间把自己的命运、自己的心事，从琴里面传出去了。传出去触动了两个人，宝玉这时候还不太懂，要一步一步到最后，黛玉死了，自己的玉丢了，他才慢慢懂得其实黛玉都是唱给他听的。她跟他两个人心念相投，的确是知音，可是，黛玉自知命运多舛，身体那么坏，可能不久人世。"感夙因兮不可惙"，没办法的，这是前定的，"我们两个之间会崩离",所以那君弦"嘣"一声断掉。这一回牵涉到好几个人,而且以琴声词赋这么美、这么抒情的方式表现出来,牵涉到未来的命运。这里面深一层的境界,作者游走其间,铺排独出心裁,在小说技巧上相当高明。

白天听琴,君弦断了,妙玉心中无限狐疑,倏忽知道自己的命运也受了牵连,她回到栊翠庵去,晚上照常做功课。这一段写妙玉打坐,一下子按捺不住,好多妄想来了,到处听到声音。修行的人大概都知道,所谓走火入魔,修到那个差的地方去了。佛家讲,克服的是心魔,魔在自心中。王维把心魔比作毒龙,好像一条驯服不了的毒龙在里面绞一样,要借专注禅诵,把那个毒龙克制住。因为勾动了妙玉的尘思,她晚上打坐的时候,外面的妄想通通来了,而且还听到房上两只猫叫春,各种邪念,各种东西出现在眼前。那妙玉忽想起日间宝玉之言,想到宝玉说"下凡",自己是不是守不住了?妄念一生,不觉一阵心跳耳热。自己连忙收慑心神,走进禅房,仍到禅床上坐了。怎奈神不守舍,一时如万马奔驰,觉得禅床便恍荡起来,身子已不在庵中。便有许多王孙公子要求娶他,又有些媒婆扯扯拽拽扶他上车,自己不肯去。一回儿又有盗贼劫他,持刀执棍的逼勒,只得哭喊求救。妙玉这里走火入魔,暗示她后来的结果。她没想到自己这么严谨努力修持的人,最后是这样的命运。所以佛门虽广,也不是每个人都能修成正果。

我们看看妙玉第五回的判诗。别忘了,妙玉也是十二金钗之一，她虽然是一个次要角色，可是她在整个《红楼梦》架构里面，也有重要的地位。气质美如兰，才华阜比仙。天生成孤癖人皆罕。她这个人非常孤僻。你道是啖肉食腥膻，视绮罗俗厌；却不知太高人愈妒，过洁世同嫌。修行的人自设太高，这个门槛反而过不去，过洁世同嫌。刘姥姥去过栊翠庵，第二天宝玉还要叫几个人来冲洗干净。一个俗人到她的地方，她都深怕沾染。可叹这，青灯古殿人将老；辜负了，红粉朱楼春色阑。到头来，依旧是风尘肮脏违心愿，好一似，无瑕白玉遭泥陷；又何须，王孙公子叹无缘。她最后的下场是被盗贼劫了去，因为不从，可能就被杀害了。命运老早已经注定了。她走火入魔，病了，医生来看她，说："幸亏打坐不久，魔还入得浅，可以有救。"写了降伏心火的药，吃了一剂，稍稍平复些。外面那些游头浪子听见了，便造作许多谣言说："这样年纪，那里忍得住。况且又是很风流的人品，很乖觉的性灵，以后不知飞在谁手里，便宜谁去呢。"外面流言沸沸。这么一个本来身世很好的千金小姐，一生下来算命的讲她的命途名舛，家里只好送她去修行，没想到修行也不成。我说《红楼梦》很重要的是讲人的命运，命运逃不过的。《红楼梦》是宿命论，命运一生下来已经定了，无论你怎么修，不一定过得了。

　　妙玉过不了关，另外一个惜春呢？有一天惜春听到这件事情，她的丫头彩屏讲妙师父晚上中了邪了："嘴里乱嚷说强盗来抢他来了，到如今还没好。姑娘你说这不是奇事吗。"惜春听了，默然无语。她懂的。惜春也是十二金钗之一，她在《红楼梦》里面占的篇幅也不多，是个次要角色，可是她非常有个性，非常奇特，她的一举一动、一言一行，都显现出她老早就看穿了这个世界与红尘，最后也解脱得最彻底。她想："妙玉虽然洁净，毕竟尘缘未断。可惜我生在这种人家不便出家。我若出了家时，那有邪魔缠扰，一念不生，万缘俱寂。"她可以做得到。想到这里，蓦与神会，若有所得，便口占一偈云：大造本无方，云何是应住。既从空中来，应向空中去。她说这个大千世界，本来就是红尘假相，不值得留念的。你还到哪里去呢？来的时候空空的，走的时候也应该空无一物。在佛家来说，这个"空"字就说明了一切，在她看来一切都是空的，世间都是一些幻象、幻觉。

　　写完了以后，惜春就命丫头焚香，自己静坐了一回，又翻开那棋谱来看看，若无其事，清清淡淡描写就过去了。惜春是天生看清楚的人，第七十四回她跟尤氏吵架，说："我清清白白的一个人，为什么教你们带累坏了我。"她把一切割断。看一下第五回惜春的判诗〔虚花悟〕：将那三春看破，桃红柳绿待如何？把这韶华打灭，觅那清淡天和。说什么，天上夭桃盛，云中杏蕊多。到头来，谁把秋捱过？不管桃也好，杏也好，没有人可以熬得过秋的，没有一样东西是永久不变的。则看那，白杨村里人呜咽，青枫林下鬼吟哦。有的人一下就死掉了。更兼着，连天衰草遮坟墓。这的是，昨贫今富人劳碌，春荣秋谢花折磨。似这般，生关死劫谁能躲？闻说道，西方宝树唤婆娑，上结着长生果。从惜春的判诗来看，她老早就看出了修行是她的道路，是她一生的命运，所以很小的时候对人世就有一种特别的了悟，别人还要经过多少的折腾，她本人没有经过，可是她看到了："天上夭桃盛，云中杏蕊多。到头来，谁把秋捱过？"她看得很清楚。

　　这一回里面牵涉到惜春、妙玉、宝玉、黛玉、宝钗，写他们个人的处境、个人的命运、个人的道路，都不一样。这一回我觉得写得很好，以琴传情，以琴传意，把它整个寓意写出来了。

第八十八回

博庭欢宝玉赞孤儿　正家法贾珍鞭悍仆

这一回又转笔写贾府家族的事情，前面有一个细节也很有意思。鸳鸯来找惜春。鸳鸯说："因老太太明年八十一岁，九九八十一，是个暗九。要许愿的，许下一场九昼夜的功德，发心要写三千六百五十零一部《金刚经》，这已发出外面人写了……老太太因《心经》是更要紧的，观自在又是女菩萨，所以要几个亲丁奶奶姑娘们写上三百六十五部。"惜春说："别的我做不来，若要写经，我最信心的。"她要来抄《心经》。《心经》是整部《大般若经》最精髓的部分，它的色空理论——色不异空，空不异色，色即是空，空即是色，远离颠倒梦想，把所有的幻象去掉。这也是引导惜春走向解脱的经文。我想曹雪芹精心安排这时候来这么一段，让惜春抄《心经》，非常合适。前面经过这么大的折腾，黛玉弹琴断弦，妙玉走火入魔，到这个时候平和下来，归于寂静。

　　宝玉放学去看老太太，贾母当然问他啰，这个贾代儒上课上得怎么样呢？宝玉、贾兰、贾环，他们都在一起上课。宝玉就说贾环作对子作不上来，还要悄悄地求人家帮忙，送东西请枪手。贾母本来就讨厌贾环，讲："求人替做了，就变着方法儿打点人。这么点子孩子就闹鬼闹神的，也不害臊，赶大了还不知是个什么东西呢。"又问："兰小子呢，做上来了没有？这该环儿替他了，他又比他小了。是不是？"宝玉笑道："他倒没有，却是自己对的。"你看贾母的口气："我不信，不然就也是你闹了鬼了。如今你还了得，'羊群里跑出骆驼来了，就只你大。'你又会做文章了。"宝玉笑道："实在是他作的。师父还夸他明儿一定有大出息呢。老太太不信，就打发人叫了他来亲自试试，老太太就知道了。"这里写了两个人，一个是贾环，一个是贾兰，两个人在《红楼梦》里都是次要角色，贾环前面还有些反派戏，贾兰篇幅很少，前面只知道贾兰是李纨的儿子，很聪明、很乖，听妈妈的话，是很用功读书的孩子，而且也能够作诗题词，相当敏捷有才，就这样子，没有多给他任何的叙述篇幅。

　　在这个地方，曹雪芹让贾兰和李纨有一点角色。我说过，像李纨这个人物很难写，她嫁给宝玉的哥哥叫贾珠，贾珠早亡，所以李纨很早就守寡。在那个时代，以贾府的孙媳妇这种身份，她也不可能再嫁，而且她有个儿子贾兰了。所以她安分守己守这个儿子，进退都很本分。贾母、王夫人只可怜李纨早守寡而已，并不像对凤姐那样优宠有加，让她大权在握。按理讲李纨是大媳妇，在贾府里面应该有若干权的，她谦让了，她不要，什么都让凤姐做主。她不要并不是她愚笨。记不记得，有一次大家跟凤姐开玩笑，她把凤姐批了一顿，那个嘴也很来得两下，她并不是省油的灯。只是她知道本分，不多言，不多语，该讲的时候讲，不该讲的时候不出声，平常除了教子以外，领着这些姐妹们做做针黹，她们要作诗起社，她也帮着做一个辅助的角色。所以她最难写，写得太淡了，就扁平掉了，要写得突出，整个小说架构也用不着，这个人就是没什么个性、也很重要地放在那个地方。贾兰这时还是个小孩子，没什么可写的。可是别忘了，《红楼梦》最后结束的时候，那个和尚、道士预言"兰桂齐芳"，贾府被抄家了，衰下去了，最后还要复兴，就靠一兰一桂，"兰"当然是贾兰，后来也去考试中举了，他是一根柱子，要顶起贾府的。另外一个"桂"，就是宝钗怀的那个孩子，也就是贾宝玉留下来的儿子贾桂，我们没看到他出现，不过预言是靠这两个人复兴贾府的。

贾兰可以说是贾家的继承人，在这个地方给他这么几下子，让他显显才，也非常合适。因为也不宜多写他，他也没有那么多的事情可以写，这里恰好适合，小小一段也相当动人。贾母道："果然这么着我才喜欢。我不过怕你撒谎。既是他做的，这孩子明儿大概还有一点儿出息。"因看着李纨，又想起贾珠来。想起大孙子来了。又说："这也不枉你大哥哥死了，你大嫂子拉扯他一场。日后也替你大哥哥顶门壮户。"说到这里，不禁流下泪来。老太太想到大孙子了，有所感触掉泪了。李纨听了这话，却也动心，只是贾母已经伤心，自己连忙忍住泪。不敢哭，因为贾母已经掉泪了，做媳妇的李纨只好劝她："这是老祖宗的馀德，我们托着老祖宗的福罢咧。只要他应得了老祖宗的话，就是我们的造化了。老祖宗看着也喜欢，怎么倒伤起心来呢。"劝老太太不要伤心，看他还有出息嘛，应该高兴啊！因又回头向宝玉道："宝叔叔明儿别这么夸他，他多大孩子，知道什么。你不过是爱惜他的意思，他那里懂得，一来二去，眼大心肥，那里还能够有长进呢。"不要夸他，夸多了他不知好歹。做妈妈的担心，其实心里面当然很高兴啰！但要这么讲一下。你看看，贾母道："你嫂子这也说的是。就只他还太小呢，也别逼檏紧了他。小孩子胆儿小，一时逼急了，弄出点子毛病来，书倒念不成，把你的工夫都白糟踏了。"贾母说到这里，李纨却忍不住扑簌簌掉下泪来，连忙擦了。写得好！这时候才掉泪，忍不住了，老祖母这么讲非常温暖，她才掉泪了。好多人攻击后面四十回写得不好，像这种地方其实写得很好，贾母是个慈爱的长辈，讲这种话也非常得体，说不要逼急了出什么毛病，那不是白拉扯了一场。当然这话一讲，勾起李纨经年累月守着这个孩子的辛酸，扑簌簌泪掉下来了。如果前面也稀里哗啦跟贾母一起哭，就写坏了，这个时候才掉泪，大家对她一个寡母拉扯大这么个孩子，也同情起来，这就是写得细致的地方。《红楼梦》写这种中国人的人情世故的确动人。

后半回又讲贾府的下层生活。周瑞是王夫人跟前蛮得宠的一个佣人，周瑞有个干儿子叫何三，不务正业，常喝醉酒乱来，那个鲍二也是个爱喝酒的厨子，这两个人喝酒打起架来了。下面告到贾珍那里，贾珍一生气命令各打五十鞭子撵出去了。这一撵出去又是一个伏笔，后来这个何三勾搭起外面的人，趁着贾府办丧事没什么人在家，盗了好多金银财物，把妙玉也抢走了。家奴也得罪不得的，贾府衰下去，这些事情通通出来了。贾琏把下人打架闹事被贾珍撵出去的事告诉凤姐听了，你看凤姐怎么说："事情虽不要紧，但这风俗儿断不可长。此刻还算咱们家里正旺的时候儿。其实已经不旺了，才会出这种事情。他们就敢打架。以后小辈儿们当了家，他们越发难制伏了。前年我在东府里，亲眼见过焦大吃的烂醉，躺在台阶子底下骂人，不管上上下下一混汤子的混骂。他虽是有过功的人，到底主子奴才的名分，也要存点体统才好。"大家还记得焦大骂什么？他说"爬灰的爬灰，养小叔子的养小叔子"，指贾珍跟他的媳妇秦氏有一手，讲凤姐跟贾蓉有一手，他这么暗示，当然凤姐很气啰！到贾家衰了被抄家以后，那个焦大又跑出来了，大哭大闹要哭太爷去，哭太爷等于哭祖庙。他讲，这一族的兴衰，给你们这些后辈的人通通败掉。焦大这个人物真正出现只有两次，开头有他，最后有他，这地方又提他一提，要大家不要忘掉，到了最后再出现，那时候就有力量了。所以曹雪芹草蛇灰线，伏笔千里，好多细节他只提一下，以后都用得上。这里凤姐又说："珍大奶奶不是我说是个老实头，个个人都叫他养得无法无天的。如今又弄出一个什么鲍二，这个有意思，你听看看啊！我还听见是你和珍大爷得用的人，为什么今儿又打他呢？"贾琏听了这话刺心，便觉讪讪的，拿话来支开，借有事，说着就走了。贾琏跟鲍二的老婆以前有过一腿的，鲍二家的不是被凤姐打了，回去吊颈死了吗？后来那个鲍二又娶了多浑虫的寡妇多姑娘，之前多姑娘也是贾琏的相好，全跟他有关系。后来贾珍金屋藏娇尤二姐，就叫鲍二夫妇去服侍。王凤姐讲这个就"嘣"地给他一刺，凤姐厉害，不饶他，刺他一下。这也是《红楼梦》周到的地方，这时候又来提醒前面的事。贾琏讪讪地不好意思跑掉了，自己忘掉了鲍二还跑来凤姐面前讲。

另外一个人又来了，贾芸来找凤姐。他是贾府的穷亲戚，很会奉承，想谋一个职位也谋到了，园子里面植花种树都是他管，也算是个肥缺。他跟很伶俐的一个丫鬟小红有那么一段若有似无的感情，小红把一个手帕故意丢了，贾芸拾去了，两个人这么牵勾着。小红到了凤姐这里，贾芸管种树虽然有点油水，他觉得还不够，听到贾政又升官了，旁边有很多工程的事情要发包出去，他想去弄点工作捞一把，就准备了一大堆东西跑来找凤姐。你记得他以前给凤姐送麝香冰片，去向开药铺的舅舅赊欠，被舅舅刮了一顿。他很想往上爬，又去认宝玉做干爹，他比宝玉年纪还大，不伦不类地往上攀，在贾府里面也并不那么容易。这次他又来送东西，来的时候跟小红很亲密地讲了一段话，等于把前面那个线又连起来了。然后一番甜言蜜语去请托凤姐，想谋一个差，赚一笔钱。他把东西送给凤姐，凤姐说官家的事帮不了："我这是实在话，你自己回去想想就知道了。你的情意我已经领了，把东西快拿回去，是那里弄来的，仍旧给人家送了去罢。"哎哟，这个好难听，不知哪里搞来的东西，看扁了他——你买不起的，哪里弄来的，拿回去还给人家。这个很难堪的，你说贾芸怎么下得了台？正好巧姐被抱进来了，巧姐在哭，凤姐哄她。贾芸只好借着去哄巧姐遮掩一下，这是唯一他能做的，站在那里不是很尴尬吗？他去哄巧姐，偏偏这个小家伙又不领情，看了他就大哭，这样就哭出贾芸心里的毛病来，他记恨在心里了——凤姐对他这么不留情，连这个小家伙也对他不友善。大家记得上一次贾环把那个牛黄弄翻了，巧姐生病等着用，她们就把贾环骂了一顿吗？贾环出来恨恨地说："等着我明儿还要那小丫头子的命呢！"后来这几个人果然联手起来，贾芸、贾环，最要不得还有巧姐那个舅舅王仁，勾结着要把她卖出去。那时凤姐死了，贾府倒了，他们这几个人要把巧姐卖掉。所有这些都是铺排，小细节不是没用的。那个药罐子翻一翻，巧姐看了他就哭，以后都用得上的。因为王熙凤得罪的人太多，贾环不用说了，本来王熙凤对贾芸还不错，现在也不买账了。所以在这个地方埋下一笔，都是为了铺陈以后发生的事。

　　我想这几回《红楼梦》在收线了，前面那几十回把那个网撒得好大，那些情节通通撒开铺得很复杂，这个时候要收拢了，往哪里收拢呢？贾府兴衰嘛！我讲了这是《红楼梦》很重要的一条主线，前面的兴写够了，繁华荣景写够了，这时候要写衰了，把前面那么大的网线一根一根收紧，这是不容易的，要想得很清楚，不能松，不能乱。后四十回很快哗啦啦如大厦倾，但每个关节要接得非常有秩序，有它暗中的纹理。所以，我说后面四十回写得好在这些地方，如果真的不是曹雪芹写的，是换一个人写的，那个人的脑筋要跟曹雪芹一样那么缜密，才写得出这些东西来。

第八十九回

人亡物在公子填词　蛇影杯弓颦卿绝粒

　　宝玉到私塾里面去念书，天气冷了，袭人就包了衣服叫书僮茗烟带着。茗烟说："二爷，天气冷了，再添些衣服罢。"拿出来一看，宝玉痴掉了，原来是那件雀金裘。他说："怎么拿这一件来！是谁给你的？"茗烟道："是里头姑娘们包出来的。"宝玉道："我身上不大冷，且不穿呢，包上罢。"宝玉不想穿。茗烟道："二爷穿上罢，着了凉，又是奴才的不是了。二爷只当疼奴才罢。"你看啊，宝玉无奈，只得穿上，呆呆的对着书坐着。代儒也只当他看书，不甚理会。这一句写得好。自从晴雯死了以后，宝玉整个心情变了。大家都能感觉到，他好像没有真正的喜悦了，突然间懂得了人生的哀愁。写了《芙蓉诔》以后，他的心情沉下来了。穿了那个衣服，他呆呆地坐在那里，大家可以想象，他睹物思人，想到从前他对晴雯的那种疼怜，身上又穿着晴雯病中拼死为他补的衣服，当然感慨万千。

　　安排这一段，是作者高明的地方。晴雯死了，对宝玉、黛玉都这么重要的一个人，总归要思念她一下吧！总不能作完《芙蓉诔》以后就再不讲了吧。但好好没来由地说他想起晴雯，这就没有力量了，拿这件衣服出来再好不过。看到这件衣服，就想到缝衣服的那个人，因为爱惜晴雯，就爱惜这件衣服了。宝玉穿了之后，回到家里面，也没有像他平常那样有说有笑，就和衣躺在炕上面。他心中很难受嘛！他本来不肯穿，穿上以后，他感觉又跟晴雯很近，就不肯脱了。袭人要宝玉用餐，宝玉不吃，袭人就说："那么着你也该把这件衣服换下来了，那个东西那里禁得住揉搓。"宝玉不肯换下。袭人讲："倒也不但是娇嫩物儿，你瞧瞧那上头的针线也不该这么糟踏他呀。"袭人跟晴雯，别忘了两个人是相对的竞争者（rivals），袭人对晴雯未必有体贴的那种心，但袭人知道这样讲有效，等于戳到他了。宝玉听了这话，正碰在他心坎儿上，叹了一口气道："那么着，你就收起来给我包好了。我也总不穿他了！"第一句话，我以后不穿了，太心痛了！给我包好了。包的时候，他还不要她们包，自己拿一个包袱，很仔细地把它包起来，等于把他跟晴雯的这一分情意，包到里面去了。所以小说描写一个人心里面怎么痛，有时候不用讲，看他的动作，看他呆呆地坐在那里出神就够了。他轻轻说一句话，叹一口气："我也总不穿他了。"就可以感觉到他心中的哀痛，然后接了一个动作，用个包袱自己把它包起来。宝玉自己包那衣服的时候，袭人跟麝月两个还互相挤着眼睛笑，她们不能体会，晴雯死了带给宝玉的是一种很深沉的悲痛。他对晴雯的感情没有断掉过，还常常想到她，这个时候点这么一下，用雀金裘再勾起对晴雯的思念，我觉得是很好的一种策略，就等于黛玉看了两块手帕勾起旧情一样，比直接写他怎么思念晴雯好得多，这就是作者高明的地方。

宝玉心里面很愁闷的，第二天他要她们准备一个房间，他要在里面静一下。什么房间呢？以前晴雯住过的房间。他进去坐了一下，亲自点了一炷香，当然就是祭晴雯了。宝玉拿了一幅泥金角花的粉红笺出来，写道：怡红主人焚付晴姐知之，酌茗清香，庶几来飨。他写了一首词，烧了以后给晴雯：

随身伴，独自意绸缪。谁料风波平地起，顿教躯命即时休。孰与话轻柔？ 东逝水，无复向西流。想象更无怀梦草，添衣还见翠云裘。脉脉使人愁！

"怀梦草"就是汉武帝思念李夫人的典故，看看注解就知道了。大家记得前面，宝玉写了一篇《芙蓉诔》，写得才思飞扬，是一篇好长的祭文。我再三提醒大家，《芙蓉诔》表面上讲的是祭晴雯，事实上是祭黛玉，结束时黛玉突然从树丛后走出来了，改了里边几句话，变成宝玉对着黛玉说："茜纱窗下，我本无缘；黄土垄中，卿何薄命。"林姑娘愀然变色，这等于是在祭悼黛玉。《芙蓉诔》整个是四言的赋，很大的一篇东西，祭黛玉是合适的，以他跟黛玉的关系，黛玉本身的才情，黛玉本来是株绛珠仙草，《芙蓉诔》非常适合她。这首小词当然比不上《芙蓉诔》，却有一种很亲密、很亲近的感受，用来祭晴雯倒是合适的；《芙蓉诔》给晴雯太隆重了一点，按理讲，晴雯无法承受那么大的一篇东西，那个是应该给黛玉的。黛玉死了以后，宝玉失掉灵性，而且他也结了婚，这种情况下不可能再写一篇祭文来祭黛玉。他后来讲："我现在灵性也没有了，玉也失掉了，从前我还能写一篇祭文祭晴雯，林妹妹死了，我没法写这么一篇东西来祭她了。"我说过晴雯跟黛玉之间是镜像的关系，晴雯先死，慢慢就要讲到黛玉之死了。

这几回里，很重要的一件事情，就是贾母已经定下宝钗做孙媳妇了，黛玉不知道，潇湘馆里面的人不知道，其他人已经知道了，可怜黛玉还蒙在鼓里，疑神疑鬼，患得患失。因为宝玉、黛玉渐渐到了婚嫁的年龄，到了临界点要做决定了，黛玉心里有数，所以才做那个噩梦，噩梦后来果然是真实的。为什么小说家要这样铺陈呢？其实就是要我们同情黛玉的遭遇。黛玉作为孤女的身世通通显现出来了，从前宗法社会，家长替儿女做主很要紧的，没有人替她撑腰、讲话，所以在大观园里面她无依无助，她又是非常孤傲的一个人，不肯露出自己的心事。她有她的自尊，对宝玉的情那么专、那么强，无法讲出来。这种患得患失的心理我们也能理解，小说家就制造了好几处悬疑，慢慢引导黛玉之死，那当然是全书里面写得最精彩的篇章之一，在前面要铺陈很多事情、很多小细节，最后的爆发力才会出来。

我提醒大家，宝玉跟黛玉开始的时候是两个小孩子，闹脾气，斗来斗去，两个人还睡在一张床上，讲故事讲笑话，是那种天真无邪、两小无猜的亲密。因为那时候两个人年纪小嘛！所以大人们像贾母、王夫人也不以为意，没有什么顾忌的。他要睡她一个枕头，两个枕头拿来，就并枕而眠，完全是非常天真的。到了后来年纪大一点，就有很多顾忌了，慢慢他们之间，见面的时候反而觉得有一点冷淡，冷淡并不表示他们的情感冷淡，而是环境逼他们长大要守规矩，男女之间要有别了。他们两个在一起不是男女这种情，是一种心灵之交，已经超越男女的私情，宝玉也几次讲，黛玉是我的知音，林妹妹才了解我。这一点黛玉也知道。可是他们处的社会环境礼法、礼数是很重的，有很多礼节、礼仪，你看他们过年过节、生日拜寿、生死仪式，很多规矩，都是一套系统（system），一种制度化（institutionalization）的东西，他们生活在这样的规范里。这两个人其实是无拘无束的人（free spirits），他们的心灵是抽离、解脱这些羁羁绊绊的，可是这么大一个儒家宗法社会构成的秩序，他们也不得不守，所以两个大了在一起的时候，就不像从前小时候那种无拘无碍、两小无猜的情景和心境了。

宝玉又到潇湘馆来了，黛玉在抄经，宝玉就看看这个、看看那个，看到黛玉房里写了：“绿窗明月在，青史古人空。”月亮在窗外，永远总会在那个地方，可是历史上的人物，一个一个通通要消失的，以恒常来显出无常，偶尔这么一句话，其实都是在影射黛玉的命运。宝玉又看到新挂的《斗寒图》，里边有两句话：“青女素娥俱耐冷，月中霜里斗婵娟。”这是李商隐的一首诗，青女是一个霜神，素娥就是嫦娥，前面已经把黛玉比作嫦娥，也是李商隐的诗：“嫦娥应悔偷灵药，碧海青天夜夜心。”都是在暗示黛玉孤立无助的寂寞。这个时候，两个人见面有意无意地生疏了，讲话比较客气了，黛玉也没有一下子就跟他发脾气，哭啊吵啊，宝玉也没有妹妹长妹妹短地去哄她了，两个人渐渐疏淡了。这就是小说家厉害的地方，不知不觉在改变他们两个的关系。非要这样不可，过去的那种亲密、那种无邪消失了。再过不了多久，宝玉连那块玉都不见了，是这个红尘，是这个制度，把宝玉压得性灵都不见了，把他变成一个傻子。玉丢掉了，人痴傻掉了。这时，他们两个人就讲那天晚上弹琴，宝玉说：“我那一天从蓼风轩来听见的，又恐怕打断你的清韵，所以静听了一会就走了。我正要问你：前路是平韵，到末了儿忽转了仄韵，是个什么意思？”记得吗？黛玉弹琴吟诗吟到“素心如何天上月”最后一句的时候，“嘣”一声那个君弦断掉了。所以他问黛玉：怎么一下子变音变成这样？黛玉道：“这是人心自然之音，做到那里就到那里，原没有一定的。”这是心声，弹琴啊，心怎么走，音就怎么走。琴断人亡，各种征兆都指向黛玉这株绛珠仙草要枯萎。宝玉道："原来如此。可惜我不知音，枉听了一会子。"原来是这样，那可惜我不是知音。黛玉道："古来知音人能有几个？"黛玉脱口而出，古来知音没几个。宝玉听了，又觉得出言冒失了，又怕寒了黛玉的心，坐了一坐，心里像有许多话，却再无可讲的。黛玉因方才的话也是冲口而出，此时回想，觉得太冷淡些，也就无话。两个人弄得冷淡了。宝玉一发打量黛玉设疑，遂讪讪的站起来说道："妹妹坐着罢。我还要到三妹妹那里瞧瞧去呢。"黛玉道："你若是见了三妹妹，替我问候一声罢。"宝玉答应着便出来了。其实黛玉当然是说，只有他们两个人才是彼此的知音。黛玉弹琴，在某方面根本是弹给宝玉听的，只有宝玉才懂，连妙玉那样的一个人，也不确知原来黛玉弹的是命运。可是黛玉说不出口，因为顾忌，尤其因为那个噩梦，弄得她心里七上八下，疑神疑鬼。这时候又出了一件事。

探春的丫头侍书，来潇湘馆坐了一下，就跟那个小丫头雪雁，两个人无意间这么谈起来，说宝二爷要定亲了，两个人叽叽咕咕随便聊。黛玉人在屋里听到了。这是何等大事！怎么一会儿宝玉定亲了？什么时候宝玉定亲了呢？这一听不得了，她又讲不出来，又不好去问，她没法问的啊！心里面是疑疑惑惑，就想：宝玉要是定亲的话，她生命的意义就没有了。黛玉并不是说很想要嫁给宝玉，世俗的婚姻对他们两个没有意义的，他们两个要的是彼此的心，所以做梦的时候，宝玉说："你不信我的话，你就瞧瞧我的心。""我拿我的心给你瞧。"剖开自己的胸膛，把心拽出来给她看。他们互相要的是一个心，心的结合。但是在宗法社会，男婚女嫁才是定了两个人的关系，所以这个对黛玉来说当然很要紧。虽然他们俩要的是彼此的心，互相的知音，可是婚姻对黛玉来讲，等于是在保护他们两个的这种关系，如果婚姻不是给了她，是给了别人的话，当然他们俩的关系就破裂了，就无法继续维持了。这时，宝玉定亲的话，黛玉已听得了七八分，如同将身撂在大海里一般。思前想后，竟应了前日梦中之谶，千愁万恨，堆上心来。左右打算，不如早些死了。她干脆绝食了。一片疑心，竟成蛇影。一日竟是绝粒，粥也不喝，恹恹一息，垂毙殆尽。原本就病恹恹的，现在病得更危险了。

第九十回

失绵衣贫女耐嗷嘈　　送果品小郎惊叵测

　　黛玉绝食了，紫鹃着急得不得了，只得去告诉贾母，请了医生来看也看不好，因为黛玉这次得的是心病。这天侍书又来了，雪雁就问：你上次说宝玉定亲到底怎么样啊？侍书说：那是讲讲罢了！邢夫人他们那边亲戚跑来讲亲，要把女儿嫁给宝玉，那个家世贾母根本看不上，不可能的，怎么会要呢？因为宝玉到论婚嫁的年纪了，各方都跑来说亲，定亲是还没这回事。说完，侍书还撂了这么一句话："又听见二奶奶说，宝玉的事，老太太总是要亲上作亲的，凭谁来说亲，横竖不中用。"亲上加亲，这句话又传到黛玉的耳朵里去了。我想这个讽刺就在这里了。她一听，喔，宝玉原来没有定亲，原来贾母是要亲上加亲的，那当然是我啰！比起宝钗，自己是姑表，比姨表又亲一点。黛玉这样一想，病就好了。所以作者故意这样写，让我们看了黛玉可怜，她疑神疑鬼，患得患失，东想西想地还以为亲上加亲的是她，非常讽刺！不光是黛玉这么想，连紫鹃、雪雁也以为是黛玉。紫鹃自我陶醉说："病的倒不怪，就只好的奇怪。讲黛玉。想来宝玉和姑娘必是姻缘，人家说的'好事多磨'，又说道'是姻缘棒打不回'。这样看起来，人心天意，他们两个竟是天配的了。再者，你想那一年我说了林姑娘要回南去，把宝玉没急死了，闹得家翻宅乱。如今一句话，又把这一个弄得死去活来。可不说的三生石上百年前结下的么。"说着，两个悄悄的抿着嘴笑了一回。记得第五十七回吗？紫鹃故意去试探宝玉，说林姑娘要回苏州去了，不在你们贾府了，哎哟！那个宝玉疯掉了，又生病，又喊又闹的。这一次一讲到宝玉定亲，黛玉也不得了了，你看他们两个人的感情之深，在紫鹃看来他们是天作之合啊！

　　这段插曲再对照看下面这一段，写得好极了。紫鹃太了解他们两个了，而且也试过他们两个人了，两个人的心都是非他莫属、非她莫属，可是在贾母、王夫人眼中怎么看？前后两段好像无意间对应着，不经意的一些事件，其实有非常重要的涵义在里头。邢夫人、王夫人她们也都知道黛玉病得奇怪，一下病，一下好，就来贾母房中讲起黛玉的病，贾母就说了："我正要告诉你们，宝玉和林丫头是从小儿在一处的，我只说小孩子们，怕什么？以后时常听得林丫头忽然病，忽然好，都为有了些知觉了。所以我想他们若尽着搁在一块儿，毕竟不成体统。你们怎么说？"你看看老太太的态度，在她原先认为，小孩子没有男女之情的。她所谓的小孩子就是十几岁的青少年，没想到他们老早就有那个感情，在贾母眼里是不可以的。王夫人听了，便呆了一呆，她根本知道的，袭人跟她讲过，黛玉跟宝玉之间有感情。只得答应道："林姑娘是个有心计儿的。至于宝玉，呆头呆脑，不避嫌疑是有的，看起外面，却还都是个小孩儿形象。此时若忽然或把那一个分出园外，不是倒露了什么痕迹了么。古来说的：'男大须婚，女大须嫁。'老太太想，倒是赶着把他们的事办办也罢了。"这是王夫人的看法。你看看贾母的反应。贾母皱了一皱眉。这个小节写得好，皱一皱眉头，很烦恼。贾母很少皱眉头的，这是第一次。说道："林丫头的乖僻，虽也是他的好处，我的心里不把林丫头配他，也是为这点子。况且林丫头这样虚弱，恐不是有寿的。只有宝丫头最妥。"心里话讲出来啦！贾母这个时候的态度、形象，跟黛玉梦中看的完全符合，梦中贾母选孙媳妇的时候，非常理性，不讲感情，不讲情面的。黛玉脾气乖僻，作为一个诗人乖僻很好，作为媳妇，这种个性是不好的。下面还有一句：看她那么虚弱，不是有寿的，谁要娶一个短命媳妇。从前人选媳妇还要壮壮的，还要看那个媳妇会不会生孩子，这些都是很理性、很现实的考虑，对照前面紫鹃讲的那种两小无猜，是强烈的对比。王夫人就讲："不但老太太这么想，我们也是这样。但林姑娘也得给他说了人家儿才好，不然女孩儿家长大了，那个没有心事？倘或真与宝玉有些私心，若知道宝玉定下宝丫头，那倒不成事了。"她们的看法是，快点把宝玉跟宝钗的事定了，把林丫头嫁出去，就了事。

在黛玉梦里，就是她们替她定了亲，要把她嫁走了，这也是真的。贾母、王夫人她们最后的处置，在那个梦境中黛玉看清楚了。所以她临死的时候讲了那句很哀怨的话，跟紫鹃说："妹妹，我这里并没亲人。我的身子是干净的，你好歹叫他们送我回去。"她们商量着，贾母最后这么说："自然先给宝玉娶了亲，然后给林丫头说人家，再没有先是外人后是自己的。况且林丫头年纪到底比宝玉小两岁。依你们这样说，倒是宝玉定亲的话不许他知道倒罢了。"这下子分开你我了，分开内外了，黛玉只是亲戚了。不管老太太以前怎么疼黛玉，还是有个比较，有个轻重。如果她们认为对宝玉是好的，为了宝玉的利益，可以牺牲黛玉，因为黛玉到底是外孙女，宝玉是孙子。以中国人的观念，孙子当然要比外孙亲，而且宝玉是男孩子，要继承荣国府的，当然比黛玉重要，所以贾母这么说也没错，她讲出真心话就是了。这些事不准泄露，怕宝玉跟黛玉两个人有感情，吵出来不好。

这条线写到这里，宝玉、黛玉的情况很紧张的，先放在这里了。作者一笔又荡开去写薛家的几个角色：夏金桂、丫鬟宝蟾、薛蟠的堂弟薛蝌及未婚妻邢岫烟。《红楼梦》是千头万绪的一本书，每条线都要讲得清清楚楚，如果脑筋不缜密，讲了这头漏了那头，前后就串不起来了，所以很不容易。在第八十回之前，已经把夏金桂、宝蟾这一对主仆写得栩栩如生，曹雪芹下笔蛮重的。写夏金桂怎么泼辣，怎么闹场，宝蟾也不是省油的灯，两个都是不守规矩、淫荡歹毒的心机角色。这回写薛家则是迂回一下，从邢岫烟开始。薛姨妈已经定下邢岫烟做侄媳妇，但家中出事，还未迎娶，邢岫烟仍寄住在贾府。之前邢岫烟也有一点戏，是个次要角色。她是邢夫人的一个亲戚，算是侄女儿，邢夫人这个人自私，不要说对邢岫烟，就是对她自己名下的女儿迎春，也非常冷淡。她钱抓得很紧，刻薄抠门，连邢岫烟每月的一点零用钱，她还要扣出来给邢大舅去用，她自己就不必拿钱照顾兄嫂。邢岫烟住在大观园里当然不好受，她是个典型的穷亲戚，来依靠他们的。不过邢岫烟倒是一个很有分寸、有志向、有自尊的女孩子，她跟妙玉读过书，气质与众不同。这次又让她出现一下，生活蛮艰苦的她丢了一件棉袄，在别人是小事，在她就必须找一找了。她的小丫头也不过去问了贾府的一个老婆子，这一讲不得了：你说我们是贼啊！这些佣人也不是省油的灯，邢岫烟是个软柿子，欺负一下没关系，当然弄得非常尴尬。凤姐刚好来，把那老婆子骂一顿，一看邢岫烟身上单单薄薄的几件衣服，棉袄也丢掉了。虽然凤姐很势利，但在某方面还是个很识大体的人，她还蛮同情邢岫烟这么一个女孩子，回去就整理几件像样的衣服，叫小红拿去送给她。这个地方点出王熙凤另一面的为人和个性。邢岫烟当然是很有自尊的人，她想，我这个衣服丢了，你马上送衣服来给我，怎么能接受？这是有骨气的穷亲戚心理，不愿意让人家施舍。凤姐做得很好，她叫平儿再去，把衣服硬是送给邢岫烟，平儿说："奶奶说，姑娘要不收这衣裳，不是嫌太旧，就是瞧不起我们奶奶。"话讲到这个份上，邢岫烟不得不拿了。这就是《红楼梦》里面中国人的人情世故。这种小地方作者一笔都不放过，一件很小的事情，突显了邢岫烟寄人篱下的处境。

从这个事又牵到薛蝌那边去了。薛蝌当然觉得自己的未婚妻在贾府里很受罪，他也很难受的，但因为薛蟠还在牢里，一时间也不适合办自己的婚事，没办法把邢岫烟接出来，他无能为力，心中很不好过，所以写了一首诗来抒发感慨：

> 蛟龙失水似枯鱼，两地情怀感索居。
> 同在泥涂多受苦，不知何日向清虚。

薛蝌拿来夹在书里。又想自己年纪可也不小了，家中又碰见这样飞灾横祸，不知何日了局，致使幽闺弱质，弄得这般凄凉寂寞。薛蝌这个人跟薛蟠完全不同，长得又蛮清俊的，他住在薛家帮着薛姨妈处理薛蟠的官司，没想到竟被夏金桂、宝蟾这一对主仆看上了。这一回后半段跟下一回讲这一对主仆怎么勾引薛蝌，写得真好，我讲前面那么多人物差不多写尽了，这时候又蹦出这一对主仆来。

这天呢，宝蟾就拿四碟果子、一壶酒，跑到薛蝌房里去，薛蝌是单身一个人，有机可趁，不光是夏金桂动心，宝蟾也动心。进了房里，宝蟾百般拿话来逗引他。薛蝌当然讲了："大奶奶费心。但是叫小丫头们送来就完了，怎么又劳动姐姐呢。"意思是当不起，客气一下。你看宝蟾怎么讲："好说。自家人，二爷何必说这些套话。再者我们大爷这件事，实在叫二爷操心，大奶奶久已要亲自弄点什么儿谢二爷，又怕别人多心。二爷是知道的，咱们家里都是言合意不合，送点子东西没要紧，倒没的惹人七嘴八舌的讲究。"故意讲这些话来引逗他。薛蝌说："果子留下罢，这个酒儿，姐姐只管拿回去。"宝蟾逗他，薛蝌有点不解风情，不为所动。宝蟾说："别的我作得主，独这一件事，我可不敢应。大奶奶的脾气儿，二爷是知道的，我拿回去，不说二爷不喝，倒要说我不尽心了。"薛蝌没法，只得把酒留下。你看，宝蟾方才要走，又到门口往外看看，回过头来向着薛蝌一笑，又用手指着里面说道："他还只怕要来亲自给你道乏呢。"薛蝌不知何意，反倒讪讪的起来。这个薛蝌到底年轻老实，被宝蟾一搅，心里面七上八下，这对主仆怎么有点鬼鬼祟祟的，弄得他很不安了。

第九十一回

纵淫心宝蟾工设计　布疑阵宝玉妄谈禅

薛蝌正在狐疑，不晓得人家安了什么心的时候，窗户外面"扑哧"笑一声，不晓得是谁，又像金桂，又像宝蟾。下面这段写得好：薛蝌此时被宝蟾鬼混了一阵，心中七上八下，竟不知是如何是好。真是没有主意。听见窗纸微响，细看时，又无动静，自己反倒疑心起来，掩了怀，坐在灯前，呆呆的细想；又把那果子拿了一块，翻来覆去的细看。拿了果子翻了两下，没主意。猛回头，看见窗上纸湿了一块，有人舔那个窗户。走过来觑着眼看时，冷不防外面往里一吹，外面那个宝蟾，从那个洞吹他一下，把薛蝌唬了一大跳。听得吱吱的笑声，薛蝌连忙把灯吹灭了，屏息而卧。当然他吓到了，赶快把灯熄掉，不敢出声了。只听外面一个人说道："二爷为什么不喝酒吃果子，就睡了？"是宝蟾的声音，可见得这个丫头在偷看。前面写了好多丫头，没有一个像宝蟾这样子的。《红楼梦》里的丫头，有的很傲，有的脾气坏，有的也许心事多，有的干脆，有的这样，有的那样，但是独独没有宝蟾这种特性：淫贱。那些丫头再怎么说，到底是大观园的丫头，贾府里边的丫头，总有一种气派。不像这个宝蟾鬼鬼祟祟，而且我想"淫贱"两个字，对她们主仆两个人都适用。

第二天刚到天明，你看又来了。早有人来扣门。薛蝌忙问是谁，外面也不答应。薛蝌只得起来，开了门看时，却是宝蟾，拢着头发，掩着怀，穿一件片锦边琵琶襟小紧身，上面系一条松花绿半新的汗巾，下面并未穿裙，正露着石榴红洒花夹裤，一双新绣红鞋。这个时候又发挥《红楼梦》作者的长处了，写穿衣服、鞋子怎么样，裤子怎么样。宝蟾穿的这一身，明明就是来勾引人的样子，这种地方写得好。如果不写这些小细节，宝蟾跑进来就不好看了。所以他把这个写得很细，把宝蟾写成很鲜明的一个角色：早上叩门，鬼鬼祟祟，又跑进来了，也不讲话，拿了那个酒就跑，穿着那一身其实很想勾引薛蝌，看看这几招都不管用，后来就回去要跟夏金桂交差了。宝蟾当然知道夏金桂心里面想什么，想要勾引小叔子，她故意装不晓得，然后看看夏金桂有什么能耐。夏金桂也无计可施，因为薛蝌完全不理她。薛蝌跟薛蟠是两种人，要是薛蟠的话，用不着勾搭，他自己就动手了，薛蝌怎么勾引都没用。这主仆俩的心思有意思的。这个夏金桂心中也想，让宝蟾先去，她好跟着一起来。晚上先拿酒去勾一下，不动，第二天早上又去，也没有消息，她下不了台了，故意装作不理他，一副恼的样子跑出去，薛蝌反而有点不好意思了，以为她们两个只是送酒来，没有别的意思。

宝蟾回来，看看这主仆两人的对话蛮好玩的。只见金桂问道："你拿东西去有人碰见么？"宝蟾道："没有。""二爷也没问你什么？"宝蟾道："也没有。"故意去逗那个夏金桂。金桂因一夜不曾睡着，也想不出一个法子来，只得回思道："若作此事，别人可瞒，宝蟾如何能瞒？不如我分惠于他，他自然没有不尽心的。我又不能自去，少不得要他作脚，倒不如和他商量一个稳便主意。"自己想勾不好动手，干脆跟宝蟾讲明了分她一杯羹。因带笑说道："你看二爷到底是个怎么样的人？"问她。宝蟾道："倒像个糊涂人。"这个对话有意思。金桂听了笑道："你如何说起爷们来了！"宝蟾也笑道："他辜负奶奶的心，我就说得他。"对话对得好，这个宝蟾故意这么讲的。金桂道："他怎么辜负我的心？你倒得说说。"宝蟾道："奶奶给他好东西吃，他倒不吃，这不是辜负奶奶的心么。"说着，却把眼溜着金桂一笑。一边讲，一边眼睛看了她笑一下：我知道你心里面想什么。金桂道："你别胡想。"还要做作一番，讲她送东西给他是为了什么大爷，什么辛劳之类。宝蟾笑道："奶奶别多心，我是跟奶奶的，还有两个心么。但是事情要密些，倘或声张起来，不是顽的。"干脆挑破她，两个人下面商量了。你看看这个宝蟾心机也多的。宝蟾道："奶奶要真瞧二爷好，我倒有个主意。奶奶想，那个耗子不偷油呢，他也不过怕事情不密，大家闹出乱子来不好看。依我想，奶奶且别性急，时常在他身上不周不备的去处张罗张罗。他是个小叔子，又没娶媳妇儿，奶奶就多尽点心儿和他贴个好儿，别人也说不出什么来。过几天他感奶奶的情，他自然要谢候奶奶。那时奶奶再备点东西儿在咱们屋里，我帮着奶奶灌醉了他，怕跑了他？他要不应，咱们索性闹起来，就说他调戏奶奶。他害怕，他自然得顺着咱们的手儿。他再不应，他也不是人，咱们也不至白丢了脸面。奶奶想怎么样？"霸王硬上弓，不应的话把他抓了来，灌醉他。金桂听了这话，两颧早已红晕了，笑骂道："小蹄子，你倒偷过多少汉子的似的。"听起来像是偷过汉子的样子，很有一套，该怎么勾，该怎么让他就范，不行的话，吵起来，闹起来，三部曲，一二三套招，后来这两个人闹出事情来了。笔这一荡开，就把薛家这个戏剧又写出来了，蛮完整的，一直到最后夏金桂想毒死香菱，把自己毒死了。薛家被闹得从此家运也败了。薛蟠犯了案被抓起来，在牢里要判刑了，薛家就拿银子去塞啊，拿贾家去讲情啊，想救回薛蟠一命，内外煎迫，薛家也是一塌糊涂。

这一回下半段，宝玉又来探望黛玉了，这差不多是最后一次两人相聚，再过不了多久，宝玉就丢掉他那个通灵玉了。他们最后一次讲些知心话的时候，透过什么呢？透过禅意，他们谈禅。他们两个人本来就是心灵相通的嘛！这个时候，宝玉也很疑惑，薛姨妈来到贾府走动，宝钗却不过来了。宝玉搞不清薛家现在的状况。黛玉也疑惑，她也不懂为什么。其实因为宝钗已经下聘了，未来的媳妇没成婚之前是不可以到婆家去的，所以宝钗都不露面了。这一天，宝玉心里面很烦，他之前想要去看宝钗。"老太太不叫我去，太太也不叫我去，老爷又不叫我去，我如何敢去。"他讲："我想这个人生他做什么！天地间没有了我，倒也干净！"觉得人生也没意思了，人到底活在这个世界上干什么？生了我干什么？就是因为有了我，才有了一切的烦恼，没有了我，一切就寂灭了嘛！他们渐渐谈到人生道理的禅来了。黛玉就讲了："原是有了我，便有了人；有了人，便有无数的烦恼生出来……"她说比如像恐怖、颠倒、梦想，《心经》里面不是讲，远离颠倒梦想吗？黛玉当然是极为灵敏的，她知道人生这些道理，但遇到她自己的事，她就看不清了，她为情所障。谈禅的时候她是很理性、很清楚的。她说："你不过是看见姨妈没精打彩，如何便疑到宝姐姐身上去？姨妈过来原为他的官司事情心绪不宁，那里还来应酬你？都是你自己心上胡思乱想，钻入魔道里去了。"薛姨妈以前都蛮世故、蛮凑趣的，她在的时候，也有很多欢乐的场面，现在家里出事，当然也没精打采了。宝玉觉得很奇怪，薛姨妈对他不像以前那样亲热，黛玉就分析给他听。宝玉一听豁然开朗，说："很是，很是。你的性灵比我竟强远了，怨不得前年我生气的时候，你和我说过几句禅语，我实在对不上来。从前黛玉点醒他几次的。我虽丈六金身，还借你一茎所化。"丈六金身是佛，我虽然成了佛，还是靠你的一茎莲花来点化我。黛玉就跟他谈禅了："我便问你一句话，你如何回答？"宝玉盘着腿，合着手，闭着眼，嘘着嘴道："讲来。"黛玉道："宝姐姐和你好你怎么样？宝姐姐不和你好你怎么样？宝姐姐前儿和你好，如今不和你好你怎么样？今儿和你好，后来不和你好你怎么样？你和他好他偏不和你好你怎么样？你不和他好他偏要和你好你怎么样？"黛玉讲这一连串大哉问的事情。宝玉呆了半晌，忽然大笑道："任凭弱水三千，我只取一瓢饮。"弱水有三千里这么长，我只取一瓢饮。我的心对你说，虽然弱水三千，我只取一瓢饮，我对你那个心，永远会在那个地方，不管那个水有多长，我只对你唯一。黛玉讲："瓢之漂水奈何？"宝玉道："非瓢漂水，水自流，瓢自漂耳！"黛玉道："水止珠沉，奈何？"就是说万一有什么事情，万一有什么变化，珠沉下去，你怎么办呢？宝玉说："禅心已作沾泥絮，莫向春风舞鹧鸪。"

他说，我的禅心已作了那沾泥絮，好像已经沾在地上死了，不会再像春风舞鹧鸪一样，我对你是一片死心塌地的。在禅话底下的意思，宝玉无心地讲给黛玉听了。借着禅的来往问答，他们俩最后交心：弱水三千，我只取一瓢饮，就是这一瓢，就是为了你。这是他们两个人的性灵之谈，他听她的琴也是，以前他们俩作诗，现在他们俩谈禅，都是他们之间的心灵交会。谈完了，他回去了，这是最后的一次相聚。

第九十二回

评女传巧姐慕贤良　玩母珠贾政参聚散

宝玉回到怡红院。袭人问，你们俩在谈什么啊？宝玉将谈禅的话说了一遍。袭人听了不舒服，说，作诗也好，怎么又谈起禅来，又不是和尚。宝玉说："你不知道，我们有我们的禅机，别人是插不下嘴去的。"再讲这句话，只有他们两个人彼此能够了解，别人不懂的。也因为别人不懂，黛玉跟宝玉终要走上离散的命运。

这一回笔又荡开了，写巧姐。前面很少写到巧姐的事情，虽然她也算大观园里面的十二金钗之一。巧姐是王熙凤唯一的女儿，小名大姐儿，她是很小的角色，年纪小，都隐在故事后面。这个地方写巧姐可能是为了让她也有戏，但巧姐的年纪有点问题，前面还是两三岁，怎么一下子长大了，这让前后有比较明显的不连贯。不管怎么样，这时巧姐在贾母跟前，也是很受宠的重孙女嘛！宝玉这个叔叔来了，就问了声"妞妞好"，叫她妞妞，小孩子的昵称。又问她认字了没，巧姐儿说："我跟李妈认了几年字。"那个奶妈识字的。"那你都念了些什么呢？""念了《女孝经》。"宝玉说："这很好啦！念完《女孝经》呢？""念《列女传》。"宝玉问："认了多少字？""认了三千多字。"这下子宝玉兴致来了，开始给她讲《列女传》，汉朝的时候写的历代女性的故事，给她讲了一大串，什么文王后妃、班昭、蔡文姬、谢道韫那些才女，又讲了什么乐昌公主破镜重圆，花木兰代父从军，还有那些艳的，王昭君、西施，白居易的两个妾樊素、小蛮等等。当叔叔的宝玉一下子跟巧姐讲了一大堆。贾母说："好了好了，别讲了，哪记得了。"而且还讲艳的，"不要教坏这个小女孩"。宝玉看巧姐蛮灵的，给她一句评语："我瞧大妞妞这个小模样儿，又有这个聪明儿，只怕将来比凤姐姐还强呢，又比他认的字。"一句评语，够了！讲那个巧姐口齿很伶俐，样子大概也不错，而且她又认得字。凤姐不认得字就那么厉害了，她的女儿认得字将来比她更强。

这段完了以后，插入一个短的插曲。我讲曹雪芹心思细密，前面撒网，现在好多故事要收，这最后四十回很多地方收得很好。大家还记得司棋这个女孩子吗？迎春的丫鬟，个性很烈的，砸过柳家的厨房，跟她的表弟潘又安在大观园里面幽会，遗落绣春囊，造成大观园自己查抄的大风波。后来抓住司棋的时候有个细节——她被查到并不惊慌，这个女孩子很刚烈的。为什么刚烈？因为爱情。她对潘又安一往情深，他们从小一起长大，她是真正爱他的，所以被抓出来也不怕，抓就抓了，就是爱他，所以她被赶出去了。这个故事现在有后续，潘又安回来了。发生事情后他因为害怕就逃走，现在回来了。司棋的母亲很生气，说：你把我女儿弄坏了，弄出这场祸来，不准你们两个人结婚。司棋说：我跟定这个人了。我只恨当时为什么他要逃跑，这种事情一起担待啊！怎么可以跑掉呢？但我就是要嫁他。她母亲说：我就是不准你嫁。司棋气得一头就撞墙自尽了。很烈的女孩子！潘又安傻了。原来他在外面发了财，回来就是要娶司棋，还来不及讲。他想试试她，如果他还是穷，司棋愿不愿意嫁。哎呀，这真是命运作弄人。那个母亲看他发了财，倒是见钱眼开，女儿死了也无所谓了。潘又安就交付钱财，说："我去买棺盛殓他。"竟去买了两口棺材来。一口棺材就够了，怎么买两口棺材来？结果是把司棋收殓以后，潘又安自己脖子一抹，也跟着去了。他们是《红楼梦》里的罗密欧与朱丽叶，两个人为情而死。这个结局，讲中国古代的整个制度，对不轨之情是不容忍的，因而造成了悲剧。

下半回写贾府来往的朋友冯紫英，他父亲当过神武将军，这个角色是个很次要的人物，从他身上侧面写贾府的经济状况。冯紫英来串门子，贾政在下棋，冯紫英就在旁边看，观棋无语是规矩，尤其是下彩的，不可以随便讲话。下彩就是下赌注的，你看贾政闲来无事就下围棋，而且赌点小钱，那是当时的家庭娱乐。贾政道："多嘴也不妨，横竖他输了十来两银子，终久是不拿出来的。往后只好罚他做东便了。"詹光笑道:"这倒使得。"詹光是他的清客之一,贾府里边常有几个清客走动,就是来陪贾政娱乐的。冯紫英道:"老伯和詹公对下么?"贾政笑道:"从前对下,他输了;如今让他两个子儿,他又输了。时常还要悔几着,不叫他悔他就急了。"詹光也笑道:"没有的事。"贾政道:"你试试瞧。"大家一面说笑,一面下完了。没想到贾政还会讲点笑话的,这种地方很难得,政老爷总是板了个脸说大道理,只有一两回表现难得的幽默感。有一次他娱乐贾母,讲过一个怕老婆、替老婆洗脚的故事。所以我讲曹雪芹写一个人,不是写单面的,写好多面,在不经意的这么一个小地方,给他来一下,这才是真实的人生。我想贾政虽然是儒家最正经八百的代表,他也有幽默感,就是孔夫子讲那些话,有些也很幽默的。在这个地方将贾政写得人性化,家里面下棋开开玩笑,说你输了还后悔哟!给他一个细节,丰富他的个性,把他对儿子、对王夫人那种很严肃的地方调和一下。

这个冯紫英拿了几个宝贝东西来介绍给贾府,想做点生意。说是四种洋货,可以作进贡之用。一件紫檀雕刻硝子石的围屏,一个钟表,都是大家具,又随身带了一个珠子叫作"母珠",和薄如雾防虫蚊的"鲛绡帐",总之都是难得一见的宝贝。那个珠子就要一万两银子,几件合起来一共要两万两银子。按理讲,以贾府从前的家世和财富,买这种稀有之物来进贡或送人是很容易的。现在不一样,买不起了。这一回就暴露出贾府的窘迫。贾府已经穷了,不光如此，大家还记得吗？贾琏还向鸳鸯借当，拿老太太的东西去当了钱来应急。要应付的开销很多，这里几千银两，那里几千银两，宫里的太监跑来打秋风，或索或借，贾家已经空了。所以这个地方表面是写冯紫英拿这些宝贝来找买家，其实是暴露贾家的经济状况。他拿来的那个母珠很奇特，可以把其他的小珠子吸过来。这个回目"玩母珠贾政参散"，贾政有时候也会冥冥中有些感应。有一回猜灯谜的时候，他突然间感觉到贾家那些年轻晚辈讲的都是不吉利的话，都是离散的、不到头的。这个珠子，母珠在的时候，大珠小珠在一起，母珠拿走，小珠子也就散掉了。

接下来过了没多久，元妃病故。元妃一死，整个贾府的一根顶梁柱就折掉了。元妃在书中虽然是个次要人物，出现得不多，但贾府的大厦就靠她撑着。虎兔相逢大梦归，虎年跟兔年相逢的时候，就是元妃大限的到来，整个家族命运也在那个时候改变了。

第九十三回

甄家仆投靠贾家门　水月庵掀翻风月案

　　这一回有一个小节，对整部书的故事架构很有作用，作者在这种节骨眼的地方插进来，联结先前的伏笔和最后的结局，把一个重要人物再次提起来。什么人呢？蒋玉菡。在这里出现，这个很要紧。大家记得吗？蒋玉菡原本在忠王府的戏班子里，后来他出来自己组班了，可是他还到那些贵族王公家里去演戏，娱乐那些观众。这次就是临安伯——"伯"跟"公""侯"类似，大概也是一个封爵位的府上，打发人来请贾家去看戏，本来是请贾政、贾赦，贾政临时有事情出差去了，贾赦就带上宝玉去看戏。到临安伯家里了，贾赦宝玉见了临安伯，又与众宾客都见过礼。大家坐着说笑了一回。只见一个掌班的拿着一本戏单，一个牙笏，向上打了一个千儿，做了一个揖，说道："求各位老爷赏戏。"请他们点戏了。先从尊位点起，挨至贾赦，也点了一出。那人回头见了宝玉，便不向别处去，竟抢步上来打个千儿道："求二爷赏两出。"宝玉一见那人，面如傅粉，唇若涂朱，鲜润如出水芙蕖，飘扬似临风玉树。原来不是别人，就是蒋玉菡。你看作者怎么形容蒋玉菡——"鲜润如出水芙蕖"。"玉菡"，就是玉芙蓉、水上芙蓉，就是莲花、荷花。名字含了个"玉"字，这个人跟宝玉的关系就不平常了，黛玉、妙玉、蒋玉菡都有"玉"。莲花在佛家又有再生、化身象征性。另外一个对宝玉出世之缘很有启示的男性角色是柳湘莲，又是一朵莲花。形容蒋玉菡不只用普通的"玉树临风"什么的，而用"出水芙蕖"，这种句子很少拿来形容男性，所以他是带有神话性的人物。

　　遇见蒋玉菡，宝玉十分惊喜。前日听得他带了小戏儿进京，也没有到自己那里。他当然不好再去贾府了，宝玉因为他的关系被打。此时见了，又不好站起来。也不好表示很熟，不好意思站起来。只得笑道："你多早晚来的？"这句话已经很亲，用"你"字。蒋玉菡把手在自己身子上一指，笑道："怎么二爷不知道么？"宝玉因众人在坐，也难说话，只得胡乱点了一出。蒋玉菡去了，便有几个议论道："此人是谁？"就有人说了："他向来是唱小旦的，如今不肯唱小旦，年纪也大了，就在府里掌班。头里也改过小生。他也攒了好几个钱，家里已经有两三个铺子，只是不肯放下本业，原旧领班。"有的人就讲，这么一个人，又有才又有貌，而且又有钱了，怎么还不成家？有的就说，听说是相了亲还没定下来。"他倒拿定一个主意，说是人生配偶关系一生一世的事，不是混闹得的，不论尊卑贵贱，总要配的上他的才能。所以到如今还并没娶亲。"宝玉听到就在想了："不知日后谁家的女孩儿嫁他。要嫁着这样的人材儿，也算是不辜负了。"然后就开始演戏了，也有昆腔，也有高腔，也有弋腔梆子腔，做得热闹，各种戏都有，不过昆腔昆曲是第一位的。

他们看一天的戏，从早上开始看，过了晌午，吃了饭以后贾赦要走了，临安伯就留他说："天色尚早，听见说蒋玉菡还有一出《占花魁》，他们顶好的首戏。"《占花魁》是明末清初李玉的作品，李玉是苏州很有名的剧作家，写了好几本才子佳人的戏。这个《占花魁》的故事本来《三言》《二拍》里面早就有的，叫作《卖油郎独占花魁》，本来是一篇小说，李玉把它改成了戏剧。讲妓女王美娘是青楼最美、最顶尖的妓女，所以被选为众花魁首，她是花魁女。《卖油郎独占花魁》是她跟卖油郎秦重的故事。秦重这个名字熟，对吗？宝玉很早以前跟秦可卿的弟弟秦钟两个人有一段情。秦钟——"情种"，这是谐音。第五回太虚幻境里面，《红楼梦》头一个曲子：开辟鸿蒙，谁为情种？整本书讲的就是这些情种，宝玉是情种，黛玉也是情种，讲这些人的故事。卖油郎是很卑微的，他挑了一个担子卖油，走到妓院门口看到那个花魁女，开头为美色所动，当然也很想去亲近，但花魁女不随便接客的，她是最高级的妓女，老鸨要很多银子，才让他接近花魁女。这个卖油郎日思夜想，非常仰慕，就开始攒钱，一个一个小钱攒，他攒了一年才攒够银子。他就到那个妓院去要点花魁女，老鸨见钱眼开，反正不管他什么人，有钱就好，就让他等等吧，花魁女那天出去接客了。花魁女虽然很受众人追捧，有时候碰到一些花花太岁也吃苦头的，那天去接客回来，被客人灌醉了，卖油郎等了一个晚上，好不容易等到花魁女回来，却醉醺醺的。老鸨就说，你等了那么久，今天还是回去算了。这个秦小官不肯，他看到花魁女醉成这个样子，马上一股怜惜之心就起来了，他晚上要陪她、服侍她。花魁女因为喝多了，半夜就吐了，秦小官那时候为了去见花魁女，穿了一身新的绸子衣服，花魁女一吐来不及，他用自己的新衣服一兜，吐出来的秽物把他整个衣服都毁了，他包起来不以为意。花魁女醒了，看秦小官不光是受吐，还服侍她喝热茶，整夜照顾得无微不至。开始的时候秦小官当然被她的美色吸引，她是妓女嘛，他是要去嫖她的，可是到了这个时候，他心中对这个女孩子开始怜香惜玉，不忍趁她醉了去欺负她，对她非常尊敬，非常怜惜，由色欲升华成一种怜爱（pity），一种同情，变成这么一种感情，这故事好在这个地方。后来经过一些波折，花魁女被这个秦小官感动，自己用积蓄赎身，嫁给了卖油郎秦重，所以叫《卖油郎独占花魁》。

蒋玉菡要演这出《占花魁》。宝玉听了，巴不得贾赦不走。于是贾赦又坐了一会。果然蒋玉菡扮着秦小官服侍花魁醉后神情，把这一种怜香惜玉的意思，做得极情尽致。以后对饮对唱，缠绵缱绻。《受吐》在戏里面是非常动人的一回，秦小官怎么服侍花魁女，非常缠绵缱绻。宝玉这时不看花魁，只把两只眼睛独射在秦小官身上。更加蒋玉菡声音响亮，口齿清楚，按腔落板，宝玉的神魂都唱了进去了。直等这出戏进场后，更知蒋玉菡极是情种，非寻常戏子可比。这是关键性的几句话。蒋玉菡在这出戏里面，表现出来的怜香惜玉的感情，正是贾宝玉这一生中，对女孩子所表现出来的最高情意。他对晴雯，对黛玉，所顾念的不是她们的肉体色欲，对黛玉是整个的一种性灵，对晴雯是整个的一种怜惜，所以蒋玉菡在这出戏里，替他演出了这种感情。蒋玉菡是演员，替贾宝玉演出了这出戏，贾宝玉在这个时候入了神，他自己跟他认同（identify）了。大家记得吗？宝玉初见蒋玉菡的时候，他们两个互赠表记。蒋玉菡拿出红汗巾，是北静王给他的，女儿国的茜香罗，很名贵的。宝玉拿出一条松花绿的汗巾，原是花袭人的，在那个交换中，无形中宝玉已经替花袭人下了聘礼，替她找到最后的丈夫了。在所有女性里面，宝玉跟花袭人的俗缘最深，第一个和他发生肉体关系的就是花袭人，所以宝玉要出家的时候，最放心不下的就是花袭人，他要怎么让花袭人圆满？就是替她找一个丈夫。那个丈夫蒋玉菡是跟他也有一段缘的，所以最后两人的结合，等于完成了贾宝玉在世上的俗缘，这一块也就没有牵挂了。戏里的花魁女在某方面来说，就是花袭人，袭人本来就姓花！最后蒋玉菡把花袭人娶走，等于把她救出去。那时候贾府已经败了，宝玉当和尚去了，袭人前途茫茫，妾身未明，虽然王夫人默许她当宝玉的妾，但没有正式明娶，她最后的结果，可能是嫁给一个小厮。随便嫁出去不是袭人所愿，这个蒋玉菡是贾宝玉亲自聘的，等于贾宝玉一劈为二，他的肉身俗缘，一个在男的身上，一个在女的身上，这两个人最后合了起来，他的俗缘才得圆满。这部小说最后的地方很要紧的，小说的最后，往往是画龙点睛的时候，宝玉的佛缘、仙缘，跟着一僧一道走了，归到青埂峰去了，他的俗缘就在蒋玉菡跟花袭人的身上，留在尘世。

《红楼梦》伟大的地方，就是它不偏于一边，不是说出世的哲学或是谁得到最后的胜利，曹雪芹画龙点睛一下，让花袭人嫁给蒋玉菡，在入世红尘中也得到俗缘的完满结果，这才是整个中国人的哲学，出世入世，都有完满的结局。所以蒋玉菡很重要，作者在这个地方又把他提出来，而且给他演这出戏，我觉得很高明。《占花魁》暗指蒋玉菡以后对花袭人怜香惜玉的感情，他会照顾她，所以宝玉才放心。我想这个时候不光是看一出戏，这个戏在小说的整个架构里头，有很强的象征意义，蒋玉菡这个人也是。从开始宝玉为了蒋玉菡被父亲狠狠责打，肉身受伤，到后来完成肉体的俗缘，一连起来，这个故事就完整了。所以蒋玉菡不是个普普通通的角色，给他取名蒋玉菡，不是偶然；设定他是个演员，也不是偶然。他将替贾宝玉扮演在俗世中照顾花袭人的那个角色，所以在第五回太虚幻境，花袭人的判诗里面老早讲："堪羡优伶有福，谁知公子无缘。"袭人最后嫁给一个优伶，她本来百般不肯嫁的，后来嫁过去一打开箱子，喔！这是前定。她的那一条绿汗巾，在蒋玉菡的箱子里面，她自己的箱子里面，有蒋玉菡那条红汗巾，一红一绿配成对了。我想这个小说的深刻也在这种地方，它讲的不是表面的故事，深入到好几层，讲人性、命运、人生的哲学、生命的况味。

这一回的后半段，我们看到贾府慢慢衰败了，这里面有两件事情。一个就是甄府推荐包勇这个人给贾政。甄府跟贾府其实是镜像关系，互相投影，甄府倒是一个虚的，贾府倒是一个实的。甄府那边比贾府先被抄家，清朝常常有大官被抄家，甚至满门抄斩，大祸临头。甄家先败了，遣散家中奴仆，其中有个包勇，甄老爷就推荐过来。贾政那时候自己家里面的人已经够多了，但因为是甄府推荐来的，也不好用。后来这个包勇果然有用，那些强盗窃贼来抢贾府，他一个人很勇敢地把他们打退。

另外一件事情，讲贾府的衰败也是从内部腐化开始的。贾府盛的时候不光是自己有戏班子，还有自己的庙。为了元妃省亲，特别去请了尼姑、女道士来为元妃念经，省亲过了以后就安置在自己的家庙水月庵，任用了贾芹来管理。贾芹是一个远房亲戚，他管久了竟然跟她们勾搭起来，有人看不过去就公开贴出他的丑事和罪状。

> 西贝草斤年纪轻，水月庵里管尼僧。
> 一个男人多少女，窝娼聚赌是陶情。

不肖子弟来办事，荣国府内出新闻。

人家张贴出来，贾政看了气死了，自己的子弟都管不好。贾政虽然很正直，可是他管人有点迂腐，什么都交给贾琏去管，原来贾琏跟这些人也都勾起来的，所以里边确实已经腐败不堪。这里有两件事情有意思。且说水月庵中小女尼女道士等初到庵中，沙弥与道士原系老尼收管，日间教他些经忏。大家发现没有，尼姑、道士放在一起的，这点我也很吃惊。那个贾芹一边勾女道士，一边勾女尼姑，两边通通来，我觉得奇怪。后来研究了一下，明清时代常常佛道不分。我们制作的《玉簪记》那出戏，里面也是道姑、尼姑不分，道姑自称贫尼，道观里面有佛像，还有佛家的仪式。所以水月庵有道姑、尼姑在一起，那些小伶人芳官、药官几个被赶出去了，有的出家了，芳官就到水月庵当尼姑。贾芹常到水月庵去搞七捻三，芳官很正派根本不理他，其他的就不一定了。道姑里面有个叫作鹤仙，尼姑里面有个叫沁香，都长得很妖娆，这两个人跟贾芹勾搭上，在里面喝酒行令，太不成话。当然给发现了，而且也显得贾家的规矩败坏了。贾府派了管家赖大去查，撞见贾芹正在里头喝酒取乐，才把这些尼姑、道姑通通拉到贾府，而且把贾芹狠狠训斥了一顿。贾琏徇私，还教贾芹要抵死不认，教他怎么脱罪，自坏规矩加速贾家的倾颓。后来那些尼姑、女道士通通叫她们家里领回去或散出去，小伶人赶出大观园当小尼姑，现在又赶一次，她们命运多舛，最后不知所终。这些地方都指向贾府要垮了，要垮之前很多的迹象就出来了。下一回就讲贾母赏花妖，海棠不该开的时候开了。接着宝玉失玉，元妃薨逝，事情一件件发生，贾府走向衰败的速度越来越快。

第九十四回

宴海棠贾母赏花妖　失宝玉通灵知奇祸

第七十回之前，《红楼梦》铺陈的节奏是缓慢的、往上堆的，过了七十多回以后，从大观园自己抄家、晴雯死了以后，小说的整个步调（pace）越来越快，再往下一个接一个高潮。前面等于把一个大网撒出去，千丝万缕有各条线索，这个时候都要收网了。所以后面四十回，很多人攻击这样那样一大堆，我觉得那个线要逐一收拢就是了不得的功夫。这后四十回很多层面都顾到了，一点都不差，不光是不差，有的地方其实写得非常好。我们很快就要讲到第九十七、九十八回的黛玉之死，可以说是这部小说极重要的两回。在前面一直铺陈点点滴滴，许多征兆，都指向黛玉之死，所以这两回大家要好好细看。如果黛玉之死写得不够好、不够精彩，得不到读者的同情，整本书就完了，可以说写黛玉之死是小说家的一大考验。讲到那边我会慢慢告诉大家，他写得好的有几个地方，小说家的功力，在那些地方才显现出来。

这一回，继续铺陈贾府将要衰败。我们中国人相信，一个家族、一个国家要衰败的时候，会出现很多异兆。这时候怡红院的海棠花，不按季节规律突然间开花了。海棠花季本是来年三月，在十一月就开花了，好几株本来都枯掉的也突然间复活开花。怡红院里面种得最多的是海棠，海棠花代表怡红院的"红"字，怡红公子，宝玉喜欢红色嘛！红在中国表示生命力、热情、喜气，宝玉爱热闹，海棠花也就是怡红院的象征。离怡红院很近的是潇湘馆，以竹子为主，种了很多湘妃竹。怡红快绿，一红一绿对起来的。

海棠花开了，紫鹃去看了以后回来说："怡红院里的海棠本来萎了几棵，也没人去浇灌他。昨日宝玉走去，瞧见枝头上好像有了骨朵儿似的。人都不信，没有理他。忽然今日开得很好的海棠花，众人诧异，都争着去看。连老太太、太太都哄动了来瞧花儿呢……"贾府的人都去了，贾母、王夫人、邢夫人、李纨、探春，这些女眷都去了，也请黛玉去看。都说开得有点奇怪，可能是十月、十一月小阳春的天气，有几天特别温暖，花就开了。她们都往好的方面想，总要讲一些吉兆的话，李纨就讲："老太太与太太说得都是。据我的糊涂想头，必是宝玉有喜事来了，此花先来报信。"宝玉不是定亲了嘛！所以这个喜事来了。这是讲吉利话大家开心。唯独探春，这个女孩子非常理性，她看得很透，花开不得其时，有时并非吉兆，她尤其对家族的命运很忧心。探春虽不言语，她不讲话，心内想："此花必非好兆，大凡顺者昌，逆者亡。草木知运，不时而发，必是妖孽。"探春心里有数，可能贾府有奇祸来了，所以这个花不应时而开。世间万物应该顺势而行，这是自然，枯萎的海棠无故开花，这是反自然，恐怕有非常之事。黛玉这个时候一直误解了，以为那个亲事是应在她身上。作者故意突显黛玉被蒙在鼓里，其他的人都知道了，李纨讲宝玉有喜事，指的是宝钗，黛玉心里想着花开应到她自己，非常讽刺，蛮可怜、蛮悲哀的。你看她还说出一个故事来，讲这是喜事。她说："当初田家有荆树一棵，三个弟兄因分了家，那荆树便枯了。后来感动了他弟兄们仍旧归在一处，那荆树也就荣了。可知草木也随人的。如今二哥哥认真念书，舅舅喜欢，那棵树也就发了。"讲一些吉利的话，贾母她们当然很高兴啰。接着，贾府的老爷、少爷们，贾政、贾赦、贾兰、贾环都来看了。倒是这一次贾赦看到花以后，撞头撞脑地讲了这么一句话："据我的主意，把他砍去，必是花妖作怪。"这一次他倒看准了。贾政说："见怪不怪，其怪自败。不用砍他，随他去就是了。"贾母听见，便说："谁在这里混说！人家有喜事好处，什么怪不怪的。若有好事，你们享去；若是不好，我一个人当去。你们不许混说。"贾母挡了下来。又叫厨房备席大家赏花，叫宝玉、贾兰、贾环他们三个人写诗来歌颂这个花。这时平儿就拿了红缎子来，说是王熙凤送给宝玉的，裹在这个树上面可以添加喜气。其实凤姐心里也觉得有点怪怪的，平儿私底下跟袭人说："奶奶说，这花开得奇怪，叫你铰块红绸子挂挂，便应在喜事上去了。以后也不必只管当作奇事混说。"凤姐心里面也有数了，不对，这花开得怪！果然这个枯海棠一开了以后，马上两件大事接着来了，一件是宝玉那块玉丢掉了，一件是元妃薨逝。这两件事对宝玉个人、对整个贾府都是致命的打击。

宝玉那块玉丢得倒也离奇。原本他自己在院中赏花，听说贾母要来，就急匆匆换衣服要见贾母，他整个心思都在花上，换衣服时就把玉随手放在炕桌上，回来时，哎呀！那块玉不见了。这从来没有发生过。怡红院里面那些丫头吓坏了，尤其是袭人，若找不到，她最要负责任了。她到处找，找不到，就跟其他丫头说："顽呢到底有个顽法。把这件东西藏在那里了？别真弄丢了，那可就大家活不成了。"麝月等都正色道："这是那里的话！顽是顽笑是笑，这个事非同儿戏，你可别混说。你自己昏了心了，想想罢，想想搁在那里了。"真的不见了，把怡红院找得翻过来，还是找不到。这是不得了的事！宝玉生下来嘴里就含了这块玉的，这听起来像神话，其实有极高的象征意义。那个玉对他来说，是他的灵魂，是他的心灵。刚刚生下来时，那是块最原始的璞玉，玲珑剔透，完全没有沾惹到红尘的污染。意思也就是说，我们生下来，每个人嘴巴都含块玉，本来的灵魂都是纯洁的，在红尘中为情、为欲、为各种的尘劳，慢慢污染了，失去它的光彩，所以《老子》说要归真返璞，"璞"就是璞玉，返回原来的性灵，返回最开始的那种赤子之心。这块玉丢了以后，宝玉傻掉了，疯掉了，失去性灵了。宝玉生在贾家，这么一个宗法社会下礼法森严的大家庭，这块玉根本不适合在那里，所以宝玉等于是个大叛徒，儒家一切的标准他都不合。他对功名那么淡，对人情世故那么不拘，儒家重视的他都无所谓，他喜欢写他的艳诗，喜欢跟女孩子混在一起，他完全不是那个规划好的体系里面的人，他在里面处处不合，所以人家觉得他怪物一个，讲他疯疯傻傻，小丫头也可以欺负他。他没有一点阳刚霸气，也没有阶级之分，唯有黛玉了解他，是他的心灵之交。他生在贾府这种家庭，就是有一条非常入世、追求功名利禄、维持儒家宗法系统的路要走，偏偏宝玉倾向老庄这边，喜欢魏晋名士那种不受礼俗拘束的生活。批评家说曹雪芹创造的贾宝玉是儒家最大的叛徒，代表了对当时主流价值观的对抗。

这个时候，宝玉经历了各种的刺激，各种的规矩，各种的桎梏，各种的困惑，他所追求的渐渐地薄弱、破灭，失掉那个玉，也就是他的灵性渐渐不见了。海棠花时枯时开是象征意义，那个玉丢掉了也是象征意义，从此宝玉渐渐傻掉了。这也是小说家的一种策略（strategy），如果宝玉不傻掉的话，他们如何能骗得了他把薛宝钗嫁给他？他不干的啦！一定要跑去找林妹妹。所以只有在这种前提之下，《红楼梦》冲击最大的高潮能够写得下去。我觉得这是作者很高明的地方。明明是个神话，说他有块玉，你相信他出生时嘴里就衔了块玉，所以那个玉丢掉了，你也觉得顺理成章；丢掉以后变得傻掉了，你也不觉得奇怪。《红楼梦》一开始就创造了神话世界跟现实世界，两个世界并不冲突，一会儿上天，一会儿下地，一会儿跑去太虚幻境，一会儿回到贾府，却觉得顺理成章。那个玉丢了，你看袭人、麝月，全部都翻箱倒柜地搜了，每个细节清清楚楚，写得很好。在写实的根基上，来发挥它神话的架构。如果光是神话，那就变成一个幻想（fantasy），它不是的。我们看这部书，好像人生真的如此，有时候不觉得是在看小说，林黛玉、薛宝钗、贾宝玉，好像真有其人一样。自从《红楼梦》诞生以后，就产生了两派人马，一派拥护林黛玉的，一派拥护薛宝钗的，学者文人也互争多年，好像真的有这么两个人，因为他写得真，让读者可信。在写实的层面，《红楼梦》跟《金瓶梅》来比较的话，《金瓶梅》也非常写实，但它超越不了红尘滚滚的世界。《红楼梦》它有升华的境界，所以比较高。

玉不见了，到处找，什么法子都用尽了还是找不着，她们心里面不免怀疑是不是有人故意捣鬼，觉得最可能的是贾环。恶作剧嘛！贾环整天跟宝玉捣蛋。她们就跟平儿去试探一下，又不好直接讲：你是不是拿走了玉？平儿只是问他一声说："你二哥哥的玉丢了，你瞧见了没有？"贾环就发飙了："人家丢了东西，你怎么又叫我来查问，疑我。我是犯过案的贼么！"赵姨娘又跑来，哭着喊着说："我把环儿带了来……该杀该剐，随你们罢。"王夫人讲：这是什么时候了，你还来捣蛋。这些小的细节很要紧的，这样才可以制造一个气氛，玉不见了大家多么紧张。全贾府就只瞒着老太太，没有人敢跟贾母讲，下面简直是乱成一团了。李纨甚至说：我们也搜一搜吧。探春说：什么不好学？学那不成材的办法。探春很恨那个搜索大观园的手段。什么方法都用上了，还跑去测字。拿了个"赏"字去测，上面一个"尚"，下面一个"贝"，他们东猜西猜，说是跑到当铺去了，快去找。那个"尚"字其实是和尚的尚，最后那个和尚出现才把玉拿回来。下一回，为了找玉，邢岫烟跑去请妙玉扶乩，妙玉扶乩的结果如何呢？下回分解。

第九十五回

因讹成实元妃薨逝　以假混真宝玉疯癫

　　不好了！这一回元妃这个大柱子倒了。在这之前，贾府一直设法找那块玉的下落，托邢岫烟去跟妙玉说，请她扶一个乩。妙玉脾气很怪的，她说："我与姑娘来往，为的是姑娘不是势利场中的人。今日怎么听了那里的谣言，过来缠我。况且我并不晓得什么叫扶乩。"她不肯。邢岫烟求她，跟她讲袭人她们几个命快没有了，你发个慈悲吧！"我也一时不忍，知你必是慈悲的。"求她半天，妙玉才松动了一点，好吧，扶乩试试。大家看过扶乩吗？大概是准备一个沙盘，扶乩的人拿一枝笔跟着沙盘摇，一下子有什么附身了，笔就会自己在那个沙盘写出字来，写出一些谜语似的东西。扶乩的人就是会通灵的，乩童嘛！能够通阴阳的，通另外那个世界。妙玉就替宝玉扶了一乩。一看，写什么？噫！来无迹，去无踪，青埂峰下倚古松。这块玉怎么来的、怎么去的也不知道，突然间来到世界上。

青埂峰，记得吗？青埂，就是情根，那块顽石曾经在青埂峰下很久，所以宝玉出家以后，那个石头又回到青埂峰去了。欲追寻，山万重，入我门来一笑逢。隔着万重山看不到的，只要进了我的门就看到了。什么门呢？佛门。宝玉当了和尚以后，那个玉会回来，最后归真返璞，回到青埂峰下。邢岫烟就问怎么解？妙玉当然知道，她懂的。我说过，妙玉跟宝玉有一种很神秘的缘分，我不认为他们是普通的男女关系，应该是一种很奇特的因缘。妙玉知道宝玉以后会入佛门，会修成正果，这是她敬佩崇拜的一个人，她心里也明白自己很难进去，所以她拼命修，过分的洁癖，到最后"依旧是风尘肮脏违心愿"，佛门她进不去，但是她能够知道，宝玉最后的命运是回到青埂峰，"入我门来一笑逢"。有些人把妙玉讲成是个很做作的尼姑，明明心里爱那个男人又假撇清，这样就把妙玉想低了。我觉得妙玉的境界不至于如此，她替宝玉扶乩就知道他会进入空门。

　　拿了扶乩文以后，她们就乱猜一顿。黛玉道："不知请的是谁！"岫烟说，是拐仙，李铁拐，八仙之一，也是道家，也是佛家，那时候佛道不分。宝玉最后走的时候，一边是和尚，一边是道士，一佛一道把他带走的。袭人一听青埂峰下，想会不会是一个山石下面，就带人到园子里的每个石头下面去翻，整个大观园都翻遍了，什么都没找到。那块玉丢了以后，宝玉慢慢就变傻了，愣愣的话也不讲了。若没有失玉这一段，后四十回就很难写，前面那个网撒得那么大，宝黛感情着墨那么深，要如何转弯、如何收线呢？这时，贾、薛、史、王四大家族，已经写了薛家败落，娶了个败家精夏金桂，薛蟠坐了牢，薛家吵得一塌糊涂。接着王家也出事，王夫人家里靠谁呢？她的弟弟王子腾是个大官，原本王子腾升了官，王夫人在宝玉失玉的打击下存着希望，薛蟠的事也指望他到京得到赦免。哪晓得他上任途中，走到一半忽得急病死掉了，王家也倒了。更严重的是，元妃——贾元春"虎兔相逢大梦归"，在虎年兔年交接的时候病逝宫中。她入宫二十年，死的时候四十三岁，她当皇妃的二十年，是贾家最鼎盛的时候，皇亲国戚嘛！皇妃那个位子撑在那里，只要有元妃在，贾家保得住的，后来不至于抄家，皇帝多少要看元妃的面子，自己的皇妃娘家抄家，不好看。可是元妃一死，靠山没了，危险了。那个花开得不得其时，一连串的奇祸就来了。

元妃死了大家也慌成一团，一方面元妃死了，一方面宝玉越来越傻，愈来愈疯癫，袭人没办法了，就想到黛玉是跟他最近的，而且黛玉的话他最听，她就来求黛玉去给他开导开导。你看黛玉怎么想呢？紫鹃虽即告诉黛玉，只因黛玉想着亲事上头一定是自己了，还在做梦，还在误解这个事情。如今见了他，反觉不好意思："若是他来呢，原是小时在一处的，也难不理他；若说我去找他，断断使不得。"所以黛玉不肯过来。自己跑去找他，不好意思。再看看宝钗怎么反应，也蛮有意思。宝钗也知失玉，因薛姨妈那日应了宝玉的亲事，回去便告诉了宝钗。薛姨妈还说："虽是你姨妈说了，我还没有应准，说等你哥哥回来再定，你愿意不愿意？"问她，下面很关键的。宝钗反正色的对母亲道，脸一板说："妈妈这话说错了。女孩儿家的事情是父母做主的。如今我父亲没了，妈妈应该做主的，再不然问哥哥。怎么问起我来？"这个宝钗最会讲大道理的。从前儿女亲事是父母定的，父母之命，媒妁之言。不光是父母，兄长也能替你定，就是不能自己选择。女孩子心向着谁呢？父母比较体贴的也会征询一下，就算不征询，薛姨妈也很老于世故的，她心中早想过，自己的女儿当贾家的媳妇有什么不好？嫁给贾宝玉，宝玉的人品和地位，求也求不到的嘛！那个时候贾府还没倒，又是亲上加亲，而且宝玉对宝钗也很敬重的，宝钗虽然不太表露，她也喜欢宝玉呀！可能不会像黛玉这样热爱宝玉，这位吃冷香丸的小姐不可能热爱的，她很酷，很有节制，所以正色说：为什么来问我？你们决定就好。但她心里面当然愿意的。所以薛姨妈更爱惜他，说他虽是从小娇养惯的，却也生来的贞静，用"贞静"两个字。因此在他面前，反不提起宝玉了。宝钗自从听此一说，把"宝玉"两字自然更不提起了。如今虽然听见失了玉，心里也甚惊疑，倒不好问，只得听旁人说去，竟像不与自己相干的。装作没这回事。黛玉与宝钗这两个人有不同的反应，宝钗她是知道的，很清楚、理性、冷静地处理她自己的婚姻。不光是婚姻，她处理任何事情，都有一番道理，而且符合那个时候的社会规范。黛玉之所以吃大亏，原因是她父母双亡了，她父母在的时候如果先提出来，也许贾家会慎重考虑，但现在，贾母心中已有定见了。

这个丢了玉的事情太大，只好向老太太报告了。贾母一听就说："这是何等大事，你们怎么会这样瞒着我，还瞒着二老爷，不能光是自己园里面找，要公布出去贴告示，如果哪个找到的话有大赏。"果然一贴出去，就有人找来了，想发财嘛！弄了假玉去贾府邀功领赏。大家欢天喜地以为找到了，拿给宝玉，宝玉看也不看，一丢，冷笑一声。那块玉是他胎里面带来的，当然他最知道，拿来的是假的。贾琏他们就很生气，居然有人敢来混、来骗，当然出去要找他算账了。贾母喝住道："琏儿，拿了去给他，叫他去罢。那也是穷极了的人没法儿了，所以见我们家有这样事，他便想着赚几个钱也是有的。如今白白的花了钱弄了这个东西，又叫咱们认出来了。依着我不要难为他，把这玉还他，说不是我们的，赏给他几两银子。外头的人知道了，才肯有信儿就送来呢，若是难为了这一个人，就有真的，人家也不敢拿来了。"这就是贾母的做人处事，老太太的风格。这个地方，反映了贾母的那种宽容大度。大家记不记得之前有一回，贾母带着王熙凤等一家人，到自己的道观去做法事。一进去的时候，有个剪蜡烛的小道士来不及躲这些女眷，吓得到处跑，一下撞到王熙凤，凤姐迎头就是一个耳光，小道士吓得发抖。贾母看了说："小门小户的孩子，都是娇生惯养的，那里见的这个势派……给他些钱买果子吃，别叫人难为了他。"跟王熙凤比起来，贾母是儒家宗法的领头，坐在那个位子，有她的心胸、架式。她不是一个普通老太太，最后抄家的时候，她带领应付整个家族的危机，平常这个老太太好像只顾着享乐，一旦有事情，她能顶住能承担的能耐就出来了。我又要讲了，后四十回的贾母，那个口气、派头，跟前面道观里讲那一番话，对比起来就是一个人，是一致的。我觉得很多地方，后四十回跟前八十回，其实是连贯的。如果是另外一个人续写的话，可能这种地方的感觉没有那么合拍，可能写不出贾母这番话来的。下一回，整部书的高潮要来了。

第九十六回

瞒消息凤姐设奇谋　泄机关颦儿迷本性

　　贾宝玉的婚姻当然是《红楼梦》书中的重中之重，这一回就讲凤姐如何设奇谋让他娶了薛宝钗。在这之前，处理假玉，看看贾琏那个作威作福的样子，跟贾母一比，就知道贾府富二代的落差了。话说贾琏拿了那块假玉怂怂走出，到了书房。那个人看见贾琏的气色不好，心里先发了虚了，连忙站起来迎着。刚要说话，只见贾琏冷笑道："好大胆，我把你这个混帐东西！这里是什么地方儿，你敢来掉鬼！"回头便问："小厮们呢？"外头轰雷一般几个小厮齐声答应。你看看这是贾府的架式，一声"小厮们呢"，外面轰雷一般。贾琏道："取绳子去捆起他来！等老爷回来问明了，把他送到衙门里去。"众小厮又一齐答应："预备着呢。"嘴里虽如此，却不动身。吓吓他而已。那人先自唬的手足无措，见这般势派，知道难逃公道，只得跪下给贾琏碰头，口口声声只叫："老太爷别生气。是我一时穷极无奈，才想出这个没脸的营生来。那玉是我借钱做的。可怜！借钱做的。我也不敢要了，只得孝敬府里的哥儿顽罢。"说完连连磕头。贾琏骂："你这个不知死活的东西！这府里希罕你的那朽不了的浪东西！"贾琏那种对人的刻薄跟凤姐都是一样的，与贾母的宽厚恰成对比。我想也是作者故意写这两段放在前后。

　　前面讲了，一家有难，六亲通通遭殃。王夫人的弟弟王子腾升官赴任走到一半死掉了，宝玉一天比一天严重，越来越疯傻，王夫人六神无主也要病倒了，怎么办呢？中国人相信冲喜，如果有病有灾什么的，办个喜事冲一冲。不是有个和尚讲过金玉姻缘吗？宝钗那一把金锁，要找一个有玉的人才嫁的嘛！也许借那把金锁可以冲冲喜。贾母相信这个。这时贾政要外派出去做官了，她就跟他讲了一番话，完全是贾母的口气。贾母叫他坐下来，说："你不日就要赴任，我有多少话与你说，不知你听不听？"老太太故意的，我讲的话你要不要听呢？这是贾母的风格，她跟儿子讲话的时候用这种口吻的。贾政忙站起来说道："老太太有话只管吩咐，儿子怎敢不遵命呢。"贾母咽哽着说道："我今年八十一岁的人了，你又要做外任去。偏有你大哥在家，你又不能告亲老。你这一去了，我所疼的只有宝玉，偏偏的又病得糊涂，还不知道怎么样呢。我昨日叫赖升媳妇出去叫人给宝玉算算命，这先生算得好灵，说要娶了金命的人帮扶他，必要冲冲喜才好，不然只怕保不住。我知道你不信那些话，所以教你来商量。你的媳妇也在这里，你们两个也商量商量，还是要宝玉好呢，还是随他去呢？"问他，听贾母的口气是挤兑贾政，贾政看儿子疯疯癫癫的这个样子，当然是不赞成他现在结婚的，贾母就挤得他这么说了。贾政陪笑，陪笑哦！说道："老太太当初疼儿子这么疼的，难道做儿子的就不疼自己的儿子不成么。只为宝玉不上进，所以时常恨他，也不过是恨铁不成钢的意思。老太太既要给他成家，这也是该当的，岂有逆着老太太不疼他的理。如今宝玉病着，儿子也是不放心。因老太太不叫他见我，所以儿子也不敢言语。我到底瞧瞧宝玉是个什么病。"王夫人见贾政说着也有些眼圈儿红，知道心里是疼的。这一点贾政讲的是他心里话，不是不疼儿子，其实也是"恨铁不成钢"而已。宝玉病成这样，他也心疼的，所以王夫人看他眼眶有点红，这个小节这么一点，就够了！不过这个儿子太奇怪，父亲完全不能理解倒是真的，父子俩之间一直到最后宝玉出家了才懂，喔，原来他是这么一个人，那一下子父子之间那种心中的和解，写得很动人。所以这个地方已经有一点在铺陈了。

　　王夫人吩咐把宝玉扶出来。宝玉见了他父亲，袭人叫他请安，他便请了个安。整个人傻了。贾政见他脸那么瘦，目光没有神，带有疯傻之状，他就叫人扶了进去，他想："自己也是望六的人了，如今又放外任，不知道几年回来。倘或这孩子果然不好，一则年老无嗣，虽说有孙子，到底隔了一层；二则老太太最疼的是宝玉，若有差错，可不是我的罪名更重了。"心里面这么想，瞧瞧王夫人一包眼泪，他就站起来讲了很合情合理的一番话："老太太这么大年纪，想法儿疼孙子，做儿子的还敢违拗？老太太主意该怎么便怎么就是了。"请老太太你做主吧，总算是答应了。又问：不晓得姨太太那边，讲清楚了没有？指薛姨妈那边讲定了吗？贾母说：你答应了我有办法的。元妃刚死，九个月内要服丧，在这个期间不好结婚的。但是贾母说，只是让宝钗嫁过来借她那把金锁冲冲喜而已，两人并没有圆房，圆房以后再说。只是做个仪式，一切从简，不是大张旗鼓地搞。姨太太那边我自去说明，没有什么大问题。你就放心去赴任吧！

　　好啦，大事决定了。有个人最关切这个事情了，谁呢？袭人嘛！她之前不是还跑到黛玉那边去打听，故意说起做妾的香菱、尤二姐受虐，看看黛玉什么反应。黛玉就说了："但凡家庭之事，不是东风压了西风，就是西风压了东风。"袭人一听这个林姑娘不好相与，本来她就晓得黛玉个性那么孤僻、高傲，如果宝玉娶了她，于己不利。现在听得清楚，选中宝钗了，心中大石放下了。她想："果然上头的眼力不错，这才配得是，我也造化。"她做妾的最要紧是看正室，林姑娘当然不好弄，宝钗也不是不厉害，但是她很有节制，很讲理，而且本来跟袭人处得也很好。不过，袭人了解，黛玉在宝玉的心中非比寻常，宝玉心中只有林姑娘一个人，现在定了宝钗，马上要宣布了，袭人知道这个后果是怎样，宝玉的反应一定是很激烈的，想借那把金锁来冲冲喜，很可能喜没冲到把命冲掉。这件事情她如果不跟王夫人好好讲清楚了，万一出了大事，这是要了两条命，一个是林黛玉的，一个是贾宝玉的，她不是作孽了吗？

袭人左思右想十分不安，非讲不可了，她只好到王夫人那边去，跪在王夫人面前就说："这话奴才是不该说的，这会子因为没有法儿了。"她问王夫人："太太看去宝玉和宝姑娘好，还是和林姑娘好呢？"王夫人当然拿平常的标准来看，说："他两个因从小儿在一处，所以宝玉和林姑娘又好些。"袭人道："不是好些。"她就把他们两个人的光景讲清楚了。大家记不记得，有阵子宝玉跟黛玉两个人互相交心了。一个大夏天很大的太阳，在院子里头，宝玉说：你要了解我这个心，其实我都给了你。他还要讲，黛玉说："有什么可说的。你的话我早知道了。"那个时候黛玉是真的知道，她叫宝玉别讲了，就走。宝玉一个人站在那里，袭人跑来了，看他一个人在发呆，无意间吐出来了，说："好妹妹……我为你也弄了一身的病在这里……只等你的病好了，只怕我的病才得好呢。"他跟黛玉讲，就是你不放心，才搞得一身的病，我对你的心你还不了解吗？这等于是男女之间的互相倾诉，互相剖白，平常表面上两个常吵架，那都是表面的，宝玉真正心里面的话，讲白了，他爱她，就这么简单。宝玉把这份心事讲出来，袭人听到了。所以这时候告诉了王夫人。王夫人一听，觉得这个事情倒有点麻烦了。

这时候贾母也在，说：你们两个鬼鬼祟祟讲什么啊？

王夫人就趁便把这事情讲给贾母听。贾母听了，半日没言语。这个细节，这一句话蛮要紧的。"半日没言语"，贾母心中琢磨了，后来就叹了一声说："别的事都好说。你注意看她讲的话，林丫头倒没有什么；若宝玉真是这样，这可叫人作了难了。"所以我讲林黛玉在贾母心中，虽不能说不疼她，但那是有限度的。比起来，当然宝玉要紧，一切以宝玉优先，这个事情宝玉那边要紧，只要把宝玉哄了就好，林丫头没有什么关系的。这事怎么办呢？凤姐出主意了。凤姐说："依我想，这件事只有一个掉包儿的法子。"掉包，大家后来看到了。她说："如今不管宝兄弟明白不明白，大家吵嚷起来，说是老爷做主，将林姑娘配了他了。"看他的反应怎么样，如果他不管，无所谓，就不用掉包了，如果他有些喜欢的意思，这个麻烦了，只好用偷天换日之计，把薛宝钗冒充林黛玉嫁给他。贾母讲："这么着也好，可就只委苦了宝丫头了。"苦了她，要这样子冒充。万一吵出来，林丫头怎么办呢？凤姐讲要保密，外面不准讲。

　　计谋定下了，可是黛玉非知道不可，才有下面很要紧的这一段，当然写得很好。怎么知道的？一日，黛玉早饭后带着紫鹃到贾母这边来，一则请安，二则也为自己散散闷。出了潇湘馆，走了几步，忽然想起忘了手绢子来，因叫紫鹃回去取来，自己却慢慢的走着等他。刚走到沁芳桥那边山石背后，当日同宝玉葬花之处，这个地点选得好，当时跟宝玉一起葬花的地方，也是他们两个人最亲密的时候。忽听一个人呜呜咽咽在那里哭。黛玉煞住脚听时，又听不出是谁的声音，也听不出哭着叨叨的是些什么话。心里甚是疑惑，便慢慢的走去。及到了跟前，却见一个浓眉大眼的丫头在那里哭呢。黛玉未见他时，还只疑府里这些大丫头有什么说不出的心事，所以来这里发泄发泄；及至见了这个丫头，却又好笑，因想到：这种蠢货有什么情种，自然是那屋里作粗活的丫头受了大女孩子的气了，细瞧了一瞧，却不认得。那丫头她不认得哪来的，就浓眉大眼这么一个丫头。黛玉问她："你好好的为什么在这里伤心？"丫头说："我就说错了一句话，我姐姐也不犯就打我呀。""你姐姐是那一个？"那个丫头说是珍珠姐姐，珍珠是贾母的丫头，哦，是贾母的丫头。黛玉又问："你叫什么？"那丫头道："我叫傻大姐儿。"大家还记得傻大姐吗？发现绣春囊的那个。我讲曹雪芹是天才，找个傻丫头去发现那个绣春囊，傻丫头天真无邪，不懂男女之情，也没有好坏正邪之分，看了只觉得是两个妖精打架，没有任何的道德判断。在这里，傻丫头又出现了，告诉黛玉一个晴天霹雳，一个致命的事情。为什么选她？贾母那边其他的丫头都是懂事的，怎么会讲？只有傻丫头她很天真，你看她怎么讲。黛玉问："你姐姐为什么打你？你说错了什么话了？"那丫头道："为什么呢，就是为我们宝二爷娶宝姑娘的事情。"她当然完全不知道，宝二爷娶宝姑娘，对林黛玉就像一个榔槌一样打过去。换了一个懂事的丫头，一定不会这么讲的，这个力量就在这里。选这个傻丫头，很天真，宝二爷要娶宝姑娘了，就这么简单，可是这个力量不得了。

黛玉听了这句话，如同一个疾雷，心头乱跳。这是黛玉一生中，也是整部书中她最大的一个心病，最忌讳的一件事情，那个打击好像一个霹雳哐啷打下来，她心中乱跳，略定了定神，便叫了这丫头"你跟了我这里来"。那丫头跟着黛玉到那畸角儿上葬桃花的去处，你看看葬花的地方，现在等于葬自己了，那里背静。黛玉因问道："宝二爷娶宝姑娘，他为什么打你呢？"傻大姐道："我们老太太和太太二奶奶商量了，因为我们老爷要起身，说就赶着往姨太太商量把宝姑娘娶过来罢。头一宗，给宝二爷冲什么喜，第二宗——"说到这里，又瞅着黛玉笑了一笑。傻丫头啊，不懂事啊！才说道："赶着办了，还要给林姑娘说婆婆家呢。"这不要了黛玉的命嘛！黛玉在那个噩梦里梦到的那些事、那些话，通通成真了。梦里面不是给她说了婆家吗？这个时候是真的了，对黛玉等于是一个大的噩梦，黛玉已经听呆了。那个傻丫头只管咕噜咕噜自己说："我又不知道他们怎么商量的，不叫人吵嚷，怕宝姑娘听见害臊。我白和宝二爷屋里的袭人姐姐说了一句：'咱们明儿更热闹了，又是宝姑娘，又是宝二奶奶，这可怎么叫呢！'"

你想，黛玉听了这话什么滋味啊！所以那个傻丫头放在这里好得很，换一个就不对了，换一个讲几句就一定溜掉了嘛！不敢这么讲的。她不知道轻重利害，如实地讲出来，好像那个雷一直轰着黛玉。傻丫头还摇头摆首咕噜咕噜讲："林姑娘，你说我这话害着珍珠姐姐什么了吗，他走过来就打了我一个嘴巴，说我混说，不遵上头的话，要撵出我去。我知道上头为什么不叫言语呢，你们又没告诉我，就打我。"说着，又哭起来。她不晓得为什么打她。这一段设计得好，那个力量大了。那黛玉此时心里竟是油儿酱儿糖儿醋儿倒在一处的一般，甜苦酸咸，竟说不上什么味儿来。心里头什么滋味啊！五味杂陈通通有了。从头到尾最伤她的心事，这个时候真正是到头了。停了一会儿，颤巍巍的说道："你别混说了。你再混说，叫人听见又要打你了。你去罢。"说着，自己移身要回潇湘馆去。那身子竟有千百斤重的，两只脚却像踩着棉花一般，早已软了。只得一步一步慢慢的走将来。走了半天，还没到沁芳桥畔，原来脚下软了。走的慢，且又迷迷痴痴，信着脚从那边绕过来，更添了两箭地的路。这时刚到沁芳桥畔，却又不知不觉的顺着堤往回里走起来。整个人迷糊了，在那边转来转去。一下子受了那么大的刺激，整个人愣掉了。

这时紫鹃拿了那个绢子来了，只见黛玉颜色雪白，身子恍恍荡荡的，眼睛也直直的，在那里东转西转。黛玉一脸惨白，好像恍恍惚惚，身体摇摇荡荡的。又见一个丫头往前头走了，离的远，也看不出是那一个来。心中惊疑不定，只得赶过来轻轻的问道："姑娘怎么又回去？是要往那里去？"黛玉也只模糊听见，随口应道："我问问宝玉去！"紫鹃听了，摸不着头脑，只得挽着他到贾母这边来。

黛玉走到贾母门口，心里微觉明晰，回头看见紫鹃挽着自己，便站住了问道："你作什么来的？"紫鹃陪笑道："我找了绢子来了。头里见姑娘在桥那边呢，我赶着过去问姑娘，姑娘没理会。"黛玉笑道："我打量你来瞧宝二爷来了呢，不然怎么往这里走呢。"紫鹃见他心里迷惑，便知黛玉必是听见那丫头什么话了，惟有点头微笑而已。看看这个黛玉，迷糊了，等她见了宝玉不知道要讲什么话来。紫鹃很担心，那一个已经是疯疯傻傻了，这一个又这样恍恍惚惚，他们两个乱讲些不大得体的话怎么办？宝玉现在已经被老太太接来她屋里照顾，贾母在那边，紫鹃担心又不敢违拗，只好把她挽进去。这时候黛玉不像先前那么软了，也不要紫鹃打帘子，自己把帘子一掀就进去了。贾母在里面休息，只有袭人在那里。袭人一看到黛玉这么进来有点奇怪，当然要请她坐喽！黛玉笑着道："宝二爷在家么？"袭人不知底里，刚要答言，只见紫鹃在黛玉身后和他努嘴儿，指着黛玉，又摇摇手儿。袭人不解何意，也不敢言语。黛玉却也不理会，自己走进房来。看见宝玉在那里坐着，也不起来让坐，只瞅着嘻嘻的傻笑。那个已经傻掉了，平常看了黛玉马上叫着林妹妹，不同了！在那里嘻嘻傻笑。黛玉自己坐下，却也瞅着宝玉笑。她自己也傻了。两个人也不问好，也不说话，也无推让，只管对着脸傻笑起来。袭人看见这番光景，心里大不得主意，只是没法儿。忽然听着黛玉说道："宝玉，你为什么病了？"他从前不是讲过嘛，他病了是为林姑娘病的。宝玉笑道："我为林姑娘病了。"果然是，他以前讲过了嘛！你的病好了，我的病才会好呢。袭人跟紫鹃两个吓一大跳，怎么讲出这种话来了？赶快用话来把他们岔开，两个不理，还在互相那么傻笑。袭人看看黛玉，也迷惑得跟宝玉一样了。她就回头向秋纹讲："你和紫鹃姐姐送林姑娘去罢，你可别混说话。"那黛玉也就站起来，瞅着宝玉只管笑，只管点头儿。紫鹃又催道："姑娘回家去歇歇罢。"黛玉道："可不是，我这就是回去的时候儿了。"说着，便回身笑着出来了，仍旧不用丫头们搀扶，自己却走得比往常飞快。紫鹃秋纹后面赶忙跟着走。黛玉出了贾母院门，只管一直走去。紫鹃连忙搀住叫道："姑娘往这么来。"黛玉仍是笑着随了往潇湘馆来。离门口不远，紫鹃道："阿弥陀佛，可到了家了。"只这一句话没说完，只见黛玉身子往前一栽，哇的一声，一口血直吐出来。黛玉听到宝玉要娶宝钗，这下子刺激非同小可，一下子昏迷，等于失去理智了。去问宝玉说：你为什么病了？她根本是要问：你为什么跟宝钗结婚？还是没问出来，其实背底下是这句话。当然她自己也昏昏糊糊的了，到了家里一摔下去，一口鲜血吐出来，这才明白一下子被刺激糊涂了，吐了血出来，等于积在里面多年的伤痛，一下子呕出来了。当然也因为她得了肺病，这也是她多年积下来的心事，积下来的痛，积下来的伤，这一刻通通吐出来了。我们往下看，很重要的两回来了。

第九十七回

林黛玉焚稿断痴情　薛宝钗出闺成大礼

很重要的一回来了，大家要仔细看这一回，仔细看作者的文字，仔细看他的布局，这边是焚稿断痴情，那边是出闺成大礼。写黛玉之死，作者非常会安排。黛玉把自己的诗稿，还有宝玉的那两块手帕——上面有她的泪和她的诗，那个诗等于是写给宝玉的自己的心声，也是情诗——一起焚烧掉。烧诗稿，等于黛玉自焚，把自己烧掉了。我说过，诗是黛玉的灵魂，她不留在世上，也不留给宝玉，她自己焚稿断痴情，把自己的感情化为灰烬。正在这同时，薛宝钗出闺成大礼，他写这个强烈的对照，只见新人笑，哪闻旧人哭，对比得非常好。你想如果先写黛玉死，然后再写宝钗结婚，或是先写宝钗结婚，后来黛玉死，都不对。同时间，那边乐鼓悠扬细细地奏，这边正是快要断气的一刻，更显出黛玉这个孤女的无助、可怜。作者就是要读者同情林黛玉，同情她孤苦无依、心碎片片，整个的断情非常有力量，而且合情合理，写得非常成功。一本杰出的小说，一定有几场非常有力量，可能是作者处心积虑安排、剪裁的。其实从黛玉葬花开始，就一直在铺排她最后的结局，这后四十回写黛玉之死，的确是前面的设计，在这里实现了，发挥了它的力量。黛玉之死，一步一步安排很多征兆，大家记得中秋夜她在联诗的时候吗？最后一句是"冷月葬诗魂"，点出了最后焚烧诗魂的结局。晴雯死了，宝玉写了《芙蓉诔》祭悼，无意间对她讲一句："茜纱窗下，我本无缘。黄土垄中，卿何薄命。"注意，茜纱窗是黛玉住的潇湘馆的纱窗，祭晴雯变成了祭黛玉。到了闻秋声抚琴的时候，"嘣"的一声君弦断掉了，弦断人亡。这一连串下来，都在准备这一场，如果这一场接不上前面的铺陈，那就失败了，整部书就要大打折扣。

黛玉回到了潇湘馆，一口鲜血吐出来，吐了以后，她反而心里明白了。话说黛玉到潇湘馆门口，紫鹃说了一句话，更动了心，一时吐出血来，几乎晕倒。亏了还同着秋纹，两个人挽扶着黛玉到屋里来。那时秋纹去后，紫鹃雪雁守着，见他渐渐苏醒过来，问紫鹃道："你们守着哭什么？"紫鹃见他说话明白，倒放了心了，因说："姑娘刚才打老太太那边回来，身上觉着不大好，唬的我们没了主意，所以哭了。"黛玉笑道："我那里就能够死呢。"她已经完全放弃了，她晓得已经绝望了嘛！这一句话没完，又喘成一处。原来黛玉因今日听得宝玉宝钗的事情，这本是他数年的心病，一时急怒，所以迷惑了本性。及至回来吐了这一口血，心中却渐渐的明白过来，把头里的事一字也不记得了。这会子见紫鹃哭，方模糊想起傻大姐的话来，此时反不伤心，惟求速死，以完此债。绝望了，她一生的追求落空了，而且是这种下场。贾府全部瞒着她，暗中进行宝玉的婚事，这时候孤女的孤单无助充分显现出来。她想"惟求速死，以完此债"，什么债呢？情债、泪债嘛！她要为他哭得眼泪干枯了，泪尽人亡。这里紫鹃雪雁只得守着，想要告诉人去，怕又像上次招得凤姐儿说他们失惊打怪的。秋纹回去后很慌张，就把刚才的事情告诉贾母了。贾母说：这还了得！她知道了，马上叫王夫人、凤姐过来，说消息走漏了，这不是弄出为难的事情了？先去看看黛玉吧。所以贾母对黛玉也不是完全不理的，并不是那么狠心的，而是她心目中有个先后，有个轻重。贾母来看她了，见黛玉颜色如雪，并无一点血色，神气昏沉，气息微细。半日又咳嗽了一阵，丫头递了痰盒，吐出都是痰中带血的。大家都慌了。只见黛玉微微睁眼，看见贾母在他旁边，便喘吁吁的说道："老太太，你白疼了我了！"说了很伤心的一句话。贾母听了这个话也很难受，便说："好孩子，你养着罢，不怕的。"黛玉微微一笑，把眼又闭上了。这里写得好！她其实完全绝望了，微微那一笑是已经不在乎了。她对自己的命运很清楚，惟求速死，以了此债嘛！所以微微一笑，把眼睛闭上。

　　贾府当然请个大夫来看，大夫说：这是郁气伤肝，用止血的药看看吧。贾母看黛玉神气不好，便出来告诉凤姐等道："我看这孩子的病，不是我咒他，只怕难好。你们也该替他预备预备，冲一冲。或者好了，岂不是大家省心。就是怎么样，也不至临时忙乱。咱们家里这两天正有事呢。"非常理性地讲这个话，看样子是黛玉难好，怕是没救了，应该替她准备后事，这边还要忙婚事，怕这一来手忙脚乱，还是要先准备好。凤姐儿答应了。贾母又问了紫鹃一回，到底不知是那个说的。贾母心里只是纳闷，因说："孩子们从小儿在一处儿顽，好些是有的。如今大了懂的人事，就该要分别些，才是做女孩儿的本分，我才心里疼他。若是他心里有别的想头，成了什么人了呢！我可是白疼了他了。你们说了，我倒有些不放心。"在老一辈的心里面，姑娘们要守规矩，不能乱动情。小时候在一起玩玩就算了，真的认起真来，还胡思乱想的，那成什么人了。表兄妹之间，宝钗虽然心中也喜欢宝玉，但她深藏不露，黛玉通通表现出来，在她们看来这是不行的。贾母又问了袭人黛玉刚才的状况，说："我方才看他却还不至糊涂，这个理我就不明白了。咱们这种人家，别的事自然没有的，这心病也是断断有不得的。林丫头若不是这个病呢，我凭着花多少钱都使得。若是这个病，不但治不好，我也没心肠了。"讲白了嘛！黛玉这个时候对宝玉有这种心事是不可以的，女孩儿家大了要有点分别，婚姻长辈们说了算，小儿女的私情不在考虑之列。所以这是个强烈的对照，这本书一方面写宝玉跟黛玉的感情，写得极端的强烈，极端的浪漫，可以说是缘定三生、生死以之的感情。

一方面写宗法社会儒家这一套的规矩也不能破的，要读者来判断、选择。所以《红楼梦》对人生是全面观照的，从哪一个人的角度来看也许都有理。从贾母来看，她讲黛玉像病西施恐怕不长寿，娶媳妇要娶个健康的，她的想法有错吗？别忘了在那个时空背景之下，贾母不觉得自己做错什么事，但确实造成悲剧；从另外一个角度看，我们的同情心到贾宝玉、林黛玉身上去了，这就是作者设计安排的情境。

凤姐就说，老太太你不要伤脑筋了，找医生来看就是了。第二天凤姐就来试一试宝玉了，这一段也写得蛮有意思，也很讽刺。凤姐来了，说："宝兄弟大喜，老爷已择了吉日要给你娶亲了。你喜欢不喜欢？"宝玉听了，只管瞅着凤姐笑，微微的点点头儿。凤姐试他，娶林妹妹过来好不好？宝玉却大笑起来了。凤姐看他也参不透他是明白还是糊涂，就讲："老爷说你好了才给你娶林妹妹呢，若还是这么傻，便不给你娶了。"宝玉忽然正色道："我不傻，你才傻呢。"说着，便站起来说："我去瞧瞧林妹妹，叫他放心。"凤姐忙扶住了，说："林妹妹早知道了。他如今要做新媳妇了，自然害羞，不肯见你的。"骗他。宝玉道："娶过来他到底是见我不见？"现在不见，娶过来要见我吗？凤姐又好笑，又着忙，心里想："袭人的话不差。"提了林妹妹，虽然说了疯话，但是他好像明白多了，她就讲了，你再这么疯疯癫癫，林妹妹就不见你了。宝玉说道："我有一个心，前儿已交给林妹妹了。他要过来，横竖给我带来，还放在我肚子里头。"这句话蛮有意思的。黛玉要的是什么？宝玉的心嘛！那个噩梦里面，不是宝玉把胸膛打开，把他的心掏出来给她了吗？宝玉知道的。现在就要娶她了，来的时候带回来给我吧，放回肚子里面去。讲的是傻话，其实蛮悲哀的。他们两个的确是互相交心，就这么硬把他们拆散了。凤姐一看，哎呀，这样不行，只好偷天换日了。她就跟薛姨妈讲，要委屈宝钗一下。已经到这个时候了，薛姨妈也没办法不答应。次日，薛姨妈回家将这边的话细细的告诉了宝钗，还说："我已经应承了。"宝钗始则低头不语，后来便自垂泪。她有她的委屈。按理讲，以宝姑娘的个性，这种委屈本来不肯受的。可见宝钗到了节骨眼上，也是能屈能伸，忍辱负重，这么大的委屈也肯了。婚事马上要办了，前面讲一切从简，再怎么简你看他们的妆奁还是不少：金珠首饰八十件（那是金线穿的金项圈），妆蟒缎子四十匹，各色绸缎一百二十匹，四季的衣服一百二十件，还有折羊酒的银子……这还是一点点哦！贾家婆媳妇本该是不得了的排场，因为国丧不敢张扬，算是草草了事。

黛玉这一边，每天看医生吃药，可是病得一日重一日，她根本自己放弃了。紫鹃还是要劝："事情到了这个分儿，不得不说了。姑娘的心事，我们也都知道。至于意外之事是再没有的。姑娘不信，只拿宝玉的身子说起，这样大病，怎么做得亲呢。姑娘别听瞎话，自己安心保重才好。"安慰她的话，黛玉当然知道，又是微微一笑，也不答言，又咳嗽数声，吐出好些血来。心死了，都明白了，也不必多讲了，微微一笑，笑得很凄凉。紫鹃看她一息奄奄，也劝不过来，就只好天天三四趟去告诉贾母。下面一句大家注意！鸳鸯测度贾母近日比前疼黛玉的心差了些，所以不常去回。况贾母这几日的心都在宝钗宝玉身上，不见黛玉的信儿也不大提起，只请太医调治罢了。一边在准备婚事，一边病重得快要死了。鸳鸯她揣测贾母对黛玉的心淡了一点，所以也就不大去报告了。从前贾母疼黛玉，大家都捧着她，现在贾母疼她的心少了一点，大家也就冷淡了，这就是世态炎凉，《红楼梦》里面的人情世故。黛玉向来病着，自贾母起，直到姐妹们的下人，常来问候。今见贾府中上下人等都不过来，连一个问的人都没有，睁开眼，只有紫鹃一人。自料万无生理，她晓得自己必死无疑，已经被遗弃了嘛！她当然不知道宝玉已经疯傻，给她们蒙住了，她以为宝玉也随着她们了，以为他变心了，所以她整个心死了，也放弃了自己，睁开眼睛只有紫鹃一个人，很痛心的几句话说出来。因扎挣着向紫鹃说道："妹妹，你是我最知心的，虽是老太太派你服侍我这几年，我拿你就当作我的亲妹妹。"叫她妹妹，这个时候没有人在旁边了，只有紫鹃还在真正地关心、服侍她。说到这里，气又接不上来。紫鹃听了，一阵心酸，早哭得说不出话来。迟了半日，黛玉又一面喘一面说道："紫鹃妹妹，我躺着不受用，你扶起我来靠着坐坐才好。"紫鹃道："姑娘的身上不大好，起来又要抖搂着了。"黛玉听了，闭上眼不言语了。一时又要起来。紫鹃没法，只得同雪雁把他扶起，两边用软枕靠住，自己却倚在旁边。挣扎着起来，做什么？你看，黛玉那里坐得住，下身自觉络的疼，狠命的撑着，叫过雪雁来道："我的诗本子。"说着又喘。雪雁料是要他前日所理的诗稿，因找来送到黛玉跟前。黛玉点点头儿，又抬眼看那箱子。雪雁不解，只是发怔。黛玉气的两眼直瞪，又咳嗽起来，又吐了一口血。雪雁连忙回身取了水来，黛玉漱了，吐在盒内。紫鹃用绢子给他拭了嘴。黛玉便拿那绢子指着箱子，又喘成一处，说不上来，闭了眼。紫鹃道："姑娘歪歪儿罢。"黛玉又摇摇头儿。她要什么？她要以前的那两块手帕，都讲不出来了，黛玉已虚弱得不得了，一直在吐血。诗稿她拿来了，紫鹃料是要绢子，便叫雪雁开箱，拿出一块白绫绢子来。黛玉瞧了，撂在一边，使劲说道："有字的。"要的是那个。紫鹃这才明白过来，要那块题诗的旧帕，只得叫雪雁拿出来递给黛玉。紫鹃劝道："姑娘歇歇罢，何苦又劳神，等好了再瞧罢。"只见黛玉接到手里，也不瞧诗，扎挣着伸出那只手来狠命的撕那绢子，却是只有打颤的分儿，那里撕得动。

这个诗稿，还有那两块手帕，都是她最私密的东西，也是她自己的一部分，她的心事都写在诗里头。尤其那两块旧帕子，是宝玉给她的信物。我讲过，一个了不起的小说家，他前面写过什么东西，后来一定用得着的，不是随便写的。当初宝玉被父亲打了以后，叫晴雯去把这两块旧手帕送给黛玉。黛玉一看就明白了，等于是定情的表记，黛玉感动，所以她半夜爬起来，就一边掉泪，一边写诗，写了三首诗在帕子上，完全表现她为宝玉的交心而动情哭泣，现在这个对她来说已经死掉了，她要把它毁掉。紫鹃早已知他是恨宝玉，却也不敢说破，只说："姑娘何苦自己又生气！"黛玉点点头儿，掖在袖里，便叫雪雁点灯。雪雁答应，连忙点上灯来。黛玉瞧瞧，又闭了眼坐着，喘了一会子，又道："笼上火盆。"紫鹃打谅他冷，因说道："姑娘躺下，多盖一件罢。那炭气只怕耽不住。"黛玉又摇头儿。雪雁只得笼上，搁在地下火盆架上。黛玉点头，意思叫挪到炕上来。雪雁只得端上来，出去拿那张火盆炕桌。那黛玉却又把身子欠起，紫鹃只得两只手来扶着他。黛玉这才将方才的绢子拿在手中，瞅着那火点点头儿，往上一撂。紫鹃唬了一跳，欲要抢时，两只手却不敢动。雪雁又出去拿火盆桌子，此时那绢子已经烧着了。紫鹃劝道："姑娘这是怎么说呢。"黛玉只作不闻，回手又把那诗稿拿起来，瞧了瞧又撂下了。紫鹃怕他也要烧，连忙将身倚住黛玉，腾出手来拿时，黛玉又早拾起，撂在火上。此时紫鹃却够不着，干急。雪雁正拿进桌子来，看见黛玉一撂，不知何物，赶忙抢时，那纸沾火就着，如何能够少待，早已烘烘的着了。雪雁也顾不得烧手，从火里抓起来撂在地下乱踩，却已烧得所馀无几了。那黛玉把眼一闭，往后一仰，几乎不曾把紫鹃压倒。紫鹃连忙叫雪雁上来将黛玉扶着放倒，心里突突的乱跳。

　　焚稿断痴情，我讲了那个手帕有用处，那么早的时候出现了，中间大家还记得吗？"感秋声抚琴悲往事"那一回，她在翻旧东西的时候，又看到这两块手帕，很感触他们小时候那种很亲近的感情，掉下泪来。那等于又提醒读者一下，这两块手帕的存在。这个时候发挥最大的力量了。这就是好小说，黛玉要表现她自己的那种决绝，怎么表现呢？哭喊不出来，吐血也没用了，这个时候就是焚稿，用火烧诗稿，也就是焚她自己，自残，自焚，自己烧掉，一点不留，"我的情在这世界上通通不留"，这个时候你会觉得，黛玉不再是那么柔弱，一个弱柳扶风的女孩子，她要维持她的尊严（dignity）。她的爱情被这些人这样子捉弄，爱情对她来说是神圣的，是唯一的，是胜过生命的东西。她的爱情被践踏，贾母、王夫人不了解她、唬弄她，怎么宝玉也不出来为她辩护、说话？这世上再没有人了解她这份情了，要把它烧掉、焚掉，她是决绝的，突然间你会感觉这个人物变大了，她的层次（dimension）丰富了，不再光是柔弱无助，她掌握自己的命运了。自己焚掉稿，自己了掉这段情，黛玉的个性在这个地方一转，写得好！而且是让那两块手帕发挥作用。

这个时候，黛玉烧完了，病的状况更紧急了。紫鹃看看不行了，她叫雪雁看住，她自己要去回贾母。到了那里没人理她，大家都说不知道，因为她们要瞒她嘛！不光是瞒黛玉，也要瞒紫鹃嘛！最后紫鹃的痛心，对黛玉的哀悼，令人感怀。我想也就是作者设计了紫鹃这个人，她心中疼惜黛玉，她心中为黛玉不平，从紫鹃的角度来看，大家都避她避得像什么一样。她知道八九分，但这些人怎么竟是这样的狠毒冷淡。她想着这几天也没有人来看黛玉。"今日倒要看看宝玉是何形状！看他见了我怎么样过的去！那一年我说了一句谎话他就急病了，今日竟公然做出这件事来！可知天下男子之心真真是冰寒雪冷，令人切齿的！"男人都靠不住。当然她错怪宝玉了。这个时候她跑到怡红院，宝玉的一个小厮墨雨说："姐姐在这里做什么？"紫鹃说："我听见宝二爷娶亲，我要来看看热闹儿。"这个墨雨算是对她不错了，就说，我们都讲好了，只瞒着你们，不让你们知道，今天晚上就要娶了。

晚上就要娶了，黛玉在那边还不知是死是活，她赶快跑回去，有两个小丫头在探头探脑，一看到紫鹃就急得很地叫她。果然，黛玉两颊赤红，大概肝火上升了，很不好，紫鹃就叫黛玉的奶妈来看看，那个王嬷嬷一见大哭，更没有主意了。这时候紫鹃想起一个人来，这里又写得好。黛玉之死一定要从很多角度来看，这时候什么人能看她呢？什么人又是能够立刻到她这里来而又同情她的？李纨！她是个寡妇，从前的中国，寡妇不准参加婚礼的，被视为不祥，所以李纨这天晚上应该会在家里，紫鹃就叫小丫头去请她过来。李纨虽然是个次要角色，在重要的时候她的出现，也很要紧的，尤其是黛玉之死，从她的角度来看，又对黛玉多了一层同情。李纨正在那里给贾兰改诗，冒冒失失的见一个丫头进来回说："大奶奶，只怕林姑娘好不了，那里都哭呢。"李纨听了，吓了一大跳，也不及问了，连忙站起身来便走，素云碧月跟着，一头走着，一头落泪，**她对黛玉还是很同情，也很爱惜的。**想着："姐妹在一处一场，更兼他那容貌才情真是寡二少双，惟有青女素娥可以仿佛一二，竟这样小小的年纪，就作了北邙乡女！偏偏凤姐想出一条偷梁换柱之计，自己也不好过潇湘馆来，竟未能少尽姐妹之情。真真可怜可叹。"**她也不好过来，过来了就怕泄露了。这是凤姐的计策，但她心中非常疼，这么才貌双全的一个女孩子，年纪轻轻就死了。**一头想着，已走到潇湘馆的门口。里面却又寂然无声，李纨倒着起忙来，想来必是已死，都哭过了，那衣衾未知装裹妥当了没有？连忙三步两步走进屋子来。里间门口一个小丫头已经看见，便说："大奶奶来了。"紫鹃忙往外走，和李纨走了个对脸。李纨忙问："怎么样？"紫鹃欲说话时，惟有喉中哽咽的分儿，却一字说不出。那眼泪一似断线珍珠一般，只将一只手回过去指着黛玉。**这一段也写得好，紫鹃哀伤得讲不出话来了，直指那个黛玉。**李纨看了紫鹃这般光景，更觉心酸，也不再问，连忙走过来。看时，那黛玉已不能言。李纨轻轻叫了两声，黛玉却还微微的开眼，似有知识之状，但只眼皮嘴唇微有动意，口内尚有出入之息，却要一句话一点泪也没有了。**泪尽了。**李纨回身见紫鹃不在跟前，便问雪雁。雪雁道："他在外头屋里呢。"**这段也写得好。**李纨连忙出来，只见紫鹃在外间空床上躺着，颜色青黄，闭了眼只管流泪，那鼻涕眼泪把一个砌花锦边的褥子已湿了碗大的一片。李纨连忙唤他，那紫鹃才慢慢的睁开眼欠起身来。李纨道："傻丫头，这是什么时候，且只顾哭你的！林姑娘的衣衾还不拿出来给他换上，还等多早晚呢。难道他个女孩儿家，你还叫他赤身露体精着来光着去吗！"紫鹃听了这句话，一发止不住痛哭起来。李纨一面也哭，一面着急，一面拭泪，一面拍着紫鹃的肩膀说："好孩子，你把我的心都哭乱了，快着收拾他的东西罢，再迟一会子就了不得了。"紫鹃哭得棉被上面碗大的一块泪的痕迹，她对黛玉是那种忠心耿耿的感情。李纨讲这一番话也很动人的，一个女孩子家你叫她赤身来赤身去吗？还不快点给她换上衣服，这时候是最悲哀的一刻了，李纨在这个时候，发挥了她这做大嫂子的身份，对黛玉的怜惜。她自己是个寡妇，曾经过这种生离死别，所以她在这个节骨眼儿上，要紫鹃快点准备后事，要给林姑娘好好地穿衣服、洗好身子，让她平安、干干净净地走掉。所以黛玉最后讲：我的身子是干净的，你要把我送回到南边去。意思是贾府这个地方是肮脏的，不要把我葬在这里。她在《葬花词》里说，"质本洁来还洁去"，让我这一生干干净净地来，干干净净地走，这是她最后留下的遗言。

在这个地方，可以看到黛玉死的时候，只有李纨，还有最后探春来看她，其他人都不来了，也不知道她死了。那边锣鼓喧天娶新媳妇，那边的喜衬着这边的悲。我觉得这个后四十回写得很好，完全不输于前八十回。有些很精彩的地方，像这一回就写得非常好。而且他的安排相当高明，这时候黛玉快死了，还没有断气，读者的期望就是看黛玉到底怎么死的，一个比较普通的作家就快点写到结局。他不是，这个时候急不来的，他写到这里一下子笔又荡开了，先去写"薛宝钗出闺成大礼"，这样两边就比较起来了。这边如果一口气写到黛玉已经死了，那没戏唱了嘛，这边死了就结束了，后来写不下去，他去写那边的对照，我们还有个悬疑，黛玉断气那刻是什么景况。他把笔荡过去，写了薛宝钗出阁，回头再来写"苦绛珠魂归离恨天"。我想他要把黛玉的死写得足，这种生离死别多少作家都写过，为什么有些作家写得让人永远不会忘记？像林黛玉"焚稿断痴情"那一节，那个手帕往炉中一丢烧起来，很难忘记。完全看怎么表现，一样的题目，一样的情景，但是如何去写它，如何去设计它，才是一个作家分出高下之处。

黛玉正是临终，尖锐地对照着宝钗将行婚礼，好像电影的镜头一转，要转到那边去，那个场景怎么转呢？也很巧，这个时候，有两个人来了。一个是平儿，很懂事也很能干的凤姐的左右手，她有相当的权力来处理事情的，她来了当然也很伤心地哭了一阵子。另外一个来的是林之孝家的，她是贾母、王夫人相当信赖的一个管事媳妇，她来传话。她说："刚才二奶奶和老太太商量了，那边用紫鹃姑娘使唤使唤呢。"黛玉这里死活不管，要把紫鹃调过去。记得宝玉怎么成婚的吗？诳他的，唬弄他的。趁着他糊涂的时候说是娶林妹妹，既然是娶林妹妹，当然侍奉林妹妹的丫头是紫鹃，所以要把紫鹃调过去。你看紫鹃怎么回应："林奶奶，你先请罢。等着人死了我们自然是出去的，那里用这么……"当然心里一股子气，你们这些人怎么那么势利，我怎么能够走开？意思就是说黛玉还没死呢，要我调开怎么可能，讲得也很决绝，等人死了我再过去吧！这是气话，当然也不好这么讲，就说："况且我们在这里守着病人，身上也不洁净。林姑娘还有气儿呢，不时的叫我。"这个细节也很要紧的，这两方对照起来，更显得黛玉可怜。连下面的佣人也看出来了，那边要紧。李纨就替紫鹃讲话了，说这个紫鹃是林姑娘最亲信的人，一下子恐怕离不开。林之孝家的头里听了紫鹃的话，未免不受用，她是很得宠的管事媳妇，丫鬟按理不敢顶她嘴的。记不记得宝玉做生日，在怡红院他们悄悄地准备喝酒庆祝的时候，林之孝家的跑来了，劈里啪啦训宝玉一顿，训那些丫头一顿。这个很仗势的管事媳妇听到这个话当然不受用，被李纨这番一说，却也没的说，又见紫鹃哭得泪人一般，只好瞅着他微微的笑。你看看那一副讨厌的嘴脸，人家哭得这个样子，她微微地笑了，说："紫鹃姑娘这些闲话倒不要紧，只是他却说得，我可怎么回老太太呢。况且这话是告诉得二奶奶的吗！"你这么讲我怎么去回呀！这种紧张得很的地方，他有支闲笔勾两下，人情世故就出来了。《红楼梦》写实的地方，把人情冷暖、世态炎凉通通写出来，这就是《红楼梦》写实的根基。这时刚好平儿在，说："这么着罢，就叫雪姑娘去罢。"即使这样，那个林之孝家的还要为难她一下：这是你讲的喔，你的主意我不负责。李纨就讲了："是了。你这么大年纪，连这么点子事还不耽呢。"那林之孝家的说："不是不耽，头一宗这件事老太太和二奶奶办的，我们都不能很明白；再者又有大奶奶和平姑娘呢。"的确，这次就是凤姐下令不可以随便泄露，她们的确也是不敢乱来，凤姐讲什么听什么。另外一方面，林之孝家的对黛玉的死好像没看见，为什么？贾母讲了话嘛！连鸳鸯都看着贾母这一阵子疼黛玉的心比较淡了，墙倒众人推，如果是以前，林之孝家的早赶着来看望了，现在连黛玉快死了也没一点表示。这种对比之下，平儿是真心的，李纨当然也是真心的。

借着雪雁去宝钗跟宝玉成婚那边，就把笔自然地荡到那边去了，镜头一转，从凄凉、紧张、哭成一团的这边，转到锣鼓敲打、喜乐悠扬的那边，一时大轿从大门进来，家里细乐迎出去，十二对官灯，排着进来，倒也新鲜雅致。傧相请了新人出轿。那边新人出来了，喜事来了，一喜一悲，这样的写法非常高明。有人说应该等到黛玉死了以后，宝玉再跟宝钗结婚，意思是以宝钗的个性，不可能装成黛玉来嫁。逻辑上这是讲得通，那就没有戏剧可看了，等黛玉死了去娶宝钗，戏剧性没有了。我想以戏剧性高潮来说，这样子的安排是最好的，最有戏剧性。至于宝钗肯这样做，我们慢慢再来推敲。雪雁过去了。雪雁年纪小，大概十三四岁的小丫鬟，当然心里面想：平常宝玉跟我们姑娘亲亲热热的，现在看他到底怎么样。她们也都不知道宝玉是被唬弄上去的，宝玉看不见盖头里是宝钗，他以为娶的是黛玉，高兴得手舞足蹈，这个雪雁看了更气。宝玉想怎么紫鹃没有来，再一想，雪雁是黛玉南边带来的，现在来陪嫁倒也讲得通，他这么自我解释一番。终于要揭那个盖头了，从前的婚姻揭晓的时候就靠那么一下，一下就定了终生，如果盖头一揭开不喜欢，那个婚姻完了，一辈子完了，所以那一下很要紧。开头宝玉本来想去揭开，后来一想对林妹妹不可造次，得慢慢地，贾母她们在旁边紧张得不得了，把贾母急出一身冷汗。他一揭开的时候，雪雁就被赶走了，莺儿上来了，莺儿是宝钗的丫鬟。宝玉一看，怎么是宝钗在里面啊？只见他盛妆艳服……真是荷粉露垂，杏花烟润了。宝钗也是个美人嘛！她的美是另外一种，也不输于黛玉。这个大美人坐在那个地方，可是宝玉糊涂了。明明娶的是黛玉啊，怎么会是宝钗来了呢？他问袭人说："这不是做梦么？"袭人说："老爷作主娶的是宝姑娘。"越听越糊涂了。丢了玉以后，本来他就糊里糊涂，灵魂已经丢掉了，失去了灵性。听说要娶黛玉，他高兴了一阵子稍微好些，怎么宝钗跑来了？现在更加糊涂了，病更发得厉害了。

　　写到这里，又按下不表了。这是一段，宝钗跟宝玉的婚事，在这个地方，以宝玉糊涂昏睡过去为止。第二天贾政要离家赴任了，他升了官，要到外面去做官了。按从前的规矩，儿子要一路送过去。因为宝玉病成这个样子，贾母说："你叫他送呢，我即刻去叫他；你若疼他，我就叫人带了他来,你见见,叫他给你磕头就算了。"这又是贾母的口气了。写到这里,我们已经有很多悬念了。黛玉怎么死我们很想知道;宝玉跟宝钗成了婚,怎么个反应我们也很想知道;作者故意又插进了贾政要去上任,把笔调通通缓下来,写了些琐碎的事情。前面紧得不得了,中间把它缓下来,然后下一回再起高潮。

第九十八回

苦绛珠魂归离恨天　病神瑛泪洒相思地

娶了宝钗，宝玉很糊涂，刺激更大了嘛！林妹妹到哪去了？他的病更加沉重，起都起不来了，一天重于一天，很多医生来看都没用。他娶的怎么是宝钗？宝玉心中不是没有知觉的，这个知觉是因为黛玉的关系。他有时候糊涂，有时候有片刻的清醒。清醒时看见房中只有袭人，就拉了袭人说："宝姐姐怎么来的？我记得老爷给我娶了林妹妹过来，怎么被宝姐姐赶了去了？"他讲的是小孩子话，当然也是真话啰！"他为什么霸占住在这里？"这种话都讲明了。他对宝钗是敬爱，敬爱中又加了一点敬畏，他怕她的。宝钗这个女孩子可能什么人都会怕她，动不动讲一大堆道理出来，她太正派了，太有道理，太有逻辑，谁也讲不过她，宝玉对她跟对黛玉完全两回事。宝玉并不讨厌宝钗，但是他对她不是跟黛玉那种情，完全不一样的。宝玉心里困惑，他讲："我要说呢，又恐怕得罪了他。"你看，怕她的嘛！对宝钗还是有几分敬畏的。他不晓得林黛玉已经死了，他说："你们听见林妹妹哭得怎么样了？"袭人不敢讲黛玉死了，说她在生病。宝玉说："我瞧瞧他去。"说着就要起来，可是身体虚弱动不了，就哭了。他讲的这个内心话有意思，"我要死了！我有一句心里的话，只求你回明老太太：横竖林妹妹也是要死的，我如今也不能保。两处两个病人都要死的，死了越发难张罗。不如腾一处空房子，趁早将我同林妹妹两个抬在那里，活着也好一处医治服侍，死了也好一处停放。你依我这话，不枉了几年的情分。"讲出来了，他和黛玉死也要同穴，两个人在一起死，是这么深的感情。袭人听了当然也很伤心，但也无法劝他。宝钗来了，又是一番大道理："你放着病不保养，何苦说这些不吉利的话。老太太才安慰了些，你又生出事来。老太太一生疼你一个，如今八十多岁的人了，虽不图你的封诰，将来你成了人，老太太也看着乐一天，也不枉了老人家的苦心。太太更是不必说了，一生的心血精神，抚养了你这一个儿子，若是半途死了，太太将来怎么样呢。我虽是命薄，也不至于此。据此三件看来，你便要死，那天也不容你死的，所以你是不得死的。只管安稳着，养个四五天后，风邪散了，太和正气一足，自然这些邪病都没有了。"讲得也对，也是实情，你死了，上有祖母，还有母亲，还有我，怎么办？她完全从儒家宗法社会那一套来讲，宝玉讲的完全是他跟黛玉两个人的爱情，一个"情"字，一个"理"字，这两段对话形成尖锐的对比。宝玉听了，竟是无言可答。宝玉讲不过她，半晌，嘻嘻笑地跟她闹："你是好些时不和我说话了，这会子说这些大道理的话给谁听？"干脆跟她耍赖，撒娇起来。宝钗听了这话就说："实告诉你说罢，那两日你不知人事的时候，林妹妹已经亡故了。"干脆下猛药，你最担心的林妹妹已经死了。你看宝玉的反应——宝玉忽然坐起来，大声诧异道："果真死了吗？"宝钗道："果真死了。岂有红口白舌咒人死的呢。老太太、太太知道你姐妹和睦，你听见他死了自然你也要死，所以不肯告诉你。"宝玉昏过去了，魂游起来，像是做梦一样，看到黛玉好像成仙了。

宝钗是极端理性的一个人，她晓得宝玉之所以疯傻，心病就是因为黛玉，干脆给他一下震惊，告诉他，她死了，让他一下子断掉，除去这个心病，他才可能好过来。别人没有那么大的胆量这么做的，本来王夫人还怪她鲁莽，莺儿也说，你太急了。宝钗不管别人怎么说，她晓得怎么医治宝玉。这就是薛宝钗，极端理性，极能够处事的一个人。作为贾宝玉的妻子，以后她要担大任的。别忘了和尚给她什么东西——一把金锁。金子是最重的，等于挂在脖子上的枷锁一样那么沉重的东西，她要扛起来，以后贾府还要重新兴盛的，要由这个戴金锁的媳妇、吃冷香丸的女人，以最高的理性把颓下去的贾府撑起来。"情"在宝钗心中是放在第二位的，"理"在前面，她的情是已经理性化过后的情感，不能说她无情，她"任是无情也动人"嘛！曹雪芹写人物有各种不同的类型，他也不偏哪一个，告诉你人生有这么多的现象，你自己去看，都是真实的。

宝钗给宝玉一针扎下去，让他醒来，宝玉的心病才能医治。她们背底下都说她那么性急，宝钗道："你知道什么好歹，横竖有我呢。"那宝钗任人诽谤，并不介意，只窥察宝玉心病，暗下针砭。好像给他针灸一样，慢慢地医治他。宝玉渐觉神志安定，虽一时想起黛玉，尚有糊涂。更有袭人缓缓的将"老爷选定的宝姑娘为人和厚；嫌林姑娘秉性古怪，原恐早夭；老太太恐你不知好歹，病中着急，所以叫雪雁过来哄你"的话时常劝解。宝玉终是心酸落泪。用这些话相劝，宝玉当然是心酸落泪，但是呢，欲待寻死，又想着梦中之言，又恐老太太、太太生气，又不能撩开。又想黛玉已死，宝钗又是第一等人物，方信金石姻缘有定，老早就说金玉良缘嘛！自己也解了好些。宝钗看来不妨大事，于是自己心也安了。宝玉心渐放宽，慢慢恢复了。宝钗也常劝慰"养身要紧，你我既为夫妇，岂在一时"。那宝玉心里虽不顺遂，无奈日里贾母王夫人及薛姨妈等轮流相伴，夜间宝钗独去安寝，贾母又派人服侍，只得安心静养。又见宝钗举动温柔，也就渐渐的将爱慕黛玉的心肠略移在宝钗身上。"略移"，这个"略"字用得好，不是全盘过来，稍稍地移一点到宝钗身上。没办法，黛玉死了嘛！宝钗已经娶来做太太了，而且是个好太太，他本来也很喜欢宝钗，这时爱黛玉的心慢慢略移过来，此是后话。作者用字遣词，写的每一笔都不是随便的，轻重都有分量。

宝钗跟宝玉的婚事写完了，一直到宝玉知道黛玉死为止，这整个交代了，也合情合理。镜头又一转，回到潇湘馆，就是黛玉最后走的那一刻了。却说宝玉成家的那一日，黛玉白日已昏晕过去，却心头口中一丝微气不断，把个李纨和紫鹃哭的死去活来。到了晚间，黛玉却又缓过来了，微微睁开眼，似有要水要汤的光景。此时雪雁已去，只有紫鹃和李纨在旁。紫鹃便端了一盏桂圆汤和的梨汁，用小银匙灌了两三匙。给她最后补了一点。黛玉闭着眼静养了一会子，觉得心里似明似暗的。这个时候所谓的回光返照，人死之前，有这么一刻，是比较清楚的时候。李纨看到黛玉回光返照了，可能还会有一阵子，所以就回到她自己的稻香村去理理事情再来。作者故意让李纨离开，只剩了紫鹃跟黛玉，她最后的遗言交代给紫鹃，这是很叫人伤心的一段话。这里黛玉睁开眼一看，只有紫鹃和奶妈并几个小丫头在那里，便一手攥了紫鹃的手，使着劲说道："我是不中用的人了。你服侍我几年，我原指望咱们两个总在一处，她跟紫鹃的感情很好的，紫鹃也赤胆忠心地来服侍林姑娘，不想我……"没想到自己不争气要走了。说着，又喘了一会子，闭了眼歇着。紫鹃见他攥着不肯松手，自己也不敢挪动，看他的光景比早半天好些，只当还可以回转，听了这话，又寒了半截。半天，黛玉又说道："妹妹，叫她妹妹，这很有意思的，跟下面一句话很有关系。我这里并没亲人。我的身子是干净的，你好歹叫他们送我回去。""我这里并没亲人"，这一句话讲完了她心中的怨，她没有说这个不好、那个不好，通通不必讲。妹妹，你才是我妹妹！人最后死的一刻，可能世界上只有一个人在旁边，是最亲的这么一个人，其他的人都不算数。"我的身子是干净的"，这个地方是肮脏的，千万不要把我埋在这里，送我回去，我的身子不要在这里，我这里并没亲人。黛玉完全讲绝了，讲到底了。说到这里，又闭了眼不言语了。那手却渐渐紧了，喘成一处，只是出气大入气小，已经促疾的很了。

黛玉《葬花吟》里面有一句诗，写那些落花，不让那些落花沾到污染，所以把它葬起来让它干净离去，她说"质本洁来还洁去，不教污淖陷渠沟"，讲花也讲她自己。本来我这个人是干净的、纯洁的，我不要到泥淖里边被污染。现在她把贾府看作是一滩泥淖，她被这些人欺负了，她那样高洁的感情被奚落了，所以她说我这里并没亲人，送我回去，我的身体是干干净净的。这就是林黛玉："孤标傲世偕谁隐，一样花开为底迟？"这个时候她让人尊敬，她最后维持了自己的尊严。死了，也不葬在这里，离开贾府，要葬回她自己苏州的老家。黛玉从苏州来到这边，事实上她在贾府里头一直不安心，不认为这里是安身立命之所，总觉得她是一个外人，不是贾府的一部分。她的疑虑也是对的，她是个外孙女，不是贾姓的这一家，也不属于宗法社会家庭真正的主干。在贾府中有地位，是贾母对她一时的爱宠，贾母要选孙媳妇的时候，对她的爱宠当然就有偏差了。到底宝玉是孙子，孙子的婚礼在中国人的大家族，是不得了的一件事，这一次也因为宝玉生病，已经算是草草了事，即使这样，这件事对老太太来说还是最重要的。所以她讲了"我这里并没亲人"，她觉得是被贾府的人遗弃了。事实也如此，只剩下一个寡妇李纨来看她，最后才是探春，其他人都不来了。因为那边在成大礼了，强烈的对比下，黛玉的确是没有亲人。

紫鹃看黛玉恐怕马上要断气了，就请李纨赶快来，这时候探春也来了，探春很有正义感，她来陪黛玉也很合适。紫鹃见了，忙悄悄的说道："三姑娘，瞧瞧林姑娘罢。"说着，泪如雨下。探春过来，摸了摸黛玉的手已经凉了，连目光也都散了。探春紫鹃正哭着叫人端水来给黛玉擦洗，李纨赶忙进来了。三个人才见了，不及说话，刚擦着，猛听黛玉直声叫道："宝玉，宝玉，你好……"还没讲完，断气了。她最后怨的是宝玉，你怎么可以这样对待我们两个那样的情？过去的山盟海誓怎么一旦就没有了？她当然不知道，宝玉是被唬弄去成婚的，她以为宝玉最后也放弃她了，当然一腔的怨恨，满怀着怨气，走了。你看，说到"好"字，便浑身冷汗，不作声了。紫鹃等急忙扶住，那汗愈出，身子便渐渐的冷了。探春李纨叫人乱着拢头穿衣，只见黛玉两眼一翻，呜呼，香魂一缕随风散，愁绪三更入梦遥！黛玉断气了。下面这一段虽然是短短的，写得好。黛玉死了以后非常凄凉，当时黛玉气绝，正是宝玉娶宝钗的这个时辰。紫鹃等都大哭起来。李纨探春想他素日的可疼，今日更加可怜，也便伤心痛哭。因潇湘馆离新房子甚远，所以那边并没听见。一时大家痛哭了一阵，只听得远远一阵音乐之声，侧耳一听，却又没有了。探春李纨走出院外再听时，惟有竹梢风动，月影移墙，好不凄凉冷淡！这时候的写景，淡淡的几句，那边隐隐地好像有音乐，那音乐就是宝玉跟宝钗成婚了，远远传来。竹梢风动，这是潇湘馆嘛！有湘竹。有一次宝玉到潇湘馆的时候，看到竹子很茂盛，凤尾细细，像凤的尾巴，声音好像龙吟。那是夸大地讲，其实就是竹子在响。这时候，竹子在响，探春、李纨听来是一股凄凉之音。那边是成婚的音乐，这边是死后的凄凉，用对称的手法，写得完全戏剧化（fully dramatized）。我觉得黛玉之死写得很精彩，把这条线撑起来了。如果是一个手法低一点的作家，写得很夸大或者写得不够，就糟了！曹雪芹用各种侧面的人物、侧面的场景来衬，用这么几句非常到位的对话，把这一幕点出来，也把黛玉的个性写出来。到最后看出黛玉有非常刚烈、决绝的一面，林黛玉这个人物，最后给她一个总结，写得非常好。

黛玉在宝玉跟宝钗成婚当天就死掉了，王熙凤最后来看了。凤姐在贾府里面就是一个执事的人，贾母选定了宝钗，她唯一的任务就是把这场婚礼弄成功，所以不管她施了什么计，在逻辑上她也很合理，不这样做的话，这个婚事成不了，当然她这样做也觉得对不起黛玉。她自己到园子里面来，到了潇湘馆内，也不免哭了一场。她就问李纨跟探春黛玉的后事，说你们两个做得很好，还是你们两人可怜她些。我那边还要去打招呼，那个冤家，指宝玉，还麻烦得很，我不去回老太太也不行，回了又怕老太太一下子受不了。她去那边，缓缓地跟贾母讲了。贾母王夫人听得都唬了一大跳。贾母眼泪交流说道："是我弄坏了他了。但只是这个丫头也忒傻气！"讲了话，贾母哭起来了，她的泪、她的难过是真的，便要到园里去哭他一场，又惦记着宝玉，两头难顾。外孙女儿死了当然很心痛，可是这个孙子疯疯傻傻的，也很着急，顾哪一头呢？她们都劝老太太身子要紧，只好叫王夫人代她去吧。老太太就说了："你替我告诉他的阴灵，告诉黛玉听：'并不是我忍心不来送你，只为有个亲疏。讲真话了，有个亲疏。你是我的外孙女儿，是亲的了，若与宝玉比起来，可是宝玉比你更亲些。讲了心里话。倘宝玉有些不好，我怎么见他父亲呢。'"说着，又哭起来。贾母也有她的难处，我想《红楼梦》就是好在这种地方，从哪一种角度来看都在情理之中。《红楼梦》的悲剧不是说哪一个坏人、哪一个好人造成的，是人生必然的这么一种情形下，合情合理发生的。跟希腊悲剧完全不一样，希腊悲剧是讲天神震怒、人神冲突，好多乱伦在里头。《红楼梦》是人生常态，到最后了大家都知道，原来人生是佛家说的镜花水月，一切归于空字，红楼一梦，再多的繁荣，再多的情，到最后都归于寂灭。

　　黛玉死了，宝钗原不知，一天问起林妹妹的病，不知道好些没有。贾母就流泪告诉她说："我的儿，我告诉你，你可别告诉宝玉。都是因你林妹妹，才叫你受了多少委屈。"她讲，就是在你结婚那天没了。你看宝钗的反应。

宝钗把脸飞红了，贾母这样讲，她不好意思了。想到黛玉之死，又不免落下泪来。宝钗忍辱负重，可以这么讲，她肯装成黛玉就这么成婚，宝钗这个人在节骨眼儿上，什么都可以忍得下去的。按她的理性，这个婚是不得不结的，上面选定了，下面也定了，这个定就是她自己愿意嫁给宝玉，如果嫁给一个莫名其妙的像是薛蟠那样的人，当然就难点头。她原本喜欢宝玉，为了宝玉，为了婚事，她愿意委曲求全。

宝玉听到黛玉死了，从昏厥中苏醒，他要悼黛玉，要到潇湘馆去大哭一场。这一次，贾母、王夫人都陪着去的，宝玉再伤心，他对黛玉的死有再多的痛，这么多人在旁边，他的哭怎么能尽情？作者在这里先给他哭一阵子，等于这么多人一起在哭。

> 宝玉一到，想起未病之先来到这里，今日屋在人亡，不禁嚎啕大哭。想起从前何等亲密，今日死别，怎不更加伤感。众人原恐宝玉病后过哀，都来解劝，宝玉已经哭得死去活来，大家搀扶歇息。其馀随来的，如宝钗，俱极痛哭。独是宝玉必要叫紫鹃来见，问明姑娘临死有何话说。紫鹃本来深恨宝玉，见如此，心里已回过来些，又见贾母王夫人都在这里，不敢洒落宝玉，便将林姑娘怎么复病，怎么烧毁帕子，焚化诗稿，并将临死说的话，一一的都告诉了。宝玉又哭得气噎喉干。探春趁便又将黛玉临终嘱咐带柩回南的话

也说了一遍。贾母王夫人又哭起来。多亏凤姐能言劝
慰，略略止些，便请贾母等回去。宝玉那里肯舍，无
奈贾母逼着，只得勉强回房。

这个地方先写一段，这个时候他不可能一个人来的，
他要来哭灵，一群人也来哭灵，再怎么伤心，都没法把他
心中最深的感情表达出来，所以在写的时候，虽然讲他哭
得死去活来，也是泛泛几笔。留到后来第一百零八回"强
欢笑蘅芜庆生辰，死缠绵潇湘闻鬼哭"的时候，宝玉才一
个人又到大观园里面去，故意到潇湘馆。他听到里面有人
哭，好像是黛玉，可能也是他的幻觉，宝玉一边叫一边痛
哭，那才叫心碎，那时才写得叫人痛心，宝玉的伤心在那
个地方，哭的时候叫了几声林妹妹，心碎肠断，那时才写
出真痛心。所以，曹雪芹写宝玉哭灵是有层次的，这时候
贾母、王夫人大家都在哭，宝钗也在哭，宝玉怎么能够表
现他最哀痛的情？总是一个人的时候，才能够对黛玉讲一
些私心话。等到一百零八回再写一次，他整个的写作方案
（scheme）是有层次有计划的，这是小说的铺陈。所以《红
楼梦》伏笔伏得最好，伏到后面，又来了！

黛玉之死是这本书的大高潮。我们回到第五回太虚幻
境的《红楼梦》十二支曲子，等于是金陵十二钗的挽歌。

第一首〔终身误〕，讲宝玉、黛玉、宝钗三个人的关
系和命运。都道是金玉良姻，俺只念木石前盟。虽然是金
玉良姻，宝玉心中最恋的还是木石前盟，就是绛珠仙草和

神瑛侍者缘定在灵河畔的前世盟言。空对着，山中高士晶莹雪；虽然是对着薛宝钗，雪就是薛。终不忘，世外仙姝寂寞林。还是忘不了黛玉。叹人间，美中不足今方信。人生的美中不足现在信了。纵然是齐眉举案，到底意难平。虽然宝玉跟宝钗是一段美满姻缘，像梁鸿、孟光夫妇间举案齐眉、相敬如宾，可是心中还是有遗憾的。

　　第二首〔枉凝眉〕，讲的是宝玉跟黛玉之间的缘分。一个是阆苑仙葩，一个是美玉无瑕。指绛珠仙草、神瑛侍者。若说没奇缘，今生偏又遇着他；若没有奇缘怎么偏偏又遇他呢？若说有奇缘，如何心事终虚话？如果有奇缘，最后又是一场虚话。一个枉自嗟呀，一个空劳牵挂。一个是水中月，一个是镜中花。他们两个那一段情终是镜花水月。想眼中能有多少泪珠儿，怎禁得秋流到冬，春流到夏！这是哀悼他们两人之间以泪还情、泪尽就人亡了，这眼泪哪禁得起流那么多啊！第五回的时候那两首挽歌，哀挽宝黛之间的爱情如水中月、镜中花，最后还是一场空。

第九十九回

守官箴恶奴同破例　阅邸报老舅自担惊

这部小说的写法真有意思，前两三回写得那样惊涛骇浪，接下来笔一荡开，立刻写非常琐碎、非常写实的事情。我想这也是作者的策略，前面已经那么强了，总要让人家喘一口气，不能说下面哗啦哗啦好多事情马上来。中间插一个贾政去做官，情节上也是早就安排的。二老爷贾政为人非常温良恭俭让，但是他很迂腐，不适合官场文化，官场的那种奸险也不适合他。写政老爷做官，一方面是讲贾政个人操守的廉洁，一方面也对照清乾隆时代官场暗底下的腐败，是非常写实的一段小的插曲。

承续着上一回贾母跟薛姨妈提起黛玉的事，贾母总觉得很过意不去，讲宝钗受了委屈。她说："我看宝丫头也不是多心的人，不比的我那外孙女儿的脾气。"她还要讲一句："所以他不得长寿。"正好凤姐进来了，薛姨妈道："我和老太太说起你林妹妹来，所以伤心。"这回一开始，凤姐说，那我讲个笑话吧。平日凤姐最会逗老太太开心，你看林黛玉刚死，这一边又说说笑笑了，那些老太太们还是生活照旧（business as usual），死掉的人就死掉了，活着的人还是照常生活，人生就是这样啊！凤姐拿手比着道："一个这么坐着，一个这么站着。一个这么扭过去，一个这么转过来。一个又……"说到这里，贾母已经大笑起来，说道："你好生说罢，倒不是他们两口儿，你倒把人怄的受不得了。"她在学什么？学宝玉跟宝钗两个人啰！宝玉略把对黛玉的心挪到宝钗身上去，客观来讲，娶了这么一个媳妇，也是很幸运的。宝玉内心中虽然挂着林妹妹，但他也很怕伤宝钗的心，宝玉本来就是很温柔体贴的一个人。王熙凤就学他们两个人在闺房中的情景。薛姨妈也笑道："你往下直说罢，不用比了。"凤姐才说道："刚才我到宝兄弟屋里，我看见好几个人笑。我只道是谁，巴着窗户眼儿一瞧，原来宝妹妹坐在炕沿上，宝兄弟站在地下。宝兄弟拉着宝妹妹的袖子，口口声声只叫：'宝姐姐，你为什么不会说话了？你这么说一句话，我的病包管全好。'听起来也是宝玉的口吻。宝妹妹却扭着头只管躲。宝兄弟却作了一个揖，上前又拉宝妹妹的衣服。宝妹妹急得一扯，宝兄弟自然病后是脚软的，索性一扑，扑在宝妹妹身上了。宝妹妹急得红了脸，说道：'你越发比先不尊重了。'"说到这里，贾母和薛姨妈都笑起来。凤姐又道："宝兄弟便立起身来笑道：'亏了跌了这一交，好容易才跌出你的话来了。'"两个人新婚燕尔，我想这也是宝玉跟宝钗在一起可能的场景。薛姨妈这个老太太可不是省油的灯，也很会刺人的。你看，薛姨妈笑道："这是宝丫头古怪。这有什么的，既作了两口儿，说说笑笑的怕什么。他没见他琏二哥和你。"意思是她应该学学你跟贾琏，夫妻两个人调情，让他们向你学学就好了。这下子凤姐红了脸，笑道："这是怎么说呢，我饶说笑话给姑妈解闷儿，姑妈反倒拿我打起卦来了。"我来讲笑话给你解闷，怎么反说到我身上来了。这里面就讲了，宝玉爱黛玉的心，慢慢地也挪一点到宝钗身上去了，两个人成了夫妇嘛！但这并不表示宝玉就安于这个婚姻，要不然他最后不会出家。其实他是慢慢地看破，现在还有点糊涂，后来他梦中再回到太虚幻境，看懂了每个人的命运的时候，突然间悟了，原来一切都前定，原来人生的命运是这样子的，跟黛玉的木石前盟，也是这样子的。所以现在表面上宝玉好像跟现实妥协了，其实没有，等他再一次醒悟，他才真正地悟道，当然黛玉之死，对他是最后一个大的刺激。

　　贾母怕宝玉再到大观园里看到了潇湘馆伤心，就不让他进去了。黛玉死了以后，大观园几乎荒废了。看看那些亲戚姐妹，薛宝琴已经回到薛姨妈那边，史湘云也回家了，因为定下出嫁的日子，所以不常来了，只有宝玉娶亲的那一日来吃喜酒，感觉大家都已长大，各自嫁娶，再不像从前那样随性谈笑。邢岫烟本来住在迎春那里，迎春出嫁走了，邢岫烟嫁给薛蝌也搬出大观园，李家姐妹也不好再住到里面，所以一下子大观园人去楼空，烟消云散。大观园极盛的时候，这些女孩子等于是百花齐放，李纹、李绮姐妹，宝琴、邢岫烟，再加上"三春"，宝钗、黛玉，连香菱都搬进来，护花使者就是贾宝玉，现在这些花一朵朵凋零离散了。所以大观园的兴衰，也是贾府的兴衰，很快贾府就要被抄家了。

贾政新官赴任，他不晓得到外面做官，都要去贿赂那些地方官员的，不贿赂他们，什么都做不通。而且贾政带了自己的人去，他一是一、二是二，自己清廉也不准下面捞，什么都要按规矩来，水清无鱼，带去的那些人看看没有油水，有的就跑掉了。不跑的，像李十儿就拿了鸡毛当令箭，借着他那个牌子，在外面作威作福、营私结党，害得贾政还被参一本，讲他不是做官的料。清朝乾隆时代官场已经很腐败了，和珅贪污贪掉了国库的一半，大小官员无人不贪，写贾政的遭遇，也就是当时的实况，他写得非常得心应手。大小说家无所不能，什么都能写得有模有样，你不要看这种写实，也不容易，里面还牵涉得蛮复杂的。倒是有一个细节，贾政做官的时候，另外一个官员，写了一封文绉绉的求亲信给他，对象是贾府三姑娘探春。这位叫周琼的官调到海疆去，海疆就是海边，很远的了，所以探春的结局是远嫁。大家还记得探春作灯谜：阶下儿童仰面时，清明妆点最堪宜。游丝一断浑无力，莫向东风怨别离。谜底是风筝，她远嫁出去了，就像那个风筝飞走了。虽然远嫁，探春的结局算是最好的。当然那个时候远嫁出去总是很遗憾，所谓远嫁就是很难回来的，所以都不愿意自己的女儿远嫁。

　　这一回还有一个细节。贾政看奏折，哎呀！薛蟠被判了死刑。虽然薛家花了好多钱去买通官府，最后还是定了秋斩，薛家也倒大霉了，贾政还是要想办法替他开脱死罪。前面的高峰写完，这个地方又变成平原，写这些很平缓、很琐碎、很现实的东西，小说需要这种写实的根基，节奏在这个时候不能太紧，荡开来，松一松，下到底，再翻上去，写到贾府被抄家，另外一个高潮起来。最后这四十回，我想也是跌宕起伏，很多人攻击它，我现在替它一一辩来，大家一起来做个公平的判断。

第一百回

破好事香菱结深恨　悲远嫁宝玉感离情

　　贾府兴衰是《红楼梦》很重要的一条线，由盛入衰之间，黛玉之死当然是一个高峰，另外一个高峰就是贾府被抄家，在抄家之前一连串的征兆已经出来了。很重要一点是元妃死了，顶梁柱倒了，没有这个背后的支持，这几回下来已是山雨欲来风满楼。贾政外放出去做官，做得胆战心惊，他清廉自持，却时常被参奏，朝中无人，这都是不利的因素。六亲同命，薛家也败象毕露，娶错了媳妇，翻墙倒辙，薛蟠受不了跑出去，又杀人闯大祸，被判了死刑。这一回，在写贾府整个垮了之前，先把薛家交代了，这种铺排很有心的，否则贾府一抄家，哗啦哗啦那个笔调快得不得了，来不及写薛家的事情。所以这几回是写薛家之败，败到夏金桂自己毒死自己为止。

　　薛宝钗委曲求全地嫁了，嫁了以后回娘家。薛姨妈看到自己的宝贝女儿，嫁过去本来应该是风风光光的，可是宝玉病得时而痴傻，女儿这样嫁也很委屈的。我再提醒大家，宝钗嫁的不是贾宝玉，嫁的是整个贾府，贾府的责任她要扛起来的，所以私人的爱情放在次要。一直以来许多读者说宝钗"藏奸"，抢了黛玉的最爱，对她有很多偏见。当然，以黛玉来讲，情是她的信仰，是她的追求，是她的宗教，最后殉情而死，得到同情。宝钗则是在整个宗法社会、儒家架构中的一个角色，她的一切也是合情合理的，作为一个媳妇、一个妻子，她也爱宝玉，但她不会被所谓激情（passion）动摇理性，你看她讲话，她的看法，她的行为都是循了这条路子，即使受了很多委屈，她要做好那个位子。宝钗回来娘家，跟薛姨妈母女之间就有了一些很亲密的对话，讲心事、讲家事，这个时候是无所不谈的。不要看这么平实的一段，这才是《红楼梦》厉害的地方，母女讲的家常话，正是《红楼梦》写实的功夫。黛玉之死那种标高激情的写法，是一种写法，那是需要的，但一降下来回到了日常生活，这种平平的写法也是要紧的，这是个底子。

　　宝钗回来了，一看到娘家捣得七零八落，当然心里也很难受，就安慰母亲，讲哥哥外头做这些事真是不足取，你已经是尽了心、花了钱，为这个官司到处托人，继续弄下去怎么办呢？"哥哥的这样行为，不是儿子，竟是个冤家对头。妈妈再不明白，明哭到夜，夜哭到明，又受嫂子的气。"这是宝钗懂事的地方，她不在母亲身边，看看这样子，哪里放得下心？看看下面一句："他虽说是傻，也不肯叫我回去。"他，指宝玉，嫁了人了，用这种亲昵的口气。这时候讲出心里话来了，他傻了！可是还算懂事，我回来陪陪妈妈，他没有说叫我赶快回去，让我在这儿陪陪你。家里面各种事情，宝钗也感觉暴风雨要来了。贾政赴外任，他做过京官了，马马虎虎躲在家里面就算了，外放出去各种情形复杂，下面的人贪赃枉法他也管不住，经常被人家参。又说起薛蟠打死人的事已送刑部，之前受薛姨妈之托，曾托过知县，真的请旨革审起来，恐受牵连。所以"前儿老爷打发人回来说，看见京报唬的了不得，所以才叫人来打点的"。宝钗就讲了，妈妈你要看开些，我们家里这样子，账也要算一算，欠人家的钱该还就还，家里用的该省就省。薛姨妈就哭起来，这才跟她说，薛家败得不成话了。为了薛蟠不晓得花了多少银子，几万两银子花出去了。他们原本开当铺的，当铺也卖掉了好几间，房子也折掉了，现在穷了。本来薛家靠的就是有钱，记得吗？薛蟠第一次打死人的时候，多少两银子一塞，就把人家嘴巴封住了。薛姨妈进到大观园，那时候也是一个很雍容的老太太，家里面有钱，跟王夫人说，要我来这边长住呢，一切我自己出，不要你们出半分，这样才长久。她表示自己不是穷亲戚，不是来依靠贾家的，自己家里富贵，陪着贾母平起平坐，她们很礼遇她。薛姨妈很通世故，有点幽默感，其实也很有心机，这么一个老太太现在弄得狼狈不堪，一方面儿子被判死刑，一方面媳妇闹得天翻地覆。母女俩的对话就讲了家常真正的生活，薛家的情形不妙，已经垮下来了。宝钗又说，哥哥的事情是瞒着宝玉的。薛姨妈不等说完，便说："好姑娘，你可别告诉他。下面一句话，他为一个林姑娘几乎没了命，如今才好了些。要是他急出个原故来，不但你添一层烦恼，我越发没了依靠了。"宝钗道："我也是这么想，所以总没告诉他。"薛姨妈知道宝玉跟黛玉两个人的感情，这句话透露出来了。提亲的时候薛姨妈也得装糊涂，按下不表，装得不知道这回事，现在讲出来了。我们看书要看这种地方，《红楼梦》常常不经意的一句话，其实背后大有文章，可见母女俩都很清楚的。

他们正在谈家里面的事，只听见金桂跑来外间屋里哭喊道："我的命是不要的了！男人呢，已经是没有活的分儿了。咱们如今索性闹一闹，大伙儿到法场上去拼一拼。"薛姨妈已经有各种烦恼，还跑出这个媳妇来，这个婆婆要拿她怎么办。说着，便将头往隔断板上乱撞，不光是大喊大叫，还付诸行动，撞的披头散发。你看看，薛家也是大户人家嘛！娶了一个媳妇进来搞得这个样子，这么不顾颜面，气得薛姨妈白瞪着两只眼，一句话也说不出来。骂都骂不出来呢！白瞪眼。宝钗实在看不下去，只好跟她讲好话了，讲得嫂子长、嫂子短来劝她。你看夏金桂怎么回嘴："姑奶奶，如今你是比不得头里的了。你两口儿好好的过日子，我是个单身人儿，要脸做什么！"说着，便要跑到街上回娘家去。不顾颜面！如果这场光是写母女俩讲讲，那就平掉了，这场的意义在哪里呢？薛家的各种烦恼嘛！添出这么一个败家精，那个烦恼，几句话几个动作就出来了。又喊又闹又撞头，披头散发跑去街上乱喊，连宝钗这个常常用理可以制住人的，讲一番大道理谁也驳不了的，碰到夏金桂也没办法。夏金桂是什么人，根本不吃这一套，什么宗法礼法她全不管。所以《红楼梦》里有各种人等，贾家拼命地要维持住那个社会秩序，那整个社会也是如此，有时候跑出一些人来，通通冲撞掉，不仅不守森严的礼教，还非常对立与夸张。跑出个夏金桂，把薛宝琴这样下了聘犹待字闺中、很可爱的一个大姑娘，吓得躲起来。

薛姨妈的这个侄女儿住在这里，哪里见过这种阵仗？这个泼妇不光是泼，泼而淫，她讲叫她守活寡不行，看上了薛蟠的堂弟薛蝌，薛蝌长得不错又老实，也是薛家唯一的年轻男人。夏金桂脸也不顾了，干脆去勾引小叔，勾引不到就去拉拉扯扯，拉进房中算数。若是薛蝌在家，他便抹粉施脂，描眉画鬓，奇情异致的打扮收拾起来，不时打从薛蝌住房前过，或故意咳嗽一声，或明知薛蝌在屋，特问房里何人。有时遇见薛蝌，他便妖妖乔乔、娇娇痴痴的问寒问热，忽喜忽嗔。丫头们看见，都赶忙躲开。他自己也不觉得，只是一意一心要弄得薛蝌感情时，好行宝蟾之计。那薛蝌却只躲着；有时遇见，也不敢不周旋一二，只怕他撒泼放刁的意思。更加金桂一则为色迷心，越瞧越爱，越想越幻，那里还看得出薛蝌的真假来。这个夏金桂已经是半疯状态了，薛蝌吓得只有到处躲她。没想到金桂又施故技，刚好给香菱看见。香菱是很好的一个女孩子，平素也帮忙薛蝌收拾一下他的生活起居，夏金桂看到吃起飞醋来。这天薛蝌到外面应酬喝了点酒，给夏金桂知道了，她想，我的酒你不喝，外面的酒你喝，不行！这金桂初时原要假意发作薛蝌两句，无奈一见他两颊微红，双眸带涩，别有一种谨愿可怜之意，看看这个男人也有点害羞的样子，正合她意，想勾引他，就说："这么说，你的酒是硬强着才肯喝的呢。"薛蝌道："我那里喝得来。"金桂道："不喝也好，强如像你哥哥喝出乱子来，明儿娶了你们奶奶儿，像我这样守活寡受孤单呢！"讲一些完全不得体的话。说到这里，两个眼已经乜斜了，两腮上也觉红晕了。薛蝌见这话越发邪僻了，打算着要走。金桂也看出来了，那里容得，早已走过来一把拉住。薛蝌急了道："嫂子放尊重些。"说着浑身乱颤。把他吓得发抖。

　　类似这段的描写之前也有过。还记得宝玉去探望晴雯吗？晴雯病得快死了，宝玉去看她，就给她那个表兄吴贵的老婆、非常不规矩的灯姑娘看见了，把宝玉一把逮住，两个腿把他夹起来，那种粗俗动作，现在这个金桂还有一比。金桂索性老着脸道："你只管进来，我和你说一句要紧的话。"正闹着，忽听背后一个人叫道："奶奶，香菱来了！"把金桂唬了一跳，回头瞧时，却是宝蟾掀着帘子看他二人的光景，宝蟾表面把风，实则偷窥。一抬头见香菱从那边来了，赶忙知会金桂。金桂这一惊不小，手已松了。薛蝌得便脱身跑了。那香菱正走着，原不理会，忽听宝蟾一嚷，才瞧见金桂在那里拉住薛蝌往里死拽。香菱却唬的心头乱跳，自己连忙转身回去。香菱吓得赶紧避开，之前被金桂陷害撞破薛蟠与宝蟾，挨了一顿，又遇上这种事。这里金桂早已连吓带气，呆呆的瞅着薛蝌去了。怔了半天，恨了一声，自己扫兴归房，从此把香菱恨入骨髓。这就种下毒害香菱的因。大家如果看过《金瓶梅》，夏金桂倒很有几分潘金莲的味道。《红楼梦》主要写的是贵族，《金瓶梅》里面写的是中下层。夏金桂自己犯贱，她的出身本来也是不错的，一个商人家庭，没什么家教就是了。《红楼梦》也受《金瓶梅》的影响，尤其在女性描写方面，继承了《金瓶梅》的传统，不过境界提高了。

薛家很明显一塌糊涂，败象毕露了。贾家死的死、散的散，大观园里的重要人物，晴雯、黛玉都死了，迎春嫁走了，现在轮到探春，远嫁到海疆那边去，虽然夫家做官，结果算是比较好的，可到底还是散掉了。宝玉心里面当然很不舍，这个地方有个小节，补一笔赵姨娘的态度。赵姨娘是个很不懂事的女人，探春是她亲生的女儿，却说赵姨娘听见探春这事，反欢喜起来。她想，平常在家瞧不起我，远嫁，嫁得好，走吧！心里说道："我这个丫头在家忒瞧不起我，我何从还是个娘，比他的丫头还不济。"探春对她的丫头还比对我好，有她在，不让我出头，走了也好，倒干净，想她孝敬我，不可能！这个妈心里头还想，迎春嫁了不是挨丈夫虐待吗？我这个丫头嫁过去，最好也像她一样挨整。赵姨娘心里面很气探春不把她当娘，这对母女的关系真的很有意思。客观地讲，不管赵姨娘怎么不可爱，再怎么说还是母亲，可是探春理性到完全不顾这层关系，赵姨娘当然也不会了解探春。你看，一面想着，一面跑到探春那边与他道喜说："姑娘，你是要高飞的人了，到了姑爷那边自然比家里还好。想来你也是愿意的。便是养了你一场，并没有借你的光儿。就是我有七分不好，也有三分的好，总不要一去了把我搁在脑杓子后头。"探春这个妈是她的一个十字架，经常狠狠地给她捣蛋一下，探春极要强，她本来是庶出，在宗法社会里地位要差一大截的，她完全靠自己的本事和修为，想办法争取在家庭中的地位。探春是成功的，她的兄弟贾环就不行。她个人做得很正，受到家庭的重视，所以她要跟不懂事的娘划清界线。

探春要出嫁了，宝玉非常伤心，伤心的不光是她要离开，而且是大观园散掉了。他说："这日子过不得了！我姐妹们都一个一个的散了！林妹妹是成了仙去了。因为他做了一个梦，梦到林黛玉好像是变成仙子。大姐姐呢已经死了，这也罢了，没天天在一块。二姐姐呢，碰着了一个混帐不堪的东西。三妹妹又要远嫁，总不得见的了。史妹妹又不知要到那里去。薛妹妹是有了人家的，讲宝琴。这些姐姐妹妹，难道一个都不留在家里，单留我做什么！"没意思了，他本来希望那些女孩子都围着他，她们的眼泪都给他，为他哭成一条河，他漂在里头过下去。现在这些女孩子都走光了，他觉得没意思了。本来是个护花使者，要把大观园里面的花通通护住，现在通通凋零了、离散了。

我说过，大观园的时间春夏秋冬是转动的，里面的人本来都是一些无忧无虑的青少年，等于是在一个伊甸园里面一样，时间把他们推到长大了，变成成年了，烦恼来了，婚姻、爱情、前途、金钱，什么都来了，往日的天真无邪（innocence）没有了，这也是必然的。宝玉希望永远不散，那是他的梦，当然是不可能的。宝钗、袭人都来劝，都来说道理。宝玉说："我也知道。为什么散的这么早呢？等我化了灰的时候再散也不迟。"宝玉永远做一个天真的梦，希望时间停留在从前大观园里欢乐的情景，但有时间存在，大观园也必然成空。记得吗？秦氏死了以后，那个魂去见凤姐给了她两句话："三春去后诸芳尽，各自须寻各自门。"贾府的"三春"散的散了，死的死了，各自去寻各自的地方了。

第一百一回

大观园月夜感幽魂　散花寺神签惊异兆

　　这一回写大观园的衰败，各种异兆出来了，鬼魂也出来了。贾府最有权势、最能发号施令、最风光一时的大掌家王熙凤，这个时候也走下坡了，竟在大观园里遇见鬼。大观园从仙境变成鬼域了。却说凤姐回至房中，见贾琏尚未回来，便分派那管办探春行装奁事的一干人。那天已有黄昏以后，因忽然想起探春来，要瞧瞧他去，便叫丰儿与两个丫头跟着，头里一个丫头打着灯笼。走出门来，见月光已上，照耀如水。凤姐便命打灯笼的"回去罢"。用不着灯笼了，叫她回去。因而走至茶房窗下，听见里面有人喊喊喳喳的，又似哭，又似笑，又似议论什么的。凤姐知道不过是家下婆子们又不知搬什么是非，心内大不受用，便命小红进去，装做无心的样子细细打听着，用话套出原委来。凤姐管事的，下面人嘀嘀咕咕不容许的，去听听看，就把这几个丫鬟差遣走了。小红答应着去了。凤姐只带着丰儿来至园门前，门尚未关，只虚虚的掩着。于是主仆二人方推门进去，只见园中月色比着外面更觉明朗，满地下重重树影，杳无人声，甚是凄凉寂静。**用"凄凉"两个字了。**刚欲往秋爽斋这条路来，只听唿的一声风过，吹的那树枝上落叶满园中唰唰喇喇的作响，枝梢上吱喽喽发哨，将那些寒鸦宿鸟都惊飞起来。**你想想看，走在那个园中，月色明朗照着满地的树影，风声唿啦唿啦作响，把那些晚上栖在树上的鸟一下子给惊走了。先把这个场景铺排好。**

凤姐吃了酒，被风一吹，只觉身上发噤起来。那丰儿也把头一缩说："好冷！"凤姐也撑不住，便叫丰儿："快回去把那件银鼠坎肩儿拿来，我在三姑娘那里等着。"丰儿巴不得一声，也要回去穿衣裳来，答应了一声，回头就跑了。**看这里啊！**凤姐刚举步走了不远，只觉身后哧哧哧哧，似有闻嗅之声，好像什么东西来闻她、来嗅她，不觉头发森然竖了起来。由不得回头一看，只见黑油油一个东西在后面伸着鼻子闻他呢，那两只眼睛恰似灯光一般。凤姐吓的魂不附体，不觉失声的咳了一声，却是一只大狗。**先写狗。**那狗抽头回身，拖着一个扫帚尾巴，一气跑上大土山上方站住了，回身犹向凤姐拱爪儿。**蛮阴森可怕的这种样子。**凤姐儿此时心跳神移，急急的向秋爽斋来。已将来至门口，方转过山子，只见迎面有一个人影儿一恍。凤姐心中疑惑，心里想着必是那一房里的丫头，便问："是谁？"问了两声，并没有人出来，已经吓得神魂飘荡。恍恍惚惚的似乎背后有人说道："婶娘连我也不认得了！"

凤姐忙回头一看，只见这人形容俊俏，衣履风流，十分眼熟，只是想不起是那房那屋里的媳妇来。只听那人又说道："婶娘只管享荣华受富贵的心盛，把我那年说的立万年永远之基都付于东洋大海了。"凤姐听说，低头寻思，总想不起。那人冷笑道："婶娘那时怎样疼我了，如今就忘在九霄云外了。"凤姐听了，此时方想起来是贾蓉的先妻秦氏，便说道："嗳呀！你是死了的人哪，怎么跑到这里来了呢！"啐了一口，方转回身，脚下不防一块石头绊了一跤，犹如梦醒一般，浑身汗如雨下。这段写得好吧！凤姐见鬼了。一方面又是秦氏鬼魂警告她说，我们贾家已经兴盛了百年了，当时提醒你赶快办义学、开宗祠立点根基，不然恐怕应了"树倒猢狲散"的那句话。秦氏说当年跟你讲了你没听，果然现在贾府快要垮了。另一方面，见了鬼不是好事，凤姐也要见阎王去了。

　　大观园本来花团锦簇，一片繁荣，现在变成一个鬼域，这个征兆不妙，凤姐何等聪明的一个人，她自己晓得不对了。丰儿拿了衣服来以后，她不讲这件事情，因为她要面子，不愿落人褒贬。就说："我才到那里，他们都睡了。咱们回去罢。"回去以后当然睡不着啰，碰了这么一个怪事。第二天一早，平儿就说，你昨夜没睡好，我来替你捶一捶，你打个盹吧！凤姐没说话就表示可以啦，平儿就爬到炕上去给她轻轻捶几下。凤姐刚要睡着，听到巧姐儿在旁边哭，平儿就骂那个奶妈："李妈，你到底是怎么着？姐儿哭了，你到底拍着他些。你也忒好睡了。"训了那个李妈一顿。那边李妈从梦中惊醒，听得平儿如此说，心中没好气，这些奶妈也不是省油的灯，嘴巴也很歹毒的。只得狠命拍了几下，口里嘟嘟哝哝的骂道："真真的小短命鬼儿，骂她短命鬼儿，放着尸不挺，三更半夜嚎你娘的丧！"毒咒她娘，咒凤姐。这下子两边就对起来了，那边碰见鬼了，这边又给人家咒，曹雪芹就想得出这种细节，我想别人不大想得出来的，他用一个奶妈这样没知识的人，讲了这种话出来。其实是半夜三更小孩子哭嘛！就骂哭你娘的丧。你看，好坏啊。一面说，一面咬牙便向那孩子身上拧了一把。掐她一下。那孩子哇的一声大哭起来了。我们现在不是在报纸上也看到保姆虐待小孩子吗？打他、戳他、弄他啊。奶妈掐巧姐儿，凤姐听见，说："了不得！你听听，他该挫磨孩子了。你过去把那黑心的养汉老婆下死劲的打他几下子，把妞妞抱过来。"凤姐一听小孩子更哭了，一定是那个奶妈干的。平儿就说，算了算了，不要去跟她们计较。凤姐这下讲出心里话来了，她晓得自己的气数到了。

凤姐听了，半日不言语，长叹一声说道："你瞧瞧，这会子不是我十旺八旺的呢！明儿我要是死了，剩下这小孽障，还不知怎么样呢！"她想万一她早死，最记挂的当然就是巧姐儿啰。平儿笑道："奶奶这怎么说！大五更的，何苦来呢！"大五更，中国人很犯忌的，半夜三更天快亮的时候，讲这种不吉祥的话。凤姐到底心中有数了，冷笑道："你那里知道，我是早已明白了。我也不久了。虽然活了二十五岁，人家没见的也见了，没吃的也吃了，也算全了。所有世上有的也都有了。气也算赌尽了，强也算争足了，就是寿字儿上头缺一点儿，也罢了。"讲自己一生什么都有过，享尽了的；什么好强也争过，满足得很；就是个寿字上面少一点，她晓得好好的碰到鬼，鬼就来要命的，大不祥。讲出这段话就很像凤姐，别人讲不出这样子的话。平儿是最护着她的，而且凤姐从来不讲这种丧气话。平儿听说，由不的滚下泪来。怎么会讲这个呢？忍不住掉泪了。凤姐笑道："你这会子不用假慈悲，我死了你们只有欢喜的。你们一心一计和和气气的，省得我是你们眼里的刺似的。只有一件，你们知好歹只疼我那孩子就是了。"凤姐故意讲反话说，我死了你应该高兴啊。其实是说，万一我死了，你要善待我女儿，等于托孤了。的确，后来凤姐死了以后，只有平儿尽了责任，维护着巧姐，否则巧姐差点被卖出去。平儿听说这话，越发哭的泪人似的。凤姐笑道："别扯你娘的臊了，那里就死了呢。哭的那么痛！我不死还叫你哭死了呢。"完全是王凤姐的口吻。平儿听说，连忙止住哭，道："奶奶说得这么伤心。"一面说，一面又捶，半日不言语，凤姐又朦胧睡去。这段写得好，写出凤姐的个性。的确，她知道了，贾府败象毕露，自己遇见鬼。《红楼梦》的十二支曲子、十二首挽歌，讲凤姐的判诗里面有这么两句："忽喇喇似大厦倾，昏惨惨似灯将尽。"正是形容这个时候，整个小说的节奏、速度也将加快。

凤姐刚刚眯一下子，五更嘛，还早。贾琏很早就出去办事，办得不顺，早上回来生气。平儿倒茶给他，茶碗也摔了，把凤姐惊醒，吓出一身冷汗。当年凤姐的气势记得吗？何等了得，现在衰下去了，又病，又碰见鬼，贾琏这时候对她不是那么顺从了。凤姐问他一句："你怎么就回来了？"贾琏不理她，不出声。又问一次，贾琏就大声喊了："你不要我回来，叫我死在外头罢！"这种话，贾琏从前不敢讲的。凤姐气衰了，看到贾琏这么生气，就陪好话了："这又是何苦来呢！常时我见你不像今儿回来的快，问你一声，也没什么生气的。"贾琏哇啦哇啦讲在外面受了什么气。这个比较复杂，他是替王家——凤姐的娘家在跑腿。凤姐有个哥哥叫王仁，意思是"忘仁"，这个哥哥不是东西，后来要把巧姐卖掉的就是他。凤姐的舅舅，做大官的王子腾死在赴任途中了嘛，王仁假借了名目趁机敛财，去刮了人家一笔，还自己在家里面设宴。贾琏替他跑腿跑得气死了，回来说他倒在那边享受，还敛财，讲了一大堆。凤姐听了当然不舒服，自己娘家的人嘛，凤姐那么好面子，自己哥哥这样很丢脸。她说："凭他怎么样，到底是你的亲大舅儿。"是你大舅子，而且这件事，死的大太爷王子腾家里都会感激你的。"罢了，没什么说的，我们家的事，少不得我低三下四的求你了，省的带累别人受气，背地里骂我。"说着，眼泪早流下来。这对凤姐来说是很不平常的，在贾琏面前，她头一次这样低声下气。她就起来了，挽了头发，披了衣服。平儿就讲了："奶奶这么早起来做什么，那一天奶奶不是起来有一定的时候儿呢。爷也不知是那里的邪火，拿着我们出气。何苦来呢，奶奶也算替爷挣够了，那一点儿不是奶奶挡头阵。不是我说，爷把现成儿的也不知吃了多少，这会子替奶奶办了一点子事，又关会着好几层儿呢，就是这么拿糖作醋的起来，也不怕人家寒心。况且这也不单是奶奶的事呀。我们起迟了，原该爷生气，左右到底是奴才呀。奶奶跟前尽着身子累的成了个病包儿了，这是何苦来呢。"说着，自己的眼圈儿也红了。平儿护主，这一番话替凤姐把贾琏塞住了。所以他们妻妾的关系很有意思。按理讲，平儿是凤姐的竞争者才对，可是凤姐也需要一个盟友当她的帮手。从前的妻妾不一定都打架的，处得好的话可以同一阵线一起对付那个男人，如果利害相同的话。这个时候平儿就出来讲了这番话，很合乎平儿的个性。平儿会讲话的，她跟在王熙凤身边那么久，当然也学了几招。那贾琏本是一肚子闷气，那里见得这一对娇妻美妾又尖利又柔情的话呢，便笑道："够了，算了罢。他一个人就够使的了，不用你帮着。左右我是外人，多早晚我死了，你们就清净了。"凤姐道："你也别说那个话，谁知道谁怎么样呢。你不死我还死呢，早死一天早心净。"她心里面有阴影了，一直讲自己死。

　　凤姐遇见了鬼，心中当然很不舒服。可是她也得撑起精神来打点，因为宝钗是新来的媳妇，她要去关心他们，看看两口子表面上还恩爱，就向贾母报告。之后，她就提了一个人，大家记得柳五儿吗？厨房柳家的女儿，本来老早就要进大观园派到宝玉的怡红院，后来大观园搜查，这件事就搁下来了。宝玉很想柳五儿进来，因为这个女孩子眉眼间有点像晴雯，但是讲不出口，王夫人把那些她认为是狐狸精的，连芳官、四儿稍微有点样子的都赶走。不过王夫人现在讲了，已经结了婚，有宝钗、袭人在旁边，就不怕这些狐狸精勾坏宝玉了，答应让五儿进来。下面有一回写宝玉错认五儿是晴雯，一段移情戏写得挺好。宝玉心中挂来挂去两个人，一个是晴雯，一个是黛玉，这两个人的死，对他是很大的打击，所以五儿进来，有了一点补偿。

大观园遇鬼的事王熙凤谁也没说，倒是有个寺庙的姑子，例行会来跟贾母请安、化缘，这天又来说她们的散花菩萨怎么灵验。本来凤姐什么都不信，她是很自信的一个人，因为遇到所谓不洁之物，心中有点疑惑，听那个尼姑讲来讲去，心动了，就跑到散花寺抽了一签。她抽到第三十三签上上大吉，是个上上签。充满反讽的巧合，签上写着"王熙凤衣锦还乡"，还点出她的名字。凤姐大吃一惊说："古人也有叫王熙凤的么？"姑子说有汉朝王熙凤求官的故事。周瑞家的也说，之前说书人李先儿说过这一段。签诗写的是：

> 去国离乡二十年，于今衣锦返家园。
> 蜂采百花成蜜后，为谁辛苦为谁甜！

本来讲衣锦还乡是好事，这个倒是讲了凤姐辛苦半天白忙一场。解签的当然都讲大喜，将来回南京故乡省亲也是衣锦还乡。其实第五回太虚幻境的册子里面，凤姐的判诗有一句"哭向金陵事更哀"，本来讲的"一从二令三人木"是个"休"字，王熙凤是被贾琏休掉回去金陵，因为她闯了大祸，抄家的时候，她放高利贷给抄出来了。可是后来改成凤姐病死。这时别人都讲是个好签，宝钗去看了签回来，说："据我看，这'衣锦还乡'四字里头还有原故，后来再瞧罢了。"宝玉说："你又多疑了，妄解圣意。'衣锦还乡'四字从古至今都知道是好的，今儿你又偏生看出缘故来了。"宝钗知道这个衣锦还乡可能是讲王熙凤要死了，死了回去，也是衣锦还乡。所以这是一个倒过来的不吉之签。跟前面遇鬼互相对照，总之好多征兆出现，大观园变调了。写大观园怎么颓废，都是为一百零五回"锦衣军查抄宁国府"做准备，前面衰了，地基都动摇了，最后"忽喇喇似大厦倾"，房子"哐当"一下垮下来。

第一百二回

宁国府骨肉病灾祲　大观园符水驱妖孽

　　这一回，王夫人跟宝钗有一段对话，看起来好像是平常交代点事情，这段对话写得好。从前宝钗还没做媳妇的时候，王夫人对她来讲是姨妈，跟外甥女儿讲话是客气的，都喊她"宝丫头、宝丫头"，带着疼爱的口气。这个时候是媳妇了，很多家务事的责任交到她身上了。话说王夫人打发人来唤宝钗，宝钗连忙过来，请了安。王夫人道："你三妹妹如今要出嫁了，只得你们作嫂子的大家开导开导他，也是你们姐妹之情。况且他也是个明白孩子，我看你们两个也很合的来。只是我听见说宝玉听见他三妹妹出门子，哭的了不的，你也该劝劝他。如今我的身子是十病九痛的，你二嫂子也是三日好两日不好。你还心地明白些，诸事也别说只管吞着不肯得罪人，将来这一番家事，都是你的担子。"这下讲明了，宝钗嫁的是贾府，以后这整个担子她要挑起来，王夫人知道自己不行了，凤姐三天两头病着，日后这个重担都落在宝钗身上，所以她讲话的语气变了。写小说这种地方要紧，而且很微妙，身份变了，所以跟她说话的口气也变了。这就是作者心思缜密的地方，如果这时候讲话还是把她当作宝姑娘，就不对了。王夫人又讲："还有一件事，你二嫂子昨儿带了柳家媳妇的丫头来，说补在你们屋里。"宝钗道："今儿平儿才带过来，说是太太和二奶奶的主意。"王夫人道："是呦，你二嫂子和我说，我想也没要紧，不便驳他的回。只是一件，我见那孩子眉眼儿上头也不是个很安顿的。起先为宝玉房里的丫头狐狸似的，我撵了几个，那时候你也知道，不然你怎么搬回家去了呢。如今有你，自然不比先前了。我告诉你，不过留点神儿就是了。你们屋里就是袭人那孩子还可以使得。"完全是交代家事的口吻，而且也很有分寸。当时我赶她们走，因为怕她们带坏了宝玉，现在有你撑在那里，不敢出什么事啦，所以柳五儿可以进来。王夫人合情合理地交代了一番。

　　大观园衰败了，不光是凤姐见了鬼，进去的人通通见鬼，变成鬼域了。大家的感受不一样，凤姐进去的时候是凄凉，尤氏也遇上了。先前众姐妹们都住在大观园中，后来贾妃薨后，也不修葺。到了宝玉娶亲，林黛玉一死，史湘云回去，宝琴在家住着，园中人少，况兼天气寒冷，李纨姐妹、探春、惜春等俱挪回旧所。通通走掉，一个两个的搬出去了。到了花朝月夕，依旧相约顽耍。如今探春一去，宝玉病后不出屋门，益发没有高兴的人了。所以园中寂寞，只有几家看园的人住着。没人了，只有几个老婆子住在那里守着。那日尤氏过来送探春起身，因天晚省得套车，便从前年在园里开通宁府的那个便门里走过去了。觉得凄凉满目，尤氏不是个很敏感的人，有点笨拙，她也感觉到了。其实她的身份很要紧，她是宁国府贾珍的太太，贾珍是宁国公的继承人，她是封诰的夫人。尤氏这天经过大观园的时候，台榭依然，女墙一带都种作园地一般，心中怅然如有所失。台榭依然还在那里，可是人呢？女墙就是矮的墙，那一带让老婆子种点菜好有收益，都变成了菜园子。尤氏回去后，便有些身上发热，扎挣一两天，竟躺倒了。日间的发烧犹可，夜里身热异常，便谵语绵绵。胡言乱语了。贾珍连忙请了大夫看视。说感冒起的，如今缠经，入了足阳明胃经，所以谵语不清，如有所见，有了大秽即可身安。尤氏服了两剂，并不稍减，更加发起狂来。她不是病了，是中邪了，遇到了不干净的东西。太医来了医不好，求神问卦东搞西搞，又找什么毛半仙来捉鬼、驱鬼，后来不光是尤氏，连贾珍、贾蓉一个个也病了，非常不妙。

外面就传大观园里面有很多妖怪，越讲越神，贾赦就带人进去驱妖。有个年轻的家丁胆子小，听到"呼"一声，其实是野鸡飞过去，五色斑斓的，就吓得不得了，乱讲一顿："亲眼看见一个黄脸红须绿衣青裳一个妖怪走到树林子后头山窟窿里去了。"贾赦听了，便也有些胆怯，问道："你们都看见么？"有几个推顺水船儿的回说："怎么没瞧见，因老爷在头里，不敢惊动罢了。"贾赦害怕了，不敢继续，就回去了。你看，鬼也来了，妖怪也来了，病的病，惊的惊，大观园不吉祥了。前五十回，写盛况的时候，大观园是个洞天福地，四季花开，莺飞草长，生气勃勃，连冬天的下雪都是暖的，现在满目萧索，一片凄凉，请了道士法师驱邪作法。不论妖怪是大野鸡也好，大狗也好，大观园让人觉得恐怖了。

在前面第七十五回的时候，中秋夜已经有征兆了。记得吗？宁国府贾珍他们提早一天晚上赏月，突然听到祭拜祖宗的祠堂里面一声长叹，窗户"呀"的一声响，那些都是警示。后来贾母在水边赏月，月色凄切，一声笛音，她听了凄凉，无端端的突然间伤感起来。贾母知道月满则亏，贾府的运到了最盛的时候就往下走了，越走越快，一步一步垮下去。这时的大观园已经非常不堪，剩下断井颓垣。衰败凄凉的景色也影响他们的心情，好像都感觉大祸将临，自己先遇鬼，自己先驱妖。到第一百零五回抄家，贾府的气数将尽。

第一百三回

施毒计金桂自焚身　昧真禅雨村空遇旧

　　这一回讲夏金桂的死，是薛家故事的总结。王夫人正在跟贾琏谈打点贾政调回来的事，薛家一个老婆子慌慌张张跑来说，不得了，不得了！乱喊一通，说快请爷们来帮忙。王夫人听得莫名其妙，问究竟是怎么回事。原来夏金桂死了。你看王夫人的反应："这种女人死，死了罢咧，也值得大惊小怪的！"夏金桂怎么死了呢？她本来想毒死香菱，叫丫鬟宝蟾做两碗汤，要跟香菱一起喝，香菱那碗她偷偷下了砒霜。哪晓得宝蟾因为妒忌香菱，心想她凭什么喝这个好汤，就在其中一碗放一把盐进去。本来想那碗汤要给香菱喝的，哪晓得放在金桂这边了，她怕金桂骂，就趁着不注意把两碗汤调了一下，冥冥中夏金桂反而喝了有毒的汤，毒死了。娘家人来看当然闹得不可开交，一定要追究。没想到宝蟾一言二语就说漏了嘴。说出夏金桂觉得她守活寡，在家里面看到薛蝌，长得很好，又是很腼腆谨慎的老实人，就想勾引他。勾来勾去没勾上，本来有一次把他一把拽住要拉进去硬上弓，香菱刚好经过撞见了，这下子金桂脸上下不来，她的好事又被香菱撞掉了，一下子起了毒心，要把她毒死。这一回写得有点通俗剧（melodrama）的样子，不过不这样子也不能收场。

　　第五回的时候，太虚幻境"金陵十二钗副册"的第一个就是香菱的命运："根并荷花一茎香，平生遭际实堪伤。自从两地生孤木，致使香魂返故乡。"按那个判诗来讲，香菱的遭遇很坎坷，"自从两地生孤木"，不就是桂花的"桂"字吗？两地，两个"土"字；生孤木，左边一个"木"字边；碰到夏金桂，"致使香魂返故乡"。按前面这个判诗，是金桂把香菱磨死了。这后四十回，我一直说，很可能是曹雪芹的未定稿，后来人修订的，这部小说的确前后有些结果对不起来，香菱的结局就是其中之一。不过要说香菱活活地被夏金桂磨死，然后夏金桂还在薛家继续勾引人，好像很难收尾，你给夏金桂怎么样一个下场呢？反正她明目张胆要偷人了，婆婆也拿她没办法，如果香菱再给她磨死了的话，更肆无忌惮怎么办？薛府的故事讲不完了。所以这么兜过来，让夏金桂毒死自己，故事才好收场。仔细看一看，虽然是闹剧，但安排也合情合理，重点是怎么把宝蟾的话逼出来，写出来有相当的戏剧性。而且这个时候的步调很快，好像车子爬到山顶后下山，速度哗啦哗啦越来越快。有些红学家攻击后四十回文字不如前八十回丰富，我的看法不同。他要写贾府的衰，文字的 style 跟前面应该不太一样。前面是精雕细琢，慢慢地一步步累积起来，后面哗啦啦地垮，整个速度动得快，文字的风格当然不同。前面是姹紫嫣红开遍，红红绿绿颜色非常丰富，那是盛的时候；衰了以后，当然缤纷的颜色没有了，都是灰色、褐色、咖啡色，秋冬枯涸的颜色了。所以在文字上有一点大家可以比较，人物的口气没变，这是最难的。后面宝钗讲话、薛姨妈讲话，跟前面对得起来，虽然后面讲的都是伤心的话，可是口气还是一样，这对小说的连贯性顶要紧的。

这回下半部倒有意思，有人会觉得怎么跑出这么一个小节来。下面讲了贾雨村这个人物。《红楼梦》一开场就是他，另外一个开场的人物是甄士隐，一个假，一个真，很多红学家也考证出来，贾雨村是"假语村言"，甄士隐是"真事隐去"，所以一假一真，两个象征性的人物。贾雨村入世，可能他是当时中国社会非常典型的考科举想做官的文人，当年所有年轻的读书人最高的理想，就是求取功名利禄。不只清朝，其实历代都如此，做官以后，在官场起起伏伏往上爬。这个贾雨村，贾府对他有很多恩典，后来贾府被抄家的时候，他不光不帮，还踹一脚，也参一本。他为求名得利，不惜踩着人家的背，借着人家的光，得意失势两种嘴脸。这一类人是在滚滚红尘里求名利的芸芸大众，也是每一个人，从前中国社会许多人都是如此。所以贾雨村是一个代表性的入世的俗人。甄士隐，本是一个小康之家的员外，小有财富，有妻有女，女儿就是香菱，本来叫作英莲。这么典型的很理想的生活，突然间，女儿被人牙子拐走了，他的财产也被一把火烧掉，他从幸福的高处无预警地滚下来，人生的苦难来了。这一上一下、一荣一枯就是佛家说的无常，应在甄士隐身上。后来他就碰到一个道士唱那首《好了歌》。他说："你满口说些什么？只听见些'好''了''好''了'。"道士说："你若果听见'好''了'二字，还算你明白。可知世上万般，好便是了，了便是好。若不了，便不好；若要好，须是了。"甄士隐就悟了，原来人生是这样子，便出家成为道士。《好了歌》是《红楼梦》的序曲、主题歌，指向了最后贾府的兴衰。一个书生、一个道士的相逢，也就是入世的儒家哲学与出世的佛道哲学，两种不同的人生态度在书中第一次相逢。两个人各走各的路，贾雨村走他求仕求官的路，甄士隐悟道出家成了道士，第一回就讲这个故事，《好了歌》就出来了，非常具有象征性，是《红楼梦》神话架构的开始。那个跛脚的道士跑出来唱了《好了歌》，等于是希腊悲剧一上来时的合唱，唱天神的命运、人物的命运。《红楼梦》也是一开始的时候唱个曲子，讲整个的主题。有意思的是，现在一百零三回了，突然间又出来了，这个书生和道士又碰到了，看起来好像是不经意的一段小的插曲，这么一个细节，其实它的涵义甚深。这里提醒读者，小说的最后，两个人又要遇见，那时候就晓得，中国人的两种基本人生哲学，入世的，出世的，个人选个人的，个人走个人的，但这两个合起来，中国人的人生，中国的社会，才能够圆满。一阴一阳才是一个圆，所以它这个架构是很严谨的。

看看这一儒一道又一次的出现：且说贾雨村升了京兆府尹兼管税务。这是个肥缺啊！贾雨村往上爬，爬到这个地方去了，管税的肥缺。一日出都查勘开垦地亩，路过知机县，到了急流津。别忘了他取名字都有涵义的，我们说急流勇退，急流津是个渡口。正要渡过彼岸，"彼岸"两个字也有很深的涵义，每个人都要往彼岸走，渡过去嘛，有的人渡到一半沉下去，有的人永远到不了彼岸。因待人夫，暂且停轿。只见村旁有一座小庙，墙壁坍颓，露出几株古松，倒也苍老。雨村下轿，闲步进庙，但见庙内神像金身脱落，殿宇歪斜，旁有断碣，字迹模糊，也看不明白。意欲行至后殿，只见一翠柏下荫着一间茅庐，庐中有一个道士合眼打坐。雨村走近看时，面貌甚熟，想着倒像在那里见来的，他把他忘掉了，他自己追求名利时把故友忘掉了。一时再想不出来。从人便欲吆喝。做官的嘛，手下就吆喝了。雨村止住，徐步向前叫一声："老道。"那道士双眼微启，微微的笑道："贵官何事？"雨村便道："本府出都查勘事件，路过此地，见老道静修自得，想来道行深通，意欲冒昧请教。"那道人说："来自有地，去自有方。"讲了一句非常富禅意的话。雨村知是有些来历的，便长揖请问："老道从何处修来，在此结庐？此庙何名？庙中共有几人？或欲真修，岂无名山；或欲结缘，何不通衢？"那道人道："葫芦尚可安身，何必名山结舍。庙名久隐，断碣犹存。形影相随，何须修募。岂似那'玉在匮中求善价，钗于奁内待时飞'之辈耶！"

　　两个人你来我往，颇有禅机。一个讲你从哪里来，一个讲有什么要紧，他说你为什么不好好在名山或通衢，老道说用不着，这里不需修葺，什么都不需要。哪里像"玉在匮中求善价，钗于奁内待时飞"之辈？大家可能不记得了，这是贾雨村住在葫芦庙穷途潦倒的时候写下的一首言志诗，他很有抱负，很有野心，说自己是一块玉、一件宝钗，在这里待价而沽，待时而飞，追求飞黄腾达。当时甄士隐看到这首诗，觉得贾雨村有这样的抱负，资助他五十两银子，让他去考试，这时他把从前的恩也忘掉了。正讲着，雨村原是个颖悟人，初听见"葫芦"两字，葫芦就是在葫芦庙，后闻"玉钗"一对，忽然想起甄士隐的事来。重复将那道士端详一回，见他容貌依然，便屏退从人，问道："君家莫非甄老先生么？"那道人从容笑道："什么真，什么假！要知道真即是假，假即是真。"他已经悟道了。"假作真时真亦假，无为有处有还无"，这是太虚幻境里的一副对子。贾雨村一听真（甄）、假（贾）二字，就晓得是他了，马上换了一副面孔，非常谦卑，问他怎么渡这个急流津，问他人生命运。道人站起来就讲："我于蒲团之外，不知天地间尚有何物。适才尊官所言，贫道一概不解。"道不同不相为谋，虽然甄士隐想点醒他：其实你这一切以后都是靠不住的，但贾雨村热衷名利，这时候根本听不进，也就走了。走了以后，到下一回又想去找，发现破庙烧掉了，他想想也就算了。这是出世跟入世、佛道跟儒家的又一次对话。

　　小说家写到这里，来这么一段话，再度提醒整部《红楼梦》的哲学架构、神话架构。我们看小说，看到夏金桂毒死自己之类，越看越现实，看到红尘滚滚里面的琐琐碎碎，所以他又这么提起来，告诉读者还有上面一层。这是两层架构，下面一层是非常扎实的写实，就写眼前的事情，但一到某个地方，又马上把整个境界提升，是象征性、哲学性、形而上的架构。虽然是短短一段，看到甄士隐，不光是甄士隐本身，同时指向了下面宝玉出家，宝玉的彻悟，也就是悟了《好了歌》里面的涵义。甄士隐是这部书里第一个悟道出家的人，最后一个当然就是贾宝玉，惜春、紫鹃一个个进入空门，也有另外一群人留在红尘。所以《红楼梦》有两个世界，这两个世界相生相克、相辅相成，就是中国的人生哲学完满的一个圆，也是《红楼梦》丰富、博大的地方。这一回，结束夏金桂的戏，让一儒一道、一贾一甄再次出现，都是为了铺陈最后的结局做准备。

第一百四回

醉金刚小鳅生大浪　痴公子馀痛触前情

　　在贾府抄家之前，许多该讲该交代的，通通都要讲
完，要不然来不及写了。一抄家以后简直是兵荒马乱，之
前好多要收拢的线索，通通要带过，所以这一回先缓一缓，
写醉金刚倪二这个人物。记得倪二吗？之前贾芸要去向凤
姐谋职，想买点麝香、冰片之类的香料药材送去讨好凤姐，
但口袋没钱，跑到舅舅卜世仁（不是人）的药铺去赊，被
舅舅讽刺、痛骂一顿，那段写得叫人难忘。曹雪芹自己经
历过世态炎凉，《红楼梦》写这种小人物的势利往往写得
入木三分。贾芸赊借不成反而被舅舅臭骂一顿，当然就坐
不住要走了，那个舅舅嘴上随便讲讲："吃了饭再走吧！"
舅妈马上说："我们米都没有，这样吧，快到隔壁去借。"
两夫妇一唱一搭，贾芸赶紧落荒而逃。从舅舅那里受了一
肚子气之后，在街上碰巧遇到倪二，倪二是个地方上的泼
皮流氓，但是很有义气，就借给他钱，让他买了东西去奉

承凤姐，谋得了一个职位。就是这个倪二，他喝醉酒冲撞了贾雨村，被抓起来打一顿又关起来。当然倪二家里就求贾芸向贾府讲一声，说说情。贾芸心想倪二帮助过他，对来求情的人，当然就说他在贾家总有一点面子，可以帮忙，但实际上他根本讲不上话。贾芸这个角色虽然是个次要角色，看看他就知道穷亲戚的窘态，因为要往上爬，受够了罪。另外一个穷亲戚邢岫烟，也是受够了罪，不过邢岫烟的修养好，不说，不表现出来。写这种世态炎凉的东西，其实也就是反映当时社会生存的实况，琐琐碎碎、点点滴滴，就是人生。你说贾芸穷，凤姐富，贾芸为了谋个小差事还要借钱送礼给凤姐，还要送她看得入眼的，这种事情，现在还在发生，没变的是人性，社会体制就是如此。

下面后半回，贾政降调回京，回家了。见了宝玉果然比起身之时脸面丰满，倒觉安静，并不知他心里糊涂，所以心甚喜欢，不以降调为念。贾政因贾府受世袭，有义务为国事操劳，其实并不喜欢当官。又见宝钗沉厚更胜先时，兰儿文雅俊秀，便喜形于色。独见环儿仍是先前，究不甚钟爱。歇息了半天，忽然想起："为何今日短了一人？"王夫人知是想着黛玉。贾政在外地不知黛玉已死。宝玉听贾政问起黛玉，便暗里伤心，等贾政命他回去，一路上已滴了好些眼泪。宝玉虽然娶了宝钗，到底意难平，心中挂来挂去的还是"世外仙姝寂寞林"的绛珠仙草林黛玉。这里"馀痛触前情"，他讲了一段蛮痛心的话。自从黛玉死了以后，紫鹃就被拨过来服侍宝玉了，可是紫鹃都不理他。宝玉心中愧疚，很想要在紫鹃面前示好，想详问紫鹃黛玉临终的种种，紫鹃都一直不理，他也很难受。下面第一百十三回的时候，紫鹃会讲一段话，很动人。现在，宝玉跟袭人说，去把紫鹃请来，我有话问她。袭人说，不是二奶奶去叫，她不来的。我去叫她，她总是有气不理我，而且现在半夜三更了，明儿再说吧。紫鹃忠于林姑娘，对宝玉不假以颜色。宝钗倒很明理，不仅不怪她，还认为她很忠心，不去勉强她。宝玉叫袭人去请紫鹃，说："我所以央你去说明白了才好。"袭人道："叫我说什么？"宝玉道："你还不知道我的心也不知道他的心么？都为的是林姑娘。袭人知道的，都是为了林姑娘啊，她心中咽了气。你说我并不是负心的，我如今叫你们弄成了一个负心人了！"说着这话，便瞧瞧里头，用手一指说："他是我本不愿意的，不敢讲，悄悄地指一下，讲宝钗嘛！都是老太太他们捉弄的，好端端把一个林妹妹弄死了。就是他死，也该叫我见见，说个明白，他自己死了也不怨我。你是听见三姑娘他们说的，临死恨怨我。那紫鹃为他姑娘，也恨得我了不得。你想我是无情的人么？晴雯到底是个丫头，也没有什么大好处，他死了，我老实告诉你罢，我还做个祭文去祭他。那时林姑娘还亲眼见的。如今林姑娘死了，莫非倒不如晴雯么，死了连祭都不能祭一祭。林姑娘死了还有知的，他想起来不要更怨我么！"

他吐露心事了，不是我愿意的，我变成那个负心人，心中很痛的。晴雯是个丫鬟，那个时候，还写那么长的一篇祭文祭她；现在，都还没有作一篇祭文祭黛玉。袭人道："你要祭便祭去，要我们做什么？"宝玉道："我自从好了起来就想要作一首祭文的，不知道我如今一点灵机都没有了。若祭别人，胡乱却使得；若是他断断俗俚不得一点儿的。"灵机没有了，失去了玉，魂都没有了，现在写不出祭文了。他其实不必写了，那篇《芙蓉诔》就是为了祭黛玉写的，那么一篇伤心欲绝的祭文，讲是祭晴雯，其实也是祭黛玉。"茜纱窗下，我本无缘；黄土垄中，卿何薄命。"这几句话就已经讲尽了。

第一百五回

锦衣军查抄宁国府　骢马使弹劾平安州

前面许多重重叠叠的细节，都指向"查抄宁国府"。这一回这么重要，篇幅却不长，比其他很多回都短，可是写得非常紧凑，整个来龙去脉，各种细节，气氛的营造，哗啦啦地推出去拉进来。实际上怎么抄家，如果自身没有经历过，很难写出来。就像元妃省亲那一回，皇妃出宫的架式和派头，如果不是像曹家本身这种皇亲国戚，恐怕也很难写得出来。当然《红楼梦》并非完全的自传小说，有些红学家考证曹家，将现实人物一个个对号，找出哪一个是写谁，我想这不是自传体，有些也是附会、猜测，不过曹家的身世和背景，让曹雪芹可能自己经历了某些场景。

看曹家要从曹雪芹的曾祖父曹玺开始。曹玺的妻子孙氏是康熙的乳母，曹玺的儿子曹寅是康熙的奶兄弟，从小伴嬉伴读。从前皇子要念书，总要有几个小家伙跟在旁边，所以曹雪芹的祖父曹寅是跟康熙一起长大的，你看有多亲。

后来康熙就让曹玺、曹寅先后出任江宁织造，任务就是替皇室、皇亲国戚贵族准备他们一年的服装。皇家的衣饰不得了，绫罗绸缎都是最好最精致的，所以这个官是个肥缺。表面上这种职位官阶不高，但实际上康熙是要用他自己的人做江南的耳目。从现在故宫的文献来看，里面有不少曹寅写给康熙的奏折，原来他常向康熙打小报告的，这个官如何，那个官怎样，康熙非常信任曹寅，看他们两个人的奏折往来，就知道康熙多么宠爱曹家。曹寅生病了，康熙急得不得了，叫人快送自己御用的药。康熙六次下江南，四次由曹家接待，《红楼梦》里面写接待元妃，是接待一个皇帝的妃子，就要为她盖个大观园，为她买个戏班子，为她盖一座庙……若皇帝本人亲驾，那个排场花费简直说不清了。接待康熙一次还罢了，竟接待四次，当然，一定是康熙喜欢他们才会屡次去。康熙皇帝很念旧，还写匾额给孙氏奶妈，很有人情味。皇帝回去了，曹府算算用了多少钱，一定亏空得一塌糊涂，康熙皇帝也悄悄地给他们补起来。羊毛出在羊身上，接待皇帝用掉的钱，皇帝拿钱再补上去，所以在康熙时代皇室对他们优礼有加。曹家两个女儿，都嫁给了铁帽子王，当上嫡福晋，的确是皇亲国戚，身世显赫。曹家做了六十年的江宁织造，很多人由各方面参他，康熙皇帝一律替他挡掉，非常恩宠，也让曹家享尽富贵荣华。

不光是曹家本身，他那些七亲八戚也有做大官的，跟江宁织造几乎平等的苏州织造，是曹寅的表亲李煦，在

《红楼梦》里似真似假地隐射了甄家——有个甄宝玉的甄家。甄家在书中也被抄家。李煦在苏州当织造，一样是个肥缺，他们两家亲戚你抬我，我抬你，你帮我，我帮你，官官相护，整个江南都是他们的网络。随时可以打小报告给康熙，谁敢不听话？曹家，谁得罪得起？他悄悄地奏你一下不得了。那个奏折在史景迁写的《曹寅与康熙》里可以看到，如果大家感兴趣可以看看，他把曹寅给康熙的奏折写成一本书。史景迁是耶鲁大学有名的历史学家，专门研究康熙跟曹寅的关系。曹家的亲戚通婚也牵涉很广，大词人纳兰性德的爸爸是宰相纳兰明珠，明珠就娶了曹家的女儿。大将军年羹尧的妹妹是雍正的年妃，年羹尧跟曹家也是亲戚关系。曹寅在朝几十年，这么受圣宠，那些人不去攀他吗？曹家的儿女，权贵抢着结亲，壮大势力，这么一来关系网撒得好大，有危险啊！中国以前家族的牵涉株连这么广就危险。康熙总会年老寿终，他那些皇子、贝勒们斗得你死我活，正史的记载也是如此，大家都想夺嫡。太子、八皇子、九皇子、十二皇子、四皇子，大家争夺皇位，你一个阵营，我一个阵营，曹家靠错边了，没有靠到四皇子胤禛——也就是当上皇帝的雍正，反而靠了他的兄弟——后来被关进牢里的皇子。康熙一死，雍正上来，第一个就要清理政敌，先把前朝清算一顿。雍正元年，把苏州织造李煦革掉，雍正六年轮到曹家，先革曹頫的职，那时曹頫还很年轻。曹頫是不是曹雪芹的父亲，有不同的说法，有人说是曹颙，有人说是曹頫。不管怎样，曹雪芹大概十来岁的时候，曹家被抄家，理由是亏空。那时候抄家很恐怖的，男丁流放，或斩或杀。流放通常是到远方苦寒瘴疠之地，像《红楼梦》这一回里流放贾赦、贾珍，要到海疆，要到粤站服苦役。男丁死的死，徙的徙，女丁通通变成奴婢，这很可怕的，整个抄了以后，家里下面的那些人通通都抓走了，也没生活的钱粮，只好靠荣国府分一点点给他们日用。真实中曹家在江南的产业被抄个精光，他们在北京还有十几间房子，整个北迁后不够住，去了以后大概又经过了一些灾难。后来曹雪芹住在西郊，写《红楼梦》的时候已经非常潦倒。所以他年纪虽轻，却是很清楚地经过这一场翻天覆地的大灾难，这场抄家写起来栩栩如生。这一回也写得好。

我说这后四十回，第一，黛玉之死一定要写得好，写得不好这本书就会垮掉。他过关了，黛玉之死写得非常好。第二，贾府抄家也要写得好，这是个爆发性的情节。这部分页数不多，写得相当简要，但是你看他怎么布局。贾政本来外放嘛，好不容易又回来当京官了，王夫人松口气说，当京官算了，到外面去，这些下面的人东搞西搞。王夫人看那些下属的女人媳妇，一个个穿金戴银，可想而知她们的丈夫怎么在外面搞钱的，心想："不要害死了我们老爷，他回来算了。"回来以后，大家都想跟贾政设宴庆祝，正若无其事地设宴时抄家就来了。从前抄家是完全不会预先知道的，说来就来了。要是预先知道，很可能财产就悄悄先运走或隐匿了，所以抄家完全是突击式的。

话说贾政正在那里设宴请酒，忽见赖大急忙走上荣禧堂来回贾政道："有锦衣府堂官赵老爷带领好几位司官说来拜望。奴才要取职名来回，赵老爷说：'我们至好，不用的。'一面就下车来走进来了。请老爷同爷们快接去。"什么人来？锦衣卫。这个明朝设立的锦衣卫，清朝也承续下来。锦衣卫等于现在的情治机关、"警备总部"，去抓人了。贾政听了，心想："赵老爷并无来往，怎么也来？"哎呀，这老赵跟我没有来往的，锦衣卫怎么来了？心想一定不妙了，现在请客，请他进来不好，不请他进来也不好。这时贾琏说："叔叔快去罢，再想一回，人都进来了。"以前那种大家大宅院，是好几进的，一进二进三进四进，然后才升堂入室。正说着，人进来了，马上家人来报："赵老爷已进二门了。"你看这个形容：贾政等抢步接去，只见赵堂官满脸笑容，这个笑很可怕。并不说什么，一径走上厅来。不讲话，笑嘻嘻地上厅来。后面跟着五六位司官，也有认得的，也有不认得的，但是总不答话。不讲话，不出声，上来了。贾政很纳闷，心里也有点慌了，怎么回事啊？那些亲友也看到这情况，众亲友也有认得赵堂官的，其间当官的认得这赵老爷是锦衣卫，见他仰着脸不大理人，样子很倨傲，到了贾府头一抬，不理人，脸上笑眯眯的，只拉着贾政的手，笑着说了几句寒温的话。众人看见来头不好，也有躲进里间屋里的，也有垂手侍立的。不妙了，大家看到想躲都躲不及。正在慌张，西平王爷到。因为贾府是皇亲国戚，要抄家的那个领头职位要很高，像王爷这样子的人来才行。西平王一到，赵堂官就说："王爷已到，随来各位老爷就该带领府役把守前后门。"抄家动手了，众官应了出去。

贾政知道不好了，抄家了。西平王、北静王，这几个王爷之前跟贾府都很有关系，婚丧喜庆都有酬酢往来，所以对贾府还算客气。把贾政扶起来，笑嘻嘻地讲："无事不敢轻造，有奉旨交办事件，要赦老接旨。如今满堂中筵席未散，想有亲友在此未便，且请众位府上亲友各散，独留本宅的人听候。"好了，要宣旨了，你们亲友请先撤散。那些人听了，一溜烟一个个跑了。这贾府有事了，赶紧溜掉。王爷一来，赵堂官脸变了，不笑了，说："请爷宣旨意，就好动手。"这些番役却撩衣勒臂，专等旨意。摩拳擦掌要动手了，那很可怕的，一来就抄，从头到尾什么都抄光。你看，先抄贾赦的家产，贾赦是荣国公，先查他的，讲他什么罪呢？"贾赦交通外官，依势凌弱，辜负朕恩，有忝祖德，着革去世职。钦此。"这个不得了，第一，他们那个荣国公爵位好多代了，从贾代善世世代代相传下来，那个世袭之职很要紧的，公侯伯爵，封这个"公"字是很高的位子，只在王爷下面，王下面就是公了。这个世职革掉了，还说他"交通外官"，跟其他的官勾结，那是不得了的罪名。其实讲穿了，在现实世界中，曹家之所以抄家，就是他们跟那些皇子走得太近，新皇帝说是勾结，成群结党是很忌讳的，一定要清算掉。你看，赵堂官一叠声叫："拿下贾赦，其馀皆看守。"贾赦被抓走。男丁这边贾赦、贾政、贾琏、贾珍、贾蓉、贾蔷、贾芝、贾兰通通在场，宝玉躲在里头没出来。赵堂官即叫他的家人："传齐司员，带同番役，分头按房抄查登账。"这就抄了，抄了要登记。因为他们没有分家，贾赦的要抄，宁国府贾珍他们的一起抄，连贾琏的也通通抄。西平王听了，也不言语。赵堂官便说："贾琏贾赦两处须得奴才带领去查抄才好。"西平王便说："不必忙，先传信后宅，且请内眷回避，再查不迟。"赵堂官想快动手，要狠狠地搞一顿，西平王护住他们，一直拖延。但总得去查了，一查查出什么东西来？"东跨所抄出两箱房地契又一箱借票，却都是违例取利的。"贾琏那边抄出来，王熙凤放高利贷的借票，又是非法的揽讼。王熙凤好不容易一点一点累积起来，现在抄个精光。而且那时候这是不可以的，犯规的，贾府这种公侯家，怎么能去放高利贷。老赵便说："好个重利盘剥！很该全抄！"赵堂官要彻底抄，正在剑拔弩张的时候，北静王来了。在书里，北静王可以说是个象征性的人物，在几个王爷里面，北静王跟贾府最近，贾宝玉跟他特别有缘。这个关键时候，北静王好像天神，突然降下来救他们。很多红学家考证说，北静王是影射福临王，也是清朝一个王。不管怎么样，北静王这个时候来了，就说："奉旨意：'着锦衣官惟提贾赦质审，馀交西平王遵旨查办。钦此。'"等于是救了他们，他把那个赵堂官赶走了。他跟西平王说，全靠王爷在这个地方，要不然糟糕了，贾府要被屠了。即使这样，因为抄出了很多违禁的东西，王爷也没办法回护他们，还是得依法处理。

抄家到贾府内院又是何等景况？外面贾政在外厅请客，突然间锦衣卫来抄家，里面贾母正在宴请这些内眷，又见平儿披头散发拉着巧姐，贾琏那边被抄了嘛，平儿哭啼啼的来说："不好了，我正与姐儿吃饭，只见来旺被人拴着进来说：'姑娘快快传进去，请太太们回避，外面王爷就进来查抄家产。'我听了着忙，正要进房拿要紧东西，被一伙人浑推浑赶出来的。咱们这里该穿该带的快快收拾。"外面杀进来了，这一伙人要来抄家了，大家快点回避，该穿该带的赶紧拿了走人。邢、王夫人听了吓坏了，凤姐怎么反应呢？独见凤姐先前圆睁两眼听着，后来便一仰身栽到地下死了。昏死过去了。为什么？她晓得糟了，她闯祸了，抄到她家里面，高利贷的事弄出来了。贾琏见凤姐昏过去，哭着乱叫，亏平儿将凤姐唤醒，扶着进去一看，只见箱开柜破，物件抢得半空。抄出来的物件，来看这个单子有意思。

"赤金首饰共一百二十三件，珠宝俱全。珍珠十三挂、淡金盘二件、金碗二对、金抢碗二个、金匙四十把、银大碗八十个、银盘二十个、三镶金象牙筷二把、镀金执壶四把、镀金折盂三对、茶托二件、银碟七十六件、银酒杯三十六个。黑狐皮十八张、青狐六张、貂皮三十六张、黄狐三十张、猞猁狲皮十二张、麻叶皮三张、洋灰皮六十张、灰狐腿皮四十、酱色羊皮二十张、猞猁皮二张、黄狐腿二把、小白狐皮二十块、洋呢三十度、毕叽二十三度、姑绒十二度、香鼠筒子十件、豆鼠皮四方、天鹅绒一卷、梅鹿皮一方、云狐筒子二件、貉崽皮一卷、鸭皮七把、灰鼠一百六十张、獾子皮八张、虎皮六张、海豹三张、海龙十六张、灰色羊四十把、黑色羊皮六十三张、元狐帽沿十副、倭刀帽沿十二副、貂帽沿二副、小狐皮十六张、江貉皮二张、獭子皮二张、猫皮三十五张、倭股十二度、绸缎一百三十卷、纱绫一百八十一卷、羽线绉三十二卷、氆氇三十卷、妆蟒缎八卷、葛布三捆、各色布三捆、各色皮衣一百三十二件、棉夹单纱绢衣三百四十件。玉玩三十二件、带头九副、铜锡等物五百馀件、钟表十八件、朝珠九挂、各色妆蟒三十四件、上用蟒缎迎手靠背三分、宫妆衣裙八套、脂玉圈带一条、黄缎十二卷。潮银五千二百两、赤金五十两、钱七千吊。"一切动用家伙攒钉登记，以及荣国赐第，俱一一开列，其房地契纸、家人文书，亦俱封裹。

你看看这些东西，金银珠宝、古玩首饰、绫罗绸缎、狐皮貂皮，一下抢得精光。我们来对照一下，大家还记得有一次过年的时候，他们在乡下的庄主乌进孝要贡上来米多少千石、炭多少千斤，什么鹿啊、獐啊一大堆东西也有个长长的单子吗？对照一下，那时候是进来，这下是出去，通通搜刮一空。他们平常冬天坐席都是毛皮的，王熙凤出来的时候穿一身丝缎皮草，现在通通抄走了。

这一章也不是随便写的，要写出那么多东西通通抄掉，贾府内眷惊吓哭喊乱成一团。这里突然间有一个人又出现了，这是写得好、巧妙安排的地方。什么人呢？焦大。焦大是贾珍宁国府里的老仆，还记得他第一次出现在什么地方？第七回，凤姐到宁国府去赴宴打牌，晚上散了以后跟着宝玉、秦钟他们一起回，贾蓉就叫焦大送一下。焦大八十多岁了，他就发牢骚，这种差事也要我来，咕噜咕噜地啰嗦，贾蓉就骂了他一顿。焦大想："蓉哥儿，你来骂我啊，我是跟着太爷的人。"太爷就是贾代化，贾府以军功起家，贾代化他们那个时候出去打仗的。焦大随身服侍，有一回打仗被围了，焦大就拿自己的水省了给贾代化喝，自己喝马尿，他是个义仆、忠仆。现在看到这群不肖子孙不尊重他，就开骂了，骂贾珍，骂贾蓉，"爬灰的爬灰，养小叔子的养小叔子"。暗刺贾珍跟媳妇秦氏有一段，凤姐跟贾蓉有暧昧。曹雪芹从不直接说贾府已经怎么腐败，却借着这些老仆人像焦大、赖嬷嬷的口说出来。他们都看不惯贾府那些子孙骄奢淫逸。贾赦是荣国公，贾珍是宁国公，他们两个都有世职的，这两个人的行为连佣人、老仆人都看不惯，贾府撑不住的。那时候讲的现在再出现，千里伏笔，非常有力量（effective）。抄家的人要抓焦大，焦大见闻，便号天蹈地的哭道："我天天劝，这些不长进的爷们，倒拿我当作冤家！连爷还不知道焦大跟着太爷受的苦！今朝弄到这个田地！珍大爷蓉哥儿都叫什么王爷拿了去了，里头女主儿们都被什么府里衙役抢得披头散发搁在一处空房里，那些不成材料的狗男女却像猪狗似的拦起来了。他讲那些不成材的年轻仆人，自己倚老卖老嘛，看不过这些人的作为。所有的都抄出来搁着，木器钉得破烂，磁器打得粉碎。他们还要把我拴起来。我活了八九十岁，只有跟着太爷捆人的，那里倒叫人捆起来！我便说我是西府里，就跑出来。那些人不依，押到这里，不想这里也是那么着。我如今也不要命了，和那些人拚了罢！"说着撞头。这段用一个老仆人的口，讲了贾家衰败至此，这样子写，比直写贾家如何如何败了要有力得多。贾政听了这些话，心如刀绞，说："完了，完了！不料我们一败涂地如此！"贾政这句话，也就囊括所有——一败涂地。

　　贾政在家里，要叫人外头打听究竟怎么回事，怎么一下子会弄到这步田地，下一步如何。外面的人都进不来，封锁了，只靠薛蝌是自己的亲戚，让他去打听。原来有御史参奏了，参贾珍"引诱世家子弟赌博，这款还轻"。贾敬死了，他们不是在家里面赌博吗？那还好。"又还拉出一个姓张的来。只怕连都察院都有不是，为的是姓张的曾告过的。"这一大款是"强占良民妻女为妾，因其女不从，凌逼致死。"讲尤二姐、尤三姐啊。虽然后来查明了，尤二姐是嫁给了贾琏，说她是自己自杀的，这个尤三姐也是自己自杀的，并不是他们逼的，但不管怎么样，私自埋葬，死了不报，犯了大罪，这也是其中之一。还有一个姓张的，记得吗？就是尤二姐以前聘定的张华，后来退聘了的，通通给拉出来了。贾赦是什么罪？记得吗？喜欢人家石呆子几十把古董扇子，买不来，叫贾雨村去诬告他一状，把人家的扇子没收过来，那石呆子一气之下自杀了，这也是大罪，也给翻出来了。平常贾府做的一些事情，贾赦做的，贾珍做的，贾琏做的，通通算总账了。王凤姐放高利贷，也算上一大桩。墙倒众人推，贾府倒了，大家都在参他们。主要是元妃死后贾家没靠山了。贾府就等于印证了曹家的历史，康熙死了，曹家没有靠山了，所以曹家被抄家。贾家被抄家，这是必然的。当年受恩宠，过着骄奢淫逸的生活，一定得罪了好多人。官场上的险恶，这个时候通通现出来，抄掉了，忽喇喇似大厦倾。

贾府被抄家，应了秦氏的鬼魂讲的"树倒猢狲散"，贾家已经兴盛了百年，从贾代善、贾代化以武功封爵，建立了荣宁二府，加上元春入宫，变成皇妃，声势之显赫，恩宠之隆重，兴盛百年。整个大家族，上上下下连佣人有几百人，一旦抄家，连物带人，通通没收，奴仆也是财产。贾府兴衰是《红楼梦》很重要的一条线，前面七十回讲贾府的兴盛，下足了笔写那个盛况，写满园春色大观园，可是表面繁荣之下，暗潮汹涌，抄家绝不是突然来的，当时早有征象了。经济、伦理、人道……很多方面已经腐蚀，阴暗的一面伏在繁华下，根基已经松了，最后大地震来的时候整个大厦倾倒。这一回笔墨并不长，却好像千军万马而来，把贾家抄掉了，震垮了。对照清朝的历史，即使在康熙乾隆盛世，甚至于前面顺治的时候，也是不得了的血腥。多少王公贵戚突然被抄家，被监禁、革职、杀头。那些通俗剧譬如《雍正王朝》等等，都有历史根据。前面也说了曹家的身世是八旗下面的汉人包衣，属于正白旗，曹家有很多亲戚是皇亲国戚，人际网也是不得了的。比如那时很有名的宰相明珠，有六个女儿、一个儿子，六个女儿都嫁给王公贵族。也有红学家说，《红楼梦》是讲明珠家的身世，后来明珠也被革职，所以抄家在当时牵涉复杂的政治，抄得也很频繁。这一回写得非常真实，我想曹雪芹深有所感。大家要是去了解曹家的历史、曹雪芹的历史，就会发现他本身留下的资料很少，身世成谜，所以很多人甚至怀疑《红楼梦》的作者不是曹雪芹。不管怎么样，现在大概已经成定论了。曹雪芹有两个最要好的朋友，一个叫敦敏，一个叫敦诚，从他们往来的诗及书信里面，可以看出这两个人也是清朝的贵族，他们的祖先叫作阿济格，是个皇子贝勒，也被抄了家、革了职的，所以非常了解曹雪芹的心理，也非常懂《红楼梦》。抄家对这些人不稀奇，当时做官本来就很危险，一下子被参奏，一下子被罗织罪名。你自己也许是个清官，但手下靠不住啊，手下贪污算在你头上，得罪了哪一个人以后，御史参一本，皇帝不体恤，就可能大祸临头。

　　曹雪芹写这部书也有政治考虑，他被抄过家，所以格外敏感，很多实际的人事时地，都要隐晦，不敢写得很清楚。抄家对曹雪芹、对曹家当然是个大灾祸，但可能也造就了一个伟大的小说家，不抄家还活在那个锦绣世界，未必对人生体验那么深刻，未必对世事的兴衰枯荣那么深有所感，所以我说这是他写自己的"往事回忆录"，至少是半自传（semi-autobiographical），但无意间也就写出了乾隆时代传统文化的最高峰，之后就往下走了。乾隆的盛世也就埋下了清朝衰亡的种子，看看和珅被抄家，抄出来的银子等同国库，乾隆盛世的表面，底下早就暗伏着整个清朝的衰亡。可能中国的文化也到了果子熟透要掉的时候了，烂熟了（overripe）。可以讲我们的文化已经过熟了，再下去就是坠落。十九世纪西方的侵略，直接捣毁本身已在衰退期的一切，我觉得无意间，作者凭着他的敏感、前瞻，下意识地写出在时代前面的感受、由心而生的兴衰感，这是《红楼梦》特别有价值的地方。

第一百六回

王熙凤致祸抱羞惭　贾太君祷天消祸患

　　这一回我们要注意看，贾母这个八十多岁的老太太，怎么对付贾家最大的一次危机。贾母是贾家的头，平常我们看她风花雪月，享尽人生富贵，其实那只是其中一面。贾家危机来了，老太太处变不惊，应付这一场灾难，维持贾府最后的以及她作为一家之主的尊严。

　　贾政知道贾母受到惊吓，当然吓坏了，赶紧跑进去看望。贾赦、贾珍通通给抓走了，家里面能够处理情势、撑得起的，只有贾政一个人了。可是这个二老爷惊慌失措，不是能应付大危机的人，家里面亏空，家库空虚了他都搞不清楚。他守的是自己个人的原则，撑不住整个家族，他不如贾母。对于母亲，他当然是非常非常歉疚，你看这段话也蛮动人的："儿子们不肖，招了祸来累老太太受惊。若老太太宽慰些，儿子们尚可在外料理；若是老太太有什么不自在，儿子们的罪孽更重了。"贾母道："我活了八十多岁，自作女孩儿起到你父亲手里，都托着祖宗的福，从没有听见过那些事。如今到老了，见你们倘或受罪，叫我心里过得去么！倒不如合上眼随你们去罢了。"说着，又哭。贾母讲了，我这一生看到兴盛的时候，享尽了荣华，现在贾家衰了，看你们受这个罪，心中更难受。老太太不仅不怪哪个子侄，还觉得自己对祖宗、对这样的景况有所亏欠，所以后来她跪地祷天，十分动人。

抄家对贾府当然是严重的灾难，不仅抄掉了财物、资产，他们原本有两个世袭的爵位，贾赦革去了荣国公，贾珍革去了宁国公，这种尊荣一夕失去，瞬间抄得连仆人、丫鬟通通入官，通通发配遣散。邢夫人、尤氏那边只好靠贾母派几个丫头去服侍，什么都没有了。贾琏、王熙凤家里也被抄掉，这夫妇俩好不容易敛起来的家财，化为乌有。王熙凤是荣国府的大掌家，因为受贾母的宠爱、王夫人的信任，又是亲上加亲嫁过来的，而且她本人精明强干，在荣宁二府里威风八面，没有人敢不服。但她有一个弱点，就是爱财，不仅她，世间多数人都爱财，她已经荣华富贵什么都有了，还是挖空心思敛财。不过，她当这个家也很难，贾府开销这么大，东贴西补还靠她。记得吗？贾琏、凤姐夫妇俩为了应付周转，还要向贾母借当，悄悄地把贾母的金银器物拿出去当了，撑起面子和阔绰架子。公侯之间生日喜丧往来，动辄几千两银子；宫里的太监也来打秋风，来了什么夏公公，这个那个公公，一来又是几百两银子，弄得他们也常亏空。凤姐当家想从中搞点私房钱，她发府中的月钱，要发饷的时候她晚几天，拿去放高利贷，赚了利息再发出去，这是有点犯规，不能算贪污，只是手段不太好。在清朝的法律中放高利贷是犯法的，尤其像贾家那种地位，那些放贷的册子被抄出来，成了犯法最大的证据。大家还记得吗？秦氏死的时候贾府内眷到铁槛寺，凤姐又去包揽人家的讼案，捞了几百两银子。凤姐贪财，当然贾琏知道，夫妇一个鼻孔出气，弄来的私房钱也有七八万两银子，这下抄得精光。凤姐很痛心、很羞愧，多年来她在荣国府里面声势这么高，抄家以后她也是犯了罪的人之一，当然羞愧得不得了。抄了家以后贾政叫贾琏来问，原来贾府早已寅吃卯粮家库空虚了。贾政不是当家的人，懵然不觉，听了大吃一惊，问是怎么回事，让贾琏去做的事情一败涂地，政老爷简直手足无措。

贾政叹气连连的想道：“我祖父勤劳王事，立下功勋，得了两个世职，如今两房犯事都革去了。我瞧这些子侄没一个长进的。老天啊，老天啊！我贾家何至一败如此！我虽蒙圣恩格外垂慈，给还家产，那两处食用自应归并一处，叫我一人那里支撑的住。方才琏儿所说更加诧异，说不但库上无银，而且尚有亏空，这几年竟是虚名在外。只恨我自己为什么糊涂若此。倘或我珠儿在世，尚有膀臂；大儿子是贾珠死得早。宝玉虽大，更是无用之物。”宝玉不是这个行当的人，他以后要做和尚还管这些？尘世中的烦恼不是他能够承担的。想到那里，不觉泪满衣襟。又想：“老太太偌大年纪，儿子们并没有自能奉养一日，反累他吓得死去活来。种种罪孽，叫我委之何人！"这个时候政老爷好可怜，他自己没有犯法，是最正直清廉的人，但是他的那些兄弟子侄都混入了，他也一点办法都没有。在这大祸来临的时候，拿他跟贾母一比，母亲比儿子不知强了多少倍。

　　贾家败了，那些亲戚走的走、躲的躲，深怕被沾惹，又怕他们来借钱。最不像话的是贾赦的女婿、迎春的丈夫孙绍祖，他虐待了迎春还不算，听到丈人被抄家了，不但不来照应，反而忙着来要银子，说是贾赦欠他的钱。这种女婿，让贾家墙倒众人推的困境与尴尬，通通涌上来了。人生是这样子，兴盛的时候大家都来衬托你，都来逢迎你，一旦败的时候就看出来了，雪里送炭的少，锦上添花的多。曹雪芹一定亲身经历过这一类的事情，所以才写得那么详细，写得那么深，这就是《红楼梦》的人情世故。我们再看看贾母，通常处顺境容易，遇到逆境的时候才能够评估一个人内在的力量。老太太看到祖宗职位都革掉了，现在子孙在监质审，贾赦、贾珍关到锦衣府牢里面去了。邢夫人、尤氏等日夜啼哭，当然啰！凤姐病在垂危，虽有宝玉宝钗在侧，只可解劝，不能分忧，所以日夜不宁，思前想后，眼泪不干。下面这一段"贾太君祷天消祸患"写得很好：一日傍晚，叫宝玉回去，自己扎挣坐起，叫鸳鸯等各处佛堂上香，又命自己院内焚起斗香，用拐拄着出到院中。你看看，一个八十岁的老太太，拄了个拐杖，她要去跪了向天祈祷，这等于从前皇帝在国家有大灾难的时候，下罪诏己，向天祈祷。贾府遭了那么大的灾难，贾母是贾府里头最高的那个位子，是辈分最高的一个人，她这个时候拄了拐杖来罪己祷天。琥珀知是老太太拜佛，铺下大红短毡拜垫。贾母上香跪下磕了好些头，念了一回佛，含泪祝告天地道："皇天菩萨在上，我贾门史氏，虔诚祷告，求菩萨慈悲。我贾门数世以来，不敢行凶霸道。我帮夫助子，虽不能为善，亦不敢作恶。必是后辈儿孙骄侈暴佚，暴殄天物，以致合府抄检。现在儿孙监禁，自然凶多吉少，皆由我一人罪孽，不教儿孙，所以至此。我今即求皇天保佑：在监逢凶化吉，有病的早早安身。总有合家罪孽，情愿一人承当，只求饶恕儿孙。若皇天见怜，念我虔诚，早早赐我一死，宽免儿孙之罪。"默默说到此，不禁伤心，呜呜咽咽的哭泣起来。我们看看这一幕，老太太在拜菩萨，等于是祈求上天，让招致这么大灾祸的罪，自己来担当，求上天放过这些子孙，这很动人的。下面我们可以看到，贾母这个人多么明快，她把自己的储蓄、自己的嫁妆全部拿出来，从头分给自己的人，一清二楚。所以贾母这个人非凡，大难来时一点也不糊涂。

　　贾母祈祷完了，王夫人带了宝玉、宝钗过来请晚安，一见到贾母悲伤，三人也大哭起来。这一段也写得有意义：宝钗更有一层苦楚：想哥哥也在外监，将来要处决，不知可减缓否；翁姑虽然无事，眼见家业萧条；宝玉依然疯傻，毫无志气。想到后来终身，更比贾母王夫人哭得更痛。各人有各人的心事，曹雪芹真是写实贴切，宝钗想这些事情也很合情合理，自己的家一败涂地，好不容易嫁到贾府来，贾府也败掉了，嫁给这个疯疯傻傻的宝玉，将来如何是好？想想自己的前途当然很痛心。宝玉见宝钗如此大恸，他亦有一番悲戚。想的是老太太年老得不得安，老爷太太见此光景不免悲伤，众姐妹风流云散，一日少似一日。追想在园中吟诗起社，何等热闹，自从林妹妹一死，我郁闷到今，又有宝姐姐过来，未便时常悲切。见他忧兄思母，日夜难得笑容，今见他悲哀欲绝，心里更加不忍，竟嚎啕大哭。这个时候趁机大哭一顿，哭自己的心事。鸳鸯、彩云、莺儿、袭人见他们如此，也各有所思，便也呜咽起来。馀者丫头们看得伤心，也便陪哭，竟无人解慰。满屋中哭声惊天动地，将外头上夜婆子吓慌，急报于贾政知道。那贾政正在书房纳闷，听见贾母的人来报，心中着忙，飞奔进内。远远听得哭声甚众，打谅老太太不好，急得魂魄俱丧，疾忙进来，只见坐着悲啼，神魂方定。说是"老太太伤心，你们该劝解，怎么的齐打伙儿哭起来了"。众人听得贾政声气，急忙止哭，大家对面发怔。我看你、你看我，怎么哭成这个样子。贾政上前安慰了老太太，又说了众人几句。各自心想道："我们原恐老太太悲伤，故来劝解，怎么忘情大家痛哭起来。"这一回写了贾府的一片哭声。大家记得吗？刘姥姥进大观园那一回，"史太君两宴大观园，金鸳鸯三宣牙牌令"，刘姥姥不是讲，"老刘，老刘，食量大似牛，吃一个老母猪不抬头"，大家笑得有的喷茶，有的揉肚子，你也笑，我也笑，写得笑声布满整个大观园，那时候一片笑声，这时候一片哭声，一笑一哭对照贾府的盛与衰。这时大家痛哭，各有心事，所以哭成一团。

　　贾母对天祈祷，王熙凤非常羞愧，贾琏也很惨，官职革掉了，财产也抄掉了，而且还担了好大的责任，被贾政训了一顿，满肚子的牢骚。且说贾琏上听得父兄之事不很妥，无法可施，只得回到家中。平儿守着凤姐哭泣，凤姐可怜，她太羞愧了，根本不敢出去，已经不敢见人了。秋桐在耳房中抱怨凤姐。这个地方来了一笔，免得读者忘记还有个秋桐，还有个制造麻烦的（trouble maker）在那边。贾琏走近旁边，见凤姐奄奄一息，就有多少怨言，一时也说不出来。凤姐放高利贷被抄出来，想要抱怨凤姐，他也讲不出来了。你看下面这一句写的，平儿哭道："如今事已如此，东西已去不能复来。奶奶这样，还得再请个大夫调治调治才好。"凤姐病成这个样子，该请个大夫啰。贾琏啐道："我的性命还不保，我还管他么！"这下子一棰打过去，厉害了，打到凤姐了。当年凤姐吃这一套吗？一定马上跳起来。现在的凤姐气馁了，你看凤姐怎么答。凤姐听见，睁眼一瞧，虽不言语，那眼泪流个不尽。无话可讲，只有掉泪的份儿。见贾琏出去，便与平儿道："你别不达事务了，到了这样田地，你还顾我做什么。我巴不得今儿就死才好。只要你能够眼里有我，我死之后，你扶养大了巧姐儿，我在阴司里也感激你的。"凤姐简直是处境危急（desperate）。平儿听了，放声大哭。凤姐道："你也是聪明人。他们虽没有来说我，他必抱怨我。虽说事是外头闹的，我若不贪财，她自己承认了，自己后悔了，如今也没有我的事，不但是枉费心计，挣了一辈子的强，如今落在人后头。我只恨用人不当，恍惚听得那边珍大爷的事说是强占良民妻子为妾，不从逼死，有个姓张的在里头，你想想还有谁，若是这件事审出来，咱们二爷是脱不了的，我那时怎样见人。我要即时就死，又耽不起吞金服毒的。你倒还要请大夫，可不是你为顾我反倒害了我了么。"平儿愈听愈惨，想来实在难处，恐凤姐自寻短见，只得紧紧守着。以前多么赫赫有势的王熙凤，落到这个地步。凤姐的下场还有更惨的在后面呢。作为《红楼梦》里的一个小说人物，王熙凤可能是写得最多姿多彩、最完整、最多面、最写实的一个。曹雪芹在她的身上花的笔墨很多，不论是前面还是后面，都是下重彩的，让人看得格外印象鲜明。

第一百七回

散馀资贾母明大义　复世职政老沐天恩

　　清代抄起家来很可怕的，没收家产不说，男丁全部流放边地，女的为奴为婢，连那些家仆、丫鬟都拿去卖掉。因为皇帝还眷念元妃的恩情，放贾府一马，所以像贾琏、贾蓉，都放回来了，北静王这些人都替他们讲话，总算保住一点元气。邢夫人本来是很不可爱的一个人，这时候也蛮可怜的，抄家抄得精光，丈夫贾赦获罪，曹雪芹写的时候各个地方都顾到：邢夫人想着"家产一空，丈夫年老远出，膝下虽有琏儿，又是素来顺他二叔的，如今是都靠着二叔，他两口子更是顺着那边去了。独我一人孤苦伶仃，怎么好"。这写得很辛酸。丈夫发放到远处，想着儿子靠不住，"西瓜偎大边"，看贾政那边没有抄掉，儿子自然更靠过去了。尤氏又有尤氏的想头，她本来独掌宁府的家计，府中除了贾珍，也算唯她为尊，按理讲，尤氏是宁国公世职的命妇，有封诰的，虽然她个性比较柔弱，不像王熙凤这么逞强，可是她在宁府也很得势，又跟贾珍两个人感情很好，如今抄掉了宁国府，去往荣府居住。虽然老太太疼爱，终是依人门下，又带了偕鸾、佩凤两个姨娘，贾蓉夫妇又是不能兴家立业的人，一大群人食指浩繁怎么办？下面又是非常写实的。又想着："二妹妹三妹妹俱是琏二叔闹的，如今他们倒安然无事，依旧夫妇完聚，只留我们几人，怎生度日！"想到这里，痛哭起来。突然又写了一笔，尤二姐、尤三姐是尤氏的妹妹，尤二姐嫁给贾琏，东搞西搞两个人都死了，现在他们夫妇倒没事，她的丈夫贾珍反而被充军了。曹雪芹的人情世故表现在这种地方，写这个时候人的心理。她也晓得贾母本来就偏心，偏贾政那边，这下子邢夫人、尤氏的处境可想而知。

贾府败到这个地步，家库空虚已久，他们都是瞒着贾母的，偷偷地把贾母那些金银器拿出去当，撑着虚架子，贾母不是很清楚，这个时候才暴露了出来。老太太就问贾政，我们情形怎么样，还剩多少库银子？他就回了："若老太太不问，儿子也不敢说。如今老太太既问到这里，现在琏儿也在这里，昨日儿子已查了，旧库的银子早已虚空。没有了，空掉了。不但用尽，外头还有亏空。还欠债。现今大哥这件事若不花银托人，虽说主上宽恩，只怕他们爷儿两个也不大好。就是这项银子尚无打算。东省的地亩早已寅年吃了卯年的租儿了。他们靠什么？贾府的经济来源，很重要一点是靠他们乡下有很多的土地收租，这个时候已经寅吃卯粮，一时也算不转来，只好尽所有的蒙圣恩没有动的衣服首饰折变了给大哥、珍儿作盘费罢了。过日的事只可再打算。"你看看，只好当衣服、当首饰，来给这两个被罚充军的人做盘缠，贾府的情形尴尬到这种地步。贾母听了，又急得眼泪直淌，说道："怎么着，咱们家到了这样田地了么！我虽没有经过，我想起我家向日比这里还强十倍，也是摆了几年虚架子，没有出这样事已经塌下来了，不消一二年就完了。据你说起来，咱们竟一两年就不能支了。"贾母这个史家，也老早败掉了，场面那么大很难撑的，除非他们像曹家得了康熙的恩宠，暗暗给他们补亏空的银子，几万两几万两地补给他们，才撑了六十年。撑到最后，雍正上来还是抄了家。所以撑起来那种架式实在是不容易。贾政说："若是这两个世伴不动，这个世职若没有被革掉，外头还有些挪移。外面还肯借你。如今无可指称，谁肯接济。"没有人来接济了，墙倒众人推。说着，也泪流满面。亲戚呢，他说以前用过我们的那些亲戚，现在也穷了。六亲同命，薛家也倒了，王家也倒了，通通穷下来了。

　　贾母看了儿子、侄孙被革掉世职，要流放到外面，当然心里很难过，这个时候"散馀资贾母明大义"，她把自己陪嫁的、几十年的东西，通通翻出来。贾母非常明快，她分得非常仔细，这个老太太脑筋很清楚。却说贾母叫邢、王二夫人同了鸳鸯等，开箱倒笼，将做媳妇到如今积攒的东西都拿出来，六十年积攒的老本通通拿出来，把贾赦、贾政、贾珍通通叫来，一一的分派说："这里现有的银子，交贾赦三千两，你拿二千两去做你的盘费使用，留一千给大太太另用。给邢夫人，这边解决了。这三千给珍儿，还有三千两给贾珍，你只许拿一千去，留下二千交你媳妇过日子。仍旧各自度日，给尤氏过日子，反正房子住在一起的。贾母又说将来惜春的亲事，我来包办。她对凤姐到底还是疼爱的，说：只可怜凤丫头操心了一辈子，如今弄得精光，也给他三千两，叫他自己收着，不许叫琏儿用。贾琏用了，又弄出去了。如今他还病得神昏气丧，叫平儿来拿去。这是你祖父留下来的衣服，还有我少年穿的衣服首饰，如今我用不着。男的呢，叫大老爷、珍儿、琏儿、蓉儿拿去分了；祖先留下来的衣服也分掉。女的呢，叫大太太、珍儿媳妇、凤丫头拿了分去。你看，她还记得这个：这五百两银子交给琏儿，明年将林丫头的棺材送回南去。"这个贾母，心思真是周到，她还记得林黛玉交代的，把她的棺柩送回到她的故乡。贾母心中对黛玉当然也疼爱，而且有点愧疚。分派定了，又叫贾政道："你说现在还该着人的使用，这是少不得的。你叫拿这金子变卖偿还。欠了债，还掉！这是他们闹掉了我的，你也是我的儿子，我并不偏向。宝玉已经成了家，我剩下这些金银等物，大约还值几千两银子，这是都给宝玉的了。宝玉到底是她的心头肉，最后的金银给宝玉。珠儿媳妇向来孝顺我，兰儿也好，我也分给他们些。这便是我的事情完了。"全部分得清清楚楚，非常公平，非常周到，而且一丝不藏，所有东西通通拿出来救济家难。

　　贾政看了母亲这样明断处理，心中更难过了，跪下来哭了："老太太这么大年纪，儿孙们没点孝顺，承受老祖宗这样恩典，叫儿孙们更无地自容了！"妈妈这么大年纪，还要操那么大的心，自己这些子侄们弄得家破人亡。贾母道："别瞎说，若不闹出这个乱儿，我还收着呢。不给你们用的，你看老太太这个人蛮幽默。只是现在家人过多，只有二老爷是当差的，留几个人就够了。贾府里面几百人抄家抄掉了，趁这机会调整节省下来。你就吩咐管事的，将人叫齐了，他分派妥当。各家有人便就罢了。如果抄掉了，还不是通通抄光的，该分配的分配，该赏的赏。如今虽说咱们这房子不入官，你到底把这园子交了才好。"他们这个大观园的园子那么大，贾母说还是交回官去。贾政果然要把大观园也交出去的，皇帝怜恤他们说，财产不必再交出来了。贾母到底是个理家的人，非常明理。贾母道："但愿这样才好，我死了也好见祖宗。你们别打谅我是享得富贵受不得贫穷的人哪。一个人受贫穷当然难，会享富贵也不容易，回头想想，贾母是多么能够享受富贵的一个老太太，从前贾家盛的时候，她跟孙子、孙女儿们一起吟诗作赋，一起欢乐，哪里她都去参加，吃螃蟹、烤鹿肉她也去轧一脚，这老太太很会享受生活、享受她的荣华富贵。她的享受也非常有诗意，非常得体。这时候贫穷了，她也有另外一种看法，趁这个时机，通通减掉，节约度日。不过这几年看看你们轰轰烈烈，我落得都不管，说说笑笑养身子罢了，那知道家运一败直到这样！若说外头好看里头空虚，是我早知道的了，只是'居移气，养移体'，一时下不得台来。受富贵受惯了，这个面子下不来。如今借此正好收敛，守住这个门头，不然叫人笑话你。你还不知，只打谅我知道穷了便着急得要死，我心里是想着祖宗莫大的功勋，无一日不指望你们比祖宗还强，能够守住也就罢了。谁知他们爷儿两个做些什么勾当！"讲贾赦跟贾珍他们败掉了。这番话相当动人。贾母不是个普通人，她什么都知道，有时候她装糊涂、装不知道，她心里面清楚得很，家里头哪个怎么样，她通通知道。不过她溺爱宝玉、偏爱凤姐，宝玉是她的孙子，凤姐会奉承她，人总有特别爱的人嘛！贾母写得好，非常通人情，非常真实的一个人。写老太太，尤其"五四"以来，三十年代偏左的这些作家，好像一写到大家庭里上层生活的奢靡腐败，都带有谴责性（judgmental），往往人就不真实了，加上了作者的偏见。曹雪芹的心胸包容度很大，所以《红楼梦》有它的宽度厚度，因为在作者眼里众生平等，人有人的优点，人也有人的缺点，他都不隐瞒，通通写出来，写得如此真实，看起来好像真有这个人一样。

贾母作为大家长的睿智与承担完全显现，尤其在子侄犯错遭难的紧急时刻。凤姐的丫鬟丰儿来说，凤姐又病得昏厥过去，贾母就跟王夫人一起来看她了。凤姐正在气厥。平儿哭得眼红，听见贾母带着王夫人、宝玉、宝钗过来，疾忙出来迎接。马上迎过来了。贾母揭开帐子看看，凤姐开眼瞧着，只见贾母进来，满心惭愧。从前哄着老太太哄了那么久，逗得老太太乐得不得了，老太太那么样倚重她，那么看得起她，让她当荣国府的大掌家，现在搞成这个样子，当然非常惭愧。原本以为贾母气她、恼她，不疼她了，是死活由她的，现在看到贾母亲自来看她，心里面已经宽松一点，想要起来行礼。贾母说：你不要动。凤姐含泪道："我从小儿过来，老太太、太太怎么样疼我。那知我福气薄，叫神鬼支使的失魂落魄，不但不能够在老太太跟前尽点孝心，公婆前讨个好，还是这样把我当人，叫我帮着料理家务，被我闹的七颠八倒，我还有什么脸儿见老太太、太太呢！今日老太太、太太亲自过来，我更当不起了，恐怕该活三天的又折上两天去了。"说着，悲咽。这段话讲得很辛酸，发自内心的。凤姐那么高傲的一个人，这个时候也认错认罪。贾母道："那些事原是外头闹起来的，与你什么相干。还要安慰她、替她辩护。就是你的东西被人拿去，这也算不了什么呀。我带了好些东西给你。"来哄她了。下面这一句程乙本是："你瞧瞧。"这个口气好像来逗她似的，有一种亲切：你瞧瞧，我带了好东西给你，带了三千两银子来给你了。庚辰本："任你自便。"这个太文了，不亲切了。就这一句话差得很远。写小说对话要活，这是《红楼梦》最强的地方。说着，叫人拿上来给他瞧瞧。凤姐本是贪得无厌的人，如今被抄尽净，本是愁苦，又恐人埋怨，正是几不欲生的时候，今儿贾母仍旧疼他，王夫人也没嗔怪，过来安慰他，又想贾琏无事，心下安放好些。三千两银子要紧的，凤姐被抄得精光，现在有了三千两银子有点底气了，心宽了一点。这是讲贾母、凤姐两个人的关系，贾母对她还是相当疼怜。

抄家对贾府来说是天翻地覆的大事，尤其两个世职被革掉打击不小，以后如果不复职的话，贾家就真的衰光了，皇帝想想还是顾念了元妃的旧情，把一个世袭的荣国公还给了贾家，贾赦革掉的让贾政继承，至少贾家的一支还可能有复兴的希望。贾政当然诚惶诚恐地谢恩，想想自己的哥哥被革掉了，内心也是很过意不去，不管怎么样，到底是还给了贾府。有意思的是，本来两个世职革掉了，亲戚朋友跑得精光，现在一听贾政复职，通通又跑回来了。曹雪芹写这些，正因为他太懂得世态炎凉了。曹家本来也抄得精光，后来雍正放他们一马，北京的一些房子又还给他们，所以曹家在北京还可以过日子。后来大概又抄了一次，曹雪芹就潦倒到只能吃粥了，连他死后的丧葬都靠两个朋友敦敏、敦诚打点。他在潦倒中才想到过去的繁荣，我想他也是想到从前吃过这么好的东西，茄子要拿多少鸡来炒，想到穿的、住的讲究，把过去的盛，过去的衰，都化为追忆似水年华，他写得很起劲，写得兴高采烈，《红楼梦》好看就在这种地方。

第一百八回

强欢笑蘅芜庆生辰　死缠绵潇湘闻鬼哭

这一回史湘云回来了，来贾府探望贾母。贾府抄家的时候，她刚好出嫁到夫家，已经很久没有出现，原本最活泼、豪爽，有她的地方就有欢笑的这么一个女孩子，这时候再来，整个环境变了，她也无形中变了。《红楼梦》后四十回，不管怎么写热闹事，整个调子好像再也欢笑不起来。所以"强欢笑蘅芜庆生辰"，都是勉强的了。虽然还了一个荣国公世职，盛时已过，只是撑在那个地方，史湘云回来以后，她说怎么大家都变了。湘云道："我从小儿在这里长大的，这里那些人的脾气我都知道的。这一回来了，竟都改了样子了。我打量我隔了好些时没来，他们生疏我。我细想起来，竟不是的，就是见了我，瞧他们的意思原要像先前一样的热闹，不知道怎么，说说就伤心起来了。我所以坐坐就到老太太这里来了。"还有什么话好讲呢？通通没有好事了嘛。湘云这么一个天真活泼的女孩子，也深深感受到贾家的衰败。

贾母很疼史湘云，她就讲了，我来让你们热闹热闹吧。贾母从前常常自己拿钱出来给她们做生日，史湘云想到宝钗过两天就生日了，既然贾母提议热闹一下，干脆给她做个生日吧。贾母说：你不提，我竟忘了。宝钗委委屈屈嫁过来，也没给她好好办个婚礼，一下子就抄了家，就趁机给她做个生日热闹一下吧。这一边讲贾母就有了一些评语，我觉得蛮要紧的。"大凡一个人，有也罢没也罢，总要受得富贵耐得贫贱才好。你宝姐姐生来是个大方的人，头里他家这样好，他也一点儿不骄傲，后来他家坏了事，他也是舒舒坦坦的。如今在我家里，宝玉待他好，他也是那样安顿；一时待他不好，不见他有什么烦恼。我看这孩子倒是个有福气的。"宝钗修养好，所以贾家才选她做媳妇，她的理性、理智，是所有人不及的。后来宝玉出家，大家哭得死去活来，她也哭，王夫人看她哭也不失其端庄。她自己家里面败了，她也有一套；贾家败了，她也是撑在那个地方，大难的时候屹立不动，最后贾家果真靠她承担了。

贾母又讲了林黛玉："你林姐姐那是个最小性儿又多心的，所以到底不长命。凤丫头也见过些事，很不该略见些风波就改了样子，他若这样没见识，也就是小器了。"这几个人讲下来，凤姐到底也不如宝钗，虽然从前那么厉害，挨了一下就垮下来，贾母心中有数的。她疼怜凤姐是一回事，对凤姐的看法也是一回事，她对凤姐的评语是小器了一点，不够雍容大方。老太太就叫鸳鸯拿一百银子出来，交给外面预备两天饭，又把薛姨妈也请来，把李纨那两个亲戚李纹、李绮通通请来，又请来宝琴，还想恢复从前大观园宴会，再聚一回。老太太想要齐全，干脆把邢夫人跟尤氏也请来。我觉得这也是曹雪芹的人情世故，贾母为着齐全叫人请去，邢夫人、尤氏、惜春等听见老太太叫，不敢不来，心内也十分不愿意，想着家业零败，偏又高兴给宝钗做生日，到底老太太偏心，便来了也是无精打彩的。这个细节不忘记来一笔，大家喝酒吃饭话来讲去，总之气氛不对，欢乐不起来，怎么办呢？贾母就着急了，从前两宴大观园的时候，宝玉生日的时候，大家聚在一起多么快乐，现在勉强聚在一起，怎么也提不起劲儿来。宝玉都知道的，轻轻的告诉贾母道："话是没有什么说的，再说就说到不好的上头来了。不如老太太出个主意，叫他们行个令儿罢。"还有什么好讲的呢，一讲就讲到伤心的地方去，家业败成这个样子，还讲什么呢？行酒令吧。一行酒令，又要鸳鸯来掷骰子，"金鸳鸯三宣牙牌令"的时候，多么风光，多么开心，拿那一幕来比一比，前面的盛写到顶了，显出后面的衰，不管是行令、喝酒，都欢乐不起来了。

　　鸳鸯砸出去红绿对开的骰子，说这是"十二金钗"，宝玉一听，他梦里面不是十二金钗吗？当然想起林黛玉了，他就悄悄借故离席，往大观园里走去。园子已经封掉了、荒废掉了，他是趁机溜进去的。宝玉进得园来，只见满目凄凉，那些花木枯萎，更有几处亭馆，彩色久经剥落，远远望见一丛修竹，倒还茂盛。修竹，又戳眼了，又戳心了，那是什么地方？潇湘馆，林黛玉生前住的地方。那竹子还是很绿，别的通通荒芜掉了。他走到这里，袭人急得不得了，要把他扯到别的地方去，宝玉只往潇湘馆那边走。袭人见他往前急走，只得赶上，见宝玉站着，似有所见，如有所闻，便道："你听什么？"宝玉道："潇湘馆倒有人住着么？"袭人道："大约没有人罢。"宝玉道："我明明听见有人在内啼哭，怎么没有人！"听到里面有哭声，林黛玉的鬼魂在哭了。也许他心里面幻觉出来在哭了。袭人道："你是疑心。素常你到这里，常听见林姑娘伤心，所以如今还是那样。"宝玉不信，还要听去。婆子们赶上说道："二爷快回去罢。天已晚了，别处我们还敢走走，只是这里路又隐僻，又听得人说这里林姑娘死后常听见有哭声，所以人都不敢走的。"宝玉袭人听说，都吃了一惊。宝玉道："可不是。"说着，便滴下泪来，说："林妹妹，林妹妹！好好儿的是我害了你了！你别怨我，只是父母作主，并不是我负心。"愈说愈痛，便大哭起来。

　　记得吗？林姑娘死后，宝玉第一次到潇湘馆去祭她，因为很多人都去，贾母、王夫人通通在，他虽然哭了，不算数的，这个时候才是"死缠绵潇湘闻鬼哭"，宝玉哭得伤心，宝玉哭灵真正是在这个地方。《红楼梦》写得好，在先前那个地方留下伏笔，到这里才真正写宝玉伤心，因为走到潇湘馆旁边，想到了从前。潇湘馆的窗户是红的茜纱，记得吗？是贾母选的，"茜纱窗下，我本无缘；黄土垄中，卿何薄命"。宝玉到了这个地方，登时大哭起来，这个时候是真正伤心，绝顶伤心，他当然没有忘记黛玉，黛玉之死对他是最大的打击。"病神瑛泪洒相思地"到"死缠绵潇湘闻鬼哭"，两个对照起来回看宝黛之间这一段情，宝玉心中一直挂念的，还是那株绛珠仙草，跟他三生缘定的林黛玉。

第一百九回

候芳魂五儿承错爱　还孽债迎女返真元

　　宝玉到潇湘馆哭了林黛玉之后，一心一意还在黛玉身上，他想黛玉死了这么久，怎么还没有到他的梦里来？他想到梦里去会他的林妹妹，又想宝钗在旁边，林妹妹也不肯来啊！所以他想办法借口到外面去睡，想也许能够梦中相会一下。宝钗是多么聪明的人，好吧，那你就睡到外边去吧。睡了一晚，还是不来，林妹妹不那么容易来的，赌气了嘛。宝玉就感慨了，自己念了一遍"悠悠生死别经年，魂魄不曾来入梦"，这两句大家都知道，是白居易《长恨歌》里面唐明皇思念杨贵妃。天宝之乱平定以后，唐明皇退位成太上皇，老了，回到宫里面，对贵妃无穷无尽地思念，感叹一直没有梦到她。宝钗听了当然也不是滋味，你跑到外面去做梦，我却一夜反侧没有睡着，听宝玉在外边念这两句，便接口道："这句又说莽撞了。如若林妹妹在时，又该生气了。"宝钗刺他一下。宝玉本来就有点怕宝钗的，因为心中一直想着林妹妹，更是有点内疚，反而不好意思了。可是他还不死心，还想在外面多睡几天等待黛玉入梦，不肯搬进去。这时就出现了一个人物柳五儿，就是这段写的"候芳魂五儿承错爱"。

后四十回，因为写的是贾府败落下来，笔法好像急流，哗啦哗啦很快，事件一个接一个写下来，比较没有前面那些舒缓、细致、刻画感情的段落，这一回写宝玉跟五儿的互动，细致的情感又回来了。柳五儿是谁？大家记得吗，很早在还没有抄大观园之前，有一个厨娘柳家的，专门为这些少爷小姐做饭，柳五儿是她的女儿。当时那些下人的女儿们，最想爬上去的职位就是挤进怡红院当宝玉的丫头。怡红院里那些伶牙俐齿的丫鬟一大堆，袭人、晴雯、麝月、秋纹，还有碧痕、小红、芳官……小红爬不上去，另辟途径，转到凤姐那儿去了，果然很得宠。既然怡红院是攀附的首选（first preference），柳家的拼命想把女儿弄上去。有什么快捷方式呢？柳五儿跟怡红院的芳官是好朋友，芳官这个小伶人很得宝玉宠，柳五儿希望她在宝玉面前说一些好话。当然，要进怡红院，第一要漂亮，怡红院里面没有丑丫头的，个个如花似玉，柳五儿也长得好，不是一般的漂亮，很像晴雯，既然像晴雯，眉眼间就像黛玉了。这一点，是她最大的优势。曹雪芹描写人物不是单一的，譬如林黛玉好像一个星座里的主星，她旁边有好多卫星，黛玉、晴雯、龄官、柳五儿，这一串在某方面是一个类型（type），有那么多分身，合起来整个是一个型，但异中有同、同中有异，人物刻画有一种复杂性（complexity）。黛玉是灵的化身，是个感性的人物，从她身上演绎下来有一群。另外像薛宝钗，她是理性的型，那又是另一串，袭人、麝月都是一个型。所以很重要很基本的两个类型、两种典型，每个人又有不同的反射、折射。虽然人物那么多，但各有自己的特性，所以《红楼梦》里面角色成群成串，每个都写得让人不会忘记，这是最成功的地方。

前面写柳五儿只是几笔，到最后了，还有个回马枪，宝玉对女孩子的怜香惜玉，落在五儿身上了，这段写得非常细致。宝玉在外面想做梦，不肯进去，越要睡越睡不着，见麝月、五儿两个人在那里打铺，忽然想起那年袭人不在家时晴雯、麝月两个人服侍，夜间麝月出去，晴雯要唬他，因为没穿衣服着了凉，后来还是从这个病上死的。想到这里，一心移在晴雯身上去了。在丫鬟里头，宝玉对晴雯是情有独钟的，他对晴雯也跟对黛玉类似，是心灵、性情上的沟通。晴雯没有受过教育，不会作诗吟词，可是她的个性也触动了宝玉，有种互通的感受。在女性里面，宝玉跟袭人发生过肉体关系，跟宝钗发生过肉体关系，跟最爱的黛玉没有，跟晴雯也没有。晴雯调皮，大冷天没加衣服跑出去，想吓唬麝月，着了凉，后来生病死了。宝玉想到从前，想到晴雯，忽又想起凤姐说五儿给晴雯脱了个影儿，因又将想晴雯的心肠移在五儿身上。移情作用，移到五儿身上，自己假装睡着，偷偷的看那五儿，越瞧越像晴雯，不觉呆性复发。他悄悄地看，又恢复了男孩子的天真。本来宝玉痴傻了，玉丢掉，整个灵魂丢掉了，这时看见有个像晴雯的女孩子，又触动他的心事。听了听，里间已无声息，知是睡了。却见麝月也睡着了，便故意叫了麝月两声，却不答应。五儿听见宝玉唤人，便问道："二爷要什么？"宝玉道："我要漱漱口。"五儿见麝月已睡，只得起来重新剪了蜡花，倒了一钟茶来，一手托着漱盂。却因赶忙起来的，身上只穿着一件桃红绫子小袄儿，松松的挽着一个鬏儿。宝玉看时，居然晴雯复生。忽又想起晴雯说的"早知担个虚名，也就打个正经主意了"。晴雯最后的遗言：我担了虚名，讲我是狐狸精，我并没有勾引你啊，结果我死得这么冤枉，早知道这样子，我就打主意了。晴雯心中也是爱宝玉的。想到这么一句，不觉呆呆的呆看，也不接茶。把五儿当作晴雯了。

那五儿自从芳官去后，也无心进来了。后来听见凤姐叫他进来服侍宝玉，竟比宝玉盼他进来的心还急。不想进来以后，见宝钗袭人一般尊贵稳重，看着心里实在敬慕；又见宝玉疯疯傻傻，不似先前风致；又听见王夫人为女孩子们和宝玉顽笑都撵：所以把这件事搁在心上，倒无一毫的儿女私情了。进来了，看看宝钗、袭人都正正经经，而且王夫人那么雷厉风行地赶人，她自己也知道谨慎。最重要的是宝玉病了，从前待女孩子的那种体贴不见了，所以她也很失望。她本来想凭着姿色，在宝玉面前也能亲近亲近，可是宝玉变了。怎奈这位呆爷今晚把他当作晴雯，只管爱惜起来。这就是"候芳魂五儿承错爱"，她以为是对她有了什么意思了，其实宝玉心中想的是晴雯。

那五儿早已羞得两颊红潮，又不敢大声说话，只得轻轻的说道："二爷漱口啊。"宝玉笑着接了茶在手中，也不知道漱了没有，便笑嘻嘻的问道："你和晴雯姐姐好不是啊？"五儿听了摸不着头脑，便道："都是姐妹，也没有什么不好的。"宝玉又悄悄的问道："晴雯病重了我看他去，不是你也去了么？"五儿微微笑着点头儿。宝玉道："你听见他说什么了没有？"五儿摇着头儿道："没有。"宝玉已经忘神，便把五儿的手一拉。五儿急得红了脸，心里乱跳，便悄悄说道："二爷有什么话只管说，别拉拉扯扯的。"宝玉才放了手，说道："他和我说来着，'早知担了个虚名，也就打正经主意了'。你怎么没听见么？"他讲这个话，五儿不晓得这个呆爷是调戏她呢，还是怎么呢？弄得有一点不知所措了。五儿听了这话明明是轻薄自己的意思，又不敢怎么样，便说道："那是他自己没脸，这也是我们女孩儿家说得的吗。"她只好这么讲了啰。宝玉讲那个话，倒是一片真心。宝玉是天真的，不是来调戏她，听了五儿这么讲，宝玉就不高兴了。宝玉着急道："你怎么也是这么个道学先生！我看你长的和他一模一样，我才肯和你说这个话，你怎么倒拿这些话来糟踏他！"对宝玉来说这话是真心话，你这么讲她，一副假道学的样子嘛！此时五儿心中也不知宝玉怎么个意思，便说道："夜深了，二爷也睡罢，别紧着坐着，看凉着。刚才奶奶和袭人姐姐怎么嘱咐了？"宝玉道："我不凉。"说到这里，忽然想起五儿没穿着大衣服，就怕他也像晴雯着了凉，便说道："你为什么不穿上衣服就过来！"五儿道："爷叫的紧，那里有尽着穿衣裳的空儿。要知道说这半天话儿时，我也穿上了。"宝玉听了，连忙把自己盖的一件月白绫子绵袄儿揭起来递给五儿，叫他披上。原来的那个宝玉又回来了，对女孩儿那体贴怜惜，这种小地方动人。所以我想这一段又恢复从前写宝玉对女孩子那种很细腻的刻画了。不过这一次比较悲哀，这段是说"承错爱"，他心中想着死去的那个人，是移情作用，移到这个女孩子身上，并不是真的对这个女孩子产生了爱，他爱屋及乌，因为她像晴雯，像晴雯再进一步就像黛玉了嘛，想的还是黛玉，难忘的还是林姑娘。

　　五儿不敢穿宝玉的衣裳，一下子这么受宠她也觉得莫名其妙，害怕自己穿了衣服要走了。她就又问他说："二爷今晚不是要养神呢吗？"宝玉笑道："实告诉你罢，什么是养神，我倒是要遇仙的意思。"五儿听了，越发动了疑心，便问道："遇什么仙？"宝玉道："你要知道，这话长着呢。你挨着我来坐下，我告诉你。"遇什么仙？芙蓉仙子啊！还记得晴雯死了不是变成芙蓉仙子了吗？他叫她坐下来，来来来，坐在我旁边。五儿红了脸，不好意思，从来没有这么受宠嘛！她笑道："你在那里躺着，我怎么坐呢。"宝玉躺着，叫她坐在旁边，这是非常亲密的动作。宝玉道："这个何妨。这怕什么。那一年冷天，也是你麝月姐姐和你晴雯姐姐顽，我怕冻着他，还把他揽在被里渥着呢。记得那一次，晴雯在外面冷了，他赶快把她的两只冰冷的手握住，到他被窝里面去温暖她。宝玉这种动作都很天真的，他不是吃她们豆腐或调戏女孩子，他真的疼怜晴雯，冷了嘛，冻得痛。这有什么的！大凡一个人总不要酸文假醋才好。"五儿听了，句句都是宝玉调戏之意，可怜的五儿不晓得怎么对付这个呆爷。那知这位呆爷却是实心实意的话儿。五儿此时走开不好，站着不好，坐下不好，倒没了主意了，这个时候他已经结婚了，而且有娇妻美妾，怎么还来调戏我呢？因微微的笑着道："你别混说了，看人家听见这是什么意思。怨不得人家说你专在女孩儿身上用工夫。你自己放着二奶奶和袭人姐姐都是仙人儿似的，只爱和别人胡缠。明儿再说这些话，我回了二奶奶，看你什么脸见人。"五儿只好故意这么讲一番话，她说那两个像仙人儿似的。宝玉不是不爱她们，但不是那种爱。

　　五儿害怕了，第二天也心怀鬼胎似的，以为被听见了。宝钗问："你听见二爷睡梦中和人说话来着么？"宝钗让他在外面睡了几天，也没有梦到什么人，宝钗就刺他几句，宝玉心里面也就不好意思，内疚了，这时候哪里还有强嘴的份儿，只好搬进去了。一则宝玉负愧，欲安慰宝钗之心；二则宝钗恐宝玉思郁成疾，不如假以词色，使得稍觉亲近，以为移花接木之计。于是当晚袭人果然挪出去。宝玉因心中愧悔，宝钗欲拢络宝玉之心，自过门至今日，方才如鱼得水，恩爱缠绵，所谓二五之精妙合而凝的了。此是后话。这个时候宝钗跟宝玉才圆房。所以我说宝钗嫁给宝玉，事实上是嫁给了贾府，嫁给了儒家宗法社会那个体系，作为儒家赋予应有责任的妻子。宝玉作为丈夫，也是这样的态度。他们两人圆房，也因为要行夫妻之礼。宝玉跟袭人很早就有了一次肉体的关系，这个时候跟宝钗也发生了肉体的关系。他跟林黛玉曾经同床共枕在一起长大，宝玉从来没有对林黛玉的肉体有任何邪念，我们也好像看不见林黛玉是有肉体的一个人，她就像一团灵气凝成的。现在讲起来最大的遗憾是林黛玉跟贾宝玉没有成婚，但也无法想象林黛玉嫁给贾宝玉，嵌进了儒家社会的体系做妻子，然后生了一堆儿女吧。她跟宝玉的关系那么亲近，两个人心灵上的契合几乎是合而为一，但婚姻第一个要件就是肉体的结合，灵与灵没法结合，像宝玉跟黛玉之间的这种关系，无法成为夫妇的。

　　有些小说，比如西方很有名的艾米莉·勃朗特写的《呼啸山庄》，大概很多人都看过，或是看过威廉·惠勒导演、劳伦斯·奥利弗主演的那个老电影，那里面有两个男女主角，希斯克里夫和凯瑟琳，他们从小一起长大。希斯克里夫是一个野孩子，被凯瑟琳的爸爸捡回来的，他等于是一种自然力量（natural force）。凯瑟琳有两面，一面她也是野性的，也有关于原始的力量。他们两个人从小就非常要好，非常亲密，凯瑟琳甚至这么说：I am Heathcliff，我就是希斯克里夫。后来她没嫁给他，她嫁给另外一个来自士绅阶级家庭、很优雅的男孩子。希斯克里夫当然就伤心失望来报复，最后两个人变成鬼魂再合在一起。有时候我们觉得很奇怪，两个非常要好的男女，太过于知心，太过于心灵方面的交好，反而不能成婚。因为婚姻要肉体的契合，贾宝玉跟林黛玉没有肉体关系，他跟袭人很早的时候有。到最后，他肉身上的俗缘最挂记的就是袭人，最后他出家，留给袭人的是一个丈夫蒋玉菡，留给宝钗的是一个儿子，来继承儒家的系统，所以在世上的俗缘已了，可以离开了。

这时候他跟宝钗圆了房，贾母突然生病了。八十三岁的老人经过这么大的波折、刺激，生病也是非常自然的，医生来了都治不好。下面一个小节也有意思，谁来探病呢？突然间神来之笔，妙玉又出现了。宝玉说过，妙公不亲自下凡的。这个时候她出现到凡尘来，我们才真正在作者笔下看到妙玉的形象。只见妙玉头带妙常髻，梳着一个女道士的发髻。身上穿一件月白素绸袄儿，外罩一件水田青缎镶边长背心，拴着秋香色的丝绦，腰下系一条淡墨画的白绫裙，手执麈尾念珠，跟着一个侍儿，飘飘拽拽的走来。你看这个形象，没有说妙玉的容貌怎么样，你会感觉这一定是非常脱俗、非常美的一个道姑，坏就坏在她的美色，引起了强盗的觊觎，这个时候来这么一笔，预告她要遭劫，"到头来，依旧是风尘肮脏违心愿"。所以我说后四十回一定是曹雪芹写的，如果是一个续书的人，不可能这个时候还想到为妙玉来这么一招，而且几笔淡墨，把这个道姑形容得这么美。有道理的，因为她有这个美色，外人着了相了，所以她要遭劫，甚至还堕入风尘里面去。这个时候这一笔，就够了。

　　贾府真是七零八落，老太太生病了，可怜那二姑娘迎春，活活地被孙绍祖磨得快死了，娘家被抄家，这时候根本顾不到她，老太太生病了还顾不及。本来他们瞒着贾母，不告诉她，老人家病的时候，耳朵反而更灵，听出来了。这儿一句话蛮悲凉的，贾母说："迎丫头要死了么？"王夫人就说没有，想瞒她。贾母道："瞧我的大夫就好，快请了去。"贾母便悲伤起来，说是："我三个孙女儿，一个享尽了福死了，三丫头远嫁不得见面，迎丫头虽苦，或者熬出来，不打量他年轻轻儿的就要死了。留着我这么大年纪的人活着做什么！"老太太三个孙女儿，都没有好结果。探春算是好的，但嫁到海疆那么远也看不见，迎春一个好好的姑娘，活活给磨死。贾母病重，他们都不敢去回。可怜一位如花似月之女，结褵年馀，不料被孙家揉搓以致身亡。又值贾母病笃，众人不便离开，竟容孙家草草完结。这么一个贾府的千金随随便便葬掉了，落得这种下场。忽喇喇似大厦倾，贾府这屋子要倒的时候，哗啦哗啦摇动得越来越厉害了。

第一百十回

史太君寿终归地府　王凤姐力诎失人心

　　小说里头最靠功力的地方，就是写生离死别，要写这种最动人的（emotional）、感情最强烈的场景，写得好不容易。情绪、情感要强烈到什么地步？怎么样子来写它？处处要恰到好处。晴雯之死写得好，黛玉之死写得好。我们看到晴雯死之前，把自己的长指甲"喀嚓"咬断，留给宝玉，等于说：我的身体生的时候不能跟你，死的时候留给你。咬断，写得好！那一回讲过，庚辰本写剪断，剪刀剪断就不好了，要"喀嚓"咬断，那就带劲了。黛玉死的时候，最后焚稿断痴情，把两块有着情思泪痕的手帕，往火盆里面一丢烧起来，是情绪很高涨的安排。贾母之死又不一样了，要写得恰如她的身份。贾母是何许人，老太太生前雍容大度，气派非凡，死的时候也要有派头。怎么个写法？贾母快死之前回光返照，要留给家里最后几句话。*却说贾母坐起说道："我到你们家已经六十多年了。从年*

轻的时候到老来，福也享尽了。自你们老爷起，儿子孙子也都算是好的了。老太太很宽容，虽然这些子孙有不肖的地方，不肖到抄了家，最后老太太对他们说还算好的。就是宝玉呢，我疼了他一场。"说到那里，拿眼满地下瞅着。王夫人便推宝玉走到床前。贾母从被窝里伸出手来拉着宝玉道："我的儿，你要争气才好！"就这一句话，放不下心。宝玉嘴里答应，心里一酸，那眼泪便要流下来，又不敢哭，只得站着。老太太最疼的就是宝玉，明明知道这个孙子不合乎当时儒家社会一切正常的规范，老太太心中还是疼他，对他百般宠爱。还记得宝玉被打的时候老太太去挡，那一幕也很动人。

　　宝玉听贾母说道："我想再见一个重孙子我就安心了。她希望宝玉能够生一个孩子，她再有一个重孙子，就更安心了。我的兰儿在那里呢？"现在她唯一的重孙是贾兰，李纨也推贾兰上去。贾母放了宝玉，拉着贾兰道："你母亲是要孝顺的，将来你成了人，也叫你母亲风光风光。"每句话都语重心长。贾兰的妈妈李纨守了一辈子寡，就指望这个儿子，所以贾母讲，以后所有的一切都在你身上，你对妈妈要孝顺让她风光风光。贾母很了解，李纨一辈子吃了不少苦。"凤丫头呢？"凤姐本来站在贾母旁边，赶忙走到眼前说："在这里呢。"贾母道："我的儿，你是太聪明了。一句话，你太精了，"机关算尽太聪明，反算了卿卿性命"就在讲王熙凤。将来修修福罢。贾母每句话都有因的，我也没有修什么，不过心实吃亏，那些吃斋念佛的事我也不大干，就是旧年叫人写了些《金刚经》送送人，不知送完了没有？"凤姐道："没有呢。"贾母道："早该施舍完了才好。我们大老爷和珍儿是在外头乐了，贾母死的时候，他们被流放了，没得来送终，故意这么讲他们在外面乐了。最可恶的是史丫头没良心，怎么总不来瞧我。"大家知道，史湘云虽然开头说嫁得很好，那个先生突然得了痨病，史湘云走不开了。鸳鸯等明知其故，都不言语。她们不想让贾母担心，都不言语。贾母又瞧了一瞧宝钗，叹了口气，没话讲了，可怜这个孙媳妇。只见脸上发红。贾政知是回光返照，即忙进上参汤。贾母的牙关已经紧了，合了一回眼，又睁着满屋里瞧了一瞧。王夫人宝钗上去轻轻扶着，邢夫人凤姐等便忙穿衣，地下婆子们已将床安设停当，铺了被褥，听见贾母喉间略一响动，脸变笑容，竟是去了，享年八十三岁。贾母的最后写得有条有理、不卑不亢，跟晴雯、黛玉完全是两种场景，两种不同的人生嘛！贾母是享尽了福寿终正寝，荣华富贵一生，儿孙满堂，所以她走的时候面带笑容，算是对人生没有什么遗憾地走了。

贾母过世了，按理讲贾府的丧礼应该是最轰轰烈烈的一次。大家还记得一开始秦可卿死的时候，贾府正当极盛，秦氏不过是宁国府的孙媳妇，丧礼的排场非常铺张，各个王亲公侯来吊丧。那时尤氏生病，请王熙凤去办理，凤姐当时威风八面，调动下面那些仆人，有条不紊。那边的总管就讲，西府琏二奶奶来了，"那是个有名的烈货，脸酸心硬，一时恼了，不认人的"。果然凤姐去的时候雷厉风行，有一次一个仆人睡迷了迟到，怕得向凤姐求饶，凤姐说："明儿他也睡迷了，后儿我也睡迷了，将来都没了人了。本来要饶你，只是我头一次宽了，下次人就难管，不如现开发的好。"脸一变，拉出去打二十板子。凤姐得贾母的宠，贾珍又把大权给她，用钱也不是问题，那个丧礼办得奢侈盛大。现在贾母死了，今非昔比，处处见肘。为什么？第一，抄家了不敢那么嚣张；第二，的确贾府家库空了，没钱了。巧妇难为无米之炊，凤姐那么能干也使不上劲来。

　　这一回彻彻底底把贾府的窘迫写得淋漓尽致。要钱没钱，要人没人，这个时候邢夫人来管。邢夫人本来就很抠门的人，自己又被抄了家，贾母给她点银子，那还不捏得死死的。贾政很迂腐，他讲丧礼还是节省一点好，说"丧与其易，宁戚"，丧礼铺张，还不如表现真情的哀痛。邢夫人得了这句话，这可好了，哭几声最好，银子不要花了。可是来贾府吊丧的亲戚还是很多，别忘了贾政又恢复了荣国公的职位，如果两个职位都丢掉了，恐怕来吊丧的人就很少，抄家了划清界线还来不及。一看恢复了职位，表示皇帝的恩宠还没有完全断绝，吊丧的来了很多，怎么办呢？场面虽然没有从前那么大，可是连最基本的场面，凤姐就已经顾不到了。鸳鸯这时候就来求凤姐了，鸳鸯当然非常忠心于贾母，她说老太太做人这么一辈子，再怎么样，一定要让她风风光光地走，说着给凤姐磕头，凤姐说："快起来。"其实凤姐有口难言，她也很想办好啊，但这个时候由不得她，连贾琏到外面去拿银子也兜不回来。鸳鸯就讲，如果没有银子，我们还剩了一些钱，就通通捐出去用吧。她说："不是我着急，为的是大太太是不管事的，老爷是怕招摇的，若是二奶奶心里也是老爷的想头，说抄过家的人家丧事还是这么好，将来又要抄起来，也就不顾起老太太来，怎么处！在我呢是个丫头，好歹碍不着，到底是这里的声名。"凤姐道："我知道了，你只管放心，有我呢！"鸳鸯才走。

凤姐想："鸳鸯这东西好古怪！不知打了什么主意，论理老太太身上本该体面些。"她想鸳鸯怎么跑来讲这些话，鸳鸯很识大体的一个丫头，现在反而来拱着她、挤着她，她也很想做好啊。她这就去问下面的人，银子哪里去了。先是问贾琏，我们还有多少银子拿出来。贾琏就讲："谁见过银子！我听见咱们太太听见了二老爷的话，极力的撺掇二太太和二老爷，说这是好主意。说这个"丧与其易，宁戚"，丧礼不要铺张，叫我怎么着！现在外头棚杠上要支几百银子，这会子还没有发出来。几百银子都拿不出来。我要去，他们都说有，先叫外头办了回来再算。他说，前面不给，先办了回来再说。下面这些佣人，有的蛮有钱的，贾府里面东抠西抠也抠得出来，有点钱的跑光了，深怕主人问他们拿钱出来，现在按册去叫，有的说生病了，有人跑回到庄子里面去了。墙倒众人推，树倒猢狲散，老得走不动的老弱残兵还剩下几个。说那些躲掉的，只有赚钱的能耐，还有赔钱的本事么！”凤姐听了，呆了半天，说道："这还办什么！"这点钱都拿不出来，怎么办？凤姐晓得大事不妙。中国人向来吊丧的时候一定要吃饭的，连吃饭这种最基本的都招呼不了，窘迫到这个地步。凤姐就跑去跟鸳鸯打主意了，问老太太还剩下什么东西。鸳鸯说，那年你们当的是什么东西啊，还没去赎回来，金银东西都被你们当光了。这真是危急得很。凤姐说，你不要给我金银的，普通一点的那些家伙，拿出来当当也可以啊。鸳鸯讲了，普通的家伙，你看看大太太房里用的是什么东西啊，还不都是老太太的那些东西。什么都没有了，没办法了，凤姐又跑去找王夫人的丫头彩云，动王夫人的主意。到这个地步，凤姐也慌了手脚，鸳鸯见凤姐这样慌张，心想："他头里作事何等爽利周到，如今怎么掣肘的这个样儿。我看这两三天连一点头脑都没有，不是老太太白疼了他了吗！"

　　邢夫人知道这事情之后，她晓得贾琏、凤姐他们都是手大脚大用钱用得快，她捏住钱不给。王夫人说我们现在虽然不行，但外面的体面还是要的。没有钱又要体面，凤姐也有讲不出的苦处来，邢夫人在旁边还讲风凉话，说："论理该是我们做媳妇的操心，本不是孙子媳妇的事。但是我们动不得身，所以托你的，你是打不得撒手的。"凤姐紫涨了脸，那时候又不好在婆婆面前抱怨，不便去讲这些东西的。凤姐没办法了，去求那些办事媳妇。回头想想，从前她威风八面的时候，下面什么林之孝家的、周瑞家的、吴新登家的，哪个不怕凤姐啊，凤姐一声令下，这些管家媳妇们通通办事。现在她去求她们了。她说："大娘婶子们可怜我罢！我上头揽了好些说，为的是你们不齐截，叫人笑话。明儿你们豁出些辛苦来罢。"你看，凤姐没办法了，求她们这些管事媳妇用心一点。那管事媳妇也有她们的苦处，说："奶奶办事不是今儿个一遭儿了，我们敢违拗吗？只是这回的事上头过于累赘。只说打发这顿饭罢，有的在这里吃，有的要在家里吃，请了那位太太，又是那位奶奶不来。诸如此类，那得齐全。还求奶奶劝劝那些姑娘们不要挑饬就好了。"这个时候没钱了，什么都办不好。凤姐讲，这些小姐丫头们你还不好去得罪。老太太跟太太跟前的丫头是不好弄的。那些人讲："从前奶奶在东府里还是署事，要打要骂，怎么这样锋利，谁敢不依。如今这些姑娘们都压不住了？"凤姐是今昔之叹，从前是从前哪，现在是一点办法都没有了。最后她说："好大娘们！求她们了，明儿且帮我一天，等我把姑娘们闹明白了再说罢咧。"凤姐威风没有了，倒了。抄家的时候自己有份，那时候已经心虚，矮了半截，这下子老太太过世，她的靠山没有了。从前凤姐之所以威风八面，老太太是她的靠山啊！老太太上面讲一句，下面谁敢违抗，连她的婆婆邢夫人也压不住她，王夫人就不必讲了，老太太在上面撑她的腰嘛。现在，没人撑了，凤姐没辙了。

　　丧事办得不像样子，到底他们还是皇亲国戚，连日王妃诰命也来得不少，钱转不开，招待草草了事，实在不像话，连鸳鸯都看不过去。这个时候，又让李纨出头来解决，而且非常得体。李纨常常在最节骨眼儿上出来说几句话，充分显示她这个人很贤慧、很仁慈、很识大体、很守分寸。这个角色不好写，因为她平平的，没什么大起大落，可是写得总是恰如其分。还记得林姑娘死的时候吗？没有人去，因为都跑到宝钗婚礼去了。李纨是寡妇不便去喜事，所以去探望黛玉，最后时刻对黛玉非常怜惜，充分表现了她的人性。这时李纨看凤姐捉襟见肘，简直是办不下来，她晓得她的难处。按理讲，她们是妯娌，她还是大媳妇，对凤姐应该有一点嫉妒跟仇视的，但她没有，还替凤姐讲话，讲得很好。她就把自己下面那些人招来解释一顿，希望至少这几个人去帮凤姐。

她讲："俗语说的，'牡丹虽好，全仗绿叶扶持'，太太们不亏了凤丫头，那些人还帮着！若是三姑娘在家还好，如今只有他几个自己的人瞎张罗，面前背后的也抱怨说是一个钱摸不着，脸面也不能剩一点儿。想到了如果探春在的话，还可以压得住场子，探春不在了，老太太又死了，李纨看出她的苦处来了。老爷是一味的尽孝，庶务上头不大明白。这样的一件大事，不撒散几个钱就办的开了吗！可怜凤丫头闹了几年，不想在老太太的事上，只怕保不住脸了。"凤姐是多么要强的一个人，在贾府里面多么有面子、有风采，偏偏最后在老太太的事上倒了，颜面尽失。她就叫那些人来了，说："你们别看着人家的样儿，也糟踏起琏二奶奶来。别打量什么穿孝守灵就算了大事了，不过混过几天就是了。看见那些人张罗不开，便插个手儿也未为不可。这也是公事，大家都该出力的。"那些素服李纨的人都答应着说："大奶奶说得很是，我们也不敢那么着。"都服她嘛，李纨以德服人。她们说鸳鸯到处讲凤姐的坏话，这倒奇怪了。听得鸳鸯那边很抱怨。李纨也告诉鸳鸯，琏二奶奶并不是在老太太事上不用心，只是银子都不在她手上，巧媳妇难做无米之炊，没办法。她讲，鸳鸯奇怪，怎么不像从前了。后来鸳鸯的确不对了，吊颈自杀。李纨说："那时候有老太太疼他倒没有作过什么威福，如今老太太死了，没有了仗腰子的了，我看他倒有些气质不大好了。"怎么搞的，鸳鸯很大度、很听话的一个丫头，怎么也变了。李纨先前还替她发愁，还好这个时候贾赦在外面，要是在家，一定把她抓来做妾。贾赦之前放过话："逃不出我的手掌。"所以李纨这时候显现她贤慧的一面。

这一回的最后，史湘云晓得送殡不能不来，虽然夫婿病了，她还是来了。她满腹心事，想起贾母素日疼他；又想到自己命苦，刚配了一个才貌双全的男人，性情又好，偏偏的得了冤孽症候，不过捱日子罢了。于是更加悲痛，直哭了半夜。各个人哭各个人的心事。这个写得好，不光是哭贾母，也哭自己，借他人的灵堂哭自己的悲伤。宝玉瞅着也不胜悲伤，又不好上前去劝，见他淡妆素服，不敷脂粉，更比未出嫁的时候犹胜几分。转念又看宝琴等淡素装饰，自有一种天生丰韵。独有宝钗浑身孝服，那知道比寻常穿颜色时更有一番雅致。他还有这种想法，贾宝玉就是贾宝玉。心里想道："所以千红万紫终让梅花为魁，殊不知并非为梅花开的早，竟是'洁白清香'四字是不可及的了。但只这时候若有林妹妹也是这样打扮，又想起来了，又不知怎样的丰韵了！"想到这里，不觉的心酸起来，那泪珠便直滚滚的下来了，趁着贾母的事，不妨放声大哭。他们各哭各的心事，是集体的悲伤，贾府到了这个时候，真的是一片悲声。

　　凤姐已经累得支撑不住了，她本来就在生病，只能敷衍了过去，这个时候一个小丫头不懂事，跑来说："二奶奶在这里呢，怪不得大太太说，里头人多照应不过来，二奶奶是躲着受用去了。"这是转述邢夫人的话。邢夫人素来讨厌这个媳妇，趁这个时候踏她几脚，从前那么嚣张，这时候来讲讲她。凤姐听了这话，一口气撞上来，往下一咽，眼泪直流，只觉得眼前一黑，嗓子里一甜，便喷出鲜红的血来，身子站不住，就蹲倒在地。凤姐气得吐血了，多少的委屈，扛多少的事，被小丫头这么来践踏两下。可怜的凤姐，落到这个地步。当年的威风哪里去了？凤姐倒了，这个那个都来踩一脚，众人都来推，凤姐的命运也走到最后了。

第一百十一回

鸳鸯女殉主登太虚　狗彘奴欺天招伙盗

　　凤姐累得气得吐血了，没多久鸳鸯上吊了，然后贾府
遭盗，通通来了，祸不单行。凤姐吐血病倒的事丫鬟去告
诉邢夫人、王夫人，邢夫人还以为凤姐偷懒，淡淡地说：
"叫他歇着去罢。"淡笔来这么一下，这是写得好的地方。
你看王凤姐落到这个地步，丫鬟戳她一下，婆婆戳她一下，
鸳鸯捅她一下，凤姐全无招架之力。凤姐本来是贾府里头
一等得意人，出场时大家还记得吗？头戴凤冠，一身穿得
像神仙人物似的那样出来，一声叫场："我来迟了！"那
种派头少有，现在完全颠倒过来了，世态炎凉尝尽，弄到
这种境地。所以前面要写得极盛，后面才显出极衰，如果
凤姐前面没有那种威风，后面写成这个样子，反差就不够
大了。现在前后对照，的确令人叹息。
　　辞灵的时候大家都痛哭，鸳鸯当然最伤心了。只见鸳
鸯已哭的昏晕过去了，大家扶住捶闹了一阵才醒过来，便

说"老太太疼我一场我跟了去"的话。大家本来以为她是伤心过头讲的话，哪晓得她真的上吊了。我们看看鸳鸯这个人，她是众丫头之首，也是贾母在的时候大观园里头一位得意人，连凤姐都要对她这辈分的丫鬟让几分，不敢有疾言，不要说其他人了。邢夫人要把鸳鸯弄去给贾赦做妾，鸳鸯不假以颜色，邢夫人也不敢怎么样。鸳鸯有她的地位，有她的个性，也是贾母倚重的人。凤姐就叫邢夫人不要替贾赦去做这事了，她说老太太没有鸳鸯在，饭都吃不下去的。鸳鸯敢答应贾琏把贾母那些金银器拿出去借当，她在贾母那儿是能做主，并获得贾母信任的。大家都记得"金鸳鸯三宣牙牌令"那种气势吧，"史太君两宴大观园"，那个时候金鸳鸯多么风光。她不肯做贾赦的妾，表现得正义凛然，贾赦就怀疑自古嫦娥爱少年，说她可能看上贾琏，也可能看上宝玉，贾赦说不管看上哪一个，别想逃得出他的手掌。鸳鸯就在贾母面前跪下来，说："不要说宝玉，就是宝金、宝天王我也不嫁，什么人我都不嫁。"她那时候讲，老太太死了我就跟着去，她拿一把剪刀，回头就把头发"咔嚓"一剪。她要出家，逼她的话就遁入空门，当尼姑去。多么刚烈、有正气的一个女孩子。

这时候，鸳鸯哭了一场，想到"自己跟着老太太一辈子，身子也没有着落"。虽然当时这么受宠，到底是个丫鬟，最后的结局不会太好，除非趁着主子在的时候选定了人嫁出去，要不然随随便便把她配给小子、配给佣人，也可能贾赦回来抓了她去当小妾。"如今大老爷虽不在家，大太太的这样行为我也瞧不上。瞧不起邢夫人，拿我当妾，休想！老爷是不管事的人，贾政不管事的，以后便乱世为王起来了，我们这些人不是要叫他们掇弄么。谁收在屋子里，谁配小子，我是受不得这样折磨的，倒不如死了干净。让我给他们这么随便掇弄，我不受这个折磨。这鸳鸯本来很受宠，而且是很刚烈的一个人，她想倒不如死了干净些。但是一时怎么样的个死法呢？"一面想，一面走回老太太的套间屋内。刚跨进门，只见灯光惨淡，隐隐有个女人拿着汗巾子好似要上吊的样子。鬼魂又来了。鸳鸯也不惊怕，心里想道："这一个是谁？和我的心事一样，倒比我走在头里了。"便问道："你是谁？咱们两个人是一样的心，要死一块儿死。"那个人也不答言。鸳鸯走到跟前一看，并不是这屋子的丫头。仔细一看，觉得冷气侵人时就不见了。鬼魂一下不见了。鸳鸯呆了一呆，退出在炕沿上坐下，细细一想道："哦，是了，这是东府里的小蓉大奶奶啊！秦氏。他早死了的了，怎么到这里来？必是来叫我来了。他怎么又上吊呢？"怎么这个时候出现？怎么又上吊了？是了，一定是教我法子来的。鸳鸯这么一想，邪侵入骨，便站起来，一面哭，一面开了妆匣，取出那年绞的一绺头发，揣在怀里。鸳鸯那时候绞了一绺头发，她自己留着的。如果有这么一个续书者，思想这么细致，那他的才华绝不下于曹雪芹，可能还要超过他。把人家的东西拿来续写，把放出去的线索收回来，写得这么细致、周到，这个时候还要让大家想想鸳鸯绞发的那种刚烈劲儿，太周到了。鸳鸯把头发揣在怀里，就在身上解下一条汗巾，按着秦氏方才比的地方拴上。自己又哭了一回，听见外头人客散去，恐有人进来，急忙关上屋门，然后端了一个脚凳自己站上，把汗巾拴上扣儿套在咽喉，便把脚凳蹬开。可怜咽喉气绝，香魂出窍，正无投奔，只见秦氏隐隐在前。来了，这个有意思。秦氏怎么死的？我们所知是病死的。怎么上吊了呢？这个就是《红楼梦》中的一个大疑问。本来秦氏之死有个回目叫作"秦可卿淫丧天香楼"，讲贾珍跟秦氏有染，正在入港的时候给一个丫鬟撞见，秦氏羞愧之下自己吊颈死了。本来有这么一个说法的，后来脂砚斋评说这事情太露骨了，可能秦氏跟贾珍这事影射了他们那个表亲家——苏州织造李煦跟他媳妇的事情。所以脂砚斋说这个不好讲的，曹雪芹就改了情节，写成秦可卿是病死的。可是他这个地方没有改，又露馅了。可能原来写的时候秦氏是吊颈的，所以鬼魂回来教鸳鸯吊颈。

不管怎么样，鸳鸯死的时候，秦氏的魂魄就把她引到太虚幻境去了。太虚幻境有个痴情司，这些痴魂怨鬼下到人世间，最后一个一个都回来归档了，鸳鸯也去了。本来秦氏是管风月的，现在要让鸳鸯来管。鸳鸯说，我是最无情的，怎么要我来管呢？那个秦氏的鬼魂说："不然，你看就知道。"她在太虚幻境不是秦氏了，是引导宝玉的那个兼美，警幻仙姑的妹妹。她说："你还不知道呢。世人都把那淫欲之事当作'情'字，所以作出伤风败化的事来，还自谓风月多情，无关紧要。不知'情'之一字，喜怒哀乐未发之时便是个性，喜怒哀乐已发便是情了。至于你我这个情，正是未发之情，就如那花的含苞一样，欲待发泄出来，这情就不为真情了。"鸳鸯的魂听了点头会意。这是说鸳鸯这个人无情胜有情。"情"在曹雪芹笔下，不是肌肤之亲为情，所以他讲贾宝玉这个人是最淫的一个人，为什么？他说他意淫。这心中想到的东西最有情，就是意淫，是天下第一淫人。所以曹雪芹有他非常特殊的看法。

贾府去送贾母的灵柩，家里就发生事情了。怎么回事呢？那个周瑞家的一个干儿子叫何三，跟鲍二喝酒打架，被贾珍打了一顿赶走了，怀恨在心，就跟一伙盗贼趁着送殡的时候家里人少，跑进去偷盗抢劫。贾府其他的都抄掉了，老太太的那些金银还没有发出去，他们一伙盗贼跑来洗劫。这时候凤姐病了在家守着，尤氏因为不喜欢惜春就要她看家，惜春就请了妙玉来陪她下棋。这下糟了，会扶乩的妙玉没有算到这局棋引发的连带事件，决定了她最后的命运。

第一百十二回

活冤孽妙尼遭大劫　　死雠仇赵妾赴冥曹

　　贾府忙着贾母的丧事，盗贼看有机可乘，进来偷盗抢劫，一看有个绝色美女，而且还是带发修行的尼姑，起了淫心，抢走了东西又回头，把妙玉也抢走了。"到头来，依然是风尘肮脏违心愿……又何须，王孙公子叹无缘"，这就是妙玉最后的下场。当然她不会依从盗贼，最后还是被杀害了。

　　回想妙玉这个人物，在《红楼梦》里真的很特殊。她跟宝玉有一种很神秘的沟通，她只亲近两个人，一个是宝玉，一个是惜春，一个当和尚，一个当尼姑，这两个人最后完成了他们自己的旅程和解脱，妙玉没有。妙玉亲近他们，唯一看得上和尊崇的就是这两个人。妙玉看得到人家的命运，她看到了这两个人最后修成，而她自己不行。她多么努力，摒弃一切尘世上的肮脏，有时候甚至做得非常过分，她因为害怕，洁癖到我们看了荒谬的地步。刘姥姥到栊翠庵去喝一杯茶，那个杯子还要丢掉。刘姥姥跟贾母他们来过庵里，宝玉要派几个小幺儿帮她拿几桶水来洗地。刘姥姥什么人？一身的泥土气，但从某方面来看，她是个土地婆，代表了土地的某种生命力，但妙玉通通拒绝，怕沾惹尘埃，可是她自己的结局非常讽刺，反而被盗贼抢走。修为的时候最怕的是什么？六尘——色、声、香、味、触、法，常常来引诱我们，经过眼、耳、鼻、舌、身、意六根来诱惑。为什么又叫"六贼"？因为会来偷光我们的内在清净。妙玉六根未净，所以招来贼，是真的盗贼，其实她心中的贼更厉害。第八十七回"感秋深抚琴悲往事"，她听琴弦"嘣"的一声断了，心惊肉跳，回去以后走火入魔。妙玉要走修行的路太艰难，到最后还是撑不住，被贼抢去了，下场可以想见。这一伙强盗后来变成海盗，强拉她去，她那么孤傲，不从，后来据传闻被强盗杀死。妙玉等于是宝玉的一面镜子，宝玉也是妙玉的一面镜子，宝玉经过九九八十一劫，一步一步走上修行道路，最后入了空门。妙玉老早自称"槛外人"，宝玉回复她送的生日帖自称"槛内人"，谦称自己还在红尘。妙玉自以为脱了红尘，哪晓得恰恰相反，那一步铁栏杆，她从来没有踏出去过，倒是宝玉最后跨出去了。

这一回写妙玉被劫，外面的盗贼进来抢走她，她自己也是走火入魔、六贼入侵。另外一个有心修行的人最后成功了，就是四姑娘惜春。惜春听到妙玉被劫，且偏偏是尤氏要她在家看屋子的时候发生这种事，非常羞愧懊恼。她自己想一想，真的没意思了：大姐姐元春病故；二姐姐迎春磨死了；史湘云嫁得好好的，先生又得了痨病；三姐姐探春远嫁走了。她想这些都是命定。开头她本来还羡慕妙玉如闲云野鹤，无拘无束，"我能学她就造化不小了"。但她是世家之女，怎能遂意？贾府这一连串的事故纷纷扰扰，她素日又跟嫂子尤氏不和，本来就有遁入空门的想法，这个时候更加笃定了。就先把自己的头发一绞，丫头在旁苦劝，拉不住，一时间就绞掉一半了。头发是三千烦恼丝，出家的人第一步就把头发剃光。别忘了，妙玉是带发修行的，惜春却要把三千烦恼丝剪掉。妙玉遭劫，最重要的原因是"色"，长得美，如果她是一个丑尼姑，恐怕贼也不抢她了，因为她长得美，贼看见了，而且带发修行像个美女嘛。六贼，"色"占头一个，大劫难逃了。

《红楼梦》十二支曲子的挽诗里，讲了妙玉和惜春，我们再来看一次。

〔世难容〕气质美如兰，才华阜比仙。美嘛，不光如此，而且妙玉的诗才很高。天生成孤癖人皆罕。这个人太过孤僻。你道是啖肉食腥膻，视绮罗俗厌；却不知太高人愈妒，过洁世同嫌。太高太洁的人，是为天嫉天妒。可叹这，青灯古殿人将老；辜负了，红粉朱楼春色阑。到头来，依旧是风尘肮脏违心愿。这是她的结果。好一似，无瑕白玉遭泥陷；可怜好好的一块美玉，妙玉。又何须，王孙公子叹无缘。这是书里一开始就讲的神秘不可知的命运。宝玉到了太虚幻境看到这些册子写了这些人的命运，那个时候他不懂。其实不懂最好，事先懂得自己的命运，知道一生前定，做任何事情都会走这条路子，最爱最亲的人也必定是那个结果，就失去走下去的动力了。后来宝玉又到太虚幻境，看到所有哀伤的结局都早有前定，你说他怎能不悟道出家？

惜春的挽诗与妙玉是个对照，一个是"到头来，依旧是风尘肮脏违心愿"，一个是"西方宝树唤婆娑，上结着长生果"，两个人不同的道路，不同的结果。

〔虚花悟〕将那三春看破，老早就看破。桃红柳绿待如何？满园繁华又怎么样呢？把这韶华打灭，觅那清淡天和。惜春看得开、看得穿，所以她看到林黛玉吐血生病了，淡淡的一句：林姐姐把什么事都看得那么认真，难怪这样。她比她们都看得透。说什么，天上夭桃盛，云中杏蕊多。到头来，谁把秋捱过？不管你多么兴盛，开得桃红柳绿，没有一个挨得过秋，秋天来了，全部凋零。最后的结果，则看那，白杨村里人呜咽，青枫林下鬼吟哦。更兼着，连天衰草遮坟墓。这的是，昨贫今富人劳碌，春荣秋谢花折磨。似这般，生关死劫谁能躲？闻说道，西方宝树唤婆娑，上结着长生果。她最后出家求道，达到她的愿望。红尘里面这许多纷扰，她早已经撒开了。她跟妙玉不一样，也不像宝玉是经过许许多多的情劫。世界上的烦恼和痛苦都来自情字，她老早就割断了。可怜绣户侯门女，独卧青灯古佛旁。最后她出家了，她看到世间俗缘的痛苦纠缠，老早斩断。惜春是解脱最彻底的一个。

第一百十三回

忏宿冤凤姐托村妪　释旧憾情婢感痴郎

　　这一回的发展，不仅赵姨娘得了暴病，王熙凤的生命也走到了尽头。这时候凤姐病了，且羞于见人，以前做过的一些太过分的事情，通通浮上心头。赵姨娘在铁槛寺内怪病发作，见人少了，更加混说起来，唬得众人都恨，就有两个女人挽着。赵姨娘双膝跪在地下，说一回，哭一回，有时爬在地下叫饶，说："打杀我了！红胡子的老爷，我再不敢了。"有一时双手合着，也是叫疼。眼睛突出，嘴里鲜血直流，头发披散，人人害怕，不敢近前。那时又将天晚，赵姨娘的声音只管喑哑起来了，居然鬼嚎一般。到了这个地步。后来死了，也没人哭她，除了她自己的儿子贾环哭了这么一下，王夫人他们在铁槛寺看完了贾母的灵柩，理都不理，走了。在这个地方，大作家一笔下去，如同千金之重。赵姨娘这个人的确不可爱，做了很多颠倒的事，讲话也不识大体，可是我们没有想到她死得这样凄厉，虽然也其来有自。这时候有一个人突然出现了，这个人本来我们对她都没有印象的，谁？周姨娘。贾政有两个小老婆，周姨娘是另外一个，完全没有声音，不出头的一个人，这个时候派上用场了。贾环听到母亲死了，然后大哭起来。众人只顾贾环，谁料理赵姨娘。贾环要紧，他也是个公子少爷啊。你看，这里这么一笔，只有周姨娘心里苦楚，想到："做偏房侧室的下场头不过如此！况他还有儿子的，我将来死起来还不知怎样呢！"于是反哭的悲切。一句话，写出对周姨娘的同情，也唤起了读者对赵姨娘的怜悯。

在曹雪芹笔下，不管是最高贵的，最粗鄙的，最娇宠的，最卑微的，都是众生。这门课开头的时候，我引了丝路上张掖一个古庙的对联，上联是"天地同流眼底群生皆赤子"，在成佛成道者看来，不管你是谁，众生皆赤子一律平等；下联是"千古一梦人间几度续黄粱"，不管时间多长，古今都像大梦一场，都是几度黄粱梦境。前面写的是空间，后面写的是时间。在曹雪芹笔下，不管是高的低的，他都以大悲之心，看众生之苦，这本书最了不得的也是这种地方。他自己当然也经过了许多挫折，对人生有所了悟，所以才能心生大悲。这一笔就把境界转过来了，如果没有这一笔，赵姨娘就让她死得那么凄惨去吧。有这一笔，佛家众生平等的思想就在这里。

凤姐听说了赵姨娘的死，有人讲："琏二奶奶只怕也好不了，怎么说琏二奶奶告的呢。"赵姨娘意识不清时讲凤姐在阴司告她，平儿一听当然很着急，看看王夫人、邢夫人都不理，不来看凤姐，连贾琏对她也这么淡薄。凤姐此时只求速死。快点了结生命吧！这么好强的人落到这个地步，也很不堪。心里一想，邪魔悉至。这么一想就中邪了，又看见鬼魂来找她，谁呢？她害死的尤二姐。只见尤二姐从房后走来，渐近床前说：“姐姐，许久的不见了。做妹妹的想念的很，好恐怖喔，你想想看，突然间尤二姐跑来说：好久不见。要见不能，如今好容易进来见见姐姐。姐姐的心机也用尽了，咱们的二爷糊涂，也不领姐姐的情，反倒怨姐姐作事过于苛刻，把他的前程去了，叫他如今见不得人。我替姐姐气不平。”凤姐恍惚说道：“我如今也后悔我的心忒窄了，妹妹不念旧恶，还来瞧我。”自己自言自语讲了起来。这可能鬼真的来了，也可能心理作祟，一个人要死了，心中的许许多多歉疚都来了。平儿说道：“奶奶说什么？”凤姐即刻醒来，想起尤二姐已经死了，怎么会跑来？一定是来索命的。她心里当然很害怕，又不出声，她好强，不肯跟平儿讲。这时候什么人来了？构想得真是好，这个地方刘姥姥出现了。我们想想，前后激起了多大的反差。刘姥姥第一次见凤姐的时候是什么情况？凤姐穿着一身绫罗绸缎和皮裘，坐在炕上，冬天嘛，拿了一个手炉，用一根银的簪子，在慢慢拨那个灰。刘姥姥被请进来，凤姐头也不抬，讲那些话很有意思。凤姐故意说，我年纪轻，这些七亲八戚我也照顾不到。刘姥姥就说，你们瘦死的骆驼比马还大，你拔根毛比我们腰还粗。凤姐听着倒也很好笑，晓得她是穷亲戚来要钱的。刘姥姥也带了一些地里产的瓜果蔬菜来。好吧，凤姐就跟平儿讲，赏她二十两银子，还要加一句，这本来是给我的丫头做衣服的，你先拿去。那种高傲、气焰之盛，对穷亲戚瞧不起的态度，跟下面一对比，你看差别多大。

刘姥姥来了，平儿本来说正病着不要见人吧。凤姐一听说，赶紧请她来。她心中害怕，有个老人家来陪她讲讲话也好。刘姥姥这回带了外孙女青儿一起来。只见平儿同刘姥姥带了一个小女孩儿进来，说："我们姑奶奶在那里？"平儿引到炕边，刘姥姥便说："请姑奶奶安。"凤姐睁眼一看，不觉一阵伤心，说："姥姥你好？怎么这时候才来？你瞧你外孙女儿也长的这么大了。"刘姥姥看着凤姐骨瘦如柴，神情恍惚，心里也就悲惨起来，说："我的奶奶，怎么这几个月不见，就病到这个分儿。我糊涂的要死，怎么不早来请姑奶奶的安！"你看这与当年是多么大的对比。这个时候，贾府衰掉了，贾母也死了，王熙凤从前那么风光，现在是骨瘦如柴。"我的奶奶，怎么这几个月不见，就病到这个分儿。"刘姥姥这句话是怜惜她，从另外一个角度来看，更觉得贾府下场凄凉。这个时候作者让刘姥姥再进来，从她的眼光看到贾府的衰落。以刘姥姥的观点来看，语调完全不一样了。刘姥姥这么一个乡下老太婆，她也参加过贾府的盛宴，在那场合耍宝，弄得大家一片欢笑。贾府最盛的时候她看到了，现在衰到这个地步，刘姥姥再来看，也勾动她的今昔之比，这时候她的出现，特别有效。

　　刘姥姥就讲了，我们乡下人不看病的，病了就去庙里头求一求就好了。这句话倒戳中了凤姐的心事，凤姐她见鬼了嘛，鬼就来索命了，所以要刘姥姥赶快替她去菩萨前面求一求。凤姐这么厉害的人物，到了这个时候，也要求刘姥姥帮她了。后来刘姥姥真的救了她的女儿巧姐，刘姥姥像个土地婆，到了最关键、最危急的时刻突然出现，很神奇地救人一把，土地婆不都这样子吗？这时候巧姐来了，本来刘姥姥要走的，凤姐叫她不要走，叫她看看巧姐。别忘了巧姐的名字是刘姥姥取的，她不是农历七月初七乞巧节生的吗？刘姥姥说就叫她巧姐，这个巧字以后逢凶化吉。

　　其实，这一回写的是凤姐托孤，她怕自己走了，巧姐可能难保，她自己心里有数，得罪这么多人，死了以后一定很多人要来算计她的女儿。怎么办，托谁呢？外面的人都托不了，自己的哥哥王仁也靠不住，连贾琏都这个样子了，谁能让她托孤？刘姥姥刚好在这里，也许等于是巧姐的亲外婆了。巧姐儿道："前年你来，我还合你要隔年的蝈蝈儿，你也没有给我。"刘姥姥说："若说蝈蝈儿，我们屯里多得很，只是不到我们那里去，若去了，要一车也容易。"凤姐道："不然你带了他去罢。"刘姥姥笑道："姑娘这样千金贵体，绫罗裹大了的，吃的是好东西，到了我们那里，我拿什么哄他顽，拿什么给他吃呢？"接着又笑着说："那么着，我给姑娘做个媒罢。我们那里虽说是屯乡里，也有大财主人家。"凤姐认真说："你说去，我愿意就给。"刘姥姥道："这是顽话儿罢咧。"刘姥姥走的时候，凤姐真的要她去拜拜，去求神，因为心中有鬼，还从腕上脱了一个金镯子下来给刘姥姥说："求你替我祷告，要用供献的银钱我有。"刘姥姥说用不着这个，我会替你去上香许愿就是了。凤姐怕被冤魂纠缠，叫她快点去，而且留下她的外孙女青儿跟巧姐玩耍。凤姐知道笼络刘姥姥了，当年对刘姥姥那种态度，现在反过来要刘姥姥帮她。所以这个时候刘姥姥来，下了一个伏笔，也充分衬托出凤姐的处境多么危急、悲惨，没有人理她了。凤姐的处境，反映了贾府的处境，贾府里最得意的人，落到这个地步，贾府的声势也就一落千丈了。

下半回写得也很细致、动人，讲宝玉跟紫鹃两个人。紫鹃本来是老太太跟前用的丫鬟，林黛玉来了以后，老太太特别让她过去服侍黛玉，黛玉那么孤傲的人，她两个倒相处得好。尤其到最后黛玉完全被孤立的时候，视紫鹃为知己，临终拉她的手叫她妹妹，讲唯一的亲人就是紫鹃。紫鹃对林姑娘一向忠心，宝玉就这样结婚了，紫鹃很替林姑娘抱不平。后来她被拨给宝玉当丫头，她一直不假以颜色，不跟宝玉讲话。薛宝钗到底是大度、会做人，不但不怪她不礼貌，还赞赏她忠心旧主。宝玉心中耿耿于怀，很想跟紫鹃讲一些心里话，他满腹的冤屈没有人讲，袭人也不大要听。袭人跟黛玉本来就不合，黛玉之死的悲痛，当然也不好跟宝钗讲，跟谁吐露心声啊，没人听他的，没人了解他，最懂他的应该是紫鹃，偏偏紫鹃不理他。

这一天晚上趁着有个机会，宝玉就悄悄地到紫鹃那边去了。那紫鹃的下房也就在西厢里间。宝玉悄悄的走到窗下，只见里面尚有灯光，便用舌头舔破窗纸往里一瞧，见紫鹃独自挑灯，又不是做什么，呆呆的坐着。**看看这个画面，我想紫鹃自从黛玉死后，日夜思念，更想着自己身无着落，拨到宝玉这边来，一定格格不入。她一个人孤灯独挑，呆呆地坐着，这个景象相当的寂寞。**宝玉便轻轻的叫道：“紫鹃姐姐还没有睡么？”紫鹃听了唬了一跳，怔怔的半日才说：“是谁？”宝玉道：“是我。”紫鹃听着，似乎是宝玉的声音，便问：“是宝二爷么？”宝玉在外轻轻的答应了一声。**轻轻的，这些形容词都不是随便的，宝玉对她完全是一种觉得很对不起的态度，对黛玉有一分歉疚之心，所以对紫鹃也是这种心情，说话不敢大声，轻轻地跟她讲。**紫鹃问道：“你来做什么？”宝玉道：“我有一句心里的话要和你说说，你开了门，我到你屋里坐坐。”紫鹃停了一会儿说道：“二爷有什么话，天晚了，请回罢，明日再说罢。”**不要他进去，不要听他讲，心里面还是一股怨气。**宝玉听了，寒了半截。自己还要进去，恐紫鹃未必开门，欲要回去，这一肚子的隐情，越发被紫鹃这一句话勾起。**宝玉满腹辛酸，紫鹃也误解他，他向谁去诉呢？**无奈，说道：“我也没有多余的话，只问你一句。”**讲一句好不好，央求她。**紫鹃道：“既是一句，就请说。”**还是硬邦邦的，声音很冷。讲吧，就一句话。**

　　宝玉半日反不言语。紫鹃在屋里不见宝玉言语，知他素有痴病，恐怕一时实在抢白了他，勾起他的旧病倒也不好了。这个时候叫他讲，宝玉反而讲不出来了。紫鹃一听又不讲了，晓得他有痴病，身体不好，再对他这样怕勾起他的病来。因站起来细听了一听，又问道："是走了，还是傻站着呢？有什么又不说，尽着在这里恹人。已经恹死了一个，难道还要恹死一个么！这是何苦来呢！"你又不讲话，又傻站在那个地方，有一个已经给你气死了，又来气第二个吗？她心中很为黛玉不平的。记得吗？黛玉临死的时候，叫着："宝玉，宝玉，你好……"下面半句话还讲不出来就断气了，黛玉走的时候怨他的、不甘心的。说着，也从宝玉舔破之处往外一张，见宝玉在那里呆听。紫鹃不便再说，回身剪了剪烛花。忽听宝玉叹了一声道："紫鹃姐姐，你从来不是这样铁心石肠，怎么近来连一句好好儿的话都不和我说了？我固然是个浊物，不配你们理我；但只我有什么不是，只望姐姐说明了，那怕姐姐一辈子不理我，我死了倒作个明白鬼呀！"当年跟紫鹃她们也是这样子讲话的。紫鹃听了，冷笑道："二爷就是这个话呀，还有什么？若就是这个话呢，我们姑娘在时我也跟着听俗了！不是吗？整天你跟黛玉讲的都是这些话嘛。若是我们有什么不好处呢，我是太太派来的，二爷倒是回太太去，左右我们丫头们更算不得什么了。"说到这里，那声儿便哽咽起来，说着又醒鼻涕。讲讲，紫鹃自己伤心，忍不住哭了。宝玉在外知他伤心哭了，便急的跺脚道："这是怎么说，我的事情你在这里几个月还有什么不知道的。就便别人不肯替我告诉你，难道你还不叫我说，叫我憋死了不成！"说着，也呜咽起来了。宝玉也哭了。满肚子想说：不是我愿意的，是他们趁着我糊里糊涂，稀里呼噜地唬弄就娶了宝钗了。是不是？"死缠绵潇湘闻鬼哭"，他这么哭着："林妹妹，林妹妹，好好儿的是我害了你了！"他心中当然非常过意不去，紫鹃这个丫鬟也就代表了黛玉。紫鹃这么伤心起来，他更加伤心了。

　　宝玉周边一大群丫鬟，他哭了两下没多久，麝月来了，这个小妮子嘴巴也不饶人的。宝玉正在这里伤心，忽听背后一个人接言道："你叫谁替你说呢？谁是谁的什么？自己得罪了人自己央及呀，人家赏脸不赏在人家，何苦来拿我们这些没要紧的垫喘儿呢。"麝月这个丫头也来戳两句，宝玉当然脸上不好意思了。麝月又说："到底是怎么着？一个陪不是，一个人又不理。你倒是快快的央及呀。嗳，我们紫鹃姐姐也就太狠心了，外头这么怪冷的，人家央及了这半天，总连个活动气儿也没有。"讽刺他，他正在伤心得要命的时候讽刺他，没办法了，只好跟了麝月走了。一面走他一面说："罢了，罢了！我今生今世也难剖白这个心了！惟有老天知道罢了！"说到这里，那眼泪也不知从何处来的，滔滔不断了。麝月道："二爷，依我劝你死了心罢。白陪眼泪也可惜了儿的。"又讽刺他几句。进去以后，宝钗睡觉了，他晓得宝钗是装睡的，不理他。宝玉结了婚了，有妻有妾，丫鬟伶牙俐嘴，他的处境也很艰难。好不容易对紫鹃告白了两三句，又被押走了。这里紫鹃被宝玉一招，越发心里难受，直直的哭了一夜。思前想后："宝玉的事，明知他病中不能明白，所以众人弄鬼弄神的办成了。后来宝玉明白了，旧病复发，常时哭想，并非忘情负义之徒。今日这种柔情，一发叫人难受，只可怜我们林姑娘真真是无福消受他。如此看来，人生缘分都有一定，在那未到头时，大家都是痴心妄想。乃至无可如何，那糊涂的也就不理会了，那情深义重的也不过临风对月，洒泪悲啼。可怜那死的倒未必知道，这活的真真是苦恼伤心，无休无了。算来竟不如草木石头，无知无觉，倒也心中干净！"想到此处，倒把一片酸热之心一时冰冷了。紫鹃也有所了悟，人生一切前定，勉强不得。死了的人未必知道，这活着的真正苦恼伤心，不如草木无情，倒也免除了这些痛苦。所有搅扰都是一个情字来的。她酸热之心一时冰冷了，到最后紫鹃出家，她也看破了。黛玉跟宝玉的痛苦，正是一个情字不得解脱。

《红楼梦》里面有好几个人遁入空门，紫鹃是一个，惜春是一个，宝玉是最重要的一个，再往前数，还有那几个小伶人、柳湘莲、甄士隐，每个人对人生各有不同的体验，各人有各人的了悟。不是说做和尚、做尼姑就一定悟道，只是人走到那个地步，多少已经体会到悲欢离合、生死无常，紫鹃也由此有了这种想法。宝玉对紫鹃的态度语气，都跟前面很连贯的，我说后四十回写得好在这种地方。不容易写的，宝玉跟紫鹃这中间的一段对话，以及她后来对人生的感悟，写得细腻而动人。

第一百十四回

王熙凤历幻返金陵　甄应嘉蒙恩还玉阙

　　王熙凤死了，临终前她嘴里说些胡话，要船要轿的，说要到金陵归入册子去。别人不懂啊，想她闹着要回金陵去，应该是她原本金陵人，从南京那边过来的，所以她要回金陵，回到自己故乡去。大家可记得前面，王熙凤在院子里遇见秦氏的鬼魂，秦可卿跟她讲，婶娘享受荣华富贵，把我当年一番话都忘掉了。王熙凤听了心中很不安，就到散花寺求签，签诗说"王熙凤衣锦还乡"。王熙凤名字跟她一模一样，是个男的历史人物。那时候大家讲，这是个好签，都恭喜王熙凤。宝钗到底看得深，她一听就跟宝玉讲，这几个字可能还有些深意在里头。宝玉说衣锦还乡是好事，偏偏你又看出什么来了。宝钗不讲话了。现在凤姐死了，讲了回金陵之类的话，宝钗才说当时看那个签里面有玄机，你们不信，现在是这样子了。

　　凤姐就这么无声无息死了，草草了事。曾是贾府最得宠的人，生前那么风光，死的时候也就是这样收场。宝玉跟宝钗两个到那边去大哭一场，一看只有零零散散几个人来吊唁，实在不成样子。贾母的丧礼已经办得不成体统了，现在她自己死了，更糟糕，贾琏钱也凑不出来，真是窘迫。当年凤姐放高利贷，攒了那么多银子、金子，被抄得精光，空忙一场。这个时候，凤姐的哥哥王仁还跑来踢一脚，这个不懂事的舅子向来只会来要钱捞好处，现在还讲一些不中听的话，加剧了场面的尴尬。王仁来了，说："我妹妹在你家辛辛苦苦当了好几年家，也没有什么错处，你们家该认真的发送发送才是。怎么这时候诸事还没有齐备！"训妹夫贾琏。贾琏已经焦头烂额了，舅子还跑来训他。贾琏本与王仁不睦，见他说些混帐话，知他不懂的什么，也不大理他。王仁便叫了他外甥女儿巧姐过来，欺负小女孩，欺负凤姐的女儿年幼不懂事。凤姐心里面早有数了，女儿落在亲戚手里恐不保，所以才托孤刘姥姥。你看他怎么说："你娘在时，本来办事不周到，只知道一味的奉承老太太，把我们的人都不大看在眼里。王仁整天想着要钱，不给他，就得罪他了。他讲，外甥女儿，你也大了，看见我曾经沾染过你们没有！他不是不想沾染，是凤姐不理他。当初凤姐在的时候，不给他好处。如今你娘死了，诸事要听着舅舅的话。娘亲舅大，你娘死了，要听我的话了。你母亲娘家的亲戚就是我和你二舅舅了。他们王家也败落了，最重要的一个人王子腾，王夫人的弟弟，升了高官，赴任半路得病死了，王家也塌掉。另外一个二舅舅也是不管事的，只会花天酒地，这两甥舅，都是一塌糊涂的人。你父亲的为人我也早知道的了，只有重别人，那年什么尤姨娘死了，我虽不在京，听见人说花了好些银子。如今你娘死了，你父亲倒是这样的将就办去吗！你也不快些劝劝你父亲。"尤二姐也没有好好办，王仁乱讲一顿。

　　下面更加欺人了。巧姐道："我父亲巴不得要好看，只是如今比不得从前了。现在手里没钱，所以诸事省些是有的。"王仁道："你的东西还少么！"这舅舅真混账，还想着要外甥女儿的东西。巧姐儿道："旧年抄去，何尝还了呢。"王仁道："你也这样说。我听见老太太又给了好些东西，你该拿出来。"老太太给是给了，还没分出来的时候，又被强盗抢了好多走。巧姐听了，不敢回言，只气得哽噎难鸣的哭起来了。平儿生气说道："舅老爷有话，等我们二爷进来再说，姑娘这么点年纪，他懂的什么。"王仁道："你们是巴不得二奶奶死了，你们就好为王了。我并不要什么，好看些也是你们的脸面。"说着，赌气坐着。巧姐满怀的不舒服，心想："我父亲并不是没情，我妈妈在时舅舅不知拿了多少东西去，如今说得这样干净。"他跑来要，凤姐给他一点，不过给得不够就是了。于是便不大瞧得起他舅舅了。岂知王仁心里想来，他妹妹不知攒积了多少，虽说抄了家，那屋里的银子还怕少吗！还是想要钱。"必是怕我来缠他们，所以也帮着这么说，这小东西儿也是不中用的。"从此王仁也嫌了巧姐儿了。他也讨厌这个巧姐了，以后要把巧姐卖掉的就是这个王仁。

屋漏偏逢大雨，凤姐的丧事已经搞不过来，又跑出个不懂事的舅爷东吵西吵。平儿出来了，平儿是个性情很平和的人，所以当年尤二姐被活活折磨的时候，她对尤二姐是暗中维护的。王凤姐叫丫头给尤二姐吃馊东西，磨死她，平儿悄悄地做点能吃的给尤二姐，帮她一把。平儿这个人贤慧，常常在小地方表现出来。她看到贾琏捉襟见肘，非常窘迫，就劝贾琏："二爷也别过于伤了自己的身子。"贾琏道："什么身子，现在日用的钱都没有，这件事怎么办！偏有个糊涂行子又在这里蛮缠，你想有什么法儿！"平儿道："二爷也不用着急，若说没钱使唤，我还有些东西旧年幸亏没有抄去，在里头。二爷要就拿去当着使唤罢。"你看，贾琏的妾，凤姐平常给她点私房钱，手上还有一些首饰这类东西，这个时候拿出来，一方面她是对凤姐忠心，一方面也替贾琏分忧，平儿的善良常在紧要地方显出来。平儿对凤姐可以说是忠仆，也是妻妾的关系，曹雪芹写得很有人情，不是一味写妻妾之间的你争我夺。

大陆有一个小说，苏童写的《妻妾成群》，张艺谋拍成电影《大红灯笼高高挂》，妻妾间斗得你死我活。那状况可能也有，但不尽然。《红楼梦》有很多面向，王凤姐整死尤二姐是一面，平儿在中间给人性的温暖又是另一面，把复杂性、全面性表达得很到位。贾琏听了，心想难得这样，便笑道："这样更好，省得我各处张罗。等我银子弄到手了还你。"平儿道："我的也是奶奶给的，什么还不还，只要这件事办的好看些就是了。"贾琏心里倒着实感激他，便将平儿的东西拿了去当钱使用，诸凡事情便与平儿商量。秋桐吃醋了，那个丫头她想爬上来，常说："平儿没有了奶奶，他要上去了。我是老爷的人，他怎么就越过我去了呢。"不识好歹，贾琏更讨厌她了。最后，大家都知道，平儿到底因为救了巧姐，跟巧姐共患难，贾琏感激她，把她扶了正。这是《红楼梦》里极少数得到好下场的例子，实因她为人纯善、处事得体，几乎没有缺点。王熙凤就是心机太深太多，反而不得好结果。"机关算尽太聪明"这句话在她身上更能体会了。贾母死的时候不是跟她讲吗——"你是太聪明了，将来修修福罢。"人太聪明难免有些地方就要损了，人笨一点，可能上天还给点福来照顾，中国人普遍是这么想的。再看看王熙凤那首判诗：

机关算尽太聪明，反算了卿卿性命。生前心已碎，死后性空灵。家富人宁，终有个家亡人散各奔腾。枉费了，意悬悬半世心；好一似，荡悠悠三更梦。忽喇喇似大厦倾，昏惨惨似灯将尽。呀！一场欢喜忽悲辛。叹人世，终难定！

王熙凤的一生，为谁辛苦为谁忙，这不是她那个签上面写的嘛！忙了一辈子，最后这个下场。所以叹人世，终难定。

下面后半回讲甄家。甄家有个甄宝玉，长得跟贾宝玉一模一样。开头的时候贾宝玉还梦过他，"这个人跟我一样"。这个甄家比贾府早被抄家，甄家开始被抄的时候，还有几百两银子悄悄地放在贾府。后来贾母说："这银子快点还给人家吧，不要说我们抄了把人家的银子也抄掉了，还给甄家吧。"探春很早就敏感意识到他们要抄家，因为当时甄家先被抄掉了。在《红楼梦》里面，甄家好像是贾府的亲戚；在现实中，也有人考据过，曹家自己被抄了，他们那些亲戚也有好多被抄。书里的甄家有点像苏州织造李煦家，曹家是江宁织造在南京，苏州织造跟他们很近。当年曹家的七亲八戚那个网很大，年羹尧也是亲戚，通通挨过抄家噩梦。小说中甄家先被抄了，现在又复职，江南那个甄应嘉老爷进京来，看到贾宝玉也愣住——世上竟有如此相像的人。这里为甄贾（真假）宝玉的相见先做个引子。

第一百十五回

惑偏私惜春矢素志　证同类宝玉失相知

惜春闹着要出家，先是自己把头发绞了一半。这时候她讲了，栊翠庵妙玉被劫走了，不如把它整一整让我去啊。她自己原来的丫头、佣人，因为宁国府抄家通通被弄走了，彩屏是王夫人拨给她使唤的，用得不顺心，常罩不住，惜春更觉得在家里不好过，越发闹着出家。这天，地藏庵的一个尼姑来了，三姑六婆有时也是很坏事的，在《红楼梦》里面，有些是好尼姑，有些就是会挑唆的。还记得水月庵那几个姑子吗？听见贾府要把小戏子放出去了，就来把她们拐走当佣人，芳官等两三个女孩，倒是自己愿意的，跟那姑子出家去了。这个姑子来看惜春，就讲妙玉的坏话："前儿听见说栊翠庵的妙师父怎么跟了人去了？"惜春道："那里的话！说这个话的人隄防着割舌头。人家遭了强盗抢去，怎么还说这样的坏话。"那姑子道："妙师父的为人怪僻，只怕是假惺惺罢。在姑娘面前我们也不好说的。那里像我们这些粗夯人，只知道讽经念佛，给人家忏悔，也为着自己修个善果。"这种俗尼姑不会了解妙玉，跟惜春讲了一些世俗的善，惜春倒认真了，问她要怎么修，有什么菩萨，等等。惜春被那姑子一番话说得合在机上，也顾不得丫头们在这里，便将尤氏待他怎样，前儿看家的事说了一遍。并将头发指给他瞧道："你打谅我是什么没主意恋火坑的人么？早有这样的心，只是想不出道儿来。"那姑子听了，假作惊慌道："姑娘再别说这个话！珍大奶奶听见还要骂杀我们，撵出庵去呢！姑娘这样人品，这样人家，将来配个好姑爷，享一辈子的荣华富贵。"惜春不等说完，便红了脸说："珍大奶奶撵得你，我就撵不得么？"那姑子知是真心，便索性激他一激，说道："姑娘别怪我们说错了话，太太奶奶们那里就依得姑娘的性子呢？那时闹出没意思来倒不好。我们倒是为姑娘的话。"惜春道："这也瞧罢咧。"彩屏等听这话头不好，两个人怎么讲起出家来了，本来就闹个不停了，赶快把那个尼姑打发走吧。便使个眼色儿给姑子叫他走。那姑子会意，本来心里也害怕，不敢挑逗，便告辞出去。惜春也不留他，便冷笑道："打谅天下就是你们一个地藏庵么！"那姑子也不敢答言去了。彩屏当然就要负责任的啰，马上把这个话告诉尤氏听："四姑娘绞头发的念头还没有息呢。他这几天不是病，竟是怨命。奶奶隄防些，别闹出事来，那会子归罪我们身上。"尤氏其实不了解惜春，尤氏是世俗中人，怎么会了解惜春要出家的心意，她怎么想呢？尤氏道："他那里是为要出家，他为的是大爷不在家，安心和我过不去，也只好由他罢了。"她以为惜春借此跟她吵架，整她。

《红楼梦》里面，有一群人是俗人，有一群是看破红尘的人，各种不同的众生相，曹雪芹写的也是众生相。下半回，贾宝玉、甄宝玉见面了，很奇特，两人长得一模一样，贾宝玉以为必是遇上相知，跟他谈起来了。哪晓得这个甄宝玉，讲来讲去要进京、要做官，完全那套迂腐不堪的东西，贾宝玉越听越不是滋味，原来也是个禄蠹。贾宝玉的价值观完全不按儒家系统的社会秩序，社会秩序对他来说是枷锁绑在身上。他是神瑛侍者下凡，是个谪仙，等于是一个仙人放逐到红尘来，当然格格不入。现在跑出一个看似跟他一样、其实完全不同的甄宝玉，那是他的另外一面镜子。所以《红楼梦》"假作真时真亦假，无为有处有还无"，到底什么是真？什么是假？他叫作贾宝玉——假宝玉，另外有一面可能才是真的，所以叫甄宝玉——真宝玉，曹雪芹叫读者去想，哪个是个假宝玉，哪个是个真宝玉。贾兰那个孩子在旁边，一听到甄宝玉讲的那套跟他爷爷贾政讲的一样，也附和那么几句。贾宝玉想，这个小家伙怎么也这样假文假酸起来了。倒是紫鹃有个痴想法，她一听那些丫鬟说这个甄宝玉跟贾宝玉长得一模一样，跑去看，生了个痴念头：哎呀，要是我们林姑娘还在，这个甄宝玉娶她也还不错。林黛玉绝对不会喜欢甄宝玉的。甄宝玉是贾宝玉的另外一个可能性，也是贾政他们拼命想塑造的，但绝不是林黛玉喜欢的。这两个人好像是镜像，好像照镜子，镜子里看起来是一模一样，内容则完全不同。所以《红楼梦》有各种象征层面，实在是复杂得不得了的一本书。

对甄宝玉那完全世俗的一套，宝玉非常失望。他自己失了玉以后，失魂落魄，那块玉是他天生带来的，等于是他的魂，玉丢了，魂失了。黛玉死了，心也死了。记得吗？在梦里面黛玉把他的心拿走了。黛玉问他要心，宝玉自己把那个心揪揪揪地拽出来给她，好可怕的一个噩梦，黛玉把那个心拿走了。黛玉死了以后，宝玉失去心，剩下躯壳，渐渐就萎缩了，一天比一天病得沉下去。家里面当然着急得不得了，看看没救了。这样的事情已发生过一次，那回为马道婆所害，宝玉昏迷了，靠谁救？有个癞头和尚进来，把他的玉拿来这么念念，马上有救了。宝玉衔那块玉到尘世来，很深一层的象征意义就是顽石历劫。它也是一种寓言，我们每个人都是一块顽石，掉到红尘来慢慢被污染，渐渐性灵都失掉了。佛家讲的贪嗔痴这些东西和七情六欲，蒙蔽了灵性，所以那个和尚来把它净化了一次。这一回宝玉失掉玉，病得越来越沉重，贾府束手无策，这个时候又听到和尚在叫："要命拿银子来！"本来他们看他是个疯和尚，后来贾政一想，上次也是个和尚医好的，赶紧请进来吧。癞头和尚就把那个玉还给了宝玉，一下子魂返过来了。癞头和尚疯疯癫癫地讲，快点拿一万两银子出来。第一次的时候，一万两银子贾府一掏就出来了，这时候抄光了，一万两银子都凑不出来。宝钗说，拿我的头面去折卖了。弄到要把媳妇的首饰卖了，才凑得出一万两银子。宝玉倒是慢慢醒过来了，他的那些丫鬟兴奋得不得了，麝月一时忘情就说："真是宝贝，才看见了一会儿就好了。亏的当初没有砸破。"一讲没有砸破，宝玉"嘣"地往后倒，又昏死过去。这次不是普通昏迷，他的灵魂出窍了。

第一百十六回

得通灵幻境悟仙缘　送慈柩故乡全孝道

　　这一回"得通灵幻境悟仙缘"要跟第五回"游幻境指迷十二钗"对照着看，贾宝玉又进入太虚幻境了，这次去，跟头一次不一样，他看金陵十二钗的那些正册副册，看懂了命运的判诗。他懂了，麻烦了，又喜又悲，又笑又哭，他都懂了。

　　麝月闯了祸，急得王夫人等哭喊不止，麝月一边哭，一边心里面打算好了，宝玉要是活不回来，她也寻死吧。麝月在整部书里是个次要又次要的人物，她等于是袭人的补充（extension），补足了袭人那一块的这么一个角色。她的场面不多，但关键的时候出现这么两下。宝玉当然没有死，灵魂出窍了，又回到太虚幻境去了。《红楼梦》很有意思的是它架构中很重要的篇章，用以探讨人的命运。第五回的时候，宝玉看到那么多人的命运判诗，那时候还不懂，命运就这么在眼前演出，很快就过了。命运在人生中，是很令人敬畏的，最捉摸不定，谁也不知道自己的命以后怎么样归结。有些通灵的能通别人的灵，自己的命运未必知道，妙玉扶乩知道别人的命运，她自己会被强盗抢走，她算不出来。

西方的小说、戏剧也常触及命运，人生下来好像都是绑着眼睛，非常盲目地活着，谁也不知道自己最后会怎样，看不见以后的命运。二十多岁不知道四十岁、六十岁、七十岁是什么样子，算命也未必算得准，不知道的。不确定的东西当然很令人敬畏，但有时候知道了更可怕，知道你身边的人一个个是怎么样的下场，下场好的也许你高兴一点，下场不好的怎么办？你没办法救，命定了。每个人走的路都定了。这一次宝玉再回到太虚幻境，远远看那个牌坊，依稀记得以前来过，但这次不同的是，那些他身边认识的人，黛玉、晴雯、鸳鸯、凤姐、尤三姐都归到太虚幻境了，他看到她们的魂，或者说她们都变成仙子，到太虚幻境归档了。他又看到这个大牌坊，跟第五回对照，太虚幻境的对联也会改的，现在与头一次比起来，宝玉的心境不一样了，若说是历劫，也差不多到最后了。宝玉像唐玄奘一样，要历九九八十一劫，才能够修成正果，这时候也历了好多劫了。他丢了玉以后，身上已经有种说不出的哀伤悲凉，从前怡红公子天真未凿，无忧无虑，这时候历经生关死劫，已经有了沧桑感，所以他看到的不一样了。

第五回大牌坊中间"太虚幻境"，两边写：

1058

假作真时真亦假，无为有处有还无。

现在中间是"真如福地"，两边写：

假去真来真胜假，无原有是有非无。

进去宫门，第五回宫门上面写着"孽海情天"，其实是整部《红楼梦》的关键词。《红楼梦》里面的情，远远高于一般我们了解的世俗之情，不管是男女之情、父子之情，《红楼梦》的情，是这么复杂、多层次，那个"情"字，可以说是整个宇宙的原动力，可以置你于生关死劫的东西，像黛玉、晴雯、司棋、尤三姐都殉情而死。"孽"字是佛家讲的业缘因果，这些东西集起来是一片孽海，人在孽海里面浮沉。所以宫门对联，第五回是：

厚地高天，堪叹古今情不尽；
痴男怨女，可怜风月债难偿。

现在第一百十六回，宫门那四个大字是"福善祸淫"，对联是：

过去未来，莫谓智贤能打破；
前因后果，须知亲近不相逢。

过去未来，我们谁也不知道，不管你多么聪明，也未必能够预知、改变；前因后果，更要靠省悟，你最亲近、最爱的人，不一定能跟你永远在一起。宝玉当然知道。他进去了，看见殿宇巍峨，跟大观园不同，便立住脚，一抬头看见匾额上写着："引觉情痴"。两边对联：

　　喜笑悲哀都是假，贪求思慕总因痴。

这些话在点醒他。

这时候宝玉已经有灵机，这些东西他通通懂了。这个地方来过，他记得进去以后，有好多大橱子，好多册子在里头。他一翻看到"金陵十二钗正册"。在第五回的时候他翻开，看了那些判诗，以前看不懂在讲什么，这次懂了。玉带林中挂，好像讲林妹妹的事情，金簪雪里埋，"怎么又像他的名字呢"。"他"字用得好，他不说这个是宝钗，怎么像"他"？这个"他"字有点敌意的。他有一次不是跟袭人讲吗，"宝姐姐怎么抢了林妹妹的位子去"？这是宝玉的内心话，所以曹雪芹用字真是要细细读，他每一个字用得轻重不一样，含义不一样，你看，那"林妹妹"三个字，我们讲"林妹妹"有点好玩的，宝玉叫起来就不一样，满腔的柔情在里头。他把四句连起来，怎么又有"怜"，又有"叹"字？（四句是：可叹停机德，堪怜咏絮才。玉带林中挂，金簪雪里埋。）总之不是很好。宝钗后来守活寡孤独课子，当然可叹。再往下看，他看出来了，元春的"虎兔相逢大梦归",虎年兔年碰到的时候,元春死了。越看越了解,再往下看"金陵又副册",看到两句:堪羡优伶有福,谁知公子无缘。他想讲的谁啊,见上面有花席的影子,便大惊痛哭起来。讲袭人啊!他跟袭人之间的感情就是世俗一般的了,袭人既扮演他的妈妈、姐姐,又是他的妾和奴婢,那么疼他、照顾他,世俗间所有的女性角色在她身上,所以他跟她有种很亲的关系,最后袭人是跟蒋玉菡结婚,公子无缘,他懂了。

宝玉在第五回看了《红楼梦》十二支曲子,警幻仙姑说,十二支曲子暗含十二金钗的命运,以及整个《红楼梦》的世界。十二支曲子等于十二首挽歌,在哀挽这一群群人的命运。最后一曲〔飞鸟各投林〕,就等于是《红楼梦》的总结。庚辰本有"收尾"两个字,程乙本没有,我觉得"收尾"有点奇怪,要不就用"尾声"。我们回头再看,原来《红楼梦》一百二十回讲的故事,早就做了一个提纲。

〔收尾·飞鸟各投林〕鸟食尽以后,各自飞散,通通散掉了。为官的,家业凋零;头两句话就讲了贾府的命运,本来宁国公、荣国公通通拔掉了,后来还算荣国公这个世职还了回来。富贵的,金银散尽;通通抄光了。有恩的,死里逃生;故事在书里头能找到,比如说王熙凤给了刘姥姥二十两银子,刘姥姥报恩,把巧姐救回来。不一定每个都这样,大致如此。无情的,分明报应。欠命的,命已还;欠泪的,泪已尽。冤冤相报实非轻,分离聚合皆前定。欲知命短问前生,老来富贵也真侥幸。看破的,遁入空门；痴迷的，枉送了性命。好一似食尽鸟投林，落了片白茫茫大地真干净！最后的画面，一片白茫茫大地，空！佛家很重要的一个字是"空"，所以说遁入空门，最后这个画面非常好。到最后的一百二十回宝玉出家，那是整个小说的高峰。在这个地方，最后剩的是白茫茫一片大地，宝玉在雪地跟着那一僧一道走了，贾政气喘吁吁地追他，看到一片白茫茫的雪地，一片空，真干净。一切恩怨通通盖掉了，回归原来的太虚幻境。所以这个时候宝玉懂了，懂了他自己家族的命运，懂了他身边最亲爱的女孩子们的命运。他怎能不遁入空门？看懂了，有个侍女就带他去了。一看那不是林妹妹吗？不禁的说道："妹妹在这里！叫我好想。"侍女说："这侍者无礼，快快出去。"宝玉是神瑛侍者，潇湘妃子林黛玉已经回归成仙，隔远了，没办法再看见。宝玉只是看那个仙子像林妹妹而已，非常困惑。一会儿是晴雯跑出来，一会儿又是尤三姐跑出来，拿个剑赶着他说，我来斩断你的尘缘。宝玉慌了，到处逃。这时那个和尚来救他了，他跟和尚看到好多册子，和尚说："可又来，你见了册子还不解么！世上的情缘都是那些魔障。"说着把宝玉一推，回去吧！宝玉还魂了。王夫人等正在哭泣，听见宝玉苏来，连忙叫唤。宝玉睁眼看时，仍躺在炕上，见王夫人宝钗等哭的眼泡红肿。定神一想，心里说道："是了，我是死去过来的。"遂把神魂所历的事呆呆的细想，幸喜多还记得，便哈哈的笑道："是了，是了。"他大彻大悟了。这时候晓得人生就是一场梦一样，他哈哈一笑，笑这场梦的荒谬。很多时候那些疯疯癫癫、痴痴呆呆的和尚道士，他们在笑人间这些还沉迷在红尘里面的人，不知道这些都是魔障、幻境。这个时候宝玉彻悟了，但"天机不可泄漏"，他知道这些不好讲，不好跟袭人、宝钗透露她们的命运，他感觉心中有一种讲不出来的悲哀。

贾政进来了，看见宝玉苏醒，便道："没的痴儿你要唬死谁么！"这个中间漏了一个"福"字，没福的痴儿，你要吓死哪一个啊！麝月本来要去自尽的，现在宝玉活过来，她也不必死了。他们都觉得奇怪，这个和尚来去无踪，玉好像也是他拿去的，也是他送来的。记得吗？宝玉丢掉玉的时候贾府到处去测字，测了一个"赏"字，他们东猜西猜没有猜到，"赏"字上面就是一个"尚"字嘛，和尚以后会送玉过来。王夫人当然一边高兴一边也紧张害怕，怎么回事呀，忽然死去，忽然活来，活来以后又痴笑傻笑一场。宝钗的智慧虽高，这个时候也不了解彻悟以后宝玉的心境。他们两个已经隔阂了，一个跳出来了，一个还在世俗世界。这里头只有一个人了解，就是惜春。惜春自己也渐渐地悟道了，她旁观红尘，已经看得透透的，老早斩断红尘一切的牵扯。她就跟宝玉讲了："那年失玉，还请妙玉请过仙，说是'青埂峰下倚古松'，还有什么'入我门来一笑逢'的话，想起来'入我门'三字大有讲究。佛教的法门最大，只怕二哥不能入得去。"这里又漏了一个字，"只怕二哥哥不能入得去"，加个"哥"字。惜春不会叫宝玉"二哥"的，叫他"二哥哥"。他们的叫法是"四

妹妹""宝姐姐"，不会说"四妹""宝姐"。宝玉听了，又
冷笑几声。哼哼，冷笑几声。她说我进不去，我老早已经
跨出去了。宝钗听了，不觉的把眉头儿肐揪着发起怔来。
尤氏道："偏你一说又是佛门了。你出家的念头还没有歇
么？"惜春笑道："不瞒嫂子说，我早已断了荤了。"王夫
人道："好孩子，阿弥陀佛，这个念头是起不得的。"惜春
听了，也不言语。宝玉想"青灯古佛前"的诗句，宝玉想
到他看到惜春的那个判诗："可怜绣户侯门女，独卧青灯
古佛旁。"惜春最后就是要出家了。不禁连叹几声。没什
么话讲了。忽又想起一床席一枝花的诗句来，拿眼睛看着
袭人，不觉又流下泪来。回头一看，袭人在那里，想想袭
人的判诗，心中还有一点舍不得，虽然彻悟了，俗念还没
有完全断，对于袭人，心中还有点依依不舍，所以掉下泪
来了。众人都见他忽笑忽悲，也不解是何意，只道是他的
旧病。以为他还在生那个痴病，一下子笑，一下子哭，哪
晓得不是。岂知宝玉触处机来，竟能把偷看册上诗句俱牢
牢记住了，只是不说出来，心中早有一个成见在那里了。
心中都知道，不讲出来，不多久后就要遁入空门。

　　这个时候贾政要把贾母的灵柩送回家乡，他们是金陵
人，南方来的。《红楼梦》的背景到底在什么地方，从来
没有讲清楚，大致在天子脚下。能到皇宫去探望元妃，元
妃又能来省亲，大概是在北京，但不敢讲明的。其实这本
书在政治方面很敏感的，曹家被抄了家，他的那些七亲八
戚通通被抄光了，不敢讲明那些故事发生在哪里，所以含

含糊糊地讲要送灵柩回去。黛玉临终的时候说，我这里并没亲人，我是干净的，好歹把我送回去。所以也要把黛玉的灵柩送回苏州。临走之前，贾政嘱咐宝玉，你年纪也大了，到时候一定要去赶考。像贾府这种官宦人家，子弟唯一的出路就是考科举，入仕做官。宝玉虽然百般不愿意，痛恨八股文那些东西，可是他在出家之前，要把俗缘通通还尽，他才能走。我们说没有不孝的出家人。宝玉对家里面还有责任，他欠贾家一个功名，所以最讨厌考功名的他，勉强也要应考。你看，宝玉因贾政命他赴考，王夫人便不时催逼查考起他的功课来。那宝钗袭人时常劝勉，自不必说。那知宝玉病后虽精神日长，他的念头一发更奇僻了，竟换了一种。换了什么？不但厌弃功名仕进，竟把那儿女情缘也看淡了好些。从前，儿女情长就是宝玉最大的特色，这时候淡了。只是众人不大理会，宝玉也并不说出来。一日，恰遇紫鹃送了林黛玉的灵柩回来，闷坐自己屋里啼哭，想着："宝玉无情，见他林妹妹的灵柩回去并不伤心落泪，见我这样痛哭也不来劝慰，反瞅着我笑。这样负心的人，从前都是花言巧语来哄着我们！前夜亏我想得开，不然几乎又上了他的当。她想，只是一件叫人不解，如今我看他待袭人等也是冷冷儿的。二奶奶是本来不喜欢亲热的，麝月那些人就不抱怨他么？我想女孩子们多半是痴心的，白操了那些时的心，看将来怎样结局！"宝玉看了林黛玉的灵柩，没有眼泪。记得吗？宝玉哭灵哭得死去活来，后来又到了潇湘馆，"死缠绵潇湘闻鬼哭"，叫着"林妹妹！林妹妹！"痛哭起来。这时候没眼泪了，大彻大悟的人没有眼泪的，没有悲喜哀伤，通通撇掉了，这样才能够解脱俗缘、私缘。紫鹃这个时候还不懂，看宝玉不来劝，跟前一阵子讲了那番欷歔的、很动人的一套话完全不同了。紫鹃那时也动了心的。她不知道宝玉回到太虚幻境，看到了每个人的命运前定，这时候没眼泪了。紫鹃觉得奇怪，他对袭人她们也冷冷的，她不懂，宝玉已经是另外一个人了，已经到另外一个境界去了，不是她们这些红尘中人能够理解的。有个小丫头柳五儿，记得吗？宝玉有一次把她看成晴雯了，还对她有一番缠绵的话，柳五儿信以为真，以为宝二爷看中她了。她跟紫鹃说，我母亲再三把我弄进来，这个宝二爷看了我好像没事人，也不理我了。紫鹃说，你算老几啊，他旁边一大堆，哪有工夫理你去！后来柳五儿叫她妈妈把她赎回去，嫁人算了，这个宝二爷靠不住的。

第一百十七回

阻超凡佳人双护玉　　欣聚党恶子独承家

这个和尚来了不肯走，故意要钱。宝玉一看就知道这是他的师父，便上前施礼。和尚说："我是送还你的玉来的。我且问你，那玉是从那里来的？"宝玉答不出来。那个和尚就说："你自己的来路还不知，便来问我！"这就是禅的机锋。基本上《红楼梦》的佛家思想是禅宗，直指心性，重在顿悟，这种东西，一点就通。宝玉晓得了，他说："你也不用银子了，我把那玉还你罢。"他想，我这个时候整个要归给你了，我要跟着你走了，这个玉不需要在红尘中打滚了。他要把玉还给和尚，就咚咚咚往里面跑，去拿那块玉去了。跑进去的时候太急了，跟袭人撞个满怀。袭人说："你又回来做什么？"宝玉说，我拿玉还给他，跟太太讲不用张罗银子了。袭人一听大吃一惊，这还了得，说，那玉就是你的命，这个玉一不见又生病了。袭人忙把他拽住。宝玉道："如今不再病的了，我已经有了心了，要那玉何用！"摔脱袭人，便要想走。袭人急得赶着嚷道："你回来，我告诉你一句话！"宝玉回过头来道："没有什么说的了。"袭人顾不得什么，一面赶着跑，一面嚷道："上回丢了玉，几乎没有把我的命要了！刚刚儿的有了，你拿了去，你也活不成，我也活不成了！你要还他，除非是叫我死了！"说着，赶上一把拉住。一把把宝玉抓住。宝玉急了道："你死也要还，你不死也要还！"对袭人讲这种话了。狠命的把袭人一推，抽身要走。他对袭人一向是何等温柔，这个时候袭人对他而言，俗缘最重，也就是最累赘的一个人，抓住他、牵住他、缠住他，他要遁入空门，必须先把这个甩掉。别忘了跟他第一次发生肉体关系的就是她，宝玉的肉体还完整的时候，真正跟她发生关系，世俗意义上的肉体结合第一个给了袭人。宝玉后来娶了宝钗，迎娶或圆房的时候，他的魂都不在，只剩下躯壳。所以袭人对他来讲俗缘难断，抓得好紧。

你看：怎奈袭人两只手绕着宝玉的带子不放松，哭喊着坐在地下。里面的丫头听见连忙起来，瞧见他两个人的神情不好，只听见袭人哭道："快告诉太太去，宝二爷要把那玉去还和尚呢！"丫头赶忙飞报王夫人。那宝玉更加生气，用手来掰开了袭人的手，幸亏袭人忍痛不放。掰她的手，痛，她也不放。袭人为他在肉体上受最大的罪，记得吗？她挨过宝玉一脚，踢得吐血的，那是误踢在她身上，也就是她的肉体要承受宝玉加给她的痛苦，两个人俗缘的牵扯在这个地方。紫鹃在屋里听见宝玉要把玉给人，这一

急比别人更甚，把素日冷淡宝玉的主意都忘在九霄云外了，连忙跑出来帮着抱住宝玉。那宝玉虽是个男人，用力摔打，怎奈两个人死命的抱住不放，也难脱身，你看他，叹口气道："为一块玉这样死命的不放，若是我一个人走了，又待怎么样呢！"我走了，离你们而去，要怎么样？袭人紫鹃听到，嚎啕大哭起来。

难分难解的时候，王夫人来了。妈妈来了当然走不了，那个玉也还不了，也就算了吧。到底宝钗是最理性、最有智慧的，她心里有点懂了，这个和尚来得不平常。你看看，袭人还害怕，王夫人来了，还抓紧他不放。到底宝钗明决，说："放了手由他去就是了。"袭人只得放手。宝玉笑道："你们这些人原来重玉不重人哪。你们既放了我，我便跟着他走了，看你们就守着那块玉怎么样！"讲的每一句话都是要走了，要离开这个红尘了，要跟那个和尚师父去了。王夫人叫一个小厮跟去听听，他们在讲什么。那个佣人去听了，回来说不懂他们讲什么。王夫人便问道："和尚和二爷的话你们不懂，难道学也学不来吗？"那小厮回道："我们只听见说什么'大荒山'，什么'青埂峰'，又说什么'太虚境'、'斩断尘缘'这些话。"王夫人听了也不懂。宝钗懂，听了两眼直瞪，半句话讲不出来，她晓得宝玉起了出家的念头了。宝玉这时候进来，嘻嘻哈哈地说："好了，好了。"他现在也疯疯癫癫的了。道家、佛家，有疯疯癫癫的道人，疯疯癫癫的和尚，表面嘻嘻哈哈的，其实在笑这红尘人世白忙一场团团转，别人不懂的。宝玉说："那和尚与我原认得的，他不过也是要来见我一见。他何尝是真要银子呢，也只当化个善缘就是了。所以说明了他自己就飘然而去了。这可不是好了么！"王夫人问宝玉道："他到底住在那里？"宝玉笑道："这个地方说远就远，说近就近。"讲的都是这些谜一样的话。宝钗便道："你醒醒儿罢，别尽着迷在里头。现在老爷太太就疼你一个人，老爷还吩咐叫你干功名长进呢。"宝玉道："我说的不是功名么！你们不知道，'一子出家，七祖升天'呢。"我讲的也是功名啊！家里一个人出家当和尚，七祖升天。这一讲王夫人听懂了，伤心起来，说："我们的家运怎么好，一个四丫头口口声声要出家，四姑娘惜春闹着当尼姑，如今又添出一个来了。宝玉又要做和尚，我这样个日子过他做什么！"说着，大哭起来。宝玉只好哄他妈妈，说："我说了这一句顽话，太太又认起真来了。"

　　前面讲贾政跟贾琏、贾蓉就要出门，把贾母、黛玉、王熙凤的棺木，还有贾蓉的太太秦氏的棺木，通通送回南边安葬，贾琏这时候就要走了。荣国府里，贾琏跟凤姐是真正的管家，所以很多事情他得去做。《红楼梦》里男性的角色，除了贾宝玉很特别，贾琏这个人写得也蛮好，他有非常好色的一面，也有人性的一面，比如说他疼女儿，也懂人情世故，整个家里面的经济，也要靠他去挖东补西、借银子来撑。现在贾府没人了，他父亲贾赦、宁府的贾珍通通充军了，凤姐死了。贾琏临走就跟王夫人讲，外面没有男人帮忙家里了，贾环不可靠，而且年纪也小，贾芸、贾蔷是旁支的亲戚，到底两个是男人，有事还可以在外面挡一挡。接着他讲自己的状况了，这一点我觉得《红楼梦》写人情世故，都是照顾得周周全全的。贾琏说，家里面也闹得一塌糊涂，那个秋桐不懂事，天天闹，干脆叫她家人带走了，平儿忠心耿耿蛮靠得住的，对巧姐也不坏，只是这个妞妞——讲他的女儿巧姐，个性也像她妈妈一样刚强，下面一句话："求太太时常管教管教他。"说着眼圈儿一红，连忙把腰里拴槟榔荷包的小绢子拉下来擦眼。贾琏托孤了，托王夫人。本来邢夫人是巧姐的亲祖母，贾琏知道这个祖母靠不住，但他不好讲的，在王夫人面前这点讲不出来，他很伤心地掉泪了。王夫人道："放着他亲祖母在那里，托我做什么。"贾琏轻轻的说道："太太要说这个话，侄儿就该活活儿的打死了。没什么说的，总求太太始终疼侄儿就是了。"说着，就跪下来了。这就是《红楼梦》里面的人情世故，在这个地方还不忘点一笔，他照顾女儿、爱女儿的这份心。他知道王夫人比较仁慈，照顾得了，邢夫人靠不住，但他不能讲自己的妈不好，只好跪下来求，讲这个话很微妙的。写得好，这么一笔把他们之间几个人的关系，通通讲清楚了。王夫人就承诺下来了，不过她说，你要去放逐的地方探父亲的病，万一你父亲又耽搁了，有要紧的事，我是等你回来呢，还是你太太（指邢夫人）做主就行。贾琏讲，太太们在家，自然是太太们做主。王夫人指的是，万一有个门当户对的人来给巧姐说亲，是不是不要耽误。其实这个地方，巧姐的年纪错掉了。跟前面对照，巧姐的年纪，应该还没那么快嫁人，算一算年纪还很小的。不过《红楼梦》里面年纪常出于我们想象之外，林黛玉十二岁就会作那么好的诗，贾宝玉也是个十三四岁的青少年。贾琏就说，万一有人来提亲，大不了你就做主了。

贾琏要走了，出去了又转回来，说："家里的下人还够使唤，只是园里没有人太空了。栊翠庵原是我们家的，现在妙玉不在了，留下的女尼不敢做主，要求府里有个人去管理。"这下又让王夫人想起挂心的事，惜春整天吵着要出家，怎么办呢？贾府这种侯门绣户跑出个尼姑来怎么可以？出家的总归是家境有问题才去的。栊翠庵需要一个人管理，王夫人说："千万别给惜春晓得，她本来就闹着要出家，知道栊翠庵要人，一定要到那边去了。"贾琏就讲出一番话来，他说："太太不提起侄儿也不敢说，四妹妹到底是东府里的，又没有父母，他亲哥哥又在外头，他亲嫂子又不大说的上话。侄儿听见要寻死觅活了好几次。他既是心里这么着的了，若是牛着他，将来倘或认真寻了死，比出家更不好了。"贾琏这时候倒蛮明智，惜春要寻死寻活，不给她出家，弄不好她真的去寻死了，那不如让她出家算了。而且她是宁国府贾珍那边的人，到底隔了一层。她哥哥贾珍被流放走了，她跟嫂子尤氏又处得不好，我们这边实在也管不了那么多。王夫人听了点头道："这件事真真叫我也难担。我也做不得主，由他大嫂子去就是了。"让尤氏说了算吧。

下半回讲的是一群不成器的贾府子弟和亲戚，贾环、贾芸、贾蔷、邢大舅、王仁这些人。贾环在贾府不得意，本来就满腔怨气，他最恨凤姐，连带也讨厌巧姐。邢大舅是邢夫人的兄弟，整天问他姐姐要钱要不到的。王仁是凤姐的哥哥。这一群穷亲戚在贾府盛的时候，等于寄生虫一样都靠着贾府，捞一点差事，趁机揩揩油。本身都不成材、有问题的，像贾芹因为管家庙跟女道士、尼姑关系搞不清，给赶走了。这群人聚在一起，叽叽呱呱趁机发怨气，都是不知恩的。按理讲贾府对他们不错，贾珍对贾蔷，贾琏对贾芸，都给了他们一份工作，贾芸贪心还想捞，去凤姐那边碰了一个软钉子，心里面怀恨。贾蔷呢，本来贾珍对他很好，因为下面其他人老是有些风言风语，贾珍就把他挪出去了。邢大舅是要钱要不到心怀不满，王仁也认为凤姐苛待他，其实凤姐已经给过，他贪得无厌。这几个人聚在一起，看看上面没人管了。贾政、贾蓉扶柩南返，贾赦、贾珍被流放，贾琏也出去办事，那些女眷都在内府里面，外面就无法无天了。几个人抽头聚赌，讲些非常刻薄的话。贾府已经趴下去了，这些人再加一棒，讲得非常不堪。

贾芸对宝玉也有所不满，本来他一直拍宝玉的马屁，说自己是宝玉的干儿子，他年纪比宝玉还大，厚着颜跪在宝玉面前要拜干爹。后来写封信给宝玉要替他提亲，宝玉气了就不理他，他又怀恨在心。这些穷亲戚惹不起的，对他要十分好，有一分不好，先记得你那一分，其他九分对他好的记不住了，现在都在讲那些坏想头。贾芸说："那一年我给他说了一门子绝好的亲……我巴巴儿的细细的写了一封书子给他，谁知他没造化，——"说到这里，瞧了瞧左右无人，又说："他心里早和咱们这个二婶娘好上了。你没听见说，还有一个林姑娘呢，弄的害了相思病死的，谁不知道。"这些话都是不好听的，这一群俗人也不懂，讲得很不堪。你看他们在一起还行酒令，还找些陪酒的人来，喝了酒又赌，赌了又喝几杯，最后都醉了。邢大舅说他姐姐不好，王仁说他妹妹不好，都说的狠狠毒毒的。贾环听了，趁着酒兴也说凤姐不好，怎样苛刻我们，怎么样踏我们的头。众人道："大凡做个人，原要厚道些。看凤姑娘仗着老太太这样的利害，如今焦了尾巴梢子了，只剩了一个姐儿，只怕也要现世现报呢。"贾芸想着凤姐对待他不好算了，为什么他一抱巧姐，巧姐就哭？这也记仇在心里头。这时候正好那些陪酒的说，你们不晓得在外面有钱捞，你们不会捞嘛。外面有个藩王，藩王就是不在京里面往外放的王爷，要选妃子，其实就是选姜，一旦选上了，亲戚都跟着去，不是都发财了嘛！别人听了不理会，那个王仁心中一动，哎，有主意了。

　　你看，不光是这几个亲戚，赖大、林之孝那两个管家的第二代，也勾搭了这些子侄，通通乱讲起来。讲到妙玉了。他们在外头听说，有一个强盗抢了一个女人，本来要做海盗被拦住了，抢的那个女人好像因为不从，给杀掉了。贾环一听，这是不是栊翠庵里面的妙玉啊。妙玉是给人家抢走的，一定是她。你看贾环怎么讲的："妙玉这个东西是最讨人嫌的。他一日家捏酸，见了宝玉就眉开眼笑了。

我若见了他，他从不拿正眼瞧我一瞧。真要是他，我才趁愿呢！"这一群人叽叽呱呱糟蹋贾府的人，他们对妙玉当然不了解，对林黛玉也不了解，从他们那个狗嘴里面吐不出象牙，讲出话来非常的低俗。《红楼梦》不避俗，人情世故也事实如此。一旦失势了，墙倒众人推，那些话都不好听。在位的时候，大家都来奉承讲好话，有利可图，现在无利可图了，看到人家倒下去还踩一脚。他们也知道惜春闹着要出家，贾蔷、贾芸说，我们千万不要管，让她去吧，免得贾政、贾琏回来，又赖在我们身上，就推到东府给尤氏去顶。后来果然搞得没办法了，尤氏说："这个不是索性我耽了罢。说我做嫂子的容不下小姑子，逼他出了家了就完了。"尤氏本来也不喜欢惜春，惜春跟她吵架，说得她哑口无言，惜春讲，我干干净净，为什么给你们连累？尤氏听了当然觉得非常刺耳。东府已经给人家讲得这样肮脏，惜春也要说一句连累她，这个时候干脆让她去吧。

第一百十八回

记微嫌舅兄欺弱女　惊谜语妻妾谏痴人

惜春真的要出家了，邢夫人、王夫人都扳不过她，没办法了，要不然她宁可寻死。王夫人就讲："姑娘要行善，这也是前生的凤根，我们也实在拦不住。只是咱们这样人家的姑娘出了家，不成了事体。如今你嫂子说了准你修行，也是好处。却有一句话要说，那头发可以不剃的，只要自己的心真，那在头发上头呢。你想妙玉也是带发修行的，不知他怎样凡心一动，才闹到那个分儿。姑娘执意如此，我们就把姑娘住的房子便算了姑娘的静室。所有服侍姑娘的人也得叫他们来问：他若愿意跟的，就讲不得说亲配人；若不愿意跟的，另打主意。"看看吧，你执意要当尼姑，没办法了，要修行，也算作行善吧。听我讲一句，你住的地方就算是你的静室吧，也不要剃发了，找人来服侍你。如果愿意跟你一起修行的就自己讲，不愿意的也让人家离去。王夫人晓得那些丫鬟像彩屏都不愿意呀，谁愿意当尼姑？总得另外寻。正在谈，袭人立在宝玉身后，想来宝玉必要大哭，防着他的旧病。岂知宝玉叹道："真真难得。"袭人心里更自伤悲。宝钗虽不言语，遇事试探，见是执迷不醒，只得暗中落泪。**按理讲，宝玉以前看到那些姐妹出嫁了或者离开了，总是伤心得不得了，必要掉泪，还写诗。惜春出家了，他说："难得，难得。不料你倒先好了！"**

王夫人才要叫众丫头来问，忽见紫鹃走上前去，出人意料地在王夫人面前跪下，说了一番话蛮动人也蛮辛酸的。大家还记得宝玉跟她隔着窗子讲了心中的歉疚吗？紫鹃那时候就深深体悟到，人有情真是苦恼，还不如那个草木无情，不会那么痛苦，她一下子把酸热的心冰冷了。紫鹃是最清楚地看见宝玉跟黛玉之间情分的人，因为看到了这个痛苦，这个悲剧，自己有了看破红尘的起念。她向王夫人回道："姑娘修行自然姑娘愿意，并不是别的姐姐们的意思。我有句话回太太，我也并不是拆开姐姐们，各人有各人的心。我服侍林姑娘一场，林姑娘待我也是太太们知道的，实在恩重如山，无以可报。他死了，我恨不得跟了他去。但是他不是这里的人，我又受主子家的恩典，难以从死。如今四姑娘既要修行，我就求太太们将我派了跟着姑娘，服侍姑娘一辈子。不知太太们准不准？若准了，就是我的造化了。"邢王二夫人尚未答言，只见宝玉听到那里，想起黛玉一阵心酸，眼泪早下来了。**这番话又触动了一下尘缘，又动了心，眼泪下来了。**众人才要问他时，他又哈哈的大笑，走上来道："我不该说的。这紫鹃蒙太太派给我屋里，我才敢说。求太太准了他罢，全了他的好心。"王夫人道："你头里姐妹出了嫁，还哭得死去活来；如今看见四妹妹要出家，不但不劝，倒说好事……"

王夫人不明白怎么回事。宝玉就讲，四妹妹修行是确定的事了。若非定局，他就不敢说了。惜春道："二哥哥说话也好笑，一个人主意不定便扭得过太太们来了？我也是像紫鹃的话，容我呢，是我的造化，不容我呢，还有一个死呢。那怕什么！不管你们同不同意，我已下定决心了，死都不怕呢。二哥哥既有话，只管说。"宝玉就说，我念一首诗给你们听听吧。那首诗，就是关于惜春的判诗："勘破三春景不长，缁衣顿改昔年妆。可怜绣户侯门女，独卧青灯古佛旁！"他看见时就晓得，惜春的路命定了。王夫人不懂，可是李纨、宝钗听懂了。王夫人问："你到底是那里看来的？"宝玉说："我自有见的地方。"别人还是听不懂，可是宝钗知道，宝钗一面劝着，这个心比刀绞更甚，也掌不住便放声大哭起来。袭人已经哭的死去活来，幸亏秋纹扶着。宝玉也不啼哭，也不相劝，只不言语。宝钗这么理性的人，她听懂了，这些人都要出家了，所以忍不住大哭。袭人哭得更厉害。王夫人只好准惜春、紫鹃出家了。紫鹃听了磕头。惜春又谢了王夫人。紫鹃又给宝玉、宝钗磕了头。宝玉念声"阿弥陀佛！难得，难得。不料你倒先好了！"都是禅机在里头。宝钗虽然有把持，也难掌住。只有袭人，也顾不得王夫人在上，便痛哭不止，说："我也愿意跟了四姑娘去修行。"我也去吧！宝玉笑道："你也是好心，但是你不能享这个清福的。"你不行的，你要嫁人的。袭人哭道："这么说，我是要死的了！"宝玉听到那里，倒觉伤心，只是说不出来。不讲了，这些人的命运他都知道了，哪个会遁入空门，哪个以后怎么样，都知道了，宝玉已经彻悟了。

这边出家，那边在搞阴谋，贾家的那几个不肖子弟和坏亲戚，就要把巧姐弄出去给那个藩王做妾了。按理讲贾府的荣国公头衔又还给他们了，外面的藩王不能随随便便娶去的，那时是犯法的。于是贾环他们那伙人就悄悄进行，那藩王不知就里也派了人来看看，贾环、王仁、邢大舅只想赚赏银，两边骗，两边讲得天花乱坠。跟藩王那边说她祖母做主，亲舅舅做保山，没问题的。跟邢夫人讲那个藩王怎么好，以后有多少好处。邢夫人是糊涂重利的人，被他们唬弄，一想呢她就做主了，要把巧姐嫁走，而且还疑心王夫人不安好心，从中作梗。她讲，自己这个孙女儿也大了，她父亲贾琏不在家，这件事我还做得了主。这个人很愚昧的，也不打听一下。平儿从旁知道了这事很着急，就跑来求王夫人。王夫人说，她亲祖母这样我怎么办呢，也不好跟她驳。王夫人没办法。倒是宝玉说不要紧的，他看到了那个判诗，他说："无妨碍的，只要明白就是了。"到最后的节骨眼儿上，果然救巧姐的土地婆来了，刘姥姥现身了，我们下一回好好来看刘姥姥怎么救了她。

这一回的后半段，宝玉跟宝钗有一段辩论，等于是儒家跟道家之间很重要的一场辩论。整个《红楼梦》是儒家、佛家、道家三种哲学之间的相生相克、入世出世之间的紧张。在道家方面，对宝玉、也就是对曹雪芹影响最深的就是《庄子》，在佛家思想方面，就是禅宗。《红楼梦》中一再出现这个主题。你看：却说宝玉送了王夫人去后，正拿着《秋水》一篇在那里细玩。宝钗从里间走出，见他看的得意忘言，便走过来一看，见是这个，心里着实烦闷。细想他只顾把这些出世离群的话当作一件正经事，终久不妥。《庄子·外篇》的《秋水》讲道家的哲学，跟儒家哲学重宗法社会秩序，有一套严谨的道德价值观不同。儒家那套使社会能够维持下来，可是在这种严谨的秩序下，当然也有像宝玉这样的人不能忍受这些拘束，认为是枷锁。《秋水》最重要的主题就是"等生死、齐荣辱"，所有一切都是平等的、一样的，像儒家的求功名、争位阶，在道家来说没有意义，荣辱是一样的东西。道家对于儒家的秩序非常有颠覆性。宝钗看到以后心里非常不舒服。《红楼梦》里面如果要挑出两个人物，一个代表儒家，一个代表佛道，宝钗跟宝玉就是最典型的两个人。宝钗看他这种光景，料劝不过来，便坐在宝玉旁边，怔怔的坐着。宝玉见他这般，便道："你这又是为什么？"宝钗道："我想你我既为夫妇，你便是我终身的倚靠，却不在情欲之私。论起荣华富贵，原不过是过眼烟云，但自古圣贤，以人品根柢为重。"家里面我们是夫妻，是人伦。宝钗嫁给宝玉，与其说是嫁给宝玉这个人，不如说是嫁给贾府这整个的儒家秩序，最后，宝钗要担大任的，她要把贾府撑起来，贾府那一套儒家的秩序，她要去维持。她看到宝玉一直往道家出世那方面走，她要把他拉回来。宝玉也没听完，把那本书搁在旁边，微微的笑道："据你说人品根柢，又是什么古圣贤，你可知古圣贤说过'不失其赤子之心'。"宝玉这个时候笑，你可以想见他不是从前"宝姐姐来了！"那种笑法，这时候的笑是"我懂了，你还没懂"。他又引用了《孟子》里面的这句话。

　　从宝玉的观点看来，他的赤子不过是无知、无识、无贪、无忌，这个是佛道的看法，我们生下来都是赤子，没有贪嗔痴爱这些佛家说的妄想的东西。"那赤子有什么好处，不过是无知无识无贪无忌。我们生来已陷溺在贪嗔痴爱中，犹如污泥一般，怎么能跳出这般尘网。如今才晓得'聚散浮生'四字，道家的看法，这整个一生就像浮生聚散无常，古人说了，不曾提醒一个。既要讲到人品根柢，谁是到那太初一步地位的！""太初一步"，最原始的天地，最原始的赤子在混沌之中，那种归真返璞境界谁能够回得去啊。宝钗道："你既说'赤子之心'，古圣贤原以忠孝为赤子之心，儒家的看法，赤子之心"忠孝"二字，宝钗的价值观，是由儒家的正心、诚意、修身、齐家、治国、平天下这一套的伦理来的，她对赤子之心的看法跟宝玉不一样。并不是遁世离群无关无系为赤子之心。尧舜禹汤周孔时刻以救民济世为心，所谓赤子之心，原不过是'不忍'二字。若你方才所说的，忍于抛弃天伦，还成什么道理？"

她的看法完全不一样，是合乎儒家道统的。宝玉点头笑道："尧舜不强巢许，武周不强夷齐。"伯夷、叔齐都是不食周粟，饿死在首阳山中。宝玉又拿他们离群离世的故事来驳宝钗。宝钗不等他说完，便道："你这个话益发不是了。古来若都是巢许夷齐，为什么如今人又把尧舜周孔称为圣贤呢！况且你自比夷齐，更不成话，伯夷叔齐原是生在商末世，有许多难处之事，所以才有托而逃。当此圣世，咱们世受国恩，祖父锦衣玉食；况你自有生以来，自去世的老太太以及老爷太太视如珍宝。你方才所说，自己想一想是与不是。"宝玉听了，也不答言，只有仰头微笑。两个人道不同不相为谋，各讲各的是处，两种处世哲学在这里交接。

《红楼梦》在某种佛家的意义上，也类似佛陀传，贾宝玉跟悉达多太子很有相似处，比如说，他们都生在锦衣玉食富贵之家，享尽富贵荣华。按理讲，悉达多太子也不可能离家出走，可是他四处看到人生的老、病、死、苦，他晓得人生在苦海里面，所以他后来大别离去修行，为世人扛起世间的苦难。耶稣基督也是如此。宝钗说我们处于皇恩盛世这么久，你怎么会有这种思想呢？我想宝玉看见的、体会的跟悉达多太子有相似之处，所以他最后只有仰头微笑。这一段话，也就是儒家跟佛道之间的辩论，对人生、对赤子的不同诠释。这一段是讲宝钗跟宝玉之间，两种道德价值互相的辩解。这不牵涉到谁对谁错，而是人生观不同，世界观不同，宇宙观不同。《红楼梦》不偏向哪方面，它通通包容，显示这个世界有这么多的道路。

宝玉跟宝钗没法讲下去了，宝钗说："你既理屈词穷，我劝你从此把心收一收，好好的用用功。但能博得一第，便是从此而止，也不枉天恩祖德了。"宝钗以为宝玉没的讲了，讲不过她了。其实宝玉是更无言了，这个时候不必讲了，已经无言了。她就跟他说，你只要考个功名中了举回来，也就报了天恩了。宝玉点了点头，叹了口气说道："一第呢，其实也不是什么难事，倒是你这个'从此而止，不枉天恩祖德'却还不离其宗。"他又试着安慰妻子。倒是另外一个跟他俗缘最深的袭人过来说道："刚才二奶奶说的古圣先贤，我们也不懂。我只想着我们这些人从小儿辛辛苦苦跟着二爷，不知陪了多少小心，论起理来原该当的，但只二爷也该体谅体谅。况二奶奶替二爷在老爷太太跟前行了多少孝道，就是二爷不以夫妻为事，也不可太辜负了人心。至于神仙那一层更是谎话，谁见过有走到凡间来的神仙呢！那里来的这么个和尚，说了些混话，二爷就信了真。二爷是读书的人，难道他的话比老爷太太还重么！"一番世俗之见，宝玉听了，低头不语。宝玉也没办法讲了，一妻一妾，跟她们无言以对了。从此以后，他倒真的把那些道家的、佛家的东西收起来，看起来好像在读书，读八股文、四书五经，好像一心要去考功名了。

《红楼梦》厉害的地方，这里又来了一笔。宝玉用功起来了，这是从来没有的，他素来最讨厌这些的。你看，那袭人此时真是闻所未闻，见所未见，便悄悄的笑着向宝钗道："到底奶奶说话透彻，只一路讲究，就把二爷劝明白了。就只可惜迟了一点儿，临场太近了。"宝钗点头微笑道："功名自有定数，中与不中倒也不在用功的迟早。但愿他从此一心巴结正路，把从前那些邪魔永不沾染就是好了。"说到这里，下面这话来了。见房里无人，便悄说道："这一番悔悟回来固然很好，但只一件，怕又犯了前头的旧病，和女孩儿们打起交道来，也是不好。"宝钗讲他用功念书固然好，万一他又恢复了从前见女孩子就打交道，也是不行。宝钗讲真话了，不喜欢宝玉这个习气，不要他这样。悄悄地看了没有人，跟袭人讲。袭人是她的心腹，老早给宝钗收服了，所以她跟袭人两个人私下讲这一番话。袭人道："奶奶说的也是。二爷自从信了和尚，才把这些姐妹冷淡了；如今不信和尚，真怕又要犯了前头的旧病呢。我想奶奶和我二爷原不大理会，紫鹃去了，如今只他们四个，这里头就是五儿有些个狐媚子……"你看看，防得喔！那个柳五儿有几分姿色，有点像晴雯，袭人就要防她了。这就是非常人性的，要是不这么写的话，宝钗一副道学样子，就不真了，到底她也会吃醋的，她也是人啊！袭人更是了，这一笔又把宝钗拉回人间来了，不是一个道貌岸然的女孔子，要防她丈夫又跟女孩子混了。

这下子宝玉真的用功起来了，宝玉这边剩了几个丫鬟，麝月、秋纹，都是袭人调教出来的，宝钗这边呢，她自己有个丫鬟莺儿，讲话很娇巧，像黄莺一样，而且很能干。宝玉被打卧病的时候，莺儿替他织络子，各种的花结，后来替他织了一个绣囊，装那块玉的。所以莺儿也曾陪过他一阵子，这个时候又来了。莺儿讲了："二爷还记得那一年在园子里，不是二爷叫我打梅花络子时说的，我们姑奶奶后来带着我不知到那一个有造化的人家儿去呢。如今二爷可是有造化的罢咧。"宝二爷有造化的，你看你娶了我们姑娘。宝玉听到这里，又觉尘心一动，连忙敛神定息。他这个时候虽然悟道了，这些世俗的东西，还是会刺激他，让凡心又动了一下。他说："据你说来，我是有造化的，你们姑娘也是有造化的，你呢？"莺儿把脸红了，她说："我们不过当丫鬟一辈子罢咧，有什么造化呢！"我们当一辈子丫鬟。宝玉笑道："果然能够一辈子是丫头，你这个造化比我们还大呢！"听起来又是疯话了，其实他真的是这个意思。莺儿一听，又摸不着头脑了，讲什么啊？只听宝玉又说道："傻丫头，我告诉你罢。你姑娘既是有造化的，你跟着他自然也是有造化的了。你袭人姐姐是靠不住的。他看到了袭人的一生，知道袭人以后嫁给一个伶人，嫁给蒋玉菡，袭人靠不住的。只要往后你尽心服侍他就是了。日后或有好处，也不枉你跟着他熬了一场。"这些话都是蛮辛酸的，他知道了她们每个人的命运了。

第一百十九回

中乡魁宝玉却尘缘　沐皇恩贾家延世泽

这一回写的是生离死别。悉达多太子要离家求道的时候，我们说"大别离"，把头发剃掉出家，是大别离。贾宝玉的大别离写得极好，看看他怎么与家人别离。小说里面很重要的考验，是怎么写生离死别。死别，前面看了好多，晴雯之死写得好，黛玉之死写得好，贾母之死写得很有分寸，王熙凤之死叫人有点不寒而栗。生离呢？我们来看看宝玉怎么离家的。

考期近了，贾宝玉和贾兰叔侄两个要去赶考了，贾环不能去，因为他母亲赵姨娘死了，丁忧期间不可以去考试，所以他气得不得了，在家里就作怪了。这两叔侄去应考之前，你看：次日宝玉贾兰换了半新不旧的衣服，欣然过来见了王夫人。王夫人嘱咐道："你们爷儿两个都是初次下场，但是你们活了这么大，并不曾离开我一天。就是不在我跟前，也是丫鬟媳妇们围着，何曾自己孤身睡过一夜。

今日各自进去，孤孤凄凄，举目无亲，须要自己保重。早些作完了文章出来，找着家人早些回来，也叫你母亲媳妇们放心。"王夫人说着不免伤起心来。**按理讲，儿子去考功名是喜事，为什么伤心起来呢？王夫人有预感了。**贾兰听一句答应一句。只见宝玉一声不哼，待王夫人说完了，**注意看这里怎么描写的。**走过来给王夫人跪下，满眼流泪，磕了三个头，说道："母亲生我一世，我也无可答报，只有这一入场用心作了文章，好好的中个举人出来。那时太太喜欢喜欢，便是儿子一辈子的事也完了，一辈子的不好也都遮过去了。"王夫人听了，更觉伤心起来。

　　你看这个话，好像是永别的味道，我去考了试，考中了，我一辈子的不好都掩过去了。王夫人就讲："你有这个心自然是好的，可惜你老太太不能见你的面了！"一面说，一面拉他起来。那宝玉只管跪着不肯起来，**要出家之前，他想还了这些亲恩，不肯起来。**便说道："老太太见与不见，总是知道的，喜欢的，既能知道了，喜欢了，便不见也和见的一样。只不过隔了形质，并非隔了神气啊。"**他讲这番话很玄，其实也就是讲他要离家了，终归要修道成佛了，所以老太太也会知道的，不见，也就不算一回事了。**李纨见王夫人和他如此，一则怕勾起宝玉的病来，二则也觉得光景不大吉祥，**不对啊，这对母子怎么好像是永别似的，**她就过来讲了："太太，这是大喜的事，为什么这样伤心？况且宝兄弟近来很知好歹，很孝顺，又肯用功，只要带了侄儿进去好好的作文章，早早的回来，写出来请咱们的世交老先生们看了，等着爷儿两个都报了喜就完了。"一面叫人搀起宝玉来。宝玉却转过身来给李纨作了个揖。你看，都是有原因的，好好的，怎么跟她作揖了？要跟他的嫂嫂辞别了嘛。他讲："嫂子放心。我们爷儿两个都是必中的。日后兰哥还有大出息，大嫂子还要带凤冠穿霞帔呢。"他知道的，他知道贾兰以后会复兴贾家，"兰桂齐芳"嘛，贾兰跟宝玉宝钗的儿子贾桂，这两个人会把贾府重新光大。所以他跟李纨讲了。李纨笑道："但愿应了叔叔的话，也不枉——"讲不下去了，也不枉什么？不枉我守了一辈子寡，不枉他的父亲贾珠死得那么早，抚育这么一个孤苗子成人。说到这里，恐怕又惹起王夫人的伤心来，连忙咽住了。宝玉笑道："只要有了个好儿子能够接续祖基，就是大哥哥不能见，也算他的后事完了。"他接下去讲了，讲出李纨的心事。李纨见天气不早了，也不肯尽着和他说话，只好点点头儿。

宝钗看在眼里，她是何等冰雪聪明的一个人，她感觉到了。此刻宝钗听得早已呆了，这些话不但宝玉，便是王夫人李纨所说，句句都是不祥之兆。怎么好像都在永别了？却又不敢认真，只得忍泪无言。那宝玉走到跟前，深深的作了一个揖。他对妻子作揖，可怜，你要为我守活寡一辈子。嫁给他从世俗的眼光来看，宝钗的确是受委屈，嫁给他的时候宝玉已经失掉玉，已经变成痴傻的一个人。从太虚幻境回来以后，更是疯疯癫癫。嫁了这么一个人，宝钗当然满腹委屈。她是爱宝玉的，以儒家那一套夫妇之伦的方式来爱他。众人见他行事古怪，也摸不着是怎么样，又不敢笑他。只见宝钗的眼泪直流下来。众人更是纳罕。宝钗知道靠不住了，他这一拜下来，可能走掉不回来了，她心中有预感。宝玉向她说："姐姐，我要走了，你好生跟着太太听我的喜信儿罢。"宝钗道："是时候了，你不必说这些唠叨话了。"宝玉道："你倒催的我紧，我自己也知道该走了。"该走了，要离家了，斩断尘缘，拜辞亲人，向母亲、妻子告别，世俗的牵挂一一了结。这时众人都在这里，只有惜春、紫鹃不在，便说道："四妹妹和紫鹃姐姐跟前替我说一句罢，横竖是再见就完了。"这两个还会碰到的，都遁入空门去了。众人见他的话，又像有理，又像疯话。大家只说他从没出过门，都是太太的一套话招出来的，不如早早催他去了就完了事了，便说道："外面有人等你呢，你再闹就误了时辰了。"宝玉仰面大笑道："走了，走了！不用胡闹了，完了事了！"众人也都笑道："快走罢。"独有王夫人和宝钗娘儿两个倒像生离死别的一般，那眼泪也不知从那里来的，直流下来，几乎失声哭出。但见宝玉嘻天哈地，大有疯傻之状，遂从此出门走了。嘻天哈地，笑什么？笑他自己的荒唐、荒谬，一生像梦一场，也笑世人在红尘滚滚里面，还在做梦。大笑此生，一脚踏出铁槛；了断尘缘，并不那么容易。四姑娘惜春那么决绝，还要寻死觅活才出了家。宝玉更加难了，好像经过九九八十一劫，一关一关过来，才了悟到孽海情天中还不尽的情债，通通还完了，才能够走了。

贾府的男人们都出去了。贾政扶贾母的灵柩到金陵，贾琏、贾蓉送王熙凤、秦氏的棺木南下，兼送黛玉的灵柩到苏州。贾赦、贾珍被流放了，现在宝玉、贾兰也走了，剩下谁呢？贾环，好不容易轮到他了。他觉得被打压了那么久，因为庶出，又有个不得人缘的母亲赵姨娘，什么人都欺压他。他也不想想自己做出一些事情都是坏心眼，想害人。记得吗？有一次他跟宝玉一起抄经点了蜡烛，贾环就把那个蜡油一推，烫宝玉的脸。宝玉并没有打压他，可是宝玉的存在就是他的威胁，显出他长得猥琐，地位卑微。他从前害宝玉，现在要来害巧姐。家里没有男人了，他可以称王了，他说，他要给他妈妈报仇。贾环知道贾母死了现在要抓住谁，邢夫人啊！邢夫人到底是嫂子，王夫人是弟媳妇，贾环抓住邢夫人就有权。他晓得巧姐是邢夫人的嫡孙女儿，对于巧姐的亲事，亲祖母有权决定。贾琏临走的时候，跪在王夫人的面前，托王夫人照顾巧姐，他知道邢夫人糊涂，靠不住，可是王夫人再怎么讲也不好拧了嫂子的意思自己做主，况且贾环在邢夫人面前把这个婚事讲得天花乱坠，邢夫人的弟弟邢大舅也来一番饶舌，邢夫人就信了，还有点嫌王夫人管太多，她说她的亲孙女儿，她有权决定。要娶亲的藩王哪里是要娶妃子，只是要买侍奉的小妾、使唤的丫头，藩王那边派了几个女人来，从头到脚一打量，把巧姐的手拿来看一看、摸一摸，看相啊！非常不礼貌。要是真的娶妃子，那是很隆重的大事，哪有这样轻率的。平儿看了，不对啊，这怎么回事？平儿很守护巧姐，非常着急，正巧王夫人过来，平儿说，外藩规矩，三日就要来娶走了。这中间有诡计，平儿就讲三爷——就是贾环从中作怪。王夫人气得要命，骂他到底是赵姨娘生出来的混账东西！

正在一团乱，那边就来要人的时候，刘姥姥又出现了，就像个土地婆，在他们最危急的时候，现身救一把。这个地方写得有意思，刘姥姥这个角色又出现也非常合理。巧姐是七月七日乞巧节生的，是刘姥姥给她取的名字"巧"，要她逢凶化吉。王熙凤临死向刘姥姥托孤，请她保护巧姐，她出现得还真巧。本来王夫人说现在忙乱得不得了，哪有心思接待这个乡下老太婆，平儿讲刘姥姥是巧姐的干妈，要请她进来。刘姥姥进来一看，都哭得眼圈红红的，巧姐哭，平儿也哭，怎么回事啊？一问问出个道理来了。刘姥姥饱经世故，不要看她是个乡下老太婆，她很聪明的。有本事把贾母逗乐，拿了赏银和一大堆礼物回去，她不是一般的村妇。她就讲："你这样一个伶俐姑娘，没听见过鼓儿词么，这上头的方法多着呢……这有什么难的呢，一个人也不叫他们知道，扔崩一走，就完了事了。"一逃就逃走了。鼓儿词就是说书的、唱大鼓的，这种故事多了。把巧姐带走了嘛，还等什么？她们就没想到这个，逃走！事不宜迟，马上就走吧。巧姐扮成了刘姥姥的外孙女青儿，趁着大家不注意的时候就上了轿。平儿也趁着没有人看见的时候，一下挤进轿子，她一起走好照顾。刘姥姥把巧姐救走了，邢夫人的人缘不好，所以那些下人知道也不跟她报告，王夫人装傻跑去跟邢夫人聊天，把她绊住，这边就溜走了。溜走了以后，王夫人反而大喊：巧姐不见了！闹起来。贾环做亏心事，闹破了怎么好？当然就缩回去。这么一来，至少在贾家分崩离析的时候，第三代的巧姐儿被刘姥姥救走了，在乡下得了重生。乡下也有乡绅、地主、读书人家的，有个周家，子弟很好，刘姥姥就替巧姐说亲，得到贾府同意，后来巧姐就嫁给了周家。贾府的这一支，在刘姥姥这个土地婆的呵护下，逃脱了厄运，得了新生。十二金钗里面，巧姐算是好结果。其他的除了探春结局也不错，大部分都死的死、亡的亡、离的离、散的散。前面曹雪芹把网通通撒出去，这么大，这么复杂，千头万绪，有多少人的故事。巧姐前面没什么戏，也没有给她一个小说场景，在这个地方补一笔，不要漏了她这个人物。

好，后四十回收网了，那些故事的情节一个个收尾，才能自圆其说，整本小说才有比较完善的架构。当然很多红学家研究，说曹雪芹这本书后四十回不是他写的，是高鹗续的。但是现在越来越得到认可的一个理论是，后四十回曹雪芹早有了稿子，这稿子佚失了，后来程伟元他们又去一点一点收回来，可能有一些未定稿，是由高鹗修订完成的。我比较偏向这个理论，我觉得不可能是另外一个人写的。另外一个人写的话，第一，这个千头万绪处理得那么好；第二，人物的语气笔调接得那么顺，哪个人该那时候讲那话，能够连贯；第三，有几回写得那样精彩，比如黛玉之死，我觉得那个感情应该是原来的作者写的。曹雪芹写这本书，现在已经肯定有很深的自传成分在里头，所以他写起来等于是一本《追忆似水年华》，前面写得兴高采烈，后面写得满腔悲哀愁绪。某一种了悟之后，他对人世间有那么深刻的怜悯，如果是另外一个人，没有实际经历过曹雪芹家里的事情，后面四十回哪有可能跟他一样，有那么深层的感情在里头。尤其宝玉别离的那一段，就够让人心酸的了。

因为皇帝又想起元妃来，顾念旧情，恢复了贾家荣国公官职，抄了家的东西也部分还给他们。但贾家已经没落了，至少暂时恢复不了当年的盛况，至于说"兰桂齐芳"，那还早得很呢！宝玉的儿子还没出生呢！要恢复兴盛也是多少年以后的事情。就是这样，也算皇恩浩荡了。真实中曹家的命运不是如此，曹雪芹的父亲曹頫被抄家以后，原本还有一部分产业在北京，举家北迁之后又挨了一次，几百两银子都还不出来，根本是抄了家再也没有起来过。曹雪芹后来生活潦倒，穷到有时候只能吃粥，死的时候还是他的几个朋友凑钱给他办了后事。《红楼梦》讲贾府最后还要兴起，当然只是满足了读者的一厢情愿（wishful thinking），中国人喜欢大团圆，喜欢悲剧哗啦哗啦之后至少还有一点点希望和温暖，我们不是希腊人，不要像希腊悲剧一悲到底。所以到这个地方，又给它圆转一下。

考试考完，贾兰回来了，当然王夫人很高兴。众人问他："宝二叔呢？"贾兰哭道："二叔丢了。"宝玉不见了。

贾兰说他和宝玉一直同吃同睡时时刻刻在一起，可是这天交了卷子，一同出考场，在门口一挤，回头就不见了。去接的佣人也分头去找遍了，没有。宝玉当然是走掉了。这下不得了，吵的、哭的，乱成一团。宝钗心里面倒有八九分明白，她真的是一个很理性、冷静、聪明的人，不过，再聪明理性，她有她的限制，她不像宝玉那样，用更高一层的了悟面对人生，她愿意停在世俗间儒家的框架下。但她毕竟明智，晓得宝玉走掉以后还能自持。其他的人，你看看袭人就不行了，垮掉了，痛哭倒地还昏过去几次。贾兰觉得他跟宝二叔一起的，把宝二叔丢了，心里很过意不去，他要跑出去找。王夫人叫住他说："我的儿，你叔叔丢了，还禁得再丢了你么。"惜春知道了，就问："二哥哥带了玉去了没有？"宝钗道："这是随身的东西，怎么不带！"惜春听了便不言语，她晓得，带了玉一起走了。惜春有一次跟宝玉对话，他讲"青埂峰下倚古松"，惜春那时候说，二哥哥这个佛门不一定能进去。宝玉冷笑一声。她现在知道了，带了玉去，走了。袭人想起了那天抢玉的事情，她想，那个和尚作怪，一定是和尚把他拎走了，柔肠几断，珠泪交流，呜呜咽咽哭个不住。追想当年宝玉相待的情分，有时怄他，他便恼了，也有一种令人回心的好处，那温存体贴是不用说了。若怄急了他，便赌誓说做和尚。那知道今日却应了这句话！袭人其实跟宝玉世俗的感情最深，她也不像宝钗，还有很多条条框框限制住，她是真正一心一意整个人在宝玉身上的。而且她用尽心机，把情敌一个个干掉，她要整个的他。一场空，走掉了，她怎么能不痛？

宝玉走了，外面报喜来了，原来他们中举了。宝玉中的是第七名举人，这也不容易。贾兰呢，一百三十名，也中了。有了功名，人却不在了，也高兴不起来，倒是宝玉的书僮茗烟讲："是丢不了的了……'一举成名天下闻'，如今二爷走到那里，那里就知道的。谁敢不送来！"惜春就讲："这样大人了，那里有走失的。只怕他勘破世情，入了空门，这就难找着他了。"她挑白了讲，二哥哥入了空门了。

这个时候，探春的家翁，也就是她先生的父亲被调到京里面来了，探春远嫁海疆，很不容易回来一趟，现在就能趁这个机会回来探亲了。贾府正是天翻地覆、愁云惨雾，三姑娘回来了。探春到底是个明理的人，她跟宝钗一路子的，对人世非常理性。王夫人见了女儿就哭说："他若抛了父母，这就是不孝，怎能成佛作祖。"她不晓得宝玉已经尽孝了，已经为了王夫人、为了贾家去考科举。宝玉是最厌恶科举的人，他勉强自己去考了科举，为什么？还债啊！他还给父亲母亲功名，父母的俗缘在功名。他给他的妻子一个儿子传宗接代，这是儒家系统中俗缘需要的。他给他的妾袭人什么呢？最后一回再讲，这很重要。这些俗缘一个个都还尽了。探春道："大凡一个人不可有奇处。二哥哥生来带块玉来，都道是好事，这么说起来，都是有了这块玉的不好。若是再有几天不见，我不是叫太太生气，就有些原故了，只好譬如没有生这位哥哥罢了。果然有来头成了正果，也是太太几辈子的修积。"她非常理性，了解"一子出家，七祖升天"，如果宝玉真的如此，她劝母亲，也只好认了这回事。

这时候，皇帝又恢复了贾家的世职，也让贾赦、贾珍回去了，贾珍还是世袭宁国公的职位，贾赦的罪名也免了。皇帝看到了宝玉的文章，一讲起来还是元妃的弟弟，龙心大悦，北静王就趁机替宝玉奏明了现况。皇帝一听出家了，就赐他叫作"文妙真人"。"真人"两个字，讲透了宝玉就是个真纯的人，真人是道家的称号，其实就是赤子，是完全自然的一个人（natural man）。宝玉最宝贵的特质就是"真"，没有一丝虚假，非常讽刺的，他姓贾，其实他是真。不是有一个他的镜像甄宝玉吗？那个才是假。"假作真时真亦假，无为有处有还无"，是《红楼梦》吊诡的地方，故意教人去深思的地方。宁荣两府复了官，刘姥姥把巧姐也送回来了，贾琏当然非常感激。看看平儿这么忠心，他也想起她的好处很多，最后贾琏把平儿扶了正。平儿在书里面，是非常平和、公平、善良、可爱的一个人，这个人物写得好，她跟凤姐两个人配搭起来，一妻一妾，一个那么厉害泼辣狠毒，一个那样善良平和忠厚，两个合起来，把贾琏的妻妾主仆关系，人性中的互补呈现得非常生动，而且修成正果。看到这种地方，我们在悲剧中还得到了一些安慰。

第一百二十回

甄士隐详说太虚情　贾雨村归结红楼梦

宝玉找不到了，宝钗、探春、惜春都心里有数，晓得他恐怕出家了，不回来了。只是袭人受不了，心痛难禁，一时气厥。晕过去了，要用开水来灌，才醒过来。大夫来看说是急怒所致。她哭得太伤心，朦朦胧胧地睡着了。梦里面，好像宝玉来到她面前，又好像是个和尚，手里拿了一本册子，掀了看还说："你别错了主意，我是不认得你们的了。"你看，最后宝玉放心不下的还是袭人，跟她讲一下，我跟你俗缘尽了。袭人心里就想："宝玉必是跟了和尚去。上回他要拿玉出去，便是要脱身的样子，被我揪住，看他竟不像往常，把我混推混搡的，一点情意都没有。后来待二奶奶更生厌烦。在别的姐妹跟前，也是没有一点情意。这就是悟道的样子。但是你悟了道，抛了二奶奶怎么好！我是太太派我服侍你，虽是月钱照着那样的分例，其实我究竟没有在老爷太太跟前回明就算了你的屋里人。

若是老爷太太打发我出去，我若死守着，又叫人笑话；若是我出去，心想宝玉待我的情分，实在不忍。"左思右想，实在难处。她想到刚才的梦，好像宝玉已和我无缘，倒不如死了干净。这个袭人心事最重。

这最后一回是《红楼梦》整部书最高的一个峰，也可能是中国文学里面最有力量的一个场景。前面的铺叙都是要把这个场景推出来。《红楼梦》在情节发展上有两条线，一条是贾府兴衰，荣国府、宁国府的兴衰，我们都看到了，从开头的极盛，一直到抄家的衰弱，整个故事看完了。另外一条线就是宝玉悟道出家的旅程，我们也从头看到尾，现在是最后一个场景。宝玉出家这一幕，小说里面叫高潮（climax），到了高潮的时候，最后画龙点睛。一个主题点睛的时候，要看他怎么写，如果宝玉出家这一场写得不好，写得不够力，这本书就会垮掉（collapse），你看多么重要。宝玉怎么出家？想想看，如果他是普通人，和尚就剃度一下，礼敬一下。这个不够！《红楼梦》的境界是拔高起来的，它有一个神话架构，宝玉出家是神话架构里最高潮的一段。这段不长，就一个场景，看他怎么写的。

且说贾政扶贾母灵柩，贾蓉送了秦氏凤姐鸳鸯的棺木，到了金陵，先安了葬。贾蓉自送黛玉的灵也去安葬。贾政料理坟基的事。一日接到家书，一行一行的看到宝玉贾兰得中，心里自是喜欢。后来看到宝玉走失，复又烦恼，只得赶忙回来。本来儿子、孙子中举了是大喜事，一看，怎么宝玉丢掉了？当然快点回去。在道儿上又闻得有恩赦的旨意，又接家书，果然赦罪复职，更是喜欢，便日夜趱行。在半路知道家里边也复职了，便日夜赶路。一日，行到毗陵驿地方，那天乍寒下雪，泊在一个清净去处。贾政打发众人上岸投帖辞谢朋友，总说即刻开船，都不敢劳动。船中只留一个小厮伺候，自己在船中写家书，先要打发人起早到家。写到宝玉的事，便停笔。抬头忽见船头上微微的雪影里面一个人，光着头，赤着脚，身上披着一领大红猩猩毡的斗篷，向贾政倒身下拜。

你们想想看，一片白茫茫的雪景，船停在岸边，忽见有个影子走过来，剃了光头，赤了脚，和尚的样子。雪地里披着猩猩红的斗篷，多么鲜明的景象。一来了，跪下来，向贾政下拜。贾政尚未认清，急忙出船，欲待扶住问他是谁。那人已拜了四拜，站起来打了个问讯。合十为礼，就等于说打了一个招呼。贾政才要还揖，迎面一看，不是别人，却是宝玉。贾政吃一大惊，忙问道："可是宝玉么？"那人只不言语，似喜似悲。贾政又问道："你若是宝玉，如何这样打扮，跑到这里？"宝玉未及回言，只见舡头上来了两人，一僧一道，渺渺真人、茫茫大士，前面第一回的时候，也是他们两个出来，让宝玉下凡。现在尘缘已尽，要把他护送回去了。只见他俩夹住宝玉说道："俗缘已毕，还不快走。"说着，三个人飘然登岸而去。贾政不顾地滑，疾忙来赶。见那三人在前，那里赶得上。只听得他们三人口中不知是那个作歌曰：

　　我所居兮，青埂之峰。我所游兮，鸿蒙太空。
　　谁与我游兮，吾谁与从，渺渺茫茫兮，归彼大荒。

　　大家记得《红楼梦》开始的时候那块石头吗？本来是女娲炼石补天，炼了三万六千五百零一块石头，三万六千五百块都用光了，就是那一块石头没有用上，留在大荒山、青埂峰下，青埂峰——情根峰，这块石头化为宝玉就是情根，这时候尘缘已尽又回去了。可以想象得到在雪地上，一僧一道飘然而去，一大片白茫茫的雪，响彻大地的歌声传过来了。贾政一面听着，一面赶去，转过一小坡，倏然不见。贾政已赶得心虚气喘，惊疑不定，回过头来，见自己的小厮也是随后赶来。贾政问道：“你看见方才那三个人么？”小厮道：“看见的。奴才为老爷追赶，故也赶来。后来只见老爷，不见那三个人了。”贾政还欲前走，只见白茫茫一片旷野，并无一人。白茫茫一片旷野，第五回宝玉到太虚幻境里面，《红楼梦》十二支曲的最后一支：〔飞鸟各投林〕落了片白茫茫大地真干净！两个对照起来，都是白茫茫大地，所有的俗缘，所有的喜怒哀愁，所有的七情六欲，通通不见了，宝玉超脱了，他的佛身随着这一僧一道，飘然而去，不留在这个尘世上。贾政知是古怪，只得回来。

　　众家人回舡，见贾政不在舱中，问了舡夫，说是“老爷上岸追赶两个和尚一个道士去了”。两个和尚，一个是宝玉啰。众人也从雪地里寻踪迎去，远远见贾政来了，迎上去接着，一同回船。贾政坐下，喘息方定，将见宝玉的话说了一遍。众人回禀，便要在这地方寻觅。贾政叹道："你们不知道，这是我亲眼见的，并非鬼怪。况听得歌声大有元妙。那宝玉生下时衔了玉来，便也古怪，我早知不祥之兆，为的是老太太疼爱，所以养育到今。便是那和尚道士，我也见了三次：头一次是那僧道来说玉的好处；第二次便是宝玉病重，他来了将那玉持诵了一番，宝玉便好了；第三次送那玉来，坐在前厅，我一转眼就不见了。我心里便有些诧异，只道宝玉果真有造化，高僧仙道来护佑他的。岂知宝玉是下凡历劫的，竟哄了老太太十九年！如今叫我才明白。"说到那里，掉下泪来。这是非常动人的一番话。你想想，这个父亲以前对宝玉是多么严厉，打他、骂他、看不起他，这下子和解了，父子之间有了一种同情的了解，也就是佛家跟儒家之间，有了一种对话。这一回，用了非常动人、非常鲜明的意象：雪地、歌词、歌声、宝玉的形貌，来把它背底下的深意非常具体地描画出来。象征跟写实在这里达到了最高峰。宝玉出家，跟父亲拜别，贾政顿时的了悟，是很动人的描写，他知道了宝玉不是凡人，他怪他、骂他，宝玉自己一切都晓得的，原来他是来历劫的，哄了老太太十九年。这样的理解，使得这本书又提升了一层。

贾政平常是相当迂腐的一个人，但政老爷偶尔也有敏感的地方。记得吗？有一次过元宵节，宝玉和大观园的女孩子们都来作灯谜，那些灯谜贾政看起来都不吉祥，都没有福寿之征，心中很不舒服，他感觉这些后辈的命运恐怕不会完美。薛宝钗猜了竹夫人，最后恩爱夫妻不到冬。元妃猜了炮仗，一放就完了。黛玉猜了更香，慢慢烧尽，慢慢煎熬。所以贾政是有某些敏感的，这一次悟到了宝玉的命运，对这个儿子就谅解了，写得非常动人。

贾政回家以后晓得这件事没办法了，只好认了。王夫人也知道没办法了，跟薛姨妈谈起宝钗受委屈。她讲，如果说我的命不好的话，我不应该有那么好的媳妇，这个媳妇，虽然她那么难过，哭得那么伤心，可是还不失其端庄的样子。的确，宝姑娘也不同一般，以后她要撑大局，整个贾府要靠她撑起来，她不能失去端庄，儒家的那套东西她要撑住。两个人又讲起一个难题，袭人怎么办？按理讲袭人是宝玉的妾，但是没有明讲，是王夫人心中暗许的，贾政并不知道。所以袭人妾身未明。如果她名分上是宝玉的妾，留下来没问题，她不是，明的她只是丫头，也不好叫她在这里守一辈子。如果随随便便放出去，嫁一个小厮，又委屈了她。《红楼梦》里面那些大丫鬟，年纪大了，都是要放出去的，大概都是配那些佣人，她们的命运大致如此。可是袭人不同啊，她实际是宝玉的妾，服侍过宝玉，随随便便把她嫁掉也不行。薛姨妈就讲了，好好地给她说一门亲事，好好地嫁出去。薛姨妈就去劝袭人了，袭人本来不肯，她的个性比较温和，很柔顺，也没办法说要寻死，像鸳鸯那样很刚烈地死在贾府，袭人做不出来。鸳鸯可以说是跟着老太太走了，殉主，袭人不能说是为了宝玉殉情，讲不通。她妾身不明，非常尴尬，薛姨妈只能苦劝她。这时她的哥哥花自芳和嫂嫂也给她在外头托亲戚做媒，说了城南的蒋家，有房有地，又有铺面，蛮殷实的，不是一个穷小子。而且姑爷年纪只大袭人几岁，还未娶妻，是名正言顺娶她做正房，人长得又好，百里挑一，对她很合适的。王夫人听了就说："你去应了，隔几日进来再接你妹子罢。"王夫人告诉宝钗，还是请薛姨妈说服袭人。袭人当然很悲伤，但又不敢违命。心里想起宝玉那年到他家去，花自芳跟妈妈想把她赎回去，袭人说我死也不回去，让他们知道她跟定宝玉了。现在没办法了，要回娘家嫁人了，她没法死在贾府，就死在家里也行。回去了，哥哥嫂嫂对她很好，她想，若是死在哥哥家里，岂不又害了哥哥，那怎么办？千思万想，左右为难，真是一缕柔肠，几乎牵断，只得忍住。

下面这一段有意思了。那日已是迎娶吉期，袭人本不是那一种泼辣人，委委屈屈的上轿而去，心里另想到那里再作打算。岂知过了门，见那蒋家办事极其认真，全都按着正配的规矩。一进了门，丫头仆妇都称奶奶。袭人此时欲要死在这里，又恐害了人家，辜负了一番好意。那夜原是哭着不肯俯就的，那姑爷却极柔情曲意的承顺。到了第二天开箱，这姑爷看见一条猩红汗巾，方知是宝玉的丫头。原来当初只知是贾母的侍儿，益想不到是袭人。此时蒋玉菡念着宝玉待他的旧情，倒觉满心惶愧，更加周旋，又故意将宝玉所换那条松花绿的汗巾拿出来。松花绿的汗巾是谁的？袭人的。袭人看了，方知这姓蒋的原来就是蒋玉菡，始信姻缘前定。袭人才将心事说出，蒋玉菡也深为叹息敬服，不敢勉强，并越发温柔体贴，弄得个袭人真无死所了。到这个时候，袭人一看两条汗巾一红一绿，配起来了，这汗巾是宝玉头一次见到蒋玉菡的时候，跟他互换表记，宝玉把自己随身那条松花绿的汗巾给了蒋玉菡，其实这条汗巾本是袭人的，他刚好带着。蒋玉菡就把自己围的一条猩红的汗巾给了宝玉。汗巾是北静王赐他的，来自女儿国的贡品，很珍贵。两个人互相交换汗巾作为友谊表记。那时冥冥中宝玉等于已经替袭人下了聘。

宝玉出家，了却俗缘，他还给父母的是一个功名，这是贾府所需要的；给他妻子宝钗一个儿子，这对儒家宗法家庭伦理是重要的；给他的妾，俗缘最深的袭人一个丈夫，这事才了了。这个丈夫不是普通人，蒋玉菡跟宝玉之间也有一段特别的感情，所以他本身的俗缘，就在这一男一女的身上。这两个人是他最亲密的女性、男性，这两个人的结合，也就是宝玉的肉身一劈为二，在这两个人身上再合起来。他的俗缘才达到了圆满的结束。

这一回是整部小说写实架构里面最后的一段情节，小说里面最后的一节很要紧的，等于画龙点睛、点到主题的时候。这里的主题是什么？宝玉的佛身随着一僧一道走了，完成他佛道的缘分；他的肉身，他的俗缘，在这男女两人身上得到另外一个圆满的结局。所以一般讲起来，都认为到宝玉出家整部小说就结束了，认为是佛道哲学得到最后胜利。其实不然，在袭人的婚姻上，他世俗的缘分，得到圆满的结局。所以儒家跟佛道，入世跟出世是相生相克、相辅相成的。他安排圆满的结果不是兴之所至，把袭人的结局放到最后这段情节，不是随便安排的。你看在那么早的时候，透过两条汗巾子已经互定了，是宝玉替她下聘的。如果把袭人随随便便嫁给任何一个男人，就是糟蹋了袭人，这也是宝玉不允许的，宝玉一定要给她找一个丈夫，那个丈夫能够代替他自己完成他在世上的俗缘。别忘了宝玉在第九十三回的时候去临安伯府看戏，又碰到蒋玉菡了。那天蒋玉菡演了什么戏？《占花魁》，就是讲《卖油郎独占花魁女》。这个卖油郎名字叫作秦重，这名字也很特殊，在第九回、十五回有个人物叫秦钟，秦可卿的弟弟，这两姐弟对宝玉少年时情的启蒙很要紧。秦钟——情种，这一串故事里面有好多情种。蒋玉菡在饰演秦重这个角色的时候，对花魁女这个妓女，非常怜香惜玉，满腹柔情。本来他好不容易存了一年的银子，准备要来嫖她的，因为看花魁女醉得那么厉害，被客人欺负，他于心不忍，涌起一股怜香惜玉的感情，演出那一折很有名的《受吐》。花魁女醉后呕吐，秦小官在旁照顾她，只好用他那袭好不容易穿上的新的长衫去接，不嫌腌臜，无比怜惜。宝玉在下面看呆了，整个人融入秦小官身上去，在那一刻，宝玉跟秦小官已经认同了那种感情，对女孩子不是贪恋肌肤肉体，而是怜香惜玉的感情，这是贾宝玉最高的一种情操。所以蒋玉菡在那个戏里作为演员，已经替他演出来那个角色，最后他也替贾宝玉扮演了花袭人的丈夫。那样的认同非常重要。《红楼梦》绝对不会随便写书中演的戏，有很深的涵义在里头。所以这一回的结局，和前面的铺陈都是伏笔，花魁女、花袭人、蒋玉菡、贾宝玉，有非常深刻的关联，所以最后这段情节，在整部小说写实架构才会这样子安排，有更深一层的意义。

下面，两个象征性的人物又出来了。贾雨村、甄士隐在第一回就出现，后来，他们一个是书生，一个是道士，这是我们文化里面经常出现的两种人物。一个平凡的书生，经过求名求利、科考当官的过程，在红尘中打滚、浮沉，官位升升降降、得意失意，没有任何官职后，又是一个凡夫俗子。贾雨村一生追逐世俗名位，从没有觉醒过来。甄士隐是个道士，未悟道出家前，还帮助过贾雨村，赠予金钱让他去考试，然后两个人的人生分道扬镳。甄士隐早经劫难，出家修行，他们变成一个是入世的、世俗的，一个是出世的、悟道的，这两种人物典型在小说里面一直存在。中间两个人见过一次，贾雨村那时候还高高在上，甄士隐讲的话他也没听进去。这个时候，官也丢了，人生也过了，开头就在一起的两个人又碰在一块了。

甄士隐是书中寓言式的人物，他成道了，对《红楼梦》宝玉这块石头历劫的故事非常清楚，他讲给贾雨村听。贾雨村就问他这些人的命运，我们这族贾家的闺秀这么多这么好，为什么从元妃算下来，结局都这么平常呢？士隐叹道："老先生莫怪拙言，贵族之女俱属从情天孽海而来。

大凡古今女子，那'淫'字固不可犯，只这'情'字也是沾染不得的。所以崔莺苏小，无非仙子尘心；宋玉相如，大是文人口孽。凡是情思缠绵的，那结果就不可问了。"《红楼梦》的这个世界是孽海情天，"厚地高天，堪叹古今情不尽；痴男怨女，可怜风月债难偿"，孽海情天构成《红楼梦》的宇宙，甄士隐讲的是寓言式的，又讲这个贾家后来"兰桂齐芳"，还会起来的。最后还有一个他自己的事情没有了，就是他的女儿英莲。英莲就是薛蟠的妾香菱，后来虽然扶正了，却因生孩子难产而死，所以甄士隐要去把她的魂接来归队。

最后的结尾，空空道人又来了。开头那个渺渺真人、茫茫大士，把那一块石头放回到青埂峰，又经过好几劫了。劫，是佛家的时间单位，天地的一成一败谓一劫。经过几劫以后，空空道人又来了，看到那个石头上面记了很多闻世传奇，故事都写出来了，就想，要不要找一个人抄下来，不把它记下来可惜了，一找找到急流津觉迷渡口，茅舍里面有一个人睡在那个地方，看起来好像很有学问，就问他："你肯不肯抄？"原来是贾雨村在那里。他说："这个故事我知道了，用不着找我，你去找悼红轩里面的曹雪芹先生，去找他抄下来好了。"那空空道人牢牢记着此言，又不知过了几世几劫，果然有个悼红轩，见那曹雪芹先生正在那里翻阅历来的古史。空空道人便将贾雨村言了，方把这《石头记》示看。那雪芹先生笑道："果然是'贾雨村言'了！"空空道人便问："先生何以认得此人，便肯替他传述？"曹雪芹先生笑道："说你空，原来你肚里果然空空。既是假语村言，但无鲁鱼亥豕以及背谬矛盾之处，乐得与二三同志，酒馀饭饱，雨夕灯窗之下，同消寂寞，又不必大人先生品题传世。似你这样寻根究底，便是刻舟求剑，胶柱鼓瑟了。"那空空道人听了，仰天大笑，掷下抄本，飘然而去。一面走着，口中说道："果然是敷衍荒唐！不但作者不知，抄者不知，并阅者也不知。不过游戏笔墨，陶情适性而已！"在这部小说最后，来了这么一种道家的反讽的嘲笑语气，讲的是什么呢？记得吗？前面第一回的时候，是：

> 满纸荒唐言，一把辛酸泪！
> 都云作者痴，谁解其中味？

到这个时候，他讲：

> 说到辛酸处，荒唐愈可悲。
> 由来同一梦，休笑世人痴！

再回头看看整部小说，别忘了它的主题曲《好了歌》：世人都晓神仙好，惟有功名忘不了！讲了神仙，也就是悟道了。古今将相在何方？荒冢一堆草没了。世事无常，变幻不定。世人都晓神仙好，只有金银忘不了！终朝只恨聚无多，及到多时眼闭了。征逐名利一场空。世人都晓神仙好，只有娇妻忘不了！君生日日说恩情，君死又随人去了。道家很狠的，把人生非常无情的一面讲出来。世人都晓神仙好，只有儿孙忘不了！痴心父母古来多，孝顺儿孙谁见了？儿孙孝顺怎么比得痴心父母，总是比不上的。《好了歌》，好就是了，了就是好，不了就不好，越要好，就要了。这就是整部《红楼梦》的提醒。

红楼梦醒

看完整部书的解读，我们再回头想想，为什么要读这本书？

《红楼梦》是我们中国文学最伟大的一本小说，至少我这么觉得。以它内容的丰富、文字的绚丽，可能也是文学作品里的第一把，当然我们有很了不起的《诗经》《楚辞》《杜诗》，那要完整的《诗经》《楚辞》或《杜诗》，才能跟《红楼梦》比。以单独一部文学作品来说，《红楼梦》的确是伟大的。如果我们以十八世纪横跨的维度来看，至少我读过的十九世纪以前的西方小说，没有一部比得上《红楼梦》。

它的伟大在哪里？可以从几方面看。

第一，它小说的技巧实在了不得，在那个时候是空前的。当然它继承了《三国演义》《水浒传》《金瓶梅》章回小说的传统，但是它的小说技巧远远超过前面。光是人物的刻画就丰富、精准得不得了。这么多人物，没有一个相同，即使人物是很近的镜像，像晴雯跟黛玉，晴雯就是晴雯，黛玉就是黛玉，两个人又能合起来看，这些人物关系（character relation）是了不得的。人物怎么刻画鲜明呢？它用对话突显尤其精彩，每个人的讲话，依着他的身份语气，完全个人化。平儿是平儿，莺儿是莺儿，甚至什么金钏儿、玉钏儿、小红、彩云，写那些小丫头，每个人有每个人的个性。从上到下，从里到外，她们所使用的语言，每个人合乎自己的身份。它的散文、叙述文非常好，丰富华丽，使用诗词歌赋各种不同的文体融合在一起的时候，也非常自然而顺畅。从现代小说的各种技巧来看，它是非常先进的。它的观点的运用随时转换，刘姥姥进大观园用刘姥姥的观点，林黛玉进大观园用林黛玉的观点，贾政领了一批清客游大观园又是一种观点，每一个人的观点用得非常灵活。你想怎么写大观园？客观地描写写不清楚，非要用刘姥姥的眼睛来看，所以刘姥姥进大观园变成一篇经典之作。因为用她的观点看大观园，我们都变成刘姥姥了，好像进入迪士尼乐园一样，感到那么新鲜。如果不是用刘姥姥的观点来写，换一个人，大观园就不会写得那么活，有那么多的笑声。还有它的伏笔太厉害了，所谓草蛇灰线，伏笔千里。两条汗巾子，一红一绿，到最后瞬间合在一起，才知道情节早就伏在那个地方了。伏笔都是到紧要的地方，前后才对照得起来。宝玉的几块旧手帕赠给黛玉，中间还出现过，提醒读者别忘记，到最后黛玉死的时候，把上面有她的泪和她的诗的手帕，丢进火盆烧掉，发挥了强化悲剧的力量。焦大开头出来骂那几个不争气的贾家后代，到了最后抄家，这个老仆又出来了，这前后一对照，这个人物的作用老早已经伏在那个地方。太厉害了！它的伏笔每一个小细节都有用的。

第二，再看它的架构之宽阔、大气，它的小说视野（vision）之高超、深刻，同时期的作品无法望其项背。《红楼梦》的神话架构太虚幻境，跟写实的架构大观园，互相对照，有无比丰富的象征意象。太虚幻境里面十二支《红楼梦》的曲子，对大观园里这些人物命运的哀悼，老早已经定了，它整个架构非常完整、恢宏，像一个网，步步联结。更重要的还有一点，以这样动人的故事，这么鲜明的人物，把中国三种哲学——儒家、道家、佛家，表现得如此生动。它不是在写哲学论文，是写小说，用生活的现实和故事，表现生命的态度，非常高明而深刻。我们中国人的价值观脱不了这三种哲学，我们常讲，中国人年轻的时候都是儒家，努力念书，勤奋工作，求成功，求名利。到了中年，多半受了一些打击，有所超脱了，是道家。到了晚年真正了悟，就是佛家来了。看看从前有名的文人，王维、苏东坡、汤显祖……他们的过程大概都是如此。这种铺陈架构，把三种哲学说得清楚易懂，而且它也不偏不倚，不是劝大家出家。宝玉最后在雪地上白茫茫一片大地真干净的境界，固然有一种超脱，反过来看也是哀伤，有所得，有所失，使我们对人生的感悟又高了一层。

这部书不仅是小说，就我来看，它也是中国文化到第十八世纪的一个结晶，一个总结。它写尽乾隆的盛世，也暗伏了乾隆之后中国文化的"忽喇喇似大厦倾，昏惨惨似灯将尽"，十九世纪后整个走下坡，接近崩溃边缘。我说过这部书可能是我们中国文化的"天鹅之歌"，把最盛的乾隆盛世全面表现出来。它也等于是一部百科全书，讲穿的、吃的、用的，把十八世纪的贵族生活写得巨细靡遗，曹雪芹可以说无所不能，他诗、书、画全能，懂医理，风筝他也会制作，除此之外，他也写尽了中国人的人情世故。我想，读了《红楼梦》跟没有读《红楼梦》的人有所区别，读了《红楼梦》，对中国文化的底蕴一定多一层了解。年轻学子头一次看这个小说，可能有些地方隔阂，无法一下抓住它的精神，若是每过十年看一次，二十多岁的时候看，三十多岁看，四十多岁看，像我现在七十多岁再看一次，真的越来越感觉这一本小说是天书，要完全了解它实在不容易，可能要自己经历一些人生的沧桑，才能真正了解它告诉我们什么。

大家读了这门课，我们也相处一年半的时间，红楼一梦做到今天，也是醒的时候了。最后我们来看看这副对联，来自丝路上张掖古城中的一个古寺，张掖在甘肃，西夏在那边留下了文化。对联是：

天地同流眼底群生皆赤子；
千古一梦人间几度续黄粱。

　　《红楼梦》这部书，曹雪芹是以大悲之心来看人间事，所以非常宽容。在他的心中，天地同流，这么大的宇宙，眼底群生皆赤子，他看到的都是一些赤子。千古一梦，人活在世上古今皆如梦，人间几度续黄粱，仍像做了多少次的黄粱梦一样。今天红楼梦醒，谢谢大家！

贾宝玉的俗缘：蒋玉菡与花袭人

兼论《红楼梦》的结局意义

白先勇

《红楼梦》中贾宝玉有句名言："女儿是水作的骨肉，男人是泥作的骨肉。"宝玉见了女儿便清爽，见了男人便觉浊臭逼人。然而《红楼梦》中有四位男性——北静王、秦钟、柳湘莲、蒋玉菡，宝玉并不作如是观。这四位男性角色对宝玉的命运直接、间接都有影响或提示作用。四位男性于貌则俊美秀丽，于性则脱俗不羁，而其中以蒋玉菡与贾宝玉之间的关系最是微妙复杂，其涵义可能影响到对《红楼梦》结局的诠释。

《红楼梦》第五回"贾宝玉神游太虚境"，窥见"金陵十二钗又副册"中有诗写道：

> 枉自温柔和顺，空云似桂如兰。
>
> 堪羡优伶有福，谁知公子无缘。

此诗影射花袭人一生命运，其中"优伶"即指蒋玉菡，可见第一百二十回最后蒋玉菡迎娶花袭人代宝玉受世俗之福的结局，作者早已安排埋下伏笔，而且在全书发展中，这条重要线索，作者时时在意，引申敷陈。第二十八回"蒋玉菡情赠茜香罗"，冯紫英设宴，贾宝玉与蒋玉菡初次相见，席上行酒令，蒋玉菡手执木樨吟道："花气袭人知昼暖。"彼时蒋玉菡并不知有袭人其人，而无意间却道中了袭人名字，冥冥中二人缘分由此而结。少刻，宝玉出席，蒋玉菡尾随，二人彼此倾慕，互赠汗巾，以为表记。宝玉赠给蒋玉菡的那条松花汗巾原属袭人所有，而蒋玉菡所赠的那条"血点似的大红汗巾子"，夜间宝玉却悄悄系到了袭人的身上。蒋玉菡的大红汗巾乃茜香国女国王所贡之物，为北静王所赐，名贵非常。宝玉此举，在象征意义上，等于替袭人接受聘礼，将袭人终身托付给蒋玉菡。第一百二十回结尾篇，花袭人含悲出嫁，次日开箱，姑爷见猩红汗巾，乃知是宝玉丫头袭人，而袭人见姑爷的松花绿汗巾，乃知是宝玉挚友蒋玉菡，红绿汗巾二度相合，成就一段好姻缘。而促成这段良缘者，正是宝玉本人。

袭人在《红楼梦》这本小说以及在宝玉心目中都极占份量，而宝玉却将如此重要的身边人托付给蒋玉菡。《红楼梦》众多角色，作者为何独将此大事交托蒋玉菡，实在值得深究。蒋玉菡原为忠顺亲王府中忠顺王驾前所蓄养的优伶，社会地位不高，在小说中出场次数不多，而作者却偏偏对这样一个卑微角色，命名许以"玉"字，此中暗藏玄机。《红楼梦》作者对角色命名"玉"字绝不轻易赐予，小红本名红玉，因为犯宝玉之名而更改，即是一例。玉是《红楼梦》中最重要的象征，论者早已著书讨论，在众多复杂的诠释中，玉至少象征人的性灵、慧根、本质等意义，已是毋庸怀疑，而小说人物中，名字中凡含有"玉"字者，与宝玉这块女娲顽石通灵宝玉，都有一种特殊缘分，深具寓意。

除了宝玉以外，《红楼梦》中还有其他四块玉。首先是黛玉，宝、黛二玉结的是一段"仙缘"，是神瑛侍者与绛珠仙草的爱情神话，也是一则最美的还泪故事。宝玉和黛玉之间的爱情乃是性灵之爱，纯属一种美的契合，因此二人常有相知、同类之感。黛玉是宝玉灵的投射，宜乎二人不能成婚发生肉体关系，唯有等到绛珠仙草泪尽人亡魂归离恨天后，神瑛侍者才回转太虚幻境，与绛珠仙草重续仙缘。第二块玉是妙玉，有人猜测宝玉与妙玉之间，情愫暧昧。事实上宝玉与妙玉的关系在《红楼梦》的主题命意及文学结构上都有形而上的涵义。妙玉自称"槛外人"，意味已经超脱俗尘，置身化外。而宝玉为"槛内人"，尚在尘世中耽溺浮沉。而结果适得其反，宝玉终于跨出槛外，修成正果，而妙玉却堕入淖泥，终遭大劫。宝玉与妙玉的关系是身份的互调，槛外与槛内的转换，是一种带有反讽性的"佛缘"。妙玉目空一切，孤癖太过，连村妪刘姥姥尚不能容，宜乎佛门难入。而宝玉心怀慈悲，广爱众生，所以终能成佛。

《红楼梦》男性角色名字中含有玉者，尚有甄宝玉与蒋玉菡。甄宝玉仅为一寓言式的人物，是《红楼梦》中"真""假"主题的反观角色，甄宝玉貌似贾宝玉，却热衷功名，与贾宝玉的天性本质恰恰相反。作者创造甄宝玉这个角色，亦有反讽之意。《红楼梦》作者的人物设计，常用次要角色陪衬、反衬主要角色，例如晴雯、龄官陪衬黛玉，二人是黛玉的伸延、投影。宝玉这个角色除了甄宝玉、妙玉用以反衬以外，另外一位名字带玉的男性角色蒋玉菡对宝玉更具深意。如果宝玉与黛玉所结的是一段"仙缘"，与妙玉是"佛缘"，那么宝玉与蒋玉菡之间就是一段"俗缘"了。在《红楼梦》众多男性角色中，宝玉与蒋玉菡的俗缘最深——宝玉与贾政的俗缘仅止于父子，亲而不近。宝玉与蒋玉菡的特殊关系具有两层意义：首先是宝玉与蒋玉菡之间的同性之爱，其次是蒋玉菡与花袭人在《红楼梦》结局时的俗世姻缘，而此二者之间又有相当复杂的关联。

第二十八回"蒋玉菡情赠茜香罗"，宝玉与蒋玉菡初次见面即惺惺相惜，互赠表记。第三十三回"不肖种种大承笞挞"，忠顺亲王府派长史官到贾府向贾政索人，原因是忠顺王府里的优伶琪官（蒋玉菡）失踪，"这一城内，十停人倒有八停人都说，他近日和衔玉的那位令郎相与甚厚"，长府官并指出证据——宝玉腰所系之茜香罗。宝玉无法隐饰，只得承认蒋玉菡私自逃离忠顺亲王府，在离城外二十里紫檀堡置买房舍。第二十八回宝玉与蒋玉菡见面互相表赠私物之后，至第三十三回以前，两人"相与甚厚"的情节书中毫无交代，而第三十三回由宝玉的招认，显现二人早已过往甚密，蒋玉菡似乎是为了宝玉而逃离忠顺王府，在紫檀堡置买房舍的。以《红楼梦》作者如此缜密的心思，不应在情节上有此重大遗漏，不知是否被后人删除，尚待红学专家来解答这个疑问。但第三十三回已经说明，宝玉与蒋玉菡之间确实已发生过亲密的同性之爱。而宝玉因此被贾政大加笞挞，以致遍体鳞伤。一方面来看，固然是宝玉私会优伶的行为，是儒家礼教所不容，从另一个角度来看，这也象征宝玉与蒋玉菡缔结"俗缘"，宝玉承受世俗后，他的俗体肉身所必须承担的苦痛及残伤。书中，宝玉为黛玉承受精神性灵上最大的痛苦，为蒋玉菡却担负了俗身肉体上最大的创伤。就同性恋的特质而言，同性间的恋爱是从另外一个个体身上寻找一个"自己"（Self），一个"同体"，有别于异性恋，是寻找一个异"己"（Other），一个"异体"。如希腊神话中的纳西瑟斯，爱恋上自己水中倒影，即是寻求一种同体之爱。贾宝玉和蒋玉菡这两块玉的爱情，是基于深刻的认同，蒋玉菡犹之于宝玉水中的倒影，宝玉另外一个"自我"，一个世俗的化身。第九十三回，宝玉与蒋玉菡在临安伯府再度重逢，在宝玉眼里，蒋玉菡"鲜润如出水芙蕖，飘扬似临风玉树"，此两句话除形容蒋玉菡神貌俊美外，又具深意。"蒋玉菡"之"菡"字，菡萏、芙蕖都为荷花、莲花别名。宝玉最后削发为僧，佛身升天。荷花、莲花象征佛身的化身，因此，宝玉的"佛身"虽然升天，他的世俗分身，却附在了"玉菡"上，最后替他完成俗愿，迎娶袭人。佛经有云："自性具三身，一者法身，二者圆满报身，三者千百亿化身。"
蒋玉菡当为宝玉"千百亿化身"之一。

　　同回描述蒋玉菡至临安伯府唱戏，他已升为领班，改唱小生，"他也攒了好几个钱，家里已经有两三个铺子。"府里有人议论，有的说："想必成了家了。"有的说："亲还没有定。他倒拿定一个主意：说是人生婚配，关系一生一世的事，不是混闹得的，不论尊卑贵贱，总要配的上他的才能。所以到如今还并没娶亲。"宝玉听到，心中如此感想："不知日后谁家的女孩儿嫁他？要嫁着这么样的人才儿，也算是不辜负了。"后来蒋玉菡唱他的拿手戏《占花魁》，第九十三回如此叙述："果然蒋玉菡扮了秦小官，服侍花魁醉后神情，把那一种怜香惜玉的意思，做得极情尽致。以后对饮对唱，缠绵缱绻。宝玉这时不看花魁，只把两只眼睛独射在秦小官身上。更加蒋玉菡声音响亮，口齿清楚，按腔落板，宝玉的神魂都唱的飘荡了。直等这出戏煞场后，更知蒋玉菡是情种，非寻常戏子可比……"

　　《红楼梦》作者善用"戏中戏"的手法来点题，但红学家一般都着重在第十八回元春回家省亲，她所点的四出戏上——《豪宴》《乞巧》《仙缘》《离魂》。因为脂本在这四出戏下曾加评语，认为元妃"所点之戏，伏四事，乃通书之大过节，大关键"。这四出戏出自《一捧雪》——伏贾家之败，《长生殿》——伏元妃之死，《邯郸梦》——伏甄宝玉送玉（俞大纲先生认为《仙缘》影射贾府抄家，宝玉悟道，更为合理），《牡丹亭》——伏黛玉之死。这几出戏暗示贾府及其主要人物之命运固然重要，但我认为第九十三回蒋玉菡扮演之《占花魁》对《红楼梦》之主题意义及其结局具有更深刻的涵义。此处涵义可分二层。首先，中国所有的爱情故事里，恐怕《醒世恒言》中的小说《卖油郎独占花魁》中秦小官对花魁女怜香惜玉的境界最接近贾宝玉的理想。出身贫苦天性淳厚的卖油郎秦重，因仰慕名妓花魁娘子，不惜节衣省食，积得十两银子，到院中寻美娘（花魁的妓名）欲亲芳泽，未料是夜花魁宴归，大醉睡倒。小说如此描写秦小官伺候花魁女：

> 酒醉之人，必然怕冷，又不敢惊醒她。忽见栏杆上又放着一床大红绉丝的棉被，轻轻的取下，盖在美娘身上，把灯挑得亮亮的。取了这壶茶，脱鞋上床。捱在美娘身边，左手抱着茶壶在怀，右手搭在美娘身上，眼也不敢闭一闭……

等到花魁真的呕吐了，他怕污了被窝，就让她吐在自己新上身的衣袍袖子里，整理了腌臜酒吐后，"依然上床，拥抱似初"，直到天明，秦小官并未轻薄花魁女。秦重对花魁这种由爱生怜之情，张淑香女士认为近乎宗教爱[*]，秦

---

[*] 张淑香：《从小说的角度设计看卖油郎与花魁娘子的爱情》，收《中国古典文学研究丛刊：小说之部（二）》，台湾巨流图书公司印行。

重以自己身上的衣物去承受花魁吐出的秽物，这个动作实含有宗教式救赎的意义，包纳对方的不洁，然后替她洗净——花魁乃一卖身妓女，必遭尘世污染。而贾宝玉本人在七十七回"俏丫鬟抱屈夭风流"中，面对奄奄一息的晴雯，亦是满怀悲悯，无限怜惜，恨不得以身相替，四十四回"喜出望外平儿理妆"，平儿被凤姐错打后，宝玉能为她稍尽心意，意感"喜出望外"。宝玉前世本为神瑛侍者，在灵河畔守护绛珠仙草，细心灌溉，使之不萎。历劫后堕入凡尘，在大观园内，宝玉仍以护花使者自居，他最高的理想便是守护爱惜大观园中的百花芳草（众女儿），不让她们受到无情风雨的摧残。宝玉自己本为多情种子，难怪他观看蒋玉菡扮演秦重，服侍花魁，"怜香惜玉"，"缠绵缱绻"，会感到"神魂飘荡"，而称蒋玉菡为"情种"了。"秦重"与"情种"谐音，因此，《占花魁》中的卖油郎秦重亦为"情种"的象征。贾宝玉跟蒋玉菡不仅在形貌上相似，在精神上也完全认同，因为蒋玉菡扮演的角色秦重——情种，也正是宝玉要扮演的。贾宝玉与蒋玉菡这两块玉可以说神与貌都是合而为一的。

《占花魁》这出戏对《红楼梦》的结局还有更深一层的涵义，因为这出戏亦暗伏蒋玉菡与袭人的命运结局。袭人姓花，并非偶然，在某种意义上，花袭人的命运与花魁女亦相似，宝玉出家，贾府败落，袭人妾身未明，她的前途也不会好，鸳鸯为众丫鬟之首尚不得善终，袭人的命运更不可卜。卖油郎秦重最后将花魁女救出烟花火坑，结为夫妇，《红楼梦》结尾时，蒋玉菡亦扮演秦重的角色将花袭人——花魁女，救出贾府，完成良缘——这，也是宝玉的心愿，他在第二十八回"蒋玉菡情赠茜香罗"，早已替二人下了聘。事实上宝玉在俗世间，牵挂最深、俗缘最重的是袭人而不是旁人。一般论者把《红楼梦》当作爱情故事来看，往往偏重宝玉——黛玉——宝钗的三角关系，其实宝玉——蒋玉菡——花袭人三人的一段世俗爱情可能更完满，更近人情。前文已论及宝玉与黛玉的木石前盟是一段"仙缘"，一段神瑛侍者与绛珠仙草的爱情神话，黛玉早夭，泪尽人亡，二人始终未能肉身结合。而宝钗嫁给宝玉时，宝玉失玉，失去了本性，已经变成痴人。书中唯一一次叙述二人行夫妻之礼，宝玉只是抱着补过之心，勉强行事，两人除却夫妻伦常的关系，已无世俗之情——宝玉不久便勘破世情，悟道出家了。而事实上，在《红楼梦》众多女性中，真正获得宝玉肉体俗身的只有袭人，因为早在第六回宝玉以童贞之身已与袭人初试云雨了，袭人可以说是宝玉在尘世上第一个结俗缘的女性。袭人服侍宝玉，呵护管教，无微不至，犹之于宝玉的母、姐、婢、妾——俗世中一切女性的角色，袭人莫不扮演。二人之亲近，非他人可比。王夫人、薛宝钗在名分上虽为宝玉母、妻，但同为亲而不近。袭人，可以说替宝玉承受了一切世俗的负担。第三十回结尾，宝玉第一次发怒动粗，无意中所踢伤的，竟是他最钟爱的袭人，踢得她"肋上青了碗大的一块"，以致口吐鲜血。宝玉与蒋玉菡结俗缘，为他被打得遍体鳞伤，而袭人受创，也是因为她与宝玉俗缘的牵扯所必须付出的代价。第一百一十七回"阻超凡佳人双护玉"，无怪乎袭人得知宝玉要将他那块失而复得的通灵宝玉还给和尚——还玉便是献身于佛之意——她急得不顾死活抢前拉扯住宝玉，不放他走，无论宝玉用力摔打，用手来掰开袭人的手，袭人犹忍痛不放，与宝玉纠缠不已。二人俗缘的牵绊，由此可见。最后宝玉出家，消息传来，"宝钗虽是痛哭，他那端庄样儿，一点不走。"而袭人早已心痛难耐，昏厥不起。宝玉出家，了却尘缘，他报答父母的，是中举功名，偿还妻子宝钗的，是一个儿子，完成传宗接代的使命。那么，他留给花袭人的是什么呢？一个丈夫。蒋玉菡与花袭人结为夫妇，便是宝玉在尘世间俗缘最后的了结。

一部小说的结尾，最后的重大情节，往往是作者画龙点睛，点明主题的一刻。一般论者皆认为第一百二十回宝玉出家是《红楼梦》的最后结局，亦即是说佛道的出世哲学得到最后胜利，因而有人作出结论——《红楼梦》打破了中国传统小说大团圆的格式，达到西方式的悲剧效果。这本小说除了第一回"甄士隐梦幻识通灵，贾雨村风尘怀闺秀"到第一百二十回"甄士隐详说太虚情，贾雨村归结红楼梦"，开场与收尾由甄士隐与贾雨村这两个寓言式的人物"真""假"相逢，儒道互较，作为此书之楔子及煞尾外，其写实架构最后一节其实是蒋玉菡迎娶花袭人，此节接在宝玉出家后面，实具深意。一方面宝玉削发出家，由一僧一道夹着飘然而去，宝玉的佛身升天，归彼大荒，归于青埂峰下。而他的俗身，却化在蒋玉菡和花袭人身上——二人都承受过宝玉的俗缘，受过他肉体俗身的沾润——宝玉的俗体因而一分为二，借着蒋玉菡与花袭人的姻缘，在人间得到圆满的结合。宝玉能够同时包容蒋玉菡与花袭人这一对男女，其实也是因他具有佛性使然。佛性超越人性——他本身即兼有双性特征——本无男女之分，观世音菩萨，便曾经过男女体的转化。宝玉先前对秦氏姐弟秦可卿、秦钟的爱恋，亦为同一情愫。秦可卿——更确切地说是秦氏在太虚幻境中的替身警幻仙姑之妹兼美——以及秦钟，正是引发宝玉对女性及男性发情的人物，而二人姓秦（情）又是同胞，当然具有深意，二人实是"情"之一体两面。有了兼美的引发在先，乃有宝玉与袭人的云雨之情，有了秦钟与宝玉之两情缱绻，乃有蒋玉菡与宝玉的俗缘缔结。秦钟与卖油郎秦重都属同号人物，都是"情种"——也就是蒋玉菡及宝玉认同及扮演的角色。

　　因此，我认为宝玉出家，佛身升天，与蒋玉菡、花袭人结为连理，宝玉俗缘最后了结——此二者在《红楼梦》的结局占同样的重要地位，二者相辅相成，可能更近乎中国人的人生哲学，佛家与儒家、出世与入世并存不悖。事实上最后甄士隐与贾雨村——道士与书生——再度重逢，各说各话，互不干犯，终究分道扬镳。《红楼梦》的伟大处即在此，天上人间，净土红尘，无所不容。如果仅看到宝玉削发出家，则只看到《红楼梦》的一半，另一半则借下一节结尾时，有了新的开始。作者借着蒋玉菡与花袭人完满结合，完成画龙点睛的一笔。这属于世俗的一半，是会永远存在的。女娲炼石，固然情天难补，但人世间又何尝没有其破镜重圆之时。一悲一喜，有圆有缺，才是真正的人生。蒋玉菡与花袭人最后替贾宝玉完成俗缘俗愿，对全书产生重大的平衡作用——如果这个结局不重要，作者也不会煞费心机在全书中埋下重重伏笔了。

　　事实上以《红楼梦》作者博大的心胸未必满足于小乘佛法独善其身的出世哲学。宝玉满怀悲悯落发为僧，斩断尘缘，出家成佛，但大乘佛法菩萨仍须停留人间普度众生。蒋玉菡最后将花袭人迎出贾府，结成夫妻，亦可说是作者普度众生悲愿的完成吧。这又要回到《占花魁》这出戏对全书的重要涵义了。前述《卖油郎独占花魁》，秦重对花魁女怜香惜玉的故事近乎宗教式的救赎，作者挑选这一出戏来点题绝非偶然，这不只是一则妓女赎身的故事，秦小官至情至性以新衣承花魁女醉后的秽吐，实则是人性上的救赎之举。秦小官以至情感动花魁女，将她救出烟花，同样的，蒋玉菡以宝玉俗世化身的身份，救赎了花袭人，二人俗缘，圆满结合，至少补偿了宝玉出家留下人间的一部分憾恨。佛教传入中土，大乘佛法发扬光大，而大乘佛法入世救赎，普度众生的精神，正合乎中国人积极入世的人生观。（奚淞整理）

（原载于一九八六年一月《联合文学》第十五期）

红楼春秋

项秋萍

那一段重做学生的日子，确实是从春天开始的，到来年秋天前结束。

二〇一四年春，得知白先勇老师要在台大开通识课"《红楼梦》导读"，心底的向往立刻浮了上来，真的，等待很久了。有关白先勇与《红楼梦》，在读他小说的 fans 之间，一直有一些传闻或心得被悄悄分享着，关于人，关于小说，或是关于事。

比如：白先勇小学五年级就开始读《红楼梦》，读了一辈子，无论到哪里，《红楼梦》永远是他的案头书。

比如：他小时候得过肺病，怕传染，有过类似幽闭隔离的经验，所以他很了解林黛玉那种"病态的绝美"，同情她孤女的"过度防卫心"。

比如：他小说中的一些笔法，是从《红楼梦》后四十回与前八十回强烈对比、极戏剧化的特色转化来的。他一向独排众议，认为后四十回毫不逊色，假如真是高鹗续书，续书者的才情也绝不输曹雪芹。

比如：接触了西方现代主义之后，他和《现代文学》的那一群文学先驱，虽是以"横的移植"模仿西方，但小说中象征、意象等属于西方的手法，甚至弗洛伊德"梦的解析"的理论，白先勇都从《红楼梦》里得到对照与印证。也就是说，《红楼梦》其实更早、更前卫。

比如：他早期小说中的"畸人"，好多都有《红楼梦》人物的影子。宝玉的原型被拆解：与父亲贾政的关系，袭人口中的"小祖宗"，与秦钟特殊的同性之爱……投射到不同的小说人物身上。

比如：白先勇对复兴昆曲有天大的热忱，花了十年时间推动"青春版《牡丹亭》"，《牡丹亭》正是《红楼梦》里贾府的昆曲家班子最重要的一出戏。贾母、元妃都点这出戏的折子；宝玉想听，黛玉听了也心动神摇、闻之感悟。白先勇对昆曲的热爱，也深受《红楼梦》的影响。

比如：他提出《红楼梦》人物名字中有"玉"的，都具隐喻关键。除了宝玉、黛玉，妙玉和蒋玉菡都有不同涵义。他认为小说最后，安排与宝玉同有肉体之缘的袭人和蒋玉菡结婚，是贾宝玉俗缘的完成，与贾宝玉出家——由佛道解脱，同等重要。这是《红楼梦》作者最绝妙的小说结尾。

比如：白先勇跟曹雪芹、张爱玲都是没落的贵族，有着漂流后无以家为的沧桑，白与张都是二十多岁就写小说写出一片天的天才。他们对《红楼梦》下过苦功，却是对立的看法。

比如：白先勇在母亲过世依回教礼仪绕坟四十天后，远赴美国，初时完全不能写作。在异国第一次过圣诞节，他一个人到密歇根湖边，湖上烟云浩瀚，四周急景凋年，他心里突然起了一阵奇异的感动，似喜似悲。《红楼梦》最后宝玉出家，向旅次中的父亲贾政告别，雪影里面一个人，光头赤脚，倒身下拜，只不言语，似喜似悲。弘一大师圆寂前"悲欣交集"的境界，二十五岁的白先勇，由深烙心底的文字"似喜似悲"感悟到了，霎时心澄如镜，自知故国已远，此后开始了《纽约客》以及稍晚的《台北人》的写作，第一篇就是传诵至今的《芝加哥之死》。

以上多属 written on water，之前并未得到白老师的证实。不过，我的确是怀着一些感触，怀着得到解答的期盼，去上白先勇的《红楼梦》导读课。

台大最初的规划是每周导读八回，全学期读完一百二十回。总共十五堂、三十小时的课。课前我慎重准备了录音机、笔记本，不想只是听听而已。因为无压力的旁听生，不必考试不交报告固然轻松，却最容易沦于听后即忘。

刚开始白老师为符合每周导读八回的进度，只讲微言大义，精节欣赏。不过课堂上像我这种曾经五次读《红楼梦》的学生似乎不多——我对《红楼梦》的阅读态度是：有空读闲书乃人生至乐，说翻阅五次真惭愧，其实都是不求甚解，轻舟过河，悠悠晃晃就"滑"过去了。后来知道行家读红楼，不止阅之读之，更是钻之研之，就像张爱玲说她自己"实在熟读《红楼梦》，不同的本子不用留神看，稍微眼生点的字自会蹦出来"。那么，台下挤满一堂学子，阅读《红楼梦》的经验其实判若云泥。有人是远方本科、研究生，特意来瞻仰白先勇的《红楼梦》授课；有的停留在看过《红楼梦》影视电玩，现在有心跨出第一步。这样的大课堂，到底要怎么样让人人受用？白先勇倒不担心，他说《红楼梦》本身是一本"天书"，包罗万象，无论深浅雅俗、感性理性、饮食男女、趣味生活……谁都可以在里头找到自己所好，唯一的压力是时间限制。但讲着讲着，向来如"一团热火、一片春风"的白老师，就恨不得倾囊相授了。上了两三堂后发现，进度只是个"参考"，口角春风背后还有一大串文学、史学、哲学、美学的联结。

此刻因缘际会，时报出版公司高层也坐堂聆课，强烈说服白老师，在台大出版中心之外，再开一扇窗，得到台大和白老师首肯，并邀请我整理课程文稿。我原本就"不想只是听听而已"，欣然附议。

从聆课变成编书，角色转换的要件是效率、精准和充实。我开始的做法是：趁着当天上完课记忆犹新，不足处回家反复听录音，整理出消化后的笔记。同时也跟着白老师的讲述，去追阅更多的背景资料。这个阶段，快速读了课堂上的指定书：王国维《红楼梦评论》、俞平伯《红楼梦辨》、胡适《红楼梦考证》、夏志清《中国古典小说导论》

《夏志清文学评论经典：爱情·社会·小说》、赵冈《漫谈红楼梦》、余英时《红楼梦的两个世界》、高阳《红楼一家言》。这只是书单的一部分，大概涵盖了研究《红楼梦》的正确方向。

白老师的上课考试方式是自己选一个题目，写一千五百字左右的小论述，助教也给了多种类型的提示。大学生最普遍的还是讨论贾宝玉的爱情与婚姻。课程网站上导引说，除了钗黛，宝玉的红粉知己还有史湘云，而在打破阶级的当代，也可能和袭人、晴雯修成正果，甚至妙玉与秦钟也无法被排除在名单以外。这一题是请同学写出具体互动的描述，推论贾宝玉的真爱是谁。我在课程网站看到一个自拟的题目：秦可卿与贾珍有爱情吗？这是探讨一段可能是不伦的爱情。曹雪芹并没有正面写翁媳不伦，同学却看出了蛛丝马迹。

我也自拟功课，想探究曹雪芹家世背景中的一位关键女性。最初，曹家祖上只是以军功归化清朝的汉人包衣，为什么清朝皇室会让曹雪芹的曾祖母孙氏，担任幼时康熙的乳母？曹雪芹的曾祖父曹玺因此获得皇室极大信任。孙氏之子曹寅（曹雪芹的祖父），从小侍读康熙，君臣情同兄弟，曹家因而发达。有关孙氏的记载很少，因此又去读周汝昌《曹雪芹新传》、史景迁《曹寅与康熙》。野史的说法，康熙两三岁时宫中天花流行，乳母悉心照顾，保住性命。后来顺治皇帝因染天花早薨，诸子中唯有玄烨（康熙）出过痘，可免风险。康熙七岁即位，对孙氏倚若至亲，曹玺在康熙二年，就出任江宁织造，成为曹家地位非常重要的转折点。正史记载康熙第三次南巡，曹寅带领母亲孙氏上堂朝拜，康熙大悦，说："此吾家老人也。"并为孙氏亲书"萱瑞堂"三字，这一方面也因为满人有尊敬乳母的习俗。《红楼梦》中的贾母，有学者就认为是以孙氏为原型。

　　这类小小的查考是愉快的，到了学期末，白老师大约讲到一百二十回的三分之一，台大新百家学堂执行长柯庆明老师从善如流，极力争取、协调，原本一学期的规划变成圆满讲完为止。对有心细听《红楼梦》的同学以及计划出版者，当然是大好消息，但也有一部分同学，因为必修学分与通识课选修时间的冲突，没有办法继续，而换了另外一批第一学期的向隅者或新选修者。

　　《红楼梦》是有连贯性的，白老师为了照顾新进来的同学，讲到重要人物或接续情节，都要回头复述前因后果，这使得许多单一回目都变成通盘全观。再加上曹雪芹的书写方式，早早就在第五回借宝玉游太虚幻境，对"金陵十二钗正册""副册""又副册"中的人物，预先披露了她们的命运，前后呼应变成必要之重复。笔记当然得做最适当的删与留，甚至不时来个乾坤大挪移。

　　第二学期开始，课堂上使用的《红楼梦》课本，让白老师备课多耗费了许多心力。原来《红楼梦》导读是白老师在美国加州大学圣塔芭芭拉分校东亚系主要授课之一，分中英文两种课程，持续二十多年。他采用的中文教本一直是台湾桂冠图书公司印行的以程乙本为底本的《红楼梦》，英文教本是英国知名学者戴维·霍克思根据程乙本翻译的。台大开课选择课本时，桂冠出版的《红楼梦》竟然绝版了，市面上再也买不到，只好退求其次，选择了大陆目前知名的红学专家审定、注解的以庚辰本为底本的里仁书局《红楼梦》课本。讲授前四十回，白老师已经发现不对，有时突然多出一段，一看即知是当初抄本把旁边读书人的眉批也抄进去了。虽然如蛆附衣，破坏洁雅，他仍耐心以提醒删除或改正来处置。后来越对比越心惊，从错误点点，到整体大谬。这时看见了一位讲课讲得兴高采烈，却带着忧心忡忡，甚至有些愤怒的白老师。因为这个广为流传的庚辰本，把精彩人物尤三姐毁了，从一个刚烈殉情的女子，写成了一个淫妇；把宝玉对晴雯的百般怜惜之情，生死离别的动人场景，因多出了煞风景、不合理的几句话，全盘破坏；把漂亮可爱的小伶人芳官，在《牡丹亭》中唱杜丽娘的，剃了光头变成一个男的耶律雄奴……那不知道从哪里跑出来的几页，完全毁了一个人物。其他大大小小的抓不完的虱子蚤子，白老师不厌其烦对出来，解释小说中一个字、一句话的千斤之重。

这时候不仅讲课的时间压力极大，"导读"已变成"细说"，任何放假白老师都要求补课，早到迟退是常态。我敬佩他使命感发出的撑持力量，自己却感到前所未有的担忧。他讲得极细，字字比对，我有三双手也来不及完全记下。回去再听录音，因为手边并无桂冠版程乙本，之前的方法行不通了。我到各大旧书网站去"淘"，只买到了桂冠上册，中下册杳然。没有桂冠版就去买别家出版的程乙本，里仁书局一九八三年出的彩画版，上海古籍出版社的程乙本，又买脂砚斋评、周汝昌校订批点本《石头记》……一一对照参考，竟然所有的本子都各不相同。参考书摆满两个箱子，我突然觉得掉进一个耗尽气力的所在。终于，鼓起勇气跟白老师说："我不知道能不能完成这些笔记，我耳鸣眼花肩膀酸痛……应该是身体已经退休了。"白老师一贯的入情入理，他温煦地说："我知道很麻烦，台大他们要做 DVD 字幕，我请他们提供一份给你，应该有帮助。"这还有什么话说呢？白老师他完全了解编辑。

课上到第七十四回贾府自己抄大观园，晴雯受屈被逐冤死，一直到进入第八十一回以后许多人攻击的高鹗续书，白老师的创见越来越令人惊叹，比如，他认为《芙蓉女儿诔》不是祭晴雯，骨子里是祭黛玉（宝黛都已经敏感到未来的命运）。作者如何营造这一节，不经白老师解释，普通读者如我，是绝对看不出奥妙所在的。知道了，却要拍案叫绝。

接着是第八十二回黛玉那有名的可怕噩梦，点出了宝黛终极的关系，指向病潇湘绛珠草泪尽人亡。进入到情节跌宕起伏的高潮，小说的速度加快许多，每每下课钟响，情绪上欲罢不能。如果天色未暗，我总是一个人去校园散步，一路上去拜访已经见面多次的百子莲、侧柏、阿勃勒黄花、大花木兰、月桃，甚至台湾藜。直到心中像涨满了风的帆，回到我读《红楼梦》习惯的轻舟过河，但河岸的风景已经大不相同。

课程快结束的时候，我想要知道的答案，真的一件一件自然知道了。

最后一次的课堂上，白老师摊开了一幅奚淞老师写的有股仙逸之气的书法："天地同流眼底群生皆赤子，千古一梦人间几度续黄粱。"这是二十多年前，奚淞老师旅行到丝路上的张掖大佛寺——西夏王国留下的木制卧佛所在的寺庙抄录的。白老师说，贾宝玉的心是无比怜悯的，曹雪芹的笔下是无比包容的。其实白老师本人又何尝不是？很少见到如此坚韧又饱含深情大爱的生命。

最后，感谢"白先勇文学讲座"赞助人暨旁听群组最具号召力的班长怡蓁，以及认真足为我表率的同学们——忘不了小花（薰龄）脚踝打上石膏还一跛一跛来上课。感谢台大柯庆明老师和出版中心涵书，由于你们的鼓励和协助，让这件负荷超过原先预期的工作得以完成。还有我的编书伙伴，陶蕃震、张治伦工作室，以及让这套书出版落实的时报文化公司，一并致谢。

谨以此文为白先勇老师八十岁暖寿，虽然白老师总也不老。

二〇一六年六月十二日

通靈寶石
絳珠仙草

元春

香菱

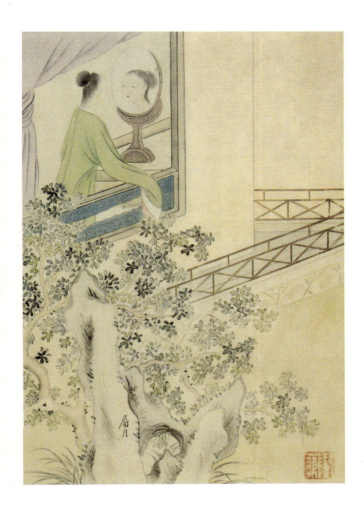

薛蟠

柳湘蓮

图书在版编目（CIP）数据

白先勇细说红楼梦 / 白先勇著 . -- 上海 : 上海三
联书店 , 2024.1
ISBN 978-7-5426-8301-4

Ⅰ . ①白… Ⅱ . ①白… Ⅲ . ①《红楼梦》研究 Ⅳ .
① I207.411

中国国家版本馆 CIP 数据核字 (2023) 第 225576 号

白先勇细说红楼梦

白先勇 著

责任编辑 / 苗苏以
特约编辑 / 曹凌志　周　玲　黄平丽
装帧设计 / 陆智昌
内文制作 / 陈基胜
责任校对 / 王凌霄
责任印制 / 姚　军

出版发行　上海三联书店
　　　　　（200030）上海市漕溪北路331号A座6楼
邮购电话 / 021-22895540
印　　刷 / 山东临沂新华印刷物流集团有限责任公司

版　　次 / 2024 年 1 月第 1 版
印　　次 / 2024 年 1 月第 1 次印刷
开　　本 / 930mm×787mm　1/32
字　　数 / 660千字
印　　张 / 36
书　　号 / ISBN 978-7-5426-8301-4/I・1845
定　　价 / 128.00元

如发现印装质量问题，影响阅读，请与印刷厂联系：0539-2925659